一

笠井　潔

三つの事件を経て，矢吹駆に対する自分の感情を持て余していたナディア。そこに起こった新たな事件は，頭部を殴打され，背中に刺傷を負った死体が、誰も入ることのできぬはずの三重密室の中で発見される，という衝撃的なものであった。さらに，その謎を追う彼女の前に，第二次大戦中，コフカ収容所で起こった密室殺人事件が浮かび上がってくる。二つの事件の思想的背景には，二十世紀最大の哲学者のある謎が存在した。ナディアに請われ，得意の本質直観による推理で事件に立ち向かう矢吹駆の前には宿敵イリイチの影が……⁉　現代本格探偵小説を生み出した大量死の謎をも解き明かす，シリーズ最高傑作の呼び声高い第四作。

虚無なる『虚無への供物』の作者へ

哲学者の密室

ダッソー家殺人事件

笠井　潔

創元推理文庫

THE DASSAULT MURDER CASE

by

Kiyoshi Kasai

1992

目次

序　章　追想の魔　一
前篇　ノートゥングの魔剣　六三
第一章　夜の急報　六五
第二章　雨の密室　一六三
第三章　夢魔の塔　二四二
第四章　死の哲学　三一四
中篇　ワルキューレの悲鳴　四一七
第五章　地獄の門　四一九
第六章　鬼の履歴　四八〇
第七章　血の饗宴　五四三

第八章　雪の密室　五九一
後篇　ジークフリートの死　六六三
第九章　存在の夜　六六五
第十章　廃屋の女　八〇七
第十一章　死の墜落　九一〇
第十二章　逆の密室　九七七
終　章　鋼鉄の葉　一〇六〇

参考・引用文献　一一六一
創元推理文庫版あとがき　笠井潔　一一六三
解　説　田中博　一一六五

哲学者の密室

ダッソー家殺人事件

登場人物

フランソワ・ダッソー……………………パリのユダヤ人資産家
エミール・ダッソー………………………フランソワの父
アンリ・ジャコブ…………………………医者　エミールの旧友
エドガール・カッサン……………………自動車修理工場の経営者　エミールの旧友
ダニエル・デュボワ………………………ラビ　エミールの旧友
クロディーヌ・デュボワ…………………ダニエルの娘
モーリス・ダランベール…………………ダッソー邸の執事
フランツ・グレ（グレゲローヴァ）……ダッソー邸の下男
モニカ・ダルティ…………………………ダッソー邸の料理女
ルイス・ロンカル…………………………ボリビア人の旅行者
イザベル・ロンカル………………………ルイスの妻
ツァイテル・カハン………………………イスラエル大使館員
ダニエル・コーヘン………………………イスラエル国籍の男
エマニュエル・ガドナス…………………パリ大学哲学教授
ジャン・コンスタン………………………ポルト・デ・リラ事件の被害者
ギョーム・ピレリ…………………………ガソリンスタンド店員
マルティン・ハルバッハ…………………「二十世紀最大」のドイツ人哲学者
パウル・シュミット………………………ドイツ人退職刑事　元武装親衛隊軍曹

*

ハインリヒ・ヴェルナー……………………武装親衛隊少佐
ヘルマン・フーデンベルグ………………コフカ収容所所長
レギーネ・フーデンベルグ………………ヘルマンの妻
ハンス・ハスラー……………………………コフカ配属の武装親衛隊中尉
フェドレンコ…………………………………コフカ配属のウクライナ傭兵
イリヤ・モルチャノフ………………………ウクライナ傭兵の隊長
ハンナ・グーテンベルガー…………………コフカ収容所の女囚

*

ルネ・モガール………………………………パリ警視庁警視
ナディア・モガール…………………………ルネの娘
ジャン＝ポール・バルベス…………………パリ警視庁警部
マチウ・デュラン……………………………警察医
マソン…………………………………………パリ警視庁警視　モガールの同僚
ボーヌ…………………………………………パリ警視庁刑事
マラスト………………………………………パリ警視庁刑事
ダルテス………………………………………パリ警視庁刑事
矢吹駆（ヤブキカケル）……………………謎の日本青年
ニコライ・イリイチ…………………………謎のロシア人　矢吹の宿敵

龍の傷口から熱い血潮が流れ出し、
天晴れな勇士がそれを体に浴びた際、
両方の肩の間に一枚の広い菩提樹の葉がおちてきました。
この場所こそあの人の急所なのです。これが私の心配の種なのです。

『ニーベルンゲンの歌』より

序章　追想の魔

1

小学校が終業になる時刻だった。半ズボン姿の子供が三、四人、ランドセルを鳴らしながら歓声をあげて、噴水広場の石畳を駆けぬけていく。子供の叫び声と足音に驚いた鳩の群が、ばたばたと羽音をたてながら空中に舞い散った。

眼にしみる芝生の緑と、ぬけるような青空。あたりを透明に満たした明るい陽光と、頬をなぶる心地よい微風。円形や方形に造られたリュクサンブール公園の大小の花壇には、春の花々が赤や黄や薄紫色に、あざやかな色彩で咲きみだれている。そして前方に聳《そび》える、翼をひろげた白鳥のように優雅なバロック様式の宮殿建築。

もの心ついた頃から愛してきた、非のうちどころない美しい五月のパリだった。それなのに、なぜか眼に映る光景はよそよそしく、造りものめいて抽象的に感じられてしまう。絵葉書の写真を見せられているようで、美しい光景は官能的な現実感を欠いていた。ベンチで読んでいた本を脇におき、わたしはそっと唇を嚙《か》んだ。

わかっている。素直に新緑の季節を楽しめないのは、脳裏に焼きついて消えることのない、友人の死をめぐる衝撃的な出来事のせいなのだ。友人……。いや、かれは友人以上だった。ちょうど一年前の今日、アントワーヌはマドリッドで警官隊に射殺された。

パリでもっとも美しい月、五月《ル・ジョリ・モワ・ドゥ・メ・ア・パリ》。

そうだ。昔、そんな歌があった。その歌が街角に流れていた頃、わたしは中学《コレージュ》の生徒で、まだほんの子供だった。

モンマルトルにあるコレージュの教室にも、五月十日のバリケードの夜の衝撃は及んだ。前の週からパリ五区の大学街では、大規模な学生デモが連日のように続いていた。しかし、あの夜の事件は、たんなるデモの域を超えていた。それは、フランス全土を揺るがせた五月革命のはじまりを告げたのだ。上級のクラスには、大学生にまじって警官隊と衝突し、怪我《けが》をしたり逮捕されたりした生徒もいた。

バリケードの夜の翌朝、テレヴィには、切りたおされた街路樹や炎上する自動車、カルチエ・ラタンの路地に築かれた無数のバリケード、火焔瓶《かえんびん》と棍棒《こんぼう》が乱舞する市街戦さながらの光景が、次々に映しだされた。まるで、読んだばかりの『レ・ミゼラブル』に描かれている、サン・ドニ通りの叙事詩ではないだろうか。

わたしはテレヴィ画面に熱中していた。学生に投石されている、威圧的なヘルメットに黒光りする革コートの警官は国家警察の機動隊《CRS》で、パパが勤務している司法警察とは直接の関係がない組織だから、警官の娘でも遠慮なしに興奮できる。

学級のみんなも、朝のテレヴィででも見たのだろう。コレージュの教室は、百年ぶりにパリ市内に出現した街頭バリケードの話題で沸騰していた。前夜のバリケードがはじまりにすぎないとしたら、歴史の授業で教えられたパリ・コミューン以来の、一世紀に一度あるかないかの大事件にまで発展するかもしれない。そう、「市民《シトワイアン》よ、バリケードへ」だ。

なんという幸運だろうか。わたしは、躍りあがりたい気持をおさえきれなかった。自分の眼で、歴史的な瞬間を目撃できるかもしれないのだ。その貴重なチャンスを、むざむざと見送ることなど、絶対にできることではない。

翌日、わたしは学生に占拠されているカルチエ・ラタンを見物するため、学校を休んで、モンマルトルの中腹にある地下鉄《メトロ》駅をめざした。しかし、ラマルク・コーレンクール駅の横にある石の階段に坐って、一時間も待ったのに、同級生のミッシェルは最後まで待ちあわせの場所に姿を見せなかった。

あんなに約束したのに、優等生のミッシェルは直前になって、臆病風に吹かれたに違いない。ずる休みが露顕して、学校の先生や両親に叱《しか》られるのが怖いのだろう。なんてだらしないやつ。そんな男の子をボーイフレンドとして、冒険の相棒に選んだ自分に腹をたてながら、わたしは靴音をならしてメトロの階段を駆けおりた。あんな臆病者とは絶交だ、もうデートなんかしてあげるものか。

先生もパパも、わたしの冒険計画は知らない。学校には風邪で休むと電話しておいたし、パパは先週から、警視庁のオフィスに泊まり込みも同然だった。街頭の混乱に比例して、政治とは無関係な凶悪犯罪も激増しているらしい。

パパは優秀な捜査官だが、それでも一人娘が革命見物のため、学校をずる休みしたことまでは摑《つか》めないだろう。わたしに夕食を用意してくれる、通いの家政婦フランソワーズにさえ気づかれなければ、それで計画は完璧なのだ。

素晴らしい天気だった。催涙ガスの臭気が染みついたサン・ミッシェル通りやオデオン裏の路地を、わたしは浮きたつような足どりで歩いた。

街のいたるところに陽気な無秩序がひろがり、あたりの光景は壮大な工事現場を思わせる。表通りのバリケードは撤去されていたが、やけ焦《こ》げた自動車や切りたおされた街路樹《は》が、路肩に無造作に積みあげられていた。街路には大小の石ころが散乱し、舗道の石畳が剝がされて、下に敷かれた砂が露出している。ふいに出現した都会の砂浜には、真夏の海水浴場のように無数の足跡が残されていた。

通りの様子が、いつもとは違っていた。繁華街なのに、シャッターを下ろしている商店が多い。靴店のバリーも文具店のジベール・ジュンヌも店を閉じていた。塀も建物の壁も、政治的な落書きで一杯だった。しかし、それだけではないような気がする。人々の表情に、まるで仮面をぬいだような生気があるのだ。

大道芸を見物する人垣の代わりに、路上には、多数の討論の輪ができていた。学生や市民が大声でなにか議論をしている。学生のジーンズや、カーキ色のブルゾンや埃《ほこり》まみれのジャケットの海のなかに、サン・ミッシェルやオデオンやリュクサンブール界隈《かいわい》の住人らしい清潔な服を着た若い女、中年紳士、犬をつれたベレー帽の老人などの姿も見える。わたしと同年代の、アンリ四世校のリセ生徒も。

赤や黒の旗がひるがえるソルボンヌ広場には、ビラを配ったり、政治新聞を売ったりしている学生が幾人もいた。モンテーニュの銅像の下では集会がひらかれていて、リーダーらしいゲバラ髭《ひげ》の青年がスピーカーで演説している。集会を見物にきたらしい青服の労働者が、面識のない他人を摑まえては、熱心に議論を吹きかけている。それが、少しも不自然には感じられないのだ。

バリケードの夜を通過したカルチエ・ラタンには、他人が他人ではないような開放的な雰囲気に満ちていた。夏の革命祭《カトルズ・ジュイエ》よりも、はるかに真実味のあるお祭り。だれもが、心地よい興奮のなかで陶然としていた。そして、熱気の底にながれる若々しい緊張感。犠牲祭の生贄《いけにえ》が流すだろう血の予感と、張りつめた闘争の意志。

わたしは、硬貨に刻まれている〈友愛《フラテルニテ》〉という言葉の意味を、そのときはじめて皮膚で感じたように思う。それは、スペイン革命を体験した高名な作家の言葉によれば、つまり「黙示録的な共生感」なのだ。

まだ、ほんの子供だったわたしは、もちろん五月革命を当事者として体験したわけではない。たんに好奇心の旺盛な女の子として、革命の現場を、おもしろ半分に覗《のぞ》いてみたにすぎない。それでも〈友愛〉の充溢《じゅういつ》する魔術的な異世界にふれた思い出は、どこか心の深みに刻まれて、わたしの考え方や感じ方に少なからぬ影響をおよぼしてきたような気がする。

読みさしの本は、ベンチの上で開かれたままだ。その頁が、風でめくられている。最近、フランスで出版されたばかりの『収容所群島』。友人の医学生に薦められて読みはじめたロシア作家の書物もまた、アントワーヌの死について考えることを強いた。

あの年の五月、わたしよりも二つ年上で、政治的にも早熟だったアントワーヌは親友のジルベールと、バス・ピレネーにある地方都市のリセでストライキ委員会を指導し、市庁舎を占拠する陰謀計画に熱中していたのだという。

アントワーヌやわたしが大学に入ったころ、もう学生運動は消滅寸前だった。ときおりソルボンヌ広場や、大学構内の礼拝堂前で政治集会をひらいている学生は、せいぜいのところ三、四十名で、はたから見ても惨めなほどに孤立していた。そして、その政治的な小グループのなかにアントワーヌの姿もあったのだが、かれは大衆的な政治運動の可能性に絶望して、自滅的なテロリズムの道を歩んだのだろうか。

わたしもかいま見たことのある、〈友愛〉と黙示録的な共生感にあふれた地上の奇跡が、そのものとして、汚辱と腐敗した暴力に支配された怖しい地獄に変貌してしまう。そうならざるをえないのだと、作家は膨大な事例の山や、反論をゆるさない説得的な論理で、読者に執拗《しつよう》に語りかけていた。

天国を地上にもたらした聖なる祝祭は、それを徹底することで逆説的にも、おぞましい地獄に変貌してしまう。ルカ福音書の天使は、雷光のように地獄に堕《お》ちた。それと、おなじことなのかもしれない。

読書界の話題の中心になっている『収容所群島』は、左翼でも共産主義者でもないわたしにさえ、無視してやりすごすことのできない、精神的な衝撃をもたらした気がする。

語られた言葉の真実性を疑うことができないのだとしたら、子供のわたしが一瞬でも体験した、「パリでもっとも美しい月、五月」の素晴らしい思い出は、どうなってしまうのだろう。人間性の悪の洪水を押しとどめるために、人は、あの輝かしい〈友愛〉の世界を断念し、それに感動する魂までを否定しなければならないのだろうか。

ロシアではバリケードの祝祭は、粛清と虐殺と収容所群島の囚人の大群《ゼック》に帰結した。あの五月が、そうした悲惨な運命をまぬがれえたのは、革命が中途で挫折したからだろうか。ようするに、行くところまで行かないですんだからなのか。結果として、革命が収容所に、解放が虐殺に転化する呪《のろ》わしい必然性は、革命の記憶を忘れられない少数の青年の魂に凝縮されたのかもしれない。

アントワーヌは少年時代の祝祭の記憶に憑《つ》かれ、それを無理にも追体験しようとして秘密結社〈赤い死《ラ・モール・ルージュ》〉のメンバーに志願し、テロリズムの沼地に踏みこんでいった。しかし、かれはなぜ、あんなふうに自分を、死の極点にむけて追いつめたりしたのだろう。

〈赤い死〉の犯罪の真相を暴いた矢吹駆《ヤブキカケル》だが、かれは、アントワーヌやジルベールを警察に密告するような青年ではない。それなのに、なぜアントワーヌは危険な隣国スペインに潜入し、あんなふうに自殺同然の死に方をしたのか。

その疑問が、わたしを悩ませていた。謎の中心にあるのは、死だった。さまざまの死がある。事故死や病死など、ありふれた日常的な死。バリケードの英雄的な死、大量廃棄物さながらの収容所の囚人の死。そして、自罰的なテロリストの死さえもがある。しかし、アントワーヌの死は、ほんとうに自罰だったのだろうか。

それら多様きわまりない無数の死のあいだに、どんな関係がありうるのだろう。そして、いつかは到来する自分の死について、どんなふうに考えればよいのか。アントワーヌの死は、わたしに解答のない自問をもたらしたような気がする。

そろそろ時間だった。我慢できない気分で本を閉じ、あたりを眺めわたしてみる。公園の新緑のかなたに、パンテオンの白い円屋根が小さく見えた。その方向から、幅広の石段を噴水広場におりてくる人影がある。腕時計を見ると、ぴったり待ちあわせの時刻だった。

その人影が、わたしの注意を捉えつくした。ジーンズに、黒い革ブルゾン。しなやかな躰《からだ》つきの東洋人が、正確な歩調で石畳を歩いてくる。ゆるくウェーヴした、肩まである漆黒の髪。メタル・フレームのサングラス。

もう、その顔までが見わけられる。全身に不思議な安堵《あんど》感がみち、瞼《まぶた》の裏に熱いものを感じた。駆けよりたい気持を必死で抑えつけ、わたしはベンチで、近づいてくる青年の姿を凝視していた。二度と会えないかもしれないと心配していたカケルが、もう、すぐそこにいるのだ。しかし、胸一杯にふくれあがるものは素直な喜びではなしに、なにか複雑な翳《かげ》りのある、なじみのない感情だった。

三カ月ぶりに見る矢吹駆の端整な顔は、どこで灼《や》いたものか、五月にしては目だつほどに浅黒かった。夏のヴァカンスあけの季節でなければ、パリの街角で、これほどに日灼けした顔を見ることはまれだろう。そして以前よりも、かなりやせたようだ。

顔からも、眼につくほど肉がおちている。頬から顎《あご》にかけて印象的だった、あの力強い官能的な曲線が、いまは少年のように繊細な、透明なものに感じられた。大病でもして、ようやく回復したところではないだろうか。わたしは、少し心配になった。

ベンチの前で、カケルは無表情にわたしの顔を覗きこんだ。「やあ」とつぶやいて、そのまま隣に腰をおろす。まるで昨日別れて、また今日も顔を合わせたという感じの、あまりにそっ気ない態度だった。

「しばらくね。どこに行ってたの。そんなにやせて、病気でもしたんじゃないの」

緊張で、声が掠《かす》れている。カケルはわたしの顔をちらりと見て、無言で肩をすくめた。予想通りに、わたしの質問はカケルに黙殺された。いつも通りで、なにも驚くようなことではない。

それよりも、なにを考えているのか無言で噴水の方に眼をやり、陽光にきらめきながら落下する無数の水滴を凝視している隣の青年に、その存在感に、わたしは自然と満たされるものを感じていた。無関係な他人とは思われないほどに近いけれど、肩をよせあう恋人よりは少し離れた感じでベンチにならび、わたしたちは長いこと、黙りこんで公園の噴水をながめ続けた。

カケルが姿を消したのは二月の末、わたしたちの第三の事件であるアンドロギュヌス事件から、二カ月ほど後のことだった。市内速達《アヌ》で手紙がとどき、それには無味乾燥な事務的な文章で、しばらく日本語の個人教授はできないと書かれていた。

どういうことなのだろう。ひどい不安に襲われて、カケルの下宿に電話してみたけれど、管理人の老婆の言葉は、どうにも要領をえない。それでも矢吹駆が、長期旅行に出かけたらしい事実だけは、なんとか突きとめることができた。

長いこと怖れていたことが、ついに起きたのかもしれない。あの青年は、もうパリに戻ってこないのではないか。二度と、カケルの顔を見ることはできないのではないか。そんな胸苦しい疑惑に襲われ、自分のなかでは処理できない不安にひしがれて、わたしは寝室のベッドに倒れこみ少しのあいだ泣いた。

ありえないことではないのだ。他人には窺《うかが》い知ることのできない秘密の目的をもって、世界をあてもなく放浪しているらしい謎の日本人に、パリは、ほんの一時滞在の場所にすぎない。一月に支払われたという半年分の前金と、長期滞在の契約がとかれていない事実のみが、また帰ってくるかもしれないという希望の、わずかな保証だった。

管理人の老婆に迷惑がられていることを知りながら、それでも毎日のように、わたしはレアールの安ホテルに電話した。一カ月、そして二カ月。頼りない希望は、日毎にじりじりと磨滅し続けた。電話もいつか、二日おき、三日おきになった。結論のでない宙吊り状態のなかで、わたしは、なかば以上も諦《あきら》めかけていた。もう会えないという絶望が、耐えられないほどに胸をさいなんだ。

ところが今朝、ついにカケルを摑まえることに成功したのだ。老婆の話では三日前に、ひどくやせ、まっ黒に日灼けして、ふらりと戻ってきたらしい。感動、興奮、歓喜。ふいに胸を満たしたのは、そうした感情ではなしに、ぼんやりとした新しい不安だった。またカケルに会えるというのに、なぜ不安を感じてしまうのだろう。老婆に呼ばれて、あの日本人が電話口に出てくるまで、わたしはまだ信じられない気持で、茫然《ぼうぜん》と受話器を握りしめていた。

話したいことは山ほどあるのに、「アロー」というカケルの低い声を耳にした瞬間、胸がつまり言葉は唇で凍りついてしまう。午後にリュクサンブール公園で待ちあわせることが決まると、電話は先方からそっ気なく切られた。


カケルが消息を絶っていたあいだ、わたしは幾度も幾度も、あの日本人のことを考えた。どうしても、考えないではいられなかったのだ。矢吹駆とは、わたしにとって何者なのか。あの青年との関係を、わたしはどうしたいと願っているのか。

カケルの存在が、とても無視することなどできないほどに、自分のなかで大きな位置を占めている事実は、もはや否定することができない。それは、たしかなことだ。かれが姿を消したときの、あの胸苦しい、つらい気持。

おなじようなことが起こりうるとしたら、それはたぶん、ただひとりの肉親であるパパが行方不明になったときだろう。医学生やジゼールをはじめとする同世代の友人知人、そして過去のボーイフレンドや恋人たち。そのだれもが、わたしにたいして、カケルほどに強烈な存在感をもちえたことはない。

去年の秋に思いつめたように、女としてカケルを好きになったのだと決めてしまえれば、むしろ幸福だろうとも思う。どんな手管《てくだ》も通用しそうにない青年だから、率直に自分の気持をうち明けるしかない。

それで拒まれるなら、仕方のないことだ。傷つき、ひどく苦しむかもしれないが、失恋自殺のような馬鹿なことを考えるナディア・モガールではない。失恋した女のだれもがそうするように、時が心の傷を癒《いや》してくれるまで、ひとりで耐えるしかないのだ。

その苦痛を怖れて、しなければならないことから逃れようとするほど、わたしは弱い性格ではないと思う。そのように信じたい。しかし話は、それほど単純ではないようにも感じられるのだ。

ラクロの方法で、自分の心理を解剖してみよう。顔を見ていたい、一緒にいたい、話していたい、関心をむけてほしい、好意をもってほしい、などなど。カケルに対する心理的に鋭敏すぎる反応は、たしかに希望のない片思いのそれに似ている。たしかに似ているけれど、ほんとうは、ぜんぜん違うものではないだろうか。

たとえば、カケルになにを求めているのか自分の心に尋ねてみれば、それも判然としてくる。恋人たちがするようなこと、愛の言葉、キス、愛撫、そしてセックスを、かれに求めているとは、どうしても思えないのだ。石や樹木になりたいと本気で望んでいるような青年に、女として欲望を感じるほど、わたしは変わり者ではない。

　カケルとのセックスなんて、なんだか魚とするセックスみたいに奇妙な印象で、そんなことは想像するのも難しい。矢吹駆と愛の行為《フェール・ラムール》は、水と油、むしろ円い三角形のような、現実に存在しないものであるように感じられてしまう。

　かれがセクシーでないというわけではない。若い野獣のようにしなやかなカケルの肢体は、愛の美食家であるメルトゥイユ夫人だって夢中になりそうな、官能的な魅力に満ちている。

　カケルと二人でサン・ミッシェル通りやオデオン界隈を散歩していると、しばしば街路ですれ違った、大学の女友達の羨望《せんぼう》めいた視線を感じてしまう。そして翌日には、カケルとのことを教室で、あれこれと執拗に詮索《せんさく》されることになるのだ。男女関係を前提にした露骨な質問には言葉を濁し、たんなる日本語の先生にすぎないと正直に説明するのだが、わたしの弁明を素直に信じるような友人は少ない。

　女友達は誤解しているけれど、わたしにとってカケルは、ようするに一箇の謎なのだと思う。どんな殺人事件の謎よりも魅惑的な謎。わたしが、かつて一度も対面したことのないような官能的な謎。ひとりの人間として形あらしめられている異様に戦慄《せんりつ》的な謎。

　魅惑的な謎が人間の男として存在している結果、わたしのなかの女は、対象に恋愛感情に似た反応を示してしまうのではないだろうか。はじめて大砲の音を耳にしたアステカ人は、それを雷鳴だと思ったかもしれない。なにしろ侵略者のコルテスを、降臨した白い翼のある神だと信じて戦争に負けたほどなのだ。未知のものに直面したとき、人間は既知のものに、それを当てはめて理解しようとする。

　心理は、かなりの程度までシステムであり、プログラムに即して自動反応する機械にすぎない。それは神経症の女性患者が、しばしば男性の精神分析医に恋愛に似た感情を抱くというような事例からも証明されている。

　わたしのなかの女は、はじめて大砲の音を耳にしたアステカ人のように、魅力的な謎をもたらした青年に対して、既知のプログラムで反応したのではないか。その結果、恋愛感情に似たものが生じたのだ。わたしのなかの、馬鹿な心理機械。

　二カ月以上ものあいだ考えぬいて、そのように一応の結論をだしていた。しかし、納得できる結論ではあっても、それで満たされない恋情に似た苦しい気持が慰められ、癒されるわけではない。妥当な選択は、わたしが新しい恋人を見つけることだろう。それができるなら、難問はなんなく解消される。

　でも、それは、やはり難しそうだ。そんな気がする。あの日本人よりも魅惑的な青年でなければ、わたしの関心を惹《ひ》きつけ、夢中にさせることなどできそうにない。大学には、恋人の候補になりうる青年が何十、何百といるにせよ、カケルよりも個性的で魅力的なキャラクターを見つけるのは至難のことだ。いや、ほとんど不可能であるとさえ思えてしまう。

　アントワーヌだけが、わたしのなかでカケルに匹敵する存在感をもっていた。男の子と親しくなり、好きになり、ときには特別の関係になる。しかし、いつか心が離れはじめ、最後には別れることになる。だれもが、そんなことを繰りかえしながら大人になるのだろう、平凡なラヴ・アフェアの数々。

わたしも幾人か、そんな男の子を思い出すことができる。あの冒険の翌日、わたしから絶交を宣告され、だらしなく泣いていたコレージュのボーイフレンド、ミッシェルのことまで勘定に入れる必要はない。ナディア・モガールは、ふつう程度には魅力的なパリジェンヌなのだ。

しかしアントワーヌは、わたしの人生を横切って消えた幾人かのボーイフレンドとは違って、心の底で静かに朽ちてしまうような存在ではない。事実として、わたしはいまもアントワーヌについて考え続けている。

かれを、まだ愛しているというのとは違う。わたしをあんなふうに騙《だま》し、道具のように利用して人を殺した青年を、それでも愛し続けることなどできはしない。アントワーヌ自身が、わたしとの愛の可能性を残酷に壊したのだ。ほんとうに、ひどいやり方で。

それでも、アントワーヌをめぐる追想は魔のように、ときとしてわたしを襲う。かれのことを忘れられないのは、死者だからかもしれない。アントワーヌはもう、生者には絶対に達することのできない、あるのかないのかも決められない彼方《かなた》の世界の住人なのだ。あのように生き、そして死んだ青年の謎が、いまもかれの存在を身近なものに感じさせ、忘れがたいものにしている。

はじめからアントワーヌの表情には、死の影のようなものが刻まれていた。ときとして、そんなふうに感じることがあった。それは、かれが病弱だったとか、死病にとり憑かれていたとかを意味しない。アントワーヌはわたしとおなじように健康で、死の病は肉体にではなしに、むしろその魂の底に巣喰っていた。

かれがテロリストの秘密結社のメンバーであり、政治目的のために殺人を犯したから、そのように感じてしまうわけでもない。それ以前から、わたしは心のどこかで、かれの存在に死の影を感じていたように思う。

アントワーヌの性格には、子供のようにひたむきで純粋で、その半面、脆《もろ》いほどに傷つきやすい繊細なところがあった。ときとして皮肉に、わざと偽悪的にふるまうのは、性格的な脆さを隠そうとする無意識の反応ではないか。そんなふうに、わたしはアントワーヌの性格を分析していた。

しかし、アントワーヌは無難に生きのびるため、傷つきやすい内面を皮肉めいた仮面でひた隠しにしているような、自己保身的なだけの青年ではなかった。そうした甘ったれなら、わたしは幾人も知っている。けれども、そのタイプに男性としての魅力を感じたことなど一度もない。

わたしが惹かれたのは、アントワーヌが漂わせていた自己破壊的なまでに直截《ちょくせつ》な情熱と、隣の人間に息苦しさを感じさせるほどの、なにかぎりぎりの、不穏な切迫感のようなものではなかったろうか。

アントワーヌには生き急ぎ、そして死に急いでいるようなところが、たしかにあった。濃密な生の実感を、アントワーヌほどに激しく求めていた青年を、わたしはほかに知らない。かれは、いつも獣のように渇いていた。それは、あの五月に奇跡のように地上に実現された楽園の記憶や、〈友愛〉の真の意味である黙示録的な共生感と関係しているのかもしれない。そんな気もした。

都市社会を戦場であると位置づけるテロリストの論理は論理として、それ以上にアントワーヌは、他人の死そして自分の死と交換する決意でなければ、そこにおいて人生が真に意味づけられるような、濃密な生の実感を味わうことはできないと、本気で信じていたのかもしれない。その有無をいわせぬ徹底ぶりには、わたしのように平凡な女の子のおよぶところではないと、否応なしに信じさせる迫力があった。それがアントワーヌの魅力であり、そしてかれは、無数の銃弾を浴びせられ息たえることで、そのモラルに最後まで忠誠をつくしたのだ。たぶんアントワーヌには、母親のバルト夫人のように、自分の罪を悔いながら片隅でひっそりと生きるような人生など、なんの魅力もないものと感じられていた。

そうかもしれない。では、かれは死の瞬間に、渇望していた真実の生を握りしめることができたのだろうか。

もしもそうなら、自分とは違う生と死を選んだ青年として、アントワーヌの思い出を、記憶の整理棚の片隅に葬ることもできる。しかし、真実そうなのだろうか。ほんとうにアントワーヌは、自分の生命を代償にして濃密な生の極点に、完璧な瞬間に達しえたのだろうか。

2

心地よい五月の微風が頬をなぶる。噴水が撒《ま》きちらした無数の水滴は、午後の光を宿してまぶしいほどに輝いている。わたしは隣の青年に、自問するように問いかけてみた。

「今日、なんの日だか、あなた覚えてるかしら」

かすかに眉《まゆ》をひそめるようにして、青年が小さくうなずいた。カケルもまた、アントワーヌが死んだ日を忘れることはできないのだ。考えながら、わたしはゆっくりと言葉をついだ。

「かれがパリを出発してから二度、アントワーヌのことを話したわね。わたしは最初、あなたの告発がアントワーヌを、死の淵に追いつめたんだって思った。カケルのことを、正義の名において罪人を裁いて恥じない、傲慢《ごうまん》で冷酷な人だと感じて反撥《はんぱつ》もしたわ。

二度めに話したとき、あなたはいった。もしもそこに裁きがあったとしたら、アントワーヌが自分で裁いたんだって。知りたいのは、その裁きについて、カケルはどう考えているかってことなの。アントワーヌは、犯した罪をつぐないながら、片隅でひっそり生きていくこともできた。母親のバルト夫人が、そうしたように。でもアントワーヌは、死の極点にむけて自分を容赦なしに追いつめたんだわ。

なぜ、あんなふうに自分のことを追いつめたのかしら。それが、わたしには判らないの。カケル、あなたはどう思ってるの。アントワーヌの生き方と死に方を肯定するの、それともしないの。それを、わたしは知りたい」

青年は、しばらく無言だった。それからわたしの顔を見て、そっと微笑《ほほえ》んだ。心の痛みにでも耐えているような、複雑な翳《かげ》りのある微笑だった。やせて透明な感じのするカケルが、そんな微笑みを浮かべると、以前とは少し違った印象になる。

でも、どこが、どう変わったというのだろう。そう感じているわたしにも、かれの変化の意味は理解できそうにない。よく知っていると思っていた青年が、急に遠ざかりはじめたようで、わたしはまた重苦しい不安をおぼえた。カケルが、ようやく語りかけてきた。顔には、どことなしに面白がっているような表情がある。

「君には感謝しなければならない。ダンテを気どるわけではないけれど、君は僕のために配役されたベアトリーチェかもしれないな」

「わたしのこと、馬鹿にしてるんでしょう」ナディア・モガールをベアトリーチェに譬《たと》えるなんて、マチルドをアフロディットに譬えたときのように、なにか下心があるに決まっている。

「いいや。半分は冗談にしても、半分は本気だよ。一年半のあいだに、君に導かれて僕は、幾人もの異様に強烈な個性の持ち主と出遇うことになった。マチルド、シモーヌ、そしてジルベール。もしも君がいなければ、彼らの存在を知ることもなかったろう。

マチルドが直面して難破することを強いられた壁を、シモーヌは、彼女なりのやり方で超えることに成功した。しかし、それは解決というよりも問題の解消にすぎない。僕には、そう感じられたんだ。少なくとも、彼女と同じやり方で、僕は自分の壁を超えることはできそうにない。あれは、シモーヌ一人にだけ特権的に許された選択であり、解決法だった。彼女は難問の全部を、生きている僕に押しつけて、彼方の世界に去ってしまった」

カケルの口から、次々と懐かしい名前が語られた。悪魔的な思想を、同性のわたしでさえ見とれてしまう貴族的な美貌の背後に隠していたマチルド・デュ・ラブナン。不思議な魅力を漂わせていたセットの女教師で、真に気高い魂の持ち主だったシモーヌ・リュミエール。そして、わたしたちの前にあらわれたときにはもう、ばらばらに切り刻まれた屍体だった生前解脱者《げだつしゃ》ジルベール・レヴィ。

昨年一月のラルース家事件、七月のアポカリプス事件、そして十二月のアンドロギュヌス事件。マチルド、シモーヌ、ジルベールの三人は、わたしたちが必死で謎を追った三つの連続殺人の、犯人であるにせよないにせよ中心的な、それぞれの事件の主役だった。そしてカケルは、彼ら三人との出遇いが、ほかに代えることのできない貴重な体験をもたらしたと告白しているのだ。

わたしに探偵趣味と野次馬根性がなければ、矢吹駆のような人嫌いが、自分から望んで三つの殺人事件の捜査に巻きこまれたとは思えない。としたら、カケルの感謝にも半分の真実味はありそうだ。ベアトリーチェは大袈裟にしても、結果として矢吹駆の地獄遍歴、あるいは煉獄《れんごく》遍歴の案内役をつとめたことになるのかもしれない。

自分がカケルの内部で、それなりに固有な場所を占めているらしい。そう思うと、あの不安感は他愛もなしに消えて、一瞬、幸福な気持にさえなった。しかし、恋愛心理の自動反応には警戒しなければならない。それを安易に信用したら、裏切られる結果は見えているのだ。自戒するように唇をひきしめて、さらにカケルに問いかけた。

「でもジルベールは、わたしたちには最後まで幻の人物だったわ。あらわれたときはもう、気の毒に、犯人に切り刻まれた屍体だったんですもの。そんなジルベールのことを、どうしてカケルは、マチルドやシモーヌとおなじように知っている人物として語ることができるの」

「ジョルジュ・ルノワールによれば、ジルベールは天使そのものだった。正確にいえば、生前解脱を達成した真の意味における聖者。

　そんな人間が実在しうるとは、僕には信じられないことだった。老いたチベット人の導師《メートル》もまた、そのように語っていた。秘教《エゾテリスム》の血脈は、既に絶えたと。自分もまた、失われた太古の霊智の破片を、わずかに継承した者にすぎないと。だからこそ老師は僕を、ヒマラヤの高地から地上に追い返したのかもしれない。

　もしもジルベールが生前解脱者であったなら、難問は一挙に氷解する。それが可能であれば、僕もまた生前解脱を目指して修行を重ねればよい。此岸《しがん》と彼岸《ひがん》のあいだに引かれた線を、越えることができるかどうか、それは自分に決められることではない。できるのは、たんに努力すること。それしかない。

　超越性は――それをシモーヌのように『存在しない神』と呼んでもいいけれど、それは学びうる知識のなかにはない。固有の体験のなかにだけ、かろうじて出現しうる。それは努力して得られるものじゃない。彼方から、一方的に到来するだけなんだ。

それが到来するかどうか、決めるのは私ではない。同じ努力をすれば、誰もが、超越性を体験できるとは限らない。最後まで体験できない修行者の方が、はるかに多いんだよ。それは、戦場で銃弾に当たるようなものだ。当たるかどうかを決めるのは、私ではない、銃弾の方なんだ」

「では、修行は無意味なの」なんだかルーレットのようだと思いながら、わたしは尋ねた。

「それが到来しても、当人が眼を閉じていれば、何も見えないだろう。その瞬間、超越性が全身を貫いたことにも無自覚で終わるだろう。いつでも眼を開いているよう努める行為が、つまり修行なんだ。しかし、夜も眠らないで眼を見開いていても、それが到来しなければ何も見ることはできない。神を渇望して、超人的な苦行に耐えぬいたとしても、最後までそれが到来しないことも多い。いや、ほとんどの場合が、そうなんだ」

悩ましげに語るカケルの横顔から、ふとシモーヌ・リュミエールの不可解な言葉が思い出された。『曖昧《あいまい》に神を信仰しているひとよりも、徹底的な無神論者のほうが、はるかに神に近いのよ。わたしは、神は存在しないと自分にいい聞かせながら、そして祈る。たぶん真実の祈りは、そのようにしてしか可能ではないんだわ』。神は存在しないと念じつつ、しかも死にもの狂いで祈ること……。わたしには理解できそうにない、どうにも謎めいた言葉だった。カケルは淡々と続ける。

「普遍経済学を樹立したジョルジュ・ルノワールは、誰もが認めるように卓越した知性の持ち主だし、秘教的なるものに対する感性も鋭敏な思想家だ。彼が断言したことなら、真剣な検討の対象ではありうるだろう。僕は、そう思った。しかし、ジルベールとはついに、言葉を交わすような機会を持てなかった。残念ながら問題は、また下級審に差しもどされたんだ」

「で、アントワーヌは」

「僕はたぶん、アントワーヌの生と死をめぐる選択の意味を理解している。しかし、彼の生き方も死に方も、マチルドのそれと同様に承認できそうにない」

「なぜ」

カケルは無言で肩をすくめた。わたしは、さらに追及した。「アントワーヌは、死においてこそ人間は偉大なものになるんだって、そんなふうに考えていたような気がするの。知ってるでしょうけれど、わたし、アントワーヌが好きだったわ。ほかの青年には感じられない、はらはらさせるような危険な魅力があった。

かれの精神には、普通のエンジンとは違うエンジンが内蔵されていた。それが、わたしには官能的に感じられたのかもしれない。ターボ装置が混合気を人工的に圧縮するように、死の危険は生の密度を極限まで濃密にする。かれはそう信じ、そのように生きて、そして死んだわ。あなたはそれを、やはり承認できない誤った生き方、死に方だというのかしら。

それならアントワーヌは、魂のなかで息づいている高貴なもの、真実のもの、ほんとうに美しいものに対する憧れを、どんなふうに処理すればよかったの」

言葉の最後のほうは、自問に変わっていた。ターボ装置の比喩《ひゆ》が口をついたのは、最近、新車のパンフレットを何冊も見たからだろう。モンセギュールで、カケルに無茶苦茶な走り方を強いられたせいか、わたしのシトロエン・メアリは、ほとんど重症の喘息《ぜんそく》患者と化していた。まだ一歳なのにエンストばかりで、まともには走ろうとしないのだ。

わたしのメアリが、夫の姉シモーヌに殉じて死にかけていることを知ったジゼールは、弁償するから選んでくれという手紙つきで、何種類もの新車のパンフレットを送りつけてきた。そのなかに、発売されたばかりのポルシェ・ターボのパンフレットもあった。

軽薄なわたしは、三百馬力のスポーツカーを所有できる可能性をちらつかされて、少なからず動揺した。けれど、そんなものを無償で提供されるような筋はない。南仏財界を支配するロシュフォール家の当主ジゼールには、十万フランのポルシェ・ターボでも、玩具の自動車にひとしい買い物であるにせよ。ジゼールには好意を感謝した上で、丁重な断りの手紙を書いた。

この夏も、エスクラルモンド荘に招待されているのだが、それに応じる気にはなれそうにない。ジゼールが熱愛する夫ジュリアンの呪わしい正体を、わたしは知らされてしまったから。たとえ数日でも、おなじ邸に滞在し、毎日ジュリアンの顔を見ることなど、どうしてもできそうになかった。

「君の質問には、まだ答えられそうにないな、残念だが。もう少し、自分の考えを煮詰めてみなければ」カケルは憂鬱《ゆううつ》な微笑をたたえ、低い声でつぶやいた。

「どんなことを考えているの」

「ハルバッハ哲学の謎について」

青年が、ぽつりと洩《も》らした。マルティン・ハルバッハはドイツの哲学者であり、戦前に刊行された主著『実存と時間』で、ライン川の対岸の哲学界や思想界に、かつてない衝撃をあたえた。

その名声は雷鳴のように轟《とどろ》きわたり、哲学界の「無冠の帝王」とさえ尊称されたという。続いてフランスにも、「無冠の帝王」ハルバッハの圧倒的な影響はおよんだ。この国の戦後思想や現代哲学も、二十世紀最大の哲学者ともいわれるハルバッハをぬきにしては、なにひとつ語れないだろう。

ハルバッハは現象学の創始者の高弟であり、その主著は現象学的な方法で記述された人間存在論だった。わたしはアントワーヌと一緒に、その本を、リヴィエール教授のセミナーで読んだことがある。かれはしばらくのあいだ『実存と時間』に熱中し、その本のことばかりを語っていたものだ。

現象学に興味があるカケルの口から、ハルバッハの名前が洩れるのに不思議はないが、それがアントワーヌの死と、どんなふうに関係しているのだろう。わたしの質問にカケルが応じた。

「ハルバッハの主著の評価が、どうしても定まらないんだ、僕のなかでね。それとハルバッハの変身の謎は、どこかで関係しているに違いない」

ハルバッハ哲学は第二次大戦を境として、大きく変貌している。現象学的存在論をめざした『実存と時間』の続編の構想は放棄され、しだいに現象学からも離れてしまう。現象学の創始者は、「現象学とは私とハルバッハのことだ」と語るほど弟子の学識や才能を評価していた。

その後任としてフライブルク大学教授のポストを、ハルバッハに提供さえしたのだが、最後には、ふたりの関係は冷えこんだらしい。現象学を発明した哲学者はユダヤ人であり、ハルバッハのナチス入党は有名な事件だから、親密な関係の急な冷却化には、そうした政治的背景もあったのだろう。

第三帝国の文部大臣から、フライブルク大学の総長に任命されたハルバッハは、大学のナチ化のために奮闘した。そのころ、かつての師に大学図書館の利用を、無慈悲にも禁じたという噂さえもある。関係が冷えたどころか、ハルバッハは師だったユダヤ人哲学者のことを、しだいに憎みはじめたのかもしれない。

ハルバッハは人間存在のことを、かれ自身の用語で「現存在《ダーザイン》」と称するのだが、戦前の「現存在から存在へ」の探究の方向が、戦後には「存在から現存在」の見返しの方向に逆転したのだと、大学の教科書には解説してあった。

カケルはハルバッハ哲学の、前期と後期のあいだにある断層のことを、やはり謎だと考えているのだろう。それは、わからないでもない。戦前に書かれた主著の一部は、わたしにも興味ぶかく読めたのだけれど、その後の著作はどれも、少しも面白いとは思えないのだ。

「カケルは後期ハルバッハの本について、どんなふうに評価してるの。わたしは馬鹿馬鹿しくて、真面目に読む気にもならないわ。ドイツ語だけが真理の言葉だなんて、厚かましいと思わない。なら、フランス人はどうすればいいのよ」

「ハルバッハによれば、フランス人も哲学しようとするや否や、ドイツ語で考えはじめるんだとさ」カケルは苦笑している。

「夜郎自大《やろうじだい》よ。あなた、日本人だって、おんなじように馬鹿にされてるのよ」

「僕も戦後のハルバッハについては、ほとんど評価できない。存在の思索家というよりも、神秘主義かぶれの存在教の教祖ってところだ。教祖も教祖だが、弟子も弟子だ。あの連中は全部まがい物さ。僕は現象学についてはアマチュアだが、神秘思想についてなら……」専門家なの、といおうとしたら、じきにカケルが言葉を継いだ。

「神秘家を名のる種類の人間については、多少の判断能力があるつもりだ。シモーヌ・リュミエールは本物だった。ジルベール・レヴィも本物だったかもしれない。しかし戦後のハルバッハも、ハルバッハ教徒の群も、神秘家としては例外なしに贋物《にせもの》だ。なぜマルティン・ハルバッハは、あんなふうに駄目になってしまったのか」

カケルが、にべもない口調で断定した。それを聞いてハルバッハの、事大主義的なドイツ特権化の傾向に憤慨していたわたしの気持も、少しはおさまりかける気がした。

ようするに、ハルバッハの主著の評価が決まらなければ、アントワーヌ問題には結論がでない。主著の評価を決めるには、ハルバッハ哲学の変貌の秘密を明らかにしなければならない。そう、カケルは語っているのだ。議論の筋道は、おぼろげながら見えてきたにせよ、まだ考えていることの中身は、ほとんど推測もできなかった。

ドイツを代表する哲学者のナチス入党事件スキャンダルについて、わたしはリヴィエール教授の意見を聞いてみたことがある。教授は哲学者の政治的立場に、その思索の果実を解消することはできないと考えているらしい。質問に応えて教授は語った。

「ヒトラー政権の成立直後まで、ハルバッハがナチズムに共感していたのは事実だろう。それが彼の、ナチス党員としての積極的な活動を支えた。しかし、次第にナチズムの現実に気づきはじめたハルバッハは、一年ほどで大学総長を辞任し、政治に背をむけて、ふたたび静かな学究生活に戻った。

ハルバッハが、その理想をナチズムに託したことがあるにせよ、それは彼が政治的判断を誤った結果に過ぎない。総長時代のエピソードから、ハルバッハの哲学とナチズムとに、必然的な関係があるとまではいえないと思うね。彼のナチズムにたいする誤解や誇大評価や美化を、政治的に未成熟な大学人の、愚かな判断の誤りとして批判することはできる。だが、それと哲学者ハルバッハの業績は、区別して考えた方がよいのではないかな」

戦争中もフライブルク大学教授として、ヘルダーリンやニーチェの研究に没頭していたハルバッハだが、一九四五年のドイツ敗戦後に、ついに教職追放の処分をうけるにいたる。復職できたのは一九五一年のことで、いまも名誉教授として講義することもあるらしい。老いても活動的な、精力的な哲学者なのだ。ふと、わたしは尋ねてみる気になった。

「ねえ、カケル。あなたはハルバッハのナチ加担について、どんなふうに考えているの」

「あの事件は、主著に代表されるハルバッハ哲学の、必然的な帰結だった」カケルが断定する。

「それならハルバッハは、ナチと同罪ってことになるわ」

「ナチと同罪だし、ソ連や各国共産党とも同罪さ」

「わからないわ。なぜナチズムと共産主義がおなじなの。右と左で、政治的な方向は正反対なのに」

「ハルバッハ哲学の背景には、二十世紀精神の病に他ならない死の不安があり、時代的に露呈された無の深淵の前で、深刻な自己解体の危機にさらされた人間存在がある。ハルバッハは死の哲学で、それを超えようとした。だからハルバッハ哲学は、革命と戦争の哲学になる。不安に呪われ、不安を病んだ時代を、根元から甦《よみがえ》らせる特権的な経験としての革命と戦争。その経験を主体的に担《にな》いきる、死を決した革命家と戦士の哲学。

党名に社会主義を冠していたように、ナチズムもまた大衆的な革命運動だった。ハルバッハは故郷シュヴァルツヴァルトの自然と伝統にこだわる趣味や、ドイツ民族の一員であろうとする立場や、その他の個人的な理由で国民社会主義による革命と、存在忘却を完成した近代世界の技術的秩序を打破する革命戦争を選んだのだろう。しかし、ハルバッハ哲学の結論部分のみを微修正して、その死の哲学を左翼革命主義の書として読むことも、まったく可能なんだ。アントワーヌがたぶん、そうしたように。

そもそも、死の哲学をドイツ民族主義に結びつける結論部分が、それ以前の記述とは論理的な必然性をもたないんだから。正確にいえば、ナチズムがハルバッハ哲学の必然的な帰結であるというよりも、国民社会主義であれ国際共産主義であれ、ようするに左右の過激革命主義と必然的な関係を持たざるをえない、というところだろうね。

ナチス・ドイツとソ連は、どちらも近代社会の病弊を超えようとする理念のもとに、大衆的な革命によって成立した国家だ。そしてポーランド分割に見られるように、国際政治では双子のように酷似した行動をとった。他民族を平然と抑圧する権力政治をね。

そればかりか収容所という、想像を絶した虚無化の装置を発明した点でも瓜二つだ。ナチズムは時代的に瀰漫《びまん》する死の不安を、そして戦慄的な虚無を、殺人工場に他ならない絶滅収容所に、象徴的に封じ込めようとしたのかもしれない。収容所の塀の外側には、根拠の不在に悩む近代人の病を根絶した、健康で清潔な帝国の領土があるというわけだろう。

だからハルバッハのナチ加担を非難する論者は、あらかた問題の設定を誤っているんだ。それなら共産党加担ならよいのか、ということになる。ナチは六百万のユダヤ人を殺したが、レーニンの党は数千万人を収容所で抹殺している。それは、いま君が読んでいる本に書いてある通りだね。

左右を問わず革命が虐殺に転化する、せざるをえない不気味な必然性についてこそ、厳密に思考しなければならない。それが不気味なのは、虐殺の帰結において革命の可能性を否定したとたんに、われわれは自分が置かれている社会を、時代を無限肯定しなければならない羽目に陥るからなんだ。もはや革命の可能性は絶たれた。である以上、空疎に繁栄する俗人の楽園を否定する根拠も失われた。どうしてもそうならざるをえない。

ハルバッハのナチ加担問題を、二十世紀最大の哲学者のスキャンダルとして騒ぎたてるような連中のほとんどは、悪を望んで善をなすメフィストフェレスとは反対に、解放を目指して虐殺屍体の山を築いてしまう、われわれの世紀の宿命のような逆説から、その不気味な事態から眼を背《そむ》けようとしているんだ。その点ではハルバッハのナチ加担を、偉大な哲学者の経歴における瑣末《さまつ》な判断の誤り、頁の隅に付いた小さな汚れのごときものであると見なして、その問題を隠蔽《いんぺい》してしまう愚劣な弟子どもと、ほとんど変わるところはない」

二十世紀は「戦争と革命の時代」だといわれる。ハルバッハ哲学は、戦争にせよ革命にせよ避けて通れない死の主題について厳密に思考した結果として、二十世紀を代表する哲学たりえたのだと、カケルは語るのだ。そしてまた、虐殺屍体の山に帰結した二十世紀の戦争と革命を否定しようとするならば、ハルバッハの死の哲学の呪縛《じゅばく》から逃れなければならないのだとも。

口調をかえてカケルが問いかける。

「ところでアントワーヌのことを知っている人物と、これから会う予定なんだ。時間があるならナディアも、一緒にどうかな」

かれが、こんなふうに自分から人を誘うなど前例のないことであり、わたしは不思議な気持で青年の顔を見返してしまった。なにかに悩んでいるのかもしれない、複雑な翳りのある微笑。そして、不意の同行の誘い。

もしかしてカケルの変貌には、やせたことなど外見のものよりも深い、もっと違うものがあるのかもしれない。誘われたのは嬉しいけれど、カケルがひとりで勝手に変わりはじめ、わたしを置きざりにして、どんどん遠ざかっていきそうな不安のために、また心の底が疼《うず》きはじめた。まるで、忘れていた虫歯が痛みだしたように。そんな不安感をおし殺すようにして、わたしは反問した。

「だれかしら、アントワーヌの知りあいって」

「エマニュエル・ガドナス」無造作にカケルが答える。

「哲学者のガドナスね。でも、ガドナス教授は、どうしてアントワーヌを知ってるの」

「僕と同じさ。リヴィエール教授に紹介を頼んだらしい。彼は二度、ガドナス宅を訪問している」


ガドナスの名前は、わたしもリヴィエール教授の講義で知っていた。現象学を発明したユダヤ人哲学者の最大の弟子がハルバッハで、その主著は、リヴィエール教授の講義にも使われている。そして現象学を、戦前にフランスに紹介した最初の人物が、エマニュエル・ガドナスなのだという。

創始者とはもちろん、その高弟のハルバッハとも直接に面識があったガドナスだが、しだいにハルバッハに批判的な立場をとるようになる。ユダヤ人として強制収容所に送られた体験が、ナチズムとの関係も知られているハルバッハ哲学への批判を、ガドナスの内部で育《はぐく》んだのかもしれない。


しかし、それ以上に詳しい知識を、わたしはもっていなかった。リヴィエール教授に薦められているのだが、まだガドナスの主著も読んだことがない。それにガドナス教授は、パリの第四大学の先生だから、校舎が違うわたしには、構内で顔を見かけるような機会もないのだ。

「いつ、どこで会う約束なの」

「約束の時刻は五分後だ。でも、ムッシュ・ガドナスは、もう来ているよ」

カケルが眼で、噴水の反対側にあたるベンチをしめした。ベンチには小柄で恰幅《かっぷく》のよい老人がいて、なにか仕事でもしているような生真面目《きまじめ》さで、つぎつぎと鳩にパン屑《くず》を投げていた。あの人が、問題のエマニュエル・ガドナスなのだろうか。

白髪をオールバックにした老人は、流行遅れの背広を着て、律儀に縞模様《しまもよう》のネクタイを締めている。ずんぐりして、躰つきはドリトル先生のようだ。しかし、大きな顔は四角ばって、どこか威厳のようなものを感じさせる。

カケルが立ちあがり、おもむろに噴水広場を横断しはじめた。わたしも、その後を追った。少し離れたところで、カケルが老人に語りかける。

「失礼ですが、ガドナス教授でしょうか」

「そうです。君が、ヤブキ君かね」

「ええ」

カケルを見あげて、老人が微笑した。田舎の祖父のような、ゆったりと包みこんでくれる使いこんだソファのような、温かでやさしい微笑だった。

その声にも、わたしは魅了された。年齢にしては異例に、大きくて張りのある声。長いあいだ煙草を吸いすぎた老人のようにしゃがれ、割れた声だが、高いところでは澄んだ音色がある。へ長調の声だと、わたしは思った。勧められて、カケルがベンチに腰をおろし、その横にわたしも坐った。

カケルはわたしを、リヴィエール教授の学生で、アントワーヌ・レタールの友人だと紹介した。わたしの顔を見て、また老人が穏やかな微笑を浮かべる。そのつぶらな眼は、あふれるほどの生気に満ちて、きらきらと輝いていた。世界を日々、新たに発見しつつある幼い子供さながらの、新鮮な好奇心にあふれた瞳。ガドナス教授が三重顎をふるわせて、語りかけてきた。

「素晴らしい春の日だね。しかし、春らしい春がない国もある。春を迎えて、なんとなしに解放された気持になる自分が、不思議に感じられるよ。わしが生まれた国は、五月でもまだ寒かった」

エマニュエル・ガドナスは、名前からもわかるようにリトアニア生まれで、戦前に現象学の中心地だったフライブルク大学で哲学を学んだ。その後パリに移住して、そのままフランス国籍を取得したユダヤ人だから、生まれた国とはリトアニアのことだろう。

「ガドナス教授。あなたの思索について、いま僕は真剣に考えているところです。しかし、お聞きしたいと思うのは、哲学上の問題ではありません。あるいは、あなたが思い出したくないような事柄について質問することになるかもしれませんが、お許し下さい」カケルが、本題を切りだした。

「収容所のことだね。リヴィエールから、一応は聞いている」柔和な表情で老人が応えた。

「あなたは、大戦末にポーランドのコフカ収容所に拘禁されていたそうですが」

「そう。一九四四年八月から、翌年の一月に脱走に成功するまで」

わたしは、さり気ない老人の言葉に驚かされた。収容所体験があることは知っていたが、なんとエマニュエル・ガドナスは、コフカの生存者だったのだ。第二次大戦の末期にソ連軍の先遺隊が、撤収直前のコフカ収容所を攻撃した。その混乱に乗じて、数百人もの囚人が脱走に成功した。それほど大規模な脱走事件は、ナチ収容所の歴史でも、ほかに例がないとされている。

「コフカ収容所に、看守としてイリヤと呼ばれる男がいませんでしたか」

「イリヤ・モルチャノフ、ウクライナ傭兵《ようへい》の隊長だな。確かにいた」

うなずきながら、ガドナス老人が応える。カケルが眼をほそめ、舌先で唇を湿すようにして言葉を押しだした。「どんな男でしたか」

「粗野で残忍な傭兵隊長で、コフカを剥《む》きだしの暴力で支配していた男だ。しかし、それだけでは充分な説明にはならんだろうな。あの男は名前のとおり、収容所の〈ある《イリヤ》〉を象徴するような人物だった」

ロシア人の名前の〈イリヤ〉と、フランス語の〈ある《イリヤ》〉。綴《つづ》りは違うが、たしかに発音は似ている。それにしても老人が呟《つぶや》いた、「収容所における〈存在《イリヤ》〉」とは、なんだろうか。現象学を存在論に展開したハルバッハの〈存在《ザイン》〉や、ハルバッハに影響されたサルトルの〈存在《エートル》〉とは違うのだろうか。だが、それよりも先に知りたいことがあり、わたしは横から口をだした。

「どうしてウクライナ人が、ナチ収容所に看守として雇われていたんですか。ウクライナ人はソ連国民で、大戦中のドイツには敵国の人間なのに」

ガドナス教授が、わたしの顔を見つめる。「髑髏《どくろ》団《だん》と呼ばれた収容所の警備部隊は、武装親《ヴァッヘン・》衛隊《エスエス》に属していた。武装親衛隊は大戦中、ドイツ以外の各国からも隊員を募集したのだ。君は知らんだろうが、フランス人の武装親衛隊員も多数いたんだよ。シャルルマーニュ部隊と名づけられたフランス人の親衛隊兵士三千名は、東部戦線に送られて、ほとんどが死んだ。

それにウクライナ人は、伝統的に反ロシア的な民族感情が旺盛だ。進攻してきたドイツ軍のことを、スターリンの鉄の軛《くびき》からウクライナを救出してくれる解放軍だと誤解した人々も沢山いた。武装親衛隊に志願し、そして髑髏団に編入された青年も少なくない」

老人の話に、わたしの頭は混乱した。たしかにヴィシー政権は対独協力政権だし、占領軍権力に迎合し、その手先を務めたフランス人も多かった。アンドロギュヌス事件の映画女優ドミニク・フランスも、そのひとりだろう。しかし、志願してナチス親衛隊《エスエス》の黒い制服と、髑髏の徽章《きしょう》をつけていたフランス人のことなど、それまでは聞いたこともなかったのだ。カケルが、さらに問いかける。

「イリヤ・モルチャノフには、子供がありませんでしたか」

「ウクライナに残してきた家族のことまでは、わしには判らん。モルチャノフは暴力で、収容所の女囚を情婦のようにしていた。マリアという名前の娘だ。脱走に成功した後、その娘と同じ仕事場で働かされていた女性から聞いた話だが、マリアは妊娠していたという。無事に出産したとすれば、それがイリヤの子供になるのだろうが」

「モルチャノフの子供を宿した女囚は、脱走できなかったのですか」

「森のなかに逃げ込んで、三日後にソ連軍に救出された囚人のなかに、マリアの顔は見られなかった。看守頭の子を孕《はら》んでいたという特殊な立場のため逃げおくれ、翌日、収容所撤収の際に殺されたのかもしれない。あるいは脱走を試みたが失敗して射殺されたか、それとも森のなかで凍死したか、そのいずれかだろう。どの可能性にせよ、あまりにも無残なことだ。存在は災厄だが、それでも存在しないよりは善いことなのだから」老人が、痛ましげに眉をひそめた。

「それでモルチャノフは、どうなったんでしょう」

「それも、判らん。なにしろ自分が体験したことだ。わしにも関心があり、大戦末期のコフカ収容所について可能なかぎり資料を集めてもみた。脱走事件のあと、最後まで行方不明者として処理された看守側の人間は、ほんの数名らしい。そのなかに所長のフーデンベルグ、そしてウクライナ傭兵の隊長イリヤ・モルチャノフの名前もあった」

「モルチャノフの生存の可能性は」

「それはないと思うね。行方不明者は、収容所の焼け跡に埋まって、最後まで掘り出すことのできなかった死者だろう。モルチャノフも所長のフーデンベルグと同じことで、焼け跡に埋められたまま忘れられたのだ」

「もうひとつ、伺います。コフカ収容所長のフーデンベルグは、親衛隊残党の秘密組織を利用して、戦後ブラジルに亡命したらしい。そんな噂があります。そして、南米に第二の人生を求めたフーデンベルグには、かつての部下であるウクライナ人が同行していた。そのウクライナ人は、子供を連れていたらしい」

「それで」困惑したように、ガドナス老人が話の続きをうながした。

「他方にソ連の諜報機関や極左のテロリスト結社とも、西欧諸国の極右勢力とも関係があるらしい、南米出身の国際テロリストが存在しています。彼はニコライ・イリイチと呼ばれている。

イリイチという父称から判るように、ようするにイリヤの息子です。問題のニコライは、コフカに君臨していたイリヤの息子かもしれない。僕は、その状況証拠になるような事実を、幾つか発掘することに成功しました」

「で、質問とは」真剣な面もちで話に耳をかたむけていた教授が、カケルに反問した。

「親衛隊将校のフーデンベルグが南米亡命に成功したとしても、それほど不思議なことではない。しかしウクライナ人傭兵にまで、ナチス残党の亡命組織が援助したとは思えません。イリヤがフーデンベルグと一緒に、南米行きの非合法切符を入手しえたとすれば、それはフーデンベルグの強力な推薦があったからに違いない。フーデンベルグが、イリヤの逃亡に手を貸したような可能性はあるでしょうか」

「残念ながら、収容所世界の最底辺にいた囚人のわしだ。フーデンベルグとイリヤ・モルチャノフの個人的な関係について、風聞以上のものを知りえたわけがない。そうかもしれんし、そうでないかもしれん。

わしにいえることとは、コフカの真の主人がモルチャノフだったということだ。所長のフーデンベルグは、あの男を配下として利用していたつもりかもしれんが、事実は逆だった。収容所の〈ある〉《イリヤ》を体現したイリヤこそ、コフカの真の主であり、フーデンベルグをも支配していたのだと思う」

「もしもフーデンベルグに、南米亡命の可能性が開けたとします。モルチャノフに脅迫されたら、フーデンベルグはぎりぎりまで可能な努力をして、その要求に応えたかもしれない。そうは考えられないでしょうか」

「事実の裏づけはないことだよ。しかし、可能性はあると思うね。そう、君には運のよいことだ。五月下旬にも、脱走の夜にコフカに居あわせたという下士官――戦中は、わしには旧知のハインリヒ・ヴェルナーの直属の部下だったという、その人物がパリを訪問する予定だ。

わしは長いこと、あの夜の出来事について、正確に証言できそうな人物を探してきた。あの夜に死んだと考えるしかない、ある不幸な女性の最期《さいご》について、どうしても詳しいことを知りたいと願ってきたのだ。しかし、あらゆる捜索は失敗に終わった。わしは、ほとんど諦めていたのだよ。

先月のことだが、面識のないドイツ人から手紙が、ふいに舞い込んできた。それを読んで、わしは仰天したものだ。手紙の主はヴェルナーの部下だったという男で、五月末にもパリを訪れる予定だが、その折に、できれば面談できないものかと記されていたからだ。

その翌日にわしは、訪問を歓迎すると返事を書いた。問題のドイツ人は、脱走の夜のことを話してくれるだろう。たぶん、あの不幸な女性についても教えてくれるに違いない。イリヤ・モルチャノフの消息も、彼ならば詳しく知っているかもしれん。そのドイツ人が、わしの家を訪れるときに、君も同席したらよかろう」

老人が語りおえ、また柔らかな微笑をうかべた。次々と投げられたカケルの質問に、わたしは無闇と興奮していた。たぶんカケルは、ニコライ・イリイチの隠された履歴の一部を、どうしてか解明することに成功したのだ。長期旅行の謎も、それでとける。カケルは、ニコライ・

イリイチの故郷を探しあてるため、南米で現地調査をしてきたのだろう。そうだ、そうに決まっている。青年が話題をかえて、老人に問いかけた。

「ガドナス教授は、アントワーヌ・レタールを御存知なんですね」

「レタール君は、リヴィエールに薦められて、私の本を読んだらしい。彼とは二度、議論をしたが」

「アントワーヌと、どんな議論をしたんですか」わたしが質問した。

「死の主題についてだろうか。レタール君の主張の背景には、マルティン・ハルバッハの哲学がある。彼はそれを、愚直に極端化したのかもしれないな」

「どんなふうにですか」

「死を、支配しなければならないという確信の方向に」

「でも、それは違うような気がします。わたし、ハルバッハが主著のなかで、『死とは追い越しえない存在可能性である』と書いていたのを覚えていますもの。死が不吉な青い鳥なのだとしたら、だれにもそれを所有したり支配したりなんか、できないはずだわ」

ガドナス教授が、穏やかな口調で反論した。「ハルバッハは、かならずしも断定はしていない。しかし、ハルバッハ哲学から、自分の望むような結論を引きだす若者はあとを絶たない。昔も、そして今も。それはハルバッハ哲学の誤読の結果というよりも、その必然的な結果なんだよ。

ハインリヒ・ヴェルナーも、そうだった。ヴェルナーは死をも怖れない厳粛な決断において、ハルバッハの理想を体現するようなゲルマンの英雄だった。その点では、四十年後のレタール君より、はるかに徹底していた。ヴェルナーはナチス革命を信じて闘い、そして裏切られた。第二次大戦に従軍し、ロシア戦線では少佐に進級した。その戦功で騎士鉄十字章を授けられたというが、あの男なら当然のことだろう。ヴェルナーは、確かに勇敢な青年だった」

老人の表情は複雑だった。かすかな憤懣《ふんまん》と、隠しきれない親愛感と、そして溢《あふ》れるような懐古の情。ガドナス教授のなかでハインリヒ・ヴェルナーの記憶は、なにか特別な位置を占めているのかもしれない。教授は語り続けた。

「ヴェルナーが生きた時代は、文字どおり戦争と革命の時代だった。戦後生まれの若い世代には、想像もできんことだろうが。レタール君は、平和な時代を生きるように運命づけられた、凡庸なヴェルナーかもしれんな。

ヴェルナーは実存の本来性に達することを渇望して、死の可能性に直面しながら、その人生を最後まで生きた。それはヴェルナーのように、ハルバッハ哲学を学んで死の実存論的な意味を自覚したと信じた、大戦間の大学生ばかりではない。

どんな平凡な男女でも戦争と革命の時代には、誰もが望もうと望むまいと、ある意味では死に直面していたのだ。そう、ドイツでもフランスでも。小官僚にも会社員にも学生にも、区別なしに召集令状は舞い込んできた。主婦にも女子学生にも子供にも、どんな人間の頭上にであれ、死をもたらす爆弾は平等に降り注いだのだ。

しかし、レタール君は人為的な努力なしには、死に直面しえない平和な時代の青年だ。英雄的な死は小説のなか、映画のなか、新聞記事のなかにしか存在しえないような時代。それでかれは、死を自分の方に引き寄せ、死の現実性を仮構し、観念的に死を所有しようと作為したのだろうな。

そんなふうにして死の可能性も実存の本来性も奪われ失われた、豊かで平和な時代の精神的な貧しさから無理にも逃れようとしたレタール君だが、どう足掻《あが》こうとも、結局はヴェルナーの凡庸な模倣者にしかなりえない。

徹底したニヒリズムがハインリヒ・ヴェルナーを強いて、死を決意した英雄的な戦闘者たらしめた。彼は崇高な精神性など、はなから信じてはいなかったろう。殺害された神の新しい形でもあるだろう、ハルバッハふうの存在《エートル》もだ。しかし、ひとたび決断した以上は、おのれの不信を噛み殺しきれるだけの強靭《きょうじん》な意志があった。

その時期のヴェルナーと同じ年頃なのに、レタール君の表情には自信のなさと、子供のように心弱い動揺のようなものが感じられた。心底では信じていない哲学や思想や信念を、決断した以上は最後まで演じきるだけの力感を欠いていた。そんなふうに見たのは、若い世代に点が辛くなる、老人の習性のせいかもしれんが」

それは違うと、わたしは思った。アントワーヌは一直線に、死の淵にまで自分を追いつめ、警官隊の銃弾を全身にあびて死んだのだ。でもガドナス教授に、アントワーヌの死の真相については、なにも語ることはできない。それは警察も知らない、カケルとふたりだけの秘密なのだ。わたしは老人が、アントワーヌと比較したヴェルナーなる人物に興味を感じていた。

「ヴェルナーさんとは、どんなおつきあいだったんですか」

「彼もまた、フライブルク大学ではハルバッハの学生だった。わしとは、つまり同窓ということになるね。すでにハルバッハは、ドイツを代表する哲学者として評価されていた。『無冠の帝王』という賞賛の声さえもが、至るところで囁かれていた。

フライブルクには、ハルバッハの盛名を慕って各国から多くの秀才が集まってきた。そう、なかには頭脳明晰《めいせき》な日本人の学生もいた。ハルバッハのセミナーに参加を許されることは、国籍を問わず哲学を学んでいる学生の夢だった。ハインリヒ・ヴェルナーはセミナーでも一、二を争う優秀な学生で、ハルバッハから将来を期待されていた。あの青年の人生に、もしもナチズムと戦争が影を落とさなければ、ヴェルナーは哲学徒として大成していたことだろう。

わしにはハルバッハと同様に、ヴェルナーの思想も認めることはできん。彼がナチス突撃隊に志願すると宣言した日に、われわれの友情は絶たれたのだ。二度と、顔を合わせることはあるまいと思っていた。だから脱走の日に、親衛隊将校の制服を着たヴェルナーが部下と二人で、コフカを訪問しているのを目撃し、あまりのことにわしは茫然としたものだった」

老人は、感慨ぶかそうな顔で語りおえた。たぶん時代が、二人をひき裂いたのだ。おなじハルバッハ門下の親友同士であろうと、ナチに志願したヴェルナーと、ナチに迫害されることになるユダヤ人のガドナスでは、不倶戴天《ふぐたいてん》の関係にならざるをえない。つまるところ、殺した側と殺された側なのだから。

それでもヴェルナーと絶交はしても、かつての友情の記憶まで抹殺することはできない。ガドナス教授の複雑な表情は、そんな内心を暗示しているように見えた。話のあいだに生じた疑問点について、わたしは尋ねてみることにした。

「コフカのことで知りたいことがあるのなら、どうして戦後、ヴェルナーさんを探さなかったんですか。部下だった下士官よりも、上官のヴェルナーさんのほうが、事情に詳しそうなのに」

「それは不可能だった。第三帝国崩壊の直前に、ヴェルナーは戦死したのだから」

ガドナス教授が、ぽつりと告げた。老人はヴェルナーのことを過去形で語っていたが、そうか、戦死していたのか。それでは戦後になっても、所在をつきとめることなど不可能に違いない。

教授はアントワーヌとヴェルナーの精神には、似たようなところがあるのだという。二人ともハルバッハの影響下にあり、死の哲学の帰結を体現するような人格だと指摘したのだ。老人の意見が、わたしにはよく理解できなかった。ハルバッハの本には、もう少し違うことが書かれていたような気がする。

五月末にマルティン・ハルバッハが、戦後はじめて来仏し、ソルボンヌで講演をする予定だった。わたしもハルバッハの講演を聞いてみたいと思っている。そのときまでに、『実存と時間』を読みかえしておこう。それでガドナス教授の意見も、自分なりに理解できるようになるかもしれない。

「そのドイツ人がパリに来たら、紹介して下さるようお願いします。僕も是非、その人の話を聞いてみたいものですから。ほんとうに申し訳ないのですが」

あまり他人にものを頼むことのないカケルが、その件についてガドナス教授には、なれない態度で頼みこんでいた。教授が、ゆったりとうなずいた。

「もちろん、そうしよう。そのときに君が、わしの著書をどんなふうに読んだのか、それも聞かせてもらいたいものだと思うよ」

それで、老人との会話は終わった。ナチによる迫害や、収容所生活の苛酷な試練にも耐えぬいた強靭な精神と、人なみはずれて穏やかで、柔らかで、温かな印象が同居しているユダヤの賢者の風貌をもつ老人に、わたしたちは別れを告げた。


陽が傾きはじめ、風が少し冷たく感じられる。ガドナス教授を噴水広場のベンチに残して、新緑がまぶしいマロニエ並木を歩きはじめた。テニスのラケットを抱えた少女が三、四人、跳ねるような足どりで並木道を横ぎり、陽気な笑い声をのこして林の奥に消えていった。歩きながら、わたしはカケルを問いつめた。

「あなた、ブラジルに行ってたのね。それで、まだ春なのに、そんなに日灼けしてるんだわ」

カケルは無言で足を運んでいる。わたしは、さらに追及した。「ニコライ・イリイチの正体を追跡して、育った国を現地調査したんでしょう。でも、どこから摑《つか》んだの、イリイチの父親かもしれない男のことなんかを」

カケルがまた、あの翳りのある微笑を見せながら応えた。「君は、それについて知る権利がある。君にアントワーヌやマチルドを紹介されなければ、僕もあの男の存在を知りえたとは思えないんだからね」

もちろん、その通りだわ。わたしは自分にうなずきかけながら、カケルに話の続きをうながした。話そうとする中身を、頭のなかで整理していたのかもしれない。しばらく沈黙があり、それから青年は、おもむろに語りはじめた。

「ニコライ・イリイチが南米出身だという噂は、以前から国際テロリストの地下世界では根強いものがあった。同業者のカルロスと同じことだね。噂のなかには、ブラジル北部アマゾナス地方でネグロ川に面した、田舎町ワウペスの名前までが含まれていた。僕は、その町まで旅行してみることにしたんだ。現地で調査をすれば、何かニコライ・イリイチについて詳しいことが判るかもしれない。

小さな町だが、それでも三十年も昔のことになる。イリイチをめぐる調査は困難をきわめた。簡易ホテルを根城にして、僕は毎日のように、ワウペスの町をうろつき廻った。有力な情報を摑めたのは、十日もしてからのことだった」

証言によれば、大戦後にドイツ人夫婦と、子供を連れたウクライナ人の男があらわれて、三年ほど町外れにある、隣りあわせのバンガロー二軒を借りて住んでいたという。最初にウクライナ人が、つぎにドイツ人夫婦が町を去った。ドイツ人夫婦はアルゼンチンに、ウクライナ人はアマゾン奥地の鉱山町に、それぞれ移住すると洩らしていたらしい。

名のっていたのは、どちらも偽名だろうから、ほとんど参考にはならない。しかし、カケルが探しあてたバンガローの所有者の老人は、ドイツ人の妻がウクライナ人の子供を、ニコライ・イリイチと呼んでいたことを思い出してくれた。姓は偽にしても、子供の名前は本物かもしれない。それが、カケルの関心を惹いた。

「もうひとつ、ドイツ人夫婦が姿を消してから十年ほど後に、セールスマンのような雰囲気のユダヤ人がワウペスの町に現れて、彼らについて執拗に聞いて廻っていたこと。ユダヤ人の調査員は、老人にヘルマン・フーデンベルグという人物の写真を見せ、バンガローを借りていたのが同じ人物ではないかと、しつこく問い質《ただ》したという。僕に突きとめられたのは、そこまでだった」

ユダヤ人は、ナチ戦犯を追及するイスラエルの秘密機関《モサド》員に違いない。あるいは西ドイツのナチ戦犯中央調査委員会《ツエントラーレ・シッテレ》の関係者かもしれないが。それでは、戦争犯罪人として追跡されているらしいヘルマン・フーデンベルグとは、ようするに何者なのか。

カケルは、ナチスの戦争犯罪にかんする資料を保管している、西ベルリンの米軍資料センターまで行こうかとも考えた。しかし、そのまえにパリのユダヤ人資料センターで、関係資料を漁《あさ》ることに決めた。そして幸運にも、そこでヘルマン・フーデンベルグの名前を発見できたのだという。

「一九四九年に公表されたヘッセン州司法当局のナチ戦犯リストに、その名前があった。親衛隊少佐で、コフカ収容所長の経歴をもつ男だ。それなら、モサドに追いかけまわされても不思議ではないだろう」

「なぜ、フーデンベルグは、フランクフルトの検察局から追及されているの」ポーランドの占領地にあった強制収容所で、戦中に起きた戦争犯罪を、どうしてフランクフルトの司法当局が担当しているのか理解できなくて、わたしは尋ねてみた。

「西ドイツには十六の州があり、それぞれの州の検察局が、第三帝国や占領地で犯された戦争犯罪の捜査を地域ごとに割りあてられている。たとえば、デュッセルドルフ市のあるノルトライン・ウェストファーレン州は、トレブリンカ、ソビボール、マイダネクの各収容所で起きた囚人迫害や大量虐殺事件を担当している。フランクフルト市のあるヘッセン州は、第三帝国最大の収容所アウシュヴィッツの担当で、隣接するコフカも、そこに含まれているんだ」

フランクフルトの司法当局はナチスの戦争犯罪の追及に比較的熱心で、たとえばアイヒマンの潜伏先を摑み、その情報をモサドに流したのもヘッセン州検事フリッツ・バウアーだったという。モサドは長官イサー・ハレルの陣頭指揮で、アルゼンチンに潜伏していたアイヒマンの誘拐と、非合法のイスラエル連行にも成功をおさめた。

バウアー検事は、ナチス時代の戦争犯罪の追及に不熱心な西ドイツ警察を、あまり信用していなかった。警察に通報しても、上層部に巣喰う親ナチ分子から情報もれが生じ、アイヒマンの逃亡を許すような結果にもなりかねない。その危険性を考慮して、モサドを動かすことに決めたらしい。

「問題は、フーデンベルグなる男と一緒に謎のウクライナ人が、ブラジルの田舎町に姿をあらわしたことだ。子供は、イリイチなる父称で呼ばれていた。父親の名前は、当然イリヤということになる。フーデンベルグの周辺に、イリヤという名前の男が存在していたのではないか。そう考えて、僕は大戦末期のフーデンベルグについて少しでも知っていそうな人物を探したんだ。

何百人もの囚人が、ナチ収容所を脱走することに成功したコフカ事件は、有名な史実だ。そしてリヴィエール教授の同僚であるユダヤ人哲学者が、コフカ収容所から脱走に成功し生還した人物であることを、ふと僕は思い出した。それでガドナス教授に、話を聞いてみることにしたのさ。

収穫は充分だった。フーデンベルグがイリヤを同行して、南米に亡命した可能性は充分にある。その息子イリイチが、ニコライ・イリイチであるとしても、それほど不自然な話じゃない」

「イリイチの来歴をつきとめたとしても、それで、あの男がどこにいるかを知ることにはならないわ」

青年は肩をすくめた。しかし、ニコライ・イリイチの履歴を摑むことは、カケルにとって重要なことなのかもしれない。敵について知ることは、闘争において優位に立つ条件でもありうるのだから。依然としてカケルは、ニコライ・イリイチとの対決を望んでいるのだ。またしても正体の知れない不安感が、じくじくと心の底から湧きだしはじめる。

「でも、それだけ調べるのに、どうして二カ月以上も必要だったの。最初の十日で、全部わかったんでしょう」

青年が眉をひそめるようにした。「イリヤ・モルチャノフとおぼしい男の消息を、アマゾン流域の鉱山町まで追ったんだ。モルチャノフの足跡は、鉱山町の先にあるジャングルの奥で絶えていた。その男が建てたらしい小屋の残骸を、なんとか発見できたのが最後だった。気落ちしたせいかもしれない。僕は、人里離れた熱帯雨林のなかで、急激に体調を崩した。風土病にやられたんだ。

なんとか密林を這《は》いだし、倒れているところを鉱夫のトラックに拾われて、町の病院に送られたのさ。一人で密林に入るのも無謀だし、発見されるのが二、三日遅れていたら確実に死んでいたろうと、医者にさんざん説教されたよ」

カケルは他人《ひと》ごとのように苦笑している。ようするに、旅行の大半は病院生活についやされたらしい。それで、ひどくやせた理由もわかる。体も心もひとなみ外れて強靭で、ジェズイットみたいに禁欲的な青年だが、フランシスコ・ザビエルが中国で病死したように、眼に見えない微生物には勝てないのだ。

どうしようもなしに、不安な気持だった。病気で死にかけたという話に慄然《りつぜん》とし、無事に戻ってきたことを涙がでるほどに嬉しいと思いながらも、心底にわだかまる不気味な不安感は消えない。

同時に、それでカケルも少しはこりたろうと、変に納得できてしまうところもあった。矢吹駆という青年は、さまざまな意味で、あまりに強すぎるのだ。必要以上に強すぎる。野獣や風土病が蔓延《まんえん》する密林の奥地に、ひとりで入りこんだというのも、傲慢なほどの自信の結果だろう。しかし、その強さが、ときとして弱さにもなりうるという真実を、心の隅にでもとめておいてほしい。わたしは以前から、そんなふうに感じていた。

「今日の話、よくわからないところがあるわ。もう一度、ハルバッハの本を読んでみるから、そうしたらまた話をしてね」

カケルの腕をとり、脇《わき》できつく締めるようにしながら、わたしは生真面目に語りかけた。青年が愛想のない顔で、黙ってうなずいた。カケルが約束してくれた。それなら、あの難解な哲学書を読みかえす甲斐もあるというものだ。今月中に全部、もう一度、読んでやろう。

公園の並木道が、まもなく終わろうとしている。鉄柵門の彼方には、モンパルナスの繁華街に通じる古めかしい街並が、五月の青空の下に続いていた。死や不安の想念を追いはらうような、「パリでもっとも美しい月、五月《ル・ジョリ・モワ・ドゥ・メ・ア・パリ》」の、透明で明るい陽光にあふれた小綺麗《こぎれい》な光景が。

前篇　ノートゥングの魔剣

ダッソー邸全体図

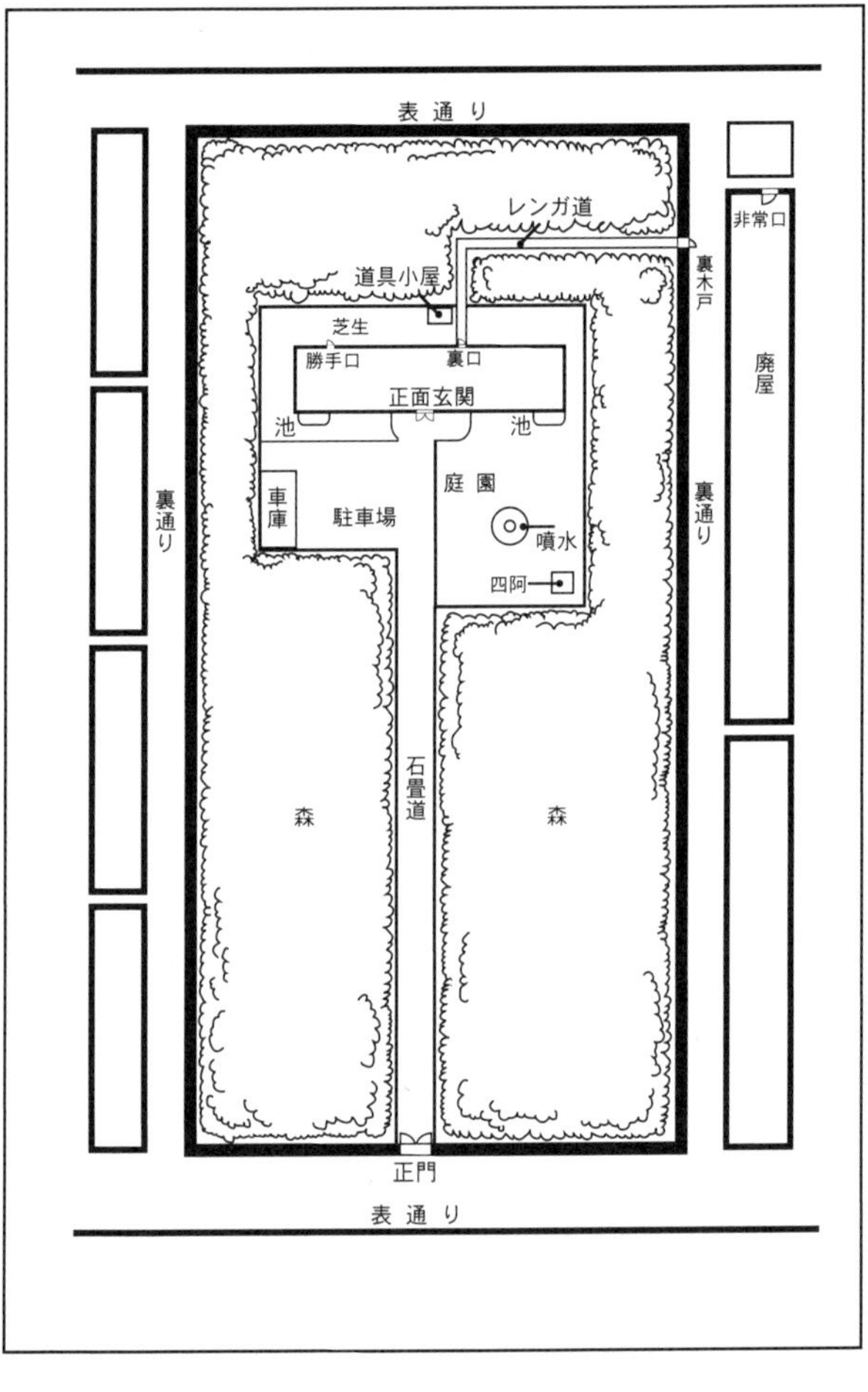
表通り
レンガ道
非常口
道具小屋
裏木戸
芝生
勝手口
裏口
廃屋
正面玄関
池
池
庭園
裏通り
車庫
駐車場
裏通り
噴水
四阿
石畳道
森
森
正門
表通り

第一章　夜の急報

1

じきに初夏の季節に入るとは思えない、五月末の三日続きの雨だった。冷たい雨に濡《ぬ》れた深夜の環状高速《ベルフェリック》を、警察車がサイレン音を轟かせながら疾走していく。

モガール警視は後部席にもたれ、疲れた眼をしばたたかせながら、濡れた硝子《ガラス》窓に滲《にじ》んでいる対向車線の光の帯を、ぼんやりと眺めていた。目的地はパリ西縁のブローニュ。北縁のモンマルトルからは、市内を縦断するよりも外環状線に乗った方が早い。

眼が充血して、瞼が腫《は》れている。ガール・ドゥ・リヨンのスラム街で起きた、麻薬取引がらみの大量射殺事件の捜査に追われ、先週から警視庁のオフィスに泊まり込みも同然だった。それでも奮闘の成果で、新興のヴェトナム・マフィアに属する、主犯の逮捕にまで漕ぎつけることができた。ようやく事件も一段落し、久しぶりに早めに帰宅して、疲労困憊《ひろうこんぱい》した躰をベッドに押し込んだところだった。

寝ついたばかりのところを、騒々しい電話のベルで叩《たた》き起こされた。五月三十日午前一時四分。枕元のデジタル時計は、日時を示して羅列された数字を、疲れた眼には刺激的すぎるほど鮮やかな緑色の光で、機械的に点滅させている。モガールはデジタル時計など趣味ではなかったが、娘の誕生日プレゼントでは、まさか物置に放り込んでしまうわけにもいかない。

電話の主は警視総監だった。モガールはパリ警視庁で、殺人など凶悪犯罪を扱う部門の責任者の一人だ。それでも総監が真夜中に、自宅まで電話してくることなど、年に一度あるかないかだろう。

「夜中ですまないが、これからブローニュまで行けるかな」総監が、神経質な声で語りかけてきた。

「事件ですか」モガールは反射的に問いかけていた。

警視総監がじきじきに電話をよこしてきた以上、平凡な事件とは思えない。瞬間的に、幾つかの不吉な可能性が脳裏をよぎった。パレスチナ系の国際テロ組織が、以前から宣言していたように、市民を巻き込む爆弾作戦に突入したのだろうか。それともイタリア系とアジア系のマフィア勢力が、暗黒街の勢力争いで市街戦をはじめたのだろうか。しかし、総監の返事はモガールの予想を超えていた。

「行って貰《もら》いたいのは、フランソワ・ダッソーの邸《やしき》だ」

「あのダッソーですね」

眉を寄せて、モガールが呟いた。同姓同名の別人でなければ、問題の人物は、フランスでも有数のユダヤ系財閥を支配している少壮実業家だろう。戦前からダッソー家は、「森屋敷」とも呼ばれる豪壮な邸宅を、ブローニュの高級住宅地に構えていることでも知られている。総監の言葉は、モガールの推測を裏づけるものだった。

「そう。パリ市長の親友で、経済問題の相談役を務めているダッソーだよ。エリゼ宮にも強力な人脈を持っているし、首相とは夜中に電話で世間話ができる仲だという。

五分ほど前に、ダッソーから私のところに電話があった。事故で、滞在中の客が死んだそうだ。彼は、信頼できる捜査官を派遣してくれと注文してきた。門前で地区署の警官が騒いでいるが、警視総監からじかに派遣された捜査官が到着するまでは、現場保存のため家には入れないようにしているという」

ダッソーから警視総監に通報があったのは、五分ほど前、つまり午前一時頃のことだった。モガールはさらに問いかけた。

「総監。私には判らないんですが、どうして地区署の警官は、ダッソー家で事件が発生したことを摑んだのですか」

「知らんよ、そんなことは。とにかく、現場には君に急行して貰いたい。局長に電話すれば点数稼ぎで、ブローニュの森屋敷まで駆けつけかねないからな。あの男は優秀な警察官僚だが、現場の捜査官じゃない。屍体を前にして、何ができるものか。それで君に、じかに電話したんだ。司法警察の看板であるモガール警視が、じきじきに現場に急行したとなれば、フランソワ・ダッソーでも市長に不平は洩らすまいよ」

総監の直接指示だった。事故死は管轄外だが、まさか拒むわけにもいかない。電話が切られた直後、モガールはフックを叩いてダイヤルし、大急ぎで十八区の地区署を呼びだした。

応対にでた当直の警部は、二年ほど前にモンマルトルで起きた娼婦連続殺人事件の時、地区署の捜査責任者としてモガールと共同で捜査を担当したことのある男だった。モガール警視からの予期せぬ電話に、警部は驚いたように挨拶《あいさつ》の言葉を口にした。

娼婦やチンピラの消息から残飯をあさる野良猫についてまで、ピガールの路上を稼ぎ場にしている地下世界の住人のことなら、知らないことはないと豪語している叩きあげの警部だった。モガールは相手の言葉を遮って、簡単に事情を説明した。そして自宅のあるラマルク街の付近で、深夜の巡回勤務についている警察車に無線連絡をとり、急行させるように依頼した。

なにしろ総監命令で、事故死の現場まで大急ぎで行かなければならないのだ。電話でタクシーを呼ぶよりも、地区署のパトロール車を使った方がよい。サイレンを鳴らした警察車なら、目的地のブローニュまで、タクシーより十分以上も早く辿《たど》りつけるだろう。

国立行政学院《エナ》を卒業したエリート官僚の局長が同じことをしたら、タクシー代わりに使われた地区署の警官は憤慨するに違いない。だがモガールの場合、その心配はなかった。地区署のパトロール警官でも、現場で幾多の難事件を解決したモガール警視のことはよく知っている。モガールのためなら、喜んでタクシードライバーを務めるだろう。

脱いだばかりの上着の袖に腕を通していると、街路から警察車のサイレン音が聞こえはじめた。受話器を置いてから、三分と経過していない。パトロール車を呼んだのは正解だったと、モガールは機械的に頷《うなず》いていた。

サイレン音がとだえた。警察車はもう、アパルトマンの建物の正面入口に横づけになっている。身支度を終えて玄関に向かおうとした時、娘のナディアが、自室のドアから通路に顔を出した。手には読みかけらしい本がある。白表紙には『実存と時間』と、表題が印刷されていた。大学の哲学教科書だろうと、モガールは思った。ナディアは先週から、どうやらその本に熱心に読み耽《ふけ》っているらしい。

もう入浴はすませたはずで、化粧は落としているが、やはり二十歳を超えたばかりの若さがある。深夜だというのに、素膚《すはだ》の顔は艶々《つやつや》として、疲労の隈《くま》さえもなかった。生命力とは不思議なものだ。二晩の徹夜で、死にそうなほど疲労困憊している五十過ぎの父親とは、大違いだとモガールは思った。手にした白表紙の本で、夜着に包まれた腿《もも》を無意識に叩きながら、娘のナディアが尋ねる。

「パパ、また、お仕事なの」

「そうだ。先に寝ていなさい」モガールは靴に足を入れた。

「明日の夜は、十二時過ぎになるかもしれないわ」

「あまり遅くならんようにな」

「パパもね。外は、季節はずれの冷たい雨よ。風邪なんかひかないようにね」

湿った外套《がいとう》に袖を通している父親に、ナディアは、からかうように微笑した。午前一時にせよ二時にせよ、五月で二十一歳になった娘が、絶対に帰宅していなければならない時刻ではない。この時節、娘を門限で縛ることができるような父親など、ざらにはいないことだろう。嘆息しながらモガールは、アパルトマンの玄関扉を押しあけた。

最近、多くなったスチール製の玄関扉ではない。手作りで、頑丈さは証明ずみの木製扉だった。飴色《あめいろ》の艶がある鏡板の表面には、無数の傷や染みがある。そのなかには幼いナディアが、爪でつけた傷も。結婚してから夫婦で、倹約に倹約を重ねて、ようやく買うことのできたアパルトマンだった。ナディアも、この家で生まれた。

娘も遠からぬ将来に、この家を出ることになるだろう。パリ出身で、パリの大学に通っている学生でも、二十歳を過ぎれば自立するのが常識なのだ。この春で二十一歳になった娘が、まだ親の家で暮らしているのは、自立するためのチャンスがないからに過ぎない。そこでモガールの頭は、年季の入った警官風に、自動的に作動しはじめる。

二十一歳のパリジェンヌにとって、親の家から出るための最大のチャンスは、もちろん恋愛だろう。普通は好きな男と暮らしたいから、家を出ることになる。あまりに干渉的な両親であれば、自由に暮らしたいという理由だけで自活をはじめる選択もありうるが、わが家に限ってそのようなことはない。娘が朝帰りをしようと、無断外泊をしようと、文句も愚痴も洩らさないように努力している、普通よりもはるかに理解ある父親なのだから。

つまるところ、ナディアにはまだ一緒に暮らしたいと思うほど好きな男はいない、という結論になる。本当に、そうだろうか。モガールはさらに考えてしまう。

もしもアントワーヌ・レタールが、あんな事件の主役にならなければ、ナディアも自分の部屋を借りて自立していたかもしれない。しかし、レタール青年は外国に去った。それから一年以上ものあいだ、娘の最大の関心は矢吹駆という日本青年に集中されている。その程度のことを察するのに、経験を積んだ刑事の勘は必要ない。娘の顔さえ見ていれば、自然と判る程度のことだった。

それは、ナディアにとってよいことなのか、どうか。ヤブキとナディアが、少しばかり照れたような顔で、親に同居の決意を告げるような場面など、どうしても想像することができないのだ。あの日本人には危険なほど魅力的な、独特の個性と雰囲気がある。ルベール少佐と同じことで、女に自分の人生を束縛されるような生活など、絶対に選びそうにないタイプの青年だった。

ナディアがヤブキの魅力から逃れられないのは、娘の自立宣言を期待しながらも怖れている平凡な父親にとって、あるいは幸運なことかもしれない。しかし、それは父親のエゴイズムではないだろうか。恋愛や結婚の対象になりえない男に惹かれている娘に対して、父親は適切な助言をするべきではないのか。どんなに魅力的であろうとも、あの青年は諦めた方がよいと。

ナポレオンや、ナポレオンに憧れて破滅したジュリアン・ソレルやラスコーリニコフが相手では、まず幸福な結婚生活など期待しえないのだから。父親は娘が、ジョゼフィーヌやマチルドやソーニャになることなど望まないものだ。そんな父親の忠告の結果として、もっと平凡な青年と娘が知りあい、愛しあうようになり、家から離れてしまう時期が早まるのだとしても。

男とは不思議な生きものだと、あらためてモガールは思った。ゲシュタポの拷問で殺されたルベール少佐は、凡人には及びもつかない鋼鉄の意志をもった共産主義者であり、その全身には、神経ではなくピアノ線が通っているのだろうと、冗談まじりで噂されていた人物だった。教科書に記載され、その生と死を賞賛され、子供たちの憧憬《どうけい》を集めてもよいだろう対独レジスタンスの英雄。

だがルベール少佐は、その存在自体において社会の規範を超えていた。そうではないだろうか。完璧な愛国者と讃えられた彼は、しかし、フランスの栄光のために殉じたのではない。フランスの栄光は、平凡な夫や妻や、息子や娘の律儀な人生のためのものであり、その別名だからだ。ルベール少佐は、歴史が要求する歯車として生きることを選び、そのことにどんな不満も洩らそうとはしなかった。歯車は部分にすぎないが、全体である歴史の偉大さは、ひとつの小さな歯車をも偉大にする。マルクス主義者としては当然の倫理だろうし、確かに彼の人格には、凡俗には及びがたい威厳と迫力があった。

まだ青年だったモガールもバルベスも、それに圧倒され惹かれたのだ。蜘蛛《くも》の巣にからめとられた小さな蝶のように、二人とも長いこと、ルベール少佐の生死がもたらした呪縛から逃れられなかった。いや、今でもそうかもしれない。彼の魅力を否定できないのだから。その影響から逃れえたというよりも、次第に記憶が薄れ、思い出すことも稀《まれ》になったというに過ぎない。

ルベール少佐が偉大な人物だったことは、疑う余地がない。しかし、彼は歴史の理想的な歯車であろうとして、多くのものを棄《す》てた。その最大のものは、夫婦愛であり、平凡な家庭の幸福だろう。あるいは、安らぎのようなものかもしれない。彼は、平穏でありたいと願ってしまう人間の弱さを、苛酷なまでに徹底的に否認したのだ。

最初に顔を合わせた時にも、そんなふうに感じたものだが、あの日本青年にはルベール少佐に酷似した印象がある。それは大文字の正義、偉大、理想に達しうる優れた個性かもしれない。しかしモガールのように、そして普通のパリ庶民のように、小文字の正義にしか想像が及ぶこともなく、与えられた小さな世界に自足している人間にとってそれは、むしろ劇薬のようなものかもしれないのだ。使いようでは薬でもありうるが、使い方を誤れば致死性の毒にもなる劇薬。

もしもゲシュタポに惨殺されないでいたとして、戦後を生きたルベール少佐のことを想像してみよう。共産党の国会議員や、有力な左翼政治家として大成するよりも、第五共和制を転覆する革命的な陰謀家、社会に対する破壊の鉄槌《てつつい》として、彼は生きることを望んだのではないだろうか。

どうしても、そんなふうに思えてしまう。ラルース家の事件で犯人として疑われたこともある、レジスタンス時代の少佐の同志イヴォン・デュ・ラブナンが、まさにそのように生き、そして死んだように。

考えるほどに、結論は曖昧な霧の底に沈んでしまう。つまるところ父親には、娘の愛情生活に干渉する権利などありはしない。その点だけは明瞭だろう。たとえ悪魔に惚れこもうとも、父親が娘の選んだ男を拒んだり、自分の選んだ男を強制したりするわけにはいかない。それもまたフランスの栄光を支える原理のひとつであり、われわれはそのようにして、大革命から二百年の歳月を生きてきたのだ。

ルベール少佐のように選ばれた英雄ではない、その辺の珈琲店《カフェ》に無数に屯《たむろ》しているような平凡で愚かな、そして愛すべきパリ庶民の安全と平和の番人として、半生を生きてきた警官は、やはりそのように考えてしまう。

ポルト・ドートイユの地下鉄《メトロ》駅をすぎ、闇に満たされたブローニュ近郊の邸町の一角で、警察車は急ブレーキに車体を軋《きし》ませながら停止した。同じ十六区の有名住宅地でも、高級アパルトマンが多いパッシー界隈《かいわい》とは違って、あたりには豪勢な庭つき一戸建の邸が多い。

腕時計を見ると、一時三十分を過ぎようとしていた。パトロール車は気ぜわしいサイレン音で、邪魔な先行車を走行車線や路肩に追いたてながら、二十分あまりでモンマルトルからブローニュまで走りぬけてきたことになる。

雨に濡れたフロントガラスの彼方には、道路に飛び出して夢中で懐中電灯を振りまわしている、夏服の制服警官の姿が二つ見えた。二人とも制服を、冷たい雨でしとどに濡らしている。必死でブレーキを踏んでいたパトロール警官が、舌うちするように呟いた。

「馬鹿どもが。轢《ひ》かれても、おれは知らんぞ」

「モガール警視ですか、モガール警視なんですね」

警察車のドアを開いた瞬間、興奮した警官の声が車内に流れ込んできた。自分が置かれた立場に、地区署の巡回警官は圧倒されているのかもしれない。事件が起きたのは高名な財界人の邸であり、おまけに警視庁のモガール警視が到着するまで、現場を見ることも許されないという特殊な事情なのだ。

タクシー代わりにした十八区の警察車には、パトロールの任務に戻るよう命じて、モガールは車内から小雨のなかに出た。巨大な鉄柵門が闇に聳えている。豪壮な建築が軒を列《つら》ねるブローニュの邸宅街のなかでも、噂通り最大級の邸宅に違いなさそうだ。冷たい風に吹かれ、モガールの頬には、無数の雨滴が容赦なく叩きつけてきた。

寒気を感じて、ぞくりと身顫《みぶる》いしてしまう。五月も末だというのに気温は、摂氏十度あるかないかだろう。春物のレインコートでは冷気を防ぐのに不充分で、上着の下に毛糸のセーターを着込んでも少しも大袈裟《おおげさ》ではない。

夏になろうとしているところなのに、まるで晩秋の気候だった。季節が二カ月も巻き戻されたのか、夏と秋を通り越して半年分、先に進んでしまったのか、どちらかだろうとモガールは思った。髪も、レインコートの肩先も雨に濡れはじめている。年配の制服警官が、門柱にあるインターホンのボタンを夢中で押していた。

「どういうことなのか、説明してもらえないだろうか。君はどうして、この邸で、人命にかかわる事故が起きたことを知ったのかね」モガールは落ちついた口調で、横にいる若い警官に問いかけた。

「緊急通報が、地区署の方にあったんです。女の声で、ポルト・ドートイユのダッソー邸で殺人事件が起きたと、電話で知らせてきたんです。女は、それ以上のことを喋《しゃべ》らないで、一方的に電話を切ったらしい。悪戯《いたずら》の可能性もありましたが、とにかく車で急行してみました。しかし、邸の住人は門扉を開こうとしません。裏木戸も内側から施錠されている。こいつは怪しい。押し破ろうかと、相棒と相談しているところに、署から無線連絡が入ったんです。警視庁のモガール警視が、自宅から現場に急行しているところだ。警視が到着するまでは、そのまま邸前に待機していろと」

「君たちは、何時に着いたのかな」

「女の声で急報があったのは、十二時半。私たちが到着したのは、十二時四十五分でした」

冷たい雨のなか四十五分も、二人のパトロール警官はダッソー邸を監視しながら、警視の到着を待っていたらしい。モガールは二人に、ねぎらいの言葉をかけた。

「御苦労だった。そのあいだ、不審な人影は見なかったかな」

「私が門前で監視につき、相棒が邸の塀ぞいに廻る恰好《かっこう》で巡回していました。特に不審な人影はありませんでした。ただ……」

「なんだね」

「私たちが到着した直後に、邸の東側の裏通りから正面の大通りに飛び出してきて、そのまま走り去った自動車がありました。夜のことで、ナンバーまでは確認できませんでしたが、青のルノー18に間違いありません。その車のことは、署に無線で報告しましたが」

正体不明の通報が寄せられたというだけで、本当に事件が起きたのかどうかも判らない現場に到着した直後、不審な車が走り去った。それだけでは現場の方を放り出して、不審車を追跡しはじめるわけにもいくまい。モガールは黙って頷いた。その時、ようやく正門の横にある通用口が開きはじめた。

「モガール警視様が到着されましたとか」

通用口を細めに開いて、邸の執事らしい中年男が、疑わしげな眼でモガールの方を見ていた。神経質なほど丁寧に、褐色の髪を整髪料でまとめている。油でまとめられた頭髪に、無数の雨粒がついていた。背丈はあるが、ひどく痩《や》せた男だった。仕着せらしい上物の黒服を着込んでいる。しかし貧弱な体格のせいで、コウモリ傘が歩いているように滑稽《こっけい》な印象を、見る者に与えてしまう。

「警視庁のモガールだ」警視は身分を告げた。

「執事のダランベールでございます。それではモガール様だけ、お入り下さいませ。他の方は、そのままで。主人がモガール様に、お見せしたいものがあるとの仰せです」

執事の言葉に憤然とした警官二人を、モガールは穏やかに制止した。邸の主人はパリ市長の親友で、警視総監の首を飛ばすこともできそうな実力者なのだ。不愉快だが、さしあたりは相手の出方を見るしかないだろう。

執事に傘を差しかけられて、警視は通用口からダッソー邸の敷地に足を踏みいれた。季節はずれの長雨で、濡れ落ちた木の葉の散らばる石畳道を、執事は傘を手に足早に歩いていく。落ちつき払って感情を見せようとしないが、やはり内心では動揺しているのかもしれない。

門を入ると邸の正面玄関まで、両側に庭園の木立を眺めるようにして、古びた石畳道が延々《えんえん》と続いている。雨に濡れた木々は、闇夜を背景に底知れない奥行きを宿して、凝然と蹲《うずくま》っていた。庭の植木の群というよりも、ほとんどガリアの密林だろう。

どれほどの樹齢とも知れない巨木に満たされた庭園は、ひそやかに深夜の闇に沈んでいた。石畳道の左右にはマロニエの並木が続いているが、それ以外は杉や楡《にれ》の巨木が多いようだ。森屋敷と呼ばれるだけあって、無数の大木の枝葉が鬱蒼《うっそう》と繁った、個人の邸宅の庭とは思えないほどに広大な森だった。

門から邸の建物までの距離は、百メートル以上もあったろうか。深夜なのに大小の窓から明かりが洩れているダッソー邸は、中央の本体部分が石造二階建で、左右の端に三階部分がある。全体としては二階建で、屋上の両端に塔のような構造物があるのだともいえるだろう。

第二帝政期に、貴族か富豪の別邸として建てられた建物かもしれないと、モガール警視は思った。紳士や貴婦人や、マルグリット・ゴーチェのような高級娼婦までが自家用の馬車で集まってきたシャンゼリゼと、競馬場があるロンシャンの中間地点に別邸を建てるのが、その時代には流行していたらしい。

邸の正面には、立派な車寄せがある。もともとは、馬車を乗り降りする人間のために造られたのだろう。車寄せの西側は、来客の駐車場とおぼしい砂利敷の空き地で、今は一台だけぽつんと、茶色のシトロエンDSが停められている。邸の自家用車は、駐車場の左手にある煉瓦《れんが》造りのガレージに納められているようだ。

シトロエンの高級車は、たぶん訪問客のものだろう。駐車用の広場には、三十台もの自動車が停められそうだった。パーティやレセプションがある夜は、玄関横の大きな空き地も、シトロエンDSをはじめベンツやジャガーなど、招待客の高級車で埋まるのに違いない。

半円形の正面階段を登って、ようやく邸の玄関に辿りついた。点々と青銅の鋲《びょう》が打たれた、豪壮な両開きの正面扉は、深夜だというのに左右に大きく開かれている。大人の背丈の倍はある大きな扉の前で、中背の四十歳ほどの男がモガールを迎えた。

ダイエットを心がけ、会員制のトレーニング・センターで体を鍛《きた》えているのではないか。アメリカ人の物真似で、それが共和国の新しいエリート階級の流行なのだ。モガールの上司である局長は、センター通いの努力のわりには成果に乏しい肥満体だが、その男はテニス選手のように贅肉《ぜいにく》のない、ほっそりとした体つきをしていた。

「私がフランソワ・ダッソーだ。こんな雨の夜に、わざわざ呼びたてたりして、申し訳ないと思っている」

上質なカーディガンにアスコット・タイの男が、咳《せき》ばらいをして声をかけてきた。喉《のど》を痛めているような掠れ声だった。高名な事業家であるフランソワ・ダッソーは、渋い感じのする好男子だった。富豪にふさわしい堂々とした態度には、三十年前に一家を襲った災厄《さいやく》の影を窺《うかが》わせるものなど、まるで感じられない。

フランソワ・ダッソーは戦争中、身元を隠してカトリックの寄宿学校に避難していたという。父親のエミール・ダッソーも、母親や姉二人も、ゲシュタポのユダヤ人狩りで強制収容所に送られたのだが、息子フランソワ一人だけが寄宿学校に匿《かくま》われ、かろうじて難を逃れるのに成功した。

父親は奇跡的に生還したが、母親と姉二人は収容所で殺されていた。ユダヤ人問題の「最終的解決」を掲げた、ゲルマンの狂気の産物であるナチスの残忍な鉤爪《かぎづめ》は、ダッソー家にも癒《いや》されることない傷痕を深々と残したのだ。

ダッソー家は、戦前から知られたユダヤ人資産家だった。財産の多くは戦争がはじまる前に、フランソワの父エミールの判断で、アメリカやスイスに分散されていた。精力的なエミール・ダッソーは戦後、収容所時代に奪われた時間を奪い返そうとでもするかのように、次々と新たな事業を興《おこ》し、例外なしに大成功を収めた。

ダッソー家の富は、エミールの代で何倍にも増えたに違いない。何十倍かもしれないが、富豪の財布の中身に関心がないモガールには、残念ながら正確なところが判断できなかった。

エミール・ダッソーは十年ほど前に病死したが、事業は成長した息子に引き継がれた。そして息子のフランソワも、父親に劣らない経営の才能を発揮したのだ。長年の友人であるパリ市長は、フランソワを経済政策の顧問として遇しているとも噂されている。フランソワのもとでダッソー家の事業はさらに発展し、今では大小三十もの優良企業を傘下に収める大財閥にまで成長していた。

「はじめまして、ムッシュ・ダッソー。警視総監から電話がありました。何かの事故で、人が死んだとのことですが」慎重に言葉を選んで、モガール警視は問いかけた。

「まあ、見てもらえますか。詳しい話は、その後で」

正面玄関を入ると、天井が円蓋状になったホールがある。白漆喰《しろしっくい》で綺麗に塗りあげられた壁の三方には、大きな肖像画が飾られていた。正装したブルジョワの中年男、ダンディな黒服の青年、成熟した美貌の女。ダッソー家は代々、美術品の蒐集家《しゅうしゅうか》としても知られていた。邸内には、地方の小美術館など及びもつかないほどに多数の、有名画家の作品が飾られているに違いない。

玄関ホールの肖像画を、ダヴィッドに破門され自殺したグロの作品だろうと、モガール警視は推測していた。絵が好きだったナディアの母親とモガールは、恋人時代にしばしばルーブル美術館を歩き廻ったのだ。デート資金の不足に由来する昔の知識で、古典派とロマン派のあいだを揺れていた悲劇の画家の作風も、なんとなく見当はついた。

玄関ホールの中央には大きな硝子ケースが据えられ、なかには骨董品《こっとうひん》らしい直方体の大時計が飾られている。機械装置を収めた縦長の箱は、艶のある黒地に宝石が象嵌《ぞうがん》された豪華な工芸品だった。モガールの背丈と変わらない時計の外箱が、もしも漆《うるし》細工なら、東洋で作られたものに違いない。

大時計は、上から見るようにできていた。大人の胸の高さに、円形の文字盤が全部で五つある。中央にあるのが最大の文字盤で、それ以外の小さなものは、中央の文字盤を囲むように四方に配置されていた。その全体を、半球状の硝子が覆っている。

中央の文字盤には、金色の唐草模様で飾られた銀製の地に、十二の誕生石が嵌《は》め込まれている。細工の豪華さ以外は普通の品だが、残る四つには、さらに趣向が凝らされていた。

どの文字盤にも中央に、各国の伝統的な髪形をした少女の胸像が埋められていて、その両腕が針の役目をはたすように作られているのだ。どうやら服も、各国の民族衣装らしい。

ダッソー邸内部

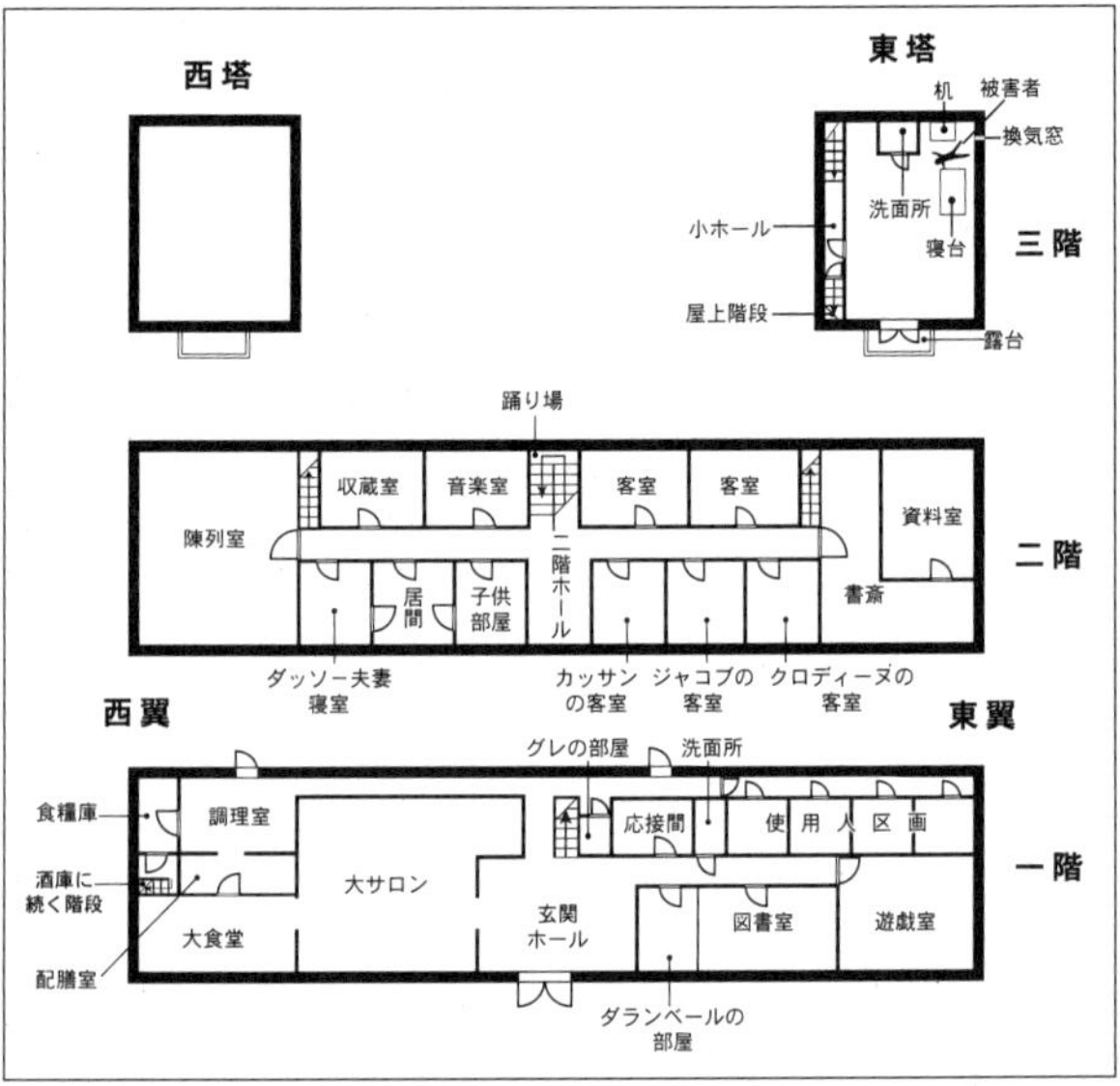

華麗に彩色された磁器製の少女人形は、それぞれイギリス、ドイツ、オーストリア、ロシアをあらわしているらしい。ワーテルローでナポレオンを破った、四大国の首都であるロンドン、ベルリン、ウィーン、モスクワの現在時刻に、四つの文字盤の針は合わされているのだろう。

「タレーランの時計ですよ」

ホールを足早に歩きながら、ダッソーが簡単に説明した。大層な骨董品を集めているものだと、あらためてモガールは感心した。ウィーン会議で奮闘したフランスの外務大臣なら、そんな時計を特製させても不思議ではないだろう。フランス人の自分が真ん中にいて、戦勝国の代表を周縁に押しやるというのが、いかにも策謀家のタレーランらしい発想ではないか。モガールは苦笑しながら納得していた。

ホールの奥には、階上に至る大理石の階段が造られている。執事のダランベールが、主人のダッソーと客のモガールを丁重な態度で先導しながら、個人の家とは思えないほどに豪勢な正面階段を、おもむろに登りはじめた。

二階の天井まで吹き抜けになった階段は、建物の北面の壁のところで横長の踊り場になり、そこから今度は、反対方向に登るようになっていた。踊り場の真上には、見上げるほどに高い天井から、精巧な水晶細工の大シャンデリアが下げられている。正面階段を登りきると、東西に通路が延びている。正面は二階の中央ホールだった。

二階ホールには、ローマ中期のコピーらしい等身大のアポロン像が飾られている。階段から見て突きあたりになるホール南面の窓際には、唐草模様のペルシァ絨毯《じゅうたん》が敷かれ、高価な骨董品らしい四脚の安楽椅子が置かれていた。

執事は石像の前を通り、白と薔薇色《ばらいろ》の石板が市松模様になった通路を、東方向に進みはじめた。通路の左右には、大小の部屋のドアが並んでいる。ドアとドアのあいだの壁には、点々と印象派の絵画が掛けられていた。モガール警視は、画集にも記憶がないロートレックとローランサンの小品を見つけて、思わず溜め息をついた。

建物の東の突きあたりにも部屋のドアがあり、その左手には正面階段よりも傾斜が急で、幅は四分の一もなさそうな、第二の階段の登り口があった。たぶん、東側の塔に上がるための階段だろう。二階の反対の端には、西側の塔に至る、同じような階段が造られているのに違いない。

階段の床も壁も黒灰色の切石の地膚が剝き出しで、見る者に荒涼とした印象をあたえる。執事に先導され、湾曲して途中で方向を変えている急階段を登りきると、天井の低い、やはり粗製の石畳の小ホールに出た。

一階や二階にある、見事な大理石の床とは大違いで、とても居住空間として設計されたものとは思えない。小ホールの突きあたりの石壁には、小さな鉄製の扉があった。屋上に出るためのドアだろう。鉄扉にはボルト状の、重たそうな内錠が取りつけられている。ボルト状の内錠は、しっかりと施錠されていた。

階段から見て小ホールの左手に、半開きのドアがあった。その扉も、あくまで実用本位のものだ。確かに頑丈そうではあるが、階下に使われている扉のような、職人が手作りした工芸品ではない。外側に上下二つ、真新しい差し錠があるドアを示して、ダッソーはモガールに低い声で告げた。

「警視、この部屋なんだが……」

執事は小ホールに残るよう命じられ、ダッソーとモガールの二人が、半開きのドアから室内に入った。戸口に足を踏み入れると、膨大な空虚が警視を襲った。引っ越しの後のように何もない、がらんとした矩形《くけい》の空間なのだ。石の天井は、傘の骨のような恰好で組まれた、多数の木製の梁《はり》に支えられている。床から天井まで、五メートルはあるだろう。

十本以上の梁が一点に集まる、天井の中央部から垂れた裸電灯が、広過ぎる室内を侘《わび》しげに照らしていた。塔の広間の床面積だけで、モガール警視のアパルトマンの総面積の、何倍もありそうだ。広間全体が、階段と同じように床も壁も石の地膚が剝き出しで、中世の城塞《じょうさい》の内部を思わせた。

広間の北東隅の壁に、小さな机と椅子が置かれている。机には、旧式の黒い電話機があった。机から二メートルほど離れて、東面の壁には粗末な寝台が寄せられている。

南面には、露台に通じるらしい両開きの硝子扉があり、寝台と机の中間あたりの、東面の壁の天井付近には、換気用らしい小さな穴が造られていた。机と並んだ恰好で広間の北面中央には、板壁に囲まれた凸部がある。白ペンキで塗られた木壁の小部屋には、広間から入るための小さな室内ドアが取りつけられていた。洗面所だろうとモガール警視は思った。

昔からのホテルの場合、客室ごとに洗面所や、シャワー設備のないことがよくある。星の数で表示されるホテルの公認ランクを上げようとして、後から客室内に洗面所を造ると、こんな感じになる。

広大な室内を戸口から斜め左手に進んで、ようやくモガール警視が足をとめた。寝台と机のあいだに、老人らしい屍体があお向けに倒れている。頭は西南方向を、足は北東方向を向いている。後頭部のあたりに、赤黒い染みが認められた。警視は屍体の脇に屈んで、職業的なまなざしで観察しはじめた。

死者は、それほど上等には見えない麻の背広上下を着て、折り目が垢《あか》じみているワイシャツの襟を、だらしなく開いている。ネクタイは締めていない。左手首には、その風体には不自然に感じられる高級メーカーの腕時計があった。贅沢な腕時計は、どうやら新品のようだ。その秒針は、まだ正確に時を刻んでいる。しかし、なぜか分針は遅れていた。誤差は七分ほど。

石に叩きつけられて絶命した、ビーバーの死骸。モガール警視には、そんな連想が浮かんだ。痩せこけた老人で、年齢は六十過ぎだろうか。額から頭頂まで禿《は》げているが、左右の顳顬《こめかみ》に残されているのは、僅《わず》かに金色の艶がある白髪まじりの髪だった。眼のあたりが窪んで、皺《しわ》だらけの頬もこけている。顔は熱帯地方の住人のように、渋紙色に日灼けしていた。身長は百七十センチほど。

死者は驚愕《きょうがく》したふうに、両眼を大きく剝いていた。瞳の色は、灰色に濁りかけた青。あんぐりと開いた唇のあいだに覗いている前歯は、どうやら義歯ではないようだ。しなびた肉体と、年齢にふさわしからぬ丈夫そうな前歯。それが警視に、老いぼれたビーバーという連想を誘ったのかもしれない。

犯罪捜査の専門家らしい慎重な手つきで、モガールは屍体の首を横に傾けてみた。かろうじて残されている後頭部の髪が、傷口から流れた血で染められている。屍体の頭部には、かなり激しい打撃の跡が認められた。傷の具合を子細に観察すると、頭蓋骨が陥没状態らしいことが判る。

頭部の下にあたる石床も、流出した血で汚れていた。屍体の周辺には、他に血痕らしいものは見当たらない。石畳に後頭部をぶつけたのだとしたら、それは今、屍体の頭が接している箇所だったに違いない。ただし、鈍器で殴られたあと運ばれた可能性も、無視することはできないが。それでも同じように、床に血痕は残されるだろう。さして深いものではないが、屍体の右手親指の付け根に切り傷があった。血はもう凝固している。

　邸の主人は戸口の柱にもたれて、屍体を綿密に調べている警視の方を注視していた。ダッソーが、屍体の横に屈み込んでいる警視に、おもむろに語りかける。

「滑って転び、石床に後頭部を打ちつけて死んだのだろう。反射神経と筋力が衰えている老人にありがちな、不幸な事故だ。それでも検死の手続きが避けられないのなら、必要な手配をしてもらいたいね」

「もちろん、警察医は呼ぶことになります。それに私の部下もね」

　言葉は慇懃《いんぎん》だったが、モガールの口調には有無をいわせぬ力があった。老人の屍体が、事件として捜査の対象になることを示唆されたダッソーは、不機嫌そうに顔を顰《しか》めて反論した。風邪でもひいているらしい、しゃがれ声だった。

「捜査の必要はないと思うよ、モガール警視。地区署の警官に任せたりしたら、事故死であることが確認されるまで、わが家には迷惑である大騒ぎをはじめかねない。だから総監に連絡し、一人で判断し処理できる地位の人間を寄越してもらうことにしたんだ」

「事故死しか可能性がありえない事件なら、私も喜んで、あなたの要請に応えたことでしょう。しかし、そんなわけにはいきませんな、残念ながら」警視が、本当に残念そうな口調でいう。

「なぜかね。事情を説明すれば、君にも納得してもらえるだろうが、ルイス・ロンカルは明らかに事故で死んだのだよ。百歩譲っても、自殺だろう。わざとあおむけに倒れ、石畳に頭をぶちあて、それで自殺するような人間がいるとしての話だがね」

事故でなければ自殺だ。フランソワ・ダッソーは、妙に確信ありげな口調だった。それにダッソーは、会話のなかで、ふと被害者の名前を洩らしていた。ルイス・ロンカル。スペイン系の名前だが、死者の外見にはあまり似つかわしくない。年齢にしては派手めの服装と、浅黒く日灼けした顔などから、モガールは警官としての勘で、被害者はアメリカ人かもしれないと疑っていた。

あるいはイギリス人かドイツ人だろう。モガールは漠然と、そんなふうに考えていた。しかし、イベリア半島の出身者で金髪碧眼《へきがん》の人間も少なくはないのだから、髪や眼の色だけで、スペイン系としては不自然だと決めつけるわけにもいかない。南国の人間を思わせる膚の色は、むしろスペイン人にふさわしいともいえる。

「ムッシュ・ダッソー。あなたが御存知のことは、後から聞かせてもらいます。それよりも、門前で待機している地区署の警官を、先に呼んでもらえませんか」

「モガール警視」憤然として、ダッソーが叫んだ。

有力者の怒声を無視して、モガールは静かに屍体を裏返した。上着の背中には、大きな血の染みが認められる。警視が説得的な口調で、背後の男に語りかけた。

「この通りです、ムッシュ・ダッソー。被害者は、背中から心臓を刺し貫かれている。サーカスの芸人でもなければ、こんな具合に背中から、自分で心臓を刺したりするのは難しい。それに凶器らしいものが、屍体の周囲には見あたりません。屍体の右手には、犯人と争った時についたのか浅い切り傷もある。他殺であると想定して、捜査をはじめるのが妥当です」

「しかし、そんなことは不可能だ……」歴然とした他殺の証拠を突きつけられて、ダッソーは唇をわななかせ、茫然として呟いた。

事故でなければ自殺、他殺など不可能。フランソワ・ダッソーが、そう信じ込んでいたのは事実らしい。だが、被害者の死をめぐる状況の確認は、もう少し後のことになるだろう。モガールは死骸の横から立ちあがり、戸口から顔を出して、踊り場にいる執事のダランベールに声をかけた。

「至急、門前の警官を呼んできてもらいたい」

それでも黒服の老執事は、痩せた体を直立させたままで、警官を呼ぶために階段を降りようとはしない。警視の言葉など平然と無視しているのだ。主人であるダッソー以外の者から、使い走りを命じられるような筋合はない。そんな、頑固そうな顔つきをしていた。

少しばかり、威圧的な態度を見せなければならないかもしれない。警視が、眉を顰《ひそ》めながら戸口に向かった時だった。室内のダッソーが、有無をいわせない口調で執事に命じた。

「警視の指示通りにするんだ」

主人の言葉にダランベールは慇懃な黙礼で応え、足音を忍ばせるようにして階段の方に消えた。それを見届けてから室内に戻り、警視は訓練されたまなざしであたりを観察しながら、熱心に広間を歩き廻りはじめた。老人を刺殺した凶器がないかと、探しているのだ。屍体の付近では見つけられなかったが、室内のどこかに落ちている可能性はある。

左右に垂れていたシーツと毛布を撥《は》ねあげ、腰を曲げるようにして寝台の下を覗き込んでいた警視が、おもむろに外套のポケットからハンカチを出した。寝台の下にモガールが見つけたのは、五フランのニッケル硬貨が一枚だった。それに凶器というよりも、凶器の一部らしい品。刀身のない短剣の柄を見て、モガールは眼を細めた。

「ムッシュ・ダッソー」

見つけたばかりの短剣の柄を、警視は、血の気のない顔で立ち尽くしている男に示した。他殺であることを知らされた衝撃で、虚脱した印象のダッソーだったが、なんとか気をとり直したように答える。

「なんですか、それは」

警視の掌の上で、半ばハンカチに包まれている品に、ダッソーが眼をやった。円い頭部には、ルーン文字のS字が並行して二つ、深々と刻まれている。鍔《つば》は、左右に大きく翼を広げた鷲《わし》をデザインしたものだ。さらに鍔の真下、折れた刀身のつけ根には、紛れもない鉤十字《かぎじゅうじ》の装飾が認められる。

祖父のヴォータンから父ジークムントに贈られ、さらに息子ジークフリートの愛剣になった神々の剣。そう、ノートゥングと呼ばれた神剣だとモガールは思った。ナチス親衛隊《エスエス》の稲妻の徽章が、ゲルマン神話の主神で雷神でもあるヴォータンのことを、ふと連想させたのだろうか。いや、むしろそれは、短剣が折れていたせいかもしれない。

死んだ妻の影響で、オペラにも多少の知識があるモガールは、ワグナーの『ワルキューレ』のことを思い出していた。ヴォータンは息子のジークムントに、魔剣ノートゥングを与える。しかし兄妹相姦の罪を犯したジークムントは父の怒りにふれ、絶対に折れないはずの剣ノートゥングは、ヴォータンの雷光に打たれて砕けるのだ。そして勇者にふさわしい剣を求めたジークフリートが、ついにノートゥングの破片を鍛えなおすのに成功する……。

警視が口を開いた。

「ナチス親衛隊の短剣らしい。二十歳前のことですが、パリ占領軍の親衛隊将校が、制服に帯びているのを見た記憶がある。あなたのものですか」

「とんでもない。わが家が、あの狂犬どもに、どんな目にあわされたか考えてみたまえ。ナチの短剣など、絶対に家に置いたりするものか」吐き棄てるように、ダッソーが応じる。

「見たこともないんですね」

警視が念を押した。黙ってかぶりを振ったダッソーは、無理に穢《けが》らわしいものを見せられて不快を感じているふうな、無愛想な顔つきをしていた。持ち重りのする短剣の柄を、モガールは丁寧にハンカチで包みなおし、外套のポケットに収めた。それから邸の主人に、さりげない態度で言葉をかける。

「ルイス・ロンカルというのが、被害者の名前なんですね。どんな人物なんですか、ロンカルというのは」

「商談のためパリを訪問した、ボリビア人のブローカーだ。三日前から邸に滞在し、この部屋で寝泊まりしていた。着いたのは、五月二十七日の夜七時頃だった」

「以前からの知人ですか」

「いや。顔を合わせたのは、今回のパリ訪問が初めてだ」

「ロンカルとは、何か仕事の話でも」

「彼はボリビアの銀鉱の所有者に依頼されて、わが社に鉱山の買収計画を持ちかけていたんだ。ボリビアには支社がない。アルゼンチンの支社では、扱う話としては規模が大きすぎて、是非を決めることが難しい。それで直接交渉のため、ロンカルがパリまで来ることになった」

「ロンカルに、その交渉を任せたのは、何者なんですか」

「残念だが、その質問には答えられないな。鉱山についても、その所有者についてもだ。先方には複雑な事情があるようで、契約が成立するまで、交渉は極秘で進めるのが条件だった」

「企業秘密ということですか」

協力しないことを責めるような警視の言葉にも、ダッソーは平然としている。秘密交渉を口実に、それ以上は喋りそうにない頑固な表情だった。犯行の動機に、巨額の売買契約が絡んでいる可能性は無視できないが、それ以上ロンカルの依頼人の線を押してみても、さしあたり有益な情報は引き出せそうにない。モガールは話題を変えることにした。

「事件の時、邸にいた人のことを話してもらえますか」

「客が三人、それに召使が三人だ」

一呼吸おいて、ダッソーが質問に答えた。何かにせき立てられているような早口に、モガールは不自然なものを感じてしまう。どうやら邸の主人には、少しばかり緊張を強いられる種類の話題らしい。

「家族の方は、どちらに」ダッソー夫人が評判の美女で、パリ社交界の人気者である程度のことは、モガールも知っていた。

「妻と十歳になる娘は、四日前からルアーブルの別荘に滞在している。運転手、小間使、家政婦の三人も同行した。だから残っている召使は、執事のダランベール、料理女のモニカ、それに下男のグレの三人になる」

三人家族に六人の使用人。贅沢な話だが、フランス有数のブルジョワ家庭では、それが常識なのかもしれない。問題は、ロンカルが邸に逗留《とうりゅう》しはじめる直前に、ダッソーの妻子がルアーブルの別荘に出発していることだ。まるで邸の主人が、ロンカルのために家族を追い出したようではないか。

商談の邪魔になるからだろうか。しかし、これだけの大邸宅だ。滞在客の一人や二人で、家庭生活に支障が出るとも思えない。それともダッソーには、妻や娘にロンカルの訪問と滞在を知られたくない、何か特別な理由でもあったのだろうか。

「使用人の方は判りました。それで、三人の客とは」モガールが続けた。

「カッサンとジャコブ老人、それにデュボワ嬢だ」

「どんな人達ですか」

「エドガール・カッサンは、長年のあいだ、父のボディガードをしていた男だ。アンリ・ジャコブは父の主治医。カッサンもジャコブも、父の死後はダッソー家の仕事を離れて田舎暮らしをしている。それでも長いこと父の身近にいた二人には、邸まで来てもらって昔話をしたり、何かと相談に乗ってもらうことも多い。

クロディーヌ・デュボワの父親ダニエルも、父の昔からの友人だった。ダニエル・デュボワが病気で死んだ後、最初は父が、父の死後は私が後見人のような形になり、今日までクロディーヌの面倒をみてきた」

「三人が今夜、顔を合わせたのは偶然ですか」

「いや。カッサンもジャコブも以前から、ダニエル・デュボワの一人娘のことは、よく知っている。妻の留守中に、わが家に二、三日滞在しないかと、私がしばらくぶりに三人を誘ったのだ。それで三人とも、三日前から邸に滞在している」

「五月二十七日からですね」モガールが日付を確認した。

「そう。季節外れの長雨が降りはじめた日、二十七日の午後八時からだ」

ダッソーの証言によれば、ルイス・ロンカルがダッソー邸に到着した日から、三人の客も邸に泊まり込んでいたことになる。モガールは、当然の疑問を口にした。

「三人はルイス・ロンカルとの商談に、なにか関係でもあったのですか」

「いや。ロンカルの逗留とカッサンやジャコブ、クロディーヌの滞在とは、なんの関係もない。重なったのは、まったくの偶然だ」

そんな弁解に、モガールは苦笑した。子供でも騙せそうにない、見えすいた嘘だった。妻子を別荘に送り出したこと、ボリビア人ルイス・ロンカルがダッソー邸に逗留していたこと、そして同じ期間、父親の時代からの友人三人が滞在していたことのあいだには、明らかに関係がある。それも、どうやら正直に、警察には話したくないような種類のことらしい。

いくら全員で口裏を合わせたとしても、かならずボロは出るものだ。証人を一人ずつ執拗に訊問していけば、ダッソーが隠そうとしている裏の事情も、自然と炙《あぶ》りだされるに違いない。そう考えながらモガール警視は、話を核心の場所に運んだ。

「どんな具合にロンカルの屍体を発見したのか、話してもらえますか」

説明する中身を整理しているのか、あるいは辻褄《つじつま》を合わせようと脳味噌を搾《しぼ》っているのか、ダッソーはしばらくのあいだ、何も見ていない視線を宙にさまよわせていた。それから咳ばらいをして、おもむろに語りはじめる。

「七時に食堂で晩餐《ばんさん》になり、食後も一階のサロンで話が弾《はず》んだ」

「夕食は、ロンカルを含めて五人で……」モガールが確認すると、ダッソーはかぶりを振った。

「いや、四人だった。ロンカルは三食とも、部屋に食事を運ばせて、一人ですませていたんだ。ボリビア生まれのロンカルは、スペイン語と英語しか喋れない。フランス語が判らないので、一緒に食事するのが気づまりだったんだろう。酔ったのか、カッサンが最初に客用の寝室に引きとった。続いてクロディーヌも。カッサンは酒豪だが、五十を過ぎた年のせいで、もう昔のようには呑めないんだ。最近は、じきに酔ってしまう」

「それは何時のことでしたか」

「カッサンが二階に行ったのは十一時過ぎ、クロディーヌは、それから三十分ほど後だったと思う。しばらくジャコブ老人とサロンで喋っていたのだが、玄関ホールの大時計が十二時の鐘を鳴らしたので、それを潮に二階の書斎に移ることにした」

「あの時計には文字盤が五つあるようですが、時鐘《じしょう》はそのなかの、どれが鳴らすんですか」

「パリの時刻に合わせてある、真ん中のやつだ。隅に四つあるロンドン時間、ベルリン時間、ウィーン時間、それにモスクワ時間に、それぞれ合わせてある時計は、時刻の鐘を鳴らさない」

「判りました、パリ時間の十二時なんですね。それで二階には、二人一緒でしたか」

「喋りながら二人で階段を上がり、私が先に書斎に入った。書斎は建物二階の東端にある。ようするに東塔の、この広間の真下にあたる。ジャコブは自分の客室に寄り、診察用の小型の懐中電灯を持って書斎に来た。二階に上がったら、昨日から少しばかり調子が悪い喉を、簡単に診察してもらう約束になっていたんだ。

ジャコブはペンシル形の懐中電灯で口のなかを覗き込んで、大したことはない、私が子供だった時と同じ扁桃腺《へんとうせん》の腫れだと診断した。それから子供時代の話になって、ブランデーを舐《な》めながら雑談していると、不意に悲鳴のような声が聞こえてきた。同時に天井の方で、何か気ざわりな物音がしたんだ。

叫び声は、窓から入ってきたものだろう。春だというのに冷え込むので、書斎にも暖房が入っていた。その暖房が暑すぎて、書斎のドアも南面の窓も半開きにしてあった。なにしろ十九世紀の建物だから、新鋭の暖房設備でも微妙な温度調整は難しいんだ」

「悲鳴が聞こえた時刻は、判りますか」

「十二時七分。何事かと思って、とっさに壁の時計を見たから、その時刻は正確だろう。ジャコブが書斎を走り出た。私も少し遅れながら、ジャコブの後を追った。書斎の横にある階段を駆けあがり、そしてこの部屋で、ロンカルが倒れているのを見つけた。物音がしてから、一分と経過していなかったと思う」

邸の主人よりも客の老人の方が先に、物音や叫び声の正体を知ろうとして、階段を駆けあがったという。それにモガールは不審なものを感じたが、深追いはしないで話を先に進めることにした。もっと細部にわたる事情は、また後から確認できる。とにかく、事件の全容を摑むのが先決だった。

「その時のロンカルの状態は」

「今と変わらないよ。その位置で、同じようにあお向けに倒れて、後頭部には血の汚れがあった。ジャコブがロンカルの脈をとり、鼻腔や口許に外した眼鏡のレンズをあてた。レンズには息の曇りが出ないし、私もジャコブに指示されて手首を握ってみたが、脈はなかった。

だが、そんな検査などするまでもない。ドラキュラのように蒼白の顔、大きく剝かれたままの眼、微動もしない四肢。石床にぶつけて頭蓋骨を割り、ロンカルが死んだのは確実なことだった」

「警視総監に事件を通報したのは、午前一時頃のことでしたね。事件の発生から五十分ものあいだ、ムッシュ・ダッソー、あなたは何をしていたのです」

警視は、頃合とみて決定的な疑問を投げた。どうせ事実は喋るまいが、一応、問い質しておいた方がよい。ダッソーは困惑した表情で、大袈裟に肩を竦《すく》めた。

「心臓も呼吸も停止していることを確認したジャコブが、ポケットからペンシル懐中電灯を取り出して、ロンカルの瞳孔の状態を検査しはじめた。私は我慢できないで、階段を駆けおりて書斎に戻った。ショックのあまりデスクで頭を抱えていると、息を切らせながら、続いてジャコブも書斎に戻ってきた」

「ジャコブ氏もじきに、書斎に戻ってきたのですね」

「そうだ」

おかしいと、モガールは思った。絶命直後の屍体を前にした医者なら、二十分や三十分は蘇生させるため努力するのが常識ではないだろうか。仮死状態かもしれないのだ。それなのにジャコブは、ロンカルの屍体を放置して書斎に戻っている。後から本人に、そんな医者らしからぬ振舞についても、問い質してみなければなるまい。ダッソーが沈痛な声で続けた。

「恥ずかしい話だが、しばらくのあいだ虚脱状態だった。戦争中に、ダッソー家を襲った災厄について、君は知っているだろうか。頭部を血で汚した屍体を見せつけられて、不意に母や姉二人の、無残きわまりない最期のことが脳裏に甦ったのだ。父と私を除いた家族の全員が、ナチの強制収容所で殺された」

「お気の毒でした」モガールには、そう応えるしかない。

「ジャコブが、ブランデーのグラスを握らせてくれた。しばらくして気分が落ちついた頃、ダランベールが書斎の戸を叩いて、門前で警官が騒いでいるがどうしたらよいかと、指示を求めてきた。

ロンカルが事故で死んだのは、はっきりしている。それなのに警官の大群で、邸を荒らされるのは不必要でもあるし、不愉快でもある。少しのあいだ考えて、私は旧知の警視総監に直接、ロンカルの死を通報することに決めた。それから三十分ほどして、モガール警視、わが家に君が到着した」

「そのあいだ、殺人現場に入った者はいますか」

「いや。私とジャコブが屍体を見つけてから、東塔には誰ひとり足を踏み入れていないと思う。書斎のドアは半開きで、階段の登り口がよく見えるんだ。

虚脱状態だった私はともかく、ジャコブは事故現場に立ち入る人間がいないよう、階段の方に注意していたという。後から、誰も通らなかったと教えてくれたよ。ダランベールには、邸の全員をサロンに集めるように命じた。サロンにはジャコブが行き、客や召使にロンカルの事故について、事情を簡単に説明した。

内線電話で、ダランベールが君の到着を知らせてきた。私は、出迎えるため玄関まで降りることにした。ジャコブが階下に去ってから、それまでのあいだ、書斎の前を通って塔に上がった人間はひとりもいない。その頃は私も、なんとか気をとり直していたから、はっきりと証言できるよ」

洗面所のドアから内部を覗き込んで、モガール警視が質問した。「屍体を発見した時、洗面所のなかは確認しましたか」

「いいや。なぜ、そんなことをする必要があるんだね」

「犯人が、隠れていたかもしれない」

「その時は、ジャコブも私も、ロンカルは足を滑らせて倒れ、後頭部を床にぶつけて死んだのだと信じていた。殺人者のことなど、考えもしなかったんだ」

床面積と比較して、異様に天井が高い小部屋だった。ドアから入って、手前の右側に洗面台があり、奥には便器がある。風呂の設備はない。簡素きわまりない洗面所だった。

事件の輪郭は、大雑把《おおざっぱ》には把握できた。何百人もの証人を訊問してきたモガール警視の勘によれば、語られた限りでは意図的な嘘はなさそうだ。ということは、語られていない部分に問題があるということにもなりうる。しかし、財界の実力者フランソワ・ダッソーを追及して、無理にも秘匿《ひとく》している事実を喋らせるのは、もう少し正確に事情を摑んでからの方がよいだろう。

階段の方から、乱れた足音が聞こえはじめた。ようやく、地区署の警官が東塔の現場に辿りついたらしい。戸口から室内を、おそるおそる覗き込んでいる警官二人に、モガールはてきぱきと指示を出した。

「見ての通り、殺人事件が発生した。君には、現場の監視を命じる。もう一人の君には地区署および警視庁に、事件のことを緊急通報し、必要な手配をしてもらいたい。私は電話を借りて、相棒に連絡することにしよう」

この時刻だ。独身のバルベス警部が、複数いるらしい恋人の部屋のどれかに泊まり込んでいなければ、自宅で連絡はとれるだろう。自宅にいないとなると、少しばかり厄介になる。しかし、バルベスも数日来、ガール・ドゥ・リヨンの大量射殺事件を解決するため、不眠不休の激務をこなしてきたのだ。オットセイの雄さながらに精力的な男でも、今夜は自宅で一人、ひたすら眠りこけているのではないだろうか。

バルベスを摑まえるのに成功したら、次は殺人現場のドアを、納得できるまで調べてみることにしよう。モガールは最初から、小ホールと東塔広間のあいだのドアに、疑念を抱いていたのだ。ドアの差し錠は普通、室内に取りつけられている。それなのに東塔のドアの差し錠は、室外である小ホールの側にあったのだ。

ダッソーが、他殺の証拠を示されるまでロンカルの死を、事故か自殺であると信じていたのは、どうやら確かなことらしい。その確信と、ドアの外にある差し錠には、何か密接な関係がありそうな気がしてならない。

2

午前二時三十分。事件発生から、既に二時間以上が経過していた。殺人現場の塔内では、モガール警視の緊急命令で駆けつけた鑑識関係の捜査員が、それぞれの仕事に熱中している。

悪趣味な格子縞の上着に、派手派手しい色柄のシャツを着込んだ壮年の巨漢が、上司のモガールに語りかけてきた。長年のあいだ警視の片腕を務めてきた、ジャン＝ポール・バルベス警部は、なにやら疑わしげに顔を顰めている。

「警視、なんだか臭いますな。この現場も、被害者の屍体も、おかしなことばかりだ」

「そう、奇妙だ」相棒の言葉に頷きながら、モガールが低い声で呟くように応じた。

「現場に出入りできる唯一の通路は、階段に通じるドアですが、扉には外側に、上下二つも大きな差し錠が取りつけられている。普通は、部屋の内錠として使われるやつですぜ。部屋の内錠が、どうしてドアの外に付いてるんだ。それも、つい最近に設置されたものらしい。金具や捻子《ねじ》が真新しいところから見ても、確かなことです。

露台に出る硝子扉を開けてみたんですが、その外側にある鎧戸《よろいど》は、押しても引いても微動もしない。後から調べてみますが、露台側から補強材を使って、厳重に釘《くぎ》づけしてあるに違いありませんな。電話はあるが、線が元で切られているようで、使うことはできない。受話器を取りあげても、通話可能を示す信号音が聞こえないんです。

室内は空の倉庫みたいに殺風景で、家具らしいものは、病院にあるような鉄材の寝台と、それに粗末な机に椅子しか置かれていない。被害者は背広を着ているが、ネクタイをしていないし、おまけにベルトまでしていない。探してみても、室内にはネクタイもベルトも見当たりません。

鞄《かばん》などの所持品も見つからないし、ポケットを裏返しにしてみたが、出てきたのは埃ばかり。

ハンカチ一枚、入ってないんですぜ。身分証明書の類はもちろん、財布も現金も持ってない。例外は警視が見つけた、寝台の下の五フラン玉。

まだあります。差し錠はともかくとして、ドアの内外には普通の鍵穴もある。しかし、この部屋に滞在していた男に、鍵は渡されていなかったようだ。被害者は身につけていないし、机にも寝台にも置かれていない。探してみましたが、床にも鍵は落ちてないんです。殺したやつが奪って、持ち去った可能性はありますがね。凶器にしても同様ですな」

うんざりした様子でバルベスが、大袈裟に肩を竦めてみせた。モガール警視が発見したのは短剣の柄のみで、刀身のほとんどが折れて失われている。残っているのは根元の五センチほどに過ぎないのだ。ロンカルの心臓を抉《えぐ》ったと覚しい刃の部分は、どうやら犯人の手で現場から持ち出されたらしい。

「現場からは短剣の刃も、仮に犯人が頭をどついたとして、それに使ったような鈍器も見つからない。しかし、犯人はいったいどんなわけで、折れた短剣の刀身だけを隠したりしたんですかね。とにかく邸の主人の許可をとって、見つかるまで家中つつき廻すつもりです。デュランに頼んどきましたから、頭の方の傷も石床にぶつけた時のものか、鈍器で殴《なぐ》りつけられたものか、ある程度は判るでしょう」

耳ざとい男だった。自分のことが話題になっていると知って、似合わないダブルの背広を着込んだ、頭の禿げた小男が屍体の横から、バルベスに嬉しそうに手を振って見せた。風変わりな屍体を提供されると、やたらに上機嫌になる警察医のデュランだった。

あの熱中ぶりなら、後から参考になりそうな話を聞けるだろうと、モガールは思った。死者冒瀆《ぼうとく》的な冗談を飛ばす悪い癖はあるにせよ、腕は確かな警察医だ。デュランに頷いて応え、バルベスが続ける。

「それにしても、どんな馬鹿でも疑わざるをえませんな。たぶん被害者は、二つの差し錠と鍵で外側から鎖《とざ》された塔の牢獄に、ゼンダ城の虜《とりこ》さながらに幽閉されていたんだろうとね。ネクタイやベルトがないのは、警察の留置場と同じことですよ。自殺を警戒して、取りあげられたんだ。殺人の前に、誘拐と監禁が行われていた形跡がある。なんの処置もしないで死んだばかりの男を放っておいた、ジャコブの医者らしからぬ不自然な行動も、それとたぶん無関係ではない。ダッソーの野郎は、全体、どんな弁解をしてるんですか」

バルベスが指摘した疑問点には、もちろん警視も気づいていた。被害者のロンカルは、ベルトもネクタイも着けていない。南米からの長期旅行者だというのに、東塔の室内には旅行鞄の類がない。もちろんパスポートなど、身元を証明するにたる書類もないし、スペイン語の商標が縫いとられた衣類からも、捜査の参考になりそうなものは何ひとつ発見できなかったのだ。

殺人現場の広間自体が、遠来の客を泊めるにふさわしい環境ではなかった。室内にトイレや洗面設備はあるにせよ、最小限の粗末な家具しか置かれていない寒々しい印象の、がらんとした石の空間なのだ。扉の内側には、プライバシーを守るための内錠さえもない。普通に考えれば、物置として利用されるしかない荒廃した広間だった。

内錠はないのに、ドアの外側には真新しい差し錠が二つも取りつけられているし、露台に出るための鎧戸は、外から厳重に釘づけされている。バルベスが指摘したように、ロンカルが普通の滞在客だったとは考えられない。現場の状況は、被害者が監禁されていたらしい事実を暗示していた。

ダッソーがどんな弁明をしているのかという、バルベスの質問には答えないまま、警視は東面の壁北寄りの、天井近いあたりを示しながら命じた。

「誰か若い者を、あの換気窓のところまで登らせるんだ」

「何も若い者にやらせることはない、私で充分ですよ」

バルベスは寝台と机のあいだにある小窓の下まで行き、巨体には似あわない身軽さで東面の壁を這いあがりはじめる。石壁は切石の地膚が剝き出しで、漆喰の上塗りはない。積まれた切石の隙間を手がかり、足がかりにすれば、床から三メートル以上もある、換気用の小窓のところまで登ることはできそうだ。

しばらくして、殺人現場の床が震動した。バルベスが換気窓のところから、床の石畳めがけて飛びおりたのだ。ヘヴィー級のアマチュア・ボクサーで、青年時代には国際試合に出場した経歴があるバルベスの運動神経は、まだ衰えていないらしい。巨漢は楽々と、足先から一メートル以上も離れた床に着地した。掌に付いた汚れを払いながら、バルベスが報告する。

「縦横三十センチもない、小さな窓でした。私はもちろん、被害者のような瘦せた老人でも、肩を通すのは無理でしょうな。硝子戸はありませんが、その代わりに鉄格子が嵌められている。幅三十センチの窓に、全部で三本の鉄棒が縦に嵌め込まれていた。三本とも揺さぶりましたが、頑丈なもので微動もしませんでしたよ。

　後から梯子《はしご》を調達して、詳しく調査させるつもりですが、指紋はとれそうにない。鉄棒は、どれも赤錆《さ》びていましたから。しかし警視、どうして、あんな小窓に関心があるんですか」

「あの壁の穴からも人間が出入りできなかったとなると、バルベス、これは難事件になるかもしれんな」

「どんなわけなんです」納得できない口調のバルベスに、警視は黙って肩を竦めた。警部がさらに問いかける。

「小窓や露台から、犯人が室内に入りこんだ形跡はありません。見た通り、そんなことは不可能なんです。私の勘ですが、どうやら事件は、外部の人間の犯行じゃなさそうだ。この現場を見れば、素人だって強盗の仕業とは思いやしませんぜ。

　押し込み野郎が、何もない三階の塔に忍び込んで、こんな貧乏臭い顔つきの爺さんを襲ったなんて、まず絶対にありえないことだ。プロの強盗なら、金目のものが多い書斎や寝室を狙うのが、常識ってもんですからね。強盗が窓から入り込んだのじゃないとしても、私らが頭を悩ませるような必要はありませんぜ。犯人は、堂々とドアから現場に侵入したんだ。

　もしもドアの室内側に内錠でも付けられており、それが下ろされていて、扉を破らなければ屍体を見つけられないような状況だとしたら、確かに脳味噌が煮えくりかえりかねない。ナディア嬢ちゃんが大好きな、密室殺人ってやつですな。

　しかし、ありがたいことに、そんな複雑な状況じゃない。ロンカルはたぶん、塔のなかに閉じ込められてたんだ。ということはつまり、被害者は部屋の外に出られないが、邸にいた主人のダッソー、客のジャコブ、カッサン、デュボワ、使用人のダランベール、ダルティ、それにグレと、以上七人の誰もが、塔には自由に出入りできたってことになる。少なくとも、ドアの差し錠を外して室内に入ることはできる。

残る問題は、差し錠だけではなしに、外から鍵も掛けられていたかどうか。その場合には、誰でもってことにはならない。鍵を使える人物だけが、塔内に入り込めた。しかし、私らには、その方が好都合だ。鍵を持ってる野郎を探せば、自動的に犯人が割れるんですから」

バルベス警部が満足そうな顔で語り終えた。妥当な推理だろう。しかしバルベスは、ロンカルの死が他殺であることを知らされた時のダッソーの驚愕を、自分の眼で目撃していないのだ。あの男は、ロンカルの死が事故か自殺の結果であると信じ込んでいた。その理由は、まもなく判明するだろう。

それにダッソーが、事件の発生した当時、ジャコブと二人で書斎にいたと主張している事実も、まだバルベスは知らされていない。関係者の訊問に入る前に、モガールが摑んだ情報を、相棒と検討しておいた方がよいかもしれない。

「君が駆けつけて来るまでのあいだに、ダッソーから一応の話は聞き出した。彼を問いつめてみれば判るはずだが、それほど簡単な捜査では終わらないような気がするな」

「どういうことなんですか、警視」

巨漢が、まじまじと警視の顔を見つめた。モガールは順を追って、それまでに知りえた事実を克明に説明していく。モガールが語り終えると、バルベスが頑丈そうな顎を撫《な》でながら、猛獣めいた唸《うな》り声を洩らした。

「フランソワ・ダッソー、ふざけた野郎だ。そんな矛盾だらけの証言で、警察を騙せるとでも思ってるんですかね」

「いや、なんとか息をついたところだろう。綿密な偽証言のため辻褄合わせをするだけの時間的余裕もないのに、じきにばれるような幼稚な嘘は混ぜないで、しかも事件の核心については秘匿し通した。ダッソーは有能な経営者にふさわしい、頭脳明晰な男だな。知っていることを全部喋らせるには、やつの逃げ道を、ひとつ残らず塞《ふさ》いでしまわなければならないだろう」

バルベスが唇を憤懣にねじ曲げながら、太い指で大判の手帳の頁《ページ》を捲《めく》りはじめる。警視の話を、最初から最後まで几帳面《きちょうめん》にメモしていたのだ。しばらくして、知らされたばかりの話を整理するように、自分で頷きながら喋りはじめた。

「大体のところは、判りました。ポイントの第一は、ルイス・ロンカルの正体ですな。国際刑《インタ》事警察機構《ーポール》に調査を依頼してみても、大したことは判らんでしょう。西ヨーロッパの国ならともかく、なにしろ大西洋の彼方にある南米のことだ。私らの捜査で突きとめられるのは、せいぜい入国カードに記載されている程度のことですな。国籍、年齢、性別、職業、などなど。

ボリビア人ルイス・ロンカルの商売が、不動産売買の斡旋《あっせん》だと確認されたところで、なんのために来仏し、ダッソー邸に滞在していたのか、その真相は藪《やぶ》のなかだ。私には、ダッソーの野郎が本当のことを喋ったとは思えませんよ。企業秘密の壁を崩さない限り、私らには確認しようがない種類のお話をでっち上げたんだ。

第二のポイントは、家族を別荘に送り出し、代わりにカッサン、ジャコブ、デュボワの三人を邸に泊めていた理由。もちろんそれは、ロンカルのダッソー邸滞在と関係がある。しかし、ダッソーはロンカルと三人が、同時に邸に逗留していたのは偶然に過ぎないと、あえて強弁しているんですな。三人が口裏を合わせていれば、この証言を崩すのは厄介なことになりそうだ。

第三のポイントとして、ロンカルが自分の意思でダッソー邸に滞在していたのではなく、どうやら無理矢理に拘禁されていたことを窺わせる現場の状況。第四のポイントとして、屍体発見から通報まで、五十分以上もの時間をかけていること。ダッソーはナチに殺された家族のことまで持ち出して、警視を相手に旨《うま》いこと弁解したつもりだろうが、冗談じゃありませんや。

事実は、はっきりしてますね。三人の客と、たぶん三人の使用人まで邸のどこかに集めて、口裏を合わせるため鳩首《きゅうしゅ》会談をしていたんだ。できることなら、密かに屍体をセーヌ川にでも放り込んで、事件そのものを揉《も》み消してしまいたいところだった。

ところが謎の女の通報で、門前に地区署の警官が駆けつけてきた。そうなっては、もはや屍体を邸外に運びだすことなど不可能だ。ダッソーは仕方なしに、警視総監に電話したんですな。しかし、ということはダッソーは、警視庁から権限のある人間を呼びつけさえすれば、それでロンカルの死を事故として、穏便に処理できると判断していたんですかね」

モガール警視が応じた。「そうだろうと思う。ダッソーは実際に、ロンカルの死は事故か自殺だったと信じ込んでいたようだ。その可能性は無視できないにせよ、あれが演技だとしたら大した役者だよ。私にしても、もしも歴然とした他殺の証拠がなければ、有力者のダッソーにせかされ、やむをえず事故として処理する羽目になったろう」

「警視の眼を疑うわけじゃないですがね、ダッソーが芝居をしていた可能性は、まだ棄てきれませんな。それから第五のポイントとして、地区署に事件を通報してきた謎の女の存在がありますね。それと、ダッソー邸の付近から走り去った不審な車。

その女はどうして、ロンカル殺しの事実を知ったんだろう。事件発生が十二時七分、女の通報が十二時半か。事件発生から二十分あまりで、邸の外の人間が、ロンカルの変死について知りえたとは考えにくい。たれ込んだのは、もしかして邸にいる二人の女のどちらか、客のクロディーヌ・デュボワか料理女のモニカ・ダルティじゃないでしょうかね」

「その線はありうる。ダッソーの話では、クロディーヌが事件について知らされたのは、執事のダランベールに叩き起こされ、他の連中と一緒に下のサロンに集められて、ジャコブから事情を聞かされた時だということになるが」

「二人の客と二人の使用人が、執事のダランベールに呼ばれてサロンに集まり、ジャコブから事情を説明されたのは、一時を廻ってからのことですね。となるとクロディーヌが、十二時半に地区署に事件を通報するのは無理だ。しかし、なんらかの方法で、それ以前にロンカル殺しを知った可能性はありうるでしょう。女を訊問する時に、確認しなければならない点のひとつですな」

もう、夜中の三時を過ぎていた。関係者は、現場に呼んである料理女のモニカ・ダルティを除いて、全員が警官の監視つきでサロンに集められている。五月末の夜明けは早い。夜が白むまでに寝かせないと、あの連中から文句が出そうだ。自分の話に納得しながら顎を撫でているバルベスに、時刻を確かめてからモガールが語りかけた。

「訊問をはじめる前に、細部まで事情が把握できるよう、邸の構造を頭に入れておくことにしようか。案内を頼んだダルティ夫人が、さっきから戸口で、不安そうな顔をして待っている。ダッソー邸の見物を終えたら、下の書斎で関係者の話を聞こうじゃないか」

「私に異議はありませんよ。しかし、その前にデュランに、簡単に報告して貰いましょうや」

やっと、屍体の調査は終わったらしい。デュラン医師の助手が、死者の体を担架に載せようと悪戦苦闘していた。バルベスに呼ばれて小肥りの中年男が、もったいぶった足取りで近寄ってくる。

「よう、デュラン。なんか、面白いことは判ったか。あの爺さんが天国行きのバスに乗ったのは、いつ頃のことかな」

「余裕を見れば、二時間から三時間前ってところだな」

腕時計を見ながら、デュランが応えた。立派なダブルの背広を着ているのに、時計は玩具のようなカルトンで、その不釣りあいが滑稽なのだが、本人は気にしている様子もない。ネクタイは曲がっているし、ワイシャツにも皺がある。バルベス警部が唇を曲げて問いかけた。

「十一時半から十二時半のあいだか。それじゃ参考にならん。もう少し、なんとかならんのか」

「肛門体温、死後硬直、死斑の状態、などなどから判るのは、そんなところだ。普通の医者なら、それ以上はいわんぞ。しかし、私の長年の勘は囁いてるな」

「もったいぶるなよ、デュラン」

「十一時五十分から十二時十分のあいだ。ま、そんなところだろう」

デュランの警察医としての勘は本物だった。医学的な根拠は薄弱だと前置きしながらも、あえて語った死亡推定時刻に、大きな誤りが発見されたことは、それまでに一度もない。バルベスが満足そうな唸り声を洩らした。であれば十二時七分に、事件が起きたらしいというダッソーの証言とも一致する。

「死因は」モガールが質問した。

「まだ判らん。解剖してみれば、鈍器による頭部損傷が死因か、心臓の刺創が死因かも決められるだろうがな。頭の傷は、幅十センチ以上はある平たいものに激突して生じている。髪や傷にこびりついた微細物質は、現場の石畳に落ちている種類のものだ。

前後の事情を考慮すれば、凶器は石床って結論になるだろう。他の箇所に血痕は発見できないから、屍体が転がっていた場所に倒れて後頭部を打ちつけたんだろうな。その後、屍体は移動されていないことになる」

「ようするに、刺されてから倒れたか、倒れた後に刺されたのか、まだ判らないということだな」モガールが呟いた。バルベスが応じる。

「ま、常識的に考えれば、背後から心臓を刺された被害者が、凶器を引き抜かれる時の力であお向けに倒れ、石床に後頭部をぶつけた。そんなふうになると思いますがね」

「どちらが先かはともかくとして、心臓を刺した凶器は、肉厚で細刃の、ナイフ状の刃物だろう。それ以上のことは、まだ判らんな」

さしあたりの結論だけを喋って、屍体と一緒にデュラン医師は消えた。続いてモガールとバルベスも、鑑識関係の係員を残して殺人現場の広間を出る。

戸口で落ちつかない顔をしているモニカ・ダルティは、働き者らしい、人のよさそうな感じの中年女だった。健康な赤ら顔で、簞笥《たんす》みたいに頑丈な体に白いエプロンを着けている。部外者に対しては厳格な秘密主義を貫くに違いない執事のダランベールよりも、ダッソー邸の内情について多少は参考になりそうなことを喋るかもしれない。

もう、事件発生から二時間半が経過している。ダッソーが使用人に、警察の訊問に答える内容について、あれこれと指示する時間的な余裕は充分だったろう。しかし、主人に口裏を合わせるよう命じられているにせよ、巧妙に誘導すれば、やはりボロは出るに違いない。

「その鉄扉は、どこに通じてるんだね」モガール警視が、東塔の小ホールで待っていたダルティ夫人に声をかけた。

「塔の屋上に出られるんです」女が答える。

考えていた通りだった。戸口から塔の広間を出ると、小さなホール状の空間になる。右手の奥に階段、そして左手には小さな鉄扉が設けられている。扉には古めかしい、しかし頑丈そうな差し錠が取りつけられている。もちろん施錠されていて、事件の前後に屋上から、邸内に侵入した者がいるとは思えない。

「一階から順に、案内してもらおうか」

緊張した顔のダルティ夫人に案内されて正面階段を下り、まず玄関ホールに出る。円天井のホール中央には、硝子ケースに収められたタレーランの大時計がある。その時計が鳴らした十二時の時鐘を聞いてから、二階の書斎に行ったとダッソーは証言していた。

警視は、自分の腕時計と大時計が示している時刻を照合した。年代ものだが、機械に問題はないようだ。中央にある文字盤の針はモガールの腕時計と、ぴったり同じ時刻を示していた。

横からダルティ夫人が、自慢そうに説明する。

「王政復古時代に作られた大時計だそうです。ダランベールさんが、毎朝、かならず捻子を巻いて針を調整してますから、ほとんど時刻に狂いはありません」

「時鐘を鳴らすのは、真ん中にある、パリ時間に合わせられた時計ですね」モガール警視が確認した。大時計には、他にも四つの文字盤があるのだ。

「そうです。周りにある小さな時計は、四つとも鐘を鳴らしませんわ」

「時鐘は、大きな音がするんですか」警視が質問した。

「それはもう。一時なら一回、二時なら二回、鳴るんですが、サロンにいてもよく聞こえますよ」

それなら、サロンにいたダッソーとジャコブが書斎に移動した時刻は、証言どおり深夜十二時だったと考えてよい。もちろん、意図的に時計の針を狂わせ、後から元に戻しておいた人物がいないとしての話だが。

ダッソー邸の本体部分は、東西に延びた石造二階の建築で、両端に三階にあたる塔が造られている。南面の中央が玄関で、玄関ホールの突きあたりに正面階段がある。

骨董品の大時計が据えられているホールから、左側のアーチを抜けると、壮麗に飾りつけられた大サロンになる。夕食の後、ダッソーが客三人と雑談をしていた広間だ。サロンの西側には、南面に大食堂、北面に調理室、配膳室、食糧庫、そして地下のワイン蔵や物置などに降りる階段がある。

建物の北面には、大サロンや玄関ホールを通らないで使用人が、調理室と使用人の居住区画を往来できるように通路が造られている。調理室を出て裏通路を東に進むと、正面階段の手前に、南に向かう側廊の入口がある。側廊は階段に沿って玄関ホールに通じている。階段の下を抜けて裏通路を直進すると、東翼の北面に設けられている使用人の居住区画のドアに突きあたる。

建物の西翼には大サロンと食堂、それに調理関係の施設など。それに対して東翼には、応接間と図書室と遊戯室、そして使用人の居住区画が配置されている。重要なのは玄関ホールの東隣に、玄関を監視するような形で執事の私室が、そして正面階段の東隣に物置を改造したような、下男用の質素な私室があることだ。

ダルティ夫人をはじめ、小間使、運転手、家政婦など他の使用人の部屋は、専用の小食堂や洗面所と一緒に、東翼の北側右端にまとめられている。邸の出入り口は、全部で三カ所。正面玄関と、調理室の勝手口、それに裏通路の中央より少し東寄りに位置している裏口だった。

広大なダッソー邸の敷地は、全体が高い石塀で囲まれている。石塀には南面の中央に正門があり、東面の北寄りに裏木戸がある。どちらも頑丈な閂《かんぬき》で施錠される仕組だった。敷地のほとんどが、鬱蒼とした樹林で覆われている。森が切り拓《ひら》かれているのは、邸の建物の周囲に限られている。

邸の正面玄関の前に車寄せがあり、その西側には砂利敷の広場がある。東側は芝生のなかに花壇と噴水が配置された庭園になっていて、東塔の真下にあたる位置に、縁が石組の半円形の池がある。同じ形状の池は、西塔の下にも見られた。芝生は邸の建物の、東側、北側、西側を二十メートルほどの幅でとり巻いていて、各所に花壇が造られているが、その先は塀のところまで、見通しのきかない森林だった。

建物の裏口からは煉瓦を敷きつめた歩道が、まず北に四十メートルほど延び、森のなかで東方向に曲がっている。その突きあたりが裏木戸になる。庭にある建物は三つで、駐車用の広場の西側に大きな車庫、邸の東翼前面にある芝生庭園の東南の隅に四阿《あずまや》、裏口から少し離れて道具小屋という具合だ。

「ダランベールさんの部屋は、昔は小さな応接間だったんです。大旦那さまが亡くなられてから、お邸の召使の数も減りました。門番のジャンがやめた時に、玄関横の応接間を改造して、ダランベールさんの部屋にしたんです。

玄関とホールを見わたせる部屋にダランベールさんがいれば、誰も忍び込んだりはできませんからね。同じときにグレも、階段の隣の部屋に移されました。ダランベールさんが玄関の横、グレが階段の横に寝泊まりしていれば、お二階の奥さまも安心というものですわ」とダルティ夫人が説明した。

ダランベールの部屋は北面にドアがあり、一階の中央通路に通じている。南面の窓には、蔦《つた》模様の装飾格子が嵌められている。部屋の隅には、電話の交換機が置かれていた。邸内には、ほとんどの部屋に電話機が設置されていて、ダッソー家の家族の部屋や客室、それに使用人区画のものは、それぞれ独立の番号をもつ専用回線だった。

遊戯室や図書室など、普通の生活空間ではない部屋の電話で受信するには、回線が全部で二本しかないため、ダランベールの交換機を通さなければならない。発信する場合もダランベールを呼び出して、線を繋《つな》いでもらう仕組は同じである。

東塔の電話もその一つだった。しかし、ダランベールは自室にいないことが多い。そのため二本の回線は、図書室と遊戯室に繋がれたままで放置されていた。二本あるコードの端子のどちらかを、東塔の電話機に通じるソケットに差し込めば、もちろんロンカルも電話を利用することができたろう。

「大旦那さまの時代には、邸にも独立の交換室がありました。でも若旦那さまの代になって、ふだん使っている部屋のそれぞれに、直通回線を入れることにしたんです」

新しい電話機は、屋内電話の回線でも繋がれている。どの電話機で受信しても、他の部屋の電話に廻すことができる。複数の電話機が、同時にベルを鳴らすようにすることも。それなら何十もの電話機がある広大なダッソー邸でも、交換室と専用の交換手なしで、電話を送受信するのにも不便はなさそうだ。

中二階にある踊り場を通って二階まで行くと、階段を登りきった箇所から、左右に通路が延びている。二階の西翼には、北面に美術品の収蔵室、巨大な音響セットやグランドピアノが置かれている音楽室、突きあたりに絵画の陳列室などがあり、南面は夫婦の寝室、居間、子供の寝室など、ダッソー家族の居住区画として利用されている。

収蔵室にも陳列室にも、絵画を中心とするダッソー家の美術蒐集品が、ぎっしりと詰め込まれていた。蒐集品からセザンヌを一枚、盗み出すだけでも一財産になる。もしも強盗なら、あんな貧相な老人を襲うわけがないというバルベスの説には、説得力があった。

東翼は、突きあたりの書斎以外は客用の寝室で、北側に二室、南側に三室あった。北側の二室には、それぞれベッドが二つ置かれている。南側は三室とも一人部屋で、今は階段側から、カッサン、ジャコブ、デュボワの順で使われている。

収蔵室、音楽室、それに北面の客室の窓は、どれも閉じられて、厳重に施錠されていた。南面にあるダッソー夫妻の寝室、居間、子供の寝室、カッサン、ジャコブの客室の窓も、同じように鎧戸が閉じられ、硝子戸には錠が下ろされている。南、西、北の三方向に多数の窓がある陳列室も同様だった。

例外は、書斎を残して最後に案内されたクロディーヌの客室で、南の窓が細めに開かれていた。風に吹かれて、レースのカーテンが揺れている。客が泊まっている南面の三室は、どれも北側にドア、南側に窓がある似たような造りで、ベッド、書きもの机、肘かけ椅子が二脚と小テーブルなどの家具が置かれていた。家具は高価そうなアンティック、壁紙やカーテンも趣味のよいもので、由緒あるホテルの客室を思わせる。便器やバスタブのある化粧室は、客室ごとに設けられていた。

建ってから百年は経過している第二帝政時代の建物だが、どの居室も徹底的に改装され、暖房など現代的な設備も整えられているから、住人は快適に暮らせそうだ。一階の玄関ホール、大サロン、大食堂などにも手は入っているのだろうが、天井画をはじめとする凝った室内装飾は、建築時の状態を変えないよう配慮されていた。

バルベスが、クロディーヌの部屋の窓から頭を突き出した。あたりを警官の眼で観察しながら、モガールに語りかける。

「隣にある書斎の窓も半開きですが、書斎の真下は池になってる。池に身を浸さなければ、窓の下の外壁には取りつけませんな。ずぶ濡れで忍び込んだりしたら、床には水溜まりができてしまう。この部屋なら、池にはまらないで上がれるかもしれんが、それでも普通の人間には難しそうだ。二階にしては地面までかなりあるし、建物の外壁には、手がかりになりそうなものはない」

主人夫妻の天蓋つき寝台とジャコブのベッドは、どちらも綺麗に整えられていた。しかし、先に寝室に引きとったカッサンのそれと同様、クロディーヌのベッドはシーツが乱れて、躰を横たえた跡が残されている。部屋の戸口で待っているダルティ夫人の方を見て、おもむろにモガールが問いかけた。

「南面の客室は三人の客で満員だったにしても、まだ北面に二室、ダブルの客用寝室があるね。ムッシュ・ロンカルのために、なぜ北側の寝室を用意しなかったのだろう。あんな塔のなかよりは、たとえ北向きでも、二階の部屋の方がはるかに快適だろうと思うが」

「フランソワさまの指示でした。たぶん、東翼北面の部屋は長いこと使っていないので、南面に露台がある三階の方が、まだましだと思われたんでしょう」

曖昧に頷きながら、料理女が答えた。しかし、その表情には躊躇《ちゅうちょ》のようなものが感じられる。ダルティ夫人も、空き倉庫も同然の東塔広間を客のために用意させた主人の意図に、不可解なものを感じているのだろう。

「しかし、露台には出られないように、鎧戸が釘づけされてるんだぜ。あれじゃ、昼間から電灯をつけなければ暮らせそうにない。長いこと鎧戸が締めきりだったなら、湿っぽさも、二階にある北面の部屋と同じことだろう」バルベスが反論する。

「あれを釘づけしたのは、先週のことですよ。それまでは毎日、わたしが三階まで上がって、昼間は風と日光が入るようにしてましたから」

「誰が釘づけしたんだね」モガールが尋ねた。

「グレですよ。フランツが旦那さまに命じられて、そんなふうにしてました」

「先週、つまり来客の直前だな」

「その前の日でした。五月二十六日、臨時休暇の前日です。休暇の日から、毎日のように雨ですもの。最後に晴れた日のことは、よく覚えてますよ。フランツは、造園用の長い組み立て梯子で塔の露台まで登って、外側から鎧戸を釘づけしたんです」

「二十七日は臨時休暇だったって」料理女の何気ない言葉に驚き、バルベスが嚙みつきそうな顔で問いつめた。「四人の客が着いた日、あんたらは邸にいなかったのか」

「そうです。旦那さまが、奥さまのお供をしないでパリに残った三人に五百フラン札を握らせて、夜中まで街で遊んでくるよう命じられたんです。どんなに早くても、十二時より前に戻ってはいけないと。わたしはシャンゼリゼのレストランで食事をして、それから映画を見て、タクシーで十二時には戻りましたが」

「その時にはもう、ムッシュ・ロンカルは邸に着いていたんだね」

「そのようです」眼を伏せたダルティ夫人は、困惑の表情だった。

「というのは」モガール警視が、穏やかに話を促した。

「三人のお客さまは、もう到着されていました。わたしが帰ってきました時も、サロンでフランソワさまと、お客さま三人が、なにか熱心に話しておられましたもの。でも、三階のお客さまの姿は、サロンには見えませんでした。

外出する前に、二階にある三つの寝室と東塔の掃除をして、寝台のシーツを取りかえたりしたんですから、たぶん旦那さまは、全部で四人のお客さまの滞在を予定されていたんでしょう。でも、三階のお客さまについては、よく判らないんです」

「よく判らない、とは」

「わたしも執事のダグランベールさんも下男のフランツも、旦那さまの許しなしに三階に上がることを、厳重に禁止されたんです。でも東塔に、誰かいることは確かでした。わたしはその方のために、それから毎日、朝晩の食事を用意しましたから」

「食事は、誰が運んでいたんだね」

「カッサンさんと、デュボワお嬢さまが、お盆を上に運んでいました。三人のお客さまは、三食とも一階の大食堂で召しあがるのですから、階上に運ばれる食事は、東塔に泊まっていた方のものに相違ありません」

二人の警官が最後に見たのは、東塔の真下にあたるダッソーの書斎だった。書斎を除けば、邸内で入っていない場所は西塔のなかだけになる。東塔と同じ造りの西塔は、先代のダッソーが使っていた広間で、もう何年も締めきりなのだという。どうしても見たいなら、主人のダッソーから鍵を借りてもらいたいと、ダルティ夫人は告げた。東塔と同じで、西塔の鍵も使用人には渡されてはいないらしい。

書斎は二階の中央通路の東側、突きあたりにある。ドアを押して入ると、まず革張りのソファや肘かけ椅子やテーブルなど、豪華な応接セットが眼についた。北面の壁には円形の時計が掛けられている。事件の発生時刻をダッソーが確認した時計だろう。その時計も、針は正確な時刻を指していた。南面の窓を背にして、飴色の光沢がある大きなデスクが置かれている。デスクの横には灰色の金庫があった。

デスクの背後の窓は、風を入れるために半ば開かれていた。壁の本棚には、各種の書籍が隙間なしに収められている。

南北に長い書斎の空間は、デスクのところから東方向に続いていた。ようするに鉤形の広間なのだ。東に延びた空間には、南面に矩形の窓が六つある。それらの窓のなかで西端にあたる窓の付近にデスクが置かれていて、その東側には、コンピュータ関係の電子機器がずらりと並んでいる。コンピュータ区画の北側には、資料室に通じる銀色のスチール製ドアがあった。

モガールはデスクの回転椅子に腰をおろし、反対側の円椅子に坐った料理女に、最後の質問をはじめた。バルベスは窮屈そうに、コンソール・デスクの前から運んできたオペレーター用の椅子に、大きな臀《しり》を押し込んでいた。

「今夜の十二時前後のことを、話してもらえますか」

「わたし、なにも知らないんです。九時頃に夕食の片づけを終えてからは、サロンでフランソワさまが、お客さまと過ごされているあいだ中、裏通路から玄関ホールに通じる側廊の隅で、編み物をしていました。正面階段が見えるところです。お酒のために氷がいるとか、そんな注文があるかもしれませんから。そこにいれば、旦那さまに呼ばれた時も、そのままサロンに伺うことができます」

「なんでまた、側廊の隅なんかにいたんだね」鼻の頭に皺を寄せて、バルベスが追及する。

「暖かいんですよ、地下にある暖房用の灯油炉の真上だから。じきに六月だというのに、この気候でしょ。火を落としたあとの調理場は、膚寒くて。警部さんは邪推してるんです。側廊の隅にいても、サロンの話し声なんか聞こえませんよ。大きな声で叫んだら、かろうじて聞きとれますけどね」

憤然として、ダルティ夫人が答えた。主人と客の会話を、盗み聞いていたのではないか。そんなふうに、警官に疑われていると考えたらしい。バルベスが顎を撫でながら、なだめるように言葉を継いだ。

「そうじゃないんだよ。おれが知りたかったのは、殺しが起きた前後に階段を登った人間のことなんだ。あんたは、階段を見渡せる側廊の隅にいたんだろう。編み物をしていたにせよ、階段を登るやつがいたら、判るんじゃないか」

「もちろん判りますよ、気配で。泥棒が足音を忍ばせて階段を登ろうとしても、見逃しはしません。二階に上がったのは、最初に大旦那さまの身辺警護をしていたカッサンさん、次にデュボワお嬢さま、十二時の時鐘の直後にフランソワさまと、当家の主治医だったジャコブさん。旦那さまは、ジャコブさんと一緒に二階に引きとられる前に、遅くまで御苦労だった、明かりを消して休むようにと、階段のところから命じられましたよ。編み物が途中だったので、それから十分ほど同じ場所にいましたが」

「十二時十分までは、そこにいたということだね」

重要な証言だった。あらためてモガールが確認すると、料理女は大きく頷いて応えた。事件が発生したと信じられる十二時七分を過ぎるまで、マダム・ダルティは階段を監視できる地点にいたのだ。である以上、一階にいた二人の人物、つまり執事のダランベールと下男のグレの不在証明《アリビ》は確認される。彼らには十二時七分に三階の東塔まで行き、ルイス・ロンカルを殺害できるような可能性は与えられていないのだ。女が説明を続ける。

「編み物が一段落したので、調理場や食堂やサロンの電灯を消して、裏通路から自分の部屋に退《さが》りました。玄関ホールや正面階段の明かりは、消さないのが決まりなんです。ダランベールさんに起こされたのは、やっと寝ついたばかり、一時少し前のことでした。

身支度をしてサロンに駆けつけると、もうダランベールさんとグレ、それにカッサンさんとデュボワお嬢さまが集まってました。それから五分ほどして、緊張した顔のジャコブさんが二階から降りてきて、東塔で事故のために人が死んだと、わたしたちに教えてくれたんです。まもなく警察が来るから、それまでサロンから動かないようにしてもらいたい、とも」

「判りました。外の警官と一緒にサロンに戻り、下男のフランツ・グレに、書斎まで来るように伝えて下さい」

「あの……」ダルティ夫人がエプロンの縁を引っぱりながら、落ちつかない表情でモガール警視を見た。

「なんですか」

「申し上げておいた方がよいと思うんですが、今夜、庭に誰か入り込んでいたようなんです」

「というと」

「調理場の窓から、不審な人影が見えたような気がして」

「なぜ、それを早くいわないんだ」バルベスが大声で叫んだ。モガールが質問する。

「何時のことですか」

「七時五十分過ぎでしょうか。戸締りを終えて調理室に顔を出したフランツが、部屋に引きとった直後のことでした」

「それで、どうしました」

「八時頃に料理の皿を運ぶために、ダランベールさんが調理室に戻ってきたので、知らせることにしました。ダランベールさんが懐中電灯を持って、勝手口から庭に出たんですが、しばらくして戻って、誰もいないようだと申しました。裏木戸も、ちゃんと施錠されていたそうです。わたしの錯覚ではないかと、ダランベールさんに皮肉をいわれました」

「あなたは、どう思うんです」

「その時刻だと、調理室の窓から見える裏庭は真っ暗なんです。見間違いだといわれると、そんな気もするんですが」料理女は自信なげに呟いた。

「重要な情報でした。ありがとう」

モガール警視の言葉に、ほっとしたように頷いて、モニカ・ダルティは書斎を去った。バルベスが興奮している。

「それにしても警視。どうやらダッソーは、使用人に、嘘の証言をするような指示は下してませんね。料理女の態度に、不自然なところは感じられなかった。ダルティ夫人は、知ってることを残らず正直に喋ったようだ。これなら、次のグレにも期待が持てるかもしれん」

「忠誠心の塊のような執事のダランベールは別にして、たんなる使用人に過ぎないダルティ夫人と下男のグレには、勝手に喋らせるようにしたんだろう。無理に虚偽の証言をさせたりして、そこからボロが出るのを警戒したんだな。ダッソーは、周到な男だ。よく考えている」

「それだけじゃありませんぜ。彼女の証言で、七人の容疑者は四人に減った。モニカ・ダルティが嘘の供述をしたのでないとすれば、ロンカルを殺せたのは二階の四人だという結論にならざるをえない。そして、そのうちの二人は書斎で、互いに不在証明を確認し合っている。残るのは、先に自室に引きとったエドガール・カッサンとクロディーヌ・デュボワの二人です。だんだん絞られてきたじゃないですか。

最後に妙なことを喋ってたが、多分、見間違いでしょう。もしも八時に押し込み野郎が、裏庭でうろうろしていたとしても、邸内に入れたとは思えん。もしも入れたにせよ、犯行時刻に二階に上がれない条件は、三人の使用人と同じだ。ま、押し込みの線は薄いでしょうな」

満足そうなバルベスの言葉にも、モガールは無言だった。そうかもしれないし、違うかもしれない。まだ、確定的なことを判断できる段階ではないのだ。

3

しばらくして警官に付きそわれ、朴訥《ぼくとつ》な顔をした第二の証人が書斎に現れた。先代ダッソーに雇われて、昔から邸に仕えているという下男の老人、フランツ・グレだった。大柄な方だろうが、ひどい猫背で、枯れ木のような体つきをしている。

枯れ木なら、幹に瘤《こぶ》があるマロニエの古木だろうか。たんに痩せているのではない。腕や肩には、かつて壮健だった筋肉が、衰えながらもしぶとく残っていた。寄る年波で、壮年までの頑健さを次第に失いつつある、老いはじめた肉体労働者。

白髪まじりのブロンドで、庭の手入れなど野外作業が多いせいだろうか、皺ぶかい顔の皮膚は渋紙色に日灼けしていた。表情には茫洋としたところがあり、予想外の事件に動転している様子でもない。警視は、身元の確認から話をはじめることにした。姓のグレはともかく、名のフランツはドイツ系だった。

「フランツ・グレ。君は、生まれながらのフランス人ではないね」

「警視さん、わしはグレゲローヴァというんじゃ。フランス人には発音しにくいんだろう。死んだ大旦那がグレ、グレと呼ぶから、なんとなくグレになっちまったのさ」

「グレゲローヴァ……。君はチェコ人かな」名前の感じから、警視が推測した。

「その通り。けど、国には長いこと帰っちゃいねえ。クーデタを起こしよった共産主義者どもが、ロシア人の威光をかさに着て威張りはじめたんで、厭《いや》になってウィーンに逃げ出すことにした。パリまで流れてきて、大旦那に拾われたんです。それから二十五年も、この邸に置いてもらってるんで」

田舎者じみた訛《なまり》はあるが、それでも流暢《りゅうちょう》なフランス語だった。これならチェコ生まれの老人でも、意思疎通に問題はなさそうだ。モガールは、核心的な質問をずばりと切り出した。

「東塔の露台の鎧戸を、あんなふうに厳重に釘づけしたのは、君だね」老人が首をゆらゆらさせて頷いた。

「そうだよ。若旦那に、そうしろと命じられたんだ。露台側から二重三重に添え木を当てたし、あれなら大男が体当たりしても簡単には破れねえだろうな。それだけじゃない。東塔の部屋のドアに、外側から差し錠も取りつけたな。上と下に二つもだ。塔のなかで猛獣でも飼おうというのか、よく判らねえが、いわれた通りにしました。どちらも二十六日のことで」

老人はダルティ夫人の証言を裏づけた。東塔を臨時の牢獄として利用する目的で、ダッソーが下男のグレに大工仕事を命じたのは確実だった。モガールが、さらに質問を続ける。

「今夜のことを話してもらおうかな」

「なんにも、喋るようなことはねえ。わしの仕事は昼間だ。庭仕事や、家の修理や。召使用の食堂で晩飯を喰ったら、あとは戸締りをするだけさ。それで、後は自由時間になる。窓や戸口が締まってるかどうか、執事のダランベールさんが寝る前に、もう一度、確かめることになってるがね。

今夜も同じことでさあ。七時から五十分もかけて、最初に正門と裏木戸、それから東翼と西翼を順に見廻りながら戸締りをした。窓も、調理場の勝手口や裏口も、残らず内錠を下ろした。そうなれば人が出入りできるのは、正面玄関だけになる。

二階の部屋も、残らず施錠しました。三人の客の部屋も、窓を閉めて錠を下ろしたな。見廻りを終えてから、調理室に顔を出してモニカに、異状のないことを執事のダランベールさんに伝えるように頼んだ。それから部屋に戻って、聖書を読みはじめたよ。もちろん、チェコ語の聖書だがね」

風を入れるために午前中に開けた窓を、午後七時から全部、異状のないことを確認しながら閉めて廻るのだという。これだけの大邸宅だから、五十分もかかるような作業になるのも当然だろう。

「その時に、三つの客室の窓も全部閉めたんだね」警視が確認した。

「その通りでさあ」グレが大きく頷いた。

となると、クロディーヌは寝室に引きとり、ベッドに入る前に窓を開いたことになる。書斎の窓は、十二時過ぎにダッソーが、暖房が暑すぎるので外気を入れようとして開けたのだ。

「東西の塔の屋上に登る鉄扉は」警視が尋ねた。

「今夜は、塔には上がってません。東塔に客がいるあいだは、三階に行っちゃならねえって若旦那にいわれてるもんで」

「君の部屋は正面階段の真横にあるね。誰か、階段を登ったら判るかな」モガールは話題を移した。

「もちろんでさあ。わしの机の前には、石壁に穴がある。階段の三段目と四段目を見通せる位置だから、誰か通れば、かならず階段の電灯の光が遮られるんだ。手元が暗くなるから、どうしても判るよ」

「十二時七分までに、階段を通った人物はいたかな」

「人が通ったのは、全部で三回だね。十一時頃と、十一時半頃。それに十二時頃かな。はじめの二回は一人、最後は二人だ。机に差し込む光の加減で、そこまではっきりと判る。間違いはないよ」

十一時頃はカッサン、十一時半頃はクロディーヌ、そして十二時頃はダッソーとジャコブの二人だろう。それも他の証言と矛盾がない。無視できないのは、北側の通路の端でダルティ夫人が、同じことを証言している点だ。グレとダルティ夫人が口裏を合わせているのでない限り、二人は相互に不在証明《アリビ》を確証しあう関係になる。そして、玄関横の部屋にいたダランベールの不在証明も。

使用人の証言に疑わしい点が発見されるまでは、バルベスが主張した通り、容疑者から一階の三人は除外しても構わないだろう。となると、残るのは二階の四人だ。客のジャコブ、カッサン、クロディーヌと、主人のダッソー。

「君が寝たのは」

「今夜は、寝ておらんよ。年のせいで、夜中まで眠たくならねえんだな。十二時五十分頃、誰か階段を二階に上がっていったな。料理女のモニカでなければ、執事のダランベールさんだろう。そう思っていると、そのうち三人が、次々に階段を降りてきた。続いてダランベールさんが部屋のドアを叩いて、サロンに来いという。

夜中というのに難儀なことだが、やむをえん。わしは、聖書を閉じて部屋を出た。サロンに行くと、ダランベールさん以外に、もう客の二人は来ていた。まもなくモニカが、寝ぼけた顔で入ってきたし、最後にジャコブさんが二階から降りてきた。東塔で事故があったと知らされたのは、その時のことだな」

使用人で最後に訊問されたのは、執事のダランベールだった。モガール警視はまず、ダルティ夫人とフランツ・グレゲローヴァの証言の裏をとることにした。ダランベールは三日前の午後に、四人の客のため二階にある南面の客室三つと、東塔の部屋を用意したことまでは認めたが、その夜、邸の召使全員が主人の指示で外出したことに関しては、徹底的に問い詰められるまで言葉を濁し続けた。

そんなふうに、あまり協力的とはいえない証人だった。それでも無理矢理に喋らせたところでは、先に訊問された二人の使用人の証言に、歴然と矛盾するような箇所はなさそうだ。モガールは最後に、前の二人と同じように、ダランベールにも今夜の事情について問い質した。

「晩餐の給仕を終えたところで、私の仕事は終わりになります。今夜も同じことで、九時には自室に引きとりました」渋々ながら、ダランベールが語りはじめる。

「八時頃に、裏庭に出たとか」

「食堂の方に、鴨料理の皿をお出しする前のことです。十分ほど前に裏窓から人影を見たとか、モニカが妙なことをいうので、調理室の勝手口から出て、裏木戸の様子を見てまいりました。異状もないので、じきに戻りましたが」

「十二時四十五分に、警官が門前で騒ぎはじめるまで、君は何をしていたんだね」

「自室でやれる仕事を続けておりました」

「ようするに、何してたんだよ」バルベスが怒声を張りあげた。仮面じみた無表情を崩そうともしないで、ダランベールが言葉少なに答える。

「南向きの窓の前で、玄関と正門の方向を見張っておりました。私は夜間、門番代わりの仕事も任せられておりますから」

「それで、誰か、邸に入ってきた者はいたかね」

「いいえ。私は十一時に正面玄関の錠を下ろし、それから邸の戸締りを確認するため、いつもの見廻りをしましたが、その十五分ほど以外は、自分の部屋で窓の前におりました。錠を下ろす前も後も、誰も玄関を入った者はおりません。グレの戸締りは完璧でしたので、玄関以外から邸内に入れたような人間も。それは、絶対に確かなことです」

「二階の客室と書斎も、戸締りは確認したのかね」モガールが念を押した。

「書斎と、ジャコブさま、デュボワさまの客室は。カッサンさまは、私が二階に参りました時にはもう、お寝《やす》みになった様子でしたので、邪魔にならないよう部屋に入るのは遠慮いたしました」

「それで」モガールが、話の続きを促した。ダランベールは、眉を顰めるようにして言葉を継いだ。

「邸内の見廻りを終えた後、十二時四十五分に警官が正門のインターホンを鳴らすまで、私は窓の前で、また門番の役を果たしておりましたよ。その後は、二階の書斎でフランソワさまの指示をあおぎ、客室や使用人部屋を廻って邸内の人間をサロンに集め、一緒にジャコブさまの話を伺いました。警視さまが到着されるまで、そのままサロンで、他の方と一緒に待機しておりました。

自室の扉を開いておいたので、サロンにいても、インターホンのブザーは聞こえたんです。私は走って自室に行き、インターホンに応え、それから書斎の主人に内線電話をかけてから、門を開きに出ました。後は、あなたさまが御存知の通りです」

執事が去った後、モガールとバルベスは一休みしながら、使用人三名の証言について検討してみることにした。健康志向のダッソーは煙草を吸わない様子で、書斎には灰皿が用意されていない。バルベスは遠慮なしに、使われていない様子の綺麗なクリスタルのインク壺に、黒葉の安煙草の灰を落としている。

「やはり、思った通りだ。邸に侵入できたやつはいそうにない。外部の人間の犯行とは思えませんな。犯人は邸内にいる」

モガールが、パイプの火皿に葉を詰めながら応じた。「執事のダランベールは、戸締りの確認に出た十五分以外は、最初から最後まで玄関前を監視していた。ダランベールの証言によれば、九時から十二時四十五分まで、唯一の開口路である正面玄関を通った人間はいない。問題は、執事が邸内を見廻っていた空白の十五分だが……」

「その時はもう、玄関の錠は下ろされていた。玄関横のサロンには人がいたし、もしも正面扉を押し破ろうとしたやつがいたら、物音で気づかれたに相違ない。それに、二階に上がるための階段は、結果として二人の使用人に監視されていたも同然です。料理女も下男も、主人と三人の客以外には、事件の発生まで誰も階段を上がった人間はいないと証言している。

一階の戸締りの具合は、さっき調べた通りですよ。グレの爺さんが主張した通り、全部で百以上もある大小の窓にしろ、勝手口と裏口にしろ、戸締りは完璧だった。外部の人間が侵入したような跡は、ひとつも発見できなかった。こじ開けられた錠もないし、割られた硝子もない。

仮に、痕跡を残さないで屋内に侵入できたやつがいるとしても、殺人現場に行くためには、どうしても正面階段を通らなければならない。そして正面階段にはダルティ夫人とグレと、左右に二人の監視人がいたんです。外部の人間が、三階の殺人現場に辿りつけたとは思えませんな。

残されているのは、二階の窓から屋内に侵入した可能性だが、豪勢なサロンがある邸の一階は、かなり天井が高い。そのせいで二階でも、普通の民家の三階分の高さはありそうだ。不可能ではないにしても、犯人が外壁を、二階まで這い上がるのは容易なことじゃない。それに窓がある。ダランベールは、カッサンの客室以外は残らず点検し、施錠を確認したと証言してました。私らが見た通りです。

開いていた二階の窓は、クロディーヌの客室と下が池になっている書斎の南窓の二つだけで、どちらにも不審な人物が侵入した痕跡はない。二人とも戸締りを確かめていない東塔の屋上に出る鉄扉が、もしも施錠されていなかったにせよ、まさかあんな高いところまで、外壁を攀《よ》じ登れたやつがいるとも思えないし……」

「つまり、内部の犯行である。君は、そう断定したいわけだな」

「断定はしませんよ、警視。正面玄関の真上で、張り出し屋根づたいなら侵入が比較的容易なカッサンの窓の開閉状態をはじめとして、確認しなければならないことが、まだ幾点も残ってますからね。でも多分、犯人はダッソーの森屋敷のなかにいる」

バルベスが語り終えて、精緻な細工を施されたクリスタルのインク壺に、乱暴に煙草の先を押しつける。警視も、外部犯行説には無理がありそうだという判断に傾きはじめていた。

邸の開口部の錠や鍵は、例外なしに普通の民家には大袈裟な感じがするほど、頑丈で精巧な品が使われている。先代のダッソーが強盗など侵入者の存在を警戒して、自邸には完璧な戸締りを求めたせいらしい。使用人に対する指示も厳重で、夕食後にグレが戸締りをした後、就寝前に執事のダランベールがさらに見廻り、施錠の状態を確認するよう決められているのだ。

戸締りをめぐる先代ダッソーの神経質な態度には、高価な骨董品や美術品などの盗難を怖れてというよりも、ゲシュタポが踏み込んできた時の記憶に遠因があったのではないか。あの時のように、いつまた敵に襲われるかもしれないという恐怖。身辺警護のために、カッサンなる人物を雇っていたことからも判るように、著名なユダヤ人資産家のエミール・ダッソーには、警戒を要するような敵対者も多かったに違いない。

ダランベールと入れ替わりに、古めかしい背広を着た小柄な老人が警官に案内されてきた。あまり服装には構わない人物のようだ。焦げ茶の背広は上等な仕立なのだが、あちこちに染みがあり、肘のあたりが光っている。老人は銀縁眼鏡をかけて、少しばかり滑稽な感じのする山《や》羊髭《ぎ》を生やしていた。髪も髭も、ほとんど白くなっている。警視が、おもむろに口を開いた。

「アンリ・ジャコブさんですね。ダッソー氏とは、どんな関係ですか」

「エミール・ダッソー、つまり先代のダッソーだが、長いこと主治医として、あの男の健康の番人をしておったんじゃ。エミールが肺癌で死んだのを潮に、パリの医院は知人に譲り、ムランにある田舎家に引っ込んだ」

ムランはパリ郊外の町で、フォンテーヌブローの森の近傍に位置している。市内のリヨン駅まで、郊外線で四十分ほどだろう。

「今回のように、ダッソー邸に滞在することは、よくあるんですか」

「決まっておるわけではないが、まあ年に一度は」老人が山羊髭をしごきながら、落ち着いた口調で応じた。

「いつも、カッサン氏やデュボワ嬢と一緒なんですか」

「そうじゃな。カッサンとクロディーヌの父親とわしの三人は、エミール・ダッソーを通じて親しくしていた。エミールの生前には、しばしば邸に招かれたものだ。感心な息子でフランソワも、年に一度は家族が留守になるような機会に、父親が元気だった頃のようにわしらを招いてくれる」

ダッソー、デュボワ、カッサン、そしてジャコブの四人は、全員がユダヤ系フランス人だった。四人の交友の背景には、そんなことも関係していたのだろう。モガールは、老人の表情を子細に観察しながら、次の質問を投げた。

「被害者のルイス・ロンカルですが、以前から面識がありましたか」

「いいや。顔を見たのも、今夜がはじめてじゃった」老人の口調は自然だった。

「つまり、屍体を発見するまで、顔を合わせたことはなかった……」

「その通り。もちろん、三階にフランソワの客が滞在していることは知っておったが。頼まれて、カッサンとクロディーヌが食事を運んでいたようじゃな」

「ロンカルが、一度も顔を見せないことに、疑問は感じませんでしたか」モガールが追及した。

「おかしな客とは思った。しかし、何か顔を見せたくない理由でもあるのじゃろう。フランソワも、三階の客については喋りたがらない様子だし、邸の主人を問いつめるわけにもいかん」

ジャコブが語り終えた。バルベス警部が、マフィアの殺し屋を脅しつける時のために用意してある、特製の悪鬼のような形相で、猛然と老人を睨《にら》みつける。こんな顔つきで威圧されたら、普通の市民は竦みあがらざるをえない。

「爺さんよ、ほんとのことを喋ってもらおうか。あんたら三人と、殺された男のあいだには、何か因縁があるに決まってる。偶然、同じ夜にダッソー邸に到着したなんて子供騙しは、やめてもらおうじゃないか」

老人は怯《おび》えた様子で、助けを求めるように、おずおずとモガールの方を見た。警視はバルベスを制して、質問を再開した。

「ダッソー邸に到着した夜のことを、話してもらえますか」

「フランソワが指定した時刻は、夜の八時じゃ。リヨン駅で夕食をすませ、タクシーで当家に乗りつけた。召使は休みとかで、邸にいたのはフランソワ一人だった。わしが着いたのは七時半頃。八時頃に、クロディーヌが地下鉄《メトロ》駅から歩いて到着した。カッサンは十時頃に、自分の車で着いた」

「三日のあいだ、邸で何をしていたんですか」

「三食つきで、のんびりしていたよ。雨の切れ間に庭園を散歩したり、クロディーヌと雑談をしたり、午後はカッサンとカードをしたりして漫然と過ごしていたんじゃ。夜は帰宅したフランソワと一緒に夕食をとり、寝るまで昔話や、共通の知人の噂話をしていた。フランソワの事業や家庭生活の様子も話題になった」

「三日間、外出もしないで……」警視が不審そうに眉を顰める。

「そう。三人とも、ほとんど邸のなかで過ごした。二十八日の午前中、忘れものとかでクロディーヌがパリ市内の自宅に戻ったようだが、それが唯一の例外じゃろう。滞在予定は明日までだし、ひさしぶりの休日を、三人とも存分に楽しんだのだよ」

「屍体発見までのことを説明して下さい」話題を変えて、モガールが質問した。

「カッサンとクロディーヌは先に寝室に引きとり、わしはフランソワと二人、よもやま話をしながら書斎でブランデーを舐めていた。しばらくして叫び声と、天井からどしんという物音が聞こえたんじゃ。ぎくりとしてフランソワが立ちあがり、戸口に近い安楽椅子から南面の窓を背にしたデスクまで駆けよって、金庫のダイヤルを廻しはじめた」

「金庫の……」バルベスが呻《うめ》き声を洩らした。モガールの表情も緊張している。ダッソーの証言には、そんな事実は含まれていなかったのだ。

「そう、その金庫じゃ」

ジャコブは、デスクの横にある灰色の金庫を指さした。金庫にはダイヤル錠が取りつけられている。厚い金属扉を開くには、専用の鍵以外に、ダイヤル番号の知識が必要だろう。

「物音がした瞬間、わしは腰を浮かせて部屋の戸口に走りよった。驚いて、何かと思ったんじゃ。金庫のダイヤルを合わせながらフランソワは、三階の様子を見てくれと、大声で叫んだ。わしは階段を駆けあがったよ」

「物音から、どれほどの時間で東塔の小ホールに達しましたか」モガールが質問する。

「あんたも階段を、駆けあがってみれば判る。せいぜい二十秒ほどじゃろう。東塔の広間に通じるドアには、上下に二つ差し錠がある。錠を外してノブを廻してみたが、ドアは微動もしない。差し錠とは別に鍵がかけられてるんだろうと、わしは思った。

ほんの少し遅れて、血相を変えたフランソワが階段を登ってきた。手には鍵を持っている。その鍵でドアが開かれた。床に倒れている男を見つけ、わしは異変を察して時刻を確認した。医者の習慣じゃな。十二時八分過ぎ。物音を耳にしてから、せいぜい一分かそこいらのことじゃったろう。

わしは心拍の停止、呼吸の停止、それに瞳孔の散大まで確認したから、男が死んでいたのは確かじゃ。証人は多い方がよいから、フランソワにも男の脈をとらせた。無理に屍体に触らせたのが、悪かったのかもしれん。その直後に、フランソワの顔色が蒼白になったんじゃ」

「屍体の状況は」

「絶命したばかりだったよ。まだ血液は凝固していないし、膚にも生者同然の温みが感じられた。死後数分じゃろう。一分後としても、もちろん不自然ではない。頭の傷を簡単に見て、頭蓋骨の骨折で即死したのだろうと診断した」

「背中の傷は」モガール警視が質問した。

「死亡していることを確認したのみで、それ以上、屍体には触れないようにしたんじゃ。後は警察医の仕事になる。屍体はあお向けだったから、背中の傷を見つけるのは不可能だった。他に傷がなければ、わしも屍体を裏返しにしてみたろうが、頭部の打撲が致命傷になったのだろうと考えて、それ以上の追及はせんじゃった」

「現場を離れたのは何時でしたか」

「それも腕時計で確認した。十二時十一分」

「十二時八分に広間に入ったとして、三分ほど現場にいたことになりますね。ダッソー氏の話では屍体を発見した後、書斎前の階段を通った人間は一人もいないとか」

「そう、ドアは半開きになっていた。安楽椅子は戸口が見えるところに置かれている。ソファに身を横たえているフランソワは、客の屍体を見たショックで茫然としていたが、わしは大きく開かれたドアの方に、最初から最後まで注意していた。フランソワが警視総監と電話で話しはじめてから、サロンに集められた客や召使に事情を説明するため書斎を離れたのだが、それまでは誰一人として、三階に行った人間はいない」

「東塔の小ホールには、奥に鉄扉がありますね。屋上に出られる扉。事件の時、扉は施錠されていたかどうか覚えていませんか」

「大きな差し錠で、扉は内部から鎖されていた。書斎に戻る前に、わざわざ確認したんじゃ。間違いはない」

それからのジャコブの話は、全体にフランソワ・ダッソーの証言を裏づけるものだった。屍体を目撃した衝撃のせいで、ひどく動揺しているダッソーの気分を落ち着かせようと、医者のジャコブは懸命に努力した。知らないあいだに、かなりの時間が経過していたのだという。バルベスが意地悪そうに顔を顰めて、老人を詰問した。

「あんたは、心臓が止まったばかりの新しい屍体を見つけた。それなのに、何ひとつ蘇生させるための努力もしないで、平然と放り出したのか。医者として、不自然な態度だといわれても仕方ないぞ」

「わしは、若いあんたの何十倍、いや何百倍もの屍体を見てきた。手当てをして生き返るものかどうか、直観で判るんじゃ。あの男は死んでいた。設備が整った大病院の集中治療室に担ぎ込んだところで、蘇生するような可能性はなかった、絶対にな」口調は穏やかだったが、老人の言葉には疑いえない真実味が感じられる。

そんなものかと、モガールは思った。気になったのは、年季を積んだ警官の何百倍もの屍体を見てきたと、ジャコブが強調した点だった。平凡な町医者が、殺人事件を専門に扱ってきた司法警察の警部の、なんと何百倍もの屍体を見てきたとは。わざとらしい言動などふさわしくない、篤実そうな老人であるだけに、そんな大袈裟な言葉が印象に残った。

「事件の発生は十二時七分、警官の到着が十二時四十五分だ。そんなに長いこと、あんたは警察にも通報しないで屍体を放置してたんだな」バルベスが追及する。

「まだ息があれば、応急手当てをしてから救急車を呼んだろうし、殺人だと判っていれば、もちろん警察に急報したことじゃろう。

だが、殺人の可能性など考えられんかった。なにしろ、東塔のドアの錠を外したのはわし自身だ。その後フランソワが、ひとつしかないという東塔の鍵でドアを開けたんじゃ。もちろん室内には、死んだ男以外には誰もいなかった。足を滑らせて、後頭部を石床にぶつけたんだろう。もちろん事故死に違いない。そう、わしは信じ込んだ……」

ジャコブの証言にも、それなりの説得力はある。頭部に、致命傷とおぼしい傷のある屍体を発見した。傷の状態から、医者として蘇生は不可能であると診断した、引退した医者であれば、後は警察医に任せようと思っても不自然ではないだろう。モガールが結論づけるようにいった。

「あなたは三階の客が、何か秘密のある人物だと察していた。事件が起き、自分の眼で部屋の状態を見た後ではなおさらだろう。あれでは誰でも、男は監禁されていたと考えざるをえない。それでフランソワ・ダッソーをさしおいて、警察に通報するのを遠慮したんですね。とにかくダッソーを正気に戻らせ、それから必要な手配をやらせるのがよいと思った。違いますか」

山羊髭の老人は、落ち着かなげにモガールの表情を窺った。図星なのだろう。警視は、それ以上の追及はしないで訊問の終わりを告げた。

ジャコブ老人が去ると、今度は、逞《たくま》しい躰つきの男が書斎に入ってきた。ふてぶてしい感じの眼は黒、粗い髪も白髪まじりの黒。年は五十代半ばだろうか。ピガール界隈で街路を睥睨《へいげい》していれば、通行人はゴロツキだと思い込んで、避けて通るに違いない。

友人だというが、ジャコブより十歳以上も年下に見える。巨漢のバルベスに見劣りしない雄牛のような体格で、顎の右に大きな傷痕があった。エドガール・カッサンは、書斎の椅子にふんぞり返るようにして、自分の方から口を開いた。

「若旦那の話では、三階の男は、背中から心臓を刺されて死んだんだってな。ナイフは見つかったのか」

「どうして、そんなことに関心があるんだよ。それに凶器がナイフだと、なぜ判ったんだ」

バルベスが威嚇《いかく》的な声で追及するが、カッサンは平然としたものだ。嘲《あざけ》るような顔で、居丈高に追及する警部をいなした。

「耳元で、馬鹿でかい声を出しなさんな。そんなことは常識だぜ。刺殺屍体の半分以上は、ナイフで殺されてるんだ。鑿《のみ》だの錐《きり》だのを持ち出す野郎もいるだろうが、数は少ねえ。今回も凶器は、種類や用途はともかくとして、ナイフに決まってるさ」

「今夜のことを話してもらえるかね」

モガールが、相手の襟首を摑みそうなバルベスを制して、穏やかに問いかけた。カッサンの巨体が身じろぎすると、デスクの前に据えられた小さな椅子が軋み音をたてる。

「十一時頃、先に部屋に戻った。だらしない話だが、酔っぱらっちまってな。ベッドにもぐりこんで、高いびきだ。執事のダランベールに叩き起こされるまでは、何も知らん」

「窓は閉じたままで……」

「もちろん」

ダランベールは確認していないが、グレが戸締りしたカッサンの客室の窓は、そのまま犯行時刻まで閉じられていたことになる。となると残るのは、クロディーヌの窓ひとつだけだ。書斎の窓は深夜十二時を過ぎてから開けられたのだし、犯行時刻までは主人のダッソーと客のジャコブがいた。その窓から、犯人が屋内に侵入できたとは思えない。

「東塔の客について話してもらおうか。君はデュボワ嬢と二人で、三階まで食事を運んでいたとか」

「客か。まあ、客には違いなかろうさ」分厚い唇をねじ曲げるようにして、カッサンが思わせぶりな言葉を吐いた。

「というと」

「フランソワの若旦那は、まだ経験不足で未熟だな。死んだ大旦那なら、こんな馬鹿なことはやらなかったろうに」

「どういうことだね」モガールは、相手の言葉に興味を感じて、話の続きを促した。

「事業をやっていれば、敵も多いだろうさ。時には、手荒な真似もしなければならねえ。契約違反の男を閉じ込めたり、締めあげたりすることもな。しかし、なにも自分の邸でやることはねえだろう。そのために、どんな企業でも専門家を雇ってるんだ」

「引退するまでダッソーの会社で、君も、その手の仕事をやっていたのか」警視が微笑を含んだ声で問いかける。

「ふふん。それはまあ、想像にまかせるけどな。とにかく、若旦那にも困ったもんだよ。おれに一言相談してくれたら、旨いこと片づけてやったのに」

どうやらカッサンは、たんに、社長のボディガードとしてダッソー社に勤務していたのではないようだ。先代のダッソーの指示で、時には暴力的な種類の仕事にも関係していたらしい過去を、それとなしに匂わせている。そんな経歴から、東塔の男の正体についても、何か不審なものを感じていたのだろう。

「おまえがボリビア人を拉致《らち》して、塔のなかに連れ込んだんじゃないのか」バルベスが獰猛《どうもう》な声で詰問した。

「馬鹿な。エドガール・カッサンが、こんな素人じみた真似をするもんか。若旦那に三階の男の世話を頼まれた時、よほど忠告しようかと思ったが、遠慮してやめたのさ。あの人には、あの人なりの考えがあるんだろう。おれのような老兵の出る幕じゃねえ。おれはもう、会社とはなんの関係もない人間だ。大旦那が死んで、おれは故郷のアミアンに帰ることにした。いまは、しがない自動車修理工場のおやじよ」

「アミアンから、自分の車でパリまで来たんだね」モガールが確認する。

「シトロエンDSの新車だ。商売柄、車だけは贅沢ができる」

邸前の駐車場にあった車だ。大統領と同じ自動車に乗っていることが自慢なのだろう。大男は嬉しそうに唇を曲げた。

カッサンは、ロンカルが三階の塔に幽閉されていたらしいと暗示している。東塔に上がったことのないジャコブならともかく、この男は三度三度、食事を運んでいたのだ。当然、ドアの外側に取りつけられた差し錠など、謎のボリビア人が拘禁されている状況についても熟知していた。何も知らないと白《しら》を切るわけにはいかない立場だから、先手を打って、疑惑を匂わせたのかもしれない。

「おまえ、ダッソーが男を閉じ込めていると知っていて、それに協力してたんだな。拘禁罪の共犯ってわけだ」バルベスが脅しをかける。カッサンは平然として、うそぶいた。

「こうして捜査に協力してるってのに、そのいい方はねえだろうよ。おれをぶち込みたいなら、まず、その主犯とやらを先に逮捕したらどうだ。ええ、お巡りさんよ」

カッサンは正確に前後の事態を把握している。あの程度の状況証拠でパリ市長の親友を、拘禁罪で逮捕するのは難しいだろうと読んでいるのだ。モガールは穏やかな口調で続けた。

「三階の男に、食事を運んでいたんだね。何か気づいたことはないかな」

「飯だけじゃないぜ。新しいタオルやシーツや、あれこれの日用品もだ」うんざりした表情で、カッサンは大袈裟に肩を竦めて見せた。

「三階まで、どんなふうに運んでいたのかな」

「朝飯と日用品は、モニカが調理室に用意する。おれとクロディーヌが、一階からそいつを運びあげ、二階の書斎で若旦那から塔の鍵を借りるんだ。その鍵で三階の塔のドアを開き、おれが見張ってるあいだに、クロディーヌがシーツを換えたり、簡単な掃除をしたりする。昼と夜は、食事を運ぶだけ。前回の盆を下げて、書斎の若旦那に鍵を返せば、それで仕事は終わりだ」

「鍵は三度三度、ダッソー氏から借りて、その後は必ず返した。そうだね」モガールが確認した。大きく頷いて、カッサンが答える。

「そうだ。見ての通り、東塔に上がるには書斎の前を通らなければならねえ。行く時にクロディーヌが書斎で借りた鍵を、戻る時にまた書斎で返す。若旦那は塔の鍵を、わざわざ金庫にしまい込んでたぜ」

「だが、ダッソー氏は会社に出勤していたろう。朝と夜はともかく、昼食の時はどうしていたんだね」

「三日間とも若旦那は、昼飯の世話がすんでから、迎えの車で出かけてた。そして晩飯前には戻ってきた。ラ・デファンスの高層ビルにある社長室の椅子も、あれじゃ、ほとんど温まる暇はなかったろうな」

「東塔の男は、どんな様子だった。抵抗したり、逃げようとしたことはなかったかね」

「大人しいもんだった。クロディーヌ一人ならともかく、おれが見張ってたからな。あんなガラみたいな爺さんじゃ、おれを敵に廻して暴れる気にもならんだろうさ」

カッサンが警視に、鍛えられた握り拳《こぶし》を示しながら、頬に酷薄な微笑を浮かべた。しなびた躰つきの老人は、監視者の巨体や大きな拳骨《げんこつ》を見た瞬間に、抵抗する意志を失ったろう。格闘して勝てる相手ではないのだ。

「何か話したことは」

「爺さん、フランス語は喋れなかったんじゃないか。いつも虚《うつ》ろな顔つきで、ぼんやりしてたもんな。飯も半分は残してたし……」

陽気そうに手を振って、カッサンが姿を消した。いまいましげに、バルベス警部が鼻を鳴らした。


最後の証人は、クロディーヌ・デュボワだった。二十三、四歳だろうか。白のブラウスに黄色のカーディガン、木綿のキュロット・スカート。どれも平凡な品だった。目鼻だちは整っているのに、化粧気のない顔と地味な服装で損をしている。

顔色は蒼白で、兎《うさぎ》のように大きな眼が不安そうに、落ちつかなげに動いて視線が定まっていない。神経質に膝を揃《そろ》えて、デスクの前の椅子に浅く腰かけた若い女に、モガールは愛想のよい口調で問いかけた。

「お父さんは、先代のダッソー氏と親しかったとか。その縁で、今回も招待されたそうですね」

「ええ」言葉少なげに、クロディーヌが応じた。

「ジャコブ氏はエミール・ダッソーの主治医だし、カッサン氏は身辺警護に雇われていたとか。

お父さんはダッソー氏と、どんな関係だったのですか」

「父は、……ラビでした」

しばらく時間を置いてから、ぽつりとクロディーヌが呟いた。ラビは、ユダヤ人の共同体の宗教的な指導者だ。ユダヤ教の儀式を主宰し、律法《トーラー》を研究し、状況に応じてユダヤ教徒としてなさねばならない義務を、信者に教示する。もちろん、率先してそれを実行する。モガールは、ダッソーの友人にラビがいたという事実を知って、少しばかり意外な気がした。

「ジャコブ氏、カッサン氏、それにダッソー氏は、お父さんを中心にして、ユダヤ教徒として結びついていたのですか」

「いいえ。ダッソー家は三代も前に、形式的にはカトリックに改宗しています。エミールさんは、教会とは没交渉な人生を送りましたが。フランソワにしても、それは同じことです。カッサンさんはユダヤ教徒ですが、あまり熱心な信者ではありません。ジャコブ先生は、敬虔《けいけん》なユダヤ教徒です」

三人に宗教的な質問をしたわけではないが、クロディーヌの説明は、モガールの印象にも合致していた。態度から見て宗教心がありそうなのは、医者のジャコブ一人だった。

映画女優だったフランソワ・ダッソーの妻は、ノルマンディー出身で生粋《きっすい》のフランス人だし、たぶん宗教はカトリックだろう。それにダッソーの正式名は、フランソワ・ポール・ダッソーだ。キリスト教団の創設者である古代ユダヤ人の名を、わざわざ洗礼名として先祖からの姓と、親がつけた名のあいだに挟んでいる人物なのだから、どう考えてもユダヤ教の信者ではありえない。

「それでは、どんなわけでデュボワ氏は、エミール・ダッソーと親しく交際していたのですか」

「友人になるのに、信仰が同じである必要はありませんわ」切り口上で、クロディーヌが答える。モガールは苦笑して、質問の方向を変えることにした。

「まあ、それはそうでしょうが。ところであなたは、事件の被害者に食事を運んでいたとか。三階の塔に閉じ込められている外国人を見て、不審に思わなかったのですか」

「いいえ」若い女は、張りつめた顫《ふる》え声で応じた。

「なぜです。塔の部屋は、外から差し錠をかけられ、おまけにドアの鍵はフランソワ・ダッソー氏が金庫に入れて厳重に保管していた。どう見ても、あのボリビア人は監禁されていたんですよ」

「あの方は、心の病気だったんです。その治療を受けるために、パリまで来たんです。フランソワさんは、入院の手続きが終わるまでのあいだ、本人の希望で、あんなふうにしていたんです」

「ダッソー氏が、そう説明されたんですね」

モガールが念を押した。大きな眼を見開いて、クロディーヌは訴えるように二度、三度と頷いて見せた。彼女は、常識では納得できないダッソーの言葉を、そのまま信じたのだろうか。多少は疑いながらも、なんとか信じようと努めたのだろうか。それが、予期せぬ殺人事件の結果として土台から揺らぎはじめている……。

「二十九日の夕食は、何時に東塔に運んだんですか」

「時計を見てカッサンさんと二人で、決められているように六時十五分に、調理室まで行きました。夕食の盆は、もうテーブルに用意されていました。書斎でフランソワから鍵を借りて、東塔に上がりました。夕食の盆を机まで運び、あたりを簡単に片づけて、昼食の盆を下げました」

「なにか異状はありませんでしたか」

「なにも。老人はベッドに腰かけて、頭を抱えていましたわ。鍵を締めて階段を降り、フランソワに鍵を返しました」

「何時のことでしたか、それは」

「さあ。時計は見ませんでしたが、六時半頃だと思います」

さらに質問を続けるが、それ以外にクロディーヌから、新しい情報は引き出せそうにない。モ女の証言は、大枠のところ他の証言と一致して、歴然とした矛盾点は発見できなかった。モガガールは腕時計を見て、そろそろ関係者の訊問は終わりにしようと決めた。

「最後の質問です。あなたは窓を開け放して、眠りましたね」

「ええ。季節はずれの暖房が、わたしには暑すぎて」

「誰か、窓から侵入した者はいませんでしたか」

「二階ですから安心して、窓を開けたままでも眠れました。それに、わたし眠りは浅い方なんです。泥棒が忍び込んできたりしたら、即座に判ります」

「そんなことはなかった……」

「ええ、絶対に」

クロディーヌは躊躇なしに断言した。どうやら外部犯の可能性は、ほとんどありえないらしい。屋上に出る東塔の鉄扉も、事件の直後に施錠されていたとジャコブが証言している。侵入者が岩壁登攀家《とうはんか》なら、東塔の屋上まで外壁を攀じ登れるかもしれないが、それでも屋上から邸内に入ることは不可能なのだ。内錠の下ろされた扉を押し破れば、その証拠が歴然と残る。

カッサンかクロディーヌが被害者に夕食を運んだ時、密かに鉄扉の錠を外しておいたのだとしても、今度は脱出する際に難問が生じてしまう。侵入者は外側から、鉄扉の錠を下ろさなければならないのだから。錠はボルト状の鉄棒を受け金具に捻《ね》じ込む、頑丈きわまりない方式であり、小説にでもあるような針や糸の細工で、外から下ろせたとは思えない。

モガールは疲れた眼をしばたたかせながら、思わず嘆息していた。事態は最悪の方向に進みつつある。良識的な警官なら、絶対に承認しないだろう非現実的な方向に。問題はダッソーとジャコブの証言だった。事件の発生と、屍体の発見の経過にかんする二人の証言を前提として、どんな結論が導かれるというのだろう。

ドアの外で待機していた警官を呼んで、モガールは邸の主人を呼ぶように命じた。バルベスが指の骨を鳴らしながら、上司に語りかける。

「結構、結構。外部犯の可能性は消えましたね。犯人は、ほとんど確実に森屋敷の七人のなかに隠れてる。とりわけ疑わしいのが、二階にいた四人だ。これからダッソーの野郎を締めあげて、東塔の鍵について喋らせれば、それで一件落着ですぜ。

誰か、複製の鍵を持ってるやつがいる。そいつが犯人だ。足音を忍ばせて書斎の前を通り、三階まで行って爺さんを殺した。物音を聞いたダッソーが、金庫から鍵を出そうとして時間を潰してるあいだに、大急ぎで階段を駆けおりたんですね。そして、自分の部屋に逃げ込んだ。先に寝たと称してる男と女が、なかでも怪しい」

「しかし、物音がした直後にジャコブは、書斎の戸口に行っているぞ。金庫に飛びついたダッソーに命じられ、そのまま階段を上がった。ジャコブとすれ違うことなしに、犯人は現場を脱出できない」

それがモガールの悩みの種だった。しかし、上司の疑惑には正面からとり合おうとしないで、バルベスは警官らしい常識論で応じた。

「確かに、そうですがね。その時刻、不在証明《アリビ》があるのはダッソーとジャコブの二人だ。もちろん二人が共犯で、口裏を合わせてる可能性はありますよ。そうでも考えないと、ジャコブの証言は崩せそうにない。しかし私としては、それ以外の客二人が怪しいと思いますな。訊問された時の態度からしても、カッサンとクロディーヌが何か隠してるのは確実だ。とりわけクロディーヌは、挙動不審そのものだった。

ダッソーとジャコブの共犯説には、他にも難点があります。ダッソーが犯人なら現場を去る時に、塔の鍵なんか掛けないようにしたでしょう。そうすれば、容疑者を邸内の全員に拡大できる。ひとつしかない鍵を持ってる野郎が、実際に爺さんを殺したのでは、まるで自分の犯行を告白してるようなもんだ。よほどの阿呆《あほう》じゃない限り、そんなことはしませんよ」

しばらくして、憔悴《しょうすい》した感じのダッソーが書斎に入ってきた。デスクに両掌を突いて、モガールを責めるように小さく叫んだ。

「もう、そろそろ夜明けになる。客は皆、疲労困憊しているんだ。どうにかしてもらえませんか」

確かにダッソーの主張する通りだった。時刻は三時半を廻ろうとしている。まもなく空は白みはじめるだろう。モガール警視は穏やかに応えた。

「もう一度あなたから、簡単な話を聞かせてもらえば、それで今夜の事情聴取は終わりです。客室の私物を検査したいと思いますが、それで他の方々は、やすんでもらっても結構。ただし二、三日のあいだ、事件の目鼻がつくまでは、この邸に滞在してもらうことになるでしょうが。

そうだ、忘れるところだった。後から、西塔の鍵を貸してもらえませんか。ダルティ夫人の案内で、邸のなかを見せてもらいましたが、まだ西塔が残っている」

「あの部屋は、今夜の事件とは関係がないと思うがね。父が死んでから一度も、誰一人入ったことのない部屋なんだ」眉を顰めて、ダッソーが首を振る。

「事件と無関係であることを確認するためにも、見る必要があるんですがね」

「残念だが、君の意向には添えないな」邸の主人が神経質に睫《まつげ》をしばたたいた。

「捜査に協力できないといわれる……」

「協力はしてるだろう。邸のなかも案内させたし、今もこうして君のために時間をさいている。警察の足どめがとけるまで、三人の客には宿も提供しよう。しかし、君を西塔に入れるのは無理だ。あの広間は、父親の遺言で締めきりにされている。捜査の上で、どうしても必要というならともかく、君の好奇心のために父の遺志を無視することなどできない。それで、私に質問というのは」

椅子に頽《くずお》れるようにして、ダッソーが力なく呟いた。長いことサロンで待たされているあいだ、どんな不安に耐えていたものか、男の顔は蒼白で額には脂汗が滲んでいる。

親の遺言で開かずの間にしてあるというのは、ダルティ夫人の証言からも事実だろう。邸の主に頭から拒絶されると、それ以上の要求は難しい状況だった。確かに西塔は、さしあたり事件に直接の関係があるとは思えないのだ。

無理に追及すれば、警視総監をはじめ有力者に知人が多いダッソーは、法的な措置を要求するに違いない。しかし家宅捜索の許可は、たぶん下りないだろう。遺言に縛られているダッソーを追いつめて事態を紛糾させるよりも、西塔のなかを見るには、もっと別の方法を考えてみる方がよい。

バルベス警部は、今にも怒鳴りだしそうな顔つきをしている。捜査に協力的でない関係者の態度に、憤激しているのだ。そんな相棒を眼で制して、モガールは事件にまつわる質問に取りかかることにした。

最初に、関係者の証言で裏づけられている事実を、ダッソーに真正面からぶつけること。被害者が監禁されていた点については、もはやあまりにも明白であり、それを全面否定することは難しいだろう。警視は、デスクの反対側にいる男の表情に注意しながら、おもむろに追及の口火を切った。

「お聞きしたいのは、被害者のロンカル氏のことです。あなたは、あらかじめ塔の広間を牢獄のように改装せよと、下男のグレに命じましたね。ドアの鍵は金庫に保管して、食事の時だけデュボワ嬢に渡していた。

三階で物音や叫び声がした時、先にジャコブ氏を見に行かせたのも、あなたは金庫から鍵を出さなければならなかったからだ。なぜですか。なぜ、そんなことをしたんです。状況証拠は、あなたが拘禁の罪を犯していたらしいことを歴然と示していますよ」

「拘禁……。ある意味では、そうなるんだろうが」ダッソーは嘆息した。

「どういうことです」

「仕方ない、説明することにしようか。ロンカルが仕事でパリに来たことは、さっき話した通りだ。しかし、彼の来仏には、もうひとつ理由があった。ロンカルはパリまで来る条件として、優秀な精神科の病院で診察を受けられるよう、手配することを要求していたんだ」

「精神科の病院……」モガールが呟いた。どんな逃げ口上を、ダッソーは用意したのだろう。

「そう。ロンカルには深刻な持病があり、それはボリビアの精神医療の水準では、どうしても治療不可能なものだった」

「どんな病気なんです」

「夜行症」ダッソーが嘆息して答えた。疑わしげな警視の視線をはね返すようにして、さらに続ける。

「君が信じないとしても無理はない。夜行症の患者なんて、そうざらにはいないんだから。でも、本当なんだ。あのボリビア人は夢中遊行状態で、自殺的に危険なことを繰り返すのだという。

家に放火しようとしたり、裏庭から崖《がけ》に投身しそうになったり。調理場から包丁を持ち出して、喉笛を切り裂こうとしているところを、ぎりぎりで発見されたこともあったらしい。やむをえず家人は、夜になるとロンカルを、外から鍵のかかる寝室に閉じ込めるようにしていた。もちろん寝室には、刃物やライターなど危険なものは何ひとつ置かないようにして。

入院できるまでホテルには泊まらせないで、わが家に滞在するよう手配したのも、そのためなんだ。年に二度か三度のことにせよ、もしもパリ滞在中に発作が起きたりしたら、命に関わるような事故を起こしかねない。夜行症の発作が起きても、深刻な事態にはならないよう滞在条件を整えてもらいたいというのは、ロンカル本人からの依頼だった。

そんな病気であることが知れたら、事業家としての信用にも障る。だから、絶対に秘密は厳守するようにしてもらいたいと、しつこいほど念を押されていた。そのため、ロンカルの病気についてはは使用人にも明かしていない。

世話を頼んだカッサンは、どんな想像をしたものか一人で合点していた。クロディーヌには、ロンカルの秘密について少しだけ話した。そうしないと疑惑のために悩んでしまいそうな、とても神経質な顔つきをしていたからだ」

モガールは内心、ダッソーの絶妙きわまりない自己弁明に舌を捲《ま》いていた。被害者を夜行症の患者にしてしまうとは、なんとも立派な幽閉の理由ではないか。市民が合法的に拘禁されるのは、犯罪者か精神異常者の場合に限られる。犯罪者の拘禁は国家の権限に属しており、民間人が勝手にそれを代行することは許されていない。しかし、精神異常者の場合には、民間の医療機関もそれを行いうる。

ダッソー邸は精神病院ではないが、入院できるまでのあいだ、患者が自分でそう要求したのだと強弁するダッソーを、拘禁罪で告発するのは至難だろう。南米から被害者の家族や主治医を法廷に呼んで、ロンカルには夢中遊行の癖などなかったと証言させても、有罪判決をとるのは難しそうだ。どうやら尻尾は摑めそうにないと、モガールは苦笑した。

「ロンカル氏が、そのような依頼をしてきた証拠はありますか。手紙とか」

「いいや。国際電話でロンカルが、私にじかに頼んできた。手紙に書いても、真面目に対応してもらえるかどうか、それを心配したんだろう」

「ロンカル氏を入院させる手配は、どんなふうにしましたか」

「特別の手配はしていない。商談さえ満足できる方向で終われば、その日のうちに入院させることは可能だった。ダッソー社が研究資金の援助をしている精神科の病院がある。設備も医者の腕も、セーヌ県で一、二と評価されている有名な病院だ。そこなら電話一本で、ロンカルを入院させることができる」

ダッソー社関係の病院がパリ郊外にあるというのは、たぶん事実だろう。その種のことで、じきにばれるような嘘をつくほど不用意な男ではない。バルベスが怖しい唸り声をあげた。

「ようするに、あんたの奇想天外な弁明を、事実として裏づける証拠は何ひとつ存在しないわけだ。それにしても夜行症とはね。警察相手に、そんな馬鹿話が通用すると思ってるんですか」

ダッソーは薄い唇を曲げるようにして、憤激しているバルベス警部を嘲った。血の気のない顔には、不思議に自信めいた表情が浮かんでいる。

「信用しようがしまいが、事実は事実だ。私を拘禁罪で逮捕しようというなら、正式の逮捕状を持ってくるんだな。私がロンカルを閉じ込めていたかどうか、そんなことは問題じゃない。それより、ロンカルが背中から心臓を刺されて死んでいた事実の方が、決定的だ。ルイス・ロンカルは殺された。私が頭を悩ませているのは、ロンカル殺しにまつわる難問なんだ」

「難問とは」モガール警視が尋ねる。

「ロンカルを殺せた人間は、どこにも存在しないということ……」ダッソーが、ぼそりと呟いた。

「あの男を殺害する動機の持ち主が、一人もいないということですかな」警視が額に皺を寄せる。

「動機の問題じゃないんだよ。誰でもひとつや二つ、他人から殺されるかもしれない理由はあるだろう。どこで恨まれているか、判りはしないんだから。ロンカルを殺したいと思っている人間がいたとしても、不思議じゃない。私がいいたいのは、むしろ物理的な問題なんだ。確かにロンカルは閉じ込められていた。ただし、自分から望んでね。

　塔のドアは、外側から二つの差し錠で鎖されていた。それに鍵までかけられていたんだ。下男にでも料理女にでも尋ねてみれば判るだろうが、東西の塔の鍵は昔から一箇しかない。鍵はどちらも、書斎の金庫に保管されていた。金庫のダイヤル番号を知っているのは、全世界で私だけ、フランソワ・ダッソー一人なんだよ。

　である以上、塔に侵入して背中からロンカルの心臓を刺せた人間は、私しか存在しえなかったことになる。だが、私にはそんなことは不可能だ。私に殺せたわけがない事実は、ジャコブが証明してくれるだろう。事件が起きた時、私はジャコブと二人で書斎にいた。それ以前は一階のサロンだった。昨夜、一人で塔に上がれたような機会など、ようするに一度もなかったんだ。

　私がロンカルを殺せなかったように、邸内のあらゆる人間が、やはりロンカル殺しを実行することは不可能だった。なぜなら、殺人現場に入るための唯一の鍵は、金庫のなかで厳重に保管されていたんだからな。

　もうひとつ決定的な事実がある。ジャコブと二人で書斎に上がった十二時過ぎから、ずっとドアは半開きの状態だった。そして安楽椅子に腰を据えた私の視界には、半開きのドアから階段の登り口が入っていた。四六時中、意識して監視していたわけではないが、階段を昇降する人間がいれば気がつく。だが、階段を通った人間など、一人もいなかったんだよ。

ジャコブが私のために偽証をしているか、私とジャコブが共犯でロンカルを殺したか、君たちの粗末な脳味噌で思いつけるのは、その程度のことだろう。しかし、そのどちらも真実じゃない。

私は断言するが、鍵は金庫のなかに保管されていたものひとつだけだし、事件前後に塔に上がり、降りてきた者は一人として存在しえないんだ。そうしたいなら、嘘発見機でもなんでも持ってくるんだな。私もジャコブも、虚偽の証言はしていない。語られたことは残らず、疑いようのない真実なんだ。

私を拘禁罪で逮捕したいなら、そうするがよいだろう。そんな逮捕状など、出るわけはないがね。だが、ロンカルが監禁されていたことを立証した途端に、今度はロンカルの他殺を説明することが不可能になる。私自身、ジャコブと同じようにロンカルは足を滑らせて、石床に頭をぶつけ、そして死んだのだと信じ込んでいたんだ。モガール警視、君にロンカルの背中の傷を見せられるまでは。

あれは、事故か自殺でしかありえないんだ。絶対に、そうでしかありえない。それなのに、ロンカルは何者かの手で殺害されている。不可能だ、絶対に不可能だよ。私には、何がなんだか判らない……」

第二章　雨の密室

1

モガールは警視庁のオフィスに入り、湿った外套を脱いで壁に掛けた。昨夜からの雨は、まだやむ気配もない。部屋の隅にある布地の擦り切れたソファでは、相棒の警部バルベスが頭から古毛布を被って、盛大な鼾《いびき》をかきながら眠りこけている。

バルベスの邪魔にならないよう足音を忍ばせて、そっと窓辺に近よった。黒灰色の雨雲が、パリ市街を隙間なしに覆っている。三日前から、断続的に降り続いている冷たい雨が、いまもオルフェーブル河岸を濡らしていた。

窓硝子に額を押しあてながら、モガール警視は、まるで晩秋の雨の季節のようだと思う。明後日で六月になるとは、とても信じられない憂鬱な天候だった。壁の時計は午後五時を指そうとしているが、夜らしい闇が街々を包み終えるのは、まだ何時間も先のことだろう。

六月の夏至《げし》を控えた五月末の、夏と初秋を飛び越して、もう晩秋を思わせる湿っぽい気候。この街で生まれ、この街で育ったモガールだが、これほどに陰気なパリの春を経験するのは、たぶん最初のことではないか。五月末の、もうかなり遅い日没の時刻まで、薄暮の空から小雨は果てしなく降り続くのだろう。

現場検証とダッソー邸の関係者の訊問を終え、モガールとバルベスが警視庁を目指したのは、朝の五時に近い時刻だった。警察車の車窓を流れる小雨のパリは、寒々しい早朝の薄日のなかを頼りなげに漂流していた。

後のことは、遅れて現場に到着した古参刑事のボーヌに任された。ボーヌは五名の部下を使って、ダッソー邸の客や使用人の部屋、それに各人の私物を、厳重に捜索するよう命じられた。捜索の目的はもちろん、ロンカル殺しの凶器と覚しい、折れた短剣の刃を発見することだった。

午前九時には、警視庁の広間で最初の捜査会議がもたれ、続いて簡単な記者会見が行われた。紙面では、ダッソー邸の殺人事件が派手に扱われるに違いない。気の進まない記者会見だったが、事件を嗅ぎつけた記者の大群に、慎重に配慮された餌を提供しないでおけば、どんな憶測を書き散らされるか知れたものではない。なにしろ事件は森屋敷と呼ばれる、ダッソー財閥に君臨する少壮実業家の邸宅で起きたのだ。

まだ凶器を見つけられないボーヌの許には、新たに捜査員が投入されることになり、会議で決定された聞き込み捜査や、多方面にわたる情報収集はバルベス警部の指揮下で実施されるよう決められた。

朝の捜査会議を主宰して、さしあたり必要な指示を下し終えたモガールは、モンマルトルの自宅に戻って、なんとか夕方まで躰を休めることができた。警視が家で仮眠しているあいだも、バルベスは警視庁のオフィスに陣どり、不眠不休で捜査の指揮をとっていたのだ。仕事の合間に、オフィスの長椅子で眠り込んでしまうのも、当然のことだろう。

疲労困憊してベッドに倒れ込んだモガールを、ボリビア人殺しにまつわる悪夢が襲った。幼いモガールが見慣れない老人から、綺麗に包装された箱をプレゼントされる。子供のモガールは有頂天で、乱暴にリボンをむしり取り、興奮に顫える指で包装紙を破った。出てきたのは、厳重に封印された横長の箱だった。どこかで見たような箱だと思う。

その箱を開けて、唖然《あぜん》としてしまう。箱に収められているのは、完全に同じ体裁の、サイズだけ一廻り小さな箱なのだ。子供心にも不審を感じながら、モガールは第二の箱を開いた。しかし、なんということだろう。その箱のなかにも、また箱がある。

なんだか、おかしい。意地悪そうな顔をした老人のことが思い出され、次第に不安になりはじめる。騙されたのではないだろうか。不安な疑惑に胸を締めつけられ、息苦しさを覚えながらも、第三の箱から眼をそらすことができない。おずおずと手を伸ばし、小さな箱の蓋を開きはじめる。

子供のモガールが、喉も裂けそうに恐怖の悲鳴をあげる。最後の箱のなかには、昆虫の標本のように小さな人間の死骸が、心臓をピンで留められていたのだ。血まみれの屍体の顔が、不気味に歪《ゆが》みはじめる。嘲笑《ちょうしょう》しているのだ。モガールに箱をプレゼントした、あの老人の顔。老人は、塔のなかの屍体ルイス・ロンカルの顔をしていた。

モガールは箱を放り投げ、大声で泣き叫んだ。三つの箱はどれも、小さな柩《ひつぎ》だった。その忌まわしい事実に、ようやく気づいたのだ……。

娘にプレゼントされた目覚まし時計の音で、無理矢理に叩き起こされた。その時計は初老の域に達しようとしている、疲れきった中年男の神経を逆撫でするような、奇怪な電子音で盛大に鳴りわたるのだ。

寝床から這い出したモガールは、火傷《やけど》しそうに熱いシャワーと三杯の珈琲で無理矢理に睡気を醒まし、慌ただしく家を出て、警視庁のあるオルフェーブル河岸を目指した。捜査の最高責任者として、日暮れまでに、初日の捜査の進行状況を把握しておかなければならない。

モガールの気配に気づいたのだろうか。大男がソファを軋ませて上体を起こし、腫れた瞼を拳固の背で乱暴に擦《こす》りながら、欠伸《あくび》まじりに語りかけてきた。

「警視でしたか、御苦労さんです」

「君こそ疲れたろう。私と交替で、帰宅して明日の朝まで休んだらどうだ」

「家に帰るなんて、とんでもありませんや。ボーヌが、そろそろカッサンの野郎をしょっぴいてくる頃なんです」

仮眠から目覚めたばかりのバルベスだが、その声には興奮が滲んでいた。モガールが眉を寄せるようにして問いかける。

「どういうことかね」

「ボーヌから緊急報告が入った直後、警視の自宅に電話したんですが、誰も出ませんでした。

少なくとも警視クラスには、携帯電話かポケットベルでも支給して欲しいもんですな。電話したのは他でもありません、四時少し前に、ダッソー邸で凶器らしい刃物が発見されたんです」

「凶器が……」予想外のバルベスの報告に、警視は緊張した声で呟いた。

「そうです。ダッソーの書斎の真下に、池がありましたよね。ボーヌが浚《さら》ったところ、あの池から、根元のところで折れた短剣の刃が見つかったんです。警視が見つけた短剣の柄の、折れた刀身に違いありませんや。おまけに刃の手元に巻きつけられたハンカチは、どうやらエドガール・カッサンのものらしい。

料理女のモニカは、二日前にカッサンが出した洗濯物に、色違いだが同じ模様のハンカチがあったと証言したんです。ボーヌには事情を説明させるため、カッサンの野郎を連行するよう指示しときました。そろそろ着く頃です」

「そうか」

書類が山をなしている警視のデスクは、セーヌ川を見下ろす窓を背にしている。モガールは回転椅子に凭《もた》れ、凶器らしい折れた刃が発見されたという報告について、無言で検討しはじめた。

事件の直後に主人のダッソーか、あるいは三人の客が、凶器の刃物を邸内から池に投げ棄てたのだとしたら、それは書斎の窓か、クロディーヌの客室の窓からだ。そう考えるのが妥当だろう。窓から身を乗りだして斜めに投げれば、ジャコブの部屋からも、なんとか可能かもしれない。カッサンの部屋の窓は、正面玄関の張り出し屋根が邪魔になる。凶器を、窓越しに池に放り込むのは、たぶん無理だろう。

一階の使用人が凶器を始末したのだとしたら、誰の仕業か特定するのは難しい。一階では、カードテーブルやビリヤード台などが置かれた、大きな遊戯室が池に面している。ダランベール、グレ、ダルティ夫人の三人とも事件直後に、遊戯室の窓から凶器を池に棄てる機会はありえたろう。オフィスの床を、アラスカの灰色熊のようにのしのしと歩き廻りながら、バルベスが巨獣にふさわしい大声で吠え続ける。

「あの野郎のドスだ。料理女の証言もあるし、池に沈んでたのはカッサンの短剣に違いありませんや。訊問の時、あんなふうに凶器の行方を気にしてたのも当然のことだ。やつのドスなんだから。もちろん犯人は、あらかじめ凶器を邸内に持ち込んだ男ってことになる。大人しくカッサンが吐けば、ダッソー邸の殺人事件も一件落着ってわけだ」

「池から発見されたのがカッサンの短剣の刃で、それがロンカル殺しの凶器であると立証されたにしても、まだカッサンを犯人と断定するわけにはいかんぞ、ジャン＝ポール」

過労と睡眠不足で、少しばかり頭痛がする。顳顬を指で揉むようにしながら、モガールが慎重な態度で反論した。バルベスの予想通りであれば、それに越したことはない。しかし、それほど簡単にダッソー邸の殺人事件は、解決を迎えるものだろうか。あの悪夢の記憶が、またも警視の脳裏をよぎる。

「それはそうですがね、警視」バルベスは不満そうに鼻を鳴らした。「前後の事情を考えれば、事件の関係者七名のなかでカッサンとクロディーヌの二人が、最大の容疑者ってことになる。

そのカッサンなんですぜ、凶器の持ち主は。話は文句なしに符合するじゃありませんか。

私にも、警視の悩みは判りますよ。密室殺人。小説のなかにしか存在しないような、人を馬鹿にした状況設定だ。おまけにダッソーの野郎、ロンカルを監禁していたことは認めてもよいが、それなら外から鍵がかけられていた密室で、どうして被害者が殺されていたのか説明してみろと居直りやがった。殺しの夜の事情を整理してやろうと思って、私はメモにまとめてみましたがね」

警部が、手帳のあいだから一枚の紙片を摘《つま》み出して、モガールのデスクに置いた。紙片は昨夜の事件に関係する時刻表で、ヘヴィー級の引退ボクサーの顔つきには少しばかり不似合な、几帳面すぎる文字で丁寧に書かれている。モガール警視は、紙片に眼を通した。

五月二九日午後六時一五分
・エドガール・カッサンとクロディーヌ・デュボワ、調理室に行く。
午後六時三〇分頃
・東塔に夕食の盆を運んだ二人が、ドアに施錠し、鍵をかけて立ち去る。
午後七時
・邸の主人フランソワ・ダッソーと客の三人（カッサンとクロディーヌ、およびアンリ・ジャコブ）が、大食堂で夕食をはじめる。
・下男のフランツ・グレ、邸の戸締りをはじめる。五十分ほどで完了。邸の開口部で施錠されていないのは、正面玄関のみとなる（十一時半に客室に引きとったクロディーヌが、風を入れるために開けた窓は除外）。

午後七時五〇分
・グレは戸締りの完了を、料理女のモニカ・ダルティから執事のダランベールに伝わるよう手配して、正面階段を監視できる自室に入り読書をはじめる。
午後七時五〇分過ぎ
・ダルティ夫人、調理室の窓から不審な人影を目撃する。
午後八時前後
・ダランベール、裏木戸の施錠を確認する。
午後八時半頃
・ダッソーら、食堂からサロンに席を移す。
午後九時頃
・片づけを終えたダルティ夫人、正面階段を監視できる廊下で編み物をはじめる。
・同じ頃、ダランベールも自室に引きとる。
午後一一時
・ダランベール、正面玄関を施錠して、邸の見廻りをはじめる。十五分後に完了。その後は、玄関前を見渡せる自室で休憩。
・数分後、酔ったカッサンが二階の客室に引きとり、じきに寝つく。

午後一一時半頃
・クロディーヌが客室に引きとり、就寝。

五月三〇日午前〇時
・時鐘を聞き、ダッソーとジャコブが二階に上がる。
・ダッソーは直接に書斎に行き、ジャコブは診察用具をとりに客室に寄って、その後は書斎。
・ダッソーは事件が起きるまで、半開きのドアから三階に上がる階段の登り口を眺めていた。階段を通った人物は存在しなかったと証言している。
午前〇時七分
・書斎の二人、叫び声と階上の衝撃音に仰天する。
・ジャコブが階段を駆けあがり、物音から二十秒後には東塔のドアの前に達する。鍵を金庫から出したダッソーも到着し、広間でボリビア人ルイス・ロンカルの屍体が発見される。衝撃音から一分程度しか経過していない。
・医者ジャコブがロンカルの死を確認する。数分前に絶命した屍体との判断。
午前〇時一〇分頃
・ダルティ夫人、編み物を終えて廊下から自室に引きとる。それまでにダッソーや三人の客以外、正面階段を上がった者はいないと証言。グレの証言とも符合する。

午前〇時一一分
・気分を悪くしたダッソーが、書斎に戻る。ジャコブもダッソーに続いた。以後、ダランベールが警官の来訪を知らせるまで、ジャコブは東塔の階段を監視しながらダッソーを看護。
午前〇時三〇分
・正体不明の女から地区署に、ダッソー邸で殺人事件が発生したと通報。
午前〇時四五分
・ダッソー邸にパトロール警官が急行。不審なルノーを目撃する。
午前〇時五〇分
・ダランベール、警官の訪問を書斎のダッソーに伝える。二階の客二人を起こし、サロンに伴う。さらにグレに声をかけ、ダルティ夫人を起こしてサロンに来るよう命じる。
・サロンには、最初にカッサンとクロディーヌ、次にグレ、ダルティ夫人を起こしてきたダランベール、最後にダルティ夫人が入った。時間差は、それぞれ一、二分。
午前一時頃
・ダッソー、警視総監に事件を通報。
・サロンに全員が集まった様子なので、ジャコブが階下に行き、事情の説明をはじめる。
・事件を客や使用人に知らせるために、階下に降りた時まで、ジャコブは屍体発見現場に通じる階段を上がった者はいないと証言している。その後はダッソーが、警視の到着まで、やはり同様の証言をしている。

午前一時三〇分
・モガール警視、ダッソー邸に到着。
・警視の到着を知らされたダッソー、出迎えのため階下に降りる。
午前一時三五分
・警視、ロンカルの屍体を確認。

記載もれはなさそうだ。部下のメモを眺めながら、モガールは眉を寄せて考えていた。警視が最初に難事件だと予感したのは、殺人現場が外部から錠と鍵で鎖されていた事実を、否応なしに知らされた瞬間だった。

屍体は密室に閉じ込められていたのだ。錠はともかく、鍵の問題がある。外部から邸に侵入した人物が、ルイス・ロンカルが押し込まれていた広間に、簡単に入れたとは思えない。被害者が監禁されていたらしい事実と照合すれば、犯人はダッソー邸の関係者である可能性が強いだろう。

ダッソー邸の窓や入口の調査、および使用人三名の証言から、外部犯の可能性はさらに遠のいた。邸の全体が、その夜、厳重な戸締りで外部から遮断されていた。まだある。二階に上がるための唯一の通路である正面階段は、料理女と下男によって、二重に監視されていたのだ。

つまり犯行が可能なのは、事件当時、二階にいたフランソワ・ダッソーと三人の客に絞られる。ところで東塔の鍵は、書斎の金庫で保管されているもの一箇しかないという。合鍵は存在していないのだ。それなら犯人は、金庫を開くことのできる唯一の人物、フランソワ・ダッソーだろうか。

しかしダッソーは、ロンカルが床に倒れた時のものと思われる衝撃音や、叫び声が聞こえた十二時七分には、ジャコブと二人で書斎にいたのだ。ジャコブが偽証をしているのだろうか。その仮定にも、辻褄の合わない箇所が多い。もしもダッソーが犯人なら、鍵が一箇しかない事実を、あれほどに強調するだろうか。それではまるで、自分が犯人であることを、警察に宣言しているようなものではないか。

何者かに鍵を盗まれたと主張すれば、容疑は少なくとも、カッサンやクロディーヌにまで拡大せざるをえない。鍵が自分のものひとつしかないことを強調して、ダッソーには利益になることなど何もないのだ。

そして止《とど》めが、十二時から十二時七分まで、誰ひとり三階に行った者はいないという、最後のダッソー証言だ。鍵の問題も含めて、東塔の広間そのものが完璧な密室をなしていた。

それだけではない。犯人は十二時以降、仮に合鍵が存在したにせよ、殺人現場に侵入することなど不可能であるのに加えて、十二時七分以降、現場を脱出することもできない状況に置かれていた。

物音がした直後にジャコブは書斎の戸口に駆けより、そして二十秒後には、殺人現場のドアの前に達している。ジャコブに目撃されないで、あるいはジャコブと階段ですれ違わないで、犯人が現場を脱出できたとは考えられない。はじめからの難事件の予感は、殺人行為が不可能であるという状況の暴露に至って、最終的に完成された。

それでは十二時以前に現場に侵入して、ロンカルを殺したのだという仮定は、どうだろうか。しかし、それもまた、成立しがたいのだ。物音は十二時七分に聞こえたのだし、その直後に屍体を検分した医者のジャコブが、絶命してから数分の屍体だったと証言している。衝撃音や叫び声が聞こえた時に、ロンカルが死んだという点については、ほとんど疑問の余地がない。

もしも犯人ダッソーがジャコブに偽証させたのなら、十二時七分の物音や叫び声のことなど、わざわざ持ち出す必要はないのだ。発見された時、絶命してから数分の屍体だったことも。いつ死んだのか判らなければ、ダッソーとジャコブがまだサロンにいた十二時前に、カッサンかクロディーヌが殺人を犯した可能性が生じ、またしても容疑は拡散してしまう。

物音について証言することで、ダッソーは鍵の場合と同じように、結果的に自分を追いつめているのだ。明晰な頭脳の持ち主であることは疑いえないフランソワ・ダッソーが、そんな馬鹿な偽証をジャコブに強いるわけはない。

ダッソーは、自分の眼を盗んで三階に上がれた人間はいないと、たぶん本気で確信していた。だからロンカルの死は事故か、百歩譲っても自殺であると信じたのだ。他殺であると知らされた時の、あの驚愕の表情は、おそらく自分の邸で殺人事件が起きたという衝撃のせいだけではない。それは不可能な密室の犯罪を突きつけられた瞬間の、激しい惑乱がもたらしたのだ。ダッソーが明晰な人間だからこそ、その衝撃は圧倒的なものとして全身を貫いたろう。

ルイス・ロンカルはダッソー邸の東塔の密室に封じ込められながら、それでも何者かによって殺害されている。犯人はどのようにして、あの密室に出入りすることができたのか。眠りに落ちる前に、そんな重苦しい疑惑に悩まされていたせいだろう、柩にまつわる悪夢に苦しめられたりしたのは。

「御苦労だったな、ジャン＝ポール」モガール警視が相棒の顔を見た。「折角だから君のメモを参考にして、ルイス・ロンカルに死をもたらした可能性について、ひとつひとつ検討してみようじゃないか。密室問題を考えるよりも前に、見落としがないかどうか確認しておく必要がありそうだ」

「私に異存はありませんよ、警視」バルベスが同意する。「あの爺さんを地獄に蹴り込んだ原因として考えられるのは、第一に事故死、第二に自殺、第三に外部犯による殺人、第四に内部犯による殺人。そんなところですね。とりあえずは、外部犯の可能性を論理的に消せるかどうかだが」

「いや、最初からいこうか。事故死の可能性は」モガールが切り出した。

「それは考えられない。爺さんが倒れて、頭を石床にぶつけて死んだのなら、立派な事故死ですよ。ジャコブやダッソーが、そう信じていたようにね。しかし、ロンカルは背後から心臓を刺されて死んでいた。あんな具合に自分の背中を刺すというのは、まず不可能なことだ」

モガール警視が、パイプをもてあそびながら応える。「気になるのは、短剣が折れていたということだな。それは幾つもの謎を呼ぶ。じきに精密鑑定に廻すつもりだが、折れた断面の状態から見て、かなり昔に破損したものらしい。昨夜の凶行の際に、短剣が折れたとは思えない。

それはそれとして、こんな可能性は考えられないだろうか。折れた短剣の刀身を、切っ先を上にして床に立てる。根元を、石畳の隙間に差し込むんだな。もしも足を滑らせて、そこに背中から倒れ込んだのだとしたら、事故死ということにならないか。自分の意思で倒れたなら自殺だし、誰かに突き倒されたなら殺人だろう」

「駄目ですよ、警視。ボーヌが見つけた短剣の刃で、実験して確かめられるだろうが、刀身の根元を差し込めるような隙間も穴も、現場の床にはなかった。それに、なんのつもりで刃物を床に立てたのか知らないが、その真上に足を滑らせて背中から倒れ、ぴったり心臓の真ん中を貫かれて事故死したなんて、現実にはありえないことだ。

心臓まで、肋骨《ろっこつ》と肋骨のあいだを通してナイフをぶち込むのは、素人《しろうと》の場合、目の前に立ってる人間が相手でも難しいんですからね。自殺だって同じことだ。床に立てた短剣に背中から倒れ込んで、旨いこと心臓をぶすりとやるなんて、できることだと思いますか。

自殺ではありえない証拠は、もうひとつあります。爺さんが、自分の心臓を背中から串刺しにする方法を思いついて、練習を重ねたあげく見事に成功したとしても、その場合には、自殺に使った刃物が現場に残されていなければならない」

「しかし、残されていたのは短剣の柄で、折れた刀身は持ち去られていた。そうだな」モガール警視の言葉に、バルベスが大きく頷いた。モガールが続ける。「ロンカルが自殺した後、東塔の広間に侵入した人物がいて、凶器の刀身を隠した。その可能性は、どうだろうか」

モガールの仮定に、巨漢が不満そうに鼻を鳴らした。「まさか警視は、本気でそんなことを考えてるのじゃないでしょうな。ブタ箱の住人同様に、ネクタイやベルトまで取りあげられていた男が、なぜ自殺用に短剣なんかを手に入れられたんです。それはそれとして、自殺現場から短剣の刃を持ち去った野郎がいたのなら、それは殺人に見せかけて、誰かに罪を着せる目的があったからに違いない。それでも警視、殺人であれば自動的に犯人として挙げられるような恰好の容疑者は、残念なことにひとりもいやしない」

「カッサンが、そうかもしれないな。ボリビア人の老人は、どんなふうに入手したものか、カッサンの短剣で自殺した。それを現場から持ち出して、池に投げ込んだ人物がいた。短剣の刃が発見されたなら、われわれの疑惑は当然のことながら、カッサンに向けられるだろう」

「まさか……」バルベス警部が、かぶりを振った。

「ジャン＝ポール、私は可能性を検討しているに過ぎん。事実、そうだったと主張しているのではない。やはり、ロンカルの死は自殺ではありえんのだ。男の死後、短剣の刃を回収できた人間など存在しえないのだからな。

よほどの偶然と、ほとんどありえない奇想天外な可能性を持ち出すのでなければ、事故死も自殺も不可能だ。常識的には他殺だと考えてよい。それでも、残る問題はある」

「なんですか、警視」

「使われた凶器の奇妙さだな。犯人はなぜ、折れた短剣の刃でロンカルを刺したりしたのか。柄がないために、扱うのが難しい武器だ。手元を、紙や布で巻いて使わなければならないだろう。事実、池から発見された刀身には、カッサンのハンカチが巻かれていたという。

刃を根元から石床に立てるという、ほとんど現実味のない可能性までも考えたりしたのは、折れた刀身にまつわる謎のせいなんだ。現場の床には、柄ごと差し込めるほど大きな穴はなかった。しかし、折れた刃の根元なら床石の隙間に立てられるかもしれない。それで、折れた刃が使われたのかもしれない。私は、そう考えてみたんだ。そうでないとしたら、なぜ、あんな不都合な凶器が使われたのか。その謎は、依然として残る。

さらに犯人は、凶行には無関係な柄の部分まで、わざわざ現場に持ち込んでいる。鞘《さや》がついていたなら鞘と、そして折れた刃は持ち去ったのに、なぜ柄の部分のみ屍体のところに残したのだろう。それも謎だ」

「それは、確かにそうですな。もしも人間を刺し殺したいなら、ナイフでも包丁でもピカピカの新品が店で買えるし、ダッソー邸の調理場にだって適当な刃物は転がってるだろう。何も折れた刃で、人殺しをやらかす必要はありませんな」バルベスが嘆息した。

「事故と自殺の可能性については、そんなところで充分だろう。奇妙な凶器という謎は残るが、さしあたりは他殺と考えてよい。そこで、君が整理した第三の可能性だ」

「外部犯の可能性ですね。しかし、それも、ほとんど消えている。私のメモを見れば歴然としてますぜ」

事件の夜、ダッソー邸に外部から殺人者が侵入した形跡は見られない。いつものように、グレによって七時から行われた戸締りは完璧で、破られた窓も割られた硝子も発見できなかった。

二階にあるクロディーヌの客室の南窓は、夜風を入れるために開かれていたが、そこにも侵入者を示すような痕跡はなかった。

午後九時以降、邸の正面玄関は、門番も自分の職務であると心得ているらしいダランベールの監視下にあり、十一時に見廻りのため執事が部屋を出た直後に、玄関扉は施錠されている。

「完璧ですよ、警視。十二時過ぎに爺さんを片づけるため、あの夜、邸に侵入できた野郎など存在しえないですよ」

「そうかな、ジャン＝ポール。七時にグレが戸締りをはじめる前に、まだ施錠されていない窓あるいは裏口から邸内に忍び込んで、七時五十分にグレが自室に引きとる前に正面階段を登ったという可能性は考えられるぞ」

「でも警視、七時からはグレが、十一時からはダランベールが邸内を見廻ってるんですよ。押し込み野郎がいても、その時に気づかれたに違いない」

「あれだけ大きな邸だから、人間一人が身を隠せる隙間には事欠かないだろう。空き部屋の寝台の陰や、洋服箪笥のなかにでも隠れていれば、七時と十一時の見廻りの時も、見つからないでいた可能性は充分にありうる」

「その場合、押し込み野郎は十二時七分の犯行時刻の寸前まで、ベッドの下にでも這い込んで隠れてたってことですね。駄目ですよ、警視。殺しをやろうとしているのに、そんな悠長に構えてるようなやつが、どこにいますか。

午後十一時にダランベールが見廻りに出て、カッサンがサロンから客室に引きとるまでのあいだ、ダッソー邸では全員が一階にいて二階は無人だった。もしも七時前に邸に忍び込んだやつがいたなら、どうして十一時以前に、ロンカルをやっつけてしまわなかったのか。

二階が無人だった時間帯には、空き部屋のベッドの下にでも隠れていて、ダッソーや三人の客が二階に引きあげた後、やっとロンカル殺しに及んだってことになるが、あまりにも不自然ですな。

二階に四名の人間がいれば、三階の塔に侵入するのは無人の時よりも、はるかに難しくなる。犯人は、書斎にダッソーとジャコブが腰を落ちつけて、さらに塔の部屋に侵入するのが困難になってから、やっと重たい腰をあげたことになるが、そんな可能性など信じられない。そうでしょうが、警視」

モガールが頷いた。「ということだろうな、ジャン＝ポール。外部犯の可能性は、きわめて薄弱になる。さしあたり私も、犯人が犯行時刻まで何時間も、邸内のどこかに隠れていたとは思わないよ。

仮に七時以前に森屋敷に侵入した犯人が、人目を盗んで東塔の広間まで、じかに忍び込んだとしよう。犯人は鍵を持っていたのに、何時間もドアの前で待っていた。それも不自然な話だが、さらに十二時七分の犯行時刻と、ダッソーやジャコブの屍体発見前後をめぐる証言がある。犯人は現場から逃走しえない条件に置かれていた。ようするに、外部犯を想定すれば無理と不自然の山になる。そして結果は、内部犯と条件が同じになるだけで、密室の謎が氷解するとはいえん。

動機や凶器の点で、内部犯の可能性がありえないと結論されたら、その時には再度、取りあげることになるかもしれんが、今のところは事故や自殺と同様に、外部犯の可能性も薄弱だと考えてよいだろう」

事故、自殺、外部犯。想定しうる可能性を残らず思考実験で潰してから、あらためてモガールは内部犯の犯行でしかありえないことを確認した。バルベスが検討の結果に満足した様子で、上司に語りかけてきた。

「そうですよ、警視。犯人はダッソーの森屋敷のなかにいる。それに決まってます。なかでも犯行当時二階にいた四人、とりわけ自分の客室に一人でいたカッサンとクロディーヌが怪しい。警視だって、そう思ってるんでしょうが」

「さしあたりの結論として、事故、自殺、外部犯の可能性は無視できる。となると内部犯だが、問題は東塔の鍵と、それにダッソーの証言だな。十二時から事件発生の時刻まで、ドアが半開きの書斎で、三階に上がる階段を眺められる位置にいたダッソーが、殺人現場に出入りした人物は一人もいなかったと主張しているんだ。犯人が内部の者だとしても、どんな方法でロンカルを殺せたのか、それが最大の謎として残らざるをえない」

ロンカルの拘禁容疑を追及されたダッソーは、まるで居直るようにして、事件の謎を決定的なものにする事実について喋ったのだ。正面階段は、左右から二人の使用人によって厳重に見張られていた。さらに十二時から、事件が発生したと推定される十二時七分まで、殺人現場の三階に上がる唯一の階段は、書斎のダッソーが半開きの扉を通して監視していた。

屍体が発見された東塔だが、南面の露台に出る扉は幾重にも釘づけされ、東面の天井近くにある小窓は、絶対に成人が通れない大きさで、厳重に鉄格子が嵌められていた。塔の広間にある唯一のドアは、外側から二つの差し錠が下ろされ、さらに鍵までかけられていた。複製が存在しないという塔の鍵は、ダッソーの書斎の金庫で保管されていた。バルベスのメモを眺めながら、モガールが熟慮の結果を慎重に語りはじめた。

「三階で物音がしたのは、十二時七分。その一分後には、書斎の二人によってロンカルの屍体が発見されている。脈をとった医者のジャコブによれば、絶命して数分以内の、まだ新鮮な屍体だった。ジャコブの証言は、デュランの死亡推定時刻の圏内にある。デュランは十一時五十分から十二時十分のあいだに、たぶんロンカルは死んだのだろうと推定していた」

ジャコブも事件の関係者なのだから、ロンカルの死亡時刻を意図的にずらして証言したような可能性はありうる。そんなつもりでモガールは、警察医デュランの判断に言及したのだが、カッサン犯人説に固執しているバルベスは、それとは違う方向に話を進めようとした。

「それなら十一時五十分から、ダッソーとジャコブが書斎に引きとった十二時までのあいだに、カッサンが塔の部屋に忍び込んで、爺さんを片づけた可能性はありえますぜ。しばらくして何か倒れるような小細工を残し、それから現場を逃走した。十二時七分にそいつが倒れ、その物音でダッソーとジャコブが三階に駆けつけて、屍体を発見することになる……」

警視が反論した。「同じ可能性なら、クロディーヌにもありうるだろう。しかし、その推理には難点が二つあるな、ジャン＝ポール。われわれは現場で、犯人が逃走した後に自動的に物音をたてるよう仕掛けられた、時限装置の残骸めいたものを発見したかな。おまけに書斎の窓からは、断末魔の叫び声も聞こえたんだ。

東塔の換気窓から流れた声が、書斎の窓まで届いたんだろう。もうひとつは現場の鍵だ。カッサンないしクロディーヌは、どうして金庫のなかの鍵を利用しえたのか」

「そうですなあ。現場に落ちてたものといえば、埃以外は折れた短剣の柄と、五フラン玉が一箇。硬貨を床に叩きつけても、とても大音響はしませんな」巨漢が、厚い唇を舐めながら思案している。「悲鳴は、現場にタイマー付きのカセット・レコーダーを残しておいたのかもしれない。しかし、そうなるとカセットを、どんな方法で回収したのか問題になりますね」

「それと同じことで、仮にロンカルが自殺したとして、そのあと現場に入って凶器を回収できた人間もいないという結論になる」警視が補足した。

「そうですな。なにしろ事件発生の後は、最初にジャコブ、次にまともな精神状態に戻ったダッソーが、殺人現場に忍び込もうとしたやつなど、一人もいなかったと証言してるんだから。

悲鳴についてはカッサンの野郎が、十二時七分に自分の部屋の窓から顔を出して、それらしく叫んだと考えた方が合理的だ。雨の夜です。三階から聞こえた声か、二階から聞こえた声かなんて、判りはしませんぜ。その前後に三階で物音がしたら、同じ三階の悲鳴だと信じ込んでも不思議はない」

「では、犯人はどんな方法で、脱出した後に東塔の広間で、大きな物音をたてることができたのかね」モガールは、さらに追及する。

「物音をたてる時限つきの装置は、カセット・レコーダーと同じで、やはり回収法に難点がある。書斎にいたジャコブとダッソーの眼を盗んで、事件後に塔の部屋に入れたやつがいるとも思えないし。

明日にでも実験してみようと思いますが、かなり重いものを床に落とさなければ、二階の書斎まで響くような物音はしそうにない。しかし、現場には倒れた家具も、落ちて壊れた彫像や大きな花瓶の類も、なんにもなかった。空の倉庫みたいにがらんとした広間で、寝台と机と椅子の他には、家具なんてなんにもないんですからね。倒れて物音をたてたらしいのは、どう見てもロンカルの屍体だけでしたな」

不承不承の顔つきで、バルベスが応じた。屍体が封じ込められた三重の箱にまつわる悪夢のことを思い出しながら、モガールは、なんとかして曖昧な思考を言葉にしようと努めた。

泥のように脳裏に粘りついて離れない不定形な疑念を、相棒に説得的に説明できるような自信はなかった。だが、それを無視しては、森屋敷の殺人事件の真相は見破れそうにない。疑念の輪郭は定かでないにせよ、そう執拗に囁きかけるものを、どうしてもモガールは無視できなかった。

「妙なことは、まだある。あれは単純な密室ではないんだな」

「どういうことですか」バルベスが不審そうにいう。

「われわれは、どうやら三つの密室の謎に直面しているらしい」

「三つの密室……」

「正確には、三重の密室だろうな。もう一度、はじめから考えてみようじゃないか。ロンカルの屍体が缶詰になっていた三階の塔は、ダッソーとジャコブの証言を信頼するなら、完璧な密室をなしていた。東塔のドアの鍵はひとつしかないし、その鍵も犯行時刻には、書斎の金庫のなかにあった。

ダッソーは十二時に書斎に入ってから、階上の不審な物音を聞くまでのあいだ、三階まで登った人間はひとりもいないと確言しているんだ。仮に合鍵を用意した犯人が、十二時以前に塔の階段を登っていたにせよ、犯行の後、ジャコブの眼を盗んで脱出することはできない。屍体発見の現場が密室状況だったのは、それで明らかだろう。しかし事件前後のダッソー邸には、さらに二つの密室が存在していたんだ」

「あと二つの密室ですか」バルベスが額に皺を寄せて答えた。

「二階のフロア全体も、密室をなしていた。一階と二階を結んでいる唯一の階段は、結果として料理女と下男の二人に見張られていた。十二時以降、ダッソー邸の二階は、主人ダッソーと三人の客を閉じ込めている密室だった」

それまで室内をうろついていた大男が、不意に立ちどまり、拳と拳を叩きつけた。そして、右手の人差し指を突き出すようにして叫ぶ。

「そうか。ロンカルの屍体があった密室の外側には、ダッソーなど四人の男女を閉じ込めていた一廻り大きな密室があり、前者は後者の内部に含まれていた。二重の密室ってわけですな」

頷きながら、モガールが続ける。「さらに、最大の密室がある。第三の密室はダッソー邸の全体なんだ。夕食の片づけが終わった九時以降、唯一施錠されていない正面玄関は、ダランベールによって監視されていた。それ以外の邸の開口部には、外部から侵入したような痕跡は存在しない。割られたガラスも、こじ開けられた窓も扉もないんだ。少なくとも九時以降は、邸全体が密室をなしている」

「屍体があった塔の密室。主人と三人の客を閉じ込めていた二階の密室。そして召使がいた一階を含んでいる、邸全体の密室。つまり三重の密室ですか」

「箱がある。箱のなかには、また箱がある。その箱のなかにも、さらに箱がある。大箱と中箱の隙間には、三人の召使がいた。ダランベール、グレ、ダルティ夫人だ。小箱と中箱の隙間には、ダッソー、ジャコブ、クロディーヌ、カッサンの四名が閉じ込められていた。そして小箱のなかに……」

「ボリビア人の屍体が転がってた」バルベスが呻いた。

ガリアの密林さながらの暗黒に満たされたダッソー家の森屋敷と、陰気な季節外れの長雨を背景に起きた三重の密室事件。あの邸の建物全体が第三の密室を、二階のフロアが第二の密室を、そして殺人現場の東塔が第一の密室をなしている、奇怪な三重密室の謎。モガールは自問するように呟いていた。

「密室は密室でも、ダッソー邸の密室には、あまりにも奇妙な点が多過ぎる。普通、犯人が殺人現場を密室化する目的はなんだろう」

「常識的には自殺に見せかけるのが、糞《くそ》ったれ野郎の目的でしょうな」

「そうだ。しかし、背後から刺された心臓の傷がある。どう見ても、あれは他殺屍体だ。犯人はなぜ、もっと自殺に見えやすい箇所を狙わなかったのか。少なくとも、凶器は現場に放置しなければならない。現場から凶器が発見されなければ、他殺だということは歴然としてしまう。

あの現場が示しているのは、自殺に見せかけようとして意図的に構成された密室ではない。むしろ生身の人間には、犯行そのものが不可能であるという事実なんだ。それが可能なのは、目撃者に気づかれないで階段を昇降できた透明人間か、鍵穴から室内に出入りできた妖精や魔物の類だろう。

しかし、屍体は現実のものとして存在する。犯人は、われわれの粗末な脳髄を悪辣《あくらつ》なクイズで悩ませようとして、あんな状況を設定してみせたのか。それにも合点がいかん。警官を翻弄するためにだけ、わざわざ殺人現場を密室化して見せるような犯人など、実際にいるとは思えんからな。

私には、ロンカルが死んでいた東塔の密室の奇妙さと、ダッソー邸全体の三重密室の複雑な構造が、どこかで関係しているような気がするんだ。それ以上は、まだ整理できていないんだが」

モガール警視は、眉のあいだに縦皺を刻んで沈黙した。過労と睡眠不足のせいだろう、間歇《かんけつ》的に錐で抉られるような頭痛に襲われる。それ以上、推理を進めることなどできそうにない。脳裏にふと、あの東洋人のことが浮かんできた。

モガール警視が担当した、ラルース家の事件やアンドロギュヌス事件。さらにナディアやバルベスの話では、南仏ラングドック地方を揺るがせたロシュフォール家の連続殺人事件でも、誰よりも早く真相に到達していたという日本人。

あの不思議な青年なら、ダッソー邸の三重密室の謎であろうとも、一瞬にして真相を見破ってしまうのではないか。長年のつきあいで、そんなモガールの自問を察したのか、バルベスが間延びした声で語りかけてきた。

「三重密室ね、カケルさん好みの雰囲気ですな。暇をめっけて、あの人に相談してみるのも手でしょう。それでも、カッサンを締めあげるのが先決だ。やつを自供に追い込めれば、わざわざカケルさんに頼むまでもない。

私は、やはり単純に考えたいんですな。凶器も発見されたことだし、犯人はカッサンに決まってますよ。やつが鍵の複製を持っていたなら、話は簡単だ。十二時前にロンカルを殺し、ダッソーとジャコブが書斎に入る前に、自分の部屋に戻ったんです。十二時七分に三階でした物音の真相は、やつ自身に喋ってもらいましょうや。

物音のトリックは存在しない。カッサンは十二時七分に、ボリビア人を殺害したのだ。そうだとしても、なんとか説明はつけられるでしょうが。十二時前に東塔に侵入したカッサンは、十二時七分にボリビア人をばらした。荒事には馴れてそうなゴロツキ野郎だし、相手はトリガラみたいな爺さんだ。やつならロンカルを摑まえて、背中から心臓を抉るのに苦労はないでしょうよ。ほんの一瞬の仕事ってもんですぜ。

心臓を刺された爺さんが床に倒れ、頭をぶち割る。その物音を耳にして、焦ったダッソーが金庫から鍵を出そうと時間を潰しているあいだに、カッサンは洗面所のなかに隠れたんだ。二人が屍体を残して階下に去ってから、やつは足音を忍ばせて階段を降りた。そしてダッソーを介抱しているジャコブの眼を盗んで、客室に逃げ戻ったというのはどうです。何も複雑に考えることはありませんよ、警視。普通に考えてみても、それなりに辻褄は合うんだから」

バルベスの警官らしい常識論に、モガールは仕方なしに苦笑した。わざわざ複雑に考える必要はない。確かに、その通りかもしれないのだ。それで終わるなら、それに越したことはないだろう。

「だがな、ジャン＝ポール。東塔のドアには鍵がかけられていた。鍵の方は、犯人が内側からかけたとしてもよい。だが、差し錠も下ろされていたんだ。室内の犯人は、どうして室外の差し錠を、二つとも下ろせたのかね」

「そうか……」バルベスが悔しそうに、唇をねじ曲げた。「そいつも、カッサンに吐いてもらおうじゃありませんか」

差し錠の問題もあるが、警視にはジャコブの眼を掠《かす》めて犯人が、殺人現場から逃走しえたとは、どうしても思えなかった。あの老人が、意図的に虚偽の証言をしているのではないとしたら。老人の偽証は、ダッソーを庇《かば》うためのものではないのかもしれない。カッサンを庇うためにジャコブが偽証したのだとすれば……。

そんな可能性を考慮しはじめたモガール警視が、微かに顔を顰めた。あの悪夢が、また脳裏に甦ったのだ。皺だらけの不気味な顔をしたロンカルは、まるでバルベスの常識論を嘲るように哄笑《こうしょう》していた。

2

「カッサンが到着するまで、午後の捜査の進行状況を報告してもらえんかな」

内心の疑惑を振りはらうように、モガールが相棒に命じた。誰が殺したかという真相には、いかにして殺したかと、なぜ殺したかの二つの側面から接近できる。さしあたり、殺害方法にまつわる謎が解けそうにない以上、観点を変えて動機の方向から考えてみた方がよいだろう。

「いいですとも、警視。まだ半日の捜査ですが、多少は面白そうな話もありますぜ」

ポケット判の本ほどもある、愛用の手帳を捲りはじめたバルベスに、モガールが問いかける。

「マラストが、被害者の身元を洗ったんだな」

「そうです。殺人現場の塔内はむろんのこと、ダッソー邸の内外からも、被害者の旅行鞄やパスポートは見つけられなかった。ダッソーの野郎は、どこかに預けてから邸に来たんだろうなんて、ふざけた弁明をしてましたがね。それでマラストは、被害者の入国カードを探し出そうと空港まで出かけたんです」

「発見できたのか」

「そう、オルリーでね。マラストはまず、南米発の国際便が多いロワシー空港に行ったんですが、そこではどうしても見つけられなかった。次に行ったオルリー空港で、ようやく掘り出すのに成功したってわけです」

オルリー空港も、シャルル・ド・ゴールの名を冠した新空港のロワシーと同じく国際空港なのだが、どちらかといえば近距離の国際便や、比較的小規模な航空会社の便の発着に利用されている。手帳の頁を捲りながら、バルベスが熱心な口調で続けた。

「国籍ボリビア、年齢六十二歳、入国目的は観光。氏名や住所などに関しても、目新しい記載はありません。ダッソーの証言も、その限りでは事実に即していた。やはり、じきにばれるような嘘はつかない狐野郎ですな。入国カードから判明した事実で、なんとか捜査の役に立ちそうなのは、次の三点だろうと思いますが」

第一に、ロンカルは五月二十五日午後一時の便で、オルリー空港に到着している。ダッソー邸に現れたのは二十七日の夜であり、その二日前にはもう、パリに着いていたということになる。

第二に、ロンカルの入国カードの下から同姓の人物のカードが、もう一枚発見された。ロンカルには、連れがいたのだ。イザベル・ロンカル、五十八歳。もちろん、被害者ルイス・ロンカルの妻だろう。第三に、ロンカル夫妻はリスボン発の便でオルリーに着いている。ボリビアから、あるいは南米からの直行便で、じかにパリに到着したわけではないのだ。

「となると、ホテルだな」モガール警視が呟いた。

被害者の足取りを摑むには、二十五日と二十六日の夜、ロンカルが宿泊した場所を突きとめなければならない。それにロンカルには、パリまで妻のイザベルが同行しているのだ。

ロンカル自身は、二十七日からダッソー邸に閉じ込められていたにしても、以後三夜のあいだイザベルは、パリのどこかに宿泊していたことになる。行方不明の夫を放り出して、妻一人ボリビアに戻ってしまったのでなければ。フランソワ・ダッソー以外にパリに知人がいて、その家に滞在していた可能性もあるが、常識的に考えればホテルだろう。

「抜かりはありませんや。オルリーから戻ったマラストに、大至急、ロンカル夫婦の宿泊先を突きとめるよう指示しときました。その関連で、もうひとつ面白そうな話があるんです」

「なんだね」

「ダッソー邸の殺しを通報してきた女ですが、どうやら外国人だったらしい。たれ込み電話に対応した地区署の警官を呼んで、あれこれ問い質してみたんです。地区署の宿直警官は、ひどい外国訛だった、とてもフランス人の話し方とは思えないと、はっきり証言してましたよ」

バルベスが何を暗示しようとしているのか、考えるまでもなかった。旅行先で夫が消息を絶ったりしたら、妻はどうするだろうか。一晩程度なら、無断でホテルを空けたとしても、それほど心配しないかもしれない。ロンカルが女癖のよくない夫であれば、拾った娼婦と安ホテルにでもしけこんだのだろうと疑って、妻は激怒したかもしれないが。

それでも夫は、翌日になっても宿泊先に戻らない。このあたりで普通なら、妻も、なんらかの行動を起こすのではないか。

しかも警察に、ルイス・ロンカルの捜索願いは出されていないのだ。イザベルには、警察に届けるより前に確認しておきたい、自分の意思なり他人の意思なりで夫が滞在ないし監禁されているような、心当たりの場所があったのではないだろうか。たとえば、夫が訪問すると洩らしていたかもしれないダッソー邸など……。

イザベルは、消えた夫を追って個人的な調査をはじめた。その後の経緯は不明だが、最終的にはロンカルが監禁されている事実を、あるいは殺害された事実までをも摑んで、ついに警察に通報することを決意した。

「通報者は、イザベル・ロンカルかな」モガールが、確認する口調で問いかけた。

「私も、そんな気がしてるんです。腕っこきのマラストだから、自分の意思で行方を晦《くら》ましてるのでもない限り、明日にもロンカルの女房を見つけて、警視庁まで連れて来ることは充分に期待できる。そうなれば、また新しい事実も割れてきそうだ。たとえば、ロンカルがパリを訪問した背景や、真の理由とかもね」

「外国訛の件で思い出したが、グレのチェコ語能力は確認したか」

モガール警視は、関係者のなかで唯一の外国出身者であるフランツ・グレゲローヴァが、本人の申し立て通りの人物であるか確かめるよう、捜査会議でバルベスに指示しておいたのだ。何か疑問があったからではない。モガールらしい完璧主義の結果だった。

「司法警察の外事課から、亡命チェコ人の係員を廻してもらいました。一九六八年のソ連軍介入でプラハの大学を追われ、亡命してパリに流れつき、フランス女と結婚して国籍を取得した。どんな風の吹きまわしか、司法警察にもぐり込んで通訳の仕事をしている青年です。

彼が午後、ダッソー邸に行ってグレと面談したんですが、疑問点はないとのことでした。言葉の点でも、チェコに関する歴史知識や、共産化以前の社会、文化、風俗関係の知識についても。やっこさんにいわせれば、ダッソー邸の下男がチェコの田舎町で生まれ育った、少しばかり偏屈なフス派の信仰をもつ、熟練した庭師であることは疑いないそうです」

「それなら結構。残る問題は、グレとエミール・ダッソーの接点だな」

先代ダッソーは、どうやら異常に警戒心の強い人物だったらしい。警戒心よりも、猜疑心《さいぎしん》といった方が正確かもしれない。そんな男が、どこの馬の骨ともしれない亡命チェコ人を、簡単に自分の邸内に入れるものだろうか。その点が、モガールには疑問だった。

「本人はパリに流れついてぶらぶらしていた時に、庭師求むの新聞広告を見て応募したといってます。主人のフランソワや執事のダランベールは、どこからか先代ダッソーが拾ってきたようだとも。両者の話に少しばかり齟齬《そご》があるんですが、なにしろ古い話で、どちらのいい分も確認できていません。脇から洗ってみるしかなさそうですな」

「事件直後に現場から消えたという青いルノー18は」

「森屋敷の近所を、朝から聞き込みに廻ったボーヌの部下が、面白そうな話を拾ってきました。ダッソー邸の敷地の東側は、あまり幅のない街路で、反対側は取り壊しが決まっている廃屋なんです。かなり大きな六階建の石造建築で、住人は三月までに全員が退去している。当然、あたりには人気がない。夜になれば、なおさらですな。

三十日の深夜十二時半前後に、帰宅のため車で問題の裏通りを通行したという付近の住民の話なんですが、廃屋の前に不審な車が駐車してたというんです。明かりを消した車内には、何者か潜んでいたようだとも。

車の型までは確認できませんでしたが、色は青系だったという。目立たないように、ダッソー邸の裏木戸を監視できる位置に停められていた車が、急行した警察車から逃げるようにして現場を離脱した。そう推定しても構わんでしょう。

犯行時刻は十二時七分、ルノーの逃走が十二時四十五分です。ロンカル殺しから三十分以上も、現場付近でまごまごしていた点を考慮すれば、その車で犯人が逃走した可能性は少ないかもしれない。それでも、事件に無関係な車とは思えませんな。共犯の線は、無視できないんじゃないか。

あの界隈を廻ったボーヌの部下が聞き込んだところでは、二十八日の午後三時頃と二十九日の午後一時頃にも、ダッソー邸の裏の街路で不審な青いルノーが、付近の住民に目撃されている。

青のルノー18というだけで同じ車かどうか判りませんが、少しばかり気になる話じゃありませんか。ロンカルが監禁された翌日から、あの界隈に、見慣れない青のルノーが出没しはじめたんですからね。もしかしてルノーには、ロンカルの女房が乗ってたんじゃないか。私は、そんな気もしてるんですが」

ありうることだと、モガールも思った。ダッソー邸を訪問すると洩らして消息を絶った夫を、妻が探しているとしよう。しかし、ダッソー邸に問い合わせても、確かなことは何も判らない。

執事のダランベールが、そんな人物は来ていないと門前払いを喰わせたら、それ以上の追及は不可能になる。

　妻の疑惑は昂進するが、夫がダッソー邸に監禁されているような証拠は何もない。追いつめられた妻が、車を調達して森屋敷を監視するような気になっても、それほど不自然なことではないだろう。レンタカーなら、外国人でも容易に借りることができる。

　あるいはイザベルは、東塔で響いた深夜の悲鳴を耳にしたのかもしれない。あんな雨の夜だし、庭園の木立を通して邸裏の街路まで、ロンカルの断末魔の叫びが聞こえたものかどうか判らないが、そう考えれば謎の通報者の正体にも説明はつくのだ。

　夫の声とおぼしい悲鳴を耳にしたイザベルは、動転して近くの公衆電話まで走り、そして警察に通報した。殺人だと主張すれば、警官が急行して、ダッソー邸を捜索することになるだろう。そのようにイザベルは期待したのかもしれない。その場合、なぜイザベル・ロンカルが、パトロール車が到着した直後に現場から姿を消したのかという、新しい謎が生じてしまうにせよ。モガールは、さらに報告を求めた。

「現場で検出された指紋は」

「被害者のものがほとんどで、他の少数もダッソー家の関係者のものばかりですな。部外者の指紋は発見されていないようだ。毛髪など、現場で集めた微細な遺留品からも、邸外の人間の関与を示すものはありません」

「身元を洗わせるよう、七人の関係者それぞれに張りつけた連中だが、何か参考になりそうなことを嗅ぎつけたか」

「あまり大したことは判ってません。なにしろ洗いはじめてから、まだ半日なので。調査結果を、使用人の方から整理してみます。執事のモーリス・ダランベールは、ブールジュ生まれの六十歳。戦前からダッソー家に仕えてきた、昔気質の老執事です。あの偏屈な面《つら》からも判るってもんですが、主人のためなら偽証でもしかねない男だ。その点、警戒を要する人物ですな。

先程も話に出た下男のフランツ・グレは、ドイツ国境にほど近い田舎町ヤヒモフ出身で五十八歳。一九五〇年からダッソー邸に住み込むようになり、五五年にはフランス国籍を取得している。雇用主の先代ダッソーが身元保証人です。ダランベールとグレは、森屋敷が生活の中心で、家族もありません。区役所で本人の証言の裏は取りましたが、それ以上のことを洗い出すのは難しそうだ」

「ダランベールの私生活を調査すること。謹厳実直を練り固めたような顔つきだが、金喰い虫の若い女を囲ってるとか、相場で火傷をしたとか、あれでも叩けば埃が出る男かもしれん。さっきもいったが、グレがエミール・ダッソーに雇われた経過も、なんとか洗い出してもらいたい。根なし草のチェコ難民が、なんの縁もないユダヤ系フランス人の富豪に拾われた。その理由を、私は知りたいんだ」

相棒の話を遮って、モガールが捜査の重点を新たに指示した。事件関係者の決まりきった背後調査だが、何が出てくるか判らないので、手を抜くわけにはいかない。バルベスは律儀に、指示の中身を手帳に書きとめている。

「判りました、ダランベールの方はダルテスの若造にやらせます。グレについては、もう少し鼻の利きそうな刑事を張りつけましょう。ダルテスの阿呆では、荷が重そうだ。本人やダッソー邸の人間が口を噤《つぐ》んでいても、グレの過去の洗いようはある。行きつけの酒場、馴染みの女。どこかでダッソーとの縁について、何か洩らしてる可能性はありますからね。

そういえばグレのやつ、月に一、二度は執事に許可を貰って外泊するらしい。五月二十八日の夜も邸には戻らないで、朝帰りだったとか。その話をしていた料理女は、口を濁していたようだが、たぶん女のところに泊まったんですな。その線も調べさせます。

続けて他の連中ですが、料理女のモニカ・ダルティは、パリ生まれの四十六歳。ダッソー家に雇われたのは十三年前、まだエミール・ダッソーが存命中のことです。二十五歳になる息子は、オペラ広場に近い有名レストランで、コックとして修業中。モニカも週に一度は自宅に戻り、息子の世話を焼いているらしい。

息子が小学生の時に離婚した亭主は、遊び人で、賭博がらみの前科もある。ダッソー家の使用人で犯罪者と関係がありそうなのは、今のところモニカ・ダルティだけです」

「モニカについては、息子の素行、別れた亭主との関係を洗ってくれ。使用人のなかに犯人が隠れているにせよ、三人とも、怨恨《えんこん》がらみで殺人を犯したとは思えん。なにしろ、それまで顔を合わせたこともないボリビア人なんだ。ロンカル殺しの動機があるとすれば、金銭がらみだろう。関係者のなかで金に困っている人物が見つかれば、慎重に対処しなければならん」

「同感です。しかし、あの貧相な爺さんから、じかに大金を盗もうとして殺したという想定には、少しばかり無理がありそうだ。ロンカルが、札束を懐に押し込んでいたとは思えませんからね。金銭がらみとすれば、ありうるのは依頼殺人でしょう。何者かに依頼され、高額の報酬を約束されてボリビア人を殺害した。

それは、客三人に関しても同様ですね。ただし客の場合には、怨恨の線も無視できない。なにしろ、ロンカルが監禁されたのと同じ時期に、わざわざダッソー邸を訪問してるんですから。まるで捕まえた檻《おり》のなかの獲物を、わざわざ見物するために集まってきたようじゃないですか。主人のダッソーを含めて、あの四人が過去に、ルイス・ロンカルとなんらかの接触を持った可能性はありうる。そこで、殺人の動機が生じたのかもしれません」

「客の方は、どんな具合かな」モガールが報告を促した。

「アンリ・ジャコブは、パリ郊外のムラン出身で六十八歳。シナゴーグのあるヴィクトル・ユゴー広場で医院を開業していたが、本人の証言通り十年ほど前に引退して、故郷の村に戻ってます。昔の患者は皆、親切で腕のよい医者だったと褒めてるらしい。

刑事を一人、自宅のあるムランにやりましたが、まだ表面的なことしか判ってません。電話の報告では、成功した医者が隠居するのにふさわしいような、小綺麗な家だとか。近所の評判も上々のようです。ジャコブは独身を通したようで、家族はおりません。

問題のエドガール・カッサンは、アミアン出身の五十三歳で、やはり十年ほど前に故郷に戻り、自動車修理工場を開いている。もしも商売が順調でないとすれば、金銭がらみで殺しをやる動機は充分にある。その方面も、アミアンの憲兵隊に調査を依頼しておきました。

カッサンの経歴は本人が供述した通りですが、フランソワ・ダッソーの背後調査を担当してる刑事が、さっそく面白い話を聞き込んできました。産業界の裏情報に詳しい、経済犯罪を専門に扱ってる同僚から、裏話を教えてもらったらしいんですが」

「なんだね」モガールは興味を持って尋ねた。

「先代のダッソーは、悪魔でも退散しそうな迫力で事業を急成長させた。あこぎな真似も辞さないでね。表沙汰になったことはないにしろ、ダッソーが商売敵《しょうばいがたき》を暴力的に蹴落としたというような噂は、幾度となく流された。当局が動きかけたことも、二度や三度ではきかないそうですぜ。カッサンは、エミール・ダッソーが汚い仕事をやらせる時に利用していたマフィア組織と、ダッソー社を取りもつような立場で主人に仕えていたらしい。

やつが故郷に工場を開けたのも、ダッソーが死んだ時に口止め料の意味も含めて、会社からある程度まとまった金が出たからじゃないか。そんな推測にも現実味はありそうだと、かつてダッソー社の違法行為を調査したことのある捜査官は、洩らしていたそうです」

警視が頷いた。「クロディーヌ・デュボワが、最後になるかな」

「クロディーヌは二十四歳、パリ生まれです。父親は、本人の証言通りラビでした。戦争中はゲシュタポのユダヤ人狩りで、強制収容所に送られたらしい。奇跡的に生還したダニエル・デュボワは、戦後、やはり強制収容所で殺されかけた経歴をもつユダヤ系の女とパリで結婚して、一人娘のクロディーヌをもうけた。

母親は、ダニエルの三年前に病死してます。二人とも収容所で健康を損ねたせいか、病気がちで、早死にした原因もその辺にありそうだ。

母親が死に、続いて父親が死んだ後、クロディーヌにはダッソー家の財政的援助が与えられました。現在はパリ大学の学生で、指導教授はエマニュエル・ガドナス。現住所は、大学に近いムフタール街です」

手帳をデスクに叩きつけるようにして、そこでバルベスが叫んだ。「そうだった。報告するのを忘れてましたが、クロディーヌが、どうしてもムフタール街の下宿に戻って、下着や化粧品などを持ってきたいと言い張ったらしい。

ボーヌは刑事を一人つけて、いったん家に戻らせるよう手配したとのことです。自宅に戻ることを禁止する法律的根拠を示せとか、やかましい学生式の抗議をするので、ボーヌも手を焼いたんですな。もちろん、夕食までには森屋敷に連れ戻らせますが」

遠方のアミアンに家があるカッサンならまだしも、パリ郊外に住んでいるジャコブや、パリ市内に下宿しているクロディーヌをダッソー邸に閉じ込めておけるのは、せいぜい明日までのことではないだろうか。ボーヌの判断にも、やむをえないところがある。

まだ事件の輪郭が充分に解明されていない段階でもあり、捜査側としては関係者が外部の人間と接触するのを、できるだけ阻止したいところだ。しかし、重要容疑者として特定され、しかも逃亡の可能性があるような場合でなければ、禁足を強制し続けるのは難しいだろう。

「やむをえんだろうな。それで、デュラン医師の報告は」

ソファ横の小テーブルに山をなした雑多な書類から、なんとか報告書の茶封筒を掘り出して、バルベスが警視のデスクに置いた。封筒から数枚の報告書を抜きとり、モガールは、それにざっと目を通しはじめる。しばらくして、眉を顰めるように独語した。

「単一の死因は、決定不能だと……」

「そうなんです、警視。後からデュランを呼んで、もう一度説明させますが、ようするに頭部の打撲傷が致命傷なのか、心臓の刺し傷が致命傷なのか、どちらとも決められないっていうんですな」

バルベスは自分でも充分に納得できないような顔で、デュラン医師の説明を、おぼつかなげに繰り返した。屍体に複数の損傷が認められる場合でも、どれが生前の傷であり、どれが死後の傷であるかは、ほとんどの場合に確定できる。屍体の傷に生体反応が観察できなければ、それは死後の損傷であると判断して支障はない。

しかし、複数の損傷のどちらもが致命傷でありうるような時、しかも、複数の損傷が時間的に近接して加えられている時、どれが致命傷であり、どれが生前ないし死後の損傷であるのかを決定できないような事例も生じうる。たとえばロンカルの場合がそうだと、報告書には記されていた。ただし、右手の親指の付け根にある切り傷については、生前につけられたものだろうと報告されている。バルベスが続けた。

「犯人が短剣を振りかざして、被害者ロンカルに接近した。ロンカルは身を庇おうとして右手に負傷し、さらに身を翻して逃げようとした。逃げようとするロンカルの心臓を、犯人が背中から刺した。刺されたロンカルはあお向けに倒れ、石床に後頭部をぶつけた……。

こんなふうに想定するのが、現場の状況から見て妥当というものです。しかし、ロンカルは後頭部の打撲で致命傷を負った。その後あらためて、犯人が心臓を刺したという可能性もあるってわけです。

後頭部の傷にも心臓の傷にも、生体反応が認められる。ある時間幅で、二つの傷は同時に付けられたものだともいえるし、二つの傷が同時に作用して、被害者を死に至らしめたともいえる。ようするに打撲傷が先か、刺し傷が先か、屍体を検分しても決めかねるってわけだ。ま、大した問題じゃありませんがね」

「頭部の打撲傷だけでも、心臓の刺し傷だけでも、致命傷になりえたとデュランは判断しているんだな」気になるのか、執拗にモガールは確認しようとする。

「そのようですね。あの頭部の傷では、絶対に助からないというジャコブの診断は、どうやら正しかったようだ。解剖の報告書には、後頭部打撲による頭蓋底縦骨折、脳幹部損傷とありますな。あの爺さん、応急手当てで生き返る屍体かどうか、顔を見ただけでピタリと判るとかいってたが」バルベスが、逞しい肩をそびやかした。相棒の言葉を無視してモガールが独語する。

「どちらの傷が被害者の生命活動を停止させたのか、法医学的には確定できない。どちらの傷が先につけられたのかも、判定できない……」

「デュランによれば、そういうことですね」

「そうなる時間的な幅は、どれくらいあるんだろうか。もしも同じ瞬間に、二つの傷がつけられたのなら、ほとんど問題は生じえない。しかし、最初の傷と第二の傷のあいだに、ある程度以上の時間的な幅があれば、第二の傷からは生体反応が観察できなくなるだろう。その間隔は最大限で、何秒なのか。あるいは何分なのか」警視は、さらに追及した。

「そうか、そこまではデュランにも確かめませんでしたよ。後から、聞いてみることにします。でも、普通に考えれば数分、たぶん一、二分じゃないですかね。まあ、損傷の部位にもよるだろうな」

モガールは、法医学には素人の発想で考えてみた。脳死の問題を除外するなら、普通は心臓の停止、呼吸の停止、瞳孔の散大の三徴候が揃うことで、その人間は死んだと判定されることになる。もちろん、死の三徴候が揃っているのに、しばらくして息を吹きかえすことも、稀にはある。さらに心臓は停止しているのに、短時間にせよ呼吸は続いているような過渡的状態も、また反対の場合もありうるだろう。

前者の場合、心臓の活動に由来する生体反応は認められないのに、肺の活動に由来するそれは認められるというようなことも、微小な時間幅では、可能性として存在しうるのではないか。心臓を刺されて死亡した人間が、その直後に海中に落とされる。しかし、心臓活動の停止と呼吸活動の停止に僅かの時間的落差があり、結果として屍体の肺から海水が検出されるというような事例だ。

他方、こんな事例も想定できる。火災現場で発見された屍体を解剖したが、肺からは煙の微粒子が検出されない。死亡した後に焼かれた屍体であろうと判定されたが、実際は薬物効果などで呼吸が一時的に停止していた結果、被害者は煙を吸い込まなかったのであり、致命傷は火事のなかで加えられた心臓の刺し傷だった……。

だが今回の場合には、それほど極端な可能性まで考える必要はないだろう。先に加えられた頭部の打撲傷が致命傷であり、被害者を死に至らしめた原因であるが、脳組織の致命的な破損効果が全身に及び、心臓の停止にまで至る前に、あらためて被害者は心臓を刺された。あるいは心臓の刺し傷が先であり、致命傷なのだが、鼓動の停止による死体現象が脳組織や周辺の皮膚や血管、等々まで及ぶ以前に被害者の頭部には打撲が加えられた。

そのいずれであるのかを、法医学的には決定できないというだけの話だ。最初に屍体を検分したジャコブは、経験のある医師として呼吸停止、心拍停止、瞳孔散大を確認し、死亡を宣告している。さしあたり、ジャコブ医師の誤診を疑うような理由はない。それにロンカルの脈拍停止については、現場にいたダッソーも証言している。発見された時にはもう、ロンカルは立派に死んでいたのだ。

三十日夜の十二時七分にジャコブとダッソーが耳にしたのは、ほとんど確実に、被害者が床に頭部をぶつけた時の物音だろう。それから一分ほど後にロンカルは、屍体として発見されている。

その一分前後のあいだに心臓を刺された可能性は、ありうるということだ。もちろん、逆だったかもしれない。先に心臓を刺されて致命傷を負ったロンカルが、ある時間的な間隔を置いて床に倒れ、あらためて頭部に傷を負った。その物音を、二人が聞いたという場合だ。常識的には、第二の可能性をとるべきだろうが。

それほど、気にするような問題ではないのかもしれない。どちらか一方でも致命傷になりうる傷を二つ、僅少《きんしょう》の時間幅で続けて負うといった事例は、少しも珍しいものではないからだ。心臓を刺された被害者が、倒れた時に、猛烈な勢いで頭を石にぶつけた。よくある話ではないだろうか。死ぬほどの激しさで頭を殴りつけ、被害者の抵抗力を奪った上、完璧を期するために心臓を抉った。これもよくある話だ。

その前後関係が判明したにせよ、塔の密室をめぐる謎に解決の光がさすというものではない。頭部の傷が先であれ心臓の傷が先であれ、その傷害行為を犯しうる人物が、あの状況では存在しえないことが最大の問題なのだから。

モガールは書類に視線を戻した。もうひとつ、気になる項目があったのだ。デュランは、屍体の右腋に古い火傷のひきつれがあると指摘している。

金髪碧眼のゲルマン系の風貌をしたボリビア国籍の老人が、かつてナチに迫害されたユダヤ系の富豪の邸に幽閉され、そして殺害された。まさか、とモガールは思った。だが、人目に触れない箇所に残された古い火傷の跡は、どうしてもアイヒマン事件など、ナチ戦犯にまつわる多数の事件を思い起こさせるのだ。

ナチスの親衛隊員《エスエス》は、戦場での緊急輸血に備えて、腋の下に自分の血液型を刺青《いれずみ》するよう義務づけられていた。戦争犯罪人として追われた親衛隊員の多くは、身元を隠そうとして強酸や火焔で皮膚を焼き、血液型の刺青を消した。腋の下の刺青は、親衛隊員としての過去を暴露しかねない明白な証拠になるからだ。

警視はビニール袋に入れられて卓上に置かれている、殺人現場で発見された親衛隊の短剣の柄に眼をやった。判らないのは、犯人が折れた刀身を持ち去って、短剣の正体を暴露する柄の部分を現場に放置したという点だった。

もしも逆だったら、犯人の真意も推測はできる。凶器の出所を隠匿しようとして、そんなふうに作為することは充分にありうるだろう。屍体の横に残されていたのが折れた刃だけだったら、それをナチス親衛隊の短剣の一部であると特定することは、パリ警視庁の鑑識部でも困難であるに違いない。だが犯人は、折れた刃の部分を持ち去りながら、鉤十字や二重稲妻の徽章が刻まれた柄の部分は現場に残したのだ。

あるいは犯行声明のつもりだろうか。屍体の傍に落ちていた短剣の柄は、ルイス・ロンカルの殺害者がナチス親衛隊の関係者であると誇示するために、わざと残されたのだろうか。だが、その場合には、ロンカル殺しがナチに迫害されたユダヤ人の邸で起きた事実とのあいだに、致命的な齟齬を生じてしまう。

ロンカルの腕のひきつれが、もしも親衛隊員だった過去を隠そうとした結果であるなら、わざわざユダヤ人の邸で元ナチが元ナチを殺したということになる。それでは、あまりにも不自然に過ぎる状況だろう。

ユダヤ人が元ナチに復讐する時、親衛隊の短剣を使ったと考えるのは、それ以上に納得できないことだ。鉤十字がある短剣の柄を見せられた時、ダッソーの表情に浮かんだ不快とも嫌悪とも憎悪ともつかない激しい感情は、まだモガールの脳裏に刻まれている。

仮にダビデの星でも刻まれた短剣が、凶器として使われたのなら理解はできる。だがユダヤ人が、鉤十字と二重稲妻で禍々《まがまが》しく飾られた短剣を、復讐《ふくしゅう》の武器として選ぶなど絶対にありそうにない。

主人のダッソーをはじめ、三人の客も昨夜の段階では、問題の短剣の柄など知らない、見たこともないと供述していた。使用人の証言も、それを裏付けている。モガール警視は凶器の短剣を、被害者ルイス・ロンカルと関係があるのではないかとも疑っていた。ロンカルの正体は不明だが、親衛隊の短剣を所持していても不思議でない、隠された経歴の持ち主かもしれないのだ。

第二次大戦後、南米に亡命したナチは少なくない。ゲルマン系の顔をしたボリビア国籍の老人で、腋に疑わしい火傷のひきつれがある男。もしもロンカルが元ナチなら、ダッソー邸に親衛隊の短剣を持ち込んだという可能性も無視できない。

「刑事にロンカルの写真を持たせて、ユダヤ人情報センターに行かせてくれ。もしも戦犯として手配されていれば、何か判るかもしれん。ダッソー、ジャコブ、カッサン、デュボワの四人は、全員がユダヤ系フランス人だな。そしてダッソーとデュボワには、強制収容所の体験がある。残るジャコブとカッサンの二人が、戦時中どうしていたのかも、至急、洗ってもらいたい」

「やりますよ。でも、それがロンカル殺しと関係するんですかね」バルベスが眉をあげた。

「判らない。しかし、知りたいんだ、私は」モガールは低い声で答えた。

「警視は、その短剣の柄を気にしてるんでしょう。なにしろ仰々しいハーケンクロイツのマークがついてる。でも、大した意味はないと思いますよ。犯人が、どこかの古道具屋で適当に調達したんですな。ジャコブとカッサンの戦時中の消息については、一応、調べさせてみますがね」

上司の新しい指示をメモして、バルベスが手帳を閉じた時だった。扉がノックされた。古参刑事のボーヌが、頭ひとつぶん背の高い、大男のカッサンを連行してオフィスに入ってきた。バルベスが、舌舐めずりして男を迎える。

警視に坐るよう勧められ、大柄な男は、ふてくされた態度でデスクの前の椅子に腰を下ろした。ボーヌが、ビニール袋に入った刃物を、警視のデスクに置いた。ビニール袋は、もうひとつある。なかには一枚のハンカチが、湿ったまま収められていた。ハンカチは灰色と臙脂《えんじ》の縞模様だが、色違いで同じような品をダッソー邸に滞在中、カッサンは洗濯に出したことがあるらしい。

刃物には、指紋検出に使われた銀色の粉がこびりついている。外部の人間が侵入路として利用できそうな箇所を、徹底的に調査するよう命じられた鑑識員が、まだダッソー邸で作業を続けていたのだろう。あれだけ広大な邸宅の窓や戸口に、ひとつ残らずアルミニウム粉末を振りかけて写真を撮影するとなれば、朝はじめても晩までに終わるかどうかという大仕事になる。

モガールは、デスクの引出から薄手のビニール手袋を出して、両手にはめた。それから折れた短剣の刃を手にとり、慎重に観察しはじめた。残った部分だけでも、二十センチはある。ハンカチを巻きつけた即製の握り部分を除外しても、刃渡り十センチ以上のナイフとして利用できるだろう。それで心臓を刺されたら、ひとたまりもあるまい。

もともと短剣の刃渡りは、柄に残った部分と合わせれば二十五センチほどあった。それが中途で折れ、刀身の二十センチほどが凶器として使用された。警視の訓練された眼は、折れた刃の中程に、かすかな指紋が残っているのを見つけていた。

刃の切っ先から五、六センチまでには脂性の曇りがある。第二のビニール袋のハンカチには、赤褐色のものが染み込んでいる。もちろん、凝固した血だろう。

一晩中、水のなかに沈んでいたにしては、凶器として使用された痕跡が、比較的よく残されていた。刀身と柄部分の折れ口は、肉眼で観察した限りでは一致するようだ。どちらの断面にも錆はないが、灰色の曇りのようなものが浮いている。

短剣が折れてから、ある程度の時間が経過しているのは確実だった。鑑識部に廻せば、折れてからどれほど時間が経過しているか、もう少し正確なところが判るかもしれない。モガールは、ボーヌに質問した。

「そのハンカチが、刃の根元に柄のように巻きつけられた状態で、池から発見されたんだな。検出された指紋について、鑑識員は何か洩らしていたか。捜査資料として使えるか、どうかだが」

古参刑事のボーヌが、警視の質問に一呼吸おいて答えはじめた。「水のなかで発見されたせいで、御覧のように薄い指紋です。それに、棄てる前に犯人が拭《ぬぐ》ったのか、布でも当てたような感じでズレが生じている。でも消そうとした人間が、よほど焦っていたのか、消え残りの指紋がひとつ残ってるそうです。

それも、やはりぼやけてはいるんですが、なんとか使えないこともないらしい。肉眼や携帯用の拡大鏡では、はっきりした結論は出せない。警視庁に戻ったら鑑識室で写真拡大して、関係者の指紋と照合してみるそうです」

「照合するまでもない。この野郎の指紋に決まってる。そうだろう、カッサン」バルベスが怖しい唸り声を洩らした。モガールが、内心の疑問を伏せたまま落ちついた口調で問いかける。

「さて。この折れた短剣の刃と、柄の代わりに巻かれていたハンカチは、君の所持品かね」

「ハンカチなら、おれが持ってたのに似てないこともねえな」

唇の隅に嘲るような皺を刻んで、カッサンが答える。椅子を蹴り倒すような勢いでバルベス警部が立ち上がり、ばんとデスクを叩いた。

「ふざけるな。料理女のモニカが、おまえのハンカチだと証言してるんだ。刀身にある脂の曇り、ハンカチに染み込んでる凝固した血、どれもロンカル殺しの凶器だってことを示してる。鑑識に廻せば、じきに血液型も判明する。被害者のそれと一致するのは確実だ。もう、言い逃れはきかんぞ。おまえが殺《や》ったんだろう。ええ、カッサンよ」

「おれのハンカチで巻かれた刃物が、殺しに使われたんだとしても、おれが犯人だということにならねえ」カッサンがうそぶいた。

「自分のものだってことは、認めるんだな」

「ああ。ハンカチについてはな」わざとらしい吐息をついて、うんざりした顔でカッサンが頷いた。モガールが話を引きとる。

「短剣の方は、自分のものではないと主張するのかね」

「そうだ。そんな折れた刃なんか、見たこともねえよ」

カッサンは狡猾だった。虚偽の弁明が難しいハンカチについては、自分の所有物であることを認めてしまう。しかし、凶器として使用された短剣の刃については、見たこともないと白を切り通すつもりらしい。モガールが追及した。

「君のハンカチが、折れた短剣の刃に柄代わりに巻かれ、血を染みつかせて殺人現場の真下にあたる池の底から発見された。それについて、なにか弁明したいことはあるかな」

「……盗まれたんだ」しばらくして、不自然に抑えた口調でカッサンが、囁くように答えた。

「どういうことかな」

「昨日の夜、寝ようとしてパジャマに着替えた時まで、そのハンカチは確かに上着のポケットにあった。ダランベールに叩き起こされ、寝呆けまなこで服を着ようとした時だ、そいつが失《う》せてることに気づいたのは」

「ようするに、君が酔って熟睡しているあいだに、何者かハンカチを盗んだ人物がいる。その人物は、君にロンカル殺しの罪を着せるため、盗んだハンカチを短剣の刃に巻きつけて凶器として使用した……」

「そうなんだ。あんたが信じるかどうか、そいつはともかくとして、盗まれたのは事実だぜ」

見えすいた言い逃れだと思ったのだろう。悪鬼のような形相で、バルベスがカッサンの逞しい腕を摑んだ。男が怒気に顔を歪めながら振り返り、乱暴に肩を揺すってバルベスの腕を払いのける。カッサンも、大人しく警官に小突き廻されているような手合ではない。いまにも摑み合いをはじめそうな顔つきで、二人の巨漢が険悪に睨みあった。

その時、デスクの電話が鳴りはじめた。気を抜かれたように、バルベスが電話機に腕を伸ばした。顔を顰めて受話器を耳に押しあてたバルベスの顔が、次第に強張《こわば》りはじめる。相棒の顔を見て、モガールが尋ねた。

「なんだね」

「クロディーヌが、監視役の刑事を振り切って、行方を晦したようです。まったく、ドジな野郎だ」バルベスが、猛々《たけだけ》しい声で叫んだ。

「クロディーヌが……」

「そうです。ムフタール街の魚屋の前で、青いルノーが刑事の方に突っ込んできた。暴走車を避けようとして、監視の刑事が敷石に倒れた隙に、女は逃げ出したらしい。ルノーを運転していた野郎も、歩道に乗りあげた車を放棄して、付近の路地に姿を消してしまった。手際から見て、素人の仕業じゃありませんぜ。女の背後には、どう見てもプロが控えてる」

話を横で聞いていたボーヌが、裂けるほどに唇を嚙んでいる。クロディーヌの一時帰宅を許可した、自分の責任だと思ったのかもしれない。派手な哄笑が、オフィス中に響き渡った。腹を抱えるようにして、カッサンが馬鹿笑いしているのだ。喰いつきそうな顔で、バルベスが受話器を叩きつけた。

3

車窓からモガール警視は、ぼんやりと、冷たい雨に濡れた黄昏《たそがれ》の街路を眺めていた。日中に三、四時間の仮眠はとれたが、それでも泥のような疲労が躰の芯に溜まっている。顳顬は、鉛の塊でも詰め込まれているように重たい。

やっとガール・ドゥ・リヨンの殺人事件を解決したと思ったら、休む間もなしに、今度はダッソー家の森屋敷で起きたボリビア人殺しの捜査だった。五十歳を過ぎてから、急に体力が衰えはじめたような気がする。もう、若い時のような無理はきかない歳なのだ。今夜は、できれば家で休みたいものだとモガールは思った。

パリ市の中心部の道路は、猛烈に混雑している。市内バス、観光用のリムジンバス、小型トラック、タクシー、そして個人の乗用車。フランス製をはじめ、ドイツ製、アメリカ製、イタリア製、日本製。ベンツやジャガーなど大型の高級車からシトロエンやプジョーの小型車まで。自動車をふやし過ぎた現代文明の病と、馬車の時代に造られた非能率な道路計画と、その責任者である第二帝政時代のオスマン知事を相手に、バルベス警部がしきりと呪いの言葉を浴びせている。

一分、二分を争う非常事態ではない。まさかサイレンを鳴らしながら、路面を埋めた自動車を掻きわけて進むこともできない。いや、バルベス一人なら業をにやして、横でステアリングを握っている若い警官に、警告ランプを点灯しサイレンを鳴らすよう命じていたかもしれない。結果として、交通渋滞がさらに悪化することになろうと知ったことか。そう思っているに違いないバルベスが、なんとか我慢しているのは、不必要な警察権力の行使を好まない上司が、後部席に控えているからだろう。

目的地のパレ・ロワイヤル広場までは、警視庁があるオルフェーブル河岸から、歩いて十五分ほどの距離だった。深夜や早朝なら、車で二、三分。しかし、パリ中心部の夕方のラッシュに巻き込まれた警察車は、徐行と停止を繰り返しながら水牛さながらの、のろのろ運転を続けるばかりだった。

季節はずれの冷雨を避けようと自動車に乗ることにしたのだが、濡れながらも歩いていれば、もうホテル・ロワイヤルに辿りついていたかもしれない。だが、それほど急ぐこともあるまい。あと五分ほどで着けるだろう。ようやく警察車が、リヴォリ街の渋滞をぬけ出したので、バルベスも少しは気をよくしたのかもしれない。オスマンを罵倒《ばとう》していた時とは口調を変えて、モガールに語りかけてきた。

「もうじきです。糞忙しいのに、わざわざブンヤ相手にサーヴィスした甲斐がありましたね。ロンカルの宿泊先が、今日中に割れたとは運がよい」

「マラストは、ホテル・ロワイヤルで待機しているのか」

「いいえ、警視。やつはもう、イザベル・ロンカルを乗せたタクシーを探してます。流しの車じゃない。ロンカル夫人に頼まれて、ホテルが呼んだタクシーなんです。マラストなら、じきに捕まえるでしょう」

不運の後には、幸運が舞い込んでくるものらしい。モガール警視のオフィスに、パレ・ロワイヤルの高級ホテルから通報が入ったのは、ボーヌの部下の緊急電話で、クロディーヌ・デュボワの逃走を知らされた直後のことだった。

ダッソー邸で発生した殺人事件の報道で、被害者の名前を知って驚いた支配人が、大急ぎで警視庁に連絡してきたのだ。そのホテルにロンカル夫妻は、五月二十五日の午後から滞在しているという。

モガールとバルベスが警視庁を出られたのは、通報から一時間もしてからだった。凶器に巻かれていたハンカチが、カッサンのものであると確認されても、それでロンカル殺しの犯人だということにはならない。カッサンの客室からは、東塔の真下の池に凶器を投げ込めないという条件も、警視の判断を慎重なものにさせた。

厳重な監視つきでカッサンをダッソー邸に戻すよう手配したり、逃げたクロディーヌの捜索を新たに命じたり、一日の捜査結果を警視総監に報告したり、二人は外出前に終えなければならない雑務を山ほど抱えていたのだ。

ロンカルの宿泊先を洗っていたマラスト刑事は、通報の直後にホテル・ロワイヤルに急行している。支配人の話によれば、夫のルイス・ロンカル同様にイザベルも、昨日からホテルに戻っていないようだ。

宿泊先のホテルが判れば、ロンカル夫人から事情聴取もできる。それで被害者ロンカルの正体や、パリ訪問の目的も摑めるだろうというモガールの期待は、残念ながら裏切られた。ホテル側から簡単な聞きとりを終えたマラストは、休む間もなしに、また雨のなかを駆け出したらしい。より詳細にわたるホテル側からの事情聴取は、後から来るモガール警視の仕事であり、自分の任務はロンカル夫人が失踪《しっそう》の夜に乗ったタクシーを、一刻も早く探し出すことにある。警視に信頼されている古参刑事は、そう自主的に判断したのだろう。

「イザベルの失踪は五月二十九日、ホテルからロンカルが姿を消した翌々日なんだな」警視が部下に質した。

「そのようです。マラストからの電話報告なんで、詳しいことは判らないんですが」

「まあ、よかろう。じきにホテル側に、われわれが直接に確認できるんだから」

ホテル・ロワイヤルは、オペラ通りも終点のパレ・ロワイヤル広場に面していた。その巨体でホテルの正面玄関の前を塞いでいる、二台のリムジンバスのあいだに無理に鼻先を入れるようにして、ようやく警察車が停車した。

空港から日本人の団体客が着いたばかりらしい。リムジンバスの横腹から出されたスーツケースの山を、三、四名のボーイがホテル内に運び込んでいる。オペラ座やルーブル美術館にも至近距離である、オペラ通り界隈の高級ホテルは、日本からの観光客に人気があるのだろう。

オペラ通りには日本人客専門の土産物店や日本レストランが軒を列ね、観光シーズンには極東の島から押しかけてきた観光客が歩道を埋める。日本人通りに改称した方がよいという冗談が、パリジャンのあいだで囁かれているほどだ。

ポルト・マイヨーに聳える超高層ビルをはじめ、パリにも近年はアメリカ式の大型ホテルが増えてきたが、問題のホテルは伝統的な石造建築だった。重厚なインテリアだが、さして広いとはいえないロビーに、着いたばかりの日本人客が群をなしている。

交通渋滞に業をにやしていたバルベス警部は、もう待ちきれない気分らしい。パリ到着の興奮で、雀の群さながらにさえずり交わしていた観光客が、仰天して道をあけた。ホテルのロビーに無法運転の大型ダンプカーでも、突っ込んできたかと恐怖したのかもしれない。バルベスの巨体が、日本人の群を乱暴に掻きわけ、小走りでフロントを目指している。

飴色の光沢があるカウンターでフロント係に身分を告げると、じきにホテルの支配人が姿を見せた。モガール警視のために待機しているようにと、あらかじめマラストに頼まれていたようだ。

仕立のよい黒服姿の、痩せて上背がある初老の男だった。職業的な慇懃さで挨拶の言葉を口にし、支配人は二人の警官を、フロントのカウンター裏にある小さな応接室に案内した。勧められる前に、どっかりと安楽椅子に腰を据えたバルベスが、派手なジャケットの内ポケットから写真を一枚とり出して、支配人の胸元に突きつける。

「問題の客というのは、写真の人物に間違いないかな」

「確かに、ロンカル様です」

驚愕に表情を歪めた老ボリビア人の屍体写真を、支配人が一瞥《いちべつ》して大きく頷いた。バルベスが満足そうな唸り声を洩らした。モガールが尋ねる。

「ロンカル夫妻は、五月二十五日に投宿したとか」

「記録では、二十五日の午後三時十五分とあります」

支配人が、あらかじめ用意しておいたらしい宿泊カードを、静かにテーブルに置いた。小さな、几帳面な文字で記入事項が埋められている。筆跡から判断してルイス・ロンカルは、どちらかといえば神経質な性格らしい。続いて支配人が、それを裏づけるような事実について語った。

「ホテルに到着される一時間ほど前に、いま着いたばかりだと前置きして、オルリー空港から予約を確認する電話がありました。むろん予約係は、お部屋は用意してあると申しあげましたが」

「予約は、どこからかね」

「リスボンの旅行社からでした。たぶん、旅客便のチケットを購入される際に、滞在先の手配もされたのでしょう。わざわざ空港から確認の電話を下さるとは、かなり慎重な性格の方ですね。ほとんどのお客様は、あらかじめ予約してあれば、直接フロントまでお越しになりますから」

「滞在の予定は」

「宿泊カードにありますように、五日間の御予約を頂いておりました」

確かにカードには、五月三十日出発予定と記入されている。ロンカルは、三十日の朝までパリに滞在する計画だった。そして滞在予定の最後の日に、老ボリビア人はダッソー家の森屋敷で屍体に変わったのだ。その符合には意味があるのだろうか、たんなる偶然なのだろうか。無言で頷いたモガールに代わり、バルベスが無遠慮な口調で支配人に尋ねる。

「滞在中、ロンカル夫婦は、どんな具合だった」

「三交替制のフロント係からの話を総合しますと、昼食と夕食の時刻にそれぞれ一時間ほど外出された以外、二十五日から二十七日まで、ほとんど部屋におられた様子です」

由緒ある四つ星の高級ホテルだが、客室が何百とあるようなアメリカ式の大型ホテルと比較すれば、規模は小さめといえるだろう。フロント係などホテル関係者が客の出入りについて、ある程度まで摑めているのは、そうしたホテルの規模とも無関係ではない。

現代的な巨大ホテルのフロント関係者は、オ・プランタンやギャルリー・ラファイエットのような有名デパートの店員と同じことで、何か記憶に残る出来事でもなければ、客の出入りなど記憶していないのが普通なのだ。バルベスが眉を寄せて呟いた。

「そいつは妙だな。歩いていける距離に、旅行客が喜びそうな名所が山ほどあるのに、巣箱の雛鳥みたいにしてたってのは」

「二十七日の夜から、ロンカルはホテルに戻っていないんだね」モガールはルイス・ロンカルが失踪した前後の事情から先に、支配人に問い質すことにした。イザベル・ロンカルの話は、その後でよい。

「いつもは御夫妻で午《ひる》と夜、近所のカフェやレストランに食事にお出かけになるのですが、二十七日の夜は、ロンカルさま一人で外出なさいました。残られた奥様は、ルーム・サーヴィスで夕食をすまされたとか。その伝票も探しておきましたが」

一人前の夕食の伝票には、ホテル側で日付や時刻、部屋番号、料理名や値段などが記入されており、隅には夫の几帳面な筆跡とは対照的な乱雑さで、イザベル・ロンカルの署名があった。

「ロンカルは何時に出かけたんだ」バルベス警部が手帳を片手に質問する。

「その時刻に勤務についていたフロント係によりますと、六時過ぎとのことです。前日や前々日の夜とは違って、フロントにキイを預けないで、一人きりで正面の回転扉から出ていく後姿を見て、不審に思ったそうです。奥様は、体の加減でもよくないのかと」

「そのまま、ロンカルは戻らなかった……」モガール警視が確認する。

「そのようですね。ロンカル様が外出されるのを目撃した係の者は、自分の勤務時間のあいだには、戻られた様子がないと申しております。交替して深夜勤務についたフロント係も、ロンカル様について特に記憶はないとのことでした。キイがフロントにないので、御夫妻とも在室中だと思い込んでいたようです。

後から知らされたことですが、翌日の午前中に掃除係が、ロンカル様の客室に伺ったところ、ベッドのひとつはシーツが乱れておらず、わざわざ整える必要がない状態だったとか。お寝みになった形跡がないところから考えて、やはり戻られなかったのでしょう。その翌日も、同じようでした」

ロンカルは五月二十七日の六時過ぎに、ホテル・ロワイヤルを出ている。自分の意思によるものか、何者かに強制されてかは不明だが、ダルティ夫人によれば十二時までにダッソー邸に着き、東塔の広間に監禁されていた。七時半にダッソー邸に到着したジャコブも、それ以前からロンカルは邸にいたらしいと洩らしている。証言に疑わしい点の多いダッソーは、七時頃にロンカルが一人で訪れてきたと主張していた。

六時過ぎにパレ・ロワイヤルのホテルを出たなら、ブローニュのダッソー邸に七時頃に到着というのは、まあ納得のできる時刻だろう。さしあたり証言のあいだに矛盾はなさそうだ。もしもロンカルが拉致されたなら、あるいはホテル側から、それを窺わせるような証言を取れるのではないか。そう考えて、モガールが質問した。

「フロント係は、他に気づいたことを報告していないかね。不審な訪問客とか、そんな種類のことについて」

「御夫婦で投宿された二十五日の夕方から、最後にロンカル夫人が外出された二十九日の夜まで、フロントを通した訪問客の方は、ひとりもありませんでした。しかし……」支配人が口調を淀ませた。

「しかし、なんだね」

「後から呼びますので、直接、話を聞かれたらよろしいかと思いますが。ロンカル様の外出を目撃したフロント係は、その時にロビーの隅に、印象のよくない男がいたようだとか申しておりました」

いい淀んだのは、ホテル支配人の態度としては当然だろう。ロビーにいた問題の人物は、滞在客の友人か知人かもしれない。根拠もなしに、印象のみで警察に告発するのは、ホテル従業員としての礼儀に反する。モガールは、ロンカル夫人の失踪の方に話題を移しはじめた。

「そのフロント係を含めて、後からじかに話を聞きたいんだが、客室に夕食を運んだ部屋係や、翌朝の掃除係は、二十七日から二十九日までのロンカル夫人について、何か感想を洩らしてはいないかな」

「お加減がよろしくないような様子では、なかったと。二十七日の夕食は残らず召しあがられたようですし。二十八日と二十九日の二日間、掃除係は奥様が、少し落ちつかない印象だったと申しておりますが。掃除係は、ポルト・デ・リラは、どこにあるのかと尋ねられたそうです」

「観光客が、昔の映画のことでも思い出したんですかね。それとも夫婦は、ボリビアＣＩＡのエージェントなのか」

バルベスが唇を曲げるようにして、皮肉にいった。確かにポルト・デ・リラは、古い映画の舞台に使われたことがある。またフランス秘密情報部《SDECE》の所在地でもある。しかし警部が、それとは違うことを考えているのは明らかだった。

二十七日の夜に、ポルト・デ・リラのアパルトマンで致死事件が発生しているのだ。同僚のマソン警視が担当している事件で、正確な事情を摑んでいるとはいえないが、モガールにも多少の知識はあった。

アパルトマンを借りていたのはガソリンスタンドの店員で、死んだのは、その年長の友人らしい。店員は逮捕されたが、黙秘権を行使している。事故と殺人の両面から二十区の地区署を中心として、今も捜査が行われているという。バルベスは多分、ポルト・デ・リラの事件とダッソー邸の事件の関連を、とっさに疑ったのだろう。

ロンカル夫人は、夫が姿を消してから二日間、一人きりでホテルに滞在していた。しかし、夫の失踪に動転したような印象ではない。あるいは外泊の理由を、夫から知らされていたのかもしれない。

「ロンカル夫妻はフランス語を喋ったのかな」モガールが質問した。

「御夫妻とも、旅行用にかろうじて通じる程度でした。詳しいことは存じませんが、ドイツ系のボリビア人の方らしく、朝食の時など給仕に、フランス語で通じない時はドイツ語で話しかけたこともあるようです」

モガールは頷いた。やはりドイツ系の夫婦なのだ。ダッソーはロンカルのことを、スペイン語と英語しか解さないと証言していたが、それにも作為が感じられる。被害者がドイツ系であることを、ひた隠しにしている印象があった。ロンカルもドイツ系なのに、わざわざスペイン系の姓名を名乗っているところが、いかにも不自然に思える。

「昨日の夜から、ロンカル夫人も戻っていないんだね」

「それには、電話係の証言があります」

「どんな」バルベスが畳みかけた。

「外からの電話は記録しませんもので、正確な時刻は判らないのですが、六時半頃にロンカル様のところに電話があった模様です。電話係の話では、年齢も性別も不詳の作り声のように聞こえたとか。それで記憶に残ったのですね。

電話の直後に、記録では六時三十五分となっておりますが、ロンカル夫人からフロントに、タクシーを呼ぶようにという指示がありました。タクシーの到着を知らせますと、じきにロビーに降りてきて、フロントの金庫から貴重品として預けられていた封筒を出すよう命じられ、外出されたとのことです」

「そのまま、戻ってないんだな」バルベスが責めるようにいう。支配人が恐縮した様子で応じた。

「申し訳ございません。しかし、料金は五日分、投宿時に頂いておりましたし、旅行小切手や帰国用の航空券など、貴重品もお預かりしたままでした。もちろん、部屋には旅行鞄も残されていました。まさか、そのまま姿を消してしまうとは思いもしません。お客様が二、三日、ホテル側には無断で外泊することも、時にはあることなんです。ようやく今日の午後になって、私にもロンカル御夫妻の不在が知らされたほどで。

フロント係や部屋係、掃除係などから事情を聞いて、もしも今夜ロンカル様が戻られなければ、警察に知らせた方がよいだろうかと思案しはじめたところでした。テレヴィのニュースで、ルイス・ロンカルというボリビア人が殺されたと知ったのは。仰天して、その直後に警察に通報した次第です」

外から電話があり、その直後にイザベル・ロンカルはタクシーを呼んだ。何者かに呼び出されたのは、ほとんど確実なことだろう。そして外出直前に、貴重品として預けていた謎の封筒を、わざわざフロントから受け出しているのだ。呼び出した人物に、それを持参するよう命じられたのかもしれない。

「その時ロンカル夫人が、フロントの金庫から出させたのは、どんな封筒なんだ。札束でも詰めてありそうな、厚みのある封筒じゃないのか」

興奮して、バルベスが追及した。誘拐された夫の身代金、そんな発想が閃《ひらめ》いたのだろう。その場合、外からの電話は誘拐犯の脅迫電話ということになる。しかしモガールは、バルベスの思いつきには懐疑的だった。二十五日のホテル到着時に、二日後に誘拐される予定のロンカルの身代金として、夫婦でフロントに札束入りの封筒を預けたりするものだろうか。支配人の証言も、モガールの疑惑を裏づけていた。

「いいえ。ネガと二、三枚の黄ばんだ写真でしたとか。奥様はフロントのところで、緊張した面持で、封筒の中身を改めたそうです。金庫から封筒を出した係の者が、そう申しておりました」

「どんな写真だろうか」

「それは……」

支配人が、かぶりを振った。自分のホテルでは、フロント係が客の手元を覗き込んだりはしない。そういいたげな、謹厳な顔つきだった。モガール警視が話の方向を変える。

「ロンカル夫妻は、どんな感じの人物だった」

「御主人は小柄で、額が禿げかけた神経質そうな方でした。そう申してはなんですが、どちらかといえば貧相な印象だったとか。失礼かもしれませんが、身に着けておられた品もあまり上等なものとは思えないし、ロンカル様から先に宿泊費は前金で支払うといわれて、宿泊手続きをしたフロントの者は安堵したと申しておりました。

ロンカル夫人はヒールのせいか、御主人よりも五センチほど背丈がありそうに見える、女性としては大柄な方です。カードに記入された五十八歳という年齢よりも、かなり若そうに見えたとか。髪は赤毛で、それほど白髪も目立ちません。

背丈だけではなしに、何事につけても奥様の方が積極的で、どちらかといえば御主人をリードしていた様子ですね。九時までにホテルの食堂で召しあがる朝食の際も、いつも注文は奥様がなされていたらしい。

最初に客室まで御案内申しあげたボーイの話では、部屋の使い方について細かい質問をされたのも、奥様の方でした。そのなかには、当方のようなホテルに泊まり馴れている方でなければ、気づかないような質問もあったとか。

我儘《わがまま》というのではありませんが、ホテルの者が指示通りのことを完璧に実行しないと、頭ごなしに叱りつけるようなことも二、三度は、あったようです。それからも判るように、ロンカル夫人は気丈な、正確さを重んじる性格のようですね」

高級ホテルに泊まるには馴染まない、風采の上がらない老夫婦だが、支配人の話ではロンカル夫人に関しては、馴れない場所に気後れしていた様子はない。たぶん、はじめからの貧乏人ではないのだろう。

かつて旅行には、高級ホテルに宿泊するのを当然としていたような経歴の夫婦。事業に失敗して引退した事業家夫妻、というところだろうか。そうした境遇がロンカル夫人に、必要以上に権高な態度をとらせたのかもしれない。ホテルの使用人に、貧しい外見で馬鹿にされまいとして。

支配人からの事情聴取を終えたモガールとバルベスは、ロンカル夫妻と多少とも接触したホテル関係者の訊問にかかる前に、夫婦が泊まっていた客室を見ることにした。勤務時間の違いもあり、それから一時間ほどしないと、関係者全員の顔が揃いそうにないのだ。支配人によってまとめられた情報は、充分以上に頭に仕込んだ。それを裏づけるホテル関係者の話は、まとめて聴取した方が効率的だろう。

ある程度は事情を知らされていると覚しい年配のボーイを呼んで、支配人は二人の警官を、四階の客室まで案内するよう命じた。いつでもフロント付近で待機しているし、関係者の顔が揃ったら連絡するとモガールに丁重な言葉で念を押して。

ロンカルの客室の扉に貼られた紙片を見ると、一晩で三百フランとある。五日分で千五百フランの料金を、ホテルに前金で支払っているところからも、ルイス・ロンカルが当座の金に不自由していたとは思えない。

しかし、フロントに貴重品として預けられていた旅行小切手は、残額が五百ドルを切っていた。綴りの切り残し部分の厚さから判断して、最初は二千ドル程度あったらしい。二人分の帰路の航空券は、パリ発リオデジャネイロ経由のラパス行きだが、まだ便の日時は予約されていない。

二人を慇懃な態度で客室に案内したボーイは、命じられた仕事を終えて立ち去った。それから十分以上も、熱心に部屋中を掻き廻したバルベスが、一仕事終えたような顔で警視に頷きかけた。何か、思いついたことがあるのだろう。

系統的な捜索は部下に任せて、そのあいだモガールは、滞在していた夫婦の人物像を想像してみるのに専念していた。パイプを吸ったり、窓から外を眺めたり、ベッドに身を横たえてみたり、そんなことで時間を潰していたことになる。

他人からはぼんやりしているように見えるだろうが、モガールの捜査法では、それが欠かせない情報収集だった。被害者に感情移入し、被害者が見たように感じたように現場を経験することが捜査の出発点になるのだと、徒弟時代にモガールを鍛えた先輩刑事は強調していた。それが第一段階で、次の段階は犯人に感情移入しなければならない。匂いのきつい黒煙草に火をつけながら、バルベスが語りかけてきた。

「残ってる衣類は、旦那の方も女房の方も、どれも吊るしの安物です。ビニール製の旅行鞄も同じで、質素というよりも、むしろ貧乏臭い感じだ。年金で、かつかつの暮らしをしている老夫婦ってところか。女の下着も化粧品も、粗末なものだし。

田舎じみた風体の老夫婦が泊まるには、大層な部屋じゃありませんか。身なりや所持品から見れば、ピガールあたりの三十フランの安部屋がいいところだ。

例外は、リスボンで買ったと覚しい時計と指輪の装飾ケース。サイズから考えて、時計は男物ですな。メーカーや販売店の名前からして、どちらも値段の張る高級品だ。ケースだけで、中身はないんですがね。時計の行方に疑問の余地はない。ロンカルの屍体が手首に巻いていた、分不相応に高価な腕時計が、そいつに違いない。指輪の方は女房が、失踪した時に指にはめてたんでしょう」

「旅行には、金を惜しまない主義の夫婦かもしれんな」

幾筋も雨滴のしたたる窓から、正面に小さく見えるオペラ座の円屋根を眺めていたモガールが、どちらかといえば平凡な感想で応じた。夏至も近い五月末だが、パレ・ロワイヤル広場も宵闇に浸されはじめている。広場に、自動車のヘッドライトやテールランプの光が交錯していた。

バルベスが逞しい両腕を、風車のようにふり廻しながら反論した。長いこと洋服簞笥に首を突っこんだり、便器やバスタブの底までも点検したり、棚の上まで調査したりして、少しばかり肩が凝ったのかもしれない。

「私には、そうは思えませんよ。財布のなかに換金したフランを幾らか入れてたにしろ、あと五百ドルほどの持ち金で、一晩三百フランの部屋は豪勢に過ぎる。それにまだ、帰路の便は予約されていないんですぜ。パリ滞在は、さらに長引く可能性があった。五百ドルほどの残金で、どうするつもりだったんですかね。

パリに着いてからは、ほとんど金を遣った様子がない。なにしろ食事以外には、一歩もホテルを出てないんだから。リスボンには三日間の滞在です」サイドテーブルの引出から見つけた二冊のパスポートを掲げて、バルベスが強調するように続けた。「ポルトガルでは、小切手帳から切りとられている千五百ドル分で買い物をしたり、かなり豪勢に遊んだらしい。何か臭いませんかね、警視」

「リスボンで分不相応の贅沢をしたり、パリで高級ホテルに投宿したのは、じきに大金が入ると計算していたからだ。それに写真の件もある。ジャン＝ポール、君が考えてるのは恐喝の可能性だろう」

　窓辺から室内をふり返り、興奮ぎみの部下に苦笑しながら、モガールが平静な口調で応じた。そんな上司の態度も眼に入らない様子で、バルベス警部は、一人で納得しながら熱心に言葉を継いだ。

「さすがは警視。強請《ゆすり》ですぜ、そいつに決まってる。航空券や旅行小切手はともかくとして、古ぼけた写真を貴重品として預けてたってのにも、疑問がある。電話の後、その写真をフロントの金庫から出させて、女は緊張した顔でタクシーに乗った。

　ボリビアで貧乏生活をしていた老夫婦が、ありたけの現金を掻き集めてヨーロッパ旅行に出た。昔の写真をネタに、素敵な金儲けを思いついたんですな。リスボンを廻ったのは、取引相手と交渉するためかもしれない。

　弱みを握られた相手は、ロンカルの要求を呑むことにした。少なくとも、その振りをした。合意された写真と金の交換場所はパリ。それでロンカル夫婦は、前祝いに指輪と時計のプレゼントを交換しあい、意気揚々とパリに乗り込んできた。綺麗に筋書はできてますよ」

「まだあるな。リスボンでホテルを予約してあるのに、入国カードには滞在先を記入していない。パリに着いてからは、穴のなかの狐さながらに、ひたすらホテルに閉じ籠っていた。そんな事実も、君の筋書とは矛盾しない」

「入国カードの記載漏れは、パリで、見つかれば犯罪として追及されそうな取引を計画してたからだ。どこに泊まってるかは、もちろん当局にも知られたくない。被害者が居直って、恐喝の事実を告発するかもしれないですからね。相手からの連絡を待つため、到着してから三日は、夫婦でホテルに閉じ籠っていた。それに、逆襲されるのを警戒する気持もあった。

二十七日の夜、ロンカルが一人で外出したのは、取引の事前折衝のためだ。その夜に、ロンカルは身柄を押さえられて、臨時の監獄に押し込められてしまう。翌々日の夜、女房のイザベルに電話したのは、拿捕《だほ》した男に脅迫されたロンカルでしょう。交渉は成功した、現物を持って交換現場に来いとかいう亭主の言葉を信じ込んで、ホテルに呼ばせたタクシーでイザベルは外出した……」

その電話の主は、性別も年齢も不詳の作り声をしていた。ホテルの電話係は、そのように証言していたという。それがロンカルだとしたら、なぜ電話の交換係に、妙な作り声で話しかけたりしたのだろうか。

客室のドアがノックされた。話の腰を折られたバルベスが、不機嫌そうに「入れ」と叫ぶ。戸口にはマラスト刑事と、頭にハンチングを載せた革ブルゾン姿の、肥満ぎみの中年男、それに黒服のホテル関係者らしい青年が立っていた。青年は、出勤したばかりのフロント係だろう。ハンチングの男は、マラストが捕まえようと努力していた、問題のタクシー運転手に違いない。

モガール警視は、先に運転手から事情聴取することにした。どこまでイザベル・ロンカルを乗せたのか、先に、それを知りたいと思ったのだ。フロント係には、エレベーター前の小ホールで待つように命じる。深夜勤務のフロント係をはじめ、部屋係、掃除係、朝食の給仕、電話交換手などロンカル夫妻と多少とも接触したホテル関係者も、支配人に命じられて、じきに集まりはじめるだろう。

マラストは男に、まだ詳しい事情を説明していないらしい。理由もなく半ば強制的に、刑事から同行するように求められた運転手は、どことなしに不安そうな顔つきをしていた。

警察に知られると困るような小さな秘密なら、パリ市民の誰でも、ひとつや二つは隠していることだろう。落ちつかない態度というだけで、それ以上の疑念を抱いたりするのは、ダルテスのような新米刑事がはまりやすい罠《わな》だ。バルベスが恫喝《どうかつ》する口調で叫んだのは、何も運転手が、イザベル・ロンカルの失踪に関係していると疑ったからではない。たんに興奮している結果だった。

「昨日の夜、このホテルから客を乗せたな」

「そう、乗せましたよ。確か六時四十五分頃で、客は六十前のドイツ女だった」運転手がベレーを、無意識に握り潰しながら応じた。

「なぜ、ドイツ人だと判った」

「片言のフランス語で、書いてある所にやれと大声で叫ぶんだが、住所を書いた紙切れはアルファベットがドイツ式だった。顔つきからも判りますぜ。あれはキャベツとソーセージばかり喰って育ったドイツ女だ」

「で、どこまで送ったんだね」興奮気味のバルベスを制して、モガール警視が穏やかに尋ねる。

「ブローニュですよ。ポルト・ドートイユの地下鉄《メトロ》駅から三、四分のところだったな。降ろしたのは七時半だった」

「なんだって」跳びあがりそうな迫力で、バルベスが叫ぶ。運転手の言葉に、モガールも緊張の色を隠せない。

「通りを覚えているかね」

運転手が告げたのは、森屋敷の東側にあたる裏通りの名前だった。ロンカル殺しの夜、猛スピードで走り去ったルノーが、それまで駐車していた通りだ。

「客の言動で、覚えていることは」

「最後まで黙ってたね。態度は、なんか緊張しているようだったな。幾度も腕時計を見てたようだから、時間を気にしてたことは間違いない」

「通りのどこで、降ろしたのかな」

「取り壊しが決まったような、荒れた廃屋の前ですよ。階ごとに十室はアパルトマンが入ってそうな、かなり大きな建物だった。反対側は、有名なブローニュの森屋敷の長い塀。塀には裏木戸があって、客は、その木戸を目印にしていたようです。木戸のところで停めろと、わざわざ指示したんだから」

「タクシーを降りてから、女はどうしたんだね」

「知りませんや。私はそのまま、車を出したからね。でも、あの木戸から邸に入ったんじゃないですか。反対側の廃屋は、どの窓も真っ暗で、とても訪問先の家があるなんて思えないんだから」

「その通りに、青のルノーが駐車していなかったかな」

「型までは覚えてませんが、邸の裏木戸の付近に車が停まってましたね」

黙って、モガール警視が頷いた。問題の青いルノーは、午後七時半にはもう、森屋敷の裏道に駐車していた。その可能性は無視できない。

夫のルイス・ロンカルと同様に、イザベル・ロンカルもまたダッソー邸のなかに消えたのだ。ロンカルの失踪は二十七日、イザベルが姿を消したのは二十九日のことだ。誘拐された夫の身代金がわりに写真を持って、妻が犯人に指定された地点に赴き、夫と同様に拉致されたのだろうというバルベスの説も、次第に現実味を増してきたようだ。

「パレ・ロワイヤルからブローニュまで四十五分というのは、少し時間がかかり過ぎてはいないかな。夕方の交通渋滞を計算に入れたとしても」

モガールの質問に運転手が答えた。「客から、片言のフランス語で頼まれたんですよ。七時半に、着くようにしてくれと。それで少しばかり、廻り道をしたんです」

男が無造作に答えた。マラストが連れてきた運転手を解放して、次にフロント係の青年を呼び入れる。多少は事情を知らされているらしい黒服の青年は、モガール警視と向きあう恰好で、窓際の椅子に腰を下ろした。

大きな手帳を開いたバルベスと、外套の裾《すそ》から滴《しずく》をしたたらせているマラストが、二人を囲むようにして立つ。室内には、椅子が二つしか置かれていないのだ。バルベスもマラストも、化粧台のストゥールに坐る気はないらしい。

「ロンカル氏が最後に外出するところを、君が目撃しているんだね」

フロントを任されるにふさわしい、頭の回転がよさそうな青年だった。野心家なのだろう。その年齢の収入以上に、凝った服装をしている。四十歳までに支配人の地位につき、ランチアかマセラーティの高級車でも購入することを計画している、そんな雰囲気の若者だった。警視の言葉に真面目な顔で頷きながら、ブランドもののスーツを着込んだ青年が、てきぱきした口調で答える。

「五月二十七日の六時過ぎでした。やはり六時頃に、前日も前々日も御夫妻で食事に出かけていましたから、なぜ今夜は一人なんだろうかと、少しばかり不審に思ったのを記憶しています」

「その時ロビーに、気になる男がいたとか」

「それ以前から、一時間も前からでした。そちらの警部さんほどに大柄で、顎に大きな傷痕があるんです。トレンチコートを着て、白いものが混じる黒髪を短めに刈っていました。ホテルのロビーですから、まあ往来と変わりません。余程のことがなければ、宿泊客でないとしてもロビーにいる方に、ホテルの者が言葉をかけたりはしないのです。

それでも一時間も、エレベーターを見張るようにしてソファに腰を据えていれば、仕事柄、やはり注意が向いてしまいます。ロビーまで降りてきたロンカルさまが、回転扉を押して外に出ると、それを追うようにして姿を消したので、あの方を見張っていたのかもしれないと思いました」

「カッサンの野郎だ。刈り込んだ白髪まじりの黒髪、それに顎の傷痕。カッサンの野郎が、ロビーでロンカルを張ってたのは確実だ。そうじゃないですか、警視」

室内に興奮した、バルベスの叫び声が轟いた。どうやらダッソーの尻尾を、ようやく摑むのに成功したらしい。ダッソーはロンカルが、どこに宿泊しているか知らないと証言していた。その夜、七時頃に自分から邸を訪れてきたとも。

「そろそろ晩飯にしませんか。午飯にサンドイッチを喰ってから、なんにも胃の腑に入れてない。事件のメドもついたことだし、今夜は少しばかり贅沢しましょうや。サン・トノレ街に、旨い寿司レストランがある。値段も良心的ですぜ」

ホテル関係者の事情聴取を終え、支配人に見送られてホテルの正面玄関を出たモガールに、バルベスが語りかけてきた。暗くなった曇天からは、冷たい雨滴が無数に、切れ目なしに降り続けている。

モガールは傘をさしているが、相棒の方は黒革の外套を、冷雨に濡れるにまかせていた。バルベスが警視を案内したのは、パレ・ロワイヤル広場の西側にある日本風の軽食レストランだった。

「寿司の店なのかな」

カウンター席に着いたモガールが、隣のバルベスに問いかけた。客の大多数は日本人で、ほとんどが湯気のたつヌードゥル・スープを箸《はし》で、顔の前に据えた大丼から夢中で啜り込んでいる。

「いや、日本風の軽食屋ですね。オードゥーブルに日本のヌードゥルとタコスを腹に収めてから、おもむろに寿司レストランに繰り出すのが、効率的な喰い方なんです。私はいつも、そうしてる」

客の前で調理された注文の品が、じきにカウンター越しに渡された。モガールは日本料理というよりも、中国か、あるいはヴェトナムの軽食のように思われる料理を、黙って口に運びはじめた。

バルベスもモガールも、箸の使い方は旨い方だった。二人でサン・ミッシェル広場の裏手にあるレストラン街まで行き、昼食を中国料理にすることも多いからだ。二杯目のラーメンを腹に収めたバルベスが、満足そうな唸り声をあげる。それからモガールに、低い声で話しかけてきた。左右の席にいるのは日本人の観光客ばかりだが、なかにはフランス語を解する人間も紛れ込んでいる可能性があった。

「しかし、警視。ほとんど決まりですな。フランソワ・ダッソーは、ロンカルに脅迫されてたんですよ。なにか企業関係の秘密でも握られてたんだ。ダッソーに命じられたカッサンが、ホテルのロビーで網を張っていた。そして、外出したところを狙って拉致した。やつのシトロエンDSでダッソー邸まで運び、それからロンカルを、あの塔の部屋に監禁した。もう、事件の裏は読めたも同然じゃないですか。

ロンカルに恐喝されて悩んだダッソーは、何かよい知恵はないかと、わざわざ三人の旧友を邸まで呼んだ。親父の代から荒事を専門にしていたカッサンが、恐喝者を逆に袋叩きにしようと提言した。ダッソーには気になる証拠写真を、無理矢理に吐き出させようという算段ですな。まずロンカルを誘拐し、昨日の夜には女房まで罠にかけて捕まえた。計画通りに、恐喝のネタになった写真も入手したことでしょう。事件の背景は、ほとんど摑めたといえる」

警視が箸を置いて応じた。「それで背景の推測がついたとしても、事件そのものは依然として謎だ。ロンカルやイザベルを罠にかけて、恐喝のネタを回収することに成功したダッソーと三人の客には、もはやロンカルを殺害するような必要はない。ではなぜ、殺人が起きたんだろう。連中には、脅迫の武器を奪われたロンカル夫妻を裸で放り出せば、それで充分だったろうに」

「逃げたクロディーヌか、凶器の持ち主のカッサンが殺したんですな。あるいは、二人の共犯かもしれない。穏健派のダッソーとジャコブは、ロンカルを解放するように主張した。しかし、強硬派のカッサンかクロディーヌが、あるいは二人が共謀して将来の禍根を絶とうと、独断でロンカルの息の根をとめた可能性もある。

クロディーヌには逃げられたが、カッサンには腕っこきを二人張りつけて、絶対に逃がすなと厳命してある。一人は客室のドアの前で、もう一人は雨に濡れながら窓の下で不寝番です。逃亡の心配はありませんや。

明日にでもカッサンの野郎を、あらためて追及することですな。ダッソーを拘禁罪で逮捕するのは難しいかもしれませんが、フロント係に面通しをして、ロビーでロンカルを張ってた男がカッサンに違いないと確認できたら、やつを逮捕して締めあげることもできる。ふん捕まえて徹底的に追及すれば、事件の背景も、警視が気にしてる三重の密室のカラクリについても、最後には喋るってもんですよ」

「であるとして、イザベル・ロンカルは、どこに消えたんだろう」自問するように、警視が呟いた。

「亭主と同様に殺されて、庭にでも埋められてるのかもしれん。もしも生きてるなら、そうだ警視、森屋敷の西塔ですよ。ダッソーの野郎、拉致した女を押し込んであるんで、私らに西塔の広間を見せようとしなかったんだ。そうとしか考えられん。明日はダッソーから、どんなことをしても西塔の鍵を吐き出させてやる」

相棒の言葉を耳にしながら、モガールもまた考えていた。明日は是非とも、西塔の内部を改めなければならない。事件の夜から森屋敷の内外には、多数の警官が配置されている。監視の眼を盗んで、ロンカル夫人を監禁場所から邸の外に連れ出すのは、きわめて困難だろう。口封じに、イザベル・ロンカルを殺害してしまおうと考える、誘拐事件の関係者がいても不思議ではないのだ。

第二の殺人の可能性を封じるためにも、とにかく西塔の捜索は緊急課題だった。ロンカル夫人が監禁されている可能性を知れば、総監も強制捜査を許可せざるをえないだろう。

第三章　夢魔の塔

1

　サン・トノレ通りの寿司レストランを出たモガールは、満腹して睡たそうな相棒と店の前で別れた。もう十時を廻っていた。タクシーで自宅に戻ったモガールは、朽ち木のようにベッドに倒れ込んだ。娘のナディアは前夜に予告していた通り、モガールよりも遅れて深夜に帰宅したらしい。

　目覚まし時計で起きて、まだ熟睡している娘の顔を寝室のドア越しに眺めてから、一人でカフェ・オ・レを飲んでいる時だった。建物の下で、無遠慮なクラクションの音が響いた。あらかじめ命じておいた通り、九時ぴったりに到着した警察車には、疲労の色もないバルベスが乗り込んでいた。三歳ほど若いに過ぎない相棒の体力に、警視はあらためて驚嘆した。バルベスは朝から警視庁で、もう一仕事終えたところらしい。それから警視を迎えにでる警察車を捕まえて、モンマルトルのモガール宅まで来たのだろう。

　警視総監から緊急電話があった、事件の夜と同じ経路で、警察車は環状高速《ベルフェリック》からブローニュの森屋敷を目指した。車内でバルベスが、大きな手帳を広げながら上司に報告する。

「ダッソーには、午前中に面会できるよう手配しときました。昨夜、カッサンが逃亡を試みたような形跡はありません。やつの部屋の前で不寝番をしてた刑事には、同時に西塔の階段も見張るよう厳命してある。西塔に忍び込もうとした男も、いませんでした。

あのフロント係も、午前中に森屋敷まで呼んである。やつに面通しさせれば、二十七日にロビーで目撃した男がカッサンだと、ほとんど確実に証言するに違いない。昨日、池を浚った連中にも招集をかけときました。今度はイザベル・ロンカルの屍体を見つけるために、庭中を掘り返させる必要があるかもしれない」

「クロディーヌ・デュボワの行方は」警視が報告の続きを促した。

「逃げた女のことだ、もちろん自宅には戻ってません。昨夜から友人の家など、立ち廻りそうな先を監視させてるんですが、まだ収穫はない。それでマラストを、クロディーヌ探しに張りつけました。乗り捨てられた青のルノーは盗難車で、その線からの捜査はあまり期待できませんな。ただしムフタール街の魚屋の前で、クロディーヌに逃げられたドジ野郎が、ルノーで突っ込んできた男の顔を見ている。

歩道に乗りあげて放置された車には、犯人まで辿れそうな遺留品が多数あった。煙草の吸殻、毛髪、指紋、それに使い古されたパリの道路地図や、車内で喰った昼飯の弁当屑も。どれもみんな、立派な手掛かりになりそうだ。マラストなら二、三日で、問題の男を捕まえられるかもしれない。立ち廻り先に網を張って待つよりも、その男からクロディーヌの潜伏先を突きとめる方が早そうだ。私は、そう期待してるんですがね」

警視が口を開いた。「盗難車を使っている点、クロディーヌを逃がした時の手際よさ。それらから考えて、たぶん男は素人ではない。しかし、多数の遺留品を車内に残している。なぜだと思う、ジャン＝ポール」

「マフィアの下っ端なら、やりそうなことじゃないですか。ずる賢く考えてるようでいて、あちこち間がぬけてるような阿呆なら、私は山ほど知ってる」

「いや、急いでいたんだと思うな。別の盗難車を調達する余裕も、青のルノーから男の痕跡を拭いさる余裕もなかった。歩道に乗りあげた直後、男は身に着けられるものだけを持って、車から逃げ出したんだ。クロディーヌの逃亡は、周到に計画されたものではない。たぶん、その直前に決められたんだろう」

「そうかもしれませんな」バルベスが応じた。

警視は車窓から外を眺めた。左右に邸宅が連なる並木通りも、長雨に濡れて陰気に沈んでいる。じきに見覚えのある鉄柵門が見えてきた。しかし警察車は速度も落とさないで、ダッソー邸の正門前を通過する。

「邸には裏木戸から入ります。イザベル・ロンカルがタクシーを停めた地点で、われわれも車を降りることにしましょう」

バルベスの言葉に小さく頷いて、モガールは路肩に停止したばかりの警察車を降りた。警視の肩を、また冷たい雨が濡らしはじめる。五月二十七日から五日続きの雨で、時折やむことはあるにせよ、そのあいだも憂鬱な曇天がパリを覆っている。まるでロンカルの失踪と同時に、気象が狂いはじめたかのようだ。

閑散とした裏通りだった。それに荒廃した印象もある。紙屑が雨に濡れて、汚らしげに敷石《しきいし》に貼り着いていた。西側には立派な造りの石塀が、南北に延々と続いている。ダッソー邸の裏塀だった。

塀の高さは三メートル以上もあり、外側から簡単に乗り越えられそうな造りではない。ただし内側からなら、話は別になるかもしれない。邸の敷地には、塀際まで太古の密林さながらに無数の庭木が繁っている。木に攀じ登れば、そこから塀の上に出られるだろうし、街路に跳び降りることもできそうだ。

街路の荒廃した印象は、東側の建物に由来している。人が住まないようになって、どれほどの時が経過しているのだろう。子供が石でも投げたのか、壊れた硝子窓も眼につく灰色の石造建築は、荒涼とした気配を滲ませていた。バルベスが説明する。

「老朽化が著しいので、取り壊しが決まった無人の建物なんです。三月までに、居住者も全員が転出している。イザベル・ロンカルも、まさか無人の建物を訪問したわけではないでしょう。婆さんの目的地は、ダッソー邸に決まってる。何しろ、裏口の木戸のところでタクシーを止めたんですから」

モガールは、相棒が示した木戸の方を眺めた。表通りまで切れ目なしに続いている石塀には、ひとつだけ小さな木戸がある。それは今、拒絶的に鎖されていた。ノブを廻してみたが、木戸は微動もしない。内部から、錠か門が下ろされているのだろう。

「この辺で、不審なルノーが幾度も目撃されてるんだな」モガールが確認する。

「五月二十八日の午後三時頃と、二十九日の午後一時頃に、この木戸前で駐車しているところを。通りを、もう少し奥まで行ったところに住んでいる主婦が、五月二十八日は買い物の帰りに、二十九日はスーパーに行く時に目撃してるんですな。二日続けて、同じ場所に同じ車が停まっているのを見て、記憶に残ったとか」

「その証言をした主婦は、二十九日の二時か三時頃にも、この通りを歩いたのかな」

「そのようです。しかし、スーパーから家に戻る時には、もう車は消えていた」

問題のルノーらしい車は二十九日の午後七時半に、タクシー運転手に駐車しているところを、そして三十日の深夜十二時四十五分に、地区署の警官に走り去るところを目撃されている。そのルノーが、二十八日と二十九日に近所の主婦に目撃されたルノーと同じ車であれば、それは二十九日に主婦が帰宅して以降、再び森屋敷の裏通りに現れたことになる。

通行人どころか、自動車さえ稀にしか通過しそうにない、さびれた裏通りだった。警官が見た青のルノーと、その主婦が二度にわたり目撃したという車が、同じものである可能性は無視できない。そのルノーと、クロディーヌを逃がすために使われたルノーも。

「目撃者は車の乗員について、何か喋っていないか」

「乗っていたのは二十八日も二十九日も、運転席に男一人。エンジンをかけたまま、停車していたそうです。ムフタールでクロディーヌを逃がしたドジ野郎を、その主婦のところに行かせました。三十歳ほどの痩せた男で、革のハンチング、銀縁のサングラス、黒のブルゾンと、風体は一致しましましたぜ」

主婦とタクシー運転手と警官に四度にわたって、ダッソー邸の裏通りで目撃されている青のルノーと、ムフタール街で乗り捨てられたルノーは同じ車であり、その運転者も同じ人物だった可能性が、さらに増してきた。

「ジャン＝ポール。ところで君の推理では、どんな具合に、問題の青いルノーは位置づけられてるんだね」警視は、少しばかり皮肉な口調で質問した。肩を竦めながら、バルベスが応じる。

「判りませんな。ダッソーは二十七日の夜に、カッサンを使ってロンカルを拉致した。翌々日の晩には、女房も強請のネタ付きで捕まえることに成功した。そのように仮定するなら、残念ながら青のルノーに出る幕はない」

「しかし、確認された限りで三回、タクシー運転手が証言した車も同じものと考えれば四回も、森屋敷の裏通りに出没しているんだ。とても偶然とは考えられないだろう」

「偶然ですよ。じきに取り壊される建物に住んでいた男が、懐かしさのあまり車を停めて、昔の住居を見あげていたのかもしれない。本人に深刻な思い出でもあれば、三日続けて同じところに車を停めていても、それほど不思議じゃないでしょう。最後の夜は、サイレンを鳴らしてパトロール車が来たんで、駐車違反をとがめられまいとして、さっさと逃げ出したんじゃないですか」バルベスが、あまり根拠のない推測を断定する口調でいった。

「その男が車を、昨日の夕方に偶然、ムフタール街で歩道に乗りあげたのかね」モガールが、さらに追及する。

「その騒ぎに紛れて、クロディーヌは監視の眼をふり切った。私も、それまで偶然とはいいませんよ。その野郎は、じきにマラストが見つけるだろうし、逮捕したら締めあげて、ダッソー邸の事件にどう関係してたのかも吐かせてやります」

相棒の思い込みに、警視は黙って苦笑した。二人を裏木戸の前に残して、もう警察車は走り去っている。ダッソー邸の正門を目指したのだろう。木戸を無遠慮に叩きながら、バルベスが語りかけてきた。どことなしに裏がありそうな、少しばかり照れているような口調だった。

「今晩、警視の家でブランデーでも、御馳走してもらえませんかね」

「もちろん、構わないが」モガールが答える。その日の仕事を終えてから、相棒が自宅に寄って酒を飲んでいくのは、別に珍しいことではない。

「昨日の真夜中に、嬢ちゃんには電話しときました。もう警視は、寝てたようですね。今夜の九時か十時には寄るつもりだから、出かけないで貰いたいって」

「それだけかね」モガールが苦笑した。

「いいや。もし可能なら、カケルさんも呼んだらどうかと」

考えた通りだった。相棒は、あの日本人に事件の謎について相談しようと、モガールには無断で御膳立をしていたのだ。

「で、ヤブキに捜査情報を暴露しようというんだろう」

「いけませんかね。あの人の口の堅さは、警視だって御存知でしょう。どんな無駄口も、絶対に叩かない人なんだから。ラルース家の事件でもアンドロギュヌス事件でも、あの人が、偶然に知りえた捜査情報を外部に洩らしたなんてことは、ただの一度もありませんぜ。カケルさんなら、ダッソー邸の三重密室の謎について、何か面白そうなことを喋るかもしれない。それを聞いといて、われわれに損はない。そう考えたんです」

バルベスの発想にも理はある。冬のアンドロギュヌス事件の時、もしもヤブキに忠告を求めていたなら、第四の娼婦殺しは阻止できたかもしれないのだ。森屋敷の密室事件について、ヤブキに相談しようと思わないできたのは、あるいはナディアの存在と関係があるのかもしれない。父親なるものは娘の心を奪った男のことを、あまり考えたくないものらしい。

「しかし嬢ちゃん、旨くやってるんだろうか。カケルさんっていうのは、なかなかの難物だし。納まるところに納まるなら、似合のカップルになるんですけどね。カケルさんは少年王ツタンカーメンみたいに綺麗な顔だし、あれはオリエントの古代文明の貴公子ってとこですぜ。警視にはなんですけど、嬢ちゃんも母親似で美人の方だ。美男美女で、ぴったりじゃないですか」

難物以上だと、モガールは思う。ナディアとヤブキが、バルベスが期待するように似合のカップルになるとは、どうしても信じられないのだ。日本人を義理の息子にはしたくないという、人種的な偏見のせいではない。フランス人にも少なくない人種差別主義者《ラシスト》を、モガールは子供の頃から徹底的に嫌悪してきた。

あまりに不徹底だからだ。人権宣言と共和国憲法を公準として生きるのか、そうでないのか、どちらかしかありえない。ドイツのナチスや、それ以外の国のウルトラ・ナショナリストとは違って、フランスの右翼は大革命や人権宣言を公然とは否定しない。否定できないのだ。それなら、それで通すべきだろう。もしも人種的偏見を自分に許したいなら、フランスの栄光について語るべきではない。語りうるのは、ブルボン王家の栄光だろう。しかし、王政復古論者は右翼でも例外的な少数派だ。

右翼が大革命を公然と否定できたのは、現代史においてはフランスがドイツに占領されていた四年間のことに過ぎない。〈アクシオン・フランセーズ〉のシャルル・モーラスをはじめとして、あの連中は占領軍権力の威を借りなければ、本音を語ることもできなかった臆病者ぞろいなのだ。

あらかたの右翼は、ナチの手先でしかありえなかった過去の姿を意図的に曖昧にしている。フランスからアラブ人を追放せよと呼号する右翼は、外国人とは歴然と区別されるフランス人そのものが、なんであるのかを絶対に明らかにしようとはしない。

語りようがないのだ。フランス人とは、人間の自由と平等および共和制というフランス国家の理念を共有する人々以外ではありえないのだから。それは形式的には、フランス国籍を所有する者ということになる。立派なフランス国民であることは、皮膚や髪の色とはなんの関係もない。

ガリア人の時代から、パリ中心部である当時ルテティアと呼ばれていたシテ島に住んでいようとも、硬貨にも刻まれている「自由、平等、友愛」の国家理念を否定する人間は、本質的にフランス人ではありえない。そう、モガールは考えていた。

あるいはフランス国家を特別視しているのかもしれないが、やはりフランスとドイツは違っている。自然や風土や血の一体性をもって、国家的共同性の証とするには、フランス人は文明化され過ぎているのだ。普通の市民が英雄でありえた大革命の栄光において、フランス人はフランス人たらしめられた。大地も血も言語も、共同体の伝統や儀礼も、なんの関係もありはしない。

極端にいえば、千年昔からパリに住んでいるガリア人の子孫のラシストよりも、憲法を認めて国籍を取得したばかりのアラブ人や中国人の方が、人権宣言の理念に忠実である限りにおいて、立派なフランス人、フランス人としてのフランス人なのだと思う。

であるいじょう以上、モガールに人種的偏見などありえようがない。ナディアが日本人と結婚しても、それで構わない。娘が結婚の相手として選んだ男なら、アラブ人でも中国人でも、文句をいう気などさらさらない。文句をつける権利など、フランス国民であろうとしている父親には、はじめから与えられていないのだ。

しかし、あの日本青年は、あまりにしばしばルベール少佐のことを思い出させる。ヤブキが、よい家庭人になりうるとは、どうしても思えないのだ。それ以上に、あの青年は心底で「自由、平等、友愛」の理念を唾棄《だき》しているのではないかとさえ、ふと感じられてしまう時もある。

解放後、完璧な愛国者としてド・ゴールからさえも賞賛されたルベール少佐が、やはりそんな印象の人物だった。彼らのような人物は、平凡な人生を送る普通人のことになど、どんな関心もない。彼らに関心があるのは、人間ではなく、人間よりも偉大なものなのだろう。

ヤブキの知恵を借りることも、考えてはみるべきだ。それはしかし、昨夜バルベスと別れてから思いついた、東塔の密室を破りうるモガールの仮説が、実験的に失敗した後のことでよい。実験が成功するなら、密室の謎は解明される。そのようにモガールは考えていた。

軋み音をたてながら、頑丈な木戸が開かれる。扉のあいだから顔を覗かせたのは、ダッソー邸の現場を任されているボーヌ刑事だった。

「昨日、池を浚った連中に、今日は邸内の敷地を廻らせるんだ。新しく掘り返したような箇所がないかどうか、調べあげてもらいたい」バルベスが部下に命じる。

「あるとしたら、どの程度の大きさですか」ボーヌが、頭髪もコートも雨に濡らしながら尋ねた。

「人間の屍体を埋められる程度だな。殺された男の女房も二十九日の夜、邸のなかに姿を消している」

ボーヌが緊張した顔で頷いた。モガールとバルベスが、頭を下げるようにして小さな裏木戸を抜ける。少し離れたところに、執事のダランベールが傘をさして待っていた。ボーヌに呼ばれて、裏庭まで同行してきたのだろう。

「五月二十九日の夜に、来客があったと思うんだが」

モガール警視が、煉瓦の敷かれた小道を歩きながらダランベールに尋ねた。あたりは、ほとんど深い森のようだ。鬱蒼と繁った木立のあいだに、かろうじて邸の屋根が覗いていた。執事が慎重な声で応じる。

「二十九日と申しますと」

「午後七時半。東塔で屍体が発見される、五時間ほど前のことだ」

ダランベールは、しばらく無言だった。頭のなかで記憶を正確に確認したのかもしれない。それから断定的に答えた。

「いいえ。その時刻に、お客さまはありませんでした」

「ふざけるな。女が、邸の裏木戸のところでタクシーを降りてる。訪問先は、この邸に決まってるんだ」バルベスが、横から恫喝的な声をあげた。しかし執事は、動じる気配もない。

「二十九日に当家を訪れたのは、ドイツ人らしい方一人でした」

「それは何時だね」モガールが尋ねた。

「午後二時過ぎでしたかと、記憶しております。インターホンで来意を告げられまして、私が正門のところまで出向きました。大柄な、初老の方でした。フランス語は片言で、訛からドイツ人だと思われました。渡された名刺をフランソワさまに取り次ぎましたところ、面会はできないとの仰せでしたので、お引きとり願いました」

ロンカル殺しの当日に、ダッソー家で門前払いを喰わされたドイツ人がいる。はじめて知らされた事実に、モガール警視は少しばかり緊張した。さしあたり事件と、直接の関係があるという根拠はない。それでも、問題のドイツ人の正体を知りたいと思った。門前払いを喰わされた男が、夜になって、その邸に忍び込んだ。そんな可能性が脳裏に閃いたのだ。外部犯の線も、まだ完全には消えたわけではない。

問題は、もう一点あった。七時から邸内を見廻った下男のグレは、その最初の段階で、裏木戸が施錠されていることを確認した。七時過ぎには、裏木戸の錠が下りていると確かめられているのだ。

七時五十分頃にダルティ夫人は、裏庭に人影らしいものを見た。それを知ったダランベールが戸外に出て、八時には裏木戸の施錠を確認している。謎の人影が、イザベル・ロンカルだった可能性はある。だがロンカル夫人は、どのようにして邸の敷地に入ることができたのか。六十近い女が、あの高い塀を乗り越えられたとは信じられない。

八時に裏木戸が施錠されていたのは、邸の敷地内に入った後、イザベル自身が下ろしたからだと考えることはできる。その場合には、七時以降に裏木戸の錠を外し、イザベルを裏庭に導き入れた人物が存在したことになる。それは、何者なのか。

正面玄関の他に、邸の建物には出入り口が二つある。ひとつは調理室の勝手口であり、もうひとつは調理室と使用人区画を結んでいる通路の、中央よりも東側にある裏口だ。夕食の支度をはじめた午後から、片づけを終えた九時まで、調理室には常にダルティ夫人がいた。なんらかの事情で、ダルティ夫人が流しや調理台の前を離れた短い時間を狙わない限り、謎の人物が勝手口から裏庭に出ることはできない。

それでもまだ、裏庭に出る方法は残されている。謎の人物は、監視の眼がない正面玄関か裏口を利用したのではないか。食堂と裏木戸を往復する程度なら、どちらを利用したにせよ、三、四分もあれば充分だろう。二人の警官を先導して、裏木戸から森の小道を通りぬけ、邸に裏口から入ろうとしているダランベールに、警視が問いかけた。

「二十九日の夜、晩餐は七時からだった。そうだね。では七時から八時までのあいだに三、四分以上、食卓から離れた人物は」

「クロディーヌさまがスープの後、ジャコブさまが鴨料理の後に、それぞれ五分ほど席を立たれた様子でしたが」ダランベールが無表情に答える。

「マドモワゼル・デュボワが、食事がはじまってからじきに席を立った理由は」

「食前に服用するのが決まりの薬を、お部屋に忘れてきたとか。ジャコブ様は、たぶん手洗いでしょう」

「その、おおよその時刻は」

「……七時十分と五十分。そんなところだろうと存じますが」

「八時から、食事が終わってサロンに移った八時半のあいだは」モガールが追及した。

「どなたさまも。皆さまでサロンに移る際、カッサンさまの姿が、十分ほど見えませんでした。珈琲《コーヒー》をお出しした時、ジャコブさまの煙草を吸っていましたもので、切らした煙草をとりに客室に戻られたのかと思いましたが」

モガールは執事の話に注意しながら、畳んだ傘を裏口脇の傘立に収めた。傘立には使用人のものらしい、使い古された傘が四、五本あった。

それは違う。ダランベールの推測は誤っていると、警視は考えていた。邸の正面階段を監視できる場所にいた下男のグレは、戸締りを終えた七時五十分過ぎから十一時までのあいだ、誰ひとり階段を登った者はいないと断言しているのだ。

バルベスとボーヌは、もう姿を消している。樹木に覆われた邸の敷地を捜索するために、集められた警官に指示を与えに行ったのだろう。

「八時半から九時まで、君はどうしていたのかな」

「サロンで、お酒の支度などをしておりました」

「そのあいだは」

「記憶が曖昧なのですが、フランソワさまをはじめとしてほとんどの方が、順に五分前後、サロンの席を外されたようです。食事が終わり、手洗いに立たれた方が多かったのでしょう」

モガールは日当たりのよくない、大人三人が並んで歩けば一杯になりそうな裏通路で、しきりに考えていた。通路には北側、建物中央よりも東寄りに、裏庭に通じる扉がある。それ以外は、外部に金網が張られている硝子窓が、点々と並んでいるだけだ。

使用人区画に通じる突きあたりの扉まで、通路の南側にはドアのようなものはない。白いペンキで塗られた壁が、無愛想に続いているばかりだった。使用人区画とは反対の西翼の奥に位置している、調理室の方を眺めてみると、通路の天井が低くなっている箇所があった。正面階段の踊り場の真下にあたるのだろう。

踊り場下の手前には、南側に薄暗い廊下があり、その突きあたりにも小さなドアが造られていた。廊下の壁には作業着や、ビニール製の雨具などが掛けられている。花壇の手入れなども任されているグレの、庭仕事用の衣類だろう。突きあたりのドアは、グレの部屋に通じている。

東翼から西翼を目指した場合、通路は正面階段の踊り場の下を抜けたところで、二つに分かれる。そのまま進めば、サロンの裏を通って調理室に至る。もうひとつ裏通路から直角に左方向に、階段の横を玄関ホールまで通じている側廊がある。ダルティ夫人は事件の夜、階段の横、玄関ホール手前のところに腰を据えて、編み物をしていたと証言していた。

ダルティ夫人も下男のグレも、それぞれの地点から正面階段を監視していたにしても、勝手口や裏口を見張っていたとはいえない。だが、そのことに大した意味があるともいえないだろう。十一時にはダランベールが、裏口と勝手口の戸締りを確認している。ようするに事件の直前に、外部から侵入できた者の存在は想定しがたい。

それなら、邸から外に出た者はどうだろう。ダランベール、ダルティ夫人、それにグレの三人は、ロンカルが殺された前後に、他の二人に知られないで裏庭に出られたかもしれない。ダルティ夫人もグレも階段は監視できたにせよ、裏口は見ることのできない場所にいたのだから。しかし、裏口から庭に出たとしても、三階の塔に閉じ込められていた被害者のロンカルとは、むしろ遠ざかるばかりなのだ。どう考えても使用人の三名が、三重の密室を突破できたとは思えない。

使用人の三人が共犯なら事件の前後に、三人の誰でも二階まで行けたろう。ダルティ夫人とグレが共犯だったら、二人のどちらかは二階に上がれたはずだ。だが、その場合でも二階にいたクロディーヌやカッサンと、同じ条件に置かれるに過ぎない。三階の塔に上がるためには、書斎のダッソーとジャコブの眼を盗まなければならないのだ。それに東塔の鍵の問題もある。

ダッソーとジャコブが共犯なら、そもそも密室などは生じえない。ダッソーには鍵があるのだから。しかし、その場合にはどうしても、残されてしまう謎が多数ある。ダッソーは自分にとって不利な証言ばかりを繰り返しているのだ。容疑を免れようと作為する真犯人が、わざわざそんなことをするものだろうか。

ロンカルが自殺でも事故でもなしに、背後から心臓を刺されて死んだという事実を知らされた時の、あのダッソーの驚愕は本物だった。あらかじめロンカルを殺しておいた男が、被害者は他殺であると警官に告げられた時、あのような驚きの表情を演じられるとは思えない。

もしもダッソーが犯人であるなら、他人に容疑を押しつけるよりも、現場の密室性を証言できる立場を利用して、もっと巧妙にロンカルの死を、事故ないし自殺に見せかけようとしたに違いない。少なくとも、凶器は現場に残したことだろう。ダッソーが凶器を現場から持ち去りながら、同時に現場の密室性を証言するなど、はなはだしい自己矛盾ではないだろうか。わざわざ、そんなことをする意味があるとは考えられない。

使用人三人の態度には、それほど疑わしげなところは感じられなかった。勘に過ぎないが、あの三人全員が、あるいはダルティ夫人とグレが、何か秘密を共有しているような感触はない。もしも三人が共犯だったとしても、その先には、金庫のなかの鍵と、塔に登る階段という第二の障壁が存在しているのだ。

「ところで五月二十三日か二十四日に、ダッソー氏は旅行をしていると思うが」

一歩先を歩いているダランベールに、モガールは鎌をかけてみた。もしもロンカルが、写真を種にダッソーを脅迫していたのなら、ダッソーがポルトガルに行った可能性はある。前後の事情から考えて、脅迫者ロンカルはリスボンで、ダッソー側の人間と接触したに違いないのだ。それがダッソー自身であっても、不思議なことではない。

警察には、既に主人が話していると思ったのかもしれない。執事が自然な口調で応じた。

「二十四日の夕方から翌日の午後まで、一泊の御旅行でした」

「出かけたのは外国だね」モガールが畳みかける。鎌をかけられたと、気づいたのかもしれない。ダランベールの表情が一変した。

「ホテルや航空便の手配などは、会社の秘書に任せた様子ですし、詳しいことは存じあげないのですが」

「ポルトガルだ、そうだろう」

警視の追及に、執事は肯定とも否定ともとれる曖昧な顔つきで応じる。しかし、手応えは充分だった。ロンカル事件の直前に、フランソワ・ダッソーがリスボンに旅行した事実は、ほとんど疑いえない。まさにロンカルがリスボンに滞在していた、その時に。

「ダッソー氏には、もう面会できるのかな」

モガールに尋ねられ、初老の執事が安堵の表情を見せた。ダッソーの旅行について、それ以上は追及されそうにないと知って、気分が落ちついたのだろう。ダランベールが、慇懃に答えた。

「フランソワさまには、十時に書斎の方に、お通しするよう命じられております」

「あと二十分ほどあるな。それなら先に、グレとダルティ夫人の話を聞いておこうか」

「雨で野外の作業ができないため、グレは自室におります。モニカは昼食の支度で、調理室の方ですが」

「グレの部屋というのは、そこかな」

警視が裏通路の、正面階段の踊り場の下を通る箇所の手前にある、行き止まりの廊下を顎で示した。突きあたりにドアがあるのだが、いかにも粗末な造りで、物置の入口のように見える。ダランベールが頷いた。

「判った。最初にグレの部屋に寄って、その後、調理室を覗いてみることにしよう。どちらかにいるから、十時には書斎に案内してもらいたい」

執事が踊り場の下を通り、側廊から玄関ホールの方向に消える。モガールが粗末なドアをノックすると、じきに外側に開かれた。茫洋とした顔で、チェコ人の庭師が、もぐもぐと挨拶らしい言葉を呟いた。

貧しいながらも綺麗に整頓された部屋で、西側の壁に寄せられた小さな机には、大判の聖書が開かれている。東側には使い込まれた木製のベッドが据えられている。机の前の石壁には、大人の掌ほどの大きさの、換気口のような穴が口を開いていた。穴の反対側は正面階段らしい。穴から見えるのは階段で、たぶん三段目か四段目にあたるのだろう。モガール警視はグレに許可を求め、机の前にある小さな椅子に腰かけてみた。グレの証言通り、換気口からは階段が見通せる。下を向いて本を読んでいても、足音や光の加減で、階段を上下する人間がいれば気づくに違いない。

「五月二十九日の夜、君は七時から見廻りをはじめたとか。裏木戸の施錠を確認したのは、何時のことかね」モガールが尋ねた。

「見廻りの順序は、死んだダッソーの大旦那が決めたんで。あの日も、その通りに廻りました。最初に正面玄関を出て、正門を見る。それから玄関に戻り、裏口から裏庭に出て、裏木戸を確認する。建物のなかに戻り、裏口の錠を下ろして東翼の一階、それから二階、最後に西翼の一階の順でさあ。だから裏木戸を見たのは、七時五分か六分か、そんなところだと思いますがね」

「おかしな造りの部屋だが、何か事情があるのかな」

「先代の御主人が、わざわざ造らせたんでさあ。先代が死んで仕事をやめるまでは、あのカッサンの旦那が寝泊まりしてた。この部屋に用心棒を置いとけば、二階の主人家族も安心ってもんだからね」

モガールが想像した通りだった。最初は正面階段の左右に、玄関ホールと裏通路を結ぶ南北の側廊があったのだ。先代のダッソーは侵入者を警戒し、東側の側廊を潰して小部屋を造らせた。そこに警備員を寝泊まりさせておけば、侵入者も二階には上がれない。階段を監視できる壁の穴も、同じ目的で作られたのだろう。

カッサンが退職した後、それまで使用人区画に部屋を与えられていたグレが、階段横の部屋に移るよう息子のダッソーに命じられた。フランソワ・ダッソーは執事のダランベールも、玄関ホール横の部屋に移している。夜間、玄関前と正面階段を二人の使用人に見張らせておけば、家族の安全も確保できると思いついたのだろう。

モガールはグレの部屋を出て、次に調理室を覗いてみることにした。踊り場の下を通り、そのまま裏通路を進む。使用人用の通路は大サロンの裏側を通っているのだが、じかにサロンに入ることのできる扉は、はじめから造られていないようだ。通路の突きあたりが、目的の部屋になる。

五十人分の宴会料理でも準備できそうな、広々とした調理場だった。巨大な冷蔵庫、大小の火口が十以上も並んだ調理台、スペイン風の子豚の丸焼でも、充分に焼けそうなサイズのオーブン。壁には無数の調理器具が下げられている。そのどれもが、綺麗に磨きあげられ銀色に輝いていた。南側には配膳室に通じる戸口が、北側には裏庭に出られる勝手口がある。勝手口の横には硝子窓。西側のスチール扉は、食糧庫などに通じているらしい。

室内は快適な温度で、あたりには甘い芳香が流れていた。仕事の手を休めて、ダルティ夫人が愛想よく語りかけてきた。

「今、タルトが焼けたところなんですよ。召しあがりませんか、警視さんも」

モガールの返事を待とうともしないで、家政婦はオーブンから出したばかりの桜桃のタルトを、細身の包丁で切りはじめる。部屋の中央のテーブルに、大きなタルトを載せたケーキ皿とリキュールの小グラスが、手際よく並べられた。

遠慮するまでもないだろう。それにモガールは今朝、まだカフェ・オ・レ以外のものを胃に収めてはいなかった。熱い果物菓子をフォークで口に運びながら、テーブルで珈琲を飲んでいる料理女に質問を投げた。

「二十九日の夜、七時から八時まで君は調理室にいた。そうだね」

「はい」料理女が応じる。

「そのあいだ、勝手口から裏庭に出た人を見ていないかな」

「昨日も申しあげましたが、ダランベールさんが八時頃に……」

「ダランベール以外では」

「おりません」女の答えは断定的だった。

「君が調理室を離れたことは」

「七時から八時ですか。いいえ、手洗いにも立っておりませんが」

その時、勝手口の扉から大男が姿をあらわした。バルベスが戸外での手配を終えたのだろう。濡れた革コートを脱ぎながら、陽気な大声で叫ぶ。

「警視。私にも残しといて下さいよ、そのタルト」

バルベスのためタルトを皿に切りわけてから、警視の許可を得て、ダルティ夫人は車で市場に買い物に出かけた。車庫にはグレとダルティのために、プジョーの小型車もある。他にはダッソーのジャガーとポルシェ、ダッソー夫人のアウディ。アウディは先週から、別荘の方だが。

買い物は午前十時から十二時のあいだに、グレと日替わりで出かけるよう、あらかじめ決められているらしい。昨日がグレだったから、今日はダルティ夫人の番になる。タルトを平らげながら警視の話を聞いていたバルベスが、感想を語りはじめた。

「またしてもクロディーヌですぜ。あの女が七時十分から十五分のあいだに、裏木戸の錠を外したに違いない。そして、部屋に薬をとりに行ったような顔で食堂に戻った」

「七時半にタクシーを降りたイザベル・ロンカルは、裏木戸から裏庭に入る。入った後、錠は下ろしておいた。だから八時過ぎにダランベールが確認した時、木戸は施錠された状態だった。八時前にダルティ夫人が、窓から見たという人影がイザベル・ロンカルだとして、七時半からそれまでイザベルは、冷たい雨が降るなか、裏庭で何をしていたんだろうか」

「そいつは判りませんがね。だが、八時半から十分ほど姿を消しているカッサンの野郎が、裏口からイザベルを邸内に入れたんですな。それから西塔に連れ込んで、閉じ込めたんだ」

「ジャン＝ポール、グレの証言があるぞ。グレは自室に戻った七時五十分から、事実上、正面階段を監視していた。そのグレは、十一時にカッサンらしい人物が階段を登るまで、誰も二階には行かなかったと証言している。八時半にカッサンが、ロンカル夫人を西塔に連れ込んだとは考えられん」

「警視、こんな具合に考えてはどうですかね。八時半にイザベルを邸内に入れたカッサンは、婆さんを殴り倒して、東翼一階の空き部屋にでも押し込んだ。縛りあげ、騒げないように猿轡《さるぐつわ》を嚙ませてね。そして十一時に、婆さんを担いで二階に上がった。それから西塔に運び込んだ」

「駄目だな。十一時に二階に行ったカッサンは、その姿をダルティ夫人に見られている。縛りあげたイザベルを担いでいたりしたら、ダルティ夫人に気づかれないわけがない」

「……そうか。婆さんは自分の客室の真下に転がしといて、カッサンが二階の窓から、ロープで吊りあげたってのはどうでしょう。イザベル・ロンカルを西塔に閉じ込めたとしたら、それしか方法はないんだから。

裏木戸の錠を外したクロディーヌは、たぶんカッサンの共犯だ。そしてダッソーも、カッサンの誘拐行為と無関係だとは思えない。誘拐を命じた主犯かもしれないし、知っていて黙認していた可能性もある。残るジャコブだって、立場は似たようなもんだ。三十分も婆さんを裏庭で待たせたり、八時半に殴り倒したイザベルを十一時になって二階に運んだりしたのは、使用人の眼を誤魔化そうとしたからです。そうとしか思えませんや」

あまり想像を重ね過ぎるのも危険だろう。西塔の内部を、まず実見してみるのが先決だ。それにボーヌが、雨のなか精を出している邸の敷地内の探索。邸の内外で、生きているイザベルも死んだイザベルも発見できない時は、最初の想定に戻らざるをえない。三十日の深夜十二時半に、地区署にロンカル殺害を通報してきた正体不明の女が、イザベルであるとする想定。

「とにかく、西塔を見せてもらおう。話は、それからだ」

上司の言葉に、バルベスが大きく頷いた。腕時計を見ると、もう十時になろうとしていた。じきに、フランソワ・ダッソーと対面できる。事件直後のような弁明を封じるに足る事実も、ある程度までは集められた。切り札をかざして、勝負をかけてもよい時期だろう。とにかく西塔を捜索することだ。モガール警視は、そう自分に頷きかけた。

2

十時になるとダランベールが、約束していた通り調理室にあらわれた。執事の案内で正面階段を登り、二人の警官はおなじみの、鉤型をしたダッソーの書斎に通された。邸の主人が、心労を隠せない表情で二人にソファを勧める。ダッソーは戸口が見える安楽椅子に腰をおろした。それがいつもの席らしい。

事件発生から、まだ一日半しか経過していない。それなのにダッソーは、ほとんど見違えるほどに憔悴していた。眼の下には痣《あざ》のような隈が貼りつき、肉が落ちて頬骨が尖って見える。ハンサムな青年事業家の印象が台なしだった。不眠と食欲不振に悩まされているのだろう。考えるまでもない、その原因は精神的なものだ。

夜行症に悩んでいた本人からの依頼で、やむなく東塔の広間にロンカルを拘禁していた。そんな釈明を、言葉通りに信じるような警官などいるものだろうか。

ダッソーも、それは充分に承知している。有力者との親しい関係が、多少の圧力となって、捜査側に慎重な態度をとらせているに過ぎないのだ。そうした時間稼ぎを、いつまでも続けられるとは思えない。その程度の状況判断も満足にできないようなら、有能な事業家として成功できたわけがない。

パリ経済界の若きヒーローであるフランソワ・ダッソーが逮捕され、起訴されたりすれば、世情は騒然とするだろう。硬派からスキャンダル専門まで、あらゆる種類のマスコミが飛びつくのも間違いはない。事業家としての名声や社会的生命は、ほとんど破滅に瀕する。社長の座を後継者に譲って、引退しなければならないかもしれない。さらに裁判で有罪になれば、待っているのは獄舎の湿っぽい壁なのだ。

モガール警視は、最後にはダッソーも逮捕できると楽観していた。どう見ても、誘拐と拘禁の罪は免れえない。ルイス・ロンカルの正体を究明し、ダッソーが誘拐事件を惹き起こした背景と動機を洗いあげること。

裁判で確実に有罪にできる証拠や証人さえ揃えば、警視総監も喜んで逮捕を許可するだろう。どんな有力者の友人であろうとも、犯罪者を庇うことで、その余波がおのれの身にまで及びそうだと判断すれば、最後にはダッソーを見捨てざるをえないのだ。

しかし、問題は誘拐や拘禁の罪を追及することにあるのではない。モガールによる捜査の中心は、あくまでも殺人事件なのだ。いまだにロンカル殺しの真相は、幾重にもめぐらされた謎の彼方に隠されている。何者がルイス・ロンカルなる老ボリビア人を殺害したのかは、大雑把な見当さえもついてはいない。殺害方法に至っては、文字通り五里霧中の状態だった。

ロンカル殺しの犯人を検挙すること、それを優先しなければならない。ダッソーを誘拐や拘禁の容疑で逮捕するのは、さしあたり副次的な問題なのだ。そしてモガールの勘は、ロンカル殺しの犯人はダッソー以外にいると囁いていた。老ボリビア人の死が他殺であると知らされた時の、あの驚愕の表情は、どうしても演技とは思えないのだ。

「クロディーヌ・デュボワが自宅付近で警官の眼を逃れ、姿を消した。それきりアパルトマンには戻っていない。もちろん御存知ですな」警視が切り出した。

「君の部下から聞いたよ。しかし、なぜクロディーヌが……」ダッソーが嘆息する。その憔悴ぶりを眺めながら、バルベスが皮肉な口調でいった。

「決まってる。ロンカル殺しで追及されるのを怖れたんだ。あの女がやったのかもしれんな」

「そんな馬鹿な。私には信じられん」

「立ち廻る可能性がある場所など、参考になるようなことがあれば、教えてもらえませんかね」モガールが尋ねる。

「クロディーヌには、頼れそうな親類はないんだ。祖父母も、父親や母親の兄弟姉妹も、全員がナチに殺されている」

「友人は」

「クロディーヌの友人のことまでは、私も知らない」

ダッソーが無愛想に肩を竦めた。知っていたところで、喋りそうにない顔つきをしている。クロディーヌを庇っているのか、とにかく警察に捕まることは望んでいない印象だった。さして深追いはしないで、モガールは話題をかえることにした。クロディーヌの友人知人なら、昨夜からリストが作成され、重要と思われる場所には、徹夜で監視するよう命じられた刑事が張りついていた。

「ところで二十九日の午後に、この家を訪問したドイツ人とは、ようするに何者なんですか」

「パウル・シュミット。フランクフルト・アム・マイン、西ドイツ側のフランクフルトの警察を、定年退職したばかりだという男だ。父とは生前に、文通があったらしい。あの日は、パリを訪問中なので寄ってみたとのことだったが、私は会社に出るところで急いでいた。機会をあらためてということで、その日の面会は断ることにした。昨日も今日も、連絡はなかった。もうドイツに帰ったのかもしれないな」

フランクフルトの退職警官。やめたのが最近なら、エミール・ダッソーとは警官時代に交渉があったということになる。ドイツ人の警官とユダヤ系フランス人の富豪のあいだに、どんな接点が存在しえたのだろう。できれば、その男から話を聞きたいものだ。モガールは、パウル・シュミットの名前を脳裏に刻み込んだ。

「あなたは五月二十四日、リスボンに一泊旅行をしてますね」モガールが、さりげない口調で鎌をかけた。隠しても無駄だと思ったのだろう、ダッソーが正直に答えた。

「リスボンの支社に出張したんだ。仕事で、緊急の用件ができてね」

「嘘だ。ルイス・ロンカルと会ったんだろう」バルベスが不気味な唸り声をあげる。

「ロンカルと」ダッソーが眉を顰めた。「どうしてまた、そんな途方もないことを思いついたのかね。じきにパリの自宅まで来る予定の男と、どうして私が、わざわざリスボンなんかで会わなければならないんだ」

「判りました。ところで今日は、どうしても西塔のなかを見せて頂きたい」バルベスを制しながら、警視が丁寧に、しかも譲らない態度で迫った。

「駄目だ。理由は昨日、申しあげた通りだ」ダッソーが怒気をはらんだ声で応じる。

「それなら、家宅捜索の令状をとることになりますな。その理由は充分にある」

「馬鹿な。どんな理由があるというんだね」

ダッソーの顔が緊張で青ざめていた。一日半の捜査で判明した事実を武器に、そろそろ勝負をかけなければならない。長年の警官人生で鍛えられた訊問術や交渉術を総動員しても、モガールは西塔の鍵を入手する決意だった。

まだ今日の段階では、強制捜査が許可される可能性は半分もない。それよりもダッソーを心理的に追いつめ、自分から鍵を吐き出すように仕向けた方がよい。心理作戦で、確認された事実に多少の虚偽や推測をとり混ぜるのも、そのためには許されるだろう。邸の主人に、モガールは低い声で語りかけた。

「西塔には、ロンカル氏の妻イザベルが幽閉されている可能性がある」

「なんだって」ダッソーがのけぞるようにして、小さな声で叫んだ。

「ロンカル夫人は、二十九日の夜七時半に、邸の裏木戸の前でタクシーを降りている。その夜も昨日も、宿泊先のホテルには戻っていない。そのまま失踪したんですな。あの夜ダッソー邸を訪れたロンカル夫人が、その後、森屋敷を出たという証拠はない。まだ邸内にいる可能性は無視できないんです。

われわれは事件の夜、邸のなかを隈なく捜索しましたよ。しかし、どこにもイザベル・ロンカルの姿はなかった。ロンカル夫人が、裏庭に侵入した形跡はありましたがね。である以上、われわれの眼に触れていない唯一の場所、つまり西塔に監禁されていると推測するのが妥当です」警視が語り終えた。そして相手の反応を注意深く見守る。

「私は二十九日の夜に、ロンカル夫人を邸に呼んだりはしていない。晩餐がはじまった七時からロンカルが死んだ十二時過ぎまで、いや、君が邸に到着した時まで、私はほとんどのあいだ客や召使と一緒だった。ロンカル夫人と用談をするような暇なんか、ありはしなかったんだ」

額に青筋をたて、ダッソーが反論する。

「面談のために呼んだのではなく、最初から監禁する目的でおびき寄せたなら、さして時間はいらない。裏口から入れて西塔に連れ込み、ドアに鍵をかける。五分ほどで、充分にやれそうな仕事ですな。まだありますよ、ムッシュ・ダッソー。ロンカル夫人を呼び寄せたのは、邸の主人であるあなたとは限らない。全員が食堂で、あるいはサロンで手洗いなどを理由に、五分か十分ほど席を外したという事実は確認されている。邸にいた誰にでも、おびき寄せたイザベル・ロンカルを西塔に幽閉しえたんです」

モガールは確信ありげに断定した。しかし、誰にでもというのは事実に反する。裏木戸の錠の問題をはじめ諸条件を考慮するなら、クロディーヌとカッサンの共犯説しか想定できないのだ。あらかじめ縛りあげておいたイザベル・ロンカルを、後から縄で二階に吊りあげたのではないか。そんな仮説まで考案して、かろうじて共犯説も成立しうるのである。しかしモガールは、あえて断言した。ダッソーの動揺を誘うために。

「誰か客が、イザベル・ロンカルを邸に呼んだ……」

ダッソーが蒼白な顔で呻いた。警視の心理作戦は成功したらしい。もしもダッソーが、捜査側と同じような熱心さで事件当夜の事情を知ろうと努めており、そして集めた情報を精密に組み合わせていたなら、モガールに仕掛けられた罠を見破ることもできたろう。しかし、事件の渦中の人物には、普通はとてもそんな余裕などないものだ。

それよりも他にダッソーには、悩みの種が山ほどある。またグレもダルティ夫人も、主人が探偵の真似事をしていたとは洩らしていない。ダッソーが罠に片足を入れたと見て、警視は、さらに攻撃を強化することにした。

「イザベル・ロンカルを邸に呼んだ客が、同時にルイス・ロンカルの殺害犯人かもしれない。その可能性は、きわめて高いんです。ところで二十七日の来客について、誰が何時に着いたのか、正確に話してもらえませんか」

邸の客のなかに、ロンカルの妻を誘拐し、ロンカル自身を殺した人間がいる。その疑惑を警視に正面から突きつけられ、ダッソーは明らかに動揺していた。あるいは、それはダッソー自身も抱いていた疑惑なのかもしれない。警視にうながされ、力のない表情で、誘われるように語りはじめた。

「あの日は、最初にジャコブが到着した。夜の七時半だった。クロディーヌが来たのは八時頃のことだ。カッサンは十時頃に着いた」

「ルイス・ロンカルは」

「昨日も話したろう。ロンカルの来訪は七時頃、ジャコブよりも少し前のことだった」

「嘘ですね」モガールが断定する。

「嘘だと。君は私を侮辱するのか」

言葉の激しさに反してダッソーは、むしろ落ちつかなげに見えた。相手に立ち直る余裕を与えないように、警視が効果的に言葉の弾丸を連射した。

「そう、真っ赤な嘘だ。カッサンは五月二十七日の夕方、ロンカルが滞在していたホテル・ロワイヤルのロビーで、フロント係に目撃されている。ロンカルが外に出ると、まるで尾行するように、カッサンもホテルから姿を消した。

カッサンがロンカルを、ダッソー邸まで強制的に連れてきたのは明らかなんだ。ロンカルが七時に着いたなら、カッサンも七時に来たことになる。カッサンが十時ならロンカルも十時だ。じきにパレ・ロワイヤル界隈で、あの夜シトロエンの大型車に老人を押し込んでいた男の目撃証言も、出るに違いありませんな。われわれは誘拐罪で、カッサンを逮捕しなければならん」

ダッソーが自信なげに反論する。「池から発見された短剣の刃に、カッサンのハンカチが巻かれていたことは、私も聞いている。しかし、それで逮捕というのは、警察権力の過剰行使じゃないかね。他の人間がカッサンのハンカチを盗んで、罪を着せるために凶器に巻いたという可能性は、充分にあるんだから」

「私が問題にしているのは、ロンカル殺害の話ではない。ロンカルの誘拐と拘禁の件だ。そろそろ、正直なところを、話してもらいたいんですがね」

「何を、私に喋れというんだ」

ダッソーは動揺していた。カッサンが逮捕され、厳しい追及に負けてロンカルを誘拐し監禁した事実を自白したら、そして主犯がダッソーであると暴露したら、それで濠《ほり》は埋められてしまう。ダッソー自身の逮捕という、本丸の陥落も時間の問題だろう。

ダッソーは必ず、カッサンが逮捕されるのを阻止しようとするに違いない。警視の作戦は、西塔の鍵と交換に、ロンカル誘拐の容疑ではカッサンを逮捕しないと約束し、目的を達することだった。モガールはさらに追及した。

「あなたは事件後、ロンカルの宿泊先は知らないと証言していた。それも嘘ですね。あなたがカッサンを、ロンカルのホテルにさし向けたんだ。違いますか」

警視がフランソワ・ダッソーの顔を凝視している。嘘は絶対に許さないという、厳しい眼つきだった。ダッソーが肩を落とし、そしてのろのろと喋りはじめた。

「申し訳ないことだが、君らに無用の誤解を与えまいとしたんだ。ロンカルは二十七日の午後にホテル・ロワイヤルから、その夜以降、私の邸に滞在したいと電話してきた。使用人は出払っていて、迎えにやる人間がいない。その時にはもう、カッサンは邸に着いていた。到着したのは三時頃だった。私はカッサンに頼んで、ロンカルを迎えに行かせたんだ。彼は車で出かけ、十時頃にはロンカルを邸まで連れてきた」

よい。

「なぜ、そんな嘘を」

「ロンカルが死んだ部屋は、人を閉じ込めるように改装されていた。私がロンカルを、彼の意思に反して監禁していたと、疑われてしまう可能性もある。ロンカルはあくまでも自分の意思で、邸に来たと強調しなければならないと思った。そのためには、一人で来たことにした方がよい。

カッサンが連れてきたといえば、私がカッサンを使ってロンカルを誘拐したと疑われるだろう。その件で、嘘をついたのは謝ろう。しかし、カッサンを誘拐の罪で逮捕するのはやめてもらいたい。彼は頼まれて、ロンカルをパレ・ロワイヤルまで、迎えに行ったに過ぎないんだから」

モガールは、そろりと切り出した。カッサンの逮捕を怖れている相手の目の前に、旨そうな餌を差し出したのだ。

「さらに明白な事実が出るまで、カッサンの逮捕を延期することはできます。私の依頼は、先に申しあげた通りだ。西塔の鍵を、一時間ほどお貸し願いたい」

「なぜ、そんなにまでこだわるんだね。あの広間は、特殊な場所なんだよ。父の遺言で、永遠に鎖されているんだ。あの部屋を見せるのは、無関係な人間に父の秘密を暴露することになる。息子として、どうしてもできることではないんだ」

ダッソーの言葉には切実なものが感じられた。そして男は、最後の力をふり絞るようにして反論した。「君は、私がロンカルを誘拐し監禁したと疑っている。それなら動機を、ロンカルを誘拐した理由を示すべきではないのかね」

「われわれは事件の全貌を、ある程度までは摑んでいる。ロンカル殺しの犯人を捕まえるのは、時間の問題ですな」警視の口調は落ちついていた。

「支障がなければ私に、その全貌とやらを話してもらえないかね」ダッソーの眼が細められている。

「よろしいですとも。事の起こりは、ドイツ人のボリビア移民ルイス・ロンカルが、ダッソー家の秘密を握っていたことにある。その証拠になる写真を、ロンカルは戦後三十年ものあいだ、密かに隠していたんですね。そのロンカルが恐喝を思いついたのは、我慢できないほどに困窮した結果だろう。ロンカルは、あなたに手紙を書いた。そして五月二十四日にリスボンで、あなたと会見する約束をとりつけた。

ボリビアから来たロンカルと、そしてあなたは、二十四日にリスボンで会見した。あなたはロンカルの要求を、やむをえず吞むことにした。少なくとも相手には、そう信じ込ませた。写真と現金の交換場所には、パリを指定した。翌日、ロンカル夫妻は、あなたの言葉を信じてパリに来た。

二十七日の午後、あなたは陥った窮状について相談するために、父親の代からの友人を邸に呼び集めた。邪魔になる使用人は、みんな外に出しておいた。議論の結果、ロンカルを拉致してしまおうという結論になる。その前日から東塔の広間を、臨時の監獄用に模様がえしていたところから考えて、あなたはそんな結論になることを、あらかじめ読んでいたのだろう。荒事には馴れているカッサンに、ロンカルをホテルで誘拐する役が振られた。

ホテルのロビーに張り込んでいたカッサンは、外出するロンカルの跡をつけ、適当なところで自分の車に引きずり込んだ。そして、無理矢理にダッソー邸まで連れてきた。あなた方はロンカルを、使用人が戻る前に塔の牢獄に閉じ込めた。そして、イザベル・ロンカルの出番になる」

「君が考えているのは、そんな程度のことなのか。それで」

ダッソーの表情には、いつか余裕のようなものが戻りはじめていた。空威張りだろうか。モガールは相手の態度に注意しながら、なおも語り続けた。

「ロンカルの身柄は押さえたが、脅迫の材料である写真は、まだ回収できていない。それであなたは、ロンカルに強制して妻のイザベルに電話させた。二十九日の六時半頃のことだ。呼び出されたイザベルは、指定された通りダッソー邸の裏木戸に入った。その後、あなた方はイザベルを捕まえて、西塔に幽閉したんだ。どんなふうにそれを実行したのか、考えようは幾らもあります。ようするに、イザベル・ロンカルが西塔にいるという想定には、無視できない根拠がある」

「それで、西塔を調査したいといわれる」嘲るようにダッソーが応じた。

「ロンカルが夜行症で、自分から進んで密室に閉じ込められていたとか、そんな冗談はやめにしませんか。あなたがロンカルを拉致し、監禁していた事実は疑いのないことだ。そのロンカルは殺された。私は、ロンカル殺しの犯人を捕まえるために捜査してるんです。いや、まだある。ロンカル夫人までもが誘拐され監禁され、あるいは殺されているかもしれない。その真相を、捜査官として私は知りたい。知らなければならない。真相は西塔にあります」

「君に西塔を見せれば」

「もしも西塔に、イザベル・ロンカルが監禁されていなければ、私の推理は頓挫する。全部、はじめから考え直さなければならない。カッサンの逮捕も、見合わせることになるでしょう。どうですか、ムッシュ・ダッソー」

「判った、西塔に案内しよう。君の愚劣きわまりない誤解を、正面から叩き潰すためにな」ダッソーは薄笑いを浮かべている。

「愚劣な誤解とは」

「君の推理の前提は、ロンカルがダッソー家を脅迫していたという仮定だろう。なぜ、私がロンカルに脅されなければならないんだね。それはそれとして、西塔を見せさえすれば、カッサンの逮捕は見合わせるんだな」

恐喝の種は企業関係のスキャンダルかもしれない。そう反論することもできたが、警視は黙って頷いた。取引できるなら、それで充分なのだ。ダッソーと議論する必要はない。

ぎりぎりまで追いつめられていたダッソーが、次第に自信を回復したのには、納得できないところもある。捜査側が推定している事件の背景など、まるで真相を外れているといわんばかりの態度なのだ。しかし、気にすることはない。塔の鍵とカッサンの身柄を交換するという取引は、無事に成立した。ダッソーが安楽椅子を立ち、金庫の方に向かう。西塔の鍵を出そうとしているのだ。

　二階の通路を西に進んだ。突きあたりの部屋は美術品の陳列室で、その手前に西塔に向かう階段がある。方向は違っているが、造りは書斎と東塔の関係と変わらない。石膚が露出した粗末な階段を登り、三人は西塔の小ホールに出た。小ホールの奥に、屋上に通じている鉄扉があるところまで東塔と同じだった。

　鍵穴に鍵を差し入れたダッソーは、ひどく緊張していた。態度の変化は、狭苦しい階段を登りはじめた時から生じていた。石段を踏む足どりに、ためらいがあった。眉のあいだに皺を寄せ、唇をきつく閉じている。微かに息が乱れていた。それはモガールに、塔の闇にひそんでいる夢魔に襲われ、うなされている小さな子供の表情を思わせた。

　変哲もない古びたドアの背後に、どんな恐怖の源泉が隠されているというのだろう。やむをえず禁忌を侵犯しなければならない未開人の怖れ。拭いえない怯えのようなものが、ダッソーの顔には深々と刻まれていた。ドアを開いた瞬間に、悪鬼の大群でも飛び出してきそうだと信じている顔つきだった。父親の遺言で、西塔に立ち入るのはタブーになっているという言葉に、どうやら嘘はないらしい。警官の捜索を拒否するための、たんなる口実ではなさそうだと、あらためてモガールは思った。

　ダッソーが全身から発散している異様な雰囲気に感染したのだろうか、バルベスも陰気な顔をして黙り込んでいる。自分を無理にも納得させるように、ダッソーが頷いた。そして顫える指で鍵を廻した。乾いた音がして、錠がとけた。

軋み音をたてながら、ドアが開きはじめる。その時ふっと、小ホールの電灯が消えた。三人とも、壁にある電灯のスイッチには触れていない。モガールは、停電だろうかと思った。ホールには明かりとりの窓もない。漆黒の闇のなかで、ダッソーの不気味な囁き声がした。

「さあ、入るんだ。その眼で見たいんだろう、父が息絶えた地獄の光景を」

「停電ではないのか」モガールが確認した。

「ドアが解錠されると、階段やホールの電灯は自動的に消える。われわれが室内に入り、扉を閉めなければ電灯はつかない」

警視は足探りで前に進んだ。足音で、バルベスも続いたことが判る。五、六歩、じりじりと進んだ時、背後でドアが閉じられた。二人が通る気配を察して、戸口のところで待っていたダッソーが、ドアを閉じたのに違いない。鍵の廻る乾いた音がした。

あたりが次第に明るくなりはじめる。しかし、煌々《こうこう》と照らされたのではない。ものを、輪郭として識別できるかどうかというほどの薄闇が、寒々しい感じで空間を満たしていた。靴底の感触が変化していることに、モガールは気づいていた。階段やホールでは、確かに石床を踏んでいる感じがしていたのに、今は違う。靴の下にあるのは、踏み固められた土ではないだろうか。

いたるところで、ぞっとするような悲痛な呻き声がする。真冬の黄昏のようにも感じられる乏しい光は、前方の戸口から差し込んでいるようだ。

次第に眼が慣れてきた。そこは天井の低いバラック小屋のなかで、左右の壁に造りつけられた蚕棚《かいこだな》の板寝床には、人間というよりも人間の残骸のようなものが、何十人も折り重なるようにして身を横たえている。

板寝床の上とは限らない。狭苦しい通路にも、衰弱して骸骨同然に痩せさらばえた、瀕死《ひんし》の病人が体と体を押しつけていた。模様も定かではないほどに汚れ、至るところ破れてボロ屑も同然の囚人服の、だらしなく開かれた襟元から、骨格標本さながらに肋骨の浮いた胸部が覗いている。

囚人のほとんどが、乾いた、あるいは生乾きの血便でズボンを汚していた。どの顔もかさかさで、髑髏に羊皮紙でも貼りつけたような感じだ。頬は底までも窪み、顎は折れそうなほどに尖り、そして眼は虚ろな穴ぼこに過ぎない。

モガールは、ぞくりと身顫いをした。異様な冷気が、あたりに漂いはじめている。錯覚ではない。正面の戸口から小屋のなかに差し込んでいる、黄昏の薄明かりでも見えるほどに、自分の吐いた息が白いのだ。

それに瀕死の囚人の群から漂い出した、猛烈な異臭。汗と垢と排泄物の、我慢できないほどに濃縮された悪臭。大気には、たんに不潔というのではない、もっと種類の違う臭気も混ざり込んでいた。

青年時代の戦場の記憶、そして警官としての長い職業生活の経験から、その正体をモガールは察していた。死臭だった。何百もの屍体を検分してきたモガールにも、想像を絶するほど強烈な、屍体の山から漂い出してくる濃密な臭気。

　幾重にも波のように空間を満たした呻き声。時として響きわたる、身悶《みもだ》えするような苦痛の絶叫。モガールの背筋に戦慄が走った。動悸が早まる。何か、着衣の裾に触れるものがあったのだ。

　土間の通路に身を横たえていた病人が、枯れ枝のような腕を差しあげ、必死でモガールの方に、にじり寄ろうとしている。死人よりも死んでいる、異様なものに抱きつかれそうだ。そんな、おぞましい妄想に駆られてモガールは、無意識に身を強張らせていた。

　バラックのなかを死臭が流れる。ぶつぶついう、呪詛《じゅそ》のような言葉が聞こえる。大気は凍りつきそうなほど冷え込んでいる。耳元で、ダッソーの陰気な声が聞こえた。

「コフカ収容所の病人棟に、ようこそ。病院ではない、病人棟。病気になった囚人を、なんの治療もしないで絶命するまで放り込んでおく小屋だ。さて、そろそろ外に出てみようじゃないか」

　ダッソーに先導されて、床に折り重なった瀕死の病者を踏まないよう努力しながら、モガールは戸口を目指した。それでも誤って、呻いている囚人の腕を爪先で踏んでしまう。それは痩せ衰え、肉を失い尽くした人間の腕と、ほとんど変わらない感触をモガールに残した。固くて抵抗感のない、それより力を込めて踏めば、砕けてしまいそうに頼りない感じ。靴底に残ったのは、枯れ枝を踏んだような印象だった。

　戸口を出ると、前方に陰惨な光景が開けた。モガールが出てきた病人棟と同じような、粗末なバラックに囲まれた広場で、中央には角材を組んだ絞首台が幾つも並んでいる。どの絞首台にも、全裸に剝かれた囚人の屍体が、ぶらりぶらりと風に揺れていた。

広場にもバラックの屋根にも、凍りついた雪が縞模様をなしている。気温はもう、氷点下だろう。春物の衣服で外套を脱いでいるモガールには、骨身に染みるほどの寒気だった。しかし、それでもモガールは恵まれている。あたりに見える囚人は、ぺらぺらの木綿作業衣しか身につけていない。そして素足に、粗末な木靴をはいているのみなのだ。

囚人の行列が進んできた。体力が尽きたように倒れた男を、制服の看守が容赦なしに棍棒で殴り、足で蹴りつける。苦痛の絶叫が広場を満たした。けしかけられた警備犬が、倒れた囚人の肩や脇腹に嚙みついているのだ。かろうじて歩ける囚人は、仲間の哀願や悲鳴など耳には入らない様子で、のろのろと機械的に両足を動かし続ける。

前方には丘があり、その上に二、三の建物が、小さく眺められた。ふり返ると、おなじ遠近感で病人バラックの屋根の彼方に、双子のように並んだ監視塔が見えた。監視塔にはサーチライトと機関銃が備えられているらしい。

そのあいだにも、刻々と日は暮れていく。見上げると空には、寒気に凍りついた星々が点々と瞬きはじめていた。決められた時刻なのだろう、監視塔のサーチライトが点灯した。ぎらぎらする光束がモガールの頭上を通過して、地獄の光景を照らしながら緩やかに回転しはじめる。

「さすがに有名な成金のエミール・ダッソーだ。これだけのパノラマを自家用に造るのに、どれだけのカネを注ぎ込んだんですかね」感心した口調で、バルベスが語りかけてきた。ダッソーが皮肉に応じる。

「成金が個人的に自由にできる金額の、ほぼ一年分かな。時間が許すなら、君は絶滅収容所の真冬の二十四時間を、隅から隅まで自分で体験できる。髑髏団の看守が囚人をいたぶる光景を映した映画は、次々と立体的に上映される。強姦され、全身を切り裂かれる女。警備犬に追われ、睾丸を嚙みちぎられる男。そして拷問。君らが異常な嗜好《しこう》の持ち主なら、存分に楽しめることだろう。真夏のパリでも、数分で氷点下まで室温を急降下させられる巨大な冷房装置は、西塔の屋上に設置されている。じきに小雪が降りはじめますよ」

　驚いたのは最初の瞬間だけで、モガールにも察しはついていた。一九七〇年代のパリから、三十年も昔のナチ強制収容所に、時間を超えて連れ込まれたわけではないのだと。ダッソー財閥の資金力と技術力でも、まだタイムマシンの開発には成功していないだろう。

　西塔の広間は、あらゆる高度技術を導入して精緻に設計された、現代的なパノラマ館そのものなのだ。人間の錯視効果を利用して、小さな室内で広大な別世界を体験させる昔の娯楽装置。

　一八四〇年代のパリでは、パノラマが大流行していたという。モンマルトル街の硝子屋根《パサー》つき商店街《ジュ》の入口には、常設のパノラマ館が左右にならび、通り自体が「パサージュ・デ・パノラマ」と命名されていた。

　パノラマは、イギリス人のロバート・バーカーによって発明された。バーカーのパノラマは、円形の建物の内壁に巨大な風景画を張りめぐらせた装置で、地下道から建物の中心部に階段で上がった観客は、あたかも現実の風景のなかにいるように錯覚したという。フランスに輸入されたパノラマは、チュイルリー宮殿の屋上から眺めたパリ全景や、イギリス軍のトゥーロン撤退の光景などを主題にして人気を集めた。

それにしてもエミール・ダッソーはなぜ、過ぎた悪夢である収容所の記憶を精緻なパノラマにして、わざわざ自宅に再現などしたのか。それは、できれば忘れてしまいたい夢魔の領域ではないのだろうか。ダッソーが乾いた声で説明しはじめる。

「父は晩年になって、かつて生活したナチ収容所のパノラマを制作しようと思いついた。なぜだろうと、私は父の正気を真剣に疑った。なぜ父は、苦痛と恐怖の記憶しかないはずのコフカ収容所の光景を、気温や臭気までをも含めて、現代の技術で可能な限り克明に再現しようとしたのだろう。父は、頭が狂いはじめたのではないのか。

晩年の父は、確かに精神的にも肉体的にも衰えを見せはじめていた。しかし、耄碌《もうろく》したのとは違う。死ぬ直前まで父は、合理的な企業家の判断力や分析力を保ち続けていた。

父をむしばんでいたのは、どうしても忘れることのできない、絶滅収容所の極限的な体験の根そのものだったのだ。解放されてから、父は猛烈な勢いで仕事をした。ダッソー家の資産を、十年毎に三倍にも四倍にも増やすほどに働いた。しかしそれは、何か逃れがたいものから逃れようとする、無意識の強迫観念に強いられたものだった。晩年の父は、それに気づいたのだろう。逃れがたいものに、想像を絶して不気味なものに、ついに背後から両肩を摑まれたのかもしれない。

父はコフカ収容所の精緻なパノラマを造り、そのなかで過ごす時間が多くなった。そして、最後には塔内で倒れた。いつまでも降りてこない父を探して、私が西塔に上がり、病人棟の前に倒れている父を見つけたんだ。どんなつもりか、自分も囚人と同じ縞服を身に着けた父は、その時もう絶命していた。

それ以前のことだが、父の発案でパノラマは年毎に、より精巧なものに進化し続けた。本当に父の頭が狂いはじめていたなら、もっと広い空間を使って、より高度な収容所のパノラマを建設しようと考えたに違いない。しかし最後まで、父は自宅の一角をパノラマ化することで満足していたのだと、私は思う。

パノラマどころではない。ダッソー家の資力をもってするなら、フランス国内にカリフォルニアにあるのと同じ、有名な遊園地を建設することも不可能ではないんだ。白雪姫と七人の小人や、ミッキーマウスとドナルドダックのいる遊園地ではなしに、コフカ収容所と同じ敷地を与えられた、髑髏団の看守やドーベルマンの警備犬が跳梁《ちょうりょう》する地獄のディズニーランドであろうと」

闇は濃密に凍りついている。地獄の夜の底に、魂の傷口から血膿《ちうみ》さながらに溢れ出した苦悶《くもん》の呻き、呟き、吐息がまざりあいながら充満している。白い息を吐きながら、モガールは問いかけてみた。

「あなたの父親、クロディーヌの父親、ジャコブ氏、それにカッサンの四人全員が、同じコフカ収容所に囚われていた。そうではありませんか」

「父については話した通りだ。邸にいるジャコブとカッサンには、じかに本人に確かめればよいだろう。西塔には、ロンカル夫人はいない。それが判った以上、カッサンを逮捕するなど問題外になる。そうじゃないかね、警視」

垢と血便の悪臭にまみれた瀕死の病人ロボットのなかに、本物の屍体が隠されている可能性はありうる。それはそれで、厳密に確認しなければならないだろう。しかし、そんな捜査から目ぼしい結果が出るとは、もはやモガールも考えていなかった。やらなければならないことはやるつもりだが、たぶん空振りに終わりそうだ。

何か冷たいものが落ちたのを感じて、思わずモガールは首筋に手をやった。体温で解けたばかりの雪粒が、水滴になり、指先を凍えさせる。見ると、暮れたばかりのコフカ収容所の広場では、本物の小雪が舞いはじめていた。

3

警視が予想していた通り、西塔の広間では、生きているイザベル・ロンカルはおろか、その屍体さえも発見することはできなかった。ダッソーは皮肉な薄笑いを残して、また書斎に消えた。

モガールとバルベスは二階の階段ホールで、捜査上の問題点を整理してみることにした。事態はさらに紛糾し、謎は深まるばかりなのだ。二人は、南側の窓に面して置かれた安楽椅子に腰を下ろした。横には大理石のアポロン像が、足下には唐草模様のペルシァ絨毯がある。椅子の木製の肘かけを指で叩きながら、バルベスがぼやいた。

「警視、頭が混乱してきましたよ」

「西塔が、パノラマ館になっていたとはな」モガールが渋い顔で応える。

「それにしてもエミール・ダッソーは、変人ですな。ナチ収容所の光景をパノラマにして、晩年には毎日のように、そいつを眺めてたとはね」

「四人のユダヤ人が全員、コフカに囚われていたのは、ほとんど確実だな」

「そう。警視に報告するのを忘れてましたが、デュボワとジャコブを洗ってる刑事によれば、ジャコブも収容所から生還した経歴の持ち主だとか。それがコフカ収容所なのかどうか、まだそこまでは確認できていないんですが。カッサンについても、じきに割れるでしょう」

「ユダヤ人情報センターに行かせた刑事から、何か報告はないか」

「今のところ、有益な情報はありませんな。コフカ収容所の関係者が南米に逃げたとか、ボリビアにルイス・ロンカルという偽名で潜伏しているとかいう資料は、どうやら見あたらないようです。しかし、その可能性はある。バルビイの野郎だって、ペルーに隠れてたんだから。ナチス親衛隊員《エスエス》や戦犯関係の資料は、西ベルリンの米軍資料センターに大量に保管されてるそうだ。問い合わせの手配は、今朝のうちにすませときました」

「リヨンの殺戮者《さつりくしゃ》」として知られるクラウス・バルビイは、元ナチス親衛隊大尉で、占領下のフランスを舞台に残忍な拷問と、レジスタンス隊員や民間人を相手に大量虐殺を重ねたゲシュタポ幹部である。数年前のことだが、そのバルビイが、偽名でペルーに潜伏していることが判明した。

フランス政府はペルー当局に身柄の引き渡しを要求したが、身の危険を察知したバルビイは、そのまま行方を晦ましてしまう。今はボリビアに潜んでいるらしいが、ラパスの右翼軍事政権はフランスによる戦犯バルビイの引き渡し要求にも、言を左右にして応じようとしない。

クラウス・バルビイの名前を口にした時、バルベス警部の顔が憤激に歪んだ。ジャン・ムーランをはじめ、レジスタンスの同志を多数惨殺したナチ戦犯が、いまだに南米で自由を謳歌《おうか》している。その不条理な事実が、どうしても許せないのだろう。モガールが、相棒に語りかけた。

「しかし、まだ事件の背景が見えてこないな。もしもロンカルがバルビイのような経歴の男であれば、復讐を誓ったユダヤ人に拉致され監禁されたとしても、なんとか話の筋は通りそうだ。だが、その時はロンカルによるダッソーの脅迫という想定が、土台から覆《くつがえ》されてしまう」

「判りませんな。ロンカルと女房が脅迫のネタになる写真を持って、取引のためパリに乗り込んできたのは、私には確かなことに思えるし。それにイザベルは、どこに消えたんだろう。やはり殺されて、庭のどこかに埋められてるのか」

「西塔にいない以上、埋められた可能性もありうる。庭の捜索は徹底的にやらせよう。しかし、見つからないかもしれないな」

「なぜです、警視」バルベスは困惑している。

「ロンカル殺しを地区署に通報してきた、外国人らしい女がいる。君は、それを覚えているかな」

「覚えてますとも。夜の十二時半で、ロンカル殺害の事件発生から三十分と経過していない時刻だった」

「事件の周辺に浮かんでいる外国人の女は、今のところイザベル・ロンカル一人だ。通報者がイザベルだという可能性も、無視はできない。もしもそうなら、イザベルは十二時半の時点で、警察に事件を通報できる条件下にあったと考えなければならない。

ロンカルを殺害した人物はむろんのこと、あの男を東塔に監禁していたダッソーやユダヤ人の客三名も、ロンカル殺しを警察に暴露するような電話など、自分から望んだわけがない。イザベルが警察に通報するのを、できれば阻止するよう努力したろう。

彼らはイザベルの身柄を、押さえてはいなかった。だからイザベルは、夫の死を警察に知らせることができた。ようするにイザベル・ロンカルは、少なくとも十二時半の時点では、自由の身だったことになる。

ロンカル夫人は五月二十九日の午後七時半に、ダッソー邸の裏木戸の前でタクシーを降りた。八時前には調理室の窓から、ロンカル夫人らしい人影が裏庭で目撃されている。そして、その後……」

大きく頷いて、バルベスが話を引きとる。「イザベルは事件が発生した十二時七分まで庭のどこかに隠れていて、東塔から洩れた亭主の悲鳴を聞いたのかもしれない。それでダッソー邸から脱出し、大急ぎで公衆電話に走った。地下鉄《メトロ》の駅のあたりまで行かないと、公衆電話は見つけられそうにない。おまけに雨だし、六十近い女の足だ。

警察に通報できたのが十二時半でも、ちゃんと計算は合いますな。その場合にはイザベルは、今も、どこかに潜伏していることになる。しかし、なぜホテルに戻らなかったんだろう。旅行小切手はフロントに預けたままだし、手持ちのフランも充分ではないだろうに」

警視が続けた。「謎はまだある。イザベルは、どこからダッソー邸を出たのか。地区署の警官は、到着した十二時四十五分以降、正門を監視する者と、森屋敷の周囲を巡回する者に別れたという。巡回していた警官によれば、その時にもう裏木戸の錠は下りていた。つまりイザベルは、裏木戸から脱出したのではない。もちろん正門からでもない」

「庭木に攀じ登って、塀の上に出たんですな。それから、下の街路に飛び降りた。年よりも元気そうに見えたって話だから、必要があれば、その程度はやれたかもしれない。まず、塀の外にぶら下がるんです。それから手を離せば、一メートルほど落下するだけで歩道に足がつけられる」バルベスは一人で納得している。警視が反論した。

「だが、そんな必要は、イザベルにはなかった。そのまま裏木戸から出られるのに、脚を折るかもしれないような危険を、なぜ冒したりしたのか。イザベルは一刻も早く、警察に電話しようと焦っていた。そんな状況にある女が、わざわざ時間をかけ、塀を乗りこえて通りに出ようとしたとも思えん」

「そうだ、警視。邸の人間がイザベルを敷地内に入れるため、七時以降に裏木戸の錠を外してますよね。婆さんが亭主の瀕死の叫び声を聞いて、街路に走り出た後にまた、そいつが錠を下ろしたのかもしれない」

「その場合には邸内に、ロンカル夫人と通じていた、謎の人物がいたと仮定しなければならないな。だが君は、カッサンがイザベルを殺して埋めたという説を、もう撤回したのかね」警視が、少しばかり揶揄《やゆ》する口調でいった。不平そうにバルベスが答える。

「撤回はしませんがね。どちらの可能性も、ありうると考えてるんですよ」

「そうだ、ジャン＝ポール。私も、そう思うな。裏木戸の錠と、調理室の窓から見えた人影と、あの夜のダッソーや滞在客の動きは、イザベルの失踪にかんして、対立する二種類の仮説をもたらしうるんだ」

「カッサンが誘拐したか、クロディーヌがイザベルと組んでたか。その二種類ですな」

モガールが頷いた。裏木戸の錠は七時五分か六分に、戸締りに出たグレによって施錠が確認されている。七時五十分にダルティ夫人が、裏庭に不審な人影を目撃した。八時にはダランベールが、再び裏木戸の施錠を確認した。

ところが七時半にイザベル・ロンカルは、ダッソー邸の裏木戸の前でタクシーを降りて、そのまま姿を消している。イザベルが裏木戸から邸の庭に入れたとしたら、何者かが、七時半までのあいだに木戸の錠を外したのでなければならない。使用人を除外して、それができたのは食事中に、薬をとりに行くと称して七時十分に席を立っているクロディーヌ一人だろう。

八時には、ダランベールがまた施錠を確認しているのだから、七時半から八時までのあいだに、ふたたび木戸の錠を下ろした人物がいる。イザベル・ロンカル自身が下ろしたのだろうか。

そう考えるのが合理的だろうが、心理的には不自然なところも残る。

夜間、他人の邸に侵入した女は、脱出に備えて逃げ道を確保しようとするのではないだろうか。裏木戸の錠を下ろしてしまえば、逃げる時に、それを外さなければならない。邸の人間に追われたりしたら、解錠するための手間が命とりにもなりかねないのだ。

あるいはイザベルは、庭に侵入したことを邸の人間に知られまいとして、脱出時に生じるかもしれない危険を承知の上で、わざと施錠したのかもしれない。ダッソー邸の事情には無知な外国人の女だから、七時半以降に裏木戸まで見廻る人間が、いるのかもしれないと考えたのだ。錠が外れていれば、侵入した者がいると警戒されかねない。だから錠を下ろした。そう考えれば、納得できないことはない。

イザベルの判断は正解だった。ダルティ夫人に姿を見られたイザベルは、一度は窮地に陥った。しかしダランベールは、裏木戸の施錠を確認して安心し、侵入者の存在など疑おうともしなかったのだ。結果としてイザベルは、なんとか危機を脱しえた。

以上を前提にして推理を進めると、イザベル誘拐の主犯はカッサンということになる。クロディーヌは従犯であり、たぶんカッサンに頼まれて、裏木戸の錠を外したのだろう。裏口には傘があり、そして泥落としのマットもある。裏口から裏木戸までは、煉瓦敷の小道だ。雨でも服を濡らしたり、靴を汚したりしないで食堂には戻れたろう。

カッサンは六時十五分に、東塔に食事を運んだ時、ロンカルに強制して妻のイザベルに電話をかけさせた。電話の交換機はダランベールの私室にあるのだが、事前に忍び込んで作動させ、東塔の回線を復活させておいたのだ。

おびき寄せられたイザベル・ロンカルが、七時半にダッソー家の森屋敷に到着し、裏木戸から庭に入った。その二十分後には、裏庭でダルティ夫人に目撃されている。八時半に晩餐が終わった時点で、カッサンが二階まで煙草をとりに行くような様子で、サロンから姿を消した。西塔の捜索が失敗に終わった以上、その時カッサンが庭に出てイザベルを縛りあげ、後から自分の部屋に吊りあげたというバルベスの仮説は崩れた。

庭に出たとしても、襲って縛りあげ、森の奥に隠したに過ぎないだろう。あるいは、その時点で殺害したのか。裏口付近には、グレの作業衣や雨具が掛けられていた。それを借用すれば、カッサンも濡れないで仕事を終えることができたろう。

屍体の処分は翌日に予定していたのかもしれないが、その夜のロンカル殺しの発覚で、ダッソー邸は警察の厳重な監視下に置かれることになった。カッサンが屍体を、邸外に運びだせたとは考えられないから、その場合イザベルは、庭のどこかに埋められたことになる。

まるで古代のガリアの森のように、巨木が密生している森屋敷の庭だ。事件の翌日でも散歩と称して姿を消し、イザベルの屍体を埋めることは可能だったろう。裏庭には園芸道具や大工道具を収めた小屋がある。そこからスコップなどを、密かに持ち出したのかもしれない。三十日の昼間にカッサンが、庭に散歩に出たかどうかは、あらためてボーヌの部下に確認しなければならないだろう。

その夕方に警視庁に呼び出されてからは、カッサンには二人の刑事が、二十四時間態勢で張りついているのだから、屍体を埋めるような機会などありえない。埋めたとしたら、三十日の夕方までということになる。

ロンカル殺しは括弧に入れ、イザベル誘拐についてだけ考えると、カッサンが主犯でクロディーヌが従犯という結論になる。脅迫材料の写真を奪うのが、さしあたりの動機だろう。もしも写真を入手できれば、今度はカッサンが、ダッソーから大金を巻きあげることもできる。裏木戸の錠をめぐる複雑な動きは、フランソワ・ダッソーとジャコブ、ダルティ夫人やダランベールを観客として、イザベル誘拐の真相を隠すために演じられたのかもしれない。

ロンカルに無理強いして電話させた時、クロディーヌもその場に居合わせたのだから、彼女が理由を知らないで、裏木戸の錠を外したとは考えられない。あらかじめ誘拐計画を知っていたことになる。知った上で、カッサンの犯行に協力したのだ。それで後から怖くなり、地区署に電話で通報した。翌日、ムフタール街で逃げ出したのも、同じ理由からだと考えられる。

この推理に欠陥があるとしたら、なぜイザベルが殺されたのかを、よく説明できない点だろう。写真さえ巻きあげれば、それでカッサンの目的は達せられるのだ。誘拐したり監禁したりする必要もない。夫と二人で恐喝計画を練っていたイザベルだから、写真を奪われたと警察に駆け込むような真似など、できるとは思えない。泣き寝入りするしかない立場なのだ。

写真を取りあげようとしてイザベルを襲い、誤って殺してしまった。あるいはロンカルが殺害されたように、妻のイザベルにも殺意が向けられる理由はあった。あれこれと想像することはできるが、どれもまだ根拠は薄弱だ。

まだイザベルは生きていて、パリのどこかに潜伏しているのかもしれない。イザベル死亡説の根拠は、ロンカル殺しの夜から失踪していること、夫が殺されたというのに身を隠したままであることに尽きる。その点から、第二の仮説が導かれる。

第一の仮説では、イザベルから脅迫の材料になる写真を奪いとり、代わりにカッサンがダッソーを、恐喝しようと企んでいたという動機が想定された。ダッソー邸に招かれ、邸の主人がボリビア人夫婦に恐喝されているという事実を知らされたカッサンは、二日のあいだにイザベル誘拐の計画を練りあげた。そして、なんらかの程度でクロディーヌの協力を取りつけることにも成功し、二十九日の夜に犯行に及んだ。

しかし第二の仮説では、イザベル失踪事件の背後にある光景が第一のそれとは、まるで違うものとして描かれる。ロンカル夫妻がダッソーを恐喝するために、パリに乗り込んできたという前提は同じだが、第二の仮説では、ダッソー邸にロンカルの共犯者が隠れていた可能性が想定される。それを支えるのが、三十日の十二時半に地区署にかけられた、殺人を通報する電話だ。

電話の主がイザベルである可能性は、かなり濃厚なのだが、そうであるとしたらイザベルは、その時点で自由の身だったと考えなければならない。イザベル・ロンカルは無事に、ダッソー邸を脱出することに成功したのだ。

それでも裏木戸の錠を、七時半前に外した人物は存在する。その夜、錠が最初から最後まで下ろされていたとは、どうしても考えられないのだ。イザベルが夫の死を警察に通報できるためには、ダッソー邸の庭に入り、東塔付近で叫び声を耳にしなければならないのだから。

第二の仮説でも、錠を外したのはクロディーヌで、下ろしたのはイザベル自身ということになる。ようするにクロディーヌは、夫の身を案じるイザベルが、ダッソー邸の庭に入れるように工作したのだ。イザベルはホテルを出発する前に、恐喝の材料と覚しい写真を、わざわざフロントの金庫から出させている。おそらく夫の身柄と交換に、写真をクロディーヌに渡すために。

ダッソーの口から恐喝の事実を知らされたクロディーヌは、脅迫写真を横どりしようと思いついた。そしてイザベルに接触したのだろう。クロディーヌはロンカル拉致の翌日に、自宅に戻るとの口実で森屋敷から外出している。その時のことかもしれない。

ルイス・ロンカルの身柄と、写真を交換する取引は合意された。準備を整えてからクロディーヌは、二十九日の六時半にイザベルに、行動開始の電話をする。ロンカル夫人は七時半にダッソー邸に到着し、庭園にひそんで待った。

クロディーヌはなんらかの方法で、東塔の鍵の複製を入手しえたのだろう。邸が寝静まるのを待ち、その鍵を使って、ロンカルの身柄を解放する計画だったのだ。しかし、思わぬ誤算が生じた。何者かに、ロンカルが殺害されたのだ。

東塔の鍵を使えたとするなら、クロディーヌ自身がロンカル殺しの犯人である可能性も強まる。そのためには、あの密室の謎を解明しなければならないが。それにも、モガールには腹案があった。実験が成功すれば、東塔の密室にも風穴を開けることができるだろう。

ロンカル殺しの犯人であるにせよ、ないにせよ、クロディーヌはロンカルが殺されたことを事件の直後に知った。そう仮定してみる。

塔からロンカルを救出しえても、正面玄関や裏口から逃がすのは難しい。正面階段には、警備役も兼ねているグレの監視の眼があるのだ。いつも夜更けまで読書をしているし、老人なので眠っていても目ざといから安心はできない。クロディーヌはたぶん、自分の部屋の窓からロンカルを逃がすために、ロープを用意していたことだろう。そのロープで、事件の発生を知ったクロディーヌは地上に下りた。

ロンカルが死んだ以上、取引は破談にならざるをえないが、それなら無理にも、イザベルから写真を取りあげようと企んだのかもしれない。あるいはロンカルの不慮の死を、その妻に知らせようとしたのか。しかし庭園の、待ち合わせの場所にイザベルの姿はなかった。庭で待機していたイザベルは、夫の悲鳴を耳にして、裏木戸からダッソー邸を脱出したのだ。クロディーヌに騙されたと思い、自分の身も危ういと信じ込んだのかもしれない。

裏木戸まで行き、クロディーヌは外れていた錠を下ろし直してから、またロープを使って自分の部屋に戻った。そしてダランベールに起こされるまで、ベッドに入っていた。そう考えれば、夫が殺されたらしい事実を警察に急報しようと焦っているイザベルが、わざわざ塀を乗り越えて通りに出たという、無理な想定をする必要もなくなる。

第二の推理の難点は、どのみち深夜に計画されていたろうロンカルの解放時刻よりも、はるか以前の七時半に、なぜイザベルがダッソー邸に到着したのかを説明できない点にある。イザベルが気を急《せ》かせて、早めに着いたのだとも想定できない。裏木戸の錠は七時十分に、クロディーヌが外しているのだ。七時半に到着せよというのは、クロディーヌの指示だったに違いない。

なぜクロディーヌは、そんなに早い時刻から、イザベルを呼びつける必要があったのか。それが、まだ判らない。謎は他にもあった。クロディーヌが刑事の監視を振りきって逃亡する時、それに協力した青のルノー18の存在だ。

以上のようなモガールの推理に、感心しながら耳を傾けていたバルベスが、拳で掌を叩きながら叫んだ。

「クロディーヌは、イザベルと落ちあうために逃げたんですよ、警視。たぶん二人は、一緒に隠れてるんだ。青のルノーの男も、クロディーヌやイザベルの仲間に違いない。構図が見えてきたじゃないですか。ルノーの男の線からクロディーヌの潜伏先を突きとめれば、そこでイザベルも見つけられるってわけだ」

ありうることかもしれない。クロディーヌは、イザベルが用意した隠れ家を知っていた。翌日、電話でもしてロンカル殺しの犯人はダッソーだと囁き、写真を使って復讐することを提案したのかもしれない。クロディーヌの真意が、写真を奪いとることにあるにせよないにせよ、まだ二人が一緒にいる可能性はありうる。バルベス警部が続けた。

「でも、クロディーヌが逃げた理由としては、あの女がロンカル殺しの犯人だからと考えた方が、通りがよさそうだ。ところで、警視。なんですかい、密室に風穴を開けられそうな仮説と、それを確認するための実験って。私にも教えて下さいよ」

　モガールは、少しのあいだ黙り込んだ。何も勿体《もったい》をつけていたのではない。バルベスには、どう説明するのが適当かと、頭のなかで考えをまとめていたのだ。モガールが口を開くのを待ちかねているらしい相棒に、しばらくしてモガールは告げた。

「ジャン＝ポール。東塔の屋上に通じている鉄扉だよ、トリックの鍵は」

「あの扉ねえ」バルベスは顎を撫でている。

「ジャコブの証言では、ロンカルの屍体を発見して東塔から書斎に降りる前に、扉の錠が下りていることを確認した。そうだな」

「ええ。叫び声だの物音だのを耳にして、とにかく現場の様子を確かめようとしていたんだから、屋上に通じる扉の錠のことなんか、考えてる暇はなかったでしょうよ。それを確認する気になったのは、ロンカルの屍体を発見したからだ。犯人が屋上から侵入した可能性もあると思って、ジャコブは施錠を確かめることにした」

「そうだ。ということは、ジャコブが階段を駆けあがり、東塔の小ホールに着いた時には、扉は錠が外れていたかもしれないんだ」

「錠が外れていた……」バルベスは茫然としている。

「犯人はロンカルを殺した後、物音や叫び声で書斎の二人が、塔内の様子を確かめに来るかもしれないと警戒した。だから大急ぎで現場を抜けだし、東塔のドアの鍵をしめ、錠を二つ下ろした」

「そして屋上に通じる扉の陰に、素早く身を隠した。そうか、そうだったんだ。警視、やりましたね」バルベスが叫んだ。

警視が落ちついた口調で続ける。「ダッソーが金庫から出した鍵を使い、殺人現場の広間に二人は駆け込んだ。ダッソーとジャコブは三分ものあいだ、屍体を検分していた。ドアが半開きでも、戸口に注意を向けていたとは思われない。その隙に犯人は、鉄扉の錠を下ろし、足音を忍ばせてホールを脱出した」

「となると、やはり犯人はカッサンかクロディーヌだ。女房の方を邸に入れたのも、二人のどちらかだった。ロンカル殺しとイザベルの失踪事件が、見事につながるじゃないですか」バルベスは有頂天だった。

「いや、実験してみなければ結論は出せんぞ。どんなに注意しても、扉の開閉音が広間の奥まで響いてしまうかもしれん。それに時間の問題もある。ジャコブは二十秒ほどで、ホールに達したと証言している。その証言を前提にするなら、犯人は二十秒以内に鉄扉の陰に隠れたのでなければならん」

「早速、実験してみましょうや。でも、それに間違いありませんぜ」

今にも東塔の階段の方に駆け出しそうな相棒を、モガールがとめた。「いや。カッサンとジャコブの事情聴取の方が先だ。あらためてジャコブには、殺人現場に入る前に、鉄扉の施錠を確認していないかどうか、問い質しておかなければならん」

バルベスが頷きながら補足した。「それと、本当に二十秒で東塔のホールまで辿りつけたのかもね。庭のどこかでイザベルの屍体が見つかれば、イザベル殺しの犯人はカッサンだ。どうしても見つからなければ、クロディーヌがロンカル殺しの犯人ってことになる。事件の輪郭が見えてきましたな、ようやく。

後からボーヌに、昨日の夕方までにカッサンが、庭に出たかどうかも確認してみます。それとロープだな。三人の客室や書斎やダッソーの寝室からは、そんなものは発見されていない。しかし、二階には、あれだけの数の部屋があるんだ。どこかの物陰に、ロープの束が隠されてる可能性はありますぜ」

「パウル・シュミットなるドイツ人のことも、至急に手配してもらいたい。まだパリにいるかもしれん」モガールが新しい指示を部下に下した。

「私も、それは考えてましたよ。死んだダッソーと文通してた男なら、何か、捜査に有益なことを知ってるかもしれない。本名でホテルに泊まっていれば、じきに見つけられるでしょう」

その時、執事のダランベールに案内されて、見覚えのある青年が階段の下に姿をあらわした。昨夜、モガールの事情聴取に応じたホテルのフロント係だった。ロンカルが失踪した日の夕方、ホテルのロビーで網を張っていた男の正体がカッサンであることは、既にダッソーが告白している。面通しの必要性は薄れたが、それでもカッサンに揺さぶりをかける効果は期待できる。

青年には通路で待機するように命じて、二人の警官はカッサンの客室を目指した。部屋の前では、借りた椅子にボーヌの部下の大柄な刑事が、どっかりと腰を据えている。事件の夜から、ダッソー邸には十人からの制服私服の警官が配置されているが、夜昼を問わず邸内で、監視の任についているのは一人きりだった。

プライバシーが保たれないことを理由に、邸内に多数の警官が入るのを、主人のダッソーが渋ったのだ。やむをえず、残りは屋外で監視についている。それでもダッソー邸から、事件の関係者が逃げ出すのは至難のことだろう。クロディーヌは外出を許されたからこそ、逃走に成功したのだ。監視の刑事に異状のないことを確認して、バルベスが客室のドアを押した。

クロディーヌの部屋と同じ、高級ホテルの客室を思わせる贅沢なインテリアで、家具も凝ったものが置かれている。カッサンは自堕落な恰好で、セミダブルの寝台に身を横たえていた。

室内には、煙草の煙が充満している。灰皿は吸殻の山だ。あお向けのまま二人の警官を見あげ、カッサンが不貞腐《ふてくさ》れたように言葉を投げた。

「いつになったら、出してくれるんだよ。これじゃ、まるでブタ箱のなかと同じだぜ」

それには取りあわないで、警視が確認した。「君は二十七日の夜十時に、ロンカルを連れてダッソー邸に着いた。そうだね」

「違うな。おれは一人で来たんだ。爺さんは、七時頃に着いたそうだぜ」

「ほう。それなら証人を呼ぼうか」

カッサンの表情に狼狽《ろうばい》のようなものが走った。警察が何を突きとめたのか、知れたものではない。そう思って、不安に襲われたのだろう。それにしても男の狼狽ぶりは、あまりに大袈裟に過ぎた。よほど、何か怖れていることがあるのではないか。

バルベスがドアのあいだから顔を出して、フロント係を呼んだ。両肘を突いて上体を起こし、カッサンが入室してきた青年の顔を凝視している。

「どうかね」警視が、フロント係の青年に尋ねた。

「この方に間違いありません」青年が頷きながら答えた。

「さて、二十七日の夕方に、ホテル・ロワイヤルのフロントで勤務していた人物が、ロビーで君を目撃したと証言している。君はロンカルを追って、ホテルを飛び出したそうじゃないか」

「カッサン、さっさと喋っちまいな」バルベスが威圧した。

「……仕方ねえな。おれが邸に着いたのは、本当は午後三時過ぎのことだった。フランソワの若旦那から、そのホテルまで行き、客を邸まで案内してもらいたいと頼まれたのさ」

「なんでロンカルを、フロントを通じて呼び出さなかったんだよ」

「時間になればロビーに降りて来る約束だと、あらかじめ聞かされていた。人相や風体もな」

「なのにお前は、ロビーに降りてきたロンカルに声をかけちゃいない」

「本人かどうか、自信がなかったのさ。そのままホテルの正面玄関を出ていくから、後を追った。そしてホテル前の歩道で声をかけたんだ。ルイス・ロンカル本人だと判った。それで車に乗せた」

ダッソーの証言と一致していた。たぶん口裏を合わせているのだ。ホテルに張り込んでいた事実が、警察側に露顕した時に備えて、あらかじめ相談してあったのだろう。フロント係に席を外すよう命じ、さらに警視が追及する。

「六時から十時まで、何をしていたのかね」

「夜のパリ見物をしたいというんで、あちこち走ってやったのさ。注文で、わざわざモンマルトルのサクレ・クール寺院までドライヴもした。邸に着いたのが十時でも、それなら当然のことだぜ」

信じがたい話を平然として開陳するカッサンは、ふてぶてしい自信を回復していた。その表情を観察して、警視は確信した。ロンカル誘拐の事実が露顕することを怖れて、あんなふうに狼狽したのではないと。

「それで」

「玄関で出迎えた若旦那と、ボリビア人の客を三階の塔まで案内した」

「なぜ、そのことを隠していたんだね」

「若旦那に相談されて、あんたらに妙な誤解をされないよう、そうすることに決めたのさ。ジャコブやクロディーヌにも、若旦那が口裏を合わせるよう頼んだようだ。ロンカルは、自分から邸に来たことにした方がよい。何しろ死んでいた現場が、あんな状態だ。本人の意思で閉じ込められてたのに、若旦那が監禁してたなんて疑われても困る。だから、おれが連れて来たって事実は伏せることにしたんだ」

「ふざけるな」バルベスの怒声が客室に響いた。カッサンが皮肉に応える。

「なんにも、ふざけちゃいねえ。ところでおれは、誘拐容疑で逮捕でもされるのかね」

「それならパレ・ロワイヤル界隈で、おまえがロンカルを無理矢理に、車に押し込んだと証言する人間を連れてきてやろうか」バルベスが鎌をかけた。そのような目撃者は、まだ発見されていないのだが。

「連れてきてもらおうじゃねえか。迎えにきたと説明すると、爺さんは喜んで車に乗り込んだ。本人の意思でな。ホテル前で実際に見たやつがいるなら、そう証言するだろうさ。でなければ偽証言だ」

カッサンは余裕ありげに断言した。さしあたり、その点についての追及は終わりにせざるをえない。手持ちのカードは切れたのだ。モガールは話題を変えることにした。

「ところで君は、第二次大戦中、先代のダッソー氏と同じ収容所にいたんだろう」

「それがどうした」

「ジャコブ氏もクロディーヌの父親も、そうなんだね」

「そうとも。おれらはコフカで知りあったのさ。その縁で戦後、それぞれダッソーの旦那に拾われたんだ。ジャコブはダッソー家の主治医になり、おれは旦那のボディガードをやることになった。クロディーヌの親父も、ラビの仕事を続けられるよう、旦那から資金を援助されていた」

「そのことを、なんで昨日、黙ってたんだ」バルベスが怒鳴りつけた。

「質問されなかったもんな。あの時代のことなんて、自分から喋りたいようなもんじゃねえ。思い出したくもないんだ。それでも、聞かれりゃ、答えたさ」

「クロディーヌが逃亡した理由について、心当たりはないかね」モガールが尋ねる。

「閉じ込められてるのに、飽きたんだろうさ。おれだって逃げ出したいぜ。ゴリラ同然の刑事に監視されてるのでなければ、さっさと姿を消してるところだ」

語り終えて、またカッサンはベッドに、自堕落に身を横たえる。バルベスに目配せして、モガールは通路に出た。背後で猛烈な音がする。憤懣やるかたないバルベスが、ドアを叩きつけて閉めたのだ。

監視の刑事に尋ねると、ジャコブ老人はサロンに降りているという。カッサンと違って、客のジャコブと主人のダッソーは邸内にいる限り、行動の自由を許されているのだ。正面階段を目指しながら、モガールが相棒に尋ねた。

「ポルト・デ・リラの事件について、マソンから話を聞けたかな」

「マソン警視とは、朝のあいだに二十分ほど話ができましたよ」

モガールは昨夜、別れる時にバルベスに、ポルト・デ・リラの事件について担当警視マソンから、捜査情報を聞いておくよう命じておいた。失踪する直前にイザベル・ロンカルが、ふと洩らしていたという地名が、気になっていたのだ。バルベスが階段の下り口で、大理石の手摺《てすり》に身をもたせ、手帳を見ながら説明しはじめた。

「現場は二十区のポルト・デ・リラにあるアパルトマン。ガソリンスタンドの店員が借りていた屋根裏部屋ですな。被害者はジャン・コンスタン、四十五歳、無職。恐喝や詐欺で、何度も喰らい込んでる野郎です。自分では愛国者を気どってたらしいが、実際のところは、職業的犯罪者すれすれの右翼ゴロですな」

アラブ人移民の排撃を叫ぶ右翼集会でコンスタンと知りあい、しばしば酒などを奢《おご》られていたスタンドマンのギョーム・ピレリは、五月二十七日の夜コンスタンに、四時間ほど部屋を貸してもらいたいと頼まれた。夕方六時に訪れてきたコンスタンに、小遣いを握らされたピレリは外出して、約束通り十時には帰宅した。電灯はついているのに、屋根裏部屋をノックしても返事がない。ノブを廻すと扉が開いた。

そこでピレリは、壁に凭れて死んでいるコンスタンを発見した。屍体を見て怖しくなり、後先の考えもなしに部屋を逃げ出して、友人の家にひそんでいるところを、警察に発見されて逮捕された。

ピレリは、おおよそ以上のように供述したが、コンスタンに部屋を貸した理由を追及されるや、ぴたりと口を鎖してしまった。供述の矛盾点を突かれても、黙秘をやめようとはしない。

「事件当夜のピレリには不在証明《アリビ》がない。それに階下の住人が、大きな物音を聞いた九時頃に、ピレリはアパルトマンの建物の玄関広間で、住人に顔を見られてるんです。コンスタンが死んだ頃、ピレリが自分の部屋にいたことは、ほとんど確実ですな。

コンスタンは壁に、頭をぶつけて死んでいた。ピレリが殺意を持ってコンスタンを突き倒したのか、それとも事故なのか、そいつがまだ判らないそうです。でもピレリも、黙っていれば殺人犯になると脅されて、そろそろ口を割りそうな気配だと、マソン警視は洩らしてましたが。

ホテルの支配人から話を聞かされた時は、私も何かありそうだと睨んだんですがね、どうやらイザベル・ロンカルとポルト・デ・リラの事件とは無関係らしい。ピレリが吐いたら、できるだけ早く中身は教えてもらえるように、マソン警視には頼んでおきました」

「いや、無関係ではないかもしれんぞ」警視が低い声で応えた。

「どうしてなんです、警視」

「カッサンの態度を見ていたろう。あの男は、ダッソーに命じられてロンカルを拉致したのとは違う、さらに大きな秘密を隠している。どうしても、われわれに知られたくない秘密だ。やつはパレ・ロワイヤル付近で、ロンカルを車に押し込むところを目撃した証人など、絶対に出るわけがないと確信している。たぶん誘拐現場は、パレ・ロワイヤル界隈ではないんだろう。

なぜコンスタンは、ピレリから屋根裏部屋を借りたりしたのか。女を連れ込むには、野暮な場所だろう。外では難しい密談のためと、考えるのが妥当だ。コンスタンの前歴からして、犯罪がらみの密談かもしれない。

ピレリも実は、その犯罪計画に嚙んでいた。不在証明《アリビ》がない以上、最初から最後まで密談に同席していた可能性もある。それでコンスタンが部屋を借りた理由を追及されると、とたんに口を噤んでしまった」

「そうか。密談の相手ってのは、ロンカルかもしれないんだ。ロンカルはダッソーを恐喝するために、わざわざパリまで来た。しかし、爺さん一人でダッソー財閥を相手にするのには、どうにも自信が持てない。

そこで、恐喝には馴れているコンスタンを、計画に引き込むことにした。二十七日にはコンスタンと下相談をする予定があり、そのことを女房のイザベルは知っていた。だから掃除係に、ポルト・デ・リラの地名を洩らしたりしたんだ」

ホテル・ロワイヤル付近でタクシーに乗ったロンカルを、カッサンは車で尾行した。最後には、ピレリの部屋を突きとめるのにも成功した。じりじりしながら待ったが、九時になってもロンカルは、密談場所から姿をあらわそうとしない。

そこで、押し込むことにした。荒事には自信のあるカッサンだ。密談の相手を殴り倒し、老人のロンカルを脅して車に連れ込む程度のことなら、簡単だと考えたのだろう。しかし、そこで計算違いが生じた。殴り倒されたコンスタンが、壁に頭をぶつけて死んだのだ。ロンカルの細腕を捻じあげるようにして、カッサンは強制的に車に連れ込んだ。

「カッサンの野郎が、ダッソー邸に着いた時刻とも合いますぜ。ロンカルを誘拐したのが九時で、場所がポルト・デ・リラなら。しかし、それにピレリは、どう絡んでいるんだろう」

「まだ、それは判らん。ポルト・デ・リラの現場付近で、カッサンのシトロエンが目撃されていないかどうか、それを突きとめるのが先決だろう。事情を話して、私からマソンに聞き込み捜査を依頼しよう。最初から容疑者をピレリひとりに絞っていた以上、現場付近で充分な聞き込みがされていない可能性もある」

二人の警官は語りあいながら階段を降り、タレーランの大時計のある玄関ホールから、右手のアーチを抜けた。そこは塔の広間と同じほどの広さがある、豪壮なサロンだった。見上げるように高い天井には、出エジプトの挿話をモチーフにした、ルネッサンス様式の天井画が描かれている。

金線で飾られた白壁には、ダッソー家の所蔵品である大小の絵画が、あちこちに飾られていた。サロンの室内装飾にあわせて、ルネッサンス期の作品で統一されている。第二帝政の時代には、邸の女主人が画家や詩人や学者をこの広間に集めて、実際にサロンを主宰していたのかもしれない。

広間の南面には、縦長の大きな硝子窓が並んでいる。窓からは、真下に停められているカッサンのシトロエンDSが眺められた。少し距離を置いて三台の警察車も。ダッソー邸の花壇も芝生も森も、そして広場に置かれた数台の自動車も、冷たい雨にうたれて濡れそぼっている。

窓際に置かれた安楽椅子に凭れ、ジャコブ老人が珈琲を啜り、そして新聞を読んでいる。モガールとバルベスが、白大理石の床に靴音を響かせて、ジャコブの方に歩みよる。老人はル・モンド紙を畳みながら、警視に愛想のよい笑顔を向けた。

「ムッシュ・ジャコブ。少しばかり、時間を頂けますね」語りかけながらモガールが、老人の向かいの椅子に腰をおろした。

「もちろんですとも、警視。何か新しい質問ですかな」

「二十七日の夜、カッサンがルイス・ロンカルを同行してきた事実を、まだ否定するつもりですか」モガールが切り出した。

「カッサンが喋ったのかな」老人は困惑の表情を浮かべている。

「カッサンも、そしてダッソー氏も」

「それなら、もう隠すこともあるまい。カッサンが二十七日の夜、ロンカルという男を連れてきたことは、フランソワに頼まれて、あんたに黙っていたんじゃ。あの夜の十時頃、フランソワやクロディーヌと雑談していると、正面玄関に車が着いたような物音がした。フランソワが玄関ホールに出て行き、それから五、六分後にフランソワとカッサンが戻ってきて、三階の塔まで客を案内したところだと説明したんじゃよ」

後ろめたそうな顔で、ジャコブが語り終えた。老人からは収容所時代の話を聞き出すつもりだったが、それより先に、モガールは密室破りの実験の前提になる証言を、あらためて確認してみることにした。

「昨日も話してもらいましたが、三十日の十二時七分に東塔で物音がしてから、あなたは二十秒ほどで階段の上に達したとか」

「時計で計ったわけではないが、まあ、そんなものじゃろう。物音がした瞬間に、わしは椅子を立って戸口から顔を出したんじゃ。金庫に駆けよったフランソワが、次の瞬間には大きな声で叫んだ、先に三階の様子を見てくれとな。わしは頼まれた通りに書斎から飛び出して、階段を駆けあがった」

「その時、屋上に通じる鉄扉の施錠は確認しませんでしたか」モガールが重ねて質問した。バルベスが緊張した面持で、ジャコブの返事に耳を澄ませている。

「いいや。そんなことなど、考えもせんじゃった。わしは東塔の広間のドアに付けられた差し錠を外し、ノブを廻したり、ドアを押したり引いたりするのに夢中だった。鉄扉が施錠されているかどうかを、調べてみる気になったのは、広間でロンカルの屍体を発見したからじゃ。どう考えても事故死だが、一応、侵入者が存在しなかったことを確認しておこうと思ってな」

バルベスが吐息を洩らした。ジャコブの証言で安心したのだろう。モガールも大きく頷いていた。密室破りの実験に、必要な前提は整ったと考えてよい。続いて、もう一点、確認しておこう。

「あなたとダッソー氏は、ロンカルの屍体の検分に、三分ほどの時間を費やしていますね。そのあいだ、もしも足音を忍ばせてホールを通過した人間がいたとして、それに気づいたと思いますか」

老人はかぶりを振る。「それは無理じゃろう。御存知のようにロンカルの屍体は、換気窓の下、机と寝台のあいだに倒れていた。つまり広間の北東の隅じゃ。ドアは西側の中央にある。フランソワに続いて広間に入ったわしは、その時、ドアを閉じていない。ドアは半開きだったが、何しろ屍体の脇に屈み込んでいたのだから、体の位置関係からしても、戸口の方は見えようがない。フランソワも同じことじゃ。彼は戸口に背を向ける恰好で、ロンカルの脈をとったりしているわしを、夢中で覗き込んでいたんだから」

興奮した様子で立ちあがり、バルベスが叫んだ。「警視。行きましょうや、東塔に」

「ジャン＝ポール、落ちつくんだ。実験はいつでもできる。ジャコブ氏から、もう少し聞いておきたい話がある」

モガールに実験は後だと宣告されて、バルベス警部は不承不承、またソファに腰を落とした。ジャコブ老人は、何を尋ねられるのかと思ったのだろう。不審そうに、警視の顔を見つめている。モガールが口を開いた。

「ムッシュ・ジャコブ。あなたはコフカ収容所で、エミール・ダッソーやダニエル・デュボワやカッサンと知り合ったんですね」

「その通りじゃよ」老人の顔には、複雑な翳りのようなものがある。

「その辺りのことを、かいつまんで話してもらえませんか」

ジャコブは顔を伏せて、何か考えている様子だ。あまり喋りたくないのだろう。モガールにも、それは判らないでもない。筆舌に尽くしがたい不幸な記憶を語るのは、癒えかけた傷口に指を突き入れるような苦痛だろうから。しかし警視は、あえて言葉を継いだ。

「収容所時代のことは思い出したくない、語りたくないという気持は理解できます。だが、私も好奇心で尋ねているのではない。捜査に必要だと考えて質問したのです。お聞かせ願えませんか」

のろのろとジャコブが顔をあげ、何かに耐えているような屈折した微笑を浮かべた。「そうじゃな。ロンカルが着いた時のことを、あんたに正直に喋らなかったので、わしにも多少の引け目がある。その償いじゃ。不幸な昔のことでも、思い出して喋るようにしようか。で、何を知りたいのかな」

「最初からダッソーやカッサンと一緒だったんですか」

「いいや。わしがコフカの停車場で、窓のない貨車から引きずり降ろされた時に一緒にいたのは、ガドナスというユダヤ系のフランス人じゃった。一九四四年八月十三日、忘れもせん日付だよ。フランス国籍は取得していたが、ガドナスは名前からも判るようにリトアニアの出身で、わしと同じような三十代半ばの男だった。

　賢そうな顔をした信頼できる男で、自分も怯えているのに、それよりも激しい恐怖に駆られた哀れな同胞を慰める勇気と、精神的な力を持っていた。ゲシュタポに捕まるまでは、哲学の勉強をしていて、本を出したこともあるという」

　家畜以下的な待遇を強いられ、列車のなかで不安な時を過ごしていたジャコブを、ガドナスはあれこれと慰めてくれたのだという。それに勇気づけられてジャコブも、フランス国内のドランシー収容所からコフカまでの、苦難の長旅にも耐えることができた。

　列車がとまり、しばらくして扉が開かれた。車外には明るい真夏の光が溢れていて、長旅のあいだ闇のなかに閉じ込められていた囚人は、誰もが掌で眼を覆った。背後の囚人の群に押し出されるようにして、ジャコブは貨物車から駅構内の大地に降りた。

　一両の貨車に八十人もの囚人が、それぞれの最後の手荷物と一緒に詰め込まれ、身を横たえるどころか満足に坐る場所もない状態で、幾日も列車に揺られてきたのだ。全員が、垢じみた衣類から糞尿の悪臭を漂わせ、疲労と睡眠不足と空腹で朦朧《もうろう》としていた。

　ぼんやりしながらも、ひどく怯えていた。どこに連れて行かれるのか、どんな目にあわされるのかという激しい不安が、魂に揉みこまれた錐のように、囚人に激しい精神的苦痛をもたらしていた。

　そんなジャコブの眼前に、不吉な予想をよい方向に裏切るような、心なごむ光景が広がっていた。どうやら中欧の田舎の小駅らしい。明るい日差しのもと、ホームの花壇には季節の花が咲き乱れている。「コフカにようこそ」という歓迎の看板がある。煉瓦造りの駅舎では鉄道員が勤務し、待合室の軽食スタンドからは、香ばしい珈琲の匂いさえ漂ってきそうだ。

駅舎の反対側には、小さな工場があるらしい。煙突のあるコンクリート製の建物が、ホームからも遠望できた。囚人の群は親衛隊《エスエス》兵士の銃口に監視されながら、先輩の囚人に先導されて、工場に直結していると覚しいゲートをぬけた。そこには大きな広場があり、囚人は到着順に、機械的に左右の列に分けられていく。

右側の列は長くて、子供や妊婦をはじめとして女性のほとんど、それに老人の顔が眼についた。左側の短い列には、屈強な若い男が多い。それほど大柄でも、体力がありそうでもないジャコブとガドナスは、分類役の親衛隊将校の指示で、最初のグループに入れられかけた。

囚われた身では、否も応もない。銃口で小突かれて、命じられた通りに右側の列の末尾に並ぼうとした時、将校の補佐役をしている壮年の囚人頭《カポ》に声をかけられた。「あんた、フランスから来たんだろう」囚人頭はフランス語で、そう囁きかけた。

ジャコブが頷くと、男は将校に這いつくばるようにして、ドイツ語で何かを頼んだ。将校が面倒そうな顔で、曖昧に頷いた。どちらでも、お前の好きなようにしろ。そんな印象だった。

「それでわしは、左のグループに入ることになった。わしはガドナスと離れるのが怖くて、ユダヤ系フランス人らしい囚人頭に、友人と別れさせないで欲しいと懇願した。結果としてガドナスも、左の列に並ぶことになった。それが、わしとガドナスの運命を決めたんじゃよ」

囚人頭は、ジャコブでも感心するような確信に満ちた言葉で、列車で着いたばかりの囚人の群に演説をはじめた。

『コフカは、第三帝国が諸君に与えたユダヤ人居住区だ。ユダヤ人はついに、祖国を持つことになる。ユダヤ人によるユダヤ人のためのコフカ。戦争のせいで輸送手段が不足しており、そのために車中では苦労したろうが、諸君は今や、新しい約束の地に到達した。

明日からは入植地での労働が待っている。しかし、今日は歓迎の宴だ。長旅で汚れた体を、子供や年寄りなど第一のグループから、まず洗い流してもらいたい。第二のグループは青年や壮年の男子ばかりで、少しはシャワーを浴びるのも待てるだろう。夜は歓迎の宴だ。順に体を綺麗にして欲しい』

女子供や老人の多い右側の列は、ようやく苦難の旅も終わりだと信じ込み、感激して煉瓦造りの建物の入口に殺到した。そのなかにあるのが、シャワー室のような体裁のガス室であり、遠望されるのは屍体焼却炉の煙突であるとも知らないで。残された第二の集団は囚人頭に先導され、広場の横にある道路から、ついにコフカ収容所の構内に入ることになった。

「運ばれてきた囚人の、八割以上を占めた第一グループの全員が、その日のうちにガス室で殺され、焼却炉で灰になった。真相を知らされたのは、翌日のことじゃ。わしらを救った囚人頭が、露骨な言葉で告げたのだ。

それが、エミール・ダッソーじゃった。ドイツ語と英語のできるエミールは、なんとか労働グループの方にもぐり込んで、コフカの収容所生活をはじめた直後から、必死でポーランド語までも学びはじめた。先生は仲間の、ユダヤ系ポーランド人だった。

エミールはコフカの囚人として、最も厚遇されているのが、ガス室に囚人を連れ込む役目の囚人頭であることを知った。可能な限り長いことコフカで生きぬこうと望むなら、そのポストを獲得しなければならない。送られて来るのは、ポーランドに住んでいたユダヤ人がほとんどだ。ドイツ本国をはじめ、わしらのように占領地から連れて来られたユダヤ人も少数、いるにはいたが。

それでエミールは、猛烈な勢いでポーランド語を習得した。彼のガス室前の演説は、最初にポーランド語、次にドイツ語、最後にフランス語で、三回も繰り返されたんじゃ。エミールの優秀な能力を最初に認めたのは、看守頭のウクライナ兵じゃった。イリヤ・モルチャノフという男に評価されて、ついにエミールは待望のポストを得た。エミールがコフカで、二年ものあいだ生き延びられたのは、ガス室担当の囚人頭だったからじゃ」

精力的なエミール・ダッソーの真の目的は、たんに一日でも長く、囚人として生き続けることではなかった。脱走が、ふたたび自由の身になるという夢が、エミールの心を捉えていたのだ。

そのためにエミールは、信用できる仲間を周囲に集めようと努力していた。フランス出身であるジャコブを労働グループに入れたのも、ポーランド出身のユダヤ人が圧倒的に多い条件のもとで、気心の知れた仲間を一人でも、生き残らせたかったからだろう。

「わしがコフカ生活をはじめた時にはもう、エミール・ダッソーの用心棒のような恰好でカッサンが、知恵袋のような感じでデュボワが、その左右を固めていたな。わしもフランス系の抵抗組織に入るよう誘われて、もちろん『ウイ』と答えた。それ以外の選択肢はないのじゃからな。囚人頭のダッソーに従っていれば、少しでも長いこと、収容所でも生き延びることができるだろう。

エミールはガドナスの出身国を知って、ポーランド出身のユダヤ人と変わらないと考えた。それでフランス国籍の男だが、組織には入れないようにした。だからガドナスは、抵抗組織の存在は知らないでいた。それでもラビのデュボワとは、親しくしていたようだが。

抵抗組織は、ポーランド出身のユダヤ人のあいだにも組織されていたらしい。しかし、他のグループと連絡しているのはエミール一人で、わしらはその正体について具体的なことは知らされなかった。裏切りの可能性を、エミールも他のグループの指導者も警戒していたんだろう」

ジャコブは医者の腕を買われて、ガス室で殺された屍体から金歯や、胃に飲み込まれたり、直腸に隠されたりしている宝石類などを回収する仕事に廻された。デュボワとガドナスは、収容所施設の増築や補修のために働かされていた。そしてカッサンは、ダッソーの助手のような立場で、巧言を弄してユダヤ人をガス室に送り込んでいた。

「エミールは、数千の同胞の殺害に直接の責任があるんじゃ。絶滅収容所の管理者は、できる限り少ないリスクで、かつ効率的に、着いたばかりの囚人を殺してしまわなければならん。囚人が、待ちかまえている毒殺の運命を知れば、駅のホームで暴動を起こすだろう。それを知らないでも、不安や恐怖が限界を越えればパニック状態に陥り、事態は同じように収容所の秩序を脅《おびや》かしかねん。

暴動を防止しようとすれば、千人の囚人に十人の看守では足りるわけがない。より多数の看守が必要になるじゃろう。看守の数を抑えて、なおかつ大量虐殺のおぞましい仕事を円滑に進めるために、ガス室担当の囚人頭が必要になる。囚人頭は自分もユダヤ人であることを利用して、何も知らない新来の囚人を無抵抗にガス室に送り込むという、収容所側にとっては願ってもない仕事を買って出た人間なんじゃ。

自分が生き延びるために、エミールは数千のユダヤ人を死の淵まで案内した。その自責が、晩年のエミールの頭を少しばかり狂わせたのかもしれん。彼はわざわざ、コフカのパノラマを邸のなかに造らせて、そのなかで過ごすことが多くなったという。

だが、わしにしてもエミールと同罪なのだ。エミールの行為を責められるような人間は、収容所で殺された囚人だけじゃ。生きて娑婆《しゃば》に出られた囚人は、自分もまた同胞を見殺しにすることで、おのれの命をあがなったと感じないではいられない。六百万の死者が、わしらは何を代償に生き延びられたのかと、執拗に問いかける。戦後三十年のあいだ、わしの耳元から、その弾劾《だんがい》の声が消えたことはないんじゃ」

顔を強張らせて、ジャコブ老人は語り終えた。モガールは自分もまた、六百万の死者に糾問《きゆうもん》されているように感じて、思わず眉を顰めていた。フランス在住の無国籍や外国籍のユダヤ人を狩り出して、ゲシュタポに引き渡したのは、ヴィシー政府の民警隊や占領地の警察組織だった。それだけではない。フランス国籍をもつユダヤ人をも、同じフランス国民が平然として死の顎《あぎと》に蹴り込んだ。

モガールの信じるところでは、フランス人とは大革命の理想と共和国の憲法を承認し、そのもとに生きる者である。人種とも宗教とも、直接の関係はないのだ。とすれば、ユダヤ系であろうとなかろうと、フランス人はフランス人である。占領中にフランス国内で逮捕され、強制収容所に送られたユダヤ人は七万六千名にのぼり、そのなかの二万二千人はフランス国籍のユダヤ人だった。

ドイツの敗戦まで生き延びて収容所から生還できたのは、二千五百人ほどに過ぎない。千人のうち九百六十七人までが殺されたのだ。外国人はもちろんのこと、自国民であるユダヤ人までをも狩り立て、死の運命が待つ収容所に送り込んだのは、他ならぬフランスの警察官だった。ドイツは占領中も、フランス国内に二、三千の警察力しか派遣していない。フランスの警察組織の協力がなければ、あれほどに多数のユダヤ人を逮捕し、収容所に送ることなど不可能だったろう。

フランスから収容所に送られたのは、ユダヤ人だけではない。ユダヤ人以外でも六万五千人が犠牲になり、生還者は半分にも満たないのだ。その多くは、対独協力を拒否したり、それに抵抗したりしたフランス人だった。

モガールもバルベスも、もしもゲシュタポに逮捕されていたら、ナチスの強制収容所に送られた可能性がある。しかし、それもジャコブや、フランスで逮捕され収容所で死んだ、多数のユダヤ人に対する弁明にはならない。モガールはフランスの警察官であり、対独協力の事実は、フランスの警察機関には拭いがたい歴史の汚点なのだ。

同じようなことを考えているのか、バルベスも陽気な性格の男には似つかわしくない、憂鬱な顔つきをしている。警視は重たい口で、ジャコブに質問した。

「脱走の時にも、エミール・ダッソーは指導的な役割を果したんですね」

「そうじゃ。その日の夕方、ガドナスはエミールに脱走の可能性にかかわる、重大な情報をもたらしたらしい。たぶんソヴィエト軍の特殊部隊が、コフカ収容所を襲うという情報を教えたのじゃろう。なんでガドナスが、そんなことを知りえたのかは判らん。

ガドナスの知らせで、エミールは腹を決めたようじゃ。わしらにも、脱走を準備せよという指示が下された。腹心のカッサンは、隠していたナイフで看守を刺殺した。そして鉄条網を切り、囚人のバラック区域から抜け出した。その時わしは、痩せこけた囚人が一人、カッサンを追うように、鉄条網の穴から這いだしたのを目撃しておる。

しばらくして、カッサンは両手に何梃もの銃を抱えて、バラックに戻ってきた。銃は軍隊経験のある男に配られた。じきに収容所構内の各所で、同時に猛烈な爆発が起こり、囚人の大群が自由を求め夢中で走りはじめた……」

そんな体験をしてきた老人なら、モガールやバルベスの何百倍もの屍体を見てきたと語るのにも理由がある。確かに、そうなのだろう。仮死状態の者と本当に死んだ者との違いなど、一目で判るほどに多くの屍体を、医者の眼で見てきたのだろう。ロンカルを蘇生させるために努力しなかったのも、医者として収容所生活を生きた苛酷な体験に裏づけられていたのだ。

靴音を耳にしてモガールは、玄関ホールとサロンを結んでいるアーチの方を見た。ボーヌだった。全身から滴をしたたらせている刑事は、上司の耳に口を寄せるようにして囁きかける。

「事件に関係があるかどうか、まだ判りませんが、庭の四阿でアメリカ煙草、キャメルの吸殻が三つ、見つかりました。それほど古いものじゃありません。一日二日前に吸われて、床に棄てられたものらしい」

「四阿で……」警視が呟いた。

確か四阿は、ダッソー邸の東翼南面にある芝生庭園の、南東の角に位置している。背後は鬱蒼と繁る森だ。

昨日から庭の捜索を、もっと重視する必要があったと、モガール警視は悔やんだ。外部犯の可能性は薄いという判断が、警視に邸内の捜査を優先させたのだ。刃と殺人現場の真下にあたる池は例外で、昨日のあいだに浚わせたのだが、それ以外の捜索は屋外に関するかぎり、先程はじめられたばかりなのだ。

雨の夜、邸を見張ろうとした侵入者が、監視地点に四阿を選ぶのは充分以上にありうることだろう。その吸殻が、イザベル・ロンカルの遺留品である可能性は濃厚だった。

第四章　死の哲学

1

地下鉄《メトロ》は、ようやくサン・ラザール駅を過ぎたところだった。わたしはスーパーのビニール袋をさげて、車両のドアにもたれ苛々《いらいら》しながら、ラマルク・コーレンクール駅に着くのを待っていた。車内は、そろそろ込みはじめている。サン・ラザールから乗ってきたギター弾きの青年が、陽気なメロディを奏でていた。ビートルズの「オブラディ・オブラダ」。それを耳にしながら、わたしは過ぎてゆくトンネルの暗い壁を見つめていた。

今日も朝から、冷たい雨が舗石を濡らしていた。「パリでもっとも美しい月、五月《オ・ル・ジョリ・モワ・ドゥ・メ・ア・パリ》」は、その月末から、まるで秋の長雨のような冷雨のため、凍死しそうに顫え続けている。どう考えても異常気象だった。

大西洋でメキシコ湾流が流れを変えたとか、テレヴィで説明する気象解説者もいた。去年の猛暑のあとは、かつてない冷夏になりそうな気配で、わたしは少しばかりうんざりしていた。いや、不吉なものを覚えて、どこかしら不安に感じているような気さえする。

その不安は、パリに戻ったカケルの顔をはじめて見た日に、もう芽生えていたのかもしれない。あの日から、わたしの心に、拭えない不安がコールタールのように染みついているのだ。ハルバッハの主著は、もう読み終えていた。二度めの読書は、最初のときよりはるかに、さまざまのことを考えさせた。二年前に読んだときは、なにも理解できていなかったのだろうとさえ、わたしは思った。

ハルバッハによれば、恐怖と不安は似たところもあるが、ほんとうは種類の異なる気分である。恐怖には、ふたつの面がある。ひとはなにかを怖れる。級友のシルヴィーみたいな優等生でないわたしは、ときとして試験が怖い。怖れている対象は試験である。

しかし、なぜ試験が怖いのかといえば、その結果として落第するかもしれないからだ。無事に進級するという可能性を奪われるからだ。大学生でありうるという幸福な自己像を壊されて、自分が自分でなくなるかもしれないからなのだ。つまり恐怖には、怖れる対象と、それを案じて怖れているものと、ふたつの面がある。

恐怖の対象とは、試験や病気や失恋のような出来事でもありうるし、ナイフが怖いとか火が怖いとかいうように、具体的な事物でもありうる。それにたいして、案じて怖れているものとは、ようするにわたしの生の可能性だろう。進級できる可能性、健康に暮らせる可能性、恋人と幸福でいられる可能性、などなど。

しかし、不安には固有の対象がない。それとして名ざせるような事件や事物を、対象としてもちえない。むしろ恋愛が恋愛であり、ナイフがナイフであるような事件や事物の固有の輪郭が消えてしまうこと、それが不安の対象である。

ひとがそのなかに置かれている世界とは、それぞれに意味をもった無数の事件や事物の秩序なのだが、その秩序が土台から壊れてしまう。そのときひとは、怖しい虚無に直面するだろう。虚無の深淵を突きつけられて、ひとは不安になる。世界は輪郭を奪われて意味の秩序を瓦解させ、世界の意味とまじわりながら、自分が何者であるのかも納得できていた人間それ自体も崩壊の危機に瀕する。

では不安が、それを案じ不安がっているものとはなんだろう。ハルバッハは、それは死であるという。

生きている人間には、さまざまな可能性がある。今日は今日の御飯が食べられるという可能性。御飯を食べるためにフライパンに卵を落とせるという可能性から、楽しい大学生活を続けられる可能性や、恋人と幸福に暮らせる可能性まで。

それをハルバッハは、人間の〈存在可能性〉と呼ぶ。わたしはなにであり、またなにでありうるのか。いかにして、そうありうるのか。それが人間の存在可能性なのだが、だれでもいつか死ぬということは、人間からあらゆる可能性を奪いつくし、虚無の底に突きおとし、人間としての可能性を最終的に不可能にしてしまう、究極の存在可能性なのだ。ひとが不安になるとき案じているのは、自分の存在を不可能にする最後の可能性としての、自分の死なのである。

ハルバッハの哲学によれば、わたしが不安な気持になるのは、死の可能性を案じているからだということになる。季節はずれの長雨をきっかけにして、世界の輪郭や秩序が崩れてしまいそうな気分になった。それが、わたしという存在可能性の一切を消してしまう死の可能性を案じ、不安がるようにさせた……。

しかし、そうだろうか。母親と叔父が共謀して、父王を謀殺したと知ったハムレットは、衝撃のあまり「世界の関節がはずれた」と感じる。ハルバッハが語る世界の意味の崩壊とは、ようするにハムレットが体験したような、世界の関節がはずれてしまうような、劇的な崩壊感覚だろう。しかしわたしは、そんなふうに感じているのではない。

わたしがいま、気をせかせているのは、電話でカケルを呼んであるのに、帰宅する時刻に遅れてしまいそうだからだ。地下鉄の席にも坐らないで、重たいビニール袋を下げ、ドアに身をもたせかけている。カケルのために夕食を用意しようと思い、材料をサン・ジェルマン・デ・プレのスーパーで買ってきたのだ。わたしはまだ充分に、日常的な事物に〈配慮〉し、他人のことを瑣末に〈顧慮〉している。

カケルを家の前で十分ほど待たせても、夕食として冷凍食品しか出せなくても、たいしたことではないとも思う。それなのに細かな気づかいから、どうしても逃れることができないのだ。ハルバッハにいわせれば、わたしはまだ「世界内的」に存在しているのであり、世界が土台から崩壊するような深刻な不安には、依然として直面していないという結論になるのだろう。

しかし、それでも充分以上に不安なのだ。なにが不安なのかと考えてみても、その正体をいい当てることはできそうにない。カケルはパリに戻ってきたのだし、日本語の個人教授や、以前とおなじような交際は再開されてもいる。さしあたり、不安がる対象などありえないのだ。

でも、わたしの不安は脳裏から去ることがない。数日前に季節はずれの長雨が降りはじめてから、輪郭のない不安感は心に充満して、我慢できないほどに胸苦しい気分を強いるのだった。そんな不安の分析がガドナス教授の親友ヴェルナーや、アントワーヌまでをも熱狂させた死の哲学の発端になるのだが、わたしにはハルバッハが語る死の特別の可能性について、どうしても理解できないところがある。わたしは死の可能性を案じて、不安がっているのだろうか。そんなふうには、やはり思えそうにない。

ハルバッハの主著で最初に語られているのは、「存在論的差異」なる主題についてである。存在、つまり〈ある〉それ自体。椅子が〈ある〉。ナディア・モガールが〈ある〉。二たす二は四で〈ある〉、などなど。

事物の存在と人間の存在と、そして数学の公理のような存在とは、おなじ〈ある〉でもそれぞれ存在性格が異なるだろう。わたしがリセの哲学教室で習ったところでは、それについて考えようとするのが、伝統的な存在論である。

存在論はまた形而上学でもある。机とかナディアとか三角形とかいうような、具体的な形ある個々の存在についてではなしに、それらに共通している「……がある」というときの〈ある〉について考えようとする以上、主題は個々の形あるものから離れて、そのメタレヴェルの存在それ自体とならざるをえない。ようするに主題は、形而上学として探究されることになる。

けれども、ハルバッハによればギリシァ以来のヨーロッパ形而上学は、〈存在〉を〈存在者〉に還元している。存在者というのは個々に〈あるもの〉、ようするに個々の事物のことだろう。

机や鉛筆、わたしが抱えているスーパーのビニール袋、そのなかの野菜や肉や香料。人間もまた、特殊ではあるが一箇の存在者として、さしあたりは理解される。

形而上学では、個々の事物を、そのようにあらしめている最高の存在、つまり神について論じているときでも、神はひとつの存在者のように扱われてしまう。ようするに、ビッグネームの存在者として。

近代哲学はさらに駄目で、それは神の問題を抹殺し、人間が〈ある〉と事物が〈ある〉の対立関係に主題を解消してしまうのだ。結果として存在問題は、人間の主観が存在という客観を、いかにして認識できるのかという方向に一面化されることになる。

ハルバッハによれば、哲学者が愛好するテーブルの上のコップの存在など、たんなる存在者の問題にすぎない。そのコップが本当にあるのかないのかを、いくら厳密に思考してみたとしても、それは存在自体についての思考にはなりようがない。

というのは、〈ある〉という主題は核心的であるけれども、それ自体として論じることができないような、不可解きわまりない主題でもあるからだ。事物がある。人間がある。神がある。人は事物や、人間や、神について論じることはできるだろう。しかし、それらが〈ある〉という根本的な事態については、直接に論じたり、考えたりすることができないように、あらかじめ決められているのだ。

そのようにしてハルバッハは、ヨーロッパ哲学における存在論の歴史、形而上学の歴史は、存在を存在者に還元して事たれりとしてきた浅はかな歴史であると批判する。歴代の哲学者は、机やナディアや三角形については考えてきたろうけれど、それらが〈ある〉という核心問題は、机やナディアや三角形など諸々の存在者の陰に隠されて、真面目に扱われてはこなかったのだと、ハルバッハは主張するのである。

　存在者と存在を区別して考えなければならない。それが「存在論的差異」の意味するところである。最初にハルバッハの『実存と時間』を読んだとき、わたしは最初の箇所、つまり「存在論的差異」について論じた箇所で、他愛もなしにつまずいた。

　存在と存在者を区別しようとハルバッハは提案するのだが、存在者と区別されて独自に存在しているような存在それ自体になど、わたしは興味がもてそうにないのだ。わたしが好きなのは綺麗なパンジーであり、パンジーが〈ある〉ことではない。わたしが好きなのは矢吹駆であり、カケルが〈ある〉ことではない。

　パンジーやカケルという存在者の背後には、それらをそうあらしめている存在それ自体がある。ハルバッハが強調するように、それはそうかもしれないけれど、でも存在それ自体を問題にしはじめたら、わたしが好きなパンジーもカケルも消えてしまう。

　わたしは〈存在〉なんかには興味がない。わたしが好きなのは、そのパンジーの花であり、その矢吹駆という青年なのだ。

　存在と存在者を区別して、存在そのものについて考えようとするハルバッハは、出発点として、どうやら机とも鉛筆ともコップとも基本的に存在性格が違っているらしい、人間存在なるものを、前提として検討しようと提案する。

意識ある存在者としての人間のみが、〈ある〉という主題について思考しうるからだ。自覚的に考えていないまでも、〈ある〉という事実に人間は、ひそかに心をわずらわせている。人間とは、そのように特殊な存在者なのだとハルバッハはいう。

間違っているかもしれないけれど、わたしの理解では、次のようになる。ハルバッハは、存在がたんに認識の対象であるのではなしに、認識もまた存在の展開の一様態なのだと考えたのだ。〈ある〉は、〈知る〉によって支配される対象ではなしに、むしろ〈知る〉が〈ある〉の特殊な形態であるのだと、たぶんハルバッハは考えている。わたしには、そのように読めた。

人間とは自分のことを、なんとかしてわかろうとする存在である。また、それなりにわかりうる存在でもある。その点が、鉛筆のような事物とも、猫のような動物とも根本的に異なるところだろう。鉛筆は物だから、床に投げつけられても痛いとは思わない。

猫ならギャッと叫ぶところからみて、痛いとは感じているのだろう。しかし猫は、痛いという自分の経験の意味を考えることはない。それが人間と違うところであり、あらゆる事物や生き物のなかで人間のみが唯一、自分をわかろうとするし、そうせざるをえない存在である。

そこからハルバッハは「人間がある」とは、「物がある」や「幾何学的な命題がある」と、根本的に違う事態なのだと考える。人間も事物も〈ある〉には違いないのだが、事物は自分が〈ある〉ことの意味を考えない。わかろうとしないし、そんなことなどできそうにない。

それでも人間にせよ事物にせよ、〈ある〉という点においては少しも変わりがない。心のない事物だけが〈あり〉、心をもつ人間は、〈ある〉としてしか存在しないような、たんなる事物とは違うのだ、それを認識できる特別の存在なのだという考え方は誤りなのだと、ハルバッハの主著は最初のところで強調している。

そして、ハルバッハは宣言する。昔の哲学は例外なしに、猫や鉛筆のような個々の存在者についてのみ考えてきたが、しかし存在者と存在とは決定的に違うのだと。「鉛筆がある」、「猫がある」、「二たす二は四である」。鉛筆や猫や数式は存在者だが、その背後には存在者それ自体がある。個々の存在者は、存在によって、そのようにあらしめられているのだ。ハルバッハ哲学は、個々の〈あるもの〉にすぎない存在者について考えるのではなしに、〈ある〉それ自体、存在それ自体について考えようと提案する。

そのとき出発点になるのは、人間存在である。人間もまた、鉛筆や猫とおなじように〈あるもの〉、つまり存在者だ。しかし、人間だけが自分が〈ある〉ということの意味を考える。考えざるをえない。だから存在それ自体の意味を探ろうとするなら、特殊な存在者である人間について考えるのが、唯一の出発点になる。

そうハルバッハは語るのだが、わたしには半分しか理解できない気がする。たしかに人間だけが、自分のことをわかろうとする。たぶん猫や鉛筆や数式は、そんなことはしないだろう。人間とは、特別の存在者なのだということは、それなりに納得できる。

しかし、その人間はなぜ、個々の存在者の底にあり、それらをあらしめている存在それ自体を探究する道具として扱われなければならないのか。それが、わたしには納得できない。

わたしは、ハルバッハがおごそかな手つきでとり出した〈ある〉それ自体、つまり大文字の存在《ザイン》になど、ほとんど関心がないのだ。それはどこか、教会の説教に似ている。人間も猫も鉛筆も、個々の存在者は残らず、神の被造物であり、神によってそうあらしめられているのだから、神の似姿である人間は、万物の根源である神について考えなければならないというふうな。たしかに、わたしは〈ある〉。そのような自分の存在の意味を、なんとかわかりたいとも思う。しかしそれは、わたしがよりよく生きたいからなのだ。そんなふうに決めつけるのは気がひけるけれども、無理にいうなら、真実に、善良に、幸福に生きたいからなのだ。

そのように造られている人間だから、そのようにせざるをえないのだとしても、神のことを考えるのが自分の人生の目的であるとは、どうしても思えない。

わたしが真実に、善良に、幸福に生きようと努める結果として、神についてなにか解明されたり、そんなことはありえないと思うけれども、神の存在が証明されたとしても、それは結果であって、わたしが〈ある〉ことの、はじめからの目的ではない。そんなふうに、どうしても感じられてしまう。

アポカリプス事件のシモーヌ・リュミエールは、たんに〈あるもの〉でしかない自分と、〈ある〉それ自体としての神との、絶対的な距離に苦しんでいた。その苦しみは、たぶんヨブの昔からのものだろうけれども、シモーヌの苦悩はヨブよりも徹底していた。かの女はカケルに悲痛な声で告げたのだ。『神は存在しないと思いつつ、祈らなければならない』のだと。

シモーヌの謎めいた言葉について、わたしが正確に注釈できるとは思わないけれども、それでも感じてしまうものはある。シモーヌは、人間は神の道具であるとする考え方に、渾身《こんしん》の力であらがおうとしたのだ。神の栄光を讃えてさえいれば、世はすべてこともなしであるとは、どうしても信じられなかった。ひとびとの現実的な苦悩や悲惨が、とりわけカンボジアの悲劇が、反戦家だったシモーヌにそう考えることを強いた。

わたしは、たんに〈あるもの〉でよい。〈ある〉それ自体なんかには興味も、関心もありはしない。自分のことをわかりたいと思うのは、よりよく生きたいからであり、神や、形而上学的な実体や、存在のためではない。ハルバッハは前提のところで、それを間違えているのではないか。わたしには、そんなふうに思えてしまう。

ハルバッハは、存在の謎を究明するためには、まず人間という特殊な存在者について考えなければならないのだと主張する。ハルバッハが構想した真の存在論を、かれは〈基礎的存在論〉と呼んでいる。あらゆる存在者がそこから出現する、万物の根源としての存在そのものを探究する真の存在論は、人間つまり〈現存在《ダーザイン》〉の実存論的分析を内容とする。基礎的存在論とは、ようするに現存在の実存論的分析なのである。

巨大な海があるとしよう。万物の背後にひそみ、万物をそうあらしめている存在の象徴のような、巨大で荒々しい海。海は波立ち、どよめき、空中に無数の飛沫《ひまつ》をはねあげている。その飛沫ひとつひとつが、つまり個々の存在者だ。

しかし暗闇では、海は見えない。見えなければ、ないも同然だろう。机も猫も数式も、おのれがそこから生じたところの海を、決して見ることはできない。机も猫も数式も、たんに受動的にはねあげられ、次の瞬間には海のなかに戻るだけの、無意味な飛沫であるにすぎない。

しかし、人間だけは違う。どんなに漠然とであれ、人間は存在それ自体についての了解をもっている。考えたり、感じたりする人間は、わたしの理解によれば小さな懐中電灯なのだ。水面からはねあげられた懐中電灯としての滴は、荒々しい海の存在を、ありありと照らしだすのである。人間以外の存在者は、闇から生じ、闇に還るにすぎない。しかし人間という存在者のみが、一瞬にせよ、存在の闇を光で照らしだす。

であるからには、存在それ自体について思考しようとする以上、存在の闇を照らしうる懐中電灯としての人間存在について、最初に徹底的に問いつめてみなければならない。人間が考えたり感じたりしなければ、存在問題など、そもそも生じるわけがないのだから。

懐中電灯の光にあたる作用を、ハルバッハは〈開示〉と呼ぶのだが、人間についての存在論が存在論全体の基礎にならざるをえないのは、そうした事情からなのだ。人間存在論は、基礎的存在論という特別の地位を要求する。それがハルバッハの議論の出発点になる。

開示性にはなにかを理解すること、なんらかの気分になること、それらふたつの種類がある。前者を〈了解〉と、そして後者を〈情状性〉とハルバッハは名づけている。わたしの可能性を了解することにおいて、人間という懐中電灯は存在の海を照らしている。光の輪のなかに「存在が―そこにある」。同時にわたしが、嬉しいとか悲しいとか、そして怖いとか不安だとか感じるときにもまた、「存在が―そこにある」。

ハルバッハは人間のことを、〈現存在〉とか〈実存〉という用語で呼んでいる。実存という言葉はキルケゴールの用語法を踏襲しているのだが、ハルバッハに独自の用法である現存在とは、「存在が—そこにある」ことを意味している。鉛筆も数式も、その存在において自己や世界を「そこに＝現に」ひらいているものとはいえない。

現存在の自覚的なあり方が、ハルバッハ哲学では〈実存〉という言葉で呼ばれる。さらに現存在のあり方の根本的な構造は、「世界—内—存在」として特徴づけられる。人間が世界のなかの存在であるというのは、あたりまえのようだけれど、半世紀前には画期的な発想だったのかもしれない。

というのは、リセの哲学教室で厭になるほど読まされた本にはどれも、人間と世界を右と左にふりわけたうえで、どのようにして人間は世界を、確実に認識できるのかという種類の議論ばかりが、延々と書かれていたからだ。そんな本ばかり読まされて、わたしは本当にうんざりしていた。

人間と世界は対等の二項であると考える以上、人間が世界のなかに、あらかじめ置かれているというような発想は生じえないだろう。

たぶんハルバッハは、眼のまえのコップがほんとうに存在しているのかどうか、眉をよせて深刻に思い悩んでいるような哲学者の姿勢を、根本的に変更しようとしたのだろう。孤独な内省にふける人間から、猥雑《わいざつ》で混乱した世界のなかに、あらかじめ投げだされて〈ある〉人間。そうしたハルバッハの人間観に、わたしは共感するところがある。

わたしが鏡を見るように、人間は世界と対面しているのではなしに、あらかじめ人間は世界のなかに置かれている。そのなかに投げだされている。そのような人間のあり方を、ハルバッハは〈被投性〉と名づけた。しかし〈被投〉されているのは、机も鉛筆もおなじことだろう。人間が事物と異なるのは、〈被投〉されていると同時に、人間が〈企投性〉でもある、そうあらざるをえない存在だからだ。

わたしが読んだところでは、企投性の根拠は現存在の定義のなかに、すでにふくまれている。人間もまた無数の事物とおなじように、荒れ狂う海からはねあげられた微小な飛沫、ひとつの滴にすぎない。それは被投性という用語で語られる。しかし人間は、存在の海を一瞬でも照らしだす、小さな懐中電灯のようなものでもある。ある意味で企投性とは、その懐中電灯のはたらきをさしているのだろうと、わたしは思う。

大波にはねあげられた水滴は、いうまでもなく受動的な存在だが、その水滴が無限の光を宿して海面を照らすとき、水滴もまた海にたいして能動的な存在となる。そうでありうるだろう。しかし企投性は、一直線に存在の海を照らすのではない。そのようにハルバッハは語る。人間存在は存在それ自体を〈開示〉するのだが、つまり懐中電灯で照らすのだが、それはじかにではないのである。

では人間の企投性は、そして開示性は、どのように現実に生きられているのだろうか。わたしがハルバッハ哲学に感心したのは、その先だった。ハルバッハは人間存在について、ほとんど完璧な現象学的分析を遂行するのだ。それは探偵小説の傑作を読むのとかわらない克明なものであり、読者を感嘆させるほどの水準に達している。

カケルはいつか、普通の現象学的な還元は認識論的還元であり、自分が試みているのは実存論的還元なのだと語っていた。認識論的還元と実存論的還元。わたしには、よくわからないところもあるのだけれど、実存論的還元を遂行した結果としてカケルは、ほとんどロヨラやザビエルが理想としたような、ジェズイットふうに禁欲的な生活思想に辿りついたのだろう。

　御馳走も流行の服も、自分の家も素敵なインテリアも、そして家族も恋人も、その全部が実存論的に還元されたのだ。その結果としてカケルという青年は、あのように日々、きわめて抽象的に生存している。どうしても、そのようにならざるをえなかった。しかし、ハルバッハの現象学的還元は、カケルのそれとは少しばかり違うようなのだ。わたしは、そう感じている。

　還元の結果、ハルバッハが辿りついたのは、ただの〈ひと《ダス・マン》〉なのである。今回、あらためて読みなおしたとき、ハルバッハの本で興味をひかれたのは、まさにその箇所、普通の〈ひと〉がどのように日常的に存在しているかについて、精緻に分析した箇所だった。その前と後は、やはりどうでもよいと思う。

　ハルバッハは平凡人が、どのように自分の可能性をつかみ、それをできるだけ真剣に生きようとするのか、できるのかという難題を、大真面目に考えようとしている。おなじ難問に悩んでいたわたしに、ハルバッハの〈日常的現存在〉——普通のひとについての克明な分析は、沢山のことを教えてくれたような気がする。

　ホームから地下通路を小走りに進んで、大きなエレベーターに乗りこんだ。ようやくラマルク・コーレンクールの駅をでる。駅前は広くもない道路で、駅の前方にも背後にも急な石段がある。しばしば観光写真に使われる、モンマルトル情緒ゆたかな、昔ながらの味わいのある風景だった。葛《つづら》折りの道を登ればサクレ・クール寺院の裏手、下ればマルカデ街になる。

雨に濡れた舗石を見て、わたしはふと、ミッシェルのことを思い出した。コレージュの生徒のころ、学生区《カルチエ・ラタン》に革命見物に行こうと思いついて、幼なじみのミッシェルを誘ったのだ。あの子は、とうとう待ちあわせの場所に姿を見せなかった。直前になって、臆病風に吹かれたのだろう。

翌日わたしは、教室の隅で眼を伏せているミッシェルを捕まえて、生涯にわたる絶交を宣言した。噂では、あの優等生は志望どおり、高等行政学院《エナ》に進学したらしい。

わたしは子供のときから、ミッシェルみたいに自分をかばいすぎるやつが嫌いだった。女の子と冒険の約束をしたのに、臆病風に吹かれて、その約束を破るような男の子なんて最低だ。でも、臆病さとはなんだろう。その反対の、勇敢さとはなんだろう。真剣に考えはじめると、思考は底のない迷路に沈んでしまうような気もする。

わたしがアントワーヌに惹かれたのは、かれが本当に勇敢に見えたからではないだろうか。わたしよりも、はるかに勇気がありそうに。そんなアントワーヌは、たとえば臆病なミッシェルを、鼻に軽蔑の皺をよせて笑いとばしたことだろう。アントワーヌはたしかに勇敢だった。選んだ主義を貫こうとして、マドリッドで警官隊の機銃掃射をあび、穴だらけになって死んだのだから。

駅前で傘をさして、ラマルク街の緩斜面を左手に、足を急がせるようにして下りはじめた。

子供のときから見慣れている、モンマルトルの住宅街の光景が、左右にひろがる。百メートルも下れば、もうモガール家のアパルトマンがある建物だった。

気がせいて、小走りに通りを進んだ。通りにならんだ珈琲店《カフェ》、パン屋、花屋などの店先が、わたしの赤い傘の背後に、次々と流れては消えていく。

アパルトマンの建物の前に、傘もささないで雨に濡れている、東洋人の姿が小さく見えてきた。やはりカケルは、わたしよりも先に着いていたのだ。建物の正面玄関には、鍵のある人間しか入れない。そうでない訪問客は、玄関横にならんだ名札つきのボタンを押して、訪問先の家にインターホンで来意を告げ、室内から正面扉を開けてもらわなければならないのだ。

大病の直後だというのに、雨で全身を濡らしたりするのが躰によいわけがない。もしも先に着いていたら、近所の珈琲店《カフェ》にでも入って、わたしの帰りを待っていてほしい。そう期待しながらも、カケルのことだから雨に濡れながら、建物の前で待ち続けているに違いないと、わたしはそう予感していた。

融通がきかないというのではない。浮浪者に一フランといわれたら一フラン、五フランといわれたら五フランの硬貨を、いつも無造作にあたえているように、何時までに家を訪問してほしいと頼まれたら、正確にその時刻に着くようにする。もしも留守なら、自分が決めた時間の範囲内で、相手が戻るまで家の前で待つ。そういうタイプの青年なのだ、矢吹駆は。

「カケル」

わたしが叫ぶと、雨でずぶ濡れの青年が、うっそりと顔をあげた。濡れた長髪が、額や背筋に貼りついている。一週間ぶりにカケルと逢えたというのに、望んでいたような喜びは、どこからも湧いてはこなかった。正体の知れない不安感はさらに濃密に、わたしの心の底で、不吉な黒い霧のように渦巻いている。

ステーキを焼きながら、サラダのためにトマトを輪切りにする。お鍋では、サフランの味つけで煮えはじめた魚貝スープが湯気と一緒に、食欲をそそる芳香をキッチンに充満させていた。時間がないから、凝った料理はできない。前菜に壜詰《びんづめ》のキャビア、簡単にできるマルセイユ風の魚貝スープ、それにステーキとトマトサラダが、わたしの用意したメニューだった。前菜には牡蠣《かき》がほしかったのだけれど、明日から六月では新鮮な牡蠣など買えそうにないので、しかたなしに諦めたのだ。

お風呂に入ってほしいと頼んだのだが、カケルはそっ気ない態度で、わたしの申し出を拒んだ。濡れた髪をふくためのバスタオルだけは、なんとか手にしてくれたけれど。わたしが夕食の支度をしているあいだも、たぶん居間で、ぽつねんとしているのだろう。雑誌や新聞を手にとろうともしないで。

どんなに頑張って料理しても、カケルはいつものように、小鳥の餌ほどしか食べてくれないだろう。それでもわたしには、料理に手をぬくことなど思いもつかなかった。量はともかくとして、できるだけ素敵な御馳走の皿を、テーブルに運びたいと思ってしまうのだ。

トマトサラダに添える大蒜《にんにく》と玉葱《たまねぎ》を微塵《みじん》ぎりにしながら、わたしは考えていた。ハルバッハがいう〈世界〉とは、その〈時間〉概念が物理的なものではないように、たんに物理的な空間ではない。

あらかじめ現存在が投げだされている世界とは、人間の実践的な関心にとって、〈道具〉としての意味をもつ、多種多様な大小の事物が詰めこまれた、それらが相互に複雑に関係した有機的な空間なのだ。換言すれば世界とは、道具としての諸々の事物の有意味性の総体なのであり、それ自体が現存在を成りたたせている構成契機でもある。

哲学者や科学者のように主観と客観を対置し、事物を主観の眼の前にあるものとして見る理論的な態度は、つまるところ抽象的である。見る対象ではなしに使える対象として、つまり手元にある道具として事物に気づかい、それに〈配慮〉する日常的な人間の態度のほうが、より具体的であり、そして本源的でもある。

人間つまり現存在は、各自独立した「世界―内―存在」でありながら、同時にまた、他人の現存在を〈顧慮〉する〈共存在〉でもある。しかし、普通はたんなる〈ひと〉としての平均化された意識で、あたえられた公共世界を生きている。

イギリス経験論やドイツ観念論の批判としてなら、ハルバッハの考え方には説得的なところがある。怠け者のわたしは、ロックやカントなど近代の認識論哲学にかんして、それほど勉強しているわけではないが、そのように思われた。

人間には対象が、たとえばテーブルの上のコップが、ほんとうに〈ある〉のか、〈ない〉のかなんて、真面目に考える必要などない。あろうとなかろうと、どちらでもよいことではないか。

いかにも実際にありそうに見えていて、手でさわることもできれば、水を入れることもできる。それなら、いちおう〈ある〉のだと決めて、それとつきあおう。それで充分ではないだろうか。人間にとって問題なのは、それが真実〈ある〉のか〈ない〉のか、なんていうふうな、ロックやカント好みの捏造《ねつぞう》された難題ではない。

わたしにとって最初に問題になるのは、それが心地よいか、よくないか。快感をもたらすか、不快感をもたらすか、その点につきるだろう。もしも対象が実在しなくても、それを不快だと感じるなら、わたしにとって対象は明らかに実在する。それが夢か幻であろうとも、わたしが幸福になるなら、それもまた、やはり実在しているのだ。

哲学者という人種は、どうして、こんなに簡単なことがわからないのだろうかと、わたしはリセの哲学教室で、いつも疑問に感じていた。

それなりに考えた末の、わたしの結論は簡単である。世の中には、心の貧しいタイプの人間が、ある割合で、どうしても生まれてしまうのだ。気持がよいのに、気持よいと感じている自分を、どうしても肯定することができないような人間。素敵だ、楽しい、心地よい。嬉しい、快適だ、気持よい。

そうした肯定的な感覚が、もしも自分のなかに生じたら、それは許しがたい堕落であるとして否定しなければ、自分を保てないような人間。どうしてそうなるのか知らないけれども、そうした糞真面目タイプというのは現実に少なからず存在している。哲学教授のポストは、その種の糞真面目が最後にたどりつく、唯一の避難所なのではないだろうか。わたしは十七歳のときに、リセの哲学教室で、以上のように結論していた。

そうしたタイプは、たぶん歯痛に悩まされたことなどないのだと思う。歯が痛いときは、ほんとうに、確実に、決定的に、どうしようもなしに「痛い」。お菓子が好きで、子供のときから虫歯がたくさんあるわたしは、歯痛の専門家なのだ。

じかにあたえられている痛みの明証性は、歯痛がほんとうに実在しているのか、それは夢かもしれないし幻かもしれない、それなら確実なものではないのだから、さしあたり〈ない〉ものにしておこうというデカルトふうの懐疑など、たちどころに吹きとばしてしまう。

だれがなんといおうと、痛いものは痛いのだ。デカルトは、たぶん虫歯で苦しんだことがない。死ぬほどの苦痛を経験したことがない。それが「われ思う《コギト》。ゆえに《エルゴ》、われ在り《スム》」に辿りついた、デカルト的懐疑の背景にある。以上が〈ある〉か〈ない〉か、それを究極の哲学的主題にまつりあげて疑わない哲学者の、うんざりするほどに凡庸な秘密であり、その存在根拠なのだ。

わたしは歯痛で七転八倒しながら、疑いえないリアリティで世界を体験する。せざるをえない。世界とは人間にとって、〈ある〉か〈ない〉かではなしに、快か不快か、さらにいえば苦痛か快楽かとして、直接に経験されるのだ。

ハルバッハは哲学者にしては珍しく、そのような真理を、それなりにわきまえた人物らしい。コップが〈ある〉か〈ない〉か、そればかりを問題にしてきた歴代の哲学者をつかまえて、かれは存在を存在者に還元していると批判し、基礎的存在論を、つまり現存在の実存論的分析を提起した。

ハルバッハは、たぶん哲学者としては最初に、対象が〈ある〉のか、それとも〈ない〉のかよりも、それが快であるか不快であるか、気持よいのか、それともよくないのかを、哲学の根本問題に据えたのだ。忘却されてきた存在それ自体を、真に回復するためにというモチーフには、あまり賛成できないところもあるけれども。

ハルバッハが語る〈存在可能性〉とは、つまるところ、できるだけ心地よく、気持よく生きたいという、人間にとって不可避的な欲望を意味している。コップが人間の前に存在するのは、いま、それで水を飲もうとしているからだ。喉が渇いているからなのだ。

それが真実のところ〈ある〉のか、あるいは〈ない〉のかと、愚劣なことを深刻に、孤独に思いなやむ哲学者とは違って、普通の人間に対象や客観や世界は、自分にとっての心地よさ、気持よさをもたらしてくれるものか、そうではないものかとして、最初にあらわれる。

世界のなかに投げだされて〈ある〉人間に、あらゆる事物は、もろもろの道具として、いやおうなしに与えられている。事物ではない人間、つまり他人にしても、さしあたりはおなじことだ。

大切なのは人間の存在可能性、つまり欲望が、かならずしも主体的なものではないという点だろう。欲望は、わたしのなかの虚無から、無前提に湧いてくるものではない。わたしはいま、カケルに食べてもらおうとしてブイヤーベースを料理している。しかし、ブイヤーベースという料理が存在しない文化圏に生まれていれば、好きなひとにそれを食べてもらいたいという欲望もまた、生じえないだろう。

そのように人間の欲望には、かならず条件や制約がつきまとうのだが、欲望は主体的なものであり、それを条件づけたり制約したりする外部の力は、対象的なもの、実在的なもの、客観的なものであるとも、やはりいえそうにない。

ブイヤーベースという料理があり、それがあることをあらかじめ知っているからこそ、わたしはブイヤーベースを作りたいと欲望する。つまりブイヤーベースをめぐる条件性や制約性があたえられると同時に、わたしはブイヤーベースを欲望することになるのだ。それが、人間の被投的な企投性の意味だろう。

ハルバッハがいう人間の存在可能性とは、そのようなものとして理解できる。それは、わたしにいわせれば、なかなか画期的な哲学なのだ。

わたしはいま、包丁を使っている。包丁の下には、まな板がある。そのあいだには、微塵ぎりにされつつある玉葱がある。わたしは玉葱を微塵ぎりにしようと〈配慮〉しているが、次の瞬間には、まな板を洗おうと〈配慮〉することだろう。事物は道具としてわたしの前にあらわれ、各種の道具は、道具の道具、その道具の道具というふうに、無限の〈道具的連関〉をなしている。

人間は自分の意思とは関係なしに、あらかじめそこに投げだされている世界を、そのような道具性の総体として認識する。認識するというよりも、配慮的に摑もうとする。わたしも、その通りだと思う。ハルバッハは、普通の人間がどんなふうに世界とかかわり、世界を自分のまわりに配置しているかについて、その構造を精緻に分析している。

ハルバッハの哲学で、わたしにも興味がもてたのは、人間とはなんであるのかについて論じた箇所である。人間とは、あたえられた条件のなかで、自分の可能性を追求しようとする存在である。そのようにハルバッハは語る。それをわたしは、とてもまっとうな考え方であると思う。

「あたえられた条件」の部分だけを強調すれば、人生は闇だろう。人間は事物と、少しもかわらないことになる。貧乏な人は最後まで貧乏で終わるし、綺麗でない女は最後まで、その不遇から枷《かせ》をぬけることができない。反対に「可能性の追求」だけなら、人生は楽園だ。しかし、枷といういうものを前提にしない楽園は、たんに空想的なものにすぎない。

そうした根拠のない楽観論は、決して、人間をほんとうには幸福にしえないのだ。現実を無視した、無力な慰めにすぎないのだから。ハルバッハは、あたえられた条件のなかで、より幸福に生きようとする人間のあり方が、結果として陥りがちな問題についても論じている。

そこまでは、ほとんど賛成できる。わたしがハルバッハに追随できなくなるのは、かれが周囲の事物に〈配慮〉し、他人の存在に〈顧慮〉している、そうせざるをえない日常的現存在を、最終的には否定してしまうからだ。ハルバッハは、そのような日常的現存在は非本来的であり、公共性に没入したものであると決めつける。

頽落《たいらく》した日常的な生から、人間は本来性にむけて脱却しなければならないのだと、いささか教祖ふうの口調でハルバッハは語りはじめる。その支点になるのが、ようするに「死」である。その辺でわたしは、ハルバッハの考え方に、つきあいきれないものを感じはじめるのだ。

もちろんわたしも、日常的な人間存在のあり方を残らず、肯定しているわけではない。もう飽きたけれど、毎晩のようにサン・ドニのディスコに通っていたころ、マリアンヌという娘と顔みしりだった。

かの女は失恋したあとに、いつも愚痴をこぼすのだが、それを聞かされるわたしは、それでは振られるのも当然ではないかと内心では考えていた。かの女は徹底しようとしないのだ。かの女の恋の相手は、いつも姿のよいペンキ職人とか、運転の上手な自動車修理工とか、ディスコ・ダンスの名人である珈琲店《カフェ》の給仕とか、そうした人種ばかりなのだ。

男はいつも、かの女にとって桃色や紫色の模造真珠のごときものである。マリアンヌはいつも、身を飾る模造真珠のようなものとして、恋の対象を見てしまう。

模造真珠なら、とりかえがきくだろう。そのように、かの女は男をとりかえ続ける。いや、とりかえられ続けるのかもしれないが。それは相手の男も、マリアンヌを模造真珠のような装飾品だと考えている結果であり、かの女に不実を非難されるような筋合はないだろう。ようするに、どっちもどっちなのだ。

わたしはなにも、カトリックの司祭に褒められるような純粋で謙虚な愛を、わざとらしく賞賛しようというのではない。神に褒められなくてもよい、反対に、神の怒りをかってもよい、とさえ思う。

わたしが心から望んでいるのは、おのれの快楽であり、心身の充足であり、幸福である。わたしの存在可能性の実現である。教会の司祭が眉をひそめようが、そんなのは知ったことじゃない。

わたしは、教会の司祭が説教しそうな安直な倫理を否定するけれど、ロマン主義ふうの恋愛観念に殉じようというわけでもない。ヴェルテルもシャルロッテも、どこか嘘っぽく感じられる。わたしは、たんにわたしの官能を、あざやかな生の欲望を満たしたいのだ。自分というかたちが壊れてしまうほどに、その奔流を電撃のように浴びてみたい。それ以上の意味付与をするような必要は感じない。

自分が壊れるほどの電撃を浴びるには、それなりの努力が必要なのだと思う。自分にとって無用なものであれば、なにも我慢するような必要はない。わたしもそのように思い、遠慮なしに切り捨てたものは沢山ある。

しかし、あらゆるものに対して、なにひとつ我慢できないというのは、やはり問題ではないだろうか。なにも我慢しない結果として、マリアンヌはつねに失恋を反復している。かの女が、つぎの恋愛を本気で失わないようにしたいなら、それは簡単なことだ。

さして親しいともいえない友人を摑まえては、失われた愛の物語を嬉しそうに喋るのをやめればよい。もはや、それについて語るような未来は存在しえないと決意して、現在の恋を生きればよいのだ。お喋りだけではなしに、他人の噂に好奇心を燃やして、嫉妬と自己満足のあいだを揺れ続けるようなことも。

だから、ハルバッハによる〈日常的現存在〉の頽落した様態の分析には、なるほどと納得できるところがある。たとえばアイガーを歩いて登った人は、ケーブルカーで登った人よりも、肺や心臓や筋肉を苦しめたぶん、アイガーからより大きな快楽をひきだしたのだ。北壁を頂上まで登攀した人は、稜線を歩いて登った人よりも、さらに大きな快楽をえたことだろう。

マリアンヌは恋愛という山を、汗まみれで直登しようとはしない。いつもケーブルカーで、努力なしに頂上に着こうと望んでしまうのだ。だからかの女は、失恋をかさねることになる。わたしの躰にケーブルカーで登ってきそうな男なんて、なんの魅力もない。それでも厚かましく寄ってきたら、むこう脛《ずね》を蹴とばしてやる。男の方だって、ケーブルカーで登ってきそうな女がいたら、やはり、うんざりすることだろう。

だれでも、アルピニストになれるとはかぎらない。しかし、アルピニストがアイガー北壁を欲望するように、だれでも恋する男、あるいは女を心から欲望することはできる。である以上、アルピニストが身を削るような修練をかさねるように、恋する女もまた、かれとの恋愛を成就するために、あえて身を削らなければならないのだ。

そうした点では、日常的な人間のあり方に、しばしば非本来的なものがあり、わたしたちが無自覚に頽落しがちであるという、ハルバッハの批判にも一理はある。人間はケーブルカーで山に登る安楽さに、つい屈してしまうものなのだから。そこでハルバッハは「死」の主題を導入して、本来的自己への復帰をときはじめるのだが、その場合アントワーヌのような生き方は、そして死に方はどうなるのだろうか。

欲望する対象を見いだし、あるいはその対象に挑発されて欲望し、それを充たすために懸命に努力すること。アルピニストのようにアントワーヌもまた、そのように努力したのかもしれない。わたしがアントワーヌに惹かれたのは、かれに、そのような不真面目な真面目さを感じたからではないか。

アントワーヌが不真面目だったというのは、かれにとってのアイガー北壁だった革命なるものが、あくまでも自分の欲望の対象にすぎないものだったから。アントワーヌが飢餓に苦しんでいる第三世界の解放だとか、労働者階級の運命だとかについて、真面目に悩んでいたとは思えない。むしろかれは、凡庸な日常生活を爆破したいと望んでいた。体制内化して、革命の敵になった労働者階級もろともに。

その意味では、わたしも徹底的に不真面目であるしかないと考えている。問題は自分の欲望であり、その超過達成なのだから。それだけでも身勝手である以上、少なくともそれを、他人にも意義あることだと強弁するような、無自覚さとうらはらの厚顔さだけは避けなければならない。

アントワーヌが真面目だったのは、その不真面目な目標を探究する真摯《しんし》さにおいてだ。つまりかれは、徹底的に不真面目である点において、徹底的に真面目な青年だった。わたしには、それがよくわかる。

それでもアントワーヌの生と死を、どうしても肯定できないような気がするのだ。アントワーヌとマリアンヌは、たぶん対極的な性格の人間だろう。アントワーヌとミッシェルも。

わたしは、マリアンヌやミッシェルのような生き方には賛成できない。しかし、それに過激に対立したアントワーヌのような生き方にも、やはり肯定できないものを感じてしまうのだ。

その理由はアントワーヌが最後のときまで、ほんとうに自己肯定できる場所にはたどりつけないで死んだと、どうしても感じるところがあるからかもしれない。わたしのように結果としてだまされ、ひどい目にあわされた女の子までも、不幸な気分にさせてしまうようなアントワーヌの死に方が、正しいものであるわけがない。

やはりわたしは、そう感じてしまう。アントワーヌの最後の手紙には、わたしのような平凡な女の子の気持を蹂躙《じゅうりん》しながら、それを含めて自分のことを許してもらいたいというような、あえていえば無自覚の傲慢さのようなものがあった。誠実である証拠として、謝罪のあかしとして、自分の命をさし出したのだといわれたら、まだ生きている人間には返す言葉などありはしない。その押しつけを、黙って押しつけられ続けるしかない。

そうなることを、あらかじめ期待したところで、アントワーヌは英雄的に死んだのではないだろうか。であるならわたしは、そんな英雄なんて肯定するわけにはいかない。絶対に認めることなどできない。

アントワーヌの思い出を抱きしめて、生涯、黒い服を着て生きるなんて冗談じゃない。たぶんアントワーヌは、相手を間違えたのだ。リセの同級生だったセシールなら、そんなアントワーヌの素敵な花嫁になったことだろう。

あの子はいつも、永遠の恋人ハムレットを求めるオフィーリアだったのだから。死んだハムレットなら、安心してオフィーリアの役を演じることもできる。ハムレットに勧められたように、あとは修道院に入るだけなら、さほどの演技力も要求されないだろうし。

人間は自分の死を、自分が選んだ死であればなおさらのこと、他人を不幸にしないためのものとして、自覚的に扱わなければならない。不幸にさせないというのは、少なくとも隣人に自分の死を、大袈裟に考えるよう無理じいなどしないということだ。わたしが死ぬときは、まだ生き続けるだろう隣人に、自分の死の意味をむりやりに押しつけ、むりやりに考えさせるような死に方など、絶対にしたくないと思う。

アントワーヌは、ようするに大袈裟なのだ。大袈裟に騒ぎまわって、わたしのように平凡な女の子の心まで一年も二年も痛めさせる。そんなのは、不当ではないだろうか。それでも死んでしまった人には、反論のしようもない。責めることはできるけれど、絶対に責められることのない都合のよい場所にアントワーヌは去ってしまったのだ。

カケルは、どうだろうか。かれなら死ぬときは、たんに消えるのみだろう。死という最高のカードを切れる、ざらにない人生に一度のチャンスに舞いあがって、はた迷惑に騒ぎまわるようなことは絶対にありえない。かれが死を決意しても、わたしに最後の恋文を書き残すようなこともまた、やはりありえないことだろう。カケルは、たんに消えてしまうだけだ、それだけなのだ。

そんなふうに考えて、わたしは喉が裂けるほど大きな声で叫びたいような、やり場のない哀切感に襲われた。心理的なロボットの反応なのだ。そう自分にいい聞かせて、なんとか心の痛みをなだめようとした。でも、できそうにない。

アントワーヌには身勝手だと感じたことを、カケルには、してほしいと願うような自分の気持を、どうしても処理することができないのだ。論理矛盾だ、支離滅裂だ、それではマリアンヌの愚痴とおなじになる。それではだめ。そう思う、そう思わなければいけない。でも……。

2

ふたりで夕食の片づけを終えて、食堂からカケルと居間のソファに移った。沸かしたばかりの珈琲の芳香を楽しみながら、わたしはたずねてみた。

「カケルもハルバッハの講演には、行かなかったのね」

カケルが無言でうなずいた。五月二十八日にパリに着いたハルバッハは、一週間の滞在予定で、六月四日にはフライブルクに帰るらしい。訪問中にはフランスの哲学者との座談会や思想雑誌のインタヴューなどが企画されていたが、中心になるのはやはり、昨日おこなわれたソルボンヌ講演だろう。

わたしもハルバッハ講演を聞きたいものと思っていたのだが、どうしても整理券がとれなかったのだ。こんな機会を逃すものかと優等生のシルヴィーは必死に奔走して、どうにか一枚、手に入れるのに成功したようだが、わたしにはそれほどの根気はなかった。

カケルは戦後のハルバッハ思想を、ほとんど評価していないようだ。ハルバッハの講演に興味をもたないのも不思議ではない。そのとき、戸口で呼び鈴の音がした。

アパルトマンの扉を開けると、予想どおりアラスカの灰色熊みたいな大男が、その巨体で通路をふさいでいた。わたしの顔を見て、だらしなくにやついているジャン＝ポールの隣にはパパもいて、いつもの穏やかな顔をしている。

「おかえりなさい、パパ。ジャン＝ポールも、ようこそ」

三十日になったばかりの真夜中に出かけて、パパは朝まで家に戻らなかった。昨夜は、いつもより少し早めに帰宅したらしいのだが、そのとき、わたしはまだオデオン裏の珈琲店《カフェ》でシルヴィーとお喋りをしていた。話題の中心は、もちろんハルバッハの講演だった。

タクシーで家についたのは夜中の一時で、パパはもう熟睡していた。そして今朝、わたしが目覚めたときには、はやばやと仕事に出かけていた。そんなわけで、警視庁のモガール警視と言葉をかわすのは、なんと二日ぶりのことになる。警官の家では、それも珍しいことではないのだが。

雨を吸って湿った、ふたり分の外套を壁にかけていると、居間のほうから大きな声が聞こえてきた。ひと足さきに奥に通った、ジャン＝ポールの胴間声《どうまごえ》だった。

「カケルさん、なんだか痩せたみたいじゃないですか。飯も満足に喰ってないって、そんな顔つきですよ」

「外国旅行をしていて、病気になったんですって」

わたしも居間に戻り、カケルの代わりにジャン＝ポールに答えた。ふたりとも食事はすませてきたらしい。上着をぬいだパパが、飾り棚からブランデーの壜とグラスを出して、ソファの前のテーブルにならべている。

病気で妻をなくしてから、長いこと独身を通してきたルネ・モガール氏だから、料理も上手だし、食器類の収納場所もよく知っている。わたしはいまでも、悔しいけれどパパのほうが自分よりも料理は上手だと、公正に考えてそう評価せざるをえない。

三つのブランデーグラスに、飴色の液体が満たされた。最初にレアールのレストランで顔をあわせたときから、もう一年半ものつきあいになる。パパもカケルが、お酒を飲まない主義の人間であると、ちゃんと承知しているのだ。カケルの前にはエビアン水のコップが置かれた。

「躰の方は、もういいのかな」

さりげない口調で、パパが尋ねた。しかし、隠そうとしても察することはできる。パパはカケルにたいして、少しばかり複雑な感情をいだいているのだ。わたしがカケルを好きになったことについて、どこか納得できないものを感じているのかもしれない。

パパは、自分のような普通のフランス人の青年と、ひとり娘が愛しあうようになることを期待しているのだろう。矢吹駆は、ざらにはいない魅力的な男だろうが、魅力的にすぎて危険なところがある。好きになれば、きっとナディアが不幸になる。そもそも愛したとしても、それに応えてくれるような青年ではない……。

考えなおしてみたらどうかと、パパはわたしに助言したいのだ。そうに決まってる。でも、説教じみたことは口にしない主義だし、娘の恋愛に父親として介入するのにも、どこか躊躇するところがある。だから黙っているのだけれど、なにを考えているのかは、顔を見ていれば自然にわかるというものだ。

でも、そんな心配なんていらない。わたしは自分がなにをしているのか、しようとしているのか、その程度のことは自覚して行動しているのだ。カケルを好きになって、その結果、不幸になるのかもしれない。でも、それは承知のうえだ。どんなに傷つこうと、わたしはそれを、もちろんパパのせいにも、そしてカケルのせいにもしない。

わたしはわたしなのだ。自分の選択から、喜びを引きだせるのはわたしであり、苦痛を強いられるのもまた、わたしである。ほかのだれでもない、ナディア・モガールなのだ。それが、人生を生きるということの意味ではないだろうか。カケルが、珍しく社交的な質問に普通に応えた。

「旅先のブラジルで病気になりましたが、もう大丈夫です」

グラスを片手に、もうもうと黒煙草の煙を吐きだしている大男が叫んだ。「そいつは結構。でも、もう少し喰った方がいいですぜ、若いんだから。あんたはいつも、小鳥の餌ほどしか喰わない。それじゃ、病後の回復も遅れるってもんだ。ところでカケルさん。少しばかり、私らの相談に乗ってもらいたいんですがね」

「ダッソー邸の事件じゃないの」

わたしが横から口をはさんだ。有名な実業家フランソワ・ダッソーの森屋敷で、ボリビア人の客が殺された事件については、昨日からさかんに報道されている。警視庁の捜査責任者がモガール警視であることも。

「その通りですよ、嬢ちゃん。パパから聞いてますかい」

「とんでもないことよ。パパの秘密主義は、ジャン＝ポールだって知ってるでしょう」

「私だって、捜査上の秘密をぺらぺら喋ったりはしませんよ。でも、カケルさんは例外だ。なんか、結構な知恵を出してもらえるかもしれませんからね」

なんとも、ひとを馬鹿にした話ではないか。部外者のわたしには教える気などないけれども、例外であるカケルには、進んで捜査情報を提供しようというのだ。同席しているナディア・モガールを、そのために部屋から追いだすわけにもいくまい。話を聞かれるのは望ましくないが、やむをえないと判断しよう。それがジャン＝ポールの本音らしい。憤然として、わたしは追及した。

「それで、どんな事件なのよ」

「カケルさん、聞いてもらえますかね」

図体ばかりで脳味噌のとぼしい警察犬が、わたしのことは無視して、あらためてカケルに念をおした。日本青年が無表情に、吸いこまれそうに大きな黒い眼で、ジャン＝ポールの大真面目な顔を見つめる。それから、抑揚の少ない声で返事をした。言葉づかいは丁寧だが、まるで愛想というものがない。

「お役にたてるかどうか、判りませんが。もし、それでもよろしければ」

「結構ですとも。カケルさんなら、きっと素敵な知恵を出してくれるに決まってる。私も警視も、ほとほと往生してるんです。なにしろ密室殺人、それも三重の密室なんだ。なんとも、人を喰った話じゃないですか」

「三重の密室ですって」

わたしは小さい声で叫んでいた。凄腕のバルベス警部が、眉のあいだに縦皺をよせて、大きくうなずいた。三重の密室なんて、新聞記事にはなんにも書いてなかった。とたんに探偵小説ファンの本能が刺激され、わたしは夢中でジャン＝ポールの話に耳をかたむけた。

「発端は五月二十五日に、リスボンを経由してドイツ系ボリビア人のロンカル夫婦が、パリに到着したことなんです。夫婦は懐具合が寂しいのに、それでも五日分の前金を払ってパレ・ロワイヤルの高級ホテルに投宿した……」

ルイス・ロンカルは五月二十七日の午後六時に、ひとりでホテルを出た。そのとき、ロビーで網をはっていた顎に傷痕がある大男も、まるでロンカルを尾行するようにホテルを去った。たぶん男は、どこかでロンカルを拉致したのだろう。二人は、それから四時間ほどして、ブローニュにあるダッソー家の森屋敷に到着している。ロンカルはそのまま、牢獄として使えるように改装された東塔の広間に監禁されたらしい。

その夜のダッソー邸には、疑わしい点が多々あった。執事のダランベール、家政婦のダルティ夫人、下男のグレは三人とも、夜中まで戻るなと命じられて邸を留守にしていた。その数日前から、ダッソー夫人と子供もノルマンディーの海岸にある別荘に追いはらわれている。さらに、その日のダッソー邸には、長期滞在の客三人が到着していたのだ。

引退した医者のアンリ・ジャコブ。顎に傷のある男で、地方都市で自動車修理工場を経営するエドガール・カッサン。それにパリ大学の学生、クロディーヌ・デュボワ。

三人ともユダヤ人で、ジャコブとカッサン、それにクロディーヌの父親は、フランソワの父親エミール・ダッソーとおなじコフカ収容所の生存者である。思わずジャン＝ポールの話をさえぎって、わたしは確信を口にしていた。

「召使や家族は留守にするよう命じられ、コフカの生存者二人と、その子供二人の四人しかいないダッソー邸に、ドイツ系ボリビア人が連れ込まれた。そうね。

それならルイス・ロンカルは、戦後ボリビアに身を隠したコフカ収容所の関係者だわ。たぶんクラウス・バルビイみたいなナチ戦犯。復讐を誓った囚人や、その子供が共謀して、ロンカルを拉致し拘禁したのよ」

カケルが前髪を二、三本つまみ、ピアニストのようにかたちのよい指で、無意識にまさぐりはじめた。それは、なにかを集中して考えはじめたときの、いつもの癖だった。感情を隠した表情からは窺えないけれども、カケルがロンカルなる人物に深甚な興味をいだいたのは疑いえない。

その理由は、わたしにも推察できる。コフカ収容所の生存者に狙われた、ドイツ系ボリビア人ルイス・ロンカルの正体は、あるいはイリヤ・モルチャノフかもしれないのだ。その可能性はある。無数のユダヤ人を虐待し、拷問し、虐殺して、囚人から悪鬼のように憎まれ、怖れられていた看守頭モルチャノフなら、コフカの生存者につけ狙われても不思議ではない。

「ところがね、嬢ちゃん。話は、もう少し複雑なんですな」ジャン＝ポールの声に困惑が混じっていた。

「どんなふうに」

「拉致、監禁されたロンカルは確かに被害者だが、もともとは加害者としてパリに乗り込んできた可能性が濃いんですよ」

「どういうことなの。加害者が被害者に役柄をかえたとでもいうの」

「ま、そんなふうにも考えられますな。それは五月二十九日の夜に、イザベル・ロンカルが失踪した前後の事情から判ったんです」

「ロンカル夫人も姿を消したってわけ」

うなずいて、ジャン＝ポールが続ける。「亭主が二晩もホテルに戻らないっていうのに、女房のイザベルには、それほど心配していた様子がない。それも奇妙なんですが、もっと謎めいているのはイザベルが電話で呼び出されて、その日の夕方に外出した時のことだ。女房はフロントの金庫から、古ぼけた写真入りの封筒を出させて、呼んでおいたタクシーに乗ったんですな。

前後の事情から考えて、昔の写真をネタに恐喝を思いついたロンカル夫婦が、パリに乗り込んできたのは確実だろう。その被害者がダッソーだというのも、リスボンでロンカルとダッソーが接触しているらしい事実からして、明らかなんです。

たぶんダッソーは、逆襲の計画を練りながらロンカルに、ブツとカネの交換はパリでやろうと提案したんですな。それに騙されて、ロンカル夫婦は意気揚々とオルリー空港に到着した。じきに入る大金のことを皮算用して、身分不相応な高級ホテルに投宿することにした」

たしかに妙な話だった。ジャン＝ポールの話によれば、コフカの生存者による復讐劇ではなしに、ナチ戦犯によるカネめあての恐喝劇が、ダッソー邸の殺人事件の背景をなしている。しかし、ナチによる蛮行の被害者であるユダヤ人に、ナチ戦犯に脅迫されなければならない、どんな弱みがありえたというのだろう。

「ロンカルの誘拐事件は、コフカの生存者による復讐ではなくて、脅迫された被害者の逆襲だったのかしら」

「そいつが、はっきりしないんですな。そもそもロンカルが、コフカ収容所に関係していたナチ戦犯かどうかも、まだ確証されたわけじゃないんですから」

「ロンカルの写真はあるわね」思いついて、わたしはいった。

「二種類ありますよ。屍体の写真と、パスポートの写真です」ジャン＝ポールが妙な顔をして、わたしのほうを見る。

「複写の焼増しはないかしら」

「どうするんですかい」

「明日の晩、わたしたち、エマニュエル・ガドナスの家に呼ばれてるの。ガドナス教授に、ルイス・ロンカルの写真を見せるわ。そうしたら、わかると思う」

「ガドナスね……」ジャン＝ポールが顎を撫でている。わたしは続けた。

「ガドナス教授も、コフカ収容所の生存者なのよ。フランス国籍のユダヤ人が、アウシュヴィッツのような巨大収容所と比較すれば小さな規模だったコフカ収容所に、それほど沢山いたとも思えない。その生存者となれば、なおさらのことね。たぶんガドナス教授は、誘拐事件の当事者以外で、ロンカルの正体について証言できるかもしれない唯一の人間だわ」

「ガドナスの存在は、もう私らも摑んでる。今日の午後、ジャコブから聞き出したんです。明日にでもロンカルの写真を持たせて、刑事をやるつもりでした。その、ガドナスとかいう人のところにね」

刑事を行かせるなんて、そんなことを許すわけにはいかない。捜査はあくまでも、ナディア・モガールがやるのだ。

「だめよ、ジャン＝ポール。写真をわたして。ロンカルの正体を確認するのは、わたしの仕事よ。明日の夜まで絶対に待てない、どうしても緊急な必要があるというのなら、これからあなたが行きなさい。そうでなければ、わたしに任せること。いいわね」

ふと、カケルが口を開いた。「僕も、そうした方が好都合だと思いますね。ナチ収容所の生存者には、過去に触れられたがらない人も多い。警察に協力しないというのではなく、心の傷を掻き廻されるのが怖いんです。その辺の事情をわきまえないで、刑事がいきなり写真を突きつけても、確かな証言が期待できない可能性もある。

多少は面識のある人間が、それに配慮して丁寧に質問すれば、より効果的な証言が得られるかもしれません。一刻を争うのでなければ、僕たちに任せてもらえませんか」

カケルが助け舟をだしてくれた。しかし、感謝する必要などは感じない。下心は知れているからだ。その息子を追跡しているカケルは、警察よりも一歩でも先に、ニコライ・イリイチの父親がルイス・ロンカルかどうかを、なんとしても摑みたいのだろう。ジャン＝ポールが、小《こ》狡《ずる》そうな顔つきでカケルに応じた。

「そいつはカケルさん次第ですな。なんか有益な話を教えてもらえるなら、写真は喜んで進呈しますがね」

「警部の話から思いついたことは、なんでも話しますよ」カケルが、ぽつりという。

「全部ですぜ、カケルさん」灰色熊が念をおした。

「ええ、全部」

バルベス警部が許可を求めるように、上司の顔を覗きこんだ。ロンカルの写真を取引材料にして、矢吹駆の独創的な脳味噌を、どうやら搾り器にかけるつもりらしい。カケルから言質《げんち》をとるのに成功して、ジャン＝ポールは満足そうに揉み手している。

過去三度の事件で、たしかにカケルは、そのつど捜査に有益な観点や推理を提供した。アンドロギュヌス事件で、三人の被害者の共通点を指摘したことなど、その最たるものだろう。

しかしカケルは、知りえたことを残らず、ジャン＝ポールに教えたわけではない。三つの事件の背後にひそんでいた謎の人物、ニコライ・イリイチの存在について、まだ警察はなにも知らされていないのだ。馬鹿な警察犬でも薄々は、そうしたことに勘づいていたらしい。

「いいだろう。ガドナス氏には、カケル君から確認してもらうことにしよう」

パパが、ジャン＝ポールの熱意におされて妥協した。バルベス警部は大判の手帳をひらき、頁のあいだに挟まれていた写真をテーブルにおいた。屍体写真ではなしに、パスポート写真の複写らしい。ニコライ・イリイチの父親かもしれない男は、平凡な印象の、むしろ貧相な感じの、六十代なかばに見えるやせた老人だった。

頬がこけ、額は禿げあがり、眼には落ちつかないものがある。そんな老人が、おどおどしてカメラのほうを見つめていた。どう見ても乏しい年金でかつかつの暮らしをしている、引退した小学校教師か下級官吏の顔つきだった。

先入観があるせいか、なんとなくアイヒマンの顔に印象が似ているような気がした。大量虐殺者が悪魔か鬼さながらの、残忍かつ凶暴な顔をしているとはかぎらないだろう。

いつものことながら、カケルの演技力には感心してしまう。内心では興奮しているに違いないのに、なんの興味もなさそうに写真を一瞥したのみで、無造作にシャツの胸ポケットにおさめた。

ぶじに取引は成立し、ルイス・ロンカルの写真を入手したカケルは、頭の中身を残らずジャン＝ポールに提供しなければならない義務をおった。その性格からして、契約不履行ということはありえない。そんなカケルの振舞を横目で見ながら、わたしは話を戻した。

「それでロンカル夫人は、タクシーで、どこに行ったの」

「ダッソー邸です。裏木戸の前でタクシーを降りているから、間違いありませんや。邸の裏通りには、他に客が訪問できるような家なんかないんです」

「イザベルがホテルを出たのが六時四十五分、ダッソー邸に着いたのが七時半ね。夕方の交通渋滞を考えても、パレ・ロワイヤルからブローニュまで四十五分もかかるのは、少し不自然じゃないかしら」

「客のイザベルのほうが、目的地に七時半に着くように運転手に命じてるんです。運転手は、少しばかり遠廻りしてブローニュに向かったそうだ」

ロンカル夫人は注文どおり五月二十九日の午後七時半に、ダッソー邸の裏でタクシーを降りた。それきり、夫とおなじように消息を絶っている。ロンカルのほうは、それから六時間ほど後にパパによって死亡を確認されているのだが、イザベルはいまだに消息不明なのだという。

「それで」わたしはロンカル殺しの詳細を知りたくて、もう夢中だった。

「三十日になったばかりの深夜の十二時半、地区署に外国人らしい女から通報があった。それが事の起こりでした。殺人事件の発生を通報されて、パトロール車がダッソー邸に急行した。インターホンでのやりとりに応えて、渋々ながら正門まで出てきた執事のダランベールは、どうしてもパトロール警官を邸内に入れようとはしない。

その時にはもう、主人のダッソーと客のジャコブによって、ロンカルの屍体は発見されていたんですがね。ふざけたことにダッソーは、事件を揉み消すことのできる可能性が失われたところで、ようやく顔見知りの警視総監に電話をした。そして、あんたのパパが現場に出かける羽目になったってわけですよ」

それで、あの夜パパは、雨の真夜中だというのに警察車を呼んで、あわただしそうに家を出たのだ。ダッソー家の森屋敷でパパを迎えたのは、異様きわまりない三重の密室殺人事件だった。

東塔の牢獄で死んでいたのはルイス・ロンカルであり、しかも頭部の打撲傷と心臓の刺し傷が、最大でも一、二分の間隔で加えられたらしい。遺体を解剖してみても、どちらの傷が先なのかは判断できないというのだ。

後頭部の骨折は、自分で転んだせいかもしれないけれど、背中から心臓を貫いた刺し傷は、ロンカル自身によるものではありえない。他殺であることに、どうやら疑問の余地はなさそうだ。

首相やパリ市長の友人であり、間接的にせよ警視総監にまで影響力をもつ財界の実力者ダッソーの圧力を蹴とばして、パパがロンカルの死を他殺であると断定できたのは、自分ではつけられない位置の刺し傷以外にもうひとつ、凶器の刃物が現場から消えているという、決定的な事実があったからだ。現場に残されていたのは、短剣の柄の部分だけで、凶器として使われた折れた刃の部分は、どうやら犯人がもち去ったらしい。

凶器は昨日、柄の代わりにカッサンのハンカチが巻かれた状態で、東塔の真下にある池の底から発見された。部屋が遠いカッサン以外なら、だれにでも凶器を池に投じる機会はあったろう。

「ハンカチに染みついてた血と、刀身の指紋は」わたしが質問した。

「ハンカチの血は予想通りロンカルと同じ血液型。指紋は残念なことに、被害者のものでしたよ。私はてっきり、カッサンの指紋だろうと思い込んでたんですがね。ロンカルの屍体には、右手に切り傷があった。生前につけられたものです。犯人に襲われた時、ロンカルは素手で短剣を払ったんでしょう。指紋も右手の傷も、そのときのものらしい。

とっさに短剣を払いのけ、それから寝台や机のある広間の北東の隅の方に、無我夢中で逃げ出した。無意識に、広間の唯一の開口部である換気窓を目指したのかもしれない。そこから人間が外に出られるような、大きな窓じゃないんですがね。でも動転した被害者なら、そんなことは考えないで、とにかく窓の方に駆けよったとも考えられます。

その背中に、被害者に追いついた犯人が、必殺の一撃を叩き込んだ。心臓から短剣を抜かれる時の力で、あお向けに倒れたロンカルが、石畳に後頭部をぶつけた。ま、そんな具合でしょうな」

わたしは興奮しながら、その夜、主人ダッソーをはじめ邸にいた客三人や召使三人の証言を、ジャン＝ポールが語るままに子細にメモし続けた。

下の書斎にいたダッソーとジャコブの証言によれば、犯行時刻と想定される十二時七分には、殺人現場の東塔広間は完璧な密室状態だった。二人が書斎に入った十二時以降、三階の殺人現場に出入りできた人間はいないというのだ。なにしろダッソーが、意図しないで階段の登り口を監視していたのだから。東塔のドアの鍵まで考えるなら、それ以前から塔の広間は、ロンカルを閉じ込めている密室だった。

あるいは金庫のダイヤル番号が、犯人に知られていたのかもしれない。鍵の複製が作られていた可能性は、かならずしもゼロではないだろう。使用人の三人はむろんのこと、客の三人にだって、鍵の複製を入手する機会はありえた。そう仮定してみても、依然としてダッソー邸の東塔は、強固きわまりない密室だった。

というのは、次のような事情による。書斎の二人を驚かせるような物音がしたのは、十二時七分。その一分後には、死後数分の屍体だという医者ジャコブの証言つきで、ロンカルの死が確認されている。

ダッソーも、床に流れていたのは新鮮な血で、まだ皮膚にぬくもりが感じられたと証言しているところから、ほんの直前に殺されたことは疑いえない。十二時前ということは、絶対にありえないだろう。

犯人が合鍵を用意していたなら、十二時前に塔内に侵入するのは容易だ。十二時すぎでも、ダッソーが一瞬のあいだ注意をそらしたとき、書斎のドアの前は通れたかもしれない。

しかし、物音がした十二時七分から、ジャコブが階段を駆けあがるまでの数秒のあいだに、犯人が書斎の前を通って現場を脱出しえたとは考えられない。そんなことは不可能なのだ。金庫を開けていたダッソーはともかく、階段のどこかでジャコブと、犯人はすれ違っていなければならない。

ロンカルは、十二時前に殺害されてはいない。三階では十二時七分に、真下の書斎の天井に響きわたるような、大きな音がした。それ以降、犯人に現場から脱出できた可能性はない。

十二時すぎにロンカルを殺した犯人は、かろうじて書斎のダッソーの眼を盗み、現場から逃走した。ありえないことだろうが、一応そう考えてみよう。

その場合には、十二時七分に派手な物音をたてるトリックが仕掛けられていたと仮定しなければならない。しかし塔内には、そんなトリックの証拠品など、なにひとつ残されていなかったとバルベス警部は断定するのだ。

前後の状況からして、外部犯の可能性は少ない。犯人でありうるのは、さしあたり二階の客室にいた男女だろう。

三人の使用人を疑うのは難しそうだ。ダルティ夫人とグレが、正面階段を両側から監視していたのだから。執事のダランベールは、二人の眼を誤魔化さなければ二階には行けそうにない。料理女のダルティ夫人は下男のグレの、グレはダルティ夫人の監視を逃れえたのでなければ、やはりおなじ結果になる。どちらにしても不可能だろう。ありうるのは、ダルティ夫人とグレの共犯説だが、それでも二階まで辿りつけるだけで、容易に東塔の広間には入れないし、犯行のあと現場を脱出できないという点では、カッサンやクロディーヌと条件は変わらない。

その条件は、外部犯にはさらに厳しそうだ。一階も二階も戸締りは完璧で、犯人が侵入したような形跡はない。ロッククライマーなら事件当時、窓があいていた書斎かクロディーヌの客室までよじ登れたかもしれないが、書斎にはダッソーとジャコブがいた。

もしも窓から侵入した人間がいたなら、気づかないわけにはいかない。眠っていたクロディーヌも、他人の気配や小さな物音でも眼がさめてしまう性質《たち》だという。関係者の証言を信じるかぎり、二階の窓から犯人が邸内に入れた可能性は、ほとんどゼロになる。

東塔の屋上も問題外だ。屋上から塔内に入る鉄扉は、頑丈な内錠で内側から施錠されていた。施錠が確認されたのは事件のあとだけれど、邸内に共犯者がいなければ、錠は外されようがない。

もしも邸内に共犯者がいて、塔の屋上から邸内に侵入できたとしても、まだ広間のドアの鍵という問題がある。鍵の複製を持っていたとしても、事件のあと現場からは逃走できそうにない。ジャコブが確認したように、事件の直後に鉄扉の内錠は下ろされていたのだ。扉の外側から内側の錠を下ろせるトリックなど、想定不可能だとジャン＝ポールは断言している。

外部犯に可能なのは、東塔にある換気口のような小窓から、なんらかの方法でロンカルを殺害すること。外部犯としたら、それ以外にはありえない。わたしは外部犯の最後の可能性について検討しはじめた。

「ねえ、ジャン＝ポール。犯人が東塔の窓までよじ登って、窓ごしにロンカルを殺した可能性は、ありえないのかしら」

鼻をならして、大男が答えた。「ありえませんな。三十センチ四方の小窓で、天井ぎりぎりのところに造られてる。床からは三メートルも離れている。塔の壁の厚さも三十センチはある。室内から見て、窓の奥行も三十センチなんですよ。その外側の縁に、三本の鉄棒が縦にはめ込まれていた。

普通人には絶対に不可能だが、犯人がなんとかして、三階の窓まで攀じ登ったとしましょう。

でも、どうやって、室内に入れたんですか。嬢ちゃんに知恵があるなら、おじさんにも教えてもらいたいもんだ」

「窓があるなら、そこから拳銃を撃てるはずよ。室内に入らなくても、殺人は充分に可能だわ」わたしは反論した。

「ロンカルは刺殺されてるんです。撲殺かもしれないが、射殺じゃないことは一目瞭然だ」ジャン＝ポールが馬鹿にしたようにいう。

「そんなこと、わたしだってわかってる。そうじゃなくて、拳銃で撃てたなら、弓のようなものも使えたろうってこと。矢の代わりに、紐をむすびつけた短剣の刃を使うの。それでロンカルを、窓の外から殺した。倒れたロンカルは、石床に頭を打ちつけた。室内で犯行がおこなわれたように見せかけるため、紐をひいて刃を回収し、反対に短剣の柄を窓から投げいれる。そして犯人は立ちさる。

なぜ、そんな面倒なことをしたのか。犯人は室内でロンカルを殺害したと見せかけたのよ。短剣の柄が残され、凶器の刀身が現場になければ、だれでも犯人が持ちさったと考えるもの。つまり犯人は、東塔に入れる人間だろうと。

それ以外に、折れた短剣が凶器として使われた理由は考えられないわ。重たい柄がついていれば、凶器を遠方に飛ばすのは難しい。それで、折れた短剣が必要だったのよ」

ナディア嬢ちゃんの独創的な推理を知らされて、あまりのことにバルベス警部は茫然としている。わたしは得意満面だった。警官というのは、なんでこんなに簡単なことも思いつかないのだろう。ジャン＝ポールの脳味噌には、たぶん一本の皺も刻まれていないのだ。そのときパパが、おもむろに口をひらいた。

「なかなかに興味深い説だと思うね、ナディア。短剣の刃のように重たいものを、矢の代わりに飛ばすためには、どれほど大きな弓が必要か。なんとか飛ばせたとしても、そんな不細工なものが、まともに標的に命中しうるのか。足場もない垂直の壁面で、大きな弓か、それに類する飛び道具を操ることは可能なのか、などなどの難点を考慮しなければ」

わたしは憤然として反論した。「短剣の刃を飛ばすていどの道具なら、作れないわけないわ。ジェイムズ・ボンド映画には、もっと奇想天外な殺人道具が登場するじゃない。高度テクノロジーの時代なのよ、現代は」

「屋上から窓のところまで刑事を下ろしてみたが、岩壁登攀で体を固定するのに使うハーケンの類の打ち跡も、換気窓の周囲には残されていないことが確認された。ナディアが好きな007式の高度テクノロジーで、犯人には垂直の壁面に張りつくことのできる、巨大な吸盤でも用意できたことにしようか。それでも駄目なんだね」

「どうしてよ、パパ」

「被害者の傷は心臓にまで達するものだが、それは凶器が、ほぼ水平に突き出されてつけられたものだと、デュランの解剖報告書にはある。天井の窓から、床にいる男を飛び道具で撃った場合、傷は斜め上から心臓に達していなければならないな。

まだあるんだよ、ナディア。外壁に取りつき、天井近くにある縦横と奥行が三十センチの石壁の穴から、東塔の広間を覗いたとするね。そこからは、何が見えるだろうか」

わたしは唇を噛んだ。窓の位置や奥行のことを、まるで忘れていたのだ。なにが見えるのか、パパはもう調査したのだろう。それで、あんなに余裕綽々《よゆうしゃくしゃく》なのだ。不安な気分で、わたしは反問した。声が緊張でかすれていた。

「なにが見えるの」

「反対側の壁だね。やはり天井に近い位置の。西側の壁にロンカルが、天井のところまで攀じ登っていた。それならナディアの推理にも、多少の根拠は生じるだろうな。しかし、なぜロンカルは犯人の都合に合わせて、そんな真似をしてみたんだろうか。あの老人が、大した手掛かりもない石壁を、三メートルも攀じ登れたのだとしても、どうしてそんなことをしたのかな」

「壁の上のほうに、なにか至近距離で観察する必要のあるものが、あったのかもしれない」

渋々ながら、わたしは答えた。自分でも信じていない仮定の仮定だった。パパは穏やかな声で、わたしの推理に最後のとどめを刺した。

「何もないんだね。隠し戸棚もなければ、壁に刻まれた暗号もない。そもそも犯人が、自分の都合でロンカルに壁を登るよう指示できたのなら、西側ではなしに東側の壁に登らせたのではないだろうか。換気窓のところまでね。

それなら、多少の現実性はありそうだ。小窓からロンカルを呼ぶ。救出者だとでも称したのかもしれない。それならロンカルも喜んで、夢中で壁を這い登ったろう」

「それなら、きっと、そうだったんだわ」パパの助け舟に、わたしは必死ですがりついた。

「ところが、それでも駄目なんだな。ロンカルは背後から、ほぼ水平に心臓を刺されている。窓の位置と構造からして、どんなに身軽で体の柔らかな曲芸師であろうとも、殺人者に背中を向けることはおろか、犯人が心臓を水平に刺せるような体勢をとることもできない」

徹底的に論破されて、わたしは沈黙した。悔しいけれど、黙るしかない。わたしの指摘に仰天したジャン＝ポールはともかく、少なくともパパは、東塔の窓から外部犯がロンカルを殺害しえたかどうか、あらかじめ徹底的に考えぬいていたらしい。結果として、外部犯の可能性は完全に絶たれた。

再開されたジャン＝ポールの説明に注意を集中しながらも、わたしは必死で考え続けていた。殺人現場の唯一の開口部である換気窓から、外部犯がロンカルを殺せたのでない以上、可能性はどうしても内部犯にしぼられてしまう。

もしもルイス・ロンカルがコフカで囚人を虐待し、大量虐殺したナチ戦犯なら、ダッソーと三人の客には明らかな動機があるけれど、ユダヤ人でもないしコフカとは縁もないダランベールやダルティ夫人やグレに、さしあたり動機を見つけることはできそうにない。

やはり犯人はクロディーヌか、カッサンだろう。あるいは、二人は共犯かもしれない。二人とも充分以上に、疑わしい振舞を演じているのだから。

カッサンには短剣に巻かれたハンカチの件があるし、ロンカルをポルト・デ・リラのアパルトマンまで尾行して、誘拐した可能性さえありうるのだという。監視の警官をまいて行方をくらませたクロディーヌが、疑惑の渦中にあるのはとうぜんのことだ。

クロディーヌの逃走を助けた青いルノー18は、事件の前後に四回、ダッソー邸の裏通りで目撃されている。おなじ自動車、おなじ運転者であるのは、ほとんど疑いえないだろう。イザベル・ロンカルの行方も、そのルノーと関係があるのではないだろうか。

警察はイザベル失踪事件について、ふたつの仮説を立てているらしい。ひとつはカッサンがイザベルをおびき寄せて、写真をとりあげ、殺して森屋敷の庭に埋めた。その場合には、関係者のなかで七時すぎから七時半までのあいだに、裏木戸の錠を外せた唯一の人物、クロディーヌも共犯ということになる。

もうひとつの仮説は、クロディーヌの単独犯だ。イザベルに夫の身柄と写真の交換取引をもちかけたクロディーヌは、東塔の合鍵を手にいれてから、パレ・ロワイヤルのホテルに電話をした。深夜、邸のひとびとが寝静まったら東塔にいき、合鍵でロンカルを監禁場所から解放する。そして二階の自分の部屋から、ロープで庭に脱出させる。自分も庭におりて、イザベルから写真を受けとる。

しかし、その計画はロンカルの不慮の死のために、土台から崩れたのだ。夫の断末魔の叫び声を耳にしたイザベルは、警察に急報するために裏木戸から街路に走りでた。やむをえずクロディーヌは、裏木戸の錠を下ろしてから部屋に戻った。

「ねえ、ジャン＝ポール。カッサンはイザベルの屍体を、昨日の夕方までに庭に埋められたのかしら」

「できたようですな。やつは朝の十時から四十分ほど、庭に散歩に出ている。クロディーヌとジャコブは昼食後、ダッソーも夕方には。その時点では、邸の外に出ないかぎり、関係者に行動の自由は保証されていたんです。

警官は正門と裏木戸、それに塀ぞいに配置されて、逃げ出しそうなやつを見つけたら、ふん捕まえるよう命じられていた。しかし、邸の敷地のなかで、一人一人つけ廻すことまでは、指示されていなかった。

カッサンは上機嫌で、朝の散歩とやらから戻ってきたそうだ。やつが庭の道具小屋からスコップを出し、前の晩に、裏庭のどこかに隠しておいたイザベルの屍体を、ダッソー邸の森の奥に埋めた。その可能性は否定できませんな」

「それでも、まだイザベルの屍体は発掘されていないのね」

ジャン＝ポールは渋い顔だった。「先週からの長雨が、捜索には悪条件なんです。地面が乾いていれば、掘り返した跡はじきに判る。でも、雨じゃね。明日は警察犬を使うつもりだが、それほどは期待できそうにない。臭跡も雨のせいで、消えてるだろうしね」

「ロープは見つけたの」

バルベス警部が満足そうに答える。「ありました、ありました。ダッソーの娘の部屋にね。衣装箪笥のなかに、ロープの束が放り込まれてた。庭の道具小屋には植木の世話などに使うため、沢山のロープ束がある。その一つだろうとグレはいうんだが、盗まれたのがいつなのかまでは、判らないそうです」

「二十九日の夕食を、東塔のロンカルに運んだカッサンとクロディーヌは、何時から何時まで塔内にいたのかしら」

「嬢ちゃんも、なかなか考えますな。ホテルのイザベルに電話があった時、二人とも塔内にいたなら、第一の仮説が有力になる。そうでなければ、第二の仮説の裏づけになる。もちろんカッサンには、私らが何を考えてるのか、勘づかれないようにして質問しましたよ。ところが、微妙なところなんですな」

「微妙って」

「塔内にいたのは、六時半頃までだというんです。東塔の鍵を、クロディーヌから返されたダッソーも、同じような証言をしている。ホテルに電話があったのも、六時半頃というだけで、正確な時刻の記録は残されていないんですね。

ダッソーに鍵を返してから、クロディーヌは自分の部屋に入った。それからホテルに電話しても、辻褄は合う。それぞれ客室には、外線と直通の電話があります。反対にカッサンが、ロンカルを脅して女房に電話させた。それを終えてから二人で塔を降りたとしても、やはり辻褄は合う。どちらとも決められないんですな」

ふたつの仮説の、いずれが正解であろうとも、ダッソー邸に侵入したイザベルが目指したのは、四阿ということになる。カッサンの陰謀にのせられて、夫が四阿で待っていると信じたにせよ、あるいはクロディーヌと取引するためにせよ。

なにしろ雨の夜だし、屋根のないところで待ちあわせるのは、どちらにも不都合だろう。そのためにカッサンあるいはクロディーヌが、待ちあわせ場所に四阿を指定したとしても、少しも不自然ではない。

それに四阿からは、煙草の吸殻が発見されているのだ。事件の夜に吸われ、棄てられたものである可能性は少なくない。わたしはさらに質問した。

「もちろん、イザベルは煙草を吸うのね」

ジャン＝ポールが困惑の表情をうかべる。「いいや、嬢ちゃん。それで私も困ってるんですがね、ホテルの掃除係の証言では、灰皿が汚れていたことは一度もないとか。あの夜、イザベルが四阿に隠れていたと考えれば、多くの点で都合がいいんです。しかし、イザベルは喫煙者ではなさそうだ。

掃除係によれば屑箱に、煎じてのむ薬草の包装紙が棄てられていたとも。そんなものを毎日飲んでいた、養生好きらしい婆さんに、喫煙の習慣があるとも思えない。まあ、禁煙していた女が、緊張のあまり久しぶりに煙草に手を出したと考えれば、説明はつくんですがね」

わたしは深々とうなずいた。今度こそ、真相を見ぬけたという自信が湧いてきた。クロディーヌは、青のルノーの協力で逃走している。クロディーヌとルノーの男のあいだに、表沙汰にはできない関係があるのは明らかだろう。それを大前提にして考えれば、パパの第一の仮説とも第二の仮説とも異なる、第三の仮説が生じざるをえない。そしてたぶん、それこそが事件の真相なのだ。わたしは宣言した。

「外部犯が換気窓から、ロンカルを殺したという説は撤回するわ。残る可能性は必然的に、ダッソー邸内の人物の犯行ということになる。二階にあがるのも不可能だった使用人の三人は、さしあたり除外しましょう。動機もないんだし」

ダッソー邸の関係者の素行調査は、まださして進んでいないという。ダルティ夫人が離婚した夫と接触している様子はないし、ダランベールにも特に怪しいところはなさそうだ。グレは問いつめられても、外泊先について明らかにしない。恋人に迷惑がかかると思って、口を鎖しているのかもしれない。

カッサンの事業は、あまりうまくいっていないらしい。クロディーヌはシオニズムの団体に関係しているという。ジャコブについては、特になし。フランソワ・ダッソーは、あまり夫婦仲がよくない。こんな事件が起きたというのに、夫人が別荘に行ったきりで邸に戻らないというのも、冷えこんだ夫婦関係を暗示しているのだろうか。とにかく現在までの調査では、使用人三人に犯行の動機らしいものは発見されていない。

「問題はダッソー、ジャコブ、カッサン、クロディーヌの四人ね。ロンカルがナチ戦犯だったら、ユダヤ人の四人組には、それぞれに殺害の動機がありうる。ねえ、ジャン＝ポールとパパ。わたしの推理を真面目に聞いてよ」

「いいですとも、嬢ちゃん」

にやにやしながら、ジャン＝ポールが応えた。悔しいけれども、いまは我慢しなければならない。最初の推理は、みごとに難破して海中に沈没したのだ。しかし、わたしが語り終えた瞬間に、想像力のない警官は仰天して、讃辞を口にせざるをえない。そうなるに決まってるのだ。

「なかでも疑わしいのは、クロディーヌ。ジャン＝ポールだって、そう考えてるんでしょう」

「あの女をふん捕まえて、徹底的に絞りあげるのには、おじさんも異存はありませんよ。カッサンのシトロエンが、ポルト・デ・リラの現場付近で目撃されてたら、あの野郎も逮捕できるんだが。

クロディーヌは、二、三日うちにマラストが捕まえるでしょう。青のルノーに残されていた自動車地図を精密に検査して、頁の汚れや書き込みなどからマラストは、男の自宅があるらしい通りを割り出すのに、どうやら成功したらしい。夕方から刑事の大群が投入され、その通りで、徹底的な聞き込みがはじめられている。

ルノーの男が見つかるのも、もう時間の問題ですな。その男に吐かせれば、クロディーヌの隠れ家も発見できる。同じところに、イザベル・ロンカルも潜伏しているのかもしれない。どのみち、あと二、三日の勝負ですよ。

でもね、嬢ちゃん。クロディーヌやカッサンに狙いをつけるのには賛成だが、やつらがどんな方法でボリビア人を殺したのか判らなければ、つまるところ問題は振出に戻る。殺し方が判らない以上、容疑はダッソーにもジャコブにも、三人の使用人にまでも曖昧に広がらざるをえないんですな」

「いいから、わたしの新しい推理を聞いてよ。パパの第二の仮説には、大きな弱点があった。クロディーヌがロンカルを脱出させるのは、どう考えても深夜になる。それなのにクロディーヌは、決行時間のはるか以前から、イザベル・ロンカルをダッソー邸に呼びつけていた。その理由が説明できないこと。

ロンカルの身柄と写真の交換場所として四阿が指定され、裏木戸から邸の庭に侵入したイザベルが、四阿を目指したことも、ある程度の確実性で推定できるわ。しかし、そこには、煙草の吸殻が残されていた。イザベルは煙草を吸わないという事実と、それはどう整合化できるのか。

もうひとつ、パパもジャン＝ポールも注意していない様子だけど、その夜のクロディーヌの行動には、不審なところがある。イザベルを七時半に呼びつけているクロディーヌなのに、裏木戸の錠を外したのは、その二十分もまえのことなのよ。どのみち晩餐の席を中座するなら、七時半に裏木戸でイザベルを、じかに迎えいれたほうが都合がよいのに。

それらの三つの謎は、クロディーヌとルノーの男が仲間であることを前提にして推理すれば、なんなく解けるの。イザベルをダッソー邸におびきよせた方法は、パパが考えたとおりだと思う。でもクロディーヌは、たんに写真を手に入れようとしたんじゃない。かの女の真の目的は、ロンカル夫妻を地上から抹殺することだった」

「その動機は」パパが真面目な顔で質問した。わたしのことを、少しは見直しはじめたのだ。

「ロンカルを拉致して監禁した四人のユダヤ人のあいだで、その処置をめぐり、たぶん対立が生じたんだわ。まだ学生のクロディーヌは過激派で、報復のためにナチ戦犯を処刑するよう主張したけれど、大人の三人は穏健派で、煮えきらない態度をとり続けた。

業をにやしたクロディーヌは、ルノーの男と結託して、憎むべきロンカル夫妻を穏健派の三人には無断で処刑する計画を立てたのね。それが事件の発端よ」

ジャン＝ポールもパパも、わたしに注目していた。カケルだけが、なんの興味もなさそうな顔をしている。そんな冷淡な態度を見せつけられて、わたしは少しばかり気分を害した。

「薬をとりに行くようなふりをして、夕食の席を外したクロディーヌは、ロンカル夫人が到着する七時半より二十分もまえに、裏木戸の錠を外した。その理由は、ひとつしかないわ。イザベル・ロンカルの到着以前に、仲間をダッソー邸の庭に引きいれる必要があったから。

男は、ルノー18を裏木戸の付近に駐車して、邸の敷地内に侵入した。おびき寄せられたイザベルを拉致するため、約束の四阿で網をはった。その男なのよ、煙草を吸ったのは。時刻どおり四阿にあらわれたイザベルに、待ちかまえていた男が襲いかかる。裏木戸から引きずりだして、ルノーに押しこむ。モニカ・ダルティが調理室の窓から、七時五十分に目撃した謎の人影というのは、イザベルを肩にかついだルノーの男なんだわ。そう考えれば、三つの謎も解けるでしょう」

「嬢ちゃんの説では、亭主の方もクロディーヌが殺したんですな」ジャン＝ポールも少しは真剣になってきた。

「そうよ。クロディーヌは、東塔の合鍵を用意していたの。その夜クロディーヌは、サロンのダッソーとジャコブに、部屋に引きとると告げて二階まで行き、しばらくして東塔に登った。十二時少しまえのことだと思うわ。合鍵で塔の広間に入り、十二時七分にロンカルを刺殺した。計算違いは、そのときもうダッソーとジャコブが、サロンから書斎に席を移していたことね」

そこまで話して、わたしは言葉につまった。ロンカルが倒れる音と断末魔の悲鳴を耳にして、その直後にジャコブは、階段を駆けあがる。それなのに、どうしてクロディーヌはジャコブに見つからないで、殺人現場から脱出できたのだろう。

東塔の広間で屍体と一緒のところを、ジャコブとダッソーに発見されるか、どんなに機敏に行動しても階段をおりる途中で、ジャコブとすれ違うかしかないのだ。わたしの推理の難点を、すかさずジャン＝ポールが突いてきた。

「嬢ちゃんの説では、どんな方法でクロディーヌが殺人現場から逃走できたのか、その最大の難問が説明されていない。しかし、塔の密室の謎は、さしあたり括弧に入れときましょう。先に、イザベル誘拐事件の方から考えてみますよ。

四阿に忍び込んで煙草を吸ってた男は、イザベルを殴り倒して肩にでも担ぎ、裏木戸から表に出て、停めておいたルノーに押し込んだ。それを、モニカ・ダルティが調理室の裏窓から目撃した。そういうわけですね」

わたしがうなずくと、ジャン＝ポールがさらに続けた。「それから男は、また裏木戸から庭に入り、木戸を施錠して高い塀を乗り越えた。嬢ちゃんの説では、そういうことになる。警視の第二の仮説とは違って、クロディーヌは最初から四阿に行くつもりはないんだから、イザベルを探して裏木戸まで行き、外れていた錠を下ろしたという推測は成りたたない。

どうして男に、そんなに面倒なことをする必要があるんです。裏木戸の錠が外れていても、なんにも問題はないじゃないですか」

「きっとイザベルが、ダッソー邸の外で拉致されたんだと、なんとか見せかけたかったんだわ」わたしは反論した。

「駄目ですな。それならなぜ、七時半にイザベルがタクシーを降りた時点で、さっさと誘拐しなかったんです。何もイザベルに、邸の庭まで入らせる必要はない。まだありますぜ。八時までにはイザベルを誘拐していたのに、なぜ犯人は、それから四時間もダッソー邸の裏通りにルノーを停めてたりしたんです。なにしろ誘拐は重罪だ。そんな犯罪を犯した人間が、いつまでも現場付近でうろうろしていたなんて不自然きわまりない。

身柄を押さえているイザベルに、十二時半に警察に通報させたのは、なぜなんですかね。嬢ちゃんの説では、その時イザベルは猿轡でも嚙まされて、森屋敷の裏道に駐車したルノーのなかに転がされてたことになる。その車には大統領専用車さながら、カーテレフォンでも設置されてたんですか。

高度テクノロジーの時代とやらでも、今のパリでは電話回線に接続できる無線装置を取りつけた自家用車なんて、そうざらにあるわけじゃない。十年後は知りませんがね。私らがムフタール街の魚屋の前で押さえたルノーには、そんなものは影も形もありませんでしたね。

それにダッソー邸の建物は、東西に長い構造です。裏木戸は東側の塀にあり、四阿も敷地の東方向に位置している。ところが調理室は建物の西端にあるんですよ。ルノーの男は四阿から、失神したイザベルを担いで雨のなか、わざわざ建物を一周して裏木戸を目指したんですかね。

最後につけ加えとけば、ルノーの灰皿に残ってた吸殻は、四阿のそれとは銘柄が違います。四阿の方はアメリカ煙草だが、ルノーの方は国産銘柄だ。その男は、車内と車外で違う銘柄の

ろう。

「パイプをふかしながら、パパが話をひきとる。「確かに、ナディアの推理にも一理はある。なんなら、第三の仮説として評価してもよい。しかし、偶然に頼り過ぎているし、不自然な点が多すぎるようだな。ロンカル夫人の誘拐問題については、ジャン＝ポールが指摘した通りだろう。

問題はロンカル殺しの方だ。クロディーヌは東塔の合鍵を用意できたかもしれない、という仮定は、まあ仮定としてなら認められるが、同じことがカッサンにもいえるね。疑わしいのは、クロディーヌ一人ではないんだ。カッサンも疑わしい。

しかし、同じ程度に、ダッソーとジャコブも疑わしい。あるいは四人とも共犯なのかもしれないし、使用人まで含めて邸にいた全員が、仲間である可能性だって棄てられないんだよ。それにクロディーヌ犯人説には、最終的な難点がある」

「いわれなくても、わかってる。どうしてクロディーヌは、殺人現場の広間をぬけ出せたか。その謎でしょう。でもパパだって、謎は解いていないんだし、わたしの推理だけをけなすのは身勝手だわ」

「素敵なアイディアがあったんですがね」ジャン＝ポールが嘆息した。「実験してみるまでは、てっきり密室の謎は解けたと思い込んでたんだが」

「なんの話なの」

「警視が思いついたんですがね、密室トリックの種は、東塔の屋上に通じる鉄扉じゃないかと」

「屋上に通じる扉ですって」

　ジャン＝ポールが大きくうなずいて、パパの推理を説明しはじめた。物音を聞いたジャコブが、階段からホールにあらわれるよりも先に、犯人はホールの隅にある鉄扉の陰に隠れてしまう。そしてジャコブとダッソーが塔の広間に入った隙に、足音を忍ばせて階段をおり、自分の部屋に戻るのだ。パパも、なかなか考えるものではないか。しかし、どうやら実験は失敗したらしい。

「お気のどくさまね。でも、なぜ失敗だったの。扉を開閉するときの音が、広間まで響いてしまうのかしら」

　その可能性は無視できない。ボルト状の差し錠はきしりそうだし、重たい鉄扉は開け閉めするときに物音をたてそうだ。がらんとした石の空間では、その音は大きく反響するのではないだろうか。広間の奥にいた、ジャコブやダッソーの耳まで届いてしまうほどに。

「いいや、嬢ちゃん。音の方は問題ないんです。ボルト錠には油が差されていて、力を込めて廻してみても、ほとんど音はしない。蝶番《ちょうつがい》もおなじです。慎重に開閉すれば、広間の東北の隅にいる人間に気づかれないで、鉄扉の陰から脱出するのは可能ですな。それよりも問題は時間なんです」

「時間って」

「何度も東塔の階段を、登り降りして実験したんですがね、ジャコブの爺さんが主張している二十秒というのは、まあ妥当な線ということになりました。私が書斎のソファから東塔のホールまで、階段を三段とびで全力疾走すれば、なんと八秒です。小走り程度でも十五秒。書斎の戸口のところで、一呼吸入れると、ちょうど二十秒前後になる。爺さんの足でも、まあ二十秒あればホールまで行けたでしょう。

今度は、広間の屍体があった位置から、鉄扉のところまで。その場合には、走るだけではすまない。障害物競走とでもいいますかね。つまり広間を横断してホールに出たあと、ドアにある二つの錠を下ろし、さらに鍵をしめ、ホールの隅まで行かなければならない。おじさんがどんなに急いでみても、それで十秒以上もかかる。

まだあるんです。鉄扉の内錠は、ボルト状の鉄棒を廻しながら、受け金具に押し込む方式だ。十回は廻さなければならないし、油が差されていてさえ結構な力がいる。錠を外すだけで、十五秒は必要だ。それに鉄扉を開けて閉める時間を加えると、限界の二十秒をかなり超過してしまう。

自慢じゃありませんが、私は体つきの割に機敏な方だ。走るのも遅くはない。力もあるから、ボルト錠を外すのも平均より早いだろう。その私でも二十七、八秒は必要で、記録はどうしても、それ以下には短縮できないんです。カッサンの野郎なら、私と同じようにやれたかもしれんが、それでもジャコブに姿を見られてしまう。女のクロディーヌでは、問題にもならんでしような」

「パパ、たぶん物音がするまえに、クロディーヌはダッソーの眼をかすめて現場を脱出したんだわ。そうとしか考えられないもの。ジャコブの証言を信じるなら、発見されたときロンカルは、死後数分を経過していた。

それなら犯人は、十二時七分よりも何分かまえにロンカルを殺して、現場から脱出したとも考えられる。十二時前ということはありえないでしょうけれど、ダッソーの注意がそれた瞬間に、書斎の前を通過できた可能性はある」

「その場合には、物音のトリックが仕組まれていたことになるね。十二時七分に三階で大きな音がしてからは、塔の広間から脱出しえた人間は存在しない。その前にクロディーヌが階段を降りたのだとしたら、現場から脱出した後に大きな物音をたてる時限装置が、広間に残されていたと考えなければならん。しかし、そんな装置の痕跡は発見されていないんだね」

「あったのよ、物音トリックが。それ以外には、ダッソー邸の密室の謎は解けそうにないんですもの」わたしは必死だった。ジャン＝ポールが、からかうような口調でいった。

「しかし、嬢ちゃん。五フラン玉ひとつで、どんな音がたてられるんですかね」

「現場を見せてよ、わたしに。ニッケル硬貨一枚で、石床が震動するような音をたてられるトリックを、絶対に見つけてみせるわ」

殺人現場を見ることさえできれば、時限式の物音トリック程度は、いつでも見破ってみせる。わたしの厳粛な宣言に、パパは子供にむけるような優しい微笑で応えた。ジャン＝ポールは大量のブランデーを、しきりと胃袋に流しこんでいる。ふたりとも、真面目にとりあおうとしないのだ。

そして日本人の青年はといえば、警察になにか有益な助言をしなければならない立場なのに、それまで一言の質問さえしないで、ひたすら黙りこんでいた。わたしがひとりで奮戦しているのに、まるで傍観者のような顔つきをしているカケル。少しばかり腹だたしい気持で、わたしは日本人に水をむけた。

「ねえ、カケル。あなたの本質直観は、ロンカル殺しのような事件にも適用されるんでしょう。密室殺人の本質についてどう考えてるのか、説明してほしいわ」

「そうですよ、カケルさん。なんか面白そうな話を、私らにも聞かせてもらえる約束ですぜ」

ジャン＝ポールは高利貸しのシャイロックさながらに、有無をいわせない迫力で、カケルに契約の履行を迫った。

「カケル君が、どんなふうに考えるか、私も知りたいね」

3

パイプをくゆらしているパパも、ジャン＝ポールに味方した。ふたりに左右から責められているカケルが、少しばかり気の毒になったけれど、さしあたりわたしも、ふたりの警官の側に立つことにした。これくらいの脅迫で動揺したり、悩んだりするほど可愛らしい性格ではないのだ、矢吹駆は。

「約束よ、カケル。事件の本質については、質問されたらいつでも教えるって約束。ダッソー邸の事件については、自分の眼で現場を見てみなければ、なにもいえないって反論するかもしれないけれど、事件の本質についてなら、いつでも答えられるはずだわ」

カケルが顔をあげて、パパのほうを見た。それから、おもむろに口をひらいた。「撲殺《ぼくさつ》と刺殺というロンカルの二重の死因について、法医学的にはどんな結論が出されたんでしょう」

「それは私も、デュランに確認してみた。どちらが先だったにせよ、せいぜい数分、たぶん一、二分の幅のなかで被害者に加えられたものらしい。もちろんデュランは、数秒という可能性の方が現実的だろうと認めている。ほとんど同時に、ということだね。

心臓を刺されて倒れたロンカルが、石床に頭をぶつけた。解剖の結果は、そのような想定を否定するものではまったくない。心臓を刺されたのと、頭を殴られたのとのあいだに、最大でも数分の時間的距離が、あったともいえないことはない。そうした可能性もありうるということなんだな」

「ロンカルは、一瞬にして死んだのではない。数秒であれ数分であれ、ロンカルは徐々に死んだ。死には過程がある。生とも死ともいえないような、曖昧な、画然としていない、自堕落な中間領域がある……」カケルが自問するように呟いた。パパが答える。

「しかし、それは死の定義の問題になる。脳死にまつわる議論が、まさにそれだろう。生の領域と死の領域を、明瞭に線引きしたいというのは、残された生者の利害や必要の産物なんだろうな。脳死が人間の死であろうと、伝統的な三徴候をもって死んだと見なされようと、極端な場合には白骨化した時点で、ようやく死が完了したという定義をとろうと、死者にはどうでもよいことではないかな」

「しかし、死が瞬間的なものではなくて、無限に引き延ばされうる過程であるのだとしたら……」カケルが、また前髪をひっぱりはじめた。

「ねえ、カケル。話を先に進めましょう」

あまり乗り気ではないような顔で、それでも日本人は、仕方なさそうに喋りはじめた。わたしが無理矢理に、ラルース家事件のときにした約束を思い出させたせいだろう。あるいはジャン＝ポールとの契約が、それを強いたのかもしれない。

理由もなしに前言をひるがえすようなカケルではないから、そうなる結果は充分に予想できた。一年半にもなるつきあいで、ナディア・モガールも、偏屈で無愛想な日本人の扱い方について、多少のことは学んできたのだ。

「……事件の概要については判りました。僕の方法は、事件の全体から支点にあたる現象を取りだし、それを本質直観してみることです。多様な事象の断片からは、それなりに首尾一貫している解釈体系が多数、同時的かつ並立的に生じうる。

もしも一枚の五フラン硬貨で、大きな音をたてられる方法をナディアが考案しえたら、その解釈も首尾一貫したものとなりうるでしょう。警視の密室破りの推理も、実験データが提出されるまでは、ひとつの合理的な解釈だったのです。同時的かつ並立的に多数ありうる解釈の山から、唯一の真実を選び出しうる公準は、現象学的に直観された事件の本質のみなのです」

「じゃ、カケルはダッソー邸の事件の中心、支点にあたる現象は、なんだと考えているの」

「ナディア。それは『密室』だよ、もちろん。去年の冬のラルース家事件では『首のない屍体』が、夏のロシュフォール家の事件では『二回にわたって殺害された屍体』が支点的な現象だったように、ダッソー邸の事件では『密室』が中心的になる。それは君にだって、はじめから判っていることだろう」

「カケルさん、じゃ密室の本質とやらは何なんですかね」ジャン＝ポールが質問した。

「警部、それでは密室現象の本質を直観してみましょう。最初は死の問題になる。ところで死とは、なんでしょうか」

「判りませんよ、私には。まだ死んじゃいないんだからね」ジャン＝ポールが真面目な顔でいう。わたしはおかしくて、笑いだしたい気持だった。カケルは、平板な口調で続けた。

「その通りです。死を実存論的に記述した現象学者ハルバッハは、他人の死は体験できるが、自分の死は体験できないと考えました」

そうだ。ハルバッハはたしかに、そう主張し、そこからかれの死の哲学を導きだしている。ジャン＝ポールが納得した顔で語りはじめた。

「それはそうでしょうな。私も母親の死なら体験している。なにしろ臨終を見届けたんですから。やはり警官だった父親の死も、間接的には体験しているといえるかもしれん。まだほんの子供だったが、犯罪者に射たれて殉職したと知らされた時は、呆気にとられたもんです。悲しむよりも、むしろ茫然としていた。大人になった私よりも、さらに大男で逞しかった父親が、小さな鉛の破片に体を貫かれて死んでしまったなんて、どうにも信じられなかった。

しかし、他人の死を体験するということでいえば、日々そうともいえますな。仕事柄、毎日のように屍体を検分してる。私らほど沢山、他人の死を体験しなけりゃならない職業は、重症の癌《がん》患者でも専門にしている大病院の医者くらいのもんでしょう」

「まだありますよ。警部が捜査している殺人事件を、テレヴィや新聞のニュースで知らされるに過ぎない市民も、やはり他人の死を、それなりに体験はしているんです。われわれは他人の死を体験する、つまり他人の死に居あわせることはできる。しかし、自分のものとして、死を体験することはできない。自分が死んだ時、経験の主体である私は、もう存在しないのだから」

ジャン＝ポールに代わって、パパが思慮ぶかそうな声で応えた。「確かに君のいう通りだろう。私は死にまつわる、古代ギリシァの賢者のものだという言葉を、どこかで読んだ記憶がある。私があるとき死はない、死があるとき私はない。だから人間は死を怖れることはないのだ。

……そんな意味の言葉だった。

私はなるほどと思いながら、それでも納得できないものを感じたな。確かにそうだろうが、それでも私は死ぬことが怖い。日常そんなことは考えないものだが、ある時ふと、死の不安に襲われることもあるんだね。年のせいかもしれんが」

「警視のいわれる通りです。他人の死は体験できるとしても、つまり他人の死に居あわせ、それに立ち合うことは可能であるとしても、それを自分のものとして体験することなど誰にもできない。しかし、だから人間は死を怖れる必要などないのだというのは、ソフィスト流の詭弁《きべん》に過ぎません」

「では、なぜ人間は死を怖れるのだろう」パパが静かな声で問いかけた。

「ハルバッハに即して正確にいえば、死を恐怖するのではなしに、死を不安がるということになりますが」

そうだ。ハルバッハは恐怖と不安を精密に分析して、恐怖には具体的な対象があるけれども、不安にはそれがない。あるとしても、その対象は無であるとしかいえないと語っていた。自分が消えてしまう可能性、その結果として、あらゆる人生の可能性を奪われてしまう可能性、自分が死んでしまうかもしれないという可能性が、人に不安な気分を濃密によびおこす。

わたしには、ハルバッハによる不安の分析に納得できないところもあるのだが、語られている意味は理解できた。だが、ハルバッハの死の哲学は、どんなふうに密室現象の本質直観と関係してくるのだろう。パパが、さらに問いかけた。

「それではなぜ、人は死を不安がるのだろうか」

「他人の死、体験できる死ではない自分の死。決して経験はできないものなのに、それでも私を不安がらせる自分の死。ハルバッハはそれを、不可能性の可能性であると考えました」

「不可能性の可能性……」パパがつぶやいた。

「人間とは可能性の別名です。人間とは、食事をする、散歩をする、仕事をする、愛する、他人の死を悲しむ、等々のことをなしうる無数の可能性の総体なのです」

「生きているから、旨いものも喰える。魅力的な恋人を愛することもできる。それはそうですな。死とはつまり、喰ったり愛したりする可能性が不可能になることだ」ジャン＝ポールが、カケルの言葉に賛意を表した。

「そう、だから不可能性の可能性なんです。人間は誰でも、自分のあらゆる可能性を根のところで絶対的に滅ぼしてしまう最後の可能性、死の可能性を抱え込んでいる。だから人間は不安になるのだと、そうハルバッハは考えました」

「どうしてだろうか。そうだとしても、私を含めて哲学者ではない普通人はあらかた、死は必然であり自分もいつかは死ぬだろうが、まだそれは先のことだと考えて、日々の雑事に追われながら生きている。なんとか生きることができる」

「さしあたりは、できるように見える。しかし、生まれてから死ぬまで、一度も死の可能性を不安がらないで、その生涯を満足に終えられるような人間もまたありえないんです。なぜか。それには二つの理由があります。第一に、死は切迫した可能性だから。人間は明日にも、次の瞬間にも死にうるのです」

ジャン＝ポールが、厳粛な顔でうなずいた。「私も、ときにはそう思いますよ。父親のこともあるし、なにしろマフィアのゴロツキには憎まれてますからな。警視庁のバルベスを殺したいと思ってるやつは、幾らもいることでしょう。私は健康だし、平均寿命を計算しても二十年、運がよければ三十年以上も生きられて不思議じゃない。でも、私にふん捕まえられた野郎が、恨みをはらそうとして、明日にも拳銃を乱射して来るかもしれない」

「そうです、警部。そして、その理由は第二に、死が自分に固有の可能性だから。殺し屋に拳銃を乱射されて死ぬかもしれないのは、バルベス警部、あなたなんです。誰にも、どんなに警部を愛している人にでも、あなたの死を代理することはできない。

いつ死ぬか判らないこと、死ぬのは他の誰でもない自分であること。この逃れられない二つの事実が、日常生活の雑事にまぎれて、死ぬことなど考えないで生きている普通の人間にも、ふと不安な気分を、死の不安をもたらすのです」

「しかし、信仰をもつ人間はどうなのだろう。心から復活や来世を信じている敬虔なカトリックの場合は。いや、カトリックには限らないな。キリスト教徒でなくても同じことだ。転生と輪廻《りんね》を信じているヒンズー教徒や仏教徒でも、海の彼方や砂漠の彼方に死者の国があると信じている未開人でも」

パパが、自問するように低い声でいう。わたしはカケルの議論に介入することにした。なにしろハルバッハの『実存と時間』を、半月がかりで読み返したばかりなのだ。その用語も論理も頭のなかに、まだ明瞭に刻まれている。

「ハルバッハは、無神論の時代を前提にして考えてるのよ。復活も来世も転生も信じることができない現代に、死の主題について考えると、そうならざるをえないってこと。ハルバッハは、すでに失われた神と、いつか到来するだろう最後の神のあいだで、神なき時代の人間のあり方を思考したの」

カケルがわたしに、無表情にうなずいて見せた。そして続ける。「ハルバッハによる死の分析を紹介したのは、密室における死が、神なき時代、乏しき時代の人間の死を象徴するものだからです」

「どうして、そこで密室が出てくるんですかね」ジャン＝ポールが口をはさんだ。

「密室、つまり鍵のかかる部屋。しかしそれも、歴史的な産物であることを忘れてはなりません。パリでも近世までは、つまり二百年ほど前までは、鍵のある部屋に一人で住んでいるような人間など、例外中の例外だった。それだけの経済的余裕がある人間は、王や貴族をはじめとして召使にとり巻かれて暮らしていたわけだし、そうでない下層民衆は、家族全員が狭苦しい部屋で折り重なるようにして生活していたのですから。

自分のための、内側から鍵をかけられる部屋。それと前後して生じたものが、もうひとつあります。ようするに近代的な私、近代人の自我です。確かに母親の胎内から生まれたかもしれないし、もの心つくまでは家族の庇護のもとにあったろうが、いまや独立自存の完璧な主体となった私。

それこそが人間の本来的な存在形態であり、それ以前の状態は未熟な、本来のあり方にむけて完成されなければならない、過渡的状態であると信じ込んでいるような人間は、なにも大昔から大量に存在してたわけではありません。それが、近代の産物に過ぎないことは説明するまでもないことでしょう。

自己決定の主体である私と、外部から遮断された鍵のある部屋は、論理的に照応している。そのような私が、プライバシーを保つことのできる個室を建築に要求したのか、そのような個室の環境性が近代的な個人を造りだしたのか、そうした種類の前後関係にまつわる疑問は、密室の本質にとって重要なことではありません。

だから両者の因果関係は問わないことにしましょう。事実として、どちらが先行していたのかはともかく、それが論理的に同時に生じたことは疑いがたい。アベル殺しや、オイディプス神話にまで遡《さかのぼ》る探偵小説の起源論は数々あるけれども、最初の近代的な探偵小説が密室殺人の物語としてのみ存在しえた事実を、それらの起源論は意図的に忘却しているのです。

鍵のある部屋がなければ、つまり近代的な個人の存在がなければ、近代的な探偵小説など書かれたわけがないのだし、それを敷衍《ふえん》するなら、密室殺人の設定こそが探偵小説としての探偵小説の原型をなしています」

「それで」わたしは、カケルの探偵小説論に興味をひかれて、話の先を聞きたいと思った。

「自分に関係するあらゆるものを、自己決定の対象とする人間とは、神なき時代の孤独な人間でもある。彼にとって家族や共同体の規範も神話も、もはや最深部で、おのれを規定するものではありえない。

彼はまた、世界宗教の超越神からも解放された存在となります。自分のことを決める権利は自分にのみある。血も大地も、共同体も神話も、それらを抽象的に超越した絶対神も、自分の選択に嘴《くちばし》などはさむ権利はない。そう決めることで、彼は解放される。だが、その解放は孤独と同義でもある……」

だれにも自分の意思や選択に嘴をはさませない。その究極的な自由は、しかし絶対の孤独とうらはらのものである。カケルはまるで、自分のことを喋ってるみたいだわ。わたしは、ふと思った。日本人の青年は、淡々と話し続ける。

「決定の究極的な主体である近代的な私は、鍵のかかる部屋の建築学的事実に照応している。前者は後者の、後者は前者のメタファーでありうるほどに。

密室のなかの死は、ようするに同義反復的なんですね。私は私の死を死ぬという同義反復と、鍵のある部屋のなかの死は私の死であるという同義反復が、そこには偏執的なまでに二重化されている」

ジャン＝ポールが尋ねた。「『私は私の死を死ぬ』が同義反復なのは、私にも判りますよ。でも、『鍵のある部屋のなかの死は私の死である』が、どうして同義反復になるんですか」

「それでは警部、なぜ密室の死は生じるんでしょう」

「どういうことですか、カケルさん」ジャン＝ポールが頓狂な声をあげた。

「あなたが、密室に閉じ込められた屍体を見つけたら、どんなふうに考えますか」

「自殺だと思いますな。そんな場合、九割以上は自殺なんです。時には、自殺に見せかけて追及を免れようと計画された犯罪もある。しかし、そんな例は、ほんとに僅かなものですよ。実際に起こる犯罪は、嬢ちゃんの好きな探偵小説とは違いますからな」

「そう、密室の死と自殺には切り離せない関係がある。自殺にせよ、自殺に見せかけた殺人にせよ。では、自殺とはなんだろうか」

パパが横から口をはさんだ。「そうか。カケル君の話の筋が、読めてきたようだな。ハルバッハ哲学によると、他人の死は体験できるが、自分の死は体験できない。そうだね。自殺とは、体験できない自分の死を、無理にも体験しようとする、矛盾した試みだということになる。違うかな」

「そう、矛盾した、そして挫折を運命づけられた試み……。ハルバッハはさらに、不可能性の可能性である死について、次のように五つの特徴づけをしています。第一に死は、自己的な、自分に固有の可能性である。第二に死は、没交渉的な可能性である」

「最初のは判りますよ。死ぬのは自分だってことでしょう。しかし、次が判らない。なんですか、没交渉ってのは」

「ハルバッハにはね、人間はふつう身近な事物や他人にだけ関心をもって、それだけで精一杯で、自分が死ぬことなんか忘れてるって批判があるの。死が没交渉的な可能性だというのは、自分の死の可能性を考えることにおいて、身近なものや他人との関係が、人間には第一義的なものじゃないと気づくこと」わたしが解説した。カケルが微笑していう。

「ありがとう、ナディア」

「どういたしまして」わたしは皮肉な口調で応えた。カケルが本気で感謝しているとは、とても思えなかったのだ。内心では、馬鹿にしてるにきまってる。カケルが続けた。

「そして第三に、死は追い越しえない可能性である。第四に確実性、第五に無規定性と続きます」

「誰でも死ぬ、それは確実である。しかし、いつ死ぬか、どんなふうに死ぬかは判らない、あらかじめ規定されてはいない。そういうことだね。自殺とは無規定な、輪郭の鮮明でない、しかも確実性である死を、自分で規定しようとする試みだろう。いつ死ぬかは、自殺する人間には自分で決められるんだから。そして追い越しえない可能性を、意志の力で追い越してしまおうとする、不条理な試みでもある。……違うかな」

「そうです。そのようなものとして自殺は、つまるところ近代人の死を象徴するものとなります。私は私の死を死ぬという同義反復は、結果として自殺における死の方に引きつけられていく。自殺の権利と実行可能性を掌中にすることでのみ、私は私であるという同義反復的な近代的主体もまた、おのれを究極的に権利づけうるからです」

パパが応えた。「しかし、それは挫折を宿命づけられた試みである。いかに追い越そうと努力しても、自殺においてさえ人は、どうしても死に追いつけないのだから。レジスタンス時代の同志に、ゲシュタポに逮捕される直前に自殺した男がいる。拷問に耐えられる自信を、どうしても持てなかったのだろう。拷問のはてに虐殺されるよりも、自分で死んだ方がよいと思ったのかもしれない」

「ピエールのやつですな」ジャン＝ポールがうなずいた。

「その人は、たんに拷問の恐怖から逃れようとしたのではないと、僕は思いますね。私は私である、私の真にして唯一の主人は私である。その確信を守るために、自殺を選んだのではないだろうか。

　拷問の苦痛それ自体よりも、痛めつけられた肉体が精神を裏切るという不可避性を、私が私を裏切るという自己崩壊の必然性を、その人は怖れたのかもしれません。今まさに行われようとしている今夜の自損行為の方が、可能性に過ぎない明日の拷問よりも具体的であり、人間にとって怖しいものである以上、たんなる恐怖心からでは、自殺などできないのではないでしょうか」

「その通りですよ、カケルさん。ピエールはリセの教師でね、なんでも考え過ぎるタイプでした。同じ危険でも、実際にやる前に、私らよりも何倍も考え込んでしまうんですな。失敗した時のこと、ゲシュタポに捕まった時のこと。想像は、どんどん悪い方に膨らんでしまう。そして必要以上に怖くなる。しかし、やつは愛国者でした。

　作戦が危険であればあるほど、自分から進んで志願するんです。勇敢であろうとする道義心も、人の何倍も強い男でしたね。そして、自分で煽《あお》った恐怖心と義務感の板挟みになり、冷静さを失って判断を誤ったり、結果として足手まといになったようなこともある。それで自分は無能だ、同志のお荷物だという呵責《かしゃく》が、ピエールをまた苦しめるんです。

　拷問それ自体よりも、きっと吐いちまうことを怖れたんだ。自分が裏切り者に、人でなしに、売国奴になりかねないと疑って、心の底から怯えたに違いない。インテリ出身の隊員には、ルベール少佐のように神経がピアノ線ってタイプもいたが、ピエールみたいな男も多かった。思えば、気の毒なやつでしたよ」

ジャン＝ポールの残酷な昔話に、黙って耳をかたむけていたカケルが、しばらくして言葉をついだ。「自分の死は体験できない、死は追い越しえない可能性である。それは死が、観念としてしか人間には与えられていない事態を、歴然と示しています。事実としての死を、わがものにしようとする観念的倒錯が、自殺を必然化する。

生きることは、原理的に被拘束的なものです。それをハルバッハは、世界に投げ出されてあること、つまり〈被投性〉と呼びました。人間は、多数の事物や他人が雑然と絡みあっている猥雑な世界に、自分の意思とは無関係に放り込まれている」

「でもハルバッハは、〈企投〉についても語ってるわ」わたしが口をはさんだ。カケルがわたしのほうを見る。そして応えた。

「〈企投〉とは、つまり人間がその可能性を目指すことだね。だからハルバッハは〈被投的企投〉、世界が強いる制約や条件のなかで、その都度なにかをなし、可能性を実現するものとして人間を定義している。しかし、人間の多様な可能性は、最終的に不可能性の可能性である死に制約されているんだ。人間は最後には、必然的に死に突きあたらざるをえないともいえる。

可能性の背後には、不可能性がある。恋愛には失恋が、仕事には失敗が、飽食には腹痛や吐き気が必ずつきまとう。それら可能性の挫折は、死という最終的な不可能性にまで行きつかざるをえない。生きていること自体、生存それ自体が、人間にとって最終的な拘束であり、解きがたい制約なんだ。

自殺者は、最終的な拘束である生存それ自体から解放されようとして、顳顬に押しあてた拳銃の引金をひく。それは私の主人である私が選んだ、何よりも積極的な行為、最後の極限的な行為だろう。そして銃弾は発射され、頭蓋を貫いた。

だが自殺者は、その行為によって、最終的な自由に他ならない私の死を得ようとしながら、それに失敗する。死んだのは、もはや私ではない。何者でもない、たんなる屍体が残るばかりなんだ。人間は日常的な些事にまぎれることでのみ、死の可能性を隠蔽するのではない。『おのれの最も固有な、没交渉的な、そして追い越しえない、確実な、そのようなものとして無規定な』死の可能性の、完成された最後の隠蔽形態として自殺はある」

パパがパイプに火を入れながら、確認する口調でいった。「もはや復活や来世を信じられない近代人、最終的に私の主人になった私、孤独な私。彼らの、というよりもわれわれの死は、自殺において倒錯的に象徴化されている。そうだね。近代的な私と前後して発生し、二百年足らずのあいだに普及した鍵のかかる部屋。それと自殺する、できる、しなければならない私は、論理的に照応している」

「そこに、密室の死が自殺である必然性も見出されるのです。密室の死とは、特権的な死の封じ込めです。倒錯的に特権化され、しかも挫折を宿命づけられた死を、その内部に封印した禍《まが》禍《まが》しい容器」

「自殺が特権的な死……。どういうことかな」パパが質問した。ジャン＝ポールが口をひらいた。

「死ぬのは、自分だってことでしょう。自分にしかできないことは、喜ばしいこと、誉れあること、つまり特権的な経験ですからね。しかし、私にしか愛せない女との恋愛や、私しか喰えない特別の料理が特権的であるように、死ぬこと自体が喜ばしいとも、誉れあることだとも思えませんな、私には」

カケルが答える。「特別の恋愛や特別の食事は、さしあたり自分にしか可能ではないように見えても、いつでもその確信は覆されうるものですね。あなた専属の料理長が、あなたのために発明した特別料理でも、買収されて他の人間に供することがあるかもしれない。

恋愛にしても同じことです。しかし、自分の死だけは違う。誰にも代わりに死んでもらうことはできないが、同時に他人が代わりに死にたいと、どんなに望もうとも不可能なことなんですから」

「特別料理や特別の恋人は、盗まれうる。しかし、自分の死だけは、絶対に他人に盗まれえない可能性だというんだね」パパがパイプの煙を吐きだした。

「そうです。普通、人が特権的なことである、自分にしか許されていない喜ばしい、誇らしいことであると思っているのは、実は自分の死を原型にして、それを水増しして得られたイメージに過ぎない。

真に特権的であるのは、自分の死であり、それ以外のなにものでもないのです。自分の死は、あらゆる生の可能性を絶対的に拘束し、限定する不可能性の可能性ですが、しかし自分の死においてこそ、人間の可能性は最終的に成就される。終局としての死においてこそ、人間の存在は全体化されうるのですから」

「どうしてだろう。死は人間の可能性を不可能にするのに、なぜそれが、可能性を成就するものになるのか」パパが問い質した。

「なんとなく判るような気もしますな、警視。女との恋愛や情事も人間の、というより男のかな、その可能性だとしたらと、さしあたり考えてみますね。ところで私には三人の女がいる、仮定の話ですよ、嬢ちゃん。それぞれに三人とも魅力的だし、つき合えば楽しいし、どうしても一人に決めることはできない。しかし、もうじき死ぬことが判ったら、どうなるだろうか。

一人は美人で、連れ歩いて他人の羨望をあびるのが楽しかった。もう一人は女房タイプで、あれこれ世話を焼いてくれるので便利だった。でもね、警視。じきに死ぬとなれば、愛玩犬代わりの女も家政婦代わりの女も、もう必要ではなくなる。自分にとって、本当に大切な女は第三の女だったと、よくよく判るってもんでしょうが。何が人生にとって大切なのかは、先のことなど考えないで流されるように生きていれば、なかなか俗人には判らないものだ。

死ぬかもしれないと腹を据えたときにはじめて、三人の女のなかで本当は誰を愛していたのかも腑に落ちる、心底から納得できるようになる。いつゲシュタポにふん捕まるか知れないレジスタンス時代に、私はそんなふうに考えたことがあるんです」

パパが反論した。「しかし、それは死が特権的であるのとは、意味が違うな。死の可能性は鏡のように、無数にある生の可能性のなかで何が大切なのか、何を選ばなければならないかを、ありありと人に映し出してみせる。そう考えるのが適当だろう」

「でもね、パパ。虚栄心や流行や、世間の常識や惰性に流されて、なにを本当にしたいのか、しなければならないのか判らない人間に、自分にとって特別な、選ばれた、生の可能性を目覚めさせる死という可能性は、やはり決定的に重要なんだってハルバッハはいうの。死があるからこそ、生の可能性も成就されうると。でも、わたし、その論理には納得できないところもあるんだけれど」

「私は納得できますぜ、嬢ちゃん。あんたはまだ、ほんのひよっ子だし、爆弾を外套の下に隠してドイツ兵の監視をすり抜けるなんて、心臓が痛くなりそうな経験もしたことはない。死ぬかもしれないなんて、あんまり考えないのも当然のことだ。それはそれで結構なことですよ」

ジャン＝ポールが心得顔でいった。それは違う、違うと思う。たしかにわたしは、わたしたちの世代は、パパやジャン＝ポールのように死の危険が日常であるような人生を、一度も経験してはいない。しかし、だから死について考えないですむとはいえないのだ。

人を殺し、その自罰のせいかどうか、死の危険に満ちた隣国に身をおこうと決意したアントワーヌは、ジャン＝ポールとおなじほど、あるいはそれ以上に死について考えぬいたのではないだろうか。そして殺されたアントワーヌの存在は、いまもわたしに、死について真剣に考えるよう強いている。

第二次大戦を経験した大人は、子供の遊びだと馬鹿にするかもしれないけれど、しかし、子供の世代は都市のパルチザン戦争を生き、かつ死のうと決意したのだ。アントワーヌは繁栄する平和な社会を革命戦争で転覆しようと企て、そしてマドリッドの戦場で銃弾に倒れた。

それは幻影のなかの戦争だったかもしれない。しかしアントワーヌには、疑いえない現実として体験されたのだ。パパだって、ジャン＝ポールにだって、それを馬鹿にする権利なんか与えられてはいない。

パパがカケルに質問した。「死の所有という特権をわがものにしようとして、人は自殺する。しかし、その試みは挫折せざるをえない。とするとハルバッハの哲学は、一種の自殺哲学なのかな」

「いいえ、警視。しかし、ハルバッハの書物から自分の身の丈にあわせて、各種の自殺哲学を引き出すような読者は少なくありません。逮捕直前に自殺したピエール氏が、もしもハルバッハの本を読んでいたら、自分の行為をハルバッハ哲学で正当化したかもしれない。正確にはそれは、誤読なんですが。いや、誤読のはずなんですが……」

カケルが、最後のほうで言葉をにごした。誤読なのか、そうでないのかを明確にはしないのだ。カケルにはふさわしからぬ曖昧な、自信なさそうにも感じられる態度が、わたしには印象的だった。

「その本を読んでいた可能性はありますがね。なにしろ、リセの哲学教師でしたから」ジャン＝ポールがうなずいた。そろそろ本題に入ろうという感じで、パパが椅子に坐りなおした。

「カケル君の近代人の死と、自殺と、密室の現象学は、ある程度、私にも理解できたように思う。残されている問題は、密室の屍体が他殺である場合だろうな。自殺と密室に本質的な関係があるのだとしても、自殺に見せかけて容疑を免れようとした殺人者にとっては、それはたんなる手段、交換できる道具に過ぎんだろう。他のやり方で疑惑を避けられるものなら、犯罪者にはそれでも充分なのだから」

「そうですよ、カケルさん。殺しをやるような野郎は、被害者を自殺に見せかけるなんて悠長なことは、普通しないもんです。落ちついたやつなら、できるだけ遺留品を残さないようにして、さっさと逃げる。他人に罪を着せるというのも、ままありますな。凝った犯人でも、せいぜいのところ不在証明《アリビ》の捏造です。友達に頼んで、偽証してもらう。そんなもんですよ、実際は」

カケルが、ジャン＝ポールの顔を見た。「〈道具的存在〉は、ハルバッハ哲学にも不可欠の概念です。あらかじめ投げ込まれている世界を、〈被投的企投〉としての人間は、事物の道具的に連関した世界として見出すのですから」

「なんのことだか、よく判りませんな」ジャン＝ポールがぼやいた。

「では、次のように考えてみます。ある他人が邪魔だ、そいつを殺そうというのも、その人間にとっては一箇の可能性です。きわめて大切な、その時その人物には、無数の可能性の束のなかで中心的な位置をしめる枢要な可能性かもしれない。

そのために犯人は、多様な事物や他人までをも、犯行の道具として利用しなければならない。肉切り包丁は、被害者の息の根をとめる凶器になる。親友は、有益な偽の証言者となる。鍵のかかる部屋だって、同じように使える道具のひとつです。

考えなければならないのは、密室殺人がありうるとして、それは激情にかられた突発的な犯罪ではありえないという点ですね。それは本質的に、時間をかけて練りあげられた、計画的な殺人行為だ。ところで犯人はなぜ、自分から、そんな努力や労苦をかって出るのでしょう」

カケルは、アントワーヌとわたしの関係を暗示しているのだ。罪をまぬがれるために、犯人はあるゆるものを道具として利用する。親友は、有益な偽の証言者になる。わたしはアントワーヌにとって道具だった。ナディア・モガールは、殺人計画の道具として利用されたのだ。なんてひどいことだろう。

それが判ったとき、アントワーヌを愛せたかもしれない可能性は壊れた。回復不可能なまでに、徹底的に崩された。わたしが壊したのじゃない。アントワーヌが、あの青年が、自分でぶち壊したのだ。

かれは最後の手紙で、それを謝罪していた。わたしは、アントワーヌの謝罪をうけ入れた。だから、もう怒ってはいないし、かれを憎んでもいないと思う。それでも、人殺しの道具にされたという根深い不快感が、心の底から消えたともいえない。

アントワーヌを許せたのは、かれが死んだからだ。生きて、もう一度わたしのまえに顔を見せたなら、とても平静な気持ではいられないだろう。お皿をぶつけるかもしれない。金きり声をあげて、襟首を摑んでしまうかもしれない。たぶん良心の声に追われるようにして、自分から死の危険に直面し、そして殺されたアントワーヌは許せる。しかし、生きのびたアントワーヌを、あらためて愛せたとは、どうしても思われない。

「決まってるじゃないですか、捕まらないようにですよ。われわれの眼を誤魔化そうとしてるんだ」ジャン＝ポールが断定する。

「この国でも、死刑の廃止が真剣に検討されているようですが、それでも眼には眼を、歯には歯を、そして死には死をという古代の法は、依然としてリアリティを失ってはいません。他人を殺そうとしている人間にとっては、なおさらです。

　殺人つまり他人の死は、処刑つまり自分の死とだけ交換可能であるという、太古からある半ば以上も無意識化された確信。計画的な殺人者は、たんに懲役刑その他を免れようとして、殺人の事実を隠蔽するのではないのです。他人の死と自分の死の等式を、曖昧な場所で宙吊りにし、そして空無化してしまうこと。それが本質的な課題になります」

　パパが応える。「殺人者は死刑を避けるため、自分の犯行を誤魔化そうとして、あれこれと努力する。そのためには、なんでも道具として使う。密室も、そんな道具のひとつだ。それで」

「殺人の可能性を実現する〈道具的連関〉のなかでは、密室も最終的なものではありません。その先にあるのは、さらに核心的なのは……」

「自殺に見せかけられた屍体だろうな。犯人は自殺のように装われた屍体を道具として、罪を免れようとする」パパが自分に答えた。カケルが、かぶりを振る。

「というよりも、自殺の観念それ自体です。さらにいえば、死なる不可能性の可能性それ自体なのです」

「ふむ。莫大な借金を抱えていた、深刻な失恋に悩んでいた、ノイローゼ気味だった、等々。そんなとき、人間は自殺しても仕方ない、自殺することもありうるという世間的な常識が、犯人にとって究極的な利用対象だというわけだろうか」
「それは確かに世間的な常識なのですが、そうした常識がリアリティを保ちうるのは、自分もまたそのような状況に置かれたら、あるいは自殺するかもしれないという公共的な了解があるからです。モガール警視にも、僕のなかにも。

失恋者は世界の拘束性を、失恋した事実、その経験において絶対的なものと感じている。破産しかけた事業家でも、同じことです。それが彼らに世界の拘束性、生存の制約性を一挙に乗り超えさせようとする。特権的な死である自殺の可能性が、彼らを誘惑しはじめる。

密室殺人の犯人は、死刑として到来するかもしれない自分の死の可能性を遠ざけ、それを隠蔽するために、自殺に見せかけられた屍体を現場に残そうと作為する。自殺者にとって密室は、自分の特権的な死を封じ込める箱でした。しかし、追いつきえない死を追い越してしまう特権的な死は、たんなる幻想であり、そのための自殺もまた挫折を宿命づけられた不可能な試みです。自殺者は、避けられない死の可能性それ自体を隠蔽するために、あえて自殺するのだともいえる。

その点では、密室事件の殺人犯と同じなのです。密室の自殺者も、密室殺人を企んだ犯人も、同じように『おのれの最も固有な、没交渉的な、そして追い越しえない確実な、そのようなものとして無規定な』死の可能性から眼をそむけ、それを隠蔽しようと作為したのです。

その結果として、密室のなかの死が生じます。さきほど僕は、密室の死とは特権的な死の封じ込めであると指摘しました。しかし、それで密室現象の本質直観が成就されたとはいえません。犯人に作られた密室という観点を前提にしてはじめて、それはもたらされうるのです」

「では、密室の死の本質とは」パパが切りこんだ。

「死の可能性の隠蔽としての、特権的な死の人為的な封じ込め。それが密室における死の、現象学的に直観された本質です」

『死の可能性の隠蔽としての、特権的な死の人為的な封じ込め』。カケルの言葉を、わたしは頭のなかで繰りかえしてみた。それが密室現象の現象学的に考察された本質であると、カケルは結論したのだ。

　密室の本質について考察するのに、カケルはハルバッハ哲学を援用して、死の分析から話をはじめた。近代人の死は、私は私の死を死ぬという同義反復を、必然的なものとしている。そしてカケルの分析は、自殺の主題におよんだ。密室の死は、本質的に自殺である。事実として自殺の場合もあれば、犯人が自殺に見せかける場合もある。いずれにせよ密室は、自殺に象徴される近代人の死の同義反復性を封じ込めた、まがまがしい容器である。カケルの自殺論から引きだされるのは、自殺とは、死の可能性の隠蔽であるという観点だろう。

　ハルバッハによれば、死は追い越しえない可能性である。それを無理にも追い越そうと試みる自殺は、雑事や仕事や趣味で満たされて、それなりの充足感をもたらしている日常生活を一瞬にして無にかえてしまうような死の可能性から、眼をそむけようとする行為である。それは死それ自体の自己隠蔽である。

人間に本来の、選ばれた可能性を目覚めさせるものとしての死は、それ自体として特権的な究極の可能性だ。自殺者は、そのような特別の死を所有しようと望んだのである。しかし、特権的な死への渇望は、自殺者にとって死なるものの最終的な喪失に帰結せざるをえない。

生は死によって制約され、限定されている。死に制約された生は、それ自体として人間にたいする最大の制約となる。制約され、限定された生の相対性からまぬがれようとして、自殺者は自殺する。断崖から投身し、毒杯をあおり、そして拳銃の引金をひく。

生を究極的に制約するものとしての死を、もしも摑みとることができるなら、かれは制約された生から最終的に解放されるだろう。しかし死は、体験も所有もできないからこそ死なのだ。

密室の自殺者は、そのような死の可能性を隠蔽するものとして自殺する。せざるをえない。不全な生を完璧なものにしようとして、所有できない死を詐欺的に所有すること。追い越しえない可能性である死を、人為的に追い越そうとして、死の可能性を見失ってしまうこと。それが自殺である。

犯人が構成した密室にしても、おなじことになる。犯人は殺人行為がもたらすかもしれない死刑としての自分の死を、やはり隠そうと試みる。自殺者は自殺において、死の可能性を隠蔽するのだが、密室の殺人者は密室工作で罪をまぬがれようとする結果、やはり死の可能性から眼をそむけてしまう。

密室の死とは、だから自殺者にせよ殺人者にせよ、つまるところ死の可能性の隠蔽である。

自殺者も他殺者も特権的な死を所有しようとして、それを人為的に、箱のなかの標本のように閉じ込めてしまう、そうせざるをえない……。

「それで、どうなるんですかい、あの森屋敷の密室は。カケルさんはもう、三重密室の謎を解いたんでしょうが。ひとつ、私らにも教えて下さいよ、いつものようにね。ちょっとしたヒントでも結構なんですから」

ジャン＝ポールが、またシャイロックの役廻りを演じはじめた。予想に反してカケルが、いつにない素直さで応じた。

「僕にとっては、与えられた犯罪現象の中心的な支点を見出し、その本質を直観することが全部で、犯人や犯行方法を解明することは瑣末な結果に過ぎません。しかし、警部との約束がある。あまり興味はないのですが、与えられた捜査情報から密室現象の本質にかなう解釈を、なんとか組み立てることにしましょう」

「そうですよ、カケルさん。話は具体的にやりましょうや。それで、犯人は誰なんですか」ジャン＝ポールの身も蓋《ふた》もない警官的な質問に、カケルは曖昧にうなずいた。

「犯人は」カケルが呟いた。

「犯人は」パパが追及する。

「……フランソワ・ダッソーです。ジャコブも共犯でしょう」

そうなるかもしれないとは思ってはいたけれど、それでもわたしは驚いた。カケルがロンカル殺しの犯人を、じかに名ざしたのだ。これまで三回の事件では、最後になるまで犯人の名前など、絶対に明かそうとはしなかったのに。責任感の強いカケルだから、よほどジャン＝ポールとの約束を負担に感じていたのだろう。

「どうして判るんですかい」

ジャン＝ポールが胴間声で叫んだ。しかし、カケルは黙りこんでいる。その無表情な顔は、警官の質問を黙殺しているように見える。あとは自分で考えろと、無愛想に告げているようにも。パパとジャン＝ポールの、責めるような視線をあびているカケル。なにか耐えるように、頑固な沈黙を続けているカケル。わたしは、いたたまれない気持になった。カケルをかばおうとして、つい語りだしていた。

「ジャン＝ポールもパパも、自分の頭では、なんにも考えようとしないのね。密室の本質と犯人の名前が告げられた以上、そのふたつを結びつける解釈がどんなものでありうるのか、もう歴然としているじゃないの。カケルが考えていることを、わたしが代わりに整理してみる。もしも違ってたら、そのときは訂正してね、カケル」

カケルが、わたしの顔を見た。助け舟をだしてあげたのに、その表情には感謝のかけらもない。むしろ迷惑に思っているようにも感じられた。なんて臍《へそ》まがりなやつ。

「結構ですな、嬢ちゃん。犯人の名前を教えられても、それだけじゃ仕方ないからね。何か魂胆があって、考えた中身を教えそうにないカケルさんの代わりに、嬢ちゃんがそれについて説明してくれるなら、大歓迎ですよ」

ジャン＝ポールが皮肉な口調でいう。いつも確信に満ちている日本人の顔には、それまでに見たことのない奇妙な表情があった。わたしは、そんなふうに感じた。しいていえば、曖昧な困惑だろうか。

ようやくカケルが、無言でうなずいた。代わりに話したければ、話せばよいだろう。そんな投げやりな態度だった。それでも代弁者として認められたのだ。おなかに力を入れて、わたしは切りだした。

「なにも複雑に考えることはない、真理はつねに単純《サンプル》なのだから。いつでも見る者の前にあるのだから。カケルの格率からするなら、ロンカル殺しの犯人はダッソーとジャコブの二人でしかありえないわ」

カケルにいわせれば、ダッソー邸の三重の密室は、つまるところ東塔の密室に還元される。高い石塀と、施錠された裏木戸や正門のことまで考慮すれば、四重の密室ということになるかもしれない。でも塀は、壁とは違って乗り越えられるのだし、やはり第四の密室として扱うのは無理があるかな。とにかく三重であろうと四重であろうと、ロンカル事件にかんして、ほんとうに問題になるのは塔の密室ひとつだけなの。

七時にグレが戸締りをして、十一時にダランベールが施錠を確認するのは、ダッソー家の日課だわ。ダッソー邸が事件の夜、全体として巨大な密室をなしていたのは、そのことの結果にすぎない。なにも犯人が作為したものではない。

二階と三階をふくんだ第二の密室も、第一の密室とおなじことね。はじめからグレは、警備員の役目をはたすことも期待されて、階段の横に部屋をあたえられているのだもの。モニカ・

ダルティまで、編み物をしながら階段を監視していたのは、偶然にしてもね。グレが戸締りを終えて、自分の部屋に引きとる七時五十分以降は毎晩のように、ダッソー邸には第二の密室が存在していた。

第一の密室も第二の密室も、ひとりでにできたものよ。犯人が計画的に、こしらえたものじゃない。である以上、ロンカル殺しの真相について考えるとき問題になるのは、最後の密室、東塔の密室にしぼられる。そうならざるをえない。

真実はつねに単純だ。なにも不必要に複雑に考えることはない。となれば、ロンカルを殺したのはダッソーとジャコブになる。二人が犯人なら、密室の謎はたちどころに氷解するんですもの。ダッソーは自分の鍵で東塔に入り、監禁されていたロンカルを殺した。そして十二時以降、塔に登った人間はいないと証言する。それで密室はできあがり、簡単なものだわね。

あらかじめ盗んでおいたカッサンのハンカチを、凶器の短剣の刃に巻きつけ、書斎の窓から真下の池に投げ込む。青のルノーはたぶん、フランソワ・ダッソーが用意したものだわ。なにか必要があってダッソーは、事件の前から問題のルノー18を自宅の裏道に待機させていた。カッサンのハンカチを利用したり、クロディーヌを脅して逃亡をそそのかしたりしたのは、予期せぬ出来事が生じたせいなの」

「予期せぬ出来事とは」穏やかな声で、パパが説明を求めた。

「コフカの収容所体験を、じかに本人としてか、あるいは父親のものとしてか共有している四人は、復讐のためにナチ戦犯のロンカルを誘拐した。でも、ロンカルの身柄を押さえたあと、たぶん四人のあいだで深刻な対立が生じたのね。四人のなかの一派は、ロンカルを法廷に引きだして法的な処罰をあたえるのがよいと主張した。もう一派は、われわれの手で復讐の刃を、戦犯の心臓に突きたてなければならないと。

わたしの推理では、クロディーヌが過激派でほかの三人が穏健派になるのだけれど、カケルの場合には過激派がダッソーとジャコブ、穏健派がカッサンとクロディーヌということになる。そう、ならざるをえないんだわ。

復讐に燃えた過激派二人は、合法主義の二人には知らせないで、ロンカルを処刑してしまおうと決めた。そして五月三十日の午前零時を過ぎてから、その計画を実行したんだわ。違うかしら、カケル」

黙って、カケルがうなずいた。それまでのところ、大枠ではカケルの推理をはずしてはいないらしい。満足して、わたしは語り続けた。

「ロンカル夫人も同罪であると考えた二人は、夫のロンカルに強制して、夫人をおびきよせるための電話をかけさせた。電話の正確な時刻が決定できない以上、クロディーヌが囚人に食事を運んで鍵を返しにきた直後に、ダッソーが塔の広間にいき、ロンカルに電話するよう強制したのだと想定しても、とりわけて不都合は生じない。

ダッソー邸の四阿で、写真と札束を交換する。強制されたロンカルは妻に、写真をもってきなさいと仕方なしに告げた。計算違いは、そのために待機させておいたルノーの男が、裏木戸のところでイザベルを捕まえるのに失敗したことね。

イザベルは身を翻して邸の庭に駆けこみ、木立のなかに身を隠してしまう。ガリアの森みたいに鬱蒼としたダッソー邸の森林庭園だから、その気になって隠れたイザベルを、雨の夜にひとりや二人の人間で探しだせるわけがないわ。

男は四阿にいき、ロンカル夫人が来ないかと、しばらく待っていた。そのあいだに、煙草を三本ほど吸った。しかし、警戒しているイザベルは、罠の場所である四阿なんかに近づこうとはしない。男は必死で探したけれど、どうしてもイザベルを見つけることはできない。

そして十二時七分、東塔付近の木立のなかに隠れていたイザベルの耳まで、ロンカルの瀕死の絶叫が聞こえた。追跡者がどこにいるかわからないので、それまで庭にひそんでいたイザベルだけれど、夫の危機を知って覚悟をきめ、裏木戸から通りに出て公衆電話に走る。そして地区署に通報した。

電話をじきに切ったのは、ルノーの追跡者が迫ったからでしょう。その後、ロンカル夫人が消息を絶ってるところから考えて、きっと最後には捕まえられたんだわ。夫のルイスとおなじように、もうどこかで殺されているのかもしれない。

いったんにせよ、イザベルをとり逃がした事実は、ロンカル夫妻の処刑計画に致命的な齟齬を生じさせたの。地区署のパトロール警官が、殺人事件発生の急報で門前に駆けつけてきた。ダッソーとジャコブは、焦燥感に追われながらも必死で知恵をしぼった。

そのとき、東塔の密室化を思いついたんだわ。塔の鍵はひとつしかない、犯行時刻に三階の階段を登った人間は、ひとりもいない。そう証言すれば、ロンカルの死は不可能な密室殺人になる……」

ジャン＝ポールが口をはさんだ。「その説は、嬢ちゃんのクロディーヌ犯人説よりも、多少は現実的ですよ。塔の密室の謎は、少なくとも解明されてるんだから。でも、やはり不自然なところが多々ある」

パパが話をひきとって、続けた。「推理の前提になるのは、七時半にタクシーから降りたイザベルを、待ちかまえていたルノーの男が、とり逃がしたんだという想定だね。それは、一応ありえたことにしよう。かなり間のぬけた誘拐者、ということになるがね。

しかしイザベルが男の手を逃れて、裏木戸から庭に駆け込むには、前提として木戸の内錠が外されていなければならない。錠は、どうして外れていたのか。外せたのはクロディーヌ一人なんだよ。しかしクロディーヌは穏健派の方で、過激派のダッソーの仲間ではない。ナディアが代弁したカケル君の想定では、そうなっている。

イザベルをとり逃がした男が、しばらく四阿で網を張っていたにしても、適当なところで切りあげて、裏木戸まで戻ろうとしたに違いない。そこで監視していれば、いつかはイザベルも姿を見せるだろう。雨のなか、一人で闇の庭園を探し廻るよりも、その方がはるかに合理的だ。

イザベル拉致計画と同時に進行していた、屋内のロンカル謀殺の筋書にも、不自然な点は少なくない。ダッソーとジャコブが共謀してロンカルを殺したのなら、どうして現場を密室化する必要があったのか。塔の広間が密室でなければ、容疑は少なくとも二階にいた四人全員に平等に広がるのだから。

いや、もっと完璧なのは、ロンカルが事故で死んだか、自殺したか、そんな具合に見せかけることだろう。だとしたら、殺し方にも配慮することになる。毒殺して、ロンカルが服毒自殺したと見せかけてもよい。なにしろ医者が犯人の一人なのだから、毒薬の入手など簡単なことだろう。

床に突き倒されたロンカルが、頭に瀕死の重傷を負ったなら、絶命するまで待てばよい。それが致死傷かどうかも、医者のジャコブには容易に判断できた。刃物で殺したにしても、なにも絶対に本人では刺せないような箇所を狙う必要はない。

富豪のダッソーには、大きな権力がある。もしも一見して、事故か自殺であるとしか考えられない屍体であったら、ロンカルの死を殺人事件として扱うよう決定するのは、私にも不可能だった。最後に、その推理には、もうひとつ決定的な難題がある」

「判ってるわ。どうして、凶器を現場から持ちだしたかってことでしょ。処分するつもりで持ちだしたにしても、犯行が警察にばれたと判明した時点で、東塔の殺人現場に戻しておけばよい。密室を構成しようというのに、わざわざ凶器を現場から持ち出したりしたら、なにもかもが壊れてしまう。ロンカルは自殺したのだという見せかけが、土台から崩壊してしまう。それなのに二人は、どうしてそんなことをしたのか……」

わたしは絶句した。なにか喉にでもつかえたようで、話の続きが、どうしても出てこないのだ。ジャン＝ポールが、にやついている。そのとおりだ、では、その難問を合理的に説明してみろ。そんな、わたしのことを馬鹿にしているような顔つきだった。

思わず、カケルの顔を見てしまう。代弁者の言葉がつきた以上、あとは本人が喋るしかない。パパが余裕ありげに、わたしに問いかける。

「ところでナディアは、意見を変えたのかね。クロディーヌ犯人説はやめにして、カケル君と同じ、ダッソーとジャコブの共犯説に」

「変えたりするものですか。いま話したのは、あくまでもカケルの推理よ。代わりに、それを喋ってみたにすぎないわ。わたしのクロディーヌ犯人説にしても、カケルのダッソーとジャコブの共犯説にしても、ジャン＝ポールが教えてくれた捜査情報に即するかぎり、どちらも論理的には成立しうる。カケルはきっと、そう結論づけるわ。だから、本質直観の出番になる。多数ありうる、それぞれに整合的な解釈体系のなかで、そのどれが真であるのかを決めうるのは、ほかでもない本質直観なんですもの。そうね、カケル」

「そうだ、ナディア」

やっとカケルが、重たい口を開いた。モガール警視に追及されて沈黙した無能な代弁者の窮状を見せつけられ、どうやら自分で説明するしかないと、ようやく覚悟をきめたのだろう。わたしは問いかけてみた。

「カケルの本質直観では、密室とは死の可能性の隠蔽である特権的な死を封じ込めたもの、そうだわね。ロンカルが自殺したなら問題はないけれど、どう見ても他殺だった。そのときカケルの直観は、どんな論理的可能性を探りあて、どれを真であるとして選ぶのかしら」

わたしが水をむけると、カケルが低い声で語りはじめた。「身柄を拘束する計画だったイザベル・ロンカルの逃走と、その警察通報が犯行計画に致命的な狂いを生じさせた時、犯人は密室殺人を擬装することで、警察の追及をはぐらかそうと決意した。その点は、ナディアが考えた通りだろう」

「でもそれは、君が喋った密室の本質直観とは矛盾するな」パパが反論する。

「いいえ。凶器を持ち出したことからも判るように、犯人はロンカルの死を、自殺に見せかけようとすることは、最初から断念しています。それでも密室の死を作為したのは、犯人の半意識あるいは無意識に、死の可能性を隠蔽する衝動がひそんでいたからです。ある意味でダッソーは、最初から密室化の計画を練っていた」

「イザベルらしい女が、事件を通報する以前からかね」

「そうです。罪を免れようとする殺人者にとって、最大の難問は屍体の処理です。屍体さえ存在しなければ、そもそも捜査の対象になる事件など成立しえない。しかしダッソーには、完全犯罪をなしうる自信がありました。

屍体を消してしまうんです。ロンカルを殺害し、東塔を開かずの間にしてしまえば、それで屍体は公の場から消えてしまう。ロンカルの屍体は、二度と開かれることのない東塔の広間で、静かに白骨化したことでしょう。ダッソーの計画は、当初そのようなものだった。だが、それもまた死の隠蔽の一形態なのです」

「どういうことかね」

「特権的な死を封じ込めることで、死の可能性を隠蔽すること。まさに、そのことが意図されていたのです」

パパがカケルに応じた。「ロンカルはそれなりに、選ばれた死を死んだ。彼にも病死したり、事故死したり、老衰で死んだりするような凡庸な死の可能性はあったろう。それらと比較するなら、復讐者の刃に倒れるというのは、ある意味で特権的な死に方かもしれない。

復讐者に殺されるというのは、自殺と同じほどにインパクトのある、強烈な密度がある個性的な死に方だ。癌で死んだり、心臓病で死んだり、交通事故で死んだりするのとは違って、誰でもそのように死ねるという種類の死に方ではない。ようするに、選ばれた死に方であるともいえる。

殺人者はロンカルに、自殺にも匹敵するだろう特別の死をもたらそうとしていた。その具体的なかたちが、死者に塔の密室を提供することだ。近代人の夢想である特権的な死は、建物的にも、それに照応するものを要求する。

ロンカルの屍体を東塔に放置し、召使に三階には行かないよう命じることで、特権的な死に均衡する特権的な墓場に他ならない密室を、ダッソーは作りあげようと計画していた。少なくとも、最初は……。密室の死が、君の定義したようなものであれば、そういうことになるな。それでいいのだろうか」

「補足しておきたいのは、たんに復讐されて死ぬというロンカルの死の、ありふれたものとはいえない固有性だけではありません。その特権性を密室に封じ込めることで、おのれの死の可能性を隠蔽しようと作為しているのが、ロンカル殺しの犯人であるという点です。

法を無視した個人的な復讐は、つまりそのようなものです。逆説的にも眼には眼を、歯には歯を、苦痛には苦痛を、死には死をもって対するのが近代的な私、自己貫徹する私としての私、私の主人である私の究極的なモラルなのです。古代の法は、その社会性を剝奪《はくだつ》されて近代的な私に内面化された。

たんに公共的に生きているに過ぎない平凡な私は、近代の司法制度を尊重せざるをえない。しかし、日常の公共的世界から離脱して特権的な死を夢想しはじめた私は、むしろ古代の法を、あるいは古代の法を支えていた神の役割を、傲慢にも演じはじめるのです。

復讐者が他人に死をもたらすのは、先程の話にでたピエール氏が自殺したのと、基本的には同じ構図のなかにある。いずれにせよ自分の、あるいは他人の死を前にしてもたじろがない勇敢な自己像を守ろうとして、死という圏域に引きよせられてしまう。蛾の群が、破滅が待ちうけている誘蛾灯の青白い光に、それでも吸いよせられるように。ダッソーもまた、そうした種類の人間なのでしょう。

ダッソーが、選ばれた復讐者としてロンカルの死を葬る墓地に、あのような密室を選んだことは、密室における死の本質直観とも矛盾しません。そして東塔を、殺害したロンカルの墓場に変えるのは、半意識的あるいは無意識的な死の隠蔽の衝動において、もうひとつの決定的な意味を持つものでした」

「なんだろう、それは」パパが、眉をよせるようにして問いかけた。

「西塔にはエミール・ダッソーの作品である、絶滅収容所のパノラマがありました。西塔もまた、死を封じ込めている想像上の密室なのです。エミールは、記憶の底で不気味に蠢《うごめ》いている死の風景を、精緻なパノラマに再現することで、おのれの心の外に追いはらおうとしたのかもしれない。それを西塔の密室に封じ込めてしまえば、自分もコフカ時代の地獄の記憶から最終的に逃れられる……。

しかし、それは不可能でした。エミールの心の底にひそんでいた記憶の魔は、パノラマとして再現されることで、エミールの存在全体を、次第に呑み込みはじめたのです。

晩年のエミールは、パノラマのある西塔で、ほとんどの時間を過ごしていた。そして彼は、呪わしい記憶を物質化したものである地獄のパノラマに呑み込まれつくして、ついに息絶えた。ようするに西塔とは、エミール・ダッソーの死を封印した密室でもあるんです。

エミールは、絶滅収容所の死の記憶から逃れようとして、つまり死の可能性を隠蔽しようとして精緻なパノラマを造りあげ、そして最終的には、それから逃れえないで死に至った。それが捩じれながら反転し、息子のダッソーには父親の死を封じ込めている西塔それ自体が、おのれの死の可能性を隠蔽する存在の象徴となった。彼が西塔に入るのを、あれほどまでに躊躇したのは、西塔が死を封じ込めている密室だからです。

そのような西塔に対応するように、東塔にも死を封じ込めなければならない。西塔に閉じ込められているのは、絶滅収容所のユダヤ人の死です。想像的にはコフカの死者全員の、具体的にはコフカの囚人だった父親エミールの。であるなら、西塔の死に絶妙に均衡しうるのは、コフカの看守側の人間の死でしょう。

ルイス・ロンカルに、東塔という密室化された墓場を提供しようと考えたダッソーの犯罪計画の背後には、そうした半意識的、無意識的な象徴的思考が作用していた。僕は、そのように確信します」

はじめから捕らえたロンカルを殺害し、屍体を放置した東塔を開かずの間にしてしまう計画だったダッソーは、そして共犯者のジャコブは、カッサンやクロディーヌの反対意見を無視して、ついにナチ戦犯の処刑を決行したのだ。

十二時七分に聞こえた物音については、ダッソーとジャコブの証言はあてにならないけれども、警察医の判断でもロンカルは、五月二十九日の午後十一時五十分から、三十日の午前零時十分のあいだに死んでいる。犯行は、その二十分間になされたのだろう。

ナチ戦犯の処刑計画に、まさか警察が介入してくるとは予想していなかったダッソーは、必死で広間を逃げまわるロンカルに、背後からの攻撃をくわえたのだ。胸から心臓を刺していれば、警察が介入してきても、なにも問題は生じえなかったろう。しかし、ダッソーは背中から刺した。

ロンカルを処刑したあとになって、執事のダランベールにより、パトロール警官の来訪が知らされたのだ。ダッソーもジャコブも慄然としたことだろう。

ロンカルの屍体が警察に見つけられるのは、もはや時間の問題だ。発見されたなら、刺し傷の位置からして、どうしても他殺であると疑われざるをえない。ふたりは夢中で、考えに考え続けた。なんとかして、犯行の真相を見破られないようにしなければならない。カケルが続ける。

「であるなら、常識的にしか考えないだろう捜査当局には、想像もつかないほどに事態を混乱させ、紛糾させてしまえ。それが二人の結論でした。ダッソーもジャコブも、処刑には反対していたカッサンやクロディーヌを犯人に仕立てあげるのには、躊躇があった。

刺し傷の位置から、どうせ他殺であると疑われるのです。それなら凶器も、現場から持ち出してしまえばよい。その上で、犯行時刻に塔に出入りした人間は存在しないと証言する。

もしも書斎のドアが閉じられていて、犯行時刻に塔に出入りできた人間がいたに違いないなら、当局は不在証明《アリビ》のないクロディーヌか、あるいはカッサンを犯人として疑うだろう。ダッソーとジャコブは、相互に不在証明を保証しているんですから。しかし、それは避けたい。ダッソーとジャコブに、クロディーヌやカッサンに罪を着せて、おのれの保身をはかろうとする卑劣な意図はなかった。

容疑を四人全員に拡散させ、誰も犯人ではありえないような状況を設定すること。それがダッソーやジャコブの目的でした。だからカッサンのハンカチや、クロディーヌの逃亡など、容疑を他の二人に拡大するような作為も凝らした。それは、普通に考えて最も疑わしいダッソーとジャコブの存在を、四人のなかに隠し、当局に事件の真相を摑めないようにする計画の産物なんです」

「でも、カケルさん。裏木戸の錠の問題は、まだ残ってますよ」ジャン＝ポールが、疑わしげな声をだした。

「モガール警視があげた疑問点も、それぞれに解釈はできます。裏通りでも、付近の住人が通りかかる可能性はある。まだ七時半なんですから。誰にも目撃されないで、誘拐を果たそうとするなら、実行するのは塀の外よりも、その内側の方が安全性は高いだろう。

そのためにルノーの男は、裏木戸の錠を外した。車の屋根にあがれば、塀に取りつくのも容易です。男は塀を乗り越えて庭に入り、木戸の錠を外して、闇に身をひそめた。しかし、七時半に裏木戸から邸の敷地に入ってきたイザベル・ロンカルは猛烈な抵抗をして男の手を逃れ、闇の木立のなかに姿を消した。

男が四阿から裏木戸に戻り、そこで網を張らなかったのは、イザベルにとって脱出口が、もうひとつ存在していたからです。ダッソー邸の正門も、内部から閂で施錠される仕組みですね。開閉に鍵は必要ない。イザベル・ロンカルには、正門の閂を外して通りに出ることも可能だった。

そのことを前提にするなら、ルノーの男が裏木戸さえ監視していればよい、それでイザベルを捕らえられると結論できなかったのも、少しも不思議ではない。むしろ、当然の判断です。男はやむなく、夜の広大な庭園をイザベルの姿を求めてうろついた。というのは緊急事態でも、ダッソーに連絡をとることは厳重に禁じられていたからです。

濡れ鼠の男が突然、邸の正面玄関にあらわれてダッソーに面会を求めたりしたら、それだけで使用人や客二人の疑惑を招く。そんな無謀なことなど、男には許されていないのですから。

しかし、いったん邸の外に出て、公衆電話でダッソーに連絡することもできない。そのあいだにイザベル・ロンカルは、悠々と脱出してしまう可能性がある。そんな二律背反のなかで、男は濡れそぼちながら、五時間も邸の敷地内を徘徊していた……」

パパに反論されて、わたしが言葉につまった難関を、カケルはやすやすと越えるのに成功した。ほんとうに、この日本人の頭のよさには感嘆せざるをえない。かれはいつも、理屈なんてどんなふうにでもつけられるものだ、だから本質直観が必要なのだと強調するのだが、カケルがその気になれば、カッサン犯人説でも、あるいは召使の犯人説でも、それなりに合理的な説明を、たちどころに何種類も思いつけるに違いない。

パパもジャン＝ポールも、おとなしく耳を傾けている。そんな素直な聴衆を前にして、なおもカケルは語り続けた。

「しかし、僕の説もまた、複数ありうる首尾一貫した解釈体系のひとつに過ぎません。警視の二つの仮説も、ナディアのクロディーヌ犯人説も、それなりに成立しうる可能性でしょう。さしあたり、僕の解釈にのみ、真実であるという優先権が保証されているとはいえない。それもまた、それぞれに合理的でありうる、多様な説明のひとつに過ぎないのだから。

僕の解釈が、他のそれに対して優位性を主張できるとしたら、それは密室現象の本質直観に適合しうる、唯一の仮説だからです。それ以外の根拠はありません。ジャコブとクロディーヌの共犯説も、クロディーヌの単独犯説も、ダッソーとジャコブの共犯説も、どれも平等の権利をもって自己の真理性を、そのかぎりでは主張しうる。

それでも、密室が特権的な死の隠蔽であるという本質直観に従うかぎりは、ダッソーが主犯であるとする解釈体系しか、残りようがないのです。西塔に封じ込められた囚人の死を、東塔に封じ込める看守の死に均衡させようとするような、半意識的、無意識的な構想を、カッサンやクロディーヌは抱きえたろうか。たぶん、不可能です。そうした構想は、エミール・ダッソーの息子である男一人が構想しうるものなのだから。

それぞれに論理的な整合性をもつ多数の解釈体系のなかで、もしも密室の本質直観に矛盾しない仮説体系を選ぶなら、やはり主犯ダッソー、従犯ジャコブという結論は不可避になる。それ以外には、ありえないのだから。絶対にありえないんだから……」

ようやくカケルが語りおえた。最後の言葉は、自分を無理にも納得させようとしている独語に似ていた。ジャン＝ポールは、しきりに顎をなでている。パパは灰皿に、パイプの灰を落としていた。

「パパもジャン＝ポールも、なんだか不満そうね。ロンカルが他殺だと知ったとき、ダッソーが浮かべた驚愕の表情は、どう考えても演技じゃない。まだパパは、そう信じてるのかしら」

「それは否定できないな。しかし、たんなる勘だからね。事実が事実として判明すれば、吹き飛んでしまう程度のものだ」パイプの火皿から、針で灰を掻きだしながらパパが答えた。

「それよりも、カケルさん。わたしが判らないのはね」ジャン＝ポールが、おもむろに問いかけた。

カケルが無言で、大男の困惑したような顔を見つめる。日本人の顔には、感情を窺わせるものはない。いつもの落ちつきはらった無表情だった。バルベス警部がブランデーのグラスをあけて、のんびりした口調で続ける。

「あんたが、いつものように確信に満ちてないってことですよ。ラルース家の事件の時も、モンセギュールの事件の時も、アンドロギュヌス事件のときも、本質直観とやらを説明してくれたときのあんたは、もう少し確信ありげだった。そんな気がするんですがね。なんか、私らに隠してるんじゃないですか」

さすがに訓練をつんだ、老いたる警察犬だ。他人の表情や態度を読むことにかけては、絶妙の才能がある。バルベス警部は、わたしが感じていた疑惑を、無遠慮きわまりないやり方で直《ちょく》截《せつ》に言葉にしたのだ。カケルが顔をあげた。そして決断したように、昂然といい放った。

「いいえ。ナディアにも協力してもらい、今夜、僕は推理しうることの全部を明らかにしました。与えられた捜査情報を、密室現象の本質という篩《ふるい》にかければ、唯一の結論としてダッソーとジャコブの犯行説が残るんです。それ以外の仮説体系は、どんなに首尾一貫しているように見えても、密室の本質に矛盾するのだから」

そのとき、電話のベルが室内に響いた。ジャン＝ポールが腕をのばして、床においてある電話機から受話器をさらいとる。ほんの数秒で、大柄な警官の顔色が変わった。

「マソン警視からです。ポルト・デ・リラ事件で逮捕されてたピレリが、ようやく自供しはじめた。なんでもコンスタン殺しの犯人は、顎に傷痕がある大男だって主張しているらしい」

パパが受話器を、相棒の手からもぎとる。そして緊張した面持で、同僚のマソン警視と、警官風の俗語まじりの言葉を交換しはじめた。ジャン＝ポールはにんまりしている。

「間違いないね、嬢ちゃん。これで、今夜にもカッサンを引っ張れるってもんだ。やつを締めあげれば、大丈夫、ロンカル殺しの真相も摑めるってもんです。カケルさんの推理も、カッサンとクロディーヌを捕まえて訊問すれば、正解かどうか最後には証明されるってもんですよ」

カッサンはホテルを出たロンカルを尾行して、ポルト・デ・リラのアパルトマンまで行き、ジャン・コンスタンを殴り殺して、本当にボリビア人を拉致したのだろうか。そのときカケルの推理は、どうなるのだろう。

カケルによれば、四人のなかで過激派はダッソー、そしてジャコブなのであり、カッサンはクロディーヌと二人で穏健派をなしていたことになる。穏健派のカッサンが、人を殺してまでロンカルを誘拐しようとなど、するものだろうか。カケルの説とは、大きな齟齬が生じそうな新事実だった。

いつもとは違う自信なさのようなものを感じさせたけれど、それでもカケルは最後に、昂然として宣言したのだ。本質直観にもとづく推理の結論は、ダッソーとジャコブによる犯行でしかありえないと。あやうし、名探偵。そう思って、皮肉な微笑が湧いてしまうのを、わたしは抑えることができなかった。ついにナディア・モガールの推理が、カケルの現象学的推理に勝利する。

その期待が、わたしを有頂天にさせた。カケルのことを、やっつけてやりたいのではない。そうして、優越感にひたりたいのでもない。そんなことは、小指の先ほども思ってはいない。自分の推理能力をひけらかしたり、それを誇ったり、それで他人を見下したりすることなど、カケルの性格には絶対にありえないことなのだ。がいして威張り屋というのは、過剰な劣等感を内心に隠しているものだが、矢吹駆は、そんなふうに自分に自信をもてないタイプではない。ひけらかしはしないけれど、どんな威張り屋でも勝てそうにないだろう、正当な意味での自信家なのだ。

そんなカケルをやっつけて、自己満足にふけりたいと願うなら、わたしは怨念と劣等感ばかりの厭な女だろう。

しかし、ナディア・モガールは違う。わたしの推理がカケルの推理に勝ったなら、もう少し真剣に、わたしを対等な人間として扱いはじめるかもしれない。そうなることを、わたしは望んでいた。ほんとうに、心から、そうなることのみを……。

中篇　ワルキューレの悲鳴

コフカ収容所の丘

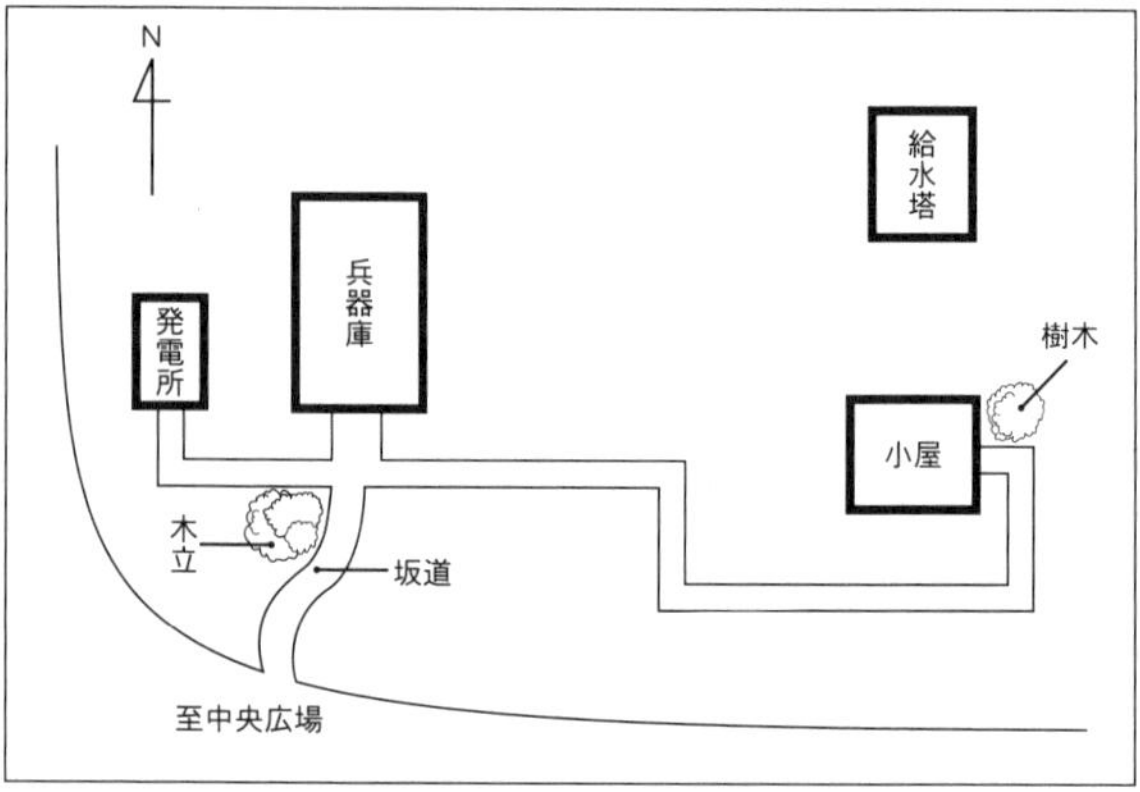
N
給水塔
兵器庫
発電所
樹木
小屋
木立
坂道
至中央広場

第五章　地獄の門

1

　メルツェデスの窓を流れる荒れた舗装道路の路肩には、凍りついた泥土と枯れ草と汚れた雪の斑模様《まだらもよう》が、どこまでも続いていた。左右には、緩やかな起伏をなした平原や鬱蒼と繁る針葉樹林が眺められる。

　冬枯れの森林地帯の彼方には、南ポーランドのガリチア地方とスロヴァキアの境界をなすベスキド山脈が、雪に覆われて拒むように陰鬱に聳えている。頭上に垂れ込めた灰色の雪雲のせいで、午後二時を過ぎたばかりだというのに、早くもガリチアの冬景色は黄昏めいた薄闇に沈んでいた。

　ドイツ領シレジアに連なるガリチアの古都クラクフから東に、ポーランド領を抜けてウクライナまで延びる幹線道路だが、今は無人地帯さながらの空虚さだ。ソヴィエト軍の攻撃が予想されるせいだろう。クラクフを出発して一時間ほどになるが、これまでに目撃した対向車は、前線から任務を帯びて後方に向かう軍用車やサイドカーが十台あまりで、前後を見渡しても民間のバスやトラックの影はひとつもない。

昨日、ソヴィエト軍はついに沈黙を破り、ヴィスラ川を渡河して猛然とワルシャワ市内に突入した。北はバルト海の沿岸から南はガリチアに至る東部戦線の全域で、三百万の大軍団による総攻撃が、既に秒読みの段階に入っている。

西部戦線でもドイツ軍は、致命的な敗北を喫していた。連合軍を大西洋に突き落とした一九四〇年の電撃的勝利を再現するために、千両のタイガー戦車と二十五万の将兵を投入して十二月十五日に開始されたアルデンヌ攻勢は、年を越した今もベルギー南部の雪原で熾烈《しれつ》に戦われている。しかし、勝敗の帰趨《きすう》は既に明らかだった。ドイツ軍が最後の総力をあげたバルジ決戦は、猛反撃に出た連合軍の圧倒的な勝利に終わろうとしている。

アルデンヌの戦場に投入されたヒトラー虎の子の三軍団は、ほとんどが壊滅し、数日前から絶望的な後退戦をはじめていた。決戦に敗れた将兵は、連合軍の砲声に追いたてられ、頭上に襲いかかるムスタング機やスピットファイアー機の機銃掃射に怯えながら、うなだれて祖国を目指していた。

かけらまで戦意を奪われた敗残兵は、ありあわせの布切を凍傷の手足にだらしなく巻きつけ、疲労困憊して足を引きずり、深雪のなかをのろのろと行進した。傷病兵は傷口から血と膿を滴《したた》らせ、幽鬼のようによろめき続けた。道端には寒気に凍りついたドイツ兵の屍体が遺棄され、もはや歩くこともできない重傷者が悲痛な呻き声をあげていた。赤痢《せきり》患者の垢じみた軍服には血便のあとが滲んでいた。

狡猾なスターリンは、ドイツ軍の西部戦線における大敗北を待ちかねていたように、麾下《きか》の三百万という未曾有《みぞう》の大軍団に、ドイツ本土の蹂躙を目指して最後の攻勢を命じたに違いない。昨年の夏、東プロイセン国境からワルシャワ対岸の線にまで到達したソヴィエト軍は、延びすぎた補給線を整備しなおすために進撃を停止した。

しばらくのあいだ、東部戦線では小康状態が続くだろうという判断のもとに、温存していた兵力を西部戦線にまず集中する。アルデンヌ攻勢で米英連合軍を殲滅《せんめつ》し、それから東部戦線に主力を再投入してソヴィエト軍と対決する。

これが不利な戦局の、一挙的な逆転を目指して立案されたヒトラーの二段階戦略だった。しかし、ドイツ軍が西部戦線で連合軍を蹴散らすまでのあいだ、果たしてスターリンの軍隊が、ヴィスラ川の対岸に布陣して息を潜めているものだろうか。

親衛隊《エスエス》長官ヒムラーは、一九四五年の年頭にもソヴィエト軍の攻撃再開が予想されると警告したグデーリアン参謀総長に対して、「上級大将、私はソヴィエト軍の侵攻など信じない。それはこけおどしだよ」と、余裕ありげな態度で言明した。ヒムラーもヒトラーとおなじように、現実と願望を混同する度しがたい自己欺瞞《ぎまん》に陥っていたのだ。

第三帝国首脳部の判断の甘さを事実として暴露したのが、その年の一月十一日、厳寒を突いて決行されたソヴィエト軍のワルシャワ制圧作戦だった。秋からの東部戦線の小康状態が、もはや終わりを告げたことに疑問の余地はない。

秋から冬にかけて多量の補給物資を蓄積し、後方から新たに兵員を補充して部隊を再編成したソヴィエト軍は、明日にも全戦線でドイツ軍の防衛線を突破し、ドイツ本国を目指して怒濤《どとう》の進撃を始めることだろう。後退につぐ後退に疲弊《ひへい》し、装備さえ貧弱きわまりない七十五万のドイツ軍では、三百万の未曾有の大軍による攻勢を喰いとめられる保証はなかった。

もしもヴィスラ川ぞいに構築された防衛線が崩壊したら、東部戦線のドイツ軍は首都ベルリンまで百キロと離れていないオーデル川の線まで、一気に押しまくられてしまうだろう。東西で四百キロにも及ぶヴィスラ川とオーデル川の中間地帯は空き家も同然で、きわめて少数の予備軍と、実戦経験のない突撃隊《エスアー》の民兵部隊が連絡も不充分に、疎《まば》らに点在しているばかりなのだ。

ヒトラーによる戦局逆転の夢も、バルジ戦闘の致命的な敗北とソヴィエト軍の新攻勢の結果、西と東で同時に、いまや土台から崩壊しようとしていた。そして今日、一九四五年一月十二日、第三帝国は後がない崖縁まで追いつめられているのだ。

クラクフとタルヌフを結ぶ幹線道路も、まもなく算を乱して敗走してくるドイツ兵の群と、かろうじて破壊をまぬがれた戦車、自走砲、兵員輸送車で埋めつくされるに違いない。

地上部隊に先行して、空から追撃してきたソヴィエト空軍の対地攻撃機シュトルモヴィークが、混乱した撤退部隊の頭上に機銃弾の雨を降らせるだろう。そうなるのは明日か、三日後か、あるいは一週間後だろうか。いずれにせよ数日の相違であり、予想できる結果にさして変わりはない。

とうとう、空中に白いものが舞いはじめた。がらんとした幹線道路を疾走する黒のリムジンに、小雪まじりの強風が猛然と吹きつける。風は威嚇的な轟音で鳴りわたり、無数の雪粒がフロントガラスに叩きつけられる。ワイパーでは払えない窓縁のあたりに、白い雪片が凍りつきはじめた。

特別仕様のスーパーチャージャー装備エンジンが、不気味な金切り声をあげる。スーパーチャージャー車に特有の甲高いエンジン音は、「メルツェデスの悲鳴《ゲシュライ》」と呼ばれているのだが、それはむしろ、第三帝国の没落を告げる戦争の女神ワルキューレの、神経を切り裂きそうに威嚇的な叫びにも聞こえた。

疾走するメルツェデスSのリムジンは、クラクフに設置されたナチス親衛隊東部管区司令部の高級指揮官の専用車だった。しかし、ひとり後部席に着座しているのは、メルツェデスSの主人クリューガー大将ではない。

ハインリヒ・ヴェルナーSS少佐は、鷲と髑髏の徽章がある制帽を頭にのせ、軍用外套を羽織るようにして車窓に凭れている。その口許には、嘲るような微笑の皺が刻まれていた。メルツェデスのエンジン音からの連想で、戦争の女神ワルキューレが悲鳴をあげるのも無理はないと、ふと皮肉に思ったのだ。

ワルキューレは大神ヴォータンの九人の娘で、その役目は戦場で死んだ英雄的なゲルマン戦士の霊を、神の城ワルハラまで連れ帰ることだという。この瞬間にもアルデンヌの雪原では、何百ものドイツ兵が絶命しているだろう。作戦全体の死者は、万単位になるに違いない。

たった九人のワルキューレで数万もの死者を、どこにあるのかも知れぬ神の城まで、はるばると運ばなければならないのだ。あまりの過重労働で、悲鳴をあげるのも当然ではないだろうか。それだけではない。戦争が終わるまでワルキューレには、どうやら商売道具の鎧や兜《かぶと》や槍を手放して休める暇など、とてもありそうにない。

英雄的なゲルマン戦士は西部戦線でも東部戦線でも、秋の枯れ葉をもしのぐ勢いで、巨大な屍体の山を築き続けるだろうから。その果てに到来するのは、ワルハラならぬベルリンの首相官邸を根城にしている、第三帝国の神々の黄昏なのだ。ワグナー愛好家のヒトラーには、皮肉な結末というべきではないだろうか。

ヴェルナー少佐は無言で、冷たい硝子《ガラス》に顔を寄せていた。荒涼としたシレジアの原野を凝視している瞳には、その光景を映したように陰惨な翳りがある。

瞼を閉じると、じきに、車窓から見える光景と同じ汚れた雪と泥土と枯れ草が斑模様をなした、晩秋のロシアの大地が浮かんでくる。そして、いまも耳の底で木霊《こだま》している、シュマイサー短機関銃の禍々しい連続射撃音。

残忍な黒服の兵士に狩りたてられた何百人ものユダヤ人のスコップで、町の郊外に掘りぬかれた巨大な墓穴は、早朝から延々と続けられてきた大量処刑のため、既に数百もの死体で半ば以上も埋まりかけていた。大地を掘るように銃剣で強制されたユダヤ人の集団が、最初の犠牲者として穴の底に屍体の山を築いたのだ。

銃弾になぎ払われた即死者と重傷者が、鮮血の飛沫をあげ、壊れた人形のように四肢を強張らせて、死骸が山をなす墓穴の底に次々と転落していく。その町に居住していたユダヤ人を一人残らず絶滅しつくすまで、大量虐殺は終わることがないのだ。

機銃掃射で殺戮されているのは、パルチザンに志願しそうな屈強な成人男子のみではなかった。痩せた白髭の老人、三角に折られた安物のスカーフで髪をまとめた婦人、ようやく歩き始めたばかりの幼児。あるゆる年齢と階層の民間人は特殊行動隊《アインザッツグルッペン》の無差別銃撃で、どんな罪もなしに、ひたすら虐殺され続けていた。

罪があるとしたら、それは彼らがユダヤ人として生まれたことだろう。ユダヤ人問題の「最終的解決」のために編成されたSS絶滅部隊は、占領地ユダヤ人の皆殺しのみを任務として東部戦線の前線まで送り込まれてきたのだ。

リズミカルな機銃音に断末魔の絶叫が交錯する。処刑場の大地は、どこも踝《くるぶし》まで浸かりそうな血の泥濘《でいねい》だった。嘔吐《おうと》感を催しそうな血腥《ちなまぐさ》い臭気が、沼地の霧よりも濃密に漂っている。かばうように赤子を抱きしめた女の背が、銃弾で無残に砕けた。傷口から、はじけた背骨が露出していた。その隣では、恐怖に竦《すく》んでいる子供の頭蓋骨が吹き飛ばされ、血と脳漿《のうしょう》が霧をなして流れる。穴の底には死にきれないで身をよじり、きれぎれに、怖しい苦悶の声を喉から絞り出している老人がいた。短機関銃で武装した黒服のSS兵士と、無力に銃剣で狩り集められてきた町のユダヤ人。血と泥、恐怖と自失、苦痛の叫びと瀕死の呻き。

その時ヴェルナーは、神経質に、乾いた唇を舌先で湿していた。無意識に左掌は、殺戮者と同じ黒い軍服の鳩尾《みぞおち》あたりに触れている。わだかまる吐き気を、なんとか抑えようとしていたのかもしれない。

　自分を犠牲にした母親の背に庇われ、かろうじて銃弾の嵐に生き残った赤子が、血の泥濘に落ちて四肢をばたつかせ、鼓膜の破れそうな甲高い声で泣き叫んでいた。痩せて頰の削《そ》げた、眼の下に隈のある金髪の青年兵士が、二十歳ほどに見える若い母親の死骸を穴に蹴落としてから、面倒そうに赤子の両足を摑んだ。

　赤子の体を振り廻すようにして、勢いよく、穴縁に転がる大きな石に叩きつける。不気味な破裂音がして、小さな頭蓋骨が砕けた。陥没して、眼も鼻も見分けられないほど破壊された顔面に、チューブから搾りだされた赤絵具のようなものが、どろりと溢れはじめる。ぴくりともしない血まみれの肉塊を、兵士が乾いた哄笑をあげながら穴のなかに放り込んだ。

　その光景から、ヴェルナーは思わず眼を背けてしまう。長いあいだ顔を顰め過ぎたせいか、微かに頰の筋肉が顫えていた。おれの顔は痙攣のせいで、たぶん薄気味わるい嘲笑を浮かべているように見えるだろう。そんなふうにヴェルナーは、どこか非現実的な気分で、あまり意味のないことを他人事のように考えていた。


　あれはもう、三年半も前のことになる。一九四一年六月、第三帝国の精鋭部隊は宣戦布告なしの奇襲作戦で、国境に構築されていたソヴィエト軍の防衛線をやすやすと突破した。スターリンの血の粛清で弱体化していたソヴィエト軍は、ドイツ軍の奇襲攻撃のため大混乱に陥った。緒戦で千二百機の航空機が破壊され、五十万の赤軍兵士が投降した。ソヴィエト軍は、ほとんど抵抗らしい抵抗もできないままに、ロシア平原を東方目指してひたすら敗走した。

敗残兵を蹴散らしてドイツ軍の猛進撃が続き、八月には、中央軍団がモスクワを射程におさめる地点にまで到達した。九月には南方軍団がキエフを制圧し、北方軍団もレニングラードを包囲した。ポーランド、北欧、フランス、バルカンの制圧に続き、ドイツ軍の電撃作戦はまたしても偉大な勝利を収めたのだ。

ヒトラー総統の予言通り、冬になるまでにソヴィエト軍は寸断され、殲滅され、敗残兵はウラル山脈の彼方に追い散らされていることだろう。孤立したイギリスは降伏に追い込まれ、大西洋からウラルまで、北海から北アフリカまでの広大な地域が第三帝国の鉄の支配下に置かれる。緒戦の勝利に酔った前線兵士の誰もが、そのように信じ込んでいた。だが、その確信は、半年もしないうちに土台から揺らぎはじめたのだ。

やがて秋雨の季節になった。悪天候のため、地上軍を援護する航空隊の出撃は制約された。腰まで浸かるような泥濘にはまり込み、ドイツ軍の戦車や軍用トラックは前進を阻まれた。次第にパルチザンの活動は活発化し、ドイツ軍の将兵は背後から、次々とナイフや火焔瓶や旧式銃で襲われはじめた。

武装親衛隊《ヴァッヘン・エスエス》の師団に配属されて、独ソ国境線の突破以来、連戦連勝の戦果をあげてきたヴェルナーの心境にも、徐々に変化が生じようとしていた。広大な平原と底知れぬ森林、無数の湖と大小の河川が複雑に交錯するロシアの大地は、果てしないほどに広大なのだ。はじめから恐怖の本能を持たないような、死に直面しても怯《ひる》まない勇敢な兵士というよりも、むしろ戦闘用に造られた泥人形《ゴーレム》のようなロシア兵の数もまた、黒蟻《くろあり》の大群さながらに無限だった。

まもなく秋雨はみぞれになり、ついに本格的に雪が降りはじめた。気温は急降下し、泥濘は石よりも固く凍りついた。零下三十度の厳寒にさらされて、戦車のエンジンは点火不能になり、高性能の望遠照準も機能不全に陥った。前線の将兵に支給される防寒具も、致命的に不足していた。兵士は吹雪に吹きさらされ、四肢や顔面の凍傷に悩まされた。間近にモスクワの尖塔を望みながらも、厳冬と豪雪に阻まれてドイツ軍の進撃は停滞した。

空を埋めつくす爆撃機と戦闘機の群に援護された、大規模な戦車部隊の機動力と圧倒的な火力が、ドイツ軍による電撃作戦の勝利を支えてきた。しかし、その条件の全てが失われたのだ。豪雪のなかでは、メッサーシュミットやユンカースは離陸することもできず、マルクⅣ戦車は機関部が凍りついて前進もままならない。

ジューコフ将軍に率いられた百箇師団のソヴィエト軍は、モスクワを遠望する雪原で無様に立ち往生したドイツ軍に対して、その時を待ちかねていたように猛然たる反撃に出た。雪煙を巻きあげて疾走するT－34戦車の車体には、怖るべきことに十名もの突撃歩兵がしがみついているのだ。少なからぬ兵士が驀進《ばくしん》する戦車から振り落とされ、後続戦車のキャタピラに巻き込まれ、轢き潰《つぶ》されて絶命する。

しかし、ドイツ軍の守備陣地まで突入した戦車からは、かろうじて生きのびた突撃歩兵がばらばらと跳びおりて、敵兵を最後の一人まで殺戮しなければやまない無慈悲な掃討戦に入るのだ。ひとつの戦闘が終わるとき、彼らの半数以上、三分の二以上が屍体になっていることだろう。

それでもムジーク出身の赤軍兵士は、地獄の鬼でさえ竦みあがりそうな死の突撃をやめようとはしない。爆撃し、砲撃し、機関銃を掃射し、銃剣で刺し殺し、殺して殺して殺しぬいても、残忍で愚鈍で無感動な顔をしたソヴィエト兵は尽きることがなかった。

モンゴルの未開な血が入っている彼らロシア人は、はじめから死ぬことについての了解が、ヨーロッパの文明人とは根本的に違うのではないか。ヴェルナーは、チュートン騎士団の末裔《まつえい》である親衛隊員の「決断、勇気、忠誠」の誓約が、心の深いところで深刻に動揺しはじめるのを感じていた。

それとともに、学生時代からヴェルナーの精神の骨格をなしてきた死の哲学、おのれの死の可能性を凝視することで実存の本来性を回復するように説いたマルティン・ハルバッハの哲学さえもが、血と泥の海に溺《おぼ》れかけようとしていた。

ヒトラーは伝説的なフランスの征服者に自分をなぞらえようとして、わざわざナポレオンと同じ日にロシアに侵攻したのだが、それは結果として、百三十年昔の先輩と同じ悲惨な末路をたどる選択をしたことになるのではないか。上官にはもちろん、戦友にも部下にも語ることはできなかったが、いつかヴェルナーは、そんな疑惑にさえ捉えられていた。

重苦しい疑念の核には、モスクワ近郊の田舎町で目撃した特殊行動隊《アインザッツグルッペン》の大量処刑の光景があった。ヴェルナーの精神を支えてきた、死に直面して怯むことない戦士の決断は、あの光景を思い出すたびに癒しがたい無力感に捉えられ、血の泥濘にまみれて輪郭も曖昧なものに変貌しはじめた。

おのれの死に先駆けてそれに直面することもなく、ばたばたと泥人形のように戦死してしまう赤軍兵士の存在は驚異であり、また脅威でもある。それだけではなかった。無抵抗に殺戮されて山をなした無数のユダヤ人の屍体は、さらに圧倒的な脅威である。あれらの死者は、現存在の構造をめぐるハルバッハ哲学の真理に対して、絶対に覆しえない泥土めいて愚鈍な沈黙で、飽きることなく異を唱え続けているのではないか。

バルバロッサ作戦に投入されたのは、ドイツ国防軍の部隊だけではなかった。第三帝国の第二の正規軍である武装親衛隊もまた、フランスの降伏で終わった西部戦線の作戦にひき続き、ドイツの生存圏を確保する対ソ作戦に総動員されたのだ。

ライプシュタンダルテ師団とヴィーキング師団は南方軍団に、ダス・ライヒ師団は中央軍団に、髑髏団と警察の混成軍は北方軍団に編入され、国防軍の将軍も嫉妬まじりに賞賛せざるをえない勇猛果敢な突撃を、連日のように敢行した。敗走する敵軍を追撃して国防軍や武装親衛隊が通過した占領地には、新編成のアインザッツグルッペンが進駐した。極秘に組織された処刑部隊は悪魔的な効率主義を発揮して、白ロシア、ウクライナ、大ロシアの占領地にある多数の町や村で、想像を絶して巨大な死骸の山を築きはじめた。

ヴェルナー自身が目撃したように、アインザッツグルッペンの任務は、前線でソヴィエト軍と交戦することではない。それは東方占領地において、共産党員やパルチザンなど敵性分子と、老若男女を問わずユダヤ民族全体の絶滅を目的に新たに結成された、大量虐殺のみを任務とする特殊部隊なのだ。

ゲシュタポの顔である国家公安本部長のラインハルト・ハイトリヒを最高指揮官とする、それぞれ三千名からなるABCD四隊の絶滅部隊は、占領地の至るところで仮借ない大虐殺を演じ続けた。

アインザッツグルッペンが占領されたばかりの都市に侵入すると、数千、数万のユダヤ人が強制的に狩り集められて、その日のうちに一人残らず惨殺される。一九四二年の冬までに東方占領地で、ハイトリヒの絶滅部隊は五十万にのぼるユダヤ人を抹殺したのだ。

武装親衛隊の歩兵連隊に配属されたヴェルナーは、ソヴィエト国境を突破して以来、のんびりと後方占領地の町や村を視察する機会になど恵まれないまま、日々、爆音と硝煙と死の危険にさらされた最前線で戦いぬいてきた。晩秋のあの日に初めて、連絡任務のため戦線後方に派遣され、アインザッツグルッペンによるユダヤ人の虐殺現場を目撃することになる。

第三帝国の首脳により「最終的解決」が決定されたこと、その執行のためアインザッツグルッペンが結成され、東方占領地に送り込まれてきたことは、武装親衛隊の下級士官にも知らされていた。

だが、軍人としての誇りをもつ武装親衛隊の将兵の多くは、新たに結成されたアインザッツグルッペンに軽蔑の念を抱いていた。同じ髑髏やルーンのS字をデザインした稲妻の徽章で制服を飾っていても、われわれ武装親衛隊の将兵は、強制収容所の看守やゲシュタポの拷問係や諜報《ちょうほう》部のスパイなど、どぶ掃除に等しい汚れ仕事屋ばかりを掻き集めて編成された絶滅部隊の連中とは違う。われわれは勇敢な狼の集団であり、彼らは屍肉をあさるハイエナの群に過ぎないのだ。

アインザッツグルッペンの大量虐殺を初めて目撃した日から、ヴェルナーは、あの忌まわしい連中を自分とは無縁などぶ掃除人の群であると決めつけ、侮蔑《ぶべつ》し、あるいは無視してやり過ごすことに困難を感じるようになった。脳裏には淀んだ血の悪夢の記憶が刻み込まれ、そして鉛の塊よりも重苦しい自問に呪われはじめたのだ。

学生時代から十年ものあいだ信奉してきた死の哲学は、あのような大量虐殺をめぐる匿名の死の膨大な集積に、ついに及び難いのではないか。自分を支えてきた意味ある死、勇敢な死、威厳ある死の観念など、吹雪のなかで凍りかけた死骸の山の圧倒的な現実を前にしては、ほとんど何ものでもありえないのではないか。

ヴェルナー自身、パルチザンとして逮捕された少年の銃殺を命じたことがある。少年は視線で人を殺せるものなら、たちどころにヴェルナーの心臓を止めてしまいそうに厳しい、刺すような眼で処刑者の顔を睨みつけていた。だが、その時ヴェルナーの死の哲学は、かろうじて少年の憎悪に耐えることができた。少なくとも、まだ、そのように自分を納得させることはできたような気がする。

闘われつつあるのは、決意した戦士による過酷な闘争なのだ。民族の栄光を賭けた闘争のため、そして最後の勝利のため、少年兵であろうとも無慈悲に処刑を命じなければならないことはある。その義務から心弱く逃れようとするのは、おのれの死の覚悟において曖昧なところ、惰弱《だじゃく》なところがあるからではないのか。

躊躇する気分を押し潰すようにして、ヴェルナーは少年兵の処刑を命じた。明日にも立場は逆になり、自分がパルチザンの銃口の前に立たされるかもしれない。そのときは、死の可能性を凝視する厳粛な決意のまなざしで、まさにパルチザンの少年のように、銃弾が心臓を貫くその瞬間まで、処刑者の眼を見返していることだろう。それはあくまでも、戦士と戦士の死を賭けた闘争なのだ。

しかし、モスクワ近郊にある前線の町で目撃した大量処刑の記憶は、ヴェルナーの人格を支えてきた倫理や決意性をめぐる精神的な背骨を、次第に酸のように腐食しはじめた。頑強な鉄骨でさえも、強酸にさらされ続ければ、ぼろぼろに腐食されざるをえないだろう。あれから長い時が経過したような気もするが、死の凝視と決断の倫理を脅かす不気味なものは、なおもヴェルナーの脳裏に棲みついて離れようとはしない。

2

空中では無数の雪粒が、強風に舞い散らされ渦巻いている。魔女の不思議な箒《ほうき》で掃かれるように、路面に落ちた雪粒が右に左にと、目まぐるしい速度で移動する。雪が路面を覆う前に、少しでも距離を稼ごうとしているのかもしれない。メルツェデスSはワルキューレの悲鳴を轟かせながら、なおもガリチアの幹線道路を猛然と疾走していた。

「おやすみですか、少佐。御覧の通りの路面状態でタイヤが滑りやすい。雪で少しばかり遅れそうだが、それでも三時過ぎには、なんとかコフカまで辿りついてみせますよ」

運転席のシュミットSS軍曹が、思いついたように問いかけてきた。長年の戦友であり、忠実な部下でもある軍曹は、かつてヴェルナーの信頼を裏切ったことがない。

あまり暖房の調子がよくないメルツェデスの車内は、氷室のように冷え込んでいる。シュミット軍曹の言葉で回想から醒めたヴェルナーは、シートで背筋を伸ばし、外套の襟を掻きあわせるようにして、さりげない口調で応じた。

「いや、起きている。景色を眺めているうちに、ふと、ロシアの前線のことが思い出されてきたんだ」

「あの時、デミヤンスクで負傷された時のことですか」シュミットが心得たふうに頷いてみせた。

「どうして、そう思うのかな」

「雪のせいでしょうかね。あの時は私も、まさか生き残れるとは思わなかった」

伝説的なデミヤンスクの攻防戦だが、あれは文字通り地獄の戦場だったと、あらためてヴェルナーは思った。一九四二年二月、氷結したイリメニ湖の南方デミヤンスクに、髑髏師団と国防軍の五師団が優勢な敵軍に追いつめられ、退路を断たれた。豪雪のなかで完全に孤立し、二重三重に包囲されて進退に窮したドイツ軍には、食糧も燃料も、弾薬も医療品も、あらゆる補給物資が致命的に不足していた。

豪雪を突いて敢行される、スターリンの軍隊の苛烈きわまりない波状攻撃に日夜さらされたドイツ兵は、パンの代わりに雪をむさぼり、毛布の代わりに雪に埋もれて休息をとるしかなかった。無数の将兵が、吹雪の塹壕《ざんごう》や陣地を死守して敵弾に倒れ、それ以上の兵士が酷寒と飢餓と疲労に倒れて屍《しかばね》の山を築いた。

救援部隊がソ連軍の包囲網を突破してデミヤンスクを解放するまで、果てしない消耗戦は前後一カ月にも及んだ。無慈悲に回転する戦場の歯車は、万にも及ぶ膨大な将兵の体を挽《ひ》き潰して、血まみれの残骸に変えたのだ。

ヴェルナーは二度、三度と、髑髏師団長テオドール・アイケの命令に忠実に、歩兵中隊の先頭に立ち決死の肉弾突撃を敢行した。もちろん、シュミット軍曹も一緒だった。前方ではスターリン・オルガンが殺戮のしらべを奏で、あたりで無数に炸裂する砲弾の爆炎が雪と泥、兵士の血と肉片を吹き飛ばした。

包囲戦の最終局面で砲弾の破片を浴び、胸と腿に瀕死の重傷を負ったヴェルナーは、戦線後方に移送され、かろうじて救急病院で命をとりとめた。デミヤンスク攻防戦の勲功で少佐に昇進し、さらにドイツ本国で療養に専念するよう命じられた時、前年の夏に独ソ国境を越えた部下や戦友のほとんどが戦死していた。ヴェルナー自身、生きて祖国に帰還できる可能性など、ありえないものと覚悟していたのだ。

大鎌を携えて死神が彷徨する戦場から奇跡的に生還できたことに、ヴェルナーの心境は複雑だった。戦死した部下や、希望のない消耗戦を強いられている戦友に対しては、自責の念を感じないではいられない。あるいは神話の英雄のように、爆炎と叫喚が交錯する戦場を駆けぬけて壮烈な死を遂げた方が、むしろ幸福だったのではないのか。入院中のヴェルナーは、夜ごと眠れない床のなかで、そんな息苦しい自問に悩まされ続けた。

一九四三年の春、退院したヴェルナーは髑髏師団の原隊に復帰することを願いでた。しかし、隊員の人事権を握るSS作戦本部は、なぜか武装親衛隊《ヴァッヘン・エスエス》少佐の肩書のまま、ベルリンの国家刑《ＲＡ》事警《ＰＫ》察本部に出向することを命じたのだ。

ＲＡＰＫの依頼で係官が人事ファイルを捲《めく》っていたら、たまたまそこに、退院まぢかのハインリヒ・ヴェルナー少佐の名前があったのだろう。そしてヴェルナーは、ＲＡＰＫの経済事件担当判事コンラート・モルゲン博士の汚職捜査に協力することになる。

モルゲンは、もともと地方裁判所の主席判事の判決に抗議して職を辞した裁判官であり、その後クラクフのＳＳ＝警察裁判所に判事補として就任したが、またしてもヒムラー直属で東部地区のＳＳ＝警察高級指揮官の地位にあるクリューガー大将と衝突し、懲罰として武装親衛隊ヴィーキング師団に追放された人物だった。

その後、ＳＳ判事として国家刑事警察本部に異動したが、そこでも過去の経歴から政治事件を担当することは禁止されていた。経歴からも判るように、モルゲンは司法畑一筋に生きてきた捜査判事であり、事件の真相追及のためには上司との対立も辞さない硬骨漢だった。

ＲＡＰＫ本部のモルゲン判事に、ブッヒェンヴァルト強制収容所の汚職事件を追及していたカッセルのＳＳ＝警察裁判所から、前例のない捜査上の協力要請があった。それが戦時下の第三帝国を揺るがせた、コッホ事件をめぐる特別捜査の発端になる。

　ワイマール管区の武装親衛隊員で雑貨商のボルンシュタインは、ブッヒェンヴァルト収容所長コッホと結託して長年にわたり、物資の横流しを始めとする不正を重ねていた。汚職の証拠を摑んだ所轄のＳＳ＝警察裁判所は二人の事情聴取に乗りだしたが、職務権限の壁に遮られて追及は中途半端なものに終わった。

　強制収容所関係の司法権は、ＳＳ＝警察裁判所が属するＳＳ法制局ではなく、ＳＳ経済管理本部のもとに置かれていたからだ。一般親衛隊《アルゲマイネ・エスエス》の司法組織では、強制収容所警備隊を管轄下に置いた武装親衛隊《ヴァッヘン・エスエス》の内部犯罪を裁くことはできない。

　そこでカッセルのＳＳ＝警察裁判所は、コッホ一味の経済犯罪をあばくため武装親衛隊将校の肩書をもつ捜査官を派遣するよう、ベルリンの国家刑事警察本部に援助を求めたのである。収容所施設に立ち入り犯罪現場で捜査をするためには、それ以外に方法はない。経済犯罪の捜査を専門とするモルゲンは、そのために人事局から推薦されてきたヴェルナー武装親衛隊少佐を補佐官として、みずからワイマールに乗り込むことを決意した。

　ヴェルナーには、ワイマールの現地捜査にもシュミット軍曹が同行した。戦争が始まるまでシュミットは、フランクフルトの刑事警察《クリポ》に勤務する捜査官だったのだ。

　第三帝国の警察機構は、ヒムラーがＳＳ国家長官であり、同時にドイツ警察長官を兼任していることからも判るように、親衛隊の国家公安本部《ＲＳＨＡ》に統括されている。ＲＳＨＡの下には、保安課報部《SD》と保安警察《シポ》があり、保安警察はさらに国家秘密警察《ゲシュタポ》と刑事警察《クリポ》に分かれている。SDはアインザッツグルッペンのような特殊部隊を指揮し、ゲシュタポはドイツ本国と占領地を問わず、各地の抵抗運動弾圧やユダヤ人狩りなどを中心とした秘密警察機能を委ねられていた。

RSHA傘下の警察組織のなかで、クリポのみが殺人事件や強盗事件の捜査など、通常の警察業務を担うよう体制づけられていた。戦前のシュミットはフランクフルト警察の優秀な刑事であり、はじめから職業軍人だったわけではない。戦争のために動員され、武装親衛隊の兵士としてロシア戦線に送り出されたのだ。

モルゲンの補佐官に任命されたヴェルナーは、その頃には本国に呼び戻され、予備役の武装親衛隊軍曹として旧職に復帰していたシュミットを推薦して、収容所犯罪の捜査活動に協力できるよう手配した。フランクフルト警察で、殺人や強盗など凶悪事件の捜査に携わってきたシュミットは、どちらかといえば経済犯罪の調査は畑違いだったが、それでもヴェルナーの誘いには積極的に応じてきた。生死をともにしたロシア戦線の上官と、また一緒に仕事ができることを喜んだのだろう。

捜査が進むにつれて、強制収容所の管理体制を喰い荒らしている汚職体質の根深さが、続々と暴露されはじめた。物資の横流しどころか、収容所内ではユダヤ人資産家の恐喝や、事情を知った囚人の密殺までもが横行していたのだ。

ブッヒェンヴァルト強制収容所の汚職捜査を完了したモルゲン判事は、それをゲシュタポ長官のミュラーに報告した。ミュラーは調査書類を、上司である国家公安本部の長官ハイトリヒに、ハイトリヒはヒムラーに送りつけた。暴露された汚職事件の衝撃に、ミュラーもハイトリヒも上司の指示を乞うしかないと結論したのだろう。

ヒムラーの黙認のもと、ついにモルゲンはコッホを召喚した。コッホは連日の厳しい訊問で自供に追い込まれ、収容所内外の共犯者も次々に逮捕された。しかし、コッホ一味を撲滅しても、モルゲンの追及は終わることがなかった。救いがたい汚職体質は、ドイツ国内の強制収容所を越えて、東方占領地に新たに建設された多数の絶滅収容所にまで浸透していたのだ。

新しい獲物を発見したモルゲン判事は、本国と占領地を問わない収容所関係のあらゆる犯罪事件を追及する特別捜査班を結成して、はやる猟犬さながらに猛然と突進しはじめる。そして、その果てにモルゲンは、部外者には厳重に秘匿されていた、第三帝国の不気味な暗渠《あんきょ》を覗きこむ結果になった。

その暗渠には想像を絶する量の血が、河をなして流れていた。モルゲンの捜査班は、極秘に建設され何百万ものユダヤ人を絶滅した、東方占領地の殺人工場の秘密を探りあてたのだ。

ナチスによる権力掌握の直後から、ダッハウやオラニエンブルグやエステルヴェーゼンなどに、不穏分子や危険分子として摘発された男女を、裁判なしで拘禁する強制収容所は存在していた。人種政策の進展とともに、強制収容所には共産主義者や自由主義者などの政治犯、労働忌避者、予防拘禁された刑事上の重犯者、等々よりもユダヤ人やジプシーなど「劣等民族」と決めつけられた囚人の比率がしだいに増加した。

それでも強制収容所は依然として労働収容所であり、家畜以下的に劣悪な待遇や懲罰に名を借りた看守の私的暴行など、日常的に囚人の人権が蹂躙されていたとしても、監獄としてイメージされる強制施設の延長上に位置していた。事態に決定的な変化が生じたのは、ユダヤ人問題の「最終的解決」が宣言されてからのことだ。労働収容所は、ヒムラーの命令で絶滅収容所として再編成されはじめた。

絶滅収容所においては、すでに「収容所」という名称そのものが欺瞞的である。その施設は、更生のためであれ、拘禁のためであれ、あるいは強制労働のためであれ、いかなる意味でも囚人の「収容」を主要な目的とはしていない。

そこで生存が許される囚人は、大量処刑にまつわる忌まわしい雑務を負わされた者のみなのだ。かれらは囚人の群から労役のために選抜された特権者なのだが、その特権も永遠に保証されたものではない。死の運命は、ほんの数カ月ほど延期されるのみで、彼らもまた、やはり最後にはガス室に狩り立てられる運命だった。

周辺に多数の工場が配置され、労働収容所の色彩を最後まで残したアウシュヴィッツなど巨大収容所とは異なる、絶滅政策のため新たに設置された収容所には、少数の髑髏団——親衛隊の看守部隊の将兵と、それに指揮されるウクライナ人など占領地から応募してきた傭兵が、あわせても百名ほど配属されているのみだった。

彼らが、囚人頭《カポ》のもとに組織された何百人もの囚人を支配して、連日のように貨物列車で送りこまれてくる百名単位、千名単位の犠牲者を効率的に殺害していく。

ようするに絶滅収容所の実態は殺人工場であり、計画的に造られたユダヤ人、ジプシー、狂人や不治の病人と決めつけられた「劣等分子」を根絶するための施設に他ならない。ＳＳアインザッツグルッペンの機関銃による殺戮の嵐が吹き荒れたあと、東方占領地には続々と絶滅収容所が、おぞましい殺人工場が建設されはじめた。

ロシア占領地の絶滅収容所は、数年のあいだに何十万名にものぼるユダヤ系ロシア人を「処理」して、期待された任務を果たし終えた。その上で占領地の殺人工場は、ソヴィエト軍の反攻に備えて大量虐殺の証拠を残さないように、完璧に破壊されたのである。

ロシアにおける殺人工場では、さまざまの新テクノロジーが開発された。たとえば、大型トラックの排気に含まれる有毒ガスを利用した大量殺戮システム。続いてポーランドや東西プロイセン、シレジアの各地には、ロシアで実験された殺人工場の新システムを活用して、三百万のユダヤ系ポーランド人を絶滅するために大小の絶滅収容所が、続々と建設された。

最初に、六つのガス室で一日に一万五千人を「処理」できるベルゼン収容所。さらにソビボール、トレブリンカ、殺人工場として改装されたマイダネク収容所、等々。小雪のなか、ヴェルナーのメルツェデスが目指しているコフカ収容所もまた、ＳＳ東部管区で最大のアウシュヴィッツに比較すれば小規模であるにせよ、やはり新規に設置された絶滅収容所のひとつだった。

ヴェルナーが、親衛隊《エスエス》内部でも首脳部と関係者以外には厳重に秘匿されていた絶滅収容所の実態を知ったのは、モルゲンに同行して汚職分子や殺人者を追及するため、ルブリンやアウシュヴィッツを現地調査した時のことだった。その時の叩きのめされるような衝撃は、今も忘れることができない。モルゲンとヴェルナーは捜査官として、名前のある殺人者を追いつめた果てに、数えることもできないほどに膨大な、匿名の死骸の山に直面したのである。

一日に一万人ものユダヤ人がガス室に送られて虐殺されている時、収容所で犯された一件や二件の殺人事件を摘発することに、どんな意味がありうるだろう。しかし、捜査官にできることは、「最終的解決」のために遂行されている大量殺戮には眼をつぶり、収容所管理者の汚職と背任、現場係官による規律違反の囚人虐待と恣意《しい》的殺人を摘発することしかないのだ。

栄養失調で枯れ木のように痩せ衰えた、幽鬼さながらの縞服の囚人の群。彼らを強制労働に駆りたてる警備犬や、革鞭《かわむち》と棍棒の乱打。治療もなされないまま、排泄物にまみれて絶命していくチブス患者や結核患者。

下級看守により規律に違反して行われる残忍きわまりない囚人虐待、悪魔的な想像力で考案された数々の拷問、そして日常化された殺人行為。それら収容所を文字通り生き地獄にしている犯罪の山を目撃して、ヴェルナーとシュミットはモルゲンに協力し、腐敗した収容所貴族を一掃するため決死の捜査活動を続けた。

事実、調査のために強制収容所を訪れたモルゲンの部下は、しばしば生命の危険にさらされたのだ。既得権益を奪われかけ、告発の可能性を知って恐慌状態に陥った収容所の各級管理者は、たんに捜査を妨害したばかりか、見せしめのために情報提供者の囚人や看守を公開処刑し、事故に見せかけて捜査官の命を奪おうとさえした。

たとえばアウシュヴィッツでは、モルゲンの指示で所長ヘスの身辺に潜入していた捜査官のパリッチＳＳ上級曹長が捕らえられ、拷問のはてに虐殺されたのだ。

上は収容所長から下は現場看守にいたる腐敗分子の猛烈な妨害工作にもかかわらず、モルゲンの特別捜査班は目覚ましい成果をあげ続けた。八百件の汚職と殺人が告発され、そのうち二百件は有罪判決を勝ちとることに成功する。

ブッヒェンヴァルト収容所長コッホ、殺人罪により死刑執行。ルブリン収容所長フロルシュテット、殺人罪により死刑執行。オラニエンブルグ収容所長ロリッツ、不法殺人容疑で訊問。ヘルトゲンボッシュ収容所長グリューネヴァルト、囚人虐待により懲役刑。フッセンブルグ収容所長キュンストラー、汚職により罷免。ダッハウ収容所長ピオルコウスキー、殺人により死刑求刑。そしてアウシュヴィッツ収容所政治部長グラープナー、殺人により死刑求刑、等々。

いまやヴェルナーにとって、死力を尽くしても殲滅しなければならない敵は、腐敗の極点にある収容所貴族であり、その配下の残忍きわまりない無法者の大群だった。それは逃れることのできない闘争であり、しかもロシア戦線と同じ死の危険に、不断に直面しなければならない過酷な戦闘だった。

ハインリヒ・ヴェルナーは、厳粛に決意していた。収容所官僚としては最大の実力者である、アウシュヴィッツ収容所長ルドルフ・ヘスを、最後には絞首台に立たせてやるのだと。

死を決して、戦場よりも危険な捜査活動に邁進《まいしん》すること。青年時代から信奉してきたハルバッハの死の哲学を、あの強酸の腐食から守るには、それ以外にないと思われたのかもしれない。

輪郭もさだかでないユダヤ人の膨大な死、曖昧な死、不気味な死の堆積《たいせき》と、収容所貴族の首領ヘスの死を均衡させること。あるいは捜査途上で倒れるかもしれない、ヴェルナー自身の尊厳ある死を。

一九四四年の四月、ついにヘスの訊問が開始された時、だしぬけにモルゲンの特別捜査班は上層部から解散を命じられた。モルゲンの捜査に最初は暗黙の支持を与えていたヒムラーだが、どこまで拡大するかもしれない強制収容所の汚職摘発に、しだいに不安を募らせていたのだ。

連日のように数万人のユダヤ人をガス室で殺戮しながら、その現場における数名の違法殺人者を摘発し、処罰する欺瞞的な自己分裂は、最高責任者の判断で最終的に解消された。ふたたび汚職も腐敗も規律違反も、収容所内では野放しにされることがヒムラー長官によって決定されたのだから。

消沈した気分で残務整理を終え、新しい任地であるクラクフの親衛隊東部管区司令部にシュミットと出発する前夜、ヴェルナーは相棒のモルゲン判事とベルリンのＲＡＰＫオフィスで、気づまりな最後の会話を交わした。

「われわれの捜査は、無に帰したんですね、モルゲン判事。いや、はじめから無益な努力だったのかもしれない。なにしろ、数えきれないほどの屍体の山からは眼を背けて、囚人を意図的に虐待したり、死に至らしめたりした看守や、その責任者を摘発しようというのだから」

「捜査の過程で、われわれは多くの発見をした。なかには知らないでいた方が、安眠のために都合のよいことも多かった。たとえば、絶滅収容所の内幕だ。あそこで行われているのは唾棄すべき大量殺人行為だし、わしでさえ嫌悪感を抑えられないこともしばしばだった。

しかし、あれらユダヤ人の『処置』は、国家により遂行を命じられた神聖な義務なのだ。われわれには、どうすることもできないことなんだよ。それともヴェルナー少佐、君は総統が決定したユダヤ人問題の最終的解決に対して、異議をとなえようというのかね。まさか人殺しはいけません、人命は尊重しなければなりませんという類の欺瞞的なヒューマニズムに毒されて、臆病風に吹かれているのではないだろうな」

「私が臆病者でないことは、よく御存知のはずです、モルゲン判事。私はただ、一方で最終的解決を遂行し、他方で厳正な規律を維持するなど、両立不能ではないかと疑っているだけだ。たぶん一方をとり、他方を捨てることはできない。清潔で規律ある絶滅政策の遂行は、たんに上層部の夢想にすぎません。絶滅政策はヒムラー長官の意思に反して、必然的にゴロツキや無法者や嗜虐症《しぎゃくしょう》の狂人の群に頼らざるをえない。ということは、もしもコッホの同類を断罪するなら、最終的解決そのものまで否定せざるをえない」

「なにを考えるのも自由だろうが、それ以上のことは、君の頭蓋の底に厳重に封印しておきたまえ。どんなことがあろうとも、人前では喋らないほうがよい。これはわしからの最後の忠告だ」

「その忠告は、覚えておきますよ。だが判事、やつらとの戦闘をやめる気はないですね。収容所貴族の腐敗を見逃して、自分に課された任務から逃亡することなど、私にはできそうにない」

「捜査班は解散されたんだ、ヒムラー長官の指示で。われわれに、もはや何ができるだろう」

「正規戦が不可能なら、ロシア人のパルチザン風にやればいいんです。長官の意思は、汚職や規律違反を根絶する理想と、それを断行すれば収容所の管理体系が土台から崩れかねない現実のあいだで、なおも不安定に揺れている。ヒムラー長官の判断の振り子が、また理想追求の方に揺れもどるほど衝撃的な事件を摘発すれば……」

モルゲンは無言で、個人的な捜査を続行すると宣言した青年将校の顔を見つめていた。語りおえて、ヴェルナー少佐は無表情に肩を竦めた。一方には、決定を下し、書類にサインするだけの人間がいる。彼らは、おのれがもたらした膨大な他者の死に、事実として直面しようとはしない。それを眼前にしたときは、とたんに貧血を起こして卒倒するような臆病者ばかりなのだ。

そして他方には、虐殺に耐えかねてノイローゼになり自殺さえしかねない半病人と、虐待と殺戮に愉悦を感じるような精神病質者の群が存在する。本人なりの信念で書類にサインするだけの指導者と、収容所を現場で支配しているノイローゼ患者や狂犬じみたゴロツキのあいだに位置して、両者を巧妙に結びつけているのが、ついにとり逃がしたアウシュヴィッツ収容所長ヘスのような有能な官僚である。

完成された大量殺人システムのなかでは、自分の死であろうと他者の死であろうと、固有の死に直面して怯まない決断と勇気は、どこにともなく無力に蒸発してしまう。

指導者は現場から逃避し、官僚は汚い仕事を現場に押しつけ、そして残されるのはアルコール中毒になり、胃腸障害を起こし、最後にはノイローゼになるような連中か、あるいは命じられた以上の熱心さで、規律に背いてまで、嗜虐的な暴力に狂う無法者ばかりなのだ。どこにも、固有の死に直面する高貴なる決断などは、かけらほどもありはしない。

絶滅収容所の現実と闘争し続けることなしには、ヴェルナー自身の主義が、理想が、そして人格までもが、砂で造られた像のように大地に崩れ落ちてしまう。偉大なハルバッハ哲学で精神的に武装し、敢然と死を決意した高貴なゲルマン戦士であろうとしてきた自分が、索漠とした無意味の大地にあとかたなく崩れ去ってしまう。

祖国の敗北は必至だろうが、それはある意味で、既に十年前に定められていた運命であるに過ぎない。最後まで民衆的な国民社会主義革命を完遂することなしに、国防軍や大資本と保身的に妥協して、侵略戦争の道を歩みはじめたヒトラーの一派が、みずから招きよせた愚かな結末に過ぎないのだ。

ヒトラーがはじめた戦争は、アメリカニズムとボリシェヴィズムに汚染され、人間の故郷である真なる存在それ自体を忘却して頽落した文明と歴史を、土台から覆して、それ本来のものに復帰させるための崇高な革命戦争ではない。野良犬の縄張り争いと変わらない、薄汚い侵略戦争に過ぎないのだ。

しばしばヴェルナーは、かつて師事した哲学者ハルバッハに内心の苦悩を告白し、助言を仰ぎたいものと願った。偉大なハルバッハなら、あの砂のような屍体の山に対してどのような態度をとりうるものか、たぶん叡知《えいち》を秘めた賢者の言葉で忠告してくれることだろう。だが、師の助言を仰ぐことができない以上、決断は、おのれ一人の責任において為されなければならない。

かつてハルバッハは語っていた。『一日一日、一刻一刻、忠誠なる従者の意志は固められて行かなければならない。国家を形成している我々の民族の本質を救うために、そしてその内的な力を高揚させるために、犠牲になる勇気が、諸君のなかに不断に湧き上がって来なければならない』と。

民族の本質を救うために犠牲になる勇気。ヴェルナーの勇気は、ロシアの戦場で、魂の器の底が見えそうになるまで蕩尽《とうじん》された。モルゲン判事に協力した捜査活動で、残された僅かばかりも使いはたされて、もはや枯渇しかけているような無力感さえ感じてしまう。しかし、まだ崇高に生き、かつ死のうと決断する勇気の、最後の一滴だけは残されている。その貴重な一滴を、どこに流しこめばよいのか。それがモルゲン捜査班の強制的な解散以降、ヴェルナーが直面していた最大の難問だった。

『精神的な世界のみが民族に偉大さを保証する。というのも、精神的な世界、偉大さを求める意志と没落するに任せる無意志との間での絶えざる決断が、我々の民族がその本来の歴史へ向かって踏み出した行進のための歩行法則となることを強く促すからである』。ハルバッハの厳粛な言葉が、なおも頭蓋に木霊している。偉大さを求める意志の決断。その決断のために、勇気の最後の一滴は残されている。残されていると信じたい。しかし、ヴェルナーが生きることを強いられた世界のどこに、偉大さを求める意志を見出しうるだろうか。

眼前に広がるのは、あらゆる精神性を呑み込んで飽くことない、没落するに任せる無意志の暗黒の大海のみではないのか。たとえば意志のない人形のように、ひたすら殺戮されるに任せているユダヤ人、ポーランド人、ロシア人の大群。

しかし、殺戮者の側にも偉大さを求める意志など、薬にしたくてもありはしないのだ。収容所に跋扈《ばっこ》する血に飢えたゴロツキも、アルコールに逃避して肝硬変を病むノイローゼ患者も、清潔なオフィスで大量殺人を命じる書類にサインする指導者も、全員が没落するに任せる無意志の全面的な支配下にある。おのれの死の可能性を凝視する精神性など、どこにも見出すことはできないのだ。

死は覚悟しているが、残された時間はあまりにも少ない。第三帝国が崩壊してしまう前に、決定的な行動に踏みださなければならないだろう。ロシアの田舎町で、そしてアウシュヴィッツで目撃したユダヤ人の屍体の山。あの膨大きわまりない匿名の死の背後に、人間を本来のおのれに覚醒させる運命的な光は存在していない。あるのはただ、無限に広がる暗黒の大地、不毛な泥土の平原、精神の瓦礫《がれき》の連なりのみなのだ。

十二月のコフカ訪問によって蒔《ま》かれた決断の種子は、まもなく発芽し、急激に成長し、いまや果実は摘みとられるばかりにまで成熟した。クリューガー大将に命じられて、コフカ収容所の視察に同行することになったのも、ヴェルナーの運命だったのだろう。人知を超えて偉大なるものが、崇高な義務としての決定的行為を命じているその良心の呼び声が、耳元で断固たる決断を促している。

おれはやるだろう、絶対に逃げることなどできないのだ。ヴェルナーは厳粛な思いで、忠実な部下にも語ることのできない決意を噛みしめていた。

世界を無意味な泥の塊に変えてしまう忌まわしい宿命に抗して、虚空をつらぬいて輝きわたる灼熱の雷光のような純粋行為が要求されている。それなしで自分は、尊厳ある死、ハインリヒ・ヴェルナーの名が刻まれた固有の死を死ぬことなどできはしない。

3

小さな石橋を渡って、メルツェデスはコフカの村に入った。舗道の左右には、崩れかけた貧しい家々が点在している。周辺の農家のためにある三軒の店、酒や煙草も商っている食料品店、電機店を兼ねた工具店、片隅に酒場のある雑貨店も、小雪のなか拒むように扉を鎖していた。長期にわたる戦争のため、もう客に売るような商品が尽きたのかもしれない。あるいはソヴィエト軍の総攻撃を予測し、店を畳んで、安全な森のなかにでも避難したのだろうか。黒い高級車は、人気《ひとけ》のないコフカの村を通過した。

じきにコフカ収容所に到着する。心地よい緊張感で、ヴェルナーは微《かす》かに身顫いした。しかし、敵地に乗り込もうとしている緊張など少しも感じさせない冷静な口調で、まだ若いＳＳ少佐は、さりげなく運転席の部下に語りかけた。

「軍曹。君には、後ほど特別の依頼をすることになると思う。われわれのコフカ訪問の目的は、たんにクリューガー大将に命じられた任務を果たすに尽きるものではない。君は、その依頼を拒否することもできる。ある意味で私が頼もうとしていることは、越権行為にもなりうるからだ。しかし、最後まで計画通りに行けば、私の行動は合法化されるだろう」

慎重にステアリングを操作しながら、軍曹が面白がるように応じた。「私に何をやらせたいのか、説明されないでも判りますぜ。少佐は、コフカ収容所長の首に縄をかけようとしてるんだ。フーデンベルグはヘスの愛弟子《まなでし》で、収容所官僚としてはエリート中のエリートです。

最年少で強制収容所長に抜擢された髑髏団エリートの汚職を暴露すれば、たぶんヒムラー長官も少なからず動揺するに違いない。そのショックで、中止された捜査の再開も決まるだろう。それが少佐の考えていることだ」

「……知ってたのか」ヴェルナーが苦笑した。いつもながら、辣腕《らつわん》刑事だったシュミットの嗅覚《きゅうかく》には驚嘆させられる。軍曹が続けた。

「私の眼が節穴だとでも思ってるんですか。先月、クリューガー大将に連れられてコフカを視察した後、モルゲン捜査班が解散されてから憂鬱そうだった少佐の表情に、昔のような緊張感が戻ってきた。コフカで、何か元気の種になるようなことを見つけたに違いない。

それに、あのウクライナ兵の件もある。パルチザンに処刑されるところを、ぎりぎりで私らに救出されたウクライナ人の偵察員が、なんとコフカ収容所に勤務していたというのも奇遇ですな。やつが年末に司令部に尋ねてきた時、少佐と何かひそひそやっていたのを、私はちゃんと見ている。

フェドレンコとかいうウクライナ兵が、なにか耳寄りな話をもち込んで来たんでしょうが。コフカ収容所長にとって致命的な打撃になるだろう、捜査官なら涎《よだれ》を垂らしそうな素敵な情報を。もちろん少佐は、コフカ収容所が閉鎖される前に、所長の犯罪容疑を立証しようと決めたんだ。

そのための命令なら、なんでも喜んで。私だって、捜査班の強制解散に納得してるわけじゃないんですからね。ところで、フーデンベルグは何をしでかしたんです。背任ですか、横領ですか。なんとも嬉しそうな少佐の顔つきから判断すると、ちゃちな汚職とは思えませんがね」

「具体的な指示があるまで、それ以上の憶測はやめておけ。何を捜査することになるのか、じきに判るさ」ヴェルナーは無愛想に命じた。

警察犬の本能を発揮して、この男ときたら裏の裏まで読んでいる。軍曹が越権行為の危険を冒してまで、自分と行動をともにする決意であることは、はじめから判っていた。それでもヴェルナーの胸には、やはり感動するものがあった。そんな気持を見せまいとして、わざと顰め面で応えたのだ。

「見えてきましたよ、コフカ収容所が」

運転席から、またシュミット軍曹の声がした。小雪の降りしきる薄明かりの彼方に、幾重にも鉄条網の垣で囲まれた大小の建物が、拒絶的な印象で茫漠と浮かんでいる。収容所の施設は冬枯れの畑地のなかにあり、背後には鬱蒼とした森林が迫っていた。

施設の前面には二つ、機関銃と探照灯を備えた監視塔が威圧的に聳えている。監視塔に挟まれるようにして、灰色に薄ぼけた正面ゲートがある。縞模様に塗られた開閉装置の横棒と頑丈な鉄網門で鎖されたゲートの横には、三角屋根の粗末な小屋が設けられ、その周辺に数名の監視兵が立哨《りっしょう》として配置されていた。

鉄道の引き込み線は、施設を右手に廻りこむようにして延びている。つまり、右手の区画に絶滅収容所の中核施設であるガス室や、巨大な屍体焼却炉が配置されているのだ。家畜車や貨物車で送りこまれてきた囚人の群は、停車場で大小のグループに選別される。大きなグループに入れられた者は、そのまま入浴だと偽られてガス室に追い込まれ、わずかの時間で中毒屍体の山に変わることになる。

屍体から金歯を抜いたり、時計や貴金属類など囚人が最後まで身に着けていた貴重品を奪ったり、工業資源として髪を刈ったりする作業場も、ガス室に隣接して、やはり右手の区画に造られている。

犯罪の証拠を集めるため生命の危険を冒して、幾つもの絶滅収容所を捜査したことのあるヴェルナーは、クリューガー大将の随員として昨年の十二月に初めて訪問した時にも、外観を大雑把に観察したのみで、コフカ収容所の構造や施設の配置を正確に推察することができた。

ゲートの上には、「労働によって自由を《アルバイト・マハト・フライ》」と記された大きな看板がある。悪意ある皮肉が毒液のように滴り落ちている同じ標語は、アウシュヴィッツ収容所の正門にも掲げられていた。

それを最初に見た時、ヴェルナーはダンテ地獄篇の「ここに入らんとするものはすべての希望を棄てよ」という言葉のほうが似つかわしいと、吐き棄てるような気分で考えたものだった。それは破廉恥《はれんち》にも「自由の門」であると詐称している、実態を知ればダンテも竦みあがるだろう「地獄の門」なのだ。

同じ標語の看板があるのは、コフカ収容所長のヘルマン・フーデンベルグがルドルフ・ヘスの愛弟子であり、もともとアウシュヴィッツで連絡将校として勤務していた経歴の人物だからだろう。二年前に新設のコフカ収容所長に抜擢されたのも、ヘスがフーデンベルグを強力に推薦したせいだ。

三十歳でSS少佐の地位につき、比較的小規模であるにしても独立した収容所の管理を任されるというのは、注目に値するスピード出世だろう。その点は、シュミット軍曹が指摘した通りだ。フーデンベルグの収容所管理者としての有能さは、以前から上層部で高く評価されていたに違いない。

小雪の降りしきるなか、クラクフの管区司令部から到着したメルツェデスは、監視兵の敬礼に送られて開いたばかりのゲートを抜け、コフカ収容所の構内に滑りこんだ。構内の舗装路を、ふたたびメルツェデスはスピードをあげ、甲高いエンジン音をたてながら走りぬけていく。

病院、管理事務所、何棟もある囚人用の木造バラック、煉瓦造りの作業場や倉庫。構内には粗末な建物が群をなし、雑然と軒を列ねている。囚人の点呼が行われる広場には、木組みの絞首台が造られていた。そこでは全裸の絞首屍体が三つ、骨に乾燥した皮が貼りついているだけの痩せさらばえた躰を剝き出しにして、寒風に吹きさらされ揺れている。脱走に失敗して処刑された囚人だろう。

収容所が地獄なら、所長のヘルマン・フーデンベルグは地獄の鬼の首領ということになる。そのフーデンベルグ少佐とヴェルナーは、昔から多少の因縁がある間柄だった。少佐にまで昇進した男だが、十年前に大学では「アヒル」と蔑称されていた。貧弱な躰つきなのに、尻だけが女のように突きだしていて、歩くたびに滑稽に揺れるところから、そう諢名《あだな》されたのだ。ハルバッハ大学総長の指導のもと急進的な大学革命を推進していた、ナチス学生同盟の支部グループに、地区の突撃隊《エスアー》組織の連絡員であると称してフーデンベルグが潜り込んできた時、どことなく油断できない男だとヴェルナーは感じた。

どんよりと白い光を宿した、異様な眼つきをしていたのだ。ほとんどの同志に見られる若々しい率直な眼、理想を宿した気迫のある眼ではない。しかもヴェルナーが知っている、世知にたけた狡猾な眼でも、権力をかさに着た傲岸《ごうがん》な眼でもなかった。強いていえば、厚かましいほどに自足した眼だろう。たぶん、この男には現実の世界など無に等しいのではないか。

フーデンベルグの眼は、外の世界を何も見ようとしていない。ひたすら、心のなかの鏡に映された自画像を飽きもせずに眺め続けて、ナルシスさながらに陶然としている印象なのだ。この男は、どんな皮肉にも軽蔑にも絶対に傷つくことのない、自分だけの夢想の王国を生きているのではないか。その魔法の世界では、アヒルも白鳥の王子に変身しているのかもしれない。

田舎商人の息子にふさわしく、たしかに実務的には有能な男だった。煩雑な事務仕事に異常な精力を傾けるのも、にきびだらけのナルシスであるフーデンベルグにとって、数字や帳簿が自分の思いのままになる、つまり夢想の世界を壊したりしない例外的な対象だからではないか。ヴェルナーはフーデンベルグの疑わしげな性格を、そんなふうに観察していた。

それなりに警戒はしていたのだが、やはりヴェルナーも、愚鈍な事務屋を装ったフーデンベルグの演技には騙されていたのだ。あの男の正体は、あろうことか親衛隊《エスエス》の管区司令部から送りこまれてきたスパイだった。大した害毒を流したわけではないが、それでもスパイはスパイだ。

十二月のコフカ訪問の時フーデンベルグ所長は、百キロほど離れたアウシュヴィッツに出かけていて不在だった。顔を合わせるのは、ほとんど十年ぶりということになる。おれが予告もなしに現れたとき、あのアヒルの野郎は、どんな表情を見せるだろうか。

頬に冷酷な微笑を刻んだヴェルナーを後部席に乗せて、シュミット軍曹が運転するメルツェデスは、監視兵に指示された通りに収容所の中央広場を北上する。給水塔がある丘の手前でスピードを落とし、左折して、砂利敷の道を左手の区画に入った。灌木《かんぼく》の茂みで囲われた将校用の区画には、小綺麗な大小のコテージが冬枯れの花壇のなかに、距離をおいて三棟並んでいた。

左手と右手の二戸続きのコテージが、全部で八名配属されている将校用の宿舎だ。左右のコテージを従えて中央に位置している、白と茶に塗り分けられたチロル風のバンガローが、管理本部を兼ねて収容所長の宿舎として利用されている建物だった。

メルツェデスが所長宿舎の玄関前に停車すると、フーデンベルグから案内を命じられたらしいSS中尉が、磨きあげられた長靴で宙を蹴るようにして、精一杯の大股で歩いてきた。

軍曹が足早に外から廻り、後部席のドアを開いて横に直立する。黒の外套を無造作に羽織って、ヴェルナー少佐はおもむろにメルツェデスを降りた。鷲と髑髏の徽章がある制帽をかぶり直してから、子供のような顔をした中尉の大袈裟な敬礼に面倒そうに応える。十二月の訪問の時にも顔を合わせた記憶のある男だった。

ハンス・ハスラー中尉、二十七歳。たび重なる囚人虐待と三件の殺人容疑で、モルゲンの捜査リストにあげられていた男。心理学者に、精神病質者だと判定されるにふさわしいサディストだ。

上官のフーデンベルグに抜擢され、一緒にコフカ収容所に着任した連絡将校だが、もしもヒムラーによる捜査の中止命令がなければ、たぶんアウシュヴィッツ時代の犯罪だけで裁判にかけられ処刑されていたろう。ヒムラーのモルゲン捜査班に対する解散命令が、結果としてハスラーを助命したのだ。

この男には職権を悪用して、美人の女囚を人気《ひとけ》のないところに連れ出しては凌辱《りょうじょく》し、嗜虐趣味を満たすために惨殺していた疑惑がある。確認されただけで五名にものぼる被害者の屍体は、ジャック・ザ・リッパーの手にかけられたような惨状で、乳房は切りとられ、太腿の肉や陰部は鋭利なナイフで抉り出されていた。

他の二件は、懲罰に名を借りた規律違反の拷問で、私的に囚人を殺害した容疑だった。一人は仮病で労務作業を休もうとしたと決めつけられ、整列させられた囚人の前で、ドーベルマン・ピンシェルの警備犬をけしかけられ嚙み殺された。もう一人の囚人は、真冬に凍結直前の冷水に浸《つ》けられて凍死した。

特別捜査班の調査により、なかば明るみに出されかけた三件以外でも、ハスラーが似たような私的制裁で囚人を死にいたらしめた事例は無数だろう。そしてハスラーの同類もまた無数であり、囚人の生殺与奪の権を与えられた看守として、今も連中は各地の収容所に君臨しているのだ。

「中尉、制服の上着の裾に汚らしい染みがある。それがユダヤ人の血であれば、問題だな。親衛隊員が身だしなみに注意しなければならないことは、ヒムラー長官がつねに強調されていることだ。反省したまえ」

制服の血痕は、ハスラーの私的制裁で半死半生の目にあわされた不運な囚人のものだろう。あるいは、殺されたのかもしれない。

皮肉な口調で嘲弄《ちょうろう》されて、髑髏団のエリート中尉は頰を強張らせた。自尊心を傷つけられ、その表情には、ねじくれた暴力的な反感が滲んでいる。中尉は、そのとき不自然に瞼をしばたたいた。反抗的な眼を、制服に柏葉剣つき騎士鉄十字章の略章と東方戦線従軍徽章をつけている、クラクフ司令部から派遣されてきた傲慢な態度の上官に、どうにか繕《つくろ》おうとして無理をしたのかもしれない。

窓のカーテン越しに、到着したばかりの客を盗み見ている人物がいた。自分に寄せられた陰険なまなざしを無視して、降りしきる雪に外套の肩を濡らしながらヴェルナー少佐は、所長官舎の玄関まで続いた石畳のポーチを、足早に進みはじめる。唇の隅に、皮肉そうな嘲りの翳を刻みつけて。

第六章　鬼の履歴

1

中央広場の方から、乗用車のエンジン音が近づいてきた。収容所に配置されている貨物トラックや作業車の響きではない。フーデンベルグにコフカ収容所長の専用車として供与されている、将校用KdFでもない。メルツェデス、それもスーパーチャージャー装備の特製車だ。全部で二十五台しか生産されていないメルツェデス500Kや、それを頂点とする高級車に以前から憧れていたSS少佐は、異様に魅惑的なエンジン音に陶然として耳を傾けた。

たぶん、メルツェデス・ベンツSだろう。「メルツェデスの悲鳴《ゲシュライ》」と呼ばれる、スーパーチャージャー車に特有の甲高いエンジン音から、そうフーデンベルグは判断していた。あの響きを不快なものと感じるような人間に、世界最高の鋼鉄の淑女メルツェデスを愛する資格はないと、あらためてコフカ収容所長は思った。

クラクフ司令部のメルツェデスSリムジンは、東部管区のSS＝警察高級指揮官であるクリューガー大将の専用車として利用されている。十二月には、クリューガー大将が部下の親衛隊《エスエス》将校を一人従えたのみで、予告なしにコフカ収容所を訪問したこともあった。不運にもフーデンベルグは、その日、妻子が住むアウシュヴィッツ収容所の官舎を訪れていて留守だった。

翌日、部下のハスラー中尉からクリューガー大将が来訪したことを知らされて、点数稼ぎの絶好のチャンスを失ったフーデンベルグは落胆した。もしも不在でなければ、先に立って東部管区の最高実力者を収容所施設の隅々まで案内し、管理者フーデンベルグの有能さを、あらためて印象づけることもできたろう。大将は、コフカ収容所長の精勤ぶりをヒムラー長官にも報告したかもしれない。

メルツェデスのエンジン音が、さらに接近してきた。「極秘・緊急」の扱いとはいえ、まさかクリューガー大将が、じきじきにフーデンベルグ宛の命令書を届けにきた訳ではあるまい。であるなら、上官の専用車を勝手に乗り廻しているのは何者なのか。

その可能性は、熟考の末にないものと結論したはずなのに、また早朝からの脅迫感が甦りはじめる。クリューガー大将に従ってコフカを来訪したSS将校の名前を知ったことが、さらにフーデンベルグの不安を掻き立てたのかもしれない。親衛隊員としての基準に満たない貧弱な体格の所長は、デスクに小山をなした書類から落ちつかなげに顔をあげ、嵐の接近を告げるかのように轟きわたる金属製のワルキューレの悲鳴に、臆病な兎さながらに聞き耳を立てていた。

フーデンベルグは今朝、まだ夜明け前に電話のベルで叩き起こされた。こんな時刻に誰が、どんな用件で電話してきたのか。寝惚《ぼ》け眼《まなこ》でスタンドを点灯し、目覚まし時計の文字盤に視線をやりながら、急いで枕元の電話機に腕を伸ばした。片肘が、隣で身を横たえているユダヤ女の裸の乳房に触れる。まだ前夜の酒が体内に残っているせいで、頭が少しばかり重たいような気がした。

電話の主は、徹夜でクラクフ司令部に詰めていたらしい、クリューガー大将の秘書官だった。司令部のオフィスで二、三度、顔は見た覚えのある大将秘書官は、クリューガー大将ならびにシュマウザー上級大将の署名がある緊急の極秘命令書を、午後にはコフカ収容所長宛に送付するので待機しているようにと、取りつく島もない実務的な口調で告げたのだ。

クリューガーは、強制収容所における汚職と規律違反の仮借ない摘発で、全国の収容所管理職を戦慄させたモルゲンSS判事の昔の上司である。現場の事情も知らないで闇雲に司法権を振りまわし、多数の収容所の現場を大混乱に陥れた、あの形式主義の塊のような邪魔者を、かつてヴィーキング師団に飛ばしたこともある実力者だ。

シュマウザーは対国防省連絡将校だった中将時代に、収容所監視部隊である髑髏団の団長テオドール・アイケSS少将に同行して、ヒトラー総統に謀叛を計画し逮捕された突撃隊長レームを処刑したエピソードで知られる、親衛隊内でも伝説的な人物だった。アイケとならんでレームの処刑者に抜擢されたことからも窺われるように、総統およびヒムラー長官からの信頼は抜群である。

クリューガー大将は現在、南ポーランドのガリチア地区を含むSS東部管区に、文字通り最高権力者として君臨している。広大な東部管区の、あらゆる住民の生殺与奪の権を握った、かつての専制君主も及ばない絶対支配者だった。フーデンベルグのオフィスに、東部管区の最高権力者と、SS上級大将の連名による命令書が、しかも「極秘・緊急」扱いで送りつけられてきたようなことは、これまでに一度もない。

何事かと仰天して問い質してみたのだが、フーデンベルグの疑問には何ひとつ応えることなしに、電話は先方から無愛想に切られた。

毛布の下で、命じられた通り全裸で身を横たえている成熟した躰つきの女が、しきりと顔の脂汗をシーツに擦りつけているフーデンベルグの方に、感情の死んだ木彫人形の節穴のような眼を向けていた。

二十八歳になるし、子供も一人産んでいるが、ゲルマン的な美貌と肉体の魅力には衰えがない。少なくとも外見の上では。囚人列車から小突き降ろされた時は、さすがにやつれて見えたものだが、所長の眼にとまり、独立した小屋と滋味のある食事を提供されるに及んで、次第に容色も回復したのだ。

形よく延びた鼻の線、秀でた額、繊細に尖った顎。フーデンベルグの趣味で切ることを禁じられている、ほどけば臀や太腿までを隠すほどに長い豊かな金髪も、透明な青い眼も、静脈が透けて見える蒼白な膚も、あらゆるものが完璧な造形美を誇っている。だが、女は精巧に造られた美しい人形めいて、まるで生気というものを感じさせない。

待遇も生活条件も比較にならないほど恵まれているのに、女には真冬に粗悪な木綿の囚人服と、折り重なりながら眠るしかない木棚の寝床と、一椀の薄いスープしか与えられないで、連日のように過酷な労役を強いられている強制収容所の囚人たちに、どこかしら似た印象がある。魂を信じがたい暴力の数々と、日常化された匿名の死に冒された者らの、あらゆる感情が氷点下に凍りついた、しらじらとした絶望の雰囲気。

看守に「豚」や「犬」と罵《ののし》られ、革鞭と棍棒、警備犬と長靴に追い立てられることにも慣れて、自負も尊厳も砕かれた無気力な男女。腕に刺青《いれずみ》された番号でしか呼ばれることのない、人格までも奪いつくされた家畜同然の囚人。飢餓と疲労と睡眠不足で、半ば骸骨と化した幽鬼の群。

あまりに悲惨な、苦悩に魂がひしがれるような囚人生活から逃れる道は、発狂か、高圧電流の鉄条網に身を投げる自殺しかない。発狂や自殺を免れたとしても、その果てに待ち構えているのは、やはり確実な死だ。二、三カ月後には、誰にも到来する衰弱死、病死、虐待死、そして青酸ガスによる中毒死の運命。

どれも見わけがつかない囚人の顔、ピンポン玉さながらに突きだした喉骨と顎骨、抉られたように窪んだ眼窩《がんか》、死にまで至る栄養失調で異様に青黒い色をした顔。端整な女の顔は娑婆で生活していたときと変わらないが、その表情には、救われようのない絶望にむしばまれた囚人と同じ、どんな刺激にも反応しない、どこか深いところで精神が麻痺している、おぞましい印象があった。

女の眼にも最初の数カ月のあいだは、希望の残り滓《のこ かす》のようなものが残されていた。息子の運命をフーデンベルグに告げられてからだ、強制収容所の囚人と同じ虚ろな節穴の眼になったのは。そうして初めて、フーデンベルグは女を完璧に所有している満足感に酔いしれた。

あれから、一年もの時が過ぎようとしている。感情の磨滅した節穴の眼で、女は命じられた通りフーデンベルグに、快楽の奴隷として忠実な奉仕を続けてきた。義務を怠る気配は、いささかも感じさせたことがない。もの同然に主人の意のままになる、美しい女奴隷を所有する満足感は、他には絶対に代えがたいものがあった。

だらしなくパジャマの胸をはだけたコフカ収容所長は、女の視線に気づいて思わず慄然とした。そうだ、この女の存在が明るみに出たのかもしれない。囚人のユダヤ女を情婦にしていることが、もしも管区司令部の首脳に知られたりしたら、とても無事にはすまないだろう。外部には、絶対に知られることなどないと計算していた秘密なのに、どこで判断の誤りが生じたのか。

あるいは先月の、自分の留守中に行われたクリューガー大将の、予告なしの視察の時だったかもしれない。身近に置いて雑用に使っているウクライナ兵フェドレンコは、フーデンベルグの質問に片言のドイツ語で、大将に従っていたSS将校はロシア時代の恩人だった、思わぬところで再会できて感激したというふうなことを、満面に喜色を湛《たた》えながら幾度も繰り返していた。

フェドレンコは短い休暇を与えられた仲間のウクライナ兵と一緒に、年末に二、三日、クラクフの町に外出したことがある。その折にも、クラクフ司令部のSS士官と旧交を温めた可能性はあった。それを確認しないで放置していた、自分の迂闊《うかつ》さが悔やまれてならない。

まさか髑髏団のドイツ兵に、情婦にしたユダヤ人の女囚の世話をさせるわけにもいかない。所長の職務権限で、それを命じるのには少しばかり無理がある。あれこれと頭を悩ませた末に、以前から従卒代わりに使っている、よく気がつくし、信用もできるウクライナ兵に任せるしかないと結論したのだ。あの男なら余計な質問もしないで、命じられたことだけを忠実に実行するだろう。

そんな次第で、女の世話をしているのはウクライナ兵フェドレンコだった。フーデンベルグが欲望を覚えた夜には、フェドレンコが収容所構内の小屋に監禁されている女を、所長官舎の寝室まで連れてくる。翌朝、女を小屋に連れ戻すのも、食事などを運んでやっているのもフェドレンコだった。

フーデンベルグがユダヤ女の情婦を囲っていることは、収容所のなかでは公然の秘密だろう。しかし、それを外部に洩らすような将校や兵士など、一人たりとも存在しえない。コフカの地はフーデンベルグの独立王国であり、彼は収容所を完全支配している最高権力者なのだ。

部下の髑髏団員が意図して、所長であるフーデンベルグを裏切ることなどありえないと思うが、フェドレンコが恩人のSS将校と喋っているうちに、ふと女のことを話題にしたような可能性ならあるかもしれない。

ドイツ語も満足に喋れないウクライナ人の傭兵は、しばしば的確な判断能力を欠いているのだ。裏切る気はなくても、外部に洩らしてはならない秘密を、ふと口にしてしまうことなら考えられる。それが事実であれば、収容所長としては窮地に立たされる結果にもなりかねない。

フーデンベルグはコフカ収容所の最高責任者として、なにひとつ疚《やま》しいことはないと自負している。ヒムラー長官の前でも、それについて厳粛に誓えるだけの自信がある。汚職に手を染めていないような収容所長は、たぶん例外的な存在だろう。職権を濫用して私腹を肥やしている腐敗官吏は、モルゲンに摘発され処刑されたブッヒェンヴァルト収容所長のコッホ以外にも山ほどいるのだ。

どの収容所であろうと髑髏団の監視兵のほとんどは、囚人が隠して持ちこんだ貴重品を発見しても、それを上官に申告などしないで私物化してしまうのが普通だった。粗野で暴力的な空気を吸って成長した下層社会の出身者や、常習的な犯罪者や、虐待行為に愉楽さえ感じる精神病質者も少なくない下級兵士のあいだでは、それは当然の役得とされている。

とても文明社会の市民の水準には達していないウクライナ人の傭兵になると、罪の意識もなしに倉庫から酒や煙草や食糧を盗みだしては、法外な値段で囚人頭《カポ》に売りつけたりもする。そうした連中の扱いに、フーデンベルグはいつも頭を痛めていた。

傭兵のなかではフェドレンコはましな方で、これまでのところ、盗みなどの違反行為が報告された事実はなかった。だからこそフーデンベルグは、フェドレンコを従卒として抜擢し、その気になれば酒でも食糧でも盗み放題の所長官舎に、自由に出入りすることを許したのだ。

傭兵どもの上官は上官で、ほとんどが物資の横流し、収支にまつわる帳簿のごまかし、囚人から回収された金や宝石など貴重品の横領など、さらに大規模な背任行為を平然と犯している。ようするに強制収容所の管理体制は、ヒムラー長官が憤慨しているように上から下まで腐敗の塊だった。

しかし、自分だけは違うと、フーデンベルグは確信している。もしもモルゲンが、司法権を振りかざしてコフカに乗りこんできたとしても、ヘルマン・フーデンベルグ少佐に関するかぎり、なにひとつ犯罪の証拠など見つけることはできないだろう。監視兵の役得行為や、囚人に対する規則外の私的懲罰も、可能なかぎりやめさせるようにしているほどだ。しかし、それを根絶するなど夢物語にも等しい。

収容所に配属されている髑髏団の下級兵士のなかには、社会的な劣等意識を囚人の虐待で相《そう》殺《さい》しているような連中が少なくない。劣等感であれなんであれ、社会意識や倫理意識のかけらもないような性格破綻《はたん》者までが多数紛れこんでいる。

そうした下級兵士の規律違反にも、ある程度までは眼をつぶらなければ、収容所を管理し運営すること自体が不可能になるだろう。規則、規則で監視兵を締めつけるのにも限界があるのだ。厳格に規則を守り通せば、経済管理本部に要求されたノルマの達成など、不可能にならざるをえない。

金、二百キロ。ダイヤモンド、五百カラット。現金、七十万ルーブルおよび五万ドル。工業用毛髪、貨車二十台分。肥料用人骨粉、貨車八台分。靴、各種衣服、寝具類、貨車三百台分。その他、スーツケース、時計、眼鏡、万年筆、ライター、旅行用具、人形など、全部で貨車百台分。

以上の膨大な量に及ぶ再利用可能な物資を、囚人から回収して昨年度、コフカ収容所は東部管区の集積基地に送り出したのだ。列車で毎日のように搬入されてきた、九万七千名にものぼる囚人の「特別処理」を、命令通りに遅滞なく遂行しながら。

ベルリンのお偉方は想像さえしないだろうが、十万からの屍体を清潔に処理するだけでも大変な作業になる。配給量の乏しい貴重な燃料を節約するため、昨年からは焼却炉の稼働を抑え気味にして、地中に埋める割合を増やすようにしているほどだ。

連日のように、期待通りに働こうとしない、むしろ衰弱して充分には働けない囚人を酷使し、収容所裏の荒地に巨大な壕を掘らせなければならない。二百、三百という多数の屍体を完全に埋められるだけの巨大な壕だ。

「特別処理」を円滑に進めるにも、回収物資の選別や梱包《こんぽう》や搬出にも、収容所施設の増築や補修にも、とにかく少なからぬ労働力が要求されている。それなのにベルリンの経済管理本部は、使役囚人の数を五百名までに抑えろと厳命するのだ。それに加えて、囚人用に配給される食糧品や医療品は、経済管理本部が許可した五百人分どころか、その四分の一の囚人にも満足に行き渡らない不足ぶりだった。

たまりかねたフーデンベルグが苦情を申し立てても、ベルリンからは戦争下の非常時だ、可能な条件の範囲で最大の効率を上げよ、というふうな官僚的な返答しか戻ってはこない。

だが総力戦による制約が、惨憺《さんたん》たる配給不足の直接の原因とはいえない。コフカに到着するまでに、囚人用に調達された配給物資の過半が、どこにともなしに蒸発してしまう。輸送を担当している汚職官吏どもが、巧みに帳尻だけは合わせるようにして、不法に横領しているに違いないのだ。

劣悪きわまりない条件のなかで、それでもコフカ収容所は毎年、過酷なノルマを超過達成し続けてきた。それは大先輩のルドルフ・ヘスも感嘆するだろう驚異的な数字であり、収容所官僚としてのフーデンベルグには輝かしい記録だった。

何から何まで規則通りにして、しかも収容所の管理と運営における記録的な効率を達成することなど、誰に可能だろうか。監視兵や現場係官の些細な不正、多少の行き過ぎに眼をつぶるのも、やむをえないことなのだ。モルゲンのように現場の苦労を知らない男は、それでも部下の違法行為を種にしてフーデンベルグの管理責任を追及するのだろう。

無責任な話だ、あまりに不当ではないかとフーデンベルグは思う。誠実で有能な管理者であるアウシュヴィッツのヘス所長を訊問するような暇があるなら、どこかで囚人用の配給食糧を横領している悪党を捕まえてみろ。そうなればコフカ収容所も、去年の倍、三倍もの囚人用食糧が確保できる。

ヒムラー長官がモルゲンの特別捜査班に解散を命じたのも、規律と効率の矛盾に引き裂かれざるをえない、ヘス所長やフーデンベルグのような現場管理者の苦悩を、その慧眼《けいがん》で理解したからに相違ない。しかし、大きな声ではいえないが、どうも朝令暮改の性癖があるらしい長官のことだ。まだ安心はできない。またしても気が変わり、モルゲンに捜査の再開を命じるような可能性も絶対にないとはいえない。

管理責任における多少の問題は、理由もあるし釈明もできる種類のものだ。ヘルマン・フーデンベルグ個人には、なにひとつ疚しいところはない。有能な実務者であることを誇りにしているコフカ収容所長は、背任行為で私腹を肥やしたことなど、かつて一度もないのだから。

問題があるとしたら一点、情婦として収容所内の小屋に住まわせている、あのユダヤ女の件に限られている。バルト地方の田舎町から、南ポーランドのコフカ収容所まで送られてきた女囚の生殺与奪の権は、もちろん所長フーデンベルグの掌中にあった。その魅力的なユダヤ女を、愛玩物として所有できるという幸運にフーデンベルグは狂喜した。

あの女はユダヤ人だが、外見上はドイツ人そのものに見える。正体を知らなければ、誰もが生粋の北方ゲルマン人だと信じてしまう金髪碧眼の美女。ユダヤの血も四分の一しか流れていない。それでも、やはりユダヤ人はユダヤ人なのだが。

暴力で凌辱したり、粗悪なパンやしなびた馬鈴薯のかけらで囚人の女を誘うのも、収容所の監視兵のあいだでは日常的なことだ。コフカでも、ウクライナ兵を統括している髭面の下士官イリヤ・モルチャノフは、女囚のあいだから選んだ情婦に、子供まで孕ませて平然としていた。しかし、所長の権力をもってしても、その男を罰することなどできはしない。

フーデンベルグでも眼を背けたくなるような残虐なリンチで、囚人を痛めつけ過ぎるきらいはあるにせよ、むしろそれだからこそ、あの男は有能きわまりない看守頭なのだ。モルチャノフが考案した独創的な懲罰装置と、効果的に使われる革鞭や棍棒がなければ、所内の秩序を維持することは難しい。所長の右腕として連絡将校を務めるハスラー中尉も、そのように証言していた。

モルチャノフという男には、得体の知れない不気味な印象がある。囚人から地獄の鬼のように怖れられているハスラーでさえ、やつに指示を与えるときには、どこかしら緊張を隠せない様子なのだ。あるいは心底に、怯えのようなものがあるのかもしれない。フーデンベルグにしても、同じようなものだった。あの男には、なにか異様におぞましい雰囲気がある。その毒気にあてられないでいるには、できるだけ顔を合わせないに限る。

ようするに、人間の域に達していない野獣同然のスラヴの蛮人なのだ。その点では犬にも劣る。犬ならば主人には忠実だ。しかし、やつに忠誠心などありはしない。状況が変われば、躊躇なしにフーデンベルグの喉笛を喰いちぎるだろう、牙《きば》を剝き出しにした獰猛な野獣。できるなら、早めに処分してしまいたいとも思う。しかし、あの男なしでノルマを超過達成し続けるのは不可能なのだ。

もしもモルチャノフを、女のことで罰したりすれば、配下の無知で粗野なウクライナ兵を煽《せん》動《どう》して騒動を起こしかねない。そんなことになれば、結果として責任をとらされるのは、所長のフーデンベルグということになる。なんとも厄介な男だが、それを収容所の効率的な管理のため巧みに利用するのが、収容所長の腕というものだろう。

であるにせよ、あの裁縫場の娘は、腹がせり出してくる前に処置しなければならない。列車で運ばれてきた囚人のなかで、ガス室に直行するグループに無条件で選別されるのは、まず老人、子供、そして妊婦なのだ。ユダヤ人の孕み女を、収容所の乏し過ぎる配給食糧で喰わせておくのは、まさに所長の管理責任が問われるだろう重大な規則違反になりかねない。

あの男には新しい女を与えて、マリアとかいう名前の情婦の処分を、どうにか納得させなければなるまい。ユダヤ人の絶滅よりも、戦争経済を運営するための強制労働を優先するという方針転換の結果、去年の秋から囚人列車の到着も急激に減りつつあるのだが、次の列車が着いたら好きな女を選ばせる条件で、ハスラー中尉に話をつけさせるしかない。

モルチャノフの例でも判るように、下級看守が囚人の女に手をつけても、さして問題にはならない。それでも、同じことを収容所長がやれば、大変な騒ぎになるだろう。収容所官僚としては長年の上司であり、高級管理者の心得を残らず叩き込んでくれたアウシュヴィッツ所長のルドルフ・ヘスは、どんなことがあろうとも囚人の女には手をだすなと、飽きるほどフーデンベルグに諭《さと》していたものだ。

どんな魔にとり憑かれて、心から尊敬しているヘス所長の忠告を忘れたりしたのか。後に髑髏師団長に抜擢されたアイケが、ザクセンハウゼン収容所でヘスを育て、ヘスがアウシュヴィッツ収容所でフーデンベルグを育てた。同じようにフーデンベルグは、コフカ収容所でハスラーの教育に精をだしている。たぶんヒムラー長官も、第三帝国のエリート集団である親衛隊、その中枢をなしている髑髏団の歴史を貫いて、アイケ大将からハスラー中尉に至る忠誠の鉄鎖には注目していることだろう。

それでも、もしもユダヤ女を情婦にしていることが露顕したら、事態は絶望的になる。ヘルマン・フーデンベルグという最強の環において、栄誉ある忠誠の鎖は無残に断たれてしまいかねないのだ。

司令部からの緊急電話は、コフカ収容所長に疑心暗鬼の心理状態を強いた。カーテンの隙間から差し込む早朝の薄明かりのなかで、フーデンベルグは急激に膨れあがる不安から逃れようと、無意識に女の乳房に指を這わせていた。

自分もヘスに負けない愛妻家であり、なによりも家庭を大切にする忠実な夫だが、妻と三人の娘をアウシュヴィッツの官舎に残してコフカに単身で赴任したのが、やはり誘惑に屈する原因になったのかもしれない。

忠実な妻レギーネが身近にいれば、囚人のユダヤ女を情婦にしたりはできない。しかし、仕事の鬼であるヘルマン・フーデンベルグが、狂気じみた多忙が予想される建設中のコフカ収容所に、はたして妻子を同行したりできたろうか。

古参のナチス党員を父にもつレギーネは、美人ではないが健康な魅力と、必要にして充分な教養のある、なによりも子供の教育に熱心な女だった。ドイツの自然を愛し、森林浴を趣味とし、故郷のシュヴァルツヴァルトの森にログハウスの山荘を建てるのが、なんとも慎ましい生涯の夢なのだ。

質実な性格を物語るように、常に家族の健康に気を配り、官舎の庭では各種の薬草栽培にも励んでいる。アウシュヴィッツ視察の折に、その小さな薬草園にたち寄ったヒムラー長官は、妻の丹精を絶賛してフーデンベルグを感激させたものだ。夫の天職である、収容所管理の仕事にも協力を惜しむことがなかった。

フーデンベルグがコフカに配属された後は、家事や子供の養育の時間を犠牲にしてまで、収容所を管理運営するための業務に志願し、絶大な貢献を果たしているという。あれだけ気合を入れられたなら、どんな囚人でも二度と、サボタージュや脱走の誘惑になど駆られたりはしないだろうと、ヘス所長が勤労奉仕に志願したレギーネの手腕を、言葉を尽くして賛《たた》えていたほどなのだ。

第三帝国のエリートの妻にふさわしい素晴らしい女だと、心からフーデンベルグは信じている。しかし、妻の髪は汚れた赤土のような赤褐色でがさついていた。決して口外できないことだが、それがフーデンベルグには新婚時代からの不満の種だった。

子供の時から憧れていた、よく熟《う》れた麦畑のように陽光を浴びて黄金色に輝きわたる、しなやかで芳しいブロンド。そんな理想の金髪の女が、見すぼらしい囚人列車の車内からよろめき出てきたのだ。あの女を、あの女のブロンドを自分のものにしてしまう誘惑に、どうして耐えられたろう。

女の心とは無関係な生理的反応で、ようやく硬さを増してきた薔薇色の乳首を、フーデンベルグは摘むようにして執拗に愛撫しながら、なおも不安な思念を紡《つむ》ぎ続けた。

だが、心配することはない。そう考えることにしよう。この女のことで問題が生じたとしても、東部管区の最高実力者が命令書を送り付けてくるようなことは、絶対にありえないからだ。事が公になろうと、最悪の場合でも戒告か転属だろう。所長の椅子は失うかもしれないが、降格処分にはなるまい。

それでも十年に及ぶ、染みひとつない経歴には重大な傷がつく。そうなれば将官の肩章をつけ、二・五トンの巨体でアウトバーンを最高時速百五十キロで疾走する、メルツェデス・ベンツ500Kを所有できる身分にまで出世するなど、夢のまた夢になるだろう。最悪の可能性は、武装親衛隊《ヴァッヘン・エスエス》師団に配属されて前線に送られることだ。

戦場だけは厭だ、それだけは、どうしても我慢できない。ドイツ兵の白骨が山をなしたという東部戦線の惨状に、フーデンベルグは心臓が潰れそうな恐怖を感じてしまう。そんな話を聞かされた夜は、血管にモンゴル人の残忍な血が流れるロシア兵に捕らえられ、死に至る拷問で責め殺される悪夢に、いつも朝までうなされるのだ。

しかし、ヘス所長に庇護されている限り、砲弾が唸りをあげ爆炎が大地を焼きつくし、ドイツ兵の死臭がたち込めている前線とは無縁なところで、神の贈り物に違いない天性の実務の才能を存分に発揮していることができた。

死臭はコフカ収容所にも漂っているが、それは第三帝国の未来のために絶滅を宣告された「劣等民族」のものであり、つまるところフーデンベルグにとっては他人の死臭にすぎない。他人の死臭なら慣れることもできるだろうが、自分の死臭は、嗅いでみることさえできないのだから、とても同列には扱えそうにない。

前線に追放されないですんでも、冷飯を喰わされるのは確かなことだ。それは、同期の出世頭としては耐えることのできない屈辱だろう。そうならないように、脳髄を搾って緻密に計算しなければならない。

学生のときに、飽きるほど聞かされたハルバッハ総長の慣用語を使えば、そうだ、「決断」ということになる。死の決断などありえないが、保身のためには余分なものを棄てることも必要だ。惜しいとは思うが、この女も、次の列車が着きしだいガス室に送ることを、やはり決意しなければならないだろう。


決められている通り朝の六時前にベッドを離れ、女を小屋に追い返した。フェドレンコの給仕で朝食を終え、いつものように執務室のデスクで書類の山を崩しはじめたのだが、どうしても仕事には集中できない。不安の種は、朝食の時にフェドレンコに白状させた、あの男の名前だった。


苛々しながら、雪がちらつきはじめるまで置き時計の針ばかりを眺めていた。ようやく三時を廻った時だ、室内に内線電話のベルが響いたのは。正門の監視兵が、管区司令部の使者の到着を報告してきたのだ。

隣室で待機していた、ハスラー中尉の足音が聞こえはじめる。反るほどに胸を張り、磨きあげた長靴で大股に床を蹴り、通路から玄関を目指している。フーデンベルグに命じられた通り、クラクフ司令部からの使者を出迎えようとしているのだろう。

メルツェデスが所長官舎の玄関前で停止する音、そしてドアが開かれ、じきに閉じられる音がした。我慢しきれずにデスクから立ちあがり、フーデンベルグは大きなチロル風の窓に歩みよる。クリューガー大将の専用車を乗り廻している人物が何者なのか、その正体を、一刻も早く知りたいという気分に急かされたのだ。外の連中に気づかれないように、そっとレースのカーテンを捲《まく》りあげてみた。

やはり、あの男だった。コフカ収容所長は愕然として呟いていた。フェドレンコの口から、やつの名を聞きだした時の衝撃が、ありありと甦った。カーテンを捲りあげた指が、驚愕のためか、あるいは胸苦しいほどの不安感のためか、自分でも信じられないほどに顫えていた。

武装親衛隊の制帽を小粋に傾けてかぶり、無造作に羽織った外套の肩を雪で濡らしながら、石畳のポーチを大股に歩いてくる男。親衛隊将校の威厳ある制服を、自分のためにデザインされた洒落着のように瀟洒《しょうしゃ》に着こなしている、ヒムラー長官の美的理想を体現したような、典型的なゲルマンの野獣だ。

白い光沢のある金髪、蒼氷のように凍《い》てついた眼。冷酷に見えるほど沈着な印象を与える、意志的な顎と削げた頰。強靭な筋肉に覆われた、しなやかな長身。均整のとれた四肢と幅のある肩、厚みのある胸。

学生の頃から不愉快な因縁のある男だった。あの男にふさわしく、愚かにも武装親衛隊の髑髏師団などに志願し、激戦のなかで戦死し、屍体はロシアの雪原で凍りついているものと信じていた。

だがやつは、ふてぶてしく生き延びていたのだ。少佐に昇進し、第三帝国の軍人には最高の栄誉である柏葉剣つき騎士鉄十字章まで授与され、武装親衛隊将校の肩書を最大限に活用して、モルゲンの補佐官のような立場で強制収容所の違法行為の捜査に協力していた。

やつは司法権を振りかざして収容所の現場を踏み荒らし、敬愛するアウシュヴィッツ収容所長へスの身辺にまで肉薄したらしい。ヒムラー長官の制止がなければ、最後にはヘス所長を、SS＝警察裁判所の被告席にまで追い込んでいたかもしれない。

その男が、クラクフの管区司令部から極秘かつ緊急の命令書を携えて、まもなく執務室の戸口に姿を現そうとしている。本当に、やつの用件はそれだけなのだろうか。モルゲン判事に協力して、次々と強制収容所の管理職の背任行為を暴きだした男が、司令部から命令書を運ぶためにのみ、コフカに乗りこんできたとは、とても信じられることではない。フーデンベルグの胸中では、ユダヤ女の情婦をめぐる朝からの不安が、百倍もの密度で甦りはじめた。

朝食をとりながら従卒のフェドレンコに、恩人だというクラクフ司令部のSS将校について厳重に問い質してみた。

ウクライナ兵は、たどたどしいドイツ語で答えた。その士官が、クリューガー大将に同行してコフカを訪れた時にも、もちろん所長の情婦のことを喋ったりはしなかった。年末にクラクフまで出かけた折は、仲間と酒場の乱痴気騒ぎに明け暮れて、とても恩人の将校と会っているような余裕などなかったと。

片言のドイツ語で、しきりと抗弁するウクライナ兵の愚直そうな顔に、意図的な嘘はないようだ。それよりも、全身の血が逆流するほどの衝撃は、問題の士官の名前を知らされた時に襲ってきた。ハインリヒ・ヴェルナー。フェドレンコは躊躇なしに、敬意を込めて恩人の将校の名を告げたのだ。

まさか、同姓同名の別人ではないだろう。祖国ウクライナをスターリンの軛から解放するために、志願してドイツ軍に協力し、ソヴィエト軍の情報を集めていたフェドレンコは、ある日スパイの正体を暴露されてパルチザンに捕らえられた。処刑される直前に、パルチザンの拠点を急襲してフェドレンコを救出した髑髏師団の歩兵中隊長。その経歴なら、あのハインリヒ・ヴェルナーに違いあるまい。

やつは昨年十二月、フーデンベルグの不在中にコフカ収容所を訪れていたのだ。フェドレンコが、ユダヤ女の情婦について沈黙を守ったにせよ、ヴェルナーにそれを嗅ぎつけられた可能性はある。

もしもヴェルナーに、あの女のことを知られでもしたら、それこそ身の破滅だ。あの男は野獣よりも凶暴な牙を、どんな躊躇もなしに、不運なフーデンベルグの心臓にぶち込むに違いない。落ち着かなければならないと、額の冷汗を拭いながらフーデンベルグは自分に語りかけた。無様に動揺しているところなど、あの男には絶対に見せるわけにはいかないのだ。

フーデンベルグはデスクの椅子に倒れこむように坐り、卓上の壜から小さなグラスの縁まで、飴色のブランデーを注いだ。それを一気にあおる。唇から溢れて滴りおちた酒を拭うため、拳の背で乱暴に顎のあたりをこすり、それからきつく眼を閉じた。脳裏に、長年のあいだ心の底に封印していた記憶が、拒みようのない力で次第に甦りはじめる。

2

それはヘルマン・フーデンベルグが、フランス国境に隣接した南ドイツの小都市フライブルクで、まだ大学に通っていた頃のことだ。ヘルマンの生家は、その大学都市から列車で一時間ほど離れた、ひなびた田舎町にあった。

ヘルマンは、家具工場を経営する町の有力者の三男として生まれた。バーデン・ビュルテンベルグ地方の因習的な小ブルジョワにふさわしく、商売に学問など必要ないと信じ込んでいる父親の反対を、無理にも押しきるようにして進学したのだが、大学の権威的な雰囲気は田舎町の商売人の息子に対して、ひどく馴染みにくいものを感じさせた。

小さな大学都市は、鬱蒼と繁る黒い森に囲まれ、静謐《せいひつ》な自然のなかにまどろんでいた。町の中心には尖塔のある大聖堂が聳え、大学の正門にはアリストテレスとホメーロスの像が、ドイツ全国から集まる学生の群を見おろしていた。

アルプスの山麓に位置し、世界でも有数の豊かな自然に恵まれた大学都市には、連綿とした南ドイツの文化や伝統がいささかも失われることなしに、今なお新鮮に息づいている。しかし、そんな地方都市の暮らしも、新しい時代の流れとは完全に無縁ではなかった。

アルプスの山麓地方に位置するフライブルクには、雪の季節になると国の内外からスキー客が集まってくる。スキー客や観光客は、中世以来の長い歴史をもつ地方都市にはふさわしからぬ、華やかではあるけれど浮薄で騒々しい、パリやベルリンなど大都会の享楽的な空気を運んできた。ホテルやレストランや歓楽街のある町の中心部はむろんのこと、大学にも新時代の都会の風は吹き込んできた。

大都会から遊学してきた学生の多くは、華やかな趣味と社交に明け暮れていた。決闘規約をもつ、昔ながらの学生結社のメンバーは堕落した低俗文化の浸透に反撥していたが、つまるところヘルマンは、そのどちらにも自分の居場所を見つけられない気分だった。

田舎町の小ブルジョワの息子には、ベルリンのキャバレーもスペクタクル・レヴューも、ヌードダンサーも表現主義芸術も、前衛映画も十二音音楽も、すべては理解の外であり、眉を顰《ひそ》めて通りすぎるしかない汚らしいものに感じられたのだ。

しかし、頬の刀傷を誇りとしているような猛々しい学生結社のメンバーにも、接近することはためらわれた。ヘルマンは、馬鹿げた命のやりとりになど興味のない堅実な商売人の息子であり、それに自分が、どちらかといえば性格的に臆病であることも子供の頃から自覚していた。

入学して知らされたのは、学問の才能をまったく欠いている自分であり、同窓の秀才は皆、度しがたい劣等生ヘルマンを嘲りの眼で見ていた。貧弱な体格で容姿にも自信を持てない、もちろん都会的な趣味や社交の才もない、肉体的な危険には病的に臆病である、クラスでは落第寸前の劣等生。それが「アヒル」という侮辱的な諢名をつけられた、二十歳のヘルマン・フーデンベルグ青年だった。

一九二九年、ウォール街の株価大暴落からはじまった未曾有の世界恐慌は、第一次大戦後の荒廃から立ち直り、奇跡の復興をとげて繁栄を謳歌していたワイマール共和国の経済的基盤を、ほとんど一夜にして破壊しつくした。ドイツ各地で倒産企業が山をなし、明日の生活も知れぬ失業者の群が巷《ちまた》にあふれた。破局の到来とともに、アルプス山麓にある小さな大学都市にも、時代の波浪は不気味にどよめきながら押し寄せてきた。

一九三三年一月には、ついにベルリンでナチス政権が成立し、アドルフ・ヒトラーが首相に就任した。二月には国会放火事件が起こり、陰謀の黒幕として糾弾された共産党員や左翼活動家が大量逮捕され、続々と強制収容所に送られはじめた。

フライブルクでも、あらゆるドイツの町々と同じように、国民社会主義革命を呼号したナチス突撃隊《エスアー》による、容赦ない暴力闘争の嵐が吹き荒れた。褐色の制服をつけ、赤と黒のハーケンクロイツの腕章を巻いた無慈悲な集団は、共産党や労働組合、左翼系やユダヤ人組織の拠点を襲撃しては破壊し、関係者を叩きのめし、そして強制収容所に連行したのだ。

不意に襲来してきた国民社会主義革命の激動が、なじめない大学生活に鬱々として、ある屈辱的な出来事から神経さえ病みはじめていたヘルマンの人生に、決定的な転機をもたらすことになる。

カトリック学校の教師に卑屈なほど忠実だったヘルマンは、肉体的な脅威を本能的に避けようとする生まれながらに小心な性格もあり、子供のときから町の悪童の嘲罵《ちょうば》を浴びていた。

それでもいつかは、あの連中が不安な眼でおそるおそる見上げるような、ひとかどの人物に出世できることだけは確信していた。学校で悪童に苛《いじ》められ、侮辱や罵倒の言葉に傷つけられたときはいつも、帰宅して屋根裏の自室に閉じこもり、輝かしい将来の自分を夢想するのだった。

　本当に偉くなるのは自分で、やつらではない。その証拠に、いつも学級では首席なのだ。ヘルマンは大学を卒業して、都会で判事の地位につくことを熱望していた。威厳のある法服は、子供の頃から悩まされてきた、下品な連中の無遠慮で不愉快な視線を遮断する鋼鉄の鎧となるだろう。それを身に着けて法廷にのぞむ時、惨めな被告は泣き叫んで足下にひれ伏し、慈悲のある判決をと嘆願するに違いない。

　もちろん、絶対に許してなどやるものか。空想のなかでヘルマンは、将来は犯罪者に転落するに違いない無知で粗野な悪童どもを、荒々しく裁判所の被告席にひき据え、だらしない嘆願の声を無視して、厳正そのものである判決を下していた。

　しかし、大学に入学してからは、かろうじてヘルマンの人格を支えてきた学業にまつわる自信さえもが、足下から大きく揺らぎはじめたのだ。とても判事になどなれそうになかった。大学を卒業できるかどうかさえ疑わしい成績だった。ヘルマンは鬱屈から逃れようとして、さらに根拠のない夢想の世界に沈み込んだ。

　紡ぎ出された幻想のなかでだけ、子供時代から夢見ていた、ひとかどの人物になれる。ヘルマンには、自分が無知で下品な大衆に君臨し、その尊敬と賞賛を集めている架空の世界の方が、現実よりもはるかに現実的に感じられはじめた。そんなとき自分がアヒルでしかない現実の世界は、望遠鏡をさかさに覗いている時のように、あまりに遠く、あまりに小さく見えるのだ。

ヘルマンは下宿の部屋に閉じこもり、ほとんど外に出ないようになった。雨の染みで汚れた壁は磨きあげられた鏡になり、そのなかには法衣のヘルマン、将軍の軍服のヘルマン、司教の祭服のヘルマンが、ありありと映し出される。

そんな青年でも、週に一度は、父親のお下がりの背広を着て街に出るのを習慣にしていた。ある日曜の午後、どこかで見覚えがある初老の紳士に腕をとられ、楽しそうに散歩している十六、七歳の少女を、聖堂の広場付近で見かけたのだ。

陽光にきらきらと輝きわたる少女の金髪を、群衆の肩のあいだに眺めて、青年はひたすら陶然としていた。その美貌よりも、少女の顔を縁どる豊かな黄金の炎に、なによりもヘルマンは魂を奪われたのだ。

次の日曜日もヘルマンは、満たされない渇望に追われるようにして、聖堂前の広場にさまよい出た。そこを散歩するのは、父娘の日曜ごとの決まりではないだろうか。あと一度だけでも、あの金髪の少女を間近に見たいという欲望が、そんな期待を青年に強いたのだ。

幸運にも、日曜の晴着で身を飾った群衆のなかに、父親に腕をとられて散歩する娘の姿を見つけるのは容易だった。その日からヘルマンもまた、日曜の午後の散歩を欠かしたことはない。

鬱屈したヘルマン青年の魂を奪いつくした少女の名前は、ハンナ・グーテンベルガー。見覚えがあったのも当然のことで、父親のグーテンベルガー氏はフライブルク大学の文学教授だった。学部は異なるにせよ、ヘルマンがグーテンベルガー教授を一、二度、構内で見かけていたとしても不思議なことではない。

ハンナの母親リーダは、その当時ロシア帝国の支配下でコヴノと呼ばれていた、カウナス出身のドイツ系リトアニア人で、一人娘が三歳のときに病死している。リーダは、グーテンベルガー教授がバルト地方に滞在していた頃に知り合い、リトアニア第二の都市カウナスで結婚したのだ。

リーダの母親は、ユダヤ系リトアニア人だという噂もあった。ハルバッハ教授のもとで哲学を学んでいた、ハンナの祖母の遠縁にあたるというユダヤ人青年エマニュエル・ガドナスは、フライブルク滞在中、そんな関係からグーテンベルガー家に寄宿していた。

ガドナスがユダヤ人である以上、その遠縁の人物もユダヤ人に違いない。リーダの母親がユダヤ人らしいという噂も、そこから流れはじめたのだろう。ガドナスは、ヒトラー政権が成立する前夜に留学先の大学都市を離れ、ナチス支配下のドイツよりもユダヤ人には、はるかに住みやすいだろうフランスの大学に移籍した。

ハンナは父親似なのかもしれない。噂が事実だとすれば、体内に流れる血の四分の一はユダヤ人のものということになるが、外見は完璧にゲルマン的な美少女だった。ヘルマンは、父親に腕をとられて広場を散歩するハンナを、しばしば屈折した情熱に駆られて執拗につけ廻した。

ほんの子供の頃からブロンドの女の子が好きで、機会を窺っては、綺麗な金髪に触れようとしていた。初めて夢精した夜、少年のヘルマンは夢のなかで、美しい金髪の少女を全裸にしていた。ブロンド女にしか、性的に興奮できないことを知ったヘルマンは、娼婦を買えるだけ財布に余裕がある時はいつも、金髪の女を選ぶようにさえしていたのだ。

欲望に身を焦がされながら、黄金色の髪を執拗に愛撫し、その匂いを犬のように嗅ぎまわる。金髪で男根を揉みしだかせ、そして金髪のなかに射精する。料金よりも多めに金を出し、女に頼んでそうさせてみても、娼館に屯する安娼婦のブロンドに充分な満足を感じたことはなかった。

ハンナなら、と思う。あの少女の金髪を自分のものにできるなら、ヘルマンはどんなことでもするだろう。しかし、あれほどに魅力的な少女が、アヒルと諢名された不恰好な若者に心を向けることなど、まず絶対にありえないことだ。

惨めなヘルマンには、日曜の午後に群衆を掻き分けてハンナのあとを追い、あまりに見事な金髪に陶然として、嘆息を洩らすことしか許されていないのだ。小指の先で、一度だけハンナの髪に触れることさえ、決して実現されることはないだろう。

ある真冬の日曜の午後、いつものようにグーテンベルガー教授とハンナを追い廻して、人込みを縫っていた時のことだった。ヘルマンは前方から歩いてきた青年に、すれ違いざま襟首を摑まれた。大学の決闘結社でも、乱暴者で知られている落第学生のヘフナーに違いない。何事かと茫然としているヘルマンの顔に、ヘフナーは信じがたい罵言を叩きつけた。

「変態野郎。おれはブロンドの娼婦から、おまえの汚らしい頼みを聞かされたぞ。おまえは、女の髪であそこを揉ませるんだってな。そうでもしないと、いつまでも萎《しお》れたままなんだってな。気色悪いやつだ、少しばかり余分な金を貰っても、あんなことはやりたくないんだと、女はいってたぞ」

二度、三度と容赦なしに殴りつけられ、ヘルマンは顔を鼻血で汚していた。広場の舗石に、臆病な野良犬のように這いつくばり、ヘフナーの侮辱と不条理な暴力の襲来に、惨めに啜り泣きさえしていた。倒れたまま抵抗の意思さえ見せることなく、ひたすら嵐が去るのだけを待ち望んでいたヘルマンの耳に、ヘフナーの陰険な囁き声が聞こえた。

「アヒル、おまえの狙いは判ってる。二度と、お嬢さんを不潔な眼で見るんじゃない」

そうか、とヘルマンは思った。ヘフナーもまた、ハンナの崇拝者だった。それでヘルマンの存在に気づき、ハンナから遠ざけるために公衆の面前で侮辱したり、殴りつけたりしたのだろう。よろけながら身を起こしたヘルマンの視界は、奇妙に歪んでいた。殴られて、顔が腫れているせいかもしれない。その時、学生二人の喧嘩騒ぎを見物している群衆の輪のなかに、憧れのハンナの顔がちらりと浮かんだ。

かつてない凶暴な衝動が、生まれて初めてヘルマンの心を鷲摑みにした。天使よりも清純なハンナが、あの汚らしい罵言を耳にした。ヘルマンの恥ずかしい秘密を、ハンナに知られてしまった。ほとんど無意識に脱いだ手袋で、呪わしいヘフナーの頬を殴りつけていた。信じられないことだが、アヒルと呼ばれて軽蔑されていた臆病者のヘルマンが、頰に刀傷のある乱暴者に決闘を要求したのだ。


翌朝、ヘルマンは毛布のなかで惨めに顫えていた。決闘のため約束の場所に出かけることが、ひたすら怖かった。おのれの意思で、殺されてしまうかもしれない場所に行くなど、絶対にできることではない。不可能だ、そんなことは不可能だ。

ヘルマンは、その日から下宿の部屋を、一歩も出ないようになった。想像を絶する屈辱の体験が、日夜ヘルマンの念頭を去ろうとしないで、青年の脆弱《ぜいじゃく》な神経をさいなみ続けた。想像的な死の可能性に呪われ続け、ヘルマンの人格は崩壊しかねない危機の極点にまで追いつめられたのだ。

食事も満足にとらないで、骨と皮に瘦せ衰えたヘルマンの耳に、ある時、聞こえるはずのない声が聞こえてきた。薄ぼんやりした意識で、幻聴だろうかと思っていた。部屋に閉じ籠ってから、ヘルマンは時として幻聴に襲われた。自分はもう、狂いはじめているのかもしれない……。

「諸君は選ばれた英雄である。国民社会主義革命の偉大な戦士である。いまこそ決起して、われらを屈辱の底につなぎとめている、ヴェルサイユ条約の鉄鎖を断ち切るのだ。共産主義者、社会主義者、自由主義者、そしてユダヤ人ども。

われらの祖国を匕首《あいくち》で背後から刺し、痛恨きわまりない敗戦をもたらした民族の敵、恥知らずな裏切り者どもを地獄の底に蹴落とし、永遠の業火《ごうか》で焼きつくすのだ。諸民族に卓越した、世界に冠たるドイツの民族共同体に属する諸君は、全員が選ばれた勇者である。祖国に献身する、偉大な英雄たらねばならないのだ」

なおも男の怒号は、ジーク・ハイル、ジーク・ハイルという歓呼のなかに、猛然とした迫力で響きわたる。気がつくとそれは、隣室から聞こえてくるラジオ放送の音だった。政治集会で演説している、急激に勃興しつつある新政党ナチスの党首の声らしい。魔術的なまでの魅力で聴衆を興奮させる、信じられないほど自信にあふれた演説に、ヘルマンは陶然として聴き入った。

「君は選ばれた勇者だ、英雄だ……」。ヘルマンは不意に立ちあがり、興奮のあまり握りしめた拳で、漆喰の剝げかけた石壁を殴りつけた。アドレナリンが全身の血管に溢れだし、顳顬が激しく脈動していた。天啓が閃いたのだ。そうだ、僕は英雄なのだ、選ばれた勇者なのだ。この簡潔にして深遠きわまりない真実を、これまで、なぜ理解できなかったのか。

自分が要求した決闘から逃げた卑怯なヘルマン、死の可能性に直面できなかった臆病なヘルマン。そのヘルマンが「選ばれた勇者」である。「英雄」である。ヒトラーは、そう雄弁に語りかけていたのだ。

街頭を行進する突撃隊の褐色の隊列のなかに、まもなく学生ヘルマンの姿も見られるようになった。ヘルマンの叔父は、十年来の戦闘的なナチス党員で親衛隊員《エスエス》でもあり、その頃にはバーデン大管区の幹部として有力な地位にあった。その叔父は、子供の頃から覇気のなかった甥が、不意に興奮して家に駆けこんできた時には驚いたものだが、突撃隊に志願したいと告白され、喜んで地区組織に推薦することにした。

突撃隊の褐色の制服を身につけて行進する時、ヘルマンは鬱積していた劣等感が、跡かたなしに消えてしまう奇跡を感じていた。なんという自由、なんという歓喜だろう。制服の示威行進のなかでは、自分もまた偉大な英雄である。そしてヘルマンは、突撃隊のような戦闘組織であろうとも、やはり要求される事務仕事の才能を、じきに自分のなかに発見することになる。学生突撃隊の同志や地区組織の幹部も、フーデンベルグの実務的な能力には驚嘆していた。

ベルリンでナチス政権が成立した頃、ヘルマンは突撃隊の地区組織で、はやくも将来を期待される有能な幹部候補生として知られはじめていた。大学で嘲罵の的にされていたアヒルも、国民社会主義革命の激動を背景として、昔を知る者には信じられないような変貌を遂げていたのだ。

そこには、大管区の有力者であるヘルマンの叔父の存在も影響していたに違いない。だが、もしもヘルマンに優秀な実務的才能がなければ、幹部候補生として注目されたとは思えない。ある時ヘルマンは、叔父の自宅に呼びつけられた。そして命じられたのは、就任したばかりのフライブルク大学の総長で、高名な哲学者マルティン・ハルバッハの身辺を監視せよという極秘の任務だった。

ヘルマンは、叔父の指示が理解できないで質問した。ハルバッハ教授はヒトラー総統に忠実なナチス党員であり、総長として国民社会主義の大学革命を推進している偉大な愛国者ではないか。尊敬しなければならない大学革命の指導者を、なぜスパイしなければならないのかと。

叔父は問われるままに、ヘルマンに説明した。国家権力を掌握したばかりのナチスには、早くも重大な分岐が生じつつあるのだと。ヒトラー総統は、すでに国民社会主義革命は勝利したと宣言している。ゲーリング、ゲッベルス、そして叔父が属している親衛隊の長官ヒムラーなど、党の中央幹部もまた同じ意見である。

党は、国防軍や財界や教会など国内の主要勢力を糾合して、第三帝国の建設に邁進しなければならない。破壊の時代は終わり、いまや建設の時代が到来したのだ。

新国家の建設において、とりわけ重要なのは、国防軍を味方につけることだろう。しかし、党内には破壊的な過激分子の勢力が強力に残存している。その中心人物が、突撃隊長のエルンスト・レームだ。十七万の専従隊員の下には、地区ごとに大隊に組織された隊員が、およそ四百万名もいる。国防軍を除けば、突撃隊はドイツ国内で最大最強の武装勢力であり、それを支配するレームは、実質的に党のナンバーツーの地位にある。

レームを首領とする過激派は、まだ革命は端緒についたばかりであると呼号していた。彼らは教会をはじめとする伝統的な保守勢力を粉砕し、資本主義勢力を打倒して企業を国有化し、国防軍を解体して突撃隊を国民社会主義の革命軍とせよと、無謀な要求をしているのだ。

もしも連中の主張が通れば、国内は大混乱に陥り、樹立されたばかりの第三帝国は反対勢力の猛反撃で、瞬時に空中分解してしまうだろう。どんな方法を講じようとも、無責任な過激派を沈黙させなければならない。

ハルバッハ総長は、レームの支持のもとに全国的な大学革命を推進しようとしている、ドイツ知識界の巨頭である。その意図は、総長の就任演説をはじめとする言動を検討すれば露骨に明らかであり、ハルバッハの党内人脈も同じことを暗示している。総統の意思に背きかねない過激派ハルバッハの暴走を阻むためにも、その身辺に潜入して情報を収集する秘密活動が求められているのだ。

ハルバッハの周辺には、学生突撃隊やナチス学生同盟、全国学生連盟の有力活動家が群がり、不穏な雰囲気を醸《かも》し出していた。ハルバッハは、シュヴァルツヴァルトの谷間にある山荘に過激派学生の幹部を集めては、研修会や闘争方針をめぐる会議を主宰し、そこでさまざまな陰謀を計画している。

総長ハルバッハに指導された過激派学生のなかには、レーム直系である古参突撃隊員の「アドルフは腐敗した財界や反動的な軍部と結託して、革命を裏切ろうとしている。もしもアドルフが反革命にまわるなら、突撃隊が第二革命の火蓋を切らなければならぬ」といった暴言に煽られている、危険分子さえもが紛れこんでいるのだ。

ヘルマンの見るところ、その中心人物が、わざわざハルバッハの講義を聴講する目的でフライブルク大学に入学したらしい、哲学部の学生ハインリヒ・ヴェルナーだった。ヴェルナーは大学内に組織されたナチス学生同盟のリーダーだから、ヘルマンもその存在については以前から知っていた。

しかし、実務を主として突撃隊の地区活動に専念していたヘルマンと、ハルバッハの影響下で各地の大学の活動家と連携し、学内の改革問題に精力を傾けていたナチス学生同盟フライブルク支部の指導者ヴェルナーとは、所属するグループが違っている。ヴェルナーと言葉を交わすようになったのは、さりげなくハルバッハのサークルに潜入してからのことだった。

崇拝者からジークフリートとさえ呼ばれているハインリヒ・ヴェルナーは、アヒルのヘルマンとは、およそ正反対の青年だった。金髪碧眼の精悍な顔をした偉丈夫で、決闘結社の乱暴者ヘフナーでさえ敬遠している、並外れた体力と気迫と頭脳の持ち主だった。

ヘフナーには新入生時代のヴェルナーに喧嘩を売って、逆に半殺しの目にあわされた記憶があるらしい。ズデーテン地方の名家の出身で、ベルリンのギムナジウム時代に、十代の少年にはふさわしからぬ頽廃《たいはい》的な思想や趣味に浸っていたとも噂されている。そうでなければ左翼学生や、自由主義的な反対派学生のリーダーを摑まえては、あんなふうに楽々と論破することなどできるはずもないだろう。

さらにヴェルナーは、ハルバッハに将来を期待されている優秀な哲学徒でもあった。ヘルマンもハルバッハのサークルに紛れこむため、その主著を読んでみようと努力はしたのだが、ほとんど理解できないままに放り出した。

しかし、耳学問で知りえた範囲でも、ヘルマンがハルバッハ哲学に漠とした反感を抱くには充分だった。死をめぐるハルバッハの哲学は、どこかしら、決闘から逃げたヘルマンを非難しているように感じられたのだ。

肉体的な魅力、精神的な威力、豊かな趣味、多彩な知識。自分が持たないもの全部を、ハルバッハの愛弟子であるヴェルナーは、努力することもなしに自然に身につけている。おまけにヴェルナーは、ズデーテン地方の由緒ある企業家の息子であり、南ドイツにある田舎町の家具工場主の息子とは比較にもならない富裕階級の出身者だった。

反感を抱いているせいか、ヘルマンにはヴェルナーのナチズムに対する忠誠心に、どこか疑わしいものがあるように感じられた。それはヴェルナーの、ユダヤ人に対する態度を見れば判る。

確かにヴェルナーは、フライブルクで一九三三年六月に、ユダヤ人学生組合の封鎖を要求して敢行されたデモでは、隊列の先頭に立ち学生突撃隊を指揮していた。しかし、ヘルマンらの地区グループがユダヤ人学生を集団リンチにかけようとした時、それをナチス学生同盟の指導者の権威を振りかざして強圧的にやめさせたのも、やはり問題の男ヴェルナーだった。

まだある。党による政権奪取の直前まで、ハルバッハの講義を聴講していたユダヤ人学生ガドナスとも、親友のつきあいをしていたらしい。ヘルマンにも大学の中庭で二人が、何か熱心に語りあっていたのを目撃した記憶があった。

ユダヤ人に対する曖昧な態度は、ヴェルナーの師であるハルバッハにも共通するものが感じられた。もともとハルバッハは、フライブルク大学で哲学教授を務めていたユダヤ人哲学者の高弟として、その推薦で後任に選ばれた男なのだ。ハルバッハは、ナチスの理論的指導者アルフレート・ローゼンベルクによる、ゲルマン民族の卓越性を科学的に立証した人種理論に対しても、時として批判的な言葉さえ洩らしていた。

命じられて監視しているうちに、ある時ヴェルナーがグーテンベルガー父娘と親しげに挨拶を交わし、街頭で話し込んでいる光景を目撃した。ヴェルナーがグーテンベルガー父娘と知りあったのは、ユダヤ人学生ガドナスに紹介されたからに相違ない。

あの事件に、グーテンベルガー父娘が無関係であることは判っている。ハンナの崇拝者ヘフナーが、勝手な判断でしでかした侮辱行為だったのだ。しかし、自分が選ばれた者であることを知らされてから、ハンナに対する欲望は急激に萎《な》えた。金髪をめぐる性的な強迫観念も、徐徐に薄らいだように思う。娼館でも平凡なブロンド女より、いつか顔や体つきの綺麗な褐色や黒の髪の女を、自然に選ぶようになっていた。

あのハンナも、もはや達することのできない高嶺《たかね》の花《はな》とはいえない。ヘルマンが、もはや昔のヘルマンではないからだ。ハンナもまた、権力と栄誉の誘惑に屈しやすい女という種族の一員である以上、褐色の制服を身につけた将来のエリートであるヘルマンに、いつか心惹かれる可能性も充分にありうることだろう。

しかし、ハンナの父親は反民族的な自由主義的知識人であり、おまけに母方の祖母はユダヤ人なのだ。いずれにせよ、突撃隊の幹部候補生にふさわしい相手ではない。それが可能であるにしても、ヘルマンはもう、ハンナを恋人に選んだりはできない立場だった。

ユダヤ人との闘争に曖昧な態度をとるハルバッハの弟子だから、ヴェルナーはハンナの祖母をめぐる噂を知りながらも、グーテンベルガー父娘と親しげに挨拶を交わしたりできたのだ。

ヘルマンがスパイ活動をはじめて一年後に、大学内の事態は急変した。過激な国民社会主義革命の路線に拠《よ》って、劇的な大学改革を推進していたハルバッハが、一九三四年四月、ついに総長辞任にまで追い込まれたのだ。ハルバッハ総長の大学改革構想は、古い学内秩序にしがみついている保守勢力と、ハルバッハ的な過激主義を警戒した政府当局者の非難を浴びて葬り去られた。

ハルバッハの総長辞任は、全国的な政治情勢の大変動を予兆していた。六月三十日には、国防軍の要求に応じたヒトラーの最高指示により、だしぬけに突撃隊の粛清がはじめられたのだ。突撃隊長レームがクーデタを計画しているという口実のもと、ヒムラーの親衛隊は突撃隊の拠点を襲撃し、有力幹部を虐殺し、そして大量に逮捕した。

党内で第二位の実力を誇ったレームも、容赦なしに処刑された。革命の永続化を呼号した過激派は、ほんの数日で壊滅し、ヒトラー政権は財界や軍部の支持を取りつけて、ようやく政治的に安定するに至る。

突撃隊が粛清された後、過激派の牙城だった学生組織にも弾圧は及んだ。ドイツ学生連盟の指導者シュテーベルとツェーリンゲンは罷免され、そして逮捕された。フライブルクでも、ハルバッハの影響下に組織されていた学生サークルは、当局の命令で解散を強制された。闘争に敗れた失意のヴェルナーは、フライブルクから追われるようにして姿を消した。

その年の秋には、一人寒々しく肩を丸めるようにして散歩しているグーテンベルガー教授の姿を、聖堂前の広場で見かけるようになった。どうやらハンナは、リトアニアの祖母のもとに身を寄せたらしい。

ユダヤ人の市民権を剝奪したニュルンベルグ法が公布されるに至り、自由主義者の父親は、娘のハンナの身が危険にさらされかねない暗黒時代の到来を、ついに覚悟したのだろう。まだ出国の自由が残されているあいだにと、一人娘を、迫害が及ばない母親の祖国まで逃がしたに相違ない。

ヘルマンがもたらした秘密情報は、文部省や大学内の反ハルバッハ派が、彼を総長辞任まで追いこむのに、少なからぬ効果をあげた。その功績を評価され、ヘルマンは親衛隊に入隊することを許される。レームの突撃隊を壊滅したヒムラーの親衛隊は、すでに第三帝国におけるエリート集団の地位を確保しようとしていた。

それはヘルマンにとって、生涯の幸運だった。二年後なら、ほとんど確実に親衛隊には入隊できなかったろう。組織が急膨張した混乱の時期だからこそ、髪は白茶けたブロンドまがいだし、身長や体格も正規の基準以下である小男のヘルマンでも、なんとか親衛隊にもぐり込めたのだ。

まもなくヘルマンは、強制収容所の警備部隊である髑髏団に配属され、大学都市を去った。ライバルのヴェルナーも、屈折した欲望の焦点だったハンナも消えたフライブルクには、もう少しの未練もなかった。

ダッハウ収容所で、連絡隊長ルドルフ・ヘスの指揮下に置かれたヘルマンは、収容所官僚として徹底的に訓練され、その優秀な実務能力もまた、完璧なまでに磨きをかけられた。ヘルマン・フーデンベルグは、同期入隊の親衛隊員の誰もが羨望するスピードで、ひたすら出世の階段を登り続けることになる。そして二年前には、ついに最年少で収容所長の椅子をも獲得しえた。

ひとかどの人物になるのだという少年時代からの野心は、このようにして見事に実現されたのだ。コフカ収容所長に抜擢されたSS少佐ヘルマン・フーデンベルグは、第三帝国の権力機構において、すでにひとかど以上の人物である。

3

執務室にノックの音が響いた。ドアの外に、やつがいるのだ。フーデンベルグは自分でも知らないうちに、からからに乾いた唇を、舌先で不安そうに舐め廻していた。態度に注意しなければならない。妙な因縁のある男に、弱みを見せるわけにはいかないのだ。おもむろにデスクから立ちあがり、上着の裾を引っぱるようにして制服の皺を伸ばした。精一杯、収容所長としての威厳を繕うようにして、「入れ」とドアの外の部下に命じる。

扉が開かれ、戸口で直立したハスラー中尉が堅苦しい軍人口調で、「クラクフ司令部からヴェルナー少佐が到着されました」と告げた。その言葉が終わらないうちに、決して小柄ではないハスラーの体を押しのけるようにして、さらに上背のある、がっしりした体つきの男が室内に踏みこんできた。男は遠慮なしに、ハスラーの鼻先で扉をぴしゃりと閉じた。

北極の、氷点下三十度の晴れた空のように凍てついて、透明な感じのする碧眼が、無感動にフーデンベルグの顔を見つめている。そうだ、確かにあの男だ。心構えはしていたが、それでも情けない呻き声が、思わず唇から洩れ出していた。

「ハインリヒ・ヴェルナー……」

「私を覚えていてくれたとは、なんとも光栄なことですな、収容所長殿」

制帽を無造作にとり、書類が山をなしているフーデンベルグのデスクに投げながら、男が皮肉な口調で応じた。制服の外套は玄関広間で、官舎の雑務を任されている従卒のフェドレンコに渡したらしい。

黒革の書類鞄を横におき、男はベルトの短剣を鳴らして、ソファの中央に傲然と凭れこんだ。ポケットを探り、おもむろに葉巻をとり出す。喉が弱いフーデンベルグには、喫煙の習慣がない。すぐに扁桃腺が腫れてしまう夫のために、レギーネはアウシュヴィッツ官舎の薬草園で、喉によいハーブを栽培していたほどだ。所長官舎では禁煙がしきたりなのだが、厚かましい態度の男から、強引に煙草を取りあげる勇気は湧いてきそうにない。

テーブルを挟んで反対側の椅子に、ためらいがちに腰かける。主客が顚倒《てんとう》していた。この家の主人であるフーデンベルグの方が、気圧されて、逆に上官の書斎にでも通されたように落ちつかない気分だった。

柏葉剣つき騎士鉄十字章の副賞なのだろうか。勲章と同じに交差した二本の剣と柏葉が彫られた銀製のライターを鳴らし、細巻きの葉巻に火をつけた後、ヴェルナーは何を考えているのか、無愛想な顔つきで黙り込んでいた。その沈黙に威圧され、自分でも情けないと思いながら、自然とおもねるように問いかけてしまう。

「そうだ。君は髑髏師団に配属され、ロシア戦線で……」

「……死んだと思っていた」遠慮する様子もなしに、紫煙を主人の顔に吹きかけるようにして、男がぶすりと答える。葉巻の煙で咳込みそうになりながら、必死にそれを抑え、フーデンベルグは迎合するように語り続けた。

「最初はね。学生時代の友人がロシア戦線で栄誉ある戦死を遂げた、そう信じ込んでいたんだ。しかし、君は生きていた。その後の噂も聞いているよ。コッホ事件で活躍したことを知って、私は自分のことのように喜んだものさ。コッホや、やつの配下の腐敗官吏は、私のように誠実な収容所管理者にとっても敵なんだからな」

「ヘルマン・フーデンベルグ。君が汚職官吏でないことは事実だろう。しかし、ハンス・ハスラーの上官である以上、やつが犯した殺人行為には責任がある。やつは精神異常のサディストで、ジャック・ザ・リッパーの薄汚い同類だ」眼を細めるようにして、ヴェルナーが意地悪そうに断定した。

中傷だと、フーデンベルグは思った。腹心の部下に対する許しがたい中傷だ。黙っていれば、上官の責任まで認めることにもなりかねない。体中から掻き集めた勇気で、フーデンベルグは反論した。わざと他人行儀な口調で語りかけたのだが、その声が、自分でも上ずっているように感じられてならない。

「ハスラー中尉は優秀な髑髏団員で、私の右腕だ。そんなふうに中傷するのは、やめてもらおうか。モルゲン捜査班は解散されたんだ。君は、捜査官としてコフカを訪問してるわけじゃないだろう。それで、今日は」

ヴェルナーは葉巻の吸殻を投げ棄て、無神経に靴の底で踏みにじる。フーデンベルグは心のなかで呻き声を洩らした。綺麗に掃除されて塵《ちり》ひとつない、磨き上げられて飴色の艶がある胡桃《くるみ》材の板床は、収容所長の自慢のひとつなのだ。おもむろに書類鞄の蓋をひらき、ヴェルナーが厳重に封印された封筒を無造作に摘みだした。

「クラクフ司令部から、コフカ収容所の完全破壊と撤収の緊急指令が出された。これが命令書だ」

テーブルに投げられた封筒から、はやる気分を抑えて命令書の用箋を抜きとる。管区司令部の緊急指令とは何か。早朝から頭を悩ませていた謎が、ようやく氷解しようとしているのだ。命令書に眼を通していくうちに、収容所長の顔色が青ざめはじめた。読み終えてから、フーデンベルグは愕然として叫んだ。

「最終期限まで、あと三日しかないぞ。無茶な話だ」

「昨日、ワルシャワの中心部は敵軍に制圧された。ガリチア地方でも、まもなくソヴィエト軍の攻勢が始まるだろう。一週間もしないうちに、コフカ周辺まで攻めこんで来るかもしれないというのが、クラクフ司令部の判断だ。あと三日で撤収は、ぎりぎりの線だろうな」ヴェルナーは他人事《ひとごと》のように無感動な、実務的な口調で告げた。フーデンベルグが弱々しく反論する。

「しかし、収容所施設を完璧に破壊するには、それなりの準備と時間の余裕が必要だ。資材もいるし、人員もいるだろう。煉瓦造りやコンクリート製の収容所施設を爆破して、何もない空き地に戻せるだけの大量の爆薬など、コフカの兵器庫には保管されていない。

だから私は、昨年の十月にクラクフ収容所の囚人をアウシュヴィッツに移送する時、コフカからも撤収した方がよいと具申したんだ。それなのにベルリンの経済管理本部は……」

最後の方は愚痴めいた呟きになっていた。不利な戦況のため、ポーランド各地に設置された絶滅収容所には、次々と破壊および撤収の命令が出されていた。進攻してきたソヴィエト軍に、「最終的解決」の秘密を知られたり、その証拠を摑まれたりする可能性を絶つこと。

それでもアウシュヴィッツと同じ、南ポーランドのガリチア地方に位置するコフカ収容所には、最後まで撤収の指示は出されなかった。ドイツ本国のシレジア地方に隣接するガリチア占領地まで、ソヴィエト軍の脅威が及ぶことなどありえない。ヒムラーは、そう確信していたのだ。

コフカは、アウシュヴィッツやダッハウのような巨大収容所に比較すれば小規模だが、高性能のガス室や屍体焼却炉をはじめ、最新鋭の設備を誇る優秀な殺人工場だった。ヒムラーは、大戦後に建設される予定の新鋭収容所のモデルとして、コフカを残しておきたいと考えたのかもしれない。

どれほど待っても、コフカ撤収の指示は届かない。自分だけ敵地にとり残されたようで、それがフーデンベルグの不安を誘った。だから、他の収容所と同じようにコフカも撤収した方がよいのではないかと、ベルリンの経済管理本部に具申さえしたのだ。

だが、本部はコフカ収容所長の意見を無視した。それなのに、土壇場になって破壊撤収の緊急命令だ。おまけに、三日以内の期限つきで。絶対に不可能だ。フーデンベルグがどれほど優秀な現場官僚であるとしても、不可能を可能にすることなどできはしない。

　奇妙なのは、撤収命令が東部地区のＳＳ＝警察高級指揮官のクリューガー大将名で届いたことだった。すべての強制収容所は、親衛隊《エスエス》の経済管理本部の管轄下にある。コフカ収容所に対する撤収命令は、本部長オズヴァルト・ポール名で出されるのが筋だろう。その疑問を口にしたフーデンベルグに、ヴェルナーが乾いた声で告げる。

「昨日、クリューガー大将宛に、ヒムラー長官から緊急の文書命令が送付されてきた。……敵軍が接近した際には、当該地区のＳＳ＝警察高級指揮官は強制収容所に対する最高命令権を与えられ、収容所施設を適時に撤収させるため全責任を負う、等々。その長官命令にもとづき、昨夜のうちにクラクフ司令部で、コフカの破壊撤収が決定されたんだな。撤収作業には、武装親衛隊の要員が全面的に協力する。

　明日の早朝、工兵部隊がクラクフを出発するよう命じられている。正午までには、コフカに到着できるだろう。全員が爆破処理の専門家で、もちろんダイナマイトなど必要な資材もトラックに積んでくる」

　ヴェルナーの説明を聞いて、フーデンベルグの顔に生気が戻った。両手を揉み合わせながら、機嫌をとるような口調で問いかけてしまう。

「それなら、君に任せてもいいんだな」

「施設の破壊については」ヴェルナーは無愛想に答えた。

「先月から、ガス室は稼働していないよ。昨年から、囚人を『特殊処理』するよりも労働力として活用する方向に重点が移されてきた。アイヒマン主任は、ベルリンのクルフュルステン街のオフィスで当惑しているよ。不利な戦況のため、軍需生産が最終的解決の遂行よりも優先されはじめたんだな。最終的解決の遂行を叫ぶ国家公安本部と、軍需生産を優先しようとする経済管理本部は敵対し、口汚い中傷合戦をしている有様だ。中央の混乱は、結局、現場に皺よせされるんだが。

それはそれとして、まだコフカに残っている囚人は、特殊労働に使役しているユダヤ人が、全部で五百名ほどだ。命令書によれば、囚人をアウシュヴィッツまで移送する必要はないとのことだから、指定の期限内に、なんとか処分できるだろう。それは、私の仕事になるな」

「そう、施設の破壊処理はおれの責任だ。そして囚人の虐殺は、ヘルマン・フーデンベルグ、あんたの仕事だ」ヴェルナーは何を考えているのか、禁句である「虐殺」という言葉を口にした。栄誉ある職務に対する無神経な非難に、フーデンベルグは思わず声を荒だてる。

「虐殺だと。君は誤解しているらしい」

「誤解なんかしてないさ。特殊処理、排除、執行。どんな役人用語で隠蔽しようとも、大量虐殺の事実は消せない。あんたは、汚らしい殺しの専門家だ。アウシュヴィッツで有能な連絡将校として評価されていたあんたは、ヘス所長の推薦で、めでたく新設のコフカ収容所の管理者に収まった。自分の責任で、何人のユダヤ人を殺したんだ。五万か十万か、それ以上か」

「最終的解決は、総統が決定した最高政策だ。それとも君は、国家が要求している神聖な義務を無視しろとでもいうのか」背筋を伸ばし、フーデンベルグは威圧的な口調で反論した。葉巻の煙を吐き出しながら、眼を細めるようにしてヴェルナーが応える。

「最終的解決。それこそが度しがたい欺瞞の産物だ。最終的解決の最高責任者であるヒムラーが、殺戮の現場を目撃して貧血で倒れかけたのを、あんたは知ってるのか」

「馬鹿な。そんなことなど、あるわけがない」

「あったのさ、実際に」

「嘘だ、嘘だ」畏敬する親衛隊長官に対して、許しがたい侮辱の言葉を聞かされたフーデンベルグは、思わず叫びたてた。

「おれは、錯乱して自殺した特殊行動隊《アインザッツグルッペン》の士官を知っている。その見習い判事は、ハイトリヒに煽動されて民族の使命に目覚め、よせばいいのに自分から虐殺部隊に志願したのさ。何事にも厳密な法律家出身のそいつが目撃したことだ、ヒムラーが卒倒しかけたというのは」

それはミンスクの処刑場を、ヒムラーが前線視察した時のことらしい。親衛隊長官の面前で、二百名にものぼるユダヤ人が無抵抗のまま皆殺しにされた。ヒムラーは、何時間も銃声と断末魔の悲鳴を聞かされ、河のような流血と無残な死骸の山を見せつけられて顔面蒼白になった。幕僚長カール・ヴォルフに腕を支えられなければ、多分ショックのために昏倒《こんとう》していたことだろう。

かろうじて気をとり直したヒムラーは、「私でさえ、この残酷な任務を好まないことは、諸君も了解されたろう。しかし、いかに苛酷な任務であろうとも、それはやり遂げられなければならないのだ」と、整列したアインザッツグルッペンの隊員に、悩める責任者の生真面目な口調で語りかけたのだという。

　負傷して、ヴェルナーと同じ病院に入院していた殺戮部隊の青年士官は、むしろ肉体よりも神経を病んでいた。士官は、悪夢から逃れようとアルコールに耽溺《たんでき》して、肝硬変を患《わずら》っていた。幻覚の虜になり、連日のように、深夜に怖しい悲鳴をあげて跳び起きるのがつねだった。

　ヒムラーをめぐるミンスクのエピソードを話してくれた青年は、こんなふうにも語っていた。「殺さなければならない相手の顔を見ると、引金を引けなくなる。だから隊員は、跪《ひざまず》かせて背後から首筋を撃ちぬくようにしていたが、結果は同じことさ。老人の皺だらけの首、若い女の滑らかな首、赤ん坊のふっくらした首。あらゆる首が幻覚のなかを浮遊しては、不意に銃弾ではじけ血まみれになるんだ」その士官は、ある蒸し暑い夜、病院の屋上から身を投げて自殺した。

「ようするに、ヒムラーは腰ぬけだ」ヴェルナーは唇を曲げるようにして嘲った。

「君はヒムラー長官を侮辱して、それでも襟に髑髏の徽章をつける権利があると思ってるのか。親衛隊長官に対する侮辱は、総統に対する侮辱と同じことだぞ」居丈高に、フーデンベルグが叫びたてる。

「臆病者のアドルフのことか。あの男を信じたことなど、おれは一度もないね。あんたも、おれたちのサークルにスパイとして潜り込んでいた時は、『アドルフは革命を裏切ろうとしている』って叫んでたじゃないか。

　レームは、愚かにも判断を誤ったんだ。決死隊にベルリンの首相官邸を襲撃させ、ヒトラーと側近の全員を皆殺しにすること。それだけが国民社会主義革命を永続化させる、残された唯一の道だった。しかし、残念なことに突撃隊《エスアー》のクーデタ計画は、どこにも存在しなかったんだ。逆にヒムラーに先手をとられ、レーム一揆《いっき》の陰謀なるものをデッチ上げられて粛清されたのさ」

制服に髑髏とルーン文字のS字の徽章をつけた、第三帝国のエリート軍人の口から出た言葉とは、とても思われなかった。憤激して、さらにフーデンベルグは非難の言葉を叩きつけた。

「ではなぜ、ヒムラー長官に忠誠を誓い、親衛隊に入隊したんだ」

興奮しているフーデンベルグを軽蔑するように顔を顰め、ヴェルナーが皮肉そうに答えた。

「突撃隊が粛清され、国民社会主義革命は惨めにも挫折した。わが国民社会主義ドイツ労働者党《ナチス》は出世主義者や下司野郎の巣窟となり、軍部や財界と癒着して反革命勢力に転落した。ハルバッハ総長が辞任し、レームが処刑された後、おれが大学をやめたことは知ってるだろう。

有形無形の圧力で、実際には追い出されたんだが。あのままフライブルクに居坐り続けたら、レーム系統の過激派として、たぶん逮捕されていたろうな。あんたが獄吏に雇われたばかりの、ダッハウ収容所に送られていたかもしれないぜ。

ヒトラーは革命をやめにして、まもなく戦争をはじめるだろう。徹底した革命の遂行だけが、反動的な国際秩序を打破する革命戦争に最終的な勝利をもたらしうる。脳味噌に黴《かび》が生えたプロイセンの将軍連と、金勘定にしか興味がない財閥のボスどもが期待している種類の中途半端な戦争になど、勝利できる可能性は最初からない。しかし、もう誰にも、それをやめさせることはできないんだ。

である以上、ヒトラーやヒムラーの陰謀とは無関係に、わが祖国のために死を決断しなければならない。だからおれは、大学をやめたあと国防軍に志願したんだ。武装親衛隊《ヴァッヘン・エスエス》には、ようするに国防軍から引き抜かれたのさ。ヒムラーの軍隊は戦争のやり方を知らない素人の集まりで、訓練された職業軍人が致命的に不足していた。そのため優秀な国防軍士官が、大量に武装親衛隊に編入されるよう決定された。

ヒムラーの野郎は気に喰わなかったが、命令である以上やむをえない。おれは新たに親衛隊将校に任命され、髑髏師団に配属されてロシア戦線に派遣された。

その後のことは、あんたも知ってるだろう。負傷して後方に戻され、回復してからはモルゲン判事に協力して、強制収容所の腐敗を摘発する任務に就いた。ヒムラーの命令で捜査班が解散した後、半年前に東部管区司令部に配属されたのさ。

おれは前線勤務を希望したんだが、残念ながら書類仕事の方に廻された。しかし、さして違いがあるとも思えん。ドイツ全土が戦場になり、前線も後方もなくなるような時が、じきに来るんだからな。戦争の敗北は決定されている。いや、初めから決まってたんだ。ヒトラーが革命を裏切った瞬間に、もう」

「戦争の敗北は決まってるだと」夢中で叫びたてたフーデンベルグは、自重して声を落とした。扉の外では、ハスラー中尉が待機しているのだ。「なんてことをいうんだ。しかし、学生時代からの友人のことだ。君の暴言は、問わないようにしよう。古い友人が、逮捕され銃殺されたりするのは、どうにも忍びがたい」

頬に嘲笑の皺を刻んで、ヴェルナーが応じた。「おれが喋ったことを、ゲシュタポに密告してもいいんだぜ。だれが、そんなことを信じるだろう。おれはロシア戦線の英雄で、騎士鉄十字章を授与された武装親衛隊の花形将校だ。

クリューガー大将は、おれを副官に欲しくてベルリンの人事部と交渉している。今日も本部付きの乗用車が、残らず前線視察のため出払っていることを知って、自分の専用車を使わせるようにしたほど、東部管区のSS＝警察上級指揮官はハインリヒ・ヴェルナーに惚れこんでるのさ。

フーデンベルグによる信じがたい非難は、背任と汚職を暴かれる危険に怯えた収容所官僚による、姑息《こそく》きわまりない中傷である。おれは、そう反論するだろうな。そのときクリューガーは、おれとあんたと、どちらの主張を信じると思う」

「私を脅迫することはないよ。君の反国家的な発言を、第三者に暴露するようなことはしない。そういってるじゃないか。それよりも、知りたいのは君の本音なんだ。本気で、戦争が敗北に終わることを信じてるのか」

「もちろん。アルデンヌ攻勢は大敗北で、スクラップになったタイガー戦車とドイツ将兵の屍体が、山をなしているという。ようするに西部戦線は崩壊した。そして明日にも、スターリンは総攻撃を指令するだろう。

東部の防衛線も数日で寸断され突破され、東西から何百万もの敵軍がドイツ本土に侵攻してくる。たぶん、夏までには決着がついてるだろうな。あんたはまだ、ゲッベルスがラジオでほざいている、最後の勝利とかいうような寝言を信じてるのか」

ヴェルナーの嘲笑に、フーデンベルグは曖昧に首を振った。こいつは確かに事情通だ。クリューガー大将に報告されている極秘の軍事情報を、容易に知りうる立場にあるのだろう。しかし、ドイツが敗北するなど、ありうることだろうか。

優秀な現場官僚であるフーデンベルグには、大局的な判断について頭を悩ませるような習慣はない。軍事情勢を分析できる能力もないし、興味もない。それでもヴェルナーに不吉な予言を囁かれると、心底に動揺するものを感じてしまう。

ドイツが負けるなどありえないことだと、フーデンベルグは無理にも考えようと努力した。たしかに戦況は不利だろう。西は大西洋、南は北アフリカ、東はモスクワ郊外までも制圧していた三年前に比較すれば、敵に押され気味であることは否定できない。しかし、それでも前の大戦時の前線と、西も南も東も、それほど変わりはないのだ。前大戦では、その状態で五年ものあいだ激しい戦闘が持続された。

そう思えば、押され気味であることも、さして気にはならない。占領地を失っても、ドイツ本国の国境線を死守していれば、そのうちに総統が約束している新兵器も完成することだろう。戦局は再逆転し、ドイツは最後の勝利者になるのだ……。

それでも消化不良めいて、フーデンベルグの胸を重苦しく圧迫するものがある。本当にソヴィエト軍の進攻が切迫しているのなら、コフカは当然のこと、アウシュヴィッツさえも安全とはいえない。それがヴェルナーの脅しに過ぎないなら、どれほど気が楽だろう。しかし、ソヴィエト軍の総攻撃を予測しているのはクラクフ司令部であり、そして軍の参謀本部なのだ。コフカ収容所を破壊し撤収せよという緊急命令が、その事実を証明している。

その時、アウシュヴィッツの官舎にいる妻や娘たちの運命は、どうなるのか。なんとかなるものと信じたい。上官のヘスは、フーデンベルグの妻子の安全を配慮してくれるだろう。妻と三人の娘を保護して、ベルリンまで無事に送り届けてくれるに違いない。半年や一年で、首都ベルリンにまで敵軍が押しよせるなど、絶対にありえないことだ。冷静に事態を見守りながら、その先のことは、あらためて考えればよい。そうだ、そうしよう……。

二本目の葉巻の吸殻を、長靴の踵《かかと》で潰したヴェルナーが、あれこれと思い悩んでいるフーデンベルグの顔を正面から見つめた。そして低い声で語りかける。

「ところで、あんたには聞いておきたいことがある」

「なんだね」フーデンベルグの声が顫えていた。ついに来た、と思ったのだ。情婦にしている女囚のことを、やつは追及しようとしているのではないか。

「ま、強いていえば哲学的な問題だろうな。その話は大学中で評判だったが、あんたはヘフナーに侮辱され、相手の頬に手袋を叩きつけて決闘を要求した。しかし、決闘の現場には姿を見せなかった。ようするに、命が惜しくて逃げたんだな。逃げたことを問題にしたいんじゃない。そんなことは、どうでもいい。

おれが知りたいのは、次の三つのことが、あんたのなかでどんなふうに関係してるのかってことなんだ。第一に、決闘から逃げた自分。つまり、死の可能性に直面することを拒んだ自分。第二に、親衛隊員として祖国のために死を誓った自分。そして第三に、収容所長として万単位の屍体の山を築きあげた自分。つまるところ、この三つの立場に整理できる。

第二と第三のあいだには、矛盾はないように見える。ヒムラーに忠誠を誓ったのだから、ヒムラーに命じられた通りにした。それだけの話だと考えれば。しかし、本当のところ、矛盾は隠蔽されているだけなんだ。民族の尊厳のために死を覚悟し、死の可能性に先駆し、それに直面することで本来的自己を実現しようと決意した者にとって、最終的解決の政策が強いるような現実は矛盾そのものだ。

第二と第三の立場のあいだに口を開けた深淵に転落して、おれの友人は投身自殺したんだからな。やつは自殺以外に、その矛盾がもたらした苦悩を解消できる選択肢を思いつけなかった。たんに、それだけの話だ。

とすると、むしろ第一と第三が親和的な関係になる。自分の死の可能性について考えようとしない人間だけが、膨大な他人の死という事実についても、深刻に考えないですむ。しかし、その場合、祖国の栄光に殉じて死を決意する第二の立場は、どこに蒸発してしまうんだろうか。おれはおれで、この三つの立場の整合と不整合については考えぬいた。それなりに結論も出ている。知りたいのは、あんたがどんなふうに考えてるかってことなんだ」

情婦のユダヤ女について、糾問されるのではないか。そう心配していたフーデンベルグは、ヴェルナーの話に胸を撫でおろした。哲学は苦手だが、やつの質問になら答えられそうだ。それはフーデンベルグ自身が、十年ものあいだ真剣に考えぬいてきた問題だった。結論には確信がある。

「ハインリヒ・ヴェルナー。君は、ロシア戦線で死を賭けて闘った、柏葉剣つき騎士鉄十字章にふさわしい戦士だ。それで、そんなことを聞きたがるんだろう。私のように後方にいて、死の危険を冒そうとしない人間に対して、愉快ではない気分があるんだろうな。

しかし、それは誤解だ。アインザッツグルッペンの、死んだ君の友人が引用していたヒムラー長官の演説からも、それは判ろうというものだ。われわれの任務は確かに残酷だが、しかし、その残酷さには耐えなければならない」

「おれの友人は、あんたよりも勇気や決断力を欠いていたせいで、残酷さに耐えられず破滅した。そう、いいたいのかね」

「いや。残酷さについて、真の意味で知ることがなかった、知る必要がなかった人間なんだろうな」フーデンベルグは慎重に応えた。真実は冷静に、誤解が生じないよう適切な言葉を選んで、語られなければならない。

「というと」

「死など、どこにもないのさ。少なくとも、君やハルバッハ教授が考えたような意味では。ハルバッハ教授は、死というものは追い越しえない可能性であると、講義では強調していた。確かにそうだろう。死を恐怖している時、彼はまだ死んではいない。実際に死んだ時、もう彼は死を怖れることはできない。死が意識される時、死は存在しない。死が存在する時、死を意識することはできない。ようするに、人間は死に追いつくことができない。それが、死をめぐる人間の存在構造だと、ハルバッハ教授は語った。

しかし、本当にそうなんだろうか。ある意味で、私は死の専門家だよ。教授が、私ほどに沢山の屍体を目撃したことがあるとは思えない。その私は、次のように考える。人間は、自分の死を追い越しえないだけではない。死なんてものはない、どこにも存在しないんだ。君が勇敢でありえたのは、その真理を多少とも自覚していたせいだ。私は、そう考えざるをえないな。

決闘を怖れて逃げた私は、死の可能性から逃走したのではないんだ。死、大文字の死を特別なものに祭りあげ、それを所有できる人間を存在として特権化する誤った観念を拒んだのだろうと思う。死の特権化、それこそが恐怖の源泉なんだ。わが党と国家は、その秘密を克明に摑んでいる。死など存在しない。だから、私は決闘から逃げたし、何万もの囚人をガス室に送り込んでも、君の友人のように錯乱することもない。死など存在しないからだ。

それは死の覚悟、死においてのみ証明される絶対的な忠誠と、矛盾するものではないか。そう、君は主張したいのだろう。そうではないんだよ。かつて私に、突撃隊に志願するよう決意させた総統の言葉は、死について思い悩むほど愚劣な暇潰しはないという真実を、天才の霊感で暗示していたんだ」

室内に爆笑が響いた。フーデンベルグが不快そうに眉を顰める。無遠慮きわまりない、ヴェルナーの笑い声のせいだった。腹を抱えて笑っていたヴェルナーが、ようやく息を整えた。

「いやはや、最高の冗談だった。あんたにもユーモアのセンスがあったとはな。世界に死は存在しないし、人間は死ぬことなどできないんだって。ヘルマン・フーデンベルグは、ハルバッハの実存思想を超える新哲学の発明者なんだ。しかし、その新哲学では、あんたがガス室で殺した数万のユダヤ人の屍体は、どんな具合に解釈されるんだね」

「馬鹿にしないで貰いたいな。昔の私は、君のように優秀な学生じゃなかった。ハルバッハ教授の主著も、難し過ぎて途中で投げてしまったし。実務者には、哲学の知識など必要がないんだ。しかし、それは真剣に考えた結論であって、絶対に冗談なんかじゃない。

どこにも死は存在しないし、人間は死ぬことができないというのは、確かに納得するのが難しいような結論かもしれない。でもそれは、否定できない真実なんだ。君のように難しい言葉を操れないのが残念だな。それができるなら、もっと正確に説明することも可能だろうに」

「いや、ちゃんと理解しているさ。死が存在しない以上、誰も殺されることはできない。したがって殺人者も存在しない。絶滅収容所の所長であろうと、殺人者ではありえない。きわめて論理的だし、説得力もある。ありうる小さな傷は、それでも死が存在するという事実を無視している些細な一点に過ぎない。

もしも死が存在しないなら、人間は不安になることもありえないと、ハルバッハなら語ることだろうな。不安は、人間が誰しも免れることのできない根本的な感情だ。どんなに能天気なやつでも、ふと不安を感じたりするのは、人間は死ぬものであるという厳然たる事実から逃れられないからだ。むしろ、明日にも死ぬかもしれない可能性を、できる限り考えまいと無意識に努力しているからだ」

自分にも不安はあると、フーデンベルグは思った。ユダヤ女を情婦にしたことが露顕して、戦場に追放されるかもしれないと思えば、やはり不安になる。イリヤ・モルチャノフの同類である野蛮なロシア兵に、妻子が捕らえられる可能性を考えると、耐えられないほど不安になる。だが、そうした不安が、死の可能性を隠蔽した結果として生じているとは、どうしても思えないのだ。

世界に存在しているのは苦痛であり、人間を人間たらしめる特権的な経験としての死など、どこにも存在しない。精神や肉体の苦痛を怖しいものと感じ、その可能性に不安を覚えるとしても、それは死を怖れているのとは違う。自分が死ぬという可能性から生じる不安に、どうしようもなしに苦しめられているのとは、やはり違う。

ヘルマン・フーデンベルグも、いつかは「死ぬ」。それは、いつかは自分も消滅するという平凡な事実であるに過ぎないのだし、消えること自体に、ハルバッハが意味付与しているような大層な意味などあるわけがない。その時は、できるかぎり苦痛を感じないで消えたいものと思うが、それは人間として自然な期待だろう。

人間は死の可能性を不安に感じているのではない、むしろ死に至る苦痛が不安の源泉になるのだ。収容所の管理者としてフーデンベルグは、そのように確信していた。モルチャノフのように暴力的で残忍で嗜虐的な男を、だから嫌悪しているのだ。下級看守による違法な暴力行為も、フーデンベルグは可能な限り減らそうとして努力してきた。

囚人に死を与えるのは、たんに職業的な義務であるに過ぎない。しかし、たとえユダヤ人であろうとも、囚人を無意味に痛めつけるのは許されないことだ。死は存在しないが、精神と肉体の苦痛は確実に存在するのだから。

　死にまつわる苦痛をできる限り減らし、死をたんなる消滅に変えてしまうこと。それがフーデンベルグの崇高な理想だった。ハルバッハの趣味である大文字の死を、たんなる消滅としての死に戻さなければならない。病的に肥大化した死の観念を、平凡な死の事実に還元すること。

　そのためにフーデンベルグは、「最終的解決」の至上命令が要求する以上に効率的なガス室を、夜も眠らない熱心さで設計し、乏しい建築資材を使いはたしてまでコフカの地に建設した。囚人にとってガス室の死は、予想もしない突然の死である。あるいは死でさえありえない、瞬間的な消滅なのだ。

　シャワーを浴びるつもりでいたら、不意に意識が消えてしまう。苦痛は、ほとんど感じないですむ。むろん改良の余地はあるだろうし、さらに完璧になるよう努力しなければならない。それでもガス室は、達成されている技術水準で、死など存在しえないという人間的な真実を実現できる最高の装置なのだ。

　できるなら、贅沢な浴室で石鹸の芳香を嗅いだ瞬間に意識が消え、生と死のあいだに引かれた線を、知らないで越えていたという具合にしたいものだと思う。それと比較するなら、まだコフカのガス室も粗野な装置に過ぎないだろうが、その理想を少なくとも共有してはいる。

　殺人者である自分から逃れるために、死は存在しないという詭弁を弄《ろう》していると、たぶんヴェルナーは信じ込んでいる。それが、ひどい誤解であり中傷であることに、やつは気づきようもないのだ。うんざりしながらも、フーデンベルグは厳粛に告げた。

「私は敢えて断言するけれども、君や、アインザッツグルッペンの君の友人や、そしてハルバッハ教授さえも、死など存在しないという国民社会主義の深遠な教養を、ついに理解できないんだろうな。語りえない経験を重ねて、いまや私はそのように確信しているよ」

ヴェルナーが、馬鹿にした顔つきで肩を竦める。フーデンベルグは侮辱されたように感じ、それなら決定的な証拠を突きつけてやろうかという誘惑に駆られた。だが、そんな誘惑にも渾身の力で耐える。

もしも二つの事例を、あげることが許されているなら、傲慢なヴェルナーも瞬時にして青ざめるだろう。はじめに、「最終的解決」の現場を目撃した時のハルバッハの態度だ。ドイツ最大の哲学者が、ほとんど怯えていた。死について思索しつくしたと称する思想家が、なぜ平凡な死の堆積を前にして戦慄しなければならないのか。フーデンベルグの眼前で、偉大な死の哲学者は現実の死について完璧に無知な、だらしない素人の本性をさらけ出していた。

次に、息子の死を知らされた後のあの女。しかし、どちらにせよフーデンベルグには、絶対に口外することのできない秘密だった。残念きわまりないが、実例をあげてヴェルナーの傲慢を粉砕するのは、やめにしなければならない。そんなことをしたら、藪蛇《やぶへび》にもなりかねないだろう。しばらくして、ヴェルナーが実務的な口調で語りかけてきた。哲学問答にも、どうやら飽きたらしい。

「日が暮れるまえに、明日の爆破処理に備えて施設を視察しておきたい」

「それなら、ハスラー中尉に案内させよう。七時から晩餐になる。コフカに配属されている将校団が、全員で君を歓待する予定だ。……ハスラー中尉」

フーデンベルグに呼ばれて、扉の外で待機していたSS中尉が姿を現した。ハスラーが、きびきびと質問する。「なんでしょうか、所長」

「今から、ヴェルナー少佐が収容所施設を視察する。どこでも、少佐の希望するところに案内するように」それから声を落として、ヴェルナーには聞かれないように囁きかけた。「ただし女の小屋には、絶対に近寄らせるな。判ったな」

それは、絶対に阻止しなければならない。ヴェルナーが、あの女と顔を合わせでもしたら、フーデンベルグには身の破滅になるだろう。女はヴェルナーと、フライブルクの娘時代に親しげに挨拶を交わしていた関係なのだ。旧知の女が、もしも収容所長の情婦になっている事実を知れば、あの男はフーデンベルグを告発しようと必死になるに違いない。

モルゲンの副官として、コッホを処刑台に送りこんだ実績のあるヴェルナーだった。やつが死にもの狂いになれば、どんなことをしでかすものか予想もできない。あれほど露骨に反国家的な言葉を吐き散らしながらも、狡猾にクリューガー大将の機嫌をとり、尻尾だけは摑まれないよう注意している狐なのだから。

窓には、早くも黄昏の光がさしていた。レースのカーテン越しに、三人の男の姿が見える。降りしきる小雪のなか、ヴェルナーは自動車のトランクルームを覗きこんでいた。隣のハスラーは、何かヴェルナーに語りかけているらしい。

ヴェルナーに従ってきた下士官は、少し離れたところで待機している。メルツェデスSを運転してきたシュミット軍曹は、上官がフーデンベルグと会談しているあいだ、玄関横の小部屋で待機していたのだろう。

明日から、残っている囚人の処分をはじめること。特殊作業のために選抜され、飢餓線ぎりぎりで生かされてきたユダヤ人だから、五百名の全員がガス室の秘密を熟知している。貨車で送られてきた、何も知らない囚人のようには、効率的にガス室に送りこめないだろう。しかし、それがフーデンベルグにとって腕の見せどころになる。

四百五十人をガス室で処理し、残り五十人は残務作業に使役したあと、自分で墓穴を掘らせてから銃殺する。一日あれば充分だ。倉庫に集積されている物資は、トラックで搬出しよう。金塊、宝石、現金など貴重品を優先し、嵩張《かさば》るばかりで価値の少ないものは廃棄処分にする。

あの女も、囚人の列に紛れこませてガス室に送ろう。四百五十人のなかの一人だ。ヴェルナーに気づかれる可能性は、まずありえない。それで、フーデンベルグによる職権濫用の生きた証拠は、焼却炉の煙となって完璧に消えさるのだ。

ブランデーを、またグラス一杯分あけながら、ハンナ・グーテンベルガーの囚人列車が着いた運命的な夜のことを、ぼんやりとフーデンベルグは思い出していた。喉を灼きながら、熱い液体が胃の腑に滑り落ちていく。どうして、あの女を規則通りにガス室に送ることなどできただろう。

触れてはならない対象だからこそ、限りない魅惑の源泉にもなる。あれは穢らわしいユダヤ娘だ。第三帝国のエリートの地位を約束された若者の、足下に寄りつく権利さえ与えられていない惨めな牝犬なのだ。絶対に、あの娘を近づけてはならない。

あの女は、ようやく獲得できた「選ばれた者」としての自信も立場も、根底から覆しかねない危険な罠だ。そんなふうに無理にも自分を納得させ、欲望を抑えつけようとすればするほど、ハンナの清潔な美貌が脳裏に甦った。

そして十年以上が経過し、青春時代に憧れぬいた渇望のブロンド女が、完璧に無力な存在と化して、フーデンベルグの眼前によろめき出てきたのだ。父親の配慮で、安全地帯に逃がされたハンナだが、対ソ戦でリトアニアはドイツに占領された。

ハンナはリトアニアで結婚し、子供を生んだらしい。夫のことは語ろうとしないし、フーデンベルグも知りたいとは思わなかった。多分、死んだのだろう。ハンナと十歳ほどの息子は、占領地リトアニアにまで及んだゲシュタポのユダヤ人狩りの結果、偶然にもフーデンベルグが収容所長を務めるコフカ収容所に送られてきたのだ。

第七章　血の饗宴

1

　強風に吹かれ、無数の雪粒が舞い狂っている。全身の体温を奪いとるほどに冷たい北風だった。睫にこびりついた雪粒を革手袋の指先で落としながら、ハスラーSS中尉は、今夜は吹雪になるだろうと考えていた。所長官舎の広々とした前庭は、花壇もベンチも生け垣も、早くも真新しい雪で薄化粧している。砂利敷の道にも、うっすらと雪が積もりはじめていた。

「少佐殿。どこから御覧になりますか」

　足下で、凍りついた砂利がざくざくと音をたてる。ハスラーは背後を振り返り、人を小馬鹿にしているような態度が気に喰わない上官に、儀礼的な口調で問いかけた。できるだけ、内心の反感は隠すように努力している。厭味な野郎だが、それでも上官は上官なのだ。

　ヴェルナーという男が、クラクフ司令部からコフカまで押しかけてきたのは、クリューガー大将に同行してきた十二月の視察に続いて、これで二度目のことになる。初対面の時から、不愉快な野郎だと思っていた。

「重点は監視塔、兵士宿舎、兵器庫、発電所だ。ところで、監視兵の夕食は何時に決められている」メルツェデスのトランクルームの蓋を開き、古びているが、いかにも頑丈そうな黒革の大鞄の中身を点検しながら、ヴェルナーが無造作な口調で応じた。

　何を点検しているのか、横から覗き込むのはやめておいた方がよさそうだ。男は拒むような、威圧的な雰囲気を制服の背中に滲ませている。部下のシュミット軍曹は上官の指示を待って、制帽や軍用外套を雪に濡らしながら自動車の傍らで待機していた。

「七時からです。ドイツ兵もウクライナ兵も、警備の任務についている兵士以外の全員が、それぞれの食堂に集合します。その鞄、客室の方に運ばせておきましょうか」

　ハスラー中尉は気の廻るところを見せようとしたのだが、ヴェルナーは唇を捲りあげるようにして酷薄な薄笑いを浮かべ、無言のまま首を左右に振った。このままでよい、ということらしい。

　異状のないことを確認したのか、無言で頷きながらトランクの蓋を閉じ、鍵を廻した。それから腕時計の文字盤にちらりと眼をやる。

「まだ時間はあるな。兵士宿舎の食堂は、両方とも見ておきたい。先に正門付近を視察して、それから兵士宿舎に廻る」

「ガス室と焼却炉は、どうしますか」

「それは、明日でよろしい」革手袋をはめながら、ヴェルナー少佐が気のない口調で応えた。

　フーデンベルグ所長の簡単な説明によれば、ついにコフカ収容所にも撤収が命じられたらしい。ソヴィエト軍の侵攻が切迫しているのだ。やむをえないことだろう。なにしろコフカは、ヴィスラ川の防衛線から三十キロと離れていないのだから。前線では秋から小康状態が続いてきたが、それが敵軍の攻撃のために破れるとしたら、コフカ収容所は最初の攻撃目標として狙われかねない。

明日にも工兵隊を指揮して、そのためにクラクフ司令部から派遣されてきたヴェルナー少佐が、収容所施設を爆破処理することになっている。だが、明日の作業に備えた視察にしては、ずいぶんと奇妙な箇所ばかりに関心を持つものではないか。兵器庫や発電所ならまだしも、わざわざ兵士宿舎の食堂まで視察したいとは、この男、何を考えているのだろうか。

絶滅収容所の中核施設が、ガス室と屍体焼却炉であることは歴然としている。それら収容所の主要部分だけは、「最終的解決」の真相を秘匿するためにも、敵軍に発見される以前に完全破壊しなければならない。それ以外は兵士宿舎や囚人用のバラックにせよ、作業場や倉庫の建物にせよ、もしも無傷で敵軍に占領されたところで、ほとんど問題にはなりようがない、変哲のない施設ばかりだった。

それなのにヴェルナーは、ガス室や焼却炉に対してはそれほど関心がない様子で、兵士宿舎の食堂を先に見るというのだ。それは爆破処理の専門家というより、警備兵の福利厚生面の状態について視察するために来訪した、経済管理本部の係官の発想ではないだろうか。明日にも地上から消滅してしまう予定の、コフカ収容所の厚生施設の類を見ることに、どんな意味がありうるのだろう。

しかし、フーデンベルグ所長からは、この男が希望するところは自由に見せるようにと指示されている。何を考えているのか判らないが、兵士食堂に案内したところで不都合が生じるとも思えない。とにかく、あのユダヤ女の小屋にさえ近づけなければよいのだ。

ハスラーは生け垣のある砂利道を辿り、まず収容所の中央広場まで二人の客を先導した。小道に積もりはじめた新雪に足跡を残して、ヴェルナー少佐とシュミット軍曹が、案内役のハスラーに続いた。

中央に監視塔が聳えている広場の西側は、灌木の茂みで区切られた将校用の区画であり、三人が出てきた所長官舎も、おなじ敷地に建てられている。中央広場の東側には、降りしきる雪にぼんやり霞《かす》んで、三棟の倉庫と巨大な作業場が軒を列ねている。

囚人から強奪した各種の物資が収められている倉庫は、港で見かけるような煉瓦造りの建物だった。毛皮、製靴、裁縫、宝石などの専門職人が、数百人も閉じこめられて労働を強いられている作業場は、松材で頑丈に組みあげられた大きな建物で、陰気なところが田舎の小学校の校舎に似ている。

倉庫の裏手には惨めたらしい囚人用のバラックが、全部で六棟あった。特権待遇が許されている囚人頭《カポ》の小屋が幾棟か、それに粗末な囚人用の炊事場、便所、洗面施設なども、絞首台がある点呼広場を囲むようにして建てられていた。作業場も囚人用のバラックも、鉄条網の柵で厳重に囲まれていて、作業以外には昼も夜も、囚人は許された区画の外に出ることを禁じられている。

作業場の裏には、石炭置き場や菜園、工具小屋や肥料工場などを挟んで、大きな煙突のあるコンクリート製の施設が、陰惨な雰囲気を滲ませながら聳えている。屍体焼却炉のある構造物だ。そして、その裏に絶滅収容所の中核施設、煉瓦造りの殺人工場が位置している。コフカ収容所の最盛期には、連日のように千人もの囚人を効率的に「処理」した実績のある、フーデンベルグ所長自慢の新鋭施設だった。

倉庫を思わせる煉瓦建築には、明かり取りの窓がひとつとして造られていない。建物の表側には、何百名もの囚人を詰めこむことができる巨大な脱衣場があり、その四方の壁には衣類や所持品を収める木棚が、幾段も作りつけられている。

脱衣場は板張りで、ガス室に続く幅広い通路の床は、剝き出しのコンクリートだった。窓のない脱衣場も通路も、光源は高い天井から点々と吊り下げられている裸電灯だけで、あたりは陰気臭い薄闇に満たされている。

脱衣場から通路を奥に進むと、浴室に偽装されたガス室の扉が、ずらりと左右に並んだ区画になる。コンクリートの壁は分厚いし、強化硝子の覗き窓がある鋼鉄製の遮蔽扉もまた、きわめて頑丈に造られている。そのために青酸ガスで大量死させられる囚人の、断末魔の呻き声や悲痛な叫び声は完璧に遮断されてしまい、通路側にいる者には、何ひとつとして聞きとることができない仕組みだった。

第一のガス室で、まさに大量殺人が行われているときでも、次のグループの囚人は、浴室であると信じて第二のガス室に、躊躇する余裕もなしに追い込まれてしまうのだ。

ガス室は十室とも、それぞれ百人の囚人を収容できる規模だった。囚人を詰めこんで遮断扉を閉じ、青酸ガスを注入しはじめると、数分で幼児や老人が昏倒し、どれほど長くても三十分以内には百人全員が中毒死する。

囚人全員の死亡が確認されると、換気口が開かれる。猛毒ガスは、六十分ほどの時間をかけて外気に放散される。さらに三十分あまりで、製造されたばかりの新しい屍体の山と、宝石、時計、現金など、囚人が最後まで身に着けていた貴重品が、ガス室の裏口から搬出される。

コフカ収容所のガス室は、このように約二時間のサイクルで、百名前後の犠牲者を際限なく呑みこみ続けるよう設計されているのだ。十室を残らずフル稼働させれば、一日に一万二千人の囚人を「特殊処理」できる計算になる。しかし、そこまでガス室の作業効率が追求されたことはない。屍体を焼却処理する能力に限界があるからだ。

ガス室の建物は、そのまま引き込み線のホームに面していた。貨物列車に詰めこまれてコフカに到着した囚人の群は、まず、ホーム横の広場で大小のグループに選別される。強制労働に適していると判定された、特殊技能者や壮年男子を中心とした小グループは、囚人用のバラックに囲まれた点呼広場に追いたてられ、そこで各種の作業班に振り分けられる。以後は、作業班のリーダーである囚人頭の支配下に置かれることになる。

老人、子供、妊婦、病人をはじめとして、死の運命を決定された大きなグループの男女は、脱衣場に所持品や脱いだ衣類を残し、貴重品だけ持つように命じられて、そのままガス室に送りこまれる。

屍体は裏口から運びだされ、そのまま焼却炉に廻される。焼け残った人骨は粉砕され、土中に埋められたり河に流されたりするのが普通だが、コフカ収容所には骨粉をアルカリ肥料に加工するための工場が新設されており、それもまたフーデンベルグ所長の自慢の種だった。

ガス室と焼却炉の二つの建物のあいだには、縦長の特殊作業場がある。それは屍体の金歯を抜いたり、死んだ囚人の口中や直腸に隠されていることがある、宝石などの貴重品を回収したり、資源として利用するために、屍体の毛髪を刈ったりするための施設だった。到着したばかりの囚人を、なだめて安心させながらガス室まで連れこむのも、山をなした屍体を効率的に処理するのも、作業員として選別された囚人の仕事である。

作業員に抜擢された囚人も、到着と同時にガス室に送られる運命の囚人も、ほとんど全員がユダヤ人だ。それでも特殊作業員は、与えられた職務に懸命に励んでいる。数分後に迫った虐殺の運命を気づかせまいとして、怯えた囚人を相手に猫なで声をだし、子供でもあやすようにして、脱衣場から通路に、通路からガス室に誘い込んでいくのだ。

ガス室に囚人の群を、何よりも効果的に追いたてることができるのは、監視に就いている髑髏団員の短機関銃や革鞭ではない。飢えて疲労した新来の囚人に心から同情し、誠心誠意いたわりの言葉をかけ、温かいシャワーで垢や汚物にまみれた体を清潔にするよう訴える、おなじユダヤ人の先輩囚人による絶妙の演技だった。

もしも暴力で強制すれば、囚人の大群は収拾のつかない恐慌状態に陥るだろう。長年住みなれた土地から引き剝がされ、家畜以下的な待遇で貨物列車に押しつめられて、無理矢理に収容所まで運ばれてきた囚人は、誰もが爆発寸前の不安感と恐怖感を抱え込んでいるからだ。

恐慌状態に陥った囚人の群が絶望的な反抗に走ったら、十名や二十名の警備兵では鎮圧するのも容易でない。無差別銃撃で死骸の山を築く以外に、囚人暴動を解決することは不可能だろう。それは絶対に許されない不祥事であり、もしも暴動が発生でもしたら、殺人工場の作業効率は致命的な打撃を被ることになる。

囚人頭のダッソーなど特殊作業に選抜された囚人が、なぜ仲間のユダヤ人に対して、あのように鉄面皮な欺瞞や嘘の演技を重ねることができるのか、ハスラー中尉には、最初それが不思議に思えた。それは、命じられた通りに新来の仲間を騙し続けるなら、永遠に自分の命だけは保証されると、作業員の囚人が信じ込んでいるためではない。

「最終的解決」が至高の掟《おきて》として君臨している絶滅収容所では、釈放はおろか、最後まで生存を許されるユダヤ人など一人も存在しえないのだ。多少は順番が違うにせよ、殺人機械で擦り潰される運命に変わりはない。遠からず自分も、それまでとは反対にガス室に入る側に廻されるだろうことを、連中の全員が心のどこかで知っている。

やはり豚は豚、犬は犬なのだ。やつらの、ユダヤ人同胞に対する下司《げす》で卑劣な振舞からも、地上から抹殺されるのが当然の劣等集団であることは証明されている。看守の残虐行為は棚にあげて、ハスラーは粗末な脳味噌を酷使した末、そのように結論づけていた。だが、おれは違う。親衛隊員《エスエス》の忠誠と義務のために、そして神聖な職務のために殺し、あるいは快楽のために殺すのだ。

収容所の中央広場の南側には、ドイツ兵とウクライナ兵の棟割長屋風の宿舎、それに付属した食堂および炊事場、食糧倉庫、そして病院と管理事務所の建物が並んでいる。北側は小高い丘になっていて、麓《ふもと》にはトラックや作業車が収納されている木造の車庫がある。車庫の横から坂道を登ると、発電所や兵器庫、それに井戸および給水塔などの施設がある。給水塔の下には、煉瓦で造られた小さな家が、ひっそりと蹲っていた。

ヴェルナーの指示で、まず正面ゲートの周辺を歩いた。ゲートの左右には第一と第二の監視塔が、その下には警備兵の詰め所が造られている。右手の監視塔の横には、病院の建物も見える。

シュミットがメルツェデスを走らせた構内の中心道路は、正面ゲートから直進して囚人用バラックと倉庫のあいだを通り、正面に肥料工場を眺めながら左折して、倉庫と作業場の隙間を抜けるように中央広場まで延びていた。中央広場を北進し、丘の手前で西方向に延びる砂利道に入ると、所長官舎など将校宿舎の並んだ一画になる。

舗装道路を歩いて広場から正面ゲートまで行き、その後また広場に戻った。客の要求通りに、広場の南縁にあるドイツ兵およびウクライナ兵の宿舎と、付属食堂の視察を終える。それから広場中央に聳えている、第三の、収容所の構内を一望できる最大の監視塔の階段を登った。

機関銃と探照灯が備えつけられた屋上を案内してから、第三監視塔を離れ、さらに兵器庫のある敷地の北側にむけてハスラーは歩きはじめた。二人の客も降りしきる雪のなか、無言で足を運んでいる。

広場北縁の丘にある施設の視察で、今日の仕事は終わりだろう。そろそろ切りあげて、所長官舎に戻らなければならない。まだ五時過ぎで、将校団の晩餐会までは時間があるにしても、あたりは気が滅入りそうな真冬の黄昏の影に浸されはじめている。収容所構内は、まもなく吹雪の闇に鎖されてしまうだろう。雪は、次第に激しさを増しつつある。

このあたりの案内には、慎重にも慎重を期さなければならない。ハスラー中尉は積雪で滑りやすい斜面を歩きながら、無言のまま、あらためて自分に確認していた。登り口から丘の頂上まで、普通で四、五分は必要だった。急坂の左右は、深い藪になっている。坂の途中には点々と、丸太を横にした土止めが作られていた。

坂道を登りきると左手に木立があり、突きあたりが兵器庫だ。兵器庫の西側に隣接して発電所。そこから東側に、少し離れたところに給水塔が聳え、その下には煉瓦造りの小屋が建てられている。フーデンベルグ所長が、客を近づけてはならないと厳命していた、ユダヤ女の小屋だった。

フーデンベルグ所長がユダヤ人の情婦を囲っていることに、ハスラーは道義的な批判など抱いてはいない。快楽のために劣等民族の女の肉体を利用するのは、第三帝国のエリートには許されて然るべき、当然の権利なのだ。しかし、それなら自分のように、女の躰で血の饗宴を演じるところまで行かなければ不徹底だろう。所長は有能だが、愉しみ方を知らない凡庸な人物なのだ。

だが、おれは違う。快楽のために女囚の肉体を切り裂きながらも、猛然と出世の階段を駆けあがるのだ。アウシュヴィッツ収容所のヘス所長が、フーデンベルグにコフカ収容所長の椅子を提供したように、フーデンベルグ所長の機嫌を損ねないようにしていれば、かならずハスラーも出世の階段を登り続けることができる。

もしも所長に任命され、新設の強制収容所に専制君主として君臨できるなら、人目を忍び、物陰で女の血を浴びるような真似などする必要はない。魅力的な若い女なら、ガス室になど一人だって入れないつもりだ。収容所の構内に、洗練された美人だけを飼育するため巨大な檻を建設しよう。

そうなれば連日のように、血の祝祭を演じることもできる。選びぬかれた女を全裸に剝いて、白い乳房と滑らかな下腹を、研ぎあげられた親衛隊の短剣でなぶる。端整な顔を極限まで魅惑的なものにする恐怖と苦悶の表情を、蜜のように味わいつくす。そして最後には、勃起した男根を痙攣《けいれん》させせながら女の胸や腹を切り裂き、あまりに蠱惑《こわく》的な断末魔の悲鳴に陶然としながら、頭から真紅の生き血を神聖なシャワーのように浴びるのだ。

長年の夢を実現するには、是非とも自分の収容所を確保しなければならない。あと数年で収容所長にまで出世するには、上官フーデンベルグによる強力な後押しが、どうしても必要だろう。そのためにはコフカ収容所長から、最高に有能な部下として評価され続けなければならない。わずかの失敗も、許されはしないのだ。

フーデンベルグ所長は、たぶんクラクフ司令部に、ユダヤ人情婦の存在が洩れるのを警戒しているのだろう。であれば、それを巧妙に処理することもまた、連絡将校としては腕の見せどころになる。女の問題をめぐって、もしも所長に恩を売ることができたなら、それはいつか決定的な切り札として使えるかもしれない。

ヴェルナーが視察に指定したのは兵器庫と発電所で、ありがたいことに給水施設は含まれていない。まず兵器庫、次に発電所を見せて、そのまま所長官舎に戻るよう仕向けてしまおう。兵器庫や発電所がある地点からは、あの小屋の西側が見えるだけだし、鉄格子のある裏窓は、さらに頑丈な板戸で内部から厳重に鎖されている。普通に考えれば、ヴェルナーと女が顔を合わせるような機会は、まずありえないことだ。

広場北縁の丘を登りきると、最初に正面に見えるのが兵器庫の建物だ。その鍵を、警備兵に命じて開かせた。それほど多量の兵器は備蓄されていない。コフカ収容所に配備されている髑髏団は、所長を除外して将校が八名、ドイツ兵が二十一名、ウクライナ兵が二十六名に過ぎない。

兵士に対して将校の比率が高いのは、収容所の仕事では軍事作戦よりも、各種の管理業務の割合が大きいせいだ。兵器庫に保管されているのは、歩兵小隊規模の携行火器と予備弾薬、それに爆薬と信管が若干量だった。それでも、痩せこけた囚人が絶望的な暴動に走った時、皆殺しにするには充分だろう。

もちろんコフカ収容所は、囚人の暴動というような不祥事など、開設以来二年以上も、一度たりと起こしたことはない。それには所長の手腕もあるが、囚人管理の現場責任者である連絡将校ハスラーの功績も無視できないだろう。ハスラー中尉の死の規律は、一人の例外もなしにコフカの囚人全員の胸に、おぞましい恐怖を梃《てこ》として徹底的に叩き込まれているのだ。

「夜間の兵員配置は」とヴェルナーが質問した。

「午後七時以降は、兵器庫に一人。正面ゲートの周辺に四名。三つの監視塔に二名、二名、三名で合計七名。囚人宿舎の周辺に三名。残り四十名は、それぞれの食堂で七時から夕食になります。夜間は三交替で、朝四時の起床時まで十五名規模の警備が続けられる規則です。その日の作業を完了した囚人は、鉄条網の柵で封鎖された区画に閉じこめられて、囚人頭の監視下に置かれていますから、以上の警備体制で問題が生じたことは、これまで一度もありません」自信に溢れて、ハスラーが答えた。

コフカ収容所の警備体制は完璧だ。部外者に難癖をつけられる筋合はない。勢い込んで断言調に喋ったのに、ヴェルナーは何を考えているのか、中尉の態度を無視して無表情に頷いた。

次に、兵器庫の隣にある発電所を見せた。視察を終え、大型の発電機を収めた小屋から出たばかりの三人の前を、疲労困憊した囚人の群が幽鬼のように、坂の下り口の方に進んでいく。先頭の囚人頭と、前後に付いた二名のウクライナ兵以外の全員が、小雪の降りしきるなか濡れそぼった衣服に凍えながら、よろめくようにして歩いている。

先週から調子がよくない、給水施設の修理を命じられた連中だった。交替で井戸の底に下ろされ、朝から冷水に身を浸しながら修理作業をしていたのだろう。

足下もおぼつかない様子の囚人が、泥だらけの大笊《おおざる》を抱えたまま、疲労のあまりハスラーの足下に倒れ込んだ。片手で握れそうに細い、青黒い色に変色して皺だらけの喉笛から不気味に突起した喉骨が、なおも苦しげに痙攣している。正視できないほど痩せ衰えて、骸骨にしなびた皮膚を貼りつけたような体つきだ。

有能きわまりない囚人管理者としての本能が、ハスラーに日常的な反応を強いた。罵声とともに雪まみれの長靴の爪先が、倒れた男の顔面に叩きこまれる。もがきながら身を起こそうとしていた囚人は、痩せ犬の悲鳴じみて滑稽な声をあげながら、踏み荒らされた雪の大地に蹴り倒された。

鼻骨が潰れて、顔面は鼻血に染められている。骨と皮に痩せた体のどこに、それほどの血液が残っていたかと思わせるほど、鼻腔から多量の血が噴きだしていた。積もりかけた新雪を血で汚しながら、無慈悲な長靴の攻撃から逃れようとして、男は百足《むかで》のように体をくねらせる。

囚人の群はウクライナ兵の革鞭と銃口に追いたてられ、不運な脱落者を雪上に残したまま、のろのろと丘の下り口の方に進みはじめた。ハスラー中尉に眼をつけられた以上、犠牲者が生きてバラックに戻れる可能性はない。死に至るまで、残虐な制裁がやむことはないだろう。監視兵も囚人頭も、そのことを熟知しているのだ。それでも列の最後にいた男が、一人だけ仲間から離れて、その場に茫然と立ちつくしている。

午後からの小雪は、次第に密度を増している。寒空に、濡れた囚人服が凍りつきそうだ。同じ服、同じ痩せこけた体、同じ坊主頭だが、倒れた囚人とは違うところがある。行進の列から自分の意思で離れた男の眼には、まだ感情らしいものが、微かにではあれ認められるようだ。

血まみれになり、虫の息で大地に身を横たえている白髪の男から、ハスラーの関心は、前方で棒のように立ち竦んでいる男の方に移された。憤激のために、全身の血管が爆発しそうに脈動していた。ユダヤの虫けら野郎は、なんと身のほど知らずにも、ゴミのような同類と運命をともにするため、列から抜けてそこに居残っているのだ。それなら希望どおりに、おまえの背骨を踏み砕いてやろうじゃないか。

枯れ木のような囚人の襟首を摑もうと腕を伸ばした時、ハスラーの視界の隅に、ふとヴェルナーの姿が滲んだ。どうやら前方に、なにか注意を惹くものがあるらしい。なかば無意識にSS少佐の視線を追うようにして、ハスラーはあまりのことに愕然とした。

給水塔の下に建てられた、煉瓦造りの家が吹雪の彼方に滲んでいた。その裏窓に人影がある。あの女だ。それはフーデンベルグ所長から、絶対に客を近寄らせるなと厳命されていた小屋だった。裏窓の人影は、監禁されているユダヤ女のものに違いない。

足下で瀕死の呻き声をあげている囚人のことも、その傍らに立っている男のことも、ハスラーの念頭からは綺麗に拭い去られていた。兵器庫から給水塔の下にある小屋までは、三十メートルもの距離がある。日暮れ時だし、あたりの見通しはよくない。おまけに雪まじりの強風が吹きつけている。

仮にヴェルナーが、窓辺にいる女の姿に気づいたとしても、その顔まで判別できたとは思えない。しかし、所長からは厳命されているのだ。このまま、事態を放置することはできない。だが、女を怒鳴りつけるわけにはいかなかった。小屋の窓まで、雪を蹴散らして駆けつけるのも問題だろう。ヴェルナーは漫然と、あたりの光景を眺めていただけかもしれないのだ。やつの注意を、それ以上、あの小屋に集めさせてはならない。細首をねじり折ってやろうと襟首を摑んだばかりの囚人の体を、雪のなかに突き倒した。そのまま、さりげない態度を装って小屋の方に歩きはじめる。

自分の背中で、ヴェルナーの視線を自然に遮るようにして歩いた。目的地まで辿りついたら、とにかく心臓がとまるほど怖しい顔を見せつけて、あの女を窓辺から追い払ってしまうことだ。それしかないだろう。あとは、なにか適当な口実を設けてヴェルナーに、早めに所長官舎まで戻るよう説得すること。小屋の方には、あと一歩でも近づけてはならない。それにしても、いつもは閉めきりの板戸が、なぜ今日に限って開かれたりしていたのか。

そうか。あのユダヤ人の虫ケラのせいなのだ。おれに蹴りあげられて悲鳴をあげた、あの豚野郎が原因だった。丘の上で、ふだん、囚人の姿を見かけるようなことは少ない。たまたま今日は、給水施設の補修作業に使役するため、囚人の群が連れて来られていたのだ。女は、聞きなれない囚人の悲鳴を耳にして、何事かと疑いながら閉めきりの板戸を開いてみたに相違ない。ようするに、ハスラーの失策だった。

兵器庫の正面から砂利道が、東方向に延びている。小道の前方正面に、小屋の裏窓が見える。小道は裏窓から十メートルほどの地点で、南に折れ、さらに東に折れ、小屋を南側から半周するようにして、東面に作られた扉の前まで続いている。

ハスラーは最初の曲がり角で小道を離れ、裏窓めざして一直線に進んだ。積もりはじめた雪に凍りついた枯れ草が、革長靴に踏みしだかれて音をたてる。気づかれないように、ちらりと背後を盗み見た。ありがたいことに、ヴェルナーやシュミットが後を追ってくる様子はなかった。取り越し苦労だったかもしれない。

仲間を庇おうとした囚人が立ちあがり、ヴェルナーの横をすり抜けるようにして、白髪を血に染めた男が倒れている方に、よろよろと進みはじめた。すれ違うとき、ヴェルナーと囚人のあいだで、なにか言葉が交わされたようにも見えた。生意気な囚人に親衛隊将校が脅しの言葉を投げ、怯えた囚人が見逃してもらおうと必死で謝罪していたのだろう。

視線を小屋の方に戻すと、もう頑丈そうな造りの板戸は、内側から厳重に鎖されていた。近づいてくるハスラーを見かけて、ユダヤ女が戸を閉めたのかもしれない。小屋まで辿りつき、鉄格子のあいだから掌を差し入れて、窓の板戸を押してみる。施錠されているようで、微動もしなかった。

安心して兵器庫の方に振り返ってみた。列から離れた囚人が、雪まみれで倒れている仲間を助け起こし、肩を貸して、迎えにきた囚人頭の方に歩きはじめたところだった。これから追いかけて、さらに制裁をする訳にはいくまい。それよりも、ヴェルナーを官舎に連れ戻すことの方が先決だ。どうやら囚人二人は、ハスラーの行動を拘束している所長命令のために、結果として命拾いしたことになるらしい。

フーデンベルグの声を無視して、女が電話を切った。指で乱暴にフックを叩き、ダイヤルを廻してみた。しかし、どうしても電話は繋がらない。女が受話器を外したままにしているのだろう。

2

コフカ収容所長は、焦燥感とやり場のない憤懣に肩を顫わせながら、それでも音をたてないように注意して、寝室にある電話の受話器を戻した。壁の時計の針は、六時を少し廻ろうとしていた。

収容所長の指示で、ユダヤ人情婦の小屋には内線電話が引かれている。しかし、奴隷女は主人に自分から電話することなど許されていない。そうしたくて電話するのは、つねに主人のフーデンベルグの方なのだ。

それなのに、女は懲罰を怖れようともせずに、定められた掟を平然と破り、初めてフーデンベルグに電話してきた。信じられないことだが、感情の失われた声で、脅迫めいた言葉さえ囁きかけてきたのだ。まったく、なんということだろう。許しがたい女ではないか。

鬱積した精神的な疲労のため、どうしても眠れないような夜、フーデンベルグは寝室から女に電話することがある。午前一時でも二時でも、そうしたいと思うなら女を呼ぶことは可能だ。

官舎の警備をかねて泊まりこんでいる従卒のフェドレンコを叩き起こし、女を寝室まで連れて来るよう命じればよいのだ。

しかし、そんな夜には電話線を通して、女に声で性的な奉仕をさせた方がよい。所長職の激務に神経を擦り減らした深夜、肉体の快楽を求めるだけの気力が湧いてこないような時には、それはフーデンベルグに、どこか倒錯的な味わいのある快楽をもたらす。

言葉による奉仕は、女が自分の所有物であることを最終的に確認させてくれる。その満足感は、ほかに代えがたいものがあった。奴隷女にとって肉体の奉仕は、もはや苦痛ではありえない。

求められるままに肉体を提供することは、生き延びるために強いられている労働であり、仮に多少の苦痛がありうるとしても、それは義務にともなうありふれたものに過ぎない。どんな労働であろうと、多かれ少なかれ苦しみはあるだろう。フーデンベルグでさえ、強制収容所の最高管理者としての仕事に疲労を、そして苦痛を感じることはある。

しかし、電話線の彼方で身を横たえているフーデンベルグを、優しい言葉、官能的な言葉、卑猥《ひわい》な言葉など、とにかく自分の声だけで性的に満足させなければならない義務を負わされた奴隷女の苦痛は、もはや強いられた肉体の奉仕によるそれの比ではない。

もしも成功しなければ、明日にも残忍な傭兵隊長イリヤ・モルチャノフのもとに送られる運命を知らされている女は、必死で忠実な恋人の役を演じようとする。あるいは、淫《みだ》らな娼婦の役を。もちろん、女の演技にはぎこちなさが残る。それがまた、フーデンベルグには倒錯的な快楽の源泉となるのだ。

権力で肉体を所有するだけでは充分ではない。女の魂をも所有しなければならない。もちろん、愛ではなしに無慈悲な力によって。誰を愛するか、それは各人の魂が自由に決めることであり、たとえ皇帝の絶対権力であろうとも、それに干渉することは絶対にできない。肉体は支配されても、魂は最終的に自由なのだ。抹香臭《まっこう》い連中は、そう信じていることだろう。

だが、そんな愛など、そんな魂の自由など、犬に喰われるがよいのだ。わが第三帝国の究極的に完成された絶対権力は、キリスト教徒の魂の自由なるものに膝を屈した、ローマ帝国の未熟な権力を凌駕《りょうが》している。第三帝国において、とりわけ国家の純粋な原型であり、その細胞形態をなしている強制収容所において、魂の自由になど生き延びる余地は与えられていない。

囚人の女は強いられて所長フーデンベルグを愛さなければならないのであり、演技された外見が自由な魂の領域なるものを浸食しつくし、演技が真実であり内面が虚無の彼方に消滅するような極点においてこそ、権力のもたらしうる最高の果実もまた豊かな収穫の時を迎えるのだ。

ハンナが奴隷女の分際もわきまえないで、無礼にも主人であるフーデンベルグの寝室に電話してきたのは、ハスラー中尉の報告に動転していた時のことだった。あの若造は、こともあろうにヴェルナーのやつに、小屋の裏窓から覗いていたハンナの顔を、もしかして見られたかもしれないと報告したのだ。

怖れていたことが、明日にも起こりかねない。ヴェルナーにとって、ハンナ・グーテンベルガーは旧知の人物だ。吹雪であろうと、遠方であろうと、やつはハンナの顔を見分けたろう。

あの女は、十年後の今でも娘時代と、ほとんど変わらない綺麗な顔をしているのだ。

ヴェルナーは、小屋に監禁されている女に興味を持ったに違いない。明日にも、面会しようとするかもしれない。それをフーデンベルグが、職務権限で禁止することなどできはしない。爆破処理の責任者は、収容所内のどこにでも立ち入る権利があるのだ。

ハンナの方も、ヴェルナーに気づいたのではないか。そう考えれば、女が電話してきた理由も納得できる。何か決定的なことが起こらなければ、あの女がフーデンベルグに、脅迫めいた言葉など口にできるわけがない。

デスクの引出から、親衛隊《エスエス》将校の短剣を取り出した。剣帯を装着し、寝室の洋服簞笥から外套を出して着込んだ。

あの女に勝手な振舞をさせるわけにはいかない。そんなことになれば、身の破滅だ。壁の時計を見ると、六時十五分になろうとしていた。あの女に身のほどを知らせるのに、まだ時間は充分にある。

女は計画通りに、ガス室で多数の囚人と一緒に処分したい。できればヴェルナーの滞在中に、コフカ収容所の構内で殺人騒ぎなど起こしたくはないが、電話の言葉通り女の反逆の意志が強固であるとしたら、今夜中に決着をつけるのもやむをえないだろう。女を始末して戻ってきても、会食の時刻には充分に間にあう。

物音をたてないよう充分に注意して、静かに書斎の扉を押した。奥の広間から、集まりはじめた将校の歓談の声が流れてくるが、都合よく廊下には誰もいない。フーデンベルグは、足音を忍ばせて官舎の玄関を出た。外出するところは、誰にも見られなかったはずだ。

官舎から女の小屋までは、十五分ほどかかる。往復で三十分。女を始末するための時間を計算しても、七時までには充分に戻れるだろう。部下には、七時まで書斎に来るなと厳重に命じてある。

誰にも知られることなしに、会食の時刻までに書斎に戻れるなら、女の屍体が発見されてもフーデンベルグが疑われることはあるまい。ヴェルナーには、七時まで書斎で仕事をしていたと証言することだ。犯人が判らなければ、撤収騒ぎのどさくさに紛れて、それで事件は終わりになる。

女を殺せば、ヴェルナーの疑惑を誘うかもしれない。だが、ソヴィエト軍の攻撃が切迫している条件下では、やつが司令部に戻って騒ぎたてたところで、事件の捜査が正式に決められる可能性などありえない。女の小屋に行くところを誰かに見られなければ、それで完璧なのだ。

貨車でコフカに到着した時、女は八歳ほどの男の子を連れていた。母親似の、端整な顔立の少年だった。息子の命を救おうとして、女はフーデンベルグに必死で嘆願した。そのために、男の慰みものになることを自分から求めたのだ。

寝室で、どのように屈辱的な行為や姿態を命じられようとも、女は進んでそれに耐えた。女としての羞恥心を棄てさり、おのれの尊厳を穢《けが》し、奴隷の境遇に甘んじることで、かろうじて息子の生命は保証されている。そのように信じ込んでいたからだ。

またしても、魂の自由というやつだ。女のイノセンスに、いつかフーデンベルグは許しがたい傲慢なものを感じはじめた。命じられた通りに、どんな安淫売でも唾を吐いて拒むだろう発情した牝犬の狂態を演じ、嫌悪しか感じていない男の性液に髪も顔も躰も全身まみれながら、それでも魂の底には穢されていない純粋さを保持しているような態度が、どうしても許せないものに感じられてきた。

フーデンベルグは、ウクライナ兵を統率しているイリヤ・モルチャノフに、しばらくのあいだ女の身柄を預けることに決めた。あらゆる方法で、女の自尊心を無慈悲に粉砕することを命じて。モルチャノフが何をしたのか、フーデンベルグは知らない。知りたいとも思わなかった。拷問で、物理的な苦痛をしたたかに味わわせ、魂を裏切る肉体の残酷な真実を知らしめたのだろうか。フーデンベルグの信じるところによれば、裏切る権利を掌中にしている限り、卑劣な肉体は崇高な魂の最後の主人なのだ。

あるいは、拷問よりも労力が節約できる方法を、モルチャノフは選んだのかもしれない。コフカ収容所の女囚の群のなかに叩き込んで、人間性の一切を奪いつくしてしまう極限的な疲労と飢餓を、たんに最終的な存在の磨滅に過ぎない匿名の死を、間歇的に襲来する不条理な暴力の恐怖を、細胞に染み通るまで味わうよう強いたのかもしれない。

どちらにせよ、モルチャノフによる教育は充分な効果を発揮した。猛獣に頭蓋骨を噛み砕かれる小動物の恐怖心で、惨めに竦みあがった女は、どんなことでもするから、二度とイリヤのところには行かせないでくれと床に身を投げ、フーデンベルグの靴を舐めるようにして懇願したのだ。かつて女は、わが子のために跪いた。そして、その時、女は自分の保身のためにだけ嘆願していた。

おもむろに、フーデンベルグは真相を告げた。女が最初にコフカ収容所長のベッドに横たわり、命じられた通り豊かな金髪を性液で汚し、フーデンベルグの男根に奴隷の奉仕をしていた時にはもう、子供はガス室に送られていたという事実を。

囚人の女を情婦にするだけでも重大な規律違反なのに、息子まで助けるとしたら、それは収容所長にとって犯罪に等しい背任行為になる。そんな違反行為を犯すことなど、できるものではない。フーデンベルグの長女と同じような年頃に見える男の子は、所長から特別に指示がないまま、コフカに到着した翌日にはガス室に送られたのだ。

アーリア＝ゲルマン人種の純粋化と、人口の増加のために決定された〈生命の泉〉計画の一部として、純粋北方人種の血を宿していると判定された東方占領地の子供をドイツに送り、ドイツ人家庭で養子として育てさせる秘密政策が実施されている。フーデンベルグに暗示されて、わが子はドイツ人家庭の養子になり幸福に暮らしているものと、女は信じていた。そう信じて、フーデンベルグを歓ばせるために女奴隷にも等しい性の奉仕を、夜毎に続けたのだ。

新しい刺激を求めたせいだろうか。いつかフーデンベルグは、息子の運命を女に暴露したいという誘惑にかられはじめた。それは勝つことが決められている賭であり、そして予想通りの結果がもたらされた。

その夜からだ。女の眼が、焼却炉に山積みにされた囚人の屍体の眼と少しも変わらない、裸の事物そのものを思わせる、底なしの虚無を宿しはじめたのは。最愛の一人息子が殺されてしまった事実を知り、女は狂乱してフーデンベルグの喉笛に摑みかかったろうか。あるいは絶望して自殺するために、手元のグラスを砕き、その鋭利な破片で頸動脈を断とうとしたろうか。

そうした種類の劇的な事件など、何ひとつ起こりはしなかった。モルチャノフによる徹底的な教育は、確かに即物的な効果をあげていたのだ。魂の深みにイノセンスの存在を信じるような思いあがりから、女はもはや、最終的に解放されていた。その夜から女は、古代の奴隷よりも完璧な奴隷に完成された。その美しいものは、ようやくフーデンベルグの最終的な所有物となったのだ。あれは儀式だったのかもしれない。決闘狂いのヘフナーも、死の哲学者ハルバッハも、そして革命主義者のヴェルナーも、なんら怖れるに足りない存在であることを最終的に確認するための儀式。そのためにフーデンベルグは、黙っていても構わない真相を、あの女に、あえて暴露したのではないだろうか。

殺された息子の運命を知らされても、女はフーデンベルグの肛門を髪でなぞり、性器を唇に含む行為を拒もうとはしなかった。既に半ば死にかけていた表情が、完璧に死んだというだけだ。女は人形のようになり、人形さながらに忠実な快楽の奴隷になった。死が怖しいからではない。苦痛に怯えているからだ。モルチャノフに叩き込まれた想像を絶する苦痛の記憶が、息子の虐殺者に股を開き、屈辱的な奉仕にも甘んじる原因なのだ。

勇気ある死、尊厳ある死。そんなものは存在しない。女の恥もない行為が、それを完膚なきまでに証明している。フーデンベルグに屈辱をもたらした決闘狂の落第学生ヘフナーも、切迫した死の可能性を凝視することが人間を本来の人間たらしめると偉そうに説教していた哲学者ハルバッハも、そしてハルバッハ哲学の生きた見本のように振舞っていた学生指導者ヴェルナーも、連中は人間について何も知らない阿呆ばかりなのだ。

それを、あの女が証明してくれた。十年前から判っていたことだが、女が、その存在によって証明してくれた事実には否定できない重たさがある。偉大な死、固有の名が刻まれた死。そんなものなどありえないことを知っていたからこそ、フーデンベルグは絶滅収容所の有能な管理者たりえたのだ。ガス室に山をなすユダヤ人の屍体のどこに、勇気、尊厳、偉大なものがありうるだろうか。

事実は逆なのかもしれない。固有の人間の死など存在しえないことを証明するために、フーデンベルグは有能な殺人工場の管理者たろうと努力したのではないか。十年に及ぶ強制収容所の現場官僚としての経験は、ハルバッハの死の哲学が学者の空論でしかないことを教えてくれた。

だが、どこかにまだ、消すことのできない不全感が残っていたのかもしれない。女は、それを完璧に消去してくれた。苦痛を味わいたくない一念で、わが子の殺人者に喜んで股を開き続ける女がいる。あの女は、世界に勇気ある死など存在しないことの、生きた証明なのだ。

その征服感は、何ものにも替えがたいものだった。フーデンベルグの内面において、すべては完璧に円環したのだ。決闘から逃げた屈辱など、思い出す必要もないほどに瑣末な出来事に過ぎない。哲学者ハルバッハと、その崇拝者が叫びたてる死への先駆など、問題にするにも値しないものだ。それは、あの従順すぎる女体が物語っている明白な事実ではないか。

あの女が、息子の復讐のために命を棄てようとしたり、ぎりぎりの抗議のために自殺したりしたなら、フーデンベルグの確信にも罅《ひび》が入ったことだろう。学生時代の劣等感を克服して形成された、第三帝国の能吏としての安定した人格さえもが、根本的な動揺に見舞われたかもしれない。だが、女は抗議の言葉さえ洩らすことなしに、いつも主人フーデンベルグの命令を忠実に待ち続けていた。

勇気ある死、尊厳ある死。そんなものなどありはしない。死が存在しないからだ。人間には死ぬことさえできないという真理は、ハンナ・グーテンベルガーの存在によって、明らかにされている。人間とは、いつか死ぬような時でも、事物のように凡庸に消滅するだけの存在なのだ。

戦場で、敢然として死の宿命に従った兵士が多数いたことなど、フーデンベルグにしてみれば、人間存在の必然性から逸脱した錯誤か狂気の産物に過ぎない。そう確信していた。証拠はある。勇気も尊厳もなしに、おめおめと生き延びている女が、フーデンベルグの美しい所有物として惨めに生存しているのだ。

確かに、囚人のハンナを情婦にしたことは、収容所長の職務権限の濫用になるだろう。しかし、それだけなのだ、フーデンベルグが犯した規律違反の行為は。そんなことで、完璧な経歴に傷をつけるわけにはいかない。女が本気なら、多少の危険はあるにせよ、やはり今夜のうちに始末してしまわなければならないだろう。

いや、厳密に考えれば規律違反になることを、もう一度だけ、犯したことがあった。南ポーランドを旅行していた大学時代の旧知の人物と、思いもよらぬ再会をして感激したフーデンベルグは、彼を勤務地のコフカに招待したのだ。

クラクフにある有名ホテルのロビーで、偶然に顔を合わせたのは、大学時代の恩師だった。フライブルク大学に在籍していた頃、フーデンベルグはハルバッハ教授の講義に出席していたことがある。教授の過激な言動を密かに監視するのが、講義に出席した本当の目的だったとしても、ハルバッハが師であるという事実に変わりはないだろう。

強制収容所は、とりわけ効率的な殺人工場に他ならない絶滅収容所は、その存在がドイツ国民に対してさえ厳重に秘匿されている。部外者を収容所に招待するなど、普通に考えれば許されることではない。

しかし、ハルバッハ教授は昔の事件で経歴に多少とも傷があるとはいえ、それは過ぎたことだ。ハルバッハは、依然として高名なナチ党員であり、第三帝国を代表する偉大な哲学者であり、指導的な大知識人である。同盟国イタリアの最高権力者ムソリーニさえも、噂では、ハルバッハの学識を心から尊敬しているという。旧知の教授を職場に招待するのは、敵国のスパイに収容所を公開するのとは意味が異なる。

大学時代「アヒル」と蔑称《べっしょう》されていた劣等生が、十年後には第三帝国のエリートにまで出世したのだ。この厳然たる事実を、師であるハルバッハ教授に見せて反応を知りたいという誘惑には、どうしても抵抗できなかった。教授をコフカに招待したところで、それほど大した規律違反ではない。

美しい女囚を情婦として所有したいという、収容所の管理者が陥りやすい誘惑について、あれほど厳重に戒《いまし》めていたアウシュヴィッツのヘス所長でさえ、旧知の人物を収容所に招くことは稀でなかった。それは、コッホのような悪党がしでかした、明白に国家反逆的である汚職や腐敗、収賄行為や越権行為とは、比較するのも馬鹿馬鹿しいような些細な規律違反に過ぎない。

本当のところフーデンベルグは、あの女の虚ろな眼を恩師に見せたいと望んだのかもしれない。良心の呼び声に応えて死に先駆する決意性、死を凝視する覚悟性など、どこにも存在しえないことを事実として証明している、あの女の節穴のような眼。

それはコフカ収容所の囚人も、貨車で送りつけられガス室に直行して、死骸の山を築いたユダヤ人の大群も同じことだろう。だがフーデンベルグにとっては、見知らぬ囚人やガス室で効率的に生産される屍体の山よりも、あの女の死んだ魚のような眼こそが、なによりも説得的なものに感じられたのだ。

ハルバッハ哲学には、どんな根拠もありえない。許しがたい錯誤と、人間に対する砂糖菓子のように甘ったるい、そう信じてしまえば気楽になれる誇大な期待。死は存在しないという、ハルバッハ哲学を土台から揺るがすだろう真実を突きつけようとして、フーデンベルグは学生時代の師をコフカに招待したのかもしれない。

あの高名な哲学者に、ものいわぬ石ころの集積のような千、万の処理屍体の山をじっくりと観察してもらいたい。それでも死への先駆や、実存の本来性について、以前と同じような説教を続けることができるものかどうか、それを確かめてみたい。あらためて思い返せば、そんな衝動に捉えられていたような気もしないではなかった。

ヴェルナーをはじめとして、青臭い若者の大群を熱狂させたハルバッハの死の哲学になど、なんの根拠もないことを証明してくれた時点で、あの女の意味は、自分にとって消えたのかもしれない。息子の死を告げられた夜から、女は人格の実質のようなものを消失させ、フーデンベルグを陶然とさせる官能的なブロンドにおいてのみ存在するものに変貌した。

だが次第に、ブロンドの魅力が薄れはじめたような気もする。最初の頃のような恍惚感は、もう女の金髪をもてあそんでも得られないのだ。ブロンドの女に対する心理的固着もまた、ハルバッハ哲学の強迫観念から最終的に解放されたことにより、結果として解消されたのではないか。

それなら自分は、あらためて妻や子と理想の生活を築きはじめることができる。清潔な帝国を支えるのは、清潔な家族なのだ。おのれの手で今夜、あの女を抹殺すること。それは第三帝国のエリートの経歴に、致命的な傷をもたらしかねない愚行を清算するのに必要な、勇気ある行為だ。そしてそれはヒムラー長官が賞賛している、ドイツ人の秩序ある清潔な家族を、夫として父として、最後まで守りぬくために課せられた試練でもある。

吹雪の闇のなか、フーデンベルグは懐中電灯で足下を照らしながら、中央広場の北西部の隅を斜めに横切った。車庫の建物の横から、小高い丘の頂上まで延びる坂道に入る。積もりはじめた雪で足が滑りやすく、フーデンベルグは斜面を這いあがるのに難渋した。それでも、外套を雪まみれにさせながら足を急がせる。

もたもたしていると、兵器庫の警備を交替するため坂を上がって来る兵士に、追いつかれてしまいかねない。それでは計画が狂ってしまう。

交替要員が来る前に坂道を登りきって、兵器庫の手前にある小さな木立に身を潜めるのだ。六時半になり交替要員が到着すると、警備兵は二人で兵器庫のなかに点検に入る。異状のないことが確認されたら、午後の兵士は夜間の兵士に鍵を渡して夕食のために立ち去る。

フーデンベルグが狙っていたのは、二人の警備兵が兵器庫のなかに姿を消している一、二分だった。その隙に木立から出て、兵器庫の戸口前を通過してしまえば、姿を見られることなしに女の小屋まで辿りつける。

帰りは帰りで、適当な方策はあるだろう。たとえば女の小屋から警備兵に電話をする。電話機は、兵器庫の戸口横に備えつけられているのだ。発電機の調子がおかしい模様なので、隣の小屋で様子を見るように命じればよい。兵士は、フーデンベルグが官舎から電話しているものと信じるだろう。そして警備兵が兵器庫前の立哨点を離れた隙に、そこを通過してしまうこと。

無事に木立にもぐり込み、藪の陰から眼だけを出して、吹雪の闇に蹲るコンクリート製の建物の方を窺った。兵器庫の戸口には、大きな庇《ひさし》が張り出している。電灯で照らされた庇の下には電話機があり、そこが立哨点に決められている。しかし、どうしたわけか立哨点には人影がない。大きな鉄扉は厳重に鎖されていた。

たぶん吹きつける寒風を避けて、建物裏手の吹きさらしでない場所に引っ込んでいるのだろう。そういえば兵器庫の前から東廻りに、裏手の方に続いている足跡があるようだ。足跡は建物正面の庇の下にある夜間照明に、ぼんやりと照らされていた。

もちろん規律違反になるが、ウクライナ人の下級兵士のあいだでは、その程度の違反など珍しいことではない。フーデンベルグは、思わずほくそえんだ。時刻は六時半になろうとしている。じきに交替要員が到着するだろうが、こんな状態なら雪に埋もれた木立に身を隠して、それを待つような必要はなさそうだ。

小道は建物の前から、女の小屋の方に延びている。丘の登り道から兵器庫の前までは、多数の崩れた足跡や、雪に埋もれかけた足跡が残されていたが、その先は吹雪になってから誰も歩いたことがないようで、真新しい積雪に覆われていた。フーデンベルグは新雪に足跡を残しながら、給水塔の下にある小屋を目指した。

3

ヴェルナー少佐とシュミット軍曹を案内して、所長官舎まで戻ったのが五時半。収容所構内はもう暗過ぎて、視察を続けるのは難しい状態だった。シュミットを玄関横の小部屋に、ヴェルナーを来客用の広間に通してから、ハスラー中尉は報告のためフーデンベルグ所長の書斎の扉を叩いた。

ハスラーの報告に耳を傾けていた所長の態度には、どこか普通でないものが感じられた。女とヴェルナーが、遠方からでも顔を合わせた可能性があると報告された時、フーデンベルグの顔色は貧血でも起こしたふうに蒼白になったのだ。

小屋までは三十メートルもの距離があり、あたりには薄闇が漂う日暮れ時のことだ。さらに舞い狂う無数の雪粒で、視界はかなり妨げられていたのだから、ヴェルナーが窓辺の人物の顔を確認できた可能性は少ない、まずありえないことだとハスラーは強調した。仮に、給水塔の下にある煉瓦造りの小屋に、見知らぬ女が住んでいるらしいと推測したにしろ、それ以上のことまでは絶対に知りえない状況だった。

その直後に、ハスラーに急きたてられるようにして、ヴェルナーとシュミットは丘を下りはじめたのだから。フーデンベルグに対する報告に、自己弁護のため意図的な嘘を紛れ込ませたりはしていない。ハスラー自身が、そのように判断していた。

それなのに表情を強張らせた所長は、腹心の部下の説明など、ほとんど聞いていない様子なのだ。血が滲むほどに唇を嚙みしめ、執拗に親指の先で、右の顳顬を強く揉んでいた。それは、状況に強いられて思案をまとめなければならない時にいつも見せる、フーデンベルグ所長の無意識の動作だった。

しばらくして、所長はデスクを離れた。しかし、ハスラーの失策をなじろうともしないで、落ちつかなげに弧を描くようにして、ひたすら書斎の床を歩き廻っている。まだ、ハスラーが室内にいることに気づいたのだろう。乱暴に手を振りながら「会食の時刻まで、邪魔をするな」と怒鳴り、さっさと退去するように命じた。

広間に戻ると、ヴェルナーの姿が見えなかった。玄関横の小部屋まで行き、苛立ちを抑えながらシュミット軍曹を詰問してみる。「所長官舎に戻るとじきに、雪のなかをメルツェデスで走りたいといって、自動車のキイを取りにきました」というのが、軍曹の要領を得ない返答だった。ハスラーが書斎で、待ち構えていた所長に報告をはじめた頃にはもう、ヴェルナーはメルツェデスのキイを部下から捲きあげて、再び外出していたことになる。

所長に命じられた案内役は、正確には監視役である。たとえ管区司令部の使者であろうとも、部外者に収容所構内を、勝手に自動車で走り廻らせるようなわけにはいかない。しかし、将校団の会食がはじまる七時までは、所長に邪魔するなと厳命されている。その指示を無視してまで、フーデンベルグに報告するほどの重大事件ではあるまい。とにかく、女の小屋に近寄らせなければよいのだ。

玄関横の電話室に入り、収容所の内線で兵器庫の警備兵を呼び出して、高圧的な口調で厳重に指示した。もしもクラクフ司令部のヴェルナー少佐が、女の小屋に接近しようとした時には、とにかく制止して所長官舎の自分に緊急通報をしろと。

さらに詰め所に電話し、なんとか交替の警備兵を摑まえるのに成功した。そして、今すぐに兵器庫に向かい、指示があるまで二人で勤務せよと命じる。交替時刻の六時半よりも二十分も前に、ウクライナ兵は兵器庫に到着するだろう。煉瓦造りの小屋に行くためには、まず兵器庫の前を通らなければならない。二人の警備兵が侵入者を見逃すような可能性など、考慮にも値しないものだ。それで監視態勢は万全になる。

続いて官舎の調理場から、コックのユダヤ人を監督して晩餐料理を作らせていた従卒フェドレンコを呼びつけた。二、三人のウクライナ兵を集めて、構内を廻り、メルツェデスの所在を確認するよう命令する。実直というより愚鈍そうな顔をした中年のウクライナ兵だが、消えた自動車を探しあてる程度の役には立つだろう。

ハインリヒ・ヴェルナー。なんとも迷惑な野郎だとは思うが、後から所長に叱責《しっせき》されないよう、手配だけは完璧を期しておかねばならない。どのみち中央広場か、正面ゲートに至る舗装道路のあたりでメルツェデスを乗り廻して、滑りやすい雪道の走行を楽しんでいるだけだろう。大騒ぎするほどのことでもないが、監視役を命じられている以上、放置しておくわけにもいかない。

六時を過ぎてヴェルナー歓迎の晩餐に集まりはじめた数人の将校と、広間で食前酒のグラスを手にしていたハスラーに、二十分ほどして戻ってきたフェドレンコが報告した。メルツェデスは、正面ゲート付近の病院裏に乗り棄てられている。タイヤが雪の吹き溜まりにはまりこんで、自動車は前進も後退もままならない状態だった。報告を終えてから、フェドレンコは調理場に戻った。

それなら、さして警戒することもあるまい。病院がある地点は収容所の敷地の南端で、北端にある女の小屋とは、方向が正反対になるのだ。やつは、正面ゲートまでメルツェデスを走らせたところで雪にタイヤをとられ、進退に窮して自動車を乗り棄てた。今は徒歩で、あちこち見物がてら、所長官舎に戻ろうとしているところではないか。ハスラーは、そう考えて少しばかり安心した。

それから二十分ものあいだ中尉は、瀟洒に飾られた所長官舎の広間で、苛々しながらヴェルナーが戻るのを待った。事情を知らない同僚の士官は、気楽そうに食前酒を楽しんでいる。話題はもっぱら、フーデンベルグ所長の情婦の品定めだった。所長がユダヤ女を情婦に囲っている以上、部下の士官にも同様の待遇が許されて然るべきではないか。そんなふうに、冗談まじりに息まいている男もいる。

広間のソファの下には、さりげなく小型の書類鞄が押しこまれていた。ハスラーが書斎で見かけた覚えのある、ヴェルナーの鞄らしい。極秘書類は出された後で、もう用済みの空鞄なのだろうが、それにしても不用心に過ぎる。

どこかに片づけようとして、手を掛けてみたのだが、かなりの重さがある。鍵が掛けられていて蓋は開かないようだ。何が入っているのだろう。ヴェルナーの傲慢な顔つきを思い出して馬鹿馬鹿しい気分になり、ハスラーは鞄をまた、足先でソファの下に押し込んだ。何が入っているのかは知らないが、紛失するならすればよいのだ。責任は不注意なヴェルナーにある。盗まれる可能性まで、心配してやる義務はない。自動車に積まれていた大鞄でさえ、そのままにしておけと命じた男なのだ。

六時半になる前には、コフカに配属されている髑髏団将校の全員が官舎に到着し、広間に屯していた。玄関横の小部屋にシュミット軍曹、調理場にフェドレンコとコックなど家事業務のために使役されているユダヤ人が数名、それに書斎にはフーデンベルグ所長がいる。

食堂を兼ねた広間は邸の奥にあり、さすがに玄関に出入りする人間の気配までは知りえない。ヴェルナーが戻れば、玄関横の小部屋で待機しているシュミット軍曹が、広間のハスラーのところまで報告に来る。そうするようにと、軍曹には厳命しておいたのだ。玄関横の小部屋で目を光らせていれば、官舎に出入りする人間の監視は万全だ。

それにしても、ヴェルナーは遅い。遅過ぎるのではないだろうか。病院から歩いて戻ってくるにせよ、少しばかり時間がたち過ぎている。囚人のバラックがある点呼広場のあたりまで、ついでに足を伸ばしているのかもしれないが。しかし、この吹雪の闇では、自動車に積まれている懐中電灯を使っているにしても、ほとんどなにも見分けられないだろう。

微かに、羽虫の囁きのような音がする。フーデンベルグ所長の書斎で、電話機がベルを鳴らしているのだ。ハスラー中尉はちらりと、広間の壁の時計を見た。六時半になろうとしている。ベルはなおも、執拗に鳴り続けている。所長は書斎にいないのだろうか。初めて、中尉はそう思った。

所長の専用電話だが、連絡将校であるハスラーは、所長が不在の時には代理として電話を受けるよう命じられている。食前酒のグラスをテーブルに置き、七人の同僚士官が談笑している広間から廊下に出ると、おもむろに書斎の扉を押した。

やはり室内には、誰もいなかった。デスクの電話機が、なおも甲高い音で鳴り響いている。所長はどこにいるのだろうと疑いながら、受話器を取った。隣の寝室だとしても、電話のベルは聞こえているはずだ。

「フーデンベルグ所長か」受話器から苛立った声が流れてきた。

「いいえ。連絡将校のハスラー中尉です」

「私はクリューガーだ。さっさと所長を出せ」

電話の主は、東部管区のSS＝警察高級指揮官だった。ハスラーは十二月に、クリューガー大将が不意に視察に訪れてきた時、不在だった所長の代理として案内役を務めたことがある。同行してきたヴェルナー少佐は所長の従卒として、所長官舎で雑務をさばいているウクライナ兵フェドレンコと、なにか熱心に話し込んでいた。

「一度お目にかかりました、ハスラー中尉であります。フーデンベルグ所長は執務室におりません。もちろん、じきに戻ると思いますが」親衛隊《エスエス》の管区司令官に対して、ハスラーは緊張に顫える声で返事をした。

「司令部から、ヴェルナー少佐が行っているはずだが」

「残念ですが少佐も、官舎にはおられません」

「二人とも、こんな時に何をしておるんだ。どちらでもよろしい、所長かヴェルナー少佐を探し出して、一刻も早くクラクフ司令部に電話するよう伝言しろ。いいな、一刻も早くだぞ」憤懣まじりの声が受話器に響きわたる。

「それ以外に、なにか伝言がありましたら」

「非常事態だ。東部戦線の全域で敵軍の攻撃が開始された。タルヌフ郊外ではソヴィエト軍の機甲師団が、わが方の防衛線を突破しようとしている。とにかく、私のところに電話するように伝えろ。緊急にだ。判ったな、中尉」

受話器が叩きつけられる音がして、電話は先方から切られた。フーデンベルグの寝室は書斎の隣にあり、廊下に出なくてもじかに往来できるよう、二つの部屋の壁には扉が造られている。確認のために寝室の扉をノックしてみるが、やはり返事がない。

所長の私室には足を踏み入れたことがないが、思いきってノブを廻した。綺麗に片づけられた寝室だったが、寝台のカヴァーの上に注意を惹くものが放り出されていた。SS将校に支給されている拳銃の革ケースだった。もちろん、フーデンベルグのホルスターに違いない。

寝室にもフーデンベルグがいないことを確認して、ハスラーは猛然と部屋を走り出た。閉じた書斎の扉が、ばたりと音をたてる。知らないうちに、力が入り過ぎていたのだ。

通路の床板を踏み鳴らしながら、所長官舎の玄関を目指して走った。乱れた足音に気づいて、広間の戸口から顔を出した同僚士官もいたが、それは無視することに決める。なにしろクリューガー大将じきじきの命令なのだ。一刻も早く、フーデンベルグ所長を見つけなければならない。

所長に非常事態を報告する義務は、連絡将校である自分にだけある。それを所長の耳に入れるよりも前に、たとえ同僚であろうともソヴィエト軍の戦線突破について、興奮して喋りまくるようなことなど、軍人の規律に反するのだ。それでは意思決定の秩序と命令系統が、致命的に混乱しかねない。

司令部の指示や情報をどんな形で部下に知らせるかは、所長が判断することだ。ある場合には、土壇場まで部下に何も知らせることなしに、必要な命令だけを下すようなこともありうる。

非常事態、非常事態、非常事態……。クリューガー大将の怒声が、鳴り響くシンバルの音のように頭蓋で狂おしく木霊している。なんとかして、所長にクリューガー大将からの伝言を、至急報告しなければならない。所長が見つからなければ、やむをえない、あの不愉快なSS少佐でもよい。クリューガー大将の伝言を上官に知らせて、緊急に指示を仰がなければならないのだ。

玄関横の部屋を覗くと、シュミット軍曹が一時間前とおなじように、所在なげに長椅子に腰かけていた。所長に管区司令部からの電話について、一刻も早く報告しなければならないと気が急いているハスラーは、小部屋の戸口から慌ただしい口調で、配給の安煙草をくゆらせている軍曹に問いかけてみた。ハスラーの声には焦燥感が滲んでいる。

「フーデンベルグ所長がどこにいるか、知らないか」

「十五分ほど前に、外出したようですよ。外套を着て、玄関を出ていきました」

十五分前、つまり六時十五分前後だ。広間で同僚の馬鹿話を聞かされていたハスラーには、所長が書斎から玄関広間に出たことも、それから外出したことも知りようがなかった。

シュミットには、そのまま小部屋で待機するように指示する。所長が戻ったら、自分が緊急の用件で探していたと、軍曹が命じられた通りに伝言することだろう。外套を羽織りながら、ハスラーは玄関の大扉を押しあけた。

午後からの小雪は、予想した通り吹雪に変わっていた。冷たい強風が耳元で鳴りわたる。ほんの少し前方にあるはずの樹木でさえ、降りしきる雪の紗幕《しゃまく》に遮断されて、白い闇に曖昧な輪郭を滲ませているのみだ。所長がそこにいる確証はないが、あのユダヤ女の小屋を探してみるのが先決だろう。

懐中電灯で足下を照らしながら、ハスラーは大地を覆った雪を蹴るようにして、官舎の前庭から中央広場まで走り出た。積雪はもう、踝を埋めるほどもある。幾つもの懐中電灯の光が、闇に鎖された中央広場を緩やかに移動していた。任務を終えて夕食に戻る兵士たちの灯火だった。非常呼集をかけることも考えたが、やはりやめることにする。

寝台の上にあった空のホルスターのことが、不意に脳裏をよぎったのだ。あるいは所長は、情婦のユダヤ女を地上から抹殺してしまうため、吹雪のなかハスラーにも知らせないで外出したのかもしれない……。

ありえない可能性ではないだろう。もしも管区司令部の上官に、あの女の存在を知られたりしたら、フーデンベルグ所長には歓迎できない事態も生じかねないのだ。囚人のユダヤ女を情婦にしている事実が露顕したなら、収容所の最高責任者として規律違反を指弾されることになる。看守が女囚を暴力で犯したり、髑髏団の下級士官が酒保に、美貌のユダヤ娘を選んではべらせたりするのとは、まるで問題の次元が異なるのだ。

しかし、クラクフ司令部のヴェルナー少佐がコフカに派遣されて来たのは、なにも収容所内の綱紀を引き締めるためではない。管区司令部の使者として、さらに施設を爆破処理するための責任者として、わざわざクリューガーSS＝警察高級指揮官の専用車で乗りつけてきたのだ。ヴェルナー少佐が東部管区司令部に勤務するSS将校であるにせよ、フーデンベルグ所長の警戒心は過剰に過ぎるのではないか。

それに、報告の時フーデンベルグにも強調したことだが、あの小屋に女が閉じこめられていることを察知したとしても、それが所長の情婦であることまで、ヴェルナーが摑んだとは思えないのだ。

だが、用心深すぎて臆病なところさえあるフーデンベルグ所長のことだ。監禁されているユダヤ女の存在を、ヴェルナーに嗅ぎつけられた可能性に動転し、女を処分してしまう方が安全だと、少しばかり飛躍した結論を出したのかもしれない。明日になれば、ヴェルナーが女を訊問して、所長の情婦であることまで喋らせてしまう可能性も、絶対にありえないと断言はできないからだ。

もしも自分の推測に、多少とも根拠があるのだとしたら、まだ事を公にする段階ではない。警備兵に非常呼集をかけたりしたら、密かに女を処分しようという所長の計画に、齟齬が生じることにもなりかねない。

フーデンベルグ所長が情婦を始末しようとしているなら、それはそれで結構なことだ。ハスラーは結果として、所長の弱点を握ることになる。囚人を情婦にしているだけで、公にはできない規律違反だ。しかし、その程度では、脅迫の種としては不足がある。

被害者が囚人であろうと、自己保身のために殺人まで犯してしまえば、もう配転や降格処分ではすまない。もしも告発されたら、ブッヒェンヴァルト収容所長だったコッホのように法廷に引きずりだされ、死刑判決を下され、絞首台に追いたてられる可能性さえもありうる。

今夜の出来事は、あるいはハスラーにとって、予想もしない幸運をもたらすものかもしれない。所長の弱みを握れば、あらゆることが思いのままになる。収容所長の椅子を獲得するまで何年も待つことなしに、このコフカで、念願の美女の檻を建設することさえ実現可能かもしれないのだ。

とすれば、絶対に非常呼集などかけるわけにはいかない。他人の秘密は、自分ひとりの掌に握りしめている限りで、得がたい脅迫の種にもなりうるのだから。

女の小屋がある丘を目指して、坂道の雪に足をとられながらも、夢中でハスラーは歩き続けた。官舎を出た時よりも、吹雪はさらに激しさを増している。

登り斜面の小道には乱れた足跡が多数ある。踏み荒らされた路面中央は、不規則に凹んだようになっていた。

見るまに積もり、あたりを埋めてしまう猛吹雪のため、ひとつひとつ足跡の形を確認するのは困難だった。靴跡の数は、一人のものとしては多すぎるような気もしたが、確信はできない。

足跡が残されているとはいえ、それでフーデンベルグやヴェルナーが、女の小屋を目指したとは結論できそうになかった。

六時十分頃に交替の警備兵が、定められた時刻より二十分も早めに坂を登っている。そうするように、ハスラー自身が命じたのだ。兵士が坂道を登った以上、小道に足跡が残されていても不思議ではないだろう。何も足跡がなければ、その方が疑惑の種になる。一時間も前に、ハスラーら三人が丘を下ってから、誰一人として、この道を登ってはいないという結論になるからだ。

ようやく坂を登りきった。吹雪の白い闇の彼方に、無骨な箱形をした兵器庫の建物の輪郭が、ぼんやりと眺められる地点にまで達する。長靴を踝の上まで埋める積雪に足をとられながら、それでも小走りに急いだ。

ようやく兵器庫の正面まで達して、ハスラーは額に、疑惑の皺を寄せてしまう。懐中電灯で照らしてみても、兵器庫の建物の前で立哨についているはずの兵士の姿が、どこにも見えないのだ。

それに、兵器庫の鉄扉が半開きになっている。建物に入り、戸口の横にある電灯のスイッチを押してみた。どうやら異状はなさそうだ。銃架には、磨きあげられた小銃や短機関銃が綺麗に並んでいる。弾薬箱なども、封印されたままだ。

ハスラーは屋内の照明を消し、外から重たい扉を閉じた。しかし、鍵を締めるわけにはいかない。兵器庫の鍵は警備兵が保管している。その警備兵が、どこかに消えているのだから。

膝まで埋もれそうな雪の吹き溜まりに難渋しながら、ハスラーはコンクリート製の方形の建物を、東側から裏手まで廻りこんでみた。兵器庫の前には、乱れた足跡が多数、残されている。

そこから複数の足跡が、裏手の方に続いていたのだ。

別の足跡が、女の小屋の方にも延びていたが、煉瓦小屋を探索するのは後でよいだろう。建物の裏の角を廻ると、懐中電灯の光の輪が、何か異形のものを捉えたような気がした。なんだ、あれは。

円形の光に浮き出たものを見て愕然とし、ハスラーは思わず息を呑んだ。半ば雪に埋もれて倒れている兵士が、それも二人。まさか寝ているのではない、死んでいるのだ。死骸は二つとも、まだ雪に完全には埋めつくされていない。

懐中電灯の黄色い光に、絶命した瞬間の歪んだ表情が照らし出される。午後に任務についていた警備兵と、ハスラーの指示で交替時刻よりも早めに到着した夜間の警備兵が、二人とも何者かに殺害されている。たぶん建物の正面から裏手まで、おびき出されて、そこで殺されたのだ。

死んだ兵士の体を覆いはじめている新雪の厚みから考えて、犯行は、ほとんど同時になされたものと推定できる。殺害された時刻が違えば、屍体を覆っている雪の厚みにも差が生じることだろう。しかし、見たところそのような様子はない。

ハスラーは腕時計の文字盤を懐中電灯で照らしてみた。六時四十五分。所長官舎を出てから、もう十五分もが経過していた。積雪のため歩行に難渋して、急いだつもりでも、普通と変わらない時間が経過していたらしい。

屍体の方にもう一度懐中電灯を向けた右腕の先に、信じられないほどの強烈な衝撃が走った。

真紅の飛沫《しぶき》が雪を染める。痺《しび》れそうな苦痛の波が、もの凄い勢いで全身を駆けめぐる。右腕の先に灼熱した金属の塊を押しつけられているようで、あまりの激痛に、喉の奥で悲鳴が爆発しそうになる。

耐えられない苦痛の絶叫を必死で嚙み殺しながら、溶鉱炉の煮えたぎる鉄のなかに浸けられたような右腕の先を、無意識のうちに左手で摑もうとしていた。しかし、左手は宙を泳ぐばかりだった。あるべきところに右拳が存在せず、腕の尖端から噴きだす鮮血に、左手の手袋が生温かく濡れるばかりなのだ。

懐中電灯が飛ばされて、雪のなかに落ちていた。その時ハスラーは、もう理性的な判断能力を失いかけていた。自分の身に何が起きたのか、それさえも正確に判断できないまま、とにかく懐中電灯をとり戻そうと屈み込んでいた。

倒れるようにして雪上に膝をついたハスラー中尉は、懐中電灯を左手で拾おうとして、目撃したものに全身を硬直させた。雪になかば沈んでいるのは、懐中電灯の金属筒のみではない。筒を握り締めている革手袋がある。その手袋も空ではなかった。拳の形どおりに、なかに何か詰め込まれているのだ。

夢中で手袋を摑んでみて、その中身に思いあたる。ハスラーは茫然としていた。詰まっているのは、雪ではない。弾力性のある、持ち重りするものだ。そう、手袋のなかにあるのがふさわしいもの、生きた人間の手首に違いないのだ。

どういうことなんだ、と呟いていた。見た通りのことなんだろうか。革手袋が人間の右手首を収めたまま、懐中電灯を握りしめて、新雪を血に染めながらごろりと投げ出されている。そうなんだろうか。

ハスラーはだらしない声で啜り泣いていた。どんな理由でか、自分の右手首が懐中電灯を握ったまま、腕の先から離れて雪のなかに転がっている。なぜだ、どうしてそんなことになるんだ……。

抵抗できない力で背後から襟首を摑まれた。喉笛には、金属質の冷たいものが押しあてられている。耳元に、陰気な囁き声が聞こえてきた。あまりの衝撃と、無感覚になるほど激しい苦痛と、そして多量の失血のため、次第に遠ざかりはじめた曖昧な意識のなかで、どこかで聞いた記憶のある声だということを、ハスラーは漠然と感じていた。

「き、きさまが、警備兵を二人とも殺したんだな」ハスラーが呻いた。

大声で叫んだつもりなのに、耳に聞こえてきたのは惨めたらしい掠れ声だった。おれの手首を切り落とすのに、やつは何を使ったのだろう。斧《おの》か、剣か、それとも大型のナイフか。手首がない右腕の先が、我慢できないほどの高熱でじりじりと焦がされている。ガスバーナーで囚人の膚を焼いてみた時、やつらはこれと同じような激痛にさいなまれていたんだろうか。我慢できないで、ハスラーは身をよじるようにした。親衛隊将校の制帽が雪に落ちる。

渾身の力で、ハスラーはもがいていた。闇にひそんで襲来し、ひとつしかない右手首を切り落とした男、いまも喉笛に刃物を押しあてている男の正体が、ようやく脳裏に閃いたのだ。確かに、その声はよく知っている人間のものだった。

男は凄い力で、ハスラーの躰を背後から押さえつけている。普通なら微動もできないだろう。それでもハスラーは、左腕を躰の前に廻すようにして、なんとかホルスターの蓋をはずそうと努力していた。拳銃だ、拳銃を抜くんだ。

左手の指先が、拳銃のグリップにふれた。あと少し、少しだ……。革ケースに収められた拳銃を抜こうとして、必死で身悶えているハスラー中尉の喉笛を、その時、ざくりと鋭利な刃物が切り裂いた。抉られた頸動脈から、血飛沫《ちしぶき》が噴水のように撒き散らされて、積もったばかりの新雪を不吉な色に染めはじめる。

髑髏団員で親衛隊中尉のハスラーは、皮肉にもナチス親衛隊の短剣で、かつて屠《ほふ》った女囚たちと同じように急所を抉られたのだ。あたりに多量の血液を放出して、まもなくハスラー中尉の心臓は鼓動するのをやめた。

第八章　雪の密室

1

　夕方までの小雪は、六時前後から次第に激しさを増しはじめ、六時四十分頃からしばらくのあいだは、あたりを見渡すこともできないほどの密度で無数の雪粒が荒れ狂っていた。しかし、降雪量三十センチ以上といった大雪にはならないだろう。まもなく小雪に戻り、いつの間にかやんでしまうに違いない。

　軍の天気予報は、雪は夜半までだと告げていた。今年の冬のクラクフ地区の降雪傾向を考えてみても、そのように判断できる。

　六時五十分。その位置に針が達するや否や、パウル・シュミット軍曹は足音を忍ばせて玄関広間に出た。あたりに人影がないことを確認して、所長官舎の玄関扉を押した。積雪に足跡を印しながら、官舎の前庭から将校居住区の砂利道を辿りはじめる。

　道は雪のため、極度に歩きにくい。急いだつもりだが、ロシア戦線の経験で雪上歩行には訓練されているシュミットでも、中央広場まで出るのに四、五分もの時間が必要だった。探照灯の光束が掃くようにして、規則的に、闇に鎖されたコフカの広場を移動していく。広場の中心に建てられている、第三監視塔の探照灯の光だった。

砂利道は、広場の北西の隅に通じている。そこから斜め北東方向に進めば、丘の頂上に至る坂道の登り口まで辿りつける。シュミットは積雪に足をとられながらも、できるだけ足を急がせた。

予想通り、吹雪は峠を越えようとしていた。その最盛期は、六時四十分から十分あまりのあいだということになりそうだ。

雪が、一時よりも小降りになったせいだろうか。かなり距離がありそうなのに、前方の闇に小さな黄色の光点が見えてきた。懐中電灯の光点は、どうやら丘から降りてきた人間のものらしい。シュミットは監視塔の眼を警戒して、はじめから懐中電灯を消していた。コフカ収容所では、六時半を期して夜間の警備態勢に入る。囚人を酷使して行われる野外作業も、六時までには終了しているはずだ。

それぞれの監視点に配置された夜間警備の兵士以外、髑髏団の監視兵は暖かな宿舎に、囚人は家畜小屋よりも粗末なバラックに戻っている時刻だった。懐中電灯の光は、六時半の規定時刻に遅れた兵器庫の警備兵のものだろう。七時の夕食に遅れそうなことを気にしながら、ウクライナ兵用の食堂に急いでいるに違いない。

兵士に呼びとめられて、夜間、許可なしに収容所の構内をうろついている理由を尋ねられたりすると、ヴェルナー少佐の命令を実行するのが難しくなりかねない。シュミットは無灯火で、前方から接近してくる懐中電灯の光点を、大きく迂回するようにして慎重に足を運んだ。視界は、強風に吹かれて舞い狂う無数の雪粒に満たされ、ほとんど見通しがきかない。ある程度の距離があれば、まず発見される可能性はないだろう。

頭蓋の底では、ヴェルナー少佐の言葉が木霊している。「軍曹。時間厳守で六時五十分に出発して、七時には給水塔の下の小屋に到着し、何か事件が起きていないか確認してもらいたい。もしも何かあれば、私が到着するまで関係者の身柄を確保しておくように。厳密には、これは命令ではない。君に対する依頼だ。しかし、事後的には命令として正当化されると思う」

シュミットは上官の言葉を復唱した上で、さらに確認した。「去年までフーデンベルグ所長の運転手が住んでいた家だが、今は無人だとハスラーが説明していた、あの小屋ですね。しかし、無人だなんて嘘だ。少佐も裏窓の人影を見たでしょう。あの小屋には、たぶん女が住んでいる」

少佐はその言葉に曖昧に頷いていた。そんなやりとりの後、メルツェデスのキイを手にして玄関に出たシュミットは、クランクを廻して冷えたエンジンに点火した。ヴェルナー少佐は、アイドリングもそこそこに高級車を発進させた。五時半に視察から戻り、それから五分としない頃のことだった。少佐は、どうやら網を絞りはじめたらしい。シュミットは、心得顔で頷いていた。

軍曹が所長官舎を出たのは、指定されていた時刻の六時五十分だった。六時十五分には、フーデンベルグ所長が、六時半過ぎにはハスラー中尉が外出していた。フーデンベルグは身を隠すように秘密めかして、ハスラーはフーデンベルグを捜そうとして血相を変えて。フーデンベルグ所長とハスラー中尉のいずれかが、丘の上を目指したのだろうか。もちろん、二人とも女のいる小屋に行った可能性もある。

どちらかといえば、フーデンベルグの態度の方が疑わしいように感じられた。玄関横の小部屋の窓から目撃したのだが、人目を忍ぶようにあたりを見廻して、誰もいないことを確認してから、吹雪のなかを足早に進みはじめたのだ。何をしでかそうとしているのか、あれではまるで、仕事に出かける時の盗賊の警戒ぶりではないか。しかし、経験不足の小悪党の杜撰《ずさん》さで、シュミットが窓から監視していたことに気づいた様子はなかった。

小部屋の明かりは小さなスタンドのみだし、窓には厚いカーテンがある。家の外からは、人がいるかどうか、よく判らない仕組みなのだ。ヴェルナー少佐に謎めいた指示を与えられてから、ホールや玄関のあたりで物音が聞こえる度に、シュミットはカーテンの隙間から建物正面のポーチを見張るようにしていた。でなければ、フーデンベルグの外出も見逃していたかもしれない。

五時半過ぎにヴェルナー少佐がメルツェデスで出かけてから、六時五十分にシュミットが所長官舎を出発するまでのあいだ、フーデンベルグとハスラー以外に玄関を出入りしたのは、所長の従卒フェドレンコ、それに七名の親衛隊《エスエス》将校だけだった。

フェドレンコは六時頃に外出し、雪まみれで、二十分ほど後に官舎に戻ってきた。たぶん、ヴェルナー少佐の無断外出を知らされて焦ったハスラーが、少佐を探すよう命じて送り出したない。

のだろう。シュミットは、そのように推測していた。晩餐会のために一人、二人と集まってきた七人の士官は、玄関から奥の広間に通ったきりで、その後、また官舎から出た者は一人もいない。

　ハスラーが所長官舎を出た六時半から二十分のあいだ、シュミットは焦燥感に耐えながら、ひたすら時間が過ぎるのを待ち続けた。六時五十分に出発し、七時までに小屋に到着すること。それについて少佐は、「何が起きようとも」と二度も念を押していたのだ。

　軍人であるシュミットにとって、上官ヴェルナーの命令は絶対的だった。命令ではなしに依頼だと付言されても、それに変わりようはない。少佐はフーデンベルグか、あるいはハスラーを罠にかけようとしている。中止を命じられた収容所の汚職捜査を再開するため、ヒムラー長官も態度を変えざるをえないような、衝撃的な新犯罪の証拠を摑もうとしているのだ。

　シュミットの念頭にあったのは、コフカに向かうメルツェデスの車内で交わされた、ヴェルナー少佐との暗示的な会話だった。コフカの村を通過した頃、しばらく黙り込んでいたヴェルナーが、慎重に言葉を選ぶようにして語りかけてきたのだ。

　訓練された警察官の本能を発揮して、シュミットは少佐の言葉を、裏の裏まで読んでいた。もちろん軍曹は、越権行為の危険を冒すことになろうとも、長年の上官であるヴェルナー少佐と、最後まで行動をともにする決意だった。犯罪者との闘争に情熱を燃やしてきたフランクフルト警察の捜査刑事シュミットは、上層部の政治判断で捜査が中断される悔しさを、幾度となく味わってきたのだ。

捜査中止の命令のせいで、追いつめた獲物に鼻先で逃げられた屈辱感だけは、絶対に忘れることができない。越権行為だと非難される危険は覚悟の上だ。少佐が個人的な捜査をやろうというなら、警官を天職と心得ている自分は、それに最後までつきあうことだろう。

ロシア戦線以来の上官であり、親友でもあるヴェルナー少佐を敵中に置きざりにして、自分ひとり命惜しさに敵前逃亡するなど、考えるだけでも不愉快な卑怯者の仕業ではないか。そんな卑劣行為など、シュミットには想像することもできなかった。

兵士のものらしい懐中電灯の光とは、三十メートル以上もの距離を置いてすれ違った。気づかれた様子はない。吹雪の闇に輪郭を滲ませている丘の方向に、積雪に足をとられながらも足早に進んだ。

広場の北側中央にある車庫の陰まで辿りついて、ようやく懐中電灯を点灯した。そこまで来れば、もう監視塔の眼を警戒する必要はない。後は、丘の斜面につけられた小道を頂上まで登ればよい。普通なら官舎から登り口まで十分、坂道を登るのに五分というところだが、シュミットは出発してから六分後には、もう急坂を登りはじめていた。

車庫の脇から、兵器庫や給水塔がある丘の頂上に至る急坂の小道を、シュミットは滑らないように注意して登り続けた。坂道の雪は踏み荒らされて、半ば新雪に覆われた足跡が無数に残されている。フランクフルト警察の刑事時代に、数えきれないほど強盗事件や殺人事件の捜査をした経験があるシュミット軍曹は、でこぼこした多数の雪の窪みを懐中電灯の光で一瞥して、六時頃からの降雪の傾向を考慮しながら、三十分以内に複数の人間が、坂道を上下したらしいと推定した。

それも同時に、連れだって一緒に上下したのではない。足跡を覆っている積雪の状態が、それぞれに違っているのだ。ほとんど新雪に埋もれて、小さな雪の窪みにしか見えない足跡もあるし、かろうじて靴底の模様が観察できる足跡もある。最新の足跡は、坂を下る方向につけられていた。中央広場ですれ違った、あの懐中電灯の主のものに違いない。

視察のためにシュミットが丘の上にいた五時半頃は、ようやく小雪が吹雪に変わりはじめたところで、積雪も地上に薄い層をなしているに過ぎなかった。丘の坂道を微かに覆っていた雪は、多数の人間の足で踏み荒らされた。ヴェルナー、シュミット、ハスラーの三人が、兵器庫や発電施設を視察するために、丘を登り降りしたし、それに前後して十三名の囚人と二名の監視兵が丘を下っている。

六時頃には吹雪になり、まもなく踝までも埋める積雪が、五時半頃に坂道につけられた多数の踏み跡を、完全に覆いつくしたのだろう。シュミットが観察した足跡は、雪の窪みにしか見えないものでも、吹雪になり、ある程度の時間が経過してから残されたものに違いない。少なくとも三十分は経過している。

ハスラーの説明によれば、六時半には兵器庫の警備兵が交替する。本来なら足跡は、交替するために坂道を登ってきた兵士のものと、兵舎に戻るために丘を下った兵士のもの、その登り下りの一組しかないはずだった。それにしては、足跡の数が多すぎるようだ。とりわけ、登り方向らしいそれの数が。

一瞥したのみでは、それ以上のことは判断できない。道幅に余裕がないせいで、後から歩いた人間が、残されていた足跡を上から踏みつけるようにしている。足跡と足跡が重なっている箇所が、ほとんどなのだ。おまけに新雪が、それらを覆っている。

時間に余裕があれば、正確な人数と、上り下りの方向を確定できるかもしれない。警備兵の他に、丘の上に何人の人間がいるのかを事前に知っておくことは、少佐の指示を実行するために貴重な情報になる。

しかし、七時ぴったりに小屋に到着しなければならない。残念ながらシュミットには、納得できるまで足跡を調査するのに必要な、時間的な余裕がなかった。新しい降雪が、まもなく坂道に残された足跡を残らず覆い隠してしまうだろう。

とにかく、丘の上には警備兵以外の人物が、複数いると考えた方がよい。フーデンベルグとハスラーが二人とも、この坂道を登ったのかもしれない。それに交替の兵士を数えれば、全部で三名ということになり、登り方向の足跡が暗示している事実とも大雑把には符合するようだ。

少佐が、あの小屋で何が起きると予測しているのか、シュミットには想像もつかない。それでも、できる限り警戒した方がよいだろう。軍曹は、さらに足を急がせた。

じきに坂道を登りきって兵器庫の前に達する。兵器庫の建物の前面には、その下に警備小隊が整列できそうな大きな庇があり、庇の下は常夜灯の光で明るく照らされていた。兵器庫の付近には人の姿がない。

その代わりに、厳重に鎖されていなければならない鉄扉が、半開きになっていた。扉の隙間からは、電灯の光が洩れている。警備兵は兵器庫のなかにいるのだろうか。シュミットは物音をたてないように注意して、静かに建物の戸口まで近づき、扉に身を隠すようにして内部を覗いてみた。

兵器庫のなかは無人だが、入口付近の銃架に不自然なところがある。四梃分の銃が欠けているのだ。それに銃架の下に並んでいる、弾薬箱のひとつがコンクリート床まで引き出され、封印を破られているようだ。それを見て、シュミットは眉を顰めた。

警備兵は小銃を携行している。あらためて、小銃で武装する必要はない。ふだんは拳銃しか持たない将校の場合、囚人暴動などが生じたような時、小銃を渡される可能性もありうるだろうが、そんな事態は今のところ発生していない。何者が兵器庫から、四梃もの小銃を持ちだしたのか。

戸口を背に、あらためてシュミットは、兵器庫の前を見渡した。坂道の終点から兵器庫の前までは、雪に埋もれかけた足跡が多数ある。しかし、左隣に設置されている発電機を収めた小屋の方には、誰も行った形跡はない。発電所の小屋周辺は綺麗な新雪ばかりで、足跡ひとつ残されてはいないのだ。

庇の下には入り乱れた靴跡が無数にある。その多くは雪を被っているが、靴底の形を識別できるほどに輪郭鮮明なものも少しは残されていた。内線の電話機が設置されている兵器庫の戸口のところは、庇の下だから積雪の層は薄い。横から吹き込んだ雪が、建物の周囲に積もった雪の半分ほどの厚みで、戸口前の大地を覆っているのだ。庇の下になる区域だけ、周りよりも雪が少し凹んでいるように見えた。

戸口の前の、多数の足跡で雪が蹴散らされている箇所から、四歩分、左右の靴跡が残されている。どうやら問題の小屋がある、東の方向を目指した人間がいるらしい。五歩めは、もう庇の下から出ていた。庇の外の足跡は、新雪に埋もれて、かろうじて靴跡らしいと判別できる、規則的に並んだ小さな雪の窪みに変わっていた。

腕を伸ばすようにして、シュミットは懐中電灯で前方を照らしてみたが、女の小屋まで雪に印されているのは、往路の足跡のみで、それ以外には何も確認できなかった。

庇の下だから、四歩分だけ、かなり鮮明な足跡が残されたのだ。その先は、半ば以上も新雪に埋もれている。風の向きも、それに関係しているのかもしれない。六時四十分頃からの暴風雪のあいだ、風は南向きだったのではないだろうか。それなら兵器庫の建物に遮られて、正面の庇の下まで雪も吹き込まなかったろう。

問題の足跡は、何時頃につけられたものだろうか。靴跡を覆った雪の状態を見ても、容易には結論が出そうにない。坂道で観察された足跡のなかでも、最初につけられた跡と同じ時刻のものかもしれないし、六時四十分から十分あまり続いた猛吹雪の最中に、印されたのかもしれないのだ。とにかく一人の人物が、兵器庫の前を通過して女の小屋に向かい、今も小屋のなかにいる。

前後の続き具合から見ても、あるいは歩幅から計算しても、庇の下の足跡と給水塔の下の小屋に至るそれは、同じ人物が残したものに違いない。復路の足跡は存在しないのだから、小屋には今も、住人の女以外に誰かいるという結論になる。

少佐の指示にあったのは、たぶん、その人物だろう。何か問題が生じていれば、命令によって、その人物の身柄を確保することになる。逃げようとしたら押さえつけなければならないし、もしも武器で抵抗するようなら、最悪の場合、拳銃で脚を撃つ羽目になるかもしれない。

遅れてはいけないと思って、できるだけ急いだせいだろうか。まだ七時までに多少の余裕があった。普通でも五分は必要な上り坂を、三分以内で登りつめたことになる。雪に覆われた急坂という悪条件を考慮すれば、なかなかの成績だろう。

少佐には時間厳守を命じられている。シュミットは指定された時刻まで、兵器庫の庇の下で待機することにした。もちろん、無駄に時間を潰すような気はない。あの小屋にいる人物について、少しばかり情報を集めてやろう。そう考えてシュミットは、懐中電灯を片手に雪の大地に屈み込んで、問題の四つの靴跡を子細に観察しはじめた。

他よりも鮮明なのは、戸口前の雪の乱れから半メートルほど離れた、三歩めの右足の靴跡だった。踵に楔形《くさびがた》の小さな傷があるところまで、なんとか確認できる。どうやら軍用の革長靴の底らしい。兵士用に支給される、底に鉄鋲《てつびょう》が打たれた、野戦装備の編みあげ靴とは違う。

強制収容所の構内を歩き廻って、自由に足跡を残せるのは、五十人ほどの髑髏団将兵のみである以上、それを親衛隊将校の軍靴だと推定するのは妥当だろう。脱走した囚人が将校用の軍靴をはいて、この辺をうろついた可能性もありうるにせよ、さしあたりは無視して構わない。

靴のサイズは二十五センチ程度。ハスラーは巨漢のシュミットや、偉丈夫のヴェルナーほどではないが、それでも親衛隊員の背丈の基準は充分に満たしている。あの男の靴なら、もう少しサイズが大きいだろう。あるいは靴の主は、フーデンベルグかもしれない。

初期からの親衛隊員には、体格の貧弱なフーデンベルグと同じように、後に定められた隊員の採用基準を満たしていない連中が結構いる。厳密なことをいえば、ヒムラー長官でさえ失格になりかねないのだ。

親衛隊の組織が確立される前に入隊し、事務部門で責任ある地位にまで達した幹部将校の場合、眼や髪が黒や褐色でも、北方ゲルマン的に秀麗な骨相の持ち主でなくても、体格が劣弱でも反対に肥満体でも、それほど問題にはされないのが普通だった。

フーデンベルグは、コフカに配属されている髑髏団将校としては、たぶん最も小柄な方だろう。当然、靴のサイズも小さい。靴跡から推測すると、小屋にいるのはハスラーよりもフーデンベルグである可能性が強そうだ。コフカ収容所長の身柄を、少佐が到着するまで強制的に確保することにもなりかねないと思って、シュミットは少しばかり緊張感を覚えた。

ヴェルナー少佐の計画が、もしも失敗するようなら、多少とも面倒なことになるだろう。正当な理由もなしに、下士官が親衛隊の高級将校の胸元に拳銃を突きつけたりすれば、軍法会議の判決も降格処分程度ではすまないに決まっている。

しかし、先のことを気に病んでも仕方がない。少佐を信じて、指示された通りにするしかないのだ。あの人が成算のない計画を立てるとも思えないし、もしも不運な結果になった時は、地獄の底までつきあう覚悟を決めている。シュミットは気をとり直して、庇の下に残されている多数の足跡を調べることにした。

坂道に残されていた複数の足跡は、どれも庇の下まで続き、その多くが重なりあって雪面が乱されている箇所で消えていた。しかし、雪の乱れから給水塔の下にある小屋の方向に延びている足跡は、確認したように往路の一組しかない。最も新しい下りの足跡、それと小屋を目指している足跡。この二つをさし引いても、坂道で登り方向に残されていた足跡の数には及ばない。一人か二人は、兵器庫の周辺に隠れているのではないか。

シュミットは兵器庫の裏手に、廻ってみることにした。方形をしたコンクリート製の建物の東側に、降雪で消えかけた複数の足跡が、残されているのを見つけたのだ。西側から庇の下まで続く足跡もあるが、それは一人分のようだ。一人が建物を一周したにせよ、残りの連中は、まだ兵器庫の裏にいるのではないだろうか。

降りしきる雪のなか、足跡を追って建物の角を廻り込んだ。懐中電灯で、あたりを照らしてみる。光の輪に、信じがたいものが浮かんだ。思わず、シュミットは息を呑んだ。兵器庫の裏壁の下にできた吹き溜まりには、人間の形に盛りあがった雪の小山が、全部で三つもあったのだ。三人分の死骸……。

激戦地デミヤンスクでは、雪に埋もれて死んだように眠る疲労困憊した兵士もいたが、後方の勤務地で、そんな酔狂なことをする男などいるわけがない。夜になれば、身を横たえるにたる暖かい寝床が用意されているのだ。

殺人屍体など見飽きている警官でも、突然そんなものを鼻先に突きつけられたら、やはり平静な気分ではいられない。シュミットは深呼吸して気を落ちつかせた。それから屍体の顔の部分だけ、指で雪を落としてみる。

他よりも積雪の層が薄い、最初の屍体はハスラー中尉だった。喉笛を鋭利な刃物で切り裂かれている。凍りついた血の量があまりにも多いので、右腕の尖端を埋めている赤い雪を、試しに搔きわけてみた。

自然と頰が強張る。なんと、屍体の右腕には手首がないのだ。犯人はハスラーの右手首を切り落とした後、おもむろに頸動脈を抉ったらしい。死後の切断であると想定するには、腕先の傷からの出血があまりにも多すぎる。

第二の屍体にも見覚えがあった。夕方の視察の時、兵器庫で立哨についていた髭面のウクライナ兵だった。最後の屍体は、まだ少年のような兵士で、どちらも背後から鋭利な刃物で、ふかぶかと延髄を抉られている。

ソヴィエト軍でも、特に選抜されて殺人技術を叩き込まれた特殊部隊の暗殺者の記憶が、不意にシュミットの脳裏に甦った。気配を殺してドイツ兵の背後に忍びより、左腕を相手の首に廻して絞めあげるのと同時に、逆手に持った右腕のナイフの尖端を、犠牲者の頭蓋骨と頸骨のあいだに一気に叩きこむ。夜間、ナイフ一本でドイツ兵の歩哨を片づけるには、何よりも効率的な殺害方法だった。

あるいはフーデンベルグでもハスラーでもない、コフカ収容所とは無関係の第三の人物が、あの小屋に潜んでいるのかもしれない。そう思って、シュミット軍曹は慄然とした。だとしたら、敵襲同然の非常事態だ……。

小屋に潜んでいるのは、ソヴィエト軍の特殊部隊の兵士ではないだろうか。戦線の背後に浸透し、敵中で密かに破壊活動を演じる特殊部隊が、後方攪乱《かくらん》のためコフカに潜入したという可能性は、充分にありうる。半年前から独ソ両軍が対峙している最前線は、コフカから三十キロと離れていないのだ。

前線から三十キロ圏内に位置しているドイツ軍の後方拠点や軍事施設は、前線司令部、燃料や弾薬など補給物資の集積所、通信基地など全部で十箇所ほどもある。なかでもコフカ収容所は、最大規模の施設だろう。コフカは収容所であり、はじめから作戦上の軍事拠点として建設されたものではない。であるにせよソヴィエト軍の前線司令部は、あえてコフカを、破壊工作の対象に含めるべきだと判断したのかもしれない。

鉄条網の柵で幾重にも囲まれたコンクリートや煉瓦の建築群は、必要があれば要塞に転用できるのだ。ソヴィエト軍に押されて後退したドイツ軍が、反撃の拠点として利用するのに、それは恰好の施設となりうるだろう。クラクフ司令部が予想しているように、もしもソヴィエト軍の総攻撃が近いとしたら、特殊部隊がコフカまで浸透しても少しも不思議なことではない。

三つの屍体のところから、建物の西側に消えている足跡がある。犯人は兵器庫を一周して、庇の下まで戻ったのだろう。たぶんそれから、煉瓦小屋を目指して歩きはじめた。そのように推定するのが妥当だった。

そろそろ、ヴェルナー少佐から厳重に指示された時刻になる。それ以上、三体の死骸を検分している暇はなさそうだ。シュミットは来た通りに東側から兵器庫の前面に出て、真東の方向に続いた足跡を踏まないよう注意しながら、給水塔の下にある小屋を目指して歩きはじめた。

雪の下に隠された小道をなぞるように、足跡は、兵器庫から二十メートルほど東に直進している。夕方、若い女の人影を見た記憶のある小屋の裏窓まで、あと十メートルほどのところで、足跡は南方向に迂回していた。裏窓の板戸は鎖されているが、戸板の節穴か破れ目らしい小さな穴から、室内の明かりが微かに洩れていた。

小屋の戸口まで続いている足跡に沿うようにして、踝の上や、場所によっては膝まである雪を踏みながら、足を進めていく。道ぞいに廻り込んだせいで、小屋の南面が見えはじめた。小道は小屋と五メートルほどの距離を置いて、西から東に続いている。

南面には、窓が二つ並んでいた。どちらも硝子窓で、それぞれカーテンを通して電灯の明かりが見える。窓枠の外に、同じような鉄格子が取りつけられているのも、裏窓と変わらない。

さらに足跡を追って、小屋の建物を東側に廻り込んだ。兵器庫がある西側とは反対の東側に、家の戸口が造られていた。兵器庫の前から続いていた足跡は、樅《もみ》の大木の下を通って扉の前で消えている。足跡を、二列に並行して点々として残された、なだらかな雪の窪みのように見せている積雪の状態から判断して、謎の人物は暴風雪が終わる前に小屋に入り、そのまま今も小屋のなかにいるに違いない。

魔女の怒号のような怖しい轟音で、小雪まじりの強風が鳴りわたる。腕時計の針は、ちょうど七時を指していた。命じられた時刻だった。小屋の戸口のところまで行き、扉のノブに腕を伸ばそうとしたシュミットは、光の輪に浮かんだものを見て、あまりのことに愕然としてしまう。どうなってるんだ、こいつは。

扉には、ノブの他に頑丈な閂が取りつけられているのだ。扉の左端に二つ、左側の柱に二つ、鉄製の固定金具が全部で四つあり、その穴に金属棒を通して、外側から扉を鎖してしまう仕組みだった。金属棒は縦に長い円筒形で、切断面の直径は三センチほど、左右の長さは四十センチほどある。横に滑らせる手掛かりとして、金属棒の右端には鉤状の把手《とって》がつけられていた。

小屋の内部から扉を開けられないようにする仕掛けは、金属製の閂だけではない。金属棒の左端には、直径二センチほどの穴がある。柱に二つある固定金具の左側から十センチほ

ハンナの小屋、正面扉の閂

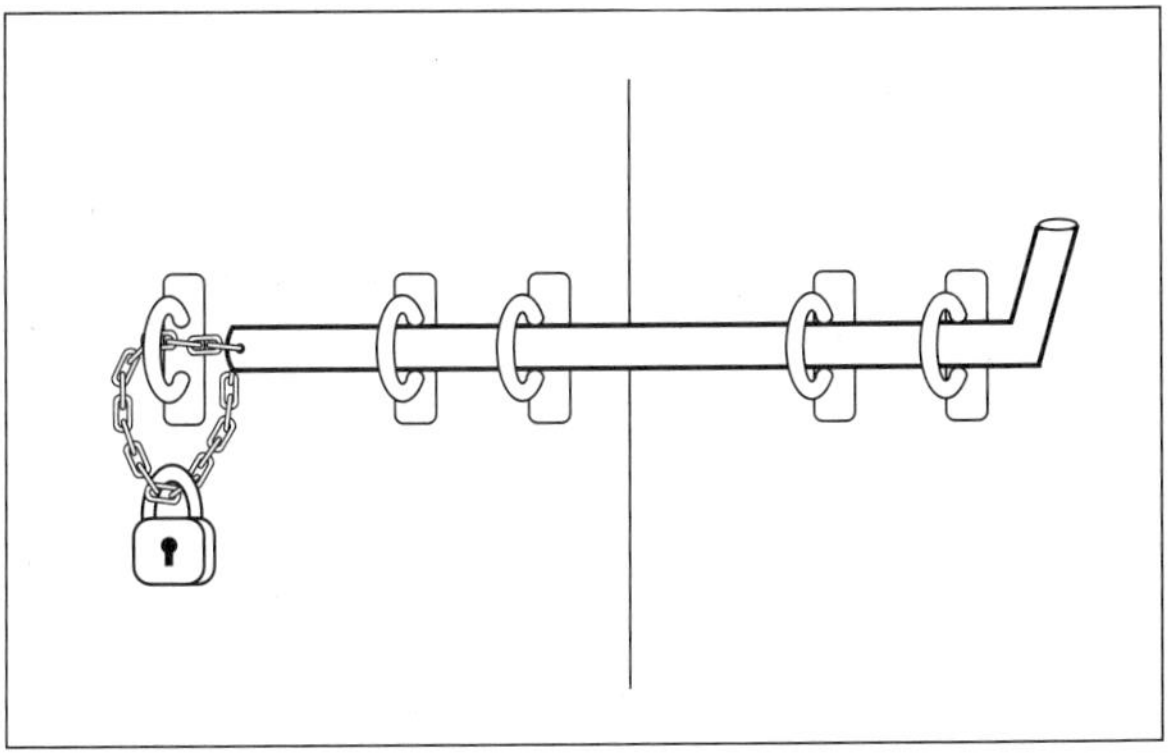

ど左には、やはり穴の直径二センチほどの鉄環が打ち込まれていた。

閂の金属棒を四つの固定金具に完全に通した後、棒の左端の穴と鉄環に鎖が通される。さらに、鎖の端と端は鞄型の錠前で施錠される。ようするに完全に施錠された状態では、扉を開けられるのは錠前の鍵を持つ者だけになる。

今のところ、鎖と錠前は使われていない。鎖は扉の鉄環から垂れており、その先に施錠されていない錠前が掛けられている。錠前の鍵は鍵穴に差しこまれたままだ。それでも閂の横棒は、扉側に二つ柱側に二つ、計四つの固定金具に完全に通されていた。鉤状の把手が右端の固定金具にあたり、それ以上は金属棒を通せないところまで。

小屋の西面と南面の三つの窓には鉄格子が嵌められ、戸口の扉は外から、閂と鎖と錠前で三重に固定できるよう細工されている。煉瓦小屋は、ようするに囚人を閉じ込めるために改造された獄舎なのだ。そのことが、ようやくシュミットにも判ってきた。まだ見ていない北面に窓があるとしても、やはり鉄格子が嵌められているに違いない。

シュミットは頭をふり、信じられない気持で背後を振りむいた。しかし、どれほど懐中電灯で執拗に照らしてみても、結論に変わりようはない。たった今、自分がつけたものを除外するなら、小屋の戸口に至る足跡は往路が一組のみ。戸口から出ている足跡など、ひとつもないのだ。

サイズの小さい将校用の軍靴をはいた男は、確かに小屋まで辿りつき、鍵で鞄錠を外し、鎖をとき、閂の金属棒を抜いて扉を開き、そして屋内に入った。復路の足跡がない以上、その男は今も小屋のなかにいる。そう考えるしかない。それでは、小屋に入ったきりの男がどうして、扉の外側に取りつけられた閂の金属棒を、四つの固定金具に通すことができたのか。不可能だ……。愕然として、シュミットは無意識のうちに呟いていた。建物の北面に、もしも鉄格子のない窓が造られており、そこから小屋をぬけ出ることが可能なのだとしても、謎はやはり謎のままだ。窓の鉄格子が簡単に外せるのだとしても、あるいは、ほとんど想定できない可能性だが、仮に小屋のどこかに、外からは知ることのできない秘密の出入り口があるのだとしても、それが不可能であるという唯一の結論は微動もしない。

ある人物が戸口以外のところから小屋を脱出できたと仮定しても、脱出口から扉の外まで戻らなければ、やはり閂をかけることは不可能だろう。しかし、小屋の戸口まで残されている足跡は、兵器庫から続いた往路の一組のみで、建物の南側あるいは北側から、男が戸口まで戻ってきた形跡は存在しない。まったく、どうなってるんだろう、こいつは……。

決められた時刻は、もはや過ぎようとしている。閂の謎について、あれこれと思案している余裕はなかった。シュミットは、眼前に突きつけられた不可解な謎を、強いて頭の隅に追いやり、懐中電灯を外套のポケットに押し込んだ。

手袋のまま、閂の横棒の右端にある把手を握った。金属棒は厭な軋み音をたて、じりじりと柱側の固定金具から抜けはじめる。

切断面の直径が三センチ、長さが四十センチもある円筒形の鉄製の棒だ。重さだけでもかなりあるし、おまけに金具が錆びついているのか、金属棒を固定金具から抜きとるには、腕力には自信がある巨漢のシュミットでもかなりの力が要求された。探偵小説にあるような空想的なやり方で、扉の内部から針を支点にして糸で引いた程度では、閂をかけるなど不可能なことだろう。

いつでも抜けるように、拳銃のホルスターは革蓋を外してある。兵器庫の裏で屍体を発見した時に、拳銃の薬室には実弾を装塡《そうてん》しておいた。なにしろ、ソヴィエト軍の破壊工作員が隠れているかもしれないのだ。安全子を解除して引金を引けば、そのまま弾丸は銃口から飛び出すだろう。

扉の反対側で人の気配がしていた。金具の軋み音で、シュミットが閂を外そうとしていることに、屋内の人物が気づいたのかもしれない。金属棒を抜きおえた軍曹は、次の瞬間、扉の左側の柱に貼りついた。閂の固定金具を腰の上に感じながら、油断なく拳銃を構える。

ノブが内側から廻される。扉が開きはじめる。外開きの扉の隙間から、ノブを握った男の横顔が覗いた。シュミットは肩の力をぬき、眉を顰めるようにして男の名前を呟いていた。

「フーデンベルグ……」

破壊工作のため、コフカに潜入したソヴィエト兵ではなかった。やはり、フーデンベルグ所長が小屋まで来ていたのだ。

魂を抜かれたふうに虚脱した表情のコフカ収容所長は、警戒して戸口の柱に貼りついているシュミット軍曹に、なかなか気づこうとはしない。小屋の明かりが、憔悴しきったフーデンベルグの横顔を照らしていた。血走った眼が、狂人めいて落ちつかなげに、きょろきょろしている。唾液に濡れた半開きの唇、神経質に痙攣する頰。

ほんの僅かの時間しか経過していないのに、コフカ収容所長の相貌は、ほとんど衝撃的なまでに変化していた。どう見ても犯罪を犯したばかりの人間の顔だと、ふとシュミットは思った。官舎の玄関から忍び出た時も、こそこそして小悪党めいた印象だったが、どうやら、しでかしたのは詐欺でも空巣でもなさそうだ。シュミットはフランクフルト時代に、同じような顔つきの男を逮捕したことがある。そいつは破産の瀬戸際まで追いつめられ、遺産を狙って妻の母親を絞殺したのだ。周囲から鼠よりも小心だと馬鹿にされていた、貧相な顔つきの事業主だった。臆病なやつが、思いつめて殺人を犯すと、こんな顔つきになる……。

だが、いつまでもフーデンベルグの表情を観察しているわけにもいかない。シュミットが柱の陰から身を乗り出すと、男は驚愕して二、三歩、よろめくように後ずさりした。

「フェドレンコかと思ったが、君、メルツェデスを運転してきた軍曹か」唾を飲み、掠れ声でフーデンベルグが呟いた。それから、必死の虚勢をふるい起こした様子で続ける。「さて、もう小屋には用はない。君は、私と一緒に官舎に戻るんだ」

フーデンベルグが、屋外によろめき出ようとする。戸口を塞いでいる、巨漢の親衛隊軍曹を押しのけながら屋外の新雪に一歩、かろうじて踏み出した。そこを、とっさに身を横に移したシュミットの巨体に阻まれてしまう。軍曹は馬鹿丁寧な、しかも断固とした口調で命じた。

「お戻り下さい」

「なんだと」所長は愕然としていた。まさか下士官に、命令を無視されるとは思わなかったのだろう。シュミットは平然と繰り返した。

「小屋のなかに、お戻り下さい」

「どういうつもりだ。いいか、おまえは小屋に入ってはならん。もう一度命じるが、これから私と一緒に官舎に戻るんだ」

内心の動揺を隠そうとして、フーデンベルグは居丈高に叫びたてる。肩先が落ちつかなげに、びくびくと顫えていた。その様子からは、髑髏団のエリート将校で有能な収容所官僚としての自信や余裕など、かけらさえも感じとれない。フーデンベルグの人格を支えていたタガは、一瞬にして吹き飛んでしまったようだ。そして残されたのは、恐怖心を隠し通すことさえもできない、臆病者の惰弱な本性のみだった。

「フーデンベルグ所長。残念ながら、命令に従うことはできません」

シュミットは貧弱な相手の躰を躰で押しのけるようにして、小屋の戸口から屋内に入りこんだ。部屋のなかは、暖炉で盛大に燃えている石炭の山のせいで、汗ばむほどの温度だった。なぜかフーデンベルグは、シュミットに小屋のなかを見せたくないのだ。やつの態度は挙動不審そのものだが、まだヴェルナー少佐が暗示していた事件が、実際に起きたとは断定できない。身柄を確保するため、フーデンベルグの胸元に拳銃を突きつけるのは、女がどうしているのかを確認してからでよいだろう。それにシュミットには、所長の命令を無視するための絶好の口実があった。

「後悔するぞ、軍曹」

躰ごと室内に押し込まれながら、フーデンベルグが甲高い声で絶叫した。まるで強盗にでも脅されて、ヒステリー状態になった中年女の悲鳴だ。

「所長、あなたの安全のためなんです、これは。小屋の周囲には、潜入してきた敵軍の破壊工作員が潜んでいる。冗談ではありません、本当のことです。救援が到着するまで、小屋のなかで襲撃を警戒しているしかありません。出ようとすれば、確実に殺されます」

「なんだって」フーデンベルグは絶句した。ばたりと音をたて扉を後ろ手に閉じてから、おもむろにシュミットは続けた。

「兵器庫の裏で、警備のウクライナ兵二名と、それにハスラー中尉が殺害されていた。一見して、ソヴィエト軍の破壊工作員の仕業だと判ります。屍体を御覧になりたいなら、お供しますがね。しかし、途中で狙撃される可能性は大だ。二人とも、生きて兵器庫まで辿りつける保証はありませんよ」

延髄を抉られて刺殺された屍体に関して、シュミットの言葉に嘘はない。後から問題になっても、本気でフーデンベルグの身の安全のためにしたことだと、巧みに自己弁護できる。事実として敵軍の特殊部隊兵士が、今も小屋の周りを徘徊しているかどうか、シュミットは半信半疑だったが、そう脅しておいた方が効果的だろう。

肩書こそヴェルナーと同じ武装親衛隊の少佐だが、戦場を経験したことのない収容所官僚だ。敵兵の銃口に身をさらすような勇気の持ちあわせなど、あるとは思えなかった。それにはじめから、フーデンベルグの神経は病的な不安のため、小指の先で突ついたら瞬時に崩壊しそうなまでに、ひどく緊張していたのだ。ソヴィエト兵による襲撃の恐怖になど、とても耐えられないだろう。

厳然とした事実を告げるシュミットの言葉には、相手を圧倒するだけの迫力があった。敵兵の存在を信じ込んだフーデンベルグは、血相を変えて戸口に駆けより、夢中で扉の内錠をかけてしまう。

「狙撃されるおそれがあります。窓には近寄らないように」

足下の床に落ちていたものを拾い上げながら、シュミットが警告する。拾い上げたのは、短剣の柄だった。根元近くから折れていて、ほとんど刀身は残っていない。親衛隊士官に支給される、短剣の柄だった。

シュミットの警告が止めになった。コフカ収容所長は、よろよろと食卓の椅子に倒れ込み、テーブルに肘をついて頭を抱え込んだ。狙撃される危険性は、ほとんどないだろう。何よりもシュミットが、命を長らえて小屋の戸口まで辿りつけたのだ。

本当に危険なら、小屋の明かりを消さなければならない。しかし、それでは暗闇の屋内を歩き廻る羽目になる。小屋のなかを調査するために、電灯は消さないでおくことに決めた。

ぶつぶつと何か呟いている狂人めいた気配のフーデンベルグは、もう相手にしないで、シュミットは専門家の眼であたりを見廻した。屋内の様子は、プロイセンの貧農の小屋とでもいう感じだろうか。

シュミットとフーデンベルグがいる、屋外に通じる正面扉がある部屋は、どうやら居間として利用されているらしい。東側に正面扉、南側に硝子窓がある。窓には粗末なカーテンが垂れているが、窓枠には鉄格子が嵌められていることを、シュミットは戸外から確認していた。

居間には、北側の中央に煉瓦積みの暖炉が造られ、石炭の小山が青い炎をあげて燃えていた。暖炉の前には、先の尖った細長い金属製品が落ちている。正面扉の付近には、短剣の柄が落ちていた。親衛隊士官に支給される短剣だった。どうしたわけか、短剣の刃は根元から折れたようだ。それが暖炉の前に転がっている。

暖炉の前には、予備の薪や石炭が積まれていた。暖炉の右横に、水道の蛇口と流しと小さな調理台がある。煤《すす》だらけの竈《かまど》も備えつけられているが、ほとんど使われている様子はなかった。小屋のなかでは、暖炉で湯を沸かし、それで珈琲か紅茶をいれる程度なのだろう。三度の食事は、たぶん外から運ばれるのだ。

暖炉の左横には、物置らしい開き戸があった。覗いてみると、壊れた椅子など古家具、塗りの剝げたオルガン、空き壜の山、大小のボール箱、雑誌や新聞の束、古い自転車、掃除用具などが雑多に詰め込まれていた。どれも埃まみれだ。

それに三本の古タイヤ、バッテリー、電気コードや牽引《けんいん》ロープの束、ジャッキ、大小のドライバーやスパナやハンマーなど自動車用の修理器具を収めた大きな木箱など。それらはフーデンベルグの運転手を務めていたという、小屋の先住者が残したものだろう。オルガンならともかく、檻のなかの人間に、戸外で自動車に乗る機会があるとは思えない。

部屋の中央には、傾きかけた食卓と椅子が二つ。戸口の横には食器棚、窓の左横には古ぼけた箪笥。それで、部屋にある家具は全部だった。

ざっと見渡しただけで、シュミットは正面扉の反対側にある屋内扉に向かった。扉にはノブの下に鍵穴がある。奥は寝室だろう。住人の若い女は、寝室に隠れているとしか考えられない。屋内扉のノブを握った瞬間、騒々しく椅子の倒れる物音がした。椅子を蹴って突進してきたフーデンベルグが、青ざめた顔で、興奮して軍曹の肩を摑もうとする。

「駄目だ、開きはしない。その扉には、鍵がかけられてるんだ」

夢中で叫びたてながら、寝室の扉を開けさせまいとするフーデンベルグに、試しにノブを廻していたシュミットが、冷酷な声で命じた。

「屋内扉には、確かに鍵がかけられている。ひとつ、ぶち破ることにしましょう。所長はさがっていて下さい」

「駄目だ、駄目だ。私は、見たくないんだよ」

フーデンベルグは蒼白で、全身をぶるぶると顫わせていた。今にも人格崩壊の極点にまで至りかねない、狂気じみて異様な顔つきをしている。哀訴するような眼は、焦点が定まっていない。強引に、シュミットはフーデンベルグの躰を押しのけた。

2

寝室の扉は、かなり頑丈なものだった。ノブの下には大きな鍵穴がある。鍵穴から寝室内を覗きこんだシュミットは、仕方ないというふうに首を振りながら、数歩ばかり後方にさがった。鍵穴からは、位置の関係で部屋の奥までは眺められないのだ。

それから二度、三度と、筋肉の塊のような厚い肩を扉に叩きつけた。連続的な衝撃に蝶番が軋み、ついに音をたて扉の錠が吹きとんだ。戸口から室内を一瞥し、シュミットが冷静な口調で背後のフーデンベルグに語りかけた。

「裏窓と寝台のあいだに倒れているのは、どうやら女の屍体のようだ。私の本職は警官です。これから簡単に現場調べをやりますから、所長は証人として同席して下さい。時間がたてば消えてしまう証拠もある。後から公式の捜査官が派遣されて来るにしても、屍体発見の直後に警官の眼で見ておけば、何か有益な発見があるかもしれない」

有無をいわせぬ態度でフーデンベルグの腕をとり、シュミットは寝室に踏み込んだ。屋内扉は壊れかけて半開きになり、ノブの下にある錠の金具の捻子が、大男の体あたりのために弾け飛んでいる。

「これは自殺だよ。私から盗んだ拳銃で、この女は自殺したんだ。自殺直前の絶叫さえ、私は耳にしている。『死ぬ、わたしは死ぬの』。寝室の扉越しにそんな叫び声が聞こえてきた。それまで五分ほども、私は居間で待っていた。ハンナが自分で、寝室から出てくるのを」フーデンベルグは追いつめられた表情で、必死に捲したてる。信じてくれと、まるで懇願する口調だった。シュミットが応えた。

「所長。お願いですから、私に少しばかり調べさせて貰えませんか。所長の証言は後ほど、あらためてお聞かせ願います。何か重要な証拠が見つけられるかもしれない。自殺でなければ、犯人を指示するような証拠をね」

シュミットは言葉こそ丁寧だが、厭とはいわせない威圧感を漂わせて、フーデンベルグを南の窓の横にある安楽椅子に坐らせた。布地が擦りきれ手垢で黒ずんだ、年代物の椅子だった。フーデンベルグは椅子に、崩れるように腰を落とした。もう、弁解する気力も萎えはてたらしい。

寝室は、居間と同じくらいのサイズの部屋だった。南側の窓は、戸外から居間の窓と並んで見えたものだろう。硝子窓で、やはり外側には鉄格子がある。普段は使われていないらしいが、窓は西側にもある。兵器庫の方から見える窓で、分厚い板戸だった。やはり外には鉄格子。

寝室にも居間にも、北面には窓が造られていない。つまるところ、小屋の開口部は全部で四つしかない。居間にある東向きの正面扉、南向きの居間の窓と寝室の窓、そして寝室にある西向きの裏窓だ。硝子窓は両開きで、裏窓の板戸は片開き。窓は三つとも、内開きになっている。窓の外には鉄格子が嵌められているから、外開きにはなりようがない。そして戸口の正面扉には、外側に閂と鎖と錠前。

予想した通り、小屋の正体は完璧な牢獄だった。閉じ込められた女囚は、自分の意思で外に出ることは絶対にできない。縦横に組みあわされた窓の鉄格子の隙間は小さく、シュミットの握り拳でさえ通らないだろう。エドモン・ダンテスほど熱心に、脱獄のため努力すれば可能かもしれないが、女手で簡単に破れるようなしろものではない。

建物の正面扉も木製だが、檻の戸にふさわしく、破られている屋内扉とは比較にもならない

ハンナの小屋内部

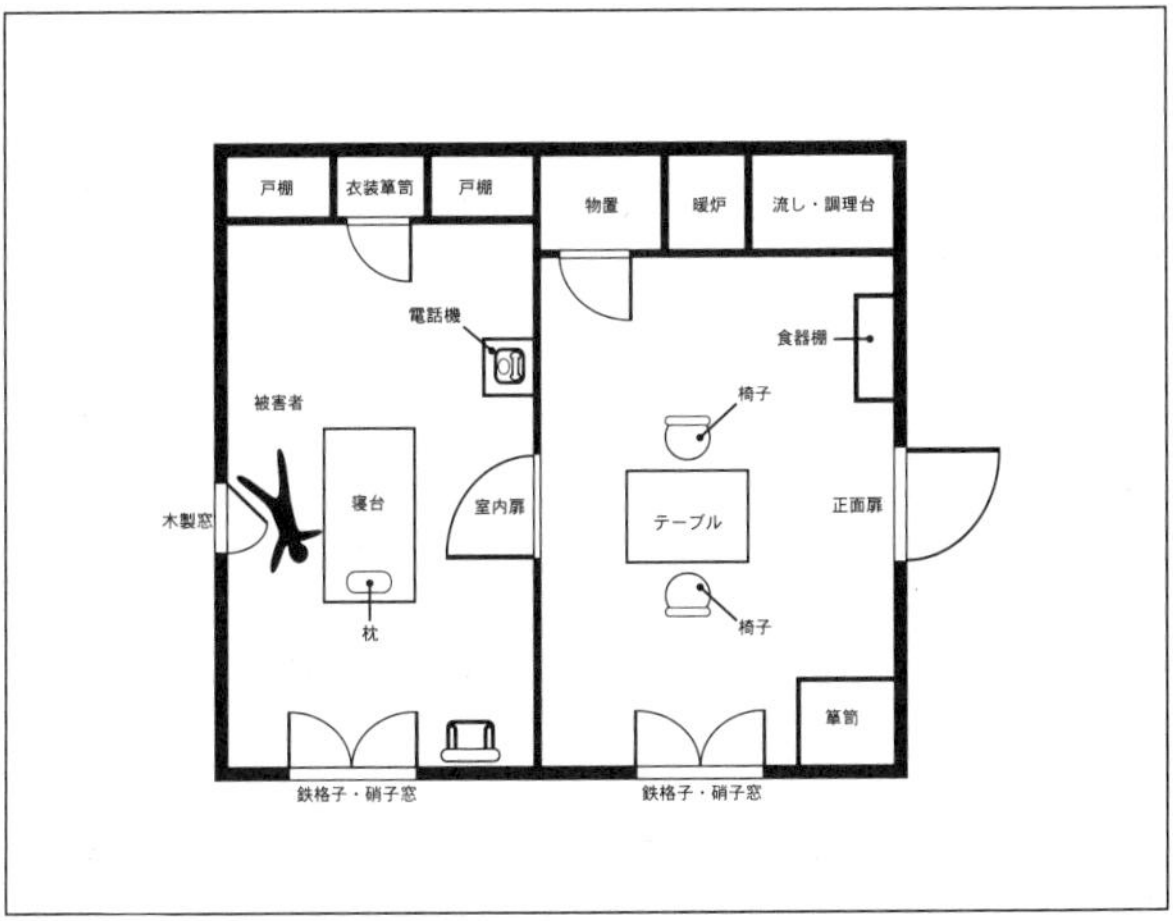

頑丈さだった。板の厚さが五センチもある。四隅と縦横に鉄製の補強材が打ちつけられていて、おまけに蝶番も特別製らしい。大男で、腕力には自信があるシュミット軍曹でも、斧や金梃《かなてこ》などの道具なしでぶち破るのは至難だろう。

寝室の北側には、左右の戸棚に挟まれる恰好で衣装箪笥が置かれている。女囚には不相応に贅沢な衣装が、木製のハンガーで何着も下げられていた。真紅のサテンのドレスや、銀色の狐の毛皮など。情婦を小屋で飼っていた男が、自分の眼を楽しませるために与えた品に違いない。

女の正体も、フーデンベルグとの関係も、そこから推測できるというものだ。シュミットにも、ヴェルナー少佐がコフカ収容所長にしかけた罠の輪郭が、ようやく見えはじめてきた。

屋内扉の横の壁には、旧式の電話機が取りつけられている。受話器のコードは根元から引きちぎられ、だらりと床に垂れていた。これでは、仮にフーデンベルグが望んだとしても、電話で所長官舎に非常事態を通報するのは不可能だったろう。ヴェルナー少佐が到着するまで、コフカ収容所長の身柄を確保しておかなければならないシュミットには、大変に都合がよい。切れた電話コードを見て、軍曹は満足そうな薄笑いを浮かべた。

部屋の中央には、前世紀の遺物さながらに古びた寝台が据えられている。寝台には、粗末な毛布が掛けられていた。頭の形に凹んだ枕には、大型の真鍮《しんちゅう》の鍵が落ちている。鍵を拾いあげて、屋内扉の鍵穴にさし込んでみた。鍵と鍵穴は、ぴたりと一致した。どうやら女は、寝室から屋内扉の鍵をかけ、それを寝台の枕に放り出しておいたらしい。

二十代半ばに見える端整な顔の女は、頭部を南側の窓に、脚を西側の窓の方に向けて、あお向けに倒れていた。あたりの床は、流れ出した血で不気味に染めあげられている。顔も髪も血で汚れているが、黙っていても男の視線を惹きつけたろう、生前の面影はまだ残されていた。絶命した時のままで、透明な青い眼を大きく見開いている。薄い、形のよい唇は微かに開かれて、隅には白い犬歯が覗いていた。死んだ美女は、シュミットに幸福そうな微笑を投げているようだ。

夕方、裏窓から見た時には綺麗に結いあげられていたように見えた、腿までありそうな見事な金髪が、血の海に浸され、無力に投げ出された上体のまわりで千々に乱れている。それが、一瞬にして中断された女の生命の、あまりにも無残な印象を強めていた。

若い女は、古毛布で作ったような灰色のマントに、手製のセーター、古めかしいデザインの毛織りのスカートを着けている。洋服簞笥にある各種の高価そうな衣類と比較して、その普段着は惨めなほど粗末なものに思われた。

毛皮のコートや絹のドレスは、主人のベッドに呼びつけられた時にだけ、身に着けることが許されているのかもしれない。それにしても、女はよほどの寒がりだったのか。それとも風邪でもひいていたのだろうか。

屋内扉は閉めきられていたが、隣室の暖炉では盛大に火が焚かれている。居間のように汗ばむほどの熱気ではないにしろ、寝室も決して寒くはない。外気とは比較にならない暖かさで、セーターならまだしも、毛のマントまで着ているのは、少しばかり異様に感じられた。

スカートの裾が割れて、投げ出された左右の脚が二十度ほど開かれていた。左腕は肘を曲げるようにして頭の上に廻され、右腕は胴体から少し離れて投げ出されている。左右の足は裏窓から半メートルほど離れた位置にあり、足先は窓の右端の方向を向いていた。屍体の頭部は、寝台から四十センチほど離れて、その枕の方を向いている。

屍体の顔は、右側に僅かに傾いていた。そのために、左顳顬の下部に残された円形の傷口は、頭部を動かさなくても観察することができる。医者の手を煩わせるまでもない。シュミットにも死因は明らかだった。左耳の上が銃弾で撃ち抜かれているのだ。

頭部の傷口の周囲は、髪が水を吸い込んだ海綿のように血みどろで、一見したところ噴射炎による焦げ跡を認めることはできない。毛髪のサンプルをとり、専門家に精密な分析検査を依頼する必要があるだろう。念のため、シュミットは女の顳顬に鼻先を寄せてみたが、鼻腔を満たすのは強烈な血の臭気のみ。やはり硝煙の臭いは消されている。

左手には、女が使うには大きすぎる拳銃が握られていた。人差指は引金にかけられている。ルガーP08、親衛隊《エスエス》将校に支給される制式拳銃だった。血に浸されていない屍体の左手からは、硝煙の臭いが微かに嗅ぎとれた。輪胴拳銃ほどではないが、発射時のガス圧を利用して次弾を装塡するシステムの自動拳銃でも、射撃者の手首は多少とも爆煙の成分を浴びざるをえない。素人では嗅ぎ分けられないだろう微かな臭気だが、シュミットには、女が拳銃を撃ったに違いないという確信があった。

ハンカチで女の手から拳銃をとる。ルガーの銃口には、刺激的な硝煙の臭いが残っていた。明らかに発砲されたばかりの拳銃だった。

弾倉には六発の実弾が残されていた。弾倉に全弾を詰め、薬室にも装塡した状態なら、ルガーの装弾数は八発になる。しかし戦場でもないところで、実弾を薬室に装塡した状態で、拳銃を携行するような人間がいるとは思えない。ルガーの九ミリ・パラベラム弾は、屍体の傷からも判るように一発だけ発射されたのだ。銃口から滑り出した弾頭は、やすやすと女の頭蓋骨を破り、一瞬にして脳髄を完全に破壊したろう。

一発だけ発射されているルガーの銃口と、左顳顬を撃たれて死んでいる女の、左袖口に残された微かな硝煙の臭い。左ききの女が、自分で顳顬を撃って自殺した。

傷口周辺の毛髪のサンプルを分析して、もしも銃口から出た爆煙の成分や高温ガスによる焦げ目が検出されたなら、自殺の可能性はさらに強くなる。もしも違うとしたら、自殺に見せかけた殺人ということになる。女に拳銃を握らせ、銃口を顳顬に押しあてさせ、そして無理矢理に引金を引かせる……。

「被害者は、左ききだったんですね」シュミットが確認した。

「そう、その通りだ」フーデンベルグは茫然とした表情で頷いた。

女の指は、握っていたルガーの銃把を簡単に離した。屍体は生きていた時と同じように柔らかで、まだ死後硬直の徴候は生じていない。膚にも温もりが感じられる。素人目にも判る、絶命したばかりの新鮮な屍体だった。

流出した血液の凝固状態から見ても、死後二十分とは経過していないだろう。十分か、あるいは五分程度かもしれない。仕事で殺人屍体は見飽きているシュミットだが、医者ではないから、それ以上に正確な判断はしかねた。屍体を裏返しにしてみたが、他に外傷はない。

屍体の検分を終えて、シュミットは次に、寝室の床を慎重に調べはじめた。ようやく部屋の南西の隅で探していた品を見つけ、おもむろに拾いあげる。九ミリ弾の薬莢《やっきょう》だった。

それから、全部で三つある窓と正面扉を順に観察しはじめた。窓は、どれも予想した以上に堅牢な造りで、閉じると窓枠に隙間なしに、ぴたりと嵌まる。窓には鍵穴がない。窓と窓枠のあいだは、紐《ひも》はむろんのこと、糸一本でも通らないだろう。

シュミットは正面扉に近い居間の窓と、さらに寝室の南面の窓を、とりわけ念入りに調査し

ハンナの小屋、三つの窓の内錠

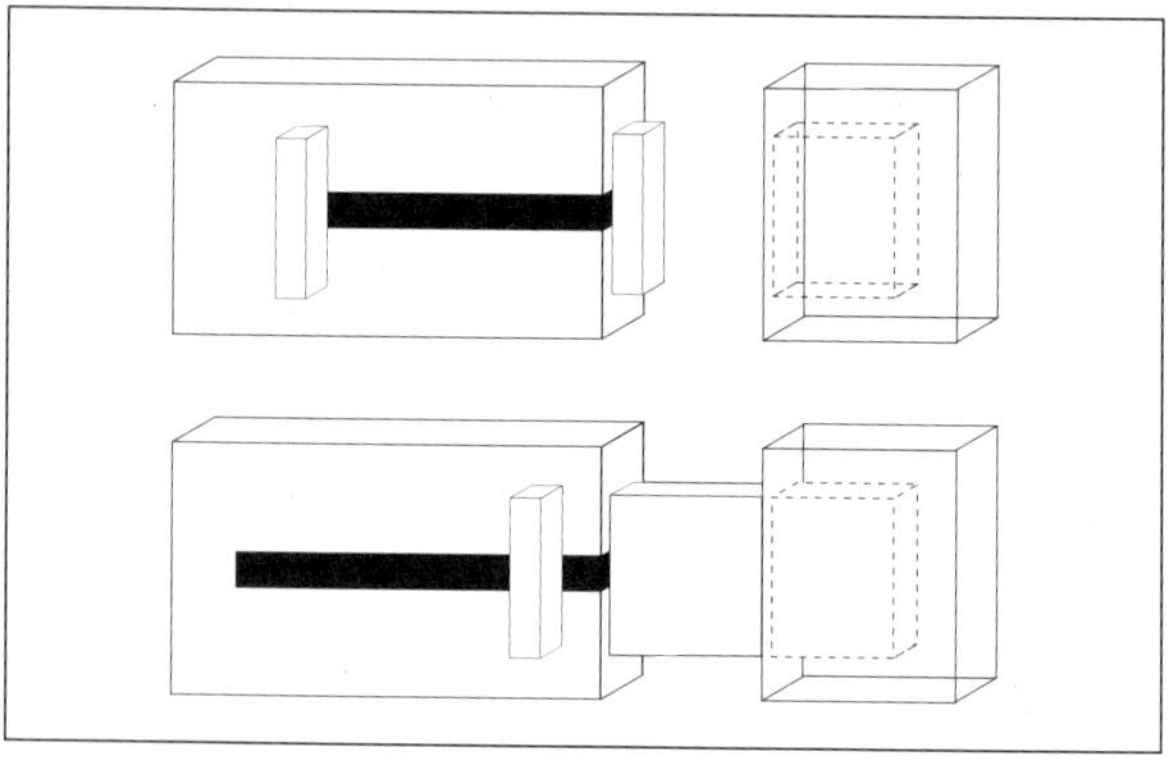

てみた。室内から遠隔操作で、正面扉の外側にある閂をかけるため、なんらかの細工が行われた可能性を考えたのだ。しかし、そのような形跡は発見できなかった。

　それどころか、どちらの硝子窓にも隅に小さな蜘蛛の巣がある。巣には、少しの破れ目もなかった。小さな巣でも、張るのに一晩はかかるだろう。三十分以内に張られた蜘蛛の巣でないとしたら、ある程度の時間どちらの窓も、開閉されたことはないという結論になる。最近、開かれたことがあるのは西面の裏窓だけで、それは夕方、シュミット自身が目撃している。

　内錠は、両開きの硝子窓では、中央の窓桟の左右に取りつけられている。左側の金具に押し込まれた金属棒の突起を引くと、金属棒を金具に固定している装置が外れる。

　金属棒が発条《バネ》じかけで右に飛び出し、尖端

が右側にある受け金に収まって、施錠が完了する。解錠する時は、金属棒の突起をつまんで左側の金具に押し込むようにする。最後に突起を押すと、固定装置がはたらいて金属棒は飛び出さないようになる。

板戸の裏窓は左の片開きだから、窓桟に受け金、窓枠に発条じかけの金具という配置になる。窓の内錠は、三つとも同じ製品だった。小屋の正面扉にしても、細工の余地がないのは三つの窓と同じことだ。窓よりも大型の差し錠はあるにせよ、鍵はないから鍵穴もない。糸や紐を通せそうな隙間も、扉の上下左右には存在しない。

屋内の調査を終えて、虚脱したように寝室の安楽椅子に凭れこんでいるフーデンベルグを残したまま、シュミットは正面扉から吹雪の屋外に出てみた。それで所長が、隠れている敵兵にまつわるシュミットの説明に、多少の疑惑を抱いたとしても、もう気にすることはない。

自殺あるいは殺人の事件が起こり、ヴェルナー少佐が予見した通りに事態は進行しているのだ。もしも所長が逃げようとするなら、強制的に身柄を確保すればよい。しかし、フーデンベルグは精神活動が麻痺しているようで、シュミットの行動にまで気を廻している様子はなかった。

吹雪は、まもなくやんでしまいそうだ。降る雪に、六時から七時のあいだに見られた勢いは、もはや感じられなかった。あたりを懐中電灯で照らしながら、シュミットは慎重に小屋を一巡してみた。三つある窓の付近は、とりわけ熱心に観察する。戸口に残されていた足跡以外に、小屋の十メートル以内には、ただひとつの足跡さえも存在していない事実が確認された。

もっと離れた地点まで捜索してみても、結論は同じことだろう。あたりに残されているのは、兵器庫の庇下から小屋の戸口まで続いている、往路の足跡のみなのだ。

さらにシュミットは、小屋の戸口前に残されている、一歩分だけの新しい足跡に注意してみた。先ほど正面扉が開かれた時、とっさに逃げ出そうとしてフーデンベルグがつけたものだ。

それには、兵器庫の前で見つけた靴跡とおなじ楔形の傷があった。兵器庫と小屋を結んで残されている足跡の主が、フーデンベルグであることに疑問の余地はない。納得できるまで靴底の傷の形状を確認してから、シュミットは小屋のなかに戻った。

安楽椅子でうなだれているフーデンベルグに、凶器のルガーを示しながら、シュミットは警官が容疑者を訊問する時の口調で問い質した。

「所長、あなたの拳銃なんですね」

「確かだ、トグルに小さな掻き傷がある。女は、私の拳銃で自殺したんだ」

自己保身のために演技する気力もないのか、フーデンベルグは虚脱した表情で、問われるままに答えた。ついに緊張の糸が切れたのかもしれない。その顔に刻まれているのは焦燥でも不安でもなく、むしろ沼地の泥のような無力感だった。

この調子なら、殺人現場の訊問で自供を引き出せる可能性もある。ヴェルナー少佐が到着したら、綺麗な包装紙にリボンをつけて、犯人の身柄を進呈できるかもしれない。少しばかり口調を和《やわ》らげるよう努力して、シュミットは相手に水を向けた。

「事情をお聞かせ願えれば、何か協力ができるかもしれません」

「女から電話で呼び出されて、私は六時半になる少し前に、この小屋に着いたんだ。しばらく居間で話をしていたのだが、激昂した女が寝室に駆け込んでしまい、その直後に屋内扉の鍵をかける音がした」フーデンベルグが、薄ぼんやりした顔で喋りはじめる。畳み込むように、シユミットが質問した。

「それは、何時のことでしたか」

「女とは、十五分以上も話していた」

「では、六時四十分から五十分のあいだですね」

「五十分ということはない。それより五分ほど前のことだ」

「六時四十五分の前後か。それは確かなことですね」

「私は扉を叩き、しばらくのあいだ女に呼びかけていた。精神状態が落ちつけば、じきに寝室から出てくるだろうと考えていたんだ。女は、何も返事をしなかった。そして五分ほどして、怖しい叫び声とともに、寝室から銃声が聞こえた。とっさに腕時計を見たから、時刻は覚えている。六時五十分だった。この雪のせいか、不気味に反響する長い長い銃声だった」

「それで、どうしたんです。ドアを破ってみようとは、思わなかったんですか」

「とんでもないことだ、女の自殺屍体を見せつけられるなんて。屍体と同じ屋根の下にいるのは、とても我慢できそうにない。私は、正面扉から戸外に跳び出そうとした。だが、あろうことか、ノブを廻しても扉は開かないのだ。ノブを、指がちぎれそうなほど押したり引いたりしてみたが、事情は少しも変わらない。私が小屋に着いた後、何者か、正面扉の外にある閂をかけたやつがいるんだ。

拳で叩き、体あたりしてもみたが、そんな程度で壊せるような扉ではない。居間の物置には、私の運転手が使っていた道具箱があるが、そのなかにも斧のような道具は見あたらなかった。内側から正面扉を壊せそうな道具は、小屋を改装した時に残らず片づけたんだろう。素手で、しばらくのあいだ扉と格闘してみたが、その頑丈さを思い知らされたばかりだった。

短剣の刃先で、扉をこじり開けようとした。しかし、短剣は根元から折れてしまう有様だ。小屋には窓が三つあるが、残らず鉄格子が嵌められている。窓から脱出するのも不可能なんだ。朝になれば、ウクライナ兵のフェドレンコが女に食事を運んでくる。それまで、待つ以外ないだろう。そう諦めかけた時だった、正面扉の外側の閂が、軋むような音をたてたのは。そして、君が現れた……」

「なんとかそれで、所長が女の屍体と一緒に小屋に閉じ込められていた説明は、つきますがね」疑わしげに眼を細めながら、シュミットが低い声でいう。

「当然だろう、残らず事実なんだから」やはり薄ぼんやりした表情で、フーデンベルグは無力に呟いた。

「もうひとつ、お聞きしたい。なぜ所長は、こんな吹雪の夜に小屋まで来たんですか。電話で呼び出されたそうだが、あの女は何者なんです。なぜ、所長の拳銃で自殺なんかしたんですか」

「それは……」フーデンベルグが頬を痙攣させた。唇を嚙むようにして、うつむいてしまう。

シュミットはプロの訊問者の才能を発揮して、相手に鎌をかけることにした。

「説明したくない気持は、判らないでもありませんがね。だが、私は知ってるんです。死んだ女は囚人で、しかも所長の情婦ですね」

シュミットの言葉に、フーデンベルグの体が電流にでも触れたように、びくりと顫えた。どうやら正解だったらしい。今夜の殺人事件の解決を、自分の仕事だと感じはじめている警官出身の武装親衛隊《ヴァッヘン・エスエス》軍曹は、我慢できないで満足そうに唇を曲げた。

強制収容所の構内で生活している人間には、二種類しかいない。ようするに囚人と看守だ。コフカには女の看守は配属されていないし、仮に被害者が女看守だとしたら、こんなふうに窓に鉄格子、正面扉の外側に閂がある小屋に幽閉された理由が判らない。ようするに、被害者の女は囚人である。

洋服簞笥の豪華な衣装を見れば、女の立場も推定できる。あの美人が、どんな理由で監禁されていたのか、あらためて考えるまでもないことだ。コフカの支配階級に属する人物は女に性的な奉仕をさせるため、用意した檻に監禁し、愛玩動物さながらに飼育していたという次第だろう。それでは何者が、女奴隷に主人として君臨していたのか。

コフカ収容所の所長フーデンベルグは、定められた規則に可能な限り忠実な現場官僚であり、モルゲン捜査班の調査でも、コッホのような汚職には手を染めていないことが確実視されていた。そのフーデンベルグが、部下の規律違反を黙って見逃すわけはない。囚人を情婦に囲うような真似ができるのは、コフカでは所長のフーデンベルグ一人だろう。

死んだ女は囚人である。囚人のユダヤ女を囲える人間は、コフカではフーデンベルグしかいない。結論、女はフーデンベルグの情婦である。五歳の子供でも正解に辿りつけそうな、簡単な三段論法だった。

曖昧に頷いたフーデンベルグを、シュミットはさらに問い詰める。「であるとして、女はなぜ、所長の拳銃で自殺したんですか」

「盗んだのだ」所長が、ぽつりと答えた。

「いつ、どこからです」

「たぶん今朝、私の寝室からだ。ハンナは今朝まで、官舎の寝室にいた。私が書斎で、朝食前の仕事の準備をはじめた時、あの女は寝室で一人、身づくろいしていた。その隙に、箪笥に放り込まれていた拳銃を盗みとり、外套の下にでも隠して持ち出したんだろう」

「ハンナ……、それが女の名前なんですね。そのハンナから電話で呼び出されたというのは」

「ハンナ・グーテンベルガーだ。あの女は、事もあろうに拳銃で自殺するとぬかしたんだよ。それをやめさせるために、私は官舎を出たんだ。出かける前に、弾ぬきを忘れていた拳銃のことを思い出して、懸命に探してみたが、空のホルスターしか見つけられなかった。どうやら女は本気らしい。そう、私は結論せざるをえなかった。だからこそ、自殺をやめさせるために、小屋に駆けつけたんだ。後は、もう説明した通りのことだ」

フーデンベルグは語り終えて、寒そうに両腕で肩を抱くようにした。しばらく沈黙していたが、それから感情の枯渇した平板な声で、訴えるように続けた。

「そろそろ官舎に戻ろうじゃないか、軍曹。君は小屋から出たが、狙撃された様子もない。敵軍の破壊工作員が構内に侵入しているにせよ、このあたりには、もう潜んでいないと判断できる。であれば、一刻も早く官舎に戻り、部隊を編成して構内の捜索をはじめること。兵器庫の裏に、三人の屍体がある。それが事実なら、捜索隊を編成して敵兵を捜し出さなければならないことは、君にも判るだろう」

なんとも厚かましい男だと、軍曹は頬を歪めた。茫然自失で、シュミットの屋外捜査にも気がつかないでいた。そう思っていたら、とんでもない。伏兵の有無を確認するため、シュミットを楯《たて》として利用したつもりなのだ。

そもそも、連日のように何百、何千とユダヤ人の死骸の山を築いてきた絶滅収容所の最高責任者が、情婦の屍体と同じ屋根の下にいるのは我慢できないから、なんとか逃げ出そうとして短剣まで折ったとは、笑わせる。

「大人しく、その椅子に坐ってるんです。もしも逃げようとするなら、あんたを押さえつけなければならない。体格を比較してみるんですな。私と格闘するなんてことは、考えない方がよろしい」

「まだ判らないのか、軍曹」血の気ない顔をあげて、フーデンベルグが妙にもの静かにいう。

ふん、たいした野郎じゃないか。女の自殺事件で、魂を抜かれたような精神状態だったが、敵兵の侵入の可能性を知らされた結果、たちまち自分の職務を思い出し、有能な管理者に戻ったということか。しかも、なんとか安全に官舎まで戻れそうなことを、他人の危険で確認した上で、だ。

「必要なことなら残らず判ってますよ、フーデンベルグ所長」シュミットが無愛想に答える。

「何が判ったんだね」

「ハンナは、殺された可能性があるってことです」

「馬鹿な。ハンナ・グーテンベルガーは自殺したんだ。六時五十分に、鍵をかけた寝室のなかで」ほとんど悲しそうに、コフカ収容所長が呟いた。

「屍体をめぐる状況は、確かに自殺らしいことを示してます。ハンナは、裏窓と寝台のあいだに立ち、自分の顳顬を手にしたルガーで撃ちぬいて、絶命したらしい。屍体が倒れている位置関係からも、それは確かな事実であるように見える。しかし……」

「しかし、なんだね」精神的な動揺を通過した、妙に平静な口調でフーデンベルグが反問する。

「偽装自殺の可能性は消えませんな」

「あれが、殺人だというのか。しかし、居間から寝室に通じる扉には、寝室側から鍵がかけられていたんだよ。そして居間には、外から閉じ込められた私がいた。私の眼を盗んで屋内扉の鍵をあけ、寝室に出入りしたような人物など絶対に存在しえない。

そもそも、屋内扉の鍵は二つしかない。ひとつはフェドレンコに渡してある。小屋のなかにはハンナが持っていたもの、ひとつきりしかないんだ。その鍵は、寝室のなかにあった。あれが殺人だとしたら、犯人はどこから寝室に侵入し、そして脱出したんだね」フーデンベルグは、何がおかしいのか、グロテスクな薄笑いに顔を歪めていた。

「窓からではありませんな。寝室にある二つの窓には、どちらも同じ造りの頑丈な鉄格子が嵌められている。私は全身で揺さぶりをかけてみたが、微動もしなかった。人間が出入りするどころか、凶器に使われた拳銃でさえ、縦横十センチもない格子の隙間から通すのは不可能だ。おまけに、どちらの窓も完全に閉じられ、室内から錠が下ろされていた。戸外から、糸だの針だのを使って下ろせるような内錠ではないし、窓のあたりには針や鋲や釘、糸や紐やピアノ線など小細工の道具になりそうな品物も、その痕跡も、何ひとつ発見できなかった。

屍体の顳顬にある傷口からは、さしあたり焦げた髪や硝煙の臭気など、銃口を押しつけて撃った痕跡は確認されていない。髪も皮膚も血みどろで、精密な分析検査をやらなければ、真相は判りようがないですな。である以上、ある程度の距離を置いて拳銃が撃たれた可能性も、一応は考慮しておかなければならない。

寝室の南面は硝子窓だから、外から銃で撃てば硝子が砕ける。西面の窓の戸は木製で、新しいのも古いのも、銃弾の貫通口などひとつもない。材料の板に小さな節穴はあるにせよ、直径は一センチほど。節穴に痕跡を残さないで、九ミリ弾が通過できたとは信じられない。

犯人であれ、凶器の拳銃であれ、あるいは発射された銃弾であれ、寝室の窓を通れたものは存在しない。その証拠は、まだありますよ。何よりも決定的なのは、それぞれの窓の下はむろんのこと、小屋の周辺のどこにも、ひとつとして疑わしい足跡が残されていないことだ。確認できたのは、あなたの足跡と私の足跡のみ。ようするに、どんな形であれ女の息の根をとめた物体が、窓を通過できた可能性はゼロだ」

「そうだろう、女は自殺したんだからな」

「いや、違いますね。窓から犯人が侵入できた可能性はないとしても、もうひとつ殺人現場に出入りするための通路がある。もちろん、居間と寝室のあいだの屋内扉です」

「扉は、寝室の側から閉じられ、鍵をかけられていた。それはもう、説明した通りだ。君が見つけたように、屋内扉の鍵は寝台の枕に放り出されていた。誰が寝室に入れたというんだね」

「所長、あんたですよ」にやりとしながら、シュミットはコフカ収容所長に、決定的な告発の言葉を突きつけた。

「なんだって」フーデンベルグは蒼白になり、両目を剝いた。

「発見された屍体の隣室には、殺人の動機を持つ人物がいた。その人物が屋内扉に小細工をして、いかにも女が密室で自殺したように見せかけた。それをしたのは、あんたですよ、所長」

シュミットは頬を緩ませて語り終えた。これで、コフカ収容所長の命運も尽きたというものだ。後は、フーデンベルグを逃がさないようにして、ヴェルナー少佐が到着するのを待てばよい。

「なぜ、ハンナを殺さなければならないんだね。あの女は収容所の破壊撤収の前に、他の囚人と同じように『処理』される予定だった。明日にも、ガス室に送られることが決まっている女を、なぜ今夜、私が殺さなければならないんだ。おまけに君が邪推したような小細工を弄して、自殺にまで見せかけて」

愚かな相手を哀れむように、フーデンベルグが低い声で反論した。それにも動じることなく、シュミットが平然と続ける。

「ありますね。夕方の視察の時、私とヴェルナー少佐は兵器庫の前から、この小屋の裏窓に女の姿を目撃している。どうしたわけか案内役のハスラー中尉は動転して、われわれの注意を惹かないようにこっそりと、小屋の方に歩きはじめたんです。たぶん、窓から女を追いはらおうとしたんだ。われわれに、どんなことがあろうとも女の姿を見られてはならない。ハスラー中尉の態度には、そんな印象がありましたね。あんたは、その報告を中尉から聞かされた。そして決断したんだ、今夜のうちに女を始末してしまおうと」

「なぜだね。それが、どうしてハンナを殺さなければならない理由になるんだ」

「ヴェルナー少佐がモルゲン捜査班で活動していたことや、幾人もの汚職所長を告発して被告席や処刑台にまで追い込んだことを、まさか知らないとはいわせませんよ。収容所長が、与えられた権限を悪用して囚人の女を慰みものにしているとしたら、それは明らかな違法行為であり、物資の横領よりも重大な破廉恥罪になる。もしも潔癖で知られるヒムラー長官が、信頼して収容所長に抜擢した髑髏団の最高幹部の、悪質きわまりない裏切り行為を知らされたら、地獄の悪鬼も青ざめるほどに激怒するに違いない。

ゴロツキ同然の下級看守がしでかした破廉恥行為とは、わけが違うんだからな。民族の血の純粋化を至上価値とする親衛隊の高級将校が、職権を濫用して、事もあろうにユダヤ女と密かに交情していた。そんな事実が暴露されたなら、フーデンベルグSS少佐の将来は暗闇だ。あんたは、ハンナの存在をヴェルナー少佐に知られることを警戒した。明日まで待っていれば、ハンナが少佐に訊問される可能性もありうる。それは絶対に阻止しなければならないことだ」

「馬鹿な。女は自殺したんだ。自殺されるくらいなら、私の手で殺した方が、まだしも納得できたというものだ。しかし、殺してはいない。ハンナは寝室の扉に鍵をしめて、自殺したんだ」

「寝室の扉の鍵、そんなものはどうにでもなる。そもそも、鍵が二つしかないとは信じがたい。あんたは予備の鍵を用意していたのさ。あんたのポケットか、居間のどこかに、今も第三の鍵が隠されていることは確実だ」

「予備の鍵など、私は知らん。あるとすれば、女の世話をしていたフェドレンコが保管しているんだろう」

うんざりした口調で、フーデンベルグが応じた。この野郎は、まだ白を切ろうというのか。シュミットは捜査官の、感情のない声で命じる。「それなら、ちょっと立ってもらいましょうか」

拒否する意思もないふうに、ふらりと所長が安楽椅子から立ちあがった。抗議する余裕を与えないで、シュミットは迅速に相手の身体検査を終え、残念そうに唇を噛んだ。

あれだけ大きな鍵を、もしも服のなかに隠していれば絶対に見つけられたはずだが、目的のものはどこにもなかった。大人しく身体検査を許したことからも判るように、はじめから身に着けていなかったのだ。たぶん、居間のどこかに隠しているに違いない。時間さえあれば、発見できないとは思えない。

「それよりも、どうしてなんだね。どうして私が、ハンナを自分の手で殺したりするんだ」

フーデンベルグは安楽椅子に倒れ込みながら、むしろ自分に問いかけるように呟いた。精神的な衝撃のため意識が朦朧として、現実感が希薄化しているのかもしれない。シュミットが応じる。

「それは、もう説明したと思いますがね。あんたは学生時代の縁で、ヴェルナー少佐がどんな人物なのか、よく知っている。少佐がコフカ収容所長の情婦ハンナの存在を嗅ぎつけたとしたら、もう逃れようがない。警戒しなければならないのは、ハンナが訊問されて、あんたの情婦にさせられた経過を喋ってしまうことだ。それを阻止するには、今夜中にハンナを抹殺してしまうしかない。

ハンナ殺しを決意したあんたは、人知れず官舎をぬけ出して丘の上まで登った。生きていれば目撃者になりかねない二人の警備兵を刺殺し、あんたを探しに来たハスラーまでも処分した。そして女を殺した。

もう少し、私の推定を詳しく話してみようか、フーデンベルグ所長。あんたは六時半頃には、丘の頂上に到着していた。まず、兵器庫の監視兵を建物の裏に連れ込んで刺殺する。まもなく交替の兵士が到着した。そいつも、同じように首の後ろを抉って殺してしまう。兵器庫の横には積雪に埋もれかけた足跡が、かろうじて確認できた。あんたが屍体を始末している時に、ハスラーが兵器庫に辿りついたんだろうな。

ハスラーが官舎を出たのは六時半過ぎだから、それは六時四十五分頃のことになる。何か事情があって上官を探しにきたハスラーも、警備兵を探して兵器庫の裏まで迷い込み、闇に潜んでいた殺人者に喉笛を裂かれて殺された」

フーデンベルグは小屋までの足跡を、六時半頃につけたものだと主張しているが、容疑者の証言などあてにはならない。六時四十分から十分あまり続いた猛吹雪のことを考えれば、それが四十五分以降につけられたものだとしても、少しも不思議ではないのだ。

残される問題は、それでは荒らされていたように見える兵器庫内の状態が、旨く説明できないことだ。しかしシュミットは、あまり気にしないで語り続けた。細部にわたる齟齬は、あらためて考えてみればよい。今は大筋のところが重要なのだ。

「フーデンベルグ所長。あんたは三人を片づけてから、女の小屋を目指した。そして騙したか脅したかして、女を寝室まで連れ込んだ。自殺に見えるよう、脳天に銃弾を撃ち込んで殺すために。ハンナの左手には、硝煙の臭いが残っていた。あんたは女に拳銃を握らせ、たぶん顳顬の方に銃口を向けさせてから、無理に引金を引かせたんだ。女の鍵は寝台に放り出しておき、用意しておいた合鍵で屋内扉を居間の側から締めた。なぜ、そんな面倒なことをしたんだろうか。

女の他殺屍体が発見されたら、殺人事件として捜査の対象にもなりかねない。モルゲン捜査班で活躍したヴェルナー少佐の滞在中なら、なおさらのことだ。女が自殺してしまえば、あんたと女の関係が疑われるとしても、証拠になるようなものは何も残らない。それであんたは、女を自殺に見せかけるために、予備の鍵を使って寝室を密室状態にしたのさ」

「しかし、君は忘れている。私は小屋に閉じ込められていたんだ。誰か、小屋の正面扉にある閂を、外から掛けたやつがいる。私は小屋から、出るに出られない状態だったんだよ」

「それも、あんたがやったんだろうな」シュミットは、顔を顰めるようにして答えた。そう、あの閂の謎がある。

「どうやって私が、扉の外側にある閂をかけられたのかね。そんなことは不可能だ。もしも私が、外から閂をかけたのだとすれば、私は小屋の外部にいなければならない。小屋の内部にいた私には、閂をかけられたわけがない。そうだろう、軍曹。それが説明できなければ、君の告発は意味をなさないよ。

まだある。そんなことができたとは思えないが、仮にできたにせよ、なぜ私が小屋の内部から正面扉の閂をかけて、わざわざ小屋全体を密室状態にしなければならなかったんだね。もしも私が、あらかじめ兵器庫の警備兵を殺していたなら、脱出時に姿を見られることなど心配する必要はないだろう。

そのまま丘を降りて、人目につかないよう官舎まで戻ればよい。そして、最初から最後まで書斎にいたことにするんだ。それで完璧じゃないか。もしも私が殺したのだとしたら、どうして殺人現場に、君に見つけられるまで居残ったりしていたんだ」

「まだ、正確なところは明らかでない。しかし、どこに眼をつければよいのかは、私にも判っている。あんたは屋内にいながら、外の閂を掛けられるトリックを思いついたんだ」

渋々ながらシュミットは、フーデンベルグに応えた。この野郎は、どうやって正面扉の外にある閂をかけることができたのだろう。さらに問題なのは、そんなことをした動機だった。フーデンベルグはなぜ、どのようにして、正面扉の閂をかけしたのか。その二点を解明できない限り、ハンナ殺しの真相は見破れそうにない。

さして関心もなさそうな口調で、フーデンベルグが疲れたように問いかけてきた。「どんなトリックが可能だというんだ」

「正面扉や居間の窓、寝室の南面の窓の隙間を利用して、外側の閂をかけるのは絶対に不可能だ。となれば、残るのは寝室の裏窓しかない。他の三箇所には、針一本、糸一本も通せそうな隙間もないんだから。だが、裏窓の戸は木製だ。小指も通りそうにないが、それでも節穴がある。あの節穴が、たぶん幽霊の正体だ。あんたは、寝室の裏窓にある木戸の節穴を使って、遠隔操作で正面扉の閂をかけたのさ。それ以外に、考えようはない」

ヴェルナー少佐なら、あんたの小細工を見破ることだろうよ。あの人は、実際、優秀な脳味噌を頭蓋骨にぎっしりと詰め込んでるんだから」

シュミットが語り終えた時、不意に猛烈な爆音で、寝室の硝子窓が大きく揺れた。「なんだ」と叫びながら、フーデンベルグが南面の窓に駆けよる。引きちぎりそうな勢いでカーテンを開いた。

爆発の衝撃が連続する。窓からフーデンベルグの肩越しに、丘の麓に広がる収容所構内の光景を眺めたシュミットにも、かろうじて第二、第三の爆炎は確認できた。ウクライナ兵とドイツ兵の宿舎のあたりで、網膜を灼くようなオレンジ色の閃光が炸裂したのだ。

「やはり、破壊工作員が潜入していたんだ。あの爆発を見たろう。夜間配置についている警備兵以外の全員が、爆死したかもしれんぞ」

フーデンベルグが興奮で、熱病のように全身を痙攣させながら絶叫した。最初の爆発は、どうやら所長官舎で起きたらしい。官舎には、コフカ収容所に配属されている将校の全員が、クラクフ司令部からの使者ヴェルナー少佐を歓待するために集められていた。

シュミットが目撃したように、二つの兵士食堂も爆破された。夜間警備で監視点に分散している少数の兵士以外の全員が、七時から、それぞれの宿舎で大きな食卓に着いていた。フーデンベルグが叫んだように、コフカ収容所に配属された髑髏団の全員が死んだか、爆死を免れた者も負傷しているに違いない。

さらに爆発が続いた。収容所正門の左右に聳える監視塔が、噴きあげる火焰のなかに轟音をたてながら崩れ落ちる。食卓に着いていた将兵だけではない。夜間の警備兵にも被害が出ている。あの爆発では、二つの監視塔に配置されていた兵士が生存しているとは思えない。

爆発地点では火災が生じていた。既に木造の兵士宿舎では、多数の窓から舐めるような火焰の舌が洩れはじめている。あちこちで燃えさかる大小の炎に照らされて、収容所構内の闇には、幻想的な光と影の縞模様が織り出されていた。

シュミットは拳銃を片手に、正面扉から戸外に走り出た。屋外の闇に、まだソヴィエト兵が潜んでいる危険性はあるにせよ、とにかく状況を正確に把握しなければならない。フーデンベルグも、足をもつれさせるようにしてシュミットに続いた。

いつか吹雪はやんでいた。凍結した闇夜に、小銃の銃声や短機関銃の連続発射音が響き、じきにとぎれる。銃声がしたのは、囚人のバラック宿舎がある構内東側の区域からだった。続いて、闇の彼方から海鳴りのようなどよめきが湧きあがる。骨髄まで凍りつきそうな強風に乗って、何百という群衆の喚声が聞こえて来るのだ。フーデンベルグが、絶望的な呻き声をあげた。

「なんということだ。私のコフカで、ユダヤ人の、囚人どもの暴動が起きている。かつて一度でも不祥事など起きたことのない、私のコフカで」

明日にもコフカ収容所の撤収がはじまり、囚人は全員が「処理」される運命だった。そんな情報が、どこからか囚人の一部に洩れたのかもしれない。家畜のようにガス室で殺されるよりは、どんなにわずかな可能性であろうとも脱走を試みた方がよい。死ぬならば自由の地を目指して全力で疾走し、背に監視兵の銃弾を浴びて死のう。そう決意した囚人に、ソヴィエト軍による破壊工作は絶好のチャンスを提供したことになる。

作業を終えた囚人を、宿舎のバラック付近で監視している夜間警備の髑髏団兵士は、ほんの数名に過ぎない。暴動を決意した囚人の群は、闇にまぎれて警備兵の不意を襲い、復讐心に燃えて残忍な看守を惨殺したに違いない。とぎれた銃声は、そのことを物語っていた。フーデンベルグが、自分を励ますように呟いていた。

「いや、まだ第三監視塔がある。第三監視塔が無傷である限り、ユダヤ人どもは一人として、コフカを脱走することなどできん」

それは事実だろう。第三監視塔の屋上からは、広大な収容所構内を残らず見渡せる。監視塔に設置されている強力な探照灯は、コフカ収容所の正面ゲート付近まで充分に照らすことができるし、そのあたりまで、塔に配備されている機関銃の射程は充分に及んでいるのだ。

収容所の敷地は、高圧電流が通じている鉄条網の柵で、幾重にも厳重に囲まれている。感電死することなしに、鉄条網を乗り越えて脱走するのは不可能だ。脱出できるとしたら、正面ゲートを突破するしか方法はない。しかし、ゲートまで到達するには、倉庫や作業場の建物の陰から走り出て、中央監視塔の機関銃の火線に身をさらさなければならないのだ。

「全員が爆死したわけじゃない。何人かは生存者がいるんだ」シュミットが呟いた。

燃えあがる木造兵舎の巨大な火焔を背にして、中央広場を西から東に横切ろうとしている、芥子粒《けしつぶ》のような人影が点々と認められた。爆破に生き残った警備兵が、囚人暴動を鎮圧するため現場に急行しようとしているらしい。

雪の構内に、機関銃の連続発射音が轟きはじめた。警備兵のシュマイサー短機関銃の、カスタネットを連打するような音ではない。監視塔に据えられていた汎用機関銃MG42の、野獣の咆哮《ほうこう》よりも迫力のある発射音だった。それまで沈黙していた第三監視塔の機関銃が、ついに殺戮の雄叫《おたけ》びをあげはじめたのだ。

「……おお」フーデンベルグが驚愕の叫びを洩らした。

なんということだろう。シュミットも愕然としていた。監視塔の機関銃が無数の銃弾をばら撒いているのは、正面ゲートではなく中央広場の南端にあたる方向だった。いまや夜空を焦がすまでに燃えあがっている大火災の炎幕を背にして、点々と闇に浮かんでいた髑髏団の生き残り兵士が、監視塔から機銃掃射を浴びせられ、次々と雪の大地にぶち倒されていく。

ソ連軍の特殊部隊は、あらかじめ第三監視塔までも制圧していたのだ。その隙に、囚人のバラックがある区域から正面ゲートめがけて、歓声をあげながら怒濤のように群衆が押しよせはじめた。脱走をはかる囚人の群のなかにも、点々と銃火が認められる。警備兵の銃を奪って、発砲している囚人がいるらしい。

ゲート前から、殺到してくる囚人の群めがけて短機関銃が発射される。正面ゲートに配置された警備兵が、囚人の大量脱走を阻止しようと発砲しているのだ。

第三監視塔の機関銃が、瞬時にして銃口の位置を変える。次の犠牲者は、ゲート前の警備兵だった。警備兵の銃火を目標に、監視塔の機関銃が無数の殺戮の種子を叩きつけはじめる。猛烈な機銃掃射のため、ゲート前の警備兵は四名とも銃弾で躰を吹き飛ばされた。全身をずたずたにされて、絶命したに違いない。

囚人の脱走を阻もうとする射撃音は、もう、収容所構内のどこからも聞こえてはこない。監視塔の機関銃が、ようやく沈黙した。囚人の先頭の一群は、今やコフカ収容所の正面ゲートを突破していた。囚人たちは黒々と闇に沈んだ夜の森を目指して、自由の天地を無我夢中で走りぬける。闇夜に、囚人の群の狂気じみた歓声が遠ざかる。

数日でも森のなかに隠れていれば、それで脱走は最終的に成功するだろう。まもなくコフカまで、ソヴィエト軍の前衛部隊が到達するからだ。敵軍が来るまでのあいだも、親衛隊やドイツ軍による脱走囚人の捜索が、徹底的に行われる可能性は少ない。ソヴィエト軍の進攻を目前にして、警察にも軍にも、脱走囚人を逮捕するために山狩りをする余裕など、ほとんどありえないからだ。

フーデンベルグが無力にうなだれて、雪に埋もれた大地に崩れるように膝を突いた。両腕で頭を抱えこみ、惨めたらしい啜り泣きを洩らしている。収容所を撤収する直前の事件であろうとも、囚人の大量脱走を許した収容所長の管理責任は決定的だ。

フーデンベルグは、髑髏団のエリート官僚の椅子を奪われる。降格や配転ですむとも思えない。SS法廷の判決が、死刑や懲役でなければ幸運だろう。懲罰のため最前線に送られ、自殺的な作戦に弾よけとして駆り出される運命は避けがたい。

機関銃の銃撃音がとだえ、脱走囚人の歓声が遠ざかるにつれ、最初の衝撃は去った。コフカ収容所長にとって事態は絶望的かもしれないが、シュミット軍曹が気に病むような出来事ではなかった。たまたま現場に居あわせたが、ようするに他人事であるに過ぎない。

それよりも心配なことがある。とんだ脱走騒ぎだが、ヴェルナー少佐は騒動に巻き込まれていないだろうか。浸透してきた敵軍の破壊工作員と出喰わさなかったかどうか、そちらの方が心配だ。

シュミットが、直属上官であるヴェルナー少佐の身を案じていた時、鼓膜の破れそうな轟音で、雪の大地が激しく鳴動した。爆発音は、至近距離で二度、たて続けに起きた。

巨大な火焰と爆煙の渦巻に、発電所の小屋が、そして兵器庫の建物が呑み込まれてしまう。そして、最後の大爆発。兵器庫に備蓄された爆薬類が誘爆したのだろう。爆風に吹き飛ばされ、シュミットは猛烈な勢いで大地に叩きつけられた。後頭部に衝撃が走り、そのまま意識は、ゆるやかに血の色をした闇の底に沈んでいく。

駄目だ、気を失っては駄目だ。ヴェルナー少佐が到着するまで、フーデンベルグの身柄を確保しておかなければ……。頭蓋に木霊していた思念の輪郭が、とらえどころのない曖昧なものに崩れはじめる。そしてシュミットの意識は、気だるい灰色の闇のなかに溶解しはじめた。

3

東の空では、とぎれなしに不気味な雷鳴が響いている。しかし、見渡しても雲ひとつない晴天だった。どろどろという鈍い音は、地平線の彼方から風に乗って運ばれてくる独ソ両軍の砲声なのだ。

クラクフ司令部が予想していたように、昨日の午後、ソヴィエト軍は東部戦線の全域で怒濤の進撃をはじめた。圧倒的に優勢な敵軍の攻撃にさらされて、至るところでドイツ軍の防衛線は寸断され、部隊は次々に後退している。昨日まで、コフカから三十キロも離れていた前線だが、もう二十キロ地点にまで接近しているのではないか。

ドイツ軍による決定的な反撃がなければ、明日にも敵軍はコフカまで進攻して来るだろう。昨夜、ソヴィエト兵の破壊活動に便乗して脱走した囚人のほとんどは、収容所の背後に広がる大森林に逃げ込んだようだ。連中は森のなかで、あと一晩だけ我慢すれば、最終的に解放されて自由の身になれる。

朝から兵士が十名ほど、警備犬を連れて森を探索しているが、捕らえたり射殺したりできる脱走囚人は、ほんの一部だろう。五百名中、四百名にも及ぶ大量の脱走者のほとんどが、渴望していた自由をわがものにできる。

数頭の警備犬に隠れ場所を嗅ぎつけられたか、二夜の絶食と野宿に耐えられないほどに衰弱した、不運な囚人以外の全員が。昨夜の出来事は、ドイツの強制収容所の歴史において、たぶん最大の脱走事件になるのではないか。

今夜の酷寒に、なんとしても耐えきることだ。モルゲン判事やヴェルナー少佐と同様に、絶滅収容所の存在を第三帝国の汚点であると見なしているシュミットは、森に潜んでいる脱走囚人に対して、そう胸のなかで語りかけていた。

コフカ収容所は、一夜のうちに廃墟と化していた。火元になった兵士食堂や所長官舎はむろんのこと、大小の木造建築までが延焼し、石造建築や煉瓦建築にも被害は及んでいた。あたりにはまだ、いぶる煙と焦げつく臭気が充満して鼻粘膜を刺激する。

真冬のガリチア地方では、ほとんど稀なほどに見事な快晴だった。雲ひとつない青空を背景にして、太陽が燦然《さんぜん》と輝いている。ソヴィエト軍は好天の到来を予期して、総攻撃の日時を決定したのかもしれない。雪などの悪天候は、防衛軍よりも攻撃軍にとって不利な条件になるからだ。

ヴェルナー少佐の死を無駄にしないためにも、フーデンベルグの犯罪を暴かなければならない。コフカ収容所長の汚職事件を摘発し、ヒムラー長官を震撼《しんかん》させ、そしてモルゲン捜査班を再建すること。そのための秘密捜査が成功する直前に、少佐は不運にも倒れたのだ。ハンナ殺しの真相を明らかにすることが、シュミットにできる、最大の追悼行為になるだろう。

爆風で雪の大地に叩きつけられたシュミット軍曹は、しばらくして、あまりの寒気にふと目覚めた。それから、まろぶようにして丘を下り、よろめきながら中央広場を南に縦断した。

正面ゲートの横にある管理事務所に、雪まみれで転げ込んだシュミットは、暗闇のなか床を這うようにして電話機を捜した。発電機が爆破された結果、収容所構内は停電状態だったのだ。それでも外線の電話には被害がなく、クラクフ司令部に非常事態の発生を報告することができた。

シュミットの緊急通報で、三時間後にはクラクフから、乗用車と兵員輸送トラックに分乗した救援部隊五十名ほどが到着した。しかし、荒れ狂う猛火には対処する術《すべ》もない。救援部隊は負傷者を救出し、屍体を収容するだけで精一杯だった。作業は夜を徹して行われた。

午前中には、昨夜の事件でもたらされた被害の全容が、大雑把ではあれ把握された。死者は爆発、火災、および銃撃と刺殺で、親衛隊《エスエス》の将校八名、ドイツ兵十三名、ウクライナ兵十六名、そして囚人九十二名。

将校の死者にはハスラー中尉とヴェルナー少佐が、ウクライナ兵の死者には兵器庫を警備していた二名が算入されている。生存者はドイツ兵が八名、ウクライナ兵が六名、それにシュミットの合計十五名だが、そのほとんどが負傷していた。なんとか救出作業に参加できたのは、シュミット、ウクライナ兵のフェドレンコ、それにドイツ兵が二名にすぎない。

行方不明者は全部で六人。隊長のイリヤ・モルチャノフをはじめウクライナ兵が四名、それにフーデンベルグ所長と将校一名だった。行方不明者は、焼け跡のどこかに埋まっている可能性が大であると判断されていた。爆発点の至近距離にいたせいで、肉体が四散し、死者として収容できなかった者もいるだろう。

ウクライナ人の傭兵のなかには、勃発《ぼっぱつ》した囚人暴動に怖れをなし、任務を放棄してコフカから脱走した者もいるに違いない。つまるところ、やはり傭兵は傭兵なのだ。崩壊寸前の第三帝国に見切りをつけ、沈没船から逃げ出す鼠のように脱走してしまうウクライナ兵がいたとしても、少しも不思議ではない。

ウクライナ兵はともかくとして、親衛隊将校のフーデンベルグら二名の屍体は、焼け跡のどこかに埋まっていることだろう。しかし、それを掘り出すのは難しい。夕方までにガス室と屍体焼却炉は爆破され、六時には生存者と救援部隊の全員が、収容所から撤収することになっている。明日にもソヴィエト軍の前衛部隊は、コフカに達するかもしれない。悠長に構えている余裕はないのだ。

フーデンベルグは、シュミットが意識を失っているあいだに姿を消していた。ヴェルナー少佐と同様に炎上している所長官舎に戻り、そこで煙に巻かれて、最後には焼死したのではないか。

　救援部隊を率いてきたSS大尉は、そのように推測しているようだが、シュミットの判断は違っていた。ヴェルナー少佐ならともかく、あの自己保身しか念頭にないような臆病者が、部下を救出したり貴重品を運び出したりするため、炎上している家屋に夢中で駆け込んだという想定には、あまり説得力がない。

　フーデンベルグは爆死も焼死も免れて、まだ生きているのだ。やつは幾人かのウクライナ兵と同じように、コフカから脱走したのではないか。もしも現場に留まれば、親衛隊法廷の裁判にかけられ、脱走事件の責任を問われるのは不可避だろう。処刑か懲役か、運がよくても降格されて、生還を期しがたい苛酷な戦場に送られ戦死する運命なのだ。

　それを予期して、フーデンベルグは失踪したのではないか。やつが民間人の服に着替え、コフカからクラクフ方向を目指して流れる避難民の大河に、紛れ込んでいる可能性は少なくない。そう、シュミットは疑っていた。

　ヴェルナー少佐の屍体は、所長官舎の焼け跡で発見された。炭化して顔の見分けもつかない焼屍体には、それでも制服の肩章の一部が残されていた。それは、かろうじてSS少佐の肩章であると判定された。

　火災当時、コフカにいた少佐はフーデンベルグとヴェルナーの二名。クラクフ司令部から派遣されてきた救援隊の大尉は、発見された焼屍体をヴェルナー少佐であると断定した。体格や背丈から考えて、屍体はフーデンベルグではありえない。消去法で、もう一人の少佐ハインリヒ・ヴェルナーということになる。

あのヴェルナー少佐が、下らない収容所の火事なんかで焼け死ぬわけがない。少佐は、地獄のデミヤンスクからも生還した不死身の英雄なのだ。

そう自分にいい聞かせていたシュミットも、黒焦げ屍体から銀のライターが見つかるに及んで、敬愛する上官の死を認めざるをえなくなった。柏葉と剣の模様が精緻に彫られた銀製ライターは、シュミットがフランクフルトでは有名な細工師に注文し、ヴェルナーの柏葉剣つき騎士鉄十字章の授与を記念して贈った特製品だった。

探偵役のヴェルナー少佐は焼死し、そしてハンナ殺しの犯人と覚しいフーデンベルグは、コフカから逃走した可能性がある。敵軍の進攻による大混乱のなかでは、フーデンベルグを捕らえることなど、ほとんど不可能だろう。

それでも、効果的な手がひとつだけあった。フーデンベルグの妻子がいるアウシュヴィッツに網を張ることだ。モルゲン判事の調査書類には、フーデンベルグは愛妻家で子煩悩であると書かれていた。それが事実なら、やつは密かに家族と連絡をとろうとするかもしれない。

しかし、ヴェルナー少佐が洩らしていたように、今回のフーデンベルグ追及は公式の捜査ではない。クラクフ司令部を動かしてアウシュヴィッツまで捜査員を派遣することなど、たんなる下士官に過ぎないシュミットには不可能なことだった。

それに、もしも生存していたところで、フーデンベルグの失脚は確実なのだ。残念ではあるが、コフカ収容所長の汚職を摘発することで、モルゲン捜査班を再建するというヴェルナー少佐の遠大な計画もまた、中途で空中分解したと結論せざるをえない。

午前中にハンナ・グーテンベルガーの屍体も、他の囚人の屍体と一緒に、コフカ収容所が誇る高性能焼却炉で焼かれ、その灰は大地に撒き散らされた。撤収の混乱のなかで、昨夜の事件は事件として注目されることもなく、たんに忘れ去られるのだろう。

捜査官は死に、容疑者は消えた。しかし、それでもプロの警官であるシュミットは、昨夜の事件の謎を放置したままコフカを去る気には、どうしてもなれなかった。それに事件の真相を明らかにするのは、ヴェルナー少佐に対する追悼行為でもある。犯人は、ほとんど確実にフーデンベルグだろう。やつ以外に容疑者など、一人もいないのだ。残るのは、二重の密室をめぐる二つの難問だった。それがシュミットを悩ませていた。

第一にフーデンベルグは、どのようにして屋内扉の鍵を、居間の側から締めることができたのか。第二に、どんな方法で正面扉の外側にある閂をかけることができたのか。密室で被害者が殺害されているだけならば、それほどに頭を悩ませることもなかったろう。ようするに、犯人が被害者を自殺に見せかけようとした……。

だが事件の現場には、もっと奇妙で、謎めいたところがあった。密室に女の屍体、隣室に殺人の動機をもつ男がいる。おまけに男は、室内に外部から閉じ込められて、殺人現場から脱出できない条件を強いられていたのだ。被害者が密室にいたように、なぜか容疑者も、同じように密室にいた。

二つの密室は隣接しており、従って犯人は、被害者を殺害できない条件に置かれていたように見える。被害者を寝室に、容疑者を居間に、別々に閉じ込めていた二つの密室。小屋の出口は居間にしかないのだから、小屋という大きな密室のなかに、寝室および居間という小さな密室が、入っていたともいえる。小屋の密室は、同時に三重の密室をなしていたのだ。

最初は、簡単な事件だと思われた。少なくとも最初の密室にかんしては。隠していた合鍵を利用して、女の死を自殺に見せかけるため、フーデンベルグが寝室の扉を居間側から鎖したのだ。しかし、ハンナ・グーテンベルガーに食事を運んでいたフェドレンコの証言が、昨夜のシュミットの推理を成立困難なものにした。

フェドレンコは質問に応え、いつも付けているベルトの鍵束から二本の鍵をぬき出してシュミットに見せた。一本は、小屋の正面扉の錠前の鍵。もう一本は、小屋の屋内扉の鍵だという。錠前の鍵は二つあり、もうひとつは所長が保管していた。小屋の屋内扉の鍵は、予備を女が使っていて、それ以外にはフェドレンコが保管している鍵ひとつしかないのだという。

二つある鍵のひとつは、殺人事件が起きた時刻にフェドレンコのベルトにあった。もうひとつは内部から鎖された、寝室にある寝台の枕元に放り出されていた。それではフーデンベルグは、合鍵もなしに、どんな方法で、居間の側から寝室の扉の鍵を掛けることができたのだろう。

第三の鍵は、絶対に存在しえないだろうか。ウクライナ兵の証言では、小屋の先住者から屋内扉の鍵を渡されて以来、フーデンベルグ所長がフェドレンコに、その鍵を返すよう命じた事実はない。ようするにフェドレンコの鍵から、フーデンベルグが合鍵を作った可能性はありえないのだ。

女の鍵を取りあげて、それから複製を作ったのかもしれない。だが鍵の複製を作るには、特別の材料や道具が必要だし、それなりの技術もいる。フーデンベルグが、自分で作れたとは思えない。

荒野と森に囲まれたコフカ収容所の近くには、錠前屋など一軒も店を出してはいない。最も近いところにあるコフカの村でも、収容所から五キロは離れている。だが、村の荒物店で合鍵を作ったりすれば、簡単に足がついてしまう。極秘で合鍵を作るには、ガリチア地方の中心都市クラクフまで行かなければならないだろう。

しかし、フーデンベルグは昨年の十二月に、休暇でアウシュヴィッツ官舎の家族を訪れてから、一度もコフカを離れてはいない。それは、フェドレンコなど複数の証言で確認されている。であればフーデンベルグは、昨年十二月の時点から昨夜の密室殺人を計画していて、あらかじめ鍵の複製を準備しておいたことになるのだが、それもまた不自然だ。ヴェルナー少佐が所長の情婦の存在を嗅ぎつけたのは、早くてもフーデンベルグのアウシュヴィッツ滞在中のことなのだから。

それを知ったフーデンベルグが、いつか女を抹殺しなければならない可能性を想定したとしよう。そのために密かに合鍵を作ろうと決めたにせよ、それはアウシュヴィッツ滞在の後のことになる。そうならざるをえない。だが、その後のフーデンベルグに、クラクフで合鍵を作る可能性は与えられてはいない。

シュミットはフェドレンコに、念入りに確認してみた。錠前職人の囚人が、コフカ収容所に囚われていたのではないかと。ウクライナ人の回答は否定的だった。コフカには、錠前職人として ガス室送りを免れたような囚人は、一人も存在していない。

コフカで強制労働をしていた囚人は、裁縫師、製靴職人、宝石職人、歯医者、それに増築のために必要な大工、電気工、配管工、等々であり、そのなかに錠前職人は一人もいなかった……。

フーデンベルグは収容所内でも、鍵の複製を調達できたとは考えられないのだ。最後に残る可能性は、密かに部下に命じて、クラクフで合鍵を作らせたということだろう。しかし、それもシュミットの警官としての勘では、あまり現実的な想定ではない。あの男が、共犯者に弱みを握られて後から脅迫されるような危険を冒すとは、どうしても思えないのだ。

そもそも、事前に合鍵を用意していたという可能性そのものに、ほとんど説得力はない。収容所長フーデンベルグは、いつでも望む時に、ハンナ・グーテンベルガーを合法的に抹殺できた。部下に命じてガス室に送れば、それでよいのだ。

昨夜あの小屋で、わざわざ女を殺さなければならない羽目になったのは、ヴェルナー少佐のコフカ訪問の結果だろう。ハンナ殺しは、幾日も前から計画されていたものではない。

あの殺人は、フーデンベルグがヴェルナー少佐の訪問を知らされてから、泥縄式に計画され、その夜のうちに実行に移されたものと考えるべきだろう。昨日の午後、ヴェルナーとシュミットが収容所の視察に出ていた一時間か二時間のあいだに、フーデンベルグが合鍵を調達できたとは信じられない。犯行に新しい合鍵が利用された可能性は、無視できるほどに少ない。

であればフーデンベルグは、ひとつしかない鍵で居間の側から屋内扉を施錠し、閉じられた扉を通して鍵を寝室のなかに戻したか、反対に鍵は寝室内に置いたまま、鍵なしで屋内扉を居間の側から施錠したか、そのどちらかしかありえないことになる。

いや、やはり合鍵はあった。そう考えるしかなさそうだ。フェドレンコも知らない第三の鍵が、以前から所長の手元に保管されていたという可能性は、絶無ではない。ヴェルナー少佐にハンナのことを嗅ぎつけられたと知って、動転したフーデンベルグの脳裏に、どこかに放り込んでおいた合鍵のことが浮かんだのだ。それでやつは、合鍵を利用して寝室を密室化し、ハンナを自殺に見せかけようと思いついた。さしあたり第一の密室に関しては、そう考えておくことにしよう。

昨夜、フーデンベルグの身体検査をした時も、着衣から合鍵を発見することはできなかった。トリックの種になる鍵は、早めに処分するのが当然なのだから、それも不思議なことではないが。

小屋に閉じ込められていたフーデンベルグは、居間のどこかに鍵を隠したに違いない。あるいはトリックで正面扉の閂をかける前に、戸外に放り投げたのかもしれない。鍵は雪に埋もれたろう。どちらにしても、徹底的に捜索すれば発見できるかもしれない。犯人の手で、鍵が回収されたとは思えないからだ。

収容所の爆破と囚人の集団脱走を目撃したフーデンベルグは、あまりの衝撃に我を忘れていた。あの大事件の前では、情婦ハンナにまつわる憂慮など、もはや問題にもならない。ユダヤ人の女囚を情婦にしていた罪よりも、囚人の集団脱走を惹き起こした罪の方が、比較にならないほど重大なのだから。

　爆発で意識を失ったシュミットを残して、現場から立ち去ろうとした時にフーデンベルグが、屋内にせよ屋外にせよ、隠した合鍵を回収するような手間をかけたとは思えない。あの集団脱走の後では、ハンナ殺しの真相を秘匿する意味も失われたのだ。

　フーデンベルグが脱走事件の責任追及を怖れて、とっさに逃亡する決意を固めたのだとしたら、合鍵が回収された可能性はさらに減る。逃亡者に、そんな暇などあるわけがないだろう。屋内を徹底的に捜索することはできるし、屋外に放り投げられたとしても、鍵は発見できるだろう。

　好天のせいで、雪はもう、あらかた解けている。無用に頭を悩ませるよりも、先に鍵を探してみること。居間で、あるいは小屋の前で寝室の鍵さえ見つけられるなら、それで第一の密室の謎は消滅する。

　としても、まだ頭痛の種は残されていた。鎖された屋内扉をめぐる第一の謎よりも、問題は、むしろ第二の謎の方なのだ。あの巨大な閂は、どんな奇想天外な方法を利用しようとも、針や糸などの小細工でかけられるようなしろものではない。常識的に考えて、あれは屋外からかけられたものだ。

　どうしてフーデンベルグは、あの閂をかけることができたのか。難問は、それだけではない。最大の謎は、いかにしてよりも、なぜかの方にあるのだ。なぜ犯人のフーデンベルグは、自分を殺人現場に釘づけにしてしまうような作為を、わざわざ自分の意思で演じたりしたのか。

その理由について納得できる説明がなければ、屋内にいる犯人が正面扉の閂を、屋外からかけるための手品を見破ったとしても、フーデンベルグを犯人として告発するわけにはいかない。しかし、なぜなんだ。どうしてフーデンベルグは、自分で自分を小屋に閉じ込めるような奇怪な振舞に及んだのだ……。

なぜフーデンベルグが、そんなことをしたのかは、さしあたり棚上げしておこう。やつの動機よりもトリックの解明の方が先決になる。「いかにして」が判れば、結果として「なぜ」の方も、正体が見えてくるかもしれない。

そう考えているシュミットには、小屋の内部から犯人が、正面扉の外側にある閂をかけた方法を、あるいは見抜けるかもしれない着想があった。それは轟々と燃えさかるコフカ収容所で、夜を徹して行われた救援作業のあいだに、ふと閃いたものだった。

ヴェルナー少佐なら、あの明晰な頭脳でフーデンベルグがしかけた姑息な謎など、たちどころに解いてしまうだろう。しかし、少佐が死んでしまった以上、ハンナ殺しの真相はシュミットがひとりで究明するしかないのだ。

昨夜も考えたように、裏窓がトリックの正体に違いない。小屋のなかで、期待している証拠品が見つけられたなら、どんなふうに裏窓が利用されたのかも、想像できるようになる。それから実験してみるのだ。実験が成功すれば、密室の謎は氷解する。

フェドレンコは、もう一点、重要な証言をしていた。ハスラーは、フェドレンコにヴェルナー少佐の捜索を命じる前に、警備兵の詰め所に電話して、兵器庫警備の交替兵を監視地点に急行させたという。やつはヴェルナー少佐が、ハンナの小屋を訪れるかもしれないと警戒したのだろう。それで兵器庫前の警備兵を、二名に増員したのだ。

五時五十分頃に詰め所を出発したとすれば、六時十分頃には、交替要員も兵器庫に到着していたと考えられる。警備兵二名は、ほとんど同時に殺害されているのだが、事件の発生時刻の幅は、フェドレンコの新情報でむしろ広げられたようだ。


救援隊の兵士を指揮して爆死者や焼死者の埋葬を終え、ようやくシュミットは火事の後始末から解放された。後は爆破班の仕事になる。撤収までにコフカ収容所は、地上から完全に消滅していることだろう。

埋葬作業の指揮をとるよう命じられたシュミットの判断で、臨時の墓地は、収容所の裏手にある鬱蒼とした森のなかに造られるよう決められた。呪わしい絶滅収容所の構内に、ヴェルナー少佐を埋葬することなど許されはしない。

死んだ髑髏団の将兵とは、少し離れた地点に少佐の遺体を埋め、自然石の小さな墓標に心を込めて敬礼した。ヴェルナー少佐に最後の別れを告げてから、シュミットは埋葬作業を命じられた小隊を率いて収容所構内に戻った。

直接の上官でもない大尉から、また便利仕事を命じられては困る。救援作業や火事の後始末に、なにしろ徹夜で働いたのだ。自分の判断で休憩にしても、後から問題になることはあるまい。それにシュミットには、是非ともコフカにいるあいだに、終えなければならない重大な仕事が残っているのだ。救援隊の大尉に見つかりさえしなければ、行動は自由だし、撤収までの時間も望むように使える。

小隊には所長官舎の焼け跡のところで待機しているよう指示して、シュミットは一人、中央広場にある第三監視塔を目指した。ハンナの小屋で徹底的な調査をはじめる前に、監視塔からコフカ収容所の構内を眺めてみる必要がある。再調査のためには、最初に、全体の見取り図を頭に入れた方がよいと判断したのだ。

広場は解けた雪で、ひどくぬかるんでいた。爆薬を積んだ大型トラックが、泥飛沫をあげながら広場を横切っていく。トラックの目的地は、ガス室や屍体焼却炉のある区画だろう。爆破班が、活動をはじめようとしているのだ。

春のような気温のせいで急激に解けた雪が、監視塔の階段を水浸しにしている。泥だらけの靴を、さらに濡らしながら階段を上がり、三名の警備兵の死骸が発見された屋上に出る。

監視塔に配置されていた警備兵の一人は、例の手口で延髄を抉られていた。もう一人は、背後から心臓を刺されていた。最後の一人は、頸動脈を切断されていた。首筋と心臓を刺された二人は、油断していたところを襲われて無抵抗に殺害されたらしいが、最後の一人には多少とも抵抗したような痕跡がある。

屍体の制服が乱れていたし、叩きつけられて壊れた椅子や、ペーパーホルダーから散乱した警備点検の書類など、屋上には格闘の跡が残されていたのだ。

シュミットは、がらんとした屋上の床に、陽光を反射して光る銀色の小片を見つけた。何気なしに拾いあげてみる。ルーン文字が刻まれた銀製の髑髏のキイホルダーに見覚えがあった。鍵のサイズや形状からも、シュミットの見誤りではないように思える。昨日、シュミットが運転してきたメルツェデスのキイに違いない。

昨日の夕方、ヴェルナー少佐に命じられて渡したキイだ。クリューガー大将の専用車は、雪溜まりにタイヤをとられて病院の横に乗り捨てられていたが、それでもキイは抜かれていた。少佐が抜いたに違いない。

メルツェデスはまだ病院の裏に放置されている。なんとも惜しいことだが、ドイツ自動車工業の精華であるメルツェデスSは、ロシア兵に捕獲されないよう破壊される運命だった。

しかし、あのメルツェデスのキイが、なぜこんなところにあるんだ。頭のなかで、発見したばかりのキイを中心にして、昨日からの無数の観察や証拠の断片が、猛烈に渦巻きはじめた。それらが、次第に信じられない形をなしていく。

クラクフを出発してまもなく、郊外にある親衛隊の兵器庫でメルツェデスのトランクに積んだ多量の爆薬。ヴェルナー少佐が熱心に視察していた、正門の左右にある監視塔、二つの兵士食堂、それに丘の上にある発電所と兵器庫。それらの全部が、昨夜、何者かに爆破されたという事実……。

まだある。囚人バラックを警備していた兵士は、刺殺が一名、そして射殺が二名だった。囚人が最初に刺殺した兵士の銃を奪い、それで残り二名を射殺した。そのようにも考えられるが、他方、荒らされていた兵器庫という問題もある。

二名の警備兵を射殺した銃は、兵器庫から盗みだされたものかもしれない。脱走する囚人が乱射していた銃声や銃火の模様を思い出してみると、三梃以上の銃が、囚人側に渡っていたような気もする。

渦巻のなかから、徐々にシュミットの脳裏に浮かんできた絵柄は、絶対に信じがたいものだった。シュミット軍曹は、地獄の風に吹かれたようにぶるりと身顫いし、落ちつきのない仕種で軍用外套の襟を掻きあわせた。その掌には、痛みを覚えるほどにきつく、銀色のメルツェデスのキイが握りしめられている。

後篇　ジークフリートの死

第九章　存在の夜

1

後方の視界が、ないも同然だった。ビニール製のリアウインドーが、外側を濡らしている雨滴と内側で凝結した水蒸気のため、ほとんど曇《くも》り硝子《ガラス》のようになっている。

ルームミラーには灰色の幕以外になにも映らないし、上体をねじり窓から顔をだして、肉眼で後方を確認しようとしても、事情にはさして変わりがない。ほとんどなにも見えやしないのだ。

幌《ほろ》の雨もりで髪や肩を濡らしながら、前後と左右を疾走している車に神経を尖《とが》らせ、わたしにしては臆病なほど慎重にステアリングを、そしてブレーキとアクセルを操作していた。

ピクニック用のシート同然の幌しか装着できない、ジープタイプの小型車だった。フランスで生産されている、もっとも安価な車のひとつだろう。雨もりなんかで仰天するようでは、とてもシトロエン・メアリのオーナーにはなれない。

それでも雨の日は、傘をさして歩くよりもメアリの方が、はるかに快適だ。乗るまえにレインハットをかぶり、レインコートを着こんでおかなければならないにしても。

五月中旬までは例年とおなじ、穏やかな春の気候だったのに、下旬に入るや事情は急変したのだ。季節は大股で夏をまたぎ越し、冷たい雨がふり続く晩秋のそれに、たちまち変貌したようにも思える。

五月二十七日から、ほとんど連日の雨で、衣装簞笥の底に押し込んだばかりのセーターを、また引っぱりださなければならない膚寒さだった。今日から六月だけれど、月が変わっても、陰気な曇天と冷たい雨から解放される気配はない。

去年の夏にパリを襲ったルイ十四世以来の猛暑が、そのまま裏返しになったような、気象観測史にも例がない冷夏になりそうだ。青果物の値段も、じりじりと上がりはじめている。たぶん今年は、水っぽいワインの当たり年として記録されるようになるだろう。ワインの原料になる甘味の強烈な、よく熟して品質のよい葡萄《ぶどう》は、暑い夏の方がよくできるのだ。こんな天候では、まともな葡萄なんか収穫できるわけがない。

前後の車は泥水をはね散らしながら、時速百キロ以上の猛スピードで疾走している。歩行者用の横断信号が設置されていないセーヌ左岸の自動車道路《オートルート》だった。高速で走っている車の流れを乱さないよう、わたしはエンジンの力に余裕がないメアリのアクセルを床まで踏みつけていた。

新緑のトロカデロ公園と、その奥に半弧をなして聳える肌色の石のシャイヨー宮が、降りしきる小雨に輪郭をにじませていた。じきに、ニコライ・イリイチとおぼしい人物にカケルが狙撃された地点になる。

「ほら。あの男に、あなたが殺されかけたところよ」

わたしは助手席の青年に、からかうような口調で内心の不安を隠しながら語りかけた。正体の知れない黒い霧は、あいかわらず心の底に重苦しくわだかまり、不気味に渦を巻いていた。そんな圧迫感から逃れようとして、わざと冗談まじりに去年の事件のことを口にしたのだった。

ニコライ・イリイチを話題にしたのには、理由がある。ジャン＝ポールの口から、その名前を聞かされたばかりなのだ。しかし、カケルは苦笑さえ洩らさないで、わたしの無駄口を黙殺した。

カケルはガドナス教授から、今日、自宅に招待されている。教授が話題にしていたドイツ人が、その夜、ガドナス家を訪れる予定なのだという。ユダヤ人の老哲学者は律儀に約束を守って、カケルが問題の人物に会えるようにしてくれたのだ。それを知って、わたしは一緒に連れていくようカケルに迫った。日本人は、いつものように無表情な顔で、黙ってうなずいた。

カケルになにかを頼んで、断られたことは一度もない。瑣末なことしか、頼まないからかもしれないが。かれには、ほんとうに望んでいることを、わたしには絶対に口にできないようにさせる、冷ややかで拒絶的な雰囲気があった。いつまでもパリにいてほしい、今度また外国に行くようなときは、わたしも一緒に連れて行ってほしい。カケルの手を握りしめ、そんなふうに夢中で懇願したい。

かれが応じてくれたら、どんなに素敵だろう。そう心から願うのだけれど、できはしない。

どうしても、できないのだ。わたしが無理に近づこうとしたら、カケルは、もっと遠方に去ってしまう。きっと、そうなるに違いないのだ。

出かけるまえに空模様を見て、ガドナス教授の家には車で乗りつけることにした。躰の芯までひえこみそうに冷たい雨に濡れて、地下鉄の駅まで歩いたりするのは御免だ。シトロエン・メアリに幌をかけ、まずモンマルトルからレアールまで走らせた。モンマルトル街の安ホテルの前でカケルを乗せて、大衆百貨店サマリテーヌの手前でリヴォリ通りに入る。ロワイヤル橋のところから河岸高速におりた。季節はずれの雨で道路は混雑しているが、それでもサン・クルーの目的地まで、約束の時間までには着けるだろう。

河岸高速を出たところにある交通信号が、黄色になった。アクセルを踏んで一気に突破してしまう。パリジェンヌ式の運転作法を、忠実に守ろうとしたわけではない。メアリの小さな心臓では、一度とまるとスピードを回復するまでに、厭になるほど時間がかかるのだ。もしも大排気量の車に乗っているなら、わたしだって黄信号を尊重する気にもなるだろう。

郊外の自動車道路で実験してみたのだが、シトロエン・メアリでも勢いさえつければ、時速百四十キロで走行できる。それ以上でるのかもしれないけれど、ステアリングがぶれて車体が蛇行《だこう》しはじめたので、やむをえず実験は中止にしたのだ。

ジャン＝ポールは、子供のときからわたしのことを無鉄砲だと決めつけて、事あるたびに説教がましい演説をしていたが、ナディア・モガールだって自制するときはする。メアリで百四十キロ以上は、だそうと思わないように。

「君の愛車は、どうやら重病だな」ときおり咳込むようなエンジン音に、じっと耳を傾けていたカケルが、ぽつりと呟いた。

「そうよ。モンセギュールで、あなたがひどい扱いをしたからよ。あれじゃ、小さな赤ん坊駱駝《メアリ》の横腹を、尖った鋼鉄のあぶみで力一杯、蹴りつけたようなものだわ」

「シトロエン・メアリに回転計があれば、あのとき針は、はじめから終わりまでレッドゾーンの左端に、ぴたりと張りついていたろうな」カケルが、自分の責任ではないような口調でいう。

「あのときあなた、壊れたら車は弁償するって叫んだわね。新しいのを進呈してもらえるなら、わたしはA110がいいな。ルノー・アルピーヌは、もうじきV6エンジンの新型車が発売になるらしい。そうなれば、A110の新車はもう買えなくなるんだもの」

アルプスの山道をはねるように疾走する、青い子馬ルノー・アルピーヌのオーナーになるというのは、子供のころからの長年の夢だった。しかしそれは、親の家から大学に通っている平凡な学生にとって、さしあたり実現性のない願望にすぎない。

喘息で死にかけている駱駝の代償として、カケルに高価な青い子馬をよこせと迫ったりしたのは、もちろん、ほんの冗談だった。宣言したことはかならず実行しそうな完璧主義者を、少しばかりからかってみたにすぎない。わたしの皮肉に、愛想のない日本青年も、さすがに唇の隅に皺をよせて苦笑していた。

「それよりもカケル。あなた、その後の捜査の進行を知りたくないの。まだ新聞でもテレヴィでも報道されていないけれど、とうとう警察はカッサンを逮捕したのよ。今朝早く、ダッソー邸で。

逮捕のときは、大変な騒動だったとか。カッサンが暴れて、刑事をふたり殴り倒したのね。それでバルベス警部が、腕まくりしてカッサンの行手をふさいだ。ジャン＝ポールのパンチで、カッサンは前歯を三本も叩きおられたらしいわ。ジャン＝ポールも、左眼に痣ができたようだけどね。それより、あなたに興味がありそうなのは、ピレリの自供」

わたしは家を出るまえに、警視庁のバルベス警部に電話したのだ。カケルに伝言するという名目で、最新の捜査情報を入手することにも成功した。


マソン警視の電話で昨夜、またしても雨の街路に駆けだしたパパとジャン＝ポールは、警視庁の訊問室でポルト・デ・リラ事件の容疑者に、カッサンの写真を突きつけたらしい。ギョーム・ピレリは、目撃したのは写真の男に間違いないと証言した。

じつはピレリは、事件の当夜、九時にはアパルトマンに戻っていたのだ。年長の友人ジャン・コンスタンに、十時まで部屋を貸していたのだが、潮のように高まる好奇心で、どうにも我慢できない気分になった。コンスタンが自分の部屋で、どんな人物と恐喝の密談をしているのか、どうしても知りたくなったのだ。時間を間違えて、早めに部屋に着いてしまった。そう弁解すれば、コンスタンも文句はいえないだろう。

アパルトマンの建物の横には、見慣れない茶色のシトロエンＤＳが違法駐車していた。パリのナンバーではない。たぶん地方から遠距離ドライヴをして、パリに着いた車だろうとピレリは思った。エレベーターのない老朽化した建物の階段を、そのまま屋根裏まで登った。

その途中、酔って足下もおぼつかない老人を抱えるようにして、階段を降りてきた大男とすれ違っている。男には顎《あご》に傷痕があり、それが印象に残った。部屋のドアは、鍵であける必要もなく、ノブを廻すと簡単にひらいた。そしてピレリが発見したのは、壁に頭をぶつけて死んでいるコンスタンだった。

屋根裏部屋の床には、総額で三千ドルにもなるドル紙幣が散乱していた。ピレリは札をかきあつめ、一目散に屋根裏部屋をあとにした。事件に巻きこまれるのを警戒して、しばらく友人の家に身を隠そうと思ったのだ。

友人の家にひそんでいるところを発見され、警察に逮捕されても、ピレリには正直に供述することができなかった。なぜコンスタンの屍体を発見したときに、警察に通報しなかったのか。とうぜん、そう追及されるだろう。三千ドルの札束を自分のものにしようとして、と告白すれば、殺人罪はまぬがれても横領罪をみとめることになる。

逮捕されたピレリは、まだ自分のおかれている立場を楽観視していた。階段ですれ違った男、あの男がコンスタンを殺した犯人に違いない。酔って抱きかかえられているように見えた老人は、殴られて意識を失い、拉致されるところだったのだ。

たぶんコンスタンは、ピレリの部屋を借りて、あの老人と恐喝の相談をしていたのだろう。そこに男が押し入った。コンスタンは突きとばされて頭を壁にぶつけ、絶命した。老人は意識を失うほどに殴りつけられ、男に連れさられた。

札束のことは黙っていても、コンスタンを殺害し密談相手のボリビア人を誘拐した大男を、警察はじきに逮捕するだろう。ピレリは、そう考えて黙秘していたのだ。しかし、警察が大男の存在を嗅《か》ぎつけた様子はない。事態はピレリが、コンスタン殺しの犯人として起訴される方向に進みはじめた。

追いつめられたピレリは、昨夜、ようやく自供をはじめたらしい。横領罪をみとめて、殺人罪をまぬがれようとしたのだ。問題の三千ドルは、ピレリが隠れていた友人のアパルトマンの床下から、自供どおりに発見され回収された。

「まだ自供してはいないようだけど、カッサンがパレ・ロワイヤルのホテルからロンカルを尾行し、ピレリの部屋に押しいったのは確実ね。抵抗したコンスタンを突きとばして殺し、ロンカルを拉致したのも。

三千ドルは、ロンカルが恐喝の手先としてコンスタンを雇うため、あらかじめ用意したのだろうとジャン＝ポールは推測している。ホテルに預けられていた旅行小切手のほかに、ロンカルは犯罪の計画資金を用意していたのね」

日本人は、とりわけ好奇心を刺激されたようには見えない。相変わらず無口で、なにを考えているのか想像もつかない顔をしている。その無感動な顔つきを見て、ふと、わたしは爆弾を投げてやりたい気持になった。

その話を知らされたら、カケルだって仰天するだろう。冷静沈着の塊みたいな青年の表情に、なにか生きた感情のようなものを、わたしの力で波だてたい。衝撃的な新情報を耳にした日本人は、どんな顔をするだろうか。それを至近距離で目撃したいという欲求にかられて、わたしは息苦しいほどに緊張していた。知らないあいだに、かすれた声が唇から洩れていた。

「まだあるのよ、話は。コンスタンはピレリに、恐喝計画について漠然とだけれど説明していたのね。必要なときは、配下として使おうと考えていたのかもしれない。

ピレリによると、ある男が偶然に、ラパス在住のドイツ系ボリビア人が保存していた昔の写真のことを知って、それが脅しの材料に使えると思いついた。男はボリビア人に、パリまで写真を持参するように勧め、他方、以前から配下にしていたコンスタンに、ボリビア人に協力して恐喝計画を練るよう命じた。

ピレリが知らされていたのは、そこまで。脅迫の材料の写真がどんなものか、だれを恐喝しようとしているのか、それ以上はコンスタンも教えようとはしなかった。最新情報はあと、もうひとつあるわ。計画の黒幕の男だけどね、コンスタンは一、二度、その男のものらしい名前を洩らしたというのよ。だれだと思う、あなた」

「……ニコライ・イリイチ。そうだろう、ナディア」

高圧的な青年の言葉に、わたしはぞくりと身顫いした。その声は冷酷で、青光りするナイフのように鋭かったのだ。口調には、まぎれようもない殺意が滲んでいた。わたしがうなずいたのを見て、そのままカケルは黙りこんでしまう。

ピレリがコンスタンから聞かされたところによれば、ニコライ・イリイチが父親のルイス・ロンカルことイリヤ・モルチャノフのために、脅迫の御膳だてをしたというのとは、少しばかり話が違っている。

ニコライ・イリイチは父親の存在を、配下にも知られたくないと思って、その辺を曖昧にしたのだろう。出生も履歴も、本名も家族も、自分にまつわるあらゆることを秘匿するのが、各国の警察に追われている国際テロリストの防衛本能だろうから、それはそれで不思議ではない。

電話でジャン＝ポールから、ニコライ・イリイチの名前を知らされたとき、わたしはあまりのことに愕然《がくぜん》とした。わたしたちの三つの事件の背後にひそんで、それぞれの犯人を操っていた謎の人物。その男が、どうやらダッソー邸の事件にも関係しているらしいのだ。

過去の事件と違うのは、イリイチ側の人間が誘拐され、殺されていること。殺害されたルイス・ロンカルが、ニコライ・イリイチの父親モルチャノフである可能性は、かなりの程度に濃厚だ。であればイリイチは、じつの父親を殺されたことになる。謎の男は復讐という新たな動機からも、今後さらに、ダッソー邸の事件に介入してくるのではないだろうか。

それを知ったときのカケルは、イリイチにたいする殺意を、わたしに隠そうともしなかった。ダッソー家の森屋敷の事件をめぐり、もしもカケルとニコライ・イリイチが、どこかで顔をあわせることにでもなれば……。

不安の黒い霧が、かつてない密度で心に充満しはじめた。謎の男の怖しい力を考えれば、カケルのほうが殺されてしまう可能性もあるのだ。もしもカケルが、その男との対決に勝てたとしても、かれは殺人者になる。どちらにせよわたしとの関係が、これまでどおりに続くことなど、もう考えられなくなってしまう。

膨大な不安の塊に押しつぶされて、とり返しのつかないことを喋ってしまったと、わたしは心の底から後悔していた。イリイチのことなんか、教えてはいけなかった。なぜ、つまらない好奇心にかられて、それを口にしたりしたのか。わたしが黙ってさえいれば、その話をカケルがジャン＝ポールから知らされるのは、何日もあとのことになったろう。

それまでには、森屋敷の事件そのものが終わっている。わたしは昨夜、ついに問題の物音トリックを解明したのだ。カケルの仰天ぶりを見て楽しもうとした軽率さを悔いながら、唇を血がにじむほどにきつく噛んだ。

輪郭のない不安の濃霧のなかで、後悔と自己嫌悪にまみれながら、それでもわたしは考えていた。なぜ、パリに戻ってきたカケルと再会した日から、息苦しい不安感に悩まされはじめたのか。それはカケルが、死にそうになるほどの病気を患ったと、知らされたからではないだろうか。

それまではカケルが死ぬなんて、一度でも、考えたことはなかった。かれは普通よりもはるかに健康で、強靭な肉体をもつ、まだ二十代の青年なのだ。自覚的ではなかったけれども、そんなわたしがふいに、なかば無意識にカケルの死の可能性を案じはじめた。それが、かたちのない不安に襲われはじめた原因ではないのだろうか。

イリイチのことを知らされたときのカケルの表情を見て、あの不安が、それまで以上の濃密さで心底から湧きあがったのも、おなじ理由かもしれない。それまでは漠然とした可能性だったカケルの死が、イリイチに殺されるかもしれないという、具体的なかたちをとりはじめたのだ。
ハルバッハによれば、不安は対象のない感情である。カケルの死の可能性という対象があるとしたら、わたしの不安は不安ではない、しいていえば恐怖だということになる。そうだろうか。心のなかに充満して、わたしの心をいたたまれないほどに圧迫するものは、試験に落ちるとか、深夜の地下鉄《メトロ》で不良に襲われるかもしれないとか、そんな種類のものとは質的に違う。絶対に異質なものだ。

世界の意味の秩序が崩壊したときに、人間は足下に無の深淵が口をあけていることに気づく。それが不安をもたらす。カケルの死を想像するわたしは、まさに世界が崩壊してしまいそうな、無の深淵を覗きこまされるような、そんな胸苦しい気分に巻きこまれるのだ。それが不安でなくて、ほかのなにでありうるだろうか。

ハルバッハなら、反論するかもしれない。他人の死は、それがどんなに親しい他人の死であろうと、自分の死とは本質的に違うのだと。カケルが死んでも、たしかにナディア・モガールの現存在が破壊されるわけではない。わたしは、そのあとも生き続けるだろう。わたしのまわりにある、無数の事物や他人のことを、道具として気づかいながら。それでもわたしは、カケルのいない世界を想像することなどできない。とても、できそうにない。

カケルという中心を失った世界は、鮮やかな色彩を奪われて不吉な灰色に沈み、曖昧な私語をかわしながら亡者《もうじゃ》の群がさまよい歩く、死の影にひたされた冥府のようなものになる。ほんとうにそうなるかどうかはともかくとして、いまのわたしには、そう感じられるのだ。それは自分が死ぬよりも怖しいことだ。生きながら冥府に、死者の世界に入りこんでしまうのだから。

　多数の可能性を有機的に連関させ、それに生気に満ちた色どりと真実の香気のようなものを与える可能性の中心を破壊され、瑣末な可能性に心をわずらわせるしかないような生存は、ほとんど地獄ではないだろうか。料理するのが、自分の空腹感を満たすためのものでしかないなら、もうカケルには食べてもらえないし、かれと一緒に食卓につくこともできないのだとしたら、わたしは料理なんかしたくない。

　わたしはハルバッハの死の哲学を信じない。カケルを失った自分でも、良心の呼び声に応えて本来的自己たろうと決意し、そして死の可能性に先駆しうるならば真実の生を生きられるなんて、どうしても思えない。その人間の生を豊かなもの、ほんとうのものにするのは、自分の死の可能性なんかじゃない。それは、身近な他者の存在なのだ。自分にとって特別な意味をもつ、固有の他者の存在なのだ。

　自分の死の可能性が、人間に不安をもたらすのではない。カケルの死の可能性が、わたしを不安がらせる。いたたまれないほどに不安にさせる。それはカケルの存在が、わたしの生の可能性の中心に位置しているからだろう。指を折ったピアニストが、それ以後の人生を考えることなどできないように、カケルを失った人生など、わたしには想像することもできないのだ。

　気づまりな沈黙が続いた。しばらくしてメアリはスピードを落とし、パリ郊外にあるサン・クルーの住宅街に入りこんだ。カケルが、わたしに押しつけられた地図を見ながら、道順を的確に指示してくれる。

　ガドナス教授のアパルトマンがある街路まで、これなら迷わないで辿りつけそうだ。シトロエンは陰気な雨に濡れて軒をつらねる、平凡な住宅街のせまい街路を走りぬけていく。わたしは助手席で黙りこんでいる青年に、さりげない口調で問いかけた。ニコライ・イリイチについては、二度と口にする気になれなかった。

「ねえ。ジャン＝ポールもいってたけど、昨夜のあなた、いつもとは違ってた。密室の本質やダッソー犯人説について話したときも、なんだか歯切れがよくない感じがしたわ。まだ、なにか隠してるの」

　カケルは黙りこんでいる。どうやら、わたしの質問に答える気はないらしい。話題を変えて、また問いかけてみる。

「あなた、昨日の夜、話のなかでアントワーヌのことを暗示してたわね。アントワーヌの計略にのせられた、馬鹿なわたしのことも」

　青年が困惑したように眉《まゆ》をひそめて、わたしの顔を見つめた。「最近、アントワーヌのことを考えることが多いからだろうか。自然と肉切り包丁や、不在証明《アリビ》工作に利用された友人の例が、頭に浮かんできたんだ。皮肉だなんて思わないでほしい。もしも君の心を傷つけたなら、謝罪するよ」

「いいのよ、あやまらなくても。だまされたのは、わたしなんだもの。あなたに皮肉られたって、仕方ないことだと思う。わたしが聞きたいのは、そんなことじゃないの。カケルが批判した自殺者って、ようするにアントワーヌのことでしょう。違うかしら。自殺者は、死の可能性を隠蔽するために特権的な死を夢想し、そして倒錯した行為に走るけれど、それは挫折を宿命づけられている。アントワーヌの死について、あなたともう一度、話しあいたいの」

日本人が、そっとうなずいた。その話題を拒もうとはしていないらしい。わたしが言葉をつぐ。「じゃ、質問するけど。あなたがアントワーヌに腹をたてたのは、なぜなの。なぜカケルは、あれほどアントワーヌに苛烈《かれつ》に対したの。

あなたを責めてるんじゃないのよ。普通に考えれば、あなたは殺人者にも優しい、優しすぎるほどの告発者だった。真相を、パパやジャン＝ポールに暴露して、あとは警察にまかせるのが普通なんだもの。

でも、あなたはアントワーヌにスペイン行きの機会をあたえた。殺人者に逃亡のチャンスを提供した。犯人には、優しすぎる探偵だわ。でもアントワーヌは、むしろ警察に捕らえられることを、内心では望んでいたのかもしれない。そんな気もするの。あなたの優しさが、アントワーヌを死地に追いやった。

いいえ。アントワーヌを追いつめるために、あなたは逃亡のチャンスを保証したんだわ。それがカケルの、犯人にたいする優しさの意味だった。とすれば、その優しさは苛烈さとうらはらじゃないかしら。カケルはアントワーヌに腹をたてた。怒ってた。憎んでいたかもしれない。わたしには、そう感じられてしまう」

カケルが、考えぶかそうな表情で語りはじめた。「確かに僕は、殺人者のアントワーヌやマチルドを、心底では憎んでいたのかもしれない。それは彼らの行為が、まるで過去の、呪われた自分のものであるかのように感じられたからだ。僕が、そこから脱出する方途を求めて海を渡り、世界を放浪しなければならなかった閉域に、彼らは無自覚に閉じ込められていた。その無自覚さを、許せないと感じたのかもしれない」

「閉域って」

「死をめぐる観念の閉域。それは無限に反復し、自己循環する死の観念の地獄だ」

「カケルも、自殺しようと考えたことがあるのね」

カケルは毎晩、大型拳銃を顳顬に押しあてながら、殺人と自殺の是非について考察するのだと、わたしに語ったことがある。そのときカケルが引きあいにだした、ロシアの小説のなかの人物は、死の恐怖を超えて人神になるために拳銃自殺をするのだ。カケルが顔をしかめるようにして応えた。

「自殺を考えたことはないよ、一度も。長いあいだ、気が狂いそうになるほど考え続けたのは、自殺よりもはるかに悪い、さらに冷血で、さらに残酷なことだった。僕は、それを実行する直前まで行った。直前で引き返せたのは、たぶんハルバッハの本を読んだからだろう」

自殺よりも、もっと人でなしのこと。殺人だろうか。お金のためとか憎しみにかられてとか、新聞記事で毎日のように読まされる平凡な殺人とは、まるで種類が違うような、おぞましさの極点の殺人。わたしは戦慄した。カケルが、そんな悪事など犯さないですんだことを、信じてもいない神に感謝したい気持だった。

「どうしてハルバッハ哲学が、最後の地点で、あなたを思いとどまらせたの」

「ハルバッハによれば、現存在の本来的自己は、死の可能性への先駆において実存する。バルベス警部が察したように、死の可能性は無数にある生の可能性から、その人間にとって本当に大切な可能性、特別の可能性、人生の中心的な可能性を、はっきりと映し出す特別の鏡なんだ。死という鏡がなければ、人間は無数にある可能性のなかで道を失うだろう。他人の眼を気にしたり、常識に流されたり、日常の些事《さじ》に追われたりして、本当の自分を生きることなどできはしない」

「そうだわ。ハルバッハの本には、たしかにそう書いてある。それで」

「死は、そのように特別製の鏡だ。そこに倒錯が生じる余地もある。ハルバッハは、それについて主題的に分析はしていないけれどね」

カケルの議論に、わたしは強い興味をひかれた。なにしろ、読んだばかりの本についてだし、いま真剣に考えている主題にも関係するのだ。わたしは尋ねた。

「どんな倒錯かしら」

「ハルバッハによれば、人間の死は、二つの存在形態しかもたない。忘却された死、そして凝視される死。死は日常生活のなかで忘れられているか、それとも先駆的に直面されているか、そのどちらかでしかありえない。しかし、死には第三の存在形態があるんだ」

「死の、第三の存在形態……」思わず、わたしは呟いていた。

「死は観念的に所有される存在でもある。もっと正確にいえば、人にその観念的な所有の欲望を挑発する存在でもある。死の観念の地獄とは、体験できないものとしての死、追い越しえないものとしての死を、わが手に摑みとろうという不可能な欲望の地獄なんだ。アントワーヌは、そんな地獄に堕ちた」

「どうしてなの」

「バルベス警部が昨夜、死の危険に日々さらされていた、レジスタンス時代の体験談をしていたね。戦場のような濃密な死の雰囲気のなかで、日常の些事に紛れて見失われていた真の自分が、はじめて衝撃的に発見される。その感動を、誰でも人は心の底で知っているんだ。

平和な時代に生まれた青年のある者は、凡庸な日常生活という流刑地に閉じ込められ、脱出路を奪われた永遠の囚人であるように感じてしまう。明日も無事に暮らせることしか考えない大衆、出世や世間的な成功しか念頭にない俗物。芸能人のスキャンダル記事を愛読する女、あぶく銭を求めて賭博や投機に狂奔する男。

それらの誰もが、自分の存在可能性を見失った人間の脱け殻であるように、その青年には感じられる。そうした人間性の非本来的な頽落を、心から青年は憎悪する。殺意さえ抱いてしまう。世界には真実がある、本当の人生がある、どんなことがあろうとも、それを摑みとらなければならない。真実の存在可能性を探りあて、最後までそれを生きるのでなければならない」

たしかにアントワーヌは、そんなふうに感じていた。かれは昔、下宿の屋根裏部屋でペーパーナイフを握りしめ、わたしに叫んだことがある。「日常生活の灰色の皮膜を切り裂け。そうしたら、皮膜の背後から鮮血が迸《ほとばし》るだろう」と。カケルが抑揚のない声で語り続けた。

「平凡な人生を侮蔑し、些事に埋もれた日常生活を憎悪する青年は、しかし、いつか愕然とせざるをえない。自分もまた、ありふれた人間に過ぎないのだ。軽蔑している俗人と変わらない存在なのだ。

彼は考えはじめる。死という鏡さえ与えられるなら、自分にも英雄のように真実の人生を、選ばれた人生を、特権的な人生を生きることができるだろう、とね。それが、ようするに地獄の入口なんだ。平和と繁栄に自足した社会では、死の可能性など、どんなに凝視しようと少しも見えてきそうにない。

そこで青年の思考は、ほとんど必然的に観念的倒錯の罠に落ちてしまう。戦場のない社会で死の可能性に直面することができないなら、意図的に戦場のようなものを、死の危険に満ちた暴力的な環境を、なんとか捏造してしまえ。そのとき死は、もはやハルバッハふうの凝視される死ではなしに、観念的に所有される対象に歪曲《わいきょく》されているんだが、青年はそれに気づこうとしない。

そのように死を夢想したロマン主義かぶれは、ときにそれを実行してしまう。そんな青年の自殺をとめるような親切心など、僕は持ちあわせていないな。自殺者は自殺すればよい。挫折を宿命づけられた試みに、それでも飛び込みたいというのなら、そうすればよい。他人の迷惑にはならないんだから。そんな自殺者を、僕は憎みはしないだろう。ほとんど関心を持たないで終わる。しかし、アントワーヌやマチルドは……」

「人を殺した。自殺するかわりに、二人の叔母や兄を殺した」わたしの声はかすれていた。

「現代的なタイプの政治青年は、平和な日常生活に人工的な戦場をしつらえようとして、テロリズムの沼地に誘惑されてしまう。アントワーヌやマチルドのようにね。ジルベールは、少し違っていたような気もするけれど。

どうしても世界に意味を感じられない、平和な時代に窒息しそうだ、本当の人生を見つけることができない。そうした解消されえないニヒリズムは、抗《あらが》いえない猛烈な力で、青年を必然的にテロリズムの方向に押しやる。

政治的有効性のためには、殺人もあえてする。それが政治の倫理であり、テロリストの倫理だ。しかし、そこには自己欺瞞がある。善良な百人を救うために、自分の手を血で汚しても、一人の悪党を殺さなければならない。アントワーヌは最後に、そんな意味の弁明をしていた。しかし、彼を深いところで突き動かしていたのは、そんな政治の倫理ではないんだ。あまりに息苦しい、凡庸な日常世界を、一瞬にして裏返しにするような奇跡を演じてみたい。そのためには、なにがなんでも死に直面することが必要だ。吐き気のするような俗物の集団で溢れかえる都市の街頭を、テロリズムの戦場に転化せよ……」

暗澹《あんたん》とした口調で、カケルは語りおえた。かれもまた、そのように考えたことがあるのだろうか。わたしは感じたことを整理しながら、言葉を選んで語りはじめた。

「アントワーヌはロマン主義的な自殺者とは違って、政治の倫理をもちだしながら、死を所有するために他人を殺した。たしかに、そんな気もするわ。

でも、アントワーヌの最初の動機は、真剣に生きたい、本当の人生を生きたいという渇望だった。その先で、どんなふうに間違ってしまったにしても、かれの最初の動機までは、やはり否定できないような気がする。いつかカケルが洩らしていたように、アントワーヌが世間ずれしていない純粋な青年だったから、天使だったからこそ、地獄に堕ちたのではないかしら」

「だから僕は、彼がスペインに潜入できるよう手配したんだ。それしか、僕にできることはないと思われた。僕は心の底で、君が感じたように、本当はマチルドやアントワーヌを憎んでいたのかもしれない。

　でも、それは自己憎悪なんだ。君は疑っているけれども、憎しみにかられてアントワーヌを処罰するために、スペインに行かせたのではない。彼には観念的に捏造された戦場ではなしに、本物の戦場で死の可能性を凝視し、本来の自分を見出してほしいと願った。嘘ではないよ、ナディア」

　わたしは素直に、カケルの言葉を信じた。かれは大切なことで自分を偽り、友人を欺《あざむ》くような青年ではない。カケルほど真剣に倫理的であろうと努めている青年を、わたしはほかに知らない。その倫理性が、ふつうとは大分ずれているのは事実としても。

「アントワーヌはスペインで、かれ本来の自分を見つけることができたのかしら。でも、かれの死は、やはり自己処罰だったような気がする。巧妙に偽装された自殺だったような気がするわ」

「僕も今では、そんなふうに感じる。あるいはアントワーヌに、誤った対応をしたのかもしれない……」

「どうしてなの」

わたしは驚いて叫んでいた。矢吹駆が自分の誤りについて、たとえその可能性についてであれ他人に語ることなど、絶対にありえないものと信じていたのだ。カケルの口調には、重苦しい躊躇《ちゅうちょ》のようなものがある。

「つまるところ僕は、ハルバッハ哲学でアントワーヌを批判していた。死は追い越しえない可能性なのに、それを欺瞞的に追い越そうと望むことが観念的な倒錯を必然化し、自他にわたる抑圧と悪を生んでしまう。マチルドやアントワーヌを見て、たぶん僕は、そう感じたんだろう」

カケルも指摘していたが、ハルバッハの哲学は、なにも自殺を推奨しているわけではない。死の可能性に目覚めよと主張しているのだ。日常的な頽落は現存在の必然的な様態だが、だれにも避けることのできない死の可能性を、隠蔽してもいる。

わたしたちはふつう、死ぬのなんか先のことだと漠然と思いこんで、日常の些事にまぎれて暮らしているのだから。その瞬間、その瞬間の安楽を追いもとめ、スキャンダル雑誌やテレヴィのホームドラマでもながめて、退屈をまぎらわせている。お喋りで暇をつぶし、気をまぎらわせている。

でも、そんな人間にも、かならず不安がおとずれる。恐怖には対象があるが、不安にはそれがない。不安とは無の経験なのだ。人間が気づかう事物や他人による体系、その可能性を実現するための無数の道具の連関として秩序づけられている世界が、そのようなものとして意味づけられていた世界が、一瞬にして虚無の底に崩れおちてしまう。そして人間は不安になる。

頽落した日常性が、どんなに死の可能性を覆いかくしていても、必然的なものとしての死は、滲みでるようにして日常的な人間の存在を染めはじめる。それが不安の由来なのだ。不安なわたしは、結果として死の可能性を凝視するようにしいられる。しかし、死は切迫しているにせよ将来のものであり、可能性としてしか人間にはあたえられていない。

現在のものではない未来の可能性に直面し、それを凝視することは、ではいかにして可能になるのか。ハルバッハによれば、まだ到来していない死を先どりし、それに先がけること、つまり死の可能性のうちに先駆することにおいてである。

死への先駆は、だからハルバッハ哲学の核心的な命題となる。死に先駆することにより、人間は本来的自己に覚醒しうるのだから。でも、わたしはハルバッハの死の哲学なんか信じない。ピアニストが演奏しうること、ナディア・モガールがカケルと一緒にいられること、そのような存在可能性の中心が、人間の生を豊かにし、ほんとうのものにする。ハルバッハふうにいえば、本来的自己をもたらしうる。

であるにせよハルバッハは、なにも自殺を推奨しているのではない。たんに死の可能性に目覚めよと、読者を説得するにすぎない。何年かまえに、日本では有名らしい小説家が伝統的な作法で、儀礼的な自殺を演じた。わたしも、その作家の本を読んだことがある。

ハルバッハ哲学は、その小説家のようにしろと命じているのではない。そもそもハルバッハ自身が、もう八十歳もの高齢だろうが、まだちゃんと生きている。それはそうなのだし、ハルバッハに影響されたアントワーヌも自殺したのではない。警官隊に射殺されたのだ。

それでもハルバッハの死の哲学と、死の危険のなかに身を投じて殺されたアントワーヌと、そして日本の小説家の自殺とが、つまるところ、おなじようなものではないかとも感じられてしまう。

「あなたはもう、ハルバッハの死の哲学を信じていないの。いつか到来する自分の死を先どりし、死の可能性を凝視することが、人間に本来の生き方をもたらしうるという、あの哲学を」

「たぶん……」カケルが憂鬱な表情で応えた。

「なぜなの」

「シモーヌ・リュミエールの影響が、あるのかもしれないな。彼女の神は、ハルバッハが分析した死と、どこか似たような貌《かお》をしている。それは、人間の外部だった。神であれ死であれ、人間には達しえない絶対的な外部に直面することは、ハルバッハが主張するように、人間をよりよく生きさせるための特権的な経験なんかじゃない。

シモーヌは身をもって、その真実を教えてくれたような気がする。引き裂かれ、苦痛に喘《あえ》ぎ、錯乱しながら自滅すること。それが神や死や、そして外部に直面する経験の真の姿ではないだろうか。

シモーヌの死は気高い。それを疑うことなど、僕にはできそうにない。しかし、その気高さは、ひどい惨《みじ》めさと裏腹だった。ハルバッハが語る死への先駆は、シモーヌがさらけだした錯乱と苦悩には及んでいない。いつか僕は、そう感じはじめたらしい」

「でも、それだけじゃない。シモーヌが死んだのは、去年の秋だわ。あなたが変わったのは、ブラジルから帰ってきてからですもの。ブラジルで、どんな体験をしたの」

そうに決まってる。カケルはブラジル旅行で、なにか決定的な体験をしたのだ。旅行から戻ったばかりの日本人を、はじめてリュクサンブール公園で見たときに、わたしはカケルの魂の変貌をどこかで感じていた。そんな気がする。カケルが苦笑して応えた。

「シモーヌの死と比較すれば、ほとんど瑣末な経験だったよ。たんに、熱病で死にかけたに過ぎない」

「でも、なにかを発見したんだわ、きっと」

「……そうかもしれない」呟くようにカケルはいう。

「なにを見つけたの」

「死が、それ以前とは違って見えはじめたような気もする」

「どんなふうに」

「病院では、死にかけた患者を厭になるほど見せられた。入院なんて生まれてはじめての経験だからね、それは考えるに値する主題をもたらした。むしろ強制した。僕が寝ている横を、移動ベッドで運ばれていく瀕死の老婆がいた。脳外科の手術をしたのだろうか、頭を剃《そ》られ、鼻にパイプを通され、点滴の針を腕に何本も刺されていた。

呼吸しているのかどうかも判らない、いつ死んでも不思議ではないような患者だった。顔は生気のかけらもない生白い色で、膚は使い古しのスポンジのように、惨めに弛《ゆる》んでいた。眼は虚《うつ》ろだった。もう老婆は血まみれの屍体よりも、もっと完璧に死んでいた」

「でも、まだ屍体ではない」

「屍体ではない。しかし、死よりも不気味に死んでいる死。それが僕に、ほとんど衝撃的な認識をもたらした」

「死よりも不気味に死んでいる死……」わたしは呟いた。なんだろう、それは。

「僕が生まれた時、父親はもう死んでいた。そんな経歴と関係があるのかもしれないけれど、長いこと僕は、死とはたんなる生の不在であると感じていた。あるいは死は、瞬間的に到来するものだと。

暖かい室内から、凍えるような戸外に出る。生と死は、そのように直線で分割された、対照的な二つの領域であると。だから、できることなら自分に納得できるような形で、生と死を分けている絶対的な線を越えたいとも願った。

しかし、そのような画然とした死は、たぶん青年が想像する死なんだね。そのような死もありうるだろう、たとえば戦場の死のように。しかし、それは例外的なんだ。死とは、本質的に惨めなものではないだろうか、あの老婆のように。惨めで、だらしなくて、無様に弛んで、直視できないほどに醜いもの。我慢できないほどの嫌悪感をもたらすもの、不気味なもの、おぞましいもの。

かつての僕も、たぶんアントワーヌも、そんな死の真実を直視することが、本当は怖かったんだろう。アントワーヌが憎んでいたもの、堕落した、瑣末な日常的生存とは、まさに人間にとって不可避である無定形な死の、先取りされたものではないのだろうか。

　そのおぞましい死を隠蔽するために、勇敢な死、決意された死、美しい死の観念が生じる。それはアントワーヌが体現したような、自他にわたる抑圧と、観念的倒錯の迷路にしか帰結しえない。病院で死にかけている人々を見た結果として、次第に僕はそんなふうに考えはじめた。そしていつか、ハルバッハの死の哲学に根本的な疑念を抱きはじめた。

　ナディアも知っているように、僕は朝まで起きている。ところが密林の病院では、夜になっても電灯がつかない。日が落ちたら、もう寝ろということなんだね。毎夜のように不眠に苦しんだ経験が、終わることのできない実存の不安を、存在の夜をもたらした。エマニュエル・ガドナスが、ハルバッハの存在《ザイン》に対置した〈ある《イリヤ》〉が、どうしようもなしに脳裏をよぎった」

　ガドナス哲学の出発点におかれている、〈ある《イリヤ》〉の概念。それがハルバッハの存在概念を批判するものであるという程度のことは、リヴィエール教授の講義で知っていた。でも、わたしはまだガドナスの著作を読んでいない。不眠の夜、存在の夜なんていわれても、どうしてもイメージが焦点を結びそうになかった。

「ではカケルは、ハルバッハの死の哲学を否定したわけなのね」

「疑っている。しかし、どのように否定できるのかは、まだ判らない。密室現象の本質直観を語ったとき、もしも歯切れのよくないところがあったなら、多分そのせいだろうと思う。疑念を感じはじめているハルバッハの死の哲学を前提として、密室現象の本質について考察することを強いられたのだから」

バルベス警部から、ルイス・ロンカルの写真を捲きあげるためにね。少し皮肉な気分で、わたしは心のなかで呟いていた。

「それなら、死への先駆はどうなるの」

「いまでは僕は、死への先駆など人間には不可能ではないのかと、疑っているよ。アントワーヌの生と死が、まさにそれを証明している。どうして彼は、テロリズムの沼地に引き寄せられたのか。

それは日常生活のなかにありながら、死の可能性のうちに先駆し、死の可能性を凝視することなど不可能であることを、完膚なきまでに証明しているのではないだろうか。そんなことなど不可能だからこそ、アントワーヌは人工的に、死に直面することを強いられるような環境を捏造しなければならなかったんだ。違うだろうか、ナディア」

「でも、それならハルバッハ哲学は、土台から崩壊してしまう」

「完全に、というわけではないかもしれない。たとえばバルベス警部は、ハルバッハ哲学を裏づけるような体験談を昨日の夜、僕らに語った。ある状況のなかでは、濃密な死の雰囲気が、生の中心的な可能性を発見させるのかもしれない。

でもそれは、死に先駆することの結果ではない。たんに状況の産物なんだ。バルベス警部は状況に強いられて、死の可能性に直面した。その結果、三人の愛人のなかで本当は誰を愛していたのか、身に沁みて判ったのだという。しかし、そうした状況が存在しない時、バルベス警部も死なる特別製の鏡に、正面から向きあえたとは思えない。

人間にとって、どちらが本質的なんだろう。死について考えることなど不可能な日常性と、死に直面して本来の自分の可能性に覚醒できる極限状況と。結論は明瞭だ。現存在の必然的な様態であるとしながらも、最後にはハルバッハも非本来的なものだと結論する、日常的頽落の方が普遍的な人間のあり方で、本来的な実存に覚醒できる極限状況の方が、たぶん例外的なんだ」

「それでカケルは、ロンカルの死因に興味をもったのね」

「死は瞬間的なものではない。だらだらと続く、めりはりのない、はじめも終わりも画然としていないような、不気味なものではないだろうか。そんなことを考えていたから、ロンカルの死因に関心を惹かれたのかもしれない」

「人間は本来、死の可能性の彼方に先駆することなどできない。それができる例外的な状況がありうるにせよ、それは人間存在にとって普遍的な条件じゃない。そうね、カケル。では、どうなるの。死に先駆することにおいてのみ、人間は本来の自分を見出しうるんだと、ハルバッハは強調してるわ。それが不可能なら、人間は日常性の淵《ふち》に頽落して、ついに本当の自分を見つけることなどできないまま、廃棄物のように死ぬ以外にないのかしら」

「そうだ、たぶん」苦渋をにじませた声で、カケルが応えた。

「じゃ、世界を肯定したい、自分を肯定したいという欲望は、どうなるの。本当の人生を生きたいという欲望は」

「画然とした死ではない曖昧な死。人生の意味を残らず、一瞬にして照らし出すような特権的な死ではない、たんに人間を廃棄物に転化するに過ぎないような死。だらしのない、惨めきわまりない死。それを見すえ、その事態を心から承認し、それを肯定できないとしたら、人間は自分を肯定することなんかできはしない。

ハルバッハの死の哲学を根拠にして、アントワーヌをスペインに行かせた僕は、たぶん間違っていたんだ。彼にも僕にも必要だったのは、誰もが強いられている凡庸な地獄を、それ自体として肯定できるような思想だった。決して、ハルバッハの死の哲学じゃない。最後には彼が自分で決めたにせよ、その可能性を与えた僕には、アントワーヌの死に責任がある。その責任を、僕は負わなければならないと思う」

カケルが、少しは人間らしい気持になりはじめたことを知って、わたしは正直に嬉しかった。ダッソー犯人説を覆せば、密室現象の本質直観の誤りを証明することにもなる。その材料として使われた、ハルバッハの死の哲学からカケルを、最終的に解放する結果にもなるだろう。

森屋敷の殺人事件の核心にあるのは、つまるところ「折れた短剣」なのだ。なぜ、折れた短剣の刃という風変わりな凶器が使用されたのか、それについて妥当に説明できる観点が提出されたとき、ロンカル殺しをめぐる錯綜した謎もまた氷解する。

「話は違うけど、カケル。あなたの現象学的推理が不正確だってことを、わたし、ちゃんと証明できるわ。問題の物音トリックが、とうとう解明できたの。明日はダッソー邸で、それを実演してみる予定。ジャン＝ポールは、カケルを連れてきてほしい様子だった。でも、来なくてもいいわ。わたしひとりで、事件は解決できるから」

もちろんわたしは、カケルが事件に介入してくるのを怖れて、そう告げたのだ。事件の渦中に足をふみ入れたら、カケルはどこかでニコライ・イリイチと鉢あわせすることにもなりかねない。そんなことは、絶対に許してはならないのだ、絶対に。

「約束で、バルベス警部の質問には答えたけれど、僕はダッソー邸の事件に関心がない。ルイス・ロンカルがイリヤ・モルチャノフだと確認された場合にはともかく、そうでなければ、やめておきたいな」

予想したとおりの返答だった。そうだ、まだ手遅れではない。明日にも、わたしが事件を解決してしまえばよいのだから。そうすれば、カケルもニコライ・イリイチと接触しないですむ。あの胸苦しい不安から逃れるためにも、わたしは明日、どんなことがあろうと実験を成功させて、ダッソー邸の事件を終わらせてしまわなければならない。

「着いたよ。あの建物だ、われわれの目的地は」

カケルが前方のコンクリート建築を指さした。あたりは夕闇がただよいはじめている。冷たい雨は、なおも大地を濡らし続けていた。

ガドナス教授のアパルトマンがある建物の前に、小型シトロエンをとめられるだけの隙間が見つけられた。駐車している車と車のあいだにメアリを割り込ませて、ハンドブレーキを引いた。約束の時間までに、まだ五分以上もあった。

2

ひとり暮らしのようだが、ガドナス教授のアパルトマンに乱雑な印象はなかった。老人はわたしたちを、質素だが居心地よい雰囲気の、小さな居間に案内した。壁を埋めた書棚には、タルムードやユダヤ思想関係の本が眼についた。

勧められて席につくと、教授が戸棚からコワントローの壜をだした。小さなグラスに注いで、テーブルにならべる。お茶がわりにリキュールを飲むフランス人は沢山いるけれども、賢者の風貌をした老人には、あまり似つかわしくないような気がした。それで、わたしは尋ねてみた。

「昼間から、お酒を召しあがるんですか」

「そうとも。酒を飲まないのはアラブ人だけだ」

イスラエルと対立関係にあるアラブ諸国のことが、やはり念頭にあるのだろうか。教授は冗談口調で、イスラム教の戒律を皮肉った。わたしと教授はコワントローを啜《すす》りはじめたが、カケルはグラスを手にしようとしない。お酒を飲まないのは、アラブ人だけじゃない。日本人にだって禁酒主義者は、ちゃんと存在しているのだ。

「わたし、リヴィエール教授のところで現象学の勉強をしてるんです。現象学を発明した人って、どんな人だったんですか」

思い出ぶかそうな表情で、ガドナス教授が語りはじめた。「フライブルク大学に留学していたとき、わしは、君がいうところの『現象学の発明者』の家に、よく寄ったものだ。食事を御馳走になることも多かった。というのは夫人に、フランス語を個人教授していたからだ。それも貧乏学生の財布を助けようと、教授が配慮してくれたせいだが。

教授夫妻は、わしと同じユダヤ人だが、プロテスタントに改宗していた。夫人はユダヤ人のことを、いつも『彼らは』といった。いや、『ユダヤ人であるあなたは』とも、決して口にしようとはしなかった。彼女は二人称でさえ、ユダヤ人について語ることを自分に禁じていたのだ。夫である現象学の創始者はといえば、ユダヤ人のことは禁句にしているようでもあり、三人称でさえ語ろうとはしない。

いや、彼がユダヤ人である自分について触れたことが、一度だけあった。ある時、夫人が買い物から戻って、わしの前で教授に嬉しそうな口調で報告したのだ。『素敵な店を見つけたわ。主人はユダヤ人でしたが、とても信用できそうな人なの』と。

もちろん、わしは傷ついた。その時、教授はわしの自尊心をかばうように語りかけたのだ。『気にしないでおきたまえ、ガドナス君。私も商家の出だし、それに……』。私もユダヤ人なんだとは、彼は明言しなかった。しかし、たんにその手前で口を鎖したに過ぎないことは、わしにも判って、そんな教授の言葉に慰められたものだ」

「マルティン・ハルバッハとも、親しい関係でしたの」

「いいや、マドモワゼル。ハルバッハのセミナーには出席していたが、教室を共通の場とした教師と学生の関係以上ではなかった。ハルバッハの家を訪問したこともない」

「でも、御存知なんでしょう。どんな感じの人なんですか、二十世紀最大の哲学者は」

わたしの興味に、エマニュエル・ガドナスが、眼をほそめるようにして応える。「教室でのハルバッハは、自信に溢れていた。自信過剰、あえていえば傲慢そうな気配さえも。とてもよく通る声で、講義には学生の耳を惹きつけないではいない迫力があった。ハルバッハは強烈な仕方で、彼の真理を言明していたね。死の可能性に先駆せよ、良心の呼び声に聴き従って決断し、本来的自己に覚醒せよと」

「外見は、どんなふうでしたの」

「小柄な方だった。それでも満身に精気が漲《みなぎ》っていた。趣味なんだろうが、いつも登山服のような恰好をしていたね。それほど関心があるなら、ハルバッハのソルボンヌ講演に行けばよかった。本人の姿も見られたし、声も聴けたろうに」

「そのつもりでしたが、整理券がとれなくて。教授は、行かれたんですか」

ガドナス教授は複雑な微笑で、かぶりをふる。教授なら整理券は問題なく入手できたろうし、講演以外にも予定されていた座談会やインタヴューの席に、顔をだせる機会もあったろう。そんな面倒なことをしなくても、じかにホテルを訪問すればよいのだ。昔の学生なら、ハルバッハも門前ばらいは喰わせないだろう。

あの高齢だから、今回がハルバッハにとって、最後の外国訪問になるかもしれない。フランスで旧師と会える最後の機会だろうに、ガドナス教授のほうが、ハルバッハとは顔をあわせる気がないらしい。やはり二人の関係には複雑なものがあるようだ。シルヴィーに頼んでおいた講演のテープは、明日の午前中には借りられる予定だった。

コワントローの強烈な甘味を楽しみながら、ガドナス教授の昔話を聞いていると、玄関のほうでベルの音が響いた。それまで問われるまま、現象学を発明したユダヤ人哲学者や、その弟子ハルバッハにまつわる思い出を懐かしげに語っていた老人が、「遠来の客が着いたようだ」と呟きながら、おもむろに席を立った。

「お招きに与《あずか》りまして、恐縮です。パウル・シュミットです」

まもなく戸口の方から、ドイツ人の初対面の挨拶が聞こえてきた。恐縮しているような口調だ。出迎えた老人が、客の言葉にドイツ語で丁重に応えている。シュミット氏は、フランス語が話せないのだろう。

「いや、わしの方こそ礼を申し上げねばならん。五月二十九日は留守にしていて、申し訳のないことでした。パリには、観光旅行ですかな」

「そうです。この春にフランクフルト警察を退職しました。やっと趣味の旅行を楽しめるような身分になりましてね」

居間まで聞こえてくるドイツ人の話に、わたしは愕然とした。パウル・シュミット、フランクフルトの退職警官。おなじ経歴で同姓同名のドイツ人旅行者が、パリに複数いるとは思えない。教授の客とは、生前のエミール・ダッソーと文通していたらしい、ロンカル殺しの前日にダッソー邸を訪れ、主人のフランソワに面会を申しいれたというドイツ人に違いない。

参考になる話を聞けるのではないかと期待して、ジャン＝ポールはパウル・シュミットを探している。それならわたしが、ドイツ人の滞在先を聞きだして、かれに教えてあげることにしよう。明日の現場調査のこともあるし、ジャン＝ポールには恩を売っておいたほうがよい。

玄関から聞こえてきた話では、パウル・シュミットは三日前の午後に一度、ガドナス宅を訪問していたらしい。先にダッソー邸に行き、そのあとガドナス宅に来たのだろう。ダッソー家の森屋敷があるのはパリ市の西端で、ガドナス教授の家がある郊外のサン・クルーとは隣接している。方向が一緒なのだから、外国人観光客が両家を、おなじ日に訪問したのも納得できることだ。

しかし教授は、そのとき家を留守にしていた。帰宅するとアパルトマンの扉の前に、煙草の吸殻が二つ三つ落ちていた。扉の隙間にはメモを書いた名刺が、無造作に差しこまれていた。名刺のメモで教授は、不在中に訪問してきたシュミットが、しばらく扉のまえで待ち、最後にはあきらめて帰ったことを知らされたのだ。

教授に案内されて、背広姿の肥満した大男が、精力的な足どりで居間に入ってきた。春まで同業だったパパやジャン＝ポールよりも、何歳か年上のように感じられる。六十歳というところだろうか。

シャツのボタンがちぎれそうなビール腹をしているが、肩や胸についた贅肉の下には、まだ逞しい筋肉が隠されているようだ。健康そうな赤ら顔で、率直な光のある青い眼は微笑になごんでいる。テニスボールみたいに膨らんだ頬。几帳面に撫《な》でつけられた白髪まじりのブロンド。

おなじような巨漢だが、警視庁のバルベス警部とは違って温厚な感じのする、初老の退職警官だった。ほんとうは繊細なところもあるのだけれど、外見からするかぎりジャン＝ポールときたら、映画にでも出てきそうな暴力刑事そのものなのだ。サン・ドニあたりを根城にしているチンピラは、街路を睥睨しているバルベス警部を発見するやいなや、洪水を察知したネズミの大群さながら、一瞬にして姿を消してしまうのだという。

「日本人のヤブキとフロイライン・モガール。二人とも、わしの同僚リヴィエールの学生です。今夜は、あなたから話を聞きたいということでしてな」

ガドナス教授がドイツ人の客に、わたしたちのことを簡単に紹介した。カケルが席を立って、シュミットと握手をする。続いて、わたしも手をさし出した。退職警官は、分厚い肩をまるめるようにして、大きな掌でわたしの手をそっと握った。

シュミットのグラスにも果実酒が注がれる。しばらくのあいだパリの印象など、あたりさわりない会話が続いた。シュミットは一週間ほど前にパリに着いて、北駅の裏にある、小さなホテルに滞在している。ホテル・パラディ。わたしは滞在先のホテルの名称を、忘れないように頭に刻みこんだ。

居間の窓からは、暮れはじめたサン・クルーの住宅街の光景がながめられる。風で窓硝子に、無数の雨粒が吹きつけられ、濡れた線をのこして次々と滑りおちる。冷雨に叩かれ続ける家々の光景が、しだいに夕闇の底に沈んでいく。雑談が一段落したところで、ガドナス教授が、話題を核心的な方に移しはじめた。老人の口調には、厳粛なほどに真剣なものが感じられた。

「ところでシュミットさん。手紙にも書いたことだが、わしは長年、ハンナ・グーテンベルガーという女性の最期について、詳しい事情を知りたいと考えてきました」

わたしの軽ジープと、おなじ名前がつけられている煙草の袋をとり出して、初老のドイツ人が応じた。「ハンナ・グーテンベルガー。一九四五年一月十二日の脱走事件の日まで、コフカ収容所で、敷地の北にある丘の小屋に幽閉されていた女性のことですね」

「その通りです。彼女は、あの夜に死んだのだろうか」

「そう。気の毒な女性だった。もしも殺されないでいたら、あの夜の集団脱走に加わって、たぶん戦後まで生き延びることもできたろうに」

「殺されたとは、どういうことかな。脱走の混乱のなかで、警備兵に銃弾を浴びせられて死んだのではないのですか。それでも殺されたことに変わりはないだろうが、あなたはもっと違うことを暗示しているようだ。今夜は、ハンナの死の事情について、詳しいことを話してもらえませんかな」

「もちろん、そのつもりでお宅を訪問したのです。だが、その前に聞いておきたいのですが、なぜヘル・ガドナスは、あの女性の運命に関心をもったのですか。彼女の、血縁の方なんですかな」

老人が視線を宙に漂わせた。しばらく沈黙が続き、それからようやくガドナス教授が語りはじめた。ソファのドイツ人は姿勢を正して、熱心に、老人の話に耳をかたむけている。

「……わしも、コフカの囚人だった。囚人の頭数を揃《そろ》えろというゲシュタポの圧力に屈したフランス警察の、何波にもわたるユダヤ人の大量逮捕で捕らえられたのだ。

貨車に詰め込まれて、南ポーランドにあるコフカ収容所に送られたのが、一九四四年八月十三日のことだった。貨車のなかで友人になった医者のおかげで、かろうじてガス室に直行する運命を免れたわしは、収容所内の建設作業班に入れられ、苛酷な強制労働の日々を送ることになりました。

そしてある日、施設の修理作業の最中に、ウクライナ兵に監視されながら歩いている、旧知の女性の姿を目撃したのです。やつれ、ぞっとするほど虚ろな眼をしたハンナは、生きている死者のように不気味で、また哀れな印象だった。先輩囚人の話では、どうやら所長フーデンベルグの情婦になるよう強いられ、丘にある小屋で監禁されているらしい。

戦前のことだが、フライブルク大学で哲学を学んでいたわしは、ハンナ・グーテンベルガーの家に下宿していたのです。わしはハンナを、女性として崇拝していたのかもしれん。ハンナが愛していたのは親友のヴェルナーの方で、自分の恋が成就する可能性など信じてはいなかったが、それでも満足でした。わしは清楚《せいそ》なユダヤ女性の美貌と、その心の優しさに酔っていたのです。

脱走の日の夕方、わしは小屋の裏窓から偶然にハンナの顔を見ている。夕方までは確実に生きていたハンナだが、脱走に成功した囚人のなかに、どうしても彼女の姿を見つけることはできませんでした。たぶん、脱走の混乱のなかで死んだのだろう。

しかし、もう少し確かなことは判らないものか。そう思って三十年のあいだ、ハンナの死の真相について知っている人物を探し求めてきた。ヘル・シュミットから手紙を貰えたのは、わしには幸運なことでした。

あなたは脱走事件の日、上官のヴェルナー少佐と二人でコフカを訪れていたという。あなたなら、あの不幸な女性の死の事情について、何か知っているかもしれない。そう思ってパリ滞在の折には、是非ともお会いしたいと返事を書いたのです」

「そうだったんですか。とすると、あなたはハインリヒ・ヴェルナーやヘルマン・フーデンベルグのことも御存知だった……」驚愕の表情で、シュミットが小さく叫んだ。教授が淡々と答える。

「ヴェルナーとは、大学の同じセミナーで学んだ仲だ。親しい友人でもあり、学問上のライバルでもあった。フーデンベルグの顔を見たのは、コフカ収容所に送られてからのことだが。

戦後になって、わしはフーデンベルグの経歴を知り、あまりの偶然に驚いたものです。飢餓と疲労で倒れそうな数百の囚人を、革鞭と棍棒で無理矢理に整列させ、自己満足的な訓示を喋っていたコフカの収容所長が、まさかハルバッハの学生だったとは。ユダヤ人に対する風あたりが強まりはじめ、わしがフランスに移った後に、フーデンベルグはハルバッハのセミナーに参加したらしい」

老人が口を噤むと、シュミットは大きくうなずいた。それから、なにか決心したような表情で語りはじめた。「そうでしたか、判りました。そのような事情なら、話さないわけにはいきませんな。コフカ収容所の女囚ハンナ・グーテンベルガーは、あなたが想像された通り脱走に失敗して死んだのではありません。殺されたんです」

「……殺された、誰に」ガドナス教授が眉をひそめる。

「収容所長の権力を悪用して、ハンナの肉体をもてあそんでいた男に」

「ヘルマン・フーデンベルグに、かな」

「そうです。偶然に、あの殺人現場を検証することになった者として、そのように確信しています。公式に事件とされることのなかった殺人だが、ハンナ事件のことを私は、戦後三十年のあいだ一瞬でも忘れたことはない。

動員され、武装親衛隊《ヴァッヘン・エスエス》の下士官として東部戦線に従軍した一年半を除いては、戦前も戦後も人生のほとんどを、警察官として勤務してきた人間です。刑事を天職と心得ている私にとって、あの事件は人生で最大の挑戦だった。私が知りえた事実を残らず、今夜は、あなたに話すことにしましょう」

「あのフーデンベルグが、ハンナを殺した。しかし、なぜ……」

ガドナス教授のぼってりと厚みのある肩は、興奮に顫えていた。ドイツ人に告げられた、予想外の事実のせいだろうか。カケルは眉をよせて、ドイツ人の顔を凝視している。

パウル・シュミットによれば、女囚のハンナは収容所長のヘルマン・フーデンベルグに殺害された。外国でおきた何十年も昔の殺人事件に、なぜカケルは、そのようにも強烈な好奇心をよせるのだろうか。

「ヴェルナー少佐と私が、どんな理由で、あの日コフカを訪れたのか。それから説明しなければなりませんね。

ヘル・ガドナス。あなたは、学生時代からヴェルナー少佐と親しかったとか。私の場合、それほど古いつきあいとはいえません。ロシアの前線で、少佐は私の上官だったんです。その縁でモルゲン捜査班の一員に抜擢《ばってき》され、強制収容所の腐敗を摘発する捜査に携わることになった。一九四四年の夏、私とヴェルナー少佐は、東部地区の親衛隊《エスエス》管区司令部に異動するよう命じられた。モルゲン捜査班がヒムラーの命令で解散させられた後、いわば左遷のような恰好で、南ポーランドのクラクフに送られたんです。

少佐のフーデンベルグ摘発計画が最初に生じたのは、たぶん、東部地区のSS＝警察上級指揮官クリューガーの随員として、偶然にコフカ収容所を訪れた日のことだったでしょう。フーデンベルグは所長の権力を濫用して、ユダヤ人の女囚を情婦にしていた。たぶん少佐は、その事実を嗅ぎつけたんですな……」

古い記憶を掘りおこしながら、シュミットはさらに語り続けた。それは、戦争のことなどなにも知らないわたしでも退屈しようのない、黄昏の第三帝国の片隅で演じられた、あまりにも興味ぶかい歴史劇だった。

モルゲン捜査班の一員として、腐敗した収容所体制の摘発に情熱を燃やしていた武装親衛隊少佐ハインリヒ・ヴェルナーは、収容所官僚のエリートとして知られるフーデンベルグのスキャンダル暴露を計画した。それに成功すればヒムラー長官も、モルゲン判事が収容所内の犯罪捜査を再開するよう、厭でも許可せざるをえないだろう。

その日、ヴェルナー少佐はクラクフ司令部の使者としてコフカ収容所行きを命じられた。予定された施設の破壊作業にそなえ収容所構内を視察したあと、少佐は同行していたシュミット軍曹に奇妙な指示を下して、また所長官舎を出ていったのだという。

六時五十分に官舎を出発してハンナの小屋に行き、なにか事件が起きていれば、自分が到着するまで関係者の身柄を確保しておくこと。それが少佐の指示だった。シュミットは、慎重に言葉を選びながら語り続けた。

「少佐は、フーデンベルグを罠にはめようとしている……。命じられた私は、そのように想像しました。モルゲン捜査班は解散を命じられ、私らはもう、収容所内を捜査する権限を奪われていた。フーデンベルグがハンナを情婦にしている事実を摑んだところで、それだけでは無力です。クラクフの親衛隊司令部が事件として扱わざるをえないような、何か決定的な事態を生じさせなければならない」

まるでワグナーのオペラが、耳元で、鼓膜を破りそうな大音響で鳴り響いているようだ。第三帝国の呪わしい神々が没落しようとしている、その歴史的瞬間に、事件は強制収容所という異様きわまりない舞台で演じられたのだ。わたしは我慢できないで、ドイツ人の退職警官に問いかけていた。

「シュミットさん。ハインリヒ・ヴェルナーは、セックス・スキャンダルを暴露するとフーデンベルグに脅しをかけた。少なくとも、それを暗示した。追いつめられたフーデンベルグは、汚職の被害者であり証人でもありうる女性を、地上から抹殺しようと企てる。その現場をおさえるため、ヴェルナー少佐は、あなたを小屋に行かせた。そういうことだったのかしら」

ソファを尻で押しつぶしているドイツ人の巨漢は、煙草の煙を吐きだしながら、無造作に首を横にふった。「犯罪を摘発するためであろうと、罪のない女性をフーデンベルグに殺させるなんて。少佐は、そんなことをする人じゃありませんよ。フーデンベルグがまさに、ハンナを襲おうとする瞬間に、私が小屋に着くよう綿密に計画されていたに違いない。しかし、なぜか少佐の計画に狂いが生じた。私が到着した時、もうハンナ殺しは実行されていたんです。

どこかで致命的な計算違いが生じたんだ。私は、そう思いました。事実、少佐は予告に反して、最後まで小屋に姿を見せなかった。できなかった。死んだからです。計画半ばにして、少佐は不慮の死を遂げた。ハンナが殺されたのも、そんな計算違いと関係していたに違いありません」

「あなたは、フーデンベルグがハンナを手にかけるところを、自分の眼で見たのですかな」ガドナス老人が、話をもどすように質問した。

「いや、そこから話が複雑になるんです。私は、命じられた時刻に所長官舎を出発した。そして吹雪のなか、ハンナの小屋がある丘を目指した……」

丘に登ったシュミットは、兵器庫の裏で警備のウクライナ兵二名とハスラー中尉の屍体を発見する。さらに往路しか残されていない足跡を追って、ハンナの小屋に急いだ。

赤ら顔のドイツ人の話は、三十年も昔の事件なのに、昨日のことでもあるかのように詳細をきわめていた。警察を退職したばかりの男の話に、わたしは夢中で耳をかたむけていた。

往路しか印されていない雪道の足跡。その事実を裏切るように、外側から閂のかけられた小屋の正面扉。小屋の内部に閉じこめられていた、犯行動機のある男。さらに、鍵のかけられた屋内扉で居間と遮断された寝室、そのなかの射殺屍体……。

不謹慎なようだけれども、シュミットの話には、どうしても興奮してしまう。物語られているのは、古今東西の架空の密室殺人に通暁《つうぎょう》しているわたしでも、どうしてもおなじような状況など頭に浮かびそうにない、風変わりきわまりない密室事件なのだ。

おまけに事件が起きたのは、なんとソ連軍が侵攻する前夜のナチ絶滅収容所。日々、何千人ものユダヤ人がガス室で殺されていても、権力が処刑すると決めていない人間がひとりでも死ねば、それは殺人事件として扱われるのだ。戦慄的なまでに不気味なブラック・ユーモアではないだろうか。異常な背景をもつ、異常きわまりない密室事件。

わたしはショルダーバッグに放り込んでおいたノートに、シュミットの話を鉛筆でメモしていた。兵器庫とハンナの小屋のあいだに残された足跡は往路のみ。それは小屋の戸口前で消えている。靴跡は、容疑者フーデンベルグのものと一致する。

小屋の周囲には足跡がない。もちろん、全部で三つある窓の下にも。小屋の正面扉には、外から鉄製の閂がかけられ、居間には容疑者が閉じこめられている。扉をこじ開けようとして折れ、戸口付近に落ちていた短剣。コードを引きちぎられた電話。自動車の修理器具など、雑多な品がしまい込まれている物置。

寝室側から鍵をかけられた屋内扉と、寝台に落ちていた鍵。寝室には、拳銃自殺とも思われるハンナの屍体がある。室内なのに、屍体は毛のマントを身に着けていた。致命傷は左顳顬に撃ちこまれた銃弾によるもの。拳銃は屍体の左手に握られ、空薬莢も室内で発見された。屍体の状態は、死後二十分と経過していない様子。拳銃はフーデンベルグの所持品であり、発射されている弾丸は一発きり。

南に二つある硝子窓、そして西の板窓にも、残らず鉄格子がはめられている。南面の窓には、どちらも隅に蜘蛛の巣があり、その夜に開かれたような形跡はない。窓には三つとも、おなじ型の発条《バネ》じかけの差し錠があり、内部から施錠されていた。

三つの窓にも、正面扉および室内扉にも、枠と戸のあいだに糸や針金を通せそうな隙間はない。隙間があるとすれば、西窓の板戸にある小さな節穴のみ……。

シュミット自身が体験した事実、ハンナの小屋でフーデンベルグから聞いた話、翌日になってシュミットが、ウクライナ兵フェドレンコなどから集めた証言をまとめると、次のような時刻表ができる。

五時三〇分　ハスラー、ヴェルナー、シュミット、所内の見廻りを終えて官舎に戻る。
三五分　ハスラー、フーデンベルグに報告するため、所長室に入る。ヴェルナー、シュミットからキイを受けとり、車で外出する。
四五分　書斎からハスラー退出。書斎では、フーデンベルグがひとりになる。
五〇分　ハスラー、ヴェルナーの行方を捜索するために手配する。ハスラーの指示で、交替の警備兵が兵器庫を目指して出発。二十分後には到着した模様。

六時〇〇分　フーデンベルグに、ハンナから電話。

一五分　フーデンベルグ、官舎から外出する。

二〇分　ウクライナ兵の報告で、ヴェルナーの車が発見されたことが判明。

三〇分　司令部から電話。ハスラー、所長を探すために外出。その頃、フーデンベルグ、小屋に到着。兵器庫の前には警備兵の姿が見えなかったと証言している。ただし扉は閉じられていた。フーデンベルグとハンナの会話がはじまる。

四五分　ハンナ、寝室に閉じこもる。その頃ハスラー、兵器庫裏で殺害される。

五〇分　シュミット、少佐の命令どおり官舎を出発。その頃、フーデンベルグが銃声を耳にする。小屋の正面扉の閂が外からかけられていて、居間に閉じ込められる。

五五分　シュミット、広場で懐中電灯の光とすれ違う。

五八分　シュミット、兵器庫の裏で警備兵ふたりとハスラーの屍体を発見する。兵器庫の扉は半開きで、内部は荒らされている。

七時〇〇分　シュミット、小屋に到着する。ハンナの屍体を発見する。

二〇分　収容所の各所で、爆発が起きる。

「しかし、どうにも謎めいた話だね。フーデンベルグにとって、ハンナは邪魔者だった。それが事実にしても、あの男はどうやってハンナを殺せたのか」

ガドナス教授が、困惑した表情でつぶやいた。カケルは無言で、なにか熱心に考えているようだ。わたしは大柄なドイツ人に問いかけてみた。

「シュミットさんはなぜ、フーデンベルグが犯人であると断定したんですか。たしかに疑わしい男だけれど、ハンナが自殺した可能性はあるわ。それとも屋内扉の鍵は、翌日にでも発見できたんですか」

初老のドイツ人が、かぶりを振りながら答えた。「いいえ。翌日に小屋のなかも、周囲も徹底的に探してみたんですがね。残念ながら鍵は、最後まで見つけられませんでした。逃げる時にフーデンベルグが拾って、持って行ったに違いない。

しかし、動機をもつ唯一の男が、現場の隣室で発見されたんですよ。自殺なんかであるものですか。明らかに自殺に見せかけた殺人でした。

ハンナの他殺屍体が発見されたら、殺人事件として捜査の対象になりかねない。ハンナが自殺してしまえば、フーデンベルグとハンナの関係が疑われるとしても、ヴェルナー少佐に対するハンナの告発証言は残らない。フーデンベルグはハンナが、密室の自殺屍体として発見され、処理されることを望んだんですな。さしあたりは、そのように考えられます」

わたしは質問を続けた。「そうだったとして、なぜフーデンベルグは、ハンナを自殺に見せかけて殺したあと、そのまま小屋を離れなかったのかしら。もしもフーデンベルグが、あらかじめ兵器庫の警備兵を殺していたのなら、脱出時に姿を見られる心配はない。そのまま丘を下りて、人目につかないように官舎まで戻り、そして最初から最後まで書斎にいたことにすれば、それで自殺に見せかけた密室殺人の計画は達成されるのに」

「あの夜フーデンベルグも、私にそう反論しましたな。しかし、警備兵を殺したのは、フーデンベルグではない。それはそれとして、フーデンベルグは小屋から脱出できない立場だったんです」

シュミットが、穏やかに微笑しながら応じた。警備兵を殺したのは、フーデンベルグではない。確信ありげなドイツ人の態度からして、その言葉を疑うことはできないが、ではだれが警備兵を殺したのだろう。シュミットはどうして、それを知りえたのだろうか。

ガドナス教授が尋ねた。「どうしてだろう。やはり戸外から、正面扉の閂がかけられていたからかな。その場合には、足跡を残さないで小屋まで往復できた謎の人物がいたことになるが。その男がフーデンベルグを閉じ込めるために、閂をかけた」

「いいや。小細工で閂を、小屋の内部からかけたのは、ほとんど確実にフーデンベルグです」

「それならフーデンベルグは、なぜ自分で自分を閉じ込めるようなことをしたのか」

「ハンナを殺した後、もしもフーデンベルグが小屋から脱出したなら、自殺に見せかけた密室殺人の真相が、誰の目にも明らかになるような証拠が残ってしまう。よろしいですか、ヘル・ガドナス。戸外には雪が積もっていたんですよ」

そうか……。もしもフーデンベルグが殺人現場の小屋から逃げだしたなら、小屋と兵器庫のあいだには往復の足跡が残されてしまうだろう。シュミットが観察したときにはもう、フーデンベルグが小屋に入ろうとして印した足跡は、新雪のために浅い窪みのようになっていた。

それを重ねて踏むようにしながら殺人現場を脱出すれば、復路の足跡のみを残せたろう。また点々と続いている雪の窪みを、後ろむきに踏みながら小屋を離れたなら、往路に見える足跡のみ残せたかもしれない。しかし、いずれにしても前者であれば復路の足跡が、後者でも往路の足跡が積雪に残されてしまう。

往復であれ、往路あるいは復路だけであれ、そんな足跡が現場付近に残されているなら、捜査官の疑惑を招いてしまうのは避けられない。室内から鍵をかけられて密室化された寝室の屍体も、自殺によるものではなしに、足跡を残した人物に殺害された他殺体ではないかと、疑われかねないのだ。

往復の足跡であれば、小屋に出入りした人物が、なんらかの方法で寝室を密室化して、ハンナが自殺したように見せかけたと推理されてしまう。往路だけの足跡であれば、小屋のなかにいなければならない人物の消滅という謎が、復路だけの足跡であれば、その人物がどのようにして小屋に入れたかという謎が、必然的に生じてしまう。それでも捜査官は、それが自殺事件ではなく殺人事件であると考えて、その謎を解こうとするだろう。

「それで犯人は、捜査官の頭を混乱させるような、奇妙な状況を作りあげることにしたのね。もっとも疑わしい人物が、屍体とおなじ小屋のなかで発見される……」

「そう。フーデンベルグは、ある意味で強いられて、第二の密室をでっち上げたんだ。屋内扉が内部から施錠されている寝室は、ようするに第一の密室です。それは正面扉の閂が、外からかけられている居間のために、出口を塞《ふさ》がれていた。

つまるところ、寝室という第一の密室は、居間という第二の密室に閉じ込められていた。そして寝室と居間をふくんだ小屋全体が、雪に覆われた大地の上で第三の密室をなしている。第一の密室は第二の密室のなかにある。そして第一も第二も、小屋全体という第三の密室に封じ込められていた」

「三重の密室……」

わたしの頭に浮かんだのは、もちろんダッソー邸の三重の密室だった。三十年もの歳月で隔てられたロンカル殺しとハンナ殺しは、ざらにはない三重密室という魅惑的な謎を共有している。それに被害者はどちらも、事件以前から強制的に閉じこめられていたのだし、その結果として屍体が発見されたのは、扉の外側から錠が下ろせるように造られた、一種の牢獄だった。偶然だろうか。いや、二つの殺人事件が無関係であるとは、とても考えられそうにない。最初の三重密室はコフカ収容所で、第二のそれは、コフカの囚人だった父親をもつ人物の邸で起きているのだ。

さらに折れた短剣までもが、どちらの事件にも小道具として登場している。事件の翌日、またシュミットはハンナの小屋に行ったのだが、そのときには前夜たしかに床に落ちていた短剣の柄も刀身も、どこかに消えていたのだという。常識的に考えれば、フーデンベルグが持ち去ったということになる。ロンカル殺しの凶器は、三十年まえに折れたフーデンベルグの短剣ではないだろうか。シュミットが、わたしに問いかけた。

「話を戻します。寝室の密室は、女の自殺を印象づけるために作られた。内側から鍵のかけられた部屋に屍体があれば、それは自殺だということになる。それではフーデンベルグは、なぜハンナを殺した後、そのまま小屋を立ち去らないでいたのか。フロイライン・モガール、あなたはどう考えますか」

「積雪に足跡が残るからね」

「その通りですよ。あの事件当時、まだ雪は降り続いていたが、夜半までにはやむという予報があった。吹雪が朝まで続いて、足跡を残らず消してしまうなら問題はないが、予報どおりに、じきにやんでしまう可能性は大きい。実際、わたしがハンナの小屋に着いた七時の時点で、もう小降りになっていました。雪がやめば、小屋と兵器庫のあいだには往復の足跡が残されてしまう。


仮に雪が夜半まで降り続いたとしても、足跡が完全に消える以前にヴェルナー少佐が現場に踏み込んで、ハンナの屍体を発見するかもしれない。それは、たんなる可能性ではなかった。私は実際に、少佐の意思で小屋に送り込まれ、フーデンベルグの往路の足跡を発見したのだから。フーデンベルグがハンナを殺害するかもしれないと予見した少佐は、その現場を押さえさせようとして、七時に到着するよう私に命じたんです」

「小屋の正面扉には内錠があったんですか」わたしは話題をかえた。

「ありましたよ、簡単な差し錠が。牢獄に内錠があるというのも妙な話だが、もともとは運転手の宿舎だった。囚人が内側から錠を下ろして閉じこもる可能性など、絶対にありえない。引きずり出されて半殺しにされるのは、目に見えてるのだから。そんなわけで、わざわざ内錠をとり外す必要を感じなかったんですな、看守側の人間は」

わたしは考えながら、シュミットに語りかけた。「内錠はあった。である以上、小屋全体を密室化したいなら、普通は正面扉から外に出て、戸外から扉の内錠をかけるような細工をするのが普通だわ。なぜフーデンベルグは、家のなかにいて戸外の閂をかけようなんて、そんな奇妙なことを考えついたのかしら。

雪と足跡の問題はあるにしても、戸外から正面扉の内錠をかけて、たとえば小屋のまえで、だれか様子を見にくるまで待っている。そして、正面扉の内錠がかけられていたので、自分はまだ小屋に入ってはいないと主張する。戸外から正面扉の内錠をかける方法がないために、そんな奇妙なことをしたのかしら」

「いいや、フロイライン・モガール。そんな方法がありえても、フーデンベルグには使えなかったんですな。雪には、もう往路の足跡が残されている。小屋を密室にしても、フーデンベルグは殺人現場から逃げ出すことができない。そんなことをしたら、復路の足跡までつけてしまう。小屋と兵器庫のあいだに往復の足跡があれば、私のような警官でも密室は偽装されたもので、女は自殺したのでなく殺されたんだと疑いはじめます」

それはそうだろう。往路あるいは復路の一方だけでも、おなじ結果になるのは、わたしが推理したとおりだ。シュミットが続ける。

「往路の足跡を消せないなら、誰か来るまで小屋の戸口で待っているのはどうか。正面扉の内錠が下ろされていたなら、小屋と居間と寝室の三重密室の中心部で、ハンナの自殺屍体が発見されるという筋書になる。しかし、フーデンベルグがハンナを殺した時、まだ雪は盛大に降っていた。十分ほど続いた猛吹雪が衰えはじめるのは、銃声が聞こえた時刻より少し後のことです。

降り積もる新雪で足跡は、どんどん埋もれていく。つけられてから、ある程度の時間が経過した足跡であるのは、一目瞭然です。誰かに発見された時、まさか小屋に着いたばかりだと強弁するわけにはいかない。

何十分ものあいだ、内錠のために開かない正面扉の前でうろうろしていたと弁解してみても、そんな言葉を誰が信じますか。兵器庫の警備兵に指示して、扉を破るように手配もできる。それでも駄目なら兵器庫の電話で、援軍を呼び寄せることもできるんです。

そこでフーデンベルグは考えた。戸外から正面扉の内錠をかけるよりも、反対に室内から、外の閂をかけた方がよいとね。あるいは最初から、そのつもりだったのかもしれない。戸外から内側の錠をかける方法は思いつかないが、その反対ならできた。いずれにせよフーデンベルグは、犯人と被害者が一緒に閉じ込められてしまう不思議な密室をでっち上げたんです。

ハンナを自殺に見せかけるために、フーデンベルグは屍体のある寝室を密室として偽装した。その作為を見破られないために、あの男は居間の、第二の密室を作りあげたんだ。第二の密室の意味は二重です。屋内扉を寝室側から、正面扉を屋外から閉じられた居間は、それ自体がフーデンベルグを閉じ込めている密室なんです。

先程もいいましたが、密室化された寝室と密室化された居間、それぞれ被害者と犯人を閉じ込めている二つの密室は、フーデンベルグが第二の密室に閉じ込められている結果として、もうひとつ大きな密室のなかに封じ込まれてしまう。降雪の大地の上で、外部から正面扉の閂がかけられた小屋は、その全体が第三の密室になる」

外部から、唯一の出口を鎖されている密室のなかに、死者と生者が二人とも閉じこめられている。普通に考えれば、生きている男が死んだ女を殺したことになるだろう。事故死や病死や自殺でないとすれば。しかし、どう考えようとも、唯一の出口を外部から鎖したような人間はいそうにない。その場合に、常識的な判断ではどうなるのか。

幽霊みたいに、雪上に痕跡を残さないで移動できる謎の人物が存在している。だとしたら、その人物が寝室に入りこんで、被害者の女性を殺したのかもしれない。足跡を残さないで雪の上を歩ける幽霊なら、鉄格子の隙間から、閉じられた窓の隙間から、煙草の煙みたいに小屋に出入りできたとしても少しも不思議ではないだろう。

結果として、小屋のなかに屍体と一緒に閉じこめられた男にたいする疑惑は、奇妙な宙吊り状態を強いられてしまう。幽霊じみた真犯人が、偽の犯人として利用するため、その男を小屋のなかに閉じこめた。常識的には、そう考えたくなる。いや、小屋の内部から正面扉の外側にある閂をかけるための方法を発見できなければ、そう考えざるをえないだろう。それがフーデンベルグの、はじめからの狙いだった……。

コフカ収容所の所長によれば、ハンナは寝室に閉じこもり、そして拳銃自殺をした。フーデンベルグは銃声を耳にして小屋から逃げだそうとしたが、正面扉の閂が戸外からかけられていて、脱出するのは不可能だった。

それにたいしてシュミットは、フーデンベルグはハンナを寝室に連れこんで、自殺に見せかけて射殺し、居間側からトリックを使って、なんとか屋内扉の鍵をかけたのだろうと疑った。だが、この推理は、さしあたり暗礁に乗りあげざるをえない。

フーデンベルグが反論したとおりだ。それなら犯人は、さっさと現場から逃げだしてしまえばよい。なぜ、そうしなかったのか。正面扉の閂が外部からかけられていたからだと、閉じこめられていた男は主張した。だが、嘘だ。現場から離れるため雪に復路の足跡を残せば、密室で被害者が自殺したという状況が土台から崩れてしまう。はじめから男は、逃げだせる可能性を奪われていたのだ。

トリックで寝室の鍵を居間側からかけたように、正面扉の内錠を戸外からかけられたとしても、あまり事情は変わりそうにない。復路の足跡を残せない以上、官舎に戻るわけにはいかないのだし、誰か来るまで小屋の前で待っていても、その不自然さは歴然としている。

もしも屋内から、正面扉の外にある閂をかけられるとしたら、事情は一変するだろう。つまり、雪に足跡を残さないで歩きまわれる幽霊が、どうやら存在しているらしいことになる。幽霊のような犯人が、鉄格子や施錠された窓をぬけて被害者を殺し、おまけに小屋のなかに頭の単純な警官が喜びそうな、偽の犯人まで用意したということにさえなりうるだろう。

そうなれば、フーデンベルグの思う壺《つぼ》だ。収容所長は、真犯人から偽の犯人の役割を押しつけられた被害者になるのだから。だがそれは、屋内にいる人物が問題の閂をかけたという可能性について考えない結果、生じてしまう錯覚にすぎないのだ。

わたしは額に指をあてながら、必死で考えていた。それでも被害者と犯人を封じこめた雪の三重密室は、ふたたび足跡をめぐる疑問を復活させてしまうのではないか。シュミットの話では最初の足跡を覆いはじめた雪で、犯人は往路あるいは復路の足跡だけを残し、現場から逃走することもできたのだ。

話はもどるのだが、往復とも足跡をつけないで小屋に入れた幽霊でも、片道だけの幽霊でも、その効果は似たようなものではないだろうか。なぜフーデンベルグは、片道のみの幽霊を演出することで満足しなかったのか。わたしの疑問に、シュミットが答えた。

「よい質問ですよ、フロイライン・モガール。フーデンベルグは踏み誤りの危険性を冒すことなしに、復路の足跡を残せたんです。後ろむきに歩けば、往路に見える足跡でもね。わたしが観察した時、兵器庫から小屋の戸口に至るフーデンベルグの足跡は、なかば新雪に埋もれて、点々と続いた雪の窪みのようにしか見えませんでした。

小屋に入る時につけた足跡がそんな状態なら、往復いずれかの足跡をつけて小屋から離れた方が、フーデンベルグには有利ではないのか。足跡を残さないで正面扉の閂をかけた幽霊が存在するよりも、足跡が往路のみなら、小屋から足跡を残さないで消えた幽霊、復路のみなら、足跡なしで小屋に入れた幽霊の存在を暗示した方がよい。そして犯人のフーデンベルグは、さっさと官舎に戻ってしまう。そういうことになりますね。

だが、それもまた不可能なんです。もしも、そんな往路あるいは復路の足跡を、あなたが殺人現場の付近で見つけたら、どんなふうに考えますか。雪が降っている最中であれ、やんだ後であれ。

もしも復路なら、往路の足跡は降雪に埋もれたと考えるはずだ。反対に往路なら、真の往路の足跡は新雪に覆われてしまい、犯人は後ろ向きに歩いて偽の往路の足跡を残したと。ひとつでも踏み誤りの箇所があれば、入るときにつけた足跡を踏んで、犯人は現場から脱出したのだと真相を見抜かれてしまう。

いずれにせよ、往復の足跡が残されているのと同じことになる。結果として幽霊は消滅し、足跡を残さざるをえない生身の人間が、捜査官の疑惑の対象にせり上がる。どう転んでも、そうならざるをえないんですね」

やはりそうかと思って、わたしはうなずいた。シュミットにしても、まさか幽霊の存在を信じたわけではあるまい。事実、フーデンベルグがトリックで、小屋のなかから正面扉の外側の閂をかけたのだろうと疑っている。幽霊とは不可能性の比喩なのだ。そしてフーデンベルグは、不可能性の濃霧のなかに身を隠して、容疑をまぬがれてしまう。

コフカ収容所長の犯罪を追及する探偵役は、ハインリヒ・ヴェルナー少佐である。それはフーデンベルグも承知の上だったろう。動機の点からして、自分が疑われるのは不可避であると、あらかじめ予測していたに違いない。

降雪のため、どうしてもハンナの死を自殺として偽装するのに困難性が生じるなら、官舎に戻ろうと、小屋の前でだれか来るのを待とうと、疑われてしまう点では大差ない。それよりも不可解な三重密室を作りあげ、被害者と犯人の双方を封じこめてしまうほうが、はるかに安全ではないか。

探偵は屋内扉の鍵のトリックと、正面扉の閂のトリックを二つながら解明しえないかぎり、フーデンベルグを犯人として告発することなどできないのだから。

それにしても、過去と現在の三重密室の殺人は、あまりにも似すぎている。絶対に偶然なんかではないと、わたしは確信していた。ハンナ事件では小屋の寝室、ロンカル事件では東塔の広間になる第一の密室には、他殺とも見える被害者の屍体があった。そして居間あるいは二階である第二の密室には、殺人の動機のある人物が閉じ込められていたのだ。二つの密室事件の構造は、完璧におなじではないか。

わたしはすでに、ロンカルの屍体を封じこめた現代の密室の謎を解明している。それなら、ハンナ殺しの密室の謎だって解けないはずがない。屋内扉の鍵と正面扉の閂をめぐる、二つのトリックを見破ってやろう。そう思って、また必死で頭をしぼりはじめた。

なんらかの方法でフーデンベルグは、寝室の鍵を手にいれるのに成功していた。さしあたり、そのように仮定してみる。ハンナを自殺に見せかけて殺したあと、犯人は居間の側から屋内扉の鍵をかけ、そして居間のどこかに隠した。あるいは正面扉から、雪の戸外に投げたのかもしれない。だからシュミットが身体検査をしてみても、見つけられなかったのだ。

犯人は、兵器庫の爆発に巻きこまれて意識を失ったシュミットを、小屋のまえに残して逃走するまえに、隠した鍵をとりだして処分した。翌日にシュミットが、殺人現場を徹底的に捜索してみても、それでは鍵など発見されようもない。一応、そのように考えてみることにしよう。

それでハンナの屍体が封じこめられていた寝室の、つまり第一の密室の謎は説明できる。なぜフーデンベルグが、自分で自分を小屋のなかに閉じこめ、第二の密室を構成したりしたのかも、その動機は解明された。存在しない幽霊を犯人に仕立てあげること。自分は真犯人の手で小屋に閉じこめられ、そして殺人犯の汚名を着せられた犠牲者なのだと弁明すること。それがフーデンベルグによる作為の目的だった。

残された最大の問題は、第二の密室のトリックになる。そのときガドナス教授が、シュミットに質問した。教授もわたしと、おなじような疑問に悩まされていたらしい。

「どのような方法でフーデンベルグは、正面扉の外側にある閂をかけられたのだろう。わしには、それが判らんのだが。シュミットさんは、第二の密室の謎を解明できたのかな」

「そう、さしあたりはね。正面扉や居間の窓、寝室の南面の窓の隙間を利用して、外側の閂をかけるのは絶対に不可能だ。となれば、残るのは寝室の裏窓しかない。他の三箇所には、針一本、糸一本通せそうな隙間さえなかった。おまけに南面の窓には蜘蛛の巣があって、その夜に開閉された痕跡はない。

唯一ありうるのは、裏窓が幽霊の正体だという可能性だろう。フーデンベルグは、寝室の裏窓を使って、遠隔操作で正面扉の閂をかけたんだと、私は想定しましたよ」

「裏窓を利用して、正面扉の閂をかけた……」老人が呟いた。

「閂の構造は、説明した通りです。閂の横棒の尖端には、鎖を通すための穴があった。その穴と、左側にある二つの固定金具および鉄環に、強靭な鉄線を通すんです。閂の重たい鉄棒でも、切れることなしに引けるだけ強靭な鉄線をね。

鉄環には鎖が下げられ、その先には錠前が掛けられているが、鉄線は鎖の隙間から鉄環を通ることができる。鉄線は横棒の穴を頂点にU字形になるようにします。その鉄線を、矩形の建物の正面南東の角と背面南西の角を経由して裏窓から小屋のなかまで通します。ハンナを自殺に見せかけて殺害したフーデンベルグは、手元にある鉄線を二本とも引いた。その力で、閂の横棒が左側に引かれ、左側の固定金具を通して施錠される……」

真面目な顔で、幾度も自分にうなずくようにしながら、ドイツ人が語りおえた。無理だ、不可能だわと、わたしは思った。そんなことなど、できるわけがないのだ。

「シュミットさん、わたしにはわかりません。もしもフーデンベルグに、そうした細工ができたとするなら、屋内から正面扉の閂をかけることも可能だった。でも、そのために犯人は、まず閂のある正面扉のところで横棒の穴に鉄線を通し、それから二本の鉄線を持って小屋の裏窓まで行かなければならない。

シュミットさんが自分の眼で確認したように、小屋の周囲には正面扉から裏窓のところまで、だれか歩いたような足跡なんか残っていなかった。そうですね。それならフーデンベルグは、どうして鉄線を裏窓まで運ぶことができたんですか。建物の外側を、空中でも飛んで裏窓のところまで行ったんですか。

もしも収容所長に、そんな魔法みたいな能力があったなら、そもそも密室なんて問題にもなりません。門はかけたままで、正面扉から裏窓まで飛んで行けば充分なんですもの。魔法が使えるのなら、鉄格子のあいだをすり抜けて、裏窓から小屋のなかに入るのだって楽なものだわ」

「フロイライン・モガール。あなたは、なかなか頭がよろしい。感心しましたよ。でも私の説明は、なんというか、事態をできるだけ簡潔に要約したものなんです。実際に行われたことは、もう少し複雑だった。少なくとも、あの時は、そんなふうに考えたんです」

「どんな具合にですかな」ガドナス教授が尋ねる。

「先ほど説明したように、兵器庫から小屋までの道は、小屋の裏窓を目指すような恰好で、まず西から東に延びています。裏窓から十メートルほど離れた地点で、小屋を南に迂回してから東に廻り込み、西側に位置している正面扉の前に出るわけです。

フーデンベルグは、十メートルほど離れて裏窓を正面にながめる地点に立って、寝室の窓めがけて鉄線を巻いた軸を投げたんですね。もちろん、窓は開いていた。大声でハンナを呼んで開かせたのかもしれないし、事前に電話で、そのように命じておいたのかもしれない。

大切なのは、軸に巻かれた鉄線が二重だったことです。軸が空中を飛んで行くあいだ、二重に巻かれた鉄線が計画通りにほどけるかどうか、判らない。フーデンベルグはそれを警戒して、十メートル分をあらかじめほどいてから、軸を投げたのかもしれません。ともあれ結果として、フーデンベルグの手元には二本の鉄線の端が残された。それを持って、やつは小屋の戸口を目指したんです」

そうだったのか。わたしにもシュミットの推理の輪郭が見えてきた。そして正面扉の前に立ったフーデンベルグは、第一の鉄線を閂の横棒の穴に通し、その尖端を第二の鉄線ときつく縒《よ》りあわせたのだ。そのためにペンチを用意していたことだろう。それからおもむろに扉を開け、小屋の正面と裏側を結んでいる二本の鉄線の下から身をかがめるようにして、屋内に身を滑りこませた……。

シュミットが大きくうなずいて、続けた。「そう、あなたの考えた通りですよ。フーデンベルグは、寝室でハンナを自殺に見せかけて殺しました。それから鉄線を二本同時に引き、正面扉の閂をかけた。

次に、縒りあわせた箇所が横棒の穴に引っかからないように注意してその一本だけを引くと、鉄線は穴を抜けて手元にたぐり寄せられる。鉄線を回収した後、フーデンベルグは裏窓を閉めて差し錠を下ろし、さらに居間側から合鍵で屋内扉を施錠した。こうして、謎めいた二重の密室が完成したわけです」

「だが、そんな鉄線が、果たしてハンナの小屋に残されていたのかな。それに、あなたは忘れているようだ。裏窓には鉄格子が嵌められていた。軸が、鉄格子を抜けて屋内に入るよう、十メートルの距離から投げられるものですかな」

ガドナス教授が問い質した。そうだ、わたしも鉄格子のことは忘れていた。ドイツ人は動じることなしに応える。

「事件の翌日に、あらためて現場を調査したら、ありましたよ。物置の道具箱のなかに、糸巻状の軸に巻かれた強靭な鉄線が。それを、鉄格子の間から室内に投げ入れる実験もやってみました。三回失敗したけれど、四回目には成功した。失敗しても鉄線をたぐり寄せれば、軸は幾度でも回収できる。軸を引きずった程度の痕跡なら、数分のあいだに降雪で消えてしまいます。

　それに鉄格子には、腕なら通せるだけの隙間があった。もしも、ハンナを騙して協力させたなら、フーデンベルグは相手に、投げた軸を受けとらせることもできた。その場合には、成功率も増したものと考えられます」

「だったら、密室の謎は解明されたんだわ。犯人はフーデンベルグ」わたしは興奮して叫んだ。かぶりをふりながら、シュミットが苦笑する。

「いいや」

「違うのですかな」教授が不審そうに尋ねた。

「違います。愚かな警官が、見当外れの推理を捏《こ》ねていた。翌日の調査で、それが明白になったんです。調査と実験による新しい事実は、私が考えていた事件の相貌を一変させた……」

「どんな具合にかな」

「二つの問題があります。第一は、コフカ収容所の壊滅と囚人の大量脱走の真相。そして第二は、ハンナ殺しにまつわるものなんです」

「囚人の大量脱走の真相……」教授の表情に緊張したものが走った。

「そう。あの事件の背後には、これまで誰一人として想像もしなかった真相が隠されているんです。しかし、先に第二の問題から片づけてしまいましょうか。

事件の翌日、私はあらためて殺人現場を徹底的に調査しました。寝室の鍵は、どうしても見つけられなかったが、私の推理の前提になる鉄線は、道具箱のなかに放り込まれていた。実際の順序は逆で、鉄線を発見してから、説明したような推理を組み立てたんですがね。

定められた撤収時刻に追われながらも、自分の推理を確かめるために実験をはじめた。だが、それは見事に失敗したんです。互いに関係している三つの理由でね」

「鉄線が切れたんですか」思わず、わたしは問いかけていた。

「いや、強さは充分でした。そうではなしに、私が渾身の力で引いてみても、鉄線を使って正面扉の閂をかけるのは不可能だった。鉄線には、煉瓦《れんが》造りの家の角で二箇所、裏窓の角を合わせれば三箇所で摩擦が生じる。もともと滑りのよくない閂だし、理屈で考えたようには大人しく動いてくれないんですね。

これが第一の難点です。フーデンベルグの筋力が、私よりも強靭だったとは思えない。同じ武装親衛隊員でも、見ての通り私は重量級のレスラーにでも間違われそうな大男だが、フーデンベルグは、身長基準にも満たない小男だった。体格や体重も同じことで、私にできなかった力仕事を、フーデンベルグがやれたわけがないんです」

「シュミットさんでも、屋内から正面扉の外の閂は、つまるところかけられなかったんですか」わたしは落胆した。

「いや、最後にはかけることに成功しましたよ」

「どうやって」

「物置に放り込まれていた自動車関係の工具のなかには、旧式なジャッキもあったんです。わたしはジャッキを、底部が寝室の窓の鉄格子にあたるよう固定しました。ジャッキの頭部には、きつく鉄線の端を巻きつける。クランクでジャッキの捻子《ねじ》を廻せば、鉄線は徐々にだが、強い力で引かれはじめる。

ジャッキの捻子を廻しきっても、まだ門の横棒が固定金具に嵌《は》まりきらなければ、捻子を巻き戻し、たるみを除くために鉄線をもう一度、巻きつけ直そうと思ってました。でも、その必要はなかった。鉄線で二十センチも引けば、横棒は固定金具に収まるんです。鉄線を二十センチほど引くだけなら、応急修理のため自動車を持ち上げるように作られた工具で充分でした」

「それなら、やはり密室トリックは解明されたんですね」わたしは不思議に思った。なぜシュミットは、実験が失敗だったと告白したのだろう。

「まだ、第二の難点がある。それが、鉄線とジャッキを利用した密室トリックの不可能性を証明しているんですよ」

「第二の難点とは……」老人が自問するように呟いた。シュミットが、複雑な表情で応えた。

「私が実験した後、家の角の煉瓦にも木製の窓枠にも、鉄線で抉れたような跡が残されていた。しかし、同じような痕跡を、他には発見することができなかったんです。これが第二。まだありますよ。第三の難点は、鉄線に、切断した後また縒りあわせたような箇所など、どこにもなかったことですな」

「でも、それには説明がつくわ。切った鉄線の片方全部を、フーデンベルグが隠したのかもしれないでしょう。残した鉄線の端は切断して、縒った痕跡が見つからないように作為した」

「私も、それは考えましたよ。そうなると、物置に残されていた鉄線の倍以上が、もともと用意されていたことになる。でも、糸巻状の軸のサイズからして、それほど多量の鉄線が巻きつけられたとも思えないんですね。無理に巻いたとしても、軸が鉄線で膨れすぎて、今度は裏窓の鉄格子のあいだを通すのに難点が生じてしまう。

それに、鉄線の両端を慎重に点検しましたが、切断されたばかりの状態には見えなかった。切った直後なら、切断面が銀色に輝いているはずなのに、左右とも鉛色に曇っていたんです」

犯人にとって鉄線の半分を隠そうとするのは、軸ごと全部隠してしまうよりも手間になる。なにしろ、残しておく方の鉄線も、よじれた端の部分をペンチで切断したりしなければならないのだから。最初は完璧なものに思われたシュミットの推理も、本人が告白しているように、やはり根本的な無理があるらしい。

「ヴェルナー少佐なら、なんとか謎を解いたかもしれない。それは頭のよい人でしたから。しかし、実験によって推理を覆された私には、屋内のフーデンベルグがどんな方法で正面扉の閂を外からかけられたのか、どうしても説明できないんです。あの日から今日まで、三十年ものあいだね」

いまいましそうに唇をまげて、シュミットが大袈裟に肩をすくめた。どうにも仕方がないという表情だった。

3

ガドナス教授の居間には、しばらくのあいだ沈黙がおりた。教授がふと、ハンナ事件をめぐる議論にも加わらないで、ひたすら沈黙を守ってきた日本人の方に眼をやった。老人とは思えない悪戯そうな微笑を、口許にたたえている。

「ヤブキ君、わしはリヴィエールから聞かされておりますぞ。君が、デュパンさながらの推理家だということをな。それに君は、デュパンの分析《アナリシス》とは違って、なんと現象学《フエノメノロジー》の方法で謎を解き明かすのだという。わしも現象学者のはしくれといえんことはない。ひとつわしに、君の現象学的な犯罪推理を実演してもらえんかな」

カケルはしばらく無言だった。それからおもむろに顔をあげ、憂鬱そうな微笑を頬に刻んだ。

「一、二、質問しても構いませんか」

カケルの流暢《りゆうちよう》なドイツ語に、教授も客のシュミットも驚いたような顔をしている。癪《しやく》だけれど、ドイツ哲学を専攻しているわたしよりも、はるかに上手なのだ。

「もちろんですとも、なんでも質問して下さい。もしもあなたに、ハンナ・グーテンベルガーの密室殺人の謎が解けるものなら、どんな情報提供でも惜しむつもりはありませんよ」

ドイツ人が鷹揚《おうよう》に応じる。摑んだ捜査情報を守銭奴さながらに握りしめ、決して部外者には明かそうとしないパパ——モガール警視のような吝嗇《りんしょく》警官と比較すれば、よい心がけというべきだろう。もっとも、シュミットはもう警官ではないのだし、それにハンナ殺しは刑事として正式に捜査した事件でもないのだから、当然のことなのかもしれないが。

「それでは、伺います。あなたは事件のあった夕方、小屋の裏窓から顔を見せていたハンナを目撃しているんですね」

「鉄格子を通してだが、確かに見ています。フーデンベルグに案内役を命じられたハスラー中尉は、私らに気づかれてはいないと思ったようだが、私もヴェルナー少佐もハンナの姿を確認している」

「その時ハンナの髪形は、どうでしたか」

「髪形、というと……」シュミットが困惑している。

「屍体で発見された時、被害者は腿まである長い髪をほどいていた。夕方、窓辺に立っていた時も、やはり髪は、ほどかれていたんですか」

「いや。三つ編みにして、頭に巻きつけるようにしていたんじゃないかな。でも、そんなことが重要なんですか」

「まだ判りません。それと、小屋には暖炉があったんですね」

カケルが確認する。暖炉……。そう、暖炉だ。わたしの脳裏で、なにか閃《ひらめ》くものがあった。

日本人が淡々と続けた。

「シュミットさんが居間に入った時、暖炉では盛大に火が焚《た》かれていた。室内は、むっとするほどの熱気だった。屋内扉が閉じられていたにせよ、隣の寝室も寒さを感じるほどの温度ではなかった。それなのに被害者は、セーターにマントまで着込んでいた。そうですね」

「その通りですよ。私も被害者の服装について、疑問を感じたことは記憶しています。どんな理由で、常識外れの厚着をしていたのかとね」

カケルがうなずいた。「ハンナの生命を奪った拳銃弾ですが、精密な鑑定には廻されなかったのですね」

「残念ながら、その通りでした。弾丸の鑑定どころか、遺体の解剖さえも。切迫したソ連軍による攻撃に備えて、収容所の破壊撤収が急がれていた。翌日の朝、他の囚人の屍体と一緒に、ハンナの遺体も焼却されました。もちろん、脳内にあった拳銃弾も一緒にね」

「九ミリ口径のルガー弾を至近距離で発射した場合ですが、弾丸は貫通しないで体内に残るものですか」

「場合によるんじゃないでしょうか。ルガーで頭部を撃って自殺した屍体を検分したことがありますが、やはり弾は脳内に残っていた」

「拳銃の銃口が、被害者の顳顬に押しあてられて発射されたものかどうか、確認できなかったんですね」

「私の眼と鼻ではね。科学的に精密な検査をしたなら、あるいは確認できたかもしれんが。ただしハンナの服の袖口には、硝煙の臭気が微かに残っていた」

「僕もルガーを持っていて、パリの射撃場で撃ったこともあります。優秀な拳銃ですね。十メートル離れても、容易に標的を撃ちぬくことができました」

「距離十メートルで五センチの的を撃ち抜いても、あまり自慢にはなりませんよ。眼と反射神経が衰える以前の私なら、二十メートル離れても同じ的を撃ち抜いたでしょう。射撃ではロシア戦線の中隊で、最高の腕を誇っていたヴェルナー少佐なら、たぶん三十メートルでもね」

シュミットは戦中派らしい自慢をした。しかし、かれは誤解している。わたしは、カケルと一緒に射撃練習場に行ったことがあるけれど、かれは距離十メートルで一センチの標的を狙ったのだ。カケルは連射して、ほとんど点にしか見えない直径一センチの標的に、装塡された全弾を残らず命中させた。

指導員が驚いて、カケルのことをクレー射撃の選手ではないかと、あとからわたしに尋ねたほどの成績だった。あの日本人には、粘土皿なんか撃つ趣味はなさそうだと、わたしはそっ気なく答えた。たぶんカケルが狙っているのは、テロリストの地下世界では著名らしい熟達した暗殺者、ニコライ・イリイチの心臓なのだ。

「兵器庫と小屋のあいだに残された足跡は、雪の状態から六時半頃に、フーデンベルグがつけたものと判断できたんですか」

「いいや、それは判りません。吹雪がもっとも激しかったのは、六時四十分から十分ほどのあいだでした。六時半につけられたものでも、四十分につけられたものでも、それ以降でも、ほとんど同じように見えた可能性はある。ただし、五十五分以降ということはないと思いますよ。私が坂を登りはじめた時には、もう雪は小降りになっていた。だから、すれ違った懐中電灯の主の足跡も、はっきり確認できたんです。でも、あれは六時半にフーデンベルグがつけたものだ。それ以外の可能性はありえません。私自身、六時十五分にフーデンベルグが官舎から出かけるところを目撃している。やつが六時半頃に小屋に着いたのは確かです。本人も、そう証言しているんだし」

カケルは、さらに質問を続ける。「足跡なんですが、兵器庫の前には大きな庇があった。その庇の下の四歩分だけ、フーデンベルグが残した往路の靴跡が、明瞭に確認できたわけですね。降雪のため、はっきりとは確認できない五歩目の靴跡と、庇の真下で多数の足跡のために雪が乱れていた箇所とのあいだには、どの程度の距離がありましたか」

「二メートル前後でしたな。それは、フーデンベルグの五歩分の歩幅と、私が観察した限りでは一致していた。ヴェルナー少佐や私だったら、残した足跡は、あと一歩か二歩分は少なかったでしょうね。前かがみで尻をアヒルみたいに振りながら、小股でせわしげに歩く癖があったんです、あのコフカ収容所長には。靴底の楔形の傷も確認されたことだし、問題の足跡が、フーデンベルグのものであることに間違いはありませんよ」

「裏窓の戸の表側も調べましたか」

「翌日にね」

「節穴の近くに、なにか突起のようなものがありませんでしたか」

「古い板戸で、打ちつけられた釘も緩んでいるものが多かった。浮いた釘の頭でよければ確かにありましたな」

「ハンナの小屋の戸口前には、樅の大木があったとか。足跡は、木の下を通っていた。その樅は、登りやすそうな木でしたか」

「私が小屋を目指した時の記憶ですが、頭の少し上に太い枝が張り出していたかな。両手で跳びついて、懸垂と逆上がりの要領で体を引きあげれば、その枝には上がれるでしょう。あとは、枝伝いに登ればよろしい。まあ、登りやすい方ですね」

新しい発想が、電撃のように脳裏を走りぬけた。暖炉のことをたしかめ、さらに小屋の前の樹木についてカケルが質問した瞬間に、わたしにも閃いたのだ。シュミットの推理は小屋の開口部が、裏窓しかないという前提で組みたてられた。そして実験の結果、その推理は成立不可能になった。しかし、小屋には第二の開口部がある。残り二つの窓や、正面扉を計算に入れなくてもだ。わたしは叫んだ。

「解けたわ、フーデンベルグのトリックが。三重密室の謎が」

「本当ですか」シュミットが疑わしげに、わたしの顔を見る。

「ヘル・シュミット。あなたの推理は、ほとんど正解の域に達していたわ。的には当ったったが、射抜くには至らなかった、というようなところね。一点だけ修正すれば、あなたの推理は完璧なものになる」

「どういうことですか、フロイライン・モガール」

シュミットは、まだ信じられない様子だ。謎を解いたと称するパリジェンヌのことを、とんだ喰わせものだと疑っているような表情だった。わたしはこみあげる笑いを無理におさえつけながら、できるだけ厳粛な口調で語りはじめた。

「あなたは、鉄線を通せそうな小屋の開口部は、裏窓しかありえないものと結論した。そうですね」

「他にありますかね。正面扉には隙間なんかないし、南面の二つの窓も同様でした。わたしは石床に、小さな穴でもあるんじゃないかと思って、小屋中を這い廻りさえしたんですよ。しかし、鉄線を通せそうな穴など、壁にも床にもひとつとして見つけられなかったんだ」

「もうひとつ、寒い国なら、どんな家にも開口部は造られているわ。寒ければ、屋内で火を焚かなければならない。薪でも石炭でも、燃やせば煙や煤が出る。それは、どこから戸外に排出されるのでしょう」

「煙突だ」ガドナス教授が叫んだ。

「そう、煙突です。シュミットさんは、暖炉で石炭が轟々《ごうごう》と燃えているのを見て、煙突という開口部のことを無意識に検討の外に押しだしたんです。高熱の炎は、石の床や壁と同じような遮断物です。火傷をしないで、ハンナの小屋に煙突から侵入できたような人物は存在しないでしょう」

「でも煙突の内部は、小さな子供ならばともかく、大人が通れるほどの広さはなかったんですよ。フーデンベルグが煙突から屋根に這い出し、雪の大地に降り、正面扉の閂をかけてから、また煙突を通って小屋のなかに戻った。それは、残念ながら不可能なことだ」シュミットが反論した。

「なにも、人間が通る必要はないんです。あなたが推理したように鉄線の糸巻が通れば、それで充分なのだから」

「犯人は鉄線が巻かれた軸を、燃えさかっている暖炉のなかに、煙突から放り込んだとでもいうんですか。それは無理だ、暖炉では石炭が山をなして、猛烈な勢いで燃えさかっていたんです。旨いこと投げ込めたとしても、木製の軸は燃えてしまうだろうし、糸のように細い鉄線は瞬時にして灼熱したに違いない。真っ赤な鉄線を使って、戸口の閂をかけることなんかできるわけがありませんよ。たちまち切れてしまう」

「ヘル・シュミット。犯人が巻かれた鉄線を、煙突から暖炉に投げこんだとき、暖炉に火が焚かれていた証拠はありませんわ。むしろ、不自然に厚着をしたハンナの屍体は、少なくとも彼女の死まで、小屋のなかに火がなかったことを暗示しています」

「そうか……」シュミットが興奮して、椅子から腰を浮かせていた。わたしは勝利の微笑で、動転しているドイツ人にうなずきかけた。

兵器庫から小屋まで歩いてきたフーデンベルグは、まず、正面扉の閂の横棒尖端にある穴に、軸からほどいた鉄線の一端を通した。鉄線を引いて両端を揃え、次にそれを固定金具と鉄環に通す。鉄環を通された二本の鉄線の端は、必要な分だけ軸に巻きとられる。

それから何歩か後退して、戸口に近い樅の大木によじ登ったのだ。小屋の屋根よりも高い枝まであがり、そこから糸巻状の軸を煙突に投げこんだ。

樅の木から下りたフーデンベルグは、正面扉から堂々と小屋に入ればよい。木の下と戸口のあいだを、男は一往復半した計算になるが、たぶん戸口から木の下まで戻る場合には後ろむきに歩いて、残っている足跡に靴底を重ねるようにしたのだろう。

作業を終えて、二度めに木の下から戸口を目指したときも、すでにつけられている二重の足跡を慎重に踏むようにする。多少の踏み誤りが生じたとしても、まもなく降りしきる雪で、なかば埋もれてしまうだろう。結果として、木の下と戸口のあいだに残されていた一往復半の足跡は、兵器庫と小屋の戸口を結んでいる往路の足跡らしい雪の窪みの連鎖に、自然に溶けこんでしまい、その一部にしか見えないようになったのだ。

扉をほそめに開いて、鉄線に引っかからないよう身をかがめながら、フーデンベルグは小屋に入った。そして、まだ焚かれていない暖炉の灰の山から、煙突を通して投げこんだばかりの鉄線の軸を見つけて回収する。あとはシュミットの推理とおなじことだ。

暖炉の縁石に固定したジャッキで二重の鉄線を巻きとり、その力で正面扉の外側の閂をかけてしまう。そのあと鉄線を一本だけ引っぱり続ければ、鉄線全体も残らず屋内に回収できる。シュミットの推理とは違って、これなら切った鉄線を縒りあわせるような必要もない。

「そうか」シュミットが呻いた。「確かに、煙突のことは忘れていた。フロイライン・モガール、あなたのいわれた通りです。焚かれている暖炉の炎と熱が、穴ひとつない壁と同じような遮断物になるという先入見を、私にもたらしていたんだ。フーデンベルグは、そんな錯覚が生じることを期待して、わざわざ暖炉に盛大に火を焚いたに違いない。しかし、ハンナの厚着の不自然さまでには、想像力が及ばなかったんですね」

頭を整理しながら、わたしは問いかけた。「シュミットさんを悩ませた三つの難問のうち、第一は、ジャッキを利用することで解決された。第三も、煙突から鉄線を通したのだとしたら、現場に残されていた鉄線に縒りあわせたような跡がないのも当然で、これも解決された。残るのは第二の難問だけね」

「そう」ドイツ人が大きくうなずいた。「もしも煙突から鉄線を通して、閂を屋内からかけたなら、裏窓からそうしたよりも鉄線が通過しなければならない角の数は、はるかに多くなります。閂の固定金具を通って右斜め上に延びた鉄線は、まず小屋の張り出し屋根のところで、角度を変えなければならない。次は煙突に入る箇所で、石組みの外側と内側の二箇所。最後に暖炉から出るところで、やはり石組みの内側と外側の二箇所。

屋根の煙突の縁、それに屋内の暖炉の縁には、確か煉瓦ではなしに石材が使われていた。そのために、鉄線を引いた跡が残らなかった可能性はありうる。しかし、小屋の屋根はスレートぶきだった。軒端《のきば》に鉄線で擦れた傷が、つかなかったとは思えません。

しかし、煙突のことなど念頭になかった私は、梯子《はしご》まで持ち出して、小屋の屋根や軒端を調査するなど思いつきもしなかった。重大な、警官としては許されない決定的な失策でした。正面扉の右上にあたる軒端の状態さえ確認していれば、そして鉄線で擦れた跡さえ発見できていたなら、犯人フーデンベルグが仕組んだトリックも暴けたろうに」

シュミットが、残念そうに唇を噛んだ。そして顔をあげ、わたしの顔を見つめる。「しかし、やつが煙突を使ったのは間違いのないところですな。それしか、考えようはないんだから」

「いままでは、検証のしようもありませんけれど」わたしは鷹揚な口調で応えた。

「いや、私にはそれで充分ですよ。あなたのおかげで、長年の頭痛の種が一瞬にして消えたようだ。パリまで観光旅行にきて、こんなふうに三十年昔の事件が解決されるとは、まさか思ってもいませんでした」

シュミットは頰を紅潮させて、本気で感激しているようだ。ガドナス教授も感心した表情で、幾度もうなずいていた。たしかにカケルのほうが先に、真相に到達したのだろう。暖炉や被害者の不自然な厚着や樅の木について、シュミットに質問していたのだから。

でも、わたしだって、カケルが真相を語るまえに自分の頭で、はじめから終わりまで全部を考えたのだ。お株を奪われたカケルのために、わたしは遠慮ぶかい発言をした。名探偵の栄冠をひとりで独占しようと思うほど、厚かましいナディア・モガールではない。

「お礼なら、ヘル・ヤブキにどうぞ。わたしよりも先に、暖炉が第二の開口部であると察したのは、カケルなんですもの」

カケルは無表情にわたしを見た。そして、そっ気なく肩をすくめる。わたしは溜め息をついた。まさか、先に真相を喋られて、怒っているわけではないだろう。そんなカケルじゃない。いつものように、わたしの好意を素直にうけとろうとしないだけなのだ。栄冠をわかち合おうという好意を。しかたなしに、わたしは語り続けた。

「それでも、犯人の事件当夜の行動には不自然なところが残るわ。六時十五分に官舎を出たフーデンベルグは、人目につかないよう警戒して丘にのぼり、まず兵器庫の警備兵二人を刺殺した。

それが六時半頃のことね。他方、ハスラー中尉が官舎を出たのも六時半だわ。常識的に考えれば、ハスラーはフーデンベルグよりも十五分ほど遅れて、六時四十五分頃に兵器庫に着いたことになる。

どうしてフーデンベルグは、吹雪のなかで六時半から四十五分過ぎまで十五分ものあいだ、ハスラーが兵器庫にあらわれるのを待ってたんでしょう。事前に約束でもあって、フーデンベルグは兵器庫でハスラーと待ちあわせていたのか。フーデンベルグにはハスラーを、ハンナ殺しの共犯者として利用する計画でもあったのか。

しかし、ハスラーも警備兵とおなじように短剣で殺されてる。それでは犯人は、殺害するためにハスラーを呼びだしたのか。この仮説も動機の点でむずかしそうだし、そもそもハスラーは、なにか緊急の用件が生じた様子で、官舎に姿の見えないフーデンベルグを探そうと、吹雪の戸外に走りでたんですよね。兵器庫で待ちあわせていたなら、なにもシュミットさんに、フーデンベルグの所在について質問する必要もないわけだし。

フーデンベルグは、警備兵の刺殺を偶然に知られてしまったので、やむなくハスラーも殺害しなければならない羽目になった。そう推定するのが自然だと思う。となると、疑問はもとにもどらざるをえない。なぜフーデンベルグは、十五分も兵器庫のまえで時間を潰して、探しにきたハスラーに警備兵殺しを見つけられたりしたんでしょう」

シュミットが、わたしの眼を見つめるようにして、生真面目すぎる表情で応えた。それは、想像もできないほどに奇怪な返答だった。

「警備兵を殺したのも、ハスラーを殺したのも、犯人はフーデンベルグではありませんよ。フーデンベルグは、ハンナの謀殺についてのみ有罪なんです」

「わからないわ。それ、どういうことなんですか」

わたしは叫んだ。そういえばシュミットは、警備兵を殺したのはフーデンベルグではないと断言していた。横からガドナス教授が質問した。

「シュミットさん。あなたはハンナ殺しの方法以外にもうひとつ、前夜の推理が翌日の現場調査で覆されてしまったと、そう語っていましたな。モガール嬢の疑問とそれは、何か関係があるのでは……」

「そう、その通りなんです。翌日の捜査で判明したもうひとつとは、ようするにコフカの大量脱走事件の真相だった。ヘル・ガドナス、あなたが感謝しなければならないのは、ソ連軍じゃないんですよ。公式の歴史ではそうなってるようですがね、コフカに潜入したソ連軍の特殊部隊が、囚人の大量脱走を助けたというのは事実に反する」

「どういうことですかな」

老人が口を開いた。ユダヤ人の老哲学者の表情は落ちつきはらって、問いかける口調も穏やかなものだった。コフカの脱走事件には、歴史に記されていないような裏がある。そんなふうに不意に告げられて、当事者でないわたしさえも絶句しているというのに。

それからシュミットは、しばらくのあいだ無言だった。語りえないものが胸に満ちるのを、静かに待っているような、内省的な表情だった。そしてドイツ人は、意を決したように口をひらいた。

「〈最終的解決〉の政策によるユダヤ人の虐殺は、わが民族が百年、いや千年にもわたり背負い続けなければならない呪わしい集団犯罪です。モルゲン捜査班の一員として、私もまた絶滅収容所の怖るべき内幕をかいま見ました。目のあたりにした大量虐殺の現実に対して、私は嫌悪感と罪障感を覚えないではいられませんでした。

しかし、私には勇気がなかったのです。それをやめさせるために、行動するだけの勇気が。戦時召集されて軍務についていた一下士官に過ぎない私が、ひとりで抵抗したところで事態は絶望的だ。私と家族の頭上に、想像するのも怖しいような災厄を招くだけで、たった一人の囚人さえも救うことはできないだろう。

恥じるべき怯懦《きょうだ》でした。私は絶滅収容所の実態を知りながら、哀れな囚人のために、どんな行動も起こすことのできなかった臆病者です。私にできたことは、あなた方が集団脱走した後、ソヴィエト軍がコフカを制圧するまで森のなかで、なんとか生き延びているようにと祈ることだけでした。

白バラ運動という名で、戦時下にミュンヘンで行われた抵抗運動の史実はよく知られています。ヒトラー暗殺を計画した、ロンメル将軍をはじめとする国防軍将校団の陰謀についても。しかし、ある意味では白バラの闘士よりも、あるいはヒトラーに爆弾を投げつけたシュタウフェンベルク伯爵よりも、はるかに偉大な抵抗者が存在したのです。その人物のなしたことを、誰ひとりとして知りはしません。全世界で私一人が、彼の英雄的な行動について推察したのみなのです。

あなたには申しあげるまでもないことですが、一九四五年一月十二日のコフカ収容所における集団脱走は、ナチ収容所の歴史における最大の脱走事件です。脱走の成功により、四百名もの人命が救われました。そして誰も知らないことですが、四百名の囚人の生命を救った人物は……」

「ハインリヒ・ヴェルナーですね」

ふいにカケルが言葉を投げた。その言葉に、シュミットの顔色が急変する。あまりの衝撃に、愕然としているのだ。しかし、どういうことなのか。大量脱走を助けたのは、戦線の背後に浸透したソ連軍の特殊部隊ではない、ヴェルナー少佐なのだとカケルは主張したのだ。

根拠もなしに、曖昧な憶測を口にするような青年ではない。カケルがいうのなら、たぶんそうなのだろう。だがヴェルナーは、武装親衛隊《ヴァッヘン・エスエス》の高級将校ではないか。そんな人物が収容所の囚人を助けたりしたら、それは重大な裏切り行為になる。ドイツ人が、かすれ声でたずねた。

「ヘル・ヤブキ。どうしてあなたは、それを知りえたんですか」

「あなたの話を、少しばかり検討してみたんです。兵器庫のある丘に向かおうとして麓《ふもと》で目撃した懐中電灯の光点、坂道に残されていた真新しい下りの足跡、兵器庫裏や監視塔で発見されたソ連軍特殊部隊の手口で殺されている屍体……。それらは、あの夜の、少佐の行動の軌跡を示している。

収容所施設を爆破し、監視塔から機関銃で生き残りの看守をなぎ倒したのは、武装親衛隊少佐、ハインリヒ・ヴェルナーに違いありません」

「驚きましたなあ、あなたには。そうなんです、その通りなんですよ」シュミットは教授の方に向きなおりながら、言葉をついだ。「ヘル・ガドナス。あなたを含む四百名もの囚人を救出するために、少佐は命を落とされたのです。あの時代にもドイツ人のなかには、死を決して収容所体制に闘いを挑んだ勇敢な人物が、少なくとも一人は存在した。何もできなかった臆病者ですが、それでも私は、わが民族がハインリヒ・ヴェルナーを持ったことを誇りにしています」

「あなたに、どうしてそれが判ったのですかな」老人の眼は、線のようにほそめられていた。

「第三監視塔の屋上で、メルツェデスのキイを見つけた時でした。キイがあるからには、ヴェルナー少佐は第三監視塔に上がったのです。では、なんのために。

混乱して無意味に渦を巻いた脳裏に、前夜から知らされていた幾つかの事実が、まとまりのある図柄をなしはじめました。ヤブキさんが注目したらしい懐中電灯の光点、坂道の真新しい下りの足跡、ソ連軍特殊部隊の手口で殺されている屍体など」

ヴェルナー少佐は、翌日に予定されていた収容所施設の爆破の責任者だった。しかし、シュミットにも不可解に思われたのは、コフカ収容所に出発する時にクラクフ郊外の兵器庫に寄って、多量の爆薬をメルツェデスに積み込んだことだった。

破壊作業に使用する爆薬は、翌日、工兵隊がコフカまで運んでくる予定なのだ。先遣隊であるヴェルナーとシュミットが、わざわざ爆薬の一部を携行して、コフカ収容所に出むくような理由はない。しかしシュミットは、上官には上官の考えがあるのだろうと思って、その疑問を口にすることもなしに忘れてしまった。

少佐は爆破により完全破壊しなければならない二つの施設、ガス室のある建物と屍体焼却炉のある建物には、ほとんど関心を示さないで、妙なところだけを選んでハスラーに案内させた。ドイツ兵とウクライナ兵の兵士食堂、正門の左右にある監視塔、発電所と兵器庫、などなど。それらはみな、あの夜に爆破された地点である。

以上二つの事実を重ねてみれば、結論は明らかだろう。ハインリヒ・ヴェルナーは、最初からコフカ収容所の警備部隊を皆殺しにし、囚人の集団脱走を助ける意図で爆薬を準備したのだ。そのために、計画していた爆破地点をハスラーに案内させた。シュミットが言葉をつぐ。

「私からキイを受けとり、メルツェデスを運転して姿を消す前に、少佐は自動車のトランクから持ち重りのしそうな油紙の梱包を出して、それを書類鞄に詰めていました。書類鞄は収容所の配属将校が集まっていた広間に残されたはずです。収容所長の官舎で起きた爆発は、あの時、たぶんヴェルナー少佐によって仕掛けられた」

それから少佐はメルツェデスを運転して、二つの兵士食堂に時限爆弾をセットした。夕食は七時に決められており、それ以前に食堂が無人であることは、すでに視察の時に確認されている。テーブルの下に時限装置つきの爆弾を隠すのは容易だった。

次にヴェルナー少佐は、正門の左右にある監視塔までメルツェデスで行き、その真下に時限爆弾を仕掛けた。予想外の事態が生じたのは、監視塔に爆弾をセットした後のことだったろう。メルツェデスが雪の吹き溜まりにタイヤをとられて、動かなくなったのだ。仕方なしに少佐は、最後の時限爆弾をトランクから取りだし、それを手にして兵器庫や発電所のある丘を目指した。

中央監視塔に爆弾をしかけなかったのは、位置関係からして監視塔の警備兵に気づかれることなしに、それを実行するのが困難であると判断したからだろう。中央監視塔に比較すれば、正門横にある第一、第二監視塔に爆弾をセットするのは容易だ。

監視塔の真下には、病院や管理事務所の建物があり、人の出入りも多少はある。ヴェルナーが徘徊していても、見とがめられる危険性は少ない。だが第三の中央監視塔の場合、真下まで車や徒歩できた人間は、例外なしに警備兵によって発見されてしまう。その危険は冒せないというのが、ヴェルナー少佐の判断だったのではないか。

ヴェルナーは二発の時限爆弾を抱えて、徒歩で丘の頂上をめざした。到着すると、兵器庫の警備兵を建物の裏におびきだし、殺害して鍵を奪った。殺害方法は、ロシア戦線で敵から学んだ暗殺法だ。

兵器庫の扉の鍵をあけ、内部に爆薬をしかけた。たぶんフーデンベルグは、その前後に兵器庫のまえを通過したのだろう。警備兵の姿が見えないのもとうぜんのことで、もうヴェルナーにふたりとも殺害されていたのだ。さらに不運なハスラーが、フーデンベルグを探して兵器庫のまえに姿をあらわした。

少佐はハスラーの手首を親衛隊《エスエス》の短剣で切りとばしたあと、喉笛《のどぶえ》を抉って殺した。そして、最後の攻撃地点を目指して丘を降りたのだ。シュミットが、坂道で発見した真新しい下りの足跡は、少佐が残したものに違いない。

シュミットはまた、中央広場の北縁でヴェルナー少佐とすれ違ってもいる。ヴェルナーは、丘を下り中央監視塔をめざしていたのだが、その懐中電灯の光をシュミットは目撃しているのだ。シュミットはそれを、交替する警備兵のものだろうと判断して、相手に気づかれないように距離を置いてすれ違った。その点について、シュミットがさらに説明の言葉をついだ。

「最初の計画では、私が所長官舎を出て中央広場を歩きはじめる頃、少佐はすでに中央監視塔に到着していたはずです。しかし、予期しない車のトラブルとハスラーの登場が、数分だろうけれども、少佐の行動計画に遅れをもたらした。それで私は、中央広場で少佐の懐中電灯とすれ違う結果になったんです」

ヴェルナー少佐は広場中央に建てられた監視塔にのぼり、隙をみて警備兵に襲いかかる。ふたりに、抵抗の機会さえあたえないで瞬時に刺殺し、ヴェルナーの裏切りに気づいた第三の警備兵とは格闘になった。メルツェデスのキイは、そのときにポケットから落ちたのだろう。

第三監視塔の占拠に成功したヴェルナーは、時限装置が作動する瞬間を待った。所長官舎、兵士食堂、そして第一、第二監視塔で爆発が起こり、異変を知った囚人の暴動がはじまる。少佐が、なお警備塔に居残っていたのは、囚人の暴動を成功させるためだった。

シュミットが目撃したように、監視塔の機関銃は、生き残りの髑髏団兵士を容赦なしに端から殺戮した。思わぬ監視塔の機関銃の援護で、四百名もの囚人は、かろうじて収容所から脱出することに成功したのだ。

「たぶん少佐は、自分で自分に課した任務を残らず達成した後、私がフーデンベルグの身柄を確保している予定の、ハンナ・グーテンベルガーの小屋に来るつもりだった。しかし、それは不可能になったんです。少佐は炎上している所長官舎に飛び込んで、焼死した。なぜそんなことをしたのか、それが疑問なんですがね。あるいはフーデンベルグの姿を見かけたのかもしれません。やつを捕らえようとして、炎のなかに身を投じたのかも」

思い出を喋り続けるあいだ、シュミットの視線は宙をさまよっていた。記憶の迷路を、憑かれたように彷徨《ほうこう》していたのだろう。しばらくして、おもむろにガドナス教授が口を開いた。教授の表情は真剣そのものだった。

「あなたの推理は妥当だと思う。シュミットさん、わしはあなたと、一度きりだが顔を合わせている。あなたの話に出てきた、ハスラーに殴り殺される運命だった囚人とは、わしなんですぞ」

そうか、とわたしは思った。たしかガドナス教授は、集団脱走の日の夕方に、まだ生きているハンナを目撃したと語っていた。教授は、給水塔の修理に使役されていた囚人のひとりだったのだ。老人が、緊張した口調で語り続ける。

「わしは、必ずしも親しかったラビのダニエル・デュボワを庇おうとして、囚人の隊列を離れたわけではない。それもあったかもしれんが、むしろ旧友のハインリヒ・ヴェルナーの顔を見た衝撃で歩けなくなったのです。ヴェルナーはハスラーの眼を盗んで、わしの耳元に囁きかけた。今夜の七時過ぎに、囚人に脱走を誘うような異変が起きる。それを見逃さないで、生きるためにできることをやれと。

　しかし、ヴェルナーの手配はもう、囚人に対して為されていたように思う。わしは宿舎に戻ってから、囚人のあいだに組織されている秘密抵抗委員会の指導者と覚しい人物に、ヴェルナーの忠告を話した。

　エミール・ダッソー。ユダヤ系のフランス人で、あの凡庸な地獄を生き延びるのに必要な、したたかな才能と精力を持った男だった。パリでゲシュタポに捕まり、コフカ収容所まで流れてきた男で、ウクライナ兵の元締であるイリヤ・モルチャノフに、囚人頭《カポ》として抜擢されていた。コフカに到着した日のことだが、ぎりぎりでガス室送りを免れえたのも、そのダッソーのおかげだった」

　そうか、それで話の辻褄もあう。なぜ七時過ぎに異変がおきることを、あらかじめガドナスが知りえたのか、それをジャコブは不審に思った。ガドナスは旧友のヴェルナーから、じかに、そのことを知らされていたのだ。

　コフカの集団脱走事件における、ヴェルナー少佐の決定的な役割についてシュミットが語っても、教授が衝撃をうけたふうでなかったのも、それで理由がわかる。爆破事件を仕組んだのが旧友ヴェルナーであると、あらかじめ教授は知りうる立場にいたのだから。

「ダッソーには、同じユダヤ系フランス人の仲間が三人いた。ユダヤ系ポーランド人の多いコフカの囚人のなかで、彼ら四人は、特殊な位置を占めていました。作業場から貴金属を盗み出したり、それでウクライナ兵を買収して武器を手に入れようとしたり、わしのような囚人の耳にも噂が聞こえてくる抵抗委員会の活動には、あの四人の影が見え隠れしていた。確かな証拠はなかったが、わしは、そのように推測していたのです。

フランス国籍をもつユダヤ人であるわしを、ダッソーが仲間に誘わなかったのは、生まれながらのユダヤ系フランス人ではなく、リトアニアの出身者だったからだろう。戦後になって、多少のつきあいができたダッソーは、少しでも気心の知れない人間を、抵抗委員会に誘うわけにはいかなかったのだと、わしに弁明していた。それでもラビのデュボワとは、暇を見つけては話し込んだものです。デュボワはわしに、タルムードの精髄を教えてくれた。

変人でもあったが、本当に優れたラビだった。たとえばデュボワが真剣に悩んでいたのは、来るべき過越祭《ペサハ》に、仲間の囚人に何をあたえるかという難問だった。先人の労苦をしのぶためユダヤ人は、過越祭にはパン種を入れないで焼いたパンを、食べなければならないと決められている。しかし、収容所で、そんなものが準備できるわけはない。種なしパン《マッツァー》どころか、本物のパンさえも、満足には囚人の口に入らないのだから」

過越祭の休日には、出エジプトをしのび、その土地のワインを四杯のみ、苦菜《にがな》を味わい、皿の塩水をなめなければならない。

なかでも厳しいのは、やはり種なしパンだという。その八日間に、もしも種のあるパンを食べたりしたら、律法《トーラー》により破戒者は『イスラエルから追放される』。教授が語り続けた。

「律法の知識を総動員して、賢明なデュボワは思索を重ね、そして唯一の結論を出した。擦り潰したジャガイモの皮に、なんとか盗み出した少量の小麦粉を混ぜて焼くのだ。律法には、そうして焼かれたパンまがいを、過越祭の聖餐である種なしパンとして承認しないという記載はない」

ユダヤ人とは、本当に奇妙な民族だと思った。ユダヤ人というよりも、ユダヤ教が奇妙なのかもしれないが、つまるところユダヤ人とユダヤ教徒はおなじなのだから、やはりユダヤ人は奇妙なのだ。絶滅収容所というような極限状況であれば、たとえばカトリックの神父は、もっと御都合主義的にふるまうだろう。

秘跡をとりおこなうためのパンと葡萄酒がなければ、クラッカーとシェリー酒を代用品として使うかもしれない。そのようにしてクラッカーはキリストの肉となり、シェリー酒はキリストの血となる。水がなければ赤ん坊に、ビールで洗礼を授けるかもしれない。とにかく洗礼することのほうが大切なのであり、水がないから洗礼を拒むようなわけには、絶対にいかないのだ。

そのまま赤ん坊が死んだりすれば、罪のない神の子なのに、異教徒として地獄に堕ちる羽目になるのだから。そんな非道なことなど、敬虔な神父にはできそうにない。目的と手段をとり違えるわけにはいかないと考える神父は、ユダヤ教のラビのように山ほどある律法書の記載から、それに矛盾しない儀式の方法を求めて、真剣に悩んだりはしないだろう。

教授が、また語りはじめた。「わしがヴェルナーの忠告を伝えても、ダッソーは、あまり驚いた様子を見せなかった。むしろ、それについて喋って廻らないよう、沈黙を守るよう命じさえしたのだ。

ダッソーに命じられたカッサンは、六時半には行動を起こしていた。囚人のバラックを監視する警備兵が交替した直後に、カッサンは盗み出してあったナイフで、ウクライナ兵を刺し殺したのです。わしは、それを目撃している。

監視の眼を抹殺したカッサンは、バラックのある地区を封鎖している鉄条網をナイフで切り、姿を消しました。それからしばらくして、何梃もの銃を抱えて戻ってきた。たぶん丘の兵器庫まで行って、武器を調達してきたに違いない。倒した警備兵の三梃を加えて、抵抗委員会は多数の銃を手に入れることになった。

爆発が起きた直後に、物陰に隠れていた抵抗委員会のメンバーは、銃を乱射しながら広場に飛び出した。はじめから、爆発が起きるのを知っていた様子だった。そして、自由になりたい者は走れと、大声で叫んだのだ。

ダッソーから脱出計画を明かされた多数の囚人も、作業用の鑿《のみ》や鎌を振りかざして警備兵を襲った。射殺されて雪に倒れている警備兵の血が、無力な囚人の群に信じられないほどの熱狂を呼んだのです。私も夢中で走った。交錯する銃火のなか、皆が走りはじめていた。気づいた時には、もう安全な森のなかにいた……」

ガドナス教授が語りおえた。大きく息を吐くようにして、シュミットが応じる。「そうでしたか。囚人頭のダッソーと親しかったウクライナ兵のフェドレンコが、たぶんヴェルナー少佐と抵抗委員会との、秘密の連絡役を務めていたんでしょう。もともと第三帝国に対する忠誠心など持ちあわせていない傭兵のフェドレンコは、少佐に心服してましたから、どんなに危険な裏切り行為でも命じられたら実行したはずです。

わたしが見た時、兵器庫の扉が半開きだったのも、それで判る。少佐は警備兵を殺し、鍵を奪って兵器庫を開いたんだ。兵器庫に辿りついたカッサンは、両腕に抱えられるだけの銃を持ち、足を急がせて丘を下った……」

「たぶん、そうだったのだろう。ヴェルナーはあらかじめ、脱走計画を援助するために、囚人が武器を入手できる手筈《てはず》まで整えていた。そのために一度、丘に登る必要があったのだ」教授が低い声で応じた。

しばらくのあいだ、全員が黙り込んでいた。ガドナス教授もシュミットも、それぞれに感慨ぶかそうな顔で沈黙し、それぞれの想念を追っている。ようやくドイツ人の退職警官が口をひらいた。

「今夜は、わが人生にとって特別な夜になりました。ヘル・ガドナス、そしてフロイライン・モガール。私には、お礼の言葉もありませんよ。どうやってフーデンベルグは、小屋の正面扉の門を屋内からかけることができたのか。

本当にヴェルナー少佐は囚人の脱走を援助するため、親衛隊員の誓約を泥のなかに叩き込んだのか。あの日から三十年ものあいだ、どうしようもなしに抱え込まされていた生涯の難問が、二つとも綺麗に解けたんですから。しかし、それでも最後に残る疑問がある」

「なんですか」わたしが尋ねた。

「最後に残る疑問、それはヴェルナー少佐の真意です。収容所の施設を爆破し、囚人の脱走を援助する。それなら少佐は、なぜ、フーデンベルグの規律違反の証拠を摑もうとなんてしたのか。それが、私には判りません。囚人の大量脱走が成功すれば、それに責任のある所長フーデンベルグの運命は決定されたも同然だ。

ヒムラーが最高責任者として為したことは、おぞましい悪鬼も同然のことで弁解の余地はありませんが、性格的には職務に忠実な小学校の校長さながらの、糞真面目な人物だったといわれてます。それが、どんなに身勝手で矛盾した、結果として非人間的な極点に至るような誠実さ、真面目さであろうとも。

たぶん悪魔は、世界の誰よりも厳正で倫理的であると、自分で思い込んでいるような人物の人格的弱点と、精神的な荒廃のなかに宿るのです。ヒムラーもまた、おのれの誠実さを内心で誇りながら、その結果として地獄の泥土のように腐敗してしまう、悪魔的な人物でした。

そうしたヒムラーの個性を念頭において考えれば、囚人の大量脱走という前代未聞の不祥事を惹き起こした収容所長の運命は、その場で怒り狂った囚人の群に踏み潰され絶命するよりも、よほど残酷で苦痛に満ちたものになったに違いない。

どう考えてもフーデンベルグは、ユダヤ人の女囚を職権濫用で情婦にしていた罪より、はるかに厳重な処分を受けるはずでした。囚人の大量脱走を仕組んだヴェルナー少佐は、そのことを熟知していた。それなのになぜ、わざわざフーデンベルグの汚職を暴こうとなどしたのか。私には、それが判らない。

第三帝国に対して決死の反逆行為を決断した少佐には、もはやモルゲン捜査班を再建して収容所の汚職捜査を再開するといった迂遠《うえん》な抵抗など、念頭にもなかったに違いない。それなのにどうして、ヴェルナー少佐は、私にハンナの小屋に行くよう命じたりしたんですか。

フーデンベルグを追いつめて、ハンナ殺しを計画せざるをえないよう舞台設定をする。そして、殺人行為に至る寸前に現場を押さえる。それが少佐の周到な計画だと思っていたんですが、どうやら違うらしい。ヒムラーの頬に決闘の手袋を叩きつけようと決意した少佐には、そんな生ぬるい計画など、もう必要はなかったのだから」

「わしは、あなたが頭を悩ませている難問の、解答になるかどうかは知りませんが、たぶん無関係ではないと思われる、新たな事実を教えることができそうだ」ガドナス教授が語りかけた。

「なんですか、それは」シュミットが眉をよせるようにした。

「第二次大戦の直前のことでしたが、フライブルクからパリに移ったわしに、一度だけハンナから手紙がきた。わしの故郷リトアニアで投函されたハンナの手紙には、信じられないようなことが書かれていたのです。わしが最初の著書、現象学の直観理論についての研究書を、世に問うた直後のことでした」

「手紙には、どんなことが書かれていたんですか」信じられないこと。なんだろう、それは。教授の話は、わたしを夢中にさせた。

「……ハインリヒ・ヴェルナーの子供を腹に宿して、自分はリトアニアに難を逃れた。そして、親切な弁護士と知りあい結婚した。夫は、自分の子供ではないことを知っているが、それでも息子を愛していると、手紙にはありました」

「では、フーデンベルグの命令でガス室に送られた少年は……」わたしは絶句した。

「ヴェルナーの実の子だった」ぽつりと、ガドナス教授がつぶやいた。シュミットは茫然としている。

わかった。ハインリヒ・ヴェルナーは、自分の子を産んだ昔の恋人が、特殊な立場におかれているため大量脱走に参加できないかもしれない可能性を、憂慮していたのだ。それだけではない。追いつめられたフーデンベルグが、ハンナを抹殺する計画まで立案しかねないことをも想定していた。

それで、部下のシュミットをハンナの小屋に行かせたのだろう。囚人の脱走が成功したあと小屋にもどり、自分の子を殺したフーデンベルグの犯罪を裁いて、かつて恋人だったユダヤ系女性を救出するのが、ヴェルナーの最初からの計画だった。ガドナス教授が、さらに続ける。

「十二月のコフカ訪問で、ヴェルナーは偶然に、ハンナが強いられている悲惨な立場を知ったのだろう。たぶんフーデンベルグに殺されたハンナの息子のこと、それが自分の子であることまでも摑んだヴェルナーは、ついに正面から第三帝国の収容所体制に挑戦することを決意した。ハンナを救出し、フーデンベルグを裁き、ひとりでも多くの囚人を脱走させるために」

「そうだったのか」興奮したシュミットの額には、大粒の汗がにじんでいる。「それでも謎は残りますな。なぜ少佐は、七時まで小屋に到着してはいけないと、私に厳命したんですか。昔の恋人を脱走させることが可能になるまで、私に警護させようとしていたなら、七時なんて決めて、小屋に到着する時刻を指示する必要はない。そんな指示がなければ、ハンナは殺されないですんだかもしれないんですよ。

私が小屋に辿りついた時、ハンナはもう殺されていた。なぜ少佐は、七時前に小屋に着いてはいけないと、私に命じたりしたのか。それが最後の疑問として残ります」

そのとき、カケルが口をはさんだ。問われたこと以外、自分からなにかを語りだしたりしないのが普通の日本人にしては、珍しいことだった。

「それだけではありませんね、残されている謎は。交替の警備兵は六時十分頃には兵器庫に到着している。六時半にはフーデンベルグも。ハスラーは六時四十五分、たぶんカッサンは、ハスラーより数分遅れて兵器庫に着いたに違いない。

警備兵が二人とも殺害されているところから、ヴェルナーは六時十分以降に兵器庫に到着したと考えられる。警備兵は二人とも、ほとんど同時に刺殺されているのだから。しかし、六時半以降ということはありえない。フーデンベルグの証言を信じるなら、彼が兵器庫の前を通過した時にはもう、警備兵の姿は消えていた。

警備兵と同じ手口で殺されているところから考えて、ハスラーを殺害したのもヴェルナーだろう。ということは少佐は、六時四十五分までは確実に、兵器庫の付近にいたことになる。

しかし、それは不自然です。なぜヴェルナー少佐は兵器庫の前で、遅くとも六時半から四十五分まで漫然と時間を潰していたのか。わざわざ、カッサンの到着を待っていたとは思えない。兵器庫の扉を開いておけば、それで充分なんですから。兵器庫の警備兵を二人とも刺殺すること、鍵を奪って兵器庫に時限爆弾をしかけること。それに、十五分もの時間が必要だったのだろうか」

「いいや。ヴェルナー少佐なら五分以内に、全部をやり終えたことでしょう。確かに、あなたのいう通りだ。そのあと十分も、少佐は兵器庫周辺で、何をしていたんだろう」シュミットが呟いた。

時限爆弾についてなど、なにも知識がないわたしは、その十五分をとうぜんのものとして考えていた。しかしヴェルナーは、五分もあれば爆弾をしかけられたというのだ。

カケルが呟いた。「やはり謎は、まだ解けていないんです。シュミットさんが、広場で懐中電灯の光を目撃したのは、六時五十五分頃のことですね。それが少佐のものであれば、彼は六時五十分前後まで丘の上にいたことになる」

シュミットが眉をよせて考えていた。「そうですな。普通に歩けば所長官舎から兵器庫まで十五分程度だが、私は少佐の命令で足を急がせた。それで十分以内に着いたんです。広場で懐中電灯の光とすれ違ったのは、いわれる通り六時五十五分頃。それから三分ほどで坂道を登りきり、五十八分には兵器庫に着いていた。

雪道の登りで三分だから、足を急がせれば一、二分で、丘を下ることはできそうだ。とすると少佐は、ハスラーを殺した六時四十五分どころか、五十三、四分まで兵器庫付近にいたことになる」

カケルが言葉をついだ。「であればヴェルナー少佐は、六時五十分の銃声を耳にしたことになる。小屋には恋人だったハンナ・グーテンベルガーがいる。何が起きたのかと、心配するのが普通ではないだろうか。

六時半に兵器庫の正面を通過した時も、フーデンベルグは警備兵の姿を目撃していない。そう主張していたのですね、シュミットさん。所長はウクライナ兵が、どこか物陰にでも入って雪を避けているのだろうと考えたにせよ、前後の事情を総合して判断できるわれわれは、その時もう警備兵は建物の裏に引きずり込まれ、殺害されていたと推定できる。

フーデンベルグが兵器庫の前を通った時、まだヴェルナー少佐は建物の裏にいて、その事実を知らないでいたのかもしれない。あるいは兵器庫のなかで、爆弾をしかけていたのかもしれない。どちらも、ありうることです。しかし、作業を終えて建物の前まで戻った時、少佐は新しい足跡が小屋の方向に延びている事実に気づいたはずだ。

ハインリヒ・ヴェルナーは、小屋にはハンナ以外に誰かいるということを知りえた。それが、追いつめられてハンナの謀殺をもくろんでいるフーデンベルグかもしれないと、なぜ疑わないでいたのか。さらに小屋で銃声までしたのに、なぜ駆けつけようとしなかったのか。その夜のヴェルナーなる人物の行動は、あまりに不自然ですね」

「じゃ、あなたは、ヴェルナー少佐がコフカの囚人にとって救い主だったことまで否定するんですか」シュミットが気色ばんで叫んだ。肩をすくめて、カケルが応じる。

「そんなつもりはありませんよ、ヘル・シュミット。ヴェルナー少佐は、歴史に名が残されてもよい英雄的な反ナチ抵抗者だった。彼は死を決して、民族と国家に対する裏切りを決断した。

僕はそれを、小指の先ほども疑おうとは思わない。しかし……」

「なんですか」歯切れのよくない日本人に、シュミットは不満そうに問いかける。カケルがユダヤ人の老人の方を見た。

「ガドナス教授、あなたは次のように書かれていますね」教授の著書からの引用とおぼしい言葉が、カケルの唇から洩れはじめた。

……『存在論は権力の哲学である。〈同〉を審問することなき第一哲学としての存在論は不正の哲学である。ハルバッハ存在論は〈他者〉との関係を存在一般との関係に従属せしめる。存在者によって隠蔽された存在の忘却に基因する技術欲に敵対するときでも、ハルバッハ存在論は匿名のものに隷従したままであり、それゆえ、いま一つの権能、すなわち帝国主義的支配、僭主《せんしゅ》制へと不可避的に導かれる。僭主制は技術の支配を物化された人間にまで単に拡げることではない。僭主制の起源は土俗信仰する「魂の状態」、地面への根づき、隷属せる人間がその主人に捧げる賛美にまで溯《さかのぼ》る。存在者に先だつ存在、形而上学に先だつ存在論、それは正義に先だつ自由である。存在論とは〈他〉への責務に先だつ〈同〉の内なる運動なのだ』。

教授がハルバッハと旧交を温めようとしないのも、とうぜんの結果だろうと納得できた。ハルバッハ存在論は権力の哲学である、ナチズムの哲学であると批判しているのだから。カケルが続けた。

「どう思われますか、教授。それに先駆することで、死なる〈他〉をも〈同〉化するハルバッハふうの実存的倫理の帰結として、必然的に形成された絶滅収容所体制に、もうひとつのハルバッハ的な死の決断が、直截に挑戦したらしい事実について」

「きみは解答の困難な設問を突きつけるな。わしの命が、死を決断したヴェルナーの行為によって救われたのは事実だろう。だからといって、わしはヴェルナーの選択を思想的に正当なものとして承認しようとは思わん。ハルバッハの死の哲学がわしらに、あの凡庸な地獄をもたらした。そして同じ死の哲学が、わしらをあの地獄から、かろうじて解放した。だからわしは、わしらは、ハルバッハ哲学に跪かなければならんのか。

ハルバッハ的な意志が存在しなければ、わしらは地獄に堕とされることもなかったはずだ。同じハルバッハ的な意志によって、その地獄から解放されたにしても、わしらはハルバッハに感謝しなければならんのだろうか」

複雑な表情の老人に、カケルはヴェルナーの人物像について質問した。老人は、一九二〇年代のドイツで思春期を過ごした、早熟で感覚の鋭い少年の興味ぶかいエピソードを、思い出ぶかげに語った。

ズデーテン地方の資産家の息子だった少年ヴェルナーは、遊学したベルリンで頽廃と悦楽の巷に全身をひたし、前衛的な演劇や文学に関心をいだき、共産主義革命の必然性を主張する多くの書物を読破した。

だが、巷の快楽も前衛芸術も左翼思想も、あてどなしに漂い続ける少年ヴェルナーの魂の空虚を、ついに満たすことはなかった。少年はハルバッハがいうところの不安のなかで、底がぬけた世界の虚無に絶対的に直面していたのだ。

おのれの精神的空虚を完璧に充塡《じゅうてん》するだろう、特権的な大文字の意味を渇望していたヴェルナーは、しだいに思想的な確信を深めていく。第一次大戦後のドイツに瀰漫する低俗な物質主義、金銭至上主義、無思想と無倫理、泡沫《ほうまつ》のような快楽主義は、死を隠蔽することによって存続しているワイマール体制の、ほとんど必然的な帰結ではないだろうか。

人間を生存本能の奴隷以上のものたらしめるのは、避けることのできない死の可能性を凝視し、その運命を先どりし、あえて宿命に忠実であろうとする実存的な意志である。そのような決断、そのような意志を体現するものとして、損得勘定の膨大な集積にすぎない社会に君臨し、それを精神的に秩序化する国家が存在しなければならない。民族の運命を体現するものとしての国家。

だがワイマール体制は、第一次大戦に倒れた数百万の兵士の死を隠蔽し、忘却することによって成立し、存続している国家ならざる国家にすぎない。そのように考えはじめた少年ヴェルナーに、ハルバッハ哲学は決定的な影響をもたらした。ハルバッハの死の哲学に導かれてヴェルナーは、ワイマール体制の転覆を呼号する国民社会主義革命の前線に志願することになる……。

無言でガドナス教授の昔話に耳をかたむけていたカケルが、しばらくして、やはり教授の話を興味ぶかそうに聞いていたシュミットに、おもむろに問いかけた。

「ヘル・シュミット。個人的な理由で、お訊きしたいことが二、三あるのですが」

「なんでしょう」

「コフカ収容所を警備していたウクライナ兵の元締は、イリヤ・モルチャノフと呼ばれる男でした。脱走事件の後の、モルチャノフの消息について、何か御存知ではありませんか」

「イリヤ・モルチャノフ。詳しいことは判らないんですが、どうやらキエフ生まれのロシア人らしい。占領地のウクライナ人に交じって武装親衛隊に現地志願し、髑髏団の監視兵としてコフカに配属された男です。名前も本名かどうか、確認はできませんでしたが」

「イリヤも、脱走事件の夜から姿を消したんですね」

「そう。私はフーデンベルグと一緒に行方をくらませた可能性があると考えています」

「そこまで、脱走の翌日の捜査で確認できたんですか」わたしが尋ねた。

「イリヤ・モルチャノフの存在を知ったのは、戦後のことですよ。コフカでは、その男とじかには顔を合わせていない。公的にも私的にも、私は過去三十年ものあいだ、執拗にフーデンベルグの消息を追い続けてきた。

フランクフルト警察に復職できるよう努力したのは、偶然、ヘッセン州の検事局がコフカの戦犯追及を担当していたからなんです。脱走事件の翌日、私は、志なかばに倒れたヴェルナー少佐の遺志を継ごうと決意しました。コフカ収容所長フーデンベルグの犯罪をあばき、やつを逮捕して、その命で罪を償わせなければならない。敗戦の後も、フーデンベルグ追及の決意が揺らぐことは一度もなかった」

「コフカから消えたフーデンベルグを追跡しているうちに、イリヤの名前も浮かんできたんですね」

感慨ぶかげなシュミットの言葉にも、とりわけ心を動かされた様子も見せないで、カケルが実務的に質問を続けた。律儀に、ドイツ人の退職警官が説明する。

「そうです。戦犯追及に熱心な検事に協力して、私は長年、フーデンベルグの足跡を追い続けました。やつは、名前を変えて一九四八年まで、ベルリンの西側占領地区に潜伏していた。前身を隠して、アメリカ軍の情報部に雇われていた可能性もある。その時に相棒にしていたのが、イリヤ・モルチャノフです。

身元がばれそうになり、フーデンベルグは妻レギーネと二人でポルトガルに逃亡しました。レギーネ・フーデンベルグも、戦犯として追及されて当然の女だ。アウシュヴィッツでは多数の囚人を、警備兵に命じて惨殺させている。ナチ親衛隊の残党組織の援助で、呪われた夫婦はリスボン港からブラジルに渡航したらしい。モルチャノフも、それに同行した形跡がありました」

「その男が、幼児を連れていた可能性は」カケルは、さらに追及した。

「あなたはなぜ、そんなことまで知ってるんですか。確かにモルチャノフは、ニコライという男の子を連れて、大西洋を渡ったという情報がありましたよ」

シュミットが驚いたようにカケルを見た。不思議に思うのも、あたりまえだろう。イリヤ・モルチャノフが子供を連れて南米に亡命したことなど、知っている人間は地球上で二、三人にすぎない秘められた事実なのだ。それを、ナチ戦犯の追及や捜査となんの関係もなさそうな日本青年が、どうやら心得ているらしい。

シュミットの話では、フーデンベルグ夫婦は子供を連れていた形跡がない。アウシュヴィッツの官舎で暮らしていた三人の子供は、戦乱のなかで死んだのだろうか。それとも両親と離ればなれになったのだろうか。カケルが話の続きをうながした。

「それで」

「なんとかリスボンまで、フーデンベルグの足跡を洗い出したんですが、それはやつらがブラジルに渡航してから、何年も後になってのことでした。フーデンベルグは、広大な南アメリカ大陸のどこかに行方をくらました。それ以上の追及は、ヘッセン州の検察当局の捜査能力を超えています。

やむをえず担当検事は、イスラエル政府に捜査資料を引き渡した。十二、三年ほど前のことでした。後は、モサドがフーデンベルグを捕まえることを期待するばかりだったが、私が退職する日まで、ついに吉報はありませんでしたな」

わたしにも前後の脈絡が読めてきた。それで十年前に、ブラジル北部の田舎町ワウペスにイスラエルの捜査官らしい人物が、フーデンベルグを追って姿を現したのだ。

ヘッセン州の検事から資料を渡されたイスラエル情報部は、南米渡航後のフーデンベルグを追跡して、独自の調査を開始したのだろう。ワウペスまでの足どりについては、なんとか解明することができた。だが、そのときにはもう、戦犯フーデンベルグはワウペスの町から姿を消していたのだ。もしもモサドが、フーデンベルグの逮捕に成功したなら、それはアイヒマン事件とおなじように全世界に公表されたはずだ。

過去十年、イスラエルの秘密機関によるコフカ収容所長逮捕のニュースが、世界に衝撃をもたらした事実はない。そこから考えれば、いまもフーデンベルグは、南米のどこかに潜伏していると結論しなければならないだろう。

日本人は丁重な態度で、えがたい情報を提供してくれたシュミットに礼の言葉を述べている。カケルにしてみれば、充分に満足できる収穫だろう。イリイチの正体を、ほとんど確実に摑むことができたのだから。

そのために、わたしの不安はさらに濃密な、さらに息苦しいものに昂進した。ダッソー邸で、カケルとイリイチを接触させてはならない。そんなふうにしないため、ダッソー邸の事件はわたしが、どんなことがあろうとも、明日中に終わらせてしまわなければならない。

カケルの宿敵であるイリイチは、キエフ生まれのロシア人でイリヤ・モルチャノフと名のっていた男の息子だろう。そのフルネームは、ニコライ・イリイチ・モルチャノフということになる。ガドナス教授の証言をあわせれば、ニコライがコフカ収容所の女囚マリアから生まれた子供であることも、断定はできないにせよ、かなりの確実性で推定することができる。

そのとき、わたしはふいに思い出した。コフカ収容所の囚人という経歴をもつ、フランス有数の富豪の邸で殺害された、ドイツ系ボリビア人がいる。ルイス・ロンカルが何者であるのかを、教授とシュミットに確認しなければならない。

ロンカルが何者であれ、わたしの推理は微動もしないけれど、ジャン＝ポールとの約束がある。それに事件の背景を正確に知ることも、やはり推理には大切なことなのだ。

「カケル、忘れてるんじゃない。あの写真よ。ルイス・ロンカルの写真を、教授やシュミットさんに見せなければ」

うなずいてカケルが、ジャン＝ポールから巻きあげた写真をとりだした。最初にガドナス教授が、写真を子細にながめる。それから写真は、ドイツ人の退職警官の手にわたされた。しだいに興奮がたかまる。ついに、ルイス・ロンカルの正体が暴露されるのだ。写真についてカケルが説明した。

「それはパスポート写真の拡大複写で、ダッソー邸で殺されていたボリビア人のものです。問題のボリビア人はナチ戦犯であり、復讐を誓ったフランソワ・ダッソーらによって、パリ訪問中に拉致されたとも考えられる。その場合、ロンカルがコフカ収容所の関係者だった可能性は無視できません。教授、それにヘル・シュミット、写真の男に見覚えはありませんか」

「……ヘルマン・フーデンベルグ。あの野郎、こんな年になるまで、潜伏地で生き長らえていたのか」

シュミットが、憎々しげに叫んだ。その言葉に、わたしは茫然とした。それまでロンカルは、イリヤ・モルチャノフだろうと思い込んでいたからだ。ニコライ・イリイチが昔の写真のことを知り、それをダッソーにたいする脅迫の材料として利用することを思いついたのは、写真の所有者が父親のイリヤだったからではないか。

しかし考えてみれば、ロンカルがフーデンベルグであっても、少しも不自然ではないのだ。イリイチはとうぜん、フーデンベルグとも顔見知りだったろう。なにしろワウペスの町で、子供のとき隣に住んでいたのだから。ガドナス教授が憂い顔で、言葉を洩らした。

「ダッソーの邸で殺された男が、フーデンベルグだったとは。そういえばフランソワの父親エミールは、絶対にフーデンベルグを捕まえてやると、わしに宣言していたものだが。しかし息子のフランソワが、本当にフーデンベルグを誘拐したとは」

わたしは夢中で語りかけた。「フランソワ・ダッソーだけではないんです。教授の話にもあったカッサン、ラビだったデュボワの娘クロディーヌ、そして医者のジャコブまでが、事件当夜ダッソー邸にいた。四人が共謀してフーデンベルグを誘拐したのは、間違いないことだわ。誘拐の実行犯は、今日の早朝に逮捕されたカッサンだけど」

「なんと、クロディーヌまでが」

老人が呻いた。そういえばクロディーヌは、ガドナス教授の学生なのだ。教授とラビのデュボワの親しい交友を考えれば、娘のクロディーヌがエマニュエル・ガドナスを師としてあおいだ理由も理解できる。シュミットが口をはさんだ。

「偶然ですが、私は五月二十九日の午後に、ダッソー家を訪問してるんです。残念ながら、門前払いを喰わされましたがね。生前のエミール・ダッソーとは、多少の交渉がありました。というのは、私らがフーデンベルグを追跡している時、同じ獲物を追いかけているらしい謎の組織が浮かんできたんですな。その正体は、じきに判明しました。フランスのダッソー社の調査部でしたよ。

コフカの囚人だったエミール・ダッソーが、収容所長フーデンベルグを捕らえようとして、密かに会社の組織を動かしている。そのように考えた私は、情報交換のためにダッソーに手紙を書いたんです。

しかしダッソーは、フランクフルト検察局と協力関係に入ることは拒否しました。フーデンベルグは、あくまでも自分の手で捕まえるのだという。しかし対等の立場で、おたがいに有益な情報交換をすることまでは断らなかった。そんなわけでダッソーが死ぬまで、断続的に文通がありました。

パリ滞在の機会に、息子のダッソーがまだフーデンベルグを追跡しているのかどうか、そいつを確かめたいと思ったんですが。しかし、まさかダッソー邸を訪問した時にもう、フーデンベルグが邸のなかに閉じ込められていたとは想像もしなかった。門前払いを喰わせたのも、それで納得できる。獲物を一人じめにするため、フランクフルト検察局に情報が洩れるのを嫌ったんだ」

教授が嘆息した。「わしもダッソーの邸で、何か面倒な事件が起きたのは知っていた。エミールの息子も厄介事に巻き込まれたものだと、新聞記事を読みながら心配したものだ。しかし、殺されたのがヘルマン・フーデンベルグで、クロディーヌまでが誘拐事件に嚙んでいたとは」

「教授はエミール・ダッソーのような復讐を、一度も考えたことはないんですか」

わたしは質問してみた。自分が教授のような立場なら、残虐きわまりない収容所の看守の元締を、自分の手でしめ殺してやりたいと思うかもしれない。実際にしめ殺せるかどうか、それはわからないけれど。

「わしは利益のためであれ、復讐のためであれ、自分のために人を殺したりはしない。そんなことは、何者にも許されてはいないのだよ」教授は微笑をふくんだ顔で、カケルのほうを見た。「ヤブキ君、君はまだハンナ殺しの本質直観を語ってはいないな。わしも探偵物語を読んだことはある。いや、前世紀の架空の名探偵について、昔の著書で言及したことさえあるのだ」

「どんなふうにですか」わたしは尋ねてみた。ガドナス教授の探偵論を聞けるなら、その機会をのがす手はない。

「われわれは、自分の意図を超えたことにまで責任がある。たとえば、私は椅子を引き寄せようとして灰皿を落とした。床の掃除をするのは、私の責任だろう。オイディプス王は、意図して父親を殺し母親を犯したのではない。しかし彼は、自分の行為に責任があると感じて、おのれを罰した。猟師から逃れようとして雪の平原を一直線に駆ける鹿は、その行為自体から、自分の死につながる足跡を残してしまう。

探偵とは、つまり猟師だ。ホームズは、私の自発的な行為がもたらしてしまう予期せぬ痕跡を、執拗に追跡する。犯人はなにも、意図して殺人現場に推理の手がかりを残すのではない。椅子を引き寄せようとしたら灰皿が落ちた。同じように、人を殺そうとしたら指紋を残してしまった。手がかりを残してしまった。猟師が鹿の足跡をつけるように、ホームズは手がかりを追う。そして犯人を見つけだす。犯人は、自分の意図を超えてなされた行為の責任を追及され、処罰される」

「教授によれば、ユダヤ人として迫害されたことも、やはり自分に責任はある……」カケルが低い声でつぶやいた。

「そう。わしを捕らえ、収容所に拘禁し、殴り蹴りした迫害者の存在にまで、わしらは責任を負わなければならん。それが倫理というものなのだ。そう考えているわしが、どうして自分の復讐心《ふくしゅうしん》を晴らすために、フーデンベルグを殺したりできるだろう」

「しかし隣人が、同胞が迫害されていたら、殺されようとしていたら、どうなるのですか。シモーヌという異端的なカトリック女性は、それに悩みました。自分は迫害されてもよい。それが神の与えた試練ならば、間違っても復讐心に駆られたりはしない。

それでも、他人の苦痛を見過ごすことは、どうしてもできない。自分は安楽な場所にいて、苦しんでいる他人に、それは神の試練なのだから我慢しなさいなどと、どうしていえるだろう。最後に彼女は、自殺ならざる自殺を選ぶことで、その二律背反を解消しようとしましたが……」

「その女性の苦悩は、理解できないことはない。わしも、苦しめられている隣人のためになら、迫害者と闘うかもしれん。いや、そうしなければならないだろう。フーデンベルグを殺さなければ、あの夜の集団脱走が不可能だったとしたら、わしは拳銃の引金を引いたかもしれん。自分のためにというよりも、それによって救われる隣人のために。しかし、いまフーデンベルグを殺すことに、そのような正当性はありえん」

賢者の風貌をした老人は、きっぱりと確言した。その表情は自然なもので、無理も気負いも感じとることはできない。どうすれば、そんな倫理を心のなかに埋めこむことができるのだろうと、教授の言葉を疑うことのできないわたしは、ふと悩ましい思いにかられた。とても、わたしにはできそうにないことだ。

「で、君の現象学的推理は」

教授が、さらに青年を追及した。それでも、日本人は質問に答えようとはしない。カケルだって、二十世紀のはじめに現象学を発明した哲学者から、直接に学んだという老人を前にして、現象学について語るのは気がひけるのだろう。あるいは、疑念がきざしているハルバッハの死の哲学を援用した推理に、自信がないのかもしれない。

それなら黙りこんでいないで、ガドナス教授の意見を聞いてみたほうがよい。恰幅のよい老いたる賢者は、カケルの自問を新しい地平に引きあげるような、説得力のある助言をしてくれるかもしれないのだ。日本人に代わって、わたしが密室の本質直観を代弁することにした。

「カケルの方法は、多様な現象の総体である犯罪事件を観察し、その支点にあたる現象を選んで、その本質を直観してみることなんです。ハンナ殺しの支点が密室であることは、たしかですわ。かれは昨夜、わたしに密室現象の本質について語りました。それはハンナ殺しについても、適用されうるものだと思います」

「ヤブキ君が直観した、密室現象の本質とは」教授が微笑をふくんだ声でたずねる。

「特権的な死の封じ込め。カケルはもっと厳密に、『死の可能性の隠蔽としての、特権的な死の人為的な封じ込め』だとも、定義してましたけど」

「もう少し、説明しては貰えまいかな」

わたしはカケルの顔を見た。青年は、わたしの出しゃばりに眉をひそめていた。でも、教授の質問に答えないわけにはいかない。昨夜のカケルの話を、できるだけ正確に要約することにした。わたしが語りおえると、しばらくしてガドナス教授が、青年に問いかけた。

「マドモワゼル・モガールの要約は正確だろうか」

「ええ、大枠では」仕方なさそうに、カケルがうなずいた。

「となると君は、いうなればジークフリートが密室殺人の犯人であると主張していることになる。どうかな。わしは、むしろ竜のほうが密室の根拠をなしていると考えたいのだが」

「どういうことなんですか」

わたしは、とっさに尋ねていた。ジークフリートはゲルマン神話の英雄で、悪竜を退治するのに成功する。全身に竜の血をあびて不死身になったジークフリートだが、アキレウスの踵のような弱点が、ひとつだけ残された。竜の血をあびたとき、肩に菩提樹の葉が一枚、偶然に貼りついていたのだ。その箇所だけは、不運にも不死身になる竜の血をあびてはいない。最後には、その急所をつかれて、不死身の英雄ジークフリートも倒れることになる。しかしワグナーのオペラでは、話が少しばかり違っていた。ジークフリートの急所は、肩ではなしに背中なのだ。不死身になる原因も、竜の血の神秘的な効果とは関係がない。

ワグナーによれば、ジークフリートが不死身なのは、恋人のワルキューレの魔術のせいである。ワルキューレのひとりブリュンヒルデは、恋人の勇者が絶対に敵に後ろを見せない性格であることから、背中には不死身化する魔術をかける必要がないと考えたのだ。わたしはワグナーのオペラよりも、ジークフリートの急所の由来にかんするかぎり、伝承されてきた物語の説明のほうに説得的なものを感じる。

それはそれとして、密室の作者がジークフリートではなしに、英雄に倒された竜であるというのは、どういうことなのだろう。わたしの質問に教授が答えた。

「特権的な死というので、自然とジークフリートの名前が頭に浮かんできたのです。人間は様々なかたちで死ぬものだ。事故で死ぬ、病気で死ぬ、殺されて死ぬ。多様きわまりない死の可能性のほとんどは凡庸なものだろうが、全身にひとつしかない急所を攻撃されて死んだジークフリートの死は、そのように曖昧なものではない。いい加減なものではない。彼は死ぬべくして死んだ。唯一の可能性において死んだのだから、その死は特権的なものだろう。

竜の死は違う。世界の悪と腐敗と暴力性を象徴した悪竜は、全身を痙攣させ、大量の血を撒き散らしながら、断末魔の苦痛に喘ぎつつ過程としての死を死ぬ。ワグナーによれば、竜の正体は巨人族のファーフナーだ。ファーフナーは貪欲から、兄のファーゾルトを殺して、富と権力の象徴である魔法の指輪を手に入れる。そして竜に変身し、自堕落な眠りにつくのだ」

カケルが独語するように語りはじめた。「竜に変身したファーフナーは、死蔵している指輪について、いみじくも語る。『おれは持ってるものは手放さない主義さ』と。ファーフナーの貪欲、凡庸な自己反復、それによる飽食にも似た自己満足。それらはハルバッハが批判した、日常的現存在のあり方を象徴しているのかもしれない。竜の死は、凡俗の死を反映したものだ。

他方、ジークフリートは死の可能性を無化することに成功した英雄だ。彼の不死身性とは、その存在可能性から、死の可能性のみを削除するのに成功したことを意味しているのだから。それは死を乗り越えた点において、ハルバッハが賞賛する実存的本来性の原型をなしている。

神や英雄ならぬ普通の人間は、不死身になることで死を超えるわけにはいかない。できるのは死の可能性に先駆しつつ、頽落した日常に不気味に忍び込んでくる死の不安を超えること、それしか方法はありえない。死を克服した英雄ジークフリートが、最後には死に追いつかれてしまう。そのプロセスは、死を克服できない人間が死に先駆しうるプロセスと、たぶん表裏の関係にある。

そして教授は、密室の死はジークフリートではなしに、凡庸な死を死ぬしかない貪欲な竜の存在に根拠づけられていると主張されるんですね。つまり本来的自己を覚醒させる凝視された死よりも、日常的現存在の忘却された死のほうに、密室現象の本質を見なければならないのだと」

そこまでつぶやくように語り続けていたカケルが、ふと黙りこんだ。そして前髪を、執拗にまさぐりはじめる。カケルの顔には、もうどんな表情もない。どんよりと濁ったものが、顔や態度のすべてを被いつくしていた。

全神経が思考に集中されているのだろう。わたしは、そんな青年を見て、どこか薄気味わるい感じさえした。かれが考えにふける姿は、それまでも幾度か見たこともある。しかし、いまほどに他人の存在を忘れ、ひたすら内面の薄明の底に沈みこんでいくカケルを目撃したのは、はじめてのことだった。

教授が続ける。「人間の死とは、ジークフリートの死よりも、むしろ竜の死に似たものではないだろうか。急所を突かれた英雄の一瞬の死ではなしに、苦痛に満ちた、永遠に続くかにも感じられる断末魔の痙攣こそが、本来の人間の死ではないのだろうか。わしはハルバッハを批判して、あえて強調したいのだが、竜のような生と死が人間の本来性ではないのだろうか。

もしも密室が死を封じ込めているのだとしても、それは英雄の特権的な死ではない。おぞましい、だらしのない、英雄の一瞬の死とは対極的な、だらだらと続いてしまう無限の過程としての死を、密室は封じ込んでいるのではないだろうか。その不気味さが生者の世界に溢れ出さないように、その堰《せき》として密室は生成するのではないかな」

「そうか。二つの密室があるんだ。僕は誤っていた……」聞きとれないほどの声で、カケルが独語した。

「なんなの、カケル。二種類の密室って」

「……意図的に作られた密室と、そして偶然にできた密室。おなじ密室現象でも、その本質は対極的なんだ。竜の密室に閉じ込められている、そのおぞましさ、不気味さとは、つまり〈ある《イリヤ》〉なんですね」カケルがガドナス教授に質問する。

「そう、まさに〈イリヤ〉だ」

ハルバッハが万物の根源であり、人間もまたそれから生じたとする、神秘的な存在それ自体なるもの。しかし人間が、生まれ育った場所を忘却してしまうように忘れさり、その結果として非本来的な頽落の淵に突きおとされるだろう、失われた故郷のような存在。

エートルは〈ある〉という動詞の原形だが、同時に〈あるもの一般〉つまり〈存在〉を示す名詞でもある。それにたいして、〈……がある〉というときに用いられるイリヤは構文であり、とうぜんのことながら名詞形ではない。

エートルではなしに、イリヤだとガドナス教授が語るのは、存在に主語がないこと、存在が名詞にはなりえないことを暗示しているのだろうか。わたしの質問に、優しい賢者の微笑を浮かべながら、さとすような口調で老人が答えた。

「そうですよ、マドモワゼル。ハルバッハにとって問題なのは、あくまでも存在者の存在だ。存在者、とりわけ事物とは基本性格の異なる特殊な存在者、つまり人間の存在が、存在それ自体を明るみに出す。もしも人間がいなければ、存在それ自体など問題にもなりようがない。それについて考えたりする主体が、どこにもないのだから。しかし、人間ぬきの存在というものが、ある極限では体験されるのだ」

存在者なしの、主語なしの、主体なしの、非人称で無名のまま「存在する」という事実そのものとしての、〈ある〉……。

「でもそのとき、だれが〈ある〉を経験しているんですか。人間なしに存在する〈存在《イリヤ》〉。そんなものは、だれにも経験できないのではないんですか」

「もちろん、人間には経験できない。にもかかわらずそれは、経験されるんだね。それを経験しているのは、人間ならざる人間ということになる。あるいは、存在者ならざる存在者……」

「なんですか、それは」

「たとえば、絶滅収容所の屍体の山だ。その屍体と、どこかで曖昧に連続していると感じざるをえない囚人の群だ。囚人は、ほんの偶然で生存しているに過ぎない。右の列か左の列か、それだけで運命は決まる。はじめは、ガス室に送られないですんだ運命に感謝するかもしれん。しかし、あまりに苛酷で不条理な暴力にさらされた、果てしない不眠のような収容所生活に極限まで疲労し、飢餓に苦しめられ、人間的な感情の一切を奪われつくした囚人は、右の列と左の列のあいだに、それほどの違いはなかったのだと感じはじめる。ガス室から運び出された屍体の山と、かろうじて今日も生きているに過ぎない骨と皮の自分とが、ほとんど同じものに見えはじめる。〈ある〉を体験するのは、そのような絶滅収容所の囚人なのだ。

彼は死者ではない、しかし、もはや生者でもない。人間ではある、しかし、もはや人間ではない。それでも囚人は、〈ある〉のだ。〈ある〉の絶対性は、収容所の囚人を、生者を、人間を、絶対的に呑み込んでしまう。そして死者や人間でないものと、ほとんど変わらないようにしてしまう。生者も人間も、そして私も、存在の夜の底に消滅する。

それでも半分は生きているのかもしれない私は、〈ある〉を曖昧に経験してしまうのだ。そのグロテスクで不気味で、おぞましいものを、やはり体験してしまう。その呪わしい体験から、どうしても逃れることができない。いまや、〈ある〉は経験の対象でさえない。生きながら死んでいる私、死にきれない死者としての生者、人間ならざる人間が、ようするに私ならざる私が、〈ある〉そのものと化している……」

そのときカケルが、低い声で語りはじめた。どうやらそれは、ガドナス教授の文章の一節らしい。

……『自我と呼ばれるものそれ自体が夜に沈み、夜に浸食され、人称性を失い、窒息している。いっさいの事物の消滅と自我の消滅は、消滅しえないものへと、存在という事実そのものへと立ち戻らせる。この事実に〈ひと〉は、いやおうなしに、いかなる自発性もなしに、無名の者として融即するのだ』。

カケルが教授のほうを見て、問いかける。「存在者なき存在、実存者なき実存、それが〈ある〉。イリヤは不眠のなかにあらわれる。そうなんですね」

「そうだ。不眠は眠れないという意識からもたらされる、なんの目的もない目覚めの状態だ。不毛の覚醒。それから脱却したいと心から願いつつも、どうしても逃れることのできない闇のなかの目覚め。地獄のような覚醒。

そうした不眠地獄から脱出できる出口は、眠りという扉しかありえない。それなのに、その扉が奪われているのだ。眠れぬ夜、われわれは覚醒を強いられておる。眠りがない以上、その目覚めには果てがないし、もはや、はじまりも終わりもない……」

わたしはたずねた。「たとえばわたしのような平凡な人間でも、不眠に苦しんでいる夜には、収容所の囚人が体験した〈ある〉とおなじものが到来する。それを体験するように強いられる。そう考えても、よいのですか」

「そうです。不眠において目覚めているのは、もはや誰でもない。ナディア・モガールという人格は、そこでは消滅している。というのは、不眠のなかの目覚めには対象がないからだ。不眠に悩まされる意識は、そんな悩みのない昼間の意識よりも、はるかに鋭敏に覚醒している。

にもかかわらず不眠のナディア・モガール、もはやナディア・モガールならぬナディア・モガールは、その意識の対象をもちえない。意識は狂おしいほど、眠りの可能性にのみ向けられているのに、その眠り自体が不在なのだから。眠りの不在こそが、不眠のナディア・モガールを存在せしめているのだから。

不眠において目覚めているのは、ナディア・モガールではない、誰でもない。それは誰でもない非人称の〈ある〉の目覚めなのだ。そしてナディア・モガールという名前のある、個性のある、人称的でありうる私は消滅し、イリヤそれ自体でもある〈ひと〉になる。〈ひと〉としてのみ存在する」

ガドナス教授は、ハルバッハ哲学において基本的な概念〈ひと《ダス・マン》〉を念頭において発言しているようだ。しかし、その意味は、破壊的なほどに異なっている。

ハルバッハの〈ひと〉は、ようするに平凡人であり日常生活者であり、自分が死ぬ可能性など考えもしないで、スキャンダル雑誌に読みふけったり、隣人の不幸を愉しむような噂話に夢中になったり、さっき新聞で読んだにすぎない知識を披瀝して、なにか語るべきことを語ったような自己満足を味わったりする、そのような俗人のあり様を意味している。ようするに公共性に頽落した、非本来的な、日常的現存在のあり様を。

ハルバッハにとって日常的現存在である〈ひと〉は、気高い故郷のようなものである存在それ自体とは、はるかに遠ざけられている。〈ひと〉は死に先駆する決断においてのみ、つまり現存在の本来性に覚醒することにおいてのみ、〈ひと〉的な頽落から脱しうる。そしてようやく、忘却されていた存在それ自体を予感しうる。

だがガドナスは、〈ひと〉それ自体が、人間を消滅させる存在そのものであると、イリヤであると語るのだ。ハルバッハふうならぬガドナス的に了解された〈存在〉は、無名の実存者のなかにあらわれる。たとえば名前を奪われて、番号でしか呼ばれない囚人のなかに。不眠に苦しんでいる匿名のわたしのなかに。あるいはマス・メディアにおいて、その他大勢としてしか世界に参加できないよう決められている、凡庸な読者や視聴者のなかに。

ガドナスは、ハルバッハが否定する非本来性こそが、人間の本来性であると主張しているようだ。そして、その本来性はハルバッハが前提にしている、故郷に象徴される懐かしい、肯定的な、戻りたいけれども簡単には戻れない、高貴な万物の根源ではない。

呪わしい、おぞましい、不気味なもの。死にながら生きているような、あるいは死にきれないで生きるよう強制されている死者のような、人間ならざる人間、生者ならざる生者。それらが体験するだろう、あるいは、その体験のなかに出現するだろうもの。そのとき、それを体験する者は、すでに消滅している。そのように、主体のない体験それ自体が、〈ある〉。

「教授の存在観は、ハルバッハのそれと、ずいぶん違うんですね。ハルバッハにとって、存在それ自体というのは、少なくとも『よい』ものですもの。美やエロスについてハルバッハは、ほとんど語っていないけれども、存在が真実や倫理の根底にあり、それを支えるものだとは明言しているんだから。

でも教授の存在概念には、少しも『よい』ものがあるとは感じられませんわ。それは人間の消滅であり、生と死を宙ぶらりんにする果てのない苦痛であり、悩ましい不眠であり、つまるところアウシュヴィッツの屍体の山に象徴されるようなものなんですから」

「そうだ。だからわしは、存在をエートルではなしにイリヤと名づけた。名詞にはならない、万物の肯定的な根源にはならない、それ自体としては存在しない存在は、〈……がある《イリヤ》〉という言葉でしか表現されえないと考えたからです」

そのときカケルが、教授とわたしの会話に口をはさんだ。「……ある青年が、親類の女を殺したんです。ハルバッハ哲学を自分なりに極端化し、それを最後まで生きぬこうと決意して。現代版のラスコーリニコフだと、さしあたり定義しておきましょう。彼は殺人行為を犯した後、被害者の生首を切らなければならない羽目に陥りました。

青年もはじめから、そんな残虐な、死体の冒瀆行為を計画していたわけではありません。それは最初の計画には含まれていなかった、予想外の行為でした。それでも青年は、屍体の首を切らなければならない。女の生命を奪ったところまでは、いわばハルバッハの死の哲学の圏内でした。しかし、肉切り包丁を幾度も振り下ろして、血の霧を浴びながら生首を切断している最中に、彼はふと、どうしても抗いえない不気味な力に、自分が巻き込まれているように感じたといいます」

カケルはアントワーヌのことを喋っている。オデットの首を切ったときのことを、アントワーヌはもの狂おしげに語っていた。忘れもしない、あのサン・ジャック街の学生下宿で。骨の髄まで凍りつきそうに寒い、電灯もつかない屋根裏部屋で。『オデットの首はなかなか切れなかった。僕は裸になって幾度も幾度も重い包丁を振りおろした。血が僕の顔に噴きあがった。眼に入った生温かい血で視界が赤く曇った。骨を切る時には鈍い嫌な音がした。全身から汗が流れ落ちた。血と汗で肌が生温かく濡れているのに、耐え切れない悪寒《おかん》で歯が鳴り続けるのをとめられなかった。僕はきつく眼をつむって、重い包丁を両手で振りおろした』

カケルが続ける。「その日から、彼は不眠に悩まされるようになりました。知らないあいだに夢中遊行者のように洗面所に連れ出され、一時間に何度も手を洗ってしまう。マクベス夫人のように、手に殺した相手の血が染みついていると、無意識に思い込んでいたのですね。ハルバッハ哲学を徹底しようとして、しかし青年は、その外に連れ出されてしまった。彼が入り込んだマクベス夫人の恐怖と、そして不眠の夜は……」

「〈ある《イリヤ》〉だ、それこそがまさに。マクベスもラスコーリニコフも、犯行の後は、ひたすらぼんやりしている。犯行までの決意や緊張や野心は、虚空の彼方に消えてしまう。そして残るのが、存在の夜なのだ。〈ある〉なのだよ。君が譬え話にした、その青年も存在の夜に呑み込まれたに違いない。ハルバッハふうの実存的決断で、人を殺した後その当人は、ハルバッハ哲学の圏域から決定的に追放された自分を発見する。そこには、見慣れない世界がある。おぞましい悪夢のような、不吉で邪悪な存在の夜に、泥の沼地のような息苦しい存在の彼方に、もはや彼は追放されているのだ。

わしも〈ある〉を、マクベスの比喩で説明したことがある。不眠の比喩でも。青年はまさに、〈ある〉を体験したのだと思うね。

話を戻せば、収容所は、それ自体が巨大な密室だった。なぜナチスは、あのようにも巨大な密室を建設したのか。それは特権的な死を封じ込めるためではない。むしろ凡庸な死を、日常的な死を、おぞましい死の膨大な堆積を、世界から隔離しようと望んだのだ。シュミットさんが語ったように、第三帝国では直接の当事者以外には、絶滅収容所の存在は厳重に秘匿されていた。もちろん普通の市民でも、それについて薄々は知っていたに違いないのだが」

シュミットが苦渋の表情で応えた。「それはそうです。昨日まで隣人だったユダヤ人が、ゲシュタポに連行されて消えれば、どこに連れて行かれたのだろうかと、どんな平凡な市民でも考えないわけにはいかない。ユダヤ人のための特別居住区が、東方占領地に造られている。そんな説明もありましたが、連れて行かれたユダヤ人は全員、殺されたのだというような噂も流れていた。その程度には、普通のドイツ人も絶滅収容所の存在に勘づいていた。

わたし自身がそうなんです。絶滅収容所の現実を自分の眼で目撃したのは、コッホ事件を捜査した時のことでしたが、それ以前から私は、その存在を曖昧ながらも知っていた。知っていて、真剣に考えようとはしなかったんです。怖かったから。私は、そんな自分を有罪だと感じている。知らなかったという弁明が、通るとは思えない。

仕事のせいで真相を知らされた私でも、結局は、どんな行動もとることはできなかった。知らなかった普通のドイツ人が、もしも絶滅収容所の真相を知ったら、それをやめさせるために行動を起こしたなんて、とても信じられない。わたしは有罪です。それを認めます。しかし、知らなかったという理由で罪を免れようとするドイツ人の全員が、私と同様に有罪なんです。

ガドナスさんと会うのは、私にとって気楽なことではありませんでしたよ。ダッソー邸を訪問した時も同じことでした。もしもあなたが、復讐のために私を殺そうとしたら、自分はどうするだろうか、どんなふうにできるだろうか。そう考えないわけにはいかなかった。

そのときは、黙って殺されようと決めていました。それが長いこと考えた末の結論なんです。ほんの一瞬でしたが、ガドナスさんが囚人であり、私は結果的には看守の側である、フーデンベルグやハスラーのような人でなしと同じ側であるような状況に、あの日には居合わせたんだから。

ガドナスさんが私を、フーデンベルグやハスラーの同類であると見なしても、それに反論することなどできない。私には、そんな権利などない。戦後の私を支えたのは、ヴェルナー少佐の存在でした。おのれの命を犠牲にして、四百人の囚人を救ったドイツ人がいる。収容所から生還したユダヤ人に、戦中派のドイツ人は皆殺しにされても、抵抗することができない、文句をいえる筋合ではない。私は、そう思ってます。でも、ヴェルナー少佐がいる。

ヴェルナー少佐まで復讐のために、ドイツ人である、親衛隊員だったという理由で処罰しようとするユダヤ人がいるなら、そのユダヤ人の方が間違っている。そんな事態になれば、ヴェルナー少佐はたぶん、黙って復讐され殺されたでしょうよ。四百人の囚人を助けたからといって、自分の罪が解消されたなんて、とても思わないだろう。本当に勇気のある、誠実な人でしたから。

でも、そんなふうにヴェルナー少佐に復讐しようとするユダヤ人がいるとしたら、やはり彼は間違ってる。同じように、戦後に生まれたドイツ人の罪を糾弾するのも間違ってる。そのようにするのは、かつて抑圧されたという事実を、権利に代えて濫用するものではないですか。われわれは、それにも黙って耐えなければならない。もしもそうするユダヤ人がいたなら、反論も抵抗もしませんが、相手が間違っていることだけは知っている。そう思いながら、黙って復讐されるしかないんです」

重苦しい口調で、シュミットが語りおえた。ドイツ人というのはユダヤ人はもちろんのこと、フランス人と較べてさえ独特の苦悩をしいられている民族なのだと、わたしはあらためて思った。

占領中にフランス人も、ナチにはひどい目にあわされている。どんなフランス人でも、家族や親類にひとりやふたりは、ナチに殺されたり投獄されたり、拷問されたり強姦されたりした被害者がいるほどだ。しかしドイツ人であるという理由だけで、その相手に復讐し、そして殺害する権利があると考えるフランス人は、まず存在しないだろう。

そう考えるユダヤ人がいるのかどうか、それはわからないけれども、もしいるとして、それで殺されても仕方がないとシュミットはいうのだ。おとなしく殺されるしかないと。そのユダヤ人は誤っていると知っていても、それでも抵抗することはできないのだと。

シュミットには武装親衛隊の下士官という経歴があるが、それはたんに、召集されて従軍したことがあるというにすぎない。警察組織が親衛隊に統合された結果、以前からの警察官も親衛隊の指揮下に入った。刑事警察《クリポ》の仕事をしていたシュミットが従軍する場合、国防軍ではなしに親衛隊の軍隊である武装親衛隊に配属されることになる。

ハインリヒ・ヴェルナーが親衛隊員だったのも、似たような事情からだという。なにも自分の意思で、ヒムラーに忠誠を誓ったのではない。それでもシュミットは、たぶんヴェルナーも、復讐の権利を過剰行使するユダヤ人が自分に刃をむけてきたとき、反論することもなしに黙って殺されなければならないというのだ。ガドナス教授が、静かに語りはじめた。

「ヘル・シュミット。そんなユダヤ人はおりませんよ、一人だって。わたしが保証します。もしも、かつての傷を口実にして、他者に居丈高に振舞うようなユダヤ人が一人でもいるなら、それはわが民族の恥辱です。六百万もの同胞を殺された事実を、その人間は自分のために利用しているのだから」

「それなら、いいんです。たぶん、そうなんだろうと思う。でも、息子のことを思うと、私は穏やかな気分ではいられません。息子は自分が犯したのでもない罪に悩んでいる。その分、戦中派である妻や私に反抗的になる。極左テロリストに同調するようなことまで、叫びはじめる。でも私には、どうすることもできません」

やれやれというふうに首をふりながら、教授がカケルに語りかけた。「難しい問題だ。しかし、少しばかり話がそれたようだ。ヤブキ君、密室の本質に話題を戻そうか」

カケルが語りはじめる。「特権的な死を死ぬだろうジークフリートは、自分のためにであれ他人のためにであれ、荘厳な死を葬るべき特別製の墓室を、つまり密室を作るかもしれない。しかし、凡庸な死を死ぬしかない竜は、そのおぞましい死を世界に溢れさせないように、おのれの死を密室に封じ込める。むしろ、そのために密室ができてしまう。ひとりでに生成してしまう。

教授との議論で、ようやく僕も気づきました。密室現象には第二の本質があるのだと。ジークフリートは密室を作る。しかし竜は、できた密室に閉じ込められてしまう……」

「そうだね。君の譬え話にあった青年は、ジークフリートたらんとして竜に変貌した。特権的な死の支配者たろうとして、〈ある〉の沼地に呑み込まれてしまった。ハルバッハの存在概念を認めれば、その実存概念を承認せざるをえない。

結果として密室現象は、もっぱら作られた密室の観点から考察されることになる。しかし、存在とは〈ある《イリヤ》〉なのだ。〈ある〉を前提にして考えれば、死は凡庸で、無限におぞましいものとなる。一瞬にして通過できるだろう点ではない、だらだらとした過程になる。はじめも終わりもない、曖昧に続くだろう存在の夜に。曖昧な恐怖、曖昧な不安。曖昧な、しかし否定できない苦痛の無限性に」

「偶然の体験で、僕も、そんなふうに考えはじめました。ハルバッハは瞬間的な、点のような死を想定した。死とは、一種のターニング・ポイントなんです。死の可能性に先駆し、将来の死をターニング・ポイントとして現在にたち戻る。それが人間に本来的な生き方を可能にさせる。

けれども死が、もしも瞬間的なものでないのだとしたら、ターニング・ポイントのポイント性が失われてしまう。死は本来的自己を可能とするだろう、特製の折り返し点ではなくなる。人間が、死の可能性に先駆しようとしても、その死は、はじまりも終わりもない不気味な過程なのだから、それから折り返して現在に立ちもどることなど不可能だ。泥沼のように輪郭のない、おぞましい、はじめも終わりもない死に足をとられて、先駆する意思は無様に横倒しになる。そして沼地の底に、ずるずると呑み込まれてしまう。実存的な本来性は宙に浮き、ハルバッハ哲学は土台から倒壊せざるをえない」

ハルバッハの主著では、死への〈先駆〉をめぐる問題が解明されたあと、主題は良心や負い目の分析に移る。不安だけではなしに、日常人が死の必然性に目覚めるための、〈決意性〉をめぐる積極的な主題が考察されるのだ。そしてハルバッハは、最後の部分で時間論を展開する。人間が生きる時間性とは、時計ではかれるような物理的なそれではない、真に人間的な時間性とは、将来から現在にむけて流れるようなものとしてのみ、ありうる。臨終を迎えようとしている人間なら、数分後に迫った死の瞬間から、現在の生を捉えかえすだろう。あと六十秒、五十九秒、五十八秒と。そのときに生きられる濃密な時間感覚が、本来の人間的な時間性である。

新聞が今日でたように、明日もでるだろうと考えているような日常人の時間感覚は、頽落したものにすぎない。人間の意味とは、存在を照らす懐中電灯なのだから、じかには語ることもできないし、見ることも知ることもできない存在それ自体は、気づかいの本質である時間性においてはじめて露出しうるのだというふうに、ハルバッハの議論は展開されるのだ。

「でもカケル、わたしはハルバッハ哲学の全部が駄目だとは思わないな。あの本の前半は、それでも面白く読めたもの。カケルが問題にしている、死の現存在分析や、そのあとの良心の呼び声がどうのこうのという箇所は、ぜんぜん興味を感じないけれど」

「前半というと、日常的現存在の分析の箇所かな」ガドナス教授が尋ねる。

「そうです、教授」

「わしはセミナーに出席していた学生だが、ハルバッハの弟子とはいえん。ナチズムに帰結したハルバッハ哲学を根本から批判する意図において、わしなりの思索を積みあげてきた人間なのだし。それでも、自分の人生の一部を否認することはできない。フライブルク時代には、ハルバッハ哲学に熱狂していたことさえもある。いまでもハルバッハの主著を読むたびに、わしを捉える驚愕もまた事実なのだ。

あの書物を最初に読んだ時、わしはハルバッハを、プラトン、カント、ヘーゲル、ベルクソンと同列の、歴史上最大の哲学者の一人であると確信した。その評価には、いまでも変わりはない。

ハルバッハの主著でも、モガール嬢が指摘した箇所は、見事な現象学的記述の成果だと考えておる。しかし、ハルバッハにとって現象学は、生涯を貫いて重要性をもつ、唯一の方法だったとはいえん。ハルバッハはたぶん、おのれのモチーフには不必要なほどの深さで、偶然にも現象学を理解してしまったのだろう。それは彼の思索にとって、幸運なことだったかどうか。

モガール嬢のような読み方をすれば、著者のハルバッハは憤慨するだろう。現在のハルバッハはむろんのこと、あの本を書いた頃でも。それは重大な誤読だ、勝手な引用だ、哲学という建物を全体として理解しようとせず、一本の柱か一枚の壁板だけを外して利用しようとする冒瀆行為だとね」

「教授のいわれるとおりかもしれません。でも、本はどんな読み方でもできます。勝手な読まれ方を望まないなら、はじめから出版なんかしなければいいんだわ」

ガドナス教授が三重顎をふるわせて、大きな声で笑った。「その通りだね。だからハルバッハが、同時代の誰よりも深く現象学の方法を理解しえた偶然は、そのモチーフの展開において、むしろ不利な条件をなしたのではないかと、わしは指摘したのです。あのように書けば、モガール嬢のように読む読者も必然的に現れてしまう。作者のモチーフを裏切るようにして」

「ハルバッハのモチーフとは」カケルが質問した。

「ヴェルナーと同じように、年長のハルバッハもまたワイマール体制が、第一次大戦の戦死者を忘却し隠蔽することで成立している事態に、激しい憤りを感じていた。それは疑いのない事実だ。

彼が批判した日常的な実存の頽落や非本来性とは、ワイマール体制下で空虚な繁栄にふけり、祖国に殉じて倒れた戦死者の記憶を忘れはて、瑣末な日常性にまぎれ目先の快楽にのみ耽溺《たんでき》していた、大戦間のドイツの都市生活者なのです。

それらのドイツ人は故郷を失っている。故郷の大地から、工業地帯の荒地に追放されている。

そしてラジオやテレヴィ、映画や写真入り週刊誌の人工的な刺激を追い求め、その愚昧《ぐまい》で低劣な愉楽のなかに本来の自分を失っている。そのようにハルバッハは、ナチズムとも深いところで共通する憤懣《ふんまん》を、大戦間のドイツ社会にたいして抱いていた。ヒトラーの『わが闘争』とハルバッハの主著が異なるのは、政治家とは違って哲学者の批判は、あくまでも内在的になされなければ力を持たないということを、彼が熟知していた結果だろう。

それでハルバッハは、世界を世界の意味に還元するという現象学の方法が、『使える』と思いついたのだ。ハルバッハのモチーフはあくまでも、マレーネ・ディートリッヒの半裸体に熱狂しているような、堕落した大衆を批判する点にあった。だが、それを外在的に攻撃してみてもはじまらない。ヘーゲルが語ったように、存在するものには必ず根拠があるのだからね。

それでハルバッハは、さしあたり日常的現存在の克明な分析から、あの本をはじめることにした。それは、それ自体としては、見事な現象学的記述だろう。わしもそのことまでは否定しない。

しかし、ハルバッハは死の哲学を論じる箇所で、さしあたり必然的なものとして描かれた日常性を、徹底的に否認する。最後に徹底的に否定するために、その否定を説得的たらしめるために、日常性は必然的なもの、恣意的には逃れられないものとして描かれたのだね。いつもハルバッハの論法は、セミナーの講義の時でも、それと同じだった。

学生はハルバッハを、『メスキルヒの小さな魔術師』と諢名していたものだ。メスキルヒ村の貧乏な家庭に育ったハルバッハは、イエズス会の修道院で学んだ。しかし、反抗心からプロテスタントになった。青年時代に修得したのはスコラ哲学なのに、それに矛盾するキルケゴール主義者に志願した。最後まで神のごときものを信じていたのに、それを神ではなしに存在と呼び、とりあえず無神論者を演じていた。

ハルバッハの人格と思索に埋めこまれた矛盾は、その講義にも表れていた。彼は最初に、ひとつの思想的構築物を精密に組み立てる。聴衆はハルバッハの手際に陶然とし、感銘し、誰もが息を呑んでしまう。しかしハルバッハは、最後になって、その構築物を一瞬にして破壊するのだ。

固唾《かたず》を呑んでいた学生は、見事な手品でも見せられた気分になる。そして『無冠の帝王』は、足音を残して教壇を去る。残されるのは空虚な教壇だ。われわれは不可思議な謎のなかに置きざりにされて、不安と空虚とよるべない自分に直面せざるをえない。彼の講義は、いつもそうでした。

その迫力は大変なもので、多少とも時代の不安を病んでいた学生には、圧倒的な印象をもたらした。その謎を解こうとして、三年のあいだ頭を絞りに絞り、ついには自殺した女子学生さえいたほどです。

主著における日常的現存在の肯定的な、その必然性の詳細にわたる現象学的な分析も、本来性と非本来性は価値概念ではないとする慎重な留保も、最後には頽落した日常生活者のあり方を徹底的に否定するための伏線として、周到に置かれているのだね。あのテクストを精密に読めば、それはモガール嬢にも納得できることだろう。

死を隠蔽して、空疎な繁栄に耽《ふけ》っているワイマール社会を批判するのが、ハルバッハの中心的なモチーフです。彼は堕落した大衆社会を徹底的に批判するために、現象学の方法で日常的な人間のあり方を分析してみようと思いついた。そして、それは見事な手際でなされた。

しかし、日常的現存在の頽落や非本来性にたいして、死をめぐる本来的自己を対置する時にはじめて、ハルバッハの魔術は完成するのです。彼は現象学を『使える』と思った。そして、それを実際に使いこなせる、創始者を除けば世界で唯一の知恵者でもあった」

カケルが口をはさんだ。「その手品は、あの本の全体にも見出されますね。ナチズムの肯定に行き着くハルバッハの結論は、『実存と時間』全体の論理にとって外的なものです。決して必然的ではない。それは著者が選んだ立場を、論証ぬきで語っているものに過ぎない。

ハルバッハは、あの優れた書物全体を、おのれの恣意的な決断に均衡させようとしたのかもしれない。これだけのことを考えぬいた哲学者の決断なのだから、その哲学に反論できない人間は、哲学者の決断に嘴《くちばし》を入れる権利などないのだ……」

カケルが指摘しているのは、ハルバッハの主著の次のような箇所だろう。『現存在が先駆しつつおのれのうちで死を力強いものにするとき、現存在は、死に向かって自由でありつつ、おのれの有限的自由という固有の圧倒的な力においておのれを了解するのであり、こうして、選択を選びとったということのうちにしかそのつど「存在」していないこの有限的自由において、おのれ自身に引き渡されていることの無力を引き受け、開示された状況のさまざまな偶然に対して明察をもつにいたるのである。

だが宿命的な現存在は、世界内存在として、本質上他者と共なる共存在において実存するかぎり、そうした現存在の生起は、共生起であって、運命として規定されている。この運命でもってわれわれが表示するのは、共同体の、民族の生起なのである』。

このようにしてハルバッハ哲学に、いよいよ「民族」なるものが登場する。ハルバッハが語る「民族」とはドイツ人のことであり、フランス人でも日本人でも、もちろんユダヤ人のことでもない。ハルバッハは蜒々《えんえん》たる道程をへて、ついに世界に冠たるドイツ民族の真理と正義を、実存論的に基礎づけるにいたる。

このように書いた哲学者がナチズムに加担したとしても、それには、なんの不思議もない。不思議なのはむしろ、たったの一年でナチズムの政治活動から離れた事実だろう。なぜハルバッハは、ハインリヒ・ヴェルナーのように死に先駆し、死を決断し、あらわにされた本来的自己そのものである先駆的決意性において弾雨のなかロシアの平原を、雪にまみれ血を流しながら疾走しなかったのか。

そこにわたしは、無責任に若者を煽るだけ煽って、自分だけは居心地よい大学の教授室に居坐っていたハルバッハの、性格的な薄汚さを感じてしまう。わたしだってナチなんか大嫌いだ。だから、ハルバッハのドイツ民族優越主義をとりあげて、その主著を否定してしまえば話は簡単だろう。しかし、公正に読もうとするかぎり、あの本を全面否定して忘れてしまうこともできそうにない。そのときカケルが、教授に意見をもとめた。

「ハルバッハ思想の前期と後期に切断があるのは、よく知られたことです。とりわけ第二次大戦の以前と以後では、明瞭に異なっている。ハルバッハが似非《えせ》神秘思想にかぶれて、存在と存在者よりも上位にある〈有〉とか、将来の神について語りはじめるのは戦後のことですからね。それについて教授は、どんなふうに思われますか」

「ハルバッハの存在観は、前期も後期も変わらないものだと、わしは思う。それは懐かしい大地のイメージ、農民的な自然のイメージなのだ。大地に根づいた共同体が、彼にとって本来的なものであり、故郷から追放されて根なし草になり、マスコミが撒き散らす情報や刺激に踊らされている都市大衆こそ、非本来的に頽落したものである。

宇宙から撮影された地球の写真を見たハルバッハは、それに不気味なものを感じて慄然としたという。それは人間が大地から引き剥がされる、最後の姿を象徴していると感じたのだろう。月に立ち地球を見上げる男は、即物的にハルバッハの存在観と人間観を裏切り、徹底的に破壊するものだ。アポロ宇宙船の飛行士にとって、もはや大地は足下にではなく、はるか頭上にあるのだから。それでは大地に根づくことなど、できようもないからな」

皮肉そうにガドナス教授が語り終えた。カケルは教授の言葉に、静かにかぶりをふり続けていた。そして低い声で、つぶやくようにいう。「いや、やはりハルバッハの変身は決定的なものです。〈有〉なる将来の神は、死の哲学の必然的な帰結ではない。ハルバッハ哲学の時期的な断絶には、なにか想像もできない秘密が隠されているに違いない。そんな気がしてならないんです」

わたしはふたりの議論に介入し、話題をもとにもどした。「でも、教授。わたしの感想は、それでも変わりませんわ。ハルバッハの死の哲学には、どうしても関心がもてないんですが、それでも日常性の現象学的分析には惹かれるところがあります。わたし、ハルバッハの魔術に引きこまれて自殺した、馬鹿な女子学生とは違います。かれのモチーフがどうであれ、教授もみとめる見事な現象学的分析の部分を、それだけを読めばよいと思うんです」

「ではモガール嬢は、あの本の前半部分から、どんな結論を引きだしたのかな」優しい微笑をたたえて、ガドナス教授がたずねた。

「……人間は可能性を生きる存在であるということ。つまり実存であるということ。人間には沢山の可能性があたえられています。そのなかには瑣末なものもあるし、なかには人生の中心であるような大切なものもある。

ハルバッハが分析した通り、ふつう人間は瑣末な可能性に拘泥《こうでい》して、本当に大切な可能性を見失ってる。でもわたしは、ほんとうの可能性を発見するために、わざわざ死の可能性をもちだす必要なんかないと思うんです。どんな人にも、自分にとって大切な可能性を見出すことができます。死の哲学なんかと関係なしに」

「どのようにしてかな」老人がたたみかけた。

「愛の可能性においてだろうと、わたしは思うんです。わたしだって、だれだって、知らずに人を愛してしまう。外見の綺麗な恋人を連れて歩けば楽しいとか、それで友人から賞賛されたいとか、羨望をあびたいとか、恋人を道具みたいに使うような人もいるわ。でもふつう、それを愛とは呼ばない。

愛は、どこからか到来するんです。愛に摑まれたら、もう逃げることなんかできない。その絶対性が、ハルバッハが批判する日常的頽落から、人間を本来の自分に目覚めさせるんです。わたし、そう信じてます」

絶対にカケルの顔は見ないように、視線をあわせないようにして、わたしは早口で語りおえた。苦々しい顔をしているに違いない青年の顔を見るのが、怖かった。しかし、それはハルバッハの主著を読み返して、わたしが得た唯一の確信なのだ。教授がカケルに質問した。

「ヤブキ君は、それについて、どんなふうに考えるのだろう」

「僕はむしろ、人間にはナディアがいう本当の可能性などないのだと、最近は考えはじめました。愛の可能性であろうとも。それよりもむしろ、日常的頽落の底にまで身を沈めてみること。それ以外にないのだろう。

死はハルバッハが想定したような、瞬間的に通過できるような点ではない。それに先駆しうるような、そんなものでもない。はじめも終わりもないグロテスクな、自堕落な、おぞましい過程なのだとしたら、頽落した日常的な生のなかに死は、濃密に浸透しているのではないだろうか。

ナディアはまだ、瑣末で凡庸な無数の可能性の束から、籤《くじ》のように唯一の可能性を選び出そうとしている。非本来的な生のなかに、唯一の本来的な生を見出そうとしている。ハルバッハふうの死の可能性を梃にしたものではなく、たとえば宿命的な愛の可能性において。しかし、僕は特権的な生など、どこにも存在しないのだと考えた方がよいと思う。

　特権的な生がないのだとすれば、特権的な死も存在しえない。特権的な死を夢想する人間が、時として生じるばかりなんですね、たぶん。その一点を修正しなければならない、僕の密室現象の本質直観は」

「どういうことなの」わたしはカケルの顔を見つめた。

「密室とは、特権的な死の封じ込めである。というよりも、密室とは特権的な死の夢想の封じ込めである……。それでも三十年前の密室は、ジークフリートがこしらえたものだ。ジークフリートは、特権的な死の夢想を密室に封じた。違いますか、教授」

　ガドナス教授は、不思議な微笑をたたえて、静かに首をふる。それはカケルの問いかけを否定しているようにも、大枠では正しいが少しだけ違うところもあると保留しているようにも見えた。

「でも私は、フーデンベルグが英雄ジークフリートだとは、どうしても思えないんですがね。あの男は、せいぜいのところ、鶴嘴《つるはし》をかついで地下に住んでいる小人族ニーベルングの親類ですよ」

　シュミットが不満そうに口をはさむ。教授がうなずきながら、穏やかな声でいった。「モガール嬢もカケル君も、わしの考えと、それほど離れてはいないように思うな。モガール嬢には是非とも、わしの本を読んでもらいたいものです」

ガドナス教授のアパルトマンの扉が、静かに閉じられた。わたしとカケルは、シュミットと語りあかすつもりらしい老人に遠慮して、九時には辞去することにしたのだ。エレベーター・ホールで、わたしは日本青年を詰問した。

「カケル。あなた、なにか隠してるんじゃなくて」

「どうして、そんなふうに思うんだい」

カケルがしらばくれる。憤然として、わたしは答えた。「馬鹿にしないでよ。あなたはシュミットに、さっき沢山の質問をしてたわ。覚えてるかぎりでも、ハンナの髪のかたち、不自然な厚着と暖炉の火、拳銃弾の精密検査、兵器庫の前の足跡や雪の乱れの状態……。そのなかで、暖炉から鉄線を通したという推理に必要だったのは、小屋には暖炉があったことの確認と、それにハンナの厚着だけじゃないの。ほかの質問には、どんな思惑があったの。

教授やシュミットに説明した以上のことを、きっとあなた、なにか考えてるんだわ。フーデンベルグ犯人説とは違うことを。シュミットも指摘していたけれど、どうしてアヒル男のフーデンベルグがジークフリートになるの。そうじゃなくって」

カケルが深刻な表情でいう。「僕は、とんでもない愚か者だった。君は明日、ダッソー邸に行くといっていたね。僕も同行しよう。どうしても、バルベス警部に会わなければならないんだ」

その言葉を聞いて、わたしは悪寒のようなものに襲われた。だめ、カケルをあの事件に巻きこんでは。ルイス・ロンカルの正体がヘルマン・フーデンベルグであると判明したにしろ、ダッソー脅迫計画の黒幕がニコライ・イリイチである事実に変わりはないのだ。そして、カケルとイリイチが、もしも顔をあわせるようなことになれば……。

しかし、どうすることができるのだろう。一度なにかを決めたら、他人の干渉で意思を変えるような青年では、絶対にないのだ。わたしは、夢中でまくしたてた。

「来なくてもいいわ。わたしひとりで、ダッソー邸の密室の謎は解決してみせるから。カケルだって、今夜の議論で意見を変えたんでしょう。ダッソー犯人説は撤回するのね。わたしが実験で、その代わりにクロディーヌが犯人だってこと、証明してみせるから任せといて。ねえ、カケル。そうしてよ、お願いだから」

しかし、青年は無愛想にかぶりをふる。「確かに、昨夜の推理は撤回するよ。だからこそ、明日はバルベス警部と会わなければならない。彼とは約束があるんだからね」

わたしは肩をおとした。やはりカケルをとめることなど、できそうにない。つまらない好奇心でイリイチのことを口にした自分が、ほんとうに悔やまれた。でも、まだ遅くない。明日には、ダッソー邸の事件は解決されるのだから。なんとしても、わたしが解決して、カケルとイリイチの接点になるかもしれないロンカル殺しの事件を、無理にも終わらせてしまうのだ。不吉な接点を抹殺してしまうのだ。

心を鎮めるよう努めながら、わたしはまたカケルに問いかけた。「昔の事件のことだけど、フーデンベルグが犯人じゃないとしたら、一体どうなるの。ハンナ・グーテンベルガーの屍体は密室で発見された。それは、ハンナが自殺したことを暗示しているとでもいうのかしら。

では、それより一廻り大きな密室に、やはり閉じ込められていたフーデンベルグはどうなるの。密室に屍体があれば、常識的に考えて自殺でしょうけれど、その密室の横にある第二の密室に犯人とおぼしい人間がいたのよ。それをどう考えるべきなのかしら」

「ハンナは自殺したんだ。それを原点にして、他のことも考えてみればいい」

そっ気ない口調で、カケルが応じた。必死の思いで、わたしはさらに問いつめる。カケルの思考を、三十年前の密室事件に集中させること。それが成功したなら、かれはダッソー邸の事件に関心を失い、ジャン＝ポールとの約束なんか忘れてしまうかもしれない。

「だったらあなたは、フーデンベルグの供述を信じるわけね。ハンナは自殺した。自分は謎の人物に小屋に閉じ込められた。ほんとうにそうなのかしら。わたしには信じられないわ。それにハンナは、許されない愛のために子供を宿したジークリンデ、ジークフリートの母親かもしれないけれど、ジークフリート自身じゃないわ」

「いいかい、ナディア。屋内扉の鍵はひとつしかない。それは寝室内にあった。君もシュミット氏も、屋内扉の鍵に複製があったと、どんな根拠もなしに前提にしているが、その可能性を排除するなら、ハンナが死んでいた寝室は密室になる。密室であった以上、ハンナは自殺したんだ。

ハンナの死が自殺であると見なすのに不都合な諸条件が存在するなら、それら諸条件に合わせてハンナの死を他殺であると疑うよりも、自殺であると前提した上で、それらを合理的に解釈しうる可能性について考えてみた方がよい。君たちの推理談義は、なかなか興味深いものだったけれど、密室の死と自殺は意味的に等しいという直観に忠実であろうとしない点で、現象学的ではないような気がするな」

「でもガドナス教授は、死は不可能だ、自殺も不可能だという意味のことを主張していた。今夜、教授が語ったのは、つまるところそういうことでしょう」

「そうだね、ナディア。生前と死後を画然とわかつような、点としての死は存在しない。である以上、死は不可能だし、自殺も不可能だ。そういうことになる。自殺は不可能なのに、小屋にはハンナ・グーテンベルガーの自殺体が封じられていた。その謎が、あくまでも解かれなくてはならないんだ」

　カケルが熱心に語りおえたとき、時間ぎれでホールの電灯が消えた。同時に、かすかな機械音を響かせながら、エレベーターのドアが開きはじめた。

第十章　廃屋の女

1

翌日の午後、わたしは家を出てはじめに、なじみの自動車修理工場によった。親切な修理工のクロードは、なんとか工場の隅から、注文どおりの品を探しだしてくれた。

オー・ドゥ・セーヌの方に家があるシルヴィーと、サン・ラザールの珈琲店《カフェ》で待ちあわせ、約束のカセットを借りてから、モンマルトル街の安ホテルに廻る。車中では、ハルバッハの講演を流していた。シトロエン・メアリには、カーステレオ装置など付いていない。あらかじめ小型カセットを、助手席に用意しておいたのだ。

ホテル前でカケルをメアリに乗せて、おもむろにブローニュをめざした。いつ、また雨が降りだしても不思議ではない憂鬱な曇天だった。六月とは思えないほどに陰気な、湿っぽいパリの街路を、わたしの駱駝《メアリ》が身分不相応なスピードで疾走していく。

車を使うことにしたのは、いつまた降りはじめるかもしれない空模様のせいもあったが、それよりもカケルの姿をダッソー邸の付近で、あまり人目にさらしたくないと思ったからだ。地《メ》下鉄《トロ》の駅から邸まで歩くあいだに、ダッソー家の森屋敷をひそかに監視しているかもしれない、ニコライ・イリイチの配下にでも見つけられたら、かれの身が危険になる。イリイチは一度、矢吹駆を狙撃しているのだから。

もう、なじみ深いものになった不安感に浸されながら、わたしは急きたてられるような気分で考えていた。カケルは密室の本質直観を、ガドナス教授との議論の結果として、修正しなければならないと洩らしていた。

密室とは特権的な死の封じこめではなしに、その夢想の封じこめだというのだ。どう違うのか、わたしにはよくわからないのだが、そのためにダッソー犯人説は放棄された。カケルは自説を撤回すると明言したのだから、それを疑うことはできない。

それなら残るのはもう、わたしのクロディーヌ犯人説しかない。それを証明するための実験に同行してくれるというのは、イリイチにまつわる心配さえなければ、とても嬉しいことだった。四回戦めで、ようやくカケルとの推理合戦に勝てるのだし、その場をかれに見てもらえるのだから。今度こそカケルだって、率直にわたしのことを褒めてくれるに違いない。

昨日の夜も、もう一度おさらいしてみたが、わたしの推理で事件が解決されるのは、もはや疑いようのないことだった。物音トリックの謎は解明されたのだ。

カケルによる密室の本質直観にたいして、ガドナス教授は懇切に反論した。自殺であれ他殺であれ、特権的な死を封じこめたものとしての密室は、つまりジークフリートの密室である。しかし、密室性の本質は、英雄に殺された竜を閉じこめるものとして、必然的に生成するのではないか。そう、教授は主張したのだ。

ふたりの議論の背後には、死が一瞬のもの、生と死後の虚無を画然とわかつもの、ハルバッハ的な存在概念につながるような特別な可能性であるのか、反対に惨めで苦痛にみちた、だらだらと続く、はじめも終わりもない不気味な過程なのかという、死についての対極的な観点がある。後者は、ガドナスのいう〈ある〉《イリヤ》に通底するものだ。むしろ、そのような死ならざる死のなかで、〈ある〉はおぞましいものとして体験される。

そこまでは、わたしにも理解できた。あらゆる存在者をそのようにあらしめている万物の根源、その故郷、豊かな恵みとしての存在。死を賭けて、そのようなハルバッハ的存在をひらき示そうとする本来的実存の象徴として、ジークフリートの名前が出されたのだろう。反対に、噴水のように多量の血をまき散らし、断末魔の痙攣にあえぎながら死なねばならない竜は、〈ある〉としての死を象徴するものだ。

それはまた、ドイツ軍人には最高の栄誉である騎士鉄十字章までをも授けられた、ハインリヒ・ヴェルナーに代表される勇者の死、輝かしい戦場の死と、絶滅収容所で大量生産された、ぼろ屑のような囚人の死骸の山との対照でもある。

戦場で倒れた勇敢な兵士なら、鎧をきて槍をもった神の娘たちワルキューレが、楯にのせて神の城ワルハラまで、丁重に送ってくれることだろう。しかし、産業廃棄物さながらの囚人の大量死、名前などはじめから奪われている番号の死、人間ならざる人間の死など、だれも相手になどしない。死者は死ねないままに朽ちはて、忘れられるのみだろう。

かれらは殺されたのでさえない、たんに抹消されたのだ。消しゴムで消された文字のように。そのような死ならざる死には、悲壮なものも荘厳なものも、そして英雄的なものも、およそどんな肯定性もありはしない。

そうした死は不気味で、とほうもなく怖しい。その不気味さを封じこめ、白日の世界にあふれ出したりさせないよう、そのために密室は存在する。ジークフリートの密室とは異なる、竜の密室。

議論がそこまで進んだとき、カケルはふと呟いていた。二つの密室がある、意図的に作られた密室と偶然にできた密室とは、その意味が対極的なのだと。あのときカケルは、どんなことに気づいたのだろうか。

カケルは最後になって、三十年前の密室は、やはりジークフリートの密室だったと、ガドナス教授に語りかけた。かれは自分の本質直観を全面的に放棄したわけではないのだ。ジークフリートの密室がありうる可能性までは、まだ否定していない。そしてカケルは、密室現象の本質を『特権的な死の夢想の封じこめ』であると再定義した。

不思議なのは、そのときガドナス教授には、反論する気がないように見えたことだ。カケルは修正されたジークフリートの密室の存在を、ふたたび主張したのに、教授は複雑な表情をして黙りこんでいた。わたしはまだ、カケルがなにを考えはじめたのか、摑みようのない曖昧な気分だった。

「ねえ、カケル。三十年前の事件ではなしに、ダッソー邸の事件も、あなたが再定義した密室現象の本質で解釈できるのね。それは変わらないんでしょう」

「いいや」カケルが低い声で応えた。

「どういうことなの、それ」

「あの事件の支点にある現象は、密室性ではないんだ。ルイス・ロンカルの屍体が密室で発見されたにせよ。僕は支点にあたる現象の選択において、致命的に誤った。推理が見当外れの方向に流れたのも、当然のことだよ。僕は弁護の余地がない愚か者だった」カケルが眉をひそめるようにして、自分の誤りを率直にみとめた。

「じゃ、支点にあたる現象はなんなの」

「それは……」

「なに」

「それは生者ならざる生者、死者ならざる死者、そして人間ならざる人間。つまり〈ある《イリヤ》〉に、存在の夜に巻き込まれ、擦り潰され、〈ある〉を体験する主体ならざる主体であると同時に、〈ある〉の出現そのものでもあるようななにか……。その本質は、死ぬこともできないで『宙吊りにされた死』だ」

それ以上、カケルから話を引きだすのは無理だった。メアリはもう、三メートルもありそうな石塀にかこまれている、高級住宅地のブローニュでも有数の大邸宅に到着していたのだ。塀ごしに、邸内で密生した木立がながめられる。

チュイルリ公園やリュクサンブール公園にあるような、尖った穂の部分だけ金色に塗られている黒の鉄柵門が、訪問者を拒むように厳重に鎖されていた。門前には地区署の制服警官がいて、あたりを監視している。

車窓から顔をだして、わたしはバルベス警部の名前を告げた。わたしが訪問する予定をジャン＝ポールは、あらかじめ門番の警官に教えておいたのだろう。「モガール警視のお嬢さんですな」といいながら、中年の警官が大きな鉄柵門を開いてくれた。わたしはダッソー邸の敷地にメアリを乗りいれた。

正門から正面玄関にいたる舗道は、鬱蒼と繁る巨木に左右の視界がさえぎられている。まるで都会を離れた森の奥を走るような印象だった。

大革命以降、しだいにブローニュの森の周縁部分は切りひらかれ市街地化したのだが、後にダッソー邸の敷地になる一画は、なぜか森林のままに残されたらしい。森屋敷とも呼ばれるダッソー邸は、ようするにブローニュの森の飛び地に建てられているのだ。

前方に、東西の端に塔がある、石造二階建の豪壮な建築物が見えてきた。建物の全体は薄茶色の石材で造られ、無数にある窓や、玄関は白い石材で縁どられている。建物の中央前面には大きな張出屋根があり、ギリシァふうの円柱が屋根を支えていた。

屋根の下には石畳の車よせと階段が造られていて、その突きあたりに正面玄関の大扉があった。建物の前面西側は、砂利敷の来客用の駐車場。そのさらに西側は、大型車が五台はおさめられそうな煉瓦造りの車庫だった。東塔の真下には池がある。車庫の裏手からは、鬱蒼と繁る森がはじまる。

駐車場には昨日の朝まで、カッサンのシトロエンDSが停められていたという話だが、いま砂利敷の広場には、三台の警察車が見えるばかりだった。カッサンの車は、ポルト・デ・リラ事件の証拠品として押収されたのだろう。鑑識係が車内を検査すれば、ロンカル誘拐に使われた車である証拠が、なにか発見できるかもしれない。

建物の前面東側もひらけていて、南側の森の縁まで緑の芝生と、季節の花が咲きみだれる花壇が綺麗にならんでいる。芝生庭園の中央には大きな噴水があり、遊歩道には点々とギリシァふうの彫像が配置されていた。美術品の蒐集家として名高いダッソー家でも、発掘された本物を雨ざらしにしているとは思えないから、大理石の台にのせられた等身大のアポロンやアテナやアフロディットは、どれも近世以降の模造品だろう。

森と邸の建物にかこまれた庭園の、南側の森に接するあたりに、南欧風の白い四阿がながめられる。屋根はオレンジ色の瓦ぶきだった。煙草の吸殻が発見された四阿に違いない。東塔の真下は、凶器が沈んでいた半円形の池だ。

駐車場にシトロエン・メアリを乗りいれた。敷きつめられた砂利を蹴たてるようにして、下品な縞柄のジャケットを着こんだ大男が駆けつけてくる。わたしたちが到着するのを、待ちかまえていたらしい。

ジャン＝ポール・バルベス警部は、カケルによるダッソー邸の訪問を、大歓迎というふうな嬉しそうな顔で迎えた。カッサンは逮捕できたが、まだなにも自供してはいない。自供がえられても、たぶんロンカル誘拐事件の真相が判明するにすぎないだろう。

ボリビア人の誘拐と拘禁が暴露されたのは、いわば殺人事件の副産物である。捜査陣にとって本命の事件は、あくまでもロンカル殺しなのだ。屍体発見から、すでに三日と半日が経過しているが、解決に結びつくような新たな進展はないらしい。

誘拐事件については目鼻がつきはじめたにせよ、ルイス・ロンカル殺しの捜査は難航している。困りはてたジャン＝ポールは、一年半のあいだに三件もの難事件の真相を見破った、風変わりな日本青年の叡知に期待したい心境なのだ。

写真との交換取引で、なんとかカケルの本質直観とダッソー犯人説は聞きだしたけれど、それだけで首相や警視総監にまで影響力のある財界の実力者を、殺人容疑で逮捕するのは無理だ。警察は、もっと即物的に犯人を指示するような証拠を望んでいる。

ジャン＝ポールが日本人の現場訪問を喜んだのは、警察が見落としている物的証拠を、カケルなら魔術師のような手際で見つけられるかもしれないと、期待したからに違いない。馬鹿なジャン＝ポール。今度の事件ではカケルもついに推理を誤り、それを認めてダッソー犯人説も撤回したという事実を、まだ知らないでいるのだ。

しかし、その事実がもたらすだろうものは、わたしを困惑させる。馬鹿だけど人のよいジャン＝ポール。カケルの推理能力に心服しきっているジャン＝ポールのなかで、カケルにたいする信頼感が崩れおち、その権威も信用も一瞬にして失墜してしまうような光景を、わたしは見たくないと思った。

それでも、クロディーヌ犯人説を証明するために必要な実験を、やめることはできない。ダッソー邸の事件を、一刻も早く終わらせなければならないのだ。今日だってわたしは、ほんとうに心臓が潰れそうな思いで、カケルをダッソー家の森屋敷に連れてきた。ほんとうはニコライ・イリイチと接触してしまいそうな、危険な場所になど、姿をあらわしてはいけないのだ。

そのためにも実験に成功し、事件そのものを、さっさと終わらせてしまわなければならない。カケルはジャン＝ポールに約束違反を謝罪するため、わざわざ今日、一緒に来たのだろうけれど、そんな必要なんかないのだ。実験が成功したら、その手柄はカケルと分けあうつもりなのだから。

かれがいないところで、アイディアの半分はカケルのものだとジャン＝ポールに囁けば、大男はそれを信じこむことだろう。それでバルベス警部の、矢吹駆にたいする信頼も崩れることはない。わたしは金メダルの半分しかもらえないが、それで充分なのだ。勝利の栄冠なんかより、とにかくカケルをイリイチから遠ざけること、それが最大の関心事なのだから。

大きな紙袋をかかえて、おもむろにシトロエンの小型車を降りた。駐車場に面して列をなした、白い化粧石で縁どられている縦長のサロンの窓は、わたしの頭よりも上に位置している。正面玄関の階段も五、六段はありそうだし、建物の一階の床は、地面よりもはるかに高いのだ。おまけに一階の天井も、かなり高く造られているらしい。

二階の窓によじ登るとしても、それは並の民家の二階とは違う。ほとんど三階分の高さを、這いあがらなければならない。岩壁登攀《とうはん》の専門家でもない人間が、二階の窓からダッソー邸に侵入するというのは、たしかに難しそうだ。しかし、もしも窓からロープが垂らしてあるなら、話は別になる。少し怖そうだけれど、決心すれば、わたしにも上がれるのではないか。

メアリのところまで駆けよってきた大男が、胴間声で叫んだ。「時間通りですな、カケルさん。それに嬢ちゃん」

「ジャン＝ポール。なにか新しいこと、わかったの」

わたしはさっそく、迎えにあらわれた巨漢に、捜査の進行状況について質問してみた。バルベス警部は、厚切りハムみたいな顎を、しきりと撫でている。もう一度せかされて、不承不承という顔つきで語りはじめた。ほんとうは横にいるカケルに、難航している捜査状況について喋りたくて仕方ないくせに。

「カッサンの野郎は、警視庁の訊問室でも頑固に黙り込んでます。吐かせるには、二、三日かかるかもしれん。やつの車から、ロンカルの指紋と毛髪の他に、微かな血痕が検出された。血液型はロンカルのものです。殴られて気絶しているあいだに、鼻血でも垂らしてたようだ。警視がやつに、その事実を突きつけて、訊問室で絞ってるところです」

「まだあるんでしょう」

「そうそう。マラストが、ついにやりました」大男がにやりとした。

「青のルノーの男ね」わたしは興奮して叫んだ。

「道路地図から割り出した、男の家があるらしい通りに惣菜屋がありましてね、その店の包装紙や紙箱が、車内に残されていた弁当殻と一致した。それが昨日の午後のことですな。付近の住人に徹底的に聞き込んで、目撃者を幾人か見つけるのにも成功した。ロンカル殺しの前後の数日、見慣れない青のルノーが路上駐車していたって話ですな。

　ありがたいことに証人の一人は、車から降りる男の姿まで見ていた。同じ建物に住んでる男だという。寝込みを襲って、そいつを逮捕しました。ところで、何者だったと思いますかね」

「わからないわ」

「イスラエル人、ダニエル・コーヘン、三十二歳」

「イスラエル人ですって」

「話は、まだあるんですな。男は黙秘しているが、警視の指示で国土保安局《DST》に照会してみたら、とんでもない事実が判明した。男は、イスラエル情報局のパリ駐在員らしい。大使館員のツァイテル・カハンという女がボスで、その荒事専門の部下だろうというんです。女は外交官として入国しているが、やはり正体はモサドに違いない。それが判明した時点で、ボスのカハンを手配しました。

　ところがカハンは急遽《きゅうきょ》、今朝の航空便でイスラエルに帰国している。コーヘンが逮捕されたのを知って、飛んだんだ。ＤＳＴが素直に資料を寄越さなかったから、そんなことになった。昨日の夜、私がコーヘンについて照会したのに、なんだかんだ渋って、ようやくモサド関係のファイルの該当箇所をマラストに見せたのが、なんと今朝のこと。夜なので責任者がいないとか弁解してたらしいが、全部やつらの嫌がらせです。縄張り根性なんですよ」

　ジャン＝ポールは憤懣やるかたない様子で、握った右拳を左掌に叩きつけた。バルベス警部の怒りも、理解できないことはない。国土保安局とはフランス国内の防諜活動を任務とした、イギリスのＭＩ５やアメリカのＦＢＩに対応する政府機関だが、ときとして競合関係に入ることもある司法警察に、ライバル意識を燃やしているのだろう。

そのために警視庁からの照会にも回答するのが遅れ、結果としてコーヘンの上司らしい女スパイをとり逃がした。それでジャン＝ポールは、怒り心頭に発しているのだ。

クロディーヌの監視についていた私服刑事を、自動車で撥《は》ねとばそうとした男は逮捕できたにしても、イスラエル大使館は民間人として入国しているダニエル・コーヘンが、情報機関の人間であることを否定するだろう。もしもイスラエル大使館が事件にからんでいたとしても、それ以上の追及は難しくなりそうだ。

カケルの推理の見当違いが、またひとつ、歴然たる事実によって指摘されたようだ。かれは青のルノーが、フランソワ・ダッソーの指示で出没していたと推定していたのだから。モサドがロンカル殺しに、どんな具合にからんでいるのかは、まだわからない。しかし、ダッソー犯人説の虚構が明らかになりはじめた事実には、変わりようがない。わたしは、意気消沈していそうなカケルの顔は見ないようにして、さらに質問を続けた。

「それで、クロディーヌの行方は」

「コーヘンの家には、いませんでしたな。カハンと同じ便で、イスラエルに逃げたという形跡はない。自宅や、親友の家などクロディーヌが立ち寄りそうな地点は厳重に監視してるし、市内の宿泊施設にも手配書は廻したんですがね。

それよりも嬢ちゃんのパパが悩んでるのは、糞ったれの三重の密室ですな。そいつを解決しなければ、ロンカル事件は終わりようがない。カケルさんのダッソー犯人説にも理はあるんだが、なにしろ証拠がない。ロンカル誘拐が四人の共謀であるとカッサンが自供すれば、フランソワ・ダッソーも誘拐と拘禁の容疑で逮捕できるだろうが、それまでは難しそうだ。やつが裏から手を廻して、警視総監に政治的な圧力をかけてるんです」

「ルイス・ロンカルの正体が、コフカ収容所長ヘルマン・フーデンベルグだったという、新たに確認された事実があっても、だめなの」

わたしは昨夜、カケルと別れてからジャン゠ポールに電話したのだ。かれに、ふたつの重要な捜査情報を教えてあげるために。ひとつはもちろん、ロンカルの正体だ。そしてもうひとつは、パウル・シュミットの滞在先。

拘禁されていたとしか思えない状態で、コフカ収容所長だった男の屍体が、なんとコフカの囚人だった男の息子の邸で発見された。関係者である四人のひとりカッサンが、フーデンベルグを誘拐したのは、ほとんど疑うことのできない事実だろう。それでもまだ警察は、フランソワ・ダッソーを逮捕できないでいる。ダッソーの影響力は、よほど大きなものらしい。

「でもね、嬢ちゃん。ダッソーを拘禁罪でふん捕まえるのも、もう時間の問題だ。やつは落ち込んで、朝から書斎に閉じ籠ってる。二、三日うちに、逮捕されるのは避けられないと思って、あれこれ悩んでるんでしょうな。大丈夫、あんたの情報は無駄にはなりませんよ。

シュミットの方には、ダルテスを廻しときました。なにか捜査に有益なことを知ってそうだと確認されたら、明日にでもおじさんが、事情聴取することにしますよ。ところで、嬢ちゃん。

南米に逃走していたナチ戦犯が死んでた場所を、どんなわけで見物したいんですか」

ジャン＝ポールが疑わしげな顔つきで、わたしを見る。劇的な効果を期待して、まだ物音トリックの真相については、なにも教えていないのだ。だから野次馬根性で、殺人現場を見せろと要求していると、ジャン＝ポールは疑っているのだろう。

「わたしの推理に、ひとつだけ難点があったわね」

「犯人が殺人現場から脱出した後、どんなふうにして十二時七分に、大きな物音をたてられたのか。その問題ですな」

うなずきながら、ジャン＝ポールが応えた。わたしは胸をはり、できるだけ偉そうに宣言した。鈍重な灰色熊が相手なら、いくら威張ったとしても許されるだろう。

「見破ったのよ、わたし。物音トリックの真相を。これから実験してみたいの」

「本当ですかい」バルベス警部はまだ、半信半疑の顔つきをしている。

「絶対よ。わたしが嘘なんか、つくわけないでしょう」

「なら、嬢ちゃんの実験とやらをやってみますか。それで謎が解けたら、めっけもんだ。カケルさん、東塔には私が案内しますから、なにか面白いことが判ったら教えて下さいよ。警官を馬鹿にするために犯人がこしらえたに違いない、ふざけた三重密室の壁を破らなければ、犯人の目星がついたとしても、逮捕なんかできない仕組みなんですから」

「僕は構いませんが、しかし、警部の期待に添えるかどうか」

脳味噌に皺がない灰色熊が、わたしには失礼なことをいい、カケルには信頼をよせた口調で語りかけた。カケルは慎重な態度だったが、それでもジャン＝ポールは満足そうに、邸の玄関の方に大股で歩きはじめた。

ふざけてる。若いときに浴びたパンチのせいで脳味噌が崩れている、老いぼれたヘヴィー級ボクサーは、まだわたしよりも矢吹駆のほうを信用しているのだ。カケルもカケルだろう。自分の誤りは、早めに告白したほうが気が楽になるのに、ジャン＝ポールにダッソー犯人説の撤回を告げようともしないのだ。

もしも実験が成功したら、わたしはかれにも金メダルの半分はあげるつもりなのに、そんなナディアの気づかいなど、少しも自覚している様子はない。それでも、まあいい、とわたしは思った。そのように、自分にいい聞かせた。

問題は、ナディア・モガールの頭脳明晰さを、ジャン＝ポールやパパや、そしてカケルに証明することではないのだから。一刻もはやく、森屋敷の殺人事件を解決してしまうことが、なによりも大切なのだ。

バルベス警部に先導されて、わたしたちは車よせから、玄関前の階段をあがった。壁面に、大きな肖像画が何点も飾られている広大な玄関ホールでは、中央に置かれた大時計が、やはり眼についた。わたしは足をとめて、大時計を飾っている精緻な宝石細工をながめた。溜め息がでるほどに綺麗な、完璧に作られた工芸品だった。

「ねえ、カケル。タレーランの時計ですって」

そんな言葉にも、青年は気のなさそうな沈黙で応えた。ジャン＝ポールにせかされて、わたしは正面階段をめざした。ホールの左手には大きなアーチ状の入口があり、映画でしか見たことがないような豪華なサロンの光景がながめられた。ひろびろとした空間に、何点もの椅子とテーブルのセットが、点々と配置されている。

右手には、東翼一階の通路が奥に延びていた。それぞれ距離をおいて、沢山のドアが両側に見える。ホール寄りの南側のドアが、電話の交換機があるという執事ダランベールの部屋だろう。

正面階段の左側には、中央通路の半分ほどしか幅のない側廊が、北側に延びている。サロンの入口よりに、肘《ひじ》かけ椅子《いす》がひとつ置かれていた。事件の夜、料理女のモニカ・ダルティは、その椅子で編み物をしていたのだろう。あの位置からなら、階段を上下する人間がいても、それを見逃してしまうことなどなさそうだ。側廊を奥に進めば、建物の北面を西翼の奥の調理室から、東翼の奥の使用人区画まで結んでいる裏通路に突きあたる。

正面階段の右側はホールの他の壁とおなじような、金線の装飾がある白漆喰《しろしっくい》ぬりの石壁だが、よく見ると漆喰の色にかすかな違いがある。その奥はグレの部屋なのだが、最近になって改装されたのだろうと推察される。

ジャン＝ポールに先導されて、広い大理石の正面階段を登った。途中に踊り場があり、階段は反対方向になる。踊り場には頭上からシャンデリアの硝子の房が下がり、北面にはダイヤ形の巨大な硝子窓が造られている。

階段を上りきると南側に、矩形《くけい》の大きな窓が、横に三つならんでいる二階ホールになる。ホールの手前から東西に、二階の中央通路が延びていた。ホールにはペルシァ絨毯が敷かれ、窓の付近にテーブルと安楽椅子が四脚おかれていた。

東翼の奥をめざして進むと、通路の南側には三つ、北側には二つのドアがある。南の三つは客室のドアで、階段ホール方向から順に、カッサン、ジャコブ、クロディーヌが泊まっていた部屋だ。カッサンは警視庁の留置場だし、逃亡したクロディーヌは潜伏中で、いまでも残っている客はジャコブひとりきり。ドアとドアのあいだの壁には、印象派の有名画家の作品が点々と、さりげない感じで飾られていた。

こんな大邸宅に住んでいると、どんな生活感覚になるものだろうか。モンマルトルの小さなアパルトマンで生まれ、育ったわたしには、想像さえもつきそうにない。トゥールーズ郊外に建てられた貴族の館を買収し、改装したものだというジゼール・ロシュフォールの生家は、大小の部屋が五十以上もある大邸宅らしい。

それよりは小規模であるにせよ、やはり美術館さながらの建物で生活するのでは、どうにも落ちつきそうにないと感じてしまう。これだけの邸と庭園を管理するだけでも、大変な仕事だろう。全部で六人の使用人では、掃除さえも満足にできないに違いない。庭師も、グレひとりで足りるとは思えない。

ジャン＝ポールの話によれば、先代ダッソーの時代には、二十人もの召使が邸に雇われていたらしい。妻子との家庭生活を尊重する新世代のフランソワは、多数の召使にかこまれた古臭いブルジョワ流儀の暮らしを嫌って、使用人の数も最小限まで減らしたのだという。電話交換など人間がしていた仕事でも、自動化できる部分は自動化し、それ以外は管理会社と契約して、必要に応じて作業員を派遣してもらうようにした。

東翼二階の通路の突きあたりが、書斎のドアだった。今朝からフランソワ・ダッソーが、意気消沈して閉じこもっている部屋だ。書斎のドアの左側に、東塔にいたる階段の登り口がある。窓のない階段は、薄闇に沈んで空気も湿っぽい。正面階段や中央通路とは違って、床も壁も化粧しあげをされていない石材が、粗い地膚を見せている。わたしはアポカリプス事件のときに見物した、カルカソンヌの城塞遺跡のことを思い出した。

登り口の左壁にあるスイッチを押して、ジャン＝ポールが階段の電灯をともした。登り口では北むきの階段は、八段めで曲がりはじめ、十二段めで南むきになり、もう八段で小さな階段ホールになる。全部で二十段。わたしでも五、六秒で、駆けあがることができそうだ。

やはり陰気な感じの小ホールが、ほの黄色い光に照らされている。階段を登ってきて左手に、問題の東塔広間のドアがあり、南側の突きあたりに屋上にいたる鉄扉があった。ジャン＝ポールが上着のポケットから鍵を出して、おもむろに広間のドアをひらいた。

ほんとうに、なにもない印象のがらんとした空間だった。床も壁も天井も粗製の切り石が剥きだしで、高い天井を支えるように蝙蝠傘《こうもりがさ》の骨状の梁《はり》が造られている。梁の中央部から裸電球が下がり、室内を薄ぼんやりと照らしていた。

ルイス・ロンカルことヘルマン・フーデンベルグの屍体が封じられていた密室に、とうとう到着したのだ。わたしは鼓動が激しくなるのを感じながら、広間の北東の隅をめざした。

北東隅の壁に寄せられた机と、ベッドのあいだに、倒れていた屍体の輪郭がチョークで描かれていた。病院にでもありそうな鉄製のベッドには、綺麗にシーツがかけられていた。殺人現場は、事件が起きた直後のまま保存されているのが普通だ。ロンカルは事件の夜、まだ寝床に入っていなかったらしい。わたしは室内を歩きまわりながら、実験の段どりを考えはじめた。ベッドの横で日本人が、ジャン＝ポールに質問している。

「短剣の柄が落ちていたのは、そのベッドの陰ですか」

「そう。左右に垂れているシーツや毛布を上げて、ベッドの下を覗いてみなければ、とても見つけられないような場所でしたよ」

それからカケルは、机とベッドのあいだで壁に立てかけてある脚立《きゃたつ》に乗り、密室にとって唯一の開口部である空気ぬきの窓を検分した。脚立は捜査のために、あとから運びこまれたものだろう。続いて、わたしも脚立の段に足をかけた。その換気窓が、ナディア・モガールの推理にも決定的な重要性をもつのだ。

床から三メートルほど離れて、縦横三十センチか、それに少し欠けるかもしれないサイズの換気口が造られている。正方形の小窓は、窓というよりも直方体をなした壁の穴のようだ。塔の石壁は厚みが三十センチもあるので、分厚い壁に、縦横高さ三十センチの穴がうがたれているような感じだった。

横穴の出口の手前に、三本の鉄棒が上下に埋めこまれている。鉄棒の間隔は七センチ弱。警察が確認しているように、人間が出入りすることなど絶対に不可能だ。窓の外は、緑のカーテンでさえぎられている。

塔の東側には、二十メートル幅の芝生があるけれども、その先は塀まで続いている森なのだ。ダッソー邸の庭を埋めつくしている巨木の、そろそろ尖端に近い枝や葉群が、窓からの眺望を不可能にしている。大丈夫そうだと、わたしは自分にうなずきかけた。

脚立を降りて、ジャン＝ポールに質問する。「問題の短剣の鍔《つば》は、横幅で、どれくらいあるの」

「鷲の翼のデザインでね、あまり大きくはない。それでも十センチ以上はありましたね」

その答えに、わたしは満足した。考えたとおりなのだ。それから床に膝をついて、ベッドの下を覗きこんだ。机の方向の、枕がおかれている側の鉄枠を下から見あげると、中央部にボルト用の凹部がある。凹部のまわりを子細に点検してみたが、白ペンキに傷痕のような箇所は見つけられなかった。その真下の床石も他の部分とおなじ粗さで、仕上げられていない表面には無数の小穴や窪みがある。

いまのところ、実験の成功をさまたげるような発見はない。机の上においた紙袋をかかえて、わたしはジャン＝ポールに頼んだ。

「屋上に行きたいわ。実験は、屋上ではじめなければならないのよ」

広間から、また小ホールにでた。塔の屋上にあがる階段の扉には、頑丈そうな差し錠がある。ためしに差し金具がボルト状になっている内錠を、わたしが外してみることにした。油がささされているせいで、きしみ音はしないが、それでもかなりの力が必要だった。扉の外からトリックで下ろしたり、反対に外したりした可能性など、とても考えられそうにない。

小さな鉄扉を開けると、人間ひとりがようやく通れるていどの、閉所恐怖症になりそうに狭苦しい、胸をつくような急階段があった。途中で方向を変えて最後まで登ると、頭が天井に突きあたる。

そこに潜水艦のハッチを思わせる円い鉄蓋があり、ジャン＝ポールが両腕を差しあげるようにして、それを押しあげた。鉄蓋が、屋上の床に対して直立する。それ以上は開かない仕組みなのだ。そうでなければ、階段側から閉めるときに、なにかと面倒なことになるだろう。

ジャン＝ポール、わたし、カケルの順で、円形の穴から塔の屋上に這いだした。降り続いた雨で屋上の石床は濡れ、あちこちに小さな水たまりがある。その中央には、避雷針が立てられていた。

屋上はホールをふくめて、下の広間とおなじ広さ、おなじ形状で、外郭には腰までの手摺が造られていた。カケルが、東側の手摺から下を覗きこんでいる。ならんで、わたしも顔をだしてみた。屋上の床から一メートルほど下に、矩形の石造物が突きだしている。それを見て、わたしは少しばかり困惑した。

そんなものがあるとは、思わなかったのだ。しかし、実験にとって致命的な障害にはならないだろう。なんとか計画どおりにやれるはずだ。カケルが手摺を乗りこえ、両手で躰を支えながら石造物の上に足をおろした。後方から、ジャン＝ポールの声がした。

「危ないことをするまでもありませんよ、カケルさん。それは、換気窓の石庇です。ロープを用意すれば、換気窓を外から覗けるところまで、躰を下ろすこともできる。それはもう、確認したことなんです」

カケルは縦二十センチ、横四十センチほどの石庇に立ち、壁面に背をもたせるようにして、両腕を胸のまえで組みながら黙りこんでいる。どうやら、ダッソー邸の敷地の東側に位置している、通りの向こう側の廃屋を注視しているらしい。地上二十数メートルの屋上では、さすがに群生した巨木の枝葉もまばらで、あるていどの視界があたえられているのだ。屋上からはダッソー邸の敷地の外までも、どうにか見わたすことができる。

廃屋は六階建の大きな建物で、各室は最近まで、アパルトマンとして利用されていたのだろう。しかし、もう居住者が残っている様子はなく、遠目にも荒廃しはじめているように思われた。

その高さで、かろうじて靴底がおけるほどの石庇の上に、なんの支えも手がかりもなしに直立する。カケルの運動神経を知っているわたしでも、見ているだけで冷汗が滲みそうだった。離した手摺を、もう一度摑むには、体を半回転させなければならない。あんなところで、どうして体を裏返しにできるのだろう。

「両腕をあげて下さい。私が引っ張りあげますから」手摺から上体を乗りだすようにして、ジャン＝ポールが叫んだ。

しかし、カケルは大男の手を借りることなしに、自力で楽々と屋上にもどってきた。しなやかに躰を半回転させ、ふわりと跳躍して手摺を摑み、懸垂の要領で躰を引きあげたのだ。カケルはモンセギュールの岩山で、転落したシモーヌ・リュミエールを救出するために、どんなに熟達した岩壁登攀家でもためらうだろう危険を冒したのだが、それを眼前に見るような軽快な身ごなしだった。

「カケルさんが考えてることは判りますがね、でも駄目なんですよ。仮に犯人が、ロープを利用して換気窓の正面まで躰を下ろしたとしますね。窓の奥行きは三十センチで、鉄格子の隙間は七センチ以下。

私はもちろん、カケルさんだって手首しか通せない幅だし、背中を見せているロンカルに短剣の刃を叩き込むには、鉄格子の奥まで三十センチ以上も腕を差し入れなければならない。極端に腕が細ければ、まあ不可能ではないかもしれないが、それだけじゃない。もっと困難な条件があるんです。

換気窓は、東塔の広間の天井ぎりぎりのところに造られている。そこまで攀じ登ることは、あの爺さんでもかろうじて可能だったかもしれないが、登りきったところで壁に背を向けるなんて、まず不可能なことだ。どんな手がかりもなしに、あんな不安定なところで体を裏返しにすることなんて、できるわけがないんです。

もしもロンカルが、自分の意思でそうすることを決めたにせよ、どうして背中を換気窓に押しあてることができたのか。人間の首や肩が直角に曲げられるならともかく、背中の刺された箇所を換気窓に押しあてるようなことは、物理的に不可能だ。

現実にはありえないことですが、仮に犯人が異様に腕の細い人間であり、被害者が異様に骨の柔らかな人間だったとします。換気窓を通してロンカルが、自分から望むようにして背中から心臓を刺されたとしても、まだ決定的な謎が残る。頭蓋骨の打撲傷は、床に転落した時ののだと仮定しても、それなら誰が、どうやって、背中に突き立っている凶器を始末できたんですかね。

ダッソーとジャコブに発見された時、屍体の背中から心臓を貫いている短剣の刃なんか、どこにもなかったんですよ。想定されるかぎりの、あらゆる実験をしてみたんですが、ロンカルが換気窓を通して刺された可能性はありえない。それが結論なんです」

犯人が屋上から、東塔の広間の換気窓までロープで躰をおろし、鉄格子ごしに被害者の心臓を背中から抉る……。わたしもカケルが、そんな可能性について検討しているのだろうと思った。

かれは一体、どうなってしまったんだろう。あの明晰きわまりない頭脳も、ついに耐用年限を過ぎたということなのだろうか。まるで耄碌しはじめた老人のようだ。瓦解した推理の残骸にしがみついて、見当違いなことを真剣に考えているらしいカケル。それを目撃して、わたしは自分の惨めさを見せつけられているような、ひどい屈辱感さえおぼえた。

ダッソー犯人説を撤回して、それでも失地回復をしようと夢中で足掻いているふうな、そんな情けない矢吹駆なんか、わたしは絶対に見たくない。それでも日本人は、ジャン＝ポールの説明に落胆した様子も見せないで、彼方の廃屋を指さした。

「警部、あの建物はなんですか」

「来月にも取り壊される予定の、老朽化した建物です。入居者の立ち退きも完了して無人になってる」

「ナディアの実験が終わったら、あの窓のところまで行ってみることにします。なにか興味深いものが、見つけられるかもしれない」

青年が注目しているのは、わたしたちの真正面よりもわずかに下になる、廃屋の五階の窓だった。かれは、なにを思いついたのだろう。でも廃屋見物をするよりも、わたしの実験のほうが先だ。そして実験が成功したら、もうカケルの新しい推理に出る幕はありえないのだ。ほんとうに気の毒だけれど、やむをえない。今日中に事件を終わらせてしまうことが、なによりも優先されるのだから。それが矢吹駆の身の安全のためなのだから。

さて、そろそろ実験に着手しなければならない。わたしは紙袋から、一束の細引と、物差しのように細長い鉄板をとりだした。鉄板は厚さ三ミリ、縦二十センチ、横三センチ。それは今朝、実験の材料として使うために、自動車修理工場の隅で見つけた品だった。修理工のクロードに頼んで、一方の端は尖《とが》らせてある。ジャン＝ポールが、わたしの手元を覗きこんだ。

「なんですかい、それは」

「短剣の模型よ。凶器の折れた刃は、だいたいこんなものでしょう」

「なるほど」ジャン＝ポールが顎をなでた。

鉄板の端のほうに細引の先をゆわえつける。ほどけないように三重四重に巻きつけ、それから固い結びめをつけた。大丈夫だ。勢いをつけて紐《ひも》を振ってみても、鉄板がぬけ落ちるような心配はない。

換気窓の真上にあたる手摺から、できるだけ身をのり出し、腕を前方に水平にのばして、そろそろと短剣の模型を下ろしはじめる。細引の先に結ばれた鉄板は、じきに石庇のところを通過した。それからが、少しばかり難しい。予想外の石庇のせいで、窓の様子を上から見ることができないのだ。

わたしは細心の注意で、細引を前後に、静かに揺らしはじめた。おもりがつけられている尖端の揺れが、しだいに大きくなる。なにか手応えがあり、揺れていた紐の動きが乱れる。窓の鉄棒に、短剣の模型が当たったのだろう。おもりが静止するまで待ち、わたしはまた、おなじ作業をはじめた。

前後の揺れから見て、鉄板は明らかに窓のなかに入っている。その瞬間、わたしは紐を二十センチほど繰りだした。揺らしていたときとは違う手応えがある。七センチ幅の鉄棒のあいだから、短剣の模型は窓の内側に入り、そして窓枠に載ったのだ。実験の最初の段階は、見事に成功した。わたしは、大きな息を吐いた。

「ジャン＝ポール、下に行きましょう。それと、部下をひとり呼んでね。実験を手伝わせたいの」

バルベス警部は、手摺から身をのり出して大声で叫んだ。「ボーヌ、三階まで来てくれ」まだ庭で、イザベル・ロンカルの屍体を探しているのだろう。たまたま東塔の真下にいたのは、わたしも顔見知りのボーヌ刑事だった。塔を見あげて、承知したという意味の言葉を叫び返してきた。

円形の穴に入り、狭苦しい階段を下り、また東塔の広間にもどる。細引の端は、屋上の避雷針に縛りつけておいた。

わたしは脚立で換気窓のところまで登った。鉄棒の内側に、紐でゆわえつけられた鉄片がある。それを手にして脚立をおり、ジャン＝ポールに声をかけた。

「ベッドの頭の方を持ちあげてくれる」

総身に知恵がまわりかねている巨漢の顔にも、しだいに真剣なものが漂いはじめていた。日本人は興味もなさそうな顔で、黙って実験の進行をながめている。もちろん楽しいわけはないだろう。自分の推理が土台から崩壊したあと、今度はナディア・モガールの勝利を、じかに目撃しなければならないのだから。でも、それはカケルの身を守るのに、どうしても必要なことなのだ。ジャン＝ポールが換気窓方向の、ベッドの端に腕をかける。苦もなく、腰のあたりまで持ちあげた。

「いいですかい、嬢ちゃん」

「少し待ってね、そのままで」

慎重に位置をえらんで、尖った尖端を床につけ、細長い鉄板を垂直にたてた。「下ろしてもいいわ」

ベッドの端が、そろそろと床に下ろされる。床に垂直にたてられた鉄板の上部が、ベッドの鉄枠にふれた。鉄枠には中央に、ボルトを締めるために作られている横長の凹部があり、それに鉄板の上部がぴたりとはまる。

「もう、手を離してもいいわ」

ジャン＝ポールがベッドから離れた。寝台は垂直にたてられた鉄板に支えられ、頭の方が二十センチほど宙に浮いている。第二段階も、わたしの実験は成功した。

「そうか、あとは屋上から紐を引けばよい。ボーヌ、屋上に行くんだ。避雷針に細引が巻きつけてあるから、おれが合図したら、そいつを引っ張ってもらいたい」

少しまえに広間に着いていた部下に、ジャン＝ポールが命じた。事情のわからないボーヌ刑事は、不審そうな顔で、それでも質問もしないで広間から姿を消した。ジャン＝ポールの興奮ぶりを見て、怖れをなしたのかもしれない。無用な質問などしたら、怒鳴りつけられてしまうだろう。

しばらくして、「着きました、警部」というボーヌ刑事の声が、換気窓を通して聞こえてきた。屋上から叫んでいるのだろう。

「いいわ、ジャン＝ポール」

「よし、引っ張れ」大声でバルベス警部が命じた。

たるんでいた細引が、屋上から引かれはじめた。ついにベッドを支えている短剣の模型と、頭上の換気窓を直線でむすぶようになる。ジャン＝ポールが真っ赤な顔で、また大声をだした。

「もっと引け、力を入れて引くんだ」

「駄目ですよ、警部。もう一センチだって、動きそうにない」

ベッドの重量で床に押しつけられている鉄板の上部は凹部にはまり、尖った下部は、無数にある敷石の小穴のひとつに喰い込んでいる。おまけに引かれた細引には、換気窓の入口と出口、石庇、手摺と、多くの角ができているのだ。その角ごとに摩擦力がはたらく。屋上からでは、大の男が渾身の力で引いても、短剣の模型は外れそうになかった。ジャン＝ポールが叫ぶ。

「よし。そこで待機してろ」

それから残念そうに、わたしに語りかけてきた。「失敗でしたな、嬢ちゃん。おじさんも一時は、成功すると思ったんだが。でも、頭で考えたにしては、なかなか立派な推理でした。床の方が問題ですな。もっと硬い素材で、平坦に磨かれた敷石なら、外れるかもしれないんだが。いや、短剣の上下を逆にしたら、どうだろう」

「駄目よ、ジャン＝ポール。表面が粗いし傷だらけの敷石なら、切っ先ですれた跡も目立たないけれど、鉄枠のほうに切っ先をむけていたら、はずれるときにベッドの裏側の塗料を剝がしてしまう。かならず傷が残るんですもの。ベッドの鉄枠にはどこにも、そんな新しい傷痕なんかできていない」

「まだありますな。模型の方には刃がついていないが、本物は、研がれたばかりの状態でカミソリみたいに切れそうだった。両刃ですしね、ある程度以上の力で紐を引けば、紐の方が切れてしまう。残念だが、実験は失敗ですね」

わたしは微笑した。「いいえ。わたしの実験はまだ、終わっていないわ。むしろ第三段階は、これで成功したの。そうでなければ、なぜ現場に五フラン硬貨が落ちていたのか、その理由がわからなくなるんだもの」

「なんですって」

「もう一度、ベッドを持ちあげてね」

ジャン＝ポールが、なにかぶつぶつと不平をもらしながら、それでもまた寝台に手をかけた。押さえつけていた力が消えて、鉄板が倒れそうになる。それを片手で支えながら、ポケットから出した五フラン硬貨を、わたしは床においた。巨漢が、また寝台を下ろしはじめる。

石床の上には硬貨があり、その硬貨の上に、鉄板の尖った先がふれている。わたしも緊張しはじめていた。いよいよ、実験も最終段階になる。結果は、どうなるのだろう。バルベス警部が、鼓膜の破れそうな声で、屋上の部下に命じた。

「ボーヌ。もう一度、引いてみろ」

わずかにたるんでいた紐が、瞬時にして直線状になる。硬貨が、床を滑りはじめる。そして、轟音。鉄板は細引に引かれて、ベッドの下から外れたのだ。支えを失った寝台は二十センチ分、床に落下して大きな物音をたてた。

「外れたぞ、外れた」

ジャン＝ポールが歓喜の声をあげながら、わたしの体を両腕で頭上に抱えあげ、ワルツでも踊るようにふり廻しはじめた。「やめてよ、ジャン＝ポール。お願いだから。そんなふうにされたら、眼がまわるわ」

そのあいだも鉄板は紐に引かれていき、壁づたいに、とうとう換気窓のなかに消えた。まもなくボーヌ刑事が、屋上で回収することだろう。

「何事ですか」

そのとき、戸口で中年の男の声がした。仰天した口調だ。臙脂のカーディガンを着て、緑縞のアスコット・タイを巻いている。カッサンの逮捕で追いつめられて、下の書斎に閉じこもっていたフランソワ・ダッソーが、物音に驚いて階段を上がってきたらしい。ジャン＝ポールがようやく、熊のようなダンスをやめにして、わたしを解放してくれた。そしてダッソーに、有無をいわせぬ口調で尋ねる。

「どうですかね。事件の時に聞いた物音と、同じだったでしょう」

「いいや。あの時の音は、もっと小さかったような気がするが」

「ま、昼と夜の違いもあるし、あんたの記憶違いかもしれん。今度は証拠品の短剣と硬貨で、もう一度やってみよう。その時は、ジャコブにも書斎にいてもらう。あんたは、下に降りてること。捜査中なんだから」

「そのマドモワゼルと東洋人も、警視庁の警官なのかね」じろじろと、わたしやカケルのことを眺めながら、ダッソーが皮肉をいった。

わたしは雨のなか、メアリを運転しなければならない可能性にそなえて、赤いエナメルのコートに、揃いのレイン・ハットを着けていた。カケルはジーンズに革ブルゾン姿で、どちらにせよ警官には見えそうにない。

「マドモワゼルは大学卒業後、警官になることが決まってる。今は研修中。日本人の方は、東京の警視庁から派遣されて、われわれの仕事ぶりを視察しているところ。捜査に立ちあうのに、何も問題はありません」

ジャン＝ポールは平然と、嘘八百を捲《ま》くしたてた。それを聞かされて、わたしは笑いをおさえるのに苦労した。肩をすくめて戸口に向かいかけたダッソーに、カケルが問いかける。

「ムッシュ・ダッソー。参考のために二、三、質問したいのですが」

「なんでも、どうぞ」投げやりにダッソーが応える。

「ロンカル氏を発見した時、あなたはジャコブ医師に勧められて脈をとったのですね」

「そうだ」

「本当に死んでいましたか」

「死んでいた。ロンカルの鼻に当てられた、ジャコブの眼鏡は曇らなかったし、喉にも胸にも、呼吸していることを窺わせる動きはなかった。それにジャコブが、小型の懐中電灯で瞳孔の散大を確認している。私も手首を握ってみたが、脈はなかった。私は脈をとりなれている。習慣で毎朝、血圧、体温、それに脈拍を自分で計るんだ。まさか、手首の違う箇所を押さえたとは思えない」健康志向の若い実業家が答えた。

「しかし、まだ体温はあった」

「そう。死んでから何分もたっていない屍体だった」

「もうひとつ。下男のグレが、新聞広告に応募してきたというのは、嘘ですね」

カケルが、すでに確認された事実ででもあるかのように、平然として憶測をならべた。ダッソーは憂鬱そうに、大きな吐息をついた。

「人のよいフランツを問いつめて、無理にも喋らせたんだろう。そう、彼は、かつて父の命を救った男だ」

ダッソーによれば、それは一九四五年一月の、脱走事件の翌日のことだという。飢餓のために衰弱したエミール・ダッソーは、ほとんど半死半生で、それでも雪に埋もれた森の奥をよろめくようにして走っていた。仲間とはぐれ、方向を失って。

いまにも倒れそうになりながらも、夢中で走り続けていたのは、犬の吠える声が接近していたからだ。逃亡した囚人を追跡している、髑髏団の追跡者に違いない。

必死で逃げたのだが、それでも最後には追いつめられてしまった。粗野な顔をした武装親衛《ヴァッヘン・エス》隊《エス》の兵士が、あえぎながら雪の大地にくずおれた惨めな脱走囚人めがけて、警備犬ドーベルマン・ピンシェルを放った。

絶望し、死の運命を覚悟したダッソーを守るように、そのとき木陰から、粗末な野良着の男があらわれた。残忍な牙をむき、大きく跳躍してダッソーに跳びかかろうとしていたドーベルマンは、首を切りとばされて大地に落下した。男が、手にしていた斧を横にないだのだ。

ダッソーは男に叫んだ。犬を殺された兵士が、動転しながらも銃口を、男のほうに向けようとしていたからだ。男は振りむきざま、手にした斧を中空に放った。次の瞬間、ドイツ兵は胸板に斧を喰い込ませて、大地に倒れこんだ。

「チェコ人のフランツは、ドイツのズデーテン併合で故郷を奪われ、職を求めて南ポーランドまで流れてきた農民だった。そんな事情で戦争中は、コフカ村の農家に雇われていたんだ。

戦線が接近してきたことを知り、雇い主の一家は危険を避けて、森に身を隠すことにした。フランツも一緒だった。警備犬の声を聞いて雇い主は、フランツに事情を確かめてくるように命じた。そして、まさに噛み殺されようとしていた父を、森のなかで偶然に見つけたんだ。

フランツはドーベルマンを殺し、そしてドイツ兵までをも殺して、父の命を救った。ナチに故郷を奪われたフランツだから、ドイツ兵を殺すことに躊躇はなかったという。それに明日にもソ連軍が進攻してきて、コフカ地区を解放するだろう。ドイツ兵を殺しても、それで追われるような心配もない。

森の奥の、雇い主のところに戻ろうとするフランツに、父は身分とパリの住所を告げて、戦争が終わったら連絡してほしいと頼んだ。その時には、貧しいチェコ人の農夫には想像もつかないような、巨額の謝礼をすることもできるだろうと。

戦争は終わったが、フランツからは音沙汰がなかった。父も命の恩人のことを忘れかけていた頃、ふらりと彼は邸にあらわれたのだ。その時のことは、まだ私も覚えている。

ドイツの敗戦でチェコに戻ったグレだが、今度は共産化で、また故郷を追われる羽目になった。父は多額の謝礼をした上で、フランツの要望に応えて、邸の使用人として雇い入れることに決めたのだ。

それ以来フランツは、本当によく尽くしてくれた。二年ほど前に心臓発作で倒れた時には、もう引退したらどうかと勧めたんだが、働き者のことで仕事をやめようとはしない。引退後の生活を支える程度の蓄えは、充分以上にあるんだがね」

「どうしてそいつを、今まで隠してたんだ」ジャン＝ポールが、ダッソーの話に出てきたドーベルマンさながらの唸り声をだした。

「コフカという地名に、モガール警視の関心が向かうのを警戒したんだ。それでフランツには、父との関係を喋らないよう命じた。あの忠実な老人を責めないでほしい。警察に嘘をついたのも、私の指示に従った結果なのだから」

ロンカルの正体がナチ戦犯であり、ダッソー邸の主人と滞在客がコフカ収容所の囚人、あるいは囚人の子供であるという事実が露顕した瞬間に、警察はロンカルの誘拐と拘禁の動機を発見する。それを避けるためにダッソーは、事情聴取でもコフカの地名が出ないことを望んだ。カッサンもジャコブも、それぞれ問いつめられるまではコフカとの関係について口を噤んでいたし、おなじ理由でグレにも沈黙を守るよう命じたのだ。

カケルの誘導で、すでにグレが喋ったのだと思いこんだにせよ、ダッソー自身が、父親とグレの出逢いについて語る気になったのは、すでにコフカに関係する事実を警察に摑まれたあとだからだろう。

もはや、それについて隠し続けても、なんの利益にもならない。ダッソー、ジャコブ、カッサン、それにクロディーヌの四人が共謀して、コフカ収容所長だったフーデンベルグを拉致し監禁したのは、もはや疑いえない事実なのだ。

チェコとポーランドは国境を接している。チェコ人の農夫グレと、フランス人の富豪エミール・ダッソーに接点がありえたなら、たぶんそれはコフカ周辺だったろうと推理したカケルの慧眼には、やはり感心させられる。パパもジャン＝ポールもわたしも、そんなことなんか、まるで思いつきもしなかったのだから。

　でも、グレがダッソー邸に雇われるにいたった経過が判明したにせよ、それがなんだというのか。動機という点では、グレにも犯人でありうる可能性が生じたともいえる。死んだ主人エミールに代わり、グレが復讐を代行した、などなど。しかし、ダルティ夫人やダランベールと同様に、グレにも、ロンカルを殺害できるような条件はあたえられていないのだ。カケルは、なにを考えているのだろうか。

　ジャン＝ポールが鷹揚な顔をして、しきりと眼で合図をする。なにか質問があれば、尋ねてみろとサインを送っているのだ。実験の成功で、わたしにたいする態度が、掌を返すように変化していた。

　心地よい勝利の気分にひたりながら、わたしは無造作にかぶりをふる。ダッソーに質問することなんか、なんにもない。あるわけがないだろう。犯人はクロディーヌなのだから。ダッソーの証言に興味を示すなんて、カケルはまだ、撤回したはずのダッソー犯人説に固執しているのだろうか。青年がなにを考えているのか、わたしには推測することさえもできなかった。

　心身の消耗のため、やつれてダンディな外見がだいなしのダッソーが、力ない足どりで戸口から姿を消した。自由の身でありうるのが、あと数日にすぎないことを自覚している、なかば以上も囚人のような後ろ姿だった。

「カケルさんも今回は、少しばかり間違えたようだ。どうやら、嬢ちゃんの推理通りですな。主犯はクロディーヌ。カッサンが共犯。もうカッサンの身柄は押さえたし、クロディーヌだって二、三日うちには捕まえてやる。事件は解決したも同然だ。パパも喜ぶでしょうよ。でも、どうしてクロディーヌはロンカルを殺したんですかね」

ジャン＝ポールが、先生に疑問を質す生徒の立場で尋ねる。わたしは長いこと待望していた名探偵の謎ときを、ジャン＝ポールとカケルを相手にして、おもむろに語りはじめた。演説の聴衆は名探偵の矢吹駆であり、そして事件を担当している警視庁の副責任者だ。パパがいないのは残念だけれど、それでも場所は、事件の起きた森屋敷の密室。聴衆も舞台も、ほとんど完璧にしつらえられていた。

「カケルは最初、事件の支点にあたる現象は密室だと考え、それを撤回して今度は、『宙吊りにされた死』が支点なんだと主張している。でも、わたしは違うと思うのね。もしも支点があるなら、それは折れた短剣をめぐる謎だわ。

なぜ犯人は、わざわざ、あんな奇妙な凶器を使ったのか。おまけに柄は残して、折れた刀身のみを持ちだしたりしたのか。その謎が解ければ、事件の全貌が見えてくるはずだと、わたしは考えたの。

ダッソー邸の主人と客の四人組が、脅迫者のルイス・ロンカル、つまりコフカ収容所長で南米に逃亡していたヘルマン・フーデンベルグを拉致した。目的は、脅迫の材料である古い写真を奪いとることだわ。誘拐の実行犯はカッサン。それも、もう証明されたも同然ね。

問題はカッサンが、フーデンベルグの誘拐に成功したあとに生じた。仲間われが起きたのね。誘拐の実行犯であるカッサンをはじめ、ダッソーもジャコブも、フーデンベルグに写真を吐きださせて、脅迫者から恐喝の武器をとりあげてしまえば、それで充分だと考えていたのに、たぶん学生で過激派のクロディーヌひとりが復讐を、私的な処刑を強硬に主張した。議論は紛糾して、二十九日の夜までもつれこんだんだわ。

シオニストの学生過激派であるクロディーヌは、ひそかに、ナチ戦犯を狩りたてるのが任務のイスラエル情報機関と接触していた。たぶん、ほかの三人には秘密でね。クロディーヌは、イスラエル大使館のツァイテル・カハンに事情を話した。

クロディーヌから情報をえたカハンは、フーデンベルグを処刑し、妻のレギーネを拉致するための計画を立案したんだわ。それで、カハンの配下ダニエル・コーヘンが乗った盗難車が、二十八日からダッソー邸の周辺を徘徊しはじめた。

フーデンベルグに食事を運んでいたのは、クロディーヌとカッサンのふたり。やろうと思えばクロディーヌには、東塔の鍵の型をとり、複製をつくることもできたはず。カハンの指示で、フーデンベルグの妻レギーネと接触したクロディーヌは、夫の身柄と交換に恐喝用の写真を渡せと交渉した。クロディーヌは五月二十八日に外出してるわ。そのときに合鍵を調達したり、レギーネとの接触をすませたりしたのでしょう。

イザベル・ロンカルことレギーネ・フーデンベルグには、その交渉に応じるしか、可能な選択肢はあたえられていない。それで契約は成立したの。鍵の複製を手に入れ、道具小屋からロープを盗みだしたクロディーヌは、ロンカルに食事を運んだ直後に、イザベルに電話をしたんだわ。七時半に裏木戸からダッソー邸に入り、四阿で待つようにと」

ジャン＝ポールが大きくうなずいて、話を引きとる。「わかりましたよ、おじさんにも。後は、一昨日の嬢ちゃんの推理が生きてくる。薬をとりに行くようなふりをして、夕食の席を外したクロディーヌは、裏口から庭に出た。そして七時十分過ぎに、裏木戸の内錠を外し、また食堂に戻る……」

その直後にコーヘンは、ダッソー邸の敷地に侵入して、四阿で網を張ったのだ。でも、裏木戸の錠を下ろしてしまうことはできない。七時半にイザベルが到着したとき、木戸は開かなければならないのだから。待つあいだにコーヘンは、煙草を三本吸った。

森屋敷の裏道でタクシーを降りたイザベルは、写真を入れたハンドバッグをかかえて四阿に急いだ。待ちかまえていたコーヘンは、殴りつけたか薬物でも使用したのか、ようするにイザベルを失神させ、その意識を奪った。そして、裏通りに駐車されていたルノーに運びこんだ。

そのあとコーヘンが、また邸内に入り、裏木戸の内錠をかけ、さらに塀を乗りこえたりしたのは、深夜に邸内で予定されている、ロンカル処刑に支障を生じさせないためだろう。事実として、ダランベールが八時にそうしたように、裏木戸の施錠を確認しようとする人間がいるかもしれない。結果として、邸内に侵入者がいるというような騒ぎになれば、そのあとに控えているロンカル殺しの計画が、実行困難にもなりかねない。

「でもね、嬢ちゃん。調理室の窓から目撃された人影は、どう説明できるんですかい。四阿から裏木戸に行くのに、なにも調理室の前を通る必要はない」

「わたしにも、わからないわ。モニカ・ダルティも、錯覚だった可能性はありうると証言してるんだし、あまり気にすることはないと思うの」

十一時半にクロディーヌは、サロンから二階にあがった。でも、寝るために客室に戻ったのではない。かの女はカッサンの部屋に忍びこんでハンカチを盗み、しばらくして東塔の屋上に登った。そこで、折れた短剣の刀身を紐にゆわえて、換気窓に入れた。

「さっき、わたしが実演して見せたようにね。それから時間をみて、合鍵で塔の広間に入った。驚いてるロンカルを尻目に、換気窓まで攀じのぼり、短剣の刀身を回収する。それで、驚愕して逃げまどうルイス・ロンカルを刺殺した。倒れたボリビア人は、後頭部を石床にぶつける。倒れたときの音は小さくて、そこに人がいたとしても、たぶん書斎にまでは響かなかった。

クロディーヌは短剣の柄をベッドの下に投げいれ、寝台と刀身と硬貨を利用した物音トリックの準備を終えて、また屋上にあがる。もちろん、広間の鍵をしめ、差し錠も残らず下ろしてね。そして十二時七分に、不吉な叫び声をあげながら、屋上で紐を引いたのよ。硬貨が床をすべり、短剣の刃が倒れ、支えをなくしたベッドが落ちて、床に轟音が響いた。さっきのようにね。

クロディーヌは、さらに紐を引き、刀身を屋上に回収した。それから階段を降りたの。ダッソーとジャコブが広間で、ロンカルの屍体を検分している隙に、クロディーヌは塔のホールに入り、鉄扉の差し錠を下ろしてから、足音を忍ばせて階下に降りたんだわ。

ジャコブが、鉄扉が施錠されていると確認したのは、広間から書斎に戻るときなんですもの。それ以前に、もしも内錠が外れていても、目撃者は存在しない。そもそも仰天するような物音がして、何事かと、たしかめに現場にきた人間が、事前に屋上に通じる扉の錠のことなんか調べるわけがないんだもの。

それでクロディーヌは、動転しているふたりに気づかれないで、無事に姿を消すことができたの。二階に降りたクロディーヌは、寝室に駆けこんでベッドにもぐりこんだ。そうして、雨の密室は完成された……。

凶器にナチの短剣を選んだのは、ロンカルが仲間われで殺されたのだと、警察に信じさせるためだわ。犯人はナチの残党だろうと。でも、折れていない短剣を使うのは不可能だった。なぜかわかるかしら、ジャン＝ポール」

大男が額に皺をよせて呟いた。「折れていない短剣は使えない。なぜだろう……」

「鍔よ。鍔がある短剣では、換気窓の鉄棒にひっかかってしまう。凶器としてのみならず、物音トリックの種にも使わなければならない短剣には、鍔があってはならないんだわ。それに刃を回収してしまう必要がある。もしも、紐がついた刃が現場で発見されたりしたら、だれでも物音トリックの存在を疑いはじめるもの。

でも、そんなふうにして刃を回収してしまえば、今度はナチ残党に罪をなすりつけるという計画が、崩れてしまう。それでクロディーヌは、短剣の柄のみ現場に残したんだわ。もう一本、もしも折れていないナチの短剣があれば、それを凶器として使って、そのまま現場に残したかもしれない。でも手元には、あの折れた短剣しかなかった。

クロディーヌが自供すれば、わかると思うんだけど、もともと短剣はロンカルが持っていたものだと思う。あの短剣はコフカ収容所長だったときの、フーデンベルグの所持品だったのかもしれない。どんなわけか誘拐されるときも、たぶん折れた短剣を身につけていた。それをクロディーヌが、偶然に見つけて取りあげたのね。短剣を見つけたのが先で、それを犯行に利用できると思いついたのは、そのあとのことでしょう。

ようするに、折れた短剣をめぐる謎について徹底的に考えぬけば、事件の全体像はひとりでに浮かんでくる。わかるでしょう、ジャン＝ポール。でも、わたしはカケルが教えてくれた方法を、たんに適用してみたにすぎない。今度はたまたま、わたしのほうが先に答えを見つけたんだけど、カケルだってきっと、今日か明日にはおなじ結論にたどりついたに違いないわ」

わたしは悄気《しょげ》ているだろう日本人のために、遠慮ぶかい言葉を口にした。それなのにカケルは、まるで他人事《ひとごと》のように冷淡な顔をしていた。感謝の気持など、小指の先ほども窺えないのだ。それには、さすがのわたしも、少しばかり腹立たしい気分になった。どうして、こんな偏屈な日本人を好きになったりしたんだろう、ほんとうに。

「完璧ですよ、嬢ちゃん。おじさんは感心しましたな。でも、あと少し説明してもらいたいんですが、なぜカハンの手先は、裏通りでタクシーを降りたばかりの婆さんを、そこで拉致するよう計画しなかったのか。

その後なぜ、イザベルに殺人事件のことを警察に通報させたのか。車ですからね、駅前の公衆電話まで走るのは簡単でしょうよ。真夜中なら婆さんを脅して、公衆電話をかけさせるのも可能だろう。それでも、どうしてその後にまた、邸の裏通りまで戻ったりしたのか。パトロール車が門前に到着してから、泡を喰って逃げ出したのか。

　それにもう一点。クロディーヌは、なんでロープを用意したんですかね。最初の推理ではクロディーヌは、四阿でイザベルと、本当に写真とロンカルの身柄を交換するつもりだった。そのためにロープが必要だった。そうでしたよね。しかし、今の話ではクロディーヌには、窓から庭に降りる必要はないんじゃないですかい。

　最後になぜ、カッサンのハンカチを盗んだのか。嬢ちゃんの説明によれば、クロディーヌは事件をナチ親衛隊の残党の仕業に見せかけようとした。そうですな。それなのに、ナイフの刃にカッサンのハンカチを巻いたまま池に棄てるというのは、おじさんには納得がいきませんな。それではまるで、カッサンに濡れ衣を着せようと計画していたようだ。もしもそうなら、今度は、わざわざ現場に短剣の柄を残した理由がわからなくなる」

「ジャン＝ポールの疑問についても、説明はできると思う。ダッソー邸の裏通りだって、まだ七時半のことよ。通行人があるかもしれないし、車が通るかもしれないわ。拉致現場を目撃されたくなければ、ダッソー邸の森のなかを舞台にしたほうが安全じゃない。

　レギーネに電話させたのは、推測になるけれど、フーデンベルグの処置をめぐりダッソーと深刻に対立したクロディーヌが、ダッソーのことを憎みはじめていたから。ダッソーを困った立場に追いこんでやろう。そんな気持が、事件を警察に密告させるようしむけた。

もうひとつ、レギーネ・フーデンベルグに密告の電話をかけさせたあと、なぜルノーがダッソー邸の裏に戻ったのかといえば、結論は明瞭だわ。そもそもルノーは、裏木戸からぬけ出して来る予定のクロディーヌを拾って、それから姿を消す計画だった。クロディーヌがロープを用意していたのも、そのため。グレやダランベールに見咎《みとが》められないよう、窓から庭に降りるつもりだったのね。

でも、その計画が狂ったの。ダッソー邸の至近距離に、偶然パトロール車がいたものだから。予定していたよりも何分か早めに、邸は警察に封鎖されそうな雲行になった。焦ったコーヘンは逃走し、ロンカル殺しの犯人クロディーヌは、危険なダッソー邸にとり残された。翌日の夕方、ルノーが強引にクロディーヌを救出したのは、そんな背景があったからじゃないかしら」

「それで辻褄は合う。残るのは、カッサンのハンカチの件ですな」

「クロディーヌの計画どおりに事態が進行したら、どんな結果になったと思う」

「現実の事件の進行と、それほど変わりばえはしませんな。クロディーヌの逃亡が、十六時間ほど早まった程度の違いしかなさそうだ。フーデンベルグを片づけた直後に姿を消そうというのが最初の計画だったが、実際にはクロディーヌの逃亡は、三十日の夕方まで延期された」

「それと、もうひとつ。警察は親衛隊の短剣を現場で見つけて、犯人がナチの残党だろうと考えたかしら」

「いいや。屍体の腋《わき》の火傷痕《やけどあと》など他の暗示と合わせて、あるいはボリビア人ロンカルは、南米に隠れていたナチ戦犯ではないかと疑いはしましたがね」

「だれでも、そう思うわ。ナチ残党の仕業に見せかけるというのは、捜査陣を混乱させるための疑似餌なのよ。ほんとうに魚が喰いつくとは、犯人も信じてはいないような。それでも多少の効果は期待できる。魚は半信半疑で、しばらくのあいだ疑似餌のまわりを泳いでいるかもしれないし。それはそれとして、クロディーヌが逃亡しても、フーデンベルグ殺しの最有力の容疑者であると警察が断定しなかったのは、なぜかしら」

「殺し方が、どうにも判らなかった。それが最大の理由ですが、もう一点、池から凶器が発見されたからでもある。逃げたクロディーヌと同じほど、カッサンも疑わしいということになった」

「そうだわ、ジャン＝ポール。逃亡したクロディーヌ、凶器に巻かれていたハンカチの持ち主カッサン、それに共謀してフーデンベルグを殺害できたダッソーとジャコブ。四人のだれもが、それぞれに疑わしい。結果としてクロディーヌは、容疑者の森のなかに隠されてしまう。最初から、それが狙いだったのよ。最初に疑似餌を、次に容疑者の群を警察に提供する。結果としてクロディーヌは、現場から逃走しても最重要の容疑者として注目されることはない……」

　わたしは語りおえた。ジャン＝ポール・バルベスが賞賛の表情で、わたしに何度も何度もうなずきかけた。そう、これで終わったのだ、ダッソー邸の密室事件は。まだ自分の推理に執着して、わたしの勝利を認めていないらしい、無自覚で高慢ちきな日本人の身を守るために、わたしが終わらせてあげた。もうカケルがニコライ・イリイチと、森屋敷の事件の周辺で、偶然に顔をあわせるような可能性は消えたと考えてもよいだろう。

自分が解決したという勝利の快感より、とにかく事件を終わらせたという安堵の気持のほうが、はるかに大きなものに感じられた。わたしはふと、圧倒的な解放感に包まれている自分を見出していた。パリに戻ったカケルと最初に逢った日から、濃淡はあれ一日も去ることのなかった根深い不安感が、いつか拭《ぬぐ》ったように消えていたのだ。生まれ変わったような新鮮な気持で、わたしは胸一杯の深呼吸をしてみた。

2

東塔の広間をあとにして、わたしたち三人は二階の通路まで降りた。ダッソーの書斎のドアは拒絶的に鎖され、室内からは物音も聞こえない。ロンカル殺害とイザベル失踪については、フランソワ・ダッソーは無実だ。ロンカルの監禁だって、好きでやっていたのではないだろう。クロディーヌに迫られて、たぶん、仕方なしにそうしていた。

逮捕され裁判になっても、それほどの重刑が科せられるとは思えないが、それでもダッソーには致命的な打撃になりうる。かれの逮捕は大変なスキャンダルをひき起こすだろうし、その結果として、事業家としての社会的生命も危機に瀕するに違いない。切迫している逮捕の可能性を憂えて、ダッソーが意気消沈していても、少しも不思議ではない。

二階ホールまで来て、ジャン＝ポールが窓際におかれた椅子に腰をすえた。わたしも、そしてカケルも安楽椅子に腰かける。窓からはダッソー邸の森の彼方に、雨雲の垂れこめた暗鬱な午後の空がながめられた。東翼の前面に造られた花壇で、庭仕事をしている青い作業衣の男の姿が見える。たぶん亡命チェコ人の、フランツ・グレゲローヴァだろう。

ダッソーが語っていた、その老人の数奇な生涯が、ふと脳裏に甦った。ナチズムと共産主義。ふたつの全体主義に二度にもわたり故郷を奪われて、最後にはパリにまで流れついた、老いたるチェコ人の生涯。

「ところで、カケルさん。あんたはまだ、嬢ちゃんの推理に納得してないふうだ。隠したって駄目ですぜ。ちゃんと顔に書いてある。明日にでも証拠品の短剣と硬貨で、正式の実験をしてみるつもりです。誘拐したレギーネ・フーデンベルグの処置についてコーヘンが自供し、クロディーヌを逮捕できたら、それで事件は解決。わたしはそう思うんだが、カケルさん、違うんですかね」

ジャン＝ポールが、またしても警察犬本能を発揮している。この種の連中は、真実というような高級な理念など、はじめから持ちあわせていないのだ。追わなければならない複数の線が、目の前にあるのみ。いまのところ、わたしの推理が最上のものであることは認めながらも、それはバルベス警部にとって、たんに最有力の線であるに過ぎない。念のために、ほかの線も押さえておこうというのが、骨の髄までしみついた警察犬本能なのだ。

わたしの顔をみて、青年が微笑した。「ナディア、君はダッソー邸の事件をめぐる諸現象に、はじめて統一的な解釈体系を提出しえた。モニカ・ダルティが目撃した裏窓の人影とか、まだ齟齬は二、三あるにせよ、それは瑣末なものだろう。司法警察は本気で君のことを、トレードしようと考えるかもしれないな」

「駄目ですよ、カケルさん。そんなふうに誤魔化そうとしても。あんたは嬢ちゃんとは違うことを考えてるんだ、絶対に。ダッソー犯人説は撤回したそうだが、なんか違うことを思いついたんでしょうが。男の約束ですぜ、今回は考えたことを全部、私に教えてくれるってのは」

ジャン＝ポールが高利貸しさながらに、契約の履行を迫る。わたしはカケルの言葉を、素直に嬉しいと感じた。さっきは高慢ちきな臍まがりだと思ったけれど、それは誤解だった。ようやくカケルも、わたしのことを対等に扱うような気になったのだ。淡い幸福感が心の底から湧きだして、わたしを陶然とさせた。

「ナディアが折れた短剣を事件の支点として、その解釈体系を組み立てたのも、現象学的な犯罪推理の方法と無関係ではない。惜しまれるのは、折れた短剣なる現象の本質を直観して、それと提出された解釈体系を突き合わせ、吟味する作業がなされていない点だね。それは、ナディアの宿題ということにしよう。

それでも、僕が二度めに選びなおした事件の支点と、君が選んだ支点は違っている。選ばれた支点が異なれば、その本質に導かれる解釈体系も、そして結論もまた異ならざるをえない。

折れた短剣から出発したナディアの解釈体系が、首尾一貫していることは承認するけれど、まだ僕は『宙吊りにされた死』が、ダッソー邸の事件の支点的現象であると信じているんだ。その観点から、君の解釈体系に匹敵するものを編みあげられるか、どうか。そのために僕も、少しばかり努力してみたいと思う。これから一時間ほど、付きあってもらえないかな」

「いいわよ。でも一時間ね、カケル」

矢吹駆をメアリに乗せて、できるだけ早くダッソー邸から連れだしたいというのが、わたしの本音だった。できれば前と後ろを警察車に護衛させて。それで、一時間ならと念をおしたのだ。ロンカルが死んだ家には、ニコライ・イリイチの不吉な影がさしている。そんなところに、カケルと長居なんかしていたくない。

であるにせよ、日本人にも機会はあたえられて然るべきだろう。事件の支点的な現象の選択において、折れた短剣を選んだ観点が優位であると、あらかじめ決められているわけではない。それは、たしかにそうなのだ。カケルが『宙吊りにされた死』を選んだ観点から、ナディア・モガールの解釈を超える解釈を組みたてられるなら、わたしはいつでも自説を撤回する。

そのために一時間ほど必要だというカケルの要求は、正当なものだ。それにバルベス警部の護衛つきなら、ダッソー邸の界隈をうろついていても、それほどの危険はないだろう。もしもイリイチがあらわれたら、ジャン＝ポールに捕まえてもらえばよい。本物の灰色熊とおなじことで、かれならテロリストの弾を二、三発ほど喰っても、そう簡単には死にそうにないんだから。

「そいつは結構。私もひとつ、カケルさんに付きあおうじゃありませんか」バルベス警部が、いかにも嬉しそうに両掌を揉《も》みあわせた。

「でも、ほんとうに一時間よ。そのあいだに、あなたが事件のあらゆる現象を説明できる解釈体系を確立するか、でなければ、わたしのそれを覆すような新事実を見つけること。それが条件よ。あと一時間したら、一緒に帰るのよ」

「いいとも、ナディア。一時間で充分だろう。モガール警視が気にしていた三重の密室は、やはりフーデンベルグ殺人事件にとって、きわめて重要な要素だった。それを確認したいんだ」

「どういうことなの。あなたはもう、事件の支点的な現象は、密室性じゃないと結論したんでしょう」

「支点ではない。それでも、きわめて重要な部分をなしているんだ。それについて考察を終えなければ、僕の推理は完成しえない。森屋敷の密室は、どうやらメビウス状に捩《ね》じれていた」

「メビウス状の密室……」わたしは呟いた。

「そう。密室から出ることが密室に入ることになる、メビウス状に捩じれた密室」

「私には判りませんがね。なんですか、そのメビウスってのは」ジャン＝ポールが、不満そうな顔で質問した。

「あなたって、ほんとうになんにも知らないんだから。メビウスの輪は、三次元的にねじれながら二次元的に連続している輪のことよ」

わたしの説明を聞いて、ジャン＝ポールが大袈裟に感心している。「そうですか。細長い紙を半回転ぶん捩じり、それを繋ぎあわせて輪にするんですな。確かに裏も表もない連続体になる。でもそれが、密室の謎となんか関係あるんですか」

「メビウスの輪は三次元的にねじれながら、二次元的に連続しているんだけど、カケルが考えてるのは、四次元的にねじれながら三次元的には連続している空間でしょう」青年がうなずいた。ジャン＝ポールに、わたしは説明を続ける。「長い廊下を考えてみて。それは四次元的にねじれているけれど、三次元的には、そのねじれを認識できない。平面人がいるとして、かれにはメビウスの輪の三次元的なねじれが、絶対に認識できないようにね。

ようするに人間には、その廊下はまっすぐなものに見える。廊下の突きあたりには扉があるの。振りかえると、反対方向にもおなじような扉がある。廊下を進んで、突きあたりの扉をあけると、その先にもおなじような廊下が続いていて、おまけに突きあたりの扉を開けながら、その先を覗きこんでいる人間の後ろ姿が見えるわけ。それは自分の背中なのよ。

四次元的にねじれながら三次元的に連続している空間は、まさに完璧な密室だわ。人間は、その内部から絶対にぬけ出ることができない。密室から出ようとして扉を開けてみる。そしてかれは、密室から出ることで、また密室に入るの。メビウス状の密室って、つまりそういうことでしょう、カケル」

「そうだよ、ナディア。そしてダッソー邸の三重密室は、三次元的には制作が不可能である四次元的に捩じれた密室を、ある意味で結果的に構成しているんだ」カケルはジャン＝ポールの顔を見て言葉を続ける。「しかし、メビウスの密室はまだ、僕の仮説に過ぎません。それはそれとして、二日前の夜に、とんでもない出鱈目《でたらめ》を喋ったことの代償になるかどうか、バルベス警部にも興味がありそうな事実を、一時間のあいだに、たぶん見つけられるだろうと思いますよ」

いつもながら、聞かされる人間が鼻じろむほどの自信だった。たとえ矢吹駆でも、たった一時間で、そんなことなんかできるわけはない。そう思いながらも自分の確信が、どこかでかすかに、揺らぎはじめたようにも感じていた。

カケルが物事を断定的に語るとき、それがどんなに信じられないようなことでも、あとから考えて誤っていたという事実は、かつて一度もないのだ。たしかに一昨日の夜は、カケルも間違えた。でもあのときは、わたしでもジャン＝ポールでも察知できるほどに、カケルの態度は自信なさそうに見えた。もしも写真の件がなければ、最後まで慎重に口を閉じていたに違いない。

いいわ、カケル。あなたが、まだ矢吹駆であることを、わたしに証明して頂戴。ナディアに負かされるようなカケルなんて、カケルじゃないんだから。わたしは心のなかで、そう呟いていた。ジャン＝ポールが、日本人に問いかける。

「よろしい。それでカケルさん、何からはじめますかね」

「あの老人が、アンリ・ジャコブですね。あの人に二、三、質問したいのですが」

そのとき部屋から、東翼の通路に出てきた老人を示して、カケルが応じた。やせて小柄な白髪の老人は、格式のあるダブルの背広を着ていた。皺だらけの顔に、山羊髭をはやしている。

「あんた、少しばかり時間を貸してくれ。坐って貰えないかね」

二階ホールのほうに歩いてきた老人に、ジャン＝ポールが胴間声で呼びかけた。不審そうな顔で、ジャコブ医師が最後の椅子に腰をおろした。バルベス警部が老人を相手に、またしても、カケルとわたしの身分にかんする出鱈目を喋った。

どうやら素敵な冗談だと思いこんでいるようだが、もしもパパに知られでもしたら、ジャン＝ポールは大目玉を喰わされるに決まってる。そんな嘘八百は、あまりふれ廻らないほうがよいのにと、わたしは少し心配しながら思った。

銀縁眼鏡をかけたユダヤ人の老医師に、カケルが確認する。「東塔の広間で倒れているロンカルを発見した時、本当にもう死んでいたんですね」

「間違いはない。何をもって人間の死とするか、それが問題になるじゃろうが、昔からの死の三大徴候は、疑問の余地なしに揃っていた。心臓も呼吸も止まっていたし、瞳孔は散大していた。だが、そんな常識的な検査をしてみるまでもありませんでした。最初に見た瞬間、わしには判りましたのですじゃ。どんな手当ても拒んでいる、もはや向こう側に行ってしまった存在であることが」顎髭をしごきながら、ジャコブ医師が答える。

「警察の遺体解剖でも、後頭部の打撲傷と、心臓の刺し傷のいずれが致命傷なのかを決定できないらしいんですが、それについてどう思われますか」

わたしはうなずいた。その質問がでるに違いないと、あらかじめ予想していたからだ。カケルが指摘するところの事件の支点的な現象、つまり永遠に死に追いつけない死、死ぬこともできないで宙吊りにされた死とは、ロンカルの死を意味している。そうとしか考えられない。

ルイス・ロンカルことヘルマン・フーデンベルグの死は、ふたつの死因のあいだで宙吊りになっている。どちらが先であるにせよ、いずれも致命的な打撲傷と刺し傷のあいだでフーデンベルグの死は、何秒か何分かのあいだ、曖昧な宙吊り状態におかれていたのだ。カケルが強調する死に追いつけない死は、フーデンベルグの死において実現されていたともいえる。厳密にいえば事件の支点的な現象は、頭部に打撲傷を、心臓に刺し傷を負った屍体であり、その本質直観された意味が、『宙吊りにされた死』ということになるのだろう。

　ガドナス教授と矢吹駆の議論では、瀕死のフーデンベルグは〈ある《イリヤ》〉を、あの不気味な存在の夜を体験した。〈ある〉が、ロンカルの宙吊りにされた死という場所に、グロテスクにあふれ出たのだともいえる。

「そういうことも、あるじゃろう。わしも長い医者生活で、何度か、同じような事例に出喰わしたことがある。たとえば、フランソワの父親じゃ。もうフランソワから聞かされたと思うが、エミール・ダッソーは西塔で死んだ。それも自然死ではない。呼ばれて駆けつけたわしは、事故死として処理したのじゃが、それにも疑問はあった」

「どんな疑問ですか」わたしが問いかける。

「エミールは、どうやら自殺を謀ったらしい。手首には、剃刀《かみそり》の切り傷があった。動脈が切り裂かれていたんじゃ。多量の失血のため、ダッソーは死ぬ運命にあった。ところで彼は、どうやらパノラマの囚人病棟の屋根で、手首を切ったらしい。エミールは、屋根から転落した状態で発見された。わしが診たところロンカルと同じことで、頭蓋骨にも致命的な損傷があった。それも、ある程度の時間が経過すれば、確実に死に至るだろう致命傷じゃ。

　エミールは失血死したのか、それとも頭蓋骨の骨折で死んだのか。それは、わしにも最後まで判断できんかった。それでわしは、事故死の診断書を書いた。嘘を書いたのではない。それが嘘なら、自殺と書いても、やはり嘘になる。

フランソワが警察に手を廻して、エミールの遺体は解剖にも付されることなしに埋葬された。解剖しても、同じことじゃろう。エミールが自殺したのか、それとも事故で死んだのか、それは誰にも決められんことなんじゃ」

わたしは、ジャン＝ポールの表情を窺った。ジャコブはダッソーが、もう父親の死の真相を警察に明かしたのだと信じこんで、それについて語ることにしたようだが、そんな話はバルベス警部にも初耳だろう。

しかし老いたる警察犬は、さしてジャコブの話に関心もなさそうな顔つきをしている。事件には、直接に関係のない事実だと考えているに違いない。わたしにしても興味を惹かれる逸話であるにせよ、それがロンカル殺しの謎と関係しているとは思えないのだが。例外はカケルで、無意識に前髪をもてあそびはじめていた。

「でも、わしはな、二つの死のあいだで宙吊りになった死なら、おのれ自身が体験したようにも感じられるのじゃ」

「コフカで……」カケルが低い声でいう。ジャコブがうなずいた。

「そう、コフカでな。かろうじてガス室送りをまぬがれた時、わしは生き延びたのではない。反対の列の囚人と同じように、やはり死んだのじゃ。あるいは死にはじめたのじゃ。その終点には第二の死が、常に変わることなしに、不気味にぶら下がっていた。エミール・ダッソーやヘルマン・フーデンベルグが、数秒か数分かのあいだ体験した宙吊りの死を、絶滅収容所の囚人は何日も何週間も、あるいは何カ月も体験するよう強いられていた。

収容所から解放されても、同じことじゃ。一九四四年の夏に、わしは一度死んだ。あるいは死にはじめた。まもなく、わしは病気か事故か、それともなければ老衰で死ぬことじゃろう。二つの死のあいだで宙吊りになり、死ぬこともできないで死んでいるのが、一九四四年の夏以来の、わしの三十年じゃった。

戦争直後に、囚人仲間だったガドナスの本を、わしは読んだことがある。哲学には、なんの素養もない老いぼれ医者だが、それでも彼が語った〈ある《イリヤ》〉については、なんとか理解できたつもりでおる。エミールもたぶん、ガドナスやわしと同じように戦後を生きた。いや、死にきれないまま死んでいた。

そんなエミールに可能だったのは手首を切ることで、自殺することで、逃れることのできん不気味な宙吊り状態を終わらせること。それしかなかったんじゃ。であるにしても、なんとも皮肉なことだな。自殺を選んだエミールは絶命する前に、ふたたび二つの死に挟まれた宙吊り状態を体験したのじゃから」

「ムッシュ・ジャコブ。それであなたは、どのようにして戦後三十年ものあいだ、二つの死のあいだで宙吊りになった境遇を、耐え続けることができたのですか」

「簡単なことじゃ。わしらナチの囚人が、特別に不幸なのではない。人間の死とは、まさにそのようなものなんじゃ。誰にとっても、まだ若いあんたにとってもな。その違いは、気づいているか、それとも最後まで気づかないでいるか、そこにしかない。そのように悟れば、人間は生きることができる。あるいは、死にきれないで死んでいることもできるんじゃよ」

語りおえた老人をカケルが解放した。ジャコブ医師は、サロンで新聞でも読むつもりだといい残し、正面階段を降りていった。

「さて、カケルさん。次は」ジャン＝ポールが催促する。

「ダルティ夫人の話を聞いてみたいんですが」

「結構。じゃ行きましょうや」

ジャン＝ポールが精力的な身ごなしで椅子から立ちあがり、ジャコブ老人が消えたばかりの正面階段をめざして、大股で歩きはじめる。わたしとカケルも、バルベス警部の逞しい後ろ姿を追った。階段を、玄関ホールまで下る。西側の側廊を通って、邸の裏通路にでた。たしかに東の方向に、裏口の扉が見える。

裏通路は、東翼の奥になる使用人区画と、西翼の突きあたりの調理室を結ぶために造られている。裏通路があるために使用人は、雑用や家事のために邸内を動きまわるのに、玄関ホールや東翼の中央通路を利用しないですむ。邸の表側は主人家族や客のための華やかな消費空間であり、それを支える召使の灰色の労働空間は、綺麗に裏側に隠されてしまうのだ。

質素なのか実用本位なのか裏通路の印象は、豪華な造りの中央通路や玄関ホールとは違って、古びて陰気な病院の廊下を思わせた。床は緑色のリノリウム張りだし、壁も天井も白ペンキが塗られている。天井の照明は剥きだしの蛍光灯で、北側に間隔をおいて列をなした窓には、どれも頑丈そうな鉄網が張られていた。どこからか、消毒液の臭気さえ漂ってきた。

　裏通路を西翼の奥まで進むと、調理室の入口になる。入口には扉がない。突きあたりの壁がアーチ状に切られているのだ。ひろびろとした調理室の中央に、大きなテーブルが置かれている。肉屋にでもありそうな銀色に輝くスチール・ドアの冷蔵庫、列をなした大小の火口、レンジやオーブン、やはりステンレス製の流しなど、四方の壁には近代的な調理設備がならんでいた。

　夕食の支度がはじまっているのだろう、室内は湯気とブイヨンの芳香が満ちていた。気配を感じたのかもしれない。清潔な白のエプロンを着けた中年女が、人のよさそうな顔で、わたしたちの方を見た。そんなダルティ夫人にジャン＝ポールが叫んだ。

「先日の、焼きたてのタルトは旨かったな。あんたも、なかなかの腕だ。ところで二、三、質問したいんだが」

「かまいませんよ、警部さん」

　カケルが一歩まえに出た。警官でもなさそうな東洋人の青年を見て、ダルティ夫人は訝《いぶか》しそうだったが、カケルは気にする様子もない。ジャン＝ポールも今回は、例の出鱈目を口にするのは遠慮した。いや、わざわざ口実をもうけないでも、カケルが話を引きだせそうな相手だから、嘘八百をならべる必要を感じなかっただけなのかもしれない。

「五月二十九日の夕方、あなたは東塔の客のために夕食を用意したんですね」

「はい」元気そうな、赤ら顔の中年女がうなずいた。

「どんなメニューでしたか」

「メニューは、その夜の食堂での晩餐を、少し簡単にしたものでした。あまり召しあがらない方なので、量は控え目にしたんです。スペイン風の胡瓜《きゅうり》のスープ、前菜にフォアグラとキャビア、主菜に鴨のオレンジ煮、それとサラダにパンでしたわ、たしか」

「盆に載せたのは、それだけでしたか」

「料理はね。もちろんナイフ、フォーク、スプーン、それにナプキンなんかは載せましたよ。塩や胡椒《こしょう》の小壜も」

「あなたは夕食の盆を、そのようにして整えた。それから」

「いつものように六時十五分に、カッサンさまとクロディーヌお嬢さまが、お盆を東塔まで運ぶため調理室に見えました。わたしはそのとき、たまたま調理室に顔をだしていたフランツと、お喋りしてたんです。時刻については、フランツに確かめてもらっても結構ですよ」

カケルが無表情に質問を続ける。「それで」

「それから十五分ほどして、カッサンさまが、お午の盆を戻しに見えました。クロディーヌお嬢さまは、二階の客室で七時まで休んでいるとか」

事件の晩、なにを被害者が食べたかなんて、ロンカル事件の捜査に必要な情報なのだろうか。食物の消化状態は、被害者の死亡時刻を推定するのに重要な資料になるが、ロンカルが死んだ時刻は十二時七分か、早くてもその数分前のことなのだ。

関係者の証言を無視しても警察医は、ロンカルが十一時五十分から十二時十分のあいだに死亡したと判定している。死亡時刻を推定するのに、被害者の胃の内容物が検討されるような事態ではないのだ。カケルが引きだしたジャコブ医師の話も、そしてダルティ夫人の話も、事件の解決に参考になるようなものではない。ほんとうにカケルは、なにを考えているのだろう。

「ありがとう、マダム・ダルティ」礼の言葉を口にしてから、カケルはジャン＝ポールの顔を見た。「次は庭です。裏口から出たいんですが」

「結構ですよ、カケルさん」

調理室から裏通路を反対にたどり、側廊の曲がり角を通りこして、さらに直進する。正面階段の踊り場の下をぬけると、右手に側廊とおなじような造りの小通路の入口がある。突きあたりは小さなドアだった。行きどまりの小通路には、作業衣や雨具が壁にかけられている。床の隅には、通行の邪魔にならないよう整理されて、灯油缶や消毒液の缶、それにバケツとモップなどが置かれていた。そのドアの奥が、どうやらグレの部屋らしい。

グレの部屋に通じる曲がり角をすぎて、裏通路をさらに東方向に進んだ。裏口の扉は、戸外に大きく開けはなされていた。風で閉まらないように、ひらかれた扉は下部に、手頃な石塊が当てられている。

戸口を出ると、赤煉瓦の敷かれた小道になる。小道の左右は緑の芝生だ。煉瓦と煉瓦の隙間から、雑草の芽が顔をのぞかせている小道を、北に二十メートルも進むと、ダッソー邸の北側の森に入る。小道が森に入る手前に、小さな木造の小屋があった。屋根は黒のスレートで葺《ふ》かれている。カッサンがイザベルの屍体を埋めるために、そこからスコップを持ちだしたに違いないと、警察が睨んでいる道具小屋だった。

邸の建物を、四方かこむようにして植えられている芝生を歩いて、カケルは東の方向をめざした。長雨で湿った芝生が、わたしの靴を濡らした。

じきに建物の北東の角に達する。見あげると、憂鬱な鉛色の曇天を背景に聳える、巨大な石造の塔に威圧されそうだ。カケルは東塔の換気窓を真下から、熱心に見つめている。納得したようにうなずくと、おもむろに芝生を、東方向に歩きはじめた。二十メートルほどで芝生のひろがりは、南北に続いた樹木の列にさえぎられる。

芝生が森に変わるあたりで、どうやら、なにか見つけたらしい。カケルが大地に右膝をついていた。黙って、カケルのあとを追ってきたジャン＝ポールとわたしが、青年の肩ごしに芝生の大地を覗きこんだ。斜め前方には樹齢が数百年という巨木が聳えたち、節くれだった根が地面を這っている。

カケルが熱心に観察していたのは、ふかぶかと大地に打ちこまれた鉄杭だった。地上に露出しているのは十五センチほどで、尖端は円い輪になっている。古めかしい鉄杭の表面は、赤錆で覆われていた。

わたしはふと、背後を振りむいた。濡れた芝生をふむ足音が、しだいに近づいてきたのだ。見ると青の作業衣を着た、朴訥《ぼくとつ》な感じのする白髪頭の老人が、のんびりとスコップを肩に歩いてくる。カケルが身を起こして、グレ老人に語りかけた。

「この鉄杭ですが、なんのために地面に打ち込まれてるのかな」

訝しそうな顔で立ちどまった老人が、ようやく納得したように、カケルの質問に答える。

「犬を繋いでたんで。昔のことだよ。大旦那が元気だった頃は、東塔の下の犬舎で五頭も立派な犬が飼われてた。大旦那が亡くなると、その後を追うようにして、一頭二頭と順に死んじまったがね。散歩させるのに疲れた時、犬の鎖を繋ぐために、それは打ち込まれたんで。庭のあちこちに、同じものはありますよ」

カケルが、礼の言葉を呟いた。猫背の老人はまた、悠長な足どりで歩きはじめる。グレの後ろ姿は、じきに建物の角に消えた。道具小屋にスコップを戻して、裏口から邸に入るつもりなのだろう。

「犬の杭がどうしたの、カケル」

「見てごらん、ナディア。輪の内側上部の錆が剥げて、なにかで擦れたような痕跡がある」

わたしも地面に屈みこんで、カケルの発見を確認してみた。たしかに鉄杭の頭部にある輪の内側に、擦れたような跡があった。どうやら、つけられたのは最近らしい。剥がれかけた錆の色から、わたしはそう判断した。

だが、それがなんだというのだろう。日本人に残された時間は、もう二十分をきっている。それなのにカケルが集めた情報は、事件の解決には結びつきそうにない、平凡で瑣末なものばかりなのだ。とても重大な新発見とはいえない。かれは、あの大言壮語の結末を、どんなふうにつけるつもりなのか。

ところがカケルは、どこかしら満足そうな顔で自問自答している。「ダッソー邸に、もう犬はいない。それなのに最近、犬でも繋いだような跡が残されている。おまけに、その犬は宙に浮かぶらしい。輪の内側で擦れた跡があるのは、左右ではなく上部なんだ。犬の代わりに、鷲のような巨大な鳥でも繋いだのか」

「妙なものをめっけましたね、カケルさん」ジャン＝ポールが感心している。

「警部、後から東面の塀のあたりを調査してもらえますか。この地点から、真東に線を延ばして、それが塀にぶつかるあたりです。同じような鉄杭が打たれているに違いない。たぶんそれは、まだ新しい杭です。僕が探してみてもよいのだが、ナディアに約束した刻限が迫っている」

「判りましたよ、カケルさん。でも私には、それがなんの役に立つのか、さっぱり判らないいんですがね」

「僕にも判りませんよ、今のところは、まだ。もしも第二の杭が発見されたら、身の軽そうな警官に、この木を上の方まで登らせてみるのも、なかなか面白いかもしれない。杭に繋がれていた空飛ぶ犬でも、枝葉のなかに隠れている可能性がありますね」

さすがにうんざりした表情で、ジャン＝ポールが大袈裟に肩をすくめた。空飛ぶ犬というのは、もちろん比喩だろう。それではカケルは、なにを暗示しようとしているのか。とほうもない可能性が、ふと頭をかすめた。気球。カケルはロンカル殺しに、気球が利用されたとでも、思いついたのだろうか。

犯人は気球で東塔の換気窓まで上がった。ほとんど考慮にあたいしない空想的な仮説だが、それが実際にあったにせよ、やはりだめなのだ。換気窓から、塔内のロンカルを殺害する方法は存在しない。

それに、換気窓に外から近づきたいなら、なにも気球なんかを持ちだす必要はない。塔の屋上からロープで降りれば、それで充分だろう。しきりと首をひねっているジャン＝ポールにはおかまいなしに、カケルがまた、芝生を踏んで歩きはじめた。

「今度はどこなの、カケル」

「廃屋さ」日本人がぽつりと答えた。

道具小屋のところまで芝生を戻り、それから煉瓦道を通って森のなかに入る。邸の南側の森は、比較的よく手入れされていて、下生えなども刈られている様子だが、北側は放置されて、ほとんど自然状態だった。わたしの腰までもありそうな藪《やぶ》が、大人でも抱えきれない太さの、大木と大木のあいだを埋めて旺盛に繁茂している。

濃厚な植物の匂いと、大気に満ちた湿り気を全身に浴びながら、しばらく小道を進んだ。煉瓦道が、東方向に曲がりはじめる。その突きあたりが裏木戸だった。赤錆びた閂状の内錠を外すと、裏木戸は簡単にひらいた。

小さな木戸をぬけると、左右に人気ない通りが続いている。通りの反対側に聳えているのは、カケルが関心をしめした巨大な廃屋だった。紙屑や割れた壜のかけらが散らばる、閑散とした通りを横断し、建物の正面玄関の前にたつ。ジャン＝ポールが揺さぶってみるが、厳重に釘づけされた正面扉は開きそうにない。

「横に廻りましょうか。どこかに非常口があるはずだ」

ジャン＝ポールが建物を左に廻りはじめた。問題の廃屋と左隣の建物のあいだに、身を横にしなければ入れないような隙間がある。巨漢が窮屈そうに、狭い隙間に入りこんで行った。

「ありましたよ」バルベス警部の、元気な叫び声が聞こえた。どうやら、侵入可能な入口を発見したらしい。カケルが、そしてわたしが、ジャン＝ポールに続いた。

薄暗い路地の奥に、非常口のような鉄扉があった。どうやら非常口は、管理人室に通じているらしい。バルベス警部を先頭に、わたしたちは鍵が壊されている扉から屋内に入った。

がらんとして、なにもない小部屋だ。家具は、ひとつ残らず運びだされている。染みだらけの破れかけた壁紙と、足跡らしいもので乱された埃まみれの床。戸口に落ちていた厚紙のカードに注目しながら、ジャン＝ポールが呟いた。

「非常口の鍵は壊されていた。床の埃も乱れている。最近、入り込んだ人間がいるんですな。名刺が落ちてます。いや、なんだこれは」

警官が、思わず小さな叫び声をあげる。ジャン＝ポールの手もとを覗きこんだわたしも、思わず愕然としてしまう。名刺には表がドイツ語、裏が英語で、わたしたちには旧知の人物の名前と住所が印刷されていたのだ。パウル・シュミットと。巨漢が眉をよせて呟いた。

「エミール・ダッソーと文通していた、ドイツ人の退職警官だ。パウル・シュミットが、私らよりも先に、鍵を壊して廃屋に侵入してるとは」

わたしは語りかけた。「五月二十九日の午後、シュミットはダッソー邸を訪問して、フランソワに門前ばらいを喰わされてる。それで廃屋の屋上から、ダッソー邸のなかを覗いてみようとでも、思いついたのかしら。でも、侵入したのはひとりじゃなさそうよ。何組もの人間が出入りしたような感じだわ」

ジャン＝ポールはハンカチで、シュミットの名刺を慎重な手つきで摘《つま》みあげている。名刺はドイツ人の退職警官が、おなじようにハンカチを出したとき、一緒にポケットから出て床に落ちたのだろう。問題の人物は、非常口のノブに指紋を残さないようハンカチを利用したのだが、その配慮が裏目に出て、逆に証拠を残してしまう結果になったのだ。

シュミットの名刺には関心をしめさないで、カケルは管理人室から玄関広間に出ようとしていた。広間の右手にあるエレベーターは、電源が切られていて動きそうにない。薄闇のなか、わたしたちは広間の左手に登り口がある螺旋《らせん》階段を、おもむろに登りはじめた。螺旋階段の真上にあたる、最上階の天井は硝子製だった。それで、階段中央部の吹きぬけを通して、仄《ほの》かな明かりが差しこんでいる。

階段にも、埃の乱れが観察できた。五階の階段ホールで、足跡は右手の通路のほうに消えていた。見捨てられ荒廃した建物は、わたしを不安な気分にさせた。薄気味わるいのだ。自然のなかの心をなごませる静けさとは違う、不気味な静寂があたりに満ちている。

「このアパルトマンですね、たぶん」

カケルが低い声で呟いた。埃の乱れた跡も、そのドアの前で消えている。ジャン＝ポールが、ノブを廻してみるが、鍵がかけられているらしい。ドアは微動もしなかった。

「どのみち、来月には壊される建物だ。遠慮することはありませんや」

巨漢が右足でノブの下を蹴とばした。轟音がして、ドアの錠がはじけとぶ。バルベス警部を先頭に、わたしたちは無人のアパルトマンに侵入した。室内には異臭が漂っている。鼻が曲がるほど強烈というわけではないが、それでも不快な臭気だった。どこかで、なにか腐りかけているような臭い。

玄関間《アントレ》から廊下を通って、突きあたりが居間だった。廊下の左右にあるのは、大小の寝室とバスルームだろう。キッチンは、居間に面して造られているらしい。先に居間に踏み込んだジャン＝ポールが、なにを見たのか驚愕の唸り声をあげた。

居間の西面には矩形の両びらき窓が四つ、中央には硝子扉がある。その外は露台になっているらしい。窓からは正面に、ダッソー邸の東塔の屋上が、かろうじて眺められた。緑の海に浮かぶ小島のように。換気窓は無数の巨木の、尖端に近い枝葉の群に隠されている。

窓際には壊れかけた安楽椅子があり、警官を驚かせたものが、椅子の背に無力にもたれていた。室内に充満して鼻をつく、異臭の正体を突然に知らされて、わたしは衝撃のあまり気が遠くなりかけた。床が傾斜しはじめたような錯覚に陥り、思わず横にいる青年の腕にすがりついてしまう。

地味なグレイのスーツを着た、白髪まじりの赤毛の老女。生徒を鞭で追いたてる謹厳な女教師が、そのまま六十ほどの年齢になったような印象の女。老女の心臓が鼓動をやめてから、かなりの時間が経過しているらしい。腐敗しはじめた肉体も、上着に染みついて変色した多量の血も、その事実を歴然としめしている。

「イザベル・ロンカルだ。こんなところで死んでいたのか」

茫然として、ジャン＝ポールが独語していた。警察はイザベルのパスポート写真を入手している。屍体がイザベルだという、バルベス警部の断定を疑うことはできない。

なんとか眩暈《めまい》はおさまったが、わたしはまだ悪寒におそわれていた。カケルの腕にしがみついて、込みあげてくる吐き気に必死で耐えた。平凡な女の子は、殺人屍体を発見するという経験など、あまり積んではいないのだ。ジャン＝ポールが、屍体を検分しはじめる。

「イザベルに間違いありませんな。結婚指輪のほかにもう一つ、新品の指輪をはめてる。ポルトガルで買った指輪だ。指輪が入っていた装飾箱はホテル・ロワイヤルの客室で発見されてます。

手首と足首に鬱血した跡がある。足下に落ちている縄で、長いこと椅子に縛りつけられていたに違いありませんな。致命傷は、左胸を吹き飛ばしている至近距離からの銃撃。そいつが、凶器の銃ですな。赤外線スコープ付きで、大口径の軍用狙撃銃だ」

専門家の眼で屍体を検分したバルベス警部は、窓際の足台に斜めに立てかけられた大きな銃を至近距離から、鼻先をすりつけるようにして観察していた。手にとらないのは、犯人の指紋を消してしまわない配慮だろう。

足台は軽金属製で、上下に高さを変えられる品だった。いまは、三十センチほどの高さに調整されている。凶悪な感じのする大口径の狙撃銃を見て、わたしは胸が締めつけられるほどの不安感をおぼえた。矢吹駆がトロカデロ付近の街路で、車から狙撃されたときのことを、知らないあいだに思い出していたのだ。あんな銃でカケルが、もしもニコライ・イリイチに狙われたら……。

ジャン＝ポールは屍体の椅子の横で、じかに床に置かれている、灰色の電話機に関心を移していた。ハンカチで受話器をとり、耳の付近によせる。それでも、耳たぶに密着しないように注意していた。

「電話は、どうやら通話可能だ。まだ電話局の方で、回線を切っていないらしい」

警官が報告でもするように、カケルに語りかける。わたしの腕をそっと外して、カケルは椅子の背後に廻った。なにか見つけたらしい。床に屈んで、熱心にながめている。わたしは屍体から眼をそむけるようにして、一歩一歩、日本人のところに近づいた。

カケルの肩ごしに見えたのは、煙草の吸殻が二つと、黄ばんだ古い写真だった。背景は大きな鉄門で、踏切にあるような横棒が外来者を遮っている。鉄門の上には、飾り文字の大きな看板が取りつけられていた。

だんだら模様に塗られた横棒の前に、二人の男がならんでいる。戦前のドイツ軍の制服を着ている右の男は、顔を判別するのに支障ないが、問題は三つ揃いの背広を着た左の男だった。左の男は、写真の顔の部分だけ円形に切りとられて、何者であるか判別することはできそうにない。ジャン＝ポールがハンカチで、写真の隅をつまんだ。

「右の野郎は、フーデンベルグですぜ。まだ額が禿《は》げちゃいないが、あの貧相な目鼻立ちは変わらない。背景は、ナチの強制収容所の正門だろう。どうやら、やつのコフカ時代の写真のようですな」

写真の背景にある鉄門の看板には、『労働によって自由を《アルバイト・マハト・フライ》』というドイツ語の標語が飾られている。それは、アウシュヴィッツ収容所の正門に掲げられていたという、悪魔的に皮肉きわまりない標語とおなじだった。親衛隊《エスエス》将校の制服を着たロンカルが、コフカ収容所とおぼしい施設の正門のまえで、誇らしげに写真に写っている。しかし、何者なのだろうか、ルイス・ロンカルことヘルマン・フーデンベルグの横にいる人物は。

「長雨で膚寒いような気候だから、あまり腐敗が進行していないが、私の見るところ、死後三、四日の屍体ですな。正確なところは、デュランが教えてくれるでしょう。吸殻はアメリカ煙草で、四阿に落ちてたやつと同じだ」

わたしは思わず、ジャン＝ポールの耳元で叫んでいた。「それ、キャメルじゃないの。四阿に落ちてたのも、キャメルの吸殻なのね」

「その通りですよ、嬢ちゃん」

「シュミットも、ガドナス教授の家で、キャメルを吸ってた……」

わたしのシトロエンと、おなじ名前のアメリカ煙草。あの夜の光景が、あざやかに脳裏に甦った。そうだ、シュミットはたしかにキャメルを吸っていた。

「やはり、そのドイツ野郎か。大失敗をした。よりにもよって薄馬鹿のダルテスを、イザベル殺しの犯人に違いないシュミットのホテルに行かせたんだ。女房を殺しただけじゃない。あるいは亭主の方も、シュミットが片づけた可能性がある。ドイツ野郎は警察の追及を察知して、もう逃げ出したかもしれん」

頬を紅潮させて叫んでいたジャン＝ポールが、緊張した顔で日本人のほうを見た。「カケルさん、イザベルの屍体を見つけてくれたのには感謝してます。ロンカルの顔写真なんかとは比較にならない、でかいプレゼントだ。あんたなら、何かやるだろうと思ってましたよ。

申し訳ありませんが、プレゼントついでに十分かそこいら、屍体の番をしていてもらえませんか。じきにボーヌを寄越しますから。私は至急、シュミットの野郎を手配しなければならん。カケルさん、約束は果たされましたよ。あんたは頭のなかで考えた、事件の真相以上のものをプレゼントしてくれた」

日本人の返事も待たないで、バルベス警部は猛然と床板を踏みならし、アパルトマンの戸口めざして駆けだした。もしも廃屋の床板を踏みぬかなければ、短距離競走で世界新記録でもだしそうな必死の形相だった。

わたしは混乱した思考を、なんとかしてまとめようと苦闘していた。建物の管理人室に落ちていたシュミットの名刺。そしてイザベル・ロンカルことレギーネ・フーデンベルグの屍体の横で発見されたのは、シュミットがガドナス教授の家で吸っていたのとおなじ銘柄の煙草なのだ。

それはパウル・シュミットが、イザベルを誘拐して殺した犯人であるか、少なくともイザベル殺しに、浅からぬ因縁をもつ男であることを、疑問の余地なしに物語っている。だが、それと四阿の吸殻とは、どんな関係になるのだろう。森屋敷の東塔、それとさして離れていない廃屋の五階。至近距離にある二つの殺人現場。そして現場か、その付近に残されていた煙草の吸殻は、おなじ銘柄のアメリカ煙草なのだ。

とても偶然とは思えない。青いルノーの男ダニエル・コーヘンとシュミットが、たまたま銘柄のおなじアメリカ煙草を吸っていたのだと強弁できないことはない。けれど、それはやはり、苦しい辻褄あわせでしかないと感じられる。ではパウル・シュミットが、事件の夜に、ダッソー邸の四阿にあらわれた男なのだろうか。そうなると、わたしの推理の一角は、確実に崩壊せざるをえない。

「ねえ、カケル。パウル・シュミットがイザベルを誘拐し、殺したのかしら」

「どうかな。それよりボーヌ刑事が着いたら、僕は行かなければならない」

カケルが、ぽつりと応えた。この日本人には、どこでどんな用事があるというのだろう。わたしは叫ぶように問い質した。

「どこに行くの」

「かつてコフカの囚人ハンナを殺し、数日前にコフカ収容所長だったフーデンベルグと、フーデンベルグ夫人を殺した、その真犯人のところに」

真犯人のところに……。わたしはまじまじと、青年の顔を見つめてしまう。その表情は真剣そうで、冗談を口にしたとは思えない。それならカケルは、ダッソー犯人説を撤回したあと、だれが犯人であると推理したのだろう。さまざまの疑問が脳裏で、激しく渦巻きはじめた。そんなわたしを無視するように、カケルは壁に背をもたせ、両腕を胸のまえで組んで、陰鬱な激情がこめられたメロディを口笛で吹きはじめた。

3

バルベス警部がアパルトマンから駆けだして、ほんの十分ほどで今度はボーヌ刑事が、数名の部下を引きつれて、戸口から駆けこんできた。

いつまでも、腐敗しはじめた屍体の横になんかいたくない。それで釈放かと安堵したのだが、わたしとカケルはボーヌに、アパルトマンの外の通路で待つように頼まれた。しばらくして警察車のサイレン音が、小さく聞こえたと思ったら、大小のカメラや雑多な機材や鞄をかかえた警官の大群が、階段を駆けあがってきた。鑑識関係の警官なのだろう。

少し遅れて、小柄でまるまると肥った、ラグビーボールのような体つきの中年男が、担架を担いだ助手と一緒に到着した。警察医のデュランだった。どの警官も心得たもので、通路の床に残されていた、埃の乱れを踏まないよう注意している。アパルトマンのなかでは、強烈な白光が、続けざまに炸裂していた。現場写真のためにフラッシュが、無数にたかれているのだ。

わたしもカケルも、埃だらけの通路の片隅で生真面目なボーヌから、屍体発見までの経緯をこと細かに喋らされた。それでも質問に応えて事情を説明したのは、もっぱらナディア・モガールのほうで、無愛想な日本人は相槌《あいづち》を打つでもなく、ほとんど最初から最後まで沈黙していた。

レギーネ・フーデンベルグの屍体を見つけた経過なら、全部ジャン＝ポールが知っている。上司から説明してもらえばよいと思うのだが、お役所仕事では、そんな融通はきかないらしい。それにバルベス警部は、部下のボーヌに屍体の処理を命じた直後に、警察車のサイレン音を猛々しく轟かせながら、ほとんど事情も説明しないで飛びだして行ったという。もちろん北駅の、パウル・シュミットのホテルを急襲するつもりだろう。

経過の説明も終わり、殺人現場のアパルトマンを離れるまえに、わたしは通路に出てきたデュラン医師から、貴重な情報を引きだすのに成功した。警察医によればレギーネの屍体は、死後七十時間から九十時間ほどを経過しているらしい。

遺体を解剖すれば、もう少し時間幅をしぼれる可能性はあるがと、デュランは嬉しそうな顔で喋っていた。ラグビーボール氏は、風変わりな屍体が大好きなのだ。大口径銃で至近距離から射殺された老女の屍体も、それなりに、お気に召したものと見える。

廃屋の殺人現場から出られたのは、結局、五時を廻った時刻だった。シトロエン・メアリの運転席に乗りこんだわたしは、カケルの指示でエトワール広場をめざした。ダッソー邸から十分ほどで、ヴィクトル・ユゴー通りに入る。シナゴーグのあるヴィクトル・ユゴー広場を通過すると、じきに凱旋門が見えはじめた。

メアリを、エトワール広場付近の裏通りに駐車した。カケルは、わたしにはホテル・エトワールのロビーで待つように命じ、自分は電話をかけるといい残して、そのまま群衆の渦巻に姿を消した。陰気に暮れかけた空からは、とうとう冷たい雨粒が落ちてきた。

まぢかに凱旋門をのぞむ、戦前から有名な高級ホテルのロビーの隅で、わたしはカケルが来るのを待った。謹厳な顔つきをしたフロント係の黒服が、職業的な眼で、あたりに注意を払っている。ひろびろとしたロビーには、金モールの肋骨《ろっこつ》で飾られた青い制服のボーイが、あわただしそうに行きかい、さらに贅沢《ぜいたく》な背広や白の民族服姿のアラブ人滞在客が、わがもの顔で闊《かっ》歩《ぽ》していた。

ちらほら見えるアメリカ人やドイツ人らしい富裕な観光客も、群をなしたアラブの富豪のまえでは影が薄い。数年前に起きた石油価格の暴騰以来、パリの高級ホテルは、オイル・マネーを紙吹雪のように撒きちらすアラブ人の金持に、ほとんど占拠されたも同然だった。

このところ数年はアラブ人が主人顔をしているが、その前はアメリカ人だった。とりわけ、フランスが戦災の後始末に追われていた第二次大戦後の十年ほどは、無敵のドル札の束で旅行鞄をぱんぱんにしたアメリカ人観光客の大群が、由緒あるロビーを徘徊していたに違いない。コーラやハンバーガーやフライドチキンが売店にもないと、わが国の文明度の低さに不満を洩らしながら。

その前はドイツ人だ。このホテルには戦争中、占領軍の司令部が置かれていたのだから。その時代には、制帽に鷲の徽章《きしょう》をつけたドイツ軍の高級将校が、ロビーを占拠していたことになる。

ロビーの隅にならんだ鉢植えの観葉植物の陰で、わたしはできるだけ人目につかないよう、おとなしくしていた。雨の日にシトロエン・メアリを運転するため、赤いエナメルのレインコートを着て、揃いのレインハットを頭にのせた女の子は、各国の金持が群れつどうホテル・エトワールの豪華なロビーでは、少しばかり場違いな印象だろう。

硝子の回転扉から見えるエトワール広場の光景は、また降りはじめた雨に濡れ、仄青い夕闇の底に沈んでいる。待つあいだにも、わたしは事件の新展開について考えていた。

デュラン医師によれば、イザベル・ロンカルが死んだのは、九十時間前から七十時間前のことになる。さすがに屍体の専門家で、死後三、四日というジャン＝ポールの見たては、ほとんど正確だった。死後九十時間であれば五月二十九日の午後七時頃、七十時間前であれば五月三十日の午後三時頃という計算になる。

二十九日の午後七時半までは、タクシー運転手の証言で、イザベルが生存していた事実は確認されている。イザベル・ロンカルが殺されたのは、ようするに二十九日の午後七時半から、翌日の午後三時頃のあいだということになる。

もしも地区署に、森屋敷の事件を急報した女がイザベルだったなら、死亡時刻の幅は、さらに狭められるだろう。三十日の深夜十二時三十分から、同日の午後三時までの十四時間半のあいだに、イザベルは銃で左胸を撃たれ殺害されたのだ。屍体の手足には、椅子に縄で縛りつけられていた形跡がある。その点から考えると、七時半に廃屋に連れこまれ、その直後に殺されたのではない、という結論になりそうだ。犯人が誘拐直後に射殺したとするなら、屍体を椅子に縛りつける必要はないのだし、手足に鬱血の跡が残っていた事実も説明できなくなる。

わたしの想像だが、イザベルは三十日の深夜十二時半まで生きていたのではないか。電話の女は、やはりイザベル・ロンカルことレギーネ・フーデンベルグだった。そう思われてならない。犯人は捕らえた女に電話をかけさせてから、殺したのではないだろうか。どんな理由でか通報の電話をかけさせるために、拉致してから五時間も生かしておいたのだ。

それにしても、矢吹駆の不思議な能力には驚嘆してしまう。かれは東塔の屋上で、遠方に見える廃屋に関心をしめしたときにもう、どこにレギーネの屍体が隠されているのかを察していたのだろう。前後の事情からは、そうとしか考えられない。カケルは約束した一時間のあいだに、わたしの推理に重大な亀裂をもたらす、新しい事実を提供するのに成功したのだ。

わたしは少しばかり、複雑な気分だった。あの驚異的な思考能力で、やはりカケルが矢吹駆以外の何者でもないことを証明できたのは、ほんとうに喜ばしいことだ。かれに与えられたジャン＝ポールの賞賛は、わたしに向けられたものであるようにさえ感じられた。しかし、ナディア・モガールの推理が完璧でないとしたら、まだダッソー邸の事件は終わっていないことになる。それは困る、どうしても困るのだ。

午後から消えていた不安が、また心の底で不気味に渦巻きはじめていた。獰猛《どうもう》な感じのする巨大な銃と、それで撃たれ殺されていたレギーネの屍体が、さらに根深い不安感を醸成する。カケルの新発見のせいで、かれとニコライ・イリイチの接点を断つための計画は、宙に浮いてしまったのだ。

たぶんカケルの新しい推理は、シュミット犯人説なのだろう。真犯人のところに行くという言葉は、シュミットが宿を替えて、今日からホテル・エトワールに宿泊している事実を暗示しているのではないか。退職警官の財布には高級にすぎるホテルだが、一晩や二晩なら泊まれないことはないだろう。ダルテスに北駅のホテルまで押しかけられて、警察に宿泊先を摑まれたことを知り、大急ぎで宿がえをした。その可能性はありうる。

カケルがなぜ、シュミットの新しい宿泊先を知りえたのかは疑問だが、レギーネ・フーデンベルグの屍体を発見した手際を考えれば、それもあまり不思議には思えなくなる。

シュミットは二十九日の午後、ダッソー邸で門前ばらいを喰わされたあと、ガドナス教授の家をめざした。しかし、教授は留守だった。そのあとまた、ダッソー邸に戻ったのだろう。そして裏通りに隠れて、約束の七時半にレギーネが到着するのを待った。

タクシーを降りたレギーネを甘言でか、あるいは暴力的にか、廃屋のアパルトマンに連れこんだ。そして椅子に縛りつける。十二時半にレギーネに電話させ、それから用済みの女を射殺した。

そこまではよい。レギーネを殺したのがシュミットであると仮定しても、不都合は生じないのだ。しかしカケルが洩らしたのは、フーデンベルグ夫妻を殺した真犯人という言葉だった。妻のレギーネ殺しには問題がないのだとしても、シュミットがどうして、夫のヘルマン・フーデンベルグを殺害できたというのか。

廃屋のアパルトマンには、大口径の狙撃銃が残されていた。あの銃で……。いや、そんなことはありえない。絶対に考えられそうにないことだ。

屍体のあったアパルトマンの窓と東塔の換気窓が、五十メートルに三十センチ以内の誤差で水平に、ほぼ一直線に結ばれているのだとしても、狙撃者は換気窓に顔をだしたロンカルを射殺することなど不可能なのだ。密生した木立のせいで、アパルトマンから東塔の窓を見通すことなど、だれにもできないのだから。

ヴェトナムの密林戦のためアメリカ軍は、さまざまの新兵器を開発したという。赤外線スコープや赤外線ゴーグルも、そうした発明品かもしれない。わたしは詳しいことを知らないのだけれど、密林の葉群を通しても、標的を正確に狙える特製の銃が存在するのだと仮定してみよう。

それでもだめなのだ。フーデンベルグは顔面を銃弾で撃ちぬかれ、死亡したのではないのだから。コフカ収容所長の過去をもつナチ戦犯は、頭の打撲傷ないし心臓の刺し傷で死んだのである。老女を殺すには少しばかり大袈裟な気もするが、やはり銃はレギーネ殺害のために準備されたに違いない。

いや、とわたしは思った。新しい可能性が閃いたのだ。カケルは、犯行に気球が利用されたのではないかと暗示していた。気球があれば、老人のフーデンベルグでも東塔の屋上から脱出できたかもしれない。そう、屋上だ。屋上までフーデンベルグが上がれば、アパルトマンの窓から狙撃することもできる。シュミットは、ナチ戦犯の老人が屋上に来ることを予想して、わざわざ狙撃銃を用意したのか。

それでも、やはり辻褄はあいそうにない。もしも邸内に協力者がいて、フーデンベルグが屋上に出られるよう手配することが期待できたにせよ、そして、それに備えて銃が準備されたにせよ、屋上から顔をだしたフーデンベルグを射殺する計画だったなら、気球になど出る幕はないのだ。

気球が必要なのは、生きたフーデンベルグの身柄を、幽閉先から奪いとる計画の場合だろう。それと、屋上のフーデンベルグを殺害するために準備された狙撃銃の存在は、明らかに矛盾する。それにしても気球なんて、有名なイギリス人の密室小説の専門家でさえ、あまりの馬鹿馬鹿しさに啞然とするだろう。そう考えて、わたしはくすりと笑った。

駄目だ、どんなふうに論理を組んでみても、整合的な解釈など生じえない。カケルは一体、なにを考えているのだろうか。

それにもうひとつ、かれの発言には理解できない箇所があった。フーデンベルグ夫妻を殺した人物と、三十年前に不幸な女囚ハンナ・グーテンベルガーを殺した人物はおなじだと、カケルは洩らしていた。その犯人が、このホテルに投宿しているらしいのだ。

シュミットがハンナを殺した……。たしかに犯人が「ジークフリート」なら、小柄で貧相なフーデンベルグよりも、筋骨たくましい巨漢のシュミットのほうが、その役柄にはふさわしそうだ。でもわたしは、一度しか顔をあわせていないけれども、あのドイツ人の退職警官がハンナを殺したとは、どうしても信じられない。

ナチの戦争犯罪に、自分もまた加担していたと悔いる、初老の男の痛切な言葉には、疑いえない真情が込められていた。もしもかれが、なにかの事情に迫られて、やむなくハンナを殺したのだとしたら、あの夜にガドナス教授に告白していたと、わたしは思う。だが、ハンナはともかくとして、殺したのがフーデンベルグ夫妻ならば、どうだろうか。

警察の職を退いたシュミットの前に、三十年のあいだ追い続けてきたナチ戦犯の大物があらわれた。捕まえて裁判にかけるより、自分の手で裁きを行いたいという誘惑にかられたとしても、理解できないことではない。それにフーデンベルグは、フランスに滞在していたのであり、ひそかにドイツに帰国したわけではないのだ。

退職警官のシュミットがフランクフルトの検察局に通報し、州の検察局がボン政府に報告をおくる。ドイツ政府がフランス政府に、フーデンベルグの逮捕と身柄の引きわたしを要請し、ようやく政府に指示されたフランス警察が動きはじめる。そんな迂遠な手続きを踏んでいるあいだに、たぶんロンカル夫妻はボリビアに舞いもどってしまうだろう。

そして逃れた獲物は、二度と追跡者の前にあらわれることはない。何十万人ものユダヤ人を虐殺したコフカ収容所長は、生涯自由の身で、寿命がつきるまで平和に暮らせるのだ。そんなことを許せるだろうか。公的な裁きが不可能である以上、私的な裁きを実行するしかない。たぶんシュミットは、そのように考えて、厳粛に決意したのだろう。たとえ殺人者の汚名を着ることになろうとも、ナチ戦犯を正義に直面させるのだと。

そんなシュミットは、イスラエル情報部のツァイテル・カハンと協力関係にあった。そう仮定しても、無理はなさそうだ。フランクフルトの検察局は、アイヒマン事件のときもモサドに協力した実績があるのだから。そうだ。カハンは配下のダニエル・コーヘンや、協力者のクロディーヌ・デュボワを使って、フーデンベルグの処刑をシュミットと共同でおこなうことにした……。

そんな新しい着想が、わたしを夢中にさせた。廃屋で発見されたレギーネの屍体も、まだナディアの推理を、土台から倒壊させたとはいえない。レギーネ誘拐の部分さえ修正すれば、それは建てなおし可能なのではないか。

裏木戸でタクシーを降りたレギーネを、シュミットが拉致して、廃屋のアパルトマンに監禁した。クロディーヌが七時十分に、内錠を外しておいた裏木戸から、シュミットはダッソー邸の庭に侵入する。もちろん錠は、また下ろしておいた。犯行計画に嚙んでいる侵入者なら、邸の建物を一周して、全体の配置をあらかじめ摑んでおこうとしても、少しも不自然ではない。むしろ当たり前のことだろう。

下調べのために、邸の敷地を徘徊しはじめたシュミットが、七時五十分に調理室の窓のまえを通った。それをダルティ夫人に目撃された。レギーネを誘拐し監禁してからのことだから、それで時間的にも齟齬がない。

シュミットは四阿に入り、屋内で進行しているフーデンベルグ殺害計画の進行を見守った。四阿を利用したのは、現場の東塔を見わたせる位置にあり、それに雨も避けられたせいだろう。

クロディーヌによるフーデンベルグ殺害の真相は、わたしが推理した通りでよい。十二時七分に悲鳴を耳にして、計画の成功を確認したシュミットは、塀を乗りこえて裏通りに出た。そして廃屋のアパルトマンに戻り、レギーネに警察に電話させてから、おもむろに老女を射殺した。そのようにして、戦犯夫婦の処刑は完了したのだ。

たぶんシュミットは、そのあと廃屋のまえに駐車していた、青のルノーに乗りこんだ。運転席にいたのはコーヘンだ。コーヘンは、わたしが最初に考えたのとは違って、脱出用の自動車のドライヴァーという脇役だった。シュミットとコーヘンはエンジンをかけた車のなかで、クロディーヌが裏木戸から脱出してくるのを待つ。しかし、パトロール車は計画していたよりも五分か、十分ほど早めに、ダッソー邸の正門に到着したのだ。

警察車のサイレン音は、窓から逃げだそうとしていたクロディーヌの耳にも、聞こえたことだろう。かの女の部屋の窓が、半開きだった事実を忘れてはならない。クロディーヌは脱出を断念し、ロープを子供部屋に隠した。計算違いを知ったルノーのふたりは、翌日にもクロディーヌの救出作戦は可能であると判断して、あわただしく現場を去った。

そうだ、それでわたしの推理も蘇生しうる。あとはシュミットを問いつめて、真相を告白させればよい。北駅に急行したジャン＝ポールだが、たぶん無駄足だったろう。ドイツ人の退職警官は、ホテル・エトワールに隠れているのだから。

ようやく正面玄関の回転扉から、日本人がロビーに入ってきた。わたしは靴音を響かせて、青年のところに駆けよった。フロントの黒服が眉をひそめている様子だが、そんなことにまで気を廻している余裕などない。

「カケル、シュミットが泊まってるんでしょう、このホテルに」

青年は黙って肩をすくめ、エレベーター・ホールのほうに歩きはじめる。そうだ、そうに違いない。わたしはじきに、イザベル殺しの真犯人と顔をあわせることになる。大型の旅行鞄を運んでいる青服のボーイを追いぬいて、わたしは大急ぎで日本人のあとを追った。


乗降口の扉がアコーデオン状の鉄柵の、古色蒼然としたエレベーターを四階でおりる。あたりは閑散としていて、シャンデリアで照明されたエレベーター前のホールにも、臙脂の絨毯が敷かれた通路にも、人影のようなものはない。電話で客室の位置は確認してあるのだろう。カケルは客室のドアがならんでいる通路を、左手のほうに進みはじめる。

そのあとを、ほとんど駆けるようにして追った。普通に歩いているように見せかけながら、じつは小走り以上の速度で躰を移動できるという特技が、矢吹駆にはあるのだ。

二年前にリヴィエール教授の講義で、サンスクリット語を喋る不思議な日本人を見つけた。興味を感じたわたしは後を追ったのだが、青年は普通に歩いているように見せながら、じつはサン・ミッシェル通りを飛ぶような早さで移動していた。あのときは尾行されているのを察して、そんなふうにしたのかもしれないが、いまは条件が違う。真犯人との接触を目前にして、沈着な青年でさえ内心では興奮し、待ちきれない気分なのかもしれない。

やっと追いついたとき、カケルは目的の客室のドアをノックしていた。二度、三度と、通路に乾いた音が響いた。磨きこまれて飴色の光沢がある扉をまえに、わたしは息苦しいほどに緊張していた。カケルのいわゆる「真犯人」が、ついに登場しようとしているのだ。室内から、かすかな足音が聞こえる。解錠する音がして、ドアが静かにひらかれる。心臓の鼓動が激しさをまし、わたしは身を強張らせていた。

「……入りなさい」

部屋の戸口で、わたしとカケルを無遠慮に見つめながら、老人が横柄な口調でいう。ドアをひらいた老人の顔を見て、思わず愕然としてしまう。カケルはパウル・シュミットの客室をめざしているのだと、それまで本気で信じこんでいたのだ。けれども登場したのは別人であり、しかも予想外の人物だった。

額が後退し、頬が肉の袋のようになって、わずかに垂れている。肉の厚い大きな鼻、頑固そうな顎、侮蔑か悪意をにじませて曲げられた唇。写真で知っているマルティン・ハルバッハが、わたしの顔を射るような眼で見つめている。カケルが先に、ドアの隙間から室内に身を滑りこませた。

ふたりのあいだに握手はなかった。ひろびろとした居間で、老人に椅子を勧められた。続き間で、寝室は奥にあるのだろう。日本人が無言で席につき、老人も向かいの安楽椅子に腰をおろした。

電話でもう、自己紹介は終えているということなのだろうか。高名な哲学者に、青年は自分の名前も告げないでいた。わたしのことを紹介しようともしない。高齢の思索者をまえにしたカケルの態度には、不作法と非難されても仕方のない依怙地《いこじ》なものさえ感じられた。およそ愛想のない青年だが、矢吹駆は非礼でも不作法でもない。そんな態度は、わたしに異様な印象をもたらした。

ひえびえとした沈黙が、胸苦しいほどの重圧感でせまる。マルティン・ハルバッハが、猛禽《もうきん》類《るい》を思わせる鋭いまなざしでカケルの顔を凝視していた。かすかに眼をほそめるようにして、青年はハルバッハの貪婪《どんらん》な視線をうけとめ、はね返していた。まるで決闘でもはじめそうな睨みあいが、しばらくのあいだ続いた。老教授が青二才の学生に質問するときの口調で、ハルバッハが短い言葉をなげた。

「君は日本人かな」

世界的な哲学者の声には、人の気持をひき込んでしまう不思議な響きが感じられる。わたしはガドナス教授が話していた、『メスキルヒの小さな魔術師』の罠におちて自殺した女子学生のエピソードを、ふと思い出していた。

無言でうなずいたカケルを見て、老人が無造作に続けた。「どんなわけだろう、君とは初対面ではないような気がする。何年か前、大学で学生が騒動を起こしていた頃のことだ。私の書物を翻訳している日本人が二人、フライブルクの家を訪問したことがある。その二人のどちらかに似ているのかとも思ったが、やはり違うようだ。いや、私の記憶違いだろう。昔の教え子の紹介ということだが、さて、どんな用件だな」

どうやらカケルは、ガドナス教授に紹介を頼んだらしい。それで高名な哲学者も初対面の日本人のために、多少の時間をとる気になったのだろう。それにしても、ふたりの態度には普通ではないものが感じられるのだが。カケルの唇から、低い声が洩れはじめる。

「以前から僕は、あなたの著作に親しんできました。人生を左右するほど、大きな影響を被ったともいえるほどに。それで、この機会に二、三、質問したいと思うのですが」

言葉は丁寧だが、親密さを完璧に欠いた冷淡な口調だった。老人が威圧感を漂わせながら応じる。「用件が少しばかり違うようだが、よろしい、なんでも質問しなさい。それほど、時間はとれそうにないが」

ハルバッハのいう用件とはなんだろう。現象学に関心がある青年と、『実存と時間』の著者。そんなふたりのあいだに、哲学的な主題をめぐる会話のほかに、どんなやりとりが可能だというのか。わたしの疑念などは無視するように、カケルが直截な口調で語りはじめた。

「さきほどあなたは、ドイツやフランスやアメリカや、そして日本でも何年か前まで盛んだった学生運動について言及しましたね。その運動を学生は『大学革命』と称していたようですが、他の国々に先んじてドイツでは戦前に、もうひとつの『大学革命』が主張され、そして実践されたことが思い出されます。『実存と時間』の著者が、その運動を指導していたことも」

老人が眉をひそめて不機嫌そうにいった。「一九三三年の、あの事件を暗示しているのかね」

「じかには。総じてドイツ国民社会主義《ナチズム》の運動と理念について、どのようにあなたが考えていたのか、また考えているのかを僕は知りたいのです」

ハルバッハは無言で、またしても青年の顔を睨みつけていた。

わたしにはとても我慢できそうにない、老人の威圧するようなまなざしを、カケルは平然と受けながしている。どんなに睨みつけても、視線で圧倒することは難しそうだと結論したのか、ハルバッハが唇をねじまげるように皮肉にいった。

「少しばかり礼節を欠いているかもしれぬ、あまりに露骨な君の質問ではあるが、真理への情熱がしからしめたものと考えることにしようか。死後に公表されるだろうインタヴュー以外では、その種の質問に答えたことはないのだが」

「あるいは無礼かもしれません。しかし、礼儀を無視しなければならない種類の問題も、時にはある。だから、あえて僕は尋ねなければなりません。強いていえば、ハルバッハ哲学に深甚に影響された二十世紀青年を代表して。……あなたはなぜ、ナチスに入党したのですか。そしてフライブルク大学総長に就任したのですか」カケルが畳みかけた。

「確かに入党した。しかし、それは総長就任を決めたことの結果にすぎぬ。党員になることを承諾しなければ、あの状況では総長としての仕事を遂行することはできないと思われたのだ」

「それでは、本気でナチスを支持したことはない。入党は、ある種の偽装だった……」

「無前提かつ無条件に支持したことなど、一度もありはせん。裏も表もない本物のナチス支持者が、フライブルクの大学総長に任命されかねない情勢だった。入党し、そして総長職を引き受けるなら、最悪の事態は避けられるかもしれん。そう考えたのだ。

ナチスの活動家学生による反ユダヤ運動を、総長職に在任当時の私は、与えられた権限において可能なかぎり阻止するよう努めた。大学構内で、ナチス学生が計画していた焚書《ふんしょ》を禁止した。図書館から、ユダヤ系の著者の書物を追放せよという圧力をはねのけた。反ユダヤ主義的なプラカードを学内に掲げることを禁止した。それらについては、明らかな証拠も証言もある。

だが、一人の力でナチ化の波浪を喰いとめるなど不可能なことだった。一年後には文部当局との対立が決定的になり、総長職の辞任を決意せざるをえなかった。私は不穏分子と見なされ、戦争が終わるまで親衛隊《エスエス》の監視下に置かれさえしたのだ。有形無形の、さまざまな迫害にさえ耐えねばならなかった。戦争末期には、邪魔者の烙印《らくいん》を押されて勤労動員を強いられたりもした。前線の土木作業に駆りだされるほど白眼視されていた教授は、フライブルク大学では私、マルティン・ハルバッハ一人だった。判るだろう、私もまたナチの被害者なのだ」

なまなましい精気を湛《たた》えた唇の端には、人の心理をさかなでする意地悪そうな小皺が刻まれていた。しばらくしてわたしは、ようやく気づいた。ハルバッハは愚かな質問者を、その人格さえ認めないほどに侮蔑しているのだ。口許にあるのは、嘲笑の小皺だった。馬鹿にされていることを承知しているのか、いないのか、カケルは低い声で続けた。

「しかし、総長就任の記念講演では、大学のナチ化に抵抗するためという動機以上のものが語られているように思いますが」

ハルバッハが、うんざりした顔で応える。「君は、それより四年ほど前になるフライブルク大学の教授就任の記念講義を、読んだろうか。そこにおいて私は『諸学問の分野は互いに遠く隔たっている。それらの対象の扱い方は根本的に異なっている。このようにばらばらになった多種多様な専門分野は、今日、諸大学と諸学部を技術的に組織化することによって、かろうじてつなぎとめられ、また各部門が実践的な目的を追究することによって、それらはかろうじて一つの意味をもちえている。そのかわり、諸学問がその本質的根拠に根をおろすということはなくなってしまった』と語った。

　大学総長の職につく以上、大学と学問を近代の宿命的な細分化や瑣末化から解放し、真理の底に根を下ろしうるものとすることが、おのれの仕事になると考えていた。たんに政治情勢に押された、消極的な選択とはいえん」

「引用された箇所は、あるハンガリー人の哲学者の言葉を思い出させました。『魔の山』に登場する過激な革命主義者レオ・ナフタの、モデルといわれている人物です」

　老人が、わずかに顔をしかめた。カケルの指摘には、なにか触れられたくないものが含まれていたのかもしれない。気をとりなおして、吐きすてるようにいう。「その男とは顔を合わせたこともある。しかし、私の思索とはなんの関係もない」

「関係がないとは思いませんね、僕は。それはそれとして、近代的に頽落した学問や大学を、新たなものに更新すること。そうした企図とナチズムとは、あなたの思索において本当に無関係でしたか。あなたは『この勃興《ぼっこう》の偉大さと素晴らしさ』というような言葉で、ナチズムを礼讃したこともある。あるいは『学説とか理念とかが諸君の存在規則なのではない。総統《フューラー》自身が、そして彼のみが、今日および将来のドイツの現実とそれの法則である』とも」

　ハルバッハが線のように眼をほそめた。それまで馬鹿にしていた青年から、予想外の証拠物件を突きつけられて、一瞬、ひるんだのかもしれない。しばらくして微笑のようなものが、老人の顔にひろがりはじめた。意地悪な嘲笑から、対話者の心理的な武装を解除してしまう、心なごませる微笑に。

マルティン・ハルバッハは、たんなる傲慢な老人ではない。状況を判断しては、態度も表情も一変させて対応する、したたかな老人なのだ。押しつぶせないなら、懐柔しようというのだろう。選ばれた君には秘められた真理を明かそう……。そんな権威者の、もったいをつけた好意らしいものをこめた口調で、ハルバッハは断定的に語った。

「それらの言葉は虚偽ではない。そのように、私は確信していた」

「大学のナチ化に抵抗するために、やむなく総長職についたのだという先程の説明と、それは矛盾しないのですか」

「いいや、矛盾などありえん。私が抵抗しなければならないと決意した『ナチ化』とは、人種論的な反ユダヤ主義に代表される愚劣さなのだ」

「ローゼンベルクの『二十世紀の神話』に象徴されるような……」

その本は、わたしも見たことがある。読んだのではない、ながめたに過ぎないのだが。アポカリプス事件のとき、最初に殺害されたドイツ人の旅行者が、その本を鞄に入れていた。あの老人も、そういえば親衛隊将校の経歴をもつ人物だった。

カケルとハルバッハの対話に、それ以前とは少し違う雰囲気が生じていた。老人は侮蔑的な態度をあらため、そして青年は、権威者に的確な質問をなげる優等生を演じるというふうに。矢吹駆は偉大な哲学者の、魅力的な微笑に懐柔されてしまったのだろうか。だれにでも頭をなでられると、警戒心も闘争心も消えてしまうだらしのない飼い犬のように。ハルバッハがうなずいた。

「そうだ。ローゼンベルクの一派が、第三帝国の知識界や大学界を権力的に支配していた。あの連中の専制支配に、私は最後の最後まで抵抗したのだ。勃興期のナチズムには、決してローゼンベルク流の蒙昧《もうまい》さに解消されえない、精神的に高貴なものが内在していた。ドイツ民族の現存在を本来のものたらしめ、技術文明と共産主義の脅威にさらされている西欧世界を真に救済しうる国民運動であると、私はナチズムを肯定的に評価した。そうした運動を、おのれの決断において担いとる者でありたいとさえ望んだのだ。

だが総長就任の翌年には、おのれの政治的誤りを自覚せざるをえないところまで追いつめられた。ドイツと西欧の精神的更新を目指した偉大な国民運動は、ローゼンベルクの一派に代表される俗物どもの支配下に落ちたのだ。私は党および国家に対する抗議として、総長辞任を決意した。孤立無援の哲学徒にも可能である作業は、ナチスによる政治の芸術化を学問的に批判することだった」

「ナチズムは政治を芸術化した。民族の最高作品としての芸術。いや、最高の芸術作品としての民族。政治を二流三流の芸術の方式で、こけおどし的に運営しようとしたナチズムの頽落を、根底から批判するものとしてヘルダーリン研究がなされた。あるいはニーチェ批判が。

であるにせよ、一九三三年の時点でナチズムを評価した判断そのものは、依然として撤回されないのですね。総長を辞任し、ヘルダーリン研究に没頭しはじめてからも、ローゼンベルク的なナチズムを批判して『今日ナチズムの哲学として横行しているが、この運動の内的真理と偉大さと――つまり地球全体の惑星的本質から規定せられている技術と近代的人間との出会い――には少しの関係もないある哲学のごときは、「価値」と「全体性」とのこの濁流の中で綱引きをしているのである』と主張しているのですから」

「その言葉は撤回される必要などない」ハルバッハが躊躇なしに断言する。

「それから四十年後の現在でも、かつての国民社会主義の運動には『内的真理と偉大さ』が込められていたと判断しているのですね」

「……そうだ」

「それを聞いて、僕も安心しました。安直に頭を下げて責任追及をやり過ごそうとする俗物が、いつの時代にも、あまりに多過ぎるものだから。臆病なロバでも、相手が死んだライオンなら平気で蹴ってみせることだろう。そんなロバさながらの小人の非難に、あなたが回答することを拒んできたのには正当な理由がある」

まるで迎合するようなカケルの言葉を、老人は鷹揚な態度でうけとめる。「まだ若い君も、同じように考えるのかな。あの運動には、偉大な内的真理が刻まれていたと」

「突撃隊《エスアー》が粛清されるまでナチズムは、大衆的な、あるいは国民的な精神的勃興だった。それは疑問の余地ない事実です」

ハルバッハは昂然として叫んだ。「そうだ、レームが抹殺されるまでは。総長の辞任は、権力亡者と化した党主流の圧力が強められたせいなのだ。私が辞任した直後に、〈長いナイフの夜〉が到来した。悲劇的にも、運動の内的真理を宿した精鋭は完璧に粉砕された。そしてローゼンベルク流の、偽ナチズムが勝利を謳歌しはじめたのだ」

「ようするにナチズムには、蒙昧なローゼンベルク哲学に代表されるものと、そして民族の現存在を本来的なものたらしめようとする、ハルバッハ哲学に代表されるものがある。ヒムラーの親衛隊とレームの突撃隊。芸術を政治化する独裁国家と、真理と実存を宿した国民運動。ナチズムに対するあなたの態度が、どうしても人々から理解されないのは、多分その点にあるのですね。

あなたは『正しいナチ』と『誤ったナチ』が対立していたと主張しているのに、人々は『誤ったナチ』以外のナチなど存在しないという前提で議論しているのだから。僕は『正しいナチ』が存在しえた事実を承認しています」

「そうだ」

老人が満足そうに応えた。なぜカケルは、ナチ時代のおのれを全面的に肯定して恥じる様子もないハルバッハの言葉を、そんなふうに承認できるのだろう。わたしは不満だった。ナチはナチであり、正しいナチも誤ったナチも似たようなものではないか。ぽつりと、青年がつぶやいた。

「しかし、奇妙です」

声の調子が、それまでとは違っていた。声に温度があるなら、うららかな春のそれから氷点下まで、一瞬にして急降下した印象なのだ。ハルバッハも、カケルの声の冷たさには気づいたのだろう。ふいを襲われて心理的に動揺しながらも、時間稼ぎのような言葉をなげていた。

「なにが奇妙なのかね」

「ハンガリー人の哲学者による主張とハルバッハ哲学の類似性を指摘されて、あなたは誤解だと断言した。しかし、またしてもそこで左翼と右翼の、二十世紀のマルクス主義哲学とハルバッハ哲学の並行性が見出されるのだから」

「どういうことだね」

作戦を変更したのだろう。できのよい生徒に向けられた教師の微笑は拭いさられて、老人の顔は仮面のような無表情に変わっている。青年の出方を慎重に窺っているのだ。はじめて顔をあわせたときよりも、さらに濃縮された緊張のようなものが、対話者のあいだに漂いはじめていた。青年は頰に不敵な薄笑いを浮かべながら、叩きつけるように語りはじめた。

「……国民的なナチス革命と、階級的な左翼革命。それを簒奪《さんだつ》して成立するものとしての、政治を芸術化したナチス国家と、芸術を政治化したマルクス主義国家。その対応は、あまりにも明瞭ではないだろうか。真理を宿した運動は、右であろうと左であろうと必然的に国家に帰着する。それを承認できない少数派が、裏切られた革命という種類の抗議の声をあげるのだ。

ロシア革命の極左主義、そしてナチス革命においてはハルバッハ主義が。どちらも似たようなものだ。いずれにせよ、革命は裏切られたと称しているのだから。裏切られない革命、真実の革命、革命としての革命。それを体現しているおのれには、裏切られた革命の惨憺たる帰結など、どのような責任もないものと強弁される。

偽のナチズムを非難することにおいて、真のナチズムは免責される。スターリンを攻撃することにおいて、トロツキーには良心に曇りのない正義の立場、真理の立場が保証されてしまう。どちらも収容所に代表される殺戮と思想的腐敗を、おのれ自身の主題として思考する必然性を、あらかじめ自己解除している。

しかし、二十世紀の革命が例外なしに証明しているのは、革命が国家に、解放が抑圧に、真理に向かう言葉が自堕落な自己正当化の論理に、ようするに正反対のものに転化してしまう必然性ではないだろうか。ヒトラーによるドイツ革命であろうと、レーニンによるロシア革命であろうと。弾圧されたレーム派には、ヒトラーがしでかした悪行には、どんな責任もない。それはトロツキストの弁明と双子のように似ている。あなたの立場は、ロシア革命における極左派の立場と、双子のように酷似している。

違うのは、トロツキーはスターリニストに弾圧され暗殺されたけれど、あなたは抵抗らしい抵抗もしないで、たんに生き延びたという点だ。ハルバッハの死の哲学を奉じ、民族の共同体に殉じることにおいて本来的自己たらんと決意した青年の群を、ロシアやアフリカの戦場に送り出したあなたは、革命の堕落と闘争することもなしに沈黙した。

総長就任の時に匹敵する決断が、求められていたのではないのか。運動に内的真理を甦らせるための闘争が、そして決断が。なぜ、それをしないで生き延びることにしたんです、おめおめと」

「君の年代では判らんだろう。そんなことをしたなら、家族ともども強制収容所に叩き込まれていたに違いない。そんな時代、そんな状況だったのだ」

せめたてられて、哲学者は大きな嘆息をもらした。わたしでも同情してしまいそうな、いかにも弱々しい溜め息。マルティン・ハルバッハはデュパンかファントムさながらの百面相らしい。無名の青年を傲然と見下す高名な哲学者の顔。優秀な生徒に満足している教師の顔。予期せぬ攻撃にそなえた無表情。そして今度は、他人からの憐れみを計算した老人の顔。

カケルの論法が、わたしにも漠然とながら見えてきたように思える。ハルバッハは最初、大学の自立性をナチス権力から守るために、やむをえず総長に就任したのだと弁明した。追及されて、次には近代技術の暴威にさらされた学問の危機を救うという目的のため、総長職を引きうけることにしたのだと。

カケルは、そうした技術批判や近代批判の観点においてナチズムに、西欧の文化的伝統や精神性の救済者を見たのではないかと質問し、ハルバッハの肯定的な証言を引きだした。内的真理を宿した偉大な国民運動が、その敵の似姿に変貌してしまう過程をとりあげ、ハルバッハのナチス加担の核心にまで主題を進めた。青年の巧妙な誘導訊問で、老人は誇らしげに告白さえしたのだ。ナチには真のナチと偽のナチがある。かつて真のナチを肯定した自分には、いささかの判断の誤りもなかったし、その結論を撤回する必要もありえないのだと。

そこまで議論が進んだところで、ようやくカケルの仕掛けた罠が口を閉じたのだ。青年は、仮面をかなぐり棄てた。そして容赦なしに、矢吹駆は告発しはじめた。それならハルバッハは、なぜナチズムの堕落と闘わないでいたのか。真のナチズムの復権を掲げて、偽のナチズムを打倒する闘争をはじめなかったのか。死の哲学を信奉した青年が、戦場で屍の山を築いているというのに、なぜ要求されていた「決断」から逃れて生きのびることができたのか。

カケルの告発は、老人の弱点を真正面から突いたようだ。わたしは思うのだけれど、それが実存の哲学者のつらいところで、闘争など自分の任ではないと容易には反論できないのがハルバッハの立場なのだ。それにハルバッハはかつて、壇上から学生や同僚に闘争の決断を呼びかけてもいる。大学総長になる程度の決断ならできるけれども、死や投獄の危険があるような決断からは、できるかぎり身を遠ざけたいというのでは、あまりにもだらしがない。沈黙している老人を、さらに日本人が追及した。

「あなたが『実存と時間』の続篇の執筆を断念したのは、第二の決断を担いとることができないでいた結果だ。特権的な死を通路として存在者から存在の方に至るという議論の筋道が、そのために袋小路に入った。あなたは必然的に、方向を逆転する以外にないと思いついた。ようするに、存在から存在者の方に。存在論的差異は〈性起〉に、〈存在の現成〉に席を譲る。死はもはや、かつてのような重大な意味を持ちえない。……ところで、あなたは収容所について、どう考えているのですか」

青年が有無をいわせぬ、厳しい声で問いかける。反射的に、ハルバッハが応えた。あらかじめ用意されていた回答を読みあげるふうな、機械的な口調だった。「戦後になるまで、強制収容所のことなど何も知らないでいた。普通のドイツ国民と同じように」

「嘘ですね」カケルの断定に、ハルバッハが追いつめられた表情で反論する。

「漠然と、その存在について想像できたとしても、だからどうだというのかね。連合軍の絨毯爆撃はドイツの諸都市を完全な廃墟と化した。文字通り『絶滅』の運命が、市民を襲ったのだ。東部地域に住んでいた何百万ものドイツ人は、故郷を奪われて追放された。ユダヤ人が『絶滅』の運命に置かれたように、ドイツ人もまた『絶滅』されたのだ」

「それは事実ではありませんね。あなたはまた、いかがわしい論理の詐術を使っている。『実存と時間』を放棄した時と同じように。東部地域から追放されたドイツ人は、『絶滅』されたのではない。絨毯爆撃を体験したドイツ人も、『絶滅』されたのではない。苛酷な経験を強いられたという共通項で、あなたはユダヤ人とドイツ人を、ともに被害者の位置において相殺しようとしている。でも、その両者を相殺して片づけることなど許されはしない。あなたの弁明は不徹底だ」

「不徹底だと」老人が怒気をふくんだ言葉で応じる。

「不徹底ですね。そのように主張するなら、連合軍は絶滅収容所を建設し、ドイツ人を六百万人ばかり『処分』して、帳尻を合わせるのがよいという結論になりませんか。しかし、六百万という数字は結果に過ぎない。あなたが加担したナチは、ユダヤ民族の絶滅を目指していた。それを実現できないで終わったのは、たんに計算違いの結果に過ぎない。東部地域のドイツ人と、絶滅されたユダヤ人の運命を同一視するのなら、連合国がドイツ民族を皆殺しにする権利までをも承認するという結論になる。それを許容し、そして肯定するという結論に。徹底するなら、そのようにしかなりえない」

「いや、そんなことはありえん。……強い者は弱い者を無限殺戮しうる、その権利が与えられている。ドイツ民族が強力であれば、邪魔な民族を皆殺しにする権利がある。他の民族が強力であれば、ドイツ人を絶滅するのも当然の権利だろう。それが相互性というものではないか。そうした発想は、ローゼンベルク流の倒錯に過ぎん。

君の議論は、途方もなく的を外れている。革命が国家に転化してしまう必然性。ロシアでもドイツでも、革命は国家に簒奪された。そんなものは形態的な類似に過ぎん。レーム派とトロツキー派は違う。はじめからナチス革命とマルクス主義革命が目指していたもの、その人類史的な意味は、比較にもならんほどに異なっていたのだ」

「あなたの近代批判の論理は、あのハンガリー人と基本的に変わらない。それを剽窃《ひょうせつ》したとまでは、いわないにせよ。ハンガリー人が全体性というところで、あなたは存在という。彼が主体と客体の二律背反というところで、あなたは存在忘却という。歴史的真理を宿した階級主体が商品所有者に分断されているとハンガリー人が批判する時、あなたは共同存在が公共性に頽落しているという。構図は同じです。そしてハンガリー人は、歴史に理性をもたらそうと実存的に決断した。そしてあなたは、現存在の日常的な頽落から実存を、本来的自己を救出しようと。

あなたの大学革命構想と、数年前の大学革命において主張された近代批判の論理が酷似していたのは、必然的なことだ。あの大学革命には、問題のハンガリー人に代表される極左主義が大きな影を落としていたのだから」

「話にならん。あの矮小《わいしょう》なヘーゲル主義者と、私の思索とは、なんの関係もありはしない」あたりに老人の怒声が響いた。

「それではナチズムによる革命もマルクス主義による革命も、ともに収容所の建設に帰結したという二十世紀の現実について、どのように考えるのです」青年は冷静に応じた。

「それは技術の時代の必然性なのだ」

「ところであなたは、『農業は今や機械化された食糧産業であって、本質において、ガス室や絶滅収容所での死体の製造と同じもの、国々の封鎖や兵糧攻めと同じもの、水素爆弾の製造と同じものである』とも語っていますね」

「それらは皆、同じものではないのか。存在忘却の極点において世界は厚みも陰影もない像に、写真のごときものに変貌する。そして産業的技術の力が世界を制覇するに至る」

「ようするに、収容所が存在したことは問題ではない。ユダヤ人が大量連行され処刑されたことも。絶滅収容所が死の大量生産工場として完成され、固有の死や尊厳ある死が失われた点にだけ問題はあった。それはまた、機械化された食糧産業など技術の時代の必然性として思考されなければならない。それらはナチズムに固有の主題ではありえない、という結論になりますね」

　興奮のせいで、老人の頬が顫えている。それまで告発者のように語っていた青年が、ふいに声をおとした。そして、催眠術師さながらの不思議な囁き声で問いかける。「あなたが死の哲学を放棄したのは、偽ナチズムとの闘争を決断しえない、惰弱な自分を見せつけられたせいです。しかし、まだあるのですね、その理由は。あなたは、あれを見たのではありませんか」

「なんだ、君は何を暗示しようとしている」老人が呻いた。

「あれです。あなたが〈有〉とか〈将来の神〉とか、そんな言葉でなければ隠蔽できないと感じたほどにおぞましい、死の哲学を最終的に葬りさるような不気味なものです」

「いや、見ておらん。見ておらんぞ、私は」

そんな苦しまぎれの否定が、むしろハルバッハの内心をあらわにしていた。なにを見たのかは知らないが、それをハルバッハが目撃したのは疑いのないところだ。カケルが平静に言葉をついだ。

「あなたは死の哲学を棄てた。しかし、死の哲学の方は、かならずしも放棄した人間を離さないかもしれない。ふたたび態度決定が迫られる、決断が強いられる。そんな時が、明日にも来るかもしれません」

「どういうことだ」疲労したように老人がつぶやいた。

「じきにあなたは、過去の自分と対決しなければならない羽目になる。たぶん死に直面する決断を強いられることに。僕は最後まで、それを見届けることにしよう。死の哲学を信奉して戦場に屍の山を築いたドイツ青年や、マドリッドで射殺されたフランス青年に代わって」

語りおえて、カケルが席を立った。頭を抱えるようにしていた老人が、のろのろと顔をあげる。青年を追って、わたしもドアのほうをめざした。わたしたちの背中に、惨めなほど力のない声がなげられる。

「で、問題の品は」

「今夜にも連絡があるでしょう」振りかえりもしないで、青年が無愛想に応えた。

第十一章　死の墜落

1

モガールは警視庁舎の索漠とした、しかも喧噪《けんそう》に満ちた通路を歩きながら、昨日からの事件の急展開について考えていた。同僚や部下の見慣れた顔が、もぞもぞと挨拶の言葉を呟いたり、慌ただしく頷きかけたりしながら、次々と通り過ぎていく。

昨日の午後、矢吹駆と二人でダッソー邸にあらわれた娘のナディアは、どうやらクロディーヌ・デュボワによる、ロンカル殺しの真相を見破ったらしい。今頃、部下のバルベスがダッソー邸の東塔で再演しているだろう実験が成功すれば、三重の密室の謎は解明される。さしあたり、そのように期待しても問題はなさそうだ。

モガール警視は、証拠品の短剣で実験したいというバルベスを制止して、できるかぎり精巧な複製品を用意させることにした。法廷に提出される証拠品に傷をつけたり、どんなに微細でも変形を加える可能性については、やはり捜査責任者として承認できない立場だった。

バルベスは不満そうな顔をしていたが、それでも持ち前の精力を発揮して部下の刑事の先頭に立ち、なんとか午後には、蚤《のみ》の市からナチス親衛隊《エスエス》の短剣を掘り出してきた。それを警視庁の地下にある実験室に廻して研ぎあげ、証拠品と寸分も変わらないように折らせた。実験用の小道具を手にして、バルベスが意気揚々とダッソー邸に出発したのが一時間ほど前、午後三時頃のことだった。

昨日からの事件の急展開は、ついに物音トリックが解明されたらしい点に留まらない。あの不思議な日本人は、二日のあいだ十人もの刑事を張りつけても発見できなかった、イザベル・ロンカルの屍体を手品のように宙空から捻《ひね》り出したのだ。

宙空というのは、かならずしも比喩ではない。警察犬まで動員した捜査員は、ひたすら森屋敷の庭の地上を嗅ぎ廻っていたのだが、探し求めていた屍体はなんと、ダッソー邸の裏木戸から道ひとつしか離れていない建物の五階、地上二十メートルの場所に隠されていたのだ。

警察車の無線で昨日の夕方、バルベスから予期せぬ報告がなされた時、モガールはポルト・デ・リラ事件の殺人容疑で逮捕したカッサンを、訊問室で追及しているところだった。興奮したバルベスによれば、イザベル・ロンカルの屍体が、ダッソー邸の裏手にある廃屋で発見されたという。

やむなく訊問を切りあげたモガールは、中庭に列をなして駐車している警察車に乗り込んで、ブローニュに向かうよう命じた。ボーヌによる緊急の要請で、鑑識関係の車は三十日の深夜を再現するように、既にダッソー邸を目指して急行していた。

現場に到着した時はもう、午後五時を廻っていた。バルベスは警察無線で、犯人の身柄を押さえるため、北駅のホテルに乗り込むところだと叫んでいた。しかし、なぜパウル・シュミットなるドイツ人が犯人でありうるのか、モガールにはまだ、その時点では理解不能だった。

犯人逮捕の可能性に興奮したバルベスの報告は、あまりにも混乱し、また断片的に過ぎたのだ。なんとか輪郭が摑めたのは、バルベスに代わって現場捜査を指揮していた、ボーヌの報告を聞いてからだった。

バルベスと一緒に、イザベルの屍体を発見したというヤブキおよびナディアは、ほとんどモガールと入れ違いに現場を去っていた。「急用があるというので、一応の事情を聴取した後、現場を離れることも許可したんです」とボーヌは、申し訳なさそうに報告した。

相手が上司の娘や、その友人なので、ボーヌは無理に足どめするのが難しい立場に置かれたのだ。前後の事情からしても、発見者の二人に疑わしいところはない。むしろヤブキは、捜査に重大な貢献をしたのだという。

娘からなら、今夜にでも話は聞ける。それで足りなければ、ヤブキのホテルに行けばよい。あの青年は毎晩、夜が白むまで起きているそうだから、真夜中に押しかけるのにも遠慮はいらないだろう。そう考えてモガールは、黙って部下に頷きかけた。上司に、自分の判断が妥当なものだったと認められて、ボーヌは安心したふうな笑顔を見せた。

現場検証を終えて警視庁に戻れたのは、もう九時を過ぎた時刻だった。バルベスからは、外出中のドイツ人の帰りを待ち、ホテル前で張り込んでいるという報告が入っていた。新たな局面を迎えたダッソー邸の事件について、あれこれとモガールは、頭を悩ませていた。

シュミットが、イザベル・ロンカル殺しの現場に足を踏み入れたのは事実だろう。一応、そのように考えて無理は生じない。だが、それだけではシュミットを、イザベル殺しの犯人であるとまで断定はできない。

春までフランクフルト警察に奉職していたドイツ人が、なぜ、イザベルが拘禁されていた廃屋のアパルトマンに足跡を残したりしたのか。何かを知っていたには違いない。しかし、その何かについては、まだ推測の仕様もない状態だった。

ナチ収容所の囚人と、その息子あるいは娘。彼らにコフカ収容所長だった人物を追及し、私的に処罰する理由があったなら、シュミットにも同じような動機はありえたかもしれない。定年のため、警官として戦犯を追及することが不可能になったシュミットは、ついに発見した長年の獲物に対して、法的な手続きを踏むことなしに、私的処罰を敢行する誘惑に駆られたのかもしれない。

現場に残されていた写真の男が、何十年か昔のロンカルであるらしいことは、かろうじて警視にも判別できた。その場でボーヌの部下に命じて、写真の背景を確認させるためガドナス教授の家に走らせたのだが、左側の人物の顔が切り抜かれている古びた写真を見せられた老人は、背景はコフカ収容所の正門であり、右側の男は収容所長フーデンベルグであると、躊躇なしに断言したのである。ジャコブにはモガール自身が、同じことを確認した。

二日前の夜には判明していたように、ルイス・ロンカルは、コフカ収容所長でナチ戦犯のへルマン・フーデンベルグだ。それはジャコブやガドナスによる証言のみで、支えられている事実ではない。ボリビア国籍でゲルマン系の顔をした老人。腋の下にある火傷のひきつれも、その事実を裏付けている。被害者の心臓を抉った凶器が、ナチス親衛隊《エスエス》の短剣だったことも、もちろん無視するわけにはいかない。

かつてコフカ収容所長だった老人が、コフカの囚人の経歴をもつ男の息子に幽閉され、殺害された。事件当時、その邸には囚人だった男二人と、その子供二人がいた。また老人の妻が、邸に近接する廃屋の一室に監禁され、そして射殺されてもいる。現場に残された名刺の主は、戦後三十年のあいだフーデンベルグを追跡してきたドイツ人警官だ。

シュミットを含めて、以上五名にフーデンベルグ夫妻に対する殺意が、なかったとはいえない。また、そこまで容疑者の幅を広げるなら、エマニュエル・ガドナスも事件との関係を疑いうるだろう。

コフカの囚人だったカッサンやジャコブにフーデンベルグ殺害の動機があるなら、同じ経歴のガドナスにも同様に動機はありうる。ようするに第二の事件は、連続殺人の容疑者を四名から六名に増やす結果をもたらしたのだ。

そんなふうに考えている時だった。逃がさないようにドイツ人の巨漢の腕を締めあげ、バルベスが意気揚々とモガールのオフィスに姿を現したのは。イザベルの屍体発見にまつわる煩雑な実務作業が控えており、さらに深夜のこともあって、シュミットの本格的な訊問は翌日に廻された。必要な手配を終えて、モガールが自宅に辿りついたのは、午前二時になろうとする真夜中のことだった。

それでも、まだナディアは起きていた。どうやら父親の帰宅を待っていたらしい。ヤブキが急いでいたのは、パリ滞在中の高名なドイツ人哲学者と、面会する約束のためだった。そのように娘は説明した。そしてヤブキは、ホテルを監視できる位置に駐車した娘の小型シトロエンを、わざわざ借りうけたのだという。車を貸したためにナディアは、やむをえずタクシーで帰宅したらしい。

ナディアは父親に、「もしも今晩中にカケルの話を聞きたいなら、レアールのホテルに行っても無駄だと思うな。たぶんホテル・エトワールのまえで、徹夜の監視をしてるんだと思う」と語った。

ヤブキの監視作業は、ダッソー邸の事件となんらかの関係があるものなのだろうか。あの日本人がやることだから、理由のないこと、不必要なことだとは信じられない。しかしマルティン・ハルバッハなる、八十歳を超えた高齢のドイツ人哲学者が、ロンカル夫妻の殺人事件に関与していると想定するのにも、やはり無理がありそうだ。

わが娘を相手にして妙な感じのものだったが、モガールはイザベルの屍体を発見した前後の事情を、参考人であるナディアに詳細に説明させた。

娘の話は、パウル・シュミットを留置場に送ってから、ようやく納得できるまで報告させることのできた、バルベスの経過説明とも齟齬はない。どうやらヤブキの話を、今夜中に緊急に確認する必要はなさそうだ。そう思って、疲れているモガールは安堵した。真夜中に、またしても外出しなければならないというのは、決して有難いことではない。

とはいえ、そのままベッドに倒れ込んでしまうこともできなかった。それから一時間ものあいだモガールは、娘からダッソー邸の事件の真相なるものを、綿々と聞かされ続けたのだ。

「カケルの発見はね、結果的にわたしの推理を、過不足なしに裏づけるものだった。あとから、それが充分に納得できたわ。イザベル・ロンカルことレギーネ・フーデンベルグは、四阿でコーヘンに誘拐されたのではない。裏木戸のところでシュミットに拉致された。そう考えれば、わたしの最初の推理に残されていた、幾つかの不都合が、むしろ解消されるんだもの。いいこと、パパ。

レギーネを誘拐するなら、なにもダッソー邸の敷地内にある四阿で、それを実行する必要はない。タクシーを降りたところで、拉致してしまえばよいのだもの。その点については、シュミットの存在を推理に導入することで解消される。たしかにレギーネは、タクシーを降りた直後に誘拐されたんだわ。

カーテレフォンもないルノー18の車内から、どうしてレギーネに電話させることができたのか。その疑問も解消される。レギーネは廃屋のアパルトマンから、事件の発生を地区署に電話したんだから。

ダルティ夫人が七時五十分に目撃した、謎の人影もおなじことよ。それが七時十分にダッソー邸の敷地に侵入し、七時半に四阿でレギーネの自由を奪ったコーヘンのものだとすると、たしかに不自然なところがあるわ。でも人影が、レギーネを廃屋に監禁してから、おもむろにダッソー邸の庭に侵入したシュミットのものだと考えれば、時間的にぴたりとあうし、疑問点も消えてしまう。

最後は、四阿の煙草の吸殻ね。もしもコーヘンが四阿の人物だとしたら、二日前の晩にジャン＝ポールにからかわれたように、おなじ夜に車の内と外で、コーヘンは違う銘柄の煙草を吸いわけていたと想定せざるをえない。絶対にありえないことではないけれど、やはり不自然には違いないわ。

新しい推理では、その疑問点も納得できるように説明できる。カケルが見つけたレギーネ・フーデンベルグの屍体と、それから生じた新たな条件性は、わたしの推理を完成させたんだわ。パウル・シュミットは、もう逮捕できたのね。それにダニエル・コーヘンも。クロディーヌ・デュボワもジャン＝ポールによれば、コーヘンの線から逮捕は目前に迫っている。ダッソー家の森屋敷の事件は、もう解決したも同然だわ。

フーデンベルグを殺したのはクロディーヌ、妻のレギーネを殺したのはシュミット。そして脱出用の運転手として、ふたりに協力していたのがコーヘン。ナチ戦犯の夫婦を殺害した黒幕はイスラエル情報部のパリ駐在員ツァイテル・カハンで、国外脱出した主犯のカハンを捕まえるのは、どうやら難しそうだけれど」

キャメルの吸殻に残された唾液の血液鑑定は、四阿の吸殻も廃屋のそれも、どちらも非分泌型と出た。正確な血液型の判定はできないのだが、非分泌型の人間そのものが四人に一人だといわれているから、シュミットが分泌型かどうか判れば重要な判断材料になる。シュミットが非分泌型なら、四阿および廃屋の吸殻の主である可能性はかなり高いものになる。ナディアの推定通りに。

話を聞いていて、モガールは娘の思考能力に少しばかり驚かされた。微細にわたり検討してみたが、どうやら不自然な点は存在しえないようなのだ。一息で、瞬時に崩れそうなカードの家ではない。緊密に構成された、揺るぎのない論理の建築物が、そこにはあった。

たんに探偵小説マニアの好奇心ではなしに、本当に犯罪捜査に関心があるのなら、ナディアを司法警察に入れるのも悪くないと、一瞬にせよモガールは考えさえした。じきに苦笑して、そんな非現実的な思いつきは、口にする前に撤回することにしたのだが。

それでもモガールには、残された疑問があった。ツァイテル・カハンがモサドの秘密エージェントなら、暗殺するよりもフーデンベルグを拉致して、その身柄をイスラエルまで密かに送るよう努力するのではないだろうか。パリでナチ戦犯を非合法に処刑してみても、イスラエル国家の利益にはならない。虐殺者をエルサレムの被告席に引きすえ、世界を観客として公正な裁判を演じること。アイヒマン事件の時もそうだったが、イスラエル政府なら、それを最優先の課題にするのではないか。

もう一点は、レギーネの殺害現場から発見された写真に関係している。ナディアの説によれば、フーデンベルグ夫妻がフランソワ・ダッソーを脅迫しようとして、遠路パリまで来たということになる。そのネタが、あの写真だ。しかし、フーデンベルグの隣で映っている人物が何者であるにせよ、あんな写真にダッソーが、なぜ脅迫されなければならないのだろう。

家畜列車でコフカ収容所に到着したユダヤ人を、言葉巧みにガス室に誘い込んでいるエミール・ダッソーの写真であれば、多少の脅迫効果はあるだろう。ナチス収容所の生存者の多くは、なんらかの意味で仲間や同胞を身代わりにして、かろうじて生き延びた人間である。

それは誰もが知っていて、しかも公然とは語ることのできない悲劇的な事実だから、もしもそんな写真があれば、ダッソー家が高額で買いあげるという可能性もないとはいえない。だが写真には、制服姿のフーデンベルグと背広姿の謎の人物が、並んで写っているに過ぎないのだ。可能性は少ないと思うが、もしも背広の男がエミール・ダッソーだったにせよ、そんな写真が公開されたところでダッソー家は少しも困らないだろう。

だがモガールは、それらの疑問点は口にしないことに決めた。事件を解決したと信じて上機嫌なナディアに、わざわざ水を掛ける必要はないし、もしも議論をはじめたら、もう朝まで眠れないだろうという現実的な判断もあった。ナディアの説明を聞き終えたモガールは、それでも気になっている点をひとつだけ質問してみた。

「それでカケル君は、何を考えているのだろう」

「わからない。ジャン＝ポールがよくないんだわ」ナディアが口を尖らせる。

「なぜかな」

「カケルって、変に真面目なところがあるから、約束は絶対に守るのよ。パパも知ってると思うけど。あの夜、カケルは、写真と引換に、今回の事件にかぎっては考えたことを全部、ジャン＝ポールに教えるって約束したでしょう。その約束は、厳格に守られていた。レギーネの屍体を見つけるまではね。

でも馬鹿なジャン＝ポールは、それで満足したのよ。目先の餌だけでね。そうして、契約は履行されたって宣言したの。もうカケルには、推理したことを残らず説明する義務はないわ。契約の相手が、その必要はないって告げたんだもの。たぶんかれも、シュミット犯人説なんだろうと思う。ハルバッハが真犯人だというのは、たんに象徴的な意味にすぎない。ジークフリートが密室の作者だというふうな。

それでもわたし、五月二十九日の夜から三十日にかけて、ハルバッハにロンカル事件の不在証明《アリビ》があるのかどうか、いちおう確認しておいたほうがいいとは思う。カケルって、なにを考えてるのか、ほんとうにわからないんだもの。八十過ぎの老人が、フーデンベルグ夫妻を殺害したって可能性もゼロじゃないでしょう。もしもそうだとして、どんな具合にそれを実行できたのか、わたしには想像もつかないけれど」

矢吹駆について語るナディアの態度が、深いところで微妙に変化しているように、モガールには感じられた。ラルース家の事件の時にあったような競争意識は、もはや影もない。その後ナディアは、青年に恋したのだろう。モガールは、そう睨んでいた。

自信家で負けず嫌いの少女が、自分よりも卓越していると認めざるをえない青年に出遇えば、その新鮮な衝撃が、恋愛感情に帰結したとしても不思議ではない。むしろ必然的なことかもしれない。その青年が神秘的な面影の異邦人であり、おまけに連れて歩けば、女友達のほとんどが羨望の視線を向けるほどに、外見が魅力的な青年であればなおさら。

だが、モガールの見るところナディアは、矢吹駆を恋する段階さえ卒業しはじめていた。小さい時に読んでやったことのある、『秘密の花園』の主人公メアリにも似たような、性格的に芯の強い、おのれの欲望には非妥協的に貪欲である少女が、心の底から他人の存在を気づかう、成熟した大人の女に変貌しようとしている。

ナディアは、あの日本人を、本気で愛しはじめたのかもしれない。たんに憧れたり、恋したりするのとは根本的に違う心の状態が、五月で二十一歳になった娘に、静かに訪れようとしている。

そんな発見が、モガールを戸惑わせた。ナディアの恋の行方を心配していた時、父親はまだ、父親である自分を疑う必要はなかった。ある意味で危険ともいえる魅力的な青年に恋して、傷ついてしまうだろう一人娘のことが気になっていたのだ。その時まだ娘は、かろうじて父親の大きな掌のなかにいた。

しかし、本当にその男を愛しはじめた時、もはや父親には出る幕などありえない。青年との交際が結果として、どのような心の傷をもたらそうとも、それをナディアは自分で解決することだろう。恋は、恋を否定するものに耐えることができない。だから失恋の苦悩もまた生じる。だが愛は、愛を否定するものさえも肯定して、しかも愛でありうる。愛する者に裏切られようとも、愛は失われることがない。ありふれた男や女に、それは強固な信仰をもつ宗教者にも匹敵するほどの肯定する力、神秘的な力を与えうるものだ。愛の体験には、そのような神秘が隠されているのだと、あらためてモガールは思った。

モガール警視が庁舎の建物の奥にある、目的の訊問室に着いた時、同僚のマソンが偶然に、向かいの部屋から通路に姿を見せた。マソン警視は担当事件である、コンスタン殺しの犯人として逮捕したエドガール・カッサンを、それまで訊問していたのだろう。

「やあ、モガール」疲労の滲んだ声で、マソンが挨拶した。

「どうかね、カッサンは。そろそろ自供しそうかな」

「なかなか。はじめから殺すつもりはなかったんだろう、不幸な偶然の事故だったんだろうと、同情した顔で気をひいても駄目。反対に、襟首を摑んで脅しをかけてみても、頑固な顔つきで何も喋ろうとはせん。どうやら自白は取れないままで、起訴するしかなさそうだ。

君には残念なことだろうな。やつが吐かなければ、名士のフランソワ・ダッソーを逮捕するという決断など、どうやら総監は下しそうにないんだろうが。偶然にモガールが見つけてくれた犯人なのに、そいつを締めあげることで、君の担当事件の解決に貢献することはできそうにない。なんとも、申し訳のないことだ」

好人物のマソンが、冗談口調に紛らわせながらも謝罪めいた言葉を口にした。モガールは微笑して答えた。

「私も暇をみて、カッサンを訊問してみよう。今日は、無理のようだがな。なにしろダニエル・コーヘンにパウル・シュミットと、二人もダッソー邸の事件の容疑者を抱えている」

「コーヘンの線から、クロディーヌとかいう女の潜伏先は判らないのか。その女の供述を取れさえすれば、カッサンも喋りはじめる可能性はあるんだが。共犯者が自供した事実を突きつけられて、一挙に崩れる容疑者は少なくない」

「いや、それは少しばかり難しそうだな。なにしろコーヘンは、モサドの秘密機関員なんだ。そう簡単には、口を割りそうにない。ムフタール街で監視を振り切ったクロディーヌは、イスラエル大使館員でモサドの駐在員の、ツァイテル・カハンの家に逃げ込んだ。検出された指紋などから、カハンの家にクロディーヌが潜伏していたのは、ほとんど確実なんだが」

「国土保安局《DST》の阿呆が」

多少は事情を知っているマソンが、吐き棄てるように呟いた。DSTの縄張り根性さえなければカハンは、そしてクロディーヌも逮捕できたろう。モガールは黙って、マソンに頷きかけた。いつまでも通路で、同僚と立ち話をしているわけにもいかない。イザベル・ロンカル殺害の犯人と覚しいパウル・シュミットの、それが最初になる本格的な訊問が待っているのだ。

マソンはオフィスに戻り、モガールは訊問室のドアを押した。石壁に囲まれた無愛想な印象の小部屋では、制服警官が左右から、粗末な椅子に掛けたドイツ人を監視していた。

モガールは警官に、訊問室の外で待機しているように命じた。容疑者とは一対一で話してみる。それが年来の、モガールのやり方だった。長年の相棒のバルベスでさえ、訊問に同席していると、時として邪魔に感じられることさえある。

モガールの質問に対する容疑者の反応を、態度や表情の細部にわたり、克明に読んでいく。その果てに、容疑者の存在に同化してしまうのが、警視の訊問術だった。容疑者の言葉に反応するというよりも、その人物の内面に、想像的に入り込んでしまうこと。その人物がなぜ、どんな心境で犯罪を犯したのかを知りうるなら、訊問は九割まで成功したも同然なのだ。

モガール警視は粗末な椅子を引いて、テーブルを挟み、シュミットの前に腰を下ろした。白髪混じりの金髪で、赤ら顔のゲルマン人の巨漢が、にやにや笑いかける。カッサンと同様に、いかにも訊問者を手こずらせそうな、厚かましい薄笑いだった。

シュミットは退職警官だという。現役でも退職した警官でも、なんらかの容疑で逮捕された場合に、その態度は極端に二つに分かれるものだ。小突く側から小突かれる側に、自分の立場が逆転したことに茫然とし、情けないことにチンピラほどの根性さえ見せることなく、泣き崩れるような感じで全部を喋ってしまうタイプ。

もうひとつは、警察官だった時期の経験を存分に活用して、絶対に崩れることのないタイプだ。脅しもすかしも、その種の容疑者には通用しない。訊問者は手の内を、はじめから克明に摑まれているのだから。警察が非合法に、どこまで拷問まがいの訊問をなしうるのか、その限界までもが、あらかじめ読まれている。どうやらシュミットは、第二のタイプらしいと、モガールは相手の態度を観察しながら結論していた。

暴力的な訊問には、暴行された瞬間の苦痛よりも、その苦痛がどこまで昂進するものか、限界が判らないという恐怖感を喚起することに、主要な意義がある。意思では左右できない瞬間的な苦痛には、意外なほど人間は耐えられるものだ。

それと同じことで、喋りさえすれば、この苦痛は消える。自分の意思で、あるいは抵抗する意思の放棄で、それは消滅しうるのだという選択の余地があるからこそ、拷問の苦痛には物理的なもの以上に心理的な要素が生じうる。

どれほど残虐に殺されようと、自分の意思とは無関係に最後には死ぬ運命が決まっているのなら、それは苦痛から脱出できる選択肢を与えられた拷問よりも、はるかに我慢しやすいのではないか。レジスタンス時代にモガールは、そんなふうに考えたこともあった。

ジャンヌ・ダルクのように生きたまま焼き殺されるのは、確かにひどい苦痛だろう。しかし、そうした苦痛は肉体的な水準に留まるのであり、心理的な苦痛までをも加算された拷問の苦痛より、よほど耐えやすいのではないか。

昨夜の段階で、パウル・シュミットがフランス語を解さない事実は判明していた。モガールはドイツ語を学んだことがない。訊問は英語で行われることになった。隣国の住民が、海を隔てた国の言葉でしか意思疎通できない事実に皮肉なものを感じながら、警視は錆びついた英語能力に油を差して、おもむろに語りはじめた。

「ミスター・シュミット。君は五月二十九日の午後七時半に、どこにいたのかな」

「そんな事実が、ブローニュの廃屋に不法侵入したかどうか、それを確認するのに必要なんですかね。確か私は、他人の住居に不法侵入した容疑で、逮捕されたのだと記憶している」

皮肉な口調でドイツ人が答えた。法律問題に無知な素人ではない。警官に法を超えるような訊問など、絶対にさせないという暗黙の意思表示だろう。手強そうな相手にも表情は変えないで、モガールは質問を続けた。

「では君は、廃屋のアパルトマンに侵入した事実は認めるんだね」

「いいや」

「それなら廃屋の非常口に、君の名刺が落ちていた事実。それにボリビア国籍の女の射殺屍体が発見された五階のアパルトマンに、君が吸ったと覚しいキャメルの吸殻が残されていた事実について、納得できる説明をしてもらおうか」

「パリに着いてから私は、何十枚もの名刺を配った。時間があれば、誰に名刺を渡したのかも、逐一、思い出せるかもしれんが。その一枚が、廃屋の非常口に落ちていた。誰か、私を罪に陥れようとして、名刺を残した人間がいたのだろう。煙草の吸殻に至っては、問題にもならんな。パリの住民でキャメルを吸っている男女が、どれほどの数いると思うんだね。

ようするに結論は、同じことになる。私を、はめようとした人間がいる。そいつがボリビア女を殺してから、わざと名刺を落とし、キャメルの吸殻を残したんだろう」

「それにしても偶然が過ぎるな。廃屋は通りを隔て、フランソワ・ダッソーの邸宅に面しているんだ。その邸を君は、五月二十九日の午後に訪問している。門前ばらいを喰わされたにしてもだ。

過去五日のあいだに、ダッソー邸の付近に出没した人物で、キャメルを愛用している人間は、まあ数十人はいたかもしれん。そのなかで君が、パリに着いてから数十枚ばら撒いたという名刺を、同時に持っていた人物が存在する確率は、どれほどのものかな。

ミスター・シュミット。君も警官だったなら、警察流の考え方は理解できるだろう。われわれは、そんな偶然など信じない。君が名刺を落とし、君が吸殻を残したんだ。そうでない事実が判明すれば、その時点で予断は予断として撤回しよう。しかし、君がそうでない事実を証明できないあいだは、われわれは蓋然《がいぜん》性の方向で考える」

「確かに私も、つい最近まで警官だった。ミスター・モガール、あんたのいうことは判らんでもない。しかしダッソー家と関係があり、しかも私と接触できた人物が存在したなら、どうだろう。その人物が犯人であり、そして私を陥れるために名刺や吸殻を残した可能性は、かなり濃厚になる。私なら、そう考えるだろうな」

「それでは君は、ダッソー家の関係者に、執事のダランベールを通してフランソワ・ダッソーに渡った名刺以外に、名刺を渡しているのかね」警視が追及する。

ふてぶてしい薄笑いで、シュミットが応じた。「どうかな、時間をかければ思い出せるかもしれん」

「それだけではない。そのアパルトマンで発見されたのは、イザベル・ロンカルことレギーネ・フーデンベルグだ。君が戦後三十年のあいだ、必死で追及し続けてきたナチ戦犯の妻だ。そして夫の方は、通りを隔てたダッソー邸で殺されている。

キャメルを吸い、パウル・シュミットの名刺を持ち、さらにレギーネ・フーデンベルグに対して殺意を抱くにたる経歴の人物が、過去五日のあいだ君以外に、ダッソー邸の周辺に出没した。そんな偶然など、とても承認できそうにないな。警察流の蓋然的思考では、君がイザベルを殺害したのだという結論にならざるをえない。

それが誤った予断に過ぎないというなら、証明してもらおうか。二十九日の午後七時半に、もしも君に不在証明《アリバイ》があれば、それはパウル・シュミットがイザベルを誘拐したのではないという、われわれにたいしての有力な反証にもなりうるだろう。あるなら、話してもらえないだろうか。君の証言が確認されたなら、その瞬間にも釈放しよう。即刻、君は自由の身になれる。ドイツに帰国し、フランクフルトの家で寛《くつろ》ぐこともできる。どうかな、ミスター・シュミット」

「あの夜はサン・ドニで、夕食のあと映画を見て、後は深夜の街を歩いてホテルに戻った。あんたが期待するような不在証明はない、残念ながら」

警察に追及されているというのに、ドイツ人の退職警官の表情には奇妙な余裕があった。五月三十日のロンカル事件の深夜、シュミットがホテルに戻った時刻は、フロントで客室の鍵を渡した従業員によれば午前二時頃。ようするにシュミットには、フーデンベルグ殺害にかんしても不在証明がない。

ガドナスも、その晩は、自宅で一人きりだったと証言している。不在証明がない点では、シュミットと基本的に同じ条件なのだ。シュミットもガドナスも、連続殺人のいずれに関しても、現場付近まで人に知られないように行けた可能性がある。

ロンカル殺しに関しては、三重の密室の第三の壁が、二人の容疑を邸の二階にいた四名、あるいは一階の使用人を含めた九名よりも希薄なものにしているが、邸内の人間が幽霊のように殺人現場に侵入しえたなら、両名が東塔の広間まで到達できたとしても不思議ではない。なんとかして三重密室の壁を破らない限り、容疑者が拡大してしまうのも避けられない結果なのだ。

三十日の午前二時頃に、ホテルに帰館したシュミットは、朝八時に食堂に姿をあらわしている。九時前に客室に戻り、外出したのは午後二時頃。そのあいだも二回、ドイツ人はホテルの従業員に目撃されていた。

シュミット宛の市内速達《プヌ》がフロントに着いたので、午前十時には従業員が部屋まで、封筒を届けに行っている。十二時半には掃除係の女が、ベッドのシーツを交換しているが、作業のあいだシュミットは通路で待っていたという。警視が質問を続けた。

「五月三十日の午後二時に、君は外出しているね。どこに行ったのかな」

「名所見物さ。地下鉄でサン・ミッシェルまで行き、ノートルダム寺院に登った。オデオンのアルザス料理屋で晩飯を喰って、八時にはホテルに戻った。なにしろ旅行者だ。外出中に、残念ながら友人にも知人にも逢ってはいない。警察が喜びそうな、そんな偶然は起こらなかったな」

警視の質問にシュミットが答えた。ようするに午後二時から八時までのあいだ、どこにいたのかは、証明できないという結論になる。デュラン医師によれば、レギーネ・フーデンベルグは五月二十九日の午後七時頃から、翌日の午後三時頃までに殺害されている。解剖など屍体を精密に検査してみれば、もう少し時間幅が短縮されるかもしれないが、デュランの報告書は、まだ警視のオフィスに届けられてはいない。

シュミットがレギーネ殺害の犯人であると仮定して、その犯行時刻には二つの可能性がありうる。三十日の深夜十二時半に、レギーネを強制して警察に電話させ、その直後に射殺してホテルに戻った。あるいは三十日の午後二時にホテルを出て、また問題の廃屋まで行き、三時頃には女を殺害した。不在証明の観点から考慮して、そのいずれもがシュミットには可能だった。

その時、ドイツ人が吐き棄てるようにいった。

「フーデンベルグ夫婦の死は天罰だと思うね。誰が殺したにせよ、その人物は神意を代行したんだ。もしも関心があるなら、あの夫婦がアウシュヴィッツやコフカで重ねた悪行の数々を説明しよう。それを聞いたらあんたも、警官の立場は立場として、あの夫婦の地獄堕ちを喜ばしい事実だと考えはじめるだろうさ」

それはそうかもしれない。あらためて聞かされなくても、フーデンベルグ夫婦の正体についての想像はつこうというものだ。であるにせよ、やはり私的な制裁は許されない。その相手が、地獄の鬼も鼻白むような大量虐殺犯であろうとも。

卓上の電話のベルが、ふいに室内に響いた。モガールは不審に思いながら、受話器に手を伸ばした。よほどの緊急事態でない限り、容疑者の訊問中に電話をして来る部下はいない。

「モガール警視ですね。受付ですが、クロディーヌ・デュボワという女性がダッソー邸の事件のことで、どうしても警視に面会したいと。訊問中に申し訳ありませんが、バルベス警部も外出しているとのことなので、やむなく連絡しました」

クロディーヌが警視庁に出頭してきた。受付の警官には、モガールのオフィスまでクロディーヌを案内するよう指示してから、おもむろに警視は電話を切った。容疑者の前のことでもあり、表情には出さないように努めたが、それでも内心の緊張を抑えることはできない。捜査は最後の山場に達しつつある。長年の勘が、そう囁いていた。

2

逮捕したシュミットは、ダッソー邸の事件との関係を否認している。あの態度では、事件の解決につながる証言を引き出すのも容易ではなさそうだ。しかし、自分から出頭してきたクロディーヌなら、あるいは三重密室の謎を解明するのに有益な新事実を喋るかもしれない。それを期待しながら、モガールは緊張している女の顔を見つめた。

「マドモワゼル・デュボワ。自分でも判ってると思いますが、あなたの立場は警察に対して、あまりよろしくない。なにしろ、刑事の監視を振りきってまで姿を消したんですからね。事件関係者が、禁足の指示を無視して逃走し、どこかで潜伏している。たぶんロンカル殺しについても、何か後ろぐらいところがあるのではないか。そう疑われても仕方ない立場なんですよ」

オフィスのデスクの椅子に凭れ、モガール警視が、反対側に坐っている若い女に低い声で告げた。女が、悄然《しょうぜん》とした様子で応じる。

「申し訳ありません」

「あれから、どこに隠れてたんです」

「ツァイテル・カハンのアパルトマンに」かぼそい声で、クロディーヌが答えた。

「イスラエル大使館のカハンですね」

「そうです。三十代なかばの、綺麗な人でした。逃亡し、潜伏しているナチ戦犯を追跡するのが仕事なんです」

「モサドのパリ駐在員……」

「知りません。それ以上に詳しいことは、わたしにも話してはくれませんでした」

「ムフタール街であなたを逃がしたのも、ツァイテル・カハンですか」

「わたしに逃げるよう指示したのは、ツァイテルでしたが、青いルノーを運転していたのは、知らない男の人でした。たぶん、ツァイテルとおなじ仕事をしている人なんでしょう」

「ツァイテル・カハンとは、どんな具合に知りあったんです」

「四年前、二十歳になったときのことでした。ツァイテルの方から、わたしに接触してきたんです。ツァイテルは身分を証明したあと、是非とも協力してもらいたいと要請しました」

「どんな協力ですか」

「逃走したままのコフカ収容所長ヘルマン・フーデンベルグを見つけだし、逮捕するための協力です」

「なぜ、モサドはあなたに協力を依頼したんです」

「父の遺言で、わたしは成人した直後に〈正義の会〉に志願し、正式メンバーとして加入することを許されたからです」

警視は眉を顰《ひそ》めた。予想した通りクロディーヌ・デュボワの背後には、ナチ戦犯を追及するイスラエルの秘密機関員が隠れていた。しかし、なんだろう〈正義の会〉とは。モガールは質問を続けた。

「その〈正義の会〉とは」

「正式には〈正義を要求するコフカ収容所の犠牲者の会〉です。結成されたときのメンバーは、エミール・ダッソー、アンリ・ジャコブ、エドガール・カッサン、そして父のダニエル・デュボワの四人でした」

「なるほど。その四人はコフカ時代の縁で、戦後も親しい関係だったとか」

「そうです。脱走に成功した夜、何十万ものコフカの犠牲者を弔うため、生きのびた者の義務として、四人は虐殺者の首領フーデンベルグに、正義を執行することを誓ったんです。そして〈正義の会〉が結成されました。エミール・ダッソーの死後はフランソワが、父の死後はわたしが、新しいメンバーとして参加することになりました」

ありそうなことだと、モガールは思った。イスラエルや西ドイツの当局、そして戦時中ドイツに占領されていた各国の政府機関は、戦後になってナチ戦犯の追及に乗り出した。フランスでも同じことで、占領地に乗り込んできたゲシュタポの首領オーベルグの配下に対する追及は、現在もなお執拗に持続されているのだ。

しかし、そのような公的な戦犯追及には満足できない、ナチスの戦争犯罪の犠牲者も少なからずいたに違いない。ナチの殺戮者、抑圧者、弾圧者に対する復讐を誓って、私的な報復結社が結成されたのも、ありえないことではないのだ。ようやく明らかになりはじめた事件の背景に、胸中に興奮するものを感じながらも、あえてモガールは平静な口調で続けた。

「〈正義の会〉の由来は判りました。それで、あなたに接近してきたカハンの動機は」

「イスラエル当局は、フーデンベルグを追跡しているあいだに、どうやら自分たちとおなじ目的で秘密の調査を進めているらしい、謎のグループを発見したんです。競合関係にある西ドイツの戦犯追及機関でもなさそうだ。そう、謎のグループの正体は、〈正義の会〉に指示されて、フーデンベルグの行方を捜索しているダッソー社の関係者でした。

イスラエル当局はエミール・ダッソーに、個人的な制裁計画をやめるよう申し入れました。虐殺者フーデンベルグを裁く権利があるのは、全世界のユダヤ人を政治的に代表しているイスラエル国家のみであると。しかし、超人的な精力と不屈の意志の持ち主だったエミール・ダッソーが、そのような申し入れに唯々《いい》として従うわけはありません」

「それで判りましたよ」頷きながら、モガールが応えた。「イスラエル国家としては、大物戦犯のフーデンベルグをエルサレムの法廷に引き出し、公的に罰しなければならない。コフカの生き残りであろうと、個人的な復讐などやらせるわけにはいかない。モサドは、新世代の〈正義の会〉メンバーを仲間にすることで、もしもダッソー社の調査機関が先にフーデンベルグを発見しても、その身柄を横取りできるよう手配したんですね」

「そうです。エミール老人が死んだあと、イスラエル当局はフランソワにもおなじような申し入れをしたらしいんです。でもフランソワは、父の遺志に背くことなど考えられないといって、要請を拒絶しました」

「それで、モサドのパリ駐在員ツァイテル・カハンが、成人して〈正義の会〉に参加を許された直後、あなたに接触してきた……」

「わたしは、ツァイテルに協力しようと思いました。もしもフーデンベルグを見つけることができたら、戦犯の裁きは、やはりイスラエルの法廷でおこなわれるのが筋です。フランソワは会社の組織を使って、父親の死後も、どうやら南米に潜伏しているらしいフーデンベルグの行方を必死で追跡していました。

〈正義の会〉のメンバーでも、実際に調査活動に従事できるのは、ダッソー社の力を背景にしたフランソワだけです。〈正義の会〉の例会は、年に一度、ダッソー邸で開催されていたけれど、フランソワの報告はいつも否定的なものでした。多少とも希望がもてるようになったのは、去年の例会からのことです」

「フランソワ・ダッソーは、フーデンベルグを発見したんですか」

モガールは無意識に、舌先で唇を湿していた。クロディーヌの供述が、ついにロンカルことフーデンベルグ殺しにまで及びはじめたからだ。若い女は、大きな眼を見開くようにして答えた。

「コフカ収容所長の足どりを、ボリビアまで追うことに成功したんです。次の例会までには、フーデンベルグを発見できるかもしれないと、フランソワは報告しました。フランソワから臨時会議の招集状が届いたのは、そう、今年の四月末のことでした」

ボリビアの不動産ブローカー、ルイス・ロンカル。その人物が、潜伏中のヘルマン・フーデンベルグである可能性が増してきた。ロンカルなる人物が浮かびはじめた二カ月前から、ダッソー社のアルゼンチン支社によって派遣された私立探偵が、密かに経歴や身辺の調査を進めてきた。その最新の報告によれば、ロンカルは五月下旬にパリを訪問する予定らしい。

その機会に、フーデンベルグ本人を知っているジャコブあるいはカッサンが、ロンカルの顔を確認する。もしもロンカルの正体がフーデンベルグであると判明した時には、臨時会議を開催して、〈正義の会〉としての対応を協議したい。招集状には、そのように書かれていた。

「フランソワから五月二十七日の午後に、緊急の電話連絡がありました」

クロディーヌは低い声で語り続ける。同じ旅客便を利用して、ボリビアから尾行してきた私立探偵は、リスボンでロンカル夫妻の姿を見失ってしまった。探偵に事情を報告させ、善後策を協議するために、フランソワ・ダッソーは二十四日に急遽、リスボンに飛んだのだ。

私立探偵は、もうロンカルはリスボンにはいない、パリに潜入したのではないかと疑っていた。探偵には、もうしばらくリスボンで獲物を捜索するように命じ、その翌日にパリに戻ったダッソーは、会社の調査機関を総動員し、人海戦術でパリに滞在している可能性があるロンカルを懸命に探しはじめた。

ロンカルの滞在先は、翌日の午後までには判明した。ダッソーと同じ五月二十五日にオルリー空港に着いたロンカルは、パレ・ロワイヤルの高級ホテルに投宿していたのだ。クロディーヌが語り続ける。

「夕方にカッサンが、ホテル・ロワイヤルのロビーで網をはって、問題の男がフーデンベルグかどうかを確認する。夜には緊急会議を開きたいので、午後八時までにダッソー邸に来てもらいたい。もちろんアンリ・ジャコブも呼んであると、フランソワは電話で、興奮した口調で告げたんです」

「それで、あなたはダッソー邸を訪問した」

「指示されたように、八時には着いていました。フランソワは例会のときとおなじように、〈正義の会〉の臨時会議にそなえて家族を別荘に行かせ、使用人には休暇をあたえて、自分以外はだれも邸にいないよう手配していました。がらんとした邸で、わたしとフランソワとジャコブは、予想よりも遅れているカッサンの帰りを待ち続けました。

そんなとき落ちつかない様子で、フランソワが語りかけてきたんです。もしもロンカルの正体がフーデンベルグであると確認されたら、〈正義の会〉はコフカ収容所長に対して私的制裁を実行することになるが、それについてどう思うかと。

わたしはフランソワに、ツァイテルとの秘密の関係を知られたのかと思い、警戒して黙っていました。フランソワから電話があった直後に、ツァイテルにはロンカルがパリに到着した事実を、もう報告してあったんです。もちろん、滞在中のホテルも。

かの女は、わたしにいいました。あとは政府機関が善処するから、なにも心配することはないと。ところが、黙りこんでいるわたしを相手に、フランソワは予想外の説得をはじめたんです」

モガールは頷きながら、推測まじりにクロディーヌに問いかけた。「事業家として成功したフランソワ・ダッソーは、土壇場で、それが父親の遺言であろうとも殺人者になる危険は冒せないと考えはじめたんですね」

「そうです。やはりフーデンベルグの身柄は、イスラエルに引きわたした方がよい。今夜の会議で、自分はそのように提案するつもりだが、できれば同調してもらえないだろうかと。わたしは胸をなでおろしました。そしてツァイテルが、すでにロンカルのパリ滞在について知らされていることは伏せたまま、フランソワの意見に賛成することを約束したんです。

コフカの囚人だった二人が、頑固に誓約の遵守を主張したとしても、票は二対二に割れてしまい、会としての決定はできません。そうこうしているうちに、ツァイテルはアイヒマン事件のときのようにフーデンベルグの身柄を押さえ、密かにイスラエルに送ってしまうでしょう。

父の遺志に忠実ではないにしても、その方がよいのです。わたしたちが、好んで殺人者に志願するような必要はありません。フーデンベルグは全世界が注視するなかで公的に裁かれ、その罪を償うことになるのですから」

「ところが、そこに異変が生じた。ロンカルの正体を確認したカッサンは、その夜、すでにフーデンベルグを拉致していた……」

「そうです。カッサンは十時に、気絶したロンカルをシトロエンに乗せて、意気揚々とダッソー邸に乗りつけてきたんです。フーデンベルグを誘拐したのは、カッサンの独断でした。

イスラエル当局に身柄を引きわたすまで、フーデンベルグを監禁しておかなければならない可能性もある。そんなときのため、わざわざフランソワが準備しておいた東塔の広間に、とにかく老人を運びこむことになりました。

臨時会議は紛糾しました。フランソワは、会議の決定を待たないで勝手に行動したカッサンを非難し、さらにフーデンベルグの身柄は、極秘でイスラエル政府に引きわたそうと提案しました。わたしも、約束したとおりフランソワに同調しました」

最後に表決がおこなわれた。意外にもジャコブが棄権を宣言して、フランソワ提案は賛成二、反対一、棄権一の結果となり、結論は出されたかに見えた。しかし、激怒したカッサンは断固として言明したのだ。もしも〈正義の会〉の誓約が破られるようなら、自分ひとりの意思と責任でフーデンベルグを処刑すると。

カッサンは既に、フーデンベルグを誘拐するために、ポルト・デ・リラのアパルトマンで男を殺している。抵抗しようとした男は、カッサンの怪力で壁に叩きつけられ、頭部打撲で即死したのだ。

その事実を三人に告げたカッサンは、自分は絶対に妥協しないと宣言した。カッサンの話に、フランソワの顔色が変わった。仲間の一人はもう、誘拐のみならず殺人までをも犯していたのだ。そのために、自分を含めて他のメンバー三人も、もはや後には引き返せない場所に連れ出されていた……。

その夜は結論がでないまま、会議は、翌日あらためて再開されることが決められた。しかし二十八日も、二十九日も、やはり議論は平行線を辿った。蟻地獄にはまり込んだダッソーは、クロディーヌの眼からも、日毎に憔悴していくように見えた。

「あなたはツァイテル・カハンに、そうした事情を報告したんですね」警視が質問した。

「しました、二十七日の夜に電話で。ツァイテルには、カッサンに知られないようフーデンベルグの身柄を引きとりたい、そのために協力してほしいと頼まれました」

「どんな協力です」

「東塔の合鍵をつくること。カッサンが騒ぎを起こさないよう、深夜ひそかにフーデンベルグを連れだす際には、邸の裏木戸をあけて、ツァイテルの仲間をダッソー邸の敷地に引き入れること。まだありましたが」

五月二十八日の早朝、指示された通り邸の裏木戸のところで待っていたクロディーヌの前に、青いルノーが走り寄ってきた。そこでコーヘンに渡された、鍵型をとる粘土状の物質を隠し持って、クロディーヌは東塔まで朝食を運んだ。〈正義の会〉の結論が出るまで、勝手なことはしないと約束させられたカッサンだが、安心はできない。フーデンベルグの世話を申し出たカッサンに、監視役としてクロディーヌが付添うよう、ダッソーが決めたのだ。

カッサンが囚人を監視しているあいだに、クロディーヌは洗面所の掃除をすませた。そのなかで、教えられた通りに鍵の型をとった。午後には裏木戸で、ルノーの男に鍵型を渡すことができた。翌朝、同じようにして完成した合鍵の受けとりにも成功した。密かにフーデンベルグを連れ出すのは、五月三十日の午前一時ということになった。その時刻なら、邸の全員が眠りについているだろう。

クロディーヌの最後の任務は、裏木戸の錠を外し、合鍵が使えるかどうか事前に確認しておくこと。そして午前一時に、東塔から連れ出したフーデンベルグを自室の窓から、あらかじめ道具小屋から盗み出しておいたロープで、庭に下ろすことだった。

その時クロディーヌの部屋の真下では、カハンの配下コーヘンが待機していて、ナチ戦犯の身柄を引きとる。それがイスラエルの秘密機関員ツァイテル・カハンによる、フーデンベルグ奪取計画の概略だった。

「マドモワゼル・デュボワ。あなたは事件の夜、七時十分に晩餐の席を離れ、裏木戸の錠を外したんですね」

「そうです。七時過ぎに下男のグレが、あの裏木戸の施錠を確認します。その直後に錠を外しておけば、わたしはもう邸の建物の外にでる必要がありませんから」

「青のルノーは、何時に裏木戸の前に着いたんですか」

「計画の実行が午前一時の予定です。その二十分前には、着いている予定でした」

ということは、イザベル・ロンカルことレギーネ・フーデンベルグを乗せたタクシー運転手が、二十九日の午後七時半に目撃した自動車は、事件と無関係だったことになる。十二時四十分にダッソー邸の裏通りに到着したコーヘンは、その五分後にパトロール車のサイレン音を聞いて、現場を脱出したのだろう。

「計画の実行が真夜中の一時の予定だとしても、男は十二時四十分の到着直後にもう、ダッソー邸の敷地に入っていたのではないかな。それなのになぜ、サイレン音が聞こえた瞬間に現場から逃げ出せたのか。その時、まだルノーの車内にいたとしか思えないが」

「あとからツァイテルに聞いた話ですが、裏木戸の錠が下りていたそうなんです。わたしは七時十分に、ちゃんと外しておいたのに。塀を乗りこえようかと思案しているときに、計画に警察が介入したらしいことを察して、ツァイテルの部下は脱出することに決めたとか」

「あの夜、あなたは十一時半に、二階の客室に引きとったんですね」モガールは核心部分に話を運んだ。

「わたしは十二時少し前に客室をでて、カッサンの部屋に忍びこみました。そして、椅子の背にある上着のポケットからハンカチをとったんです」

「なぜ」

「なにかカッサンの所持品を入手しておくようにと、ツァイテルに指示されていました。東塔の床にハンカチが落ちていれば、フーデンベルグの失踪に責任があるのは、たぶんカッサンだろうということになります。カッサンは、自分が失踪事件とは無関係であると弁解するのにやっきになり、失踪そのものについて騒ぎたてるような余裕を失う。それが、ツァイテルの狙いでした」

ツァイテル・カハンはフランスの官憲には極秘で、フーデンベルグの身柄を非合法に、国外に運びださなければならない。準備には数日が必要だろう。それまでに激昂したカッサンが、計画を乱すような無謀な行動に出る可能性を警戒したのだ。カッサンに知られないで、フーデンベルグをダッソー邸から連れ出すように計画したのも、同じ理由からだった。

もしもカッサンが、イスラエル大使館にでも押しかけて、フーデンベルグの身柄を寄越せと騒ぎたてたりしたら、ルイス・ロンカルの失踪事件にまつわる真相をフランス官憲に知られかねない。そんなことになれば、囚人のイスラエル移送計画は危機に瀕してしまう。現場にカッサンの私物を残しておくのは、有効性の疑わしい小細工だが、何もしないよりはましだろうというツァイテル・カハンの判断だった。

「カッサンの客室から忍びでると、わたしは東塔の階段を登り、ドアに合鍵を差しこんでみました。鍵を廻すと手応えがあり、計画どおり使用にたえることが確認できました。けれども、客室に戻ろうとして階段を下りたところで、わたしは進退に窮してしまったんです」

「十二時に二階に上がってきたダッソーと、ジャコブが書斎で話をしていて、おまけにドアは開け放されていた。ダッソーに気づかれないで、客室に戻ることはできそうにない。そうですね」

警視の言葉にクロディーヌが頷いた。「ふたりとも、それほど長いこと起きているとは思えません。まもなく寝室に引きとることでしょう。それまで、わたしは東塔の小ホールで待つことにしました。あらかじめ、塔の屋上に通じる鉄扉の錠は外しておきました。もしもフランソワやジャコブ医師が、様子を見にきたら、鉄扉の陰に身を隠そうと思ったんです」

「そして十二時七分に、事件が起きた」

「フーデンベルグが監禁されている広間から、怖しい叫び声が聞こえたんです。そして、重たいものが床に叩きつけられるような物音。わたしは動転しました。物音は、下の書斎まで響いたかもしれない。フランソワが様子を見ようとして、塔まで上がってくるかもしれない。

夢中で鉄扉の陰に隠れました。足音で、ふたりが広間に駆けこんだことがわかりました。わたしは小ホールにもどって鉄扉の錠を下ろし、それから足音を忍ばせて階段を降りました。広間の戸口まえを通るときには、半開きのドア越しに、広間の換気窓の下のあたりで倒れたフーデンベルグに跪いているジャコブさんと、立ってそれをながめているフランソワの後ろ姿が、ちらりと見えました。

とにかく客室にもどり、大急ぎでロープの処分法を考えました。自分の部屋に置いておけば、どんな疑いを招くかもわからない。それで子供部屋の衣装簞笥のなかに押し込んだんです」

その話のあいだ中、モガール警視はクロディーヌの表情に注意していた。十二時前に東塔の広間に入ったクロディーヌは、短剣の刃でフーデンベルグを刺殺し、ベッドを利用した物音トリックを仕掛けた。それから屋上に行き、事前に用意してあった紐を引いて、刀身を回収した。物音に驚いたダッソーとジャコブが、広間に駆け込む。その隙に鉄扉の錠を下ろし、足音を忍ばせて客室に戻った。凶器はカッサンのハンカチを巻きつけたまま、窓から東塔下の池に投げた……。

ナディアの推理ではそうなる。そしてクロディーヌの供述も、それと矛盾しないのだ。当夜の彼女の行動には、語られていない空白部があり、そこにナディアの推定は綺麗に収まる。しかし、フーデンベルグ殺害の件について追及するには、まだ証拠不足だろう。バルベスの実験結果を待つのがよい。そう考えて、モガールは追及の角度を変えることにした。

「カッサンのハンカチは」

「あとから探してみましたが、ないんです。どこかで落としたのかもしれません。二階の通路か、東塔の階段の途中か、それとも広間のドアの前か」

フーデンベルグの屍体が発見され、騒ぎがはじまった。とてもコーヘンに非常事態を知らせ、計画の中止を伝えられるような状況ではないし、使用人と一緒に広間に集められたクロディーヌには、異変についてカハンに電話で報告する余裕もなかった。

「カッサンは、そしてあなたも公式には、フーデンベルグの死を使用人と一緒に知らされたことになりますね」

「そうです。相談なしに警察を呼んだことで、カッサンはフランソワを批難してましたわ、そのあと」

「なぜ〈正義の会〉のメンバーにはからずに、ダッソーは独断で警視総監に電話したのだろう」

「たぶん、そんな心のゆとりはなかったんでしょう」

クロディーヌが答えた。それもそうかもしれない。前後の事情でやむなく拘禁していた男が、事故死した。それだけでダッソーには衝撃だったろう。できれば一刻も早く、事故死として処理してしまいたい。そうできる自信もある。面倒なことを叫びだしかねないカッサンには、事情を伏せたまま手を打ってしまおう……。そう考えたとしても不思議ではないのだ。警視が口を開いた。

「それで」

「わたしも追いつめられた気持でした。なんとかして、ツァイテルと相談しなければと思いました」

予期せぬ殺人事件の発生に動揺したクロディーヌは、翌日、折をみて密かにツァイテル・カハンに電話して助言を求めた。ムフタール街の自宅付近に青のルノーが出現して、クロディーヌは警察の監視の眼から解放されたのだが、もちろんそれはカハンの計画によるものだった。

事件の周辺に出没していた青のルノーの謎は、クロディーヌの供述で、ほとんどが解明された。ダッソー邸の裏道で五月二十八日と二十九日に目撃されたのは、鍵型や合鍵の受け渡しのためだろうし、三十日のフーデンベルグ殺しの前後に問題の青のルノーは、フーデンベルグの身柄を奪取する目的で、計画的に邸の裏道に潜んでいたのだ。

ところが計画の決行よりも十五分も前に、ダッソー邸の正門にはサイレン音を轟かせた警察車が急行してきた。計画外の事態が発生したことを知って、フーデンベルグを誘拐するために待機していたイスラエルの秘密機関員は、やむをえず現場から離脱することに決めたのだろう。

「ダッソー邸の裏にある無人のアパルトマンで、フーデンベルグの妻レギーネの屍体が発見されたことは御存知ですね。レギーネを殺したのも、カハンの計画ですか」

「いいえ。そんなことツァイテルは、なにも話してはいませんでした。嘘じゃありません」

蒼白の顔で、クロディーヌは幾度もかぶりを振った。その表情には怯えのようなものが滲んでいた。あるいはクロディーヌには知らせないで、カハンはシュミットと手を組んでいたのかもしれない。

「ところで、あなたはなぜ、自分から警察に出頭する気になったんですか」

「部下の男が警察に逮捕されたことを知り、昨日、ツァイテルはイスラエルに帰国しました。出頭は、わたしが自分で決めたことです」

カハンの失敗は、フーデンベルグ奪取計画のため用意したのと同じ自動車を、クロディーヌ救出作戦にも使用せざるをえないような、苦しい立場に追いつめられたところに原因があった。

ツァイテル・カハンには、ダッソー邸で発生した予想外の事態について、緊急かつ極秘に、詳しい事実を掴む必要があったのだ。そのために貴重な情報源であるクロディーヌを、是非とも警察の手から奪取しなければならない。だが、別の盗難車を調達できる時間的余裕はなかった。危険は承知の上で、カハンは青のルノーをクロディーヌ救出作戦にも使用するよう、やむをえず配下に命じたのだろう。

ダニエル・コーヘンの逮捕で、面倒な外交問題が生じる可能性も無視できない。それを憂慮した秘密機関の上司から、緊急の帰国命令が出されたのだ。上司の指示で自分は帰国せざるをえないが、クロディーヌは警察に出頭して、事実をありのままに証言した方がよいだろう。カハンはそのように忠告したのだという。

モガール警視は凝った首筋を揉みながら、オフィスの窓辺に立ち、暮れはじめたオルフェーブル河岸の光景を眺めていた。女は肩を落として、近所の珈琲店《カフェ》から届けさせた飲み物を啜っている。

語られたかぎりではクロディーヌの供述に、大きな嘘はなさそうだというのが、訊問した警視自身の感想だった。問題はフーデンベルグ殺しの真相だが、女の供述を信じるかぎり、ふたたび三重密室の謎が復活せざるをえない。クロディーヌは物音トリックでフーデンベルグを殺害したのか、どうか。

その点について、モガールの判断は依然として曖昧だった。さしあたり、バルベスの実験結果を待つことにしよう。実験が成功してもクロディーヌ犯人説に、疑問の余地ない物証がもたらされるわけではないが、明らかに一歩前進ではある。

事件の背景は、ほとんどがクロディーヌの告白で解明された。ロンカル殺しにまつわる謎の、少なからぬ部分についても。ボリビア人のルイス・ロンカルが、ダッソー邸に監禁されていた理由。そして、同じ時期に、ダッソー邸に三人の客が滞在していた理由。現場付近で目撃されている青のルノーの正体も。

ツァイテル・カハンはたぶん、協力者のクロディーヌにも秘密で、パウル・シュミットと共謀していたのだろう。内通者クロディーヌの援助で、配下のコーヘンがフーデンベルグを拉致する一方、シュミットは妻のレギーネを誘拐する。

クロディーヌの供述でナディアの推理と違っているのは、カハンがフーデンベルグを、生きたままダッソー邸から連れ出そうと計画していた点だ。警視の判断でも、その方が筋が通る。外国でナチ戦犯を密かに処刑しても、イスラエル国家の得点にはならないのだから。むしろ無用の外交問題を惹き起こして、国際的な非難を浴びることにもなりかねない。

だがそれは、レギーネの場合にも同様ではないだろうか。レギーネも殺害するより、生きたまま捕らえた方がモサドには好都合だ。そして戦犯夫婦を二人とも裁判にかければ、その宣伝効果には、イスラエル国家にとって抜群のものがあるに違いない。

第二次大戦中にユダヤ人に向けられた蛮行の記憶を、また世界は新たにするだろう。その贖《しょく》罪《ざい》感からドイツをはじめ、なんらかの形でナチスに協力した西欧諸国によるアラブ非難、イスラエル支持の声も高まるだろう。

あのようなフーデンベルグ夫妻の死は、カハンにとって、決して望ましいものではなかった。そのように推定できる。ということは、ダッソー邸の事件はカハンの計画に反して起きたのかもしれない。

協力者のクロディーヌとシュミットが、それぞれの思惑で、最後には勝手に動きはじめた。そしてクロディーヌがフーデンベルグを、シュミットがレギーネを報復のために殺害した。ナディアの推理も、そのように修正した方がよい。それでも首尾一貫できるのだから。

残された問題は、勘としかいいようのないモガールの疑念だった。警視にはモサドの謀略を背景として、クロディーヌがフーデンベルグを、シュミットがレギーネを殺害したと想定するのに、どこかしら困難を感じるところがあった。それが二人を訊問した結果の印象なのだ。あの二人には殺人を犯した者の雰囲気が希薄だ。どうしても、そう感じられてしまう。

あれこれと考えながら、モガール警視は、ふと眉を寄せていた。そういえばバルベスが昨夜、妙なことを洩らしていた。フーデンベルグ夫人の屍体を発見する前に、あの日本人はダッソー邸の庭で、地面に打ち込まれた鉄杭に関心を示していたというのだ。そして、東塔の真東にある巨木に誰か登らせてみたらどうかと、バルベスに助言したという。

あの日本人の行動は、当初どんなに奇妙に見えようとも、必ず事後には納得できるような理由がある。バルベスのことだから、もう警官に、同じ木に登らせてみたとは思うが、結果はどうだったのだろう。その時、ぎくりとするような音でデスクの電話が鳴りはじめた。

「私です、警視」バルベスの緊張した声が、電話線の彼方から聞こえた。「森屋敷で第三の屍体です」

ダッソー邸で第三の屍体……。予想もしない緊急報告に、モガールは職業的な反応で壁の時計を見た。針は六時三十五分を指そうとしていた。

3

エトワール広場に面した地下鉄駅《メトロ》の広い階段を、紙袋をかかえて駆けあがる。陰気な曇天の下に、凱旋門が重々しく聳えていた。憂鬱な天候に鈍重な石の堆積。その周囲を廻っている、おびただしい数の自動車の群。

広場を中心に放射状に造られている、何本もの大通りを横断して、わたしはホテル・エトワールをめざした。横断歩道を渡ろうとするたびに、赤信号で足をとめられる。大きな広場の縁を、三分の一ほど廻ったところで、わたしは点滅しはじめた信号を無視して、最後の通りを強引に渡りはじめた。大通りのなかほどで、信号が赤に変わる。騒がしいクラクションの音に追われるようにして、わたしは足を急がせた。

無理にも通りをつっ切ろうとしたのは、ホテル・エトワールの玄関前に、顔見しりの青年の姿を見つけたからだ。信号が青になるのを待っていたら、青年は車で走りさってしまうだろう。まだ若い刑事は、ホテルの正面石段の脇に駐車した警察車に、まさに乗りこもうとしていた。息を切らせながら、わたしは声をかけた。

「ダルテス、なにしてるの」

「お嬢さんですか」

ダルテス刑事が顔をあげて、驚いたようにいう。新米刑事のダルテスは事件のたびに失敗を重ねては、悪鬼の形相のジャン＝ポールに、半死半生になるまで搾られるのがつねだった。逃亡しようとした容疑者を射殺して、激怒した矢吹駆に殴りつけられ、顎骨を叩き折られたこともある。それでダルテスは、アンドロギュヌス事件のあと何週間も入院していた。

「ハルバッハのこと、調べてるんでしょう。で、どんなことがわかったの」

「いや、その」ダルテスは不安そうに、わたしの顔を見た。

「パパに、ハルバッハのことを調査しなさいって助言したのは、わたしなのよ。なんにも隠すことなんかないわ。ジャン＝ポールに怒られる心配なんか、絶対にない。わたしが保証するから」

　青年は、気弱そうな眼をしばたたいた。「……警部の命令で、ハルバッハというドイツ人の行動について、少しばかりフロントの話を聞いてきたところなんです」

「それで」

「警部に命じられたのは、五月二十九日の夜から翌日の午後までの、ハルバッハの行動の調査でした。そのドイツ人は、二十九日の六時頃に夕食のため外出して、ホテルに帰館したのは深夜の一時半。タクシーで戻ってきたらしいです。翌日は、午前十時頃に三人の男がロビーに来て、その案内で出かけたという。戻ったのは、夜の八時でした」

「ハルバッハとは面会しなかったの」

「パリ大学に招待されて、滞在している有名人らしいんです。じかに当たる前に、警部の指示を仰いだ方がよいと思いまして……」

　五月三十日の午後、ハルバッハはソルボンヌの大講堂で記念講演をしている。午前中に迎えにきたというのは、講演会の主催者側の人間だろう。問題になるのは、その前夜の行動だった。ダルテスの聞き込みでは、ハルバッハは、午後六時から午前一時半まで外出しているというのだ。

　じかに不在証明《アリビ》を問いただしてみれば、事件とは無関係であると判明するかもしれない。だが、さしあたりはハルバッハにも、七時半に廃屋のまえでレギーネ・フーデンベルグを誘拐し、十二時半に殺害した可能性はありうる。そう考えなければならないだろう。

ダッソー邸に戻るというダルテスを解放して、ホテルの建物横の裏通りをめざした。裏通りの入口付近に、わたしのシトロエン・メアリが駐車している。運転席から斜め横に、かろうじてホテルの正面玄関を見通せる地点だった。

どんなふうにして半日以上も、駐車違反を摘発されないですんだのだろう。なにしろ一方通行路の入口の角に、反対方向に頭をむけた自動車を、堂々と停めているのだ。パリでは、茄子《なす》みたいな制服の意地悪な中年女の大群が、駐車違反を見つけようとして闊歩しているのだ。

「差しいれよ、カケル。昨日の夜から、なんにも食べていないんでしょう」

メアリのドアを開いて、徹夜の監視を続けてきたらしい日本人の膝に、持参した紙袋をおいた。袋にはサンドイッチとエビアン水のプラスチック壜、そして熱い珈琲《コーヒー》を入れた小型の魔法壜などが入っている。それに三種類の新聞も。

「ありがとう《メルシー・ボクー》」

助手席に乗りこんだわたしの耳に、カケルには珍しいものである感謝の言葉が、それにふさわしい愛想を欠いた声で聞こえてきた。この偏屈な日本人は、よほどのことがないかぎり、「メルシー・ボクー」なんて口にはしないのだ。

もう六月三日の午後四時になろうとしている。完璧主義者のカケルのことだ。ホテル前で監視をはじめた以上、その辺の屋台までホットドッグやサンドイッチを買いにでようとも、しなかったに違いない。青年は二十時間も、絶食を続けてきた計算になる。

カケルは新聞を開きながら、分厚いパテ入りの、わたし手作りのサンドイッチを齧《かぶ》りはじめた。どの新聞の社会面でも、ダッソー邸の事件の新展開が派手に扱われていた。

ロンカル夫人の屍体が、ダッソー邸に近接する廃屋のアパルトマンで発見されたこと。ルイス・ロンカルの正体が、ナチ戦犯でコフカ収容所長の経歴をもつヘルマン・フーデンベルグであること。警察発表の柱は以上の二点だが、どの新聞も例外なしに、それ以上の独自取材の成果を掲載していた。

パリにあるユダヤ人情報センターで調べたのか、あるいはベルリン駐在員に緊急取材を命じたのか、ある新聞はフーデンベルグのナチ時代の経歴を詳細に紹介していた。別の新聞は、南米に潜伏しているナチ戦犯について、クラウス・バルビイの例を引きながら論じていた。そしてフランソワ・ダッソーの父親が、コフカ収容所の生還者であるという事実を、ことさらに強調している記事もあった。

どうやらカケルは、はじめて、わたしの料理を残さないで食べてくれそうだった。でもそれが、たった一分で出来てしまうパテをはさんだサンドイッチだという事実は、わたしの気分を少しばかり滅入らせた。旺盛な食欲でバゲット一本分のサンドイッチを、エビアン水で胃袋に流しこんでいる青年に、わたしは問いかけてみた。

「本気であなた、ハルバッハがフーデンベルグ夫妻を殺した真犯人だと考えているの。それは、なにか象徴的な意味なんでしょう」

「……ハルバッハが犯人さ。間違いない」低い声でカケルが応えた。

「あれ、見てよ」

カケルの食事中に、代わりに監視役を務めていたわたしは、思わず叫んでしまう。ホテルの正面玄関に横づけになったタクシーから、恰幅のよい背広姿の老人があらわれたのだ。老人はホテルの回転扉を押して、建物のなかに姿を消した。カケルも老人の後ろ姿は目撃したらしい。

「そう、エマニュエル・ガドナスだ」

「あんなに批判してたのに、やはり旧交を温める気になったのかしら」

「さて、どうかな。あるいは使者の役廻りを演じているのかもしれない」

使者とは、どういうことなのだろう。だれに頼まれて、ガドナス教授はハルバッハのホテルを訪れたりしたのか。ガドナスとハルバッハ。思想的には仇敵のように対立している二人だが、あるいは秘められた関係があるのだとしたら……。

ガドナス＝ハルバッハ共犯説。そんな可能性が、ふいに脳裏をよぎった。あるいはカケルは、ガドナスとハルバッハが共謀して、フーデンベルグ夫妻を抹殺したと考えているのだろうか。たしかに二人とも、二十九日の午後七時半から三十日の十二時七分まで、あるいはそれ以降も、明確な不在証明はないらしい。

ガドナスもハルバッハも、わたしがシュミットに振った役割を、替わりに演じたという可能性はありうるのだ。だが、それにしても……。

マルティン・ハルバッハは訪問客の到着を、ロビーで待っていたのかもしれない。じきにガドナスと二人で、ホテル・エトワールから出てきた。どんな理由からか、ハルバッハは大きな花束をかかえている。制服のボーイが二人の老哲学者のために、タクシーを停めようとしていた。

「タクシーに乗りそうだわ。どうするの」

「もちろん尾行するのさ」

青年はメアリのイグニション・キイを廻している。心臓に持病をかかえている気の毒な子供駱駝《メアリ》が、身をふるわせ、苦しそうに唸りはじめた。

ホテル前からタクシーが走りだした。カケルもメアリを発進させる。あたりに急ブレーキとクラクションの音が響きわたった。なにしろ一方通行路の入口から大通りに、ふいに車が飛びだしてきたのだ。メアリに衝突しそうになった運転者が、仰天し、激怒しても無理はない。

無数の自動車がひしめきあい、猛烈な速度で渦巻いているエトワール広場のことだ。前方の車に、ぴたりと張りついて追い続けるのには、多少の技術がいる。もちろんカケルは、それも楽々とこなして、じきにヴィクトル・ユゴー通りに入った。

「ねえ。もしかしてタクシーは、ダッソー邸に行くところじゃないかしら」

前方の車はヴィクトル・ユゴー広場を通過して、ブローニュ方向に疾走していく。それは昨日、わたしがダッソー邸からホテル・エトワールをめざしたときと、方向は反対にしても、おなじ道筋だった。

しばらくして、タクシーは森屋敷の正門がある通りに入った。青年がメアリを路肩によせる。前方ではタクシーから、二人の老人が降りようとしていた。じきにガドナスとハルバッハは、ダッソー邸の正門のなかに消えた。カケルがつぶやいた。

「……対決の場所には、森屋敷が選ばれていたのか。可能性はあると思っていたが」

対決とはなんだろうか。だれが対決の試練にかけられるのだろう。ハルバッハか、あるいはガドナスか。そういえば昨日の夜、カケルはハルバッハと別れるときに、そんな言葉を投げていた。『じきにあなたは、過去の自分と対決しなければならない羽目になる。たぶん、死に直面する決断を強いられることに』。

シトロエン・メアリを路上駐車して、カケルとわたしは徒歩で、森屋敷の正門をめざした。どうやら青年は、二人の老人に尾行してきたという事実を知られたくないらしい。車でダッソー邸内まで乗り入れたら、それを摑まれてしまう可能性もある。それで、歩いて森屋敷のなかに入ることにしたのだろう。

昨日とおなじ制服警官が、ダッソー邸の正門を警備していた。わたしの顔を見て、「お嬢さん、またバルベス警部に面会ですかね」とつぶやきながら、中年の警官が通用口を開いてくれる。

お礼の言葉を残して、わたしたちは森屋敷の敷地に足を踏みいれた。長雨に濡れた石畳道が、鬱蒼とした森にかこまれて延々と続いている。視界のはてに、邸の建物が小さく浮かんでいた。ひろびろとした石畳道を歩いていると、まるで別世界にでも迷いこんだ気分になる。濃密な草木の芳香、そして都会のなかとは思えない静寂。天気がよければ、どんなに気持がよいことだろう。ところが希望とは反対に、また空から冷たい雨粒が落下してきた。

森のなかの散歩も終わり、ようやく邸の正面玄関に辿りついた。二人の老人は、もう屋内に入ったのだろう。青年は半円形の玄関階段のところで足をとめた。玄関ホールには、まだ老人たちがいるかもしれない。

そのとき正面扉が開いて、ジャン＝ポールが姿を見せた。そういえば正門警備の警官は、トランシーバーをベルトに下げていた。それで、わたしとカケルの訪問を、邸内のバルベス警部に報告したのだろう。

「警部、いま二人の老人が邸に入ったと思いますが」カケルが声をかけた。

「ああ、来ましたよ。執事のダランベールが、客を東塔まで案内したいと、私に許可を求めてきた。殺人現場の広間に入らなければよろしいと、許可しましたがね。広間の鍵は私のポケットのなかだ。あの連中は、入りたくても入れませんや。で、カケルさん。今日もまた、なんか面白いことを教えてくれるんですかい。私は少しばかり落ち込んでるんですよ」

「どういうことなの、ジャン＝ポール」

大男は複雑な表情で、わたしにかぶりを振った。カケルが小雨のなかを、邸の東翼前にある芝生庭園のほうに歩きはじめる。ジャン＝ポールが、そしてわたしが、青年のあとを追った。

昨日までイザベル・ロンカルの屍体を掘りだそうとして、スコップを片手に庭をうろついていた多数の警官の姿は、もう今日は見られない。ジャン＝ポールが動員を解除したのだろう。東塔の下では、作業服の老人がひとり黙々と仕事をしている。それ以外に人影は見えず、森に囲まれた広大な庭園は閑散としていた。

東塔下の池のまわりには、山をなして汚泥が積まれている。凶器を見つけようとして、池を浚ったときに出たものだろう。大きな袋に汚泥を詰める作業に、降りはじめた雨にもかかわらず、ひたすらグレ老人は専念している。あの老人は心臓がよくないというダッソーの話を思い出し、雨で体を濡らしても平気なのだろうかと、わたしは他人ごとながら少し心配になった。

季節の花が咲きみだれた花壇と緑の芝生、大きな噴水、点々とした白の大理石像と金属製の椅子やベンチ。それらが、無数の雨粒に叩かれている。花壇のあいだの砂利道を、カケルは無言で足を運んでいた。めざしているのは、どうやら四阿らしい。そんな青年にバルベス警部が、いかにも感心した口調で語りかける。

「カケルさん。身軽な刑事を木に登らせてみましたよ。あらためて驚かされましたな、あんたには。あんなふうになってることまで、睨んでたとは」

「なによ、どうなっていたの」興味津々で、わたしが質問した。

「緑のトンネルですよ」

「なんなの、それ」

「東塔の換気窓からの見通しを、最初に遮っている巨木の枝があるんだが、その先は緑のトンネルなんですよ。塀際の木の枝までね。判りますかい、嬢ちゃん。勘定してみたが、十三本の大木に攀じ登り、地上二十メートルもの高さで邪魔になる枝葉を払った人物がいる。

その結果、塀側の枝から東塔側の枝まで、不定形だが、かなり大きな緑のトンネルができてるんですよ。あと二本、邪魔な枝を切り落としさえすれば、東塔の換気窓から廃屋五階の問題のアパルトマンの窓を、一直線に眺めることができるんです」

ジャン＝ポールの話に、わたしは啞然とした。緑のトンネル。それが東塔の換気窓と廃屋五階のアパルトマンを、直線でむすんでいるというのだ。それと、レギーネの屍体の横で発見された狙撃銃。だが、緑のトンネルと狙撃銃は、どんなふうに関係しているというのだろう。射殺されたのはレギーネで、夫のフーデンベルグではないのだ。

「邪魔になる二本の枝からは、なにか見つけられませんでしたか」カケルが質問した。

「先の方に樹皮が擦れたような跡があった。ロープを掛けて、下から引っ張ったんですな。それで私にも、空飛ぶ犬がどうしたとかいうカケルさんの冗談の意味が、ようやく判ったんです。もちろん実験してみましたよ」

「どんな実験なの」

「東塔の換気窓を塞いでいる枝に、ロープをかけて引っ張り、それを真下にある鉄杭の環に固定する。おなじことを、真東に二十メートルばかり離れた塀際の木の枝にもやる。その木の下にも、カケルさんの予告通りに、真新しい鉄杭が打ち込まれていました。

それから東塔に登って換気窓から覗いてみると、緑のトンネルを通して五十メートル先に、レギーネの屍体が発見された廃屋のアパルトマンが、小さく見えるじゃありませんか。予想はしていたが、それでも仰天しましたよ、私は」

昨日の段階でカケルは、そんな緑のトンネルがあることを、正確に予測していたことになる。ほんとうに魔術師のような青年だった。ジャン＝ポールのカケル信仰は、さらに昂進することだろう。わたしたちは雨を避けて、白壁と赤瓦の屋根がある南欧風の四阿に入った。

四隅の柱以外は、腰から上部の全面が戸外に開放されている。四阿だから四方の開放面には硝子窓の類がない、吹きさらしの構造だった。中央に造りつけの大きなテーブルがあり、それを木製のベンチが囲んでいる。床は石畳で、頭上には梁の木材が露出している天井があった。

北面の窓からは芝生庭園と、ダッソー邸の東翼が一望できる。もちろん東塔も。レギーネ・フーデンベルグを誘拐したあと、シュミットが東塔を監視するには恰好の場所だったろう。膚寒さにエナメル・コートの襟を掻きあわせながら、わたしは問いかけてみた。日本人の不思議な頭のはたらきに、一方的に感心させられてばかりはいられない。

「で、ジャン＝ポール。物音トリックの実験も、成功したんでしょう」

「それがねえ、嬢ちゃん」

「どうなのよ」警官の表情に妙なものを感じながら、わたしは問い質した。

「結論を先にいえばね、残念ながら失敗でした」

巨漢が身をすくめるようにして、申し訳なさそうに応えた。どういうことだろう、実験が失敗したとは。昨日は、みごとに成功したのだ。不器用なジャン＝ポールが、やり方を間違えたに決まってる。なんとか動揺をおさえようと努めながら、わたしは無理にも平静な声で追及した。

「どうして」

「問題は五フラン玉なんです」

「五フラン硬貨が、どうなのよ」

「硬貨に短剣の刀身を立てますね、切っ先が当たるようにして。さらに刀身の折れ目に、ベッドの鉄枠を載せる。そいつを細引で引っ張る。確かに派手な物音はするんです。刀身も無事に、屋上に回収できる。それは結構なんですがね、下敷きにした硬貨に、どうしても傷が残ってしまうんですな」

「傷って」わたしの声は、少し尖っていたかもしれない。

「嬢ちゃんが使った模造品でも、一応は短剣に似せて先を三角形に切ってあったが、本物の短剣の切っ先は、それよりはるかに鋭いんですな。ベッドの重量で押された時点で、既に切っ先はニッケル貨の表面に喰い込んでいる。細引が引かれて床から跳ね飛ばされる瞬間には、さらに深く抉ったような傷跡ができてしまう。何度やってみても、同じ結果なんです。ところが……」

ところが殺人現場から発見された硬貨には、そんな傷など残されてはいない。わたしは茫然としていた。混乱して頭を抱えたい気持だった。ジャン＝ポールが、さらに決定的な事実で追いうちをかける。

「それでダッソー、ジャコブ、ダランベール、グレ、ダルティ夫人の関係者五人に、五フラン玉について聞いてみたんですよ。嬢ちゃんが五フラン玉の、素敵な使い道について教えてくれるまで、あんなものは重視していなかったんです。そのせいで、関係者に尋ねてみようともしないでいた」

「で、わかったの」弱々しい声で尋ねた。

「フーデンベルグ誘拐事件の前日、主人に命じられて東塔の広間を掃除した時にダルティ夫人が、ポケットの財布を誤って床に落としたというんですな。ぶち撒けられた小銭は、あらかた拾えたと思うが、どうも五フラン玉が一枚、足りないような気がしたっていうんです」

完璧に考えぬかれた推理の建物が、轟音をたてながら崩壊していく。理不尽だ、あまりにも不当な話ではないか。わたしは打ちのめされ、泣きたいような気分で四阿の柱に身をもたせた。ひどい無力感に襲われ、躰を支えていられないように感じたのだ。どういうことなのだろう、それではフーデンベルグは、だれがどうやって殺せたというのか。

視界の隅に、なにか気になるものが小さく浮かんでいる。そんな気がしたけれど、その意味を正確に読みとるには、あまりにも激しい衝撃に叩きのめされ、わたしは混乱しすぎていた。

「嬢ちゃん、そんなにがっかりすることはありませんよ。立派な推理だった。警視だって、あんたの頭のよさには感じ入っていたんです。でもね、考えたことが実際と違ってるのは、よくあることなんですよ。おじさんだって幾度、同じような経験をしたことか」

「ジャン＝ポール。あれを見てよ」

無力な慰めの言葉をさえぎって、わたしは夢中で叫んでいた。四阿からは斜めに、東塔の東面も見通すことができる。そして東面の、塔の手摺を乗りこえようとしている人影がある。

はらはらさせるような、いかにもおぼつかない動作で手摺を越えて、男は塔の外側にぶら下がる恰好になった。なにをしようとしているのかは、あまりに歴然としている。昨日の午後に矢吹駆が試みたのと、おなじことをやろうとしているのだ。無謀にも、換気窓の石庇に立とうとしている……。

「よせ、危険だぞ」

大声で叫びながら、バルベス警部が東塔のほうに駆けだした。何事かという感じで、グレが作業の手をとめる。ジャン＝ポールの警告の叫びを耳にして、漠然とながら事態を摑んだのか、ふと老人が換気窓を見あげた。

手摺の上部から石庇まで、二メートルはある。巨漢のジャン＝ポールだって、手摺に手をかけたまま、庇に靴底をつけることはできない。次にやらなければならないのは、手を離して何十センチか落下することだ。それから起きそうなことを予測して、きりきりと心臓が痛んだ。

次の瞬間、かすかに男の姿がぶれた。手を離して、躰を垂直に落としたのだ。大丈夫、背中を見せて石庇に直立している。体の前面を石壁に貼りつけ、バランスをとるために両腕を、斜め上方に伸ばしている。思わず、安堵の溜め息がもれた。

男の左脚の動きが妙だった。庇のうえにある品物を、どうにかして、左脚で蹴落とそうとしているようにも見える。だが、片脚でバランスをとり続けるのは難しい。それに降りはじめた雨で、足場の庇は濡れているのだ。滑りやすいに決まってる。

やめて、やめて、そんなに危険なことは。そのまま待っていれば、だれか救援に向かうのだから。わたしは心のなかで絶叫していた。そのとき、男が真上を見た。躰が大きくのけぞりはじめる。喉の奥で、なにか熱いものが爆発した。悲鳴をあげているのが自分であることに、ようやく気づいた。

暮れはじめた灰色の空を背景に、無理な曲芸に失敗した男が、頭から一直線に墜落していく。庇上の手摺から、もうひとりの人物の上体が覗いた。カケルが独語していた。

「彼は決断した。その人生で第二の、そして最後の決断を。死に先駆するよう強いたのは、そう、ジークフリートだ」

意味不明な言葉をつぶやいている青年の顔を、ふと見た。なにかに耐えているように、青年の表情には陰鬱な翳りがあった。カケルがまた、あの口笛を吹きはじめる。ゲルマンの激情と憂愁を秘めたメロディが、死者を悼むように小雨のなかに流れた。

傍観する気らしい日本人を四阿に残して、わたしは夢中で小雨のなかに走りでた。噴水の横を駆けぬけ、芝生をつっ切り、最短距離で東塔の下をめざした。背後を振りかえると、カケルが急ぐ様子もなしに、ぶらぶらと歩きはじめたところだった。

「死んでる」

警官のつぶやきが、わたしの耳をかすめた。ダッソー家をめぐる第三の死者が、東塔の真下の芝生に横たわり、さむざむしい小雨に濡れている。その脇に屈みこんで、ジャン゠ポールが屍体を検分していた。両眼を剝いて、怖しい形相で絶命しているのは二十世紀最大の哲学者、マルティン・ハルバッハだった。

首が無理な形にねじ曲げられている。大地に激突したときに、頸骨が砕けたのだろう。口許と顎は少量の血で汚れていた。地上二十メートルの場所から墜落したのだ。落ちたのが芝生のうえでも、とても助かるとは思えない。

あたりに、もうグレの姿はなかった。ジャン＝ポールの指示で、ジャコブと邸内の警備責任者であるボーヌを探しに走ったのだ。しかし、ボーヌはともかくとして、医者のジャコブに出る幕はなさそうだ。ハルバッハの死は、すでにバルベス警部が確認している。背後から、カケルの声がした。

「バルベス警部……」

「なんですかい、カケルさん」

屍体の横から身を起こして、ジャン＝ポールが青年の方に近づいた。カケルの足下には、小さな封筒のようなものが落ちている。捜査用の薄手のビニール手袋をはめてから、巨漢が慎重な手つきで封筒を拾いあげた。封筒から長い糸が地上にたれる。

「そうか。こいつを石庇から蹴落とそうとして、バランスを崩したんだな。塔の屋上から封筒を糸で吊り下げて、それを庇の上に置いたやつがいる」

封筒は封をされてはいなかった。雨に濡れないよう上体で覆うようにして、蠟引きの封筒からジャン＝ポールが、おもむろに中身を振りだした。中身は小さな金属片と、それに一枚の写真と一枚のネガ。金属片は封筒が風で飛ばされないよう、重りとして入れられた品だろう。写真を凝視していたバルベス警部の表情が、真剣なものに急変した。

「見て貰えませんか、カケルさん。レギーネ・フーデンベルグの、屍体の横に落ちていた写真と同じですよ。満足な写真で、左の男の顔も切り抜かれてはいない。ところでフーデンベルグの隣にいる男は、たった今、塔から転落して死んだ老人じゃないですかね。三十年も昔の写真らしいが、どうやら顔つきは同じだ。私には、そんなふうに見えるんですがね」

「ほんとうなの、ジャン＝ポール」

大男のところに駆けよって、わたしはジャン＝ポールが手にしている写真を、夢中で覗きこんだ。カケルが平板な声で答える。

「そう、三十年前のマルティン・ハルバッハですね。墜死した人物と同じです」

「死んだのは、哲学者のハルバッハなんですか」

青年の言葉に、ジャン＝ポールが驚愕の声をもらした。コフカ収容所の正門を背景にして、制服姿のフーデンベルグの隣にいるのは、たしかに五十歳ほどの年齢に見えるハルバッハだった。マルティン・ハルバッハはコフカ収容所を訪問したことがある。もしも暴露されたなら、猛烈なスキャンダルになるのは不可避だ。

一般のドイツ国民とおなじように、戦後になるまで絶滅収容所の実態は知らないでいた。二十世紀最大の哲学者は、そのように幾度も弁明してきたのだ。その弁明が虚偽である事実を、歴然と示している証拠写真……。

哲学者としての死後の名声を守りぬこうと、それを破壊しかねない証拠写真を回収しようとして、マルティン・ハルバッハは死の曲芸を演じたりしたのだろうか。しかし、それではだれが、どんな目的で、わざわざ写真を石庇に置いたりしたのか。

写真は、レギーネ・フーデンベルグから奪われたものだろう。フーデンベルグ夫妻の恐喝計画の対象はフランソワ・ダッソーではなしに、マルティン・ハルバッハだった。その目的はなんであれ、写真を石庇に置いた人物は、レギーネから写真を奪った人物であり、つまりレギーネを誘拐し殺害した犯人ということになる。

わたしの推理では、レギーネ殺害犯の正体はシュミットだった。しかし、シュミットは逮捕されて、昨夜から警視庁に囚《とら》われているのだ。昨日の午後に、わたしやカケルが石庇の上にはなにもないことを確認して以降、シュミットが写真を庇上に置きえた可能性は存在しない。ということはシュミットは、レギーネ殺しの犯人ではありえないという結論になる。そうならざるをえない。

わたしが最初に疑った青のルノーの男、つまりモサド工作員のダニエル・コーヘンにしても、立場はシュミットと変わらない。やはり警視庁の檻のなかに、厳重に閉じこめられているのだから。おなじように逮捕されているカッサンや、逃亡しているクロディーヌは、問題にもならない。二人ともレギーネを誘拐できた可能性はないのだし、それに昨日の午後以降、写真をおけた可能性もありえない。

ハルバッハの墜死と同時にあたえられた、新しい事実の衝撃力は、実験が失敗したことの比ではなかった。頭が混乱して、猛烈な勢いで渦巻いていた。必死で眼をこらそうとしても、なにひとつ明瞭な図柄を読みとることができない。背後で、ジャン＝ポールの詰問するような声が響いた。

「あんた、どういうことなのか説明してもらおうか。塔から落ちて死んだ老人と、なぜ一緒にダッソー家を訪問したのかね」

知らないあいだに、ガドナス教授が墜落現場まで来ていたのだ。教授を追及する大男の警官。その二人を囲むようにして、わたしとカケルが雨に濡れていた。

「悲劇だ、なんということだろう……」ハルバッハの屍体を見つめて、教授が茫然とつぶやいた。

「あんた。さっさと質問に、答えて貰えませんかね」

乱雑な口調で、バルベス警部が催促する。恰幅のよい老人が複雑な表情で、おもむろに前後の事情を語りはじめた。

「墜死したのはマルティン・ハルバッハ。ドイツ人の高名な哲学者で、招かれて五月二十八日からパリに滞在している。私は学生の時、ハルバッハのセミナーに出席していたことがあるのです」

「あんたが、ガドナスさんだね」

老人の顔を無遠慮にながめ廻して、ジャン＝ポールが確認した。そういえばガドナス教授と顔をあわせるのは、これが最初のことになるのだ。

「そう。ハルバッハから今朝、不意に電話があった。そしてフランソワ・ダッソーに紹介して貰えないかと頼まれたのです」

ダッソー邸で殺されたルイス・ロンカルなる人物の正体が、ナチ戦犯として追及されていたヘルマン・フーデンベルグであることを、ハルバッハは朝の新聞報道で知った。フーデンベルグが、その後どのような行為を犯したにせよ、学生時代には自分の教え子だった人物だ。たぶん人生最後になるだろうパリ訪問中に、昔の学生が同じ都市の片隅で、非業の死を遂げたというのには偶然以上のものを感じる。

できれば明日の帰国の前に、フーデンベルグが死んだ場所に花束でも供えて、冥福を祈りたい。しかし、未知のドイツ人が突然に押しかけても、ダッソー家に迎え入れられるとは思えない。先代のエミール・ダッソーがコフカ収容所の囚人であり、フーデンベルグに収容所長の経歴があればなおさらのこと、ダッソー邸の主人は死者に花束を供えたいというような来客を拒否するのではないか。

どうしたらよいかと、頭を悩ませている時に、やはり昔の学生であるエマニュエル・ガドナスのことを思い出した。噂では、ガドナスもコフカの生還者らしい。あるいはダッソー家と親交があるのではないか。もしもそうならば、ダッソーに紹介して貰えるよう頼もう……。

「思想的な対立はあるにせよ、旧師からの懇請であれば、やむをえん。わしは承諾の返事をした。それからダッソー邸を訪問して、フランソワに事情を話したのです。フランソワは渋々ながらも、わしの依頼には応じてくれた。

どんなに高名な哲学者であろうと、またどんな理由があろうと、ユダヤ人を大量虐殺した男に献花したいというような人物とは、顔を合わせる気にはなれない。執事に案内させるから、東塔広間の入口に花束を供えればよいだろう。ただし、警察に封印されているので広間には入れない。それでよければ、という返答だった。わしはタクシーで、ハルバッハの宿を目指した」

そんな事情でガドナス教授は、ホテル・エトワールに姿をあらわしたのだ。ハルバッハが花束を持参した理由もわかる。ダッソー邸に到着した二人は、執事の案内で東塔の小ホールまで上がった。

「それで」ジャン＝ポールが催促した。

「遠慮したのだろう。執事は下で待っていると言い残して、階段を降りた。ハルバッハはドアの前に献花した後、しばらく一人になりたいといって、小ホールにある鉄扉から塔の屋上に登っていった。

四、五分のあいだ小ホールで待ったが、なかなかハルバッハは姿を見せない。なにしろ、あの高齢だ。急階段で足を滑らせたとか、足を挫《くじ》いたとか、不吉な可能性が脳裏を掠めはじめた。それで、わしは様子を見に行くことにした。だが、屋上に出てもハルバッハの姿は見えなかった。どこにも隠れるような場所はないのに、奇妙なことだ。

不審に思いながら、あたりを見廻している時だった。至近距離で悲鳴が聞こえた。仰天して手摺から身を乗りだすと、大地に叩きつけられ、壊れた人形のように四肢を投げている人物の姿が見えた。どんな理由でか、ハルバッハが塔の屋上から墜落した。それでここまで、夢中で走ってきたのです」

教授が語りおえるころ、ようやくボーヌが、そしてジャコブ老人が、東塔の裏手の角からあらわれた。ふたりとも邸の裏口から、必死で駆けてきたのだろう、傍目にもわかるほどに息をきらせていた。ふたりを案内してきたグレは、ふと建物の角で足をとめた。

迷信ぶかい老人で、死者が怖いのかもしれない。それで、墜落現場に近づかないようにしているのだろう。ジャコブが屍体の横に屈みこんで、その手首を摑もうとする。そんな医者の背中に、ジャン＝ポールが冷淡な声で告げた。

「急がせたのに残念だが、手遅れだな。ドイツ人の爺さんは、もう死んでる」

それでもジャコブは、医者としての仕事をやめようとはしない。脈をとり、掌をハルバッハの鼻腔に近づけたりしている。フーデンベルグの屍体を発見したときも、やはり、おなじように死亡確認の作業を終えたのだろう。カケルがジャン＝ポールに、低い声で語りかけた。

「バルベス警部。ダッソー家の関係者のなかに、ホテル・エトワールにハルバッハを訪問した人物が、たぶんいる。その人物には監視を怠らないように」それから声を大きくして、医者の背中に叫んだ。「最後に瞳孔の散大も確認して下さい。ルイス・ロンカルの死を確認したときと同じようにね」


雨はやんでいた。闇のなかに、水銀灯の光が点々と滲んでいる。時刻は午後九時を廻っていた。ハルバッハの墜死が六時二十分。それから三時間ものあいだ、わたしもカケルもダッソー邸に足どめされていたのだ。レギーネの屍体を発見した昨日に続いて、警察に事情を説明するために。

目撃者の証言資料を作成するために、あれこれと質問を投げてくるボーヌの態度も、昨日の午後よりは緊張感のようなものを欠いていた。事故死であることは、あまりにも明瞭なのだ。

ダッソー家の森屋敷の石畳道を、来たときとは反対に正門めざして歩きながら、わたしは隣の青年に問いかけていた。

「あなた、あの事故を予想してたんじゃないの」

「レギーネの屍体の横で発見された写真の左側の人物が、もしかしてハルバッハではないかと想像した。確証のあることではないから黙っていたけれども、ダッソー邸の事件にハルバッハが関係している可能性を考慮して、明日に予定されている帰国のときまで、ホテルを監視しようと思った」

そう青年は事情を説明した。それで謎めいていた昨夜のカケルの態度にも、なんとか説明がつく。ハルバッハはホテルに押しかけてきた日本青年を、脅迫者の一味であると誤解しかけたのだ。いや、そう誤解するようにカケルがしむけた。だから一面識もない矢吹駆を、やむなくハルバッハは客室に招きいれた。わたしは切り口上で続けた。

「馬鹿な警官には通用するかもしれませんけどね、あなたがしたような説明じゃ、わたしは騙されないわよ。カケルはハルバッハが、命がけの曲芸をすることになるだろうと予測していた。それでなければハルバッハに、過去と対決し死に直面する決断が強いられるだろうなんて、あんな予告ができたわけはないもの」

「ハンナ・グーテンベルガー、そしてヘルマン・フーデンベルグとレギーネ・フーデンベルグ。その三人を殺害した人物が、どんな行動をとるものか、僕には関心があった。だからハルバッハを監視することにしたんだ」

「本気であなた、ハルバッハが三人を殺したと思ってるの」

「そうさ」

鬱蒼とした森のなかに、夜鳥の不気味な叫び声が木霊した。矢吹駆が考えている真相の輪郭が、わたしにもようやく見えはじめていた。そんな気がした。

ハルバッハが東塔の屋上から墜落したとき、ダルティ夫人は調理室でジャコブと話をしていた。ダッソーは書斎で、執事のダランベールと一緒だった。わたしが目撃したように、グレは庭仕事をしていた。ダッソーとダランベールの証言は、ガドナス教授のそれを裏づけている。あのとき屋上にいることができたのは、エマニュエル・ガドナスひとりなのだ。

そしてガドナスは、午過ぎにダッソー邸を訪問して、書斎でフランソワ・ダッソーと面談している。その前後には、ひそかに東塔の屋上に登るような機会もありえたろう。昨日の午後から森屋敷を訪問した客は、ガドナス教授ひとりしかいない。ダッソー邸の五人以外では、換気窓の石庇に写真の封筒をおいて、ハルバッハを転落死に追いやる条件を設定できたのは、エマニュエル・ガドナスしか存在していないのだ。

入るときとおなじように、正門の警官が黙って通用口を開けてくれた。森屋敷の石塀にそい、マロニエ並木のある大通りを歩きはじめる。ふたりの靴音が舗石に響いた。

「キイを頂戴」

シトロエン・メアリの横で、わたしは青年からキイをとり戻した。レアールでカケルを下ろしてから、モンマルトルの自宅まで帰らなければならない。わたしが運転すれば、レアールでシートを代えるなどの面倒がない。メアリに乗りこんで、エンジンをかけようとしたが、喘息もちの駱駝《メアリ》は飼い主の意思にそむいて、なかなか息を吹きかえそうとしなかった。

青年はぶらぶらと、歩道を歩いていく。その後ろ姿を見ながら、三度めにイグニション・キイを廻したときだった。ヘッドライトをぎらぎら光らせながら、大型の乗用車が猛スピードで殺到してきた。警戒するようにカケルが立ちどまり、その直後に前方めがけて疾走しはじめる。

破裂するような光点の連なりと、そして連続的な爆発音。一瞬後には不気味な哄笑を残して、大型車はもう姿を消していた。石塀の下に青年が倒れている。夢中でメアリから飛びだして、わたしはカケルのところに駆けよった。泣いていた、わけのわからないことを叫んでいたかもしれない。

連続的な銃火と射撃音の衝撃に麻痺した頭でも、カケルが通過した自動車の窓ごしに、機関銃の掃射を浴びたのだということは、かろうじて理解できていた。イリイチだ、ニコライ・イリイチが、とうとうダッソー邸の門前で矢吹駆と交差したのだ。

「カケル、カケル」

半狂乱ですがりついたわたしを、無造作に押しのけるようにして、カケルが舗石から身を起こした。そして、つぶやくようにいう。

「銃弾から逃れようとして、石畳に脇腹をぶつけた。でも、大丈夫。やつは、僕を殺す気なんかないんだ。少しばかり遊んでみたのさ」

「馬鹿、カケルの馬鹿。どうしてメアリの陰に隠れなかったのよ」

握りしめた拳で青年の胸を叩きながら、わたしは涙声で叫んでいた。そうしたほうが銃弾から逃れるには有利なのに、反対に青年は小型シトロエンから遠ざかろうとして、なにも遮蔽物のない方向に疾走したのだ。そして機銃掃射がはじまる直前に、大地に身を投げた。

去年の六月とおなじだった。あのときもカケルは、わたしを銃撃から庇おうとして、自分の身を危険にさらしたのだ。しかし、その事実は感謝の気持よりも、あるいは不当なのかもしれない悔しさと悲しさを、わたしにもたらした。もしもカケルが殺されたなら、世界は土台から壊れてしまう。存在可能性の中心を破壊された無意味の荒野に、ひとりぼっちで追放されるのだ。そんなのは厭、絶対に厭だ。

ダッソー邸の正門のほうから、あわただしい靴音が響きはじめた。掃射音を耳にした正門警備の警官が、必死で走りはじめたのだろう。

第十二章　逆の密室

1

　ダッソー邸の裏通りに聳える見捨てられた建物のまえに、シトロエン・メアリをとめた。昨夜また降りはじめた陰気な雨は、やむ気配もない。わたしは唇をきつく嚙みしめて、決意したようにメアリから降りた。

　五月下旬からの長雨や、息苦しい曇天が心のなかにまで侵入してきたように、わたしは正体のしれない不安に悩まされていた。自分のではない、カケルの死の可能性。無意識にそれを、不安に感じていたのではないか。そう気づいたのは、ガドナス教授の家にむかうメアリの車内でのことだった。

　そして昨夜、矢吹駆はダッソー邸の正門に近い路上で、通行車から機銃掃射を浴びせられたのだ。そんなことが起こらないように、なんとか不吉な可能性を断ち切ろうとして、フーデンベルグ殺しの真相について真剣に考えぬいてきたのだが、掃射事件が起きたのは、わたしの推理が土台から瓦解した直後のことだった。

カケルが機関銃で撃たれてから、しばらくのあいだわたしは半狂乱だった。正門警備の警官の急報で、現場に駆けつけたパパとジャン＝ポールになだめられて、なんとか落ちつきをとり戻したのだけれど。

　ハルバッハの屍体の処理も、関係者からの事情聴取も終わっていた。ふたりの警官も、そろそろ引きあげるところだったらしい。掃射事件の現場検証は、ボーヌにゆだねられた。そして、撃たれたばかりのカケルはバルベス警部に、わたしはモガール警視に自宅まで送られることになった。

　警官の護衛つきで帰宅することに、カケルは有難迷惑というふうな顔をしていたが、わたしが無理にも、そうしてもらうように頼んだのだ。ナディア・モガールの場合は護衛つきといっても、モンマルトルまで、パパがメアリを運転したにすぎないのだが。

　車内ではパパが、クロディーヌの出頭と、その供述の中身について説明してくれた。よほどのことでもないかぎり、捜査情報を洩らしたりはしないモガール警視なのに。興奮状態の娘を、なんとか落ちつかせようとしたのかもしれない。ダッソー邸をめぐる連続殺人を話題にしていれば、カケルの狙撃事件から気をそらせることができる。たぶん、そう考えて。

　ラマルク街の自宅に着いたのは、もう深夜の十二時を廻ろうとする時刻だった。わたしは部屋に閉じこもり、必死で考えはじめた。あれほど怖れていた可能性が、ついに現実のものになった。それなのに、ダッソー邸の事件を終わらせられると期待していた推理は、完璧に難破したままなのだ。

あの事件が終わらないかぎり、矢吹駆は森屋敷の周辺から、絶対に去ろうとはしないだろう。翌日からは拳銃を懐中にして、イリイチによる第二の襲撃を待ちかまえかねないのだ。カケルも洩らしていたけれど、あの銃撃は警告だった。邪魔をするな、ダッソー邸の事件に介入するなという。

ダッソー邸を中心とした事件でイリイチがなにを達成しようとしているのか、それはわからないけれども、とにかく邪魔されたくないのだろう。去年の一月そして十二月と、矢吹駆には二度も、イリイチの陰謀計画を叩きつぶした実績がある。あのふたりの対決をやめさせるには、どうしてもダッソー邸の事件を解決しなければならない。あの事件を過去のものにして、森屋敷というカケルとイリイチの危険な遭遇点を、今度こそ消してしまわなければならない。

膨大な不安に押しつぶされかけて、わたしは勉強机のまえで頭を抱えた。無駄なメモを書きちらした。落ちつかない気分で、檻のなかの動物のように室内を歩きまわった。やめていた煙草を、たて続けに吸った。考えて、考えて、考えぬいて、最後の真相を明らかにしなければならない。それしか、わたしにできることはありえないのだから。

昨日のハルバッハの墜死と脅迫写真の発見で、捜査は振出にもどった。それに物音トリックの実験失敗を加えてもよい。ヘルマン・フーデンベルグの屍体を封じこめた三重密室の謎は解かれないまま、レギーネの誘拐および殺害事件までもが、新たな謎に包まれたことになる。

蠟引きの封筒に入っていたのは、手札サイズの写真と、そのネガだった。最初、たぶん写真は二枚あった。一枚はレギーネ事件の犯人が、ハルバッハの顔の部分を切りぬいて現場に残したのだ。

東塔の換気窓の石庇に、問題の写真とネガを入れた封筒を糸で吊りおろして、ハルバッハが墜死するようにしむけた人物こそ、レギーネを誘拐し、そして殺害した犯人だろう。その写真は、五月二十九日の夕方にレギーネが、ホテル・ロワイヤルのフロントの金庫から出させたものだ。そして七時半にレギーネは、ダッソー邸の裏木戸のまえで消息を絶っている。その直後に誘拐され、廃屋に監禁されたと考えるのが妥当だろう。

レギーネの拉致ならびに殺害の容疑者だったシュミットもコーヘンも、かの女から写真を奪うことはできたにせよ、それを換気窓の庇におけたとは考えられない。ふたりとも警視庁の檻のなかに、入れられていたのだから。それができたのはダッソーとジャコブ、ダッソー家の使用人の三人、それに昨日の午後に森屋敷を訪問しているガドナス教授の六名である。

ダッソーとジャコブには、カケルが最初に考えたように、フーデンベルグを殺害できる条件があった。しかし、その晩の七時半に食堂にいた二人は、レギーネを誘拐できる条件を欠いているのだ。したがって問題の写真を入手することもできないし、それを石庇におくこともできない。その両方が可能であり、かつ、フーデンベルグを殺害することもできた人物は……。そう考えたときだった。事件の全体像が、ようやく焦点をむすびはじめたのは。カケルが発見した緑のトンネル。そしてレギーネを誘拐し、石庇に写真をおけた謎の人物。ふたつの事実が脳裏で交錯し、それまでは想像もできなかった事件の全貌が、ふいに浮かんできた。窓からはもう、早朝の薄日がさしていた。

わたしは徹夜で考えぬいて、ようやく事件の真相に到達しえたのだ。クロディーヌの共犯はシュミットではない。コーヘンでもない。事件には、第三の人物が存在していた。その男がフーデンベルグ夫妻の殺害を計画し、背後からクロディーヌを操っていたのだ。

午前中にバルベス警部に電話して、わたしはガドナス教授とシュミット、それに矢吹駆の三人を、廃屋のアパルトマンに集めて欲しいと頼んだ。カケルについては、ジャン＝ポールがレアールのホテルまで迎えにいき、警察車に乗せて連れてきてもらいたいとも。電話で、かれは鷹揚に応えた。

「私はかまいませんよ。警視庁からレアールを廻って森屋敷まで行くのは、たいした手間じゃない。昨夜もカケルさんは大丈夫だというのに、無理にも送ることにしたんだし。嬢ちゃん、あんたの心配は判ってますよ。

資金稼ぎにラルース家の姉妹殺しを仕組んだテロリストの残党が、まだパリに潜伏してたとはね。逆恨みで、カケルさんを狙ったんだ。でも、じきにおじさんが捕まえてやります、車の窓から短機関銃を乱射した野郎はね。

クロディーヌの自供で、今朝ようやく、ダッソーとジャコブも逮捕できました、フーデンベルグの不法監禁の容疑でね。反対に、シュミットは釈放です。あのドイツ人が廃屋のアパルトマンに足を踏み入れたのは確実だが、たぶんレギーネが殺害された後のことだろう。写真を奪った人間が、レギーネを誘拐して殺した犯人だとすれば、それはシュミットではありえない。警視は、そう判断したんですな。

なぜアパルトマンに行ったのか、なぜレギーネの屍体を発見したのに警察に通報しなかったのか、などなど疑問点は残るんですが、あれこれとドイツ大使館がやかましくてね。やむをえず釈放することになりました。

ガドナスがシュミットの身元保証人を引きうけたんで、午前中に迎えに来るよう命じてある。ガドナスが着いたらシュミットと一緒に警察車に押し込んで、ついでにカケルさんの下宿も廻って、正午には廃屋に着けるでしょう。

ところで、新しい推理ってなんですかい。嬢ちゃんのクロディーヌ犯人説は、やはり難しいと思いますよ。物音トリックの実験が失敗したことは、昨日の午後に説明した通りだし。それとも、またなんか面白いことを考えたんですか」

「あとよ、あと。それともジャン＝ポール、わたしの最後の推理を知りたくないの」

「そんなことはありませんとも。あの物音トリックの推理だって、なかなかのものでした。あんなことは、私もあんたのパパも、まるきり考えつきもしないでいたんだから。なんか参考になりそうなことを思いついたんなら、おじさんにも教えて下さいよ」

「あのアパルトマンで教えるわ。そのためにも、調べてほしいことがあるんだけど」

「なんです、嬢ちゃん」

新しい推理を完成するのに必要な調査を、ジャン＝ポールに頼んでから、わたしは電話をきった。

メアリを降りて、雨に濡れながら廃屋の非常口をめざした。戦慄が背筋を走りぬける。戦場をめざす兵士の気分だった。それも勇敢な職業軍人ではなしに、戦時動員された平凡な兵士だろう。市民としての義務感から、恐怖に耐えつつ戦場に向かう兵士。昨日までパン屋や、自動車修理工や、学校の先生だった、頼りない素人兵士。ハルバッハ哲学を奉じて死を決断し、弾雨のなかロシアの雪原を疾駆したヴェルナー少佐からは馬鹿にされそうだが、しかたがない。

荒廃した管理人室から、建物の玄関ホールにでる。がらんとした広間は、薄闇に沈んでいた。重たい足を引きずるようにして、埃だらけの階段を登りはじめた。

待ちあわせ場所はレギーネ・フーデンベルグの屍体が発見されたアパルトマン、約束の時刻は正午だった。予想したよりも道路が込んでいて、少し時間に遅れている。ジャン＝ポールはもう着いているだろうか。

今度こそ、事件の真相を解明できたと確信している。だが、全身を浸しているのは解放感でも高揚感でもなく、濃密な不安とまざりあった重苦しい徒労の感情だった。なにしろ昨夜は、一睡もしていない。徹夜で脳髄を搾り機にかけ続けて、ひどく疲れているのは事実だが、それだけではないような気がした。

じきに、ある人物を告発しなければならない。それが、わたしを憂鬱にさせているのだ。ほんとうは、そんなことなどしたくない。その人物の行為は、ふつうの人間が裁けるような範囲を超えている。どうしても、そんなふうに感じてしまう。できれば警察にも、事件の真相は告げないでおきたい。ダッソー邸の三重密室事件は、犯人も犯行方法も不明のまま、曖昧に終わるのがよいと思う。

それでも、どうしても告発しないわけにはいかないのだ。わたしの存在可能性の中心を、無残な破壊の運命から守りぬこうと決意している以上は。

レギーネの屍体があったアパルトマンの居間には、もうジャン＝ポールが到着していた。ガドナス教授もシュミットも、そして矢吹駆も。わたしを見て、教授は福々しい顔をほころばせた。教授、そしてシュミットの順で握手をした。自由の身になって、ドイツ人の退職警官の表情には解放感のようなものが漂っている。

大型の狙撃銃は、証拠品として押収されたらしい。だが、背もたれの部分に大きな貫通口がある安楽椅子は、そのままに置かれていた。貫通口の周囲には褪色《たいしょく》した血痕が残っている。わたしはジャン＝ポールの顔を見た。

「待たせたかしら」

「いいや。私らも、五分ほど前に着いたところです。どうしたんですか、顔色がよくないようだが」

「徹夜だったの。ひどい顔してるでしょう」

ジャン＝ポールに応えながら窓辺によって、ダッソー邸の東塔のほうを注視した。森屋敷の東側の塀際で、アパルトマンからの眺望を遮っていた正面の枝は、ロープで引かれ、下方に大きくたわんでいる。しかし、それでも換気窓まで通じる緑のトンネルというには、難がある。せいぜい緑の窪みというところだ。

ジャン＝ポールが、窓際におかれた足台の高さを調節しながら、語りかけてきた。「この足台から見て御覧なさい。双眼鏡で東塔の換気窓から覗いてみると、窓越しに、このアパルトマンの室内の一部が見える。しかし、アパルトマン側から換気窓を見るには、嬢ちゃんの背丈では少しばかり足りないな」

ジャン＝ポールの忠告にしたがい、金属製の足台に上がった。緑のトンネルは、たしかに実在していた。それまでは巨木の緑にさえぎられて、屋上の一部しか見ることができなかったのに、いまは枝葉の群にうがたれたトンネルを通して、薄茶色の地に浮かんだ黒灰色の矩形の染みを、かろうじて認めることができる。東塔の換気窓だった。

「で、嬢ちゃん。どんなことを、また思いついたんですかい。おじさんは、あんまり時間がないんです。午後には、逮捕したダッソーやジャコブを訊問しなければならないし、さぼってると警視にどやされそうだ。手短にお願いしますよ」

「徹夜で考えたのは、最後の真相よ」

足台から降りて、わたしは答えた。緊張で声が顫えている。今度、間違えていたら、もうあとはないのだ。カケルはほんとうにイリイチに殺されてしまう。ジャン＝ポールが嬉しそうな顔をした。

「フーデンベルグ夫婦殺しの真相ですな」

「いいえ、それだけじゃないの。ハンナ・グーテンベルガー、ヘルマン・フーデンベルグ、レギーネ・フーデンベルグ、そしてマルティン・ハルバッハ。この四人の死をめぐる真相だわ」

「ハンナというのは、三十年も昔にコフカ収容所で殺されたという女性ですな。しかし、ハルバッハは事故死ですよ。嬢ちゃんも、自分の眼で目撃したでしょうが」

「いいえ。あれも熟慮のうえで実行された殺人だわ。殺人ならざる殺人という、巧妙な完全犯罪なの」

「どういうことですかね。それに判らんのは、なぜフーデンベルグ夫婦の殺人事件や、ハルバッハの墜死と、三十年も前にポーランドで起きた事件に関係があるのかだ」

「あるのよ。だから、ガドナス教授やシュミットさんにも来てもらったの。ふたりはハンナ事件の関係者だし、その真相を知る権利があるのだから」

ガドナス教授がドイツ語で、わたしの話を要約しながらシュミットに伝えていた。釈放されたばかりのドイツ人が、納得できない顔で尋ねる。

「しかし、フロイライン・モガール。ハンナ事件の真相は、あの夜、あなたが推理した通りではないんですか。小屋の暖炉が、三重密室のトリックの種だった……」

「ええ。でも、その先があるんです。ハンナ事件の、その先の隠されていた部分が、三十年後の連続殺人事件の背景をなしているんですから」

「どういうことかな」

教授が落ちついた声でたずねる。さあ、はじめなければならないわ、ナディア。いつまでも躊躇していることはできないの。おなかに力を入れて、わたしは語りはじめた。

「ハンナ事件とダッソー邸をめぐる連続殺人事件には、だれにでも気づくような外形的な類似性があります」

「三重密室の謎ですな」ジャン＝ポールがうなずいた。

「そう。三十年前の雪の密室は、積雪に囲まれたハンナの小屋全体が第一の、正面扉の閂を外側からかけられた居間が第二の、そして居間に通じる屋内扉の鍵が寝室側からかけられていた寝室が、第三の密室をなしていました。つまり三重の密室です。

季節はずれの長雨のさなかに起きたダッソー邸の事件では、窓や扉など開口部を完璧に施錠されたダッソー邸の全体が第一の、ふたりの使用人によって唯一の通路である正面階段を監視されていた二階全体が第二の、そして殺人現場の東塔が第三の密室を構成していた。ふたつの事件の関連は、まだ指摘できます。

雪の密室事件が起きたのはコフカ収容所であり、雨の密室事件は、コフカの囚人だった人物の息子の邸で起きているんです。おまけに被害者は、ハンナ殺しの最大の容疑者だったコフカ収容所長フーデンベルグであり、フーデンベルグ殺しの容疑者である四名は、コフカの生存者が組織した報復結社〈正義の会〉のメンバーでした。

ふたつの事件は、三重密室という外見だけではなしに、主要な登場人物までもを共有しているんです。雪の密室と雨の密室を、ハンナ事件とダッソー邸の連続殺人事件を、無関係なものとして扱うのは、むしろ現実性を欠いた態度です」

「……それで」カケルが低い声で、話の続きをうながした。

「フーデンベルグ事件の経過を追って説明するわ、カケル」わたしは青年に応えた。「クロディーヌ・デュボワが二十九日の午後七時十分に、晩餐の席を外したことは確認されている。かの女はカハンと約束したとおりに、裏木戸の錠を外しに戸外にでたと供述しているけれども、それ以外にも目的があった。東塔の側と塀側にある巨木の枝にかけられたロープを引き、緑のトンネルを完成すること。つまるところクロディーヌは、三つの犯罪計画に同時に関係していたんです」

「三つの犯罪計画……」ジャン＝ポールが眉をひそめる。

「第一は、〈正義の会〉によるナチ戦犯フーデンベルグの誘拐と拘禁。その中心人物はカッサンで、ほかの三人はカッサンに引きずられていたにせよ。第二は、それもクロディーヌの自供にあるように、イスラエル秘密機関によるフーデンベルグの拉致計画です。

クロディーヌは以前から、モサドのツァイテル・カハンに協力して〈正義の会〉の内部情報を流していました。フーデンベルグがパリに潜入していると、カハンに通報したときにはまだ、クロディーヌにもモサドを裏切る意思はなかった。新しい計画が芽生えたのは、カッサンがフーデンベルグを拉致してダッソー邸に連行してきた、その翌日のことだろうと思います。

その翌日、つまり五月二十八日にクロディーヌは、カハンに命じられたとおり裏木戸のところで、コーヘンと接触しました。鍵型をとる材料を受けとるために。そのあと昼食まで、かの女は外出しています。自宅に下着などを取りに戻ったと供述していますが、じつは、ある人物の家を訪問したに違いないんです」

「何者ですかな」ガドナス教授が質問した。

「さしあたり、ムッシュXとしておきましょう。そしてムッシュXとの対話が、クロディーヌの心境に決定的な変化を生じさせたんです。かの女はムッシュXと共謀して、第三の犯罪計画に没頭しました。ナチ戦犯であるフーデンベルグ夫婦に、正義の裁きをもたらすという計画に……。

五月二十九日の七時半に、裏木戸のところまでレギーネをおびき出したのは、ムッシュXかもしれない。レギーネを呼ぶのはクロディーヌにも可能でしたが、かの女が、あえてホテル・ロワイヤルに電話する必要はないんです。とにかくレギーネは、夫の身柄と交換するために脅迫写真をもって、七時半にダッソー邸の裏木戸のところでタクシーを降りた。

それ以前に必要な作業を終えていたムッシュXは、レギーネを廃屋のアパルトマンに連れこみ、ふいを襲って、その椅子に縛りつけました。それから予定の時刻になるまで、ひとりで待機していたんです、この部屋でね。

その夜のクロディーヌの行動は、十二時になる直前に東塔に登ったところまでは、供述どおりであると考えても、支障ありません。カッサンのハンカチを盗み、鍵の複製をもって塔の階段を登った。違うのは、その先でした」

「どう違うんですかい」質問しながらジャン＝ポールが、無意識に顎をなでた。

「クロディーヌは上下の差し錠を外し、鍵をあけて、フーデンベルグが幽閉されている広間に入った。室内から、また鍵を掛けました。そして折れた短剣の刀身でおどして、フーデンベルグを換気窓まで登らせたんです。壁をよじ登ったフーデンベルグの首には、吊り紐で、クロディーヌから渡された双眼鏡が下げられていた。

なんとか換気窓にとりついた老人は、窓枠がわりの石材に肘をついて躰を支え、そして指示されたとおりに双眼鏡を覗いた。それを確認してクロディーヌは、あらかじめ線をつないでおいた東塔の電話で、ムッシュXのいるアパルトマンに連絡を入れる。ムッシュXは行動を起こしました。部屋の電灯をつけ、そして狙撃銃を手にした。

そのときフーデンベルグが、双眼鏡をとおして目撃したのは、椅子に縛りつけられた妻レギーネの姿でした。その脇には、ライフルをかまえたムッシュXがいる。そして至近距離からの銃撃。左胸を鮮血にそめて、レギーネが息絶える……」

そうだ、レギーネの死を夫のフーデンベルグに目撃させるために、あの緑のトンネルは作られたのだ。そうでなければ、なぜあんなものを、わざわざ苦労して作る必要があったろうか。

「双眼鏡をとおして、妻の惨殺現場を目撃したフーデンベルグは、あまりの心理的な衝撃のためバランスを崩しました。あお向けに換気窓から転落し、後頭部を石床にぶつけて意識を失った。フーデンベルグが転落することまで、犯人によって予測されていたとは思えません。クロディーヌは短剣で、計画どおりに被害者の心臓を背中から刺しました。その直後に、思わぬ事態が生じたのです」

階段を駆けあがってきたジャコブが、ノブをがちゃつかせたり、ドアを叩いたりしはじめたのだ。十二時にダッソーとジャコブが書斎に引きとることも、換気窓から転落したフーデンベルグが大きな物音をたてることも、あらかじめ計算されていない突発的な出来事だったろう。

やむをえずクロディーヌは、短剣の柄をベッドの下に投げいれ、屍体の首から双眼鏡を外して、広間の洗面所に身を隠したのだ。

　室内に駆けこんできたダッソーとジャコブが、フーデンベルグの死を確認する。当然のことながらジャコブは、広間のドアに鍵はかけられていたが、ふたつの錠は外されていた事実を知っていた。遅れてきたダッソーは、ジャコブが錠を外したのだろうと信じこんだ。

　衝撃に見舞われたダッソーが、我慢できないで書斎に駆けおりる。ジャコブが、それを追った。広間のドアは、錠も鍵もかけられてはいない。足音を忍ばせて階段を降り、クロディーヌは客室に戻った。もしものときの脱出用に盗んでおいたロープを、子供部屋に隠し、窓からカッサンのハンカチが巻かれた凶器を池に投げて、ベッドにもぐりこんだ。

「でもね、嬢ちゃん。それならクロディーヌは、どうしてジャコブの眼を逃れられたんですかい。ジャコブは書斎の戸口から、東塔の階段を通る人間がいないかどうか、はじめから終わりまで監視してたんですよ」

「監視の一瞬の隙をついたのかもしれない。でもジャコブは、階段を降りてきて通路を走りさるクロディーヌの後ろ姿を、あるいは目撃したのだとも考えられるわ。あらかじめ解かれていた錠と、内部を確認しないでおいた洗面所と、そして現場を脱出したクロディーヌの姿をむすびつければ、ジャコブにも真相は摑めたと思うの」

「なるほどね。ジャコブは旧友の娘クロディーヌを庇って、目撃した事実をダッソー邸の関係者にも、そして警察にも沈黙し通した……」

ジャン＝ポールの表情には、やはり疑念がある。都合のよすぎる仮説だと思ったのかもしれない。やはりそうだろうか。自信を失いそうになりながらも、わたしは心をはげまして言葉を続けた。どんなことがあろうとも、今日この場で、ダッソー邸をめぐる連続殺人事件の真相は、ぜひとも解明されなければならないのだ。そうしなければカケルは、今度こそイリイチに殺されてしまう。

「コーヘンが裏木戸から邸の敷地に入れないでいたのも、とうぜんのことだわ。クロディーヌはフーデンベルグ殺しの直前まで、カハンには裏切りの意図を気づかれないようにしていたんだもの。合鍵を作ることなど、カハンの指示には忠実であるように装っていた。裏木戸の錠に関係するところで、はじめてクロディーヌはカハンの指示に背いたの」

ジャン＝ポールが不満そうにいう。「それでもクロディーヌは、確認どおりに裏木戸の錠を外したんでしょう、七時十分に。それならカハンの指示に反したことにはならないし、であれば、どうしてコーヘンが侵入しようとした夜中の十二時四十分に、また裏木戸の錠が下りてたんですかね」

「レギーネを誘拐したあとムッシュＸは、クロディーヌが開けた裏木戸からダッソー邸の敷地に侵入したの。どうしても、そうする必要があった。作業を終えてからムッシュＸは、裏木戸の錠を下ろし、塀を乗りこえて裏通りにでた。そして廃屋に戻ったの。ムッシュＸがなにをしたのか、その説明は後まわしにしましょう。

レギーネを射殺したムッシュＸは、計画どおりに現場から逃走した。そのあと、謎の女の通報でサイレン音を響かせながらパトロール車が、森屋敷の正門に到着する。内錠が下ろされた裏木戸のまえで、どうしようかと思案していたコーヘンは、サイレン音を耳にして動転し、ルノーの運転席に駆けこんで逃走した」

「それならレギーネは、十二時七分に射殺されたことになりますな」わたしが黙ってうなずくと、またジャン＝ポールが続けた。「じゃあ誰が、フーデンベルグの事件を警察に通報したんです」

「もちろんクロディーヌよ。外国人のような訛のある作り声で、地区署に密告の電話をしたのはクロディーヌ」

「なんでまた」

「それも、最初からの計画だったと思うわ。クロディーヌは二重の裏切りを犯していた。第一に〈正義の会〉を、第二にモサドを。裏切りが発覚したなら、二重の報復を警戒しなければならない立場だった。獲物を奪われたカッサンは激怒して、クロディーヌの喉笛を絞めあげるかもしれない。

カハンもまた、第二のアイヒマン裁判を演出するというイスラエルの国益に、致命的な打撃をもたらしたクロディーヌのことを、絶対に許さないでしょう。二重の報復からまぬがれるには、〈正義の会〉とモサドの犯行計画を警察に暴露したほうがよい。そうなればカッサンもカハンも、身動きがとれなくなる」

ジャン＝ポールの表情に興奮の色が浮かびはじめた。「ダランベールの部屋に入って電話の内線を切り換えたのは、クロディーヌを含めて、客や使用人がサロンに集められた時ということになりますな。それはいいんだが、でもクロディーヌを逃がしたのは、カハンに命じられたコーヘンですよ」

「カハンに逃がしてもらうことまで、あらかじめ計画していたとは思えないわ。事件の翌朝、なに喰わぬ顔でカハンに電話したクロディーヌに、思いがけない申し出があった。カハンはまだ、クロディーヌを疑ってはいない。フーデンベルグの死の真相について、一刻もはやく詳細な情報を得たいカハンは、クロディーヌに逃亡計画を持ちかけたんだわ。

ジャコブの証言で、フーデンベルグ殺しが露顕しそうな立場におかれていたクロディーヌは、願ってもないカハンの申し出に応じることにした。そしてムフタール街の逃亡劇が演じられた。三十日の昼間に、クロディーヌは庭に散歩に出ているわね。緑のトンネルの入口と出口は、そのときに隠されたんだわ。かの女は枝を引いていた二本のロープをほどいて、それを道具小屋に戻したの」

カハンのアパルトマンに潜伏していたクロディーヌは、保護者の逃亡で隠れ場所を奪われて、仕方なしに警察に出頭することにした。ジャコブはまだ、クロディーヌの不審な振舞について、警察に密告してはいない。ジャコブの口の固さが信用できるなら、第一と第二の犯罪計画に協力していたことを認めて、第三のそれの容疑をまぬがれたほうがよい。たぶんクロディーヌは、そう判断したのだろう。

カッサンに引きずられて、フーデンベルグの不法監禁に加担したにせよ、モサドによるナチ戦犯誘拐の未遂事件に協力していたにせよ、それほど大した罪にはなりそうにない。有罪判決がでるにしても、執行猶予はつくだろう。それなら、ふたつの罪は承認することにして、第三の、そして真の犯罪を隠蔽したほうが有利だ。そう、クロディーヌは決断したのではないか。

「それで、あなたのいうムッシュXとは、何者なんですかな」ガドナス教授が穏やかな声で質問した。ジャン＝ポールも追及する。

「そうだ、嬢ちゃん。そのXの正体ですぜ、問題なのは」

「……ムッシュXは、クロディーヌに二重の裏切りを決意させるほど、かの女に影響力のある人物です。しかも、コーヘンやシュミットさんと同様に、ダッソー家の外部の人間だった。ダッソーをはじめ〈正義の会〉メンバーである内部の人間には、レギーネ誘拐の条件があたえられていないんですから。

第二にムッシュXは、フーデンベルグ夫妻に激しい復讐心を抱いていた人物です。妻の殺害現場を見せつけて、それから夫の生命を奪うというような犯行計画は、たんなる怨恨からは生まれない。憶測になるけれどムッシュXは、フーデンベルグに妻か恋人かを惨殺された人物かもしれない。そのような体験を強いられた人物なら、レギーネを射殺し、それを目撃した直後のフーデンベルグを殺害するというふうな、残酷ともいえる犯行計画を立案するかもしれません」

「では、ヴェルナー少佐がフーデンベルグ夫婦を殺したとでもいうんですか」

シュミットが声を荒だてた。フーデンベルグに、恋人だったハンナ・グーテンベルガーを、息子もろともに殺害された人物。シュミットがハインリヒ・ヴェルナーのことを思い出したとしても、少しも不自然ではない。だが、違うのだ。

「ヘル・シュミット。でもヴェルナー少佐は、三十年前にコフカで死んでいます。死者が甦って、フーデンベルグ夫妻に報復したとまで、わたしも主張しようとは思いませんわ。ヴェルナー少佐以外に、おなじような条件の人物を想定できないだろうか。

そして第三にムッシュＸは、シュミットさんのパリ滞在を知っていた人物です。シュミットさんの吸ったキャメルの吸殻や、その名刺を入手しえた人物でもある。レギーネを誘拐したあと、ムッシュＸはダッソー邸の庭に侵入した。そこで、なにをしたのか」

「……四阿にキャメルの吸殻を落とした」

低い声で、カケルがつぶやいた。わたしの推理を肯定しているのか否定しているのか、青年の無表情からは判断しようもない。わたしは強い口調で日本青年に応えた。

「そうだわ、カケル。そしてＸは、レギーネを射殺して逃走するときに吸殻を、廃屋の非常口のところにシュミットさんの名刺を残したの」

パパの話では、シュミットは非分泌型だ。四阿に落ちていた吸殻の唾液も非分泌型。ムッシュＸは、偶然に手に入れたシュミットの吸殻を利用した可能性が高い。非分泌型の人は分泌型の人よりも、はるかに少数なのだから。

ジャン＝ポールが額に縦皺をよせて、ぶつぶついいながら、なにか考えこんでいる。「Ｘはクロディーヌと親しくて、フーデンベルグに妻か恋人を殺された経歴をもち、シュミット氏の名刺やキャメルの吸殻を入手しえた人物だ……」

「ねえ、ジャン＝ポール。わたしが電話で頼んだこと、確認してもらえたかしら」

「しましたよ、嬢ちゃん。なにしろ三十年も昔のことになるが。ジャコブは以前の証言を確認した。脱走事件の直前に、カッサンが警備兵を刺殺した。そしてナイフで鉄条網を切断し、囚人棟の敷地から脱出した。それを追うようにして、もう一人の囚人が、やはり鉄条網の破れ目から身をくねらせるようにして、外に出た。カッサンは何梃もの銃を持って、二十分ほどで戻ってきたが、第二の男は連続的な爆発が起こり、集団脱走が開始されても姿を見せないままだった」

「それでカッサンは」わたしの声は緊張にふるえていた。

「クロディーヌが自供したんで、観念したんですかね。カッサンも喋りはじめてはいるんだが、まだフーデンベルグ関係の話については口が重い。それでも三十年前のことに関しては、警戒心も見せないで喋りましたよ」

「それで、どんな証言をしたの」

　指導者のダッソーに命じられて、カッサンは六時半の交替直後に警備兵を刺殺した。そして兵器庫をめざした。ダッソーによれば六時半以降、兵器庫は無人で、扉の鍵も開けられているはずだ。その説明を聞いて、ほかの囚人グループが兵器庫の警備兵を襲う計画になっているのだろうと、カッサンは考えた。

　誰かに尾《つ》けられているようだと感じたカッサンは、ナイフを握りなおして、丘の麓で待ちぶせることにした。警備兵なら殺してしまわなければならない。だが、吹雪のなかに姿をあらわしたのは、顔見知りの囚人仲間だった。

囚人仲間の男は、丘の小屋に監禁されているハンナ・グーテンベルガーを解放するために、鉄条網の破れ目から這いだして来たのだという。ふたりは前後して坂道を登った。到着したとき兵器庫の扉は閉じられていたが、予定どおりに鍵は解かれていた。カッサンは兵器庫から、ダッソーに指示されたとおり銃を盗みだし、大急ぎで丘を下った。囚人仲間の男は兵器庫のところに残った。

「カッサンは、その囚人仲間の名前を喋ったんでしょう」

待ちきれない気分で、わたしは小さく叫んだ。予測が外れていたなら、わたしの最後の推理の大前提が覆されるのだ。ジャン＝ポールが、にやりと笑った。

「その男の名前は、……エマニュエル・ガドナス」

「なんだって」シュミットが驚愕の声をあげた。

賢者の風貌の老人を、こんなふうに告発しなければならないのが、わたしには苦痛だった。でも、逃げることはできないのだ。今日こそ、ダッソー邸の連続殺人事件を終わらせてしまわなければならない。わたしはガドナス教授の顔を見ないようにして、語りはじめた。その声が、自分でも気迫のないものに聞こえた。

「そうです、ガドナス教授は集団脱走の直前に、兵器庫のある丘に姿をあらわしていたんです。目的はもちろん、学生時代に心をよせていたハンナが、計画されている集団脱走に参加できるようにすること。そのためには小屋の正面扉にある、閂を外さなければならない。しかし、ガドナス教授はハンナの小屋に近づけなかった」

「なぜかな」平静な声で教授がたずねた。

「教授とカッサンが兵器庫に着いたのは、たぶんハスラーが殺害された直後、六時四十五分過ぎのことです。六時半にはフーデンベルグが、小屋をめざして往路の足跡を残している。

復路の足跡がない以上、だれか小屋にいるのは明らかだ。それが囚人である可能性はない。何者であれ、小屋にいるのは警備側の人間に違いない。囚人区画から逃げだしているところを、その男に発見されたら、大変なことになる。自分の身が危ういだけではなしに、計画されている集団脱走が不可能になるかもしれない。

そう考えた教授は、警備側の男が小屋から出てくるまで、兵器庫から離れた地点に隠れて待つことにしました。六時五十分に銃声を耳にして、心配になりましたが、それでも小屋に様子を見にはいけない立場だ。そして困ったことに、七時にはシュミットさんまでが、坂道を上がってきてハンナの小屋に入ってしまった。仕方ない、ふたりが丘を下るまで待つことにしよう。

教授が小屋に入れたのは、兵器庫が爆発したあとのことですね。最初にフーデンベルグが丘を下りた。それを確認して、おそるおそる近づいてみると、シュミットさんは意識不明で倒れている。安全を確認して小屋に入った教授は、寝室でハンナ・グーテンベルガーの屍体を発見したんです。折れた短剣を拾ったのは、脱走用の武器にするためだったかもしれないけれど、それは三十年後に、予想もしない形で活用されることになりました」

そうだ。ガドナス教授は、ハンナ殺しの犯人がフーデンベルグであることを知っていた。三日まえに、シュミットから捜査情報を教えられるよりも、はるか以前から。なぜなら銃声がした六時五十分に、小屋にいた被害者以外の人物がフーデンベルグであることを確認しているのだから。

銃声のあと、暖炉の煙突から延びた鉄線が引かれて、正面扉の閂がかけられるのを目撃したのではないかとも考えたが、それは無理だろう。吹雪の夜だし、小屋の戸口まで行かなければ、トリックで閂がかけられるのを目撃するのは難しい。シュミットの証言にあるように、兵器庫と小屋をむすんでいる足跡はフーデンベルグが残した往路のみで、ガドナス教授が小屋に接近した形跡はないのだ。

「教授、あなたは五月二十八日に、クロディーヌの訪問を受けたのではありませんか。そして、フーデンベルグがダッソー邸に監禁されていることを知った。あなたはハンナのために、正義の裁きを実行しようと決意した。そう考えるしかありません。ムッシュＸに該当する人物は、ガドナス教授しか存在しえないんですもの。

五月二十九日の夕方に帰宅した教授は、アパルトマンの戸口に、シュミットさんが残した吸殻と名刺を見つけて、新しい計画を考えつきました。存在しない人物を捏造して、捜査を混乱させるために、四阿になにか偽の証拠のようなものを残そうという以前からの計画に、シュミットさんという実在の人物を導入することにしたんですね」

「あなたの推理では、ハルバッハを殺したのもわしだということになるのかな」ガドナス教授は、おもしろがるような口調でいう。

「ええ、教授。あなたはホテル・ロワイヤルのレギーネと接触して、フーデンベルグ夫妻のパリ滞在の目的が、ハルバッハの恐喝にあることを知った。その写真と引換に、フーデンベルグの救出に協力しようと持ちかけて、それをレギーネに信じさせた。レギーネを殺害して手に入れた写真が、教授に第三の殺意をもたらしたんです」

ハルバッハ存在論は絶滅収容所の哲学である。そうした思想的批判が、コフカの殺人工場を視察したハルバッハの写真によって、ついに殺意にまで凝縮したのだろう。しかし、わたしにはガドナス教授の殺意を批判する資格がない。批判する権利をもつのは、おなじ経験をした収容所からの生還者のみだろう。

「昨日の午後、あなたはダッソー邸を訪問して、ひそかに東塔の屋上まで行きました。そして屋上から糸で、写真の封筒を石庇の上においたんですね。作業を終えてから、ホテル・エトワールに向かいました」

「で、わしはハルバッハを、どんなふうに誘惑したのかな。長年の山歩きで足腰には自信があるにせよ、あの高齢の老人には危険すぎる芸当をやらせるために」

「わかりませんわ。でも、推測ならできます。東塔に幽閉された直後に、フーデンベルグが石庇の上に写真の封筒を隠した。そんなふうに告げたのかもしれません。それは実際には不可能だし、もしそんなことが行われていれば警察に発見されているはずですが、警察による捜査の状況も東塔の換気窓の構造も知らないハルバッハは、その言葉を疑うことができません。

なぜ石庇の封筒について知ったのかも、ハルバッハに適当な説明をすることは充分に可能だわ。食事を運んでいたクロディーヌを買収しようとして、フーデンベルグが写真のことを洩らした。その話をクロディーヌから聞いたのだとか。

教授の言葉を信じて、ハルバッハはダッソー邸に同行し、危険な証拠写真を回収しようと東塔の屋上に向かったんです。そして世界的な名声を守るために、とうとう危険な曲芸をはじめた。そのときに教授は、手摺の陰から致命的な言葉を囁いたのではありませんか。ハルバッハが驚愕のあまり、体のバランスを崩しかねないような言葉を。……封筒のなかには写真はない。写真はもう、新聞社に送った。あの写真が全世界に公開されるのも、時間の問題だとか。

あれを事故だと証言したのは、なんとパリ警視庁の警部だったんです。事故に見せかけられた完全犯罪。ハルバッハ墜死の原因として、あの写真は世界中に報道される。ハルバッハが死の危険を冒してまで回収し、隠蔽しなければならなかった、絶滅収容所訪問の証拠写真として。未曾有のスキャンダルのなかで、二十世紀最大の哲学者の名声は泥にまみれ、偶像は失墜するんです」

「なるほど」教授は穏やかに微笑している。

「ガドナス教授。わたしは教授を責めようとは思いません。そんな権利は、わたしにはないと思うから。ほんとうは、教授を告発なんかしたくありませんでした。でも、そうしないわけにはいかないんです、どうしても。わたしを許して下さい。そして、警視庁に出頭して下さい。

バルベス警部には、わたしの話を聞かないでいたことにさせます。それなら自首したことになり、裁判の判決も軽くなると思うんです」

「どうしますかな、警部さん」

おかしな冗談でも口にするような態度で、教授が微笑しながらジャン＝ポールに問いかけた。

大男がにやつきながら、わたしに質問する。

「嬢ちゃん。あんたの新説では、あの緑のトンネルをこしらえたのは、何者になるんですかね。事件の関係者のなかで、地上二十メートルの場所で十何本もの枝を払うという危険な作業がやれそうなのは、せいぜいダッソーとカッサンとグレの三人ですぜ。老人のジャコブやダランベール、女のクロディーヌやダルティ夫人には難しい。邸外の人物でもシュミット氏にはやれたかもしれんが、体力や年齢の点でガドナス教授やハルバッハには、やはり難しそうだ」

「クロディーヌの仕業だわ、たぶん」

自信なさそうにわたしは答えた。ジャン＝ポールは、わたしの推理の最大の難点をついたのだ。クロディーヌの立場だったら、わたしでもやるだろうか、二十メートルもの高さで沢山の枝を切り落とすという作業を。やろうと決意しても、実際にそんなことができるだろうか。

「そうそう。嬢ちゃんには、まだ教えてなかったが、昨日の夜になって判明した新事実があるんですな。レギーネを解剖したデュランの最終的な所見では、被害者の死亡推定時刻は五月三十日の午前六時から十二時のあいだになる。

シュミット氏が釈放されたのは、その所見の影響が大きいんですよ。前夜の不在証明《アリビ》がないとしても、三十日の午前中のそれは、ホテル関係者の証言で確認されている。シュミット氏は、レギーネ・フーデンベルグを殺害できる条件がないんです。

もうひとつ、五月三十日の午前十一時頃に、この廃屋の前を通った人間が、銃声のような爆発音を耳にしている。ボーヌの部下が、ダッソー邸の近所で聞き込んできたんですな。子供が花火でもしたのだろうと考えて、気にも留めなかったというが。

前後の事情から考えて、レギーネが射殺されたのは、三十日の午前十一時頃ということになる。ところがガドナス教授は、その時刻には大学の教室で講義をしていた。目撃者は何十人もいるんです。教授にも、レギーネを殺せた条件はない。ま、そういうわけですよ」

茫然としているわたしにガドナス教授が、それまで手帳にはさまれていた小さなカードを見せた。

「あの日、シュミットさんが玄関に残しておいた名刺ですよ。それはシュミットさんに証言して貰えると思うが、彼から渡された名刺は一枚きりです。もしもわしが、この建物の非常口に偽の証拠として名刺を落としたなら、もう手元には残っていないことになりますね」

シュミットが教授の話を引きとる。「それに私が、ガドナス家の玄関前で吸った煙草は、ドイツ銘柄のエルンテです。エルンテを切らしたんで、仕方なしにキャメルを吸いはじめた。フロイライン・モガールの推理が正しければ、四阿に落ちていたのはエルンテの吸殻でなければなりませんね」

無言でうつむき、わたしは衝撃に耐えていた。大声で泣きだせたら、どんなに楽だったろう。しかし、涙さえも流れようとはしないのだ。とんでもない濡れ衣を着せたガドナス教授には、どう詫びたらよいのか。馬鹿なナディア、愚かで無知なナディア。わざわざ四人を集めて、途方もない誤解を得々として喋っていたという正視できない事実が、わたしを完璧に打ちのめしていた。

2

そんな恥の痛覚に、たとえようもない不気味な、戦慄的な影がさしはじめる。そうだ、まだダッソー邸をめぐる事件は続いている。そしてわたしは、事件を解決する最後の可能性までも奪われつくし、ひたすら無力に蹲るしかないのだ。イリイチの哄笑が頭蓋の底で、不吉に木霊していた。無数の銃弾をあび、鮮血を撒きちらしながら大地に叩きつけられる日本青年の心象が、おぞましい恐怖に満ちて脳裏を横ぎった。

ジャン＝ポールに馬鹿にされるのも、ガドナス教授に責められるのも、そんなのはなんでもない。わたしにはもう、森屋敷の連続殺人事件を解決することができない、イリイチの銃弾からカケルを守ることができない。その疑いがたい事実が、鋭利な剃刀のように心を切り裂いた。遠方から、ひどく非現実的な声が聞こえる。ジャン＝ポールが、なにか喋っているのだ。

「話を戻すようで恐縮なんですがね、どうしてカケルさんは、このアパルトマンにレギーネ・フーデンベルグの屍体が隠されていると知ったんですかね。この機会に、ひとつ教えてもらえませんかい」

「それだけでいいんですか、警部」カケルの声は微笑をふくんでいた。

「それ以上、教えて貰えることがあるんなら、もちろん大歓迎だ。たとえば、フーデンベルグ殺しの真相とかね。四人の身柄は押さえたし、誘拐と不法拘禁で起訴することも可能でしょう。しかし、あの四人をどんなに追及してみても、フーデンベルグ殺しの真相は見えてきそうにない。困ったもんです」

「ヘルマン・フーデンベルグとレギーネ・フーデンベルグの殺害犯人は、もう警部の掌のなかにありますよ」

「それはそうでしょうよ。関係者の四人全員が留置場のなかなんだから。でも誰が、どんな方法で、あの夫婦を片づけたのか判らなければ、事件は終わりようがないんです」

短い沈黙のあと、カケルがそっ気ない口調でいった。「ダッソー邸の連続殺人事件の真相について、僕にも少しばかり考えていることがあります」

「そいつは素敵だ。教えて下さいよ、恩に着ますから。もう、あの写真の代償だなんていいません。教えてくれるんなら、奢りますよ。トゥール・ダルジャンのフルコースでも、なんでも好きなものをね」

思いがけない言葉を耳にして、わたしはカケルの顔を凝視した。いつも、こんなふうに飾らない態度で、矢吹駆の推理は語りだされるのだから。カケルはついに、ダッソー邸の連続殺人の謎を最終的に解明したのだろうか。いや、ダッソー邸事件が犯罪現象として生成を完了したと結論したのだろうか。

「お礼の必要はありません。警部には一度、とんでもない出鱈目を喋ってしまった。今日は、あの晩の借りを返そうというだけのことです。僕が間違えたのは、ダッソー邸の事件をめぐる多様な現象のなかで、『密室』を事件の支点的な現象として選んだ必然的な結果でした。なにしろ、三重に張りめぐらされた密室の中心に、謎のボリビア人の屍体が倒れていたのだという。そのあまりに劇的な効果に、僕は無思慮にも眩惑《げんわく》されたんです。

密室現象の本質を直観し、それに適合する解釈体系を編みあげることができれば、それで事件の真相は再構成される。そう考えた僕は、ロンカル殺しは主犯ダッソーと従犯ジャコブによる犯行だという結論に達したのでした。

衝撃的な発見がもたらされたのは、先日の夜、ガドナス教授と議論していた最中のことです。ハルバッハの死の哲学を前提にした、密室現象の本質直観そのものにも問題は含まれていたのですが、それよりも議論のなかで提出された、死ぬこともできないで『宙吊りにされた死』という発想が、僕の脳髄を直撃したんです。

それは即座に、単一の死因を決定できないフーデンベルグの屍体が意味するものを、直截に明るみに出しました。事件の中心的な支点は、撲殺とも刺殺とも決定できないロンカルの死であり、その現象学的な本質は『宙吊りにされた死』なのです。支点の選択が異なれば、事件はまるで違う相貌を見せはじめる」

「どんな具合にかな」ガドナス教授がたずねた。

「密室を支点的現象として考察した時、ナディアとは違った意味にせよ、僕もまた密室破りを主題にしていたといえます。どうしたら、密室トリックを解明できるかという課題よりも、何者が、どんな意図で密室を制作したのかという課題が優先されるにせよ。しかし、新しい支点のもとに事件全体を再構成しようと試みる時、もはや事件の密室性は瑣末な条件になります。それを中心的に思考する必要はない、むしろ、してはならない。中心に置かれるのは、あくまでも打撲死と刺傷死という二つの死のあいだで宙吊りになったフーデンベルグの死であり、つまるところ死ぬこともできないで『宙吊りにされた死』なのです」

「なるほど。しかし、もう少し話を具体的な方向に進めましょうや、カケルさん。で、誰が、どんなふうに、ナチ戦犯の糞野郎を厄介ばらいしたんですかね」

「待ってよ、ジャン＝ポール。結論はあとだわ。どんなふうにカケルが推理したのか、それを聞かなければ、犯人の名前だけ知らされても意味ないでしょう」

「わかりましたよ、嬢ちゃん」渋々ながら大男が応じた。

「……新たな支点のもとに事件を考察しはじめた僕は、もう密室の作者について、その意図について考えるのをやめにしました。換言すれば、作者のいない密室、意図の込められていない密室として、ダッソー邸の密室を扱うということです」

そういえばカケルは、二つの密室があると語っていた。意図的に作られた密室と、結果的にできた密室。制作された密室と、自己生成した密室。

「それはまたダッソー邸の密室を、完璧な密室であると見なすことでもある。作者のいる密室ならば、作者の意図を見破ることも可能だろう。作者が密室に封じようとした秘密を、読者として読みとることもできる。つまり密室は破られうるのであり、それは原理的に不完全な密室なのです。だが作者のいない密室、犯人のいない密室は、その定義上、完璧な密室となる。ならざるをえない。読者が読みとるための意味など、どこにも隠されてはいないのだから」

「でも、カケルさん。犯人は存在しないというが、やはりいたんですよ、フーデンベルグを殺した野郎は。なにしろ事件は、自殺でも事故でもないんだから」

「カケルがいってるのは、密室殺人の犯人は、ダッソー邸の事件には存在しないってこと。フーデンベルグを殺した犯人が存在しないなんて、いってやしないでしょう。いいから、黙って話を聞きなさい」

カケルが語り続けた。「ところで、二つの死因のあいだで宙吊りにされたフーデンベルグの死について、もう少し厳密に検討してみましょう。屍体の頭部に加えられた打撲が、床に頭をぶつけた時のものであるのは、ほとんど確実だ。そうですね、警部」

「傷の形に照応しそうな道具として考えられるのは、長さはともかくとして幅は十二センチ以上、ある程度以上の厚みがある、表面が平たい鈍器だ。木材でも金属でも石材でも、そんなものは重過ぎるし、途方もなく扱いにくい。おまけに、それに該当するような凶器は、現場からも、その付近からも発見されていない。ありうる唯一の例外が、石の床なんですね。さしあたり、床に倒れて後頭部をぶつけたと考えるしかありませんな」

「結構です」カケルがバルベス警部にうなずきかけた。「鈍器の正体は床である。その仮定を覆すにたる新たな材料が提出されるまでは、それを前提にしてロンカルの死を考察するのが妥当です。その場合には、二つの可能性が想定される」

「背中を刺され、短剣の刃が抜かれた時の勢いで後ろに引かれ、あお向けに倒れた。あるいは、突きとばされて倒れた被害者を、あらためて犯人が刺した」ジャン＝ポールが応じる。

「その通りです。しかし、僕の前提に従うなら以上の想定は、どちらも不可能になる。ダッソーとジャコブの証言によれば、フーデンベルグが倒れたらしい物音は十二時七分、屍体はその一分後に発見されている。発見された時、医者のジャコブの判断では死後数分を経過していた。数分というのは最大値で、死後一分でも、なんら問題はない。

十二時から十二時七分まで、ダッソーは東塔に通じる階段を、結果的に監視していた。物音がしてから二十秒ほどで、ジャコブは塔の広間のドアまで達している。ドアには二つの錠が下ろされ、鍵までかけられていた。そして二人が広間に入った時、殺人現場にはフーデンベルグの屍体以外に、犯人らしい人物の姿は見られなかった。

モガール警視やナディアは、犯人が密室状態の東塔から、なぜ消滅したのかという謎を解こうとして、屋上に通じる階段の鉄扉に注目しました。バルベス警部の実験で、二十秒ではとても鉄扉の陰には隠れられないことが判明するまでは、警視の推理も合理的なものでした。

同様にコインの傷という実験結果が、われわれに新たな判断材料として提供されるまではナディアの推理も、事件にたいする首尾一貫した解釈体系をなしていました。そして最初の段階では僕も、同じように犯人消失の謎を解こうとしていたのです。僕の解釈は単純で、さしあたり密室の密室性を支えていた証言を疑うことでした。ダッソーとジャコブが共犯であれば、東塔の密室の謎も一瞬にして氷解する」

　そうだ。カケルはいつも、あたえられた犯罪現象の解釈は無限に多様でありうると主張していた。ひとつの犯罪現象には、それぞれ論理的に整合的な解釈が複数ありうる。権利上は同等である、どの解釈体系が真理を宿しているのかは、論理的には決定できない。それを決定できるのは、現象学的に直観された本質のみなのだと。

「あの密室は制作されたのではなしに、ひとりでに生成した。密室は完璧だった。つまり、殺人現場から煙のように消えた犯人など、最初から存在していない。そういうことになるのかしら、カケル」わたしは確認してみた。

「そう。刺してから被害者を引き倒したにせよ、突き倒してから刺したにせよ、ダッソーが書斎に入った十二時から、屍体が発見された十二時八分までのあいだに、それをなしえた人物は存在しえない。にもかかわらずフーデンベルグは、確実に十二時以降に殺されているんだ」

「だから、密室の謎が生じるんじゃないですかね」ジャン＝ポールが口をはさむ。

「いや、完璧な密室であるという前提は、フーデンベルグを打撲傷と刺し傷で二重に殺害し、密室を構成して逃走した犯人＝作者の存在を想定しないで、事件について考察を進めるように要求しているのです。では、どのような論理が可能であるのか。

もう一度、二つの死因のあいだで宙吊りにされた、奇怪な死の主題を取りあげましょう。刺し傷は傷の位置からして、フーデンベルグ本人がつけたものとは考えられない。つまり、フーデンベルグ以外に、もう一人の人物の存在を予想させます。しかし、僕の前提は、そのような人物の存在を排除するよう命じているのですから、さしあたり背中の刺し傷については判断を停止して先に進まなければなりません。

もう一つの死因である後頭部の打撲傷は、とりわけ凶器が石床である可能性が濃厚である以上、密室の作者＝犯人の存在を導入しないでも説明することができる。足を滑らせてあお向けに倒れ、床に頭をぶつけたというのが、もっとも簡明な説明になります」

「事故説ですな。ダッソーも最初は、本気でそう信じ込んでいたらしい。警視の観察によればね。だが、私らも散々ひねくり廻してみましたが、その説明は成立が不可能なんです。それなら誰が、どうやって被害者の背中を刺しえたのか。その凶器が、どうして密室状態の現場から消えているのか。まだ沢山ありますがね、その二点でも事故説を覆すには充分なんです」

「警部。さしあたり、刺し傷については考えないのです。その凶器についてもね。考えてはならないのです。一面的に見えようとも、それについては判断を停止しておくのが正しい態度なのであり、無理に説明しようと努力することの結果、推理は誤った方向に導かれてしまうのだから。密室が完璧であり、その作者＝犯人は存在しないという認識を前提にすること。それは、以上のように一面的に考えてみる方法を意図的に選ぶということなんです」

「それで」話の続きを、ガドナス教授が催促した。その声には知的な興奮がある。

「足を滑らせて床に頭をぶつけた。それはそれで合理的な仮説ですが、仮説は他にもありうる。たとえば……」

「換気窓に取りついていたフーデンベルグが、あお向けに転落して頭をぶつけた可能性ね」わたしが応じた。

「そうだ、ナディア。その仮説には、最初の仮説よりも、さらに説得的なものがある。あれだけの面積がある広い部屋なのに、屍体は北東の角、机と寝台に挟まれた狭い空間で発見された。足を滑らせるには、あまり適当な環境とはいえない。あの場所には勢いをつけて、充分に歩き廻れるだけの空間的余裕がないのだから。靴底を滑らせて、あお向けに倒れ、致死性の打撲傷を後頭部に負うには、かなりの勢いで歩行していなければならないだろう。

フーデンベルグは広間の中央から北東の角を目指し、壁めがけて突進したのだろうか。屍体の位置からするなら、そのようにしか想定できない。しかし、どんな理由でフーデンベルグは壁に頭をぶつけようとなどしたのか。自殺としては、あまりに不合理な行動だろう。

足を滑らせたという第一の仮説には、以上のような無理がある。それよりも換気窓から落ちたという、第二の仮説の方により説得力があるのではないか。広間の北東の隅で、後頭部に致死性の打撲傷を負って倒れていた屍体は、換気窓からあお向けに落ちた屍体であろうと想定するのが、たんに足を滑らせたと考えるよりも妥当だ。

ではなぜ、フーデンベルグは換気窓のところまで、わざわざ石壁を攀じ登ろうとしたのか。それにも、様々な解釈が可能だろう。外の新鮮な大気を求めて。拘禁生活の運動不足を解消するために。換気窓の奥に、何か大切なものが隠してあり、それを取ろうとして。窓の外に人間がいて、その相手と顔をつき合わせて密談するために、などなど。馬鹿馬鹿しいものから、それなりに現実的なものまでね。

しかし、いずれかの解釈が優位であると保証するような材料は、さしあたり見出されないのだから、普通に考えた方がよい。人が窓辺に立つ理由は多々ありうるにしても、最大の理由は外を見るためだろう。フーデンベルグは外を見ようとして、換気窓まで攀じ登った。

しかし、あの窓からは何も見えない。水平方向は二十メートル先から森だし、窓の構造上、いくら頭を差し入れてみても、真下の庭を見ることさえもできない。ナディアと東塔の広間を調査した時に、僕自身そのことは確認している。

それで考えついたのは、以下の二つの可能性だった。何者か屋上からロープで、換気窓まで降りてきた。フーデンベルグは、その人物と密談をするために、あるいは何かを手渡されるために、老骨に鞭うって壁を攀じ登ろうとした。それが、第一の可能性。第二は、緑のカーテンのために何も見えないという事実を、疑ってみること。僕が見た時には何も見えなかったけれど、フーデンベルグが見た時には、何か見えたのかもしれないという仮説。

それを補強する材料がなければ、第一の方が第二よりも合理的だ。僕自身、屋上に上がるまでは、第一の可能性を第二よりも、はるかに現実的なものだと考えていた。しかし、東塔の真東に大きな廃屋を見つけた時、そして廃屋の五階と東塔の換気窓の高さが、ほぼ等しいらしいことが判明した時、第二の可能性の方に天秤《てんびん》は傾きはじめたんだ。

邸の外に出て、換気窓からの視界を前面で遮っている大木の下に、興味深いものを発見することができた。先が環になっている、赤錆びた鉄杭。おまけに環の内側には、上からの力で擦られたとしか思えない真新しい痕跡があった。その時点で僕は、緑のトンネルの存在を確信したんだ。捜査陣はかならず、換気口の窓から外を見るだろうから、トンネルの入口は塞いでおかなければならない。遠からず廃屋のアパルトマンも発見されるだろうから、トンネルの出口も隠さなければならない」

「でも、カケル。あなたはもう、あの時にレギーネ・フーデンベルグの屍体が、アパルトマンにあることを知っていたようだけど」

「あるかもしれないとは思ってたよ。他に無数に提供されている、あの夜の事件をめぐる諸現象を総合して解釈すれば、その夜の七時半に裏木戸のところで姿を消した女が、廃屋に連れ込まれた可能性は充分にある。そうでないにせよ、少なくとも犯人のアジトは見つけられるだろうと予想していた」

「どうしてですかい。カケルさんは、フーデンベルグの野郎が換気窓から遠方を見ることができたかもしれないと、そう推理した。推理の裏付けになる鉄杭も見つかった。そこまでは判るんですがね。となると廃屋を使ったのは、フーデンベルグの救出をもくろんだ仲間の方だってことになりませんか。やつや、その女房を殺した側だと結論するのには、少しばかり飛躍がある」

「その二つの可能性について、僕は同等に考えていました。というのは、緑のトンネルを作ることができたのは、明らかにダッソー邸の内部の人間です。邸の内部に、フーデンベルグ救出計画に加担している人間がいても不思議ではない。しかし、その人物は少なくとも、死んだジャン・コンスタンのような恐喝計画の仲間でも、あるいはフーデンベルグが属していたのかもしれないナチス残党グループでもありえない。

　廃屋のアパルトマンを利用したのは、フーデンベルグの味方なのか、あるいは敵なのか。それを決定するよりも前に僕は、何者が被害者を換気窓に登らせるように仕向けたのか、どのようにして、それを実行しえたのかについて考えてみました。フーデンベルグは監禁中の身です。その男に問題の件を、じかに指示しえたのは、東塔の鍵を持っているダッソー、それに食事を運んでいたクロディーヌとカッサンの三人です。

　だが、違う可能性もある。一日に三回、獄舎と外部を出入りしているのは、料理を運ぶ男女のみではない」

「料理の皿をのせた、お盆ね」わたしは興奮して叫んだ。

「そう。メモを盆のどこかに隠して運ばせるのは、充分に可能だろう。アルミ箔にでも包んで料理のなかに埋め込んでもよい。ナプキンのあいだに挟んでもよい。幾日も前から、殺害計画のためにせよ救出計画のためにせよ、その指示をフーデンベルグに伝えていたとは思えない。邸の関係者に隠れてなされる殺害計画なら、なおさら指示は、事件直前の最後の機会にフーデンベルグに伝わるよう配慮されたことだろう。となると、それができたのは五月二十九日の夕食前に調理室にいた人間であり、それはダルティ夫人と……」

「グレだわ。でも、それで容疑者が特定されてきたとはいえないわね。除外されたのは、召使ではダランベール、客ではジャコブのふたりにすぎないんですもの」

「いや、ある人物がフーデンベルグに、特定の時刻に換気窓に登るよう指示できたと確認しうるなら、僕にはそれで充分だった。ダッソー邸の三重密室は、内と外がメビウス状に連続していると、前にナディアには暗示したことがある。覚えているかな」

「忘れてないわ。それで」

「緑のトンネルで東塔の換気窓と結ばれた、廃屋のアジトの存在は、三重密室の構図を一挙に逆転させるんだ。作者＝犯人がいる密室について思考を集中すればするほど、読者＝探偵は生成した密室、換言すれば完璧な密室の罠に落ちてしまう。犯人は三重密室の壁を突破して、どのように東塔の広間に出入りできたのか。そのように発想し思考しないかぎり、密室の謎は解きえないと考える結果として、真実は錯綜した迷路の彼方に消えてしまう。三重密室の構図は逆転されなければならないんだ」

「どう、逆転するんですかい」

「誰が、どのように三重密室の中心点まで到達しえたかではなく、三重密室の外に脱出できたのかに」

「密室の外に……」わたしは思わずつぶやいていた。

「そう、内部に入れたかではないんだ、真の問題は。外部に出られたか、それが三重密室の謎を結果的に解明しうる、正しい問い方なんだよ。五月三十日の深夜十二時七分に、廃屋のアパルトマンにいることができた、ダッソー邸の関係者は誰か」

三階に監禁されて、その時刻に死んだフーデンベルグは問題外だろう。二階にいたダッソー、ジャコブ、カッサン、クロディーヌの四人は、正面階段を結果的に監視していたダルティ夫人とグレの証言を信じるなら、その前後に一階まで降りた形跡がない。

それならダランベールはどうだろう。ダルティ夫人が編み物をしていた場所からは、ダランベールの部屋から中央通路にでるドアも、そして正面玄関の扉も見渡せる。そもそも気づかれないで部屋を出ることさえ不可能なのだが、さらに裏口に出ようとしたら、側廊のダルティ夫人の前を通らなければならない。おまけにダランベールの部屋の窓には、緑色のアール・ヌーヴォーふうの飾り格子がある。窓から外に出ることも不可能なのだ。

モニカ・ダルティの場合、ダランベールが窓から監視していた正面玄関を利用して外出することはできない。それなら裏口は、どうだろうか。裏口なら可能かもしれない。しかし彼女は、十二時に書斎に引きとるダッソーおよびジャコブと、おやすみの挨拶をかわしている。それから廃屋に急行して、七分後に問題のアパルトマンに到達できるだろうか。おなじことを思案していたらしいジャン＝ポールが、憮然《ぶぜん》としていった。

「フランツ・グレ。やつ、一人しかいない。ダッソー邸の裏口から廃屋五階のアパルトマンまで、急いでも十分は必要だ。モニカ・ダルティが、時刻までに行けたとは思えん。肥満した女だから、階段を登るのに時間を喰って、絶対に七分では辿りつけんだろう」

「誰が三重密室の中心である東塔に行けたのか、そう考えているかぎり、あの密室の謎は解けないんです。昨日の実験の結果、誰一人として十二時から十二時七分のあいだに、フーデンベルグを突き倒したり、刺し殺したりできた人間はいないという結論になった。

ナディアのことだから、また別の密室トリックを思いつくかもしれないけれど、残念ながら、それもまた挫折を運命づけられている。密室には作者がいる。作られた密室が密室である。何者か密室の壁を自在に通過できる人間がいたに違いない。その謎を解けば、密室は破れる、破ることができる。そのような方向で考えているかぎり、ダッソー邸の三重密室の意味は、決して明らかにはなりえないんだね」

「誰が密室に入れたかではなしに、誰が密室から出られたか……」

そうだったのか。わたしにもようやく、カケルの謎めいた暗示の意味が理解できた。密室から出ることが、密室に入ることになる、メビウス状に連続した密室、逆の密室。グレは、三重密室から外に出られた唯一の人物だった。そして密室の外は、廃屋のアパルトマンは、緑のトンネルを通して三重密室の中心部に直結していたのだ。カケルが念を押した。

「地上二十メートルもの空中に、極秘に二十メートルもの緑のトンネルを作りえた者は誰か。不安定な足場で、沢山の枝を切らなければならなかったでしょう。その方向から考えてみても、やはりグレの名前が導かれる。そんな技術や能力を与えられたダッソー邸の関係者は、庭師のグレ一人です。確かにダッソーやカッサンにも、できたかもしれない。それでも緑のトンネルの制作者として、最もふさわしいのはグレだという結論は揺らぎません」

そうだ。グレは密室から出ることで、密室に入ることができた。密室から出られたグレのみが、三重密室の中心部に入ることが可能だった。カケルはダルティ夫人から、五月二十九日の夕食まえに、グレが調理室にいたことを聞きだしていた。それは十二時七分に廃屋に行けた唯一の人物に、あらかじめフーデンベルグに換気窓に登るよう指示する機会が、ありえたかどうか確認するためのものだった。

「感心しましたよ、カケルさん。なんて頭のよい人なのだろう。私なんかには、絶対に思いつかないことだ。で、グレは脅迫計画の仲間なんですかね」

「なに考えてるのよ、ジャン＝ポール。廃屋には、レギーネ・フーデンベルグの屍体があったのよ。グレはフーデンベルグの味方じゃない、敵側の人間だわ。でもカケルは、なぜレギーネの屍体を見つける以前から、あの夫婦にとってグレが敵側の人間であることを知っていたの。それを前提にしなければ、レギーネが殺されていることも予想できなかったはずでしょう」

カケルがぽつりと答えた。「レギーネの失踪事件について、あらかじめ考えていたから。でも、レギーネ事件は後廻しにして、先にフーデンベルグの宙吊りにされた死の意味について、最後まで考えてしまうことにしたいな」

「結構ですよ」ジャン＝ポールがうなずいた。

「フーデンベルグ殺しとレギーネの失踪事件を関連させて考察した結果、僕は廃屋を利用した人物が、フーデンベルグにたいして少なくとも、害意を抱いていたに違いないと想定しました。味方だったとは、どうしても考えがたい。それを前提にして推理するなら、緑のトンネルの意味もまた逆転します。

最初はフーデンベルグが外を見るために、換気窓に登ったのかもしないという仮定から出発しました。しかし、巨大な筒を通して東塔から廃屋が見えたなら、同時に廃屋からも東塔は見えたとしなければならない。

フーデンベルグに害意を抱いている人物が、メビウス状の密室の鍵になる緑のトンネルをこしらえた。そして定められた時刻に、相手が換気窓から顔を出すように仕向けた。なんのためにか。廃屋のアパルトマンで、レギーネの屍体と一緒に高性能の狙撃銃を発見する以前から、結論は明瞭でした。フーデンベルグを狙撃するために」

「でも、狙撃なんかありませんでしたよ、カケルさん。フーデンベルグは、射殺されたんじゃないんですから」頓狂な声でジャン＝ポールが叫んだ。

「そうです。そして、その地点まで考察を進めた結果として、さっき判断を停止しておいた問題にまで検討は、あらためて及びうるようになるのです。グレはフーデンベルグを射殺するために、緑のトンネルをこしらえた。殺害を予定していた時刻に、どんな口実を設けたものか老人を換気窓に登らせ、スコープに標的の顔面を捉えるのにも成功した。

しかし、狙撃はなされなかった。なぜか。殺人を決意していた男が、不意に気弱になったのかもしれない。それも想定しうる可能性です。しかし、その後のレギーネ殺害を含めて考えれば、それほど現実的ではなさそうだ。それよりも、ようやく窓に顔を出したフーデンベルグが、なんらかの理由で緑のトンネルの反対側から消えた、引金をひく直前に消えたと考えた方が合理的だ」

「落ちたのね、フーデンベルグは」

「そう。しかし、なぜ落ちたりしたのか。窓にしがみついている体力が尽きたのか、あるいは指が滑ったのか。その時、ようやく僕は、検討の対象から外していたフーデンベルグの刺し傷にまつわる問題を、思考の対象として取りあげることにしたのです。なぜ、老人は落ちたのか。驚愕のあまり、バランスを崩して転落したのではないか。

その仮定は、さしあたり他の仮定にたいして優位性を主張できるものではありません。しかし、後に殺人現場で発見されることになる、ある品について考慮すれば、驚愕しての転落という仮説の現実性は、一挙に増大するのです」

「なんだろう、それは」ガドナス教授が自問した。

カケルが応える。「ほとんど何もない、がらんとした広間でしたね、東塔は。それほど多くの品物は、残されていなかった。まさか五フラン硬貨に驚いたとは思えない。とすれば」

「短剣だわ。フーデンベルグは三十年前に折れた、自分の短剣を見て仰天したんだわ」わたしが叫んだ。

「そうだ、ナディア。僕たちは、レギーネの屍体を発見する前日に、もう折れた短剣の正体を摑んでいた。ハンナ事件にまつわるシュミット氏の話でね。短剣のかつての所有者が、それで心臓を刺されて殺された。神秘的な共時現象《シンクロニシティ》がありうることを知っている僕でも、それを偶然だと片づけることなど不可能だった。

短剣は柄も刃も、意図的に換気窓の内部に置かれていたんだろう。犯人はあらかじめ、屋上からロープで躰を下ろして、それを窓の鉄棒の中まで押し入れておいたんだ。では、なんのために。一瞬の後に襲うだろう、死の運命をフーデンベルグに知らしめるために。かつて彼のものであり、それが折れた夜のこと、つまり一九四五年一月十二日の夜の事件を、鮮やかに思い出させるものとしての、ナチス親衛隊《エスエス》の短剣」

カケルの話を、わたしが続けた。「フーデンベルグは驚愕して、それを手で払ったんだわ、きっと。あの夜の記憶を払いのけようとするように、無我夢中で。ハンナ殺しを糾弾する復讐者の魔手から、無意識に逃れようとして。右手にあった切り傷は、そのときについたもの。そんな急激な動作を支えきれないで、フーデンベルグはバランスを失い恐怖の叫び声をあげながら、あお向けに石床に叩きつけられた。頭から先にね」

叫び声と衝撃音。それをダッソーとジャコブとクロディーヌは、同時に耳にしたのだ。ダッソーは鍵を出すために金庫に駆けより、ダッソーに頼まれたジャコブは階段を駆けあがり、そしてクロディーヌは屋上に通じる鉄扉の陰に身を隠した。

カケルが告げる。「その後に起きたことは、ダッソー、ジャコブ、クロディーヌの証言通りだろう。ただし、核心的に重要な一点を除いては」

「なんですかい、その一点とは」ジャン＝ポールが夢中でたずねた。

「それは、実証されたものとはいえません。たんに僕の憶測です。しかし、事件の支点である『宙吊りにされた死』からは、無視できないものでもある。警部、フーデンベルグの屍体が発見された前後の状況を整理してみましょうか。第一に、換気窓から払われて短剣の柄と刃は、どちらも室内に落ちていた。柄は寝台の下で後に発見され、被害者に第二の死をもたらした刃は、現場から消えていた」

青年は淡々と語り続けた。……第二に、翌日に東塔の下の池から発見された刃には、カッサンのハンカチが巻かれていた。それはクロディーヌが盗みだし、小ホールか階段で落としたものらしい。第三に、ダッソーは屍体発見時に、背中の刺し傷を確認していない。そしてダッソーは、モガール警視に刺し傷について指摘された時、演技とは思えない驚愕の表情を見せた。第四に、ダッソーは死の三徴候のなかで呼吸停止と心拍停止を確認しているが、瞳孔散大を確認したのはジャコブ一人である。第五に、ダッソーは気分を悪くして先に書斎に降りた。しばらくの間、東塔の広間にはジャコブ一人が残されていた。

「わかった、カケル。あなたが暗示した核心的な一点とは、ジャコブが懐中電灯で屍体の眼を検査したとき、まだ瞳孔に開閉反応が見られたこと。そうでしょう、カケル」

青年が黙ってうなずいた。叫び声と衝撃音がして、階上に急いだジャコブは、小ホールでカッサンのハンカチを拾った。カッサンは、ナチ戦犯の処刑を主張する強硬派だ。あるいはカッサンが、なにかしでかしたのかもしれない。そう心配しながらジャコブは、ハンカチをポケットに押し込んだことだろう。

鍵を握りしめたダッソーが、ようやくドアのまえに着いた。ふたりで広間に駆けこみ、換気窓の下に倒れているフーデンベルグを見つける。屍体のところに屈みこんで、ジャコブは脈をとり、呼吸しているかどうかを確認した。死の徴候は明らかだった。証人は多いほうがよいと考え、脈をとりなれているダッソーに屍体の手首を握らせてもみた。

そして最後の駄目おしに、懐中電灯で瞳孔の反応を調べているとき、精神的な衝撃で平常心を失ったダッソーが、よろめくようにして広間から出ていったのだ。瞳孔にはまだ、かすかな反応があった。その時、どんなふうにジャコブが考えたのか、わたしには想像できない。でも、なにをしたのかは明瞭だ。

屍体の横に屈んでいたジャコブには、その背後にいたダッソーの視界には入らないものが、目の隅にであれ見えていた。寝台の陰に落ちている折れた短剣の刃。ジャコブはそれを拾いあげ、刀身の根元にポケットから出したハンカチを巻いて、背後から、ほとんど死にかけているフーデンベルグの心臓を刺したのだ。

それから書斎に戻った。茫然としているダッソーの眼を盗んで、窓から凶器を下の池に投じるのは容易だったろう。その結果、翌日にカッサンのハンカチが巻かれた凶器の刃が、池の底から発見されることになる。

青年が語り続けた。「ジャコブはなぜ、カッサンのハンカチを凶器に巻いたまま池に投じたのか。カッサンに濡れ衣を着せようとしたとは思えない。動転していて、先のことまで考える精神的な余裕がなかったのかもしれない。犯罪捜査について無知なジャコブは、まさか警察が池の底まで浚うとは予想しなかったのかもしれない。僕としては、池からカッサンのハンカチが巻かれた刃が発見された事実に、それほど深い意味はないだろうと思います」

そういえばカケルは昨日、ハルバッハの屍体を調べていたジャコブに、瞳孔の散大も確認したほうがよいと語りかけていた。なぜそんな常識的なことを、わざわざ医者のジャコブに助言したのか、わたしは不審に感じたものだ。たぶんあれは、カケルによる秘められた告発の言葉だった。

「以上の推理を前提にして、五月二十九日から三十日にかけてダッソー邸と廃屋を舞台に演じられた殺人劇の序幕部分を、時間順に整理してみます。夕方の六時十五分に、カッサンとクロディーヌが調理室に顔を見せる直前に、グレはフーデンベルグの夕食の盆にメッセージの紙片を隠しました。ある時刻に換気窓まで登るように命じたメッセージ。それをフーデンベルグに確実に実行させるため、メッセージは味方からのものであると信じさせるように、巧妙に書かれていたと考えられます」

六時半にレギーネに呼びだしの電話をかけたグレは、いつものように七時に戸締りをはじめる。正門を施錠するために庭に出たときに、緑のトンネルを完成するため、あらかじめロープが掛けられていた枝を引いて鉄環に固定した。そして屋内の見廻りの途中に、東塔の屋上から換気窓に折れた短剣をおいたのだろう。七時からの晩餐で主人も客も使用人も、グレ以外の全員が一階にいたのだから、かれには行動の自由が保証されていた。

「カケルさん。ついでにレギーネ殺しについても、ひとつ説明してもらえませんかね」ジャン＝ポールが質問した。

「東塔の屋上で緑のトンネルの存在を予感した時、とっさに僕は、レギーネが廃屋のどこかに連れ込まれたのではないかと思いました。ダッソー邸の裏木戸の前でタクシーを降り、その後は誰にも目撃されていないレギーネです。そのダッソー邸の東塔には、夫のフーデンベルグが幽閉されていた。となれば誰でも、レギーネの目的地はダッソー邸だったと考えます。しかし、緑のトンネルの果てにあるアパルトマンの存在を予測した時、レギーネが目指していたのは、通りの反対側の建物だったという可能性もまた生じたのです。

一方には、フーデンベルグを五十メートルの彼方から射殺しようと、殺人計画を練っていた男がいる。その男には同時に、妻のレギーネを拉致する計画があったとしても、少しも不自然なところはありません。そんな場合に犯人は、レギーネをダッソー邸の敷地に入れたりするでしょうか。

そんなことをするとは思えません。監禁する気ならばもちろん、はじめから殺害するつもりでも、屍体の処理に苦労するのは目に見えたことなのだから。他方、監禁場所としても屍体の放置場所としても、絶好の廃屋が至近距離にあるのです。それを利用しない手はない。男は、そう考えたに違いないのです」

「そうか。それでカケルさんは、廃屋の部屋でレギーネを見つけられるかもしれないと、そう予測したんですね」

「少なくとも、フーデンベルグ殺害計画を練っていた男のアジトは、ほとんど確実に発見できると。かなり高い確率で、レギーネも見つけられるのではないか。ただし生きているレギーネか、屍体になったレギーネか、そこまでは判断のしようはありませんでしたが。

それよりも重要なのは、フーデンベルグ殺害の計画を練り、あらゆる準備を終え、そして五月三十日の深夜十二時七分に廃屋のアパルトマンにいることのできた男と、二十九日の午後七時半にレギーネを監禁できた男が、おなじ人物でしかありえない事実でした」

そうだ、カケルが指摘する通りなのだ。コーヘンやシュミットなど、邸の外部の人間を想定しなければ七時半以降、ダッソー邸と廃屋のアパルトマンの往復に必要な二十分もの時間を確保しえた人物は、フランツ・グレひとりしかいない。邸の主人と客三人は、七時から晩餐で食堂に会していた。クロディーヌは七時十分から五分ほど席を外しているが、それでは裏木戸まで往復するのがせいぜいで、廃屋の五階まで行けたとは考えられない。五分で食堂と廃屋の五階を往復するなど、人間業ではない。

せっせと晩餐のために料理をしていたダルティ夫人も、それを食堂に運んで給仕していたダランベールも、条件は変わらない。ひとりで邸内を見廻り、施錠していたと証言しているグレだけが、七時三十分に裏木戸でレギーネと落ちあい、廃屋に連れ込んで監禁し、そしてダッソー邸に戻ることができた。

「七時半に裏木戸にいる必要さえ、グレにはなかったのかもしれない。もしもレギーネを信用させることに成功していたなら、裏木戸の前で彼女を拉致する必要もないんだから。鴨は猟師の思惑も知らないで、自分から廃屋の五階に行ったに違いない。レギーネが問題のアパルトマンに入った後、グレはそこに行き、椅子に縛りつける。それで、レギーネを脅してアパルトマンに連れ込む手間は、はぶける。邸の見廻りを終えて、それをダルティ夫人に告げたのが七時五十分。

たぶんグレは、七時半には邸の裏口を出発して、レギーネの後を追うように廃屋の階段を登り、アパルトマンに着いたばかりの老女を椅子に縛りつけて、そのまま邸に戻ったんだろう。時間の経過は、それでぴたりと合う。

まだあるよ、ナディア。解剖の結果や新しい証言で判明したことだが、レギーネの死亡時刻は三十日の午前中、たぶん十一時頃だという。その時刻に、再び廃屋に出入りできた関係者は、果たして誰だろうか」

そうだ、それもグレひとりなのだ。フーデンベルグ殺しの翌日、主人と客の二人は、邸の塀の外に一歩も出ていない。ダルティ夫人もダランベールも同じで、客ではクロディーヌだけが外出しているが、それも午後のことだ。午前中に買い物に出たグレひとりが、その時刻に廃屋に行ける可能性のあった唯一の人物だった。

どこから、どうたぐろうとも、フランツ・グレの名前が炙りだされてしまう。レギーネを監禁できた、唯一のダッソー邸の関係者はグレだ。あとになって判明したことにせよ、五月三十日の午前中に、廃屋でレギーネを射殺できたのも、やはりグレ。フーデンベルグが死んだ時刻に、廃屋のアパルトマンにいることができたのもグレ。

パパもジャン＝ポールも、そしてわたしも、だれもが密室を破ることばかり考えていた。三重密室の壁を、犯人はどうして幽霊のようにぬけられたのか、そのトリックばかりを考えていた。だがカケルは、密室性はフーデンベルグ事件の中心的な支点ではないと判断を変更した。支点はふたつの死因のあいだで宙吊りになった、奇妙な死であると想定することで、メビウス状に内と外が連続した密室、逆の密室の謎を解明することにも成功しえたのだ。

「でも、カケルさん。わたしには判らないんですが、どうしてグレは、十二時半にレギーネに、警察に電話させたんでしょうかね。ダッソーにも恨みがあって、あの邸に騒動を起こしてやれと思った。それはありうることですよ。でも、十二時七分に狙撃に失敗したら、せめて女房だけでも始末して、さっさと邸に戻ろうとするのが自然じゃないですか。

密かに留守にしているあいだに、自分の部屋のドアをモニカ・ダルティなりダランベールなりが、叩く可能性だってあるんだから。不在証明《アリビ》を偽装するためには、留守にしている時間は、できるだけ少ない方がよい。それなのにグレは、十二時七分から十二時半まで、二十三分ものあいだ廃屋のアパルトマンに留まっていた。どうしてなんですかい」

「憶測はできるにせよ、正確なところは犯人の口から聞いてみなければ、最終的には判らないことですね。狙撃計画に失敗したグレは、新しい計画を練っていたのかもしれない。その計画では、事件に警察が介入するよう仕向ける必要があったのかもしれない……」

わたしは大急ぎで頭を整理しながら、おもむろに語りはじめた。「レギーネに十二時半に電話をさせて、その直後に邸に戻ったとするなら、十二時四十分に青いルノーの男コーヘンが裏木戸のところに到着したとき、木戸はもう内部から施錠されていたことになるわね。グレは十二時四十分よりもまえに裏木戸を通過したあと、錠を下ろしたんだわ。そのためにコーヘンは、計画に反して締めだされる結果になった」

そのとき乱れた靴音がして、若い男が必死の形相でアパルトマンに駆けこんできた。全員が驚いて、部屋の戸口のほうを振りむいた。それは昨日、ホテル・エトワールの前で顔をあわせたばかりのダルテス刑事だった。顔も服も泥まみれで、頭髪は血で汚れている。ダルテスが泡を喰った様子で、ジャン＝ポールに叫んだ。

「警部、グレが逃げました」

「なんだって」室内にジャン＝ポールの怒声が響いた。

「申しわけありません、警部。ホテル・エトワールでダッソー邸の関係者の写真を見せて、聞き込みをしてたんです。今朝、命じられた通りに。フロント係がグレの写真を見て、その男がハルバッハを客室に訪問していたと証言したんです。五月二十八日の夜のことです。それを警部に報告しようと思い、ダッソー邸に急ぎました。

警部を探しているあいだに、邸の裏庭で庭仕事をしていたグレを見つけたんです。おまえはどんな理由で、ハルバッハのホテルに行ったんだと、私は追及しました。次の瞬間でした、意識がなくなったのは。どうやらグレの爺、手にしていたスコップの平面で私の頭を殴りつけたらしい。ボーヌ先輩の介抱で、ようやく意識をとり戻して、警部がここにいると聞き、駆けつけたんですが」

「馬鹿野郎、愚図、間ぬけ。誰がおまえに、グレを問い詰めろと指示した。おまえの仕事はな、ハルバッハのホテルに顔を見せた野郎を突きとめるところまでだ。その先は、阿呆が嘴を突っ込める領域じゃないんだよ」

ダルテスの襟首を摑んで、大男が猛烈な勢いで揺さぶる。文字どおり悪鬼の形相だった。それも当然だろう。カケルの推理で、ようやく事件の真相が判明した直後に、犯人であると名ざされたフランツ・グレに逃げられたというのだ。

致命的な失策を犯した刑事を突きとばして、ジャン＝ポールが叫んだ。「カケルさん、あんたも聞いた通りです。阿呆のせいで、どうやら犯人に逃げられたらしい。残念だが、私は失礼しますよ。グレの野郎を追いかけなきゃならん」

3

ジャン＝ポールが血相をかえて、アパルトマンを飛びだした。闘牛士の赤い布に突進する雄牛さながらに。顔面蒼白のダルテス刑事が、足をもつれさせながら上司のあとを追った。フランスの警察の失策ぶりがおかしいのか、ドイツ人の退職警官は上機嫌な顔をしている。しばらくしてガドナス教授が、落ちついた口調で矢吹駆に問いかけた。

「現象学的推理で犯罪事件の謎が解かれる現場を目撃できるとは、わしも幸運だった。同僚のリヴィエールに話してやらねばならん。それはそれとしてだ、君はまだ、犯人の動機については何ひとつ語っておらん。

動機が明らかにならねば、まだ事件の真相は解明されたとはいえんだろう。なぜ、亡命チェコ人の農夫でダッソー家の下男として生きてきた男が、それほどの計画を立てフーデンベルグ夫婦を殺した、あるいは殺そうとしたのかな」

カケルが微笑した。「ムッシュ・ガドナス。あらかじめ正解を知っているのに、それを他人に尋ねる必要はないではありませんか」

「わしが正解を知っている。はて、どういうことだろうか」

「グレは、ズデーテン地方の出身だと称していました。ようするにチェコ西部の国境付近を、半円形にとり巻いているドイツ語圏です。確かにグレは、プラハ出身のチェコ人でパリ警視庁に勤務している通訳が、申したて通りの人物であると確認しました。しかしそれは、グレがズデーテン地方の風俗や歴史や方言について、そこで育ったように熟知していることを意味しているに過ぎない。彼がチェコ人であるという事実は、それからは証明されないんです」

「では、グレはチェコ人ではないと」教授が確認する。

「チェコ人でなくても、ズデーテン地方の方言は喋れる種類の人間がいます」

そこで、わたしは口をはさんだ。「ドイツ人ね、ズデーテン地方に昔から住みついていた」

「そして、フーデンベルグを殺してもあきたらないと考えていたに違いない、ズデーテン地方出身のドイツ人がいる」カケルが応じた。

「ヴェルナー少佐……」

日本人が暗示している人物の名前を、わたしはつぶやいていた。だが、ハインリヒ・ヴェルナーは三十年前にコフカ収容所で焼死している。それともカケルは、ヴェルナーの遺体を埋葬したというシュミットの証言が、虚偽だとでも暗示しているのだろうか。

「そう、ハインリヒ・ヴェルナーだ。フランツ・グレがヴェルナーであると仮定すれば、残されていた疑問のほとんどが氷解する。そうでありえないという、絶対的な条件はないのだから、その仮説は成立しうる。

眼や髪や、背恰好はどうだろう。グレはヴェルナーと同じように、金髪碧眼で長身だ。モガール警視はひどい猫背だと、グレを訊問した時の印象について語っていた。けれども庭で働いている姿を、二階ホールの窓から眺めた時に彼は、しゃっきりと背筋を伸ばしていたよ。猫背は実際以上に老いた印象を与えるための、警察むけの演技だったのかもしれない。

無知な農夫出身者を装っていたが、時折、教養や趣味を窺わせるところもあった。コフカの森でエミール・ダッソーの命を救ったのも、前夜のヴェルナーの行動を考えれば、少しも不思議なことではない。

ヴェルナーのように誇り高い人物が、二十五年ものあいだユダヤ人の富豪に下男として仕えていたというのが、心理的に不合理な事実として残る。しかし、強靭な意志があれば、どのような不遇や屈辱にも耐えられるものだ。そしてヴェルナーは、その性格を知っている誰もが証言しているように、きわめて意志強固な人物だった。

憶測になるけれども、たぶんハインリヒ・ヴェルナーは、フーデンベルグの処刑を後半生の目的としたのだろう。そのためには、同じようにフーデンベルグの追跡に執念を燃やしている男、しかもヴェルナーには及びもつかないほどの強大な組織力を持っている男の身近に潜入すること。それが獲物を発見する最短距離になる。そのように自覚的な目的があったなら、英雄が下男を演じたのにも不自然さはない。ヴェルナーは復讐者として、おのれの復讐を実現するために、エミール・ダッソーの懐にもぐり込んだのだ」

「でも、おかしいわ。ヴェルナーは三十年前に、コフカで焼死体になって発見されてる。死んでる人なのよ、わたしが生まれる前に。そうですね、シュミットさん」

ドイツ人が眉をひそめて語りだした。「長年、私も信じ込んでましたよ。あの夜に、少佐は死んだのだとね。しかし……」

「なんですか」わたしは追及した。

「警察が疑っていた通り、私は五月二十九日の夜、ダッソー邸の庭にいた」

「四阿でキャメルを吸ったのは、やはりシュミットさんだったのね。でも、なんのために」

「五月のはじめに手紙が来たんです。貼られていたのはフランスの切手、消印はパリ。差出人の住所はなく、封筒には名前だけが書かれていた。その名前を見て私は、巨人の掌で全身を鷲摑みにされ、無茶苦茶に揺さぶられるような衝撃を感じましたよ。封筒にはハインリヒ・ヴェルナー、そう記されていた。

確かに、忘れもしないヴェルナー少佐の筆跡でした。生きていたんだ、少佐は。信じられない思いでしたが、手紙を読めば、もはやそれを疑うことはできない。驚愕と、そして圧倒的な歓び。躰が宙に舞いあがり、まるで雲を踏んでいるような気分でした。少佐の手紙を、私は全文暗記している。何十回も、繰り返して読んだんです」

親愛なるパウル、
突然の便りで驚いたろう。理由を明かすことはできないが、五月二十五日までに訪仏し、パリ北駅の前にあるホテル・パラディに投宿して、連絡があるまで待機してもらいたい。君のパリ滞在は、一週間ほどになるだろう。必要な航空券を同封する。
再会を期して。

忠実なる友、ハインリヒ・ヴェルナー

「なにしろ、生きている少佐と再会できるというんです。もちろん私は、指定された日にホテル・パラディに投宿しましたよ。ホテルには私の名前で予約があり、一週間分の前金が支払われていた。フロントの女に尋ねると、予約をしたのは立派な風采の、よく日灼けした初老の紳士だという。背丈や眼や髪の色は、どうやらヴェルナー少佐のものと同じらしい。私は興奮して、パリ見物もしないでホテルの部屋に陣どり、ひたすら少佐からの連絡を待った。市内速達が来たのは五月二十九日の午前中でした」

今夜、フランソワ・ダッソーの家に来てもらいたい。ただし、邸の住人には気づかれないよう、密かに。ダッソー邸の北側の通りには街路樹があり、その枝から石塀を乗り越えることができる。その後は、庭の四阿で待機すること。十二時に、遠い銃声が響くだろう。銃声を確認したら、そのままホテルに戻ること。

奇怪な指示だと考えるかもしれないが、君には戦後のハインリヒ・ヴェルナーが、そのために生きてきた唯一の目的を達成する瞬間に、是非とも居合わせてもらいたいのだ。それはまた、君の人生においても重要な意味をもつだろう。

あらためて連絡する。君がドイツに帰国する前に、一度は、顔を合わせることもできると思う。


「ヘル・ガドナス。あなたの家に行かなければならないのに、その日まで果たせなかったのは、なにしろ少佐からの連絡を、ホテルで待たなければならない立場だったからなんです。ようやく外出できるようになり、あなたに電話してみたんですが、留守でした。無駄足でも構わない、午後には寄ってみようと考えている時に、ふと思いつきました。

同封されていたダッソー邸の地図を見て、ガドナス教授の家と方向が同じであることを知り、それなら死んだエミール・ダッソーの息子の顔を見てやろうと、ね。少佐が何をしようとしているのか、想像もつかないことだが、昔のように指示された通り実行するつもりでした。それなら昼間のあいだに、少しばかり敵情視察をしておくのも悪くない。そう考えたんです」

だがシュミットは、期待に反してフランソワに門前ばらいを喰わされた。やむをえない。塀の外から偵察することにして、おもむろにダッソー邸を一周した。それからガドナス教授の家に行き、しばらくアパルトマンの玄関前で待ったが、なかなか帰宅しそうにない。その日の面会は断念して、シュミットはまた、ダッソー邸を目指した。

ヴェルナーの指示には、ダッソー邸に潜入する時刻は明記されていない。常識的には十二時前に到着せよと読めるが、少しばかり早めに着いてもかまわないだろう。そう自分を納得させて、待ちきれない気分のシュミットは七時四十五分に、ヴェルナーの地図に記入されていた地点で塀を乗りこえて邸の敷地に侵入した。

森の藪や下生えを掻きわけながら、南に直進した。しばらくして、裏口と裏木戸をむすぶ煉瓦道にでた。道具小屋のところで芝生に入り、建物を西から東に廻るような恰好で四阿をめざした。

「そのとき、調理室の窓からダルティ夫人に姿を見られたのね」わたしが確認する。

「たぶん。だが、同じような時刻に私も人影を確認している。道具小屋のところまで達した時、煉瓦道から裏口に入ろうとしている男の後ろ姿を見てるんです」

わたしはうなずいた。「七時五十分頃のことですね。それはレギーネを廃屋に監禁して、邸に戻ってきたハインリヒ・ヴェルナーの後ろ姿だったんだわ」

「ヤブキさんの話では、そういうことになる。しかし雨の闇夜でもあり、後ろ姿からはとても、少佐だと判別できませんでしたが」

シュミットは四時間以上も、四阿で待機した。そのあいだに三本、煙草を吸った。だが真夜中の十二時を過ぎても、何も起こらない。少佐の計画に、なにか齟齬《そご》が生じたのだろうか。シュミットは心配になった。その時、建物の東側にある塔から、闇夜に異様な叫び声が響いたのだ。それは人間の、断末魔の悲鳴にも聞こえた。

少佐が予告していた銃声ではないが、なにか事件が起きたのは確実だった。それから五分、さらに四阿で待機したが、その後は新たな進展もありそうにない。シュミットはまた、北側の塀を乗りこえてダッソー邸を後にした。

「それならヴェルナー少佐は、深夜の十二時に犯行を予定していたことになる。フーデンベルグにも、十二時に換気窓から外を見るように指示したはずだわ。あの男はなぜ、約束の時刻から七分も遅れて窓に登ったのかしら。カケル、どう思う」

青年はなんでもないというふうな、そっ気ない口調で応じた。「フーデンベルグの腕時計は、七分遅れていた。監禁されている男に、時計の針を正確な時刻に合わせるような条件はない」

そうか……。たしかにジャン＝ポールは、フーデンベルグの腕には身分不相応に高価な腕時計が巻かれていたが、時刻は七分ほど狂っていたと話していた。そんな瑣末な事実まで頭に刻みこんでいる日本人に、あらためて驚嘆してしまう。

シュミットの話では三十日の夕方に、またヴェルナーから速達が届いた。それには、不可解な言葉が書きつらねられていたのだという。

一瞬の遅れで、計画を達成できない結果となった。三十年の歳月を費やした計画は灰燼《かいじん》に帰した。二度と、やり直しはきかない。可能なのは、計画の副次的な一部の達成のみだろう。その成果を、君には確認してもらいたい。私が何を計画していたのか、それで君にも一切が判明する。

通りを挟んで、ダッソー邸の東隣にあたる廃屋の五階、五〇四号室に行かなければならない。廃屋には、建物北側の路地にある非常口から侵入できる。警官が通りを、定期的に巡回している模様だ。姿を見とがめられないように注意すること。

三十年をかけた私の労苦の産物（それが計画の一部に過ぎぬことは、先にも述べた通りであり、言葉に尽くせぬ痛恨の極みだ）を確認したなら、君は即日、帰国しなければならない。われわれが再会しうる可能性は失われた。では、いつまでも元気で。

シュミットが語り続ける。「その時、まだ私はダッソー邸の事件について知りませんでした。フランス語が判らない旅行者には、新聞もテレヴィのニュースも、なんの役にも立ちません。三十日の夕方、私は少佐に命じられた通りにここ、ダッソー邸の裏にある廃屋の部屋まで行きました。そして射殺された女を発見して、ようやく少佐の計画なるものを察したんです。女はレギーネ・フーデンベルグでした。老いてはいたが、戦後三十年ものあいだフーデンベルグ夫婦を追跡してきた私が、あの女の顔を見間違えることなどありえません。収容所内の犯罪捜査に携わっていた時、私は、あの女の実物を見たこともある。所長ヘスの犯罪を追及するために、危険な立ち入り捜査をしたアウシュヴィッツでね。

囚人にたいして、ハスラーに劣らぬ残虐行為を重ねていた女だ。不法に責め殺した囚人の数も、裁判で立証できそうな範囲でさえ五人や十人ではきかない。実数は百人を超えていたのではないか。もしもヒムラーによる捜査班の解散命令がなければ、じかに暴力行為には手を染めていなかった亭主のフーデンベルグよりも先に、SS＝警察法廷に告発されていたに違いない女ナチ、レギーネ・フーデンベルグ。

少佐は三十年のあいだ、訓練された猟犬さながらに、密かにフーデンベルグ夫婦の臭跡を追っていた。そしてついに、獲物を射程距離に収めたのだろう。それで、私をパリにまで呼びよせたに違いない。三十年前の部下にも、フーデンベルグが裁かれたという事実は知る権利がある。そう考えたんでしょう。

あるいは、どこかで私もまた、あの男を追い続けてきたことを知ったのかもしれない。それならなおさらのこと、犯罪者に鉄槌《てっつい》が下された事実を知らせる必要がある。それは共に、かつてフーデンベルグの犯罪を追及した仲間にたいする、友情ある義務ではないだろうか。少佐は、そう考えたに違いないんです。

となれば、手紙にあった少佐の言葉も理解できる。少佐はフーデンベルグに、最後の土壇場で逃げられたのだ。処刑できたのは、女房のレギーネのみ。それだけではない。どうやら少佐は、警察に追いつめられているらしい。再会できそうにないという言葉は、それを意味してるんだろう。

レギーネの屍体を眺めながら、あれこれと私は考え、そして決断しました。追いつめられた少佐が危地から脱出できるよう、ひとつ囮《おとり》の役を買って出ようとね。それで現場に煙草の吸殻を、非常口には名刺を残して、廃屋から立ち去ることにしたんです。部屋の玄関扉の内側には、鍵穴に鍵がささったままでした。部屋の鍵をしめて、私は現場を抜け出した。計画通りパリ警視庁に逮捕されてからは、せいぜい悪党ぶった役廻りを演じてみせましたよ。

レギーネの屍体を確認した二日後のことでした、ヘル・ヤブキ。あなたからダッソー邸で殺されていた男の写真を見せられたのは。写真の男は、なんとヘルマン・フーデンベルグだった。私は混乱しました。少佐はフーデンベルグの裁きに、やはり成功したのではないか。なぜ失敗したなんて、手紙に書いていたのか。

あなたの話で、その謎も解けました。少佐はフーデンベルグに死の判決を与えた後、射殺する計画だった。それなのにやつは、親衛隊《エスエス》の短剣を見た衝撃で窓から落ち、床に頭をぶつけて事故死したんだ。いや、コフカの囚人だったジャコブ氏に、あらためて刺し殺されたのかもしれんが。いずれにせよ少佐は、おのれの手で裁きを実行しえなかった。痛恨の極みとは、それを意味していたんですね。

それでも私には、ヴェルナー少佐がダッソー家に使用人として潜入していたことなど、想像外のことでしたよ。少佐はなぜ、三十日の午前中に外出した時、私宛の速達を投函し、そしてレギーネを処刑した後、そのまま行方をくらまさないでいたんだろう。なぜ、またダッソー邸に戻ったりしたんだろう」

シュミットが口をつぐんだ。最後のほうは自問する口調だった。カケルが無表情に応じた。

「あれこれと推測はできますが、それも本人の口から語られなければ、真相は藪のなかですね」

「それでも、どうやら少佐は脱出に成功したらしい。あのフランス人の警部は激怒していた様子だが、私には喜ばしいことだ。自分も警官でしたからね、どんな理由があろうとも復讐や私刑は許されないという理屈は、充分以上にわきまえている。バルベス警部の立場なら、やはり少佐を逮捕したかもしれん。でもね、私はもう警官ではないし、少佐が殺人罪を犯したのもフランクフルト警察とは無縁の他国でのことだ。

表むきの理屈は理屈として、ヴェルナー少佐が脱出に成功したらしいのは、やはり喜ばしいことですよ。フーデンベルグのような下司野郎のために、あの人が裁判にかけられ処罰されるなんて、どう考えても不条理だ。納得できることじゃない、私にはね」

カケルがガドナス教授に質問する。「教授は以前から、時折にせよダッソー邸に出入りしていた。そうですね。そのときに、フランツ・グレと顔を合わせる機会はなかったんですか」

「ダッソーの家を訪問するといっても、年に一度、あるかないかのことだ。グレゲローヴァというチェコ人の偽名で、ヴェルナーが邸に住みついてからも、全部で十回と訪れてはいないだろう。

確かに、庭仕事をしている男の姿を、窓越しに遠望したことはある。しかし、それがハインリヒ・ヴェルナーだったとはな。あの邸は接客のため以外に、使用人は客と顔を合わせることがないように、はじめから設計されているようだ。邸内でヴェルナーとすれ違うことさえなかったのは、そのせいかもしれんが」

わたしは昨日の出来事を、自然と思い出していた。ハルバッハの墜死現場まで、ジャコブ医師とボーヌ刑事を連れてきたグレは、なぜか邸の建物の角に隠れるようにして、ハルバッハの屍体には近よらないでいた。屍体のかたわらにガドナス教授がいたから。教授の眼をまぬがれるために、グレは塔の陰に身を隠していたのだ。

わたしと同様に、グレの姿を見ることのできる位置にいた日本人がジャン＝ポールに、あの場合には必要もなさそうな助言をした。ハルバッハのホテルを訪問したダッソー邸の関係者がいる、その人物から監視を怠らないようにと。グレも、たぶんカケルの言葉を耳にしたことだろう。いやかれは、わざわざグレに聞かせるため、あの機会を選んで警察に助言したのではないか。

あのとき、カケルはグレに警告していたのだ。逃げるつもりなら、さっさと逃げたほうがよい。明日にも、捜査の手が伸びるだろうと。矢吹駆はまたしても、真犯人に逃走できる機会をあたえた。

ラルース家の事件のとき、かれはアントワーヌとジルベールにもおなじような態度をとり、それについて、あるいは自分の選択は誤っていたかもしれないと洩らしてもいた。それなのに、なぜ、またヴェルナーに逃亡を促したりしたのだろう。わたしには、カケルがなにを考えているのか、どうしても理解できそうにない。

「とんでもない疑いをかけたりして、ほんとうに申し訳ありませんでした」

わたしはガドナス教授に謝罪した。それでも、むしろ心は晴れていた。悪夢のようなダッソー邸の連続殺人事件は、もう解決されたのだ。カケルもわたしも、二度と森屋敷を訪れることはないだろう。イリイチと矢吹駆の危険な遭遇点も消滅した。わたしには、それで充分だった。

教授がおかしそうに笑った。

「いやいや、マドモワゼル。わしには大変に興味ぶかい推理でしたぞ。出来事の論理的な解釈は無限に多様であり、論理の整合性は、それ自体として解釈の真理性を保証しえない。あなたの推理は、ヤブキ君の主張の見事な実例だった。もしも裁判が、出来事の解釈における論理性のみを公準にして行われるなら、それは怖しい結果になりかねない」

褒められているというよりも、むしろ馬鹿にされている感じだけれど、とても自己弁護できるような立場ではない。それはそれとしてガドナス教授は、思考能力だけを武器として活躍する架空の名探偵よりも、むしろ物的証拠を重視する警察流のやり方を評価しているらしい。だがそれは、カケルの立場とは違うのではないだろうか。

「近代精神の客観性を支えている観察や推論や実験を武器に、医学者が病原体を発見する科学的過程とおなじようなものとして、探偵は犯人を追いつめなければならない。それが近代的な捜査法だと思うんですが、でもカケルは、近代的捜査にも批判的なんですよ」

さらに、わたしは教授に説明した。パレ・ロワイヤルを散歩した夜に語られた、カケルの探偵論を。『誰も近代の知の全域を学びつくすことなどできはしない。それどころか、多くの人々にとって、彼らの時代、彼らの思考が、人類の歴史の頂点にあることを実感させてくれるものは、複雑になりすぎて理解することなどできない近代科学の体系ではなく、それが与えてくれる技術的な成果だけなのだ。人々はテレヴィやトラクターや宇宙船を通じてのみ、近代の知の意義、近代の科学の偉大な勝利を実感することができる。しかし、それでもどこかに不安が残る。そこで名探偵が登場することになるわけだ。彼らはいわば近代的に思考する英雄として登場し、読者の前で犯罪や悪、そしてあらゆる非合理な蒙昧にたいし想像上の勝利を収めてみせることによって、近代人の不安を癒すわけだ』。

「そんなカケルの議論について、教授はどんな感想をもたれるんですか」

「なるほど。そうしたヤブキ君の探偵論は、ホームズを代表とした十九世紀の名探偵についてのものではないかな。わしの青年時代でもある大戦間の時代には、ドイツでも探偵小説が盛大に流行していたものだ。読まれていたのは、ほとんどがアメリカやイギリスの翻訳ものだったが。わしも学生の頃に読んだことのある二十世紀の探偵小説の主人公は、ホームズとは少しばかり違う個性があったように思う。

あのハルバッハならば、ラジオや写真入り週刊誌や映画などの大衆文化を激しい言葉で攻撃したように、探偵小説の流行もまた人を故郷から追放し、凡庸なものが勝利する必然性を象徴するものとして全否定したことだろう。なにしろ探偵小説という大衆文化は、ハルバッハが人間の本来性の証であるとした死をも、能天気な娯楽として消費してしまうのだから、それこそ空談や気散じの最たるものという結論になる。それについてヤブキ君は、どう考えるのかな」

青年は、しばらくのあいだ無言だった。教授の質問にカケルが、どんなふうに答えるものか、わたしは興味津々で待った。ようやく室内に、低い声が流れはじめた。

「教授の指摘にあるように、近代的に思考する英雄としての名探偵は、十九世紀的な存在です。では、二十世紀的な名探偵とは……。

大戦間の探偵小説とハルバッハ哲学は、あるいは同じ根から生じたものではないだろうか。そう僕は思います。数百万の死者を数えた第一次大戦は、人類がはじめて体験した、怖しいほど効率的に組織され機械化された殺戮戦争でした。兵士はトロイ戦争の、あるいはナポレオン戦争の戦死者のように死んだのではない。英雄的な死や、固有の死や、尊厳ある死が完膚なきまでに破壊されつくした後の、意味のない大量死。

築かれた兵士の死骸の山は、産業廃棄物の山と変わりません。そのような大量死の事実に直面して戦慄し、死骸の山が漂わせる不気味さから眼をそむけようとして捏造されたのが、ようするにハルバッハの死の哲学でした。そして二十世紀の探偵小説もまた、ハルバッハ哲学と同様に第一次大戦を通過した時代精神の産物ではないか。ハルバッハが死なるものに、華麗で厳粛な冠を与えたのと同様、探偵小説もまた瑣末で凡庸な大量死から自己区別するものとして、選ばれた死を復権させようと努めたのですから。

二十世紀の探偵小説の被害者は、第一次大戦で山をなした無名の死者とは、対極的な死を死ぬように設定されている。ようするに、彼は二重に選ばれた死者、特権的な死者なんです。精緻なトリックを考案して殺人計画を遂行する虚構の犯人と、完璧な論理を武器に犯人を追いつめる虚構の探偵は、立場は対極的であるにせよ被害者の死に、聖なる光輪をもたらさんがために奮闘するのですから」

カケルの話に教授が感想を洩らした。「なかなかに興味深い意見だな。現存在の日常的頽落を文化現象として象徴するような探偵小説と、それを根本的に批判しようと試みたハルバッハ哲学は、じつは同根である。二十世紀的な大量死の必然性に、名前のある固有の死を対置する点において」

「そうです。少なくとも、大戦間の時代に隆盛をきわめた種類の探偵小説については。僕はそう思いますね」

「となると、十九世紀の名探偵は近代的に思考する英雄だが、二十世紀の名探偵はハルバッハふうの本来的実存の探究者になる……」

「あるいは、神の死を告げる預言者ツァラトゥストラに。大戦間の時代を代表するアメリカの探偵小説作家は、よく知られているようにニーチェに影響された美学者でした。ハルバッハとニーチェ、そしてナチズムとニーチェの関係については、あらためて指摘するまでもありません。どちらも単純な影響関係とはいえないにせよ。

二十世紀的に凡庸なものを拒絶しようとしたハルバッハ哲学と、凡庸な大衆文化の代表である探偵小説が同根のものであるように、英雄的な死を渇望するハルバッハ哲学は絶滅収容所の現実に、ようするに第一次大戦の死骸の山を凌駕する無名の死の大量生産に帰結したのです。もはや、外は存在しない。生活の些事にまぎれて頽落した日常生活の外に、光輝ある選ばれた死を求めようとしても、それは日常的な生ならぬ日常化された死、瑣末な死、産業廃棄物さながらの大量死に帰結するばかりなのですから」

「だからヴェルナーは、ハルバッハに死の決断を強いたのかもしれんな。最後までジークフリートたらんとしていたヴェルナーは、絶滅収容所の門前で所長フーデンベルグと記念写真を撮らせたハルバッハのことを、どうしても許せないと思ったのだろう。おのれの哲学を裏切った者だと。

あの凡庸な地獄では看守も囚人も、ともに存在の夜の経験を強いられる。コフカを訪問してフーデンベルグと交歓したハルバッハも、その結果として、おのれの哲学の仇敵である凡庸な地獄にはまり込んだのだ。死力を尽くして、それに抗わなければならない。しかしハルバッハは、課せられた義務から逃走した。さらには戦後、絶滅収容所の実態を知らないでいたという、自己保身的な虚偽の弁明をさえ繰り返したのだ。

ヴェルナーならば、そんなハルバッハが、ふたたび死の可能性に先駆し本来的実存に覚醒することを望むだろう。裏切りを罰するためよりも、堕落した旧師を正道に引き戻そうとして」

わたしが、ふたりの議論に口をはさんだ。「だとしたら、ハルバッハの死はジークフリートの死だった。多数の青年に戦場の死の可能性に直面することを決断させた、かつてのハルバッハ哲学に忠実にジークフリートの死を死ぬよう、ヴェルナーが強いたのだ。そんな結論になりそうだわ。でも、わたしには疑問があるの」

「どんな疑問かな」ガドナス教授が、わたしの顔を見つめた。

「墜死の危険を冒しても写真を回収すること。それは最終的には、ハルバッハが自分で決断したのでしょう。でも、その動機はジークフリートよりも、竜のほうにふさわしいような気がするんですけど。ワグナーのオペラで竜に化けた巨人族のファーフナーは、『おれは持ってるものは手放さない主義さ』とうそぶきます。

ハルバッハは魔法の指輪にも匹敵するだろう大事な宝物を、ようするに二十世紀最大の哲学者という評価や名声を失うまいとして、金貨を奪われるなら殺されたほうがましだと叫ぶ守銭奴さながらの心境で、やむをえず危険な手摺に足をかけた。そうだとすればジークフリートよりも、やはり竜のファーフナーのほうに似ているのではありませんか」

「ヴェルナーはハルバッハに、ジークフリートの死を死なせようと計画したが、その努力は裏切られた。死んだハルバッハは、やはり竜の死を死んだのだ。そう、モガール嬢は主張したいのかな」

教授の言葉に、わたしはうなずいた。「それにフーデンベルグも。死にきれないで死んでいるのが竜の死なら、コフカ収容所長はいまも、二つの死因のあいだで宙吊りにされているんですから」

「まだあるよ、ナディア。フーデンベルグは、ジャコブ医師によればエミール・ダッソーのように死んだ。コフカ収容所長の死は、コフカの囚人だったダッソーと同じように、いまも二つの死因のあいだを漂流している。しかし、そのような宙吊り状態をもたらしたのは、やはりコフカの囚人の経歴をもつジャコブなんだ」

ジャコブはなぜ、フーデンベルグの心臓を刺したのだろう。復讐心から、反対に慈悲心から、放置しておいても死ぬ運命の人間なら、むしろ自分の手で息の根を絶とうと決意したのか。その心理は、本人以外には推測するしかないことだ。いや、本人にだって正確には判らないのかもしれない。

しかし、問題は心理的なところにはないのだと思う。むしろ、それは運命的なんだ。戦後三十年ものあいだ、死にきれない死を生きてきた、あるいは生きながら死んでいたジャコブが、コフカの大量死の最高責任者であるフーデンベルグに竜の死をもたらした。結果として竜の屍体を封じている密室が、だれの意図にもよらないで生成した。そんな符合に、驚かなければならないんだと僕は思う」

「わたしが理解できないのは、密室の本質をめぐるカケルの考えなの。ジークフリートの密室は制作された密室に、竜の密室は生成した密室に対応するのね。結果として、偶然にできた密室は竜の密室。ダッソー邸の三重密室は、たしかに制作者=犯人のいない密室だった。そして被害者のフーデンベルグは、まさに竜の死を死んだ」

それはわかる。でもカケルは、三十年前のコフカ収容所の密室はジークフリートの密室だと暗示していた。制作者=犯人のいる密室という点では、たしかにジークフリートの密室だろう。しかし、特権的な死の夢想を封じた密室だと、はたしていえるのだろうか。フーデンベルグは、たんに自己保身のためにハンナを殺したのだ。さらに容疑をまぬがれようとして、雪の三重密室を構成した。そのとき、シュミットが質問した。

「ところでガドナスさん。あなたは実際のところ、一九四五年の一月十二日の夜、収容所の北の丘に行ったんですか」

「行きましたよ」教授が厳粛な表情で答えた。

「やはり……」

「そう、それは事実です。あの日の六時半、警備兵が交替した直後に、ダッソーの指示でカッサンは監視のウクライナ兵を刺し殺した。そして鉄条網を切り、小さな隙間から身をくねらせるようにして這い出した。続いてわしも、囚人のバラックが並んだ区画を抜け出したのです。ヴェルナーは、囚人に脱走の機会が与えられるだろうと囁いていた。もしも、それが事実なら、小屋に幽閉されているハンナを残して行くわけにはいかん。そう考えたのです。

カッサンは銃を盗んで丘を下った。わしは足音を忍ばせて、兵器庫の建物の東側に廻った。ハンナの小屋を直接に目指さないでいたのは、マドモワゼル・モガールが推理した通り、足跡のせいでした。

その時にはもう、兵器庫から小屋の方向に往路の足跡がつけられていた。小屋には、明らかに誰かいる。囚人であるわけがないから、わしには危険な存在だ。ハンナの世話をしていたウクライナ兵か、あるいはフーデンベルグか、どちらかだろう。わしには、その男が小屋から去るまで、物陰に隠れて待つ以外になかったのです」

「それは、何時頃のことですかね」

「正確なところは判らん。なにしろ囚人の身で、腕時計は入所の日に、当然のように取りあげられている。だが推測なら、できんこともありません。警備兵の交替は六時半。その直後にカッサンが、そしてわしも、囚人のバラック区画を抜け出した。そこから丘の頂上までは、普通に歩いて二十分ほど。カッサンもわしも足を急がせたから、六時四十五分頃には、兵器庫の前に辿りついていたろう」

その晩、六時半にはフーデンベルグが兵器庫の前を通過して、ハンナの小屋に行っている。囚人ガドナスが見たのは、そのフーデンベルグの足跡に違いない。六時十分から三十分のあいだに、兵器庫の警備兵と、交替の兵士の二人が殺害されている。六時四十五分には、ハスラーも。三人の息の根を絶ったのは、反逆を決意したヴェルナー少佐だ。

ということはハスラーに一、二分遅れて、ガドナスとカッサンは兵器庫に到着したと考えることができる。そのとき、ヴェルナーはどこにいたのだろう。シュミットが広場で目撃した灯火から考えて六時五十分過ぎまで、たぶん五十二、三分頃までヴェルナーは、兵器庫のある丘の上で待機していたと考えられる。

わたしは尋ねてみた。「教授は、兵器庫の建物の裏手まで廻りませんでしたか。そのときにはもう、裏手には三人の屍体が雪に埋もれていたと思うんですけど」

「見ましたとも。最初は、降雪を避けて東側の庇の下に隠れようとした。遠方に小さく、ハンナの小屋が見える場所だった。わしは隠れ場所を変えることに決めた。眼が馴れるにつれ吹雪の闇のなかに、囚人には危険に違いない人影が浮かんできたからだ。その人物は、西から東に兵器庫と小屋を結んでいる小道が、最初に南に折れる角のあたりにいた。わしは足跡の主だろうと思った。なぜか男は小屋まで行かないで、小道の途中で足を止めていたのだ」

小道の途中に男がいた……。そんな教授の証言に、眉をひそめるようにしてシュミットが反論する。「それはおかしい。フーデンベルグは六時半には、小屋に入ったと証言している。やつの言葉など信用できないにしても、足跡は最初から最後まで同じ厚さの雪に覆われてたんです。

六時半頃に兵器庫前を出発した男が、小道の途中で十五分以上も足をとめていて、それからまた小屋の方に歩きはじめたなら、前半と後半の足跡には違いが生じざるをえない。吹雪は続いていたんです。その場合、前半の靴跡よりも後半の靴跡は、積雪に埋もれる度合は少ないだろう。ガドナスさんが見た時、問題の足跡は、どんな状態でしたかね」

「電灯に照らされた兵器庫の庇の下には、雪に埋もれていない靴跡があった。庇の先にも足跡は点々と続いていた。残念ながら、それが、どんな状態だったかまでは確認しておらん。

わしは兵器庫の裏に出た。そこで三人の屍体を発見して仰天し、建物の西側から正面に戻り、そして坂道をほんの少し降りた場所にある樹林に、身を隠すことにしたのです。そこからなら、問題の男が丘を下りるのを見逃す心配がない。

新しい隠れ場所にもぐり込んだ直後でした、吹雪の闇に不吉な銃声が響いたのは。わしはハンナのことが心配になり、小屋に駆けつけたいと思った。だが、できなかった。飢餓に衰弱して、歩くことも満足にできないような囚人が、武装した看守側の人間と渡りあえるわけはない。しばらくして、坂道を下る懐中電灯の灯火が見えた。ようやくハンナの小屋を出て、男が丘を下りはじめたのだろう。わしは警戒して、さらに何分か木立のなかに隠れていました。もう、安全だろう。そう思って、雪の吹き溜まりから這い出そうとした時だった。わしは身を強張らせた。懐中電灯の光で、また誰か丘を登ってきたらしいことが判ったのです」

「前後関係からして、丘を下ったのはヴェルナー少佐、次に登ってきたのは私ですな。あの時、あなたに物陰から監視されていたとはね」ドイツ人が感心した口調でいう。

「どうやら、そういうことになるらしい。わしはてっきり、坂を下りたばかりの男が、また引き返してきたのだと思いましたが。シュミットさん、あなたが登場したせいで、またしてもハンナの小屋に行くのは不可能になった。もう何時なのだろう。ヴェルナーが告げた時刻まで、どれほどの余裕があるのだろう。

焦燥感に駆られながらも、ひたすら待ち続けた。十五分、あるいは二十分も経過したろうか。いつか吹雪はやんでいた。酷寒に顫えているわしの耳に、猛烈な爆音が聞こえたのです。爆発音は地軸を揺るがす迫力で、連続して響き続けた。なんだ、何が起きたのだ。愕然としていると、今度は至近距離で鼓膜が破れそうな轟音がした。わしは爆風で雪上に突き倒された。発電所の小屋が、そして兵器庫が爆発したのです。息もたえだえに倒れ込んでいたわしの眼に、しばらくして坂道を広場のほうに下りていく懐中電灯の光が見えた」

シュミットが叫んだ。「フーデンベルグの野郎だ。私が気を失っているあいだに、やつは小屋から逃げ出したんです」

「わしは、よろめきながら小屋の戸口を目指した。小屋の南側には、雪上に倒れて死んだように身動きしない親衛隊の兵士の姿があった。シュミットさん、あなたですな。わしは仰天しました。丘の上には、自分以外に誰もいないものと信じていたのだから。しかし、たぶん大丈夫だろう。足音を忍ばせて、半開きの正面扉から、わしは小屋のなかに入った。

小さな居間には人の姿がない。わしは壊れかけた屋内扉を押した。そして、哀れなハンナ・

グーテンベルガーの屍体を見つけたのだ。長いこと、茫然としていたように思う。ハンナは死んだ、死んだのだ。そう呟きながら、わしは小屋を出た。倒れた兵士は、まだ意識をとり戻しそうにない。

　おぼつかない足どりで丘を下り、中央広場を横切った。収容所の建物が轟々と炎上していた。髑髏団の看守の屍体が、あちこちに散らばっていた。不運な囚人の屍体も。知らないあいだに、収容所の正面ゲートを抜けていた。乱れた足跡を追って、よろよろと森に入った。脱出できたのだ、あの死の顎《あぎと》から。安堵のあまり倒れかけたわしを、木立のあいだに身を隠していた仲間が、必死で抱きとめてくれた……」

　遠い記憶をたどるように語り続けていた教授が、ようやく口をとじた。ガドナス教授が到着したとき、小屋に監禁されていたハンナと、兵器庫の裏で殺されていた三人を除外しても、丘の上には二人の男がいたのだ。フーデンベルグとヴェルナー。

　ヴェルナーが丘を下りたので、教授は木立から這いだそうとした。そこに、シュミットが登場する。坂を下りたばかりの男が、ひき返してきたと考えて、また教授は木立に身を隠した。爆発のあと、フーデンベルグが坂道を下る。それでもう、丘の上には誰もいないものと思って、教授はハンナの小屋をめざした。そして、倒れているシュミットを発見した。教授が驚いたのも無理はない。もう丘の上には、誰もいないはずなのに、小屋のまえに親衛隊兵士が倒れていたのだ。納得できない口調で、シュミットが独語していた。

「……兵器庫と小屋を結ぶ小道の途中に、誰かいた。それが事実なら、ヴェルナー少佐だとしか考えられん。だが、少佐はなぜ、そんなところに立っていたんだろう。それに足跡の問題もある。途中まで小道を進んで、それからまた兵器庫に引き返してきたなら、足跡の状態は前半と後半で、違っていなければならん」

本人の証言を信じるなら、フーデンベルグは六時半過ぎに小屋に到着している。そしてガドナス教授は、六時五十分前には小道の途中に、ヴェルナーらしい人影を目撃しているのだ。その数分後には、ヴェルナーは丘を下っている。

それならなぜ、兵器庫と小屋をむすんでいる足跡は、一組しか残されていなかったのか。フーデンベルグの足跡を踏むようにしてヴェルナーが小道を進んだにせよ、前半の靴跡と後半のそれとは、雪に覆われた状態に相違が生じざるをえないだろう。なにしろ六時半過ぎと六時五十分よりも数分前のことであり、フーデンベルグの足跡とヴェルナーのそれには、ほとんど二十分もの間隔があるのだから。

不可解な点は、まだある。フーデンベルグがハンナを殺したとき、どうやらヴェルナーは、小屋の裏窓をながめられる地点にいたらしい。ガドナス教授の証言を信じるなら、そのように想定せざるをえないのだ。昔の恋人が、自己保身にかられたコフカ収容所長に殺害されようとしている。それなのにヴェルナーは、小屋から十メートルほど離れた地点で、なぜか吹雪のなかで立ちつくしていた。

なんらかの目的があり、ひそかに小屋の様子を窺っていたのかもしれない。それは、ありうることだろう。しかし、銃声はヴェルナーにも聞こえた。もっと離れた木立のなかのガドナス教授さえも、耳にしたと証言しているのだ。至近距離のヴェルナーが、それを聞いていないとは考えられない。

ハンナの小屋で銃声がした。ヴェルナーが、フーデンベルグが小屋にいることを知っていたかどうか、それはわからない。であるにせよ銃声を聞いた直後に、小屋に駆けつけるのが普通ではないだろうか。なにはともあれ、ハンナの無事を確認しようとして。

だが、ヴェルナーは小屋に行っていない。ハンナを殺害したフーデンベルグは、ヴェルナーの処罰をまぬがれているのだ。中央監視塔を占拠しなければならない時刻が切迫していた。囚人の集団脱走を支援する計画のためにヴェルナーは、ハンナが無事かどうか、たしかめるのを断念したのだろうか。あとのことは、じきに現場に到着するだろうシュミットに委ねることにして。

「判りませんな、私には。少佐は、なにを考えていたんだろう」ドイツ人が、つぶやいた。教授が真剣な表情で、カケルに問いかける。

「ヤブキ君は、どう考えるかな。ヴェルナーの謎めいた行動について」

「あれはジークフリートの密室です。特権的な死の夢想を封じた柩なんです。柩に収められた美女は、花々に埋もれて永遠の眠りについた……」

「というと」

興味ありげな表情で話の続きをうながした教授に、青年が無愛想に肩をすくめた。どうやら矢吹駆は、それ以上なにも喋る気がないらしい。ダッソー邸をめぐる連続殺人事件は終わった。

しかし、三重密室としてダッソー邸の事件と対をなしているコフカの事件については、なお不可解な部分が残されている。

フーデンベルグがハンナ殺しの犯人であり、煙突を利用したトリックで三重密室を構成したことは疑いえない。しかし、その夜のヴェルナーの行動にまつわる謎は、最後まで解明されないで終わることになりそうだ。

カケルには、なにか考えがあるに決まっている。だが、それを喋らせることなど、世界中のだれにもできそうにない。心を決めたときは、犀《さい》よりも頑固になれる青年なのだ。黙りこんでいる青年に、それ以上は教授も返答を求めようとはしなかった。

だれもが、それぞれの思念に浸りこんでいるようだ。沈黙に支配された廃屋のアパルトマンで、壁にもたれている青年の端整な横顔を見ていると、思わず安堵の息がもれた。三十年前の密室事件に未解明の部分が残されたとしても、たいしたことではない。大切なのは、これでダッソー邸をめぐる事件が、ほんとうに終わったという事実なのだ。

終章　鋼鉄の葉

1

　ダッソー邸をめぐる連続殺人事件は終わったのに、パリの市街は今日も、陰気な雨雲で覆われていた。降りはじめてから二週間にもなる季節はずれの長雨は、まだやみそうな気配もないのだ。はるか眼下のシャンゼリゼ大通りでは、渋滞した車のエンジン音やクラクションの喧噪が、遠い潮騒《しおさい》のようにどよめいていた。わたしは鮮やかな赤のエナメル・コートを着て、おなじ色の傘までさしていた。

　冷たい雨に濡れた凱旋門の屋上には、ほとんど人影がない。わざわざ風邪をひきに来るようなものだから、雨の午後の凱旋門見物など、いかに好奇心が旺盛な観光客だろうと敬遠したくなるに決まっている。カケルはどんな思惑で、わたしを凱旋門の屋上まで連れだしたのか。

　矢吹駆は屋上の手摺にもたれて、ぼんやりとモンマルトルの丘をながめていた。気ぜわしいアメリカ人や日本人の観光客よりも、はるかに物好きとしか思えない青年に、わたしは語りかけた。

「ジャン＝ポールの話では〈正義の会〉の四人は、それぞれフーデンベルグを誘拐し、監禁した事実をみとめたそう。ダッソーとクロディーヌの二人は、それほどの重罪にはならないと思うわ。殺人罪で裁判にかけられるカッサンとジャコブの場合は、そうもいかないでしょうけれど」

警視庁が事件の真相を公表した日から、ブローニュの森屋敷で起きた連続殺人の報道合戦は日ごとに加熱し、パリは騒然としていた。著名な財界人であるフランソワ・ダッソーが、拘禁罪で逮捕されたというスキャンダル。南米に逃れていたナチ戦犯夫婦と、ユダヤ人の復讐結社をめぐる話題。第三帝国に反逆したナチス親衛隊員《エスエス》と、コフカ収容所の大量脱走事件の真相。さらに事件の終幕をなした、二十世紀最大の哲学者マルティン・ハルバッハの不幸な事故死。〈正義の会〉の復讐計画や、ジャコブによるフーデンベルグ刺殺事件にかんしては、新聞や雑誌にも同情的な論調が目についた。フィガロ紙は、クラウス・バルビイをはじめ南米に逃亡したナチ戦犯が野ばなしである以上、第二、第三のフーデンベルグ事件も起きうると論じていたし、ヌーヴェル・オプセルヴァトゥール誌は、ハルバッハ哲学とナチズムやユダヤ人虐殺について緊急特集を掲載していた。

通説どおりソ連軍がコフカ収容所の解放者であると主張する共産党は、集団脱走がナチス親衛隊将校によって計画されたものだという、レギーネ・フーデンベルグ殺害犯人の動機をめぐる警視庁の見解に厳重抗議した。事件にイスラエル大使館が介入していた事実は、警察発表では慎重に暗示されたにすぎないが、独自取材でダニエル・コーヘンの正体を突きとめた新聞が、それを大々的に扱っていた。抗議したりすれば藪蛇になるとでも判断したのか、イスラエル大使館は暴露記事を無視して沈黙を守っている。

フランツ・グレゲローヴァという偽名で長年のあいだ、ダッソー邸に入りこんでいたハインリヒ・ヴェルナーは、レギーネ事件の犯人として緊急手配されたが、その消息は知れない。フランス警察の追及がおよばない外国に脱出したのではないか、もう逮捕は不可能ではないかと、ジャン＝ポールは、執念ぶかい警察犬にはふさわしからぬ弱音さえ洩らしている。

ヴェルナーについては各紙のドイツ駐在員による取材合戦がおこなわれ、ハルバッハ門下の秀才だったフライブルク大学時代や、騎士鉄十字章を授けられた大戦期の経歴が詳細に紹介されもしていた。自宅にも大学にも、騒々しい記者の大群が押しかけたに違いないのに、ダッソー邸の事件についてガドナス教授の発言は、今日までなにも報道されていない。あらゆる取材を、たぶん頑固に拒否しているのだろう。

カケルの真相究明の翌日、シュミットはフランクフルトに帰った。それでも昨日の夜、あから顔の退職警官の顔を、偶然にテレヴィ画面で見ることができた。ナチ戦犯とユダヤ人の復讐結社、コフカの集団脱走と高名な哲学者の死をめぐるダッソー邸の事件は、ドイツでも盛大に話題を呼んでいるらしい。帰国したシュミットは、ドイツのテレヴィ局が企画したインタヴュー番組に駆りだされたのだろう。その番組の一部が、アンテーヌ・ドゥでも流されたのだ。

断定的な箇所と暗示的な部分の濃淡はあるにせよ、警察が公表した事件の真相は、わたしが知りえた事実と大枠において一致していた。森屋敷の連続殺人事件の謎を、最終的に究明したのが無名の日本青年である点を除外するなら。警視庁は威信を新たにし、責任者のモガール警視をはじめとする捜査陣には、ふだんは警察を非難攻撃するのが使命であると心得ているようなマスコミからさえ、大袈裟なほどの讃辞がよせられていた。

それでも残されている最大の例外が、ハルバッハ墜死の真相だった。昔の学生フーデンベルグに献花しようと、ダッソー家をおとずれたハルバッハは、誤って塔の屋上から墜落死した。そんな警察発表が真相の一部しか伝えていないと指摘できるのは、わたしと矢吹駆のほかにはガドナス教授ひとりしかいない。しかし、教授は沈黙を守っている。

あるいは教授は、意図的にそうしたのだろうかとも、わたしは思う。生涯の論敵であるハルバッハにたいしても、できうるかぎり公正であらねばならない。恐喝者も同然に証拠写真を振りかざして、論敵の思想生命を奪うような行為は、おのれの倫理からして許されえないことだ。ガドナス教授は、そんなふうに考えているのかもしれない。事件のことを話題にしても、ほとんど反応を見せない日本人に、わたしは言葉をついだ。

「ハルバッハがコフカ収容所を訪問した事実を暴露する、あの決定的な証拠写真だけど、どうやら公開されないで終わるらしい。パパは口を濁してるんだけど、たぶん上のほうからの圧力があるんだわ」

ハルバッハ墜死の真相が伏せられたばかりか、どうやら、あの写真も暴露されることなしに終わりそうなのだ。ジャン＝ポールによれば、パパとは仲のよくない上司が証拠品の写真を横どりして、ひそかにエリゼ宮の高官のところに持ちこんだらしい。

高等行政学院《エナ》出身のエリート警察官僚だから、あの写真のスキャンダラスな性格について、かろうじて察することもできたのだろう。写真にかんしてフランス政府の中枢で、なにか極秘の決定がなされた。その結果として内務省からパリ警視庁に、警視総監からモガール警視にと、政治的圧力がおよんだのに違いない。カケルが関心もなさそうな口調で応えた。

「ハルバッハの記念写真は、フランス政府からドイツ政府に宛てられた、ささやかなプレゼントになるんだろうな。ドイツを代表する偉大な哲学者が、なんと絶滅収容所を見物していたとなれば、世界を揺るがすような騒動にならざるをえない。ドイツ政府としては、またしてもナチス時代の古傷から血が滲むようなスキャンダルは、できれば避けたいところだろう。

　そんな力関係を読んだフランスの高官が、ひとつドイツに恩を売ってやろうと思いついたんだ。最終的に決定したのは、政治家としては哲学的素養があるので知られている、エリゼ宮の主かもしれない」

「でも、そんなの不当だわ。あの写真を闇に葬るなんてこと、とても許せそうにない。ハルバッハって、真理を探究する哲学者としては絶対に許されないような偽善家で、ひどい嘘つき。絶滅収容所の存在など、戦後になるまで自分は知らなかったなんて、まるで嘘八百だもの」わたしは毒づいた。ハルバッハによる虚偽の弁明に、ほんとうに憤りを感じていたのだ。

「証拠写真なんて、さして意味はないさ。ハルバッハがナチだったことは、周知の事実なんだ。彼が絶滅収容所の現実を知っても、それを黙認したろうことを察するのに、犬ほどの想像力さえ必要はない。ハルバッハの弁明が、自己保身的な嘘に満ちたものであると判定するのにも。

それよりも重要なのは、戦後のハルバッハ哲学の秘密が、決定的に露呈されたということだろうね。ハルバッハはコフカ収容所で、無名の死者の山を目撃した。それは死の哲学を根底から破壊しかねない、圧倒的なまでにグロテスクな経験だった。ハルバッハの死の哲学は、ボロ屑のような屍体の堆積に直面して、瞬時に崩壊したんだ。

けれども二十世紀最大の哲学者は、その不気味な事実を凝視し、おのれの哲学を再建するために強いられている、新たな思索を試みる努力なしに戦後を生きた。あるいは狡猾に生き延びようとした。それが戦中に生じた、ハルバッハ哲学の不可解きわまりない変貌の秘密なんだ」

カケルはリュクサンブール公園で、ハルバッハの哲学的回心の秘密を摑むまではアントワーヌの死について、結論的なことはいえそうにないと語っていた。ダッソー邸をめぐる連続殺人事件を追う過程で、矢吹駆の自問は、納得できる解答に達しえたのだろうか。

「ねえ、カケル。アントワーヌの生き方や死に方について態度を決めるためには、ハルバッハの主著の評価を決めなければならない、そのためにはハルバッハ哲学の変貌の意味を摑まなければならないって、あなたはいってた。あの写真で、カケルの疑問は氷解したのかしら」

「そう。ある意味ではね」

「どんな意味で」

「戦後のハルバッハ哲学が、神秘思想のまがいものでしかないことは、以前から確かなことだと思われていた。それと戦前の死の哲学は、どんなふうに関係しているんだろう。長いあいだ、それが僕には疑問だった。死の哲学は、絶滅収容所の大量死に直面して瓦解した。いや、正確にいえば死の哲学そのものが、無意味な大量死を隠蔽するものとして紡ぎ出されたんだ」

「どういうことなの」

「第一次大戦は人類の歴史はじめての、未曾有の殺戮戦争だった。産業廃棄物さながらの無名の死者の山は、第一次大戦の苛酷な塹壕戦において、もう経験されていたんだ。その結果として、ワイマール時代の空疎な繁栄の時代が生じた。ハルバッハが嫌悪した大衆消費社会さ。だがワイマール時代の無意味な生は、第一次大戦の無意味な死の陰画でしかない。

それは現代の病院における生死と、克明に対応したものだね。病院では、さしあたり凡庸な生が強制される。名前のない生だ。誰にも平等に同じ治療がなされる時、そのようにして保証された患者の生は、既に固有の人格を奪われている。治療の甲斐なしに患者が死ぬ。その死もまた同じことだろう。

ハルバッハは、ワイマール時代の大衆社会を嫌悪したのではない。むしろ、それを恐怖したんだ。嫌悪にはまだ、心理的な余裕のようなものがある。恐怖する人間には、そんなゆとりがない。なぜなら、ラジオや週刊誌や映画のディートリッヒの半裸体に陶然としている大衆、生きながら死んでいるような大衆は、それ自体として無意味な大量死の裏返しなんだから。第一次大戦の死者は死にながら生きている。そしてワイマール時代の生者は、生きながら死んでいた。

その圧倒的な恐怖から、むしろ魂を脅かす戦慄的な不気味さから逃れようとして、ハルバッハの死の哲学が紡ぎだされた。本来的実存を覚醒させる特権的な死とは、二十世紀的に無意味な生と死の必然性を隠蔽しなければならぬ、そうしなければ人間は泥人形にまで転落してしまうという、哲学者の悲鳴の産物なんだ。

　第一次大戦の大量殺戮を隠蔽しようとして、ハルバッハの死の哲学が生じた。そしてそれが、逆説的にも第二次大戦の大量死の哲学として機能してしまう。おのれが生み出した物体の山も同然である膨大な死の堆積に直面して、ハルバッハ哲学は最終的に空中分解を遂げた。第一次大戦の経験がもたらした死の無意味性から、なんとか意味ある死を救出しようとして、ハルバッハは死の哲学を考案した。それなのに彼の哲学は、さらに大量の無意味な死に帰結したんだ。そしてハルバッハは、ダチョウになる選択をした。

　猛獣に追いつめられたダチョウは、砂に頭を埋めるという。猛獣が見えなければ、その脅威は存在しない。ハルバッハは、それと同じことをしたんだ。砂に頭を埋めて、グロテスクな屍体の山を見ないですむようにした。あの蒙昧な神秘主義まがいは、怖しい猛獣を黒板の字を消すように消してしまえる、ダチョウにとっての有難い砂のようなものなんだ」

「カケルは、ハルバッハの正体を、世界に知らせてやりたいと思わないの」わたしの言葉には、まだ憤懣がにじんでいた。

「証拠写真を暴露してかい。そんなふうにしたなら、証拠写真を湮滅《いんめつ》しようとしたハルバッハと同じ次元まで、おのれを貶《おとし》めることになる。ガドナス教授も同じ意見だと思うけれど、あくまでも批判は思想的になされなければならない。哲学的に超えるのでなければ、ハルバッハ哲学を最終的に超えることなど不可能だろう。暴露写真で問題が解消されるだろうか。ハルバッハ本人が主著で空談について分析しているけれども、その結論からも明らかなように、スキャンダルはじきに忘れられるものなんだ。そして、またしても死の哲学は復活し、新たな犠牲者を生むに違いない。凡庸なものを嫌悪する青年が、魂の真実や生の輝きを渇望して、死の観念の蟻地獄に落ちてしまう」

「アントワーヌも、ハルバッハ哲学の犠牲者なのね」

内心を窺わせない表情で、青年は曖昧にかぶりを振った。それは否定の回答にも、質問それ自体を却下する身振りのようにも思えた。しかし、なぜだろう。カケルの主張によれば、ハルバッハの死の哲学は第一次大戦やワイマール時代の大衆社会として経験された〈ある《イリヤ》〉を、その不気味さを隠蔽するものとして生まれ、そして第二次大戦と絶滅収容所の大量死に帰結して、おぞましい存在の夜の彼方に雲散霧消したのだ。

ハルバッハは死の哲学の難破を、ふたたび隠蔽しようとして、神秘主義まがいを必死で演じはじめた。ハルバッハ哲学の欺瞞を見破ることのできない戦後青年が、かれらには親の世代にあたるヴェルナーのような戦前青年の運命を反復するように、またしても死の哲学の罠に落ちた。そうなることにも必然的な理由はあったろう。ハルバッハが、そしてヴェルナーが憎悪したワイマール社会に、輪をかけたような空疎で凡庸きわまりない大衆社会なのだ、わたしやアントワーヌが生まれ育ったのは。ハルバッハふうにいえば、数と公共性が最終的に勝利した愚者の楽園。

アントワーヌはブルジョワの叔母に象徴される、堕落した金満と俗物の公共社会を、自称していたように憎んでいたのではない。むしろ怖れていたのだろう。それに呑みこまれてしまいそうな無力な自分を、ほんとうは怖れていた。だから英雄的な私、特権的な私、名前のある死を死ぬだろう唯一の私という観念を、魂の底で必死に育てあげたのだ。ハルバッハの死の哲学は、死をも怖れないテロリストに志願したアントワーヌにとって、えがたい援軍と思われたに違いない。

友人としてアントワーヌに助言できたなら、母親のバルト夫人のような不運な人生であれ、社会の片隅で生き続けることを勧めたろう。自己欺瞞なしに名前のない自分を、生きながら死んでいるに等しい、番号のひとつでしかない凡庸な人生を、あえて選ばなければならないのだ。ナチ収容所の囚人は、あらゆる人間性を剝奪《はくだつ》されて、刺青《いれずみ》の番号にまでおとしめられたという。でも、平和な時代のわたしたちもまた、病院に入れば囚人とおなじように、番号として扱われることになる。おなじなのだ、おなじことなのだ。

それなのにカケルは、わざと逃亡の機会をあたえて、アントワーヌに英雄的な死をもたらそうとした。それがアントワーヌの心からの希望であったにせよ、やはりカケルの選択は間違っていた。ダッソー邸の事件の全経過がカケルに、もちろんわたしにも、それをはっきりと教えてくれたのではないか。

ふたつの密室があるというカケルの言葉が、ふと脳裏に甦ってきた。竜の密室とジークフリートの密室。ダッソー邸の三重密室は、被害者フーデンベルグと加害者ジャコブの両者において、たしかに竜の密室だった。おぞましい死が世界にあふれ出さないように、ひとりでにできてしまう密室。犯人＝制作者が存在しない、結果的に生成した密室。それ自体が死の哲学の否定物であるような〈ある〉を、存在の夜を宿した密室。

でもカケルは、まだジークフリートの密室の可能性を信じている。ハンナ・グーテンベルガーの屍体を封じたコフカ収容所の三重密室は、犯人＝制作者のいる密室だと、なおも主張しているのだから。おぞましい〈ある〉で充満した竜の密室ではなしに、英雄が特権的な死の夢想を封じたジークフリートの密室。

「ねえ、カケル。まえにも質問したと思うけれど、なぜフーデンベルグがジークフリートになるの。ハルバッハが竜のファーフナーなら、フーデンベルグだっておなじことでしょう。ふたりとも所有しているものを失いたくないから、墜死の危険を冒したり、ハンナを殺したりしたんだもの。フーデンベルグがファーフナーであるなら、コフカの密室も竜の密室だわ。犯人＝制作者がいるという点では、竜の密室の定義に反するにしても」

「今から説明したいと思うけれど、あれはジークフリートの密室さ。そう、君にハンナ事件の真相を語らなければならない。そのために、わざわざ来て貰うことにしたんだからね」

わたしは青年の、なに気ない言葉に愕然とし、そして絶句した。ハンナ殺しの真相を語るために、カケルはわたしを呼びだしたというのだ。犯罪現象が生成を終えた時点で、究明された事件の真相は、残らずわたしに知らせる。それがカケルとの、以前からの約束だった。

それでもコフカ収容所の密室事件は、基本的には解決されている。フーデンベルグがハンナを殺害し、煙突を使ったトリックで三重の密室をこしらえたのだ。疑問が残るとしても、囚人ガドナスが兵器庫の横から目撃したという、謎の人影ていどのものだろう。カケルは、なにを語ろうとしているのか。銃声を耳にしたに違いないのに、ハンナの小屋の様子をたしかめないで丘を下ったヴェルナーの、どうにも不審な行動について納得できる説明でも、新たに考えついたのだろうか。日本人は、抑揚の少ない口調で喋りはじめた。

「密室現象の本質直観については、もう何度も説明したね。それを導きの糸として思考するなら、コフカの密室にも、少しも謎めいたところはない」

「ジークフリートの密室のほうね。その本質は、特権的な死の夢想の封じこめである、という」黙ってうなずいた青年に、わたしは言葉をついだ。「それなら、コフカの密室がジークフリートの密室である根拠を、わたしにもわかるように説明してほしいわ」

「いいとも、それが一昨年からの約束なんだからね。では、ハンナ・グーテンベルガー殺しの真相について考えてみようか」

「ハンナ殺しの真相なら、ガドナス教授の家で結論が出ているわ。フーデンベルグは煙突を通した鉄線で、小屋を密室化したんだもの」

「実証はできないけれど、それが事実ではないことを、僕は知っている。あの時、あえて君に反論しなかったのは、そのような可能性も論理的にはありえたからだし、三十年前に起きた密室殺人の真相究明に興味を感じないでいたせいでもある。

論理の整合性は、かならずしも人を唯一の真理には導かない。ひとつの事象があれば、それについて無数の論理的に妥当な解釈が存在しうるんだよ。無数にありうる妥当な論理の山から、真理に至るだろう唯一の道を発見しうるのは……」

「本質直観ね。あなたは説明してくれたわ、たしかに」

ダッソー家の密室殺人事件では、それぞれの時点で提供された証拠や証言や材料から、それぞれに首尾一貫した仮説体系が多数、精緻なものとして編みあげられた。ジャン＝ポールのカッサン犯人説。塔の屋上にあがる鉄扉をトリックの種にした、パパのクロディーヌ犯人説。

「真相はつねに眼前にある」と主張するカケルの、ダッソー犯人説。物音トリックを解明した、わたしのクロディーヌ犯人説。レギーネ・フーデンベルグの屍体が発見されてからは、わたしのクロディーヌ＝シュミット共犯説。さらにクロディーヌ＝ガドナス共犯説。そして最後にカケルが語った、フーデンベルグ殺しとレギーネ殺しの犯人は別であるという仮説。

なんと、主要なものでも七種類におよぶのだ。論理性は、かならずしも真実にいたる道ではないという矢吹駆の主張にも、うなずかざるをえない気がする。

「でも密室現象の本質が、ハンナ殺しにかんして、なにを具体的に指示できるのかしら。わたしには、よくわからない」

「ハルバッハの死の哲学に影響されていた僕は、密室の死は必然的に自殺であり、その本質は『特権的な死の封じ込め』であると定義した。覚えているかな」

それは五月三十一日の夜、わたしの家で私的な捜査会議がもたれたときのことだ。招集したのはバルベス警部。ジャン＝ポールは森屋敷の三重密室に頭を悩ませたあげく、矢吹駆の知恵を借りようと思いついたらしい。わたしは青年に応えた。

「もちろん、覚えてる。その翌日、ガドナス教授の家で、なにか新しく発見したように、密室には二種類あるって洩らしたこともね。問題のジークフリートの密室、それは『特権的な死の夢想の封じ込め』だと再定義された」

「そうだね。では自殺にかんして、第二の定義を最初の定義に重ね合わせてみよう。どうなるだろうか」

「……密室の死は必然的に自殺の夢想である」

「あるいは、夢想された自殺である。密室の屍体として発見されたハンナは、ジークフリートの密室の本質に即して、夢想された自殺を遂げたのだと仮定してみよう。それでなにか、根本的な不都合が生じるだろうか」

「あるわよ、山ほどあるわ。たしかにハンナには、自殺しても不思議じゃないような精神的重圧があった。ユダヤ人として絶滅収容所に送られ、無慈悲にも子供をガス室で殺され、仇敵であるフーデンベルグの情婦になることまで強制されていた。そんな不条理で悲惨な運命に陥ったなら、だれだって、わたしだって自殺したくなるかもしれない。ハンナが自殺を夢想していたとしても、たしかに不思議じゃないわ。

でもね、ハンナが死んだのは、コフカ収容所が破壊される予定の前日のこと。なぜそれまで、自殺の衝動をおさえていたのかしら。不自然だわ。翌日にはガス室で殺される運命の夜に、ようやく自殺の夢想を実行しようと決意したなんて、どうしても理解できないことよ。

それに、もしも自殺するなら、ひとりきりで死ぬのが普通じゃないかしら。死ぬために、絶対に許せない男フーデンベルグを小屋まで呼んだなんて、常識的には考えられない。もしも呼んだのが事実なら、それはフーデンベルグに復讐するためでしょう。それ以外に、男を小屋まで来させる理由なんてありえないもの。でもハンナは、フーデンベルグを小屋まで呼びつけてから、寝室を完璧な密室状態にして拳銃自殺をした。おかしいわ。やはり、ハンナが自殺したなんて思えない」

「君の心理分析は妥当かもしれない。しかし、違った解釈もありうる。ハンナは、その日の夕方、小屋の裏窓からヴェルナーを目撃している。不意に、殺された息子の父親の姿を、眼前に突きつけられた精神的衝撃。息子を殺されても、収容所長の情婦として生き長らえている自分の醜態。それらが心理的な圧力を加速して、ハンナに自殺の決断を強いたのかもしれない」

「それで夕方、フーデンベルグを電話で小屋まで呼びだして、残忍な男に決死の覚悟で非難の言葉を投げつけた。寝室に駆けこんでドアの鍵をしめ、盗んでおいた拳銃で自殺した……。でもハンナは、なぜフーデンベルグに復讐しなかったのかしら。拳銃を持っていたのよ、ハンナは。憎んでもあまりある卑劣漢を射殺して、それから自殺したのなら判るけれど」

「ありうることにせよ、やはり可能性は少ないだろうな。ハインリヒ・ヴェルナーは、最初にコフカを訪問した十二月の時点で、すでにハンナの存在を摑んでいた。前後の事情から、そのように推定してかまわないだろう。またヴェルナーは、ほとんど確実にハンナ救出を目的として、その日コフカを訪問しているんだ。

そんなヴェルナーが、事前にハンナと、意思疎通のため努力しなかったとは思えない。手段はあるんだから。ヴェルナーに心服しているウクライナ兵フェドレンコが、たまたまハンナの身の廻りの世話をする係だった。手紙をことづけるのは、容易だったろう。

　ようするにハンナは、遠からぬ将来に昔の恋人ヴェルナーが、自分を救出するためコフカを訪れるだろうことを知らされていた。そのように考える方が妥当なんだ。とすれば、不意にヴェルナーの姿を目撃して、ハンナが自殺まで思いつめるほどの自己嫌悪や自己憎悪に駆られたという仮説には、あまり現実性はない」

「それならカケルも、ハンナの死はやはり、自殺を偽装した殺人だったという結論になるのね。自殺は心理的にも無理があるわけだし、それに密室の謎も。自殺なら寝室の密室は謎でもなんでもないけれど、その場合でも、フーデンベルグを閉じこめていた小屋全体の密室の謎が、どうしても解けないもの」

　青年の新しい観点からは、自殺者は特権的な死の夢想を密室に封じこめたことになる。罪をまぬがれようと自殺に見せかけて、被害者の屍体を密室に閉じこめた犯人もまた、おのれの特権的な死の夢想を、屍体と一緒に密室に封じたのだと解釈される。両者はともに、ハルバッハ的な追い越しえない死の隠蔽ならぬ、ガドナスふうの〈ある《イリヤ》〉としての死の隠蔽の衝動において、あえて密室を構成するのだから。カケルの文脈では、「特権的な死」はハルバッハ的な死の理念に、「特権的な死の夢想」はガドナスふうの〈ある〉としての死の隠蔽に、それぞれ対応しているのだろう。日本人が続けた。

「コフカの密室に残されていたのは自殺者の屍体なのか、あるいは自殺に見せかけられた他殺屍体なのか。そうした設問は、密室における死の本質について、厳密に考えぬいていない結果として生じる錯覚に過ぎないんだ。密室に封じられた特権的な死の夢想は、自殺と他殺をめぐる二者択一を宙吊りにしてしまう。自殺ではないが他殺でもない、同時に他殺であるが自殺でもある。それがジークフリートの密室の観点から導かれる、密室における死の妥当な意味なんだ」

カケルが、いつものように暗示的な言葉をもらした。自殺ではないが他殺でもない。他殺ではあるが自殺でもある……。わたしは思いついて、小さく叫んだ。

「それ、自殺幇助《ほうじょ》と関係があるのかしら」

青年が不思議な微笑で応じた。「それはそれとして、なぜ、密室の死が可能ならしめられたか、それについて先に考えてしまうことにしよう。与えられた材料から、ジークフリートの密室の本質に適合する、新たな解釈体系を編みあげることができるか、どうか」

「煙突を使ったトリックなんでしょう、カケルが推理したのも」

青年が無愛想にかぶりを振った。どういうことなのだろう。煙突トリックとは違う方法で、あの三重の密室が構成しえたとでもいうのだろうか。わたしは混乱し、カケルの真意を疑った。あのとき煙突トリックを発想できたのは、矢吹駆がシュミットに、小屋の暖炉にかんして慎重に確認していたせいだ。わざわざ暖炉の有無について質問した以上、カケルの推理も、わたしとおなじだろうと信じていたのだけれど。

「鉄線とジャッキと煙突を使って作られたんじゃないの、あの三重密室は」

「君の推理は、特権的な死の夢想を封じた密室現象の本質に、残念ながら適合しないな。本質直観を公準にしないで考えてしまうから、君のように仮説に仮説を重ねる、推理の迷路に巻き込まれる結果にもなる」

「どういうことなの」馬鹿にされたように感じて、わたしは少し、きつい声で反問したかもしれない。

「ガドナス家を訪問した夜、どんな質問を僕がシュミット氏にしていたか、覚えているかな」

「ええ、もちろんよ」

カケルの最初の質問は、ハンナの髪形についてだった。夕方に裏窓から見えたときハンナは、髪を編んで頭に巻きつけていたが、屍体で発見されたときは、腿まである長い髪はほどかれていた。

第二に、暖炉では盛大に石炭が燃やされていて、小屋のなかは暑いほどの温度なのに、ハンナの屍体はセーターにマントまで着込んだ状態で見つけられた。第三は、たしか凶器の拳銃をめぐる質問だった。

ルガーで頭部を撃って自殺したとき、弾丸は貫通しないのが普通かどうか。被害者の脳内の弾丸は、精密鑑定に廻されないで終わったのか。被害者が銃口を顳顬に押しあてるようにして、至近距離で発砲した証拠は見つけられたのかどうか、などなど。

第四は、兵器庫の庇の下に残されていた足跡の状態だ。無数の足跡で雪が乱れていた扉前の箇所と、降雪のために靴跡が鮮明でない庇の外の五歩めのあいだには、二メートルほどの距離があった。とうぜんのことながら、そこにはフーデンベルグの長靴の底と一致する、四歩分の足跡が残されていた。カケルはまた、それがつけられたのは何時頃だろうかとも、シュミットに質問していた。

そして小屋の戸口前にある樅の木についての質問が、第五だった。最後は裏窓の木戸の表側に、なにか突起のようなものはなかったか。あらためて考えてみると、カケルの質問には真意の理解できないものがある。煙突を利用した密室トリックの裏づけには、暖炉をめぐる第二と、樅の木をめぐる第五の質問で充分なのだ。フーデンベルグは戸口前の樹木にのぼり、煙突から鉄線の軸を小屋のなかに投げこんだ。そのとき暖炉の火が消えていたせいで、ハンナは不自然な厚着をしていた。

第三の質問の意味も、一部なら理解できないではない。ようするにカケルは、フーデンベルグが距離をおいてハンナを射殺し、あとから自殺に見せかけるため屍体の手に、凶器の拳銃を握らせたという可能性を想定したのだろう。それでもわからないのは、弾丸の精密鑑定にかんする質問だった。摘出された弾丸を精密に検査したら、それが顳顬に銃口を密着させて発射されたものか、ある程度の距離をおいたものかまで、判定できるのだろうか。

弾丸の潰れ具合など、銃口と標的のあいだの距離による変化はありうるにせよ、それは何十メートルもの場合ではないだろうか。密着状態と二、三メートルの距離とで、それほど歴然とした相違が生じるとも思えない。法医学の知識がないわたしには、結論的なことはいえないのだけれど。

あのときは聞きながしたのだが、フーデンベルグの足跡をめぐる第四の質問には、想像外の意味が込められていたようにも思える。その後、兵器庫と小屋のあいだに謎の人影を目撃したという、ガドナス教授の証言が提供されたからだ。

常識的に考えるかぎり、シュミットの証言とガドナスのそれは両立しがたい。兵器庫と小屋のあいだには、フーデンベルグの往路の足跡しか残されていなかった。シュミット証言を信じるなら、謎の男は小道の中間地点に空から舞いおりて、また空に飛び去ったとしか思えない。もちろん、そんなことは不可能だろう。シュミット証言を前提にすれば、ガドナス証言は信用できないことになる。逆もまた真だ。それなのに、ふたりとも嘘をついている様子はない。そんな謎とカケルの質問は、なにか関係があるのだろうか。

質問の意味を解釈もできない、推測もできないのが、カケルが最初に尋ねたハンナの髪形問題だった。被害者が髪を編んでいようと、ほどいていようと、どうでもよいことではないだろうか。どうしてカケルは、それを最初に尋ねたりしたのだろう。なによりも大切な、事件の真相を究明する論理には絶対に欠かせない、最重要の隠された項でもあるかのように。青年は淡々と語り続ける。

「結構だ、ナディア。それらの材料を前提にして、ジークフリートの密室の本質に適合する解釈体系を構想してみよう。屍体が発見された寝室だが、南面の窓は二つとも開かれた形跡がない。東面にあたる、居間に通じる扉は、内側から鍵がかけられていた。おまけに、ひとつしかない屋内扉の鍵は、寝室のベッドの上に落ちていた。ようするに事件の前後に存在した寝室の開口部は、西面の裏窓しかありえない。そうだね」

「そうよ。だからシュミットさんも、裏窓を利用した鉄線トリックを思いついたりしたんでしょう」

「確かに鉄線は、裏窓の鉄格子を通過できるだろう。でも、同じことが銃弾についてもいえるんだよ。凶器として利用されたルガーの弾丸は、直径で一センチにも満たないサイズだ。容易に、裏窓の鉄格子の隙間を通過できる」

「カケルは、犯人が裏窓ごしにハンナを撃ったんだと仮定したいのね。でも、それには越えなければならない難問が、数えきれないほど沢山あるわ。雪に残された足跡からして、犯人が裏窓のハンナを狙撃できたのは、小屋の西面から十メートルほど離れた地点になる。それ以上、裏窓に接近できたような人間はいないわ。そのあたりに残されていた足跡は、小屋をめざして歩いたフーデンベルグのものだけよ」

　わたしはふと、その地点で目撃されている謎の人物のことを思い出した。前後の事情から考えて、謎の人物の正体は、どうやらハインリヒ・ヴェルナーらしい。しかし、ガドナス教授の証言にはシュミットから反論がよせられていた。兵器庫から小屋にいたる往路の足跡は、何時につけられたものにせよ最初から終わりまで、おなじ深さの積雪に覆われていたのだ。

　である以上、ヴェルナーが十メートルの距離をおいて、裏窓を真正面から眺められる地点まで、歩いて行けたとは思えない。それに謎の人物かもしれないヴェルナーに、ハンナを殺害しなければならない、どんな理由があるというのだろう。かすかな疑念を無視するようにして、わたしは語り続けた。

「カケルも認めているように、ヴェルナーはハンナを救出するためにコフカ収容所にあらわれた。動機の点からも、ハンナ殺しの犯人はフーデンベルグでしかありえないわ。それならフーデンベルグが、裏窓から十メートルの地点まで行き、そこでハンナを呼んだとしましょう。呼ばれたハンナが、不審に思いながらも裏窓の板戸を開いた。その瞬間を狙って、フーデンベルグがルガーの引金をひいた。弾丸はハンナの顳顬を貫いた。

フーデンベルグが小屋に着いたのが六時半頃で、銃声は六時五十分頃だわ。時間的な問題や均等に雪で覆われていた足跡など、さまざまに無理はあるけれども、そんなふうに仮定してみてもかまわない。拳銃が頭部に押しあてられて発射されたものかどうか、最終的にはシュミットさんも確認できていないんだから。被害者の髪は血みどろで、発射炎で焦げた跡など歴然とした証拠はなかった。被害者から十メートル離れた地点で、拳銃は発射された可能性もありうる。

でもフーデンベルグはなぜ、そのあと小屋まで行って、自分で自分を閉じこめるような作為をこらしたのかしら。かなり複雑だけど、足跡をめぐるシュミットさんの推理は、それなりに合理的な説明でしょう。でも、裏窓ごしにハンナを射殺したフーデンベルグが、わざわざ小屋まで行って、自分を閉じこめる密室を自分でこしらえたなんて、とても考えられないことだわ。そんなことをしなければならない理由は、ないんですもの。

それに足跡の問題もあるわね。兵器庫から小屋まで残されていた足跡には、最初から最後までおなじように雪が積もって、浅い窪みのようになっていた。兵器庫の庇の下で観察された数歩分は、例外だけれど。裏窓の正面にあたる地点でフーデンベルグが、もしも二十分ものあいだ待機していたなら、小道の足跡は前半と後半で雪に覆われた状態が違ってしまう。でも、そんなことはなかったわ」

「六時半に小屋に着いたというのは、フーデンベルグの証言に過ぎないよ」

「六時十五分に官舎を出発したのは、シュミットさんも確認している。官舎から小屋まで、十五分ほどの距離なんだから、六時半頃に小屋に着いたというフーデンベルグ証言の傍証にはなるでしょう」

だがフーデンベルグが、カッサンやガドナスの到着直前まで兵器庫のあたりにいて、六時四十七分か四十八分頃に、小屋めざして歩きはじめたとしたらどうだろう。そして銃声が聞こえた五十分に、裏窓ごしにハンナを射殺して、それから小屋に入った。であれば足跡の前半と後半で、積雪の状態に違いがないとしても不思議はない。

わたしは、考えもしないでいた可能性を暗示されて、茫然としていた。わざわざカケルが確認していたように、七時に小屋に着いたシュミットは、残されていた先行者の足跡が六時半頃につけられたものか、六時四十五分頃につけられたものかまで正確に判別できてはいない。

なにしろ猛吹雪だったのだ。六時五十分頃につけられたというのも、ありえないことではないだろう。十分前の足跡が、三十分前のそれに見えたとしても不思議ではない。シュミットが確認しているのは、足跡が最初から最後まで、おなじ程度に雪に埋もれていたという事実につきる。

　小道の足跡が六時半につけられたというのは、ようするに推論の結果にすぎないのだ。足跡はフーデンベルグのものである。フーデンベルグは六時半に小屋に着いている。ゆえに足跡は六時半につけられた……。シュミットの三段論法は、フーデンベルグが六時半に小屋に到着したという事実を疑いはじめるとき、土台から揺るがざるをえない。

　カケルの説を採用するなら、ガドナス教授が小道の途中に目撃したという人影の謎も、たちどころに消滅する。でも謎の人影がフーデンベルグだとしたら、ヴェルナーはなぜ、殺人者の行為を妨害しないでいたのか。それでは、まるでハンナ殺しを黙認したようではないか。

　どんなに遅くともヴェルナーは、ハスラーが到着した六時四十五分頃よりも以前に、兵器庫に着いていたに違いない。警備兵の屍体に積もった雪と、ハスラーのそれとの厚みの相違から、それは推定できる。三人は同時に殺されたのではない。最初に警備兵が殺され、着いたばかりのハスラーが、たぶんその直後に殺害された。

　ヴェルナーは、ハスラーよりも先に兵器庫に着いていたのだ。さらに発電所と兵器庫に、時限爆弾をセットする時間も必要だろう。それを計算に入れるなら、ヴェルナーが六時四十五分よりもあとに兵器庫に着いたという可能性は、ほとんど想定できない。

　コフカ収容所長が六時五十分になる直前まで、兵器庫のあたりで時間を潰していたとしたら、フーデンベルグとヴェルナーは、その周辺で鉢あわせしていなければならないのだ。浮かんでは消える、さまざまな可能性や思考の断片を整理できないままに、それでもわたしは挑戦的な言葉をなげた。

「フーデンベルグがヴェルナーの眼を逃れて、六時五十分前まで兵器庫の周辺に隠れていたとしましょう。それから雪のなかを歩きはじめ、問題の地点からハンナを射殺し、木に登ってトリックを仕掛けたあと小屋に入った。それでもまだ、カケルの推理には最大の難問が残されてるわ。

小屋の裏窓は、ぴったりと閉じられて、それに内錠までかけられていたのよ。窓をあけたハンナを、フーデンベルグが十メートル離れたところから狙撃した。ハンナは撃たれて死んだ。それならだれが、裏窓を閉めたのかしら。窓の板戸だけなら、風で自然に閉じられた可能性もある。でも、内錠まで下りていたんだわ。

小屋に入ったフーデンベルグが、自分で閉めたんだなんて、いわないでほしい。そうしたら、今度は寝室の鍵の問題が生じてしまう。もしも犯人が、寝室の合鍵を用意していたなら、なにも十メートルも離れた戸外から、鉄格子の隙間を狙ってハンナを射殺するような必要はないわ。寝室でハンナを射殺して自殺に見せかけ、寝室の鍵を居間側からしめてしまえば、それで完璧なんだもの」

ハンナは裏窓ごしに射殺されたのかもしれないという、カケルの新説に対して、わたしは疑問の余地ない反論を叩きつけた。そうだ。そんなことは、やはりありえない……。

「まだあるわね、疑問点は。ハンナは拳銃を手にして死んでいた。その点から考えるなら、フーデンベルグは寝室に入って、被害者に拳銃を握らせたという結論になる。ようするに犯人は寝室の鍵をもっていた。ではなぜ、カケルがいうような複雑なことをしたのかしら。不条理だわ、とても首尾一貫した仮説体系とはいえない」

わたしの追及に青年が、動じる気配もなしに答えた。「律儀な警官であるシュミット氏でさえ認めているように、寝室のドアの合鍵は、ほとんど現実的に存在しえた可能性がない。あらかじめ犯人は被害者に、寝室の鍵を締めてから裏窓を開き、そこに立つように命じていた。

戸外は厳寒だ。窓を開いて待てば、寝室はじきに凍りつきそうな温度になる。だからハンナは、室内なのにマントを着込んでいたんだ。予定されている行動のために、指をかじかませるわけにはいかない。マントのポケットに手を入れていれば、決められた瞬間に微妙な指先の動作をするのにも、問題はないだろう。被害者がマントを着込んでいたという事実から、なぜ犯人が寝室に立ち入らないで、屍体に拳銃を握らせることができたのかも判るんだ。

そのヒントはシュミットの証言にある。君は忘れているようだけれど、シュミットによればハンナの左手には、かすかな硝煙の臭気が残されていた。銃口を顳顬に押しあてながら発砲したかどうか、それは判らないにせよ、ハンナが拳銃を撃ったのは疑いのない事実なんだ。何者かの強制で、手にした拳銃の引金を無理矢理に引かされた可能性までは、排除できないけれどね。

屋内扉の鍵が締められた寝室の窓辺で、被害者は裏窓ごしに射殺された。ひとつしかない鍵は寝室のなかにあるのだから、どう見てもハンナは鍵をかけて自殺したとしか思えない。そのようにして密室が構成される。残されている問題は、なぜ裏窓の板戸が閉じられ、内錠までかけられていたかだろうな」

「そうよ」

わたしは叫んだ。カケルは、おもしろがるような表情をしている。自分の頭で考えてみろと、挑発しているのかもしれない。でも、わたしには解けそうにない謎だった。

寝室の鍵をもたない犯人が、小屋の外から被害者を射殺した上で、殺人現場の寝室には一歩もたち入ることなしに屍体に拳銃をもたせ、裏窓の戸をしめ、そして内錠まで下ろした。いや、違う。カケルが暗示しているところでは、拳銃は二梃あったことになる。フーデンベルグが発砲した拳銃と、ハンナが発砲した拳銃と。それなら犯人は、被害者の手に拳銃を握らせるために、わざわざ密室化された寝室に入りこむ必要はない。

しばらくのあいだ沈黙が続き、わたしの顔を覗きこむようにして、青年が低い声で問いかけた。「シュミット氏に僕が、なにを最初に確認したか、覚えているかな」

「ハンナの髪形ね。どうしてそんなことを、最初に質問したりするのか、わたしには想像もつかなかったけれど」

「そうかな。物語の探偵はいつでも、密室トリックの種になる紐だの糸だのを、まず最初に探し廻るものだよ。それを真似てみたに過ぎない」

カケルが意味深長なことをいう。密室トリックの種、紐や糸、そしてハンナのブロンド。それの意味するところが、ぼんやりと浮かびはじめていた。一メートルもある金髪と、密室トリックの種である紐や糸……。

「ハンナは、腿までもある見事なブロンドだった。まるでオペラに登場するワルキューレのような。たぶんフーデンベルグの趣味で、それほどの長さまで伸ばすようにしていたんだろう。コフカ収容所長は、もしかして豊かな金髪に倒錯的な愛着を感じるフェティシストだったのかもしれない。

ハンナは髪を、普段は三つ編みにして頭に巻いていたのに、死んだ時にはそれをほどいた状態だった。寝る時に髪をとくなら、それなりに理解はできる。しかし、自殺する時に髪をとくのは異常だよ。屍体は、かならず検分されるんだから。髪をほどいた女の屍体は、化粧していないそれと、あるいは垢じみた普段着の屍体と同じようなものだ。死を決意した女が、あえてそんなことをするだろうか」

「そうね」自殺を決意した若い女なら、服も髪も与えられた条件のなかで、可能なかぎり整えようとするのではないだろうか。拳銃の引金をひくまえに。

「髪をほどいたからには、そうする以外にない理由があった。では、それはなんだろうか。シュミットによる現場検証では、屍体や裏窓のあたりにはトリックに使えそうな品物は、何ひとつとして発見されていない。針も、紐も、糸も。現場を捜索した警官のものだから、信頼にあたいする証言だろう。

ところでナディア、一メートルもある髪の束は、立派に紐や糸の代用物として利用できるのではないだろうか。射殺されて背後に倒れる自分の体重を利用して、板戸を閉じ、その内錠をかけるような仕掛けを考案することも、あるいは可能かもしれない。シュミットの話を聞きながら、僕はそんなふうに考えていた。それで最初に、ハンナの髪形について確認したんだ」

長い髪は、紐や糸の代理物になりうる。そんなカケルの言葉が、わたしの脳髄を直撃した。そうだ、たしかにそうかもしれない。愕然としているわたしの耳に、なおもカケルの平板な声が流れこんできた。

「……フーデンベルグを居間に残して寝室に走り込んだハンナは、素早く室内扉の鍵を締めた。フーデンベルグはもう、寝室に入れない。マントを着てから、ハンナは窓の板戸を開いた。そして、自分の屍体を封じ込める密室の仕掛けを準備しはじめたんだ。

裏窓は、左の片びらき窓だという。ハンナは頭の右側の髪をひと摘み縒って、その尖端を、板戸の窓枠に取りつけられている内錠の差し金の突起に、二重三重に巻きつけた。かなり強い力で引かないと、ほどけないようにする。

次に頭の左側の髪をひと摘み、板戸の節穴をとおして外にだす。鉄格子の縦棒を経由するようにして、それを板戸の表側にある、ゆるんで頭の浮いた釘に巻きつける。それから、自分が倒れると閉じはじめる板戸に、躰が挟まれてしまわないよう、窓から三、四十センチの距離を置いて立つ。板戸は内側に二十度ほど開いておけば、窓外からハンナの横顔が眺められる感じになる。

それで準備は完了した。あとはフーデンベルグから盗んだ拳銃を手にして、犯人の到着を待てばよい。半びらきの窓から、零下十度の寒風が容赦なしに吹きつけるので、左手はマントのポケットに入れていた。まさか手袋をはめて待機するわけにもいかない。それでは屍体が発見された時、マント以上に不自然に思われかねない」

犯人が、予定された位置につく。十メートルの距離をおいて、半びらきの裏窓の隙間から、鉄格子ごしにハンナの横顔が見える。室内の明かりで、被害者の横顔はシルエットになって鮮明に浮きだしていたろう。犯人は拳銃で慎重に狙いをつけ、なんらかの合図と同時に引金を引いた。その瞬間にハンナも、左手の拳銃を窓ごしに空にむけて発砲する。

銃弾がハンナの左顳顬を貫いた。ルガーの九ミリ弾を喰ったハンナの頭部は、猛烈な力で、ねじれながら後方に押された。続いて上体が、突きとばされるように背後に倒れ込む。倒れるハンナの、節穴と格子の鉄棒を経由して伸ばされた左側の髪束に引かれ、板戸が閉じられる。窓が閉じられたのに、なおも髪束は引かれ続けて、ついに釘に巻きつけられた尖端がほどけてしまう。結果として、髪は板戸の節穴から屋内に回収される。

ハンナの躰が床に叩きつけられる寸前に、閉じられた板戸の内錠の突起が、右側の髪束で引かれる。突起で押さえられていた横棒が、発条《バネ》じかけで飛びだして、受け金に収まる。さらに引かれ続ける髪の尖端は、巻きつけられていた突起からほどけてしまう。

結果として、左手に一発だけ発射した拳銃を握りしめ、左顳顬を同口径の拳銃弾で撃ちぬかれている、厳重に鎖された密室の屍体が誕生した。誰の眼にも、自殺に見えそうな屍体だった……。唖然としているわたしに、カケルが続けた。

「左右の髪は、それぞれ伸びている分のほとんどが、この仕掛けのために利用されたろう。左側については、ハンナは三十センチほど窓から離れた上、髪を節穴と鉄格子に通さなければならない。右側も、やはり一メートルは必要だ。左の髪に引かれて板戸が閉じられる以前に、もしも右の髪のために差し金の突起が引かれてしまえば、密室トリックは空中分解する。受け金に収まるより以前に、金属棒が発条じかけで飛びだしてしまうんだから。

どの程度の力で引けば、板戸の釘や内錠の突起に巻きつけた髪の尖端がほどけるのかも、あらかじめ周到に実験されていたろう。自分から力一杯に後方に倒れ込んでみて、計画どおり窓が閉じられ、自動的に内部から施錠されてしまうよう確認できる時間的余裕が、ハンナには充分に与えられていた」

わたしは呟いた。「……可能かもしれない。でもそれは、ハンナが犯人に全面的に協力している場合にだけ、かろうじて想定できるような可能性だわ」

「そう。ハンナは、自分から密室の屍体になるような状況を設定して、殺人者に協力した。殺人者は小道から裏窓ごしにハンナを射殺し、被害者の髪と体重を利用した仕掛けで裏窓の板戸が閉じられたのを確認してから、小屋の戸口を目指した。正面扉の表側にある閂をかけ、フーデンベルグを密室化された小屋に閉じ込めてしまうために」

「それなら、犯人はフーデンベルグじゃないってことなの」予想外のカケルの言葉に、わたしは動揺していた。

「もちろんさ。フーデンベルグは六時半に兵器庫の前を通過して、ハンナの小屋に入った。その点についてコフカ収容所長の証言を疑う理由はないし、小屋に着いてからの事情も、フーデンベルグがシュミットに語った通りだろう。ハンナとの口論があり、女が寝室に閉じ籠り、それからしばらくして銃声が聞こえた」

警備兵を始末したり爆弾をセットしたり、犯人は兵器庫周辺で予定されていた仕事をすませてから、二十分ほどまえにつけられたフーデンベルグの足跡をなぞるようにして小道を進んだ。小屋の裏窓を見渡せる曲がり角まできたところで、おもむろに拳銃をとり出した。

密室トリックの準備を終えて窓辺に立つハンナの頭蓋めがけて、犯人の拳銃が火を噴いた。重要なのは、おなじ瞬間にハンナが、手にした拳銃を鉄格子ごしに夜空めがけて発砲したことだ。ふたつの銃声は重なりあい、ひとつのものとなって響いた。

頭蓋を撃ちぬかれたハンナは、背後に叩きつけられるようにして倒れる。倒れるハンナの躰、弧をえがいて後方に落ちる頭部、それにつられて引かれる髪。板戸や錠の突起に巻きつけられた毛髪は、窓の板戸を閉じたあと内錠までおろすように作動する。そのようにして、密室の屍体が誕生した。カケルの推理ではそうなる。そのあと、犯人は足跡を踏むようにして小屋まで行き、正面扉の閂をかけた……。

「でも、それでは説明できないことがあるわ。兵器庫からハンナの小屋まで続いていた足跡は、往路だけ。それはフーデンベルグの靴跡だったのよ」

「足跡のほとんどは、吹雪に埋もれて浅い雪の窪みのようになっていた。だれの足跡かなんて、判りはしない。なにしろ猛吹雪なんだ。それが三十分前のものか、十分前のものかもね」

「でも」

「シュミットが、それをフーデンベルグの足跡だと判断したのは、兵器庫の庇の下に残された四つの靴跡が、フーデンベルグの長靴の底と一致していたからだろう。長身の犯人は、庇の真下中央の雪が踏み荒らされている箇所から、四歩分の距離を跳躍したんだ。そして、吹雪のせいで半ば隠されかけているフーデンベルグの足跡をなぞるようにして歩きはじめた。

小道の曲がり角あたり、裏窓が見える地点から拳銃を発射した。門をかけてから兵器庫に戻りはじめ、最後にまた四歩分の距離を跳んだんだ。結果としてシュミットが観察したときには、兵器庫の庇の下にあるフーデンベルグの靴跡と、その延長にしか見えない小さな雪の窪みの連鎖が残された。だれが見ても、フーデンベルグが小屋を目指して歩いた足跡であるとしか思えない」

兵器庫と小屋のあいだに残された足跡は、六時五十分前後につけられたものだ。カケルが確認したシュミットの証言は、たしかにそれが可能でありえたことを示している。しかしシュミットは、あの三段論法に迷わされた結果、足跡が六時半頃のものだと錯覚したのだ。

わたしにしても、似たようなものだろう。六時四十五分頃に、ガドナスが目撃した謎の人影。それがヴェルナーだったとしても、まさか小屋まで行ったとは、考えもしなかったのだから。ヴェルナーが小屋まで行ったなら、ハンナの殺人者を処罰したに違いない。しかしフーデンベルグは、シュミットに見つけられるまで無事だった。である以上、ヴェルナーは小屋に行かなかったのだ。そんな誤った三段論法のために、あの人影の正体がヴェルナーであるということもが、いかにも謎めいて感じられさえしたのだ。

足跡を埋めていた雪の厚さが、おなじほどに見えた以上、ヴェルナーは裏窓を見通せる地点にまで行けたわけがない。そう考えたのだが、かれが小屋と兵器庫を往復したのであれば、難問は立ちどころに氷解する。

「でも、なぜ犯人は自分の足跡を、フーデンベルグのそれに見せかけようとなんてしたの。雪に残された足跡なんか、なんにも気にする必要はないはずだわ。犯人は、コフカ収容所そのものを壊滅する計画を練っていたんですもの」

わたしは、残された疑問点を、叫ぶように問いかけていた。カケルが暗示している犯人、それはハインリヒ・ヴェルナーでしかありえないだろう。ヴェルナーが裏窓ごしにハンナを射殺したのだとすれば、ガドナス教授が目撃した小道の人影の正体も判明する。ヴェルナー犯人説をとるなら、ハンナの密室の謎も、なぜフーデンベルグが小屋に閉じこめられたのかにも、それなりに合理的な説明がつけられる。

わからないのは動機だった。なぜヴェルナーは、ハンナを殺したりしたのか。それも、複雑きわまりない密室トリックを考案したりして。ヴェルナーが囚人の大量脱走を仕組んでいた以上、もうフーデンベルグを、ハンナ殺しの犯人に仕立てあげるような必要はなかった。コフカ収容所長を小屋に閉じこめたり、足跡のことを気にしたりする必要など。カケルが肩をすくめた。

「それは、犯人にしか判らないことだね。あるいは収容所の破壊計画が、中途で失敗する可能性を考えたのかもしれない。自分が死に、仮に計画が失敗したとしても、ハンナ殺しの犯人とおぼしいフーデンベルグの存在だけは残る。そのように仕組んでおきたいと思った。そんな解釈は可能にしても」

「どうして犯人は、そんなトリックまで使ってハンナを殺したのかしら。子供を生贄にして、殺戮者の情婦に志願することで生き長らえている昔の恋人が憎い。自分勝手な男の論理でしかないけれど、そう思ったなら復讐のため、たんにハンナを射殺すればよい。なぜ、密室事件の見せかけを捏造する必要があったのかしら」

「ナディア。はじめから僕は強調していたはずだ、コフカの密室はジークフリートの密室だってね。ジークフリート＝ヴェルナーは密室という華麗な柩に、特権的な死の夢想を封じたんだ。髪と板戸の節穴を利用したトリックが、コフカの密室の秘密だろうと、僕は考えている。君が推理したように、煙突と鉄線を使ったトリックもまた、論理的には可能だろう。樅の木についてシュミットに質問したのは、僕も一度は、そんな可能性を想定したからだ。

しかし、フーデンベルグを犯人とする煙突トリックと、それによるハンナ事件の解釈体系は、残念ながら密室現象の本質に適合しえないんだ。ある犯罪現象には、権利的に等価である複数の解釈体系が、つねに同時に存在しうる。どれも首尾一貫している解釈体系のなかから、真実のそれを選びうる基準として、現象学的に直観された本質がある」

語られているのは、意識に現象としてあたえられる事物の内部地平は無限であるとか、その意味沈澱は必然的である、というふうな現象学に固有の発想から導かれた、いつもの矢吹駆の推理法に違いない。

はじめカケルは、フーデンベルグ事件の推理を誤った。ハルバッハの死の哲学の影響で、密室現象の本質を特権的な死の封じこめであると直観したせいだ。その直観に適合する解釈体系は、ダッソーとジャコブの犯人説しかありえない。だがカケルは、そのように語りながらも、いつにない確信のなさを感じさせた。ハルバッハ現象学にたいする不信が、内心で芽生えはじめていたからだろう。

おおいなる転回は、その翌日に生じた。〈ある《イリヤ》〉を主題にしたガドナス教授との討論は、カケルに二種類の密室という新たな観点をもたらしたのだ。竜の密室とジークフリートの密室。生成した密室と制作された密室。

ダッソー邸の密室は、竜の密室である。その本質は生きながら死んでいる、あるいは死になから生きている、不気味な宙吊りの死にこそある。特権的ならざる死、眼をそむけてしまうほどにおぞましい死。意味を剝奪された物体さながらの死、かつて絶滅収容所で体験された死。その不気味なものを封じようとして、密室は、ひとりでに生成してしまうのだ。

竜の密室というダッソー邸事件の本質を公準として、矢吹駆は多数ありうる解釈体系から唯一のそれを選びだした。瀕死のフーデンベルグを、あらためて刺殺したというジャコブの自供で、カケルの推理は証明されたともいえるけれど、そんな「実証」など青年は無視することだろう。本質直観に適合する首尾一貫した解釈体系さえあるならば、それはそれ自体として真実なのだと主張するに違いない。真実は実証されることなど必要としないのだと。

おなじようにしてカケルは、ハンナ事件の本質はジークフリートの密室であるとし、それに適合しうる唯一の解釈体系としてヴェルナー犯人説を提出した。でもまだ、わたしには充分に理解できないところが残されている。

ヴェルナーが制作した密室なら、たしかにそれはジークフリートの密室かもしれない。ハインリヒ・ヴェルナー少佐はロシア戦線の勲功で、第三帝国の軍人には最高の栄誉であるという、騎士鉄十字章まで授けられた偉大な英雄なのだ。フーデンベルグが小人族の鍛冶屋ミーメなら、ヴェルナーは甦ったゲルマンの英雄ジークフリートだろう。

でも、それだけでは充分でないような気もする。悲惨な運命を強いられた昔の恋人を、どんなつもりでか殺してしまうなんて、嫉妬《しっと》ぶかいミーメさながらの堕落した行為ではないだろうか。わたしの疑問に青年が答えはじめた。

「たぶんヴェルナーは、予想される捜査官に対して密室を構成したわけじゃない。犯人と、犯人の共犯者でもある被害者は、ほかならぬフーデンベルグに対して密室を構成しようと努めた。ハンナは自殺したのだという『事実』を、フーデンベルグに対して絶対的に突きつけようと望んだからなんだ。ハンナの死は、かならずしも自殺に見せかけられた他殺、あるいは自殺幇助ではない。ハンナの死の核心には、密室現象の本質である特権的な死の夢想、それ自体が隠されていた。

繰り返すけれども、密室現象の本質は特権的な死の夢想の封じ込めにある。事故であれ他殺であれ自殺幇助であれ、結果として判明する事実関係がどのようなものであろうと、その本質は自殺として表象される特権的な死の夢想なんだ。それを公準として思考するなら、必然的に煙突のトリックの可能性は放棄される。それは論理的に可能な解釈でありうるにせよ、密室現象の本質に根ざしていないのだから」

「でも、どうしてなの」

なにをカケルは、語ろうとしているのだろう。わかるようでいて、やはりわからない気がする。わたしは混乱していた。ジークフリートの密室、特権的な死の夢想の封じこめ……。そんな言葉が脳裏で渦まいている。そのとき、ふいに背後から声がした。

「それなら、私が説明しようか」

2

「あなた、だれですか」

ぎくりとして振りむきながら、わたしは思わず反問していた。知らないあいだに背後に忍びよっていたのは、瘦身で上背のある、頑健な体つきをした年配の紳士だった。陽にやけた褐色の膚。意志的な顎の線。威厳と叡知をやどして、射るように鋭い眼。老人は立派な仕立のコートを着て、白髪まじりのブロンドを冷たい雨に濡らしている。老いたる獅子《しし》。そんな印象が、ふと脳裏をかすめた。

わたしたちと並ぶようにして、屋上の手摺に身をもたせながら、老人が深みのある声で語りかけてきた。「ハンナ・グーテンベルガーの死の真相を、死んだハンナと同じように熟知している者だよ」

「どうして、あなたが……」

立派な風采の年配紳士は、どうやらカケルとの会話を、背後でひそかに聞いていたらしい。焦茶色のコートの襟を立てた老人が、おもしろがるような表情でわたしを見る。全身に衝撃が走った。態度や表情、そして髪形や服装までが、あまりに違っていたので、とっさには察することができないでいたのだ。老紳士の正体は、つい最近、わたしも顔を合わせたことのある人物だった。カケルが低い声で語りかける。

「ムッシュ・ヴェルナー、手紙をどうもありがとう。僕もぜひ、あなたから事件の真相を伺いたいものと思っていました」

「それで私に、早めに姿を消した方がよいと忠告したのかね。警察に逮捕されてしまえば、こうして言葉を交わすことなど不可能になる」

その声に含み笑いをにじませながら、老人が余裕ありげに反問する。日本人が無表情に老紳士の顔を見返した。フランツ・グレゲローヴァことハインリヒ・ヴェルナー。先週からパリ警視庁が、逮捕のために総力をあげて追跡しているレギーネ・フーデンベルグ殺害の犯人が、わたしの前で鷹揚に微笑していた。その態度は堂々として、警察に追われている者の切迫感や不安感など、みじんも感じさせることがない。

逃亡中のヴェルナーは、矢吹駆に会見を求める手紙を書いたのだろう。凱旋門の屋上に呼びだされたカケルは、以前からの約束を守って、わたしを待ちあわせの場所に誘うことにした。

「それで、私に何を喋れというのかな。ハンナの死をめぐる君の推理には、ほとんど補足の必要はなさそうだが」

濡れて額にはりついた前髪をはらいながら、日本人が抑揚のない声で問いかける。「ムッシュ・ヴェルナー。ハンナ・グーテンベルガーとは事件の夜よりも以前に、じかに顔を合わせていたんですね」

「そうだ。一九四四年の十二月にコフカを訪問した際、ロシア戦線で旧知のフェドレンコと偶然の再会をした。私のことを命の恩人だと崇めている気のよいウクライナ兵は、質問に応えて、コフカ収容所の裏話を洗いざらい暴露したのだ。そのなかに、フーデンベルグがユダヤ人の女囚を情婦にしているという話もあった。衝撃は、その女の名前を知らされたときにやってきた。ハンナ・グーテンベルガー。

それは、存在の底を揺るがすような衝撃だった。私が生涯で、ただひとり愛した女性が、ユダヤ人として絶滅収容所に叩き込まれている。息子の命を餌にしたフーデンベルグの意に従うよう強制され、女奴隷さながらの惨めな境遇に突き落とされている。

私はフェドレンコの案内で、ハンナの小屋に行き、彼女と言葉を交わした。ハスラーはクリユーガー大将を先導するのに夢中で、しばらくのあいだ姿を消した私のことなど、少しも気にした様子はなかった」

「ハンナさんとは、十年ぶりに再会したんですね」わたしが口をはさんだ。

「最後に別れてから、十年と半年が経過していた。ハンナの外見は、二十歳前の娘時代と変わらない美しさだった。だが、その眼、その表情には、正視に耐えないほどの変化が生じてもいた。惨憺たる退却戦で、やむなく路傍に遺棄された傷病兵のなかには、そんな眼をしている者もいた。絶望に凍りついた魂。

ハンナは、自分を殺して欲しいと懇願したのだ。死ぬしかないと思う。そう念じて、ぎりぎりまで自分を追いつめた。しかし、どうしても自殺することができない。死ねないままに、穢らわしい男の所有物として生きている自分がおぞましい。もしもまだ、ほんの少しでも愛情らしいものが残っているなら、どうか自分を殺して欲しい。殺して、この地獄から解放して欲しい、と」

「ほんとうにハンナ・グーテンベルガーは、自殺を幇助してくれるようにと懇願したんですか」

老紳士の言葉の迫力に圧倒されながらも、わたしは囁き声で問いかけていた。ヴェルナーが、わたしの顔を覗きこんだ。怖しいほどに厳粛な顔だった。

「そうだよ、マドモワゼル。死ぬしかないと思いつめながら、自分では死ぬことのできない女性がいる。そのために彼女は、筆舌に尽くしがたい地獄を、日々生きてきたのだ。私は、ハンナの魂を救わなければならないと思った。自己崩壊の地獄から、静謐な虚無の楽園にハンナの魂を導けるよう、できることをやらなければならない」

自殺するしかないけれども、どうしても自殺できない。だから昔の恋人であり、息子の父親である人物に殺してもらいたいと懇願する。わたしには想像もつかない異常な状況であり、そして異常な心理だった。恋人に殺してほしいと頼んだハンナの心も、それに応じようと決意したヴェルナーの心も、なにか狂気じみて非現実的なものに感じられてしまう。

「ハンナさんを解放するために、コフカの脱走事件を計画したのではないんですね」

「できることなら、私もそうしたろう。だが、脱走させようという申し出を、ハンナが頑固に拒んだのだ。一刻も早く死にたい、それだけが心からの望みだと。そう悲痛な声で叫んだ時、ハンナの節穴のような眼には、想像を絶するほどの恐怖が溢れていた。救い主であると信じた神の使いが、じつは悪魔であると知らされたような絶望。ハンナは収容所から救出するという私を、地獄の鬼でもあるかのように見た。

ハンナはもはや、収容所を脱出して自由の身になり、昔のように平凡で幸福な日常生活をとり戻すことなど想像もできないような、不気味で異様な場所に連れ出されていた。そこでは人は、生きながら死んでいる。死にながらも消滅できない存在の苦悩。意識ある死の際限ないおぞましさ。それから逃れうる可能性は、事実としての死の方向にしかありえない。仮に解放されても、魂を引き裂かれるような苦痛は永遠に続くだろう。収容所を脱出させようと提案した私が、ハンナには、地獄に留まることを命じる悪鬼さながらに感じられたのかもしれん」

「でも……」思わず、わたしはつぶやいていた。

「平和な時代しか知らない君らには、たぶん想像もつかないことだろうな。戦場では、部下や戦友の命を絶たなければならないことがある。致命傷を負って、身をよじらせて苦しんでいる兵士がいるのだよ。病院の清潔なベッドなど存在しない。救急車を呼ぶこともできない。応急治療ができる医者もいなければ、鎮痛効果のある麻薬さえもない。われわれには、死ぬまで苦しみ続ける運命の負傷者を、雪のなかに放置するしかないのだ。でなければ、負傷者の望みどおりに慈悲の死を与えるか。

ハンナの凍りついた無表情は、死ぬこともできないで路傍に見捨てられた傷病兵の、暗澹たるそれを思わせた。ハンナの傷は肉体に生じたものではない。それよりも激しい痛みに満ちた、魂の深みを抉っている残酷な致命傷だった。

肉体の傷ならば慈悲の死を与えることも許されるが、魂の傷には、それは許されていないというのは、平和な時代しか知らない人間の発想に過ぎない。私が戦場で致命傷を負ったなら、そして苦痛が堪えがたいものであるなら、自殺を選ぶだろう。どうしても自殺できないなら、戦友に殺して貰うだろう。逆の場合なら、私は戦友の自殺を助けるだろう。私はハンナに、死という最後の贈り物をあたえようと思った。それが、ハンナに対してなしうる唯一の行為だと信じられたからだ」

「それなら十二月に訪問したときに、それを……」わたしは口ごもった。なぜ殺さないでいたのかとは、とても言葉にできそうにない。わたしは曖昧に続けた。「ハンナさんにそれを、してあげなかったんですか」

「ハンナに救済としての死を贈るだけでは、充分ではないのだ。彼女の魂を残酷に殺害し、生きている死者に変えた男。その男を、徹底的に罰しなければならん」

「フーデンベルグに復讐することですね。でも、なぜ、その男を射殺してしまわなかったんですか。そのほうが簡単なのに」

なにしろヴェルナーは、コフカ収容所に自由に出入りできた立場なのだ。望むならフーデンベルグの心臓に、いつでも復讐の弾丸を撃ちこむことはできたろう。それなのに、どうして、あんな複雑きわまりない密室をこしらえて、わざわざフーデンベルグを閉じこめたりしたのか。

老人がわたしの顔を見た。

「そう、やつの息の根を絶つだけなら話は簡単だ。拷問にかけて、なぶり殺しにすることもできる。しかし、それでは足らん。人間には、確信というものがある。信仰でもよい。それを土台から破壊するのでなければ、どんな肉体的苦痛をもたらそうとも、さしたる意味はない。痛めつければ痛めつけるほど、連中を殉教者の境地に追いやるだけだろう。

どんなことがあろうとハンナは、『自殺』しなければならなかった。われわれの息子を殺したフーデンベルグの蛮行に抗議して、おのれの尊厳を守るため、あえて死の運命を選びとるのだ。絶望的な勇気を奮い起こしてなされるハンナの『自殺』に直面した瞬間、人間を快と苦に自動反応する機械装置にすぎないと傲慢にも信じ込んでいる、収容所官僚フーデンベルグの思想と人格は致命的な危機に瀕するだろう。

判るかな、マドモワゼル。だから私は、ハンナに救済としての死をもたらし、翌日にもアウシュヴィッツから戻るだろうフーデンベルグを処刑することを、その日は断念したのだよ」

どんなひどい目にあわされても、屈辱のきわみを味わうよう強いられても、尊厳ある死を選ぶことさえできない人間の弱さ。その弱さにつけこむようにして、尊大な主人の地位を築いていたのが、殺人工場の主フーデンベルグだった。そんなコフカ収容所長に、人間以下の奴隷として扱われてきた女にも、最後の極点では死の抗議をなしうると知らしめること。

あえて恋人を殺さなければならない立場のヴェルナーが、そんなふうに考えはじめたのも、わたしには少し理解できるような気がした。たんに死ぬのでは、あまりにもハンナが惨めではないだろうか。人間の精神というものを徹底的に馬鹿にし、おのれの薄汚い水準にまで人類を引きずり下ろして自足している凡庸な鬼フーデンベルグに、せめて尊厳ある死を選んだハンナの抗議を突きつけてやりたい。そのためにはハンナ・グーテンベルガーは、断固として『自殺』するのでなければならない。

コフカの密室には、特権的な死の夢想が封じられている。ようやくカケルの言葉の意味が、漠然とながら、わたしにもわかりかけてきた。ハンナに密室の死を、つまり『自殺』をもたらすために、ヴェルナーには二週間ほどの準備期間が必要だった。隣の老紳士が続ける。

「私はフェドレンコを通じて、もっとも残酷なやり方でフーデンベルグを罰するため、なさねばならぬことをハンナに手紙で知らせた。フェドレンコに託された、ハンナの返事は簡潔だった。その通りにする。一刻も早く、少しでも愛しているのなら自分を殺して欲しい。優しい死と虚無の贈り物で、コフカの生き地獄から解放して欲しい……」

ハンナ・グーテンベルガーの運命に心を動かされたふうもなく、カケルが老人の話を遮った。

「コフカ収容所の破壊と囚人の救出は、いつから計画していたんですか」

「ハンナがコフカにいることを知ってからだ、計画の実行を最終的に決意したのは。自殺を助けることでしかハンナの魂は救いえないにせよ、まだ生きる意思を持った囚人がいるならば、一人でも多く彼らを解放しなければならない。

ロシアの田舎町で、特殊行動隊《アインザッツグルッペン》の大量虐殺を目撃した時に、最初の懐疑は心底に芽生えた。絶滅収容所の実態を知らされた時、それは公然たる反逆計画にまで成長しはじめた。ハルバッハに学んだ死の哲学において生き、本来的自己たらんとしてロシアの戦場に企投された現存在には、ナチの殺人工場は絶対に許しえない冒瀆であると思われた」

「死の哲学において生きるなら、絶滅収容所の現実は否定される。死を賭けても、それは絶対的に否定されなければならない。なぜなら殺人工場は、人間から死の可能性に先駆しうる条件を剝奪し、実存の構造を破壊し、現存在を事物それ自体にまで還元する効率的なシステムだから。そうですね」カケルが語りかけた。老人は静かな口調で続ける。

「計画の実行を延期し続けたのは、モルゲン捜査班の一員として、まだできることがあるかもしれないと考えていたからだ。しかし、捜査班はヒムラーの命令で解散され、私は前線の至近距離に位置しているクラクフに体よく追放された。もはや、第三帝国に対する反逆しか選択の余地はない。

できることなら、最大の収容所であるアウシュヴィッツを破壊したい。だが、たった一人の反逆者に、それは望んでも不可能なことだろう。コフカなら、と私は考えはじめた。十二月のコフカ視察は、そんな計画の情報収集という意味もあった。それで再会したフェドレンコから、収容所の裏話を聞き出したりもしたのだ。

愛するハンナに死の救済をもたらし、フーデンベルグを徹底的に罰し、そして事物さながらの死の大量生産装置を破壊する計画は、一月十二日に決行される。私は適当な口実をつけて、その日にはコフカを訪問する予定だった。しかし、ソ連軍の攻勢が切迫しはじめた。私は、コフカ撤収を命じる使者に志願することにした。

その前夜にフェドレンコに電話して、必要な措置をとるよう命じておいた。あのウクライナ兵はハンナに、そして囚人の抵抗グループの指導者に、決行が翌日であることを知らせたろう。私は命令書を偽造して、クラクフ郊外の兵器集積場から作戦に必要な爆薬類を入手し、そしてコフカを目指したのだ」

わたしは尋ねた。「その朝、ハンナがフーデンベルグの拳銃を盗んだのも、あらかじめ計画されていたことなんですか」

「拳銃はフェドレンコが、数日前に盗んでおいたのだ。やつの習慣からして、そんな可能性は少ないと予測されていたが、仮にフーデンベルグが確認しても盗まれていると気づかないよう、革ケースには別のルガーが収められていた。盗んだ拳銃は、十一日の朝、ハンナに手渡された。それからフェドレンコは、革ケースから偽のルガーを回収したのだ。ハンナからの電話でフーデンベルグは、拳銃はその朝に盗まれたものと信じ込んだ」

なぜそうしたかは、わたしにも推測できる。十日の夜にフーデンベルグが、かならずしもハンナを寝室に呼ぶとはかぎらないからだ。そうでない場合には、最後にハンナが寝室に入ったときに、拳銃は盗まれたのだという設定になる。

「ハンナさんは電話で、どんなふうにフーデンベルグを脅迫したんですか」

「盗んだ拳銃で自殺すると。銃声が聞こえれば、兵器庫の監視兵が小屋の様子を確かめるだろう。そしてハンナの屍体が発見される。騒ぎになれば、私が事件に介入しかねない。そうなることを怖れたフーデンベルグは、かならず丘の小屋に向かうだろう。事態は、私が予測していた通りに進行した」

「あなたが丘の上に着いたのは」カケルが質問した。

「六時四十分だった。六時半には到着している予定だったが、思わぬ事故で十分ほど遅れたのだ」

「自動車が正面ゲート付近で、吹き溜まりにはまり込んだからですね」

「そう。六時半の交替直後に兵器庫の警備兵を片づけて、鍵を奪いとるのが最初の計画だった。その計画が十分ほど、遅れたということになる」

わたしが反問した。「六時四十分に兵器庫に着いたら、そこにはハスラーの命令で二人の警備兵が任務についていた。そうですね。でも、それは少しおかしいわ。六時半にフーデンベルグが兵器庫のまえを通ったとき、警備兵はいなかったんですもの」

「その時、二人の警備兵は吹雪を避けて、たまたま兵器庫の裏手にいた。風向きが変わったので、また表側に出てきたんだろう。ウクライナ兵には珍しくもない規律違反だ。

私は二人を建物の裏に誘いだし、短剣で刺殺した。兵器庫と発電所に時限爆弾をしかけ、小屋に向かおうとした時のことだ、坂道の方から懐中電灯の光が見えたのは。脱走用の武器を与えるため、フェドレンコを通じて兵器庫に呼んでおいた囚人ではありえなかった。彼らに懐中電灯の持ちあわせなどないだろうし、仮に入手しえたにせよ、それを点灯して堂々と歩いてきたとは思えない」

「ハスラーですね」わたしの声は緊張していた。老人が無表情にうなずいた。

「やむをえず、物陰に潜んで邪魔者が来るのを待った。警備兵の屍体を発見して仰天しているハスラーの手首を切りとばし、やつの息の根を絶った。腕時計を見ると、六時四十五分を廻っている。ハンナはもう寝室に駆け込んで、必要な準備を終え、拳銃を片手に窓辺に立っていることだろう。徒歩で中央広場を横断しなければならなかった、計算外の十分に加えて、ハスラーの予期しない登場のため計画は遅れはじめていた」

「決行の予定時刻は、六時五十分ではなかったんですか」

「いや。ハンナの準備が整い次第、決行される計画だった。私は兵器庫の前から小屋の方向に歩きはじめた。積雪で浅い窪みのようになっているフーデンベルグの足跡を、慎重に踏みつけるようにして」

「なぜ、そんなことをしたんですか。どうして兵器庫の庇の下で、数歩分も、大きく跳んだりしたんですか。それらは、はじめからの計画だったんですか」

その結果として、小屋の裏窓に十メートルの地点まで、ヴェルナーが接近したという事実は隠蔽された。ハンナの屍体が封じられた密室を、さらに不可解なものに変貌させる効果もあった。だが、それが最初から計画されていたとは、とても思えそうにない。六時から七時にかけての降雪傾向に、あまりにも依存しすぎているからだ。そこまで天候を事前に、正確に予測できたとは信じられない。

「雪は計算外だった。あらかじめ立てられていた計画では、足跡など気にする必要はなかったのだ。しかし、降雪のために計画は狂いはじめていた。もしも小屋の裏窓を真正面に眺められる地点まで行けば、その跡が雪上に残されてしまう。そんな足跡があれば、警官のシュミットは疑念を抱くに違いない。だから、フーデンベルグの足跡を踏むようにしたのだ。

吹雪の勢力は、その頃、頂点に達しようとしていた。見るまに、靴跡が新雪に覆われてしまうほどの豪雪。七時に小屋に到着するよう命じておいたシュミットには、残されているのが三十分前の足跡なのか十分前のそれなのか、たぶん判別できまい。ふと、そう考えついたのだ。

往路の足跡しかなければ、シュミットはフーデンベルグがハンナを殺したと信じるに違いない。シュミットの忠誠を疑うつもりはなかったが、一介のSS軍曹がコフカ収容所長の身柄を強制的に確保するには、それなりの確信が必要だろう。フーデンベルグが殺人を犯したとなれば、シュミットも規律違反や将来の処分を気にして、身柄確保をためらうこともなくなる。

そうしたのには、さらに大きな理由があった。もしもシュミットがハンナの死の真相を察し、それをフーデンベルグに告げたりしたら、私の計画は崩壊しかねないのだ。フーデンベルグには最後まで、ハンナが自殺したと信じさせなければならない。

庇の下にフーデンベルグの靴跡が残るよう配慮したのも、同じ理由からだ。無数の足跡で雪が乱れている兵器庫の戸口前から、わたしは四歩分のフーデンベルグの靴跡を跳んで、庇の外にあたる五歩目と六歩目に着地した。それから小屋を目指して歩きはじめたのだ」

それが四十五分すぎのことであれば、じきにカッサンとガドナスが兵器庫に到着したと考えられる。カッサンは四梃の銃をかかえて、大急ぎで丘を下った。そしてガドナスは白い闇の彼方にヴェルナーの姿を見かけて、坂道の途中の木立に身を隠した。その直後に銃声が響いた。

カケルが質問した。

「二つの拳銃が同時に発射されるには、何か合図のようなものが必要だったと思いますが」

「懐中電灯の光だ。私は左手に懐中電灯を、右手にルガーを構えて、裏窓から十メートルの地点に立った。ぼんやりした明かりで、かろうじて窓の輪郭が判るほどの猛吹雪だった。ハンナも懐中電灯の光を、白い幕の彼方に微かに認めているに過ぎないだろう。それでは、とても標的を狙うことなどできない。

私は懐中電灯と拳銃を構えたまま、何十秒か待った。ようやくチャンスが到来した。ハンナの横顔が室内からの逆光を浴びて、鮮明なシルエットをなしていた。吹雪の切れ目だった。ハンナの横顔が、この機会を逃すなというように大きく頷いた。そして、闇に悲痛な絶叫が木霊した。『死ぬ、わたしは死ぬの』と。祈りの言葉を呟いてから、私は懐中電灯の光を消した。同時に二つの銃口が火を吐いた……」

語りえぬものを抱えこまされたように、ふと老人が沈黙した。

どんな気持だったのだろう、そのときヴェルナーは。そしてハンナは。わたしならそんなとき、むしろ恋人の手で、愛撫するように絞め殺してほしいと願うのではないだろうか。

ナイフで心臓を抉られても、銃で撃たれてもかまわないけれど、死んだあと、仇敵に自殺したと思わせるよう密室の小細工をするなんて、心理的に不自然であるような気がする。それを求めたのはヴェルナーであり、たぶんハンナではない。恋人に殺してもらうしかない、そんな暗澹とした心境にまで追いつめられた女には、死後の復讐の計画になど関心を抱きえないのではないか。わたしには、そう思われてならなかった。フーデンベルグに復讐したかったのは、ヴェルナーのほうなのだ。決して、哀れなハンナではない。

「それから小屋の戸口まで行き、閂をかけた」日本人が無表情に語りかける。

「そう、フーデンベルグを逃がさないために。小屋から出られないことを知ったフーデンベルグは、屋内扉を破って寝室から電話しようとするかもしれない。しかし、電話線はハンナが引きちぎっている。やつには救援を呼ぶことはできない。

じきにシュミットが到着するだろうが、それまでにやつに逃げられては、計画の最後の部分に致命的な狂いが生じる。ハンナの死の直後に、小屋でフーデンベルグに裁きをつけるのは、時間的に不可能だった。コフカの囚人を救出するため、やらなければならないことが控えていたのだ。それにやつには、ハンナが自殺したという衝撃を、したたかに味わわせた方がよい」

シュミットの証言では、小屋に閉じ込められていたフーデンベルグは、どんな精神的な衝撃を浴びせられたものか、ほとんど虚脱状態だったという。ヴェルナーの計画は成功したのだろう。ハンナが自殺したと信じこんだフーデンベルグは、人格的な崩壊の瀬戸際まで追いつめられたのだ。

第一の密室である寝室は、フーデンベルグにハンナが自殺したと思わせるため作られた。そして第三の密室、つまり往路の足跡しかない密室化された小屋全体は、シュミットにフーデンベルグがハンナ殺しの犯人であると信じさせるために。寝室側から屋内扉の鍵をかけられ、正面扉は外から閂がかけられていた第二の密室、フーデンベルグを閉じこめていた居間の密室は、たんにコフカ収容所長の逃亡を封じるため、結果的にできたものということになる。

「それで」青年が話をうながした。

「じきに小屋に戻るつもりで、私は急いで坂を下った。雪の勢いは、ようやく衰えはじめていた。坂下の車庫を通過したのが六時五十五分の少し前。それより一、二分でも遅れていたら、シュミットと坂の途中ですれ違う羽目になったろう。最初の計画では、もう数分の余裕を見込んでいたのだが、車が吹き溜まりに埋まったり、やむなくハスラーを片づけたりで、全体として計画の進行が遅れていたのだ」

そのためシュミットは、広場の北縁で謎の光点とすれ違う結果になった。最初の計画ではヴェルナーは、六時五十分に官舎を出るシュミットと交差することなしに、第三監視塔に到着できるよう時間の設定がなされていたのだが。

「計画は、ほとんど完璧に達成された。かつて愛したハンナに、私は勇気ある『自殺』をもたらしたのだ。ハンナによる死の抗議など、予想もしなかったフーデンベルグにとって、それは精神崩壊にも等しい打撃をもたらしたろう。

呪わしい絶滅収容所を破壊し、無辜《むこ》の囚人の解放に尽力することもできた。誤算は一点、ハンナの小屋に引き返した時にはもう、裁かれるべきフーデンベルグが姿を消していたことだった。雪のなかで、頭から血を流して失神している部下シュミットを目撃した瞬間、計画が最後の部分で崩れたことに私は気づいたのだ。

フーデンベルグの追跡をはじめる前に、収容所の物置から探し出した農夫の服に着替えた。斧も手に入れた。体格が似ている将校の屍体を探して、自分の制服を着せた。身代りの屍体は、炎上している所長官舎に放り込んだ。そんなふうにしたのは、脱走者として親衛隊から追及されるのを避けるためだった。国家反逆者の道を選んだことが露顕しても、やつらにハインリヒ・ヴェルナーは死んだと信じさせておけば、フーデンベルグを捕らえるまで行動の自由は確保できるだろう」

「どうして、折れた短剣を拾ったりしたんですか」わたしが尋ねる。

「なぜだろう。ふと、そんな気になったのだ。その時にはまだ、コフカの周辺でやつを探し出せると計算していた。とり逃がしたことが明らかになってからは、やつの折れた短剣が、復讐の意欲を持続させるための象徴となった。あの夜のことを決して忘れないように、私は三十年ものあいだ短剣を研ぎ続けたのだ。いつか、かつての所有者の心臓に突きたてるために」

「あなたは、逃亡したフーデンベルグを捕らえ、裁こうとして、それのみを目的に戦後の三十年を生きてきた。そうですね」カケルが無表情に問いかける。

「ハンナに幸福な死を贈り、コフカ収容所も破壊しえた。四百名もの囚人を解放し、フーデンベルグに有罪を判決して死刑を執行したなら、もはや地上でなすべきことはひとつとして残されてはいない。だが、フーデンベルグをとり逃がしたのだ。やつに、おのれのなした犯罪行為を償わせるまで、私は死ぬわけにはいかないと思った……。

脱走事件の翌日、逃亡したフーデンベルグを追跡して森のなかを歩いていた。そして森のなかで偶然に、ドイツ兵に追い詰められた脱走囚人を救ったのだ。痩せこけて惨めなボロしか身に着けていないのに、囚人は尊大なほど自信に溢れた口調で、いつか再会できるなら恩返しをしようと約束した。

その囚人が、エミール・ダッソーだった。ダッソーは私が、ナチスによるズデーテン併合から逃れて、南ポーランドまで流れてきたチェコ人の貧農であると信じた。西側に脱出してから、パリのダッソーを頼ることにしたのは、そんな縁からだ。しかし、それだけではない。

ダッソーはフーデンベルグの消息を摑もうと、真剣に努力しているらしい。フランスを代表する巨大企業にまで成長した、ダッソー社の調査力は馬鹿にできない。ダッソーの身近にいれば、どこかに潜伏しているフーデンベルグも、いつかは捕らえることができるだろう。その時こそ、ハンナと息子の名において最後の裁きが行われる……」

青年が話を引きとった。「たぶんあなたは、ダッソーの書類などを盗み読んで、ロンカルと称しているボリビア人の正体が、どうやらフーデンベルグらしいと知った。ロンカルがパリを訪問する予定であることも。

ダッソーや〈正義の会〉メンバーでは知りえないことまで、あなたは瞬時にして察することができた。というのはロンカルのパリ訪問と、戦後最初で、たぶん最後になるだろうハルバッハのパリ訪問が、ちょうど同じ時期に重なるからです。二人のパリ旅行には、なんらかの関係があるに違いない……」

「そうだ。私には、じきに判った。フーデンベルグが大学時代の旧師を、コフカ収容所に招いたらしいことは、あらかじめフェドレンコから知らされていた。フェドレンコが説明した外見などから、問題の大学教授がハルバッハだろうことも推察できた。第三帝国の崩壊にもかかわらず延命し、二十世紀最大の哲学者とさえ賞賛されているハルバッハ。彼にとって最大の弱点は、かつて絶滅収容所を訪問したことがあるという呪わしい過去だ」

ボリビアに潜伏していたフーデンベルグは、寿命がつきるまでの十年か二十年、不自由なしに暮らせるだけの生活資金を必要とする年齢になろうとしていた。他方、ハルバッハは世界的に高名な哲学者だ。フーデンベルグが、ボリビアの山奥で老後を安穏に暮らせるていどの資金ならば、なんとか融通できないこともないだろう。

フーデンベルグは三十年のあいだ、ハルバッハが買いとりたいと考えるに違いない品を隠しもっていた。それはハルバッハが、コフカ収容所を視察したときの記念写真だった。写真が明るみに出されたなら、哲学者としての世界的な名声どころか、社会的生命さえも抹殺されかねない。

致命的な証拠写真をハルバッハに売りつけて、充分な生活資金を手に入れることにしよう。そんなふうに漠然と計画していたフーデンベルグだが、戦犯の身で西ドイツに潜入するのは危険にすぎた。長いこと、ハルバッハと直接に交渉できるようなチャンスはあたえられないでいた。

「ムッシュ・ヴェルナー。あなたは、ハルバッハによるソルボンヌ講演の企画を焦点に進行しはじめた事態を、あらかじめ正確に読んでいた。ハルバッハという餌で、フーデンベルグがパリに引き寄せられる。それに対して〈正義の会〉が反応し、たぶんパリ駐在のモサドまでが動きはじめるだろうと」

「それよりも君は、なぜ私がフーデンベルグ夫婦を殺したのだろうと推理できたのかな」老人が逆に問いかけた。「君が緑のトンネルを見つけたことを知って、レギーネの屍体が発見されるのも時間の問題だと考えたものだが。あの時にもう、フーデンベルグの死の真相までも摑んでいたのかな」

そんな質問に応えて、おもむろに日本人が語りはじめた。フーデンベルグ事件の支点にあたる現象の意味を、『宙吊りにされた死』であると直観したところからはじめて、そこから出ることが中心に入ることになる、メビウス状にねじれた三重密室の秘密を解明した推理の全貌を。

日本人の低い声が耳もとを流れる。推理された事件の経過が語られているあいだ、わたしは森屋敷の殺人とは別のことを漠然と考えていた。凱旋門の屋上からは、ホテル・エトワールの正面玄関が小さく見える。考えていたのは、あのホテルに滞在していた老哲学者のことだった。むしろ、その哲学について。

わたしのような読み方をすれば、著者のハルバッハは憤慨するだろうとガドナス教授にはいわれたけれど、それでも『実存と時間』の前半部分には否定できないものがある。どうしても、そう思われるのだ。

　晩年のベートーヴェンは聴覚を失っていたという。音が聴こえないと知らされたとき、天才音楽家にはひどい打撃だったろう。絶望したかもしれない。自殺を考えたかもしれない。それは作曲したり、自分や他人の音楽を聴いたりすることが、かれという存在の中核をなしている特別の可能性だからだ。

　かつての恋人ヴェルナーによれば、コフカ収容所でハンナ・グーテンベルガーは、生きながら死んでいた。あるいは、死にながら生きていた。仲間から路傍に棄てられて、苦痛を耐えしのびながら死を待つしかない傷病兵のように。たぶんハンナもまた、聴覚を失った音楽家とおなじように、存在の中核をなす可能性を奪われたのだ。そして、自分がなにでありうるのか、なにをなしうる存在なのか、わからなくなってしまった。意味の秩序の総体である世界は土台から崩壊し、虚無の深淵の底に滑りおちた。ハンナのまわりには、もう索漠とした意味の荒地しか残されていない。

　そんなハンナでも、食事のためにはスプーンを使い、洗面のあとはタオルを使ったろう。ハルバッハは、現に可能性が到来することを企投と呼んだけれど、食事も洗面もハンナには、もはや可能性の到来や実現という意味の実質を失っていた。ハンナは企投する存在であることをやめていた。実存の構造を破壊されていた。生きながらの死とは、そんな状態のことではないだろうか。

　あらかじめ世界に投げだされてある人間は、世界のなかで偶然のように出遇う事物や他者に気づかいながら、それらを意味のある体系に秩序だてる。世界を道具的連関の総体として構成する。しかし、道具的連関としての世界は、それ自体として人間の実存性を支えることはできない。

現象学の創始者が意識の〈志向性〉と特徴づけたものを、ハルバッハは〈気づかい〉という用語に置きかえた。しかし、わたしはおなじものを〈欲望〉と、あるいはむしろ〈愛〉と呼びたいと思う。音楽家にとってピアノは、たんなる道具ではない。ベートーヴェンにとって存在の中核をなしている、作曲や演奏など音楽という存在可能性に至る通路なのだ。聴覚にしてもおなじことだろう。日常的にあたえられる無数の存在可能性は、音楽家の場合には音楽であるような、存在の中心的な可能性によって豊かに意味づけられている。

なぜそうなるのだろう。たぶん、ベートーヴェンが音楽を欲し、それを愛していたからだ。わたしには、そうとしかいいようのない気がする。一杯のコニャックを楽しむこと。流行の服を着て街を歩くこと。自動車道路をスポーツカーで疾走すること。愛の対象は無数にありうるだろうが、それでも愛が、事物や他者への気づかいを支えていること、それらを色づけ、ときめかせていることは疑えない。

しかしながら人間は、だれでも、絶対にかけがえないと感じてしまうものをもつ。それが人間の中心的な存在可能性であり、そこにおいて愛は、もっとも濃密なものとして生きられ、成就されるのだろう。音楽家には御馳走も新しい服も、演奏や作曲とは引換になりえないものだ。普通は趣味と呼ばれたり、あるいは快楽と特徴づけられたりする無数の小さな愛は、かけがえないものへの愛を中心にして配置され、またそれに包摂されてのみ存在している。

どのようにありうることが、自分の生にとって中心的であるのか。なにが、かけがえないものであるのか。それを自覚しなければならないと主張する点では、ハルバッハは誤っていないと思う。困難はたぶん、死の主題において生じる。

不安とは死への不安であるとハルバッハは語った。それが不安の極限的な経験であるとされる世界崩壊のあと、おぞましい虚無の深淵に呑みこまれかけてハンナは、むしろ死を、おのれの存在の消滅を求めていた。ハンナは追い越しえない可能性である死を、その不安を隠蔽しようとして、死の疑似的な所有である自殺を夢想したのではない。自殺者は全能である自己という観念を愛しているのだが、ハンナは対象が観念であろうとなんであろうと、愛する力それ自体を奪われたのだ。だから、自殺することさえできないでいた……。

わたしの推測になるけれども、たぶんハンナにとっては、子供の死が致命的な衝撃だったろう。収容所に連れてこられるまでにハンナは、あらゆるものを奪われていた。散歩するための公園も、心地よい家も、趣味の品も、そして隣人も。それら小さな愛の対象が無慈悲に破壊されたあと、最後に残されたのが幼い子供だった。

子供がガス室で殺されたと知ったとき、かの女の存在の中核は決定的に破壊されたのだ。子供が死んだからといって、あらゆる母親がハンナのような精神状態になるとはいえない。しかし、かの女には、気をとりなおし、気をまぎらわせるための欲望や小さな愛の対象さえもが、完璧に奪いつくされていた。存在の夜が、かの女の心をむしばみはじめた。日常的な気づかいを支え、それを色づかせ、豊かなものにしていたハンナの愛の力は枯渇した。そして、生きながら死んでいる冥府の亡者さながらの、無残きわまりない人間の脱け殻のようなものが残った。

ひとが不安になるのは、死の可能性においてではない。おのれの中心的な存在可能性が不可能になるとき、そうなりそうなとき、そうなるかもしれないと危惧するとき、人は不安になる。世界が崩れてしまいそうな、窒息しそうに胸苦しい、暗澹とした気分に襲われるのだ。コフカにおける不幸なハンナの生と死が、まさにそのことを示しているのではないだろうか。

眠れる美女ブリュンヒルデを、焰《ほのお》の壁の彼方に見つけだしたジークフリートは、『大胆な子供、怖れを知らなかったぼくに、ここに横たわって眠っている女が、怖れることを、いま教えてくれました』と告白する。勇者ジークフリートは、おのれの死の可能性におびえたりはしない。愛する対象を見出したときに、生まれてはじめて、ついに怖れの感情に目覚めるのだ。

ハルバッハによれば、本来的自己は死の可能性のうちへの先駆としてのみある。それは嘘だ。死の可能性から眼をそらさないでいれば、人間は日常的な頽落からまぬがれて、ほんとうの自分を見出すことができる。それも嘘だ。ほんとうの自分とは、存在の中核をなしている愛の存在可能性であり、その到来としての企投だろう。日常的な頽落とは無数の小さな愛に、趣味や快楽や瑣末な欲望に無意味にこだわり、ほんとうの愛の存在可能性を見失っている状態ではないだろうか。

死の可能性を凝視しようと努力してみても、ほんとうの自分を見つけることなんかできない。ブリュンヒルデに出喰わしたジークフリートの驚きが象徴しているように、愛は、たんに到来するのだ。人間には、その由来も知れないような不思議なものとして……。

いつか雨はやんでいた。眼下にひろがるエトワール広場には、潮騒のような街のざわめきが満ちている。あいかわらず人気ない凱旋門の屋上は、見るからにさむざむしい印象だった。ふと気づくと、あたりには沈黙がおりていた。カケルはもう、ダッソー邸の密室事件の推理を語りおえたらしい。苦笑しながら老人が応えた。

「なるほど。君の推理は、ほとんどの点で正確だ」

「それでも細部では、判らないところが残ります。あなたはどの時点から、フーデンベルグの処刑計画を練りはじめたのですか」

みじかい沈黙があり、それから考えぶかげな口調で老人が語りはじめた。「ダッソー邸の書斎の鍵も、書類キャビネットの鍵も、私は二十年も前から複製を入手していた。ダッソー社による、フーデンベルグ捜索の成果を知りうる立場に身を置くこと。それが下男としてダッソー家に潜入した、最大にして唯一の目的だったのだから。二十年のあいだフーデンベルグに関する捜査報告書はもちろん、〈正義の会〉の議事録の類も、私は残らず盗み読んでいた。

五月下旬には、フーデンベルグと想定しうるドイツ系ボリビア人のルイス・ロンカルが、パリを訪問する予定らしい。そんな報告書がフランソワ・ダッソーの許に送られてきたのは、四月下旬のことだった。三十年のあいだ待ち望んでいた復讐が、ついに実現されようとしている。そう思って、私は狂喜したよ」

ハルバッハが五月二十八日から六月四日まで、パリに滞在する予定であることは、それ以前から報道されていた。おなじ時期を狙って、たぶんフーデンベルグもパリを訪れるつもりだろう。そう考えて、ヴェルナーはパウル・シュミットに手紙を書いた。シュミットが戦後も、復職したフランクフルト警察の捜査官として戦犯フーデンベルグを追跡していた事実は、エミール・ダッソー宛の手紙から摑んでいた。

「復讐がどんなふうに実行されるものか、その時点では計画の立てようもなかった。それでもシュミットは、パリに呼んでおいた方がよい。彼は、あの夜に私が死んだものと信じている。シュミットは私の思い出のため、むしろ復讐のため、戦後三十年のあいだフーデンベルグを追い続けたのではないか。そんな旧友には、フーデンベルグが処刑される現場に立ちあう権利がある。私は、そう結論したのだ」

五月二十六日にはダッソーから、東塔の露台にある鎧戸を、外から釘づけするよう命じられた。〈正義の会〉はフーデンベルグを誘拐して、東塔広間に監禁する計画なのだろう。そのように察したヴェルナーの脳裏に、廃屋から東塔のフーデンベルグを狙撃する計画が、はじめて漠然とながら浮かんだという。

翌日にはダッソーから、深夜まで戻るなと念をおされて、ほかの使用人と同様に邸を出された。それでも六時までには密かに邸に舞いもどり、四阿で雨をさけながら、ヴェルナーは邸の玄関を監視していた。ジャコブが、そしてクロディーヌが到着した。そして十時には、茶色のシトロエンDSが玄関前の車寄せに着いた。カッサンが車内から、意識を失っているとおぼしい男を担ぎだして、邸内に消えた。もちろん、フーデンベルグに違いない。

フーデンベルグは東塔に閉じこめられた。〈正義の会〉は囚人の処置にかんして議論が紛糾しているようで、それはヴェルナーには幸運なことに思われた。フーデンベルグの処刑は、あくまでもハインリヒ・ヴェルナーに優先権がある。かれらにも権利はあるかもしれないが、ユダヤ人に先を越されてはならない。

老人が外套のポケットから細巻きの葉巻をとりだして、わたしに喫煙の許可をもとめた。黙って、うなずいた。湿った大気に、葉巻のきつい芳香がまざりはじめる。紫煙を吐きだしながら、またヴェルナーが口をひらいた。

「だが、私には東塔の鍵がないのだ。ダッソーを脅して鍵を奪いとり、フーデンベルグを処刑することにしようか。しかし、それも躊躇された。子供のときからフランソワやクロディーヌは、下男のグレによくなついていた。復讐計画に利用するため、私がダッソー邸に潜入していたと知ったなら、あの二人は、ひどく傷つくだろう。ユダヤ人の復讐結社と獲物を奪い合うようなことは、できれば避けたいものだ。

それ以外に方法がないなら、ダッソーを銃で脅して、復讐の優先権を主張するのもやむをえない。しかし、フランソワやクロディーヌに知られることなしに、フーデンベルグを処刑する方法はありうる。最初に浮かんだ漠然とした計画は、ようやく鮮明な輪郭をなしはじめたのだ」

東塔の換気窓と、四月から廃屋になっている建物五階のアパルトマンの露台が、ほとんど同じ高さであることに、ヴェルナーは十年もまえから気づいていた。フーデンベルグが誘拐された翌日の朝から、かれは熱心に庭木の枝を払いはじめたという。庭仕事は下男のグレの仕事だから、その作業を監視するような人間はいない。必死で働き、その作業は二十八日の夕方までに終えることができた。緑のトンネルは完成した。

「雨に濡れながらの重労働は、いうまでもなく心臓によくない。しかし、やらなければならないのだ。私はなんとか、最後まで作業をやり遂げることができた。そのとき心臓にかけた負担が、思わぬところで爆発する結果にもなるのだが。

準備を終えて、二十八日の夜は外泊することにした。邸の戸締りを終えた後は、自由時間になる。執事のダランベールには女のところに泊まっているのだろうと思わせて、それまでも月に一度か二度は外泊することがあった。本当は、偽名で借りているアパルトマンで骨休めをしていたのだが。

アパルトマンで過ごす夜には、復讐のために偽装している下男のグレから、つかのまでもハインリヒ・ヴェルナーに戻ることができた。そんな自己回復の時間が、月に一度か二度は、どうしても必要だったのだ。アパルトマンでは哲学書を読み、ワグナーのオペラに耽溺し、そして復讐の短剣を研いでいた。

ダッソーの書斎でメモを盗み読んで、私はフーデンベルグがホテル・ロワイヤルに投宿した事実を摑んでいた。まだレギーネが、そのホテルに滞在していることも。アパルトマンで背広に着替え、必要なものを用意して、パレ・ロワイヤルを目指した。フロントを通さないで客室まで行き、ドアを叩いた。最初は警戒していたレギーネだが、武装親衛隊《ヴァッヘン・エスエス》時代の写真や勲章などを見せ、昔話を重ねるにつれ、次第に私を信用するようになった。

フーデンベルグ夫婦はリスボンで、旧親衛隊員の秘密組織と接触していた。そうするために、わざわざポルトガル経由でパリまで乗り込んできたのだ。レギーネは私を、組織から派遣されたメンバーであると信じ込んだ。あの女によればフーデンベルグは、前日の夜、ハルバッハを恐喝するための下相談に、ポルト・デ・リラまで出向いたのだという。あるいは徹夜になるかもしれない。ホテルに戻らないでも、心配しないようにと言い残して」

やはりフーデンベルグは、ハルバッハがコフカ収容所を訪れたときの記念写真を保存しており、それを種に恐喝をしようと思いついてパリまで飛んできたらしい。親衛隊将校の経歴をもつ訪問者を信用して、そんな秘密まで打ちあけたレギーネにヴェルナーは、ユダヤ人の報復結社にフーデンベルグが誘拐されたと告げた。

機関は戦犯追及に熱心なダッソー家を、以前から厳重な監視下に置いていた。それで、フーデンベルグが拉致されたという事実も知りえたのだと説明して。ダッソー邸には機関に内通している者がいる。内通者は写真と交換になら、フーデンベルグの救出に協力してもよいと申し出ているとも。

偽の救出計画を信じこませ、レギーネに必要なメモを書かせてから、ヴェルナーは次に、エトワール広場のホテルをめざした。もちろん、四十年ぶりにハルバッハと再会するために。ハルバッハとは、何時間も話し込んだという。

ダッソー邸の裏通りに到着したのは、深夜の十二時を廻っていた。ヴェルナーは非常口の扉をこじあけ、目的のアパルトマンに入りこんだ。玄関扉には鍵が差されていた。退去した住人が、鍵の始末に困って、そのまま残しておいたのだろう。

用意してきた荷物をほどいて、必要なものを組みたてる。高性能の軍用狙撃銃、それに足台。狙撃銃は拳銃と一緒に、かなり以前に闇市場で入手したものだ。もちろん、いつか到来するだろうフーデンベルグの処刑にそなえて。どうやら、その準備は無駄にならなかったようだ。

高さを調節した足台に立ち、赤外線スコープで覗いてみると、予想した通りに東塔の換気窓が眺められた。距離は五十メートルほど。フーデンベルグが換気窓から外を見ようとしたら、絶対に外しようのない標的になる。満足して借りている部屋にもどり、ヴェルナーは翌日の行動に備えて充分な休息をとった。

「早朝、私はダッソー邸に戻った。そして夕方、調理場でマダム・ダルティの眼を盗んで、フーデンベルグのために用意された夕食の盆の紙ナプキンに、一枚の紙片を挟み込んだ。メモはレギーネに書かせたもので、深夜十二時に換気窓から外を見ろ、それまでは絶対に窓に攀じ登ってはならないというのが、その文面だった。メモには、指示に背いた場合は救出計画が不可能になるとも記されていた。調理室を出て、その直後にレギーネのホテルに電話した。計画は順調に進行中、予定通りに行動せよと」

夕食後、邸を見廻りながら戸締りをするときに、ヴェルナーは東塔の屋上までいった。手摺にロープをかけて塔の換気窓のところまで身をおろし、フーデンベルグの折れた短剣を鉄格子の隙間から差しこんだのだ。弾丸が額をつらぬく直前に、フーデンベルグには、それがハンナの復讐であることを知らしめなければならない。折れた短剣は、一瞬にしてフーデンベルグに、一九四五年一月十二日の夜の記憶を甦らせるだろう。

午後のあいだに、人目につかない箇所の施錠は終えていた。いつもの半分の時間で戸締りを終え、ビニール製の雨具を着込んで裏口を出た。そして最初に、いったん早朝に鎖した緑のトンネルの出口と入口を、また開いた。それからでも、七時半には裏木戸まで辿りつけた。不審な気分にさせられたのは、七時過ぎに施錠を確認した錠が、また外されていたことだ。クロディーヌが青いルノーの男を邸内に導きいれるため、わざわざ裏木戸の錠を外したのだが、そこまではヴェルナーにも推測のしようがなかった。

じきに自動車のとまる音がした。ひらいた裏木戸の隙間から、街路のようすを窺った。命じられたとおりレギーネが、廃屋の非常口のほうに歩いていく。しばらく時間をおいて、ヴェルナーも五階のアパルトマンをめざした。警戒していない女を襲い、椅子に縛りつけてから、ひそかに邸に戻る。もちろん裏木戸の錠は下ろしておいた。裏口から建物に入り、戸締りを終えたばかりのような顔で調理室のモニカに、その旨ダランベールに報告しておいてもらいたいと頼んだ。そして自室に入った。

部屋から忍びでたのは、十一時四十五分のことだという。二十分もあれば、念願の復讐は成功に終わるだろう。計画では十二時十分までに、正面階段の下にある自室には戻れる。モニカやダランベールに二十分間の不在を発見される可能性は、無視できるほどに少ないと計算していた。二人とも、下男のグレは寝るまで聖書を読んでいると信じており、それを邪魔するようなことは絶えてなかったからだ。

問題は、脳天を銃弾で吹きとばされたフーデンベルグが、窓から床に落ちて響かせる物音だろう。十二時にダッソーが、書斎で読書でもしているような可能性はありうる。真下の書斎に誰かいたりしたら、塔の物音に気づかれるのは必至だろう。

しかし、異変に気づいたにしてもダッソーは、自分ひとりか、あるいは三人の客と協力して善後策を練ろうとするに違いない。それまでも使用人三人には、監禁しているフーデンベルグのことを、できるだけ知られないように努力していたのだ。ダッソーが事件を収拾するため使用人まで招集したりするのは、ありうるにしても、かなりの時間が経過してからになるだろう。フーデンベルグを射殺してから十分以内に自室に戻れば、不在を発見される可能性はきわめて少ない。ヴェルナーは、そう計算していた……。

犯人の告白は、いよいよ核心部に入ろうとしている。わたしは緊張して、手摺を握りしめていた。なぜ、フーデンベルグの狙撃に失敗したのか。どうして、事件がおきた十二時七分の直後にアパルトマンから逃走しないでいたのか。なぜレギーネに、わざわざ警察に通報させたりしたのか。矢吹駆の推理でも空白のまま残されていた謎が、まさに語られようとしていた。

「いつか緑のトンネルは発見されるだろうし、私が疑われる結果になるかもしれん。だが、それには少なくとも数日の猶予があるだろう。その時は、その時のことだ。十一時四十五分に行動を開始した私は、邸の裏口から庭に、さらに裏木戸をぬけて街路に出た。非常口から廃屋に入り、五階のアパルトマンに急いだ。

　計画通り十二時少し前に廃屋の五階に到着した私は、窓を開けて足台に立ち、赤外線スコープを装着した銃を構えて、予定の時刻を待った。夫の運命を知らされた女が、縛りつけられた安楽椅子で身悶えしていた。だが、十二時を過ぎても換気窓に、フーデンベルグの顔は見えないのだ。一分、そして二分。老いた筋力には限界がある。重たい大型銃を両腕で構えているのが、次第に苦痛になってきた。どうしたのだろう。どこで計画に齟齬が生じたのだろうか」

　そうだ。フーデンベルグの腕時計は、七分ほど遅れていたのだ。そんな瑣末な偶然が、ハインリヒ・ヴェルナーの完璧な復讐計画を土台から覆したらしい。なんという皮肉だろう。老人が淡々と続ける。

「やむをえず、銃を足台に立てかけた。そして夜間用の小型双眼鏡で、東塔の窓を監視し続けた。諦めかけていた時だった。慎重に作りあげた緑のトンネルの終点に、フーデンベルグの禿げた前額が浮かんだのだ。私はとっさに、銃をとろうと腕を伸ばした。しかし次の瞬間、やつは驚愕の表情で、換気口の格子の内部に置かれた短剣の柄や刃を夢中で払いのけながら、のけぞるようにして小窓から消えたのだ。どうやら、あお向けに落ちたらしい。

　もしも銃を構えていたなら、その一瞬を逃しはしなかったろう。銃を構えなおすまでの十秒ほど、やつが窓から顔を見せ続けていれば、三十年におよぶ復讐計画は達成されていたろう。だが、狙撃のチャンスは永遠に去ったのだ。私は憤懣に駆られ、折れるほどに強く歯がみをした。フーデンベルグが、指定された時刻よりも七分も遅れて換気窓に顔を出したせいで、また私が銃をとる余裕もなしに窓から転落したため、狙撃の機会は永遠に失われたのだ。

失意の大波が全身を包んでいた。ふいに全身が痙攣した。死にそうに息苦しい。バランスを崩して、足台から床に転落していた。持病の心臓発作に襲われたのだ。雨に濡れながら沢山の枝を切った重労働のツケが、そのときに廻ってきたのかもしれない。ようやく起きなおれたのは、それから二十分もしてからだろうか」

我慢できないで、わたしは語りかけていた。「それで、なぜ十二時半になるまで、ヴェルナーさんが廃屋のアパルトマンにいたのかの理由もわかる。でも、どうしてレギーネに警察に電話させたりしたのかしら」

「あれほどの高さから落ちたら、私でも無事にはすむまい。あお向けに落ちたフーデンベルグは大怪我をしたかもしれない、その可能性は少なくないと判断したのだ。だが、やつには事故死など許されはしない。まだ息があるなら救急病院に運んでも、とにかく生きていてもらわなければならない。やつの息の根をとめる権利は、ハインリヒ・ヴェルナーにのみあるのだから。やむをえん。私は電話機で警察急報のナンバーを廻して、受話器を女に押しつけた。半狂乱の女は、下手なフランス語で夫の危難について叫びたてた。ダッソー邸に警官が来るように仕向けたのは、大怪我をしたかもしれないフーデンベルグに、とにかく生き延びる機会を与えるためだ。やつさえ生きていれば、まだ復讐のチャンスは残るだろう。

ダッソーが、負傷したフーデンベルグの対策について悩んでいるあいだに、もしも絶命してしまったら、私の三十年の忍耐も無駄になる。それだけは絶対に阻止しなければならん。適当なところで女から受話器を奪いとり、急いで廃屋から脱出した。大急ぎで緑のトンネルの入口と出口を塞ぎ、枝を下げるために使ったロープを道具小屋に戻し、裏口から足音を忍ばせて邸内に入った」

そういえばヴェルナーには、心臓に持病があるとダッソーが洩らしていた。三十年におよぶ復讐計画が失敗に終わった瞬間、その心理的衝撃が、心臓発作の引金になったのかもしれない。ありうることだろう。

ヴェルナーは邸内に戻るとき、もちろん裏木戸の錠を下ろした。その直後に青いルノーが現場に到着したのだ。予想に反して裏木戸の錠が下りているので、モサドの男は困惑した。それから五分ほどして、パトロール車のサイレン音が闇に響きはじめたのだ。

ヴェルナーは裏口から自室に入った。だれにも不在を気づかれた様子はない。しばらくしてサロンに呼び集められたとき、十二時にダッソーとジャコブが二階に上がったことを、自分も知っている事実を確認するような口調で、たくみにダルティ夫人から聞きだした。あとから警察に訊問される可能性を考慮したのだ。複雑な心境で、わたしは隣の老紳士に静かに語りかけた。

「折れた短剣を眼にして驚いたフーデンベルグは、窓から落ちて頭を床にぶつけ、結果として致命傷を負った。そう、あなたの復讐は、結果としては成就したんだわ」

老人が、かぶりを振った。「いいや、あれは事故死だ。私はフーデンベルグの処刑に失敗した。やつは、どんな復讐者にも絶対に手が届かないところに逃れ去ったのだ。しかし、その時にはまだ、復讐のチャンスはありうると信じていた。大怪我をしたにせよ、まさか死んだとは予想しなかった。

　誰にも気づかれないで部屋に戻ると、しばらくしてダランベールに呼ばれた。サロンの広間でジャコブから、フーデンベルグが死んだことを知らされ、私は絶句した。うちのめされ、絶望感と無力感にさいなまれた。それでも不思議なことに、反面、声を出して笑いたい気分でもあった」

　不条理だ、そう感じたのだろうか。七分、狂っていた腕時計。三十年ものあいだ待ちに待ち、そして得がたいチャンスがついに到来したというのに、ほんの些細な偶然から復讐計画は未遂に終わったのだ。つぎのチャンスなど、ありえようもない。フーデンベルグは、輪郭の曖昧な宙吊りの死の彼方に遁走《とんそう》してしまったのだから。

「フーデンベルグ夫人を殺したのも、あなたなのね」わたしは問いかけていた。ヴェルナーは低い声で答えた。

「フーデンベルグの死の翌朝、私は廃屋の五階まで行った。レギーネ・フーデンベルグに夫の死を告げてから、あの女を正義に直面させたのだ。アウシュヴィッツの官舎で飼っていた猛犬を、囚人にけしかけるのが趣味だったという女。喉笛を喰いちぎられて死んだ囚人も数知れない。ある意味では、遅すぎる処刑だった。あと半年、モルゲン捜査班が活動しえたなら、三十年前に処刑台に立たせることもできたろう」

「それから、どうしたんですか」わたしの声は乾いていた。

「女はネガ以外に、紙焼きした写真を三枚持っていた。ハルバッハの顔の部分だけを切りぬいて、その一枚を現場に残しておくようにしたのは、第三の、最後の行動を予告するためだった。処刑を終えて廃屋を出た私は、郵便局でシュミットに市内速達を出した。フーデンベルグの処刑に立ちあうことができなかった旧友に、せめてレギーネの死を確認して貰いたいと考えたのだ」

それでシュミットが、三十日の夕方に廃屋のアパルトマンを訪れることになる。手紙の文面から、ヴェルナーに警察の手が迫っているらしいと察したシュミットは、自分が囮《おとり》になって捜査を混乱させようと心に決めた。

「なぜ、そのまま姿を消してしまわなかったんですか。シュミットさんには、逮捕される覚悟を匂わせたような手紙を送りながら」

「フーデンベルグの処刑を終え次第、姿を消してしまうのが最初の計画だった。しかし、想像もしない結末に頭が混乱しはじめたのだ。予定通りに逃亡するなど、考えることもできないほどに。

前後の事情を知らされた私に、フーデンベルグの死の真相を察するのは容易だった。窓から落ちた瀕死のフーデンベルグの心臓を、ジャコブが刺したに違いない。事故死することで、フーデンベルグは復讐者から最終的に逃れたのではなかった。コフカの囚人が、私の獲物を横取りしたのだ。復讐の権利を奪われたと思って憤激した私は、ひそかにジャコブを追及し、無理矢理に真相を告白させた。だが、次第に判明してきた真相は、さらに奇怪なものだった、異様

わたしはつぶやいた。

「フーデンベルグの死因は、打撲傷とも刺し傷とも決められない……」

きわまりないものだった」

「そうだ。そしてジャコブによれば、エミール・ダッソーもまた、おなじように曖昧な死を死んだのだという。さらにジャコブは、戦後三十年のあいだ自分もまた、おなじように生きながら死んでいる、死にながら生きている。ナチ収容所から生還した囚人は皆そうなのだと、なにかに憑かれているふうな薄ぼんやりした口調で告白さえした」

その話をジャコブから聞いたのは、六月二日の夜のことだろう。二日の午後にカケルから指摘されるまで、ジャコブをふくめてダッソー邸の関係者は、フーデンベルグの〈宙吊りにされた死〉の真相は知らないでいたのだから。もちろん新聞やテレヴィも、その時点では詳しい事実を報道していない。そもそも、正確な警察発表がなされていなかったのだ。

自供によれば、ジャコブはカッサンを陥れる気などなかった。凶器の刃にカッサンのハンカチが巻かれたまま、池に投棄されたのは偶然の結果らしい。ジャコブはハンカチをはずしはじめた。しかし、刃に新たな指紋が残らないように、巻いたハンカチを剝がすのは難しい。窓辺で、そんな面倒な作業をしているとき、背後でダッソーの大きな呻き声がした。ぎくりとしたジャコブは、思わず短剣をとり落としたらしい。まだハンカチが巻かれたままの短剣は、そのようにして池の底に沈んだのだ。

ジャコブの犯行は偶発的なものだった。罪を他人になすりつけようとする計画性もなかった。あの老人はなぜ、じきに死ぬだろうフーデンベルグの心臓を、わざわざ刺したりしたのだろうか。ジャン＝ポールに聞いてみても、その真の動機についてはよくわからない。怨恨の一言で、警察は片づけてしまうのだ。

「ジャコブは、どうしてそんなことをしたのかしら」

「フーデンベルグに事故死を許したと信じた時には、三十年来の復讐計画が挫折したとしか考えなかった。ジャコブが瀕死の男を刺殺したと信じた時には、貴重な獲物を横から奪われたとしか。けれども真相は、そのいずれでもないらしい。やつは、エミール・ダッソーとおなじ輪郭の曖昧な死の彼方に姿を消した。そしてそれは、絶滅収容所の屍体の山とも通じる無意味な死、意味を剝奪された事実としての死でもある……」

ジャコブは、追及するヴェルナーに応えて告白したという。『わしは態度を決めかねていたんじゃ。〈正義の会〉の盟約は尊重されねばならん。じゃが、クロディーヌやフランソワが主張するように、あの男はイスラエルの法廷に引き渡した方がよいのかもしれん。

そんなふうに思いはじめたのは、あの男の無残な表情を見せられたからだろうか。わしが知っていた、傲慢なほどの自信に溢れたコフカ収容所長とは、とても思えん。魂をぬかれた人間の残骸。どんなに惨めな浮浪者よりも、さらに弛緩《しかん》して生気のない廃人さながらの表情。フーデンベルグもまた、三十年のあいだ死にながら生きてきた。あるいは生きながら死んでいたのではないだろうか。そんな疑念に、わしは捉えられていた。

王さながらに君臨していたコフカの炎上が、ドイツの敗戦が、長年におよぶ逃亡生活が、あの男から自信や生きる意欲を奪いつくした。あるいは絶滅収容所とは、囚人と同じように看守の魂をも、致命的にむしばんでしまう地獄なのかもしれん。その理由は知りようがないにせよ、もはやフーデンベルグは、わしらの同類じゃった。

フランソワと二人で倒れているフーデンベルグを発見した瞬間、彼が死んでいることを、わしは察した。どんな蘇生術をもってしても、絶対に息を吹き返すことなどありえん。もはや男は、生と死のあいだの敷居を確実に越えていた。脈拍と呼吸の停止を確認したのは、医者としての義務感からじゃ。愕然としたのは、瞳孔が懐中電灯の光に反応した時のことだった。

生きながら死んでいる生者、死にながら生きている死者。わしが比喩として口にしたこともある不気味な存在が、現実のものとして眼前にあった。知らないあいだに、床に落ちていた短剣の刃を見つめていた。ポケットから出したハンカチを、その根元に巻きつけていた。フーデンベルグの上体を起こして、背後から心臓を刺し貫いていた。

フランソワは階下に去っていた。ハンカチはカッサンのものだった。じゃが、その時わしは、そんなことなど何も考えてはおらんかった。生と死のあいだで宙吊りにされて苦しんでいる男に、確実な死を与えてやらねばならん。一刻の猶予もなしに、本当の死を。安息である死それ自体を……』

ジャコブもまた、生と死の宙吊り状態から解放しなければならないと念じて、フーデンベルグの心臓を刺したのだという。恋人ヴェルナーによるハンナの射殺が自殺幇助であるなら、ジャコブのそれは、医者による安楽死の執行とでもいうことになるのだろうか。

死につつありながら、どうしても死に到達できないで悶えている男。グロテスクな〈ある《イリヤ》〉

にほかならない死の沼地で、溺れかけている男を目撃して、医師ジャコブは確実な死をあたえなければならないと思った。その結果として男は、ふたつの死因のあいだで宙吊りになることを強いられた。エミール・ダッソーとおなじように、ヘルマン・フーデンベルグもまた、生きながら死んでいる宙吊り状態に最後まで呪われていたのだ。

ハンナの死を自殺に偽装するヴェルナーの計画は、予想した以上の成功をおさめたのかもしれない。第三帝国の瓦解よりも、苛酷な逃亡生活よりも、フーデンベルグの精神に致命的な打撃をもたらし廃人のようにさせたのは、たぶんハンナの『自殺』だった。人間の生と死の秘密を握っているという傲慢な自信も、それに支えられていた収容所官僚の安定した人格も、ハンナの『自殺』という決定的な事件に直面して、一挙に崩壊したのではないだろうか。

そうした人格の廃墟から、ひそかに看守の精神をも冒していた〈ある〉の荒野が、その怖しい相貌を覗かせはじめた。どこにも出口はないし、救済もありえない不気味な存在の夜は、囚人と看守の区別なしにコフカ関係者の全員を、あらがえない力で呑みこんでしまったのだ。

平静な声で、ヴェルナーが語り続けていた。「警察に逮捕される危険など、脳裏に巣喰いはじめた不気味な自問を前にしては、ほとんど考慮にも値しないものに思われた。逮捕されようが、死刑になろうが、ロシアの雪原で幾度も死に直面したことのある私には、およそ切実な問題ではありえない。それよりも、考えぬかなければならない重大問題が眼前にあった。警察の追及を逃れようとして逃亡するのは、その難問を回避する結果にしかなりえない」

「あなたは、死の哲学を疑いはじめたのですね」つぶやくように、カケルが問いかけた。喉の奥から大きな塊を吐きだすように、老人がのろのろと答える。

「そうかもしれん。学生時代から四十年ものあいだ、私の人格の根底をなしていたハルバッハの死の哲学が、急激に揺らぎはじめていた。いや、それはロシアの田舎町でユダヤ人の大量虐殺の光景を目撃した時にもう、芽生えていたのかもしれんが。

英雄的な死、特権的な死、固有の名をもつ死。SS絶滅部隊《アインザッツグルッペン》の銃殺隊が効率的に生産したユダヤ人の屍体の山は、それら意味ある死の対極にあり、ハルバッハの死の哲学を腐食しかねないグロテスクな違和だった……」

「あなたは、目撃することを強いられた大量の匿名死、人間の尊厳も固有性も剝奪されて裸形をさらしている不気味な死の現実を、心底から恐怖した。絶対に、認めることはできないと思った。それを承認した瞬間に、ハインリヒ・ヴェルナーの輝かしい実存もまた、泥のような無意味の大海に、山をなした無名の屍体に吞み込まれてしまうから」

「そうだ。計画していた通りにレギーネを処刑してみても、懐疑と混迷は深まるばかりだった。だからシュミットには、再会できそうにないと手紙に書いたりもしたのだろう。背中を押されるような気分で、私は最後の行動を準備しはじめた」

「最後の行動というのは、ハルバッハを森屋敷に誘いこむことですね。でも、なぜ、ハルバッハが墜死した直後に逃亡しなかったんですか。カケルの忠告があったのに」わたしが質問した。

「フーデンベルグの死の真相を知らされた時と、同じような心境だった。判らないものを判らないままに放置して、逃げることなどできそうにない……」

カケルが憂鬱そうに問いかけた。「ハルバッハとはホテルで、どんな話をしたんですか」

「戦後、長いこと抱いてきた疑問を問い質したのだよ」

「どんな疑問なんですか」わたしの声は切迫していた。

「ハルバッハは、自分が『真のナチ』であったことを、戦後も否定していない。彼によればユダヤ人の絶滅は、『偽のナチ』が犯した愚行に過ぎないのだ。ではハルバッハ流の『真のナチ』は、突撃隊の壊滅と国民社会主義革命の夢の崩壊の後、どのようにして生き延びることができたのか。『偽のナチ』がなした悪魔的な所業など知らないで、ハルバッハは戦中、『真のナチ』の理念を保ち続けたのだと、そのように自己弁明していた。


私が黙視できなかったのは、ハルバッハが『偽のナチ』の悪行を、何ひとつ知らされないで戦争を通過したと主張した点だった。もしも絶滅収容所の現実を熟知していて、にもかかわらず第三帝国の収容所体制を黙認し、あるいはそれに加担していたとするなら、その自己弁明は土台から崩壊せざるをえない。しかも私は、彼がコフカでユダヤ人の屍体の山を目撃しているという事実を、あらかじめ知らされていた。ハルバッハは誠実に回答しなければならない。私にというよりも、ハルバッハ哲学を奉じてロシアの雪原やアフリカの砂漠に死骸をさらした幾多のドイツ青年のために」

「それで」カケルの声は、聞きとれないほどに低かった。

「ハルバッハは、あらためてハルバッハ哲学に直面しなければならない。それが私の結論だった」

「僕も、ハルバッハと会いましたよ」

ヴェルナーがカケルの顔を覗きこむようにした。「あの気位の高い老人から、よく面会の約束をとりつけられたものだ」

「ハルバッハの昔の学生から、紹介されたと称したんです」

「ガドナスかね」

「ヘルマン・フーデンベルグ」

あの晩、ハルバッハは矢吹駆を脅迫者の仲間だと信じこんで、ホテルの部屋まで呼んだのだ。わたしには、ふたりの態度が異様にすぎると感じられたのだが、それで理由も納得できる。ハルバッハは、さぞ苛立《いらだ》っていたことだろう。取引の話と思いこんでいたのに、ひたすら死の哲学の行方を追及する青年があらわれたのだから。

矢吹駆は廃屋のアパルトマンで、顔のない写真を見つけた瞬間に、脅迫事件の全貌を正確に察したのだろう。フーデンベルグが取引しようとしているのは、フランソワ・ダッソーではない、マルティン・ハルバッハなのだと。あのときのカケルには、まだハルバッハと会う予定などなかった。わたしをロビーで待たせて電話していたけれど、あの電話で会見の約束をとりつけたのだ。脅迫者の一味になりすまして、強引に。あたりにヴェルナーの哄笑が響いた。

「フーデンベルグが君の紹介者か。やつの名前を持ちだされたら、ハルバッハも正体不明の青年との会見を拒むわけにはいかん」

「それで、ハルバッハの墜死の真相は」緊張のあまり、わたしの声はかすれていた。

「問題の写真を一枚同封し、フーデンベルグの仲間と称して、ハルバッハのホテルに送りつけた。手紙には、ユダヤ人の報復主義者に捕らえられたフーデンベルグだが、監禁されていた東塔の窓庇の上に、苦労してネガと写真を隠したらしい。かろうじて可能だった最後の極秘連絡で、そのように知らせてきた。もしもネガの回収に成功したら、以上の貴重な情報について相応の謝礼を貰いたいと書いた」

ホテルの客室からも発見されなかったところから考えて、ヴェルナーが送った写真も手紙も、ハルバッハが焼きすてたに違いない。

「どんな犠牲をはらおうとも、写真のネガを回収しなければならない。そう思ってハルバッハは、批判者である旧知のガドナスに頼みこんでまで、なんとかダッソー邸にもぐりこもうと努力したのね。でもハルバッハは、ほんとうに足を滑らせて塔の屋上から落ちたのかしら」

「マドモワゼル。あなたは疑うかもしれないが、どんな細工も屋上にはしてはいない。窓庇の上にネガと最後の紙焼き写真を落としたが、それだけだった。正体を暴露されても生き延びることを選ぶか、生命の危険を冒しても自分の過去を隠匿することを選ぶか。ハルバッハが無事にネガを回収できたなら、それもそれでよいと思っていた。

しかし、総長辞任の後あらゆる行動から身を遠ざけてきた哲学者は、人生の最後になって、あえて身を危険にさらすことを選んだ。ふたたび彼は死の哲学をわがものとし、そして死んだのだろうか。私は東塔の下から、ハルバッハの選択を注視していた。反射神経の鋭い、筋肉の柔軟な若者なら、東塔の屋上から換気窓の庇まで降りるのに、さして苦労はないだろう。事実、ヤブキ君が演じてみせたように。しかし、あまりに高齢だった、マルティン・ハルバッハは……」

　世界的な名声を無にしかねない証拠写真を回収しようとして、ハルバッハは命を賭けた。そして足を滑らせ、東塔から転落した。しかし、そのようなハルバッハの選択は、かれの哲学にとってなにを意味していたのだろうか。長い沈黙のあと、カケルが老人に問いかけた。

「ハルバッハの墜死を目撃して、あなたの死の哲学は最終的に砕けたのですね」

「……だろうな。その夜のことだ、自分の人生の意味を、むしろ生涯にわたる自己欺瞞についで明瞭に了解できたのは。人生の最後において何をなさねばならないか、それが判ったのも。翌日、若造の刑事に詰問され、私は逃亡することを選んだ。なさねばならぬ行為を、警察にも妨害されたくはないと考えたからだ」

「なにをするつもりなんですか、ヴェルナーさん」

　わたしの問いかけに、老人は翳のある微笑で応えた。「人生が黄昏の時期を迎える頃になって、おのれの愚かしさに気づいた男の、退場の挨拶とでもいうところだろうな。たぶんパリ警視庁は、新しい密室事件を抱え込むことになる」

　どういうことだろう、新しい密室とは。フーデンベルグ夫妻は死に、ハルバッハも死んだ。ヴェルナーの復讐計画には、もう対象者が存在していない。だれが、新しい密室に封じられた屍体になるというのだろうか。

「とり返しのつかぬことではあるが、コフカでハンナと再会した時に、気づいてさえいたら……。

収容所から解放された囚人の多数が、戦後も深刻な神経症に悩まされた。狂気に捉えられ、人格崩壊を強いられた者もいる。エミール・ダッソーのように自殺した者も少なくない。コフカから救出されていれば、ハンナもたぶん、同じような運命を辿ったろう。

生き延びた囚人もまた、絶滅された囚人の大量死の記憶に呪われているのだ。それから逃れることはできん。であるにせよ、ハンナには生きる可能性が与えられて然るべきだった。それが生きながらの死、死にながらの生であるにしても。狂気と自壊にしか至りえない暗澹たる生であるにしても。

そんなハンナに、私もまた、最後まで同行することが求められていたのかもしれん。ともに、おぞましい存在の夜に身を沈めること。だが、私はハンナに『自殺』を贈ろうとした。ガス室から搬出された屍体の山と変わらない、あまりに不気味なものに変貌し終えていたハンナを、あえて死の哲学の光輪で飾ろうとしたのだ。それがハンナを救済する、残された唯一の道であるとも思われたのだが。しかし、今ならば自分の本当の姿が、克明に観察できる。なんとも情けない、臆病者の自己保身だった……」

老人の自罰的ともいえる告白を、ある程度まで、わたしは予測していたように思う。アインザッツグルッペンの大量虐殺を目撃したヴェルナーは、おのれの思想、哲学、倫理を守ろうとして、それを隠蔽した。たんに眼をそむけたのではない。

死の哲学の理想を文字どおり体現していた青年は、直面したユダヤ人の屍体の山を見て見ぬふりで通りすぎるよりも、ある意味ではさらに倒錯的な方向に進んだのだ。その方向に、あるいは押しやられたというべきかもしれないが。でも、わたしはヴェルナーの選択を不可避であるとして、結果的に肯定することなど、どうしてもできそうにない。それではハンナが、あまりにもかわいそうではないか。

絶滅収容所の現実には、英雄的な反逆行為を対置した。その死はハンナ自身が望んだのだという弁明まで用意したうえで、収容所システムの犠牲者である昔の恋人には偽装された『自殺』を。そして、凡庸な鬼であるフーデンベルグには、三十年にもおよぶ苛烈な復讐の意志を……。

その過程で救済されたのは、だれでもないハインリヒ・ヴェルナー自身なのだ。そうではないだろうか。死の可能性に先駆し、敢然として本来的自己を生きる英雄ヴェルナー。救われたのは、そのような輝かしい自己像であり、ようするにヴェルナーの自尊心であるにすぎない。

フーデンベルグの腕時計が狂ってさえいなければ、計画どおりに復讐は達成されたろう。死の可能性に先駆する本来的自己の虚構は、最後まで危機にさらされることなしに、自己循環なしえたのかもしれない。しかし、運命は——ハルバッハが強調する共同体の運命とも民族の運命とも関係ないものとして「運命」という言葉を使いたいのだが——最後になってヴェルナーの傲慢を徹底的に罰したのだ。

英雄的な意志によって断罪され報復され、処刑されて命を絶たれなければならないフーデンベルグは、重畳《ちょうじょう》した多数の偶然の結果として、無意味な死を死ぬ結末になる。フーデンベルグの屍体からは、悪行を罰された結果の死であるという意味さえもが剥奪されていた。ようするにハンナや、収容所の囚人と変わらない無意味な死、宙吊りにされた死を死んだのだ。

ヴェルナーにしてみれば、渾身の力で隠蔽しようと努めてきたグロテスクな死が、ガドナス教授の言葉を借りるなら「竜の死」の現実が、「ジークフリートの死」の観念を破って、不気味にあふれ出してきたということになる。かれは動揺した。計画どおりにレギーネ・フーデンベルグを処刑してみても、生じた罅割れは埋められそうにない。

その点で、ヴェルナーの誠実さを疑うのは、あるいは不当であるかもしれない。隠されていた問題が、四十年ものあいだ信奉してきた死の哲学を破壊しそうな臨界点にまで達したとき、かれはそれを見すえようとした。少なくとも、逃げないで思考することを選んだ。警察の追及を避けるなど、瑣末なことでしかないと思うほどに。

ハルバッハに死の試練を強いたのは、ヴェルナーにとって最後の可能性だったのかもしれない。そんな気もする。戦後、自己保身から堕落して死の哲学を放棄していたような師に、弟子として立派な手本を見せてもらいたいと期待したのかもしれない。ハルバッハが、ふたたび輝かしい名誉と栄光のため、あえて死の決断をなしうるなら、心底で崩れはじめている死の哲学も再建されうる。少なくとも、その可能性はもたらされうる……。

ハルバッハは「決断」した。死後の名声を守ろうとしてだろうと、おのれの哲学の破綻を隠そうとしてだろうと、八十歳の老人が死にもの狂いの曲芸を演じるというのは、やはり決断以外のなにものでもなかったろう。そして、ハルバッハは墜死した。

しかし、その死がヴェルナーの自己懐疑を、逆説的にも極点まで昂進させたのだ。コフカの記念写真に象徴されたもの。かつて目撃した無名の死の堆積を覆い隠そうとして、おのれの命を賭けたハルバッハの姿こそ、ヴェルナーの半生を忠実に映していたのだから。ハルバッハの墜死を、死の哲学の崇高な事例として、その真理性のあかしとして肯定することはできない。であれば、自身の半生もまた同様ではないのか……。

口調をかえて、老人がカケルに語りかけた。「四十年も昔のことだが、フライブルク大学のハルバッハのセミナーには、日本人の秀才が出席していた。東洋人なので、そんなふうに見えるのかもしれんが、顔が君に酷似していたという記憶がある」

カケルは、しばらく無言だった。的はずれな質問だったと思ったのだろう。頭をふりながら前言を撤回しようとしている老人に、カケルが答えた。憂鬱そうな囁き声だった。

「それは、たぶん僕の祖父です。祖父は反戦思想を摘発され、思想犯として一九四四年に逮捕されました。そして日本の敗戦の二カ月後、政治犯や思想犯の釈放が決まる直前に、獄中で衰弱死しました」

「そうか、君の縁者かもしれないと思ったのだが、なんと祖父だったとは」

「海軍の予備士官だった父は、やはり敗戦直前に、南アフリカのアガラス岬沖で死んだようです」

「喜望峰で……」驚いたように、老人が反問した。

「密命を帯びて、ドイツのキール港まで行くことを命じられた潜水艦に、乗り組んでいたという話です。父の潜水艦は、アフリカの南端を廻ろうとしている時にイギリスの駆逐艦に発見され、爆雷攻撃で破壊されました」

ハルバッハもまた、カケルの顔に見覚えがあると洩らしていた。それは矢吹駆の祖父の、曖昧な記憶に由来していたのだろう。老人は凝然として、降りしきる雨に身を濡らしていた。彼方をながめるような表情で、ヴェルナーがつぶやいた。

「君とは、不思議な縁だな。あの秀才の孫で、おまけに父上の潜水艦は、ドイツを目指して航行中に撃沈されたとは」

老人の感懐を断ちきるように、カケルが乾いた声で語りかけた。「フーデンベルグに、ハルバッハの脅迫計画を思いつかせた男がいます。ニコライ・イリイチ・モルチャノフ。その男について、何か御存知ではありませんか」

「知っているとも」

「……御存知なんですか」わたしは愕然としていた。森屋敷の事件が過去のものになり、しだいに遠ざかりはじめていた不安感が、ふいになまなましいものとして甦った。淡々と、老人が語る。

「イリヤ・モルチャノフは髑髏団のウクライナ兵で、コフカ収容所の看守頭だった。ニコライは、モルチャノフがマリアという女囚に生ませた子供だろう。マリアは戦争直後のベルリンで、残忍な情夫に密殺された疑いがある。モルチャノフはニコライを連れ、フーデンベルグ夫婦に同行して、南米に逃れた。長じて息子のニコライは、ソ連の秘密機関と連携しながら各国のテロリスト組織を指導しているらしい。ダッソー社の調査でも、そこまでは判明していた」

「それだけですか」きつい声で、青年が反問する。

「いいや」老人がおもしろがるような顔でカケルを見た。「五月二十八日の夜のことだ、その青年が私の前にあらわれたのは」

「ニコライ・イリイチと会ったんですか」わたしの声は悲鳴に似ていた。

「そう、ホテル・エトワールのロビーで声をかけられた。われわれはバーで、アペリチフでも飲みながら話をすることになった」

どんなふうにしたものか、イリイチはヴェルナーの犯行計画を正確に読んでいたのだという。そのための援助をさえ、申しでたというのだ。どうやらイリイチの目的は、ハルバッハを世界的なスキャンダルのなかで溺死させることにあるらしい。最初はフーデンベルグに脅迫させることを考えた。しかし、それよりもナチ戦犯夫婦が殺害され、さらに第三の屍体としてハルバッハが舞台に登場したところで、あの証拠写真が暴露されるほうが、なおさら効果的だろう……。

「で、あなたは、どんなふうに応えたんですか。やつの申し出に」カケルが問う。

「協力は断った。しかし最後には、ハルバッハの写真を公表しようと。それで男は、満足した様子だった」

「でもヴェルナーさんは、残った最後の写真もネガと一緒に、石庇においてしまった。もしもハルバッハが回収に成功するなら、それでよし。失敗して警察の手に落ちるなら、それもまたよし。そんなふうに考えていたようだわ」

老人が微笑した。「そうだよ、マドモワゼル。復讐計画を、警察に密告でもされたらかなわんからな。最後には思いどおりになると、あの男には信じさせておいたのだ。なにも私が、イリヤ・モルチャノフの息子に義理だてすることはない。ところでヤブキ君、ニコライ・モルチャノフに関心でもあるのかな」

きつい表情で黙りこんでいる青年に、ヴェルナー老人が言葉をついだ。「どうやら、顔を合わせたら絞め殺してやろうとでも念じているらしい。どんな恨みがあるのかは知らんが、やめておいた方がよいだろうな」

「なぜです」陰気な声で、カケルがつぶやいた。

「そう、そんな喰いつきそうな顔がよろしくない。生涯の敵を滅ぼせるなら、死をも決断している。地獄に堕ちる決意もある。そういうことだろうが」

「……あるいは」青年は言葉をにごした。

「われわれの敵は、神でも悪魔でもない。その連中に対してなら、殉教の決意も多少は役立つかもしれん。しかし、われわれの敵は底知れない凡庸さなのだ。あのフーデンベルグが、まさにそのような人物だった。最後に話したとき、やつは死など存在しないのだと主張していた。戦後のガドナスが、囚人の側から収容所の〈ある《イリヤ》〉について思索したとするなら、フーデンベルグのハルバッハ批判は、看守の側からなされたそれだったともいえる。

私はフーデンベルグを嘲笑した。だが嘲笑しながらも、心底に脅かされるものを感じていたような気もする。三十年に及ぶ復讐計画を支えたのは、フーデンベルグの口から語られたハルバッハ批判を否定しなければならないという、自己保身のための無意識的な衝迫《しょうはく》だったのかもしれん。あのときやつは、少なくともハルバッハの死の哲学よりは、一歩か二歩か真理の近みにいたのだ。

しかし、それを認めるわけにはいかない。そんなことをしたら、ハインリヒ・ヴェルナーの本来的自己が崩壊してしまう。その恐怖が、私にフーデンベルグを抹殺しなければならないと思わせたのかもしれん」

「それならあなたは、ハンナさんを自殺に見せかけたことも、無意味だったと考えているんですか」思わず、わたしは確認する言葉を投げていた。老人は大きくうなずいた。

「戦後のフーデンベルグは地虫さながらにしか生存しえない、廃人も同然の人間の脱け殻だったようだ。やつはハンナの『自殺』の衝撃で、精神の背骨を砕かれたのだろう。

しかし、フーデンベルグの精神を砕きえたにせよ、いささかもハンナの救いにはならん。愚かなもので、つい最近になるまで、それを悟ることもなかったのだが。しかし、最初から心のどこかでは、知っていたような気もする。アインザッツグルッペンが築いた虐殺屍体の山を目撃したときに、私のなかで死の哲学は壊れはじめたのだ。

それを認めた瞬間に世のありとあらゆる善きもの、高貴なもの、偉大なものは死んでしまう。だから私は、歴然と見えはじめていたものから、あえて眼をそむけようと努めたのかもしれん。

再会した時、ハンナはもう頭の先まで、おぞましい虚無の淵に沈んでいた。収容所から解放されたとしても、狂気と死の運命からは逃れようもなかったろう。だから私は、ハンナに『自殺』を贈ろうと思った。死への先駆においてあらわになるだろう、かけがえのない本来的自己の光輝を。しかし、それもまた怯懦の産物だった。

ヤブキ君が洞察したように、私は密室に、まさに特権的な死の夢想を封じようとしたのだ。それはまた、不可能性としての死を隠蔽するものだった。死にながら生きている死、生きながら死んでいる死、不可能性としての死……。

直視できないほど不気味なものに変貌したハンナの実存を、私は『自殺』という虚構で隠蔽しようとした。そうすることで、揺らぎはじめていた死の哲学を、なんとかして保持しようと見苦しくも作為した。無理にもハンナを収容所から救出し、その惨めさを、おぞましさを、そして魂が底冷えするような狂気を、ともに生きることが求められていたのかもしれないのだ。そだが、そんな勇気はなかった。そうすることが、真に勇気ある行為であると考えうるような倫理を欠いていた、あの時には。

もはや私は、英雄的な決断も死への先駆も、良心の呼び声に聞き従うことも、そして本来的自己に覚醒することも、ほとんどなにひとつとして信じてはいない。それらハルバッハの啓示として世に喧伝《けんでん》されたものは、不可能性としての死の累積に対抗できるものではない。むしろ、その一部であるに過ぎないのだ。

かつて私は、愛したハンナの魂を救おうとして、尊厳ある死を仮構しようと努めた。収容所という凡庸な地獄に、英雄的な死の決断を対置さえした。しかし、フーデンベルグは宙吊りにされた死の曖昧性の彼方に姿を消した。そして塔から墜落するハルバッハを目撃して、十代の終わり頃から私に憑いていた死の観念は、不意に底が抜けてしまった。死など、なにものでもありはしないのだ、たぶん。

二十世紀の世界を覆った底知れない凡庸の地獄を、戯画的なまでに典型化した場所が収容所なのだ。ドイツの収容所であろうと、ロシアの収容所であろうと、それに変わりはないだろう。ナチ収容所で看守と女囚のあいだに生まれたニコライ・モルチャノフが、ソ連の収容所体制の走狗《そうく》になる。話ができ過ぎているような気もするが。

私の人生は、つまるところハルバッハ哲学と刺し違えることで終わった。だから君は、私の、あるいは君の祖父や父の先にまで、存在の荒野に分け入らなければならない。イリヤ・モルチャノフの息子に対抗しようとして、おのれに、それ以上に濃密な死を、先駆的決意性を、本来的自己の理想を呼ぼうとしてはならない。

なぜなら、やつらの力の秘密は、果てのない凡庸さの累積にこそあるからだ。それに機械的に対立する英雄的な死の決断は、やつらの恰好の餌食となる。そうならざるをえないと、私は生涯を通じて知らされたように思う。君が、私と同じことを反復する必要はないだろう」

カケルは硬い表情で黙りこんでいる。手摺に身をもたせていた老人が、外套のポケットに手を入れながらいった。

「死の決断が、人間の至高性を保証する。そのように誤解していた愚か者を象徴するもの、それを君の手元に残そう。記念に保存してもらいたいのではない。君の手で、ゴミ箱に放り込んで欲しいのだ。よいかな、死は平凡なものであり、それ自体にはなんの意味もない。君の祖父と机を並べたことのある老人の、遺言のようなものとして、頭の隅にでも刻んでおいてもらえるなら……」

老紳士は絶句し、それから身をひるがえしてエレベーターの方向に歩み去った。カケルの掌には、古びた勲章が残されている。チュートン騎士団を象徴する黒の十字架には、中央にハーケンクロイツが刻まれている。鉄十字の上部には交差した二本の剣が、さらにその上には銀色の柏の葉がある。

リボンの色は褪《あ》せていたが、第三帝国のドイツ軍人には最高の栄誉だったという、柏葉剣つき騎士鉄十字章に違いない。しばらくしてカケルが、勲章を飾っている白銀の葉を指さしながら、疲れたような口調で呟いた。

「……ジークフリートの葉だ」

「ジークフリートの葉が、どうしたの」

「不死身の英雄ジークフリートには、肩に急所があったという。竜の血を浴びた時、不運にも一枚の葉が肩についていたんだ。伝説の菩提樹の葉が、ハイリンヒ・ヴェルナーの場合には勲章の柏の葉だった。でも、その意味は変わらないよ。ハルバッハよりもハルバッハ哲学に忠実であろうとした男、死に先駆することで死の不安を超えた不死身の勇者、ハインリヒ・ヴェルナー。

騎士鉄十字章を授けられた彼の勇敢さ、鋼のような英雄的意志、それが逆説的にもヴェルナーの急所だった。ナディアにも、もう判ったろう。コフカの密室を制作したのはジークフリートだし、密室に封じられていたのは、不可能性としての死を隠蔽する特権的な死の夢想だったことが」

カケルがいう不可能性としての死。それはハルバッハふうの、追い越しえない可能性としての死ではない。わたしに追いつき、わたしを呑みこみ、その渦でわたしを溺れさせる不気味な死。絶滅収容所の大量死。それを生きのびた人でさえ、逃れることのできない「宙吊りにされた死」。生きながら死んでいる死。ようするに存在の夜。それを隠蔽するために、ジークフリートは特権的な死を夢想した。特権的な死の夢想を、コフカの密室に封じようとさえ試みたのだ。

その試みは、さしあたりは成功した。しかし、三十年後に誕生した、竜の死を封じた自生的な密室が、ジークフリートの夢想それ自体を根底から破壊することになる。ジークフリートの密室と竜の密室。制作された密室と生成する密室。カケルの謎めいた言葉の意味が、ようやく理解できたように思った。

コフカの密室はジークフリートの密室だとカケルが断定したとき、ガドナス教授は正面から対応しようとはしないで、曖昧に言葉を濁していた。教授もまた、ハンナの屍体を封じた密室の作者が旧友ヴェルナーであると、心の底では疑っていたのかもしれない。

ハンナ・グーテンベルガー、ヘルマン・フーデンベルグ、そしてレギーネ・フーデンベルグ。その三人を殺害した真の犯人は、マルティン・ハルバッハだ。カケルは幾度も、そのように語っていた。カケルの言葉には、なにか象徴的な意味があるのだろうと、わたしも思ってはいた。

実際の犯人として、まさかハルバッハを名ざしているわけではないだろうと。

その予感はなかば的中していたが、青年の真意を充分に捉えていたともいえない。ハルバッハよりもハルバッハ的に生きたヴェルナー。死の哲学に憑かれ、それを妥協することなしに最後まで生きぬいたヴェルナー。結果として、師のハルバッハまでをも死の淵に追いつめたヴェルナー。三十年の歳月を隔てた三つの殺人事件の真犯人は、ようするにハルバッハの死の哲学なのだ。矢吹駆は、そのように暗示していたのだろう。

「それで、あのひとは、どうなるのかしら」

エレベーターの方を見ながら、わたしは問いかけていた。もちろん、警察に密告する気なんてない。でもヴェルナーが、これからどうなるのか、なりうるのか、それには切実な関心があった。

「明日にでもパリのどこか、彼が密かに借りていたアパルトマンで、最後の密室事件が起きることだろう。内部から完璧に鎖された部屋のなかで、どうしても自殺には見えない屍体が発見される……」

「密室で、ヴェルナーが殺されるっていうの」わたしは小さく叫んでいた。

「彼は自殺する決意だよ。しかし、自殺したと思われたくないんだ。だから他殺に見せかける。同時に、たんなる事故死や他殺とも思われたくはない。そのために、わざと現場を密室化するんだ」

「どうして、そんな複雑なことを」

「判らないかな。ヴェルナーは人生の最後の場面で、ついにハルバッハの死の哲学を否定した。自分の死に先駆できる可能性において、人間は本来的な自己たりうるという確信は、もはや彼のなかで崩壊している。だから自殺することはできない。しかし、彼はまた自殺しなければならないんだ。

復讐を終えた以上、あるいは復讐に挫折した以上、もう生きている理由はないのだし、警察に逮捕されて裁判にかけられることなど、あの老人の誇りが許しはしないだろう。しかし、たんに自殺したのでは、身をもってハルバッハ哲学を実践したのだと誤解されかねないし、たんに他殺に見せかけたなら、また面倒なことを死後に残しかねない。だから……」

「だから、ヴェルナーは絶対に解明されないような密室殺人を偽装して自殺する。そうなのね。カケルは、その謎を解こうとは思わないの」

「三十年、復讐のためにだけ生きてきた亡霊が、望むような仕方で自分を消してしまおうとした時、それを邪魔できる人間がどこにいるだろうか。君がまた、探偵遊戯をはじめるとしても、僕はそれをとめようとは思わないよ。でも、今度ばかりは、君に付きあうような気にはなれそうにない。やりたいなら、ひとりでやることだ」

カケルは、疲れたように語りおえた。それから掌のなかの騎士鉄十字章を、関心もなさそうに一瞥し、眼下かなたのエトワール広場の底に投げおとそうとする。思わず腕をのばして、わたしはとめようとした。

しかし、色の褪せたリボン付きの金属片は、たちまち虚空に消えてしまう。ジークフリートの勲章は、まさに凡庸きわまりない人々の足で踏みつぶされ、消えてしまう運命なのだ。潮騒のような街の音が、また足下から聞こえてきた。

ハンナをひどい目にあわせたという点で、反感を抑えることができなかったヴェルナーだが、あの老人に最後には、わたしは心から感謝していた。ハインリヒ・ヴェルナーは遺言のようにして、イリイチとの対決などやめるようにと、本気でカケルにさとしたのだ。それは、森屋敷の事件をつうじてカケルが発見したものとも見あうだろう、妥当な忠告だった。わたしには、そう思われた。

「ねえ、カケル。あなたもう、イリイチを追跡するのなんて、やめにするんでしょう」

「あの男が体現している世界に身を沈めなければならない。その果てに、対決の時が到来するのか、どうか」

「もう、やめるんでしょう」

青年の曖昧な言葉に納得できなくて、わたしは頑固に質問をかさねた。それにしてもニコライ・イリイチとは、何者なのだろう。ラルース家の事件やアンドロギュヌス事件のときは、左翼テロリストの黒幕としてあらわれた。アポカリプス事件のときは、原子力帝国の建設者。そして今回は、マルティン・ハルバッハの失墜をもくろんだ陰謀家として。イリイチの出自や履歴、それにモルチャノフという姓までは突きとめられたにせよ、男の正体はさらに濃密な霧のなかに隠されてしまったようだ。

青年が憂鬱そうな微笑で応えた。「ヴェルナーが忠告してくれたように、イリイチはたんなる悪ではない。悪を超える悪、ようするに〈ある《イリヤ》〉の化身なんだ。ようやく、僕にもそれが判った。であれば、〈ある〉の底に、存在の夜の底に身を沈めなければならない。ガドナス教授は、あまりにも性急に〈ある〉から人間を、実存を救いだそうとする。倫理学を築こうとしてしまう。それではニコライ・イリイチの行方を突きとめることはできそうにないと、僕は思う……」

心の底から、確信のようなものが湧いてきた。長いこと心のしこりだった、アントワーヌの死をめぐる難問からも、ようやく解放されたように感じられる。アントワーヌの記憶は、心の整理棚で朽ちるにまかせればよい。もうかれの死について、あれこれと深刻に思い悩むようなことはないだろう。

ハルバッハ哲学は死んだ。ヴェルナーもカケルも、そう結論したらしい。ハルバッハの死の哲学は、たしかに自滅したのかもしれない。でも、わたしが『実存と時間』から学んだものは、まだ無に帰してはいないのだ。はじめから死の哲学なんて、わたしには関係ない。

死の可能性を凝視することでのみ、真実の自分が見出されうるのではない。最後にヴェルナーが告白したように、そんな考えかたは間違っている、絶対に。

不安は死から生じるのではない。人間の可能性の中心点が破壊され、奪われる可能性が、ひとを不安にさせる。でも、もう不安ではない。わたしはもう、ちゃんと理解できたから。死の可能性に直面して生きることに、人間的な意味なんかありはしない。

もしもカケルが死んだら、わたしも子供を殺されたハンナのようになるのだろうか。生きたまま死んでいるような、実存の壊死《えし》。ハンナとは違って、小さな愛の可能性に囲まれているわたしは、なんとか気をまぎらわせ、気をとり直すことができるかもしれない。であるにしても、五月からの濃密な不安感は、矢吹駆という青年がわたしの存在可能性の中心点にあることを告げていた。

五月に、リュクサンブール公園でカケルと待ちあわせしたときには、ほんとうに大切なことがわからないでいたのだ。あの時、わたしはまだ、恋愛感情を心理機械の自動反応のようなものだと信じていた。そう信じようとしていた。でも、そんなものじゃない。ダッソー家の森屋敷をめぐる経験で、わたしは明瞭に、ある真実が心の底に刻まれたように感じている。

ふと見ると、カケルの横顔が奇跡のように黄金色に輝いていた。頰から顎にかけての、そして鼻梁の官能的な曲線が、光に縁どられている。あたりに薄日がさしているのだ。

灰色の雲のあいだから、ひさしぶりの太陽が、小さな顔を覗かせていた。じきに沈みそうな夕日だけれど、金色と赤銅色《しゃくどういろ》の光の束が、西にひろがる雲の群塊を鮮やかに染めている。ほんとうにダッソー邸の事件は終わったらしい。フーデンベルグが誘拐された日に降りはじめた雨。それから絶えまなしに降り続いていた長雨。いま、それが上がろうとしている。

信じられないような、不思議な勇気がわいてきた。カケルは手摺にもたれ夕日をあびて、陰鬱な激情が込められた歌曲の一節を口笛で吹いている。そんな青年の掌を、わたしはそっと探った。ひんやりとした掌を握りしめ、そして無言で囁きかけていた。

ダッソー家の事件を経験して、わたしは無数の可能性の束から、ほんとうに大切なものを探りあてることができた。死のそれの対極にある、愛の存在可能性。そうだ、わたしはもう迷わない。わたしがわたしであるかぎり、最後まで愛の可能性を生きるのだ、ひたすらに……。

参考・引用文献

『存在と時間』マルティン・ハイデガー（原佑、渡辺二郎訳）中央公論社
『形而上学とは何か』マルティン・ハイデッガー（大江精志郎訳）理想社
『世界像の時代』同右（桑木務訳）理想社
『技術論』同右（小島威彦、アルムブルスター訳）理想社
『実存から実存者へ』エマニュエル・レヴィナス（西谷修訳）朝日出版社
『超越・外傷・神曲』同右（内田樹、合田正人訳編）国文社
『時間と他者』同右（原田佳彦訳）法政大学出版局
『倫理と無限』同右（原田佳彦訳）朝日出版社
『全体性と無限』同右（合田正人訳）国文社
『暴力と聖性』エマニュエル・レヴィナス、フランソワ・ポワリエ（内田樹訳）国文社
『ハイデガーとナチズム』ヴィクトル・ファリアス（山本尤訳）名古屋大学出版会
『政治という虚構』フィリップ・ラクー＝ラバルト（浅利誠、大谷尚文訳）藤原書店
『ナチズムと私の生活』カール・レーヴィット（秋間実訳）法政大学出版局

『レヴィナスの思想』合田正人　弘文堂
『不死のワンダーランド』西谷修　青土社
『実存からの冒険』西研　毎日新聞社
『存在と無のはざまで』嶺秀樹　ミネルヴァ書房

＊

『警部ナチ・キャンプに行く』クリフォード・アーヴィング（中山善之訳）文藝春秋
『オデッサ・ファイル』フレデリック・フォーサイス（篠原慎訳）角川書店
『ニーベルンゲンの指環』リヒャルト・ワーグナー（寺山修司、高橋康也、高橋迪訳）
新書館
『ニーベルンゲンの歌』（相良守峯訳）岩波書店
『SSの歴史』ハインツ・ヘーネ（森亮一訳）フジ出版社
『聖別された肉体』横山茂雄　書肆風の薔薇（白馬書房発売）
『夜と霧』V・E・フランクル（霜山徳爾訳）みすず書房
『ドイツ軍占領下のフランス』ジャン・デフラーヌ（長谷川公昭訳）白水社
『馬車が買いたい！』鹿島茂　白水社

以上には参照した多数の文献から、とりわけ重要と思われるものを選んで挙げました。
なお、竹田青嗣、西谷修、増田順子、六反田良平の諸氏による御教示に感謝します。

創元推理文庫版あとがき

笠井　潔

矢吹駆連作の第一作『バイバイ、エンジェル』は、二十七歳の冬から春にかけて、パリの屋根裏部屋で書かれた。『テロルの現象学』を完成するため、しばらくパリに住んでみることにしたのだが、テロリズム批判の長篇評論を書きあぐねて、気分転換に同じ主題で小説を書いてみたらどうかと思いついたのだ。

パリで偶然のように書きあげた小説は、またしても偶然のように三十歳の春に世に出ることになった。続いて第二作『サマー・アポカリプス』、第三作『薔薇の女』を完成したのだが、以後、矢吹駆連作は長い中断に入る。

中断した理由はいろいろあるだろうが、本格探偵小説の意義を自分で正確に把握できていなかったことが主だったといえる。わたしは中学生の頃から、ドストエフスキイの『悪霊』のような小説を書きたいと願っていた。二十代になると、テロリズム的倒錯に帰結する人間的観念のシステムを、思想論として原理的に解明したいというモチーフが生じた。

小説にしても思想論にしても、ほんとうに書きたい書物、書かなければならない書物は、本格探偵小説とは少し違うところにあると感じていたわけだ。連作を中断して他の領域に仕事の中心を移したのは、そのためだったように思う。

連作の第四作『哲学者の密室』は、『薔薇の女』の九年後に刊行された。この長大な小説を書き終えたわたしは、それ以前とは異なる自己了解に達していた。『バイバイ、エンジェル』執筆当時に漠然と思いこんでいたのとは違って、テロリズム批判の主題が探偵小説形式を要求したことには、必然的な根拠があったのではないか。観念的倒錯に帰結する二十世紀的に空虚な主体性と、十九世紀的な小説形式から逸脱した大戦間探偵小説は、世界戦争による大量死という同じ土壌から生じている。

第五作『オイディプス症候群』が完成するには、またしても『哲学者の密室』から十年もの歳月が必要だった。しかし、この十年間のわたしは、小説でも評論でも本格探偵小説の世界から離れたことがない。探偵小説形式の探究に費やした十年の総決算として、『オイディプス症候群』がある。この小説を書くことで、わたしは第二の発見に達したように思う。

少年時代に、いつか書きたいと望んでいた『悪霊』のような小説は、本格探偵小説としてのみ可能だろうということ。思想書として構想されていた中身もまた、書かれるべき小説に内包される以外にないこと。しかも書かれるべき大長篇の半分は、すでに書かれてしまっているのだという予想外の自己発見……。

『バイバイ、エンジェル』から二十余年を経過して、ようやく、自分本来の仕事が見えてきたように感じている。矢吹駆という青年の「運命」を最後まで語りきるために、わたしは小説家になったようなのだ。

同じように『悪霊』のような小説を書きたいと願って、『死霊』を構想した埴谷雄高の先例がある。矢吹駆連作が、埴谷の死のため未完成に終わった『死霊』の轍を踏むことがないよう、作者としては自戒しなければならないと思う。

解説

田中博

はじめに

『哲学者の密室』という作品を前にして、読者はどうすればいいのだろう?

まず、このボリウム――文庫本で一一六〇頁もある――腹ごたえは十分。一九七〇年代のパリ郊外の屋敷と、第二次世界大戦終結間際のナチス絶滅収容所という異なる時空間に設定された二つの〝三重密室〟……それを巡って繰り広げられる名探偵の推理と哲学的蘊蓄……歯ごたえも十分。そもそもの笠井潔ファンならともかく、それ以外の読者には敬遠されてしまうかもしれない。

しかし、この作品を読むことによって、読者はミステリというものに対する一つの認識を獲得することができるだろう。それは、必要なものではないかもしれない。『哲学者の密室』を読まなくても、その他の様々なミステリを楽しむのに支障はないだろう。しかし、『哲学者の密室』を読むことで読者のミステリ観が更新され、ミステリ小説という領域が少し違った色調で見えてくることになるはずだ。

面白い作品はいくらでもある。毎年たくさんのミステリが書かれ、色々と面白い作品が読者に届けられる。ミステリファンには〝幸せ〟な状況である。ここ十年ばかり、日本のミステリ界においては年間ベスト作品が喧伝され、本屋の棚は年末の一時期お祭り状態となる。この『哲学者の密室』も、年間ベスト本「このミステリーがすごい！」の一九九三年版で第三位に選ばれた〝面白い〟作品である。

しかし、そんな流れで慌しく読み飛ばしてしまうにはもったいない作品がある。変な言い方だが、現代の読者は面白がることに忙しくなり、さらに意地悪なことを言えば、面白がるようにナビゲートされ、あげくの果てに……面白がることに疲れてしまった読者もいるかもしれない。〝面白い〟とは何だろう？　そんな風に立ち止まってみる。ミステリ小説が読者を魅了するのは何故なのか？　それについては、読者それぞれに、それぞれの答えがあるに違いない。しかし、それが〝ミステリ〟というジャンルが持つ面白さである限りにおいて、まったく恣意的であるとは思えない。単に〝面白い〟だけではなく、ミステリというジャンルにとって〝大切な〟作品がある。『哲学者の密室』は、そんな大切な作品なのだ。

年間ベスト本というものは、十年後に読んでこそ意義がある。したがって『哲学者の密室』も、発表から十年たった今こそ読み直してみる意義がある。

『哲学者の密室』を前にした読者は立ち止まり、ジックリと腰を据えて読んで（読み直して）

ほしい。そうすれば、さらに十年後、二十年後に向けて開かれた小説だということが解るだろう。この解説が、その手引きとなれれば幸いだ。

1　矢吹駆シリーズ

まず、ざっと『哲学者の密室』の外側を逍遥してみる。この作品は、名探偵矢吹駆シリーズの四作目にあたる。

　矢吹は、『バイバイ、エンジェル』（一九七九）で初登場した。以後、シリーズは、『サマー・アポカリプス』（一九八一）『薔薇の女』（一九八三）と続いていく（註1）。いずれも、一九二〇〜三〇年代に確立した英米の本格謎解き小説（黄金期本格）のスタイルを踏襲した重厚な長編探偵小説である。今年（二〇〇二年）、この創元推理文庫版『哲学者の密室』とほぼ同時に、第五作『オイディプス症候群』が刊行されることになった。矢吹駆シリーズは、作品数こそ少ないが、二十年以上書き継がれているわけだ。

　この持続を支えているのが、個々の作品の質の高さであるのはいうまでもない。また、ミステリ史に根ざした「本格」という確たるジャンル形式を踏襲しているところに強みがあるのも間違いない。積み重なる時間を潜《くぐ》り抜けてきたジャンルの蓄積——一種保守的な側面が持続力の源泉ではあるのだが、しかし、それだけではない。

　笠井潔は時代に敏感な作家である。一九八三年に『薔薇の女』を刊行してから、「ＥＱ」誌に『哲学者の密室』の連載を開始する一九九一年まで、笠井は一旦シリーズを中断するわけだが、その間『ヴァンパイヤー戦争』（一九八二〜）という伝奇SFシリーズを執筆したり、文芸誌での批評活動において「純文学は死んだ」と物議をかもしたり、様々な場面で時代に即応してきた。そして、一九八〇年代後半——日本のミステリ界に、いわゆる〝新本格〟ムーブメントが巻き起こる——綾辻行人をはじめとする多彩な本格系作家の活躍に反応し、笠井は矢吹駆シリーズを再開する。時代に対する、そして、ミステリ界の情勢に対するコンテンポラリーな対決姿勢は、現在も「ミステリマガジン」に連載中の「ミネルヴァの梟は黄昏に飛びたつか？」などの批評でも継続されている（註2）。

シリーズの再開にあたって、笠井は手ぶらで帰ってきたわけではない。今まで踏襲してきた〝黄金期本格スタイル〟について、ラディカルな批判意識を携えて戻ってきたのだ。自身の作品の成立根拠を凝視し、問い続けている……矢吹駆シリーズを支える持続力の真実の中心は、そんな笠井の姿勢にある。

2　名探偵と物語

探偵役の矢吹は、世界放浪の途中にパリに流れ着いた日本人青年……エトランジェである。何かしら謎めいた苛酷な経験を経て、苦行僧のような生活をしている男……エドガー・アラン・ポオが創造したオーギュスト・デュパン、コナン・ドイルのシャーロック・ホームズなどを先駆として、レックス・スタウトのネロ・ウルフとか、最近ではジェフリー・ディーヴァーのリンカーン・ライムとか、本邦では島田荘司の御手洗潔などなど、名探偵にはエキセントリックなキャラクターがつきものだが、矢吹もその系譜の正当な後継者である。

一般的に名探偵とは、他の登場人物や読者を出し抜いて、奇怪な事件にひそむ驚くべき真相を看破しなければならないわけで、そんな奴が普通の人であったりすると、逆にリアリティがなくなるという矛盾に満ちたキャラクターである。その矛盾したキャラクターと読者の間を媒介するのが、いわゆる〝ワトスン役〟ということになる。

矢吹駆シリーズのワトスン役は、フランス人大学生のナディア・モガール。パリ警察のモガール警視の娘という設定になっている。パリ娘の視点を潜ることで、前述した「普通の人／変な人」という区分のみならず、「フランス／日本」という対比、そして「女／男」という差異……それらの対立軸が錯綜し、矢吹というキャラクターは複雑に屈折した像を結ぶ。

ただし、女ワトスン役というのは、難しい側面を持っている。探偵とワトスン役の不即不離の関係が男女関係と重なれば、当然のことながら恋愛的興味が浮上する。かのＳ・Ｓ・ヴァン・ダインは、知的パズルである探偵小説にとって「恋愛趣味」など不純な要素だと言っている。男女コンビは珍しいというわけではないが、例えば夫婦探偵シリーズには「結婚後」という恋愛趣味との切断が導入されている。エラリー・クイーンによる『Ｚの悲劇』（一九三三）、『レーン最後の事件』（一九三三）の探偵ドルリー・レーンとワトスン役のペイシェンス・サム、北村薫の「私」と円紫師匠のシリーズなどもあるが、こちらには年齢差というギャップが導入され、恋愛趣味の浮上を避けている。

しかし、笠井の小説においては、そんな抑制装置は外されている。前述した対立軸の錯綜と屈折が、ナディアと矢吹の間に横たわる障害物となっているとはいえ、かなりストレートな恋愛小説的要素が持ち込まれているのだ。これには、ちょっと驚いてみてもよいだろう。二人の関係がどうなるか……シリーズを通じて、そんな興味が持続している。思い出されるのが、ドロシー・L・セイヤーズが描く、ピーター・ウィムジイ卿とハリエット・ヴェインのカップルである。『毒を食らわば』（一九三〇）での出会いから『忙しい蜜月旅行』（一九三七）のハネムーンまで、シリーズを追う形で二人の関係が推移していく。そこには紆余曲折があるわけだが、それについてセイヤーズは、ウィムジイのキャラクターとしての成長が必要だった……というようなことを述べている。確かに、〝イカレたシェルショック貴族〟として登場したコミカルなウィムジイは、次第に〝普通の紳士〟に変貌していく。

この主人公の変容という路線は、矢吹駆シリーズにもあてはまる。特に、このシリーズには、様々な二十世紀思想を体現する登場人物たちと矢吹が対決してゆく思想遍歴小説という側面もあるわけで……つまり、恋愛小説でもあり、ビルドゥングスロマン（教養小説）でもあり、青春小説でもある。さらに、ニコライ・イリイチという国際テロリストが、矢吹の宿敵として登場したりもする。堅苦しい印象が強調されがちな笠井作品だが、このように物語要素を抽出してみると、意外と通俗的な道具立てにあふれている。

ここまでベタベタな物語要素の導入は、笠井の〝読者サービス〟といえなくもない。しかし、そうした一種ロマンチックな小説の常道を提示しながらも、それを相対化する足場を確保しているという自信が笠井にはある。その足場の一つとして、「本格探偵小説」という特異な物語装置をあげることができる。

3　本格探偵小説

前述したとおり、笠井は英米の黄金期本格作品をなぞることで、矢吹駆シリーズのフォーマットを固めた。謎にみちた殺人事件、練りに練られたトリック、読者に手がかりを提示して謎の解決を迫るフェアプレイ主義、名探偵の鮮やかな推理などなど……このシリーズは、きわめて様式化された「謎解き＝パズル小説」としての骨格を保持している。『バイバイ、エンジェル』には〝顔のない死体〟、『サマー・アポカリプス』には〝見立て殺人〟、『薔薇の女』には〝連続バラバラ殺人事件〟、そして『哲学者の密室』には、もちろん〝密室〟という具合に、本格探偵小説では御馴染みの意匠が導入されている。ナディアの父親のモガール警視、無骨だが誠実なバルベス警部といったキャラクターの配置は、ヴァン・ダインやエラリー・クイーンの初期作品の影響を強く受けている。

しかし、笠井は単純にフォーマットをなぞっているだけではない。黄金期本格の過剰な形式性に、意識的に対峙しているのだ。

笠井には『物語のウロボロス』（一九八八）という評論集がある。そこで笠井は、ミステリのみならず、いくつもの伝奇小説や幻想小説を組上にのせつつ、それぞれの作品における物語の構造に分け入り、それを忠実に辿り、そのメカニズムを分析してみせている。その結果明らかにされるのが、物語それ自体がはらむ自己破壊的運動……あるいは自らを食い尽くすようなウロボロス的円環である。神話を商品として消費してしまった近代における物語は、スタティックな構造にとどまってはいない。自己を反復しながら自己を更新していく擬似生命のごとき不気味なモノとして運動している……。

そうした観点から、笠井は黄金期本格を、その過剰な形式性においてとらえ、「形式の自己運動理論」とでもいうべき探偵小説論を展開する。つまり、探偵小説というジャンルは、先行作品による形式（小説の構造とかルール、トリックやコードなど）の蓄積に呪縛され、それに対して自己言及的な関係を強いられている……というわけだ（註3）。

方法意識の自己目的化とでもいうべき本格探偵小説のスタイルは、近代小説の自己相対化である二十世紀モダニズム運動と共鳴している。この〝特異な物語装置〟は、古典的（？）近代小説の意匠であるロマンチックな〝物語要素〟の伝統とは根本的に切断されている。笠井作品にちりばめられたベタベタな物語要素は、その切断を経ているがゆえに〝あからさまな〟振舞いを許されている。極論すればパロディとして導入されているといってよい。あるいは、本格探偵小説という物語のウロボロス――自らの尾を食む蛇身の表面にコラージュされた紋様みたいなものなのだ（そうしたことを踏まえれば、〝読者サービス〟という理解も、あながち間違っているとはいえない）。

『物語のウロボロス』に収録された中井英夫論で、笠井は重要な転回をみせている。『虚無への供物』（一九六四）に登場する犯人の観念倒錯的な動機の背景に、洞爺丸の海難事故（無意味な大量死）が置かれていることが指摘され、古典的な探偵小説の不可能性という問題を経由して、メタ・ミステリ（あるいはアンチ・ミステリ）というウロボロスが呼び起こされる。特に中井作品を評価する形で導入された感のあるこの「大量死」が、その後の笠井の思索の中心となり、やがて本格形式全般に適用され、『哲学者の密室』のモチーフに繋がっていくことになる。

4　大量死理論

笠井は、本格探偵小説ジャンルが確定された時期を英米の黄金期に置き、その背景に、第一次世界大戦の「大量死」を見出す。簡単に要約すると、アガサ・クリスティ、ドロシー・L・セイヤーズ、S・S・ヴァン・ダイン、エラリー・クイーンらによる黄金期本格は、第一次世界大戦に動員され、戦争テクノロジーの発達に巻き込まれ、ボロ屑のような死体の山に埋もれてしまった「個人の尊厳ある死」を、犯人の狡猾なトリック、探偵の精緻な推理という二重の光輪によって復権させる試みとして位置づけられる。一方で、そのような大量死を経験した後では、十九世紀小説的な人間概念は破壊されてしまい、本格作品におけるパズルのチップのような登場人物は、そんな破壊的状況を反映している。つまり、第一次世界大戦を契機に開花したダダイズム、シュールレアリスム、二十世紀モダニズムと同時代の文学運動として……あるいはナチズムに加担することになったハイデガー哲学との同時代性において、黄金期本格をとらえる理論である。「黄金期本格はパズルにすぎない」とか「謎解きゲームは芸術ではない」といった、文学主義的な批判（もしくは探偵小説と芸術の対立図式）を、大量死による文学・

芸術概念の変容を梃子に解体する試みである。『探偵小説論』の二分冊（第Ⅰ巻『氾濫の形式』、第Ⅱ巻『虚空の螺旋』、ともに一九九八）で「大量死理論」は、英米黄金期作品のみならず、様々な日本の戦後探偵小説をサンプルに検証されている。笠井は、本格探偵小説のスタイルに、二十世紀的精神のあり方を重ね合わせてみせる。この「大量死理論」が『哲学者の密室』を貫いているのだ。前置きが長くなったが、『哲学者の密室』について論じてみよう。

パリ郊外の森に囲まれた屋敷。ユダヤ人の富豪、フランソワ・ダッソーの邸宅で事件は起きる。ボリビアからやってきたルイス・ロンカルという男が、監禁されていた一室で死体となって発見される。ロンカルの死因は、後頭部の打撲なのか、背中から心臓に叩き込まれたナチス親衛隊の短剣なのか……検死の結果は、二つの要素がごく短い時間の幅において生起し、どちらが主因であるのか決定不能という奇妙な状況を呈する。モガール警視の捜査が進むにつれて、その部屋は施錠され、複数の人物によって監視され、三重の密室ともいえる状況にあったことがわかる。当日ダッソー邸に集まっていた客人は、第二次世界大戦中、ナチスのコフカ収容所から生還した者と、彼らの子供たちだった。

一方、ナディアと駆は、フランスを訪れたドイツの哲学者マルティン・ハルバッハについて、その哲学について議論を戦わせる。第一次世界大戦後のドイツの大衆社会に批判的な視線を向け、人間の本来性について考察をめぐらし、〝死〟を特権的に屹立させた理論を構築し、ナチズムに加担していくことになったハルバッハ。さらに、ハルバッハに批判的なユダヤ人哲学教授エマニュエル・ガドナスも絡んできて、問題は複雑に錯綜する。ガドナス教授がコフカ収容所の生き残りであったことが示され、〝死〟についての思索を巡り、第二次世界大戦の終結間際、コフカ収容所の集団脱走事件の最中に起きた奇妙な密室事件が掘り起こされていく。収容所長の慰み者となっていたユダヤ人女性の死……吹雪に包まれた絶滅収容所という閉鎖空間……その内部の、さらに限定された空間――外側から閂をかけられた小屋の施錠された部屋に、彼女の死体は閉じ込められていた。ここにも三重の密室があった。

二つの密室事件は、共鳴しながら二十世紀後半の時空を挟み込むようにパッケージしている。導入部に置かれた「怪しげな容疑者たちが集まる屋敷で起きた殺人」であるダッソー邸事件は、いかにも黄金期本格風である。しかし、その事件の遠因として、剝き出しの大量死生産装置である戦時下の絶滅収容所……しかも集団脱走事件という阿鼻叫喚の状況下に忽然と出現する密室殺人が配置されている。言い換えれば、ダッソー邸の事件（黄金期本格）を相対化し、その根拠を問うためにコフカ収容所事件（「大量死理論」）が置かれているのだ。つまり、笠井は自身が踏襲してきた黄金期本格スタイルのあり方を問い直している。大量死の時代である二十世紀において、探偵小説が書かれ、読まれることの意味とは何か？

『哲学者の密室』の中で、矢吹の口を通して、この問題が提起されている。矢吹は、密室殺人という現象の本質について、それは「特権的な死の封じ込め」であると語る。近代的な探偵小説の嚆矢とされるポオの「モルグ街の殺人」（一八四一）が密室を扱ったものであったこと……つまり、施錠された個室と近代的自我が相即する図式に沿って書かれたことが言及されている。それが他殺であれ事故死であれ、密室における死は自殺と関連づけられる。自殺の近代的な意味――近代的な主体が死を自身に固有な所有物として扱うことで、自らの死を死ぬという不可能性を隠蔽すること――それが、密室における死の本質である。この本質直観は、ハルバッハの死の哲学を経由してもたらされるが、しかし、ガドナス教授との対話を経て修正されることになる。

絶滅収容所を経験したガドナスの死の理論は、〝死〟が主体にとって固有な本来性などとは切断されたものであることを前提としている。ハルバッハ哲学において、〝死〟は自身の固有性や本来性を映す鏡として特権的な役割を果たしているわけだが、ガドナスによれば、死の輪郭は曖昧で、生の領域を侵し、生と死の境界は不断に動揺しながら「生きつつ死に、死につつ生きる」ような状態を通して近代的主体概念を蝕むものである。それを受けて、矢吹の密室についての本質直観は「特権的な死の〝夢想〟の封じ込め」というように修正されることになる。舌足らずな要約をしてしまったが、要するに修正前の愚直に近代主義的な密室論（探偵小説論）に対して、その観念性＝イデオロギー性を指摘する形で「大量死理論」が提起されている。特権的な死――近代的な個室における自殺に象徴される個別の主体性に基づく死――それが、まさに〝夢想〟＝〝イデオロギー〟でしかないことが、探偵小説の二十世紀的なあり方に深く食い込んでいるというわけだ。

読み方によっては、黄金期探偵小説の否定である。そこを潜り抜けること……繰り返すが、それは、笠井自身が踏襲してきた黄金期本格スタイルに対するラディカルな批判であり、『哲学者の密室』は、一種の「転向小説」として読まれるべきなのだ。

5　思想小説とミステリ

「転向小説」などという古めかしいフレーズを繰り出してしまったが、思想と文学的表現の関わりを考察するにあたって、特に日本の文学シーンにおいて、この問題は避けて通ることはできない。通常「転向」とは、主に第二次世界大戦下の日本で、共産主義者が権力の圧力に屈して、自らの思想信条を捨てたことを指す。そのあり方は一様ではなく、様々なニュアンスの幅があったわけだが、これを単なる政治思想上における倫理としてのみでなく、文学的表現との関係において考察した試みに、吉本隆明の「芸術的抵抗と挫折」（一九五八）という文章がある。吉本は、かつて芸術大衆化論や主題優先主義に則って作品を構築していた多くのプロレタリア文学者が、転向後も、その路線を踏襲する形で無自覚なまま国策プロパガンダ装置としての文学作品を生産することになったことを指摘している。つまり、転向という契機を文学理論上では無傷に通過し、あるべき屈折を経ずに同工異曲の歌を歌ってしまったことを批判しているのだ。吉本の問題提起は、さらに敗戦における「再転向」という形で、戦前の芸術大衆化論や主題優先主義が復活した状況への憂慮としてなされている。

この問題を抽象化すれば、文学にとって、イデオロギーは交換可能なパーツであるのか？ということになる。私なりに答えるとすれば、文学もまたイデオロギーの干渉を免れないかぎり（ある意味で、文学自体がイデオロギーであるかぎり）、それに意識的であること……そこから半身逃れる視点を確保することがせいぜいのところだ……という煮え切らないものになる。

それがシジフォス的な際限のない試みであっても、不断にイデオロギーを相対化していくことが、逆説的な文学のイデオロギーとの関わり方なのである。言い換えると、転向をそれなりの深度で繰り返すことが課題なのだ。

笠井は出発点からして、こうした意味での「転向」という課題を背負っていた。『バイバイ、エンジェル』に挿入されたテロリズム批判……思想論としては『テロルの現象学』（一九八四）で展開された〝観念による殺人〟というイデオロギー批判……それも「死」と「観念」の関係を問うていた。『テロルの現象学』は、連合赤軍事件の衝撃を梃子に、左翼活動家であった自身の経験を反芻することで得た思想論である。『バイバイ、エンジェル』の執筆前に構想されたが、完成を見ずに中断されてしまう。同じテーマを小説という器に盛り込むことで、笠井はアポリアをブレイクスルーした。その器としての「小説」が黄金期風本格探偵小説であったこと……それが事情を複雑にしている。密室や館や一家・一族といった探偵小説に頻出する意匠と、その閉鎖性を解体してゆく探偵小説の構造は、私の考えでは象徴的に近代的イデオロギー批判をなぞっている。笠井は、黄金期風謎解き小説の形式性を保持しつつ、そこからはみ出す批評的言説を導入し議論小説のスタイルをとることで、謎解きゲームとして象徴化された本格探偵小説に、イデオロギー批判を折り返した。『バイバイ、エンジェル』から『薔薇の女』に至る作品では、ワトスン役のナディアが展開する〝探偵小説的推理法〟に対して矢吹の〝現象学的推理〟を対置することで、探偵小説批判を探偵小説に織り込むことがなされてきた。この一見して矛盾した作業を、さらに問い直し、その批判をスタイル全般に拡張し、構築し直したのが『哲学者の密室』なのである。以前の作品ではお互いを道具的に扱って均衡を保っていた「思想」と「探偵小説」が、『哲学者の密室』において、ハイデガー哲学と黄金期本格探偵小説の同時代性というトピックを巡り、刺し違えるように交錯している。

おわりに

ここまで、ハルバッハとハイデガーの連関については、知らぬ振りを決め込んできたが、もちろん『哲学者の密室』の作中登場人物である〝マルティン・ハルバッハ〟は、現実のマルティン・ハイデガーをなぞった登場人物であり、〝エマニュエル・ガドナス〟は、エマニュエル・レヴィナスを模した登場人物である（ちなみに、『サマー・アポカリプス』の〝シモーヌ・リュミエール〟は、シモーヌ・ヴェイユ、『薔薇の女』の〝ジョルジュ・ルノワール〟は、ジョルジュ・バタイユである）。

もしも、それらの二十世紀思想家に興味があるなら、それぞれの著作をあたってみていただきたい。それもまた、スリリングな読書経験だろう。探偵小説というジャンルは、囲い込まれて自足しているだけのものではない。様々な他の問題系と接続しているのだ。ジャンルとは、常に他のジャンルとの関係において自身の境界を措定している。「ミステリのくせに」という折衷論議ではなく、「ミステリだから」という本質論において他の領域と関わっている様を『哲学者の密室』という作品は読者に示している。その境界に立ってみる……そこから、探偵小説を見直すことは、大切なことのように思える。冒頭に「ミステリというジャンルにとって大切な作品」ということを書いた意味は、ここにある。

私自身は、笠井の「大量死理論」に賛同しているわけではない（笠井が線引きする「十九世紀的なもの」「二十世紀的なもの」という区分に違和感があり、そこは地続きなものであると考えている）。しかし、笠井の「大量死理論」によって、様々な領域が横断され、色々な問題系が活性化されていることは認めなければならないし、そこに開かれていく領域に魅力を感じていることは確かなことである。実際、この理論を端緒としてミステリ批評の領域は様変わりしたのだ。理論は、正しさというより、強さによって機能する。笠井の「大量死理論」は、そして『哲学者の密室』という小説作品は、日本の探偵小説が持ちえた〝強度〟として特筆すべきレベルに達している。

笠井は、現在も〝現在〟と格闘しながら転向を繰り返している。そうした軌跡の重要なターニング・ポイントとして、『哲学者の密室』は遡行的に読み直されていくべき作品なのだ。


（二〇〇二年二月）


（註1）なお、『哲学者の密室』では、これらの先行作にも触れられており、ネタバレ気味の部分があるから、できればシリーズを順番に読んでもらいたい。しかし、それぞれの作品は、それぞれの事件について一話完結の体裁を崩してはいない。『哲学者の密室』を読了後でも、先行作品を読む楽しみがまったく奪われてしまうわけではない。

（註2）昨年（二〇〇一年）、その連載の冒頭部分をまとめる形で『ミネルヴァの梟は黄昏に飛びたつ

か?』は単行本化されている。

（註3）この点については、さらに理論的なアプローチとして、「EQ」誌に連載された『探偵小説の構造』が書かれたわけだが、これは『探偵小説論序説』として、間もなく刊行される予定である。

本文中図版製作　片野己代子

検　印
廃　止

著者紹介　1979年『バイバイ，エンジェル』でデビュー。98年『本格ミステリの現在』編者として第51回日本推理作家協会賞受賞。2003年『オイディプス症候群』と『探偵小説論序説』で第3回本格ミステリ大賞小説，評論・研究の両部門受賞。

哲学者の密室

2002年4月12日　初版
2016年5月13日　5版

著者　笠《かさ》　井《い》　潔《きよし》

発行所（株）東京創元社
代表者　長谷川晋一

162-0814/東京都新宿区新小川町1-5
電　話　03・3268・8231-営業部
　　　　03・3268・8204-編集部
URL　http://www.tsogen.co.jp
振　替　00160-9-1565
製　版　フォレスト
光印刷・本間製本

ISBN4-488-41504-0　C0193

IL CIMITERO DI PRAGA * UMBERTO ECO

史上最悪の偽書『シオン賢者の議定書』成立の秘密

プラハの墓地

ウンベルト・エーコ　橋本勝雄訳

イタリア統一、パリ・コミューン、ドレフュス事件、そして、ナチのホロコーストの根拠とされた史上最悪の偽書『シオン賢者の議定書』、それらすべてに一人の文書偽造家の影が！　ユダヤ人嫌いの祖父に育てられ、ある公証人に文書偽造術を教え込まれた稀代の美食家シモーネ・シモニーニ。遺言書等の偽造から次第に政治的な文書に携わるようになり、行き着いたのが『シオン賢者の議定書』だった。混沌の19世紀欧州を舞台に憎しみと差別のメカニズムを描いた見事な悪漢小説《ピカレスク・ロマン》。

▶気をつけて！　エーコは決して楽しく面白いだけのエンターテインメントを書いたのではない。本書は実に怖ろしい物語なのだ。——ワシントン・ポスト

▶偉大な文学に相応しい傲慢なほど挑発的な精神の復活ともいうべき小説。——ル・クルトゥラル

著者のコレクションによる挿画多数

四六判上製